一本书打开一个世界

飘

[美] 玛格丽特·米切尔 / 著

傅东华 / 译

Gone With The Wind

Margaret Mitchell

浙江文艺出版社

译 序

前年我将《吉诃德先生传》续译完书之后，便颇倦于译事，以为这种工作究属太机械，于人于己都没有多大好处，不如趁我这无几的余年，多做一点不为他人作嫁的笔墨，或许可以比较心安理得。所以当时我曾对朋友们宣说：《吉诃德先生传》是我最后一部译稿了。

今年夏初，由本书拍摄成的电影《乱世佳人》（前曾译作《随风而去》）在上海上映四十余日，上海的居民大起其哄，开了外国影片映演以来未有的纪录，同时本书的翻印本也成了轰动一时的读物，甚至有人采用它做英文教科书了，我却还像一个初到上海的乡下人，全不晓得这回事。当电影开映的前几日，有些朋友怂恿我译这本书，意思甚是殷切，仿佛这书的翻译非我莫属似的。那时我厌倦译书工作的心理并未改变，又以为一部时髦书未必一定就是一部好书，所以迟疑不决，停顿了近一月。直至书的内容涉猎过了，电影也领教过了，才觉得它虽不能和古代名家的杰作等量齐观，却也断不是那种低级趣味的时髦小说可比——它的风行不是没有理由的，它确实还值得一译。同时那位怂恿我译的朋友又告诉我，这书日本已经有两个译本，都销得很好。于是我就发了一股傻劲，把事情决定下来——他们有，我们怎么能没有？

但是这么一部百余万言的巨著，碰在这么一个纸昂墨贵的时期，即使我自己不怕精力的中折，又哪有不怕资本亏折的出版家呢？真是事有凑巧，那时节国华编译社刚刚组织起来，听到我有意思要译这部书，立即派代表跟我接洽。我们彼此至诚相见，三言两语就把事情商妥了。于是我从六月二十五日动起笔来，现在邀天之幸，总算可以如期出版上册了，下册的时间比较从容，而且已经驾轻就熟，大约可以不成问题的。

以上就是我翻译这书的缘起。读者诸君如果读了之后觉得还不大失望，那我可以代替诸君谢谢那几位怂恿我译的朋友，以及国华编译社的诸君，因为没有他们的怂恿和帮忙，这一个译本是无从产生的。

照理，译者已将一部译本奉献在读者面前，他的任务就已算尽了，无须再说什么了。但是为对读者诸君特别表示殷勤起见，有几句话似乎不能不说一说。

从前我们的诗人李义山指出"杀风景"的事情一共十二件，如"花间喝道""月下把火"之类（见《杂纂》）。我现在要给他补上一件，就是"给艺术品戴帽子"。譬如我们从前的老先生们不许年轻人看《红楼梦》《水浒》（虽然他们自己都是看过的，并且也喜欢看的，不然的话，他们怎么知道应该不许人看呢），说它们是"诲淫诲盗之书"，便是"给艺术品戴帽子"的一种方式。现在这种方式的帽子已经没有人戴了，但是红红绿绿的新式帽子仍旧是层出不穷。虽则凡是好的艺术品总一定是真金不怕火炼，决不是一顶帽子所掩没得了的；但是，譬如是一块纯净无瑕的白璧，凭空给它涂上了一笔颜色，那也不是大杀风景吗？

凡是真正的艺术品，它的结构必定都是极复杂极精微的，尽可由鉴赏者自己去见仁见智，但决不容人一眼看穿。单以好的小说而论，你若要从人物方面去看它，你总可以看出里面有一些是你在哪里见过的，有一些是你的朋友，甚至有一些就是你自己。但是实际上，那些人物决不会和你所见过的人或是你的朋友或是你自己完全一样。你在那些人物身上见出来的你见过的人或是你的朋友或是你自己，都不过是那些人物的一部分，决不是那些人物的全体。因若不然，那部小说就没有具备创造性，因而也不能成其伟大了。就如本书的女主人公郝思嘉，你有时觉得她很面熟，有时又觉得她很陌生，有时你很能谅解她，有时却要觉得莫名其妙，然而你始终都会觉得她十分真实，始终都会觉得作者的写法无懈可击。这一点，就是一个人物描写成功的要素，而惟其具有这一种要素，这一个人物就不容你给她戴帽子了。

再从小说的情节方面看，那就比较容易引起歪曲的解释。歪曲解释的一个极普通的方式，就是从情节里去断章取义，不加分析地抽取教训，或抽取批判的标准。即如现在这本书，我已经听见有人给它加上"和平主义"四字的考语了。究竟这一个帽子是荣是辱，当然要以那给与者的心理为转移，客观上是无从论定的。但是我极不愿意给这本书戴上这样一个帽子，更不愿意读这书的人先有这一句考语横梗在胸中。因为本书的作者不过要借一段真实的史迹来烘托几个特殊的人物，来刻画一番普遍的人情，此外并无任何的主义，也根本不想宣传什么、鼓吹什么，我们何苦要这样诬陷她呢？何况她这书里所描写的是美国的南北战争，和我们现在时隔八十年，地隔数万里，又跟我们自己的事情有什么相干呢？所以我对于这种断章取义的考语家，唯有名之曰"杀风景"而已。

关于这书的译法，我得向读者诸君请求一点自由权。因为译这样的书，与译 Classics 究竟两样，如果一定要字真句确地译，恐怕读起来反要沉闷。即如人名地名，我现在都把它们中国化了，无非要替读者省一点气力。对话方面也力求译得像中国话，有许多幽默的、尖刻的、下流的成语，都用我们自己的成语代替进去，以期阅读时可获如闻其声的效果。还有一些冗长的描写和心理的分析，觉得它跟情节的发展没有多大关系，并且要使读者厌倦的，那我就老实不客气地将它整段删节了。但是这样的地方并不多。总之，我的目的是在求忠实于全书的趣味精神，不在求忠实于一枝一节。倘使批评家们要替我吹毛求疵，说我某字某句译错了，那我预先在这里心领谨谢。

最后关于本书的译名，也得稍稍解释一下。原名 Gone with the Wind 取义见于本书的第二十四章，原意是说本书主人公的故乡已经"随风飘去"了。上海电影院起初译为"随风而去"，与原名固然切合，但有些不像书名，后来改为"乱世佳人"，那是只好让电影去专用的。现在改为"飘"，"飘"的本义为"回风",就是"暴风",原名 Wind 本属广义,这里分明是指暴风而说的;"飘"又有"飘扬""飘逝"之义,又把 Gone 的意味也包含在内了。所以我觉得有这一个字已经足够表达原名的蕴义。

傅东华

一九四〇年九月十五日

第一章

那郝思嘉小姐长得并不美,可是极富于魅力,男人见了她,往往要着迷,就像汤家那一对双胞胎兄弟似的。原来这位小姐脸上显然混杂着两种特质:一种是母亲给她的娇柔,一种是父亲给她的豪爽。因为她母亲是个有着法兰西血统的海滨贵族,父亲是个皮色深浓的爱尔兰人,所以遗传给她的质地难免不调和。可是质地虽然不调和,她那一张脸蛋儿却实在迷人得很,下巴颏儿尖尖的,牙床骨儿方方的。她的眼珠子是一味的淡绿色,不杂一丝儿的茶褐,周围竖着一圈儿粗黑的睫毛,眼角微微有点翘,上面斜竖着两撇墨黑的娥眉,在她那木兰花一般白的皮肤上,画出两条异常惹眼的斜线。就是她那一身皮肤,也正是南方女人最最喜爱的,谁要长着这样的皮肤,就要拿帽子、面罩、手套之类当心保护着,舍不得让那大热的阳光晒黑。

一八六一年四月一个晴明的下午,思嘉小姐在陶乐垦植场的住宅,陪着汤家那一对双胞胎兄弟——一个叫汤司徒,一个叫汤伯伦的——坐在一个阴凉的走廊里。这时春意正浓,景物如绣,她也显得特别的标致。她身上穿着一件新制的绿色花布春衫,从弹簧箍①上撑出波浪纹的长裙,配着脚上一双也是绿色的低跟鞋,是她父亲新近从亚特兰大买来给她的。她的腰围不过十七英寸,穿着那窄窄的春衫,显得十分合身。里面紧紧绷着一件小马甲,使得她胸部特别隆起。她的年纪虽只十六岁,乳房却已十分成熟了。可是不管她那散开的长裙显得多么端庄,不管她那梳得光滑的后髻显得多么老实,也不管她那叠在膝头上的一双雪白的小手显得多么安静,总都掩饰不了她的真性情。她那双绿色的眼睛虽然嵌在一张矜持的面孔上,却是骚动不宁的,慧黠多端的,洋溢着生命的,跟她那一副装饰起来的仪态截然不能相称。原来她平日受了母亲的温和训诲和嬷嬷的严厉管教,这才把这副姿态勉强造成,至于那一双眼睛,那是天生给她的,决不是人工

---

① 弹簧箍:旧时妇女撑裙子用的一种弹性圈子。

改造得了的。

当时他们哥儿俩，一边一个，懒洋洋地躺在思嘉小姐两旁的两把椅子上，眼睛瞅着由高玻璃窗照进的阳光，那四条穿着长统靴的腿胖儿互相交搁着，没精打采地谈笑着。他们的年纪是十九岁，身材六英尺二英寸高，长大的骨骼，坚硬的肌肉，太阳晒黑的面皮，深金褐色的头发，眼光和乐之中带几分傲慢，身上穿着一模一样的蓝色褂儿，芥末色裤子，相貌也一模一样，像似两个难分彼此的棉花荚。

外边，傍晚的斜阳正照在场子上，使得那一簇簇山茱萸的白花在一片娇绿的背景上烘托得分外鲜明。那哥儿俩骑来的两匹红毛马儿，现在夹道里吊着。马脚跟前有一群到处随行的猎犬在那里吵架。一段路外，还有一头黑斑点的随车大狗，耐着性儿在那里等候主人回去吃晚饭。

这些狗、马和他哥儿俩之间，仿佛存在着一种血统关系，比他们的交情还要来得深。它们同样是身体健康、无思无虑的年轻动物，也同样地飞龙活跳、兴高采烈。他哥儿俩跟他们所骑的马同样地顽皮，不但顽皮而且恶作剧，可是谁要摸着他们的顺毛，他们却又脾气好得很。

这两位哥儿和一位小姐，都生长在殷富舒适的大户人家，打出娘胎就有人从头到脚地服侍着，可是看他们的面孔都不像娇生惯养的，倒像是乡下的粗人，因过惯室外生活，不曾在书本里耗费过脑筋，所以身体都很强壮，态度都很活泼。原来同是佐治亚州一州里面，南部和北部的风气大不相同，南部开化较早，居民都讲究读书，崇尚风雅；北部则如这里的葛蓝墩区，还是草莱初辟，居民未脱粗犷气，并不懂得怎样叫文雅，子弟不会读书，也不以为耻辱，他们所关心的，只是棉花要种得旺，骑马要骑得好，开枪要开得准，跳舞要跳得轻松，追女人要追得得体，喝酒要喝得不至于坍台。除了这几桩事儿，他们就一概置之度外，也不管那些南部人怎样瞧不起他们。

现在讲的这两位双胞胎，对于这几桩事儿正是无一不在行，无一不谙练，早已是远近闻名的；就只对于书本里的东西，他们却老是一窍不通，也已同样地闻名远近。他们家里的钱比人家多，马比人家多，奴隶比人家多，都要算全区第一，所缺少的只是他哥儿俩肚里的墨水，少得也是首屈一指的。

今天他们有工夫坐在郝小姐家里瞎聊天，也就为肚里缺少墨水而起。因为这两年中，他们已经连续给三个大学开除出来，这回给肇嘉大学开除，算是第四次了。他们出了学校门，觉得没事做，这才跑到这儿来混混儿的。他们有两个哥哥，一个叫谠谟，一个叫保义，本来也都在肇大，现在看见两个弟弟不受那边的欢迎，便不愿再在那边待下去，也陪着他们一同退学。其实在司徒、伯伦自己，对这回的再被开除，心里倒并不难过，只是觉得有些好玩罢了。这位思嘉小姐呢，她是从去年离开费耶特维尔女子中学以来，就一直不曾情情愿愿地翻过书本，所以对他们哥儿俩颇有同情，也只觉得这事儿好玩得很。

"我知道你们俩对于这事儿是不在意的，想来谠谟也不会难过，"她说，"只是保义怎么办呢？他是向来把教育看得很认真的。以前在弗大、亚大、南大，他都给你们拖了出来，现在肇大，又给你们连累得读不成。要像这样子，他是永远没有毕业的日子了。"

"哦，那不要紧，他可以到费耶特维尔去跟巴万里推事读法律的。"伯伦毫不在意地回答，"而且，这学期我们反正读不到头，反正是得回家的。"

"为什么？"

"就为战争啊，傻子！战争是说不定哪天就会起来的，你想战争起来之后，我们还会在学校里待下去吗？"

"哪来的什么战争！"思嘉不耐烦地说，"不过是大家这么说说罢了。上礼拜卫希礼跟他的父亲还对我爸爸说联盟州①的事儿，咱们派在华盛顿的委员已经跟林肯先生说妥了。无论如何，他们北佬儿害怕咱们，不敢打的。哪来的什么战争！我就顶不爱听这句话。"

"哪来的什么战争！"那两位双胞胎愤怒地嚷了起来，仿佛是受了人家欺骗似的。

"怎么，亲爱的，战争是当然要起来的呢，"司徒说，"北佬儿也许害怕咱们，可是前天包利革将军拿大炮将他们轰出了嵩塔儿要塞，他们这就不能不打了，不然的话，这脸丢到哪儿去呢？讲到联盟州——"

思嘉鼓起腮帮子，显出非常不耐烦的样子。

"你要是再讲一声'战争'，我就马上跑进屋子去，把门关上。我一生一世就只不爱听'战争'两个字，还有两个字就是'离盟'。爸是一天到晚地'战争''战争'，到我家来看他的那些朋友，也是一直嚷着什么'嵩塔儿要塞'，什么'州权'，什么'林肯'，把我厌烦得简直要嚷起来！还有现在一班男孩子，也都是满口的战争。所以今年春天什么宴会都没一点儿味道，因为大家什么都不谈，

---

① 联盟州：南北战争时，南部离盟之后自相结盟以与北部对抗之十一州。

专谈这个了。幸亏佐治亚州是过了圣诞节才离盟的,不然的话,怕连圣诞的宴会也给毁了。你要是再讲一声'战争',我就马上跑进屋子去。"

她讲这话是认真的,因为人家谈话要是不拿她自己当做主要的题目,她就不耐烦得很。可是她说这话的时候,脸上却是笑嘻嘻的,故意把一对酒窝儿装得深些,并且将一圈粗黑的眼睫毛飞舞得跟蝴蝶儿的翅膀一般。她这种姿态,原是存心要那两个男孩子着她的迷,而他们果然都着了迷了,便连忙向她道歉,说他们不应该使她感觉到厌倦。他们并不因她对战争没有兴味便看不起她,反而因此特别把她看得重。他们以为战争是男人的事,不是女人的事,因此他们就把她的这种态度看做她富有女性的一个证据。

她既施展了战略,将"战争"这个厌人的题目挡了开去,便把兴味重新灌注到目前的问题上来。

"你们这回又被开除,你们的母亲怎么说呢?"

那哥儿俩听见这句话,便回想起三个月之前,他们从弗吉尼亚大学被请回家的时候,他们的母亲是怎样一种举动,顿时脸上显出一点不舒服的气色来。

"噢,"司徒说,"她还不曾有机会说什么呢。今天早晨她还没有起来,说漠跟我们就都出门来了,说漠是到方家去的,我们就到这儿来。"

"昨天晚上你们回家的时候她也没有说什么吗?"

"昨天晚上我们运气好得很。我们刚要到家的时候,妈上个月在肯塔基买定的那匹雄马送到了,家里正被它闹得天翻地覆。那马是个大个儿——真的威武得很,思嘉,你得叫你爸爸马上过去看一看才好——路上竟把那马夫踢了一个大疙瘩,又把琼斯博罗车站上的两个黑小子也踩坏了。我们还没到家,它竟把咱们的马房也差点儿踢翻了,马房里原拴着的一匹草莓儿,也给它弄得半死了。我们跑进门,妈正在马房里,拿着一口袋的糖在那里喂它,已把它的火性儿慢慢平下去了。几个黑人儿都躲得远远的,巴着眼,吓坏了,可是妈正跟那马在说话,仿佛它是老朋友似的,那马也乖乖地在她手里吃东西。真是,弄马的事儿谁也弄不过妈的。她一看见我们,便说:'我的天,你们四个怎么又回来啦?你们简直比埃及的瘟疫还瘟得厉害呢!'在这当儿,那马重新又喷起鼻孔竖起牌楼来,她便说:'给我滚开去吧!没看见它在发脾气吗,我那宝贝儿?等我明儿早晨来打发你们四个吧!'以后她就去睡了,今天我们一早就出来,只留保义一个在家里跟她对付。"

"你想她会打保义吗?"原来思嘉早已听见人家说,汤太太对于这么大的儿子还是要打的，有时事情闹大了，竟会拿马鞭子抽他们，她心里总有些莫名其妙。

这位汤太太小名叫芘莉，是个勤劳苦作的女人。她手里有着一大片棉花地，一百个黑奴，八个儿女，还有一大片牧马场，在全州里要算首屈一指。她的脾气本来很暴躁，再经不得这四位少爷常常出岔子，所以动不动就大发雷霆。她平日对于自己的马和自己的奴隶，是决不容人家打一下的，至于这四位少爷，她觉得偶尔给他们吃一顿鞭子，算不得什么。

"当然，她不会打保义的。她从来没有打过他，一来因为他是大儿子，二来因为他是个矮脚鬼。"司徒说这话时，对于他自己那副六英尺二英寸高的身材颇有些得意，"今天我们把他留在家里跟妈解释，也就是这个缘故。不过老天爷知道。妈像这样打我们，总不像话，总望她改了这脾气才好！我们是十九岁了，说谟二十一岁了，她还当我们是六岁的孩子呢。"

"明儿卫家请的大野宴，你母亲会骑那新买来的马去吗？"

"她本来要骑它去的，可是爸爸说那马太危险了。无论怎样，咱们家的那几个女孩子是不会让她骑去的。她们说过，她总至少得有一次宴会要装得像个太太的样子坐着车去，不能老是骑马的。"

"我希望明儿不下雨才好，"思嘉说，"这一个礼拜差不多天天下雨。要是把一个野宴变成了室宴，天下没有比这再扫兴的事儿了。"

"哦，明儿天会好的，而且一定热得像六月里一般。"司徒说，"你就看这落日吧，我从来没有见过比这再红的落日。天气是常常可凭落日测定的。"

说着，他们都把眼睛朝向郝家那片一望无际的新垦棉花地，一直望到那条红色的地平线为止。这时候，太阳变做了一团血红的波动物，正向燧石河对岸的山背后落下去，于是那四月白天的温热，就渐渐减退成一种微弱而芬芳的清冷了。

那一年的春来得很早，只不过经过几番急骤温和的春雨，便见那粉红的桃花和雪白的山茱萸花，把远处的山巅和近处的河畔霎时都渲染成一片锦绣了。耕地的工作差不多已经完毕，那些新翻起来的泥土本来带红色，现在经这血红的落日一映照，便显得红上加红。可是那红色又有分别，在畦顶凸处的是浅红、粉红，在畦沟凹处的是银红、猩红和赭红。那些白粉砖墙的庄屋，恰像是一片红海里点缀着的一座座岛屿，而那一片红海则像一直在波涛汹涌，起伏无定，唯有那沟畦折断的处所，才像是潮头忽落而变为伏波。原来佐治亚州北部的垦地，和别处有些不同。这里并没有很长很直的畦塍，不像中部平坦的黄土地，也不像海滨滋润的黑土地，这里是山麓区域，地势迤逦而下，所以被开做无数的曲线，以免那肥沃的泥土被冲进河底里去。

论土质，这里是一色绯红的土，雨后红得同鲜血一般，旱天便是满地红色的粉末，所以是全世界最好的棉花地。这里有白色的庄屋，有安逸的田地，有懒洋洋蜿蜒而流的黄泥河水，可以算得是一片安乐土，但是同时也是一片差异极显著的土地，因为这里既有天底下最最光耀的阳光，也有天底下最最幽暗的阴影。那一片片已经清出的垦地和绵延数里的棉花田，都对着一个温暖的太阳微笑，现出了和平宁静的神情。在这些田地的边缘上，都有许多处女森林竖立着，虽在最最热的中午时分，也是幽暗而阴凉的，看起来有些神秘，并且带几分凶恶，仿佛那些呼啸的长松是在那里忍耐地等待，是在那里感慨地威胁，说道："当心！当心！你们本来是我们的。我们还是要把你们拿回来。"

当时走廊上那三个人的耳朵里，传来了嗒嗒的蹄声，缰辔相触的银铛声，以及黑奴们尖厉的浪笑声，因为那些在外做活的人手和骡子都从田里回来了。同时从屋子里飘出了思嘉母亲的柔和声浪，她在那里呼唤那个管钥匙箩儿的小黑女。便听见一个尖脆的女孩子声音应了一声："来啦，太太。"接着就是一阵脚步声从背后的过道里向熏腊贮藏室那边响了过去，原来郝太太到那里去分配食物，预备给做活的人们吃饭了。再后便是一阵瓷器和银器玲琅咔嚓的声音，那是兼充食事总管的管家阿宝在那里铺排食桌。

那哥儿俩听见最后这一种声音，知道是该动身回家的时候了。可是他们很怕回去见母亲的面，因而迟迟疑疑地舍不得走开，一心盼望思嘉留住他们吃晚饭。

"你听我说，思嘉，我们谈一谈明儿的事吧，"伯伦说，"明儿的大野宴和跳舞会我们事先不知道，可是明儿晚上你跟我们的跳舞还是要多来几回的。你没有答应他们吧？"

"怎么，我答应了的！我怎么知道你们要回来的呢！我不能专为服侍你们两位，便去冒着做壁花①的险呀。"

"你会做壁花！"哥儿俩哄然地笑了起来。

"听我说，亲爱的，你得和我第一个跳华尔兹，和司徒末了一个跳华尔兹，你得跟我们一起吃晚饭。我们也像上次一样，到那台阶的平台上去坐着，再去找那金嬷嬷来替我们算命。"

"我可不爱听那金嬷嬷算命。你总还记得，她说我将来要嫁一个男人，头发

---

① 壁花：跳舞会里靠墙壁坐着而不参加跳舞的人。

漆黑的，黑胡子长长的。我可不喜欢黑头发的男人。"

"那么你是喜欢红头发的了，是不是？"伯伦傻笑道，"现在不要管他，你且答应我们的华尔兹跟晚饭吧。"

"你要是答应我们，我们就告诉你一个秘密。"司徒说。

"什么？"思嘉嚷了起来，因为她听见"秘密"两字，马上跟小孩子一般活跃起来了。

"你说的是咱们昨天从亚特兰大听来的消息吗，司徒？如果是那个的话，咱们答应人家不告诉人的。"

"嗯，那是白蝶小姐告诉我们的。"

"什么小姐？"

"喏，就是卫希礼的姨妈，住在亚特兰大的韩白蝶小姐。她就是韩察理跟韩媚兰的姑妈。"

"这个我知道，一个傻老太婆，我一辈子也没见过第二个。"

"是这样的，昨天我们在亚特兰大等回家的火车，她坐着马车打车站经过，看见我们，就停下来跟我们谈天，说是明天晚上卫家的跳舞会里，要宣布一桩订婚的事件。"

"这个我也知道的，"思嘉失望地说，"就是她的那个傻侄子韩察理跟卫蜜儿订婚呀。这事人家已经谈了几年了，总说他们两个不久要结婚，可是察理的态度老是那么温吞吞，似乎并不怎么热心。"

"你当他傻吗？"伯伦问，"上个圣诞节你还让他跟你尽缠尽缠呢。"

"他要缠我也没有法儿呀，"思嘉毫不在意地耸耸肩头，"我看他是婆婆妈妈得厉害。"

"可是明儿要宣布的并不是他的订婚，"司徒胜利似的说，"却是卫希礼跟察理的姊姊媚兰小姐的订婚。"

思嘉的脸色并不变，可是嘴唇皮白了，像似一个人受了一下突然的打击，并且因这第一下的振动过于猛烈，以至于不知道到底什么事发生。她瞠视着司徒，脸上非常平静，司徒是向来没有分析的头脑的，总以为思嘉因这消息来得突然，不免惊异，并且觉得很有兴趣罢了。

"白蝶小姐告诉我们，这桩事情本来是要等明年宣布的，因为媚兰小姐的身体不大好，加上近来战争的谣言很盛，两家大人都主张让他们早些结婚，所以决定明儿晚上在宴会上宣布。思嘉，现在我们已经把这秘密告诉你，你也得答应跟我们一起吃晚饭了。"

"当然，我是愿意的。"思嘉机械地说。

"还有华尔兹，也全答应了？"

"全答应了。"

"你真好！我可以赌咒，明儿那些男孩子一个个都要发疯了呢。"

"让他们发疯好了，"伯伦说，"咱们有两个，可以对付他们的。你听我说，思嘉，明儿的野宴你一定要跟我们坐在一起。"

"什么？"

司徒把这请求重复了一遍。

"当然。"

哥儿俩你看着我，我看着你，心里乐不可支，可是不免带几分惊异。他们在思嘉的追求人当中，虽然自问还算受欢迎，可是从来没有像今天这样百依百顺过。平常的时候，她尽管让他们哀求恳乞，决不肯痛痛快快地回答一声"是"或"否"，他们发脾气了，她只是笑，他们光火了，她装得越发冷漠。现在呢，她已把明儿这一天简直全部答应给他们了，野宴跟他们坐在一起，全部的华尔兹都跟他们跳（其实他们料到明儿跳的舞就只有华尔兹），宴会的休息期间也答应给他们。照这么看起来，他俩此番从大学里被开除出来，不是大大的上算吗？

他们既装满了一肚子成功的热望，便越发赖在那里不走了。哥儿俩越谈越起劲，谈着大野宴，谈着跳舞会，谈着卫希礼，谈着韩媚兰，谈着明儿晚饭请几个什么客，彼此闹着，笑着，抢着说话。像这样过了好一会儿，他们方才发觉思嘉的话已越来越少，那种热闹的气氛有些儿变了。怎样变的呢？他们并不知道，只觉得方才那一种兴高采烈的气氛已经忽然消失了。思嘉对于他们的话已经不大注意听了，虽然她回答他们的话并没有说错一句。这种骤然变化的情形，他们虽然说不出所以然来，却也已经感觉到了。但他们还想在那里再赖一会，后来看看再也赖不下去了，这才垂头丧气地站了起来，看了一看表。

这时太阳已经沉到那一片新垦的原田，对岸的森林已经抛下长长的黑影。燕子像穿梭似的飞过了院场，小鸡、鸭子、吐绶鸡，有的扭扭捏捏，有的摇摇摆摆，有的昂首阔步，都从田里回家来了。

司徒吆喝了一声："阿金！"便见一个高个儿的黑孩子，同他们的年纪相仿，气喘吁吁地从走廊角里闪出来，向那吊着的马儿跑去。阿金是他们哥儿俩的跟班，也同那些狗一样，到处都跟随着他们。他是他们从小的伙伴，是在十岁过生日那一天赏给他哥儿俩的。那一群狗一见他去，便都从红泥土上爬了起来，静候着两位主人驾到。于是哥儿俩跟思嘉鞠了一躬，握过了手，告诉她说，明儿一早他们先到卫家去恭候。说罢，就匆匆跑下了石径，骑上马。当他们跑上那柏树的夹道时，便回转头挥着帽子，对她呼喊着。

他们一转过了那条泥路的拐角，陶乐垦植场的庄园就被遮掉了，于是伯伦在一簇山茱萸底下停住马。司徒见他停住，也停住了，那个黑小子便也在他们后面几步煞住马。那几匹马觉得缰绳放松了，便都低下头去嚼那柔嫩的春草。那一群猎犬也就在那软红土上坐了下来，馋涎欲滴地望着一群在暮色苍茫中盘旋的燕子。伯伦脸上露着一种迷惑不解的神情，并且带着一点温和的激怒。

"你听我说，"他说，"照你看起来，今天思嘉有没有要留咱们吃晚饭的意思？"

"我当是她会留的，"司徒说，"我一直等着她，可是她不邀请。你想是什么道理？"

"我想不出什么道理来。不过我看样子，她是应该留咱们的。今天是咱们回家的第一天，咱们又跟她好久不见了，而且咱们还有很多话没有跟她说呢。"

"我看咱们刚来的时候，她是很高兴的。"

"我也是这么想。"

"可是刚才半点钟以前，她忽然不响了，好像她头痛似的。"

"我也看出来了，可是当时并没有注意。你想她是什么毛病？"

"不知道呀！你想咱们说的话里边有没有使她动气的地方？"

他们俩都想了一会儿。

"我想不出什么来。而且，思嘉要是动了气，人家都会看出来。她不像别的女孩子，她心里是藏不住东西的。"

"是啊，我就喜欢她这一点儿。她不像有些女孩子那么冷冰冰，有气只放在心里，她是什么话都会说出来的。可是今天的事情，一定是咱们说的话里边有什么不妥当的地方。我可以赌咒，咱们刚来的时候她本来很高兴，本来要留咱们吃晚饭的。"

"你想不会是为咱们开除的事儿吧？"

"唉，不会的！别做傻子吧。咱们跟她讲这事儿的时候，她是笑得什么似的，而且思嘉对于念书的事儿，也不见得比咱们看得多么重啊。"

伯伦在马鞍上转过身子，叫唤那个黑跟班。

"阿金！"

"嗯？"

"你听见我们跟郝小姐讲的话吗？"

"不不，少爷！咱黑小子怎敢偷听您少爷的谈话呢？"

"偷听？我的天！你们这些小黑炭是什么事情都知道的。你这就撒谎。我当时亲眼看见你躲在走廊角里，蹲在靠墙一株茉莉花旁边。现在我问你，你听见我们跟郝小姐说的话里，有没有什么可以使她动气的，或是伤她感情的地方？"

阿金听见这么说，才晓得不是扳他的错头，便不再装了，立刻把他的黑额角头耸起来。

"不，少爷，俺没见什么话叫她动气。她像挺高兴见您，像惦记您，像小雀儿那么快活，可是后来讲到卫少爷跟韩小姐结亲的事，她就像小雀儿见到头顶有鹞子，勒住嘴啦。"

哥儿俩彼此看了看，点点头，可是还不十分了解。

"阿金的话对的，可是我还不懂为什么，"司徒说，"我的天！希礼对她是没有什么了不得的，不过是个朋友罢了。她对希礼并没有什么热心。她热心的是咱们呀。"

伯伦点点头，表示同意。

"不过，"他说，"也许因为明儿要宣布订婚的事，希礼还没有告诉她。她呢，以为希礼是她老朋友，就不应该不尽先告诉她，因此动气了，你说对不对？女孩子们对于这种事儿，总是看得很重的。"

"嗯，也许。不过，假使他没有把宣布订婚的日子告诉她，其实也算不了什么。这事本来是守秘密的，本预备突然地宣布出来，好让大家惊异的，而且男人对于订婚的事儿，应该有权利保守秘密，是不是？假如媚兰的姑妈不告诉咱们，咱们也到现在还不知道呀。至于他要跟媚兰结婚，思嘉应该早已知道的。你想，咱们几年以前就已知道了他们卫家跟韩家向来是表兄妹做亲的，就像卫家的蜜儿要跟韩家的察理结婚，也是大家都已知道的。"

"好吧，这个意思我放弃。不过她不留咱们吃晚饭，我总有遗憾。老实说吧，我实在不愿意回去听妈训话。这回咱们被开除，已经不能算是初次了。"

"也许保义在家里，现在已经把妈的气说平下去了。你知道这鬼家伙的一张嘴是顶厉害的。妈要有气，他总是可以把她说平下去的。"

"是的，这他办得到，可得费一点儿时间。他得兜着圈子说话，等到把妈说糊涂了，妈才肯让步，才会叫他留一点嗓子等做律师用。可是这回，他怕还没有时间打开场锣呢。因为我可以赌咒，妈对于那匹新买的马一定还是很兴奋，一定要等坐下吃晚饭，看见保义了，才会把我们回家的事情想起来。那一顿饭，她一定愈吃愈有气。一定要等今晚十点钟，保义才会有机会跟她说话，跟她说明咱们的监督怎样侮辱咱们，以至于咱们不能不走的情形。一定要等说到半夜，他才能把她说转来，使她对于那监督也动了气，以至于会问保义干吗不拿枪打死他。总之，我们不等到半夜是不能回家的。"

哥儿俩满肚忧郁地面面相觑起来。他们全不怕野马奔驰，也不怕拿枪决斗，更不怕邻舍家光火，唯有他们那位红头发的母亲训起来，以至于拿马鞭子毫不容情地抽他们的屁股，那是他们着实害怕的。

"那么，这么吧，"伯伦说，"咱们到卫家去吧。希礼他们一定高兴留咱们吃饭的。"

司徒现出一点不舒服的样子。

"我想不好。他们要预备明儿的大野宴，今晚上一定是很忙乱的，而且——"

"哦，我忘记了，"伯伦连忙说，"是的，不要去吧。"

他们喀咯了一声马，默默地骑了一会儿，司徒那棕色脸上泛起一阵羞惭的红晕。原来去年夏天以前，司徒一直都在追求卫家的英弟，这是两家人家以及全区的人都赞成的。大家以为英弟的性情很冷静深沉，也许对于浮躁的司徒可以发生一点影响。至少，这是大家都热烈希望着的。可是司徒正在进行的时候，伯伦却觉得不能满意。伯伦也喜欢英弟，但是觉得她过于平淡，过于柔顺了。他总觉得自己对于她不能发生爱情，因而不能常常陪伴司徒同去。这是他哥儿俩第一次发生趣味分歧，汤伯伦对于自己觉得无甚出色的女孩子，是不容他兄弟去注意的。

直至去年夏天，在琼斯博罗橡树林里的一个政治演说会上，他们突然发现了郝思嘉。她是他们几年前就认识的，而且自从他们做孩子的时候起，她就是他们顶顶喜欢的一个伙伴，因为她会骑马，会爬树，跟他们自己一样。但是此番见了她，想不到她已长成了一个大姑娘，而且标致得全世界要算第一，于是他们不胜惊异。

当时他们第一次注意到她的那双绿色眼睛多么会迷人，她的那对酒窝长得多么深，她的那双手足是多么的轻灵，她的那个腰身是多么的纤细。他们试用巧妙的言辞恭维了她几句，便引起她轰雷一般快乐的笑声。他们以为她对他哥儿俩未免有情，于是不由得神魂颠倒了。

这是那双胞胎一生之中最可纪念的一日。以后他们谈起了此事，自己总觉得奇怪，为什么对思嘉的美他们以前没有注意到呢？对于这个问题，他们始终没有找到正确的答案。正确的答案应该是：那一天是思嘉存心要他们注意她的。原来思嘉生就了一个脾气，决不能容忍人家爱别的女人而不爱她。这时她在演说会上看见卫英弟跟汤司徒在一起，那是她那好胜的脾气怎么也受不了的。于是她略施一点一箭双雕的伎俩，不但要把司徒抢到手，就连伯伦也要顺手牵羊地牵来，因此他哥儿俩居然都入她彀中。

当司徒追求英弟的时候，伯伦也在有意无意地追求一个女孩子，姓孟，叫嫘弟，洛夫乔伊人。现在他哥儿俩同时爱上了思嘉，那二弟当然都被丢在脑后了。但这是两雄不并立的事，终究要造成一成一败的局面，将来郝思嘉挑定了一个，那个失败者怎么办呢？这是他哥儿俩不曾想过的，仿佛将来遇到这个问题时，自然而然会解决。至于目前，他们既已同心同德地对付同一个女子，便觉得心满意足，因为他们彼此之间是从来不妒忌的。这一种局面，邻舍人家都感觉到很有趣。却叫他们的母亲担着一大把心思，因为她是不欢喜思嘉的。

"倘使那个小鬼挑上了你们哪一个，那就算哪一个该受活报应，"她说，"或者也许她两个都要，那么你们就得搬到乌塔去做摩门教徒①，可还不知道他们肯不肯收留你们。……我所担心的，就怕有一天你们两个都让那绿眼睛的小妖精迷住了，那就免不了自相妒忌，大家拿起枪来相杀。可是弄到这步田地，我倒也是巴不得。"

自演说那一天起，司徒一见英弟的面就觉心里不舒服。这并不是因为英弟责备过他的突然变心，或在态度神色之间流露过责备的意思。不，她并不是这样的人。可是司徒一见她的面，就自己觉得负疚，觉得心里不能安宁。他知道是自己先爱慕英弟的，也知道她到现在还是爱他的，因此他在内心深处觉得自己太不像个正经人了。其实他直到现在还是非常欢喜她的，对于她的冷静的教养，书本的学问，以及所有纯正的品性，他都非常地尊敬。可是一经跟思嘉那种漂亮而善变的风度相比起来，就觉得她十分暗淡、十分没趣、十分呆板了。跟英弟往来的时候，是一直可以摸着她的意向在那里的，但跟思嘉往来，那就永远得不到丝毫的观念，这就足够使男人感觉到惝怳迷离，然而她的魅力也就在这里。

"那么，咱们到高恺悌家去吃晚饭吧。思嘉说嘉菱从查尔斯顿回来了。也许

---

① 摩门教主张一夫多妻或一妻多夫制。

咱们还可以听到一点嵩塔儿要塞的消息。"

"嘉菱怎么会有消息！我可以跟你打个赌的。她是连那海港里有没有要塞也不知道呢，当然更不知道那里本来住满北佬儿的事了。她知道什么？知道跳舞会，知道找小白脸儿罢了。"

"那么去听听她那一套胡说八道也是好玩的。反正咱们得找一个地方躲一躲，躲到妈睡觉了才好回去呀。"

"嗨！嘉菱我倒也欢喜，她倒真是好玩的，而且可以打听打听瑞珈罗的消息，还有查尔斯顿旁的许多人；可是，唉，要我再跟她那个北佬儿的继母坐在一起吃一顿饭，那我就不是人了。"

"你别这么恨她，司徒。她的心是好的。"

"我并不是恨她，我倒觉得她可怜。可是我对于我觉得可怜的人都不欢喜。有客人去，她老是那么巴巴结结，想叫你适意，可是话说得太多了，巴结过度了，反而觉得处处都叫人难受。我在那里总觉得局促不安！并且她把咱们南边人当做蛮子。她跟妈都这么说过。她怕南边人，咱们每回在那里的时候，她老像吓得要死似的。我想起她来，好像是一只瘦骨嶙峋的母鸡，蹲在一张椅子上，一双眼睛骨碌碌地吓得什么似的，好像谁要有一点儿动静，她就会拍起翅膀叫起来似的。"

"不过呢，你也不能怪她。你是拿枪伤过恺悌的腿的。"

"不过，那一次是我喝醉了，不然的话我也不会那样，"司徒说，"而且恺悌自己倒并不怎么恨我。嘉菱、累福跟高先生也都不怎么样。唯独那个北佬儿继母那么哗啦哗啦的，说我是个野蛮人，说上等人跟野蛮的南边人在一起是很危险的。"

"不过，你还是不能怪她。她是北佬儿，不懂礼貌的，而且你打伤过她家的恺悌，他到底是她的继子呀。"

"不过，嗨！那也不能就算是她应该侮辱我的理由啊！你是妈的亲生儿子，可是那一次方东义打伤你的腿，她发过火吗？一点儿都没有。她只请老方医生来把你包扎起来，并且问那医生说，东义的枪法向来很准，这回为什么会误伤人的？又说大概东义喝醉了，所以瞄得不准了。你总还记得她这句话使得东义多么难受吧？"

哥儿俩都哈哈大笑起来。

"妈是了不起的角色呢！"伯伦带着夸奖的语气说，"她在大庭广众之前，总能处置得很适当，不会叫你失面子。"

"是的，可是今晚上咱们回家去，怕是要在爸爸跟妹妹们面前叫咱们大大失面子了呢，"司徒忧郁地说，"你看吧，伯伦，我猜这事儿的结果是叫咱们去不成欧洲。你记得妈说过的，要是咱们再从哪一个学校被开除出来，咱们就不能参加大旅行了。"

"嗨！那是咱们不管的，是不是？欧洲有什么好看的？我可以赌咒，他们外国人拿得出来的东西，都是咱们佐治亚州自己有的。我可以赌咒，他们的马没有咱们的快，他们的女孩子没有咱们的标致，我又知道他们的大麦烧酒，也是没有哪一样能叫咱们爸爸喝得过瘾的。"

"卫希礼说过，那边有不少的风景跟音乐。他是喜欢欧洲的。他老是谈起它。"

"嗯，卫家人的脾气咱们是知道的。他们对于音乐、书本、风景这类东西都非常欢喜。妈说这是因为他们的祖父从弗吉尼亚来的缘故。妈说弗吉尼亚人对于这一类东西都看得很重。"

"让他们去欢喜好了。我就只要有好马可骑，有好酒可喝，有一个好女孩子可以追求追求，还有一个坏女孩子可以玩笑玩笑，就让欧洲给谁拿去都不管。……咱们干吗要可惜什么大旅行？假如现在咱们是在欧洲，家里战争已经起来了，那怎么办？那是咱们一时回不得家了。我宁可去战争，也不情愿到欧洲去。"

"我也是的，随时都可以去参战。……嗯，伯伦！我想起一个吃晚饭的地方来了。咱们骑过烂泥场去找温艾伯，告诉他咱们四弟兄都回家了，又预备去操练了。"

"这主意倒好！"伯伦热情地嚷了起来，"而且还可以听听营里的消息，打听打听他们的制服到底决定用什么颜色。"

"假如是用法国步兵服，那我王八蛋才去入伍。穿起那种风篷一般的红裤子来，我就像个娘儿们了。那种裤子真像是娘儿们穿的。"

"少爷，您去找温少爷吗？"阿金插嘴说，"要那样，少爷们会吃不到好晚饭。他家厨子死啦，新厨子还没买到。现在他们随便找人弄吃的，他家黑小子说，弄得再坏也没有了。"

"我的天！那么怎么不去新买一个来呀？"

"穷白人，下流坯，买得起黑人？他家里的黑人顶多也没多过四个。"

阿金的声调里显然含着瞧他不起的意思。这是因为汤家的黑奴有几百，所以他觉得自己的社会地位已经很稳固，对于那些蓄奴不多的小农家都瞧不起了。

　　"我要剥你的皮，"司徒凶狠地嚷道，"你怎么叫温先生穷白人！他原是穷，可并不是下流坯，谁要瞧他不起，我就不答应，不问他是黑人，是白人。我觉得他这人是再好也没有了，不然的话，营里怎么会举他做尉官呢？"

　　"这个连俺也不懂，"阿金不顾主人的斥骂，还是要应口，"俺知道他们营里的军官是从有钱人里边挑的，不是从下流坯里边挑的。"

　　"我说过他不是下流坯呀！你拿他跟施家那样真正的下流坯比吗？温少爷不过是没有钱。他虽不是大地主，到底也是个小农民。现在营里既然把他举出做尉官，你们这些黑小子说话就得当心了。他们营里的人是没有错儿的。"

　　这所谓营，就是一个骑兵队，三个月之前组织起来的。就是从佐治亚州脱离北方的那天起，那些新募入伍的人就一直嚷着战争。关于这个组织的名称，大家意见纷纭，莫衷一是，犹如关于制服的颜色和式样，也始终得不到一个决定。后来因为营里营里的叫惯了，大家就拿一个"营"字来当它的定名了。

　　营里的军官是由营员选举的，因为全区人里面，除了少数几个曾经参加墨西哥战争和散米诺战争的老兵外，没有一个人具有军事经验，但是营里人对于那几个老兵，要是平日感情不好的，或是不得信任的，就都不愿他来做领袖。至于汤家的四弟兄和方家的三弟兄，那是人人欢喜的，可是大家都不便选举他们，因为汤家那四个太容易喝醉酒，并且像似云雀儿，方家那三个又非常之性急和暴躁。卫希礼是被举做队长了，因为他的骑马是全区第一，而且头脑很冷静，像是可以维持秩序的。高累福是上尉，因为他是人人喜爱的。温艾伯是中尉，他的父亲本来以在烂泥场上捕兽为生，现在他做了小农民了。

　　艾伯是个精明严肃的大个儿，不识字，心肠却很好，比同营的那些青年年纪都大几岁，见到女人的时候也比他们比较有礼貌。他们营里很少有官场虚伪的习气。因为他们的祖父和父亲一辈，都是从小农民阶级致富的，所以不容这种习气的存在。至于艾伯，他是全营里第一把枪手，能够在七十五码路外瞄准一只松鼠的眼睛。同时，他又懂得一切野外生活的方法，如怎样在雨里生火，怎样去追寻野兽，怎样找到水喝等等。凡是货真价实的角色，营里人都愿意对他低头，而且大家本来也都欢喜他，因此把他举出来做军官了。他对于这种荣誉，只是严肃地承受着，并不现出一点自负的神色。然而那些大地主家里的女人和奴隶，总都忘记不了他出身微贱，无论男人们是怎样地推重他。

起初的时候，这营的营丁是绝对从大地主的子弟里面招募的，因而可以算是一个上层阶级的武装，而且凡来入伍的人，都得自备马匹、军器、配备、制服，以及私人的勤务兵。但是葛藟墩地方偏僻，有钱的大地主很少，所以后来为充实兵力起见，不得不把招募的范围扩展到小农民的子弟、边境森林里的猎户、烂泥场上的捕兽户、山民，甚至于一般贫穷的白人。

如果战争发生了，这些贫穷的白人也都愿意跟北佬去打，其热心并不减于他们的富有邻人。可是这时候一个微妙的问题出来了，就是钱。那些小农民是没有几个有马的，平时农地的工作都用骡子，而且就是骡子也没得多余，难得有几家人家有过四匹。营里并不收骡子，就是收，也舍不得拿去打仗的。至于贫穷的白人，一家人家有了一匹骡子，就要算是阔的了。森林里和烂泥场里的居民，是马跟骡子都没有的。他们全靠地上的出产或是捕获的禽兽过活，平日总是拿货去换货，一年到头也见不到五块钱，所以马匹跟制服是他们的力量所办不到的。但是这一班人非常自傲，他们的贫穷，并不亚于大地主们的自傲。他们的财富，富有的邻人们无论给他们什么，要是带着一点施舍意味的，他们是无论如何不肯收受的。在这局势之下，区里的一班大地主出头了。他们一面要讨大众的欢心，一面也要充实这个武装组织，以备将来防卫自己的利益，所以都自愿捐出钱来。当时参加的有郝思嘉的父亲、卫约翰、孟伯克、汤勤、高恕，其余除了麦安古一个例外，全区的大地主都已在内了。起初的办法本不过由各大地主担任他本家子弟及一部分亲友的费用，但经这么一来，那些资财较小的营丁就可以公然收受别人捐助的马匹和制服，而不觉得有伤体面了。

那些营丁规定每星期聚会两次，地点是在琼斯博罗，聚会时除操练之外，还要祈祷战争迅速地开始，这时候马匹还没有备齐，只有那些已经备马的参加操练。操场是法院背后的一片原野，操的是他们自以为的骑兵战术，每次都要扬起漫天的灰土，都要喊哑他们的喉咙，并且挥舞着他们从客厅墙壁上解下的指挥刀，直至挥酸了他们的臂膀为止。那些还没有备马的呢，就只能坐在墙脚石上，一面嚼着烟草，瞎聊着天，一面看着他们的同伴操练。不然就是找几个同伴比赛打靶子。因为射击这件事，这些人是谁都用不着教的。大部分的南边人自小就从事打猎，因而人人都成枪手了。

至于他们所用的枪械，那是从各家各户杂凑起来的。内中也有打松鼠用的长杆枪，也有旧式的毛瑟枪，也有马上用的手枪，也有决斗用的镶银手枪，也有短筒的衣袋手枪，也有双管的猎枪，也有英国制的新式美丽的来复枪。

操练的最后一幕,照例是在琼斯博罗的各家酒馆里,直到傍晚时分,又照例要起几场争斗,以致军官们处置伤兵的问题,不等北佬儿打来就已非常棘手了。方才讲的汤司徒打伤高恺悌的事,以及方东义打伤汤伯伦的事,也就是在这种争斗的时候发生的。那时他哥儿俩刚刚从弗吉尼亚大学被开除出来,所以都很热心地去加入,做营丁。直至两个月之前,他们的母亲又把他们送进了州立大学,命令他们定心读下去,不许出来。但是他们经过了营里的兴奋生活,颇感到学校生活的寂寞,心里以为能够天天过那骑马、呼喊、射击的生活,就是牺牲了教育也是值得的。

"好吧,咱们就过去找艾伯吧,"伯伦提议说,"用不了多少时候咱们就可以跨过郝家的河床和方家的牧地了。"

"俺一定吃不到好东西,就只有黑葡萄跟豆子。"阿金辩论道。

"本来就不请你去吃呀,"司徒傻笑道,"你替我回去,告诉妈说咱们不回去吃饭了。"

"哦,那俺不去!"阿金大吃一惊道,"那俺不去!俺回去吃太太的生活,不是好玩的。俺回去啦,太太一定先要问俺,问你们是怎么被开除出来的。第二样又要问俺,今晚上你们干吗不回家去吃夜饭。她一定要把一切罪名都推在俺身上,像鸭子扑虫儿似的,向俺扑了来,那俺可就吃不消啦!您要带俺去呢,俺得整夜蹲在树林里,也许会给巡逻队逮了去,可是俺宁可给巡逻队逮了去,也不愿回去吃太太的生活。"

那哥儿俩看见这小黑炭态度如此坚决,心里又好笑,又好气,朝他看了看。

"你瞧,他竟情愿让巡逻队逮了去,好让妈有两个礼拜的骂人资料,可见这班小黑炭简直不是好东西。有时我也曾想起那班废奴主义者的意见竟是不错的。"

"不过呢,己所不欲,勿施于人,咱们自家儿受不了的事,也不该叫阿金去受。咱们还是带他同走吧。不过,你听我说,你这黑小鬼,要是你跟温家那些黑小鬼去摆架子,说咱们家见天吃烤鸡、吃火腿,他们可只有兔儿肉、黑葡萄,那我就要——就要回去告诉妈去。而且我们去打仗也不带你去。"

"摆架子?俺跟那些不值钱的黑小子摆架子?不,少爷。俺是有礼貌的,不是太太教俺礼貌跟教您一样教吗?"

"她来教育咱们,也算倒了霉了,"司徒说,"来呀,咱们走吧。"

他把胯下的红毛大马两腿夹紧了,拿马刺在它屁股上刺了一下,便轻而松之地跳过郝家垦地边上的那道篱笆去了。伯伦的马跟着跳过去,再后就是阿金的。

阿金跳时紧紧抓住马鞍和马鬃。阿金本不喜欢跳篱笆，可是他要追上他主儿，比这再高些的篱笆也得跳。

然后他们在暮色苍茫之中穿过一片红土的田塍，跑下了山麓，直至跑进河床的时候，伯伦忽然对他兄弟高声呼喊道：

"喂，司徒！你想思嘉是要留咱们吃晚饭的吗？"

"我到现在还是这么想，"司徒也呼喊道，"为什么你要疑心……"

第二章

那双胞胎兄弟走时,思嘉站在走廊上送他们,直到马蹄声消失,她方才像梦游人似的回到她的椅子上。她的脸觉得木僵,仿佛有什么痛楚似的,她的嘴巴确实在发酸,这是因她方才怕那哥儿俩看破她的秘密,硬装着笑容装得时候太久的缘故。她疲乏地坐了下去,将一条腿盘了起来,只觉得心凄楚得发胀,胀得几乎把胸膛也裂破了,同时又在那里断断续续地跳着。她的手是冰冷的,有一种大祸临头的预感压迫着她。她脸上显出苦痛和惶惑,仿佛是一个纵容惯了的孩子,平时有求必得,而今破题儿第一遭尝到不如意事的滋味似的。

希礼要跟韩媚兰结婚了!

啊,这是不真实的!是他哥儿俩弄错了,是他们跟她开的一个玩笑吧。希礼是不能爱她的,像媚兰那样一个小耗子一般的小个儿,没有人会爱上她的。思嘉想起媚兰那样一个小孩子般的瘦削身材,那样鸡心一般的一副脸蛋,老是那么一本正经,平淡得一点儿没有生趣,她就怀着一肚子的瞧她不起了。而且希礼总有好几个月没有见她了。自从去年他在十二根橡树开过那次宴会,他到亚特兰大去的回数不会多过两次的。总之,希礼决不会爱上媚兰,因为——思嘉自以为决不会错的!——因为他是爱她的。她,思嘉,才是他所爱的一个人——这是她知道的!

这时思嘉听见嬷嬷的沉重脚步在穿堂里踩得咯咯响,便把那条盘着的腿急忙伸下来,并且勉强把面容装得平静些。因为嬷嬷倘使疑心有什么事儿,那就糟糕了。嬷嬷对于郝家的孩子,觉得是连肉体连灵魂都属于她的,他们的秘密就是她的秘密,哪怕她看见一丝鬼鬼祟祟的形迹,她就要像一头猎犬,毫不容情地去追寻踪迹。思嘉根据平日的经验,知道嬷嬷的好奇心假如不能立刻使它满足,她就要去告诉妈,那么自己就不得不把事情的真相对妈和盘托出,不然就得编造出一篇可以自圆其说的谎话来。

嬷嬷从穿堂里出来了。她是一个魁梧的老太婆,一双眼睛却细小而乖巧,很像是象眼。她是纯粹的非洲人,长着一身闪亮的黑肉。她在郝家里,是把全副心血都用在里面的,一向是郝太太的左右手,却是三个女孩子的眼中钉,全家奴仆的雌老虎。因为她的皮色虽然黑,她的规矩却是严得很,并且具有一种自尊心,或许比她的主人们还要强些。原来她小时候是郝太太的母亲罗肃兰老太太的房侍,那位老太太是个精明冷酷的高鼻子法兰西人,平日家教极好,对于儿女、奴仆都非常严厉。后来养了郝太太,小名叫爱兰,这位嬷嬷就做了她的乳母,郝太太从萨凡纳嫁过来,她也就做陪嫁跟了来了。这位嬷嬷对于她宠爱的人,她就要管教。如今思嘉是她顶顶宠爱顶顶得意的,所以就时刻不懈地管教着她。

"刚才两位少爷走了吗?你怎不留他们吃晚饭,嘉姑娘?俺已经告诉阿宝替他们添两客饭啦。你的礼貌哪里去了呢?"

"哦,他们一直在谈战争,我听厌了,再也不耐烦熬过一顿晚饭去,过一会儿爸爸也来加入,大嚷起什么林肯先生来,那就更受不了了。"

"你是越来越不知礼啦,你妈跟俺怎么教你也不听。你的围巾呢?让冷风这么吹着!俺早就告诉你啦,光着脖子坐在冷风里是会发烧的。进屋里去吧,嘉姑娘。"

思嘉装做毫不在意的样子,把脸朝了过去,幸喜嬷嬷一心在她围巾上,并没有注意到她的面色。

"不,我要坐在这儿看落日。你看它多美啊。你去把我的围巾拿了来,谢谢你,嬷嬷,我要坐在这儿等爸爸回来。"

"怎么,你的声音变啦,像是伤风啦。"嬷嬷怀疑地说。

"不的,我不伤风,"思嘉不耐烦地说,"你去拿围巾去吧。"

嬷嬷蹒跚着回到穿堂里,随即听见她在楼梯口轻声叫着楼上的女仆。

"喂,露莎!你把思嘉姑娘的围巾扔下来。"然后比较大声地说,"嗨,这不中用的黑鬼!她是什么事儿都干不了的。又得俺自己上楼去。"

思嘉听见楼梯咯咯地作响,她就轻轻地站了起来。她想嬷嬷回来的时候,一定又要把她不善待客的一番演讲重新开头的。她觉得正当自己心碎的时候,却要把这么一点小事情尽管啰唆,可实在有些不耐烦。她站了起来,心里踌躇着,不知该到哪里去躲藏一下,好让胸口的疼痛平伏一点下去,随即想起一件事来,觉得还有一线的希望。原来她父亲那天下午为了商量买蝶姐的事,骑马到卫家的垦植场十二根橡树去了。蝶姐就是他家管家阿宝的外家妻子①,现在十二根橡树做

---

① 外家妻子:指黑奴的妻属于别个主人的。

女管家跟收生婆。她跟阿宝成亲六个月了。自从他们成了亲之后，阿宝就一直逼着主人去把蝶姐买过来，好让他们两口子住在一处。郝先生吃逼不过，那天下午竟到那边去商量去了。思嘉心想父亲到那边，一定会得知这桩事情的真假，即使他没有听到什么确实的消息，也总可从卫家那天的情景上看出一些意思来。若是她在未吃晚饭之前能够跟父亲私下谈一番话，或许可以探出事情的真相，因而证明他哥儿俩方才的话原不过是跟她开开玩笑的。

现在是她父亲快回来的时候了，她若是要跟他独个人谈话，就只有跑到大路跟夹道的交叉点上接他去。于是她悄悄地走下台阶，小心翼翼地旋过头去看看楼窗口，看嬷嬷是不是在那里窥探自己。一看楼窗的帘幕缝里并没有一张嵌着雪白牙齿的黑脸儿，于是她放大了胆，用手撩起绿色的长裙，急忙从石径上跑上了夹道。

那夹道两旁茂密的柏树在头顶相交成穹形，使得那长长的车路成了一条阴暗的地道。她一经跑进了柏树荫中，知道家里人已经看不见她，便放下心，把脚步儿放慢了。这时她已经气喘吁吁，因为她的小马甲扎得太紧，是不容她跑急路的，可是她仍旧用尽快的步子向前走去。一会儿她就走到夹道的尽头，跨上了大路，但是她仍不止步，及至再向前去拐过一个弯，见有一大丛树替她挡住家里人的视线，方才停住。

她红着脸，喘着气，在一根树桩上坐下来等她的父亲。平常这时候他应该回来了，现在怎么还不来？她是巴不得他来得晚些。她在那里多待一会儿，也好使喘息平一平，面色静一静，免得引起父亲的疑心。她等着听见一阵马蹄声，等着看见父亲照常地飞跑上山顶。可是时光一分分地逝去，而父亲还是不来。她张大眼向那条路上远远地探望，心中的痛楚重又膨胀起来。

"啊，这是不真实的！"她想，"他为什么还不来呢？"

她的眼睛跟随着那条大路。那路经过早晨的一阵雨，现在是鲜血一般的红。她在想象着那路的行程：它从这里下山去，到达那懒洋洋的燧石河，然后通过那荒凉泥泞的河床，又爬上一座山，便是希礼所住的十二根橡树了。这就是那条路的唯一的意义——那是通向希礼的路，通过那山顶上那座希腊神庙一般美丽的白柱子房屋去的路。

"啊，希礼！希礼！"她这么想着，心就跳得快起来了。

自从那双胞胎告诉她这个消息，她就一直被一种惶惑和灾祸的冷酷意识压服着，现在这种意识已被推到她的心的后壁去，代它而起的是一种热愤，原来这种热愤已经在她心里盘踞两年了。

她心里觉得奇怪，为什么以前希礼对于她并不觉得怎样动人呢？她小的时候，一直看见他来来去去，却从来不曾去想过他一下。可是两年前的那一天，希礼从欧洲游历了三年回来，到她家来拜望，她就爱上他了。事情竟是这么简单的。

那时她站在前面的走廊上，看见希礼从那条长夹道上骑马而来，身上穿着一件灰色绒布的褂子，领上打着一个阔黑蝴蝶结，跟一件绉领的衬衫配合得非常妥帖。一直到现在，她对于他当时的服饰，还是一件件都想得起来。他脚上穿着一双雪亮的长靴，蝴蝶结上插着一枚浮雕着魔女头的别针，头上戴着一顶阔檐的巴拿马帽子。一见了她，就把帽脱下来拿在手里。这才跳下马来，将马缰绳扔给一个黑小子，站在地上朝她看了看，一双蒙眬的灰色眼睛张得大大的，充满着笑容，一头金丝的头发给太阳照着，像是戴着一顶银光灿烂的便帽一般。然后他说道："思嘉，你长得这么高了。"然后他轻轻地跨上台阶，拿住她的手吻了吻。那时他的声音是——她一听见了就不禁心里怦怦地跳着，仿佛是初次听见一般——那么的漫长、响亮，像音乐似的。

自从那一刻儿起，她就要上他了，就像她要东西吃，要马骑，要温软的床睡觉那样，很简单而无理由地要上他了。

两年以来，他也曾经带她到区里各处去走走，去参加跳舞会、捕鱼宴会①、野宴会，乃至到法院去观审等等。他虽不像汤家两弟兄跟高恺悌那么来得勤密，也不像方家几个孩子那么追求得认真，可是他到陶乐来的足迹，却不曾有过一个礼拜的间断。

的确，他从不曾对她讲过爱，他的眼睛也从不曾流露过那种热烈的光，像思嘉在旁的男人身上看见的。然而，她知道他是爱她的。她从经验里获得一种比理性和知识还要强有力的本能。这种本能告诉她，他确实是爱她的。有时他的眼睛并不蒙眬，也并不疏远，有时他对着她看看，分明流露着一种热望和凄苦的神情，在这样的时候，他往往要使她吃惊。总之，她确实知道他是爱她的。那么他为什么不对她明说呢？这个她就不懂了。但是他身上原有许多事情是她不懂的。

他一直都很客气，可又老是那么淡淡的，跟你不即不离的。谁也不能知道他心里在想什么，尤其是思嘉。那一带的人，大都是有话便说，心口如一的，所以

---

① 捕鱼宴会：一种野宴，在水边举行，临时捕鱼烧着吃。

像希礼这样深沉的性格，愈加觉得与众不同了。对于一切娱乐消遣的事情，如打猎、赌博、跳舞、谈政治之类，他跟其他任何青年都一样地出色。尤其是骑马，那是谁都不如他的。可是他跟其余的人有一点差别，就是他不把这些娱乐当做人生的目的。至于读书、音乐、做诗三桩事，他尤其具有独得的乐趣。

啊，他为什么要长得这么美？可又为什么老是这么客气，这么难亲近？为什么尽管谈欧洲，谈书本，谈音乐，谈诗歌，而这些谈话又为什么既使她厌烦，又使她爱听？思嘉每次跟他坐在前廊的暮色苍茫里谈过一番话，晚上上床总要有几个钟头翻来覆去睡不着，总得自己安慰着自己，以为他下次再来一定要向她求婚的。然而下次来了又去了，而结果是什么也没有，唯有使她自己心中的热愤一天高似一天，一天热似一天罢了。

她爱他，她爱他！可是她始终不了解他。她是一条肚肠通到底的，头脑非常简单的，简单到像陶乐场上吹过的风，陶乐场边环流的水，因而直到她的末日，她也不会懂得一件机构复杂的东西。现在呢，她是生平第一遭儿遇到一个复杂的性格。

因为卫希礼累代相传，生就一种特殊的性格，凡遇闲暇的时间，都不用来做事，只是用来思想，用来制造种种颜色鲜明的梦，都与现实毫无干涉。他一向都活动在一个内在的世界里，觉得那里比佐治亚州美丽得多。有时要他回到现实来，他总是老大不愿意。他对于人们只作冷眼旁观，也无所谓爱，也无所谓憎。他对于人生也作冷眼相待，不乐观也不悲观。他看破了整个宇宙和他自己在宇宙中的地位，以为本来就是如此的，时或感到不耐烦，便耸耸肩头，到他的音乐、书本和较好的世界里去躲避。

他的思想思嘉既然不了解，他又怎么能够擒住她的呢？这是思嘉不懂的。正唯他具有神秘性，这才引起她的好奇心来，犹如一重没有锁也没有钥匙的门，可以引起人的好奇心一般。他身上那种不能了解的东西，适足以使她对他的爱更加深切，而他那种深沉不露的特异追求法，也适足以增加她要据他为己有的决心。她始终不曾怀疑他有一天要向她开口求婚，因为她年纪太轻，纵容太惯，从来不晓得怎样叫失败。然而现在，犹如晴天里起了一个霹雳，来了这个骇人听闻的消息。希礼要跟媚兰结婚了！这不能是真实的！

还不过是上礼拜的事，他们在暮色苍茫中从妙峰山骑马回家，他还对她说："思嘉，我有一桩非常要紧的事告诉你，我正不知道怎么说法才好呢。"

当时她假作端庄地低下了头，心里喜得不住地狂跳，以为那个快乐的顷刻终于要到了。然后他又说:"现在不讲吧!咱们已快到家了,来不及讲了。啊,思嘉,你看我是多么胆怯啊!"于是将马加上了一刺,送思嘉过了山,他就回家了。

现在思嘉坐在树桩上,回味着这几句曾经使她狂喜的话,突然想出另外一种意义来。觉得那意义非常险恶。也许他当时要对她讲的就是这个订婚的消息呢!

啊,爸爸怎么还不来呢?这个闷葫芦她再也熬忍不下去了。她再向那条路上看了看,仍旧还是失望。

这时太阳已经落到地平线底下,那一团红晕已经退为淡红。上面的天空已经从青苍色渐渐变成鸭蛋一般的湖绿色,并有一种幽静的暮色暗暗向她四面围拢来。朦胧的阴影爬过了村子。那些大红的田塍和那条闪红的大路都已失去了它们奇幻的血色,而变成平凡的褐色土了。大路的那一边,在那牧场上,有一些马儿、骡子和牛,都静静地把它们的头伸过那道篱笆,等着人来赶它们回去吃晚饭。它们并不欢喜那种黑暗的阴影,所以看见思嘉就把耳朵抖了抖,仿佛很重视人类的伴侣似的。

在这奇异的暮色里,河旁那些本来葱翠的高松都变成了一丛丛的黑影,映在那湖绿的天空上,仿佛是一行黑色的巨人,将脚下那条懒洋洋的黄泥河水也淹没了。河对面的山顶上,本来可以看见卫家那些白色的高烟囱,现在却在四周的橡树影里隐没了,只看见远远有几点针尖一般的灯光,知道那里是有人家的。一阵潮湿的土香向她的四面袭来,而满眼的嫩绿正在蓬蓬勃勃地向空中冲发。

这暮景,这春天,这新绿,对于思嘉都并没有什么神异。它们的美丝毫不在她意中,正如她所呼吸的空气和她所喝的水一般。因为她除了女人的脸,除了马,除了绸缎的衣服,以及诸如此类有形有体的东西,就不知道还有别的东西是有美的了。可是如今这一番宁静的暮景,对于她那纷乱的心却也确能给它一点安静的。这一片土地她原是极爱的,却又并不知道自己是爱它,犹如她爱晚祷的灯光底下的母亲的脸。

那条弯曲的路上仍旧不见父亲的踪迹。如果她在那里再多待一会,嬷嬷一定要来找她,并且将她骂回家里去。可是正当她睁着眼睛探望的时候,她听见一阵马蹄声从山坡下响了起来,同时看见那些牛儿马儿惊惶地跑散开去。父亲终于骑着马飞奔着回来了。

父亲骑的是一匹粗腰身长腿儿的大猎马,当他骑上山顶的时候,远远看去就像一个小孩子骑在一匹大马上一般。他的长白头发向脑后飞扬着,手里扬着鞭子,口里高声地喊着。

这时思嘉心里虽然十分焦灼，但看见父亲骑马如此的英勇，却也觉得非常得意。

"我总不懂，为什么他喝了几滴酒下去老是喜欢跳篱笆，"她心里想，"去年也就在这里，他还跌过了一跤，跌碎了膝盖头。你总当他以后不会再跳了。他还跟妈赌过咒，答应以后再也不跳的。"

思嘉并不怕父亲。他对她反而比对她的几个妹妹还要随便些。因为她知道父亲喜欢瞒着母亲跳篱笆，很有点小孩子脾气，也跟她自己做坏事情要瞒牢嬷嬷一样。当时她从树桩上站起来看他。

那马跑近了篱笆，便将身子一纵，像一只雀儿一般毫不费力地飞了过去。同时，她父亲在马背上热心地喊着，将鞭子在空中挥舞着，脑后的白头发颠簸着，他并没有看见女儿躲在树影里，因而将缰绳收了一收，拍拍那马的颈项，以示夸奖。

"你是区里无双的了，怕也是州里无双的了。"他得意扬扬地这样评定他的马。然后，他急忙理了理头发，将那已经打皱的衬衫和被扭到耳后去的领结也都整了整。思嘉知道父亲做这套手脚，是为要对母亲装得规矩些，因而想起现在正是跟他开始谈话的机会了。

于是她大声笑了起来。果然不出她所料，那老头儿听见笑声就不由得吃了一惊，直至看出了是她，他那红润的脸上就现出了一种兼有羞惭和蔑视的神色。他费了很大劲儿才下了马，因为他的双膝已经麻木了。然后他将缰绳套上了臂膀，向女儿这边蹒跚走来。

"好啊，姑娘，"他说着，在她面颊上拧了一把，"你也学苏伦，在这儿侦探我，等回去告诉你妈啊？"

他那声音里虽然也含着愤怒，可是仍带一点想哄骗她的意思。思嘉一面伸手去替他整领带，一面顽皮地卷着舌头喀嗽了一声。她接触着父亲的口气，觉得里面含着浓烈的威士忌酒味，又微微有点薄荷气，此外还有嚼过的烟草味，以及涂过油的皮革气味、马气味。这一些气味的结合，常要使她联想到父亲，若是发生在别的男人身上，她也本能地觉得欢喜的。

"不会的，爸，我不会像苏伦那样专做耳报神。"她说这话，是要使父亲好放心。说着，她倒退了几步，仔细看看父亲身上是否已经弄齐整。

思嘉的父亲郝嘉乐先生是个矮个子，身材只有五英尺零一点，可是腰身极粗，颈梗极胖，假使只看他的坐相，人家一定以为他是极其魁伟的。他那最肥部分的躯干，底下有两条结实的矮腿儿支持着，那两条腿儿一直套着天下头等的皮靴，并且一直撑得开开地站着，像是一个睥睨一切的小孩子。大凡个儿小的人，要是把他自己看得像煞有介事，那是人家一定觉得好笑的，可是仓场上的矮脚斗鸡要受鸡群的尊重，如今郝嘉乐也正是这般。人家对于他，谁都没有这胆量敢取笑他个儿小。

他今年六十岁了，一头脆硬的鬈发已像银丝一般白，但是他脸上还没有一丝皱纹，一双蓝色的眼睛也还很年轻，因为他从来不曾在抽象的问题上耗费过脑筋，最多不过是像打扑克该拿几张牌之类的问题罢了。他虽然早已离开了祖国，他那张脸儿却是道道地地的爱尔兰型，圆圆的，红红的，矮鼻子，阔嘴巴，一脸的凶相。

他的外相虽然凶狠，心里却是再和气没有了。他不忍看见奴隶们挨打，无论他们是怎样的该打；他不忍听见小猫儿的叫，或是小孩子的哭。可是他这种弱点，决不肯让别人发觉。说是谁要跟他谈了五分钟的话，就能发现他心里的慈悲，那是他无论如何不能相信的，但是假如真有这种事，那他就要认为大失面子了。因为他虽然心软，面子上却硬要装得那么吆五喝六，要人听见他的声音就不能不服从，不能不发抖。他从来不曾想到，唯有一个声音是整个垦植场上真正人人服从的，就是他夫人爱兰的柔和的声音。可是上自爱兰，下至田里做活的人手，大家暗底下通同一气，一向都装做把他的话当做法律，这个秘密他就始终无法知道了。

至于思嘉，对于他平时发脾气，直喉咙，尤其是一点不害怕。她是最大的女儿，她的三个兄弟都已死掉了，老头儿知道再也养不出儿子来，所以竟把她当做朋友看待。因此，思嘉也就特别欢喜她父亲，比对她的两个妹妹还要欢喜些，因为恺玲是生就一个多愁多病身，苏纶又是硬要学文雅，都跟她自己的脾气不能融洽。

而且，思嘉和她父亲无形之中订下了一种互相监督的协约。思嘉有时不肯绕远路，要去跳篱笆，或是跟男孩子在门前台阶上坐得太久了，一经被父亲发觉，便要把她叫去狠狠地训斥一番，可是却替她瞒过了母亲跟嬷嬷。思嘉呢，有时看见父亲还是骑马跳篱笆，或是打听出他打扑克输了多少钱，也会替他设法瞒过了母亲。因为他们父女心心相印，以为这样的事情要是让母亲知道，只足以使她伤心罢了，那是他们都认为犯不着的。

当时思嘉借那垂尽的余光对她父亲看了看，也不知为什么，只觉得在父亲面前心里便舒服。她觉得父亲身上有一种勃勃的生气，有一种现世的粗俗，都是她所欢喜的。她的脑筋最最缺少分析的能力，所以还不明白父亲的这些品性就是她自己所具有的品性，这才能够彼此相融洽的呢。

"行了，现在很可以去见人了，"她说，"只要你自家儿不说出来，谁都不会疑心你干过什么把戏了。可是我不懂，去年你也在这儿跌碎膝盖头的，现在可又——"

"嗨，女儿教训起老子来了！"他嚷着，又在她面颊上拧了一把，"我跌碎我的，你管他呢？还有，姑娘，怎么你这会儿跑到外边来连围巾都不围？"

思嘉知道他是在运用惯用的战略，要把这不愉快的问题岔开去，便拿自己的臂膀插进了他的臂膀，对他说道："我在这儿等你呢。想不到你来得这么晚。我在挂念你有没有买成蝶姐儿。"

"买是买成了，钱可花得我不少。是连她那小妞儿百利子一齐买的。卫约翰几乎打算白送给咱们，可是我郝嘉乐跟人做买卖，从来不作兴连交情也算在内的。我给了他们三千，两个都在内。"

"哎哟我的天，三千啊！你本来用不着连百利子也买的呀！"

"好了好了，自己女儿坐着审判我的时候到了！"老头儿用绝妙的辞令嚷道，"百利子这小妞儿可爱呢，所以就——"

"我知道她的。她是一个顶怕羞的蠢东西，"思嘉并不管她父亲的喊嚷，仍旧很平静地回答说，"你买她的唯一理由，就是因为蝶姐儿要你买她吧。"

这话抓住了他的弱点，他顿时就倒了威，不知所措，于是思嘉呵呵大笑了起来。

"不过，这也算不了什么呀！倘使蝶姐买过来，仍然是一天到晚惦记那孩子，那不是白买了吗？好吧，以后我再也不让这儿的黑小子跟别处的女人结婚了。实在花钱太多了。好吧，来吧，妞儿，咱们回家吃饭吧。"

这时候夜色已经加浓。最后一片湖绿的颜色已经从天空消逝，一种微微的寒冷渐渐代替了春日的温和。可是思嘉心里颇觉踌躇，不知该用怎样的方法讲到希礼的题目上去，才不至于使父亲疑心自己的用意。她觉得这方法颇是困难，因为她是全身都找不出一根善于机变的骨头的。她的父亲虽然也像她，可是她每次用了一点诡巧的手段，没有不被他一下就觑破的，正如她自己很容易觑破父亲的诡巧一般。

"十二根橡树那边怎么样？"

"差不多还是照常吧。高恺悌也在那里,我办完了蝶姐的事,我们就在走廊上喝了几口棕榈酒。恺悌刚刚从亚特兰大来,那边大家很兴奋,都在谈战争,以及——"

思嘉叹了一口气。她知道父亲一经谈到战争跟离盟的题目上去,就要一连有几个钟头不会丢开的。她赶快拿另外一个题目插了进去。

"他们说起过明儿的大野宴吗?"

"我记得是说起过的。还有嘛,她——她叫什么名字的?——喏,就是去年到这儿来过的那个讨人欢喜的小妮子,希礼的表妹——哦,是了,她叫韩媚兰,不错的——她跟她的兄弟察理也打亚特兰大来了,并且——"

"哦,她也来了吗?"

"是来了,这小妮子真文静,从来不开口说句话的,顶守女人的本分儿。走吧,孩子,别这么慢吞吞的。你妈要找咱们了。"

思嘉听见这消息,心就已经沉下去。她本来希望媚兰留在亚特兰大不能来的,现在却居然来了,而且连她自己的父亲也在这里赞许她那文静的性格,于是她觉得这闷葫芦儿不能不打开了。

"希礼也在那里吗?"

"是的,在那里,"说着,他放开了女儿的臂膀,旋转身,拿锋利的眼光看着她的脸,"要是你在这儿等我的目的就是为此,那你为什么不早说,偏要兜这么大的圈子?"

思嘉一时回不出话来,只觉得心中一阵纷乱,脸上便涨得绯红。

"怎么,你说呀!"

她仍旧没有话说,只恨不得将父亲摇了一阵,立刻禁止他开口。

"他是在那里,并且同他的几个妹妹都很关切地问起你,又说明天的大野宴希望你不会不去。我就说你不会不去的。"老头儿这几句话算是说得很乖巧,"现在,孩子,你说吧,你跟希礼到底是怎么一回事?"

"没有什么事,"她简捷地说,一面挽住了他的臂膀,"咱们进去吧,爸。"

"现在是你要进去了,"他说,"我可要在这儿多站一会了,等我来问你个明白。我现在已经看出来,你近来确实有些儿异样。他曾经麻烦过你吗?曾经向你求过婚吗?"

"没有。"她简捷地说。

"当然,他是不会的。"嘉乐说。

愤怒的火在她心里燃烧起来,可是嘉乐将手摇了摇,叫她平静些。

"你不要闹,姑娘!我是今天下午从卫约翰那里听来的,他叫我千万守秘密,说希礼要跟媚兰姑娘结婚了,等明儿晚上就要宣布。"

思嘉的手从他臂膀上落了下来:"那么这是真的了!"

当即有一种痛楚向她心上刺进来,像一头野兽的毒牙在那里猛啮。在这当儿,她觉得父亲的眼睛一直都在她身上,那眼光里含着一点儿怜惜,也有一点儿烦恼,因为这样一个问题是他不晓得怎样回答的。他本来很爱思嘉,但是要强迫他替她解决那些孩子的问题,他就会觉得不舒服。像这样的问题只有她母亲能够解决。思嘉是该向母亲去诉苦的。

"这不光丢你自己的脸,也还丢了咱们大家的脸啊!"他喊嚷着说,声音也提高了,因为他碰到使他激动的事情,老是这个样儿的,"现在全区里的男孩子谁都由你挑,既是他不爱你,你偏要去追他做什么?"

思嘉听见了这话,心里的苦痛就被愤怒和羞愤逐去了一部分。

"我并没有追他呀。你这话真叫人——叫人诧异。"

"你撒谎!"嘉乐说着,随即朝她脸上看了看,改做一种慈和的声调,"我也觉得难过的,妞儿。可是你到底还是个小孩子,不必忙,旁的男孩子又多得很。"

"妈跟你结婚的时候只有十五岁,我现在十六岁了。"思嘉说,她的声音有点儿模糊。

"你妈是不同的,"嘉乐说,"她从来不像你这样心高。来吧,孩子,你不要恼,下礼拜我带你到查尔斯顿去看你的幽籁姨母去,他们那边一直都在闹着嵩塔儿要塞的事儿,包你不到一个礼拜就把希礼忘掉了。"

"他把我当做一个孩子呢,"思嘉想着,觉得又气又恼,连话也说不出了,"他当是拿一件新玩具在我面前晃一晃,我就会忘掉肿痛似的。"

"你不要专跟我作对吧,"嘉乐警告说,"你如果是个乖孩子,早就应该跟汤家的司徒或是伯伦结婚了。你得再仔细想一想,孩子。他们两个随便你挑上一个,以后咱们两家的垦地就可并在一起经营了,并且他们的爸跟我,又会替你特造一所好房子,就在两家接界的地方,那一片大松林里,并且——"

"你可不可以别当我是一个孩子看待呢!"思嘉嚷道,"我不要到查尔斯顿去,也不要房子,也不要跟那双胞胎结婚。我只要——"她想竭力抑制住自己,可是已经来不及了。

嘉乐的声音忽然变得非常之平静,说话也慢下去了,仿佛是从他难得运用的一堆思想里一字字抽出一般。

"你所要的就只是希礼，可是你要他不到了。而且即使他愿意同你结婚，我也未必就答应，无论我同卫约翰的交情怎么好。"说到这里，他发觉了女儿脸上现出吃惊的神情，便继续道，"我是要自己的女儿快乐的，你同他一起不可能快乐。"

"哦，我会快乐的！我会快乐的！"

"不会的呢，女儿啊。唯有同类跟同类结婚才能快乐。"

思嘉忽然起了一种恶意，很想大声叫出来："可是你跟妈并不是同类，为什么一直都快乐的呢？"可是她马上把这念头压下了，怕的是这话太放肆，父亲要给她一个耳掴子。

"咱们的人是跟卫家人不同的，"他字斟句酌地慢慢说下去，"他们卫家人不但跟咱们不同，跟咱们的邻舍家谁都不同，没有哪一家人家跟他们相同。他们是一种怪人，所以最好是永远让他们自己中表为婚，免得把这种怪气传到别人家里去。"

"怎么，爸爸，希礼是——"

"你不要急啊，妞儿！我并不是说那孩子不好呀，我也是欢喜他的。我说他怪气，并不就是说他疯狂。他的怪气是另外一种，不像高家那些孩子会为着一匹马儿把什么东西都赌掉，也不像汤家那些孩子每回都要喝得烂醉，也不像方家那些孩子那么野兽一般杀人不眨眼。假如是这样的怪法，那是很容易懂得的，就是我郝嘉乐，要是没有上帝的保佑，也很作兴把这些过失色色具备的！我也不说你嫁了希礼之后，他会跟别的女人逃走，或是打你。他要是这么干法，你倒是可以快乐的，因为像这样的行为，你至少可以懂得。可是他并不像这么怪法，他那种怪法是谁都不能懂得的。我很欢喜他，可是他所说的话儿我十中有九摸不着头脑。现在我问你，妞儿，你老实对我说，他要是啰唆起书本、诗歌、音乐、油画，以及诸如此类的傻事情来，你到底是懂得不懂得？"

"哦，爸爸，"她不耐烦地嚷道，"要是我嫁了他，我会把他这一切都改变过来的！"

"哦，你会改！"老头儿也有点不耐烦起来，对女儿狠狠地盯了一眼说，"那你就算简直不懂天底下的男人了，更不要说希礼。天底下做妻子的人谁也不能改变她的丈夫一丝儿，这话你千万不要忘记。至于要改变一个卫家人，那尤其是做梦了，孩子！他们全家的人都是那样的，而且向来都是那样的，而且从今以后怕也永远都是那样的。我已经告诉你，他们是天生的怪人。只要看他们今儿跑纽约，明儿跑波士顿，为的只是听歌剧，看油画，也就可见他们怎么怪法了。他们又会从北佬儿那边整大箱整大箱地定买法国书、德国书。这才坐着读起来，做起梦来，连打猎也可以不去，扑克也可以不打，简直不像个男人。"

"希礼骑马是谁也骑不过他的，"思嘉见她父亲把希礼形容得这么不行，不觉愤怒起来说，"怕只除了爸爸你一个人。讲到打扑克，不是刚刚上礼拜他还在琼斯博罗赢了你两百块钱去吗？"

"又是高家那些孩子做耳报神了，"嘉乐无可置辩地说，"要不你怎么知道数目呢？是的，希礼能够跟头等的角色骑马，也能跟头等的角色打扑克——头等的角色就是我啊，妞儿！我也不否认，他要是喝起酒来，也能把汤家那几个孩子喝到台子底下去。这一套事儿他都来得，可总是心不在焉的。我说他怪就是为此。"

思嘉不响了，她的心沉落下去。最后这几句话，她没有法儿替自己防卫，因为她也知道父亲是对的。希礼对于这套事儿虽都优为之，可实在是心不在焉的。别人对于这套事儿都具有真正的兴趣，唯独希礼至多不过在面子上装做有兴趣而已。

父亲见她不响，便拍拍她的肩膀，胜利似的说道："那么，思嘉，你也承认我的话对了！那么你想，嫁了这样一个丈夫还有什么意味呢？他们卫家的人都是疯疯癫癫的。"然后改做一种奉承的口气道："我刚才提起汤家两兄弟，意思也并不坚执，他们固然是好孩子，可是你要是挑上高恺悌，那对于我也是一样的。他们高家全家都是好人，上一辈儿都是跟北佬儿结婚的。等到我过世之后——嘿，妞儿，你听我说吧！我把这陶乐垦植场给你跟恺悌。"

"我决不要恺悌，"思嘉愤怒地说，"请你别拿他硬推给我吧！我也不要陶乐，或是任何垦植场。垦植场是值不得一个钱的，要是——"

她本来要说"要是我得不到我所要的男人"，可是嘉乐见她把陶乐看得一钱不值，早已气得大吼起来了。

"怎么，思嘉，你居然敢对我说陶乐这片土地一钱不值吗？"

思嘉固执地点了点头。她的心非常痛楚，已经顾不得父亲光火不光火了。

"土地是世界上唯一值钱的东西啊！"他一面嚷着，一面气得把两条肥短的臂膀大大地撑开，"世界上唯有土地这东西是天长地久的，这你要记得！唯有土地这东西是值得忙碌的，值得战斗的——值得拼死的。"

"哦，爸爸，"思嘉厌恶地说，"你的话像个爱尔兰人哪！"

"我是爱尔兰人啊，我并不以做爱尔兰人为可耻。不，我还以此自豪呢。而且你不要忘记，姑娘，你自己也是半个爱尔兰人啊。凡是身上含有一滴爱尔兰血的人，总是把他们所居住的土地当做自己母亲一般看待的。你这刻儿拿我当做耻辱了。我拿世界上最最美丽的一片土地给了你，你怎么样啊？嗤之以鼻呢！"

嘉乐正预备大呼小叫地发作起来，一看思嘉脸上有一番说不出的悲苦，便又止住了。

"不过呢，你到底年纪还轻，将来自然会知道爱土地的。至于你做了爱尔兰人，那是没有法儿的了。现在你还是个孩子，除了男孩子之外没有旁的心事的。等你年纪大几岁起来，你就会懂得……现在你自己再想一想，或是恺悌，或是汤家的弟兄，或是孟亿万家的孩子，随你挑定哪一个，你就会知道将来的日子过得多么舒服！"

"啊，爸爸！"

这时候，嘉乐已经觉得这番谈话非常之厌倦，并因这个问题弄到自己身上来，也觉得非常烦恼了。而且，他看见女儿对于区里最好的男孩子和陶乐的土地都完全不瞧在眼里，心里颇觉得可恼。他原以为，女儿对于这样好的赠品，是会拍着掌亲着吻接受的。

"你也不必懊恼了，姑娘。你是跟谁结婚都可以的，只要他跟你性情相投，是个上等人，是个南边人，而且是有体面的。因为凡是做女人的人，爱情是要等结婚之后才来的。"

"啊，爸爸，这是一个多么旧时代的观念啊！"

"可是这个观念并不坏！现在人东奔西跑的，说是为恋爱而结婚，像奴仆似的，像北佬似的，那都是美国人干的把戏啊！最好的结婚是父母给选择的。因为就像你这样子，你怎么能够辨别好人坏人呢？就看他们卫家吧，他们怎么能够数代维持这种门第的？就因他们一直是中表为婚，门当户对，方才能够如此的。"

"啊！"思嘉听见父亲的话触着了事情的症结，重新又觉得万箭穿心一般，这才不由得喊出这一声来。嘉乐看了看女儿低着的头，很不自在地拖着步子。

"你不是在哭吧？"他问着，一面拿粗笨的手指摸着她的面颊，要想把她的脸抬起来，而他自己脸上也现出了怜悯的神色。

"不！"她把头突地扭了开去，愤然地叫了起来。

"你撒谎，可是这谎我可顶欢喜。我愿意你不要太软弱，要装得傲慢些。明儿在野宴席上，我尤其要你装得很傲慢。我不愿意人家谈论你，笑话你，说你为了一个本来无意于你的人就会这么痴心。"

"他是对我有意的，"思嘉心里想着，觉得非常悲苦，"啊，意思本来很深的！这个我知道。我要能够多有一点时间，我一定能够使他说出口来的——唉，只要他们没有这种中表为婚的习惯就好了！"

嘉乐抓住她的臂膀，将它套进自己臂膀里。

"现在咱们可以进去吃晚饭了，这桩事情你不要告诉别人。我不愿意你妈听见焦心，你的意思总也一样的。擤一擤鼻涕吧，孩子。"

思嘉在她的破手帕上擤了擤鼻涕，他们就套着臂膀儿走上了夹道，那马在后面缓缓地跟着。走近屋子的时候，思嘉正想要开口说什么，却见母亲站在走廊的阴影里。她戴着帽子，披着围巾，戴着手套，嬷嬷跟在她后面，脸上像一阵雷云一般，手里拿着一只黑皮袋，是郝太太出去给黑奴们看病时装绷带跟药料的。嬷嬷的嘴唇本来大而重，若在愤怒的时候，下唇更要拉得长，比平时长出一倍。现在她的下唇又这么长出来了，思嘉就晓得她又有什么事情觉得不痛快了。

"郝先生。"爱兰一见他父女两个从夹道上走来，就这么喊道。爱兰所属的时代是很讲究礼貌的，现在虽已经过了十七年的结婚生活，并且养过六个孩子，这礼貌还是不改。"郝先生，施家那边有人害病呢，阿弥的孩子是养出来了，现在快要死了，并且还得给他施洗礼。我跟嬷嬷到那边去看一看，看有没有什么办法。"

她这话里带着一点询问的语气，仿佛是要嘉乐允许她一声，这也不过是一种礼貌，可是嘉乐觉得很称心。

"真是天晓得！"嘉乐喧嚷道，"为什么这些下流人家偏要拣你吃晚饭的时候来找你？我还有许多关于打仗的消息要跟你说呢！可是，去吧，郝太太，反正你不去一趟，今晚上是睡不着觉的。"

"哪里还睡得着觉呀，黑人白人都要她去看病哪，半夜三更的！"嬷嬷嘴里单调地咕哝着，一面跨下了台阶，向左侧径里等着的一辆马车走去。

"等一会儿吃晚饭，你代替我的地位吧。"爱兰说着，拿一只套着手套的手轻轻地摸摸思嘉的面颊。

思嘉虽然有一泡眼泪，却只能往自己肚里咽，可是一经接触到母亲的抚摸，一经闻到母亲身上那种枸橼香囊的香气，便不由得浑身震颤起来。她总觉得母亲是一种神异的存在，可以使她敬畏，使她迷惑，使她安慰的。

嘉乐将太太搀上了马车，这才对那赶车的吩咐了几句，叫他当心些。那赶车的阿道，在他家里弄了二十年马了，现在听见主人的吩咐，就长长地伸出嘴唇，心里老大不高兴——怎么他自己本行的事情还要你来吩咐呢！于是孅孅也爬上车，跟他并坐着，都放着一张满不高兴的黑脸儿，将车子赶了开去。

　　"施家那些下流坯子可也真太麻烦，"嘉乐气愤愤地说，"我要是不帮他们的忙，让他们省花好些钱，他们早就得把那几亩地卖给咱们了。"然后，他忽然想起一个玩笑来，便说："来吧，孩子，咱们进去骗阿宝一骗，只说我没有买成蝶姐儿，倒把他也卖给卫家了。"

　　他把手里的缰绳一扔扔给旁边站着的一个小黑炭，便一步步跨上台阶。这时他早已忘记了女儿的心碎，一心只想去捉弄那管家。思嘉跟在她父亲后面，一双脚非常沉重。她心里在想，要是她跟希礼做成了配偶，未必就比她自己的父母这一对配偶还要不配的。她平日也一直都在疑惑，像她父亲这样一个心直口快的人物，为什么竟会跟她母亲这样的女人结婚，因为他们两人之间，无论是门第、教养、性格，没有一样相像的呢。

第三章

郝太太爱兰今年三十二岁，若照当时的标准，已算是一个中年妇人。因为她养过六个孩子，却有三个死掉了。她是一个高个儿，比她那火烈性的丈夫要高出一个头，可是她的举动很文雅，加上穿着那样的长裙，所以只见其行步姗姗，并不觉得高到怎样触目。她的颈脖子是圆圆的，细细的，像牛奶一般白，加上底下围着一圈黑缎上衣的领口，就越发显得白了。而且这颈脖子一直是略略往后仰，因为她的头发很丰富，在脑后绾着一个大大的网髻儿，所以使她的头一直向后略坠着。她的母亲是法兰西人——她的外祖父母是因一七九一年的革命逃到海地来的——所以她承袭来了一双微微倾斜的黝黑眼睛，上面盖着黑黑的睫毛，和一头乌黑的头发。父亲是拿破仑部下的一个士兵，遗传给她一个笔直的长鼻子，一个端端正正的方颐，使得面颊上的柔和曲线调剂着。至于她脸上那种庄重而不流于傲慢的态度，优雅而不流于妖艳的姿容，乃至于那种忧郁到了全没一丝儿幽默的神色，便都无关乎遗传，而是由她自己的生活经验造成的。

她所缺少的是眼睛里的热情，笑容里的温煦，以及说话的自然性，不然的话，她竟可以算是一个绝世的美人。她的口音是佐治亚州滨海居民的那种柔软模糊的腔调，元音都是清音，辅音并不咬准，而且带着一丝极轻微的法语的腔子。这种声音原是不配用来吆喝奴隶和训斥儿女的，可是陶乐的人谁听见了都会马上服从，至于她丈夫那样的吆五喝六，倒是大家置之不理的。

从思嘉所能记忆的日子起，她的母亲是始终如一的：她的声音无论在夸奖人的时候，在责骂人的时候，总是那么柔和而甜蜜；她的态度，无论家里怎样常常出乱子，总是那么行若无事；她的精神老是那么平静，她的脊背老是那么笔直，就连她死了三个儿子的时候也是这样。思嘉从来不曾看见她母亲的脊背靠着过椅背，她也从来不曾看见她手里不拿针线闲坐着，只有吃饭的时候，给病人看护的时候，或是给农场上记账的时候，她才放下手里的活计。在人面前，她做的是精巧的刺绣，但也有时替丈夫做衬衫，替女儿缝衣服，甚至替奴隶们缝衣服。她手指上一辈子戴着那个金顶针，一辈子有一个黑女孩子跟着她跑来跑去，这女孩子的职务就是替她拆线条儿，替她把针线盒子拿来拿去。因为做饭、洗衣裳、给做活的人大批做裁缝，事事都得太太亲自监督，所以她不能坐定在哪一个地方做针线的。

思嘉从来不曾看见母亲现出忙乱的样子，她身上的装扮总是弄得齐齐整整的，不管是白天还是晚上。她每次去上跳舞会，或是去会客，或虽到琼斯博罗法庭去看审，总要花上两个钟头的装扮，并且还得两个女仆跟嬷嬷替她帮忙，方才会弄得满意。但是碰到有什么要紧事儿，她可又一眨眼工夫就会打扮出来了。

思嘉的房间跟母亲的房间对面，就在穿堂的两侧。思嘉从小就常常听见半夜三更穿堂里有黑人赤脚的声音轻轻跑过，到母亲的房门上轻轻敲了几声，随即听见喊喊喳喳的低语，报告哪些穷苦人家有人在害病，或是养孩子，或是死了人。于是思嘉要从床上偷偷爬起来，在门缝里窥探着，就会看见母亲在父亲的大鼾声中轻轻从房间里跑出来，臂膀底下夹着药包，踮着脚尖儿，随那黑人手里擎着的蜡烛匆匆出去，那时她的头发便已掠得一丝儿不乱，胸口的纽扣也不会漏掉一个不扣的。

这一去往往就要闹到大天光，可是第二天早晨母亲仍会照常坐着吃早餐，只不过眼圈儿上略微露一点疲倦，声音和态度都像没有熬过夜一样。母亲的精力是同钢铁一般的，虽然外表上看似十分柔弱。

有时思嘉轻轻跑进母亲房间去，去亲她的面颊，因而注意到她那上唇皮短短的娇嫩嘴儿，而起一种非非想，不知母亲年轻的时候，可曾用过这张嘴儿跟女朋友们通宵达旦地谈秘密。照思嘉猜想起来，似乎这样的事情是不可能的。思嘉以为母亲一向都跟现在一样，是力量的支柱，是智慧的源泉，是对于任何问题都有法儿解决的。

但是思嘉猜错了。因为她母亲十五岁在萨凡纳做罗爱兰小姐的时候，确实曾和女朋友们交换过许多秘密。就在这一年里，这位比她大了二十八岁的郝嘉乐先生初次闯进了她的生活，也就在这一年里，她那黑眼珠子的年轻堂兄弟罗斐理离开了她的生活。而当罗斐理永远离开萨凡纳的时候，他就把她心中的热情一齐带了去，所以留下来给郝嘉乐的，只是她的一个柔软的空壳罢了。

可是郝嘉乐得到了她的空壳，也就十分满足了，因为他居然能够跟她结婚，已经受宠若惊，哪里还去计较这些呢？他虽不是个傻子，可是知道自己是个爱尔兰人，既无门第，又无财产，没有哪一样可以凭借，然而现在竟跟海滨一家最最富有、最最高贵人家的小姐结了婚，他还有不认为天幸的吗？

郝嘉乐是二十一岁上从爱尔兰亡命到美洲来的，来时不过是身上一套衣服，口袋里几个先令的余钱，此外一无长物。原来他在祖国因得罪了奥伦基党①人，政府悬赏捉拿他，这才别了父母深夜逃出的。他有两个哥哥，一叫哲谋，一叫安鲁，也因被政府罗织罪名，先几年就逃到萨凡纳来做生意，所以他此番自然先到萨凡纳来找他两个哥哥。

他的两个哥哥都是高个儿，不像他那么矮胖，而且性情也跟他不同，都是沉默寡言，只把他家累世的深仇牢牢记在心里，轻易不肯对人谈论。嘉乐却是心直而口快，脾气像烈火一般，动不动就要举起拳头，所以在家里的时候，没有人要他参加那种秘密的工作，反而都要捉弄他，故意激得他暴跳如雷，以为笑乐。

他到美洲来的时候，并没有多大教育上的准备，他自己却不知道，而且即使知道了，他也不以为意的。他的母亲曾经教过他读书写字，字还写得清楚，又特长于算术，他的书本知识就是如此而已了。他的拉丁文只够做礼拜时回答问语之用，他的历史知识就只有爱尔兰人受压迫的故事。他除了穆尔②不知有诗歌，除了爱尔兰的古代民歌不知有音乐。他对于学问渊博的人也十分尊重，却不以自己没有学问为憾事。而且在这个新国度里，只要人有力量，不怕工作，就是一字不识的蠢夫也可以发大财，那么还要这劳什子的学问做什么？

他逃到萨凡纳，两个哥哥就把他收留在店里，并不以他缺乏教育为憾事。他写字写得还清楚，算账算得还明白，而且生意经颇好，两个哥哥就已很看得起他。至于文学的知识，音乐的才能，即使嘉乐是具备的话，也只能博得哥哥们嗤鼻罢了。在那个时代，美国人对于爱尔兰人的感情很好。他两个哥哥初来的时候，只不过从萨凡纳到佐治亚州内地做贩运生意，后来弄了几个钱，便自己开起店来。嘉乐在他们店里帮了几年，手头也渐渐充裕。

他喜欢南边的生活，不久就自命为南边人了。他对于南边跟南边人，是有很多地方不能了解的，但是有些思想习惯一经他了解之后，他就马上取为己有。例如打扑克，赛马，谈政治，谈决斗，争取州权，骂北佬儿，蓄奴隶，种棉花，贱

---

① 奥伦基党：爱尔兰的一种秘密结社，其宗旨为扶助新教，维持法律，以尊奉奥伦基之王威廉故名。自一六九〇年波印战争后，爱尔兰之土著每遭政府压迫，此党则与政府暗中勾结以压迫爱尔兰人。

② 穆尔：爱尔兰诗人。

视下流的白人，对女人过分巴结等等，他甚至学会了嚼烟草了。至于喝威士忌酒，那是他用不着学的，他从娘肚皮里就带了酒量来。

然而郝嘉乐终于还是郝嘉乐。他的生活习惯和思想改变了，他的态度却不愿改变。他看见那些种稻子种棉花的大地主态度都非常温文尔雅，心里也很羡慕，自己却无论如何学不到他们这种态度。他听见那些大地主说话，觉得声音非常之悦耳，自己却始终脱不了一口土音。他又看见他们处理极重大的事情也是那么从容不迫，可以在一张扑克牌上输掉一份产业、一片农场，或是一个奴隶，而签出输据的时候竟可以谈笑风生，丝毫不觉痛惜，像扔一个铜子给小黑人一般。他呢，他是从穷苦出身，输了钱决不能像这样行若无事。总之，那些海滨地主的一切他都很欢喜，只是他自己那种爱尔兰人的气质，他是无论如何脱不干净的。

他自己觉得有用的，他从他们那里学了来，其余的他一概舍弃。他觉得打扑克是南边人习惯中最最有用的，其次就是喝威士忌。这两桩事，他都具有天赋的才能，也就为这两件事，他方才赢得生平最最宝贵的三种财产：其一是他的管家，其二是他的垦地，其三就是他的老婆。尤其是最后一种，他自己认为是非出于天赐不可的。

他的管家阿宝，一个多才多艺的黑人，乃是他打了一通宵的扑克赢过来的。跟他对赌的是一个西门岛上的地主，他打扑克投机的勇气不亚于嘉乐，可是喝葡萄酒的酒量大大不如他。后来阿宝的原主愿出加倍的身价把他赎回去，可是嘉乐坚执不肯，因为他早就存着买奴置产的大志愿，如今阿宝是这志愿实现的第一步，所以他决不肯放手了。

这时他就下了个决心，决不学他两个哥哥，一天到晚讲买卖，每天晚上打算盘。他已经觉得那边的社会是瞧不起生意人的，因而他就决心要做地主了。他家从前在爱尔兰，也曾佃种过别人的田地，吃过那些地主的苦，所以这时他决心要见一见自置的田地了。从前在爱尔兰，有田地的人要冒着两重危险：一是租税太重，二是随时都可能被政府没收。现在在这里，这两重危险都可以没有，还不是他做地主的绝好机会吗？但是怀抱志愿和实现志愿是两件完全不同的事情，这一点他当时并不知道。当时佐治亚州的海滨地面，已被一个贵族阶级牢牢霸据在那里，四面画着一道深固的壕沟，外边人休想越雷池一步。

此后，他一面靠着命运的帮助，一面靠着扑克的才能，他方才获得了那一片日后定名为陶乐的垦地。从此他就离开了海滨地域，迁往佐治亚州北部的高原。

那一年春天有个很热的晚上，嘉乐在萨凡纳的一家酒馆里，偶尔听见邻座一个人在那里谈论，他就侧着耳朵留神地听着。那人是萨凡纳本地人，曾经在内地经营了十二年垦植事业，新近才回故乡来的。原来嘉乐到美洲来的前一年，印第安人曾将佐治亚州中部的一大片地面割让给美国政府，政府招人投标领种，那人投标合格，领到了一片地，在那里经营起一个垦植场。现在垦植场上的房子失火烧掉了，那人对于这块地面已觉得非常厌倦，急于要想将它脱手。

嘉乐对于置产的念头是始终未断的。当时听到那人一番话，不免心动起来，连忙找人介绍，跟那人直接详谈。这番详谈的结果，他才知道那人的地面是在萨凡纳西北二百多英里，并且知道那边也很平静，并没有印第安人常常出来骚扰，像萨凡纳人所宣传的那样。于是他要获得这片地面的心愿更急迫了。

一点钟之后，嘉乐提议打扑克，那人也来参加。直至打到夜深，一个个陆续歇手了，只剩嘉乐跟那人对赌。后来拿到一副牌，那人把所有的筹码一齐放上去，又加上他那垦地的文契。嘉乐也把所有的筹码都放上去，又加上一个荷包。那荷包里的钱并不是他自己的，乃是他两位哥哥商店里的，但是他不管，他的良心并不因此而激动。他只知道现在需要这笔钱，而他对于所需要的东西，向来都用最最直截痛快的手段取得的。他又极相信命运，只觉得这一下注就非赢不可。输了怎么办呢？他连想也没有去想过。

结果是果然他赢了，那人就拿起笔来，一面签字一面说："好吧，我也可以省一笔租税开支了。可是那房子是去年烧掉了的，现在满地都长着野树，我早就不耐烦要它了。你拿了去吧。"

那天晚上阿宝服侍他上床睡觉的时候，他对阿宝一本正经地说："你要记得，要是你还没有戒酒的时候，扑克牌跟威士忌是千万不可混在一起儿玩的！"

随后他就亲自到这片新赢得的垦地上去巡视一番。他站在那房子废基的一块圆石上，看见那条泥泞的燧石河缓缓流过一带松树的夹壁，仿佛一条弯曲的臂膀，向他这片新地的两侧搂抱而来。而那一带葱翠的高松，便是这片土地天造地设的屏障。如今这屏障以内的一切，想不到都是他的了！边上那些阴森的树木是他的了，腹内那一片荒废的草地是他的了，还有那许多未经开垦的红土也是他的了，都是他郝嘉乐的了！这都是靠什么来的呢？全靠他那一副永不会醉的爱尔兰人的脑筋，全靠他那一股敢于孤注一掷的傻劲。

嘉乐得意之余，不由得对着这片寂静的荒土闭着眼睛出了一会儿神。他觉得站在这里，就仿佛已经回到自己家里了。他想象着现在站脚的这块地面，不久就要竖起一座白粉砖墙的房子来。他想象着大路的那一边，不久就要出现许多栅栏圈子，里面圈着无数肥胖的牛、血红的马。他又想象着如今这一片红土的山麓，将来都要闪耀着一望无际的棉花，像是日光底下铺着一条雪白的羊毛毡子！总之，他郝家的财产从此是要复兴了！

当时他拿自己手里的一点钱，再问他两个哥哥借了一点，又拿那垦地押了一点，先买起一批农奴来，便到陶乐去开始垦植的生活。那时他还是一个单身汉，所以先只造了四间监工的房屋。

他把田里出清了，先种下了一批棉花，然后再问两位哥哥借了一笔钱，添买了一批奴隶。原来他们郝家人最富于家族观念，不但能够共安乐，并且能够共患难，这也并不是单单出于手足的感情，却是因为他们受过多年苦痛的教训，知道一个家族要能够生存，就非结成联合战线一致对外不可。因此嘉乐向哥哥们借钱，自然不会被拒绝，而且不上几年，借款就都加利还清了。从此那垦植场不住地推广，邻近的地亩陆续地被他收买了去，而那白粉砖墙的房屋，也终于从梦想成为现实。

这座房屋是他家的农奴自己造的，造在一块高坡上，下临一片碧绿的牧场，质地非常结实，在新造起来的时候，便已有点古色古香，因此嘉乐觉得非常之得意。房屋四周都是郁郁苍苍的古橡，将它稳稳裹匝在里边，拿树身做它的围屏，枝叶做它的荫盖。前面那一片草地，本来长满蒙茸的乱草，现在是娇绿芊绵，同茵席一般齐整了。屋前有一条柏树的夹道，屋后有一带白木的仆房，看起来无处不坚实，无处不耐久。所以嘉乐每次从外边骑马回家，总要站在一段路外欣赏一番，真是越看越得意。

嘉乐对于所有的邻人都极其友善，例外的只有两家，一是左边和他接壤的麦家，一是右边占着区区三亩地面的施家。

麦家是苏爱杂种的奥伦基党人，因而郝家自然要把他们当世仇看待。他们住在佐治亚州已有七十年，而且以前又曾在卡罗来纳住过一代，但他们最初是从鄂斯多①迁来的，这就使嘉乐无论如何不能释然了。

麦家是个沉默寡言、性情倔强的家族，跟邻舍家绝少往来，又只跟他们自己在卡罗来纳的亲戚通婚，因此州里那些喜欢交际的大户都不高兴他们，不仅是嘉乐一家了。当时曾起一种谣言，说他们是废奴主义者。他们却并不因此而改变态度。其实他家的老安古从来不曾解放过一个农奴，甚至还曾把他家的奴隶卖给过

---

① 鄂斯多：在爱尔兰极北之一区，十八世纪中为奥伦基党人之窟宅。

往的奴贩，然而那种谣言仍旧很盛传。

"他是一个废奴主义者，无疑的，"嘉乐有一次跟卫约翰议论道，"但他又是个奥伦基党人，怎么能够跟废奴主义相容呢？"

至于施家，那又是另外一回事了。他们是贫苦的白人，因此不但得不到人家的亲近，并且得不到人家的尊重。那个施说谟老头儿已是老迈无能，苟延残喘，却要牢牢地捧住那几亩薄地。无论郝家、卫家怎样跟他商量，他死也不肯放手。他的老婆也已憔悴不堪，却偏养了一大群儿女，到现在还源源不绝。他家并没有奴隶，两个大儿子帮着老头儿种几亩棉花，几个小儿子帮着老太婆种一片菜园。可是不知怎的，他家的棉花老是种不好，菜园呢，又因老太婆生养太密，也出息不出一群儿女的伙食。

施老头子常常踽跚到人家走廊上，向人家讨几颗棉花籽去种，或是讨一片咸肉去混过一顿。他憎恨他的邻人，感觉着他们的客气底下暗藏着轻蔑。他尤其憎恨那些大户人家养的昂头阔步的黑奴，因为那些黑奴一经做到大户人家的家人，便都觉得他们的地位在贫苦的白人之上，不免暗暗地轻视他们，这就使他非常难受了。而其实呢，那些黑奴的生活也的确比他稳固，因又使他不免要妒忌。他看见那些黑奴吃得好，穿得好，病了有人医，老了有人养，相形之下，便觉得自己的生活实在寒酸了。那些黑奴的主人要是有名誉、有地位的，他们便都自傲得了不得。而他呢，他是人人都瞧不起的。

他们那几亩薄地，本来早就可以三倍的地价卖给那些大地主的。并不是那些大地主贪图这区区之地，是因他们借此可把他家清出去，免得他们在那里讨人憎厌。然而他们死也不肯卖，宁可在那里硬撑下去。

除了这两家之外，嘉乐对于区里的几家大户都非常之友善，或竟至于亲密。内中如卫家、高家、汤家、方家，每见这个矮个儿骑着一匹高白马跑进他们的车道，便都要满脸堆着笑迎了出来，迎他进去喝一杯。这是因为他在那里住了不多时之后，人家就都知道他那外硬里柔的性格，所以都愿和他结交了。不但大人愿和他结交，就连小孩子、黑人、狗也都欢喜他。他每到一处，总有一群狗和一群小黑炭叫着嚷着，跑出来欢迎他，抢着替他接马，替他领路。白人的孩子呢，谁都愿意爬到他的膝头上，听他讲北佬儿的故事。朋友的女儿们都愿意把自己恋爱事件的秘密告诉他。青年们欠人家的钱，不敢对自己的老子讲，都要来求他设法。

"那么你这钱是欠了一个月的了，你这小鬼头！"他会对他嚷起来，"那么，我的天,你干吗不早来跟我讲呢?"

他这种粗鲁的说话是人家都晓得的,不会得罪人,于是那借钱的青年就会嬉皮笑脸地回答他:"我不敢来麻烦您呀,可是我父亲——"

"你父亲是好人,不用说的,只是严一点,那么你拿这个去吧,以后不必再提起了。"

最后对他表示降伏的就是那些地主的太太。有一天,虽是那著名沉默寡言的卫太太,也曾在送了他出门之后对她丈夫说:"这人一张嘴虽然粗鲁,人倒真是上等人。"到了这一步,嘉乐才算完全收服了人心,才算真正做了本地人。

他这做本地人的一步工作,是差不多做了十年才完工的,但自己却并不知道。因为他初来的时候,那些邻舍家都对他侧目而视,这情形是他始终不曾想起过的。照他自己想起来,他一经踏上了陶乐的泥土,就已做了本地人了。

及至嘉乐四十三岁那一年,腰身还是那么粗肥,面孔还是那么红润,活像打猎图上画的一个打猎的侍从。他忽然想起了陶乐虽然可爱,邻舍虽然可亲,却总还美中不足。他还缺少一个老婆。

如今陶乐是需要一个主妇了。现在用的一个胖厨子,是由一个管院子的黑人权时升任的,以至于没有一顿饭不误时刻。那个收拾房间的女子,本来是在田里做活的,以至于房里的器具灰尘都积得寸把厚,也从来不见一条洁净的褥垫,等到客人要来了,总得有一阵临时的忙乱。阿宝是家人里面唯一受过训练的,现在当着奴仆总管的职务,可是因这几年来过惯安逸舒适的生活,从没有人管束他,因而也把骨头懒掉了。他一面做嘉乐的贴身佣人,一间卧房总算还弄得齐整,一面管饭厅的事,几顿饭菜也还铺排得像个样儿。可是除此以外,他就什么都不管了。

那些非洲黑炭都具有一种特别的本能,大家早已发现主人是响狗不咬人的,因而都天不怕地不怕。主人也常常大发雷霆,说要将某人某人卖到南边去,或要叫某人某人吃鞭子,可是卖到南边去的事情是始终不曾有过,吃鞭子的事也总共只有过一次,那是因他骑了一整日的马回来,那人不给那马好好洗刷而起的。

他常常羡慕邻舍家的屋子弄得整齐,奴仆管得得法,又看见人家的主妇老是那么头发梳得溜光,长裙曳得窸窣响,总以为这种事儿是容易不过的。可他哪里知道,那些主妇一天从黑早忙到半夜,做饭,喂孩子,缝衣,洗衣,样样都得自己去监督呢!他只看见外表的结果,而这种结果却已给他很深的印象了。

有一天早晨起来,他预备到法庭去看审,阿宝将他平日最爱穿的一件绉领衬衫拿给他，一看已被那做房间的女人弄得不成个样子，于是他深切感到太太的必要了。

"俺说，老爷，"阿宝看见主人光火，一面替他将平那衬衫，一面结结巴巴地对他说，"俺说您得有一位太太，得有一位多带几个奴才来的太太。"

嘉乐嘴里骂他没规矩，心里却颇以为然。他的确需要一位太太，并且也需要孩子。如果现在还不马上娶，恐怕是要太晚了。可是他决计不马马虎虎地娶，决计不像那位高先生，竟把母亲的北佬管家拿来做妻子。他的太太必须是个上等人，要有门第的，必须要像卫太太那样的文雅端庄，也必须像卫太太那样能够治家的。

可是他要同本区里大户人家的小姐结婚，便要有两重困难：第一重，是本区里面已达结婚年龄的女子太稀少了；第二重尤其严重，他就因在这里虽已住了近十年，究竟还是个新来的客户，并且又是外国人。再加他的家世是本地人谁都不知道的。虽说这里佐治亚州高地的社会并不像海滨贵族那样的深拒固绝，可是如果人家连他祖父的来历还不知道，不见得就会有人肯把女儿嫁给他的。

他曾经把当地的大户逐一盘算过，知道平时跟他在一起打猎喝酒的那些朋友，都没有女儿可以嫁给他。他又不愿意去碰钉子，免得日后在宴会席上永远给别人谈论，说是某人某某曾经拒绝郝嘉乐去追求他的女儿。但是他之所以不敢去尝试，并不是因为他知道自己的身份比别人低。不是的，这种观念是他向来没有的。却因这里一向有一种怪习惯，谁家要娶大户人家的女儿，必须曾在本地居住二十二年以上，并且须有土地，有奴隶，而沾染过当时当地流行的几种恶习的。照此看起来，他的资格显然是不符的了。

"赶快收拾行李吧，咱们要到萨凡纳去。"他对阿宝说，"如果我听见你说一声'嗯'，我就立刻卖掉你，因为这套字眼是我自己向来不用的。"

他到萨凡纳去的目的，就是要去跟两位哥哥商量这桩事，又或许他们的老朋友里面，有的有女儿可以跟他相配的。谁知他把这桩事告诉了两个哥哥之后，他们并没有给他多大的鼓励。他们自己都是在来美洲之前结了婚的，因而在萨凡纳并无亲戚。至于那些老朋友的女儿，早都已经出了嫁，养了孩子了。

"你又没有钱，又没有门第。"哲谋说。

"钱是我已经弄起来了，门第我自己可以造起。可是我也不愿意马马虎虎地结婚。"

"你也太心高了。"安鲁毫不感兴味地说。

可是两位哥哥确是替嘉乐尽过大力。他们现在都老了，在萨凡纳的声望也还不错。他们确实有许多朋友，所以足足花了一个月的工夫，将嘉乐带到这家，带到那家，去参加宴会、跳舞会、野宴会等等。

"只有一个算是看得上眼的，"末了嘉乐报告两个哥哥说，"可是我在这里登陆的时候，她恐怕还没有生呢。"

"谁是你看得上眼的呢？"

"就是罗爱兰小姐。"嘉乐说时故意装做不在意的样子，实则他一经见了罗小姐那双微微斜竖的黑眼，早已是神魂颠倒了。那时罗小姐只有十五的芳龄，可是神色之间颇有些没精打采，他心里虽觉奇怪，却不由得被她深深迷惑了。他又看她眉梢眼角含有一种失望的神情，益发觉得自己整个心都被她软化了。

"你做得她的父亲呢！"

"我也还在盛年啊！"嘉乐愤然地嚷道。

哲谋于是低声下气地说："你要知道，嘉乐，你要跟萨凡纳的女孩子结婚，没有哪一个比她的机会再少的。她的父亲是法兰西的罗氏大族，向来傲慢得目中无人。她的母亲门第也很高。"

"这我不管他，"嘉乐很热愤地说，"何况她母亲已经不在了，那个罗老头子是喜欢我的。"

"当你一个客人，他可以喜欢你；若当你一个女婿，他就未必喜欢了。"

"无论如何，女孩子本人也不会要你，"安鲁插入说，"她跟一个堂兄弟叫罗斐理的恋爱，现在已有一年了，她家里人日夜劝她，她总是不听。"

"那人前几天已经到路易斯安那去了。"嘉乐说。

"你怎么知道呢？"

"我知道的。"嘉乐说。其实这个宝贵的消息是阿宝供给他的，而且他也明知斐理之走是出于他自己家庭的意思，但这两点他都不肯说出来。"我不相信她对他会有多大的爱，以至于忘记不了他。十五岁的人是不大懂得爱的。"

"总之他们是宁愿要他不会要你的。"

因此，这两位哥哥一听到罗家女儿要跟自己弟弟结婚的消息，都不免大吃一惊。并且整个萨凡纳都在暗中议论这件事，都在猜度斐理突然到西边去的原因，可是都得不到解释。总之，罗家那么一个娇娇滴滴的女儿，竟会嫁给这么一个粗声红脸的矮鬼，当然要使大家都觉得莫名其妙了。

就是嘉乐自己，也始终不明白这桩事情到底是怎样成功的。他只晓得这是一个奇迹，所以那天当爱兰雪白着脸，把一只手轻轻放在他臂膀上说"郝先生，我愿意跟你结婚"的时候，他简直是五体投地了。

这个神秘的问题连他们罗家自己人也只能解释一部分，只有爱兰的嬷嬷是知道内情的。她知道爱兰头一天晚上曾像一个心碎的孩子一般一直哭到大天亮，第二天早晨起来就像一个大人一般下了决心了。

原来那天白天，嬷嬷曾把一个从新奥尔良寄来的小包裹送给小姐，上面写的笔迹是陌生的。爱兰当即打开来，首先看见的是她自己的一张小照，她便眼泪涌了出来，将它扔到地板上。此外，便是她写给斐理的四封亲笔信，还有一封短信，是新奥尔良一个牧师写来的，报告她的堂兄弟在一家酒馆里跟人吵架而死了。

"是他们把他赶跑的，父亲、宝玲、幽籁他们。他们把他赶跑的。我恨他们，我恨他们大家。我永远不要再见他们，我要走了。我要走到永远见不到他们的地方去，我也永远不再见这个市镇，永远不再见一个可以使我想起他的人。"

那夜快到天亮的时候，嬷嬷已经伏在小姐枕头边陪着她哭干了眼泪，这才劝阻她说："可是，宝贝儿，这桩事儿是做不得的！"

"我要这么做，他是好人。要不我就到查尔斯顿做尼姑去。"

就因有要去做尼姑的恫吓，罗老头子这才不能不答应了。因为他家虽然信奉天主教，他自己却是一个忠实的长老会教徒，他想起女儿去做尼姑，不如让她嫁给郝嘉乐，这人到底没有什么的，只不过缺少门第。

于是爱兰脱离了罗姓，永别了萨凡纳，便跟她那中年的丈夫，一个嬷嬷和二十个家奴，动身到陶乐去了。

第二年，她就养出了第一个孩子，取名为思嘉，小名叫加弟，是照嘉乐的母亲取的。嘉乐本来想一个儿子，现在养的是女儿，先不免有点失望，后来看看这个女儿一头乌黑的头发，也着实可爱，便高兴起来，把全家奴仆都叫来喝酒，自己也大醉一场。

爱兰对于这么匆促的结婚，心里也不免懊悔，可是没有人知道她懊悔，嘉乐自然不会知道。他对于这么一位年轻美貌的夫人，只觉得越看越得意。但是爱兰一经离开了萨凡纳，便把那边的事情一概都忘记，一经踩上了佐治亚州的土地，便当这里是自己的家了。

其实爱兰这一下生活的改变，是变得非常厉害的。在萨凡纳，她本来有一个美满的家庭和一个优雅的社会环境，到这里，她觉得地方既荒凉，人情又粗犷，简直是换了一个世界了。

这里是个草莱初辟的世界，同时也是个日臻兴旺的世界。因为这里是出产棉花的沃野，它的产量可以取之而无穷，用之而不竭。这里的财富，随着那日见扩充的棉花地而源源不绝，这里人的傲慢，也随着那日益雄厚的财富而滋长增高。他们以为棉花既能在一代的时间造成他们的巨富，那么在下一代的时间岂不使他们更富吗？就因这种对于明日的把握，所以人人都洋溢着兴致，充满着热情，尽情地享受生活，以至爱兰始终都不能了解。他们有的是钱，有的是奴隶，尽有余暇的时间可供他们游戏，因而打猎、赛马，以至于野宴会、捕鱼宴会、跳舞会之类，差不多是没有一个礼拜没有的。

爱兰在萨凡纳向来过惯孤独的生活，现在看见这边人这么爱热闹，总觉插不进他们的阵里去，但是她很尊重他们，直至混熟了，又知道他们的性情坦白而直爽，因而跟大家相处得融洽无间了。

不久之后，她就成了全区里最最受人敬重的一个邻人。在家庭里，她是俭朴和善的主妇，慈爱的母亲，忠实的妻子。她本来要把自己整个去献给教堂，如今却是整个献给孩子，献给家庭，献给那个使她脱离萨凡纳的男人了。

思嘉周岁的时候，爱兰又养了一个女孩子，取名苏伞纶娜，但是人家叫顺了口都叫她苏纶。又过了一年，又是一个女孩子，取名为恺玲。此后是一连三个男孩子，可都等不到学步的年龄就夭折了。现在离家一百码路外的柏树丛中有三个坟墓，墓前都竖着石碣，刻着"郝氏子之墓"几个字。

自从爱兰来到陶乐的一天起，那个地方就逐渐地起了变化。她虽不过是个十五岁的小姑娘，却已预备把一个垦植场主妇的责任担在身上了。大凡南边的大户人家，总都蓄有男男女女、白的、黑的几百个奴仆，所以主妇治家的责任非常重大，非得从小训练不可的。爱兰未嫁时，当然也受过这种训练，况且有嬷嬷做她的帮手。那老太婆是连最最偷懒的懒骨头也能叫他振作起来的。因此她做了主妇之后，那家人家就马上有了秩序，有了尊严，有了意趣，而整个陶乐垦植场都呈现出前所未有的美景。

那所房子本来没有经过任何建筑的设计，房间不够用便随时添造，这里两间，那里三间，只取便利，并无计划，现在经过爱兰一番布置，便觉得妥妥帖帖，丝毫看不出它本来的未经意匠。屋前那一条直通大路的柏树夹道，原是南边的地主人家，家家要有的，现在经过她一番修整，便觉得葱翠阴凉，并使其他的杂树也因而生色。她又在游廊边栽了几株紫藤，让它爬上那白粉砖墙去，大门口栽了几棵粉红番石榴,院子里栽了一片白花的山茉莉,将那所房子的前景点缀得五光十色,而原来那些丑恶的屋角屋缝都被掩饰了。

到了春天和夏天,前面那一片草地便显得翡翠一般绿,以至养在后院里的吐绶鸡和鹅子,都不胜其诱惑,往往要成群结队地游历到前面来,啄食那些茉莉花的蕾儿和百日草的芽子。因而爱兰不得不派一批黑色的小哨兵,常驻在前面的走廊上,以防它们的侵袭。他们的军械就只一条破手巾,那些侵略者来的时候,只许他们挥起手巾吓它们回去,不许拿石子投掷它们,所以这项差事是并不怎么有趣的。

这样的哨兵,爱兰派到好几打之多,因为这已成了他家男性奴隶的第一种职务了。他家的规矩,凡男性的奴隶满十岁时,就要派他去跟老爹爹学皮匠,或跟阿毛学打车轮、做木作,或跟肥儿学看牛,或跟克飞学赶驴子。如果对于这一些行业都没有才能,那就只有放到田里去做作手,而一经做了田里的作手之后,他们黑奴自己就认为永远失了社会地位了。

爱兰的生活并不舒适,也并不快乐,但她本不曾期望生活的舒适。至于不快乐,她也认为女人命该如此的。这是一个男人的世界,她早就已经承认了。财产是男人所有的,女人不过替他们管理管理。管理得好,名誉是男人得的,女人还得从旁称赞他能干。男人划破了一个指头,便要像雄牛一般大吼,女人养孩子,却只能闷声地呻吟,为的是怕男人听见不舒服。男人可以粗声粗气地说话,可以喝得大醉酩酊,女人便须处处都原谅男人,还得低声下气服侍醉汉去睡觉。男人可以毫无忌惮,无话不谈,女人便须一直地柔顺斯文,吞声饮泣。

这一切,便是所谓大家闺秀的传统信条,爱兰自己就是拿这传统信条教养起来的,如今她又要拿这传统信条去教养三个女儿了。这种工作,她在两个小女儿身上是算成功的,因为苏纶天生要学做大家闺秀,对于母亲的教训无一不顺受,恺玲生来就怕羞,也很容易领她上正道。独有思嘉,那是她老子的孩子,要把她教养成一个闺秀,就觉难如登天了。

思嘉小时不喜欢跟自己的妹妹玩,不喜欢跟卫家那些小姐玩,偏偏喜欢跟田畈里的小黑炭和邻舍家的男孩子玩,而且她会爬树,会扔石头,跟那些野孩子一模一样,这就使得嬷嬷大不以为然了。嬷嬷看见爱兰的女儿会生成这副性格,心里着实担忧,常常教训她"要学得像个小姐"。爱兰自己倒还能容忍,并且把眼光放得比较长。她知道女孩儿小时的伙伴里会产出她日后的情人来,而女孩子家应尽的职务,当然要算结婚为第一。她觉得思嘉这时不过生气特别旺盛些,至于那种幽娴贞静的妇容妇德，日后总可以教得起来的。

于是她和嬷嬷同心协力，以从事于思嘉这一方面的教育。而思嘉对于这一方面的学习，也确实是很聪明的，但是除此以外，她就什么都学不成了。她家曾替她请过几次保姆，又曾送她到附近的费耶特维尔女子中学读过两年，但是她的教育仍旧很粗浅，至于跳舞，那是全区里面没有哪一个女孩子能够像她那么风度翩跹。她知道要怎样的笑法才能使那两个酒窝儿蹦蹦跳跳，要用怎样的鸽子步才能使那撑出的长裙旋转如风，看着男人的脸时要怎样地赶快低下头、垂下眼，才显得出自己动情而颤抖的神气。而她特别擅长的，就是能够故意装出一副天真烂漫的面孔，借以掩饰一种精明锐利的目光。

爱兰和嬷嬷的教育目标虽然一致，她们的教育方法却各有巧妙不同：爱兰用的是一种温言软语的开导，嬷嬷用的是一种滔滔不绝的唠叨。

"你必须要学得斯文些、庄重些，我的好孩子，"爱兰教她女儿说，"男人家在说话的时候，即使你的见识比他高，也万不可去插嘴。女孩子太侗傥了，男人家不喜欢的。"

"你们小姑娘家，要是尽皱着眉头，尽鼓着嘴，尽说'俺要什么'、'俺不要什么'，你准会嫁不到男人。"嬷嬷忧郁地对她预言，"你们小姑娘家，应该低着头，对人家说：'好吧，您哪，知道啦。'或是说：'是啦，您哪，听您吩咐啦。'"

凡是大家闺秀应该知道的事情，她们已经没有一样不教她的了，可是她所学得的，只是一种表面的礼貌。至于这种礼貌所自发的内在温情，她是始终不曾学，也始终没有见到该学的理由。她以为做女人的有了这点表面就够了，有了这点表面就已可以引得男人的趋奉。所以除了这一点表面之外，别的她就不要了。她的老子呢，一直都在外面得意扬扬地夸口，说他女儿是五个区里的第一个美人，这话倒也有几分真实，因为邻近一带的青年，差不多没有一个不曾向她求过婚，甚至还有许多是从亚特兰大和萨凡纳那么远道而来的。

到了十六岁，她就长得十分娇媚而玲珑，这不能不归功于母亲跟嬷嬷平日的教养。但在骨子里，她却是刚愎、执拗而且爱虚荣的。她像她那爱尔兰的父亲，感情极易于激动，至于她母亲那种牺牲忍耐的性情，她是一点儿没有传得，有也不过是一层极其稀薄的装饰罢了。但是思嘉知道，母亲只消拿一种责备的眼光向她横了一眼，就可以使她羞得要哭出来。所以她平时在母亲面前，总都摆出她的最好的嘴脸，行为也规矩了，脾气也不发了，性情也像是和婉了，因而母亲始终不能相信她完全出于装饰。

　　至于嬷嬷，思嘉就瞒她不过了。无论思嘉装饰得多么巧妙，嬷嬷一眼就能够看穿。嬷嬷的眼睛比爱兰的锋利得多。思嘉想不起有哪一件事情是曾把嬷嬷蒙蔽到底的。

　　这两位教师对于思嘉那种高傲、活泼而娇媚的特质，都并不认为可忧。因为这种特质正是南边女人引以自豪的。她们所担心的，是思嘉的性情里面，具有她父亲的那种倔强性和猛烈性。她们唯恐她对于追求她的男人掩饰不了这种性情，以致得不到如意的配偶。谁知这是她们过虑了。思嘉自己早就想结婚，并且想跟希礼结婚，所以如果端庄、柔顺、不作主张等等的品性真可以吸引男人的话，她倒是很愿意装出来的。至于男人为什么喜欢这样，她却又并不知道。她只知道这种方法可以行得通，就不去问它所以行得通的道理了。因为她对于人类的心到底怎样在里面活动，是一点儿也不明白的，便是对于她自己的心也同样地不明白。她只知道自己要是这么这么地做，这么这么地说，男人一定就会这么这么地恭维她。她以为这种算法可以同数学的公式一般准确，也并不比数学的公式难，因为她在学校里的时候，觉得数学这门科目还算容易的。

　　她对于男人的心理既然知道得很少，对于女人的心理知道得尤少，因为这个对她更没有兴味了。她从来不曾有过一个女朋友，也从来不以没有女朋友为遗憾。照她看起来，一切女人都在追求一个共同的目标——男人，因而彼此成了自然的仇敌，连自己的两个妹妹也在内。

　　唯一例外的就是自己的母亲。

　　她觉得自己的母亲是不同的。她把她看做一种神圣的东西，跟人类的其余部分各别。她做孩子的时候，曾经把母亲跟圣母混而为一，如今她年纪大些了，仍觉得没有理由改变她这种意见。她觉得母亲代表一种绝对可靠的保证，这种保证是唯有天和母亲才能供给的。她又知道母亲体现着公道、真理、亲爱的慈和和深澈的智慧——真是一个伟大的女人。

　　她也很想学她的母亲，难只难在一个人做到了公正、真诚、慈和而无私之后，便要失去大部分人生的享乐，失去许多美好的男人。人生百年犹苦短，怎便容它失去这许多好东西呢！等着吧，等她跟希礼结过了婚，等她已经衰老了，到那时尽有余闲，再学母亲的样也还不迟呢！至于目前……

第四章

那天晚上吃晚饭，思嘉代替母亲做主席，将应有的职务一一都尽了，只是心里为着那可怕的消息，不住在那里翻腾。她眼巴巴望着母亲早些回来，因为没有母亲在旁边，她总觉得迷惘而孤独。她想自己正在急切需要母亲的时候，施家那些人有什么权利把母亲叫出去呢？

这一顿饭吃得黯淡非常，而嘉乐的一张嘴偏又那么滔滔不绝。他已经完全忘记刚才对女儿说的话了，现在他又自言自语地在那里高谈嵩塔儿要塞的消息，时而拿拳头拍着桌子算点板，时而举起臂膀在空中挥舞一回。平日吃饭的时候，嘉乐照例要把席上的谈话独个人霸占了去，思嘉若是肚里有心事，尽可以一句也不听进耳朵里去。但是今晚不同了，她虽然一直侧着耳朵留神听着门前的车轮声，父亲的话仍旧不免要闯入。

当然，她并不打算把肚里的心事去告诉母亲，因为母亲听见她想去巴望一个已经跟别人订婚的男人，一定是要震骇、要懊恼的。但她现在遭遇到这平生第一幕悲剧，急于需要母亲来安慰。她只要母亲站在她面前，便觉得非常安稳，因为无论怎么坏的事，母亲总能够把它弄好的。

过了一会，她听见咔咯咯的车轮声在车道上响，便突然从椅子上站起来，直至听见那声音一直响过屋后去，这才重新坐下。那不是母亲的车，母亲的车是要在前面台阶上停的。随后就听见院子里有几个黑奴在说话，仿佛很兴奋似的，还有一个黑奴发出一种尖厉的笑声。思嘉从窗口探头一望，只看见阿宝手里擎着一个松枝火把，照着几个人从一部大车上爬下来，却看不清他们是谁。然后那笑语之声渐渐移到后面去，升上了后廊，穿过了甬道，一直来到饭厅背后的那间穿堂。此后又经过了一阵耳语，便见阿宝走进饭厅来，不像平常那么一本正经，却骨碌着一双圆眼睛，闪露着一副白牙齿。

"老爷，"他满面春风，上气不接下气地叫道，"您新买的女人来了。"

"新买的女人？我不曾新买什么女人呀。"嘉乐装做不懂的样子，睁着眼说。

"是的，您买的，老爷！是的！现在她来啦，要跟您说话。"阿宝激动地搓着一双手，痴笑着说。

"哦，是你的新娘子来了，好吧，叫她进来吧。"嘉乐说了，阿宝便转过身子，向穿堂里招了一招手，随见那个黑女人走进饭厅来，后面有一个十二岁的女孩子躲在她的庞大衣裙后跟着。

这蝶姐儿是个高大的个儿，跑起路来笔挺的。她的年纪少则三十，多则六十，随便算她几岁都很像，一张铜色的脸上还没有一丝皱纹。她的相貌分明含有印第安人的血统，而调剂着内革罗人的特质。她的皮肤红铜色，额骨狭而高，颧骨突出，鼻梁像鹰嘴，鼻尖却又扁下去，下连着一副内革罗人的厚嘴唇——这一切，都分明显出她是红黑两种的混合。她的态度很泰然自若，跑起路来比嬷嬷还要昂然，因为嬷嬷的神气是学得来的，她的才是天然生成的。她说话的时候，并不像大多数黑人那么糊里糊涂，却知道字斟句酌，颇有些礼貌。

"给您请晚安哪，小姐。对不起您啦，老爷，我不该这会儿来打搅您的，可是我要来谢谢您老爷，拿我跟小姐儿一齐买啦。也有些老爷们要买我，可不肯买我家小姐儿，我舍不得她。现在谢谢您啦。我替您尽力干事儿，不忘记您老爷的恩。"

"嗯——嗯。"嘉乐一时说不出话来，因为他做了一桩好事，被人这么公然揭穿了，觉得非常难为情。

蝶姐转向思嘉这面来，眼角仿佛皱起了一个微笑。"思嘉小姐，阿宝跟我说的，小姐常常劝老爷买我，现在我叫百利子服侍您，替您做丫头吧。"

说着，她将手伸到背后去，把那小姐儿抓到前面来。那小姐儿是一个棕褐色的小动物，两条腿儿细细的，像一只鸟儿，梳着一头小辫子，拿头绳扎得铁硬的，一根根朝天竖着。她的眼睛很锋利、很聪明，像是什么都懂得，可是脸上硬装着一副傻相。

"谢谢你，蝶姐，"思嘉答道，"不过我怕嬷嬷要说话。我生下来就是她服侍的。"

"嬷嬷也老啦，"蝶姐说得非常之平静，要是嬷嬷在旁边听见，一定非光火不可的，"她原是个好嬷嬷，可是您现在是大小姐啦，您得要一个小丫头。我这百利子已经替英弟小姐服侍了一年了。她会缝衣裳，会梳头，跟大人一样。"

百利子得到母亲的怂恿，突然对着思嘉屈了一下膝，并且朝她傻笑了一笑，这就使思嘉不得不回她一笑。

"好灵活的一个小娼妇，"她心里想道，然后说，"谢谢你，蝶姐，等太太回来再说吧。"

"谢谢小姐。那么晚安啦。"蝶姐说了，转过身，带着她的小姐儿出去了。阿宝一蹦一跳地在后面跟着。

桌子收拾掉了，嘉乐又继续他的演说，可是不但他的听众谁都感不到兴趣，就是他自己也觉得不大满意了。他预言着战争马上要到来，质问着南边人对于北佬儿的侮辱是否还能够容忍，回答他的却只有"是的，爸爸"或是"不的，爸爸"而已。那时她们三姊妹各人有各人的心事。恺玲坐在大灯底下一张垫脚凳上，早已深深沉入一个少女的美梦，并在设想自己戴上护士帽时的姿容。苏纶一面在刺绣，一面在想明天的野宴会上怎样去把汤司徒从她姊姊那边抢过来。她知道自己是具有温雅的女性，姊姊却没有，所以相信这事并非不可能。至于思嘉，那不用说，正为着希礼的事心里起着澎湃的波涛。

她听见父亲在那里讲嵩塔儿要塞，讲北佬儿，讲个不住口，心里觉得很奇怪，为什么他竟忘了自己的女儿正在伤心呢？因此她感觉到世界上的人都是自私的，无论你有怎样的痛苦，他们都可以不管，无论你是怎样的伤心，他们还是照旧地过去。

她心里仿佛刚刚刮过了一阵旋风，可是那饭厅里的一切依然很平静，一点儿也没有变化，这就大可诧异了。那沉重的乌木桌，那碗碟橱，那笨重的银器，那鲜明的地毯，都照常地放在原地方，仿佛天下并不曾发生什么事故。在平日，思嘉觉得这一间饭厅是很可爱、很舒适的，每天晚饭以后全家围坐在这里的一段安静时间，她向来都很欢喜，今晚却不同了。她若不是怕父亲的责问，早已独个人溜了出去，溜到母亲平日办事的那个小房间，坐在那张老沙发上放声大哭起来了。

这所谓办事小房间，是思嘉顶顶欢喜的一间屋子。每天早晨起来，郝太太都要坐在这里，看着那高个儿的书记记账，听着总监工魏忠报告事情。这里又是全家人休息的所在。每天总是爱兰坐在自己位子上写账，嘉乐躺在一张旧摇椅上养神，三姊妹在那老沙发上各占着一个垫子，平安而舒适地混过了时刻。如今思嘉也正想到那间屋子去，将头伏在母亲的膝盖上，幽幽咽咽地哭他一场。但是母亲为什么还不来呢？

这时，车轮的声音终于从夹道上嚓嚓响起来了，随即听见爱兰打发马夫回去的声音，从外间的黑暗里飘进屋子，大家都把眼睛朝着门口看，果见爱兰急急忙忙跨进门来，面上现出疲倦和悲哀的神色。嬷嬷在她后边几步的距离跟着，手里拿着皮包，嘴唇皮伸得十分长，眉毛往下挂着，几乎盖没了眼睛。她一面蹒跚着走，一面嘴里不住地咕哝着，那声音不高也不低，低到要人家听不出她在说什么，却又高到要人家知道她心里不高兴。

"我回来迟了，对不起。"爱兰说着，一面把肩上的围巾取下来递给思嘉，随手在她面颊上摸了一摸。

嘉乐见她进来，脸上顿时像受幻术一般浮起了光彩。

"那小东西洗过吗？"他问。

"洗过了，可是死了，可怜的东西，"爱兰说，"我怕阿弥也要死的，现在大概可以没事了。"

几个女孩子的脸都朝着她，现出惊异疑问的神色，嘉乐很富哲学意味地摇了摇头。

"自然不如孩子死了好，这可怜的没有父——"

"时候不早了，咱们马上就做祷告吧。"她立刻打断他的话，打断得丝毫不着痕迹。若不是思嘉深知母亲的性格，就怎么也不能觉察她有存心打断这话的意思。

施阿弥这个孩子到底同谁养的呢？这当然是个有趣的问题，但是思嘉知道母亲是无论如何不会对她讲明的。她疑心是自己家里做监工的魏忠。因为她常常看见晚快边的时候，魏忠跟阿弥在一起散步。魏忠是北佬儿，并且光杆子，而且他既做了监工，就一辈子没有机会跟区里的交际社会相接触。他如果要结婚，除了施家那样人家之外，是没处去找对象的。但是以教育而论，他又比施家人高出几筹，自然不愿意跟阿弥公然结婚的。

思嘉叹了一口气，为的是她的好奇心非常深切，却又无法可以满足它。她知道母亲眼里见过的事情很多，却都并不去注意，就同那些事情不曾发生过一般。母亲对于一切非礼的事情都置之不闻不问，并且教思嘉也要如此。可是，这种教育并没有多大成功。

爱兰走近壁炉架，伸手到一个匣子里去取念珠，预备做祷告，嬷嬷却在旁边坚执地说道：

"爱兰姑娘，你吃一点晚饭再做祷告吧。"

"谢谢你，嬷嬷，可是我不饿。"

"俺替你弄去，你得吃。"嬷嬷一面说，一面耸起了额头，动身跑到厨房去。

"阿宝!"她叫道,"叫阿妈把火桶一桶。太太回来啦。"

她走到前边穿堂里,一面把地板踩得咯吱响,一面让她的独白传进饭厅去,使全家人都听得清清楚楚。

"俺说过多回啦,这些下流白人是跟他们没有弄头的。他们都是懒虫,不识好歹。咱们这位姑娘可真太好心,偏要丢开自己的事儿去伺候他们!他们要是值得人伺候,怎不也买几个黑人服侍服侍呢!俺说过多回啦——"

她的声音消失在那条通厨房去的长甬道里了。原来嬷嬷有一种特别的方法,可以使主人知道自己对于事情的意见,而又决不至于挨主人的骂。她知道白人要维护自己的尊严,对于黑人的自言自语决不会去注意窃听,即使在无意之中听见了,也必定要装做不曾听见的样子。她就利用这一个弱点,凡有什么事要发牢骚,便在靠近主人所在的地方找一个适宜地点,放着胆做一番大声的独白,使它一句句都传到主人耳朵里去。这样,既可以防卫自己,不致受主人的责备,而一肚子的牢骚却都发泄了。

一会儿阿宝进来了,手里拿着一只盆子、一副刀叉和一条餐巾。他后面紧紧跟着一个十岁的小黑炭,名叫阿吉的,一只手匆匆扣着一件白短紧身上衣的扣子,另一只手拿着一个拂尘,那是拿报纸条子扎在一根比他的人还要长的芦秆上做成的。爱兰本有一个很美丽的孔雀毛拂尘,那是要非常特别的排场才拿出来用的,而且据阿宝、阿妈、嬷嬷他们三个人的意见,孔雀毛是不吉利的,因此每次用到这个拂尘的时候,必定家庭里有过什么吵闹了。

嘉乐替爱兰拖来了一把椅子,她便坐下来,随即有四个声音向她围攻着。

"妈,我那新跳舞衣的花边掉了,明天晚上到十二根橡树要穿的。你给我钉一钉好吗?"

"妈,思嘉的新衣服比我的好看,我穿起那件衣服来,满身是红,怪吓人的。她不好穿我那件红的,让我穿她那件绿的吗?她穿起红的来倒相配的。"

"妈,明儿我也等过了晚上的跳舞会才回来好吗?我已有十三——"

"嗨,郝太太,事情真诧异——嗨,你们不要闹,好吗?我要去拿鞭子了!——今天早上高恺悌在亚特兰大,他说——你们静一点好吗?连我自己的话都听不出了!——他说那边热闹得了不得,都在谈论战争、操练、组织军队的事情。他又说查尔斯顿那边也有消息,他们已经预备要动手,再不能容忍北佬儿的侮辱了。"

爱兰拿她那疲倦的嘴,对这一片喧哗微笑了一下,这才按照礼节,尽先对丈夫发言。

"要是查尔斯顿那边都已经这样，那么咱们这儿一定不久也要这么的。"她说。因为她具有一种根深蒂固的信念，以为除了萨凡纳之外，全州之中唯有查尔斯顿人的血统最高贵。这个信念是查尔斯顿人自己也有的。

"不，恺玲，你得等明年。等明年这个时候，你就可以跳舞，可以穿大人的衣服了。你想到那时候，你妈脸上多么光彩呀！你别嘟嘴了，孩子。野宴你是可以去的，野宴完了你可以等着吃晚饭，跳舞可要等到十四岁。"

"把你的舞衣拿来吧，思嘉。等做完祷告我来替你钉花边。"

"苏纶，我不喜欢你这种腔调，孩子。你那件红的顶好看，跟你的皮色也相配，思嘉本来是配穿绿的。不过明儿晚上你可以戴我那副柘榴石的项圈去。"

苏纶在母亲背后，对思嘉耸了耸鼻子，以示胜利，因为她知道思嘉本要向母亲讨这项圈去的。思嘉也对她吐了吐舌头。思嘉觉得苏纶卑鄙而自私，向来讨厌她，若不是母亲在旁边阻止，苏纶已不知吃过思嘉多少耳掴子了。

"郝先生，查尔斯顿那边的事，那位高先生还有什么说的吗？"爱兰说。

思嘉知道母亲对于战争、政治一类的事情本来也不大注意，并且以为这是男人家的事，女人家反正不懂的。可是父亲一直喜欢别人去凑他的趣，现在母亲装做对这些事很有兴味的样子，也不过替父亲凑凑趣罢了。

于是嘉乐又把日间所得的消息一桩桩报告起来。他一面在谈，嬷嬷一面端上几个盆子来，在主妇面前铺放，一盆是焦皮热饼干，一盆是油炸鸡白肉，一盆是热气腾腾的切开的黄山薯，上面涂着一层已化的牛油。然后她将小阿吉拧了一把，那小黑炭便行使起他的职务来，将那一束报纸条儿在太太背后一来一往慢慢地摇摆。嬷嬷站在桌子旁边，眼睛跟着每一叉食物从盆子里送进爱兰嘴里去，仿佛经她这眼光的督促，那些食物才会落下爱兰喉咙去似的。爱兰虽然急急巴巴地吃着，但是思嘉看得出她已经十分疲倦，实在是食而不知其味了。

等到盆子里吃空了，嘉乐对于北佬儿的一篇漫骂还不过发表到一半。他正说到"北佬儿个个是贼，他们要解放黑奴，却又舍不得拿出一个大来"时，爱兰便站起来了。

"现在就做祷告吗？"他懊丧地问。

"是的，时候不早了，你看，不是十点了吗？"的确，那个像咳嗽的钟正在"空空空"地敲了十下，"恺玲早就该睡了。请你放灯吧，阿宝。还有我的祷告书，嬷嬷。"

嬤嬤用她的哑喉咙低声吩咐了一句，阿吉便把拂尘放在屋隅，动手拿开桌上的盆子。嬤嬤便到碗碟橱的抽斗里去摸那本破烂的祷告书。阿宝踮着脚尖儿，伸手去抓灯链上的环子，将那盏灯慢慢放下来，直至桌面整个浴在灯光里，而上面的天花板退入阴影里为止。爱兰整了整衣襟，跪在地板上，将一本祷告书摊在桌边，然后合着双手，放在书上。嘉乐跪在她旁边，思嘉同苏纶照旧跪在桌子的对面，将里面的裙子叠起来垫着膝盖，免得跟地板去硬碰硬。恺玲年纪小，跪着够不上桌子，所以独个人对一张椅子跪着，将两个胳臂肘儿搁在椅面上。这一个地位于她很便利，因为祷告的时候她难得会不打瞌睡，现在做着这样的姿势，就不会被母亲看出来了。

全家奴仆挨挨挤挤地跪在穿堂的门口。嬤嬤跪下的时候，地板总要吱吱叫起来。阿宝跪得枪杆一般挺。露莎跟丁娜，那两个女仆，都披着花布，跪的姿势特别好。阿妈既瘦而且黄，白头发上压着一顶破帽子，阿吉带着一脸瞌睡兮兮的傻相，他们两个都怕嬤嬤伸手拧他们，离开她远远地跪着。大家跪齐了，便都睁着眼睛等待着，因为黑人能跟白人一起做祷告，也要算是一天中的一桩大事呢。他们对于那种古奥的祈祷文，对于祈祷文中提及的种种譬喻，原不会懂得什么意义，但是不知怎么的，这种祈祷确实能使他们的心感到一种满足，所以当他们念到"主啊，怜悯我们""基督啊，怜悯我们"的时候，总觉得浑身都动荡起来了。

爱兰闭上眼睛开始祈祷了，她的声浪不住地一起一伏，像在催眠，像在抚慰。当她为着一家的健康和快乐，为着家人和黑人，竭诚感谢着上帝的时候，那一圈黄光里面人人的头都是低着的。

祈祷完了，她就拿起念珠来开始循诵，于是便如一阵微风的波荡，立即从黑人的喉咙里和白人的喉咙里响出一阵嘤嘤嗡嗡的声浪来。

"圣母马利亚，上帝的母亲，替我们罪人祈祷吧，现在，直到我们死去的时间。"

在这当儿，思嘉竟忘记了心里的疼痛，忘记了强忍的泪儿，只觉同往日此时一样，深深领略到一种宁静与和平了。霎时之间，方才所感受的失望飞散了，明日就要来的恐惧消失了，剩下来的就只有一种希望。但是这种安慰的到来，并非由于她的心已经飞越到上帝那里去，却是由于她看见母亲那副宁静肃穆的嘴唇。思嘉每次看见这副嘴唇对天说话的时候，心里确信天是在那里听她。

爱兰念完了，其次就轮到嘉乐。嘉乐每次做祷告，总是找不到念珠，因而他只拿手指头儿掐着记遍数。说也奇怪，他那嘤嘤的声音一经开始，思嘉的思想就立刻分散开去，再也收它不起来。这个时候，她知道是应该检查良心的时候了。因为母亲曾经教过她，她在每天终了的时候，必须要把自己的良心彻底检查一番，如有过失，便当承认，并且求上帝给她饶恕，给她力量，以期能够永远不再犯。然而现在思嘉并不能检查自己的良心，却要开始检查自己的欲心了。

她把一双手摊了开来，将头埋在里面，好使母亲看不见她的脸。然后，她的思想重新回到希礼身上去了。她想他既然真正地爱她，怎么又打算要跟媚兰结婚呢？何况他是知道她多么爱他的！他怎么能够忍心叫她伤心呢？

然后，突然的，一个明亮的新观念像彗星一般掠过她的脑子。

"怎么，希礼并不曾知道我是爱他呀！"

这一个观念来得如此的出人意料，竟把她吓得几乎大声喊出来。她的心思寂然不动地麻木了一个长长的时刻。然后重新向前奔放起来。

"是呀，他怎么会知道呢？我跟他在一起的时候，向来都装得那么正经，那么端重，那么'不要碰我'的神气，所以他总以为我要跟他做朋友之外没有什么别的意思了。是的，这就是他所以始终不开口的道理了！他总以为他的爱是无望的，所以他一向都像那么——"

她的思想立刻飞回当初的一段期间，那时她常常看见他做出那种怪模怪样，常常看见他那一双灰色的眼睛睁得那么大大的、赤裸裸的，像似含着一眶子愁烦绝望的神情。

"他当我是爱伯伦，爱司徒，或是爱恺悌，所以感觉到伤心了。他总以为他是得不到我了，这才肯和媚兰结婚，以博家庭欢心的。但是倘使他知道我爱他呢——"

她那瞬息万变的心绪立刻超脱了一个山穷水尽的绝境，而飞入了一个万花怒放的前途。是了，希礼之所以始终不响，所以有那么出乎意料的行为，如今都得到解释了。都只为他还不知道自己爱他呀！这信念一经发生，当即就有她的虚荣心出来做后盾，以助成它的确立。他如果知道她爱他，一定是会赶快跑到她这边来的。所以她现在只消——

"啊！"她一面将指头掐着额头，一面狂欢地想着，"我为什么这么愚蠢，直要到现在才想到这一层呢？我必须要想个法儿去让他知道。他如果知道我爱他，就不会和她结婚了。是的是的，他怎么会呢？"

这当儿，她突然感到父亲的念诵已经完毕，母亲正把眼光注在她身上。她于是急忙开始她的十遍诵，机械地一颗颗掐起念珠来，但是她的声音里面不时流露着一种非常浓烈的情感,以至嬷嬷不由得睁开眼睛,向她抛来一个搜索的注视。她念完了,接着是苏纶念、恺玲念,而她的心一直都带着那个迷人的新思想在那里奔驰。

就是现在,事情也还不太迟哩!人家竟有临到结婚的时候才带了另外一个爱人从礼堂里逃走的,这样的事本区里已屡见不鲜。如今希礼是连订婚还没有宣布哩!是的,时间还多得很哩!

如果希礼和媚兰之间本来没有爱,而只有一种随随便便的诺言,那么他为什么不可以破坏那个诺言而来跟她结婚呢?一定的,他一定会这么做,只要他知道她思嘉是爱他的话。那么,她必须找出方法来使他知道。而这方法她也一定会找得出来!然后她就——

思嘉突然从快乐的梦中惊醒过来,因为她忘记了接腔,她的母亲已拿责备的眼光在那里看她了。她惊醒之后,就暂时睁开眼睛,向房间的四周掠了一转。她看见那些跪着的人形,那盏灯的柔和的光亮,那些黑奴的摇晃的黑影,甚至刚刚一点钟之前还使她觉得十分憎恨的那些熟见的物件,霎时之间都已染上了她自己的情绪的色彩,而且整个房间都重新成为一个可爱的地方了。她将永远不会忘记这一个顷刻,永远不会忘记这一番景象!

"最最忠实的处女。"她的母亲发腔道。这时《圣处女祷文》已经开始,她母亲领了一句关于圣母的赞语,思嘉便随声接腔道:"替我们祈祷吧。"

自从思嘉做孩子的时候起,每天这一个时刻,就是她心中崇拜母亲的时候,可是她只崇拜自己的母亲,并不是崇拜天上的圣母。所以每次念到了"疾病的康健""智慧的座位""罪人的托庇""神秘的蔷薇"等等美丽词句时,思嘉总觉这是给她母亲的赞语,而她闭上了眼睛,也只看见母亲仰着的面孔,并不看见圣母的面孔。但是今天晚上,因为她自己的神魂也已超升的缘故,她就觉得那全部的仪注,那温和的言辞,那含糊的接腔,没有一样不具有她所向未经验的超越的美。原来她的心已经抱着一种诚挚的感谢飞升到上帝那里去了,感谢的是上帝已替她的脚砌起了一条道儿,由此她可以脱离苦海,一直奔到希礼的怀里去了。

直至叫过了最后一声"阿门",大家就都站起来,都觉得有些木僵了,尤其是嬷嬷,她是经过露莎和丁娜合力搀扶才站起来的。阿宝从火炉台上取了一个长纸捻,在灯火上点着了,走到外间穿堂里。那螺旋形的扶梯对面放着一口胡桃木的大碗橱,大到饭厅里放不下的,橱上放着好几盏油灯和一排的蜡烛台,上面都插着蜡烛。阿宝拿纸捻上的火点起了一盏油灯和三根蜡烛,然后拿起那灯,高高擎着，俨然是皇帝寝宫中头等的太监一般，引着皇帝皇后上楼去。他走在最前头，爱兰靠在嘉乐臂膀上，跟在他后面、再后面是三个女孩子，各人拿着自己的蜡烛。

思嘉进了自己的房间将蜡烛台放在一口抽斗柜上，然后走近了壁橱，摸黑摸着那件需要修钉的舞衣，将它披在臂膀上，轻轻地走过了穿堂。她父亲的卧室门半开着，她正要去敲，忽听见母亲在那里说话，声音很低，却很严肃。

"郝先生，魏忠是非开除不可的。"

嘉乐粗起喉咙来："可是叫我再到哪里去找这么一个老实的监工呢？"

"他非立刻开除不可，明天早上就开除。大老三做了这多年工头，还算不错的，可以叫他暂时代一代，等你慢慢地找监工。"

"哦，哦，哈哈！我明白了！"父亲的声音说，"那么那孩子是魏忠——"

"他非开除不可。"

"那么施阿弥的孩子果然是他养的了，"思嘉想，"嗨，好吧。一个北佬儿跟一个下流白人的女孩子还会做出什么好事来呢？"

然后，她故意待了一会儿，让父亲的唾沫星子干一干，这才敲了敲门，将舞衣交给母亲。

直至思嘉脱了衣服吹了蜡烛的时候，她对于明天所要实施的计划，就已经成竹在胸了。这个计划很简单，因为她也像她的父亲，是一条肚肠通到底的，所以她的眼光完全集中在她目标上，只把达成这个目标的最直接步骤想了一想。

第一，她要装出一副"傲慢"的神气，这是她父亲吩咐过她的。她从到达十二根橡树的一刻儿起，就一直要装得十分倜傥，十分兴头。这样，人家才不会疑心她因希礼和媚兰的事曾经感觉过灰心。她在那边，对于那边的男人一个个都要卖弄一番。这会使得希礼见了要十分难受，要越发舍不得自己。凡在结婚年龄的男子，她要一个个都跟他敷衍，老到如苏纶的情人，那个黄胡子的甘扶澜，小到如媚兰的弟弟，那个一下就会脸红的韩察理，她都要一网打尽，一个不让他们漏网。那一些人一定会同蜜蜂围绕蜂房一般地向她围拢来，因而希礼也会丢开媚兰来加入他们的团体。然后她就要运用一点儿战略，使得希礼将她带开去，和她单独谈几分钟话。她想这一招一定会万无一失，若使不然，事情就比较棘手了。但是万一希礼那边果真不肯先发动，那么，由她自己这边首先发动也无不可的。

等到她跟希礼终于单独在一起了，那时希礼必定会想起方才那许多人围绕着她的情景来，因而重新认识她是确实人人都要的，于是那种悲哀和绝望的神色又要从他眼睛里流露出来了。到这时候，她就要让他知道，虽然现在人人都要她，她却只喜欢他一个，这样，就会使他立刻消除愁闷，重新快乐起来。而且她经这一番供认之后，他必定会加一千倍地看重她。不过她对他说这话的时候，当然要装得十分端庄，决不现出一点轻贱的样子。她决然不会公然对他说出"我爱你"三个字来，因为这是断断乎说不得的。那么到底应该怎样说法呢？那她就不去想它了。因为像这样的局面，她从前曾经应付过许多回，以为到那时候也自然会应付过去，用不着预先筹划的。

那时月光朦胧地洒满她一身，她躺在床上把全部的情景都设想了一遍。她设想着自己对他承认确实爱他的时候，他的脸上会现出怎样一种惊惶和快乐的神色来。此后他当然立刻就要开口求她做他的妻子，那几句话语，她也仿佛已经听见了。

等他说出这话来，她自然先要回答他，说他既然跟别的女子订了婚，这事简直叫她无从考虑起，但是他自然决不会就此放手，自然还要向她执意哀求，然后到末了，她就让他说服了。然后他们立刻商量好，当天下午就一同逃到琼斯博罗去，然后——

然后什么呢？到了明天晚上这时候，她已经是卫希礼夫人了哩！

想到这里，她突然坐了起来，捧住了一双膝盖，经过了长长一段快乐的时间，在这时间内，她居然是卫希礼夫人了，居然是卫希礼的新娘了！然后，一个轻微的寒噤掠过了她的心。假如事情不照这个样儿实现呢？假如希礼并不要求她一同逃走呢？她不愿去想它。她坚决地把这思想从她心里推开去。

"现在我不去想它，"她坚执地说，"现在我要想到这一层，我就再也没有办法了。可是事情为什么会不照这个样儿实现呢？那是没有理由的，如果他是爱我的话。而我知道他确实是爱我的！"

她抬起头，一双眼珠子在月光里闪动着。若说欲愿和欲愿的达成是两件不同的事，何以母亲平日从来不曾教过她？若说捷足者竟会不能先得，又何以她自己的生活经验从来不曾教过她？于是她的勇气上来了，她的计划完成了。这是一个十六岁的女孩子的计划，因为在这样年龄的女孩子，生活是快乐的，失败是不可能的，美丽的衣服和清秀的面孔是可以用做征服命运的武器的。于是她就抱着了这样的勇气和计划，在那银色的月影之中重新躺下了。

第五章

是早晨的十点钟。那天虽还是四月,天气却已很热。金色的日光从宽大窗口的蓝色窗帘里灿烂地流进思嘉房里来。乳色的墙壁上荡漾着光辉,桃心木的器具上泛出一种酒一般的深红色,地板闪耀得同玻璃一般,唯有那铺着地毯的部分,是点缀着五光十色。

空中已经颇有夏意了,这是佐治亚州初夏的消息,这是艳阳春日迟迟未忍遽去的时间。一种芬芳和软的热气倾泻到房间里来,里面重载着种种柔和的香味,有多种的花香,有新抽的树香,有潮润的新翻红土香。从窗口里,思嘉可以看见两种花卉在那里斗丽争妍,一种是镶在石子车道两旁的蒲公英,一种是像花裙子一般纷披满地的黄茉莉。反舌鸟和樫鸟本是不解的世仇,那时正在思嘉窗下争占一棵山茱萸,因而不住地斗着嘴,樫鸟之声刚劲而粗豪,反舌之声委婉而凄楚。

平常,这样一个富丽的早晨照例要把思嘉叫到窗口去,将一双臂膀倚在宽阔的窗台上,而狂饮着陶乐的香味和声音。但是今天,她没有闲暇的眼睛去看太阳和天空,心里只匆匆掠过了一个思想:"谢谢上帝,天没有下雨!"她的床上放着一件苹果绿的镶着本色花边的水绸舞衣,整整齐齐地折叠在一个马粪纸的大盒子里。这预备要带到十二根橡树去,等跳舞开场的时候穿的。但是思嘉一眼瞥见它,不由得耸一耸肩头。要是她的计划成功了,今天晚上她就不会穿这件衣裳了。等不到跳舞开场,她跟希礼早已动身到琼斯博罗去结婚了。现在的麻烦问题是,野宴会上她穿什么衣裳好呢?

什么衣裳最能够使她觉得动人?什么衣裳最能够吸引希礼?一直从八点钟起,她就把所有的衣服试穿起来,穿一件,丢一件,觉得没有一件能满意,现在她已觉心灰意懒,只穿着一件布紧身和一条镶花边的小裙子,呆呆地站在那里发恼。那些被弃的衣服丢满在地板上、床上、椅子上,五光十色地乱作许多堆。

那一件玫瑰色的薄棉纱布衫,配着一条粉红长带的,穿起来本来还合适,可是去年夏天媚兰到十二根橡树去的那回,她已经穿过,媚兰一定还记得。也许她不知轻重，竟会提起这事来。还有一件黑色羽缎的，胖袖子，花边领，跟她那种白皮肤倒非常相称，可是穿起来要觉得老成一点儿。一想到老成，她就急忙跑到镜子面前将脸仔细照了照，生怕已经有皱纹和懈肉似的。她想起了媚兰那样的娇嫩，就觉得自己无论如何不能装得太老成。还有一件条纹纱布的，四角都有阔花边，穿起来倒也美丽，却又跟她的身段怎么也不能相配。她觉得这件衣裳，只有像恺玲那样纤细的身躯和冷漠的神气，穿起来才能相配，若叫她自己穿，那就像一个女学生了。她想自己要跟媚兰那样袅袅婷婷的体态去比赛，装做一个女学生是无论如何不行的。还有一件绿色方格平缎的，四面都耸起皱边，皱边外面又圈着一道绿天鹅绒带子的，那是她平日最中意的一件衣服，却又可惜胸口上染着一块非常显眼的油渍。她原可以把别针插在那里，把它遮掉，但是媚兰眼睛尖得很，怕她要看出。除此以外，就只有几件杂色棉布的，当然不配在宴会上穿，还有一件就是昨天穿过的那件绿色花布衫，但那是一件午后穿的衣服，不宜于上午的大野宴，因为它只有极小的胖短袖子，而且领口低得很，竟可以当舞衣用的。要是再没有别的可穿，只有穿它了。虽然大清早起就穿露臂露胸的衣服，实在有些不合适，不过她的颈脖、臂膀和胸口，到底都还可以不怕露出来。

她对着镜看了一回，又扭转身子看了看自己的侧影，便觉浑身上下已经可以毫无遗憾。她的颈脖是短而圆的，她的臂膀是胖而动人的。她的胸口在小马甲上边隆然地膨起，也是颇为可观的。大多数十六岁的姑娘为了乳房未成熟，都得把丝绵垫进内衣，借以增加胸部的曲线，她却用不着做这套把戏。她很高兴自己已经承袭了母亲的纤细的白手和瘦小的脚儿，她又巴不得能有母亲那么苗条的身段，但是她看了看自己，觉得也可心满意足了。她又掀开了裙子，看了看一双浑圆白净的胖腿儿，心想这么美的胖腿儿可惜是不能露出。从前费耶特维尔的女同学们都赞美过它呢！至于她的腰，那是无论在费耶特维尔、在琼斯博罗、在邻近的三个区里，再也找不出第二条这样的细腰来的。

一想起了腰，她又回到实际问题上来了。那件绿花布衫的腰身只有十七英寸，嬷嬷却把她的腰束成十八英寸了。她为什么不把它束得再细些呢？她推开门，一听嬷嬷的沉重脚步是在楼下穿堂里，便迫不及待地放开喉咙来喊她。她知道这个时候就是再喊响些也不妨，因为母亲正在熏腊间里给阿妈量食物。

"人家当我两腿会飞呢！"嬷嬷嘴里咕哝着爬上楼梯。她进房时，将一张嘴嘟得长长的，像一个人期待着战斗而又很欢迎它来的神气。她的一双大黑手里捧着一个托盘，盘里几样食物冒着腾腾的热气，一样是两枚大山薯，上面都涂着牛油，一样是荞麦饼，把糖浆涂得滴零滴落，还有一样是一大片火腿，在卤里漾着。思嘉一看嬷嬷手里拿着的东西，她的面容就从小小的懊恼变成坚执的抗拒。她当时一心都在衣服上，却忘记了嬷嬷有一条铁一般的规律，凡是她们郝家女孩子要去赴宴会，必须先在家里把肚子装得十足，以便在宴会上可以吃不下东西。

"你拿来也没有用。我不要吃。你尽管拿回厨房里去吧。"

嬷嬷将托盘放在桌上，然后双手捧住屁股，摆出了一个架势。

"你得吃！上次野宴会的事儿不能再干啦。那一次俺是病啦，没有拿东西给你吃，人家可都怪俺来啦，这回你得一点儿都吃光。"

"我说不吃嘛！现在你来把我扎得再紧一点儿。时候已经太晚了，我听见马车都到门口了。"

嬷嬷用出了哄孩子的语气。

"乖的，嘉姑娘，来吧，吃一点儿。玲姑娘跟纶姑娘都吃光了的。"

"她们吃她们的，"思嘉不屑似的说，"她们是没有灵魂的，好像是兔子。我可不吃！我是出门之前再不吃东西的了。我还记得那一回到高家去，我是吃光了一托盘走的，哪晓得他们有冰淇淋，拿萨凡纳带来的冰做的，我就只吃了一瓢。今天我打算去乐他一天，要吃他一个痛快。"

嬷嬷听见这一番倔强的邪说，顿时气得皱起眉头来。在嬷嬷心目中，一个小姑娘家什么能做什么不能做，是跟黑和白一般分得清清楚楚的，这两者之间决不容有折中的余地。苏纶和恺玲都很恭顺地听她的警戒，就如她手里的一团烂泥，可以由她怎样的搓搓捏捏。到了思嘉身上，她就一直跟她奋斗，而且这种奋斗往往要费却很多的辛苦和心机才能成功。

"人家谈论起咱们这家人家来，你可以不管，俺是要管的，"她滔滔地讲起来了，"要是大宴会上人人都说你家没有好教导，那俺可受不了。俺说过多回啦，女人家吃东西要像一只小雀儿，那你可以断定她，一准是个上等人。你这回到卫家去，俺一定不让你吃得像田里做活的人，馋得像老鹰似的。"

"妈也是上等人，可是她也吃东西。"思嘉反攻道。

"等你嫁了人，那你也可以吃了，"嬷嬷回驳道，"你妈在你这年纪的时候，出门去一点儿东西都不吃，还有你的宝玲姨妈跟幽籁姨妈，也是这样的。现在她们都嫁了人了。小姑娘家要是拚命只管吃，包会嫁不到男人。"

"我不相信。那一次野宴会你病啦，我在家没有吃东西，卫希礼还对我说，他顶喜欢看见女孩子有健康的食欲呢。"

嬷嬷预示不祥地摇摇她的头。

"男人家嘴里说的，跟心里想的，是两回事情。而且俺看希礼少爷也没有多大的意思要跟你结婚。"

思嘉听见这话，顿时冒起一把无明火，本待立刻要发作，随即忍住了。原来嬷嬷一下打着她的痛处，再也无可辩论了。嬷嬷见她那副执拗的面容，便拿起了托盘，另装起一张圆滑的面孔，变更了她的策略。当她开步向门口去时，她长长地叹了一口气。

"你不吃，好吧好吧。刚才阿妈在装这盘子，俺才跟她说，俺说一个女孩子是好是歹，看她吃东西就看出来啦。俺又说，俺看白人女孩子也看得多啦，可没有见第二个像韩媚兰小姐那么吃得少的，像那一次，她去看希礼少爷——哦，我说是去看英弟小姐——那一次，俺看见她的。"

思嘉对她射了一道深刻怀疑的眼光，可是嬷嬷那张阔脸上只现着一团诚实，以及十分痛惜思嘉不如媚兰的神情。

"你放下托盘，先替我束得紧一点儿，"思嘉无可奈何地说，"束好了我来试试吃吃看。要是现在就吃，怕是要束不紧的。"

嬷嬷知已胜利，却不现出来，便把托盘重新又放下。

"你打算穿哪一件？"

"那一件。"思嘉指着毛茸茸的一团绿色花布说。嬷嬷便又立刻反抗了。

"哦，那不行。那不是早晨穿的。你不到下午三点钟不能露胸口，况且那件衣裳又没有领子，又没有袖子，你要穿它，又会长起痱子来的。去年你在萨凡纳海滩上坐坐，长了那么一身痱子，俺花了一冬天的工夫，拿奶油擦着，好容易擦掉了又让它再长出来吗？你要穿，俺去告诉你妈去。"

"你要去告诉妈，我就一口都不吃，"思嘉冷然地说，"等我穿上了，妈看见了也来不及叫我回来换了。"

嬷嬷知道思嘉有可挟制自己的武器，只得叹口气对她让步。她懂得两害相权取其轻的道理，与其叫她跑到人家席上做老饕，宁可由她上午穿着下午的衣服。

"你抓住点什么东西，把气吸进去。"她命令道。

思嘉依着她的话，将身子耸了耸，就去牢牢抓住一根床柱子。嬷嬷便使出劲来，替她抽拔了一阵，直至那鲸鱼骨围着的腰部圆周渐渐缩小了，她眼睛里便露出一种得意喜爱的神色。

"现在谁也没有像你的腰了，"她称赞说，"每回俺给苏纶姑娘束，一到二十英寸里边一点儿,她就快晕过去了。"

"噗,"她感觉困难地喘着说,"我是一辈子也没有晕过的。"

"好吧,可是偶然晕这么一回两回也不要紧的,"嬷嬷教她说,"你有时候像是太粗一点,嘉姑娘。俺早要跟你说的,有时候看见蛇呀、小耗子呀什么的,你要能够晕一晕,倒是顶好看的呢。这当然不是说在家里的时候,是说出去做客人的时候。而且,我本来要告诉你的,而且——"

"哦,快一点儿吧!别说这多废话了。你放心好啦,我会找着男人的。我就是不喊,不晕,你看我找不找得到!哎哟我的天,我的小马甲紧煞了!快把衣裳穿上吧。"

嬷嬷将那十二码的花布衣小心地披上那高耸如山的衬裙,然后把那低领胸衣的后襟钩上。

"太阳底下你得用围巾围着颈脖子,不管怎么热也别把帽子去掉,"她命令道,"要不然,你回来的时候就像施家的老太太了。现在,你来吃吧,亲爱的,可别吃得太快。要重新打扮起来可就麻烦啦。"

思嘉顺从地在那托盘面前坐下来,只是心里疑惑着,如果她把食物装进胃里去,不知是否还有余地可以呼吸了。嬷嬷从洗脸台上摘下一条大手巾,小小心心地将它一头围上思嘉的颈脖,一头摊在她的膝头上。思嘉喜欢火腿,就把它先吃起来,居然被她勉强咽下了。

她又去进攻那山薯,可是实在有些厌恶它,于是她愤然地说道:"我真恨不得早些结婚了!谁想得到没有结婚的人要受这么多拘束!样样都是这么不自然,我要做的事情偏是一样不能做,我真大不耐烦了。我要吃吧,偏不许你吃过一只小雀儿的量;我要跑吧,偏只许你慢慢儿地走;我才跳完一个华尔兹,偏要你说我快晕过去了,其实我再跳两天也不会累。见到男人的见识不及我自己一半,偏要你对他说:'你这人真正令人佩服啊!'有些事情我本来知道,偏要你故意装做不知道,好让男人来告诉你,因而觉得他们自己非常重要的样子。呸!……我一口也吃不下去了。"

"尝尝一块热饼吧。"嬷嬷坚决地说。

"我总不懂,一个女孩子要找男人,干吗就该装得这么傻?"

"俺想这是他们男人家自己都有主张的缘故。他们男人家都晓得自己要什么。他们要什么,你能给他们,你就省得苦恼,省得做一辈子的老姑娘。他们要的是小耗子一般的女孩子,胃口要像小雀儿的,要没有一点儿见识的。若使他们疑心你的见识比他高，他们就包不跟你结婚了。"

"可是结婚之后才发觉妻子的见识比他们高，那他们怎么办呢？"

"那就没有办法啦，来不及啦，既然结了婚啦，不过男人见到妻子有见识，总归是不大高兴的。"

"将来我可偏要照我要做的做，照我要说的说，随便人家怎样不喜欢，我都不管。"

"不，那可不行，"嬷嬷倔强地说，"俺活在这里一天，你一天不许这样。你吃饼吧。泡在卤里吃吧，亲爱的。"

"我想他们北佬儿的女孩子是不像这么傻的。去年我在萨拉托加见过很多北边女孩子，都像很有见识，就是在男人面前也是那么样的。"

嬷嬷嗤之以鼻，她说："北佬女孩子！是的，俺看她们是有话便说的。可是俺在萨拉托加看见，就有许多女孩子简直没有人理她们。"

"可是他们北佬一定也得结婚的，"思嘉辩论道，"不见得他们就会自己长出来。他们也必须结了婚才会养孩子。可是他们的孩子并不少。"

"那是男人家贪她们的钱才跟她们结婚的。"嬷嬷坚执地说。

思嘉把麦饼在卤里浸了浸，然后放进口里去。她想嬷嬷刚才的话也许有一点儿意思。母亲也说过这样的话，不过说法不同，说得委婉些。就是她那些女同学的母亲，也都这样教她们的女儿的，都要她们去做那种娇弱依人、胆小如兔的动物，其实要养成这样一种姿态，要维持这样一种姿态，却也需要不止一点儿见识。也许她自己的举止的确是太粗一点。她往往要去跟希礼辩论，要把自己的意见坦坦白白讲出来。也许就因为这个，又加上她身体太好，喜欢散步和骑马的缘故，这才把希礼赶到那脆弱的媚兰那边去的。也许她变更了策略以后——但是她想希礼如果甘心屈服于这种女性的把戏，她就不能像现在这么尊敬他了。一个做男人的要是见了一个痴笑、一阵昏晕，或是一句"啊，你真令人佩服"之类，就会被她降服，这种男人就是不值得的了。然而他们似乎都喜欢这一套。

如果她过去对于希礼是用错了策略——好吧，过去是过去了，既往不咎了。今天，她要用另外一种策略，正确的策略。她要他，她只消几个钟头就可以得到他。如果昏晕或假装昏晕是可以有效的，那她就昏晕好了。如果痴笑、风情、装傻等等是可以吸引他的，那她也很乐意一样样都照做，并且可以装得比高嘉菱还要傻。如果必须采取比较冒险的手段，那她也决不恤去采取。总之，成败在此一举了！

其实思嘉自己的人格虽则活跃到有些惊人，却是比她所能采取的任何假面都容易吸引人，这一个事实，当时并没有人告诉她。即使有人告诉她，她也必定只觉得高兴，不会相信。不但她不会相信，就是她在里面占有一部分的那种文化也不会相信，因为那种文化对于女性自然性评价之低，竟可说是空前绝后的。

思嘉坐在马车里，从那红色大路上向卫家的垦植场奔驰而去。这时，她心中暗暗地欣喜，喜的是母亲和嬷嬷都没有加入他们的团体。野宴会上没有她们两个，就不会有人耸着眉毛或长着嘴唇来干涉她要实行的计划了。当然，明天苏纶是要报告一切的，可是事情如果能照她所希望的实现，那么她家里人因听到她跟希礼订婚或同逃而感到的那种兴奋，必定能够跟他们所感到的不快相抵消而有余。总之，此番她母亲因事不能同去，的确使她非常高兴的。

原来那天早晨父亲起来喝了几杯白兰地，竟把魏忠确实开除了，因此母亲不得不留在家里看魏忠交代垦植场的账目。思嘉临动身的时候，曾经到那间小小的办事房里跟母亲亲吻告别。她看见母亲照常坐在那个高个儿书记面前，魏忠手里拿着帽，站在她旁边，他那苍白瘦削的脸上，分明露着一种怒不可遏的神色。因为他那监工的位置，全区里要算第一，现在竟被这般无礼貌地开除了，为的只是区区一件风流案。其实他也曾对嘉乐屡次申辩说，施阿弥这个孩子，犯嫌疑的人可以有一打之多，何以偏要一口咬定他？嘉乐听了他的话，倒也有些心软了，而无奈有爱兰牵涉在里面，事情仍旧挽回不过来。因此他憎恨一切南方人。他憎恨他们外边装着冷漠的礼貌、心里实在非常看不起他的社会地位。至于爱兰，他当然尤其恨之入骨了。

嬷嬷是全家的女仆总管，不得不也留在家里替爱兰帮忙，所以现在只有蝶姐跟出来。她坐在阿道旁边赶车的座位上，女孩子们装舞衣的一个长匣子在她膝头上搁着。嘉乐跨着那匹大猎马，在车旁骑着，那时他的白兰地还未消散，而且为了魏忠的不愉快事件解决得这般迅速，心里正觉非常的舒畅。他把这件事的一切责任都推到爱兰身上，至于爱兰对不能参加宴会到底是否会感到失望，他就不去想它了，因为那天是晴朗的春天，他的田地显得非常美丽，鸟儿正在歌唱，所以他只感觉到自己很年轻，很高兴，再没有工夫去替别人着想了。不时地，他要哼出一支《矮背车上的小厮》，或其他爱尔兰的小曲子，或是那比较阴郁的《艾鲁伯①哀歌》："她远远离开她那年轻英雄睡眠的国土。"

---

① 艾鲁伯：爱尔兰叛党。

他想起了今天一整天，都得高谈阔论北佬和战争，心里觉得非常兴奋，回头看看自己三个女儿，穿着那样漂亮的膨裙，顶着那样好玩的阳伞，又觉得得意非凡。他没有去想昨天跟思嘉的一番谈话，因为那是他早已忘记了。他只想到她很美，是他可以大大自豪的，又想到今天她的眼睛同爱尔兰的山头一般绿。想到这一点，他觉得自己很聪明，因为这个譬喻是颇有诗意的，于是他给女儿唱了一阕稍微有点出调的《绿色的憔悴》。

思嘉对他看了看，心里感到的是一个母亲对于一个刚会跑路的孩子的那种亲爱的轻蔑，她想他今天晚快边回家的时候，一定又要喝得大醉，一定又要从十二根橡树一路跳篱笆跳到陶乐，所以但愿天保佑，但愿那马不糊涂，以免跌断他的头颈才好。

"爸爸是个可爱的、自私的、不负责任的宝贝儿呢。"思嘉想着，不由得对他涌起一股热烈的爱。因为今天早上她觉得非常兴奋、非常快乐，不但对自己的父亲觉得亲切，竟把整个世界都拥抱进她的亲爱感情里面了。她知道她自己很美，等不到今天晚上，她就要把希礼取为己有了。太阳温暖而柔和，佐治亚州的春光在她面前展现着。黑莓子藏在那些冬雨冲成的浅谷里，才吐出了一丝的嫩绿。红土里面突出的花岗岩石块上，正要披上点点的吉落矶蔷薇。它们四周围绕着的野罗兰，亦已透出极淡的紫色。过河的那些小山上，山茱萸盛开着晶莹的白花，仿佛万绿丛中尚有未融的残雪。山楂子的花儿正欲冲破花苞而开放，竞相从娇白转成粉红。树下则有一片野忍冬，造成了一条兼有猩红、橙黄和玫瑰红三色的地毯。微风里载着各种野花的香气，使得整个世界香到可以吃下去。

"我到死也忘记不了今天这么的美丽，"思嘉想，"也许今天就是我结婚的好日子呢！"

她于是心里略觉有点震痛地想了起来，也许就在今天下午，或是等晚上趁着月光，她同希礼将要飞马跑过这些美丽的花草，到琼斯博罗去找牧师了。当然，将来她还是要请亚特兰大的牧师来替她重新主持婚礼，但这又要叫父亲和母亲操心了。她想母亲听见了自己女儿跟别的女孩子的未婚夫一同逃走，一定会气得面孔发白，但是母亲一经看见她快乐，也就会饶恕她了。又想父亲知道这件事，也一定要大发雷霆，因为他昨天还说过他不愿意自己跟希礼结婚的话，不过他能跟卫家做了亲戚，也就会高兴得不得了。

"总而言之，这些都可以等我结婚以后再想法儿的。"她这么一想，就把一肚子的心事完全抛到九霄云外了。

是啊，在这样和暖的太阳中，在这样富丽的春天里，而且十二根橡树的那些烟囱已经从过河的山顶上渐渐出现了，这叫她除了尽情享乐之外，还能发生别的什么情感呢？

"我这一辈子都要住在这边了，我将看见五十个像这样的春天，或者不止五十个。我将告诉我的儿女和孙儿女，说今年这个春天是特别的美丽，比他们所曾看见的哪一个春天都更美丽。"想到这里，她便快乐到了极点，不由得也加入了那《绿色的憔悴》最后一段合唱，而博得了父亲的大声喝彩。

"我不知道你今天早上为什么这么快乐！"苏纶一肚子不高兴地说。因为她到现在还是念念不忘，总觉自己穿着思嘉那件绿色绸子的舞衣要好看得多。她想，思嘉对于衣服和帽子为什么总是那么小气呢？为什么母亲老是帮思嘉的忙，说她不配穿绿呢？"你自己也知道的，希礼的订婚今天晚上就要宣布了。爸爸早上才讲的。我想你是对他痴了几个月了呢。"

"你只晓得这点儿罢了。"思嘉说着，对她吐了吐舌头，并没有光火。她想到明天这个时候，苏纶不知要惊骇到怎么样了呢！

"苏姊，你弄错了，"恺玲吃惊地抗议道，"嘉姊想的是伯伦呢。"

思嘉将一双微笑的绿眼睛朝着她的小妹妹，心想无论什么人都会这么痴心，觉得很奇怪。原来恺玲虽只十三岁，却已倾心在汤伯伦身上，而伯伦不过当她是思嘉的小妹妹看待罢了。这事全家人都已知道，往往母亲不在那里的时候，大家都要拿伯伦和她开玩笑，直要闹到她哭出来为止。

"小妹妹，我一点儿也不想伯伦，"思嘉声明道，因为这时她是乐得慷慨了，"伯伦也一点儿不想我。他在等着你大起来呢！"

恺玲的圆脸儿涨得绯红，为的是心里的快乐和怀疑在那里奋斗。

"哦，嘉姊，是真的吗？"

"嘉姊，妈说过的，恺玲还年轻，不能想男孩子的，你偏要去逗她。"

"别说废话吧，谁来理你的？"思嘉答道，"你是不要妹妹露脸吧，知道她过一年就要比你漂亮了。"

"你们今天说话客气点儿吧，要不看我回去抽你们，"嘉乐警告道，"不要响！是车声吧？大概是汤家的或是方家的。"

车近一片密林底下一个交叉路口的时候，便听见那树林背后的马蹄声、车轮声和喊喊喳喳的女人嬉笑吵闹声，愈来愈清晰了。嘉乐向前先跑了一段路，煞住马，回头招呼阿道，将车停在交叉处。

"是汤家的女眷。"他对女儿们报告着。那红润的脸上顿时泛起光彩来,因为他除了自己的爱兰之外,全区里面就最喜欢那个红头发的汤夫人。"是她亲自把缰的。啊,女人没有一个像她会弄马的了!轻松得像羽毛似的,强壮得像生皮似的,可是仍旧还是那么的美丽。可惜你们都没有她那么的本事呢,"他又补上一句说,一面带着喜爱而又责备的神气对女儿们瞥了一眼,"恺玲是害怕得什么似的,苏纶拿到了缰绳,一双手就像烙铁一般了,至于你,小妞儿——"

"我吗,我到底从来没有栽过筋斗啊,"思嘉愤然地嚷道,"汤太太是每次打猎都要摔跌的。"

"而且她还会像男人一样跌碎颈梗呢,"嘉乐道,"也不会发晕,也不会发慌。可是不要再说了,她快到面前了。"

正说着,汤家的马车果然快到面前了,嘉乐便在马镫上站了起来,刷地一下脱下了帽子。那车上满满装着女孩子,都穿着漂亮的衣服,撑着漂亮的阳伞,飘着漂亮的面幕。汤太太亲自坐在车厢里把缰,正如嘉乐之所料。因为单算女孩子已经有四个,再加上她们的嬷嬷,还有几只长长的装舞衣的马粪纸匣子,马车上已经塞得实实的,再没有余地可容马夫了。而且这位汤芘莉太太有一种脾气,只要她自己一双手闲着,无论黑人白人她都不肯让他们把缰的。她的骨骼生得很纤巧,皮肤非常白,仿佛脸上的血色都已给那一大堆火焰一般的头发吸收了去似的,她却具有十分充旺的健康和永不疲劳的精力。她养过八个孩子,都跟她自己一样的红头发,一样的富于活力,而且个个都教养得十分成功,因此全区人都说,她养孩子同养马一般,一面是溺爱而纵容,一面却又施以严厉的纪律。"你得惩治他们,却不要使他们精神颓丧",便是汤太太所信奉的金科玉律。

她爱马,一直都在谈马。她摸得着马的脾气,驾驭得比全区里哪个男人都好些。她的小马满出了马房,满到屋前一片草地上,犹如她的八个孩子满出了山上那间游玩屋一般。她在自己垦植场上行走的时候,总有儿女、狗马一大群跟在后面。她相信她的马都具有人性,尤其是她最爱的一匹红雌马乃骊。她每天要骑着它出去跑一趟,有时家里事情忙,要迟一刻儿出去,她总要把一只糖碗交给一个小黑炭,对他说:"去给乃骊吃一把,告诉它,我这就要出去了。"

除开最难得的几次例外,她一直都穿着骑马装,因为无论事实上骑与不骑,她总是准备着要骑的,所以索性一起身就穿起骑马装来。每天早晨,无论天晴天雨,乃骊照例要搭配好鞍鞯,在屋前一来一往地牵着走,预备太太一有空,就可以抽身出去骑一个钟头。不过她家那妙峰山垦植场是不容易管理的,她往往要抽不出空来，以致乃骊白白在那里一程程地走。但是汤太太即使整天在家里做事，也要把衣襟钩在臂膀上，而露出底下六英寸来长一段闪亮的长靴来。

今天，她穿着一件下摆不很大的深黑绸衫，看起来也还是像穿骑马装似的，因为那件衣服完全照着骑马装的样式做。头上戴的是一顶小小的黑帽，旁边一支长长的黑羽，恰巧在她一只温热而闪烁的棕色眼睛上覆着，看去也同她打猎时戴的那顶破烂旧帽子一模一样。

她看见了嘉乐，就把鞭子一挥，将两匹如舞的红马突然勒住，车兜里那四个女孩子便都探头到前面来，放开喉咙稀里哗啦乱喊着，招呼了一阵，直把前面那两匹马也吓得蹦跳起来。像这般的情景，若有陌生人在旁观察，总以为她们两家人是多年不见了，其实她们分手了只两天。但是她们一家人向来喜欢邻舍家，尤其是喜欢郝家几个女孩子。不过郝家女孩子之中却只有苏纶和恺玲是她们喜欢的，至于思嘉，那是除了那个没有头脑的高嘉菱之外，没有一个人真正喜欢她。

每年夏天，这一区里差不多平均每个礼拜要有一次大野宴会和跳舞会，但是那些红头发的汤家人对于享乐的能耐极大，无论哪一次野宴会和跳舞会都使得她们很兴奋，仿佛从来没有见识过似的。那四个女孩子都长得娇媚玲珑，现在挤在一部马车里，衣裙压着了衣裙，阳伞倾轧着阳伞，已觉得热闹非常，又加各人头上都戴着一顶阔檐的草帽，草帽上插着那么些蔷薇，飘着那么些黑绒颈带，看起来更觉琳琅满目了。而且那四顶草帽底下露出的红头发，也是各人代表一样的，海弟的是正红，珈妹的是草莓金红，兰弟的是铜赭红，小贝子的是胡萝卜红。

"好一群漂亮的小雀儿啊，太太！"嘉乐将马勒到她们的马车旁边去献媚说，"可是要赶上她们的母亲，那可还差得远。"

汤太太将她的红褐色眼睛转了转，下边嘴唇吸了吸，以表示领情的意思。那些女孩子立即嚷了起来："妈，你瞟眼睛啊，回去告诉爸爸去！""老实告诉你吧，郝先生，妈要是有你这么一个好看的男人站在旁边，她就没有咱们的份儿了！"

思嘉听见了这番打趣，跟其余的人都笑了起来，但是嘴上虽然笑，心里却很觉得骇异。为什么她们汤家女孩子可以跟自己的母亲这样开玩笑的？她们仿佛把母亲当做自己同辈人看待，仿佛母亲的年纪还没有过十六岁似的。在思嘉看起来，要是她对自己的母亲去说这种话，那就要算是亵渎了。然而她又觉得她家母女的这种关系倒也十分有趣，而且她们对于母亲虽然这样批评、责骂和打趣，却仍是崇拜和尊敬的。思嘉并不希望汤太太来代替自己的母亲，但是能够跟母亲这么打趣，倒也是有趣的。不过在她自己，那是连这样的想法也要算不敬母亲，而应该觉得羞耻的。至于他们车里那四个红头发的女孩子。她知道她们脑子里并没有这种为难的思想在那里烦扰,于是她又觉得自己跟别人不同,而尝到了一种迷惑不解的苦闷了。

她的脑子虽然很敏捷,却没有分析的能力,但是她也半意识地认识着,汤家那些女孩子虽然像小马一般顽皮,野兔一般撒野,却都具有一种心地的纯一。这种纯一性就是她们一部分的遗传。因为她们的父亲和母亲同是佐治亚州人,并且同是佐治亚州北部人,离开最初的开拓者还不过一个世代。他们对于他们自己和他们的环境都有一种确定的观念。他们本能地知道他们是在做什么,正如卫家人一般,只是卫家人的趋向跟他们完全不同罢了。他们心里不会常常起冲突,思嘉却常常要被种种冲突所烦恼,这就由于她的父亲和母亲那两个血统太不能调和的缘故。她一方面要尊敬她的母亲,要崇拜她的母亲像一个偶像,而同时又想抓母亲的头发,想同母亲打趣。因此。她就感到冲突之苦了。同样,她既想在男孩子面前装做一个温文尔雅的闺秀,同时又想做那种有求必应的浮浪女人,因此,她心中的冲突无时不有了。

"爱兰怎么不见啊?"汤太太问。

"今天我们家里开除了一个监工,她要在家里查账。汤先生跟孩子们呢?"

"噢,他们几点钟之前就骑马到十二根橡树去了,去尝他们的糖拌酒去了。我可以包的,他们一定要从现在喝起一直喝到明儿早晨才完呢!等会儿我要拜托拜托卫先生,托他留他们在那里过夜,哪怕是马房里过一夜也行的。要是他们爷儿五个一齐灌醉了,那我可真受不了了。有三个,我还可以对付的,可是——"

嘉乐赶快打断她,换过了一个题目,因为他自己的三个女儿想起了去年秋天那次野宴会他从卫家回去的情形,已经在他背后吃吃地笑了。

"今天你为什么不骑马,汤太太?你要不跟乃骊在一起,就简直不像你了。你是一个司腾驼①呢。"

"一个司腾驼吗,我的好娃子!"汤太太学着他的爱尔兰土腔说,"你是说生驼儿吧。司腾驼是一种喉咙像铜锣的人哪。"

"是司腾驼,是生驼儿,不去管他吧,"嘉乐答道,他并不因自己的错误觉得难为情,"不过你赶起猎狗来的时候,喉咙也像铜锣的,太太。"

---

① 司腾驼:Stentor 为 Centaur 音近之误。前者义为希腊神话中的传令官,引申为大喉咙者;后者为希腊神话中半人半马之怪兽。嘉乐意谓汤太太与其马永不相离,故以此喻之。

"这话对了，妈，"海弟说，"我也说过，你每次看见一只狐狸，就喊得像个高蛮鸡①。"

"总不像嬷嬷替你洗耳朵的时候你喊得响呢，"汤太太回道，"而且你还只有十六岁呢！讲到我今天为什么不骑马，嘿，乃骊一大早就养了。"

"真的吗？"嘉乐很觉有兴味地嚷道，当即眼中露出爱尔兰人爱马的热情来。但是思嘉心里又吃了一惊，这又是汤太太跟她母亲不同的地方了。在她母亲手下，雌马从来不养小马，母牛从来不养小牛，甚至于连母鸡也几乎不会下蛋。母亲把这些事情都当做忌讳，绝口不会讲起它。汤太太却没有这种忌讳。

"是一头小雌马吗？"

"不，是一头怪漂亮的小雄马，腿儿足有两码长。郝先生，你几时请过去看看吧。它真是我们汤家的马。一身毛红得跟海弟的头发一样。"

"它的样儿也怪像海弟的。"珈妹说了，那长脸儿的海弟就要去拧她，使得她鸡猫子喊叫似的直往那些衣裳堆里钻。

"我们这几匹小雌马儿今早晨乐得不得了呢，"汤太太说，"她们今早晨一听见希礼跟他那个小表妹的消息，就像发疯似的了。她叫什么名字儿的？哦，是媚兰不是？那孩子怪可疼的，可是我连她名字儿脸蛋儿都不记得了。我们家的厨子是卫家食事总管的外家妻子，昨儿晚上，她男人来了，说他们的订婚今晚上要宣布的。今早晨她告诉我们，这几个女孩子就乐得这么发疯似的，我也不懂为什么。其实希礼要跟她结婚，人家几年前就知道的，如果他不跟梅肯柏家表妹结婚的话，这也跟卫蜜儿要跟媚兰的兄弟察理结婚一样，并没有什么奇怪的。不过，我倒要请教，郝先生，他们卫家人如果不跟自己的表姊妹结婚，是不是就算犯罪呢？因为如果——"

末了这几句笑话，思嘉并没有听见。霎时之间，仿佛太阳被一片阴云遮掉，世界顿时阴暗，万物都失光彩了。那新绿的树叶变憔悴了，山茱萸变苍白了，一刻儿之前还是那么粉红娇媚的山楂子，骤然枯萎而衰残了。思嘉将手插进车帷里，她的阳伞有些儿颤抖。原来听见希礼订婚不算奇，听见人家谈起这事竟会这么随随便便的，那就使她难受了。但是过了一刻儿，她的勇气重新又奔涌回来，于是太阳又出来了，万物又光彩了。她知道希礼爱她。那是确定不移的事实。她暗笑着，心里想，今晚上要是没有订婚的宣布，不知汤太太该有多么的惊异，再

---

① 高蛮鸡：一种野蛮好战的印第安部落。

如果有一件同逃的事件发生，又不知她该有多么的惊异，从此以后，她必定对邻舍家逢人便说，思嘉这小鬼头可真看她不出，她听她谈起媚兰，竟会坐在那里一点儿不响，谁知她跟希礼早已是——想到这里，她不觉乐得显出两个酒窝来。海弟听见自己母亲提起这件事，便十分留心看着思嘉脸上的表情，现在看见她这样，不由得皱了皱眉头，莫名其妙了。

"我不管你们的意见怎么样，郝先生，"汤太太加重语气说，"我总觉得这是完全错误的，这种中表结婚的办法。希礼要跟韩家的姑娘结婚，那是糟透了，至于蜜儿要跟那苍白脸儿的韩察理结婚——"

"蜜儿要不跟察理结婚，她就再找不着别个了，"兰弟说，她觉得自己有人捧，很有把握，便把人家说得一钱不值了，"而且他们虽然订了婚，他对她是并不怎样亲昵的。思嘉你总记得，去年圣诞节，他是怎样追求你来的——"

"你别傻了，姑娘，"汤太太说，"表兄妹是不应该结婚的，就是表表兄妹也不应该。这要减弱血统。这跟马不一样的。你可以让一匹雌马跟它的兄弟配，或甚至让老子跟女儿配，结果还是可以很好的，只要你知道血统的话。但是我们人，这就不行了。生育或许可以好，可是精力没有了。你——"

"不过，太太，这一点我可要跟你辩了！你能指出一家人家比卫家再好的吗？可是他们自从白连包鲁①做孩子的时代起，一直都是中表结婚的。"

"你看吧，到了时候总要中断的，现在就已有了形迹了。可是希礼身上还不大看得出来，他还是长得那么好看，虽则也已经是——可是你看他们卫家那两个一把渣儿似的女孩子吧。人呢，固然不错的，可都只剩一把渣儿了。再看媚兰那个小妮子，真怪可怜的！瘦得像一根杆子，弱得连风都吹得倒，而且一点精神也没有的。自己从来没有一点儿主见，只会说'是的，太太'，'不的，太太'。你懂得我这话的意思吗？我是说他家需要一点新血液，需要一点强有力的新血液，像是我们家的这几个红头毛，跟你们家的思嘉似的。可是你不要误会我的意思。要是照他们自己那种做人的方法说，他们卫家实在都是好人，我也都很喜欢的，不过我得说直话，他们是生育过度了，也是生育过熟了，是不是？在干燥的路上、稳固的路上，他们是走得很好的，可是一碰到泥泞的路，他们怕就是跑不动了。我相信他们那个种性的精力已经被他们生育完了，一时碰到了意外的事，我不相信他们能够经得起风险。他们是好天气里的种族。至于我，我可要一匹不论

---

① 白连包鲁：爱尔兰王。

什么天气都能跑的大马呢！而且他们因为一直是自相通婚，脾气也跟人家不同了。一直都在摸钢琴，一直都把头埋在书本里。所以像希礼那样，你叫他打猎，他宁可读书！我这话是一点都不错的，郝先生！你再看看他们的骨骼，太纤细了。他家正是需要有力量的男女来生育——"

"啊——啊——嗯。"嘉乐说，因为他突然想到这一番谈话虽然对他自己极有趣也极正当，爱兰却一定大不以为然，因此他心里觉得很抱歉。他知道爱兰如果知道他容女儿听到这么毫无顾忌的一番谈话，一定要有一连几天不舒服。至于汤太太，这个无论关于马或人的种性问题，正是她生平最最喜爱的题目，她一经谈上了这个，就一切别的意见都不去管了。

"刚才我说的话，我是完全相信的，因为我自己也有几个表兄弟自相结婚，后来养出孩子来就都暴着眼睛，像田鸡一般，真可怜呢。当初我自己家里要我跟一个表表兄结婚，我就拗得像一匹小马似的。我说：'不，妈，那不行。将来我的孩子都要害腿肿病跟膨胀病的。'妈听见我说起腿肿病，她就晕过去了，可是我很坚决，而且祖母是帮我忙的。我的祖母也懂得养马，所以说我的话很对。后来也是她帮助我，才得跟汤先生逃走的。现在你看我这些孩子！都是大手大脚的，健昂昂的，没有一个有病态，也没有一个是矮子，虽然我们的保义只有五英尺十英寸。可是他们卫家——"

"你不打算换一个题目谈谈吗，太太？"嘉乐急忙打断了她的话。因为他已注意到恺玲脸上现出一种惶惑的神气，苏纶脸上现出一种深刻的好奇心，生怕他们回去要拿这些问题去问爱兰，因而证明自己不配做女儿出门的监护。至于思嘉，却像规规矩矩地在想别的事情，他倒觉得放心了。

正在为难，汤海弟出来替他救急。

"怎么的，妈，咱们走啊！"她不耐烦地嚷道，"太阳快要把我烤熟了，我已经听见颈脖子上痱子暴出来的声音了。"

"再等一会儿工夫吧，太太，"嘉乐说，"营里向你们买马的事情，你们到底怎么决定的？战争说不定哪天起来，那些孩子们都急于要把事情决定呢。这是葛蘁墩区的军队，他们要的也是葛蘁墩区的马匹。可是你这位太太也太固执了，直到现在还是不肯卖。"

"也许战争不会起来的。"汤太太随风转舵地说，那时她心里已把卫家奇怪的婚姻习惯全然撇开了。

"怎么，太太，你不能——"

"妈,"海弟又插进来,"你不好跟郝先生等到十二根橡树再谈吗?"

"对了对了,海弟姑娘,"嘉乐说,"我真真一分钟都不敢耽搁你们了。咱们再一会儿工夫就到十二根橡树了,那边无论老的小的,都要问起马的事情来。可是,唉,想不到像你母亲这么一位漂亮的太太,会对于几匹马这么吝啬,真使我伤心!我请问你,你的爱国心哪里去了,汤太太?联盟州对于你难道一点儿没有意义吗?"

"妈,"小贝子叫道,"兰弟坐在我身上,裙子全给弄皱了。"

"那你推开她好了,不要闹了。郝先生你听我说,"她一面反驳,一面含怒地眨起眼睛来,"请你别拿联盟州的大帽来压我!照我算起来,联盟州对于我的意义跟对于你的并没有两样,我有四个孩子在营里服务,你可一个也没有。可是我的孩子会照管他们自己,我的马可不会。我要是能够知道,我的马是让我认识的那些孩子拿去骑的,是好种性的上等人拿去骑的,那我情愿一个钱都不要,白送给他们。可是拿我这些好马让那些惯骑骡子的猎户山民去糟蹋吗?那,那可不行啊,先生!我晚上做梦也在害怕,仿佛我的那些宝贝东西都给他们骑伤了,糟蹋了。你想我舍得让他们那班蠢货去糟蹋吗?那当然不行的,郝先生!你要问我买马,意思很好,可是我劝你不如到亚特兰大去买些老废物来给他们吧。他们反正分不出好歹来的。"

"咱们可不可以去了呢?"珈妹也加入那个不耐烦的合唱队来质问了,"你这些宝贝马儿到底还是要给他们的呢。等到爸爸、哥哥们回来跟你商量,说联盟州怎么怎么地需要它,那你就擦擦眼泪,给了。"

汤太太咧了一咧嘴,将马缰绳一抖。

"我决不做这样的事儿!"她说着,将马轻轻地抽了一鞭。那马车就飞也似的去了。

"真是好人儿,"嘉乐一面说,一面戴上了帽子,将马带到自家马车旁边来,"走吧,阿道。将来再去跟她说,总要说得她拿出马来。当然,她是对的,她是对的。谁要不是一个上等人,他就没有弄马的份儿。他只好去当步兵。可惜的是,咱们这区里地主的儿子不多,不够组织一个营呢。你的意思怎么样,小妞儿?"

"爸爸,请你骑在我们后边,或者骑在我们前边吧。你掀起了这么多尘土,快把我们呛死了。"思嘉说,因为她这时候再也不耐烦谈话了。她正在那里整理她的思想和她的面容,以备到十二根橡树的时候可以显得自然些。嘉乐也就依从她的话,将马刺了一下,便一阵红尘地追着前面汤家的马车去了。

第六章

他们渡过了河,马车就上山去了。十二根橡树还没有看见,思嘉先就看见一蓬烟懒洋洋地挂在那些高树的顶上,并且闻到了一阵香气,那是烧胡桃木柴的柴香和烤猪肉羊肉的肉香混合而成的。

那些烤野味的火坑从昨天晚上起就已慢慢烧起来,这时已经成了一个个玫瑰红火的长槽子,各种的肉正插着扦子在上面转滚着,肉汁滴落在炭火里,发出咻咻的声音来。思嘉知道这由微风载来的香气是从那所大房子背后的大橡树林里出来的。卫家的大野宴会总在这里开。这里是一片通到下面蔷薇园去的略微倾侧的斜坡,因有许多橡树荫盖着,所以很阴凉,比之高家常开野宴的地方要好得多。原来那位高太太不喜欢大野宴的烤肉,常说那股气味要留在家里几天散不掉,因此她家举行野宴,总在一个离家四分之一英里的平坦地面,上面一点儿荫盖都没有,让客人在太阳里淌大汗。至于卫家待客之好,那是全州都闻名的,唯有他家开的大野宴才真有讲究。

那些盖着上等桌布的抽桌,总挑最阴凉的地方铺放,两边摆的是没有靠背的条凳,此外又从家里搬出些椅子,有垫机子以及靠垫之类的,在草地里随便散放着,让那些不喜欢条凳的客人随意取坐。烤肉的火坑子和煮卤的大锅子,都跟客人坐的地方离开很远,免得烟气熏到客人。开宴的时候,至少要有一打的黑奴,手里拿着托盘奔来奔去,服侍着客人。又在仓房背后另外设一个火坑,专给客人带来的家奴们、马夫们、侍女们用,他们吃的是玉蜀黍饼、山薯,以及黑人最心爱的猪肚里,如果碰得巧,那么还有西瓜,可以尽他们吃一个饱。

思嘉闻到一阵鲜猪肉的焦香,便耸起鼻子欣赏了一会,希望那肉烤好的时候,她的肚子总也可以空些了。其实那时她肚里塞得实实的,又加腰上扎得那么紧,生怕随时都要呕出来。那样的话就糟糕了。因为在大宴会上呕吐,只有老头子跟老太婆才可以不怕人家议论呢。

他们一上了山顶,那所白色房子就整整齐齐在她面前出现了。高高的柱子,阔阔的游廊，平平的屋顶，那样的美，就譬如一个美人知道自己毫无缺憾，因而对于一切人都大大方方和和气气一般。思嘉之爱十二根橡树，甚过于爱自己的陶乐。因为十二根橡树的房子具有一种堂皇的壮美，一种和乐的尊严，陶乐的房子便没有这种气象。

那条弯曲宽阔的车道上已经充满着马匹和马车，有些客人正从车马上下来，跟朋友们招呼着。咧着嘴的黑奴们，每次宴会照例觉得兴奋的，正把客人们的牲口牵到仓场上去解辔卸鞍，预备作一整天的休息。一群群黑色和白色的孩子，在那新绿的草地上呼喊着跑来跑去，玩着造房子①和捉迷藏，夸说着自己过一会儿能够吃得多么多。那间从前面一直通到屋后去的宽阔穿堂里，已经是挤满人了。当郝家的马车在前面台阶上停落的时候，思嘉看见许多穿着漂亮得像蝴蝶一般的女孩子，在通二楼去的扶梯上上上落落，互相拿臂膀搂抱着，时或伏在那精致的栏杆上，笑着叫着底下穿堂里的青年们。

从那开着的法兰西式的窗口里，她瞥见那些年纪较大的女人在客厅里坐着，端端正正的，身上穿着黑绸衣，手里摇着扇子，谈论着养孩子、害病、谁跟谁结婚，以及为什么结婚之类的事情。卫家的食事总管阿唐，在穿堂里奔忙着，手里拿着一个银托盘，鞠着躬，咧着嘴，将一些高杯子献给那些穿淡黄裤、灰色裤和绉领衬衫的青年人。

那太阳照耀的走廊上，也挤满人了。是的，全区里的人都在这里了，思嘉心里想。汤家的弟兄四个和他们的父亲，是靠在一根高柱子上，司徒和伯伦照旧寸步不离地站在一堆，保义和谠谟跟他们的父亲汤勤站在一堆。高先生紧贴着他那北佬儿夫人站在那里。那位夫人虽在佐治亚州已经待了十五年，仍是那么陌陌生生的。其实人家都很可怜她，因而对她都很客气，很和好，不过总都忘记不了她投错娘胎，不该替高家孩子当过保姆。高家的两个孩子，累福跟恺悌，是跟他们的那白胖妹妹嘉菱在一起，正跟那黑脸儿的方约瑟和他的美丽未婚妻孟赛莉在开玩笑。方乐西和方东义正跟孟提蘩在咬耳朵，引得孟提蘩不住发出吃吃的笑声。此外有几家客人，竟是从十英里外的洛夫乔伊来的，也有从费耶特维尔来的，也有从琼斯博罗来的，还有少数是从亚特兰大和梅肯来的。那座房子仿佛要被客人挤开了，谈话声、嬉笑声、女人尖厉的呼叫声，不住地在那里奔腾起伏。

主人卫约翰站在走廊的台阶上，一头银丝般的头发，身子笔挺的，满面是春

---

① 造房子：一种独脚跳着踢石子的游戏。

风，永远像佐治亚州夏日的太阳那般温热。他旁边站着卫蜜儿，像似一直局促不安地在那里迎候来客。她之所以叫做蜜儿，就因她对于上自父亲，下至田里做活的，都叫得那么蜜蜜甜甜的缘故。

蜜儿的一举一动显然都想讨人欢喜，跟她父亲那种夷然的风度恰成了一个对照，因使思嘉想起刚才汤太太所说的话也许有些儿对了。他们卫家男人的相貌确乎具有一种家族特色的。卫约翰和卫希礼的灰色眼睛上都有浓浓的一圈赤金色的睫毛，到了蜜儿跟英弟的脸上，睫毛就稀疏而浅淡了。蜜儿是一根睫毛没有的，样子怪得像兔子，英弟则除"平淡"两字而外再没有别的字面可以形容。

那时看不见英弟，不知她在哪里，可是思嘉想她大概还在厨房里指挥佣人。可怜的英弟，思嘉想，自从她母亲死后，就得她管家，一天忙到晚，并且除了汤司徒，始终找不到第二个爱人，谁知汤司徒偏说我比她美，那是当然怪不得我的。

卫约翰走下台阶，伸出臂膀去搀扶思嘉。思嘉从马车上下来的时候，看见苏纶在那里痴笑，知道她已从人群中找出甘扶澜来了。

我一辈子没有爱人也不要这么一个穿裤子的老太婆！思嘉踩落地时，一面向卫约翰微笑道谢，一面这么鄙夷不屑地想。

甘扶澜急忙跑到车边来搀扶苏纶，苏纶便现出那么手足无措的样子，思嘉在旁看见了，恨不得打她一个耳掴子。不管甘扶澜家里田地怎么多，也不管他心肠怎么好，在思嘉看起来都觉得一钱不值，因为他年纪四十了，长着几根耗子毛似的黄胡子，样子是那么的委琐，看起来活像一个老太婆。但是她想起了自己的计划，当即忍耐住了，对甘扶澜抛了一个闪烁的微笑，甘扶澜不由得一怔，一面伸手去搀苏纶，一面对思嘉眼睛骨碌碌转着。

思嘉一面跟卫约翰匆匆谈着话，一面拿眼睛向人群中搜索希礼，可是希礼不在走廊上。随即有十几个声音向她招呼，司徒、伯伦两兄弟也就迎上来，孟家的一班女孩子都跑过来喝彩她的衣服，霎时之间她就成了一个声音圈子的中心，大家都直着喉咙喊，以至于那声浪越来越高。可是希礼在哪里呢？还有媚兰呢？察理呢？她装做不以为意的样子四面看了看，然后又向那个笑语喧哗的穿堂一直看过去。

当她这么谈着、笑着，并在屋子里、院子里四处搜索着的时候，她的眼睛忽然落在一个陌生人身上。那人独自站在穿堂里，带着一种冷漠轻慢的神情不转眼地看着她，使她心里突然起了一种交混的情感，一部分是自己因能吸引男人而感到得意,一部分又怕是自己领口太低才惹人这么注目。那人的样子看起来已经很老,至少有三十五了。但他个儿很高,体魄很强壮。思嘉觉得自己生平从来没有看见过这么阔大的肩膀,这么厚实的肌肉,几乎厚实得不像一个上流人。当她的眼睛跟他接触时,他微笑了一下,从两撇修得短短的黑胡须底下露出一副野兽一般白的牙齿来。他的脸是黑黑的,黑得像一个海盗,他的眼睛英勇而黑色,跟海盗主张凿破海船或抢劫处女时的眼睛一般。他的神情之中现出一种冷漠的轻慢,笑时口角带着一种怀疑的幽默,竟把思嘉一怔,怔得连气都转不过来。她觉得那人这样地看她,简直是对她侮辱,但又并不觉得自己受侮辱,于是她对自己懊恼了。她并不知道那人是谁,但他那黑脸上面无可否认地现着良好的血统。他那全红嘴唇上面瘦削的鹰鼻,他那高高的额骨,他那离得很开的眼睛,都显示着良好血统的形迹。

她把眼睛收回来,并没有回他的微笑,他也就把头转过去了,因为有一个人在喊他:"瑞德!瑞德!白瑞德!这儿来!我要你来会一会佐治亚州一个顶顶硬心肠的女孩子。"

白瑞德!这名字好生耳熟,仿佛跟哪一件不名誉的新闻有关,但是思嘉一心在希礼身上,也就不去想它了。

"我得上楼去掠一掠头发,"当司徒、伯伦想把她引到一个清静地方去的时候,她对他们这么说,"你们要在这里等我,别跟人家的女孩子跑开去,那是我要光火的。"

她看出司徒今天有些不大好对付,决不能让他看见自己跟别人勾勾搭搭。因为他已经喝下酒去了,脸上一脸要找碴儿的神气,思嘉根据自己的经验,知道那是会闯祸的。她在穿堂里碰到一些朋友,站住谈了几句,又碰见英弟刚从屋背后转出来,头发蓬蓬的,额上停着小颗的汗珠。可怜的英弟!她长着那样稀疏的头发和睫毛,那样表示脾气执拗的阔颧骨,年纪不到二十岁,就已像个老处女一般了!思嘉心里疑惑,不知英弟是否因她抢走她的司徒而恨她。许多人都说,她仍旧是爱司徒的,可是他们卫家人的心思谁都摸不着。即使英弟果真恨思嘉,也决不会露出来,仍旧还会那么不即不离地对她十分客气的。

思嘉跟她谈了几句,就动身上那宽阔楼梯去。正走时,背后有一个羞涩的声音在喊她的名字,回头一看,原来是韩察理。他是一个美貌的青年,雪白的额头蓬着一堆柔软的褐色鬈发,眼睛也是深褐色,同一头看羊犬一般皎洁而温和。他穿着芥末色的裤子,黑色的短褂,皱褶的汗衫,上面打着一枚极阔、极时髦的黑色蝴蝶结。当思嘉回转头来的时候,他脸上泛过一阵薄薄的红晕。因为他看见女孩子是要害羞的。也跟大多数害羞的男人一样,他最喜欢思嘉那样飘逸、活泼而随便的女孩子。从前,她对于他总不过是礼貌上的敷衍,今天她却给他一个十分春风的微笑,并且伸出两只手给他,这就使他几乎气都转不过来了。

"怎么,韩察理,是你这小鬼啊!我看你是存心从亚特兰大跑来逗我的呢!"

察理兴奋得连话都说不出口,只会将她那双热手紧紧地抓着,直望着她那双飞舞的绿眼睛。这是女孩子们对别的男孩子说的话,从来不曾有人对他说过的。他老是不懂,女孩子们为什么总把他当做一个小弟弟看待呢?好虽是很好,却从来不肯跟他开一下玩笑。他看见别的男孩子比他难看的、比他蠢笨的,都有女孩子跟他们闹着玩儿,因而早就巴不得也有人跟自己那么玩儿。然而偶然有几次真有人跟他这么玩儿的时候,他可又想不出话来说了,只会跟哑巴子似的红红脸儿了。事后他才晚上躺在床上想,下次碰到这种机会的时候,他要怎么怎么地施用他的献媚的手段,而无奈下次的机会再也不来了,那些女孩子试了他一回两回,就都不去理他了。

就是对于蜜儿,自从他去年秋天继承了遗产之后,早已在不言之中订好了婚约,他也是那么冷淡,那么不响的。有时候,他要发生一种孤独的感想,觉得蜜儿如果会做媚人的把戏,对于他自己是不利的,因为她也可以拿这套把戏去媚别人。他对于要跟蜜儿结婚的希望,并不感觉到怎样兴奋,因为他平日在书本里曾经读到种种疯狂的罗曼史,而蜜儿并不能激起他这种罗曼史的情绪。他一直都在渴望一个美丽、佃傥而充满着热情和戏谑的女人来爱他。

而现在,这位郝思嘉小姐竟跟他开着玩笑,说他是存心来逗她的了!

他想要想出几句话来说,可是想不出,只是默默地在替她祝福,因为她已经把话都说了去了,解救了他的无话可说之窘了。这真是做梦也想不到的!

"现在,你在这儿等我,一会儿野宴我要跟你在一块儿吃。你千万别跑开去跟那些女孩子七搭八搭,我是要妒忌的。"真想不到这话会从那脸上有两个酒窝儿的一副红嘴唇里发出来,而且说得那一圈浓眼睫毛不住地飞舞着。

"我不走。"他终于转过气来了,却哪里知道思嘉心里正当他是一头小牛等着屠人宰割呢!

她拿一柄折扇在他肩上轻轻拍了拍,便掉转头走上楼梯去。在这当儿,她又看见那个白瑞德,在离开察理不过数英尺的地方独个人站着。刚才的一番谈话,他分明是全都听到了,因为他对她咧着嘴,阴险得跟一只野猫一般,同时又将她

浑身上下掠了一眼，眼光之中全然没有她经常见惯的那种敬意。

"见了鬼了呢！"她学着父亲常用的一句咒语愤然地对自己说，"看他那副神气，仿佛我光身子的时候他都看见过似的！"于是将头一翘，管自上楼去了。

在那间放包裹的卧房里，她看高嘉菱在那里对镜梳妆，正把自己的嘴唇拼命咬着，要它显得再红些。她的胸带上插着新鲜的蔷薇，跟她的面颊互相辉映，她那矢车菊一般的蓝眼睛兴奋地跳着舞。

"嘉菱，"思嘉一面试想把她的胸衣拉得高些，一面说，"楼下那个姓白的讨厌家伙是谁？"

"哦，亲爱的，你不知道吗？"嘉菱很兴奋地低声说，因为她知道蝶姐跟卫家的奶妈在隔壁房间里谈天，防恐她们听见，"他在这里，我真想象不出卫先生心里觉得怎么样。他本来是到琼斯博罗去看甘先生的——说是为买棉花的事儿——甘先生来这儿了，当然把他也带来了。他不能把他扔掉管自己跑啊。"

"他是怎么一回事呢？"

"亲爱的，人家都不招待他呀！"

"真的吗？"

"真的。"

思嘉把这话默默咀嚼了一会，因为她从来不曾跟一个不受人家招待的人同在一所房子里过。她觉得这事很使人兴奋。

"他做过什么事呢？"

"哦，思嘉，他的名誉坏得可怕呢。他的名字叫做白瑞德，是查尔斯顿人，他的朋友本是那边的上等人物，可是现在他们连话都不跟他说了。这是去年夏天瑞珈罗告诉我的。他跟她家里并没有亲属关系，可是他的事情她统统知道，谁都知道。他是从西尖①被开除出来的。你就想好了！还有些事情珈罗不便知道。还有一件是他丢弃了一个女孩子。"

"你讲吧！"

"怎么，你什么都不知道吗？去年夏天珈罗详详细细跟我说的，她妈听见她知道这种事，还气得要死呢。事情是这样的：这一个姓白的跟查尔斯顿一个女子出去坐马车。我从来没有听见说这女子叫什么，可是我有点疑心，她一定不是什么好东西，不然的话，也不会在晚快边的时候独个人跟他出去了。后来你知道怎

---

① 西尖：在纽约州，美国军事学校所在地。

么样，他们竟在外面待了差不多一个通宵，才跑着路回来，说是马跑掉了，车摔坏了，他们迷失在树林子里了。后来你猜怎么样——"

"我猜不着，你讲吧。"思嘉很热心地说，心里巴不得事情愈闹大愈好。

"第二天他不肯跟她结婚呢！"

"哦。"思嘉说着，觉得一肚子的希望完全破碎了。

"他说他不曾——嗯——不曾跟她有过什么事，他不知道为什么应该跟她结婚。后来她的哥哥当然去跟他交涉，这个姓白的却说他宁可给枪打死，也不愿跟一个傻子结婚。后来他们决斗了，这个姓白的打中那女子的哥哥，他死了，姓白的逃出查尔斯顿，从此人家都不招待他。"嘉菱结束得正是时候，因为蝶姐又进房来料理化妆品了。

"她有过孩子吗？"思嘉跟嘉菱咬耳朵说。

嘉菱拼命摇着头说："可是她也一样地毁了。"她低声地回答她。

这时思嘉突然地想起：但愿希礼能对我妥协。他是上等人，不至于不肯跟我结婚的。但是她听见说白瑞德不肯跟一个傻女子结婚，不由得对他起了一种尊敬的情感。

思嘉坐在一张花梨木的高褥榻上，在屋后一棵大橡树的树荫底下，她那衣裙上的皱襞在四周围荡漾着，底下露出二英寸绿羊皮的鞋头来，这是大家闺秀坐时露脚的最大限度了。她手里拿着一只盆子，里面的东西差不多没有动过，身旁有七个骑士替她做侍卫。这时野宴已经达到它的最高峰，温热的空气里充满着笑声和语声、银器瓷器相触声，以及烤肉和香卤的浓烈气味。有时微风乍起，便有一阵阵的烟从长火坑那边飘过来，于是那些小姐太太都要假作惊慌地尖叫起来，并把棕榈叶状的扇子狂挥一阵。

年轻的小姐们多数同她们的男伴儿坐在桌子两旁的条凳上，但是思嘉觉得条凳上的位置只有两边两个空位，一边只坐得一个男人，所以她独自坐开去，以便四周围可以尽量容纳男人的座位。

结过婚的太太们都在亭子里面坐，她们那些暗黑的衣服恰好替周围的五颜六色做了一种调剂。因为南方的风俗，女人一经结了婚，就无论如何不能算是美人了，所以太太们不论年龄大小，总都自己坐一道，不肯混进小姐哥儿们的阵里去。这时上自那倚老卖老不住唠叨的方老太太，下至那正在怀孕作呕才十七岁的孟爱俪少奶奶，都在交头接耳，谈论着世系学和产科学上的问题，因为像这样的聚会，就全靠这样的谈论，才会觉得有趣而有益。

思嘉向这些太太坐的地方很轻蔑地瞥了一眼，心想她们活像一群肥牛。她以为结了婚的女人再也没有什么好玩了。她可不曾想到，自己一经跟希礼结了婚之后，便也要自动地退入那些亭子里、那些前廊上，同那些穿着暗黑绸衣服的端庄的太太去坐在一起，也要同她们一样端庄、一样暗淡，而不能再加入那欢欣鼓舞的阵营里去。原来她跟大多数女孩子一样，她的想象力只把她送到结婚的礼坛为止。而且，她现在正觉得不幸之至，再也没有心思去从事这种推理了。

于是她把眼光垂落在手里的盆子上，轻轻拈起一片薄饼干，放在嘴里慢慢地抿着，那种温文尔雅的态度，那种全无食欲的神情，若使嬷嬷在旁边看见，也必定大加称许。其实她这回倒并不是矫揉造作，因为那时她四周虽然有那么许多男人去捧她，她却觉得生平从来不曾有现在这么难受。她不知其所以然地忖着她昨晚上想出来的计划，现在是全部失败了，至少跟希礼有关的一部分是失败了。她对于别的男孩子，已经论打地吸引了来，偏只吸引不到希礼。于是昨天下午感到的那种恐惧，重新又冲了回来，以致她的心跳得一阵快一阵慢，她的面颊变得一阵红一阵白。

希礼并不曾有过意图要来加入她周围那个圈子，事实上，她从到这里之后，并不曾单独跟希礼说过一句话，只不过初见面时打一下招呼，以后就没有开口了。那时思嘉寻到后园里，希礼上前来欢迎她，却有媚兰挂在他的臂膀上——那个还够不到他的肩膀的媚兰。

媚兰是个纤小脆弱的女子，神气跟一个藏在母亲衣襟底下玩儿的孩子一般，再加上那一双大大的褐色眼睛，一直都含着羞涩和惊怕，尤其要使人家看做是一个孩子了。她长着一头乌黑的鬈发，拿发网罩着，一丝儿都不乱，前面梳着一个长长的寡妇嘴，尤其使她的脸蛋儿像个鸡心。两颧骨生得太开，下巴颏未免尖了些，以致那张脸虽然娇怯可怜，却很平淡，而且她不会装模作样，所以这种平淡性一直都存在。她的相貌同泥土一般简单，面包一般可贵，春水一般透明，这就是所谓平淡性。但是她的举止却具有一种庄严感，看起来老成持重，远不止十七岁。

当时她穿着一件灰色薄纱布的上衣，配着一条樱桃色的缎带，全部都打着皱襞，以期掩饰她那全不发达的躯体。头上戴着一顶黄色的凉帽，垂着樱桃色的长长的飘带，映得她那乳色的皮肤光莹夺目。两鬓垂着两条长长的金链子，金链子上挂着两枚沉重的耳坠子，在一双褐色眼睛旁边不住地摆荡，而那双眼睛则譬如冬日树林中两池皎洁的静水，上面有两片褐色的叶子在那里飘荡一般。

她一见思嘉，就装起一副羞怯的笑容跟她招呼，并对她说那套绿色的衣服非常美丽，思嘉却恨不得她马上离开希礼，只是万分勉强地和她敷衍一番。此后他们两个就离开众人，独自去坐在一角。媚兰坐在一张椅子上，希礼找了一张矮机子在她脚下坐着，静静地跟她谈着，对她笑着，那种缓慢催眠的笑容，正是思嘉所最心爱的。尤其难堪的，希礼每次对媚兰一笑，媚兰眼里就要现出一星光彩来，以至思嘉也不能不承认她的美丽。而当媚兰看着希礼的时候，她那平淡的脸上也要燃起一种内在的火来，如果说一个爱的心是可以显现在脸上的话，那么现在是显现在媚兰脸上了。

思嘉想要把眼睛挪开，不去看他们两个，可是不能，而她每次对他们瞥了一眼之后，就要对自己身边的骑士们加倍卖力，对他们笑，对他们挑逗，对他们戏谑，对他们翘头，直至翘得两只耳环不住地跳舞。她说过了许多次"胡说八道"，说他们的话没有一句老实，说她再不相信男人的话语。然而希礼好像毫不注意她。他管自抬着头跟媚兰说话，媚兰也一直低着头看他，那脸上的神情分明表示着她是属于他的。

于是乎思嘉窘不堪言了。

在局外人看起来，她是无论如何不会受窘的。她在大宴会上分明要算个红人，要算众人注意的集中点。她在男人里面造成的狂热，女人里面造成的妒忌，若在旁的时候，已经大可使她心满意足了。

这时韩察理因得思嘉的关注，胆子大起来，在她右侧牢牢占据着一个地盘，虽经汤氏双胞胎协力的抢夺，他始终不肯让步。他一只手拿住思嘉的扇子，一只手拿住那始终未动的菜盆，坚执不肯去跟蜜儿的眼睛接触，蜜儿却已快要淌下眼泪了。左边呢，是高恺悌懒洋洋地靠在那里，不时要拉拉她的衣角，暗暗地戒备着司徒。他跟那双胞胎之间，空气已经触了电，已经交换过一些粗鲁话语了。甘扶澜在那里不住忙乱着，像一只有一窝小鸡的母鸡，从树下到桌边一程程来往跑着，替思嘉搬东西来吃。结果是苏纶心里的愤怒再也抑遏不住，竟然对着思嘉怒目而视起来。小恺玲则几乎是要哭出来，因为路上思嘉虽然对她说过那么兴头的话，伯伦却不过对她说了一声"哈罗，妹妹"，拨了拨她头上的结发带，便撇开了她，专心一意去对付思嘉了。平常的时候，伯伦对她是很好的，而且很客气，使她自觉已经是个大人，因而一直梦想着哪天梳起头髻穿起裙子来，好把他正式接待作自己的知己。而现在呢，他好像也是思嘉所有的了！还有方家的东义和乐西也在这个圈子里。可是还没有得到地盘，正在其欲逐逐地候补思嘉身边的好缺。孟家几个女孩子看见他们这种情形，又觉得可笑，又觉得可恼。

一会儿之后，孟家的三姊妹推说要到后园去看花，都站了起来，带着她们的男伴儿走开了。这种有秩序的战略退却，分明又是思嘉胜利的一个象征，而且是谁都看得出来的。因此思嘉又向希礼那边抛过一眼去，看他有没有注意这情形。谁知道希礼正凝神地把一张笑脸对着媚兰，手里拿住她的飘带在搓弄。于是思嘉顿如万箭穿心，感觉到一阵剧痛。她恨不得立时跑过去，将指甲掐进媚兰的雪白皮肤里，直掐得她鲜血淋漓才会痛快。

她的眼睛才离开媚兰，便又发现白瑞德正对着自己注视，原来白瑞德离得大家远远的，独个人在那里跟卫约翰谈天，眼睛却是一直盯在她身上。当她的眼睛跟他接触时，他对她笑了一笑。思嘉心里感到非常不舒服，觉得现在在场的人，唯有这个人人都不招待的家伙是知道她肚里的心事的，并且正在那里留心她的一举一动来当消遣呢。因此，她也恨不得跑去掐他一把了。

但是一转念之间，她又得到另外一种希望来安慰自己了。"我若是能够熬过这个宴会，一直熬到午后去，"她想，"那时她们都要上楼去打中觉，以备晚上有精神跳舞，我就独个人等在楼下找希礼谈一谈。刚才我有那么许多人捧的情形，他一定已经注意到的。至于媚兰，他当然应该照顾，因为她到底是他的表妹，而且没有人捧她，要是他也不去理，她不就做壁花了吗？"

这么一来，她又勇气勃发起来，便在身边的韩察理身上加倍努力，以期引起希礼的眼红。于是察理坠入了五里雾中，他对思嘉立即发生了爱情，自不待说。既有了这种情绪，蜜儿当然早被抛到九霄云外了。蜜儿便如一只啾啾唧唧的麻雀，思嘉便如一只光怪陆离的蜜蜂，相形之下，自然见绌。思嘉会戏弄他、疼爱他，问他问题而自己代他回答。因而他用不着说一句话，就可以显得非常聪明。但是别的男孩子看见思嘉对察理这么感兴趣，都不由得诧异，又不由得懊恼。他们都知道察理平日非常羞怯，连两个字儿的一句话也说不连气的，现在却得思嘉如此之青睐，因而越想越气，差点儿连礼貌都不能维持了。这是思嘉的绝大胜利，然而对希礼仍不发生效力。

直至最后一叉猪肉、鸡肉、羊肉都吃完了，思嘉心想英弟马上要起来发言，请诸位小姐太太进屋里去暂时休息。这时已经下午两点钟，太阳晒得正热。谁知英弟为了准备这个大野宴，已经足足忙了三天，忙乏了，现在坐在亭子里懒得起来，正跟一位从费耶特维尔来的聋老头儿直着喉咙在说话。

一阵沉沉欲睡的懒意降落在人群里面。黑人们懒洋洋地走着，在收拾那些陈列食品的长桌子。笑语声渐渐地不起劲了，这里那里的人堆落入沉默了。大家都在等候女主人宣告宴会的终结。棕榈叶状的扇子摇得慢了，有好几位老先生就在太阳底下饱着肚皮打瞌睡。大野宴告终了，大家都要趁这太阳正高的时候休息一下。

在上午的宴会和晚上的跳舞会之间的一段期间，人们成了一种安静和平的族类。只有那些青年人还保留着刚才全群所具的那种不耐安静的精力。他们从一个集团到一个集团，低声地谈着话，同一群血性的雄马一般美丽，也一般危险。他们原也感到中午的懒意，但有一种暴躁的脾气潜伏在底下，一经触动就会暴发起来，并如野火燎原一般地燃起。

过了一会，太阳越发热了，大家又都向英弟那边看了看。这时谈话的声音已经渐归于静寂，但是突然之间，忽听得郝嘉乐的声音怒气冲冲地响起来。大家一看，原来他在离餐桌不远的地方，正跟卫约翰辩论得十分激烈。

"你见了鬼了，朋友！祈祷跟北佬儿和平解决吗？咱们在嵩塔儿要塞打过了那些流氓，这还行吗？可以和平吗？咱们南方要给他们颜色看，让他们明白咱们是不能侮辱的，咱们的离盟并不靠他们的好心，是靠咱们自家儿的力量的！"

"啊呀，我的天！"思嘉想道，"他又喝够了！这么一来，我们要在这儿坐到半夜里去了。"

霎时之间，瞌睡逃开了那些懒意的人群，有一种似乎电气的东西掠过空中。人们都从条凳上椅子上跳了起来，伸张着臂膀，开始赛起喉咙来。今天一个早晨，谁都没有谈起过政治和战争，因为卫先生请求过客人，不要让小姐太太们感到厌倦。但是现在郝嘉乐忽然喊出一声嵩塔儿要塞，于是大家都忘记主人的告诫了。

"当然，咱们要打——""北佬儿是贼——""咱们只消一个月就收拾了他们——""是啊，一个南边人抵得二十个北佬——""给他们一个教训，叫他们一辈子忘不了——""和平吗？他们不让咱们和平——""是啊，你就看林肯先生怎样侮辱咱们的委员吧！""是啊，他把他们敷衍了几个礼拜，还发过誓嵩塔儿要塞一定撤兵的！""他们要战争，咱们要使得他们厌倦战争——"而嘉乐的声音驾于这一切之上。思嘉只听见他"州权""州权"地喊了又喊。嘉乐是可以兴奋一会儿了，却不知苦了自己的女儿！

"离盟"，"战争"——这些字眼思嘉早就听厌了，却是从来不像现在听起来这么可恨，因为他们一谈上了不肯歇，她就没有机会去跟希礼碰头了。照她想起来，战争当然是不会有的，男人们自己也知道。他们就只喜欢谈，又喜欢别人听他们谈罢了。

这时韩察理并没有跟其余的人一同站起，他看了看身边已经比较清静，便向思嘉靠得更近些，凭着由爱而生的勇气，对她低声作起一番供状来。

"郝小姐——我——我已经下了决心，如果我们真打的话，我一定到南卡罗来纳去加入那边的队伍。据说寒卫德①先生正在那里组织一个骑兵队，当然我要到他那边去。他人极好，又是我父亲至好的朋友。"

思嘉想："他打算叫我怎么样呢——喝三声彩吗？"因为察理的表情似乎是把心里的秘密都剥露给她了。她想不出话来说，只不过对他看了看，心想他们做男人的为什么会这样傻，当女人会对这样的事情感兴趣！但是察理误会了她的意思，以为她在暗暗地称许，于是放大了胆，急忙接下去说——

"假使我真的去，你会——会伤心吗，郝小姐？"

"我会每天晚上在枕头上哭。"这话思嘉本当做一句戏言，谁知察理认了它的票面的价值，乐得脸都红起来。那时他的手本来藏在她的衣褶里，因听见这句话，便慢慢地蚕食进去，将她轻轻地拧了一把，连他自己也不知道这勇气是哪里来的。

"你会替我祈祷吗？"

"哦，当然的，韩先生，一夜至少要祈祷三串念珠！"

察理急忙四下看了看，屏着气，硬起胃里的肌肉。四下都没有人了。这是千载难逢的机会。而且以后即使再有这样的机会，他的勇气怕也要不济。

"郝小姐——我必须跟你说句话。我——我爱你！"

"嗯？"思嘉有意没意地说着，一面将眼睛穿过那些辩论的人群，看见希礼仍在媚兰脚跟头说话。

"真的呢！"察理低声说。照他平日的想象，凡是女孩子碰到这样的情境，一定总要晕过去，或是喊起来，或是笑起来，现在看看思嘉一样也没有，这就把他弄得不亦乐乎了。"我爱你！你是最最——最最——"这时他生平从来没有过的口才也来了，"最最美丽的女子，又是最最可爱的，最最和气的，最最亲热的，我现在拿我全个心爱你。我不能希望你会爱我这样一个人，可是，我的亲爱的郝小姐，如果能给我一点儿的鼓励，我愿意做世界上的任何事情来使你爱我。我愿

---

① 寒卫德：南卡罗来纳州州长。

意——"

他停住了，因为他想不出一桩真正难干的事情，来对思嘉确实证明他的感情的诚挚，因而他直截了当地说："我要跟你结婚。"

思嘉骤然听得"结婚"两个字，便从一个虚无缥缈的幻想境界一蹦蹦回地上来。她正在梦想结婚，梦想希礼，不想给察理一下惊醒，不由得大大懊恼起来，对他狠狠地瞪了一眼。她想这么一个小牛一般的傻子，为什么偏要挑她自己几乎失魂落魄的今日来对她诉说衷情呢？她看见了他那正在哀求的褐色眼睛，却看不出一个羞涩男孩子的初恋的美，也看不出一个理想实现时的那种崇拜的神情，或是一阵如火的狂欢一般掠过他时的那种反应。她对于男人向她求婚的嘴脸，是司空见惯了的，而且都是比察理强得多的男孩子，也不是破天荒第一次求婚的男孩子。所以她现在对于察理的开口，丝毫也不在意，她只觉得自己面前有一个二十岁的男孩子，红得像甜菜一般，而且样子傻得很。她恨不得立刻对他说明他的样子多么傻。可是自然而然的，她母亲平日教她应急时用的那几句客套话流到她口边来了，于是她垂下眼睛，口里含糊地说道："韩先生，对于你要我做妻子的意思，我实在觉得荣幸之至，不过事情来得太突然，我不知道怎么说才好。"

这几句话的措辞非常圆滑，一面既可不叫对方失面子，一面又藕断丝连，不至于马上决绝。于是察理就做了一个从来不曾见识过香饵的鱼儿，竟浮上去将它咕咚一口吞下了。

"我会永远等着。除非你心里十分确定，我不会要你回答。现在，郝小姐，只请你说我可以希望吧！"

"嗯。"思嘉一面回答着，一面又把眼睛瞟到希礼那边去，看见希礼仍旧在那里，仰着头对媚兰笑着。要是这个傻子肯静这么一刻儿，她或许可以听出他们是在说什么。随即她觉得非听不可。究竟媚兰是在说什么，才使得他的眼睛显得这么津津有味的？

然而她侧着耳朵听了半天，都被察理的声音混掉了。

"哦，你不要响吧！"她低声说，一面将他的手拧了一下，眼睛并不看着他。

察理听见这一声低声的禁喝，不觉吓得满脸通红，直到看见她的眼睛盯住自己的妹妹看，这才又笑了起来。原来思嘉怕别人听见他的话呢。是的，是的。女孩子家自然怕难为情的。于是察理感觉到了一阵男性的威力，是他生平从来没有经验过的，因为他居然能使女孩子怕难为情起来，这是破题儿第一遭呢。这一下刺激将他麻醉了。他于是将自己的面容重新整顿，整顿成了自以为是一种毫不介意的神情，也把思嘉的手轻轻地回拧了一下，以示自己是个懂世故的男子汉，不但了解并且接受她的斥责了。

思嘉对于他那一拧，连觉也没有觉得。因为在这当儿，她清清楚楚听见媚兰娇滴滴地在那里说："关于戴克理①的作品，我怕不能跟你同意。他是一个讥嘲派。我怕他没有狄更斯那么上流。"

思嘉听见这话，心里不觉一松，几乎止不住笑出来，暗想她为什么要对男人家说这种傻话呢？原来她也不过是个书呆子，而男人家对于书呆子怎么看待，那是人人知道的。……你要使男人家感到兴趣，并且维持着他的兴趣，就得拿他自己做谈话的中心，然后绕着圈子，慢慢把话引到你自己身上来，再也不要放开去。倘使那时思嘉听见媚兰是在说："你是多么令人钦佩啊！"或是说："你为什么去想这种事情呢？叫我想起这种事情来，我这小脑袋儿就要裂开了！"那么她是不免惊慌的。谁知媚兰是这么一本正经地在那里说话，跟在礼拜堂里一般呢！于是思嘉觉得前途又光明起来，不由得心里一喜，笑嘻嘻地对察理瞟了一眼。察理经她这一瞟，认为是对他示爱，便也乐不可支，拿起她的扇子对她狂挥起来，直挥得她的头发蓬蓬乱。

"希礼，你还没有发表意见呢。"汤勤从那喧嚷的人堆里走过来对他说，于是希礼道了一个歉，便站起身来。思嘉见他那时的态度么从容不迫，他那金色的头发和髭须给太阳照得那么澈亮晶莹，心以为天下美男子再没有像他的了。他一发言，就是那老一辈的人也都悉心静听着。

"诸位先生，我没有别的意见，如果佐治亚州要打，我就跟着它打。不然的话，我为什么要加入营里去呢？"他说。说时他的灰色眼睛睁得大大的，那种瞌睡的神气在一种强烈的表情里面消失了，这是思嘉从来没有见过的。"不过，我跟家父的意见一样，希望他们北佬让我们和平，不至于发生战事——"这时方家、汤家一班兄弟们的声音杂乱起来，他就笑着举起一只手说，"是的，是的，我也知道我们是受侮辱了，是受骗了，但是假使两方面易地而处，假使是他们北佬脱离我们的同盟，试问我们会怎么办？多半是一样的吧。我们也不高兴他们这样的。"

"他又来了，"思嘉想，"他老是要替人家设想的。"在她看起来，天下的辩论总只能偏袒一方面。她觉得希礼有时候是不能了解的。

---

① 戴克理：英国小说家。

"我们不要头脑太热，我们不要只盼战争。世界上的苦恼大多数是由战争造成的。等到战争过去了，就没有人知道究竟为什么而战了。"

思嘉不由得嗤之以鼻。幸而希礼平日享有颠扑不破的勇名，否则他就不免麻烦了。当她这么想着的时候，一阵抗议的喧哗声从希礼的周围包袭来。

亭子里那个从费耶特维尔来的聋老头子问英弟。

"是什么事情啊？他们在说什么啊？"

"战争！"英弟将手做起一个号筒模样在他耳边喊着说，"他们要跟北佬儿打仗呢！"

"是讲战争吗？"他一面嚷着，一面摸着了他的手杖，便从椅子上一骨碌抬身起来——几年来没有这样的精力了，"我去跟他们讲战争去。我是打过仗的。"原来这位莫老先生是难得有机会谈战争的，他家那些娘们一直都要管住他。

他急忙跟跄到了人堆里，挥舞着他的手杖，喊嚷着，因为他自己听不见别人的声音，一会儿他就独霸场子了。

"你们这班会吞火的小哥儿们，听我说，你们别只想打吧。我打过，我知道。我参加过散米诺战争，也做过大傻子，参加过墨西哥战争。你们都不知战争是什么。你们以为战争只是骑好马，有女孩子扔花给你们，过几天就回来做英雄好汉了？那可不是的。不是的，先生！战争就是去挨饿，去睡在潮湿的地方，因而害麻疹，害肺炎。不是麻疹肺炎就是闹肚子。是的，先生，战争对于肚子怎么闹法呢？——就是痢疾之类啰——"

那些娘们都涨红了脸。这位莫老先生是在讲开天辟地的时代呢，也跟方家老太太讲的一样，那个时代是人人都愿意忘记的了。

"快去把你公公拉过来吧。"老先生的一个女儿对站在身边的一个女孩子说。"我说呢，"她又对那些觉得局促不安的太太们说，"他是一天比一天更不像话了。你能相信吗，今早上他还对美丽说——她才十六岁呢——他说：'你听我说，姑娘……'"这声音消失做一种耳语，那女孩子就溜了过去尝试拉她祖父回来了。

这时空气又紧张起来，女的都在兴奋地笑着，男的都在热烈地谈着，其中独有一个人似乎很平静——就是白瑞德。思嘉偶尔把视线移到他那边，只见他靠在一株树上，双手深深插在裤袋里。他只独个人站在那边，因为卫约翰离开他之后，他一步都没有动过，只静听着那愈来愈热烈的谈话，也不曾开过一句口。他那两片血红的嘴唇，在那修得很短的黑髭须底下向下弯别着，他那黑色的眼睛里流露着一种好玩而又轻蔑的光芒，轻蔑得仿佛听着一群儿童在那里争吵。思嘉觉得那种微笑是很难受的。他在那里听着听着，直听到汤司徒抖着红头发，闪着大眼睛，不住嚷着"只消一个月就会干了他们！流氓是打不过绅士的"之类的话，于是他终于缄默不住了。

"诸位先生，"他并没有移动他的位子，仍旧靠在那株树上，双手插在裤袋里，用一种带着查尔斯顿口音的拖长声调说，"可容我说句话吗？"

他的态度里和眼睛里都含着轻蔑，而又学着那些先生自己的态度，轻蔑之中装满着客气。

大家都掉过头来朝着他，也给他以一个局外人应得的礼貌。

"现在在场的诸位先生，可曾有人想起梅森·狄克森路线以南没有一个大炮工厂吗？或曾想起南方的制铁厂多么少吗？羊毛厂、棉纱厂、制革厂多么少吗？诸位也曾想起我们并没有一条战舰，而他们北佬儿却可以在一个礼拜之内将我们的港口封锁起来，以致我们不能把棉花运销到外面去吗？不过——当然——这些事情是你们诸位都想过了的。"

"怎么，他把我们这些青年当做一群傻子呢！"思嘉愤然地想着，就有一阵热血冲上她的面颊来。

当时心里发生这种观念的显然不止她一个人，因为有好几个青年都鼓起腮帮来了。卫约翰赶快回到原地方，在这发言人的身边站着，仿佛是要示意给大家，说这人是他的客人，而且还有这许多小姐太太在场呢。

"我们南方大多数人的毛病，"白瑞德继续说，"就在我们旅行得不够，或即使旅行够了，并不曾得到旅行的益处。现在在场的诸位先生，当然都旅行得很多的。可是诸位看见些什么呢？欧洲、纽约、费城，还有，太太们当然都到过萨拉托加的温泉。"他向亭子里的一堆人微微鞠一鞠躬，又说："你们看见过旅馆、博物馆、跳舞场、赌博场。于是你们回家来，以为没有一个地方能像南方了。至于我，我是生在查尔斯顿的，但是过去几年我都在北方。"他咧了一咧嘴，露出他的白牙齿来，仿佛他自己明白在场的人都知道他为什么不在查尔斯顿住的缘故，而且即使他们知道，他也丝毫不在意似的。"我曾经见过许多东西，都是你们大家没有见过的。我见过那论千论千的外来民族，愿意为着一点食物和几块钱替他们北佬打仗，我见过工厂、铁厂跟船厂，见过铁矿跟煤矿——这些都是咱们没有的东西。不是吗？咱们有的只是棉花、奴隶和傲慢。他们只消一个月就会干了咱们呢。"

沉默统治了一个紧张的片刻。白瑞德从衣袋里抽出一条精致的麻纱手帕，掸了掸袖子上的灰尘，然后，一阵险恶的嘤嗡之声从人群里面发出，又有一种訇訇之声从亭子那边飘来，就像一个蜂房的蜜蜂受了惊扰。这时思嘉面上那一阵愤怒的热血虽然还没有消散，她的心底却已不期泛起了一个思想来，以为这人所说的话是对的，听起来像是常识。不是吗？她自己就从来没有见过一个工厂，或是知道任何人见过一个工厂。不过，他的话即使是对的，他全说这样的话，总不是一个上流人了——何况是在一个宴会上，人人都是为快乐而来的。

汤司徒蹙起了眉头，向前走了几步，他的兄弟伯伦紧紧在后边跟着。当然，这汤氏兄弟是讲礼貌的，即使真个惹恼了，也不见得就会在一个大宴会上闹起架来。可是那些小姐都觉得非常兴奋，因为她们实际上是难得看见吵架口角之类的。这样的事总要再传三传才会传到她们耳朵里。

"先生，"司徒凶狠狠地说，"你这话是什么意思？"

白瑞德用他那客气而却讥讽的眼睛对他看了看。

"我的意思，"他答道，"就是拿破仑——你大概听见过他的名字吧？——有一次，他说：'上帝是在最强壮的军队那一边！'"然后朝着卫约翰用一种并非假装的客气说："你答应陪我去看你的藏书室的，先生。可否现在就费心陪我去看看？我怕今天下午就得回琼斯博罗去，那边有一点小事要办。"

他转过身子，面对着人群，脚跟咔嚓地碰了一声，像个跳舞师似的鞠了一个躬。那一个躬，在他这样雄赳赳的一个人，总算已是极文雅的，然而又显得十分无礼，不只是打人一个耳掴子。然后他跟卫约翰踱过草场，只见他一路头昂天外，将一阵阵令人不快的笑声送回人群聚集的地方来。

接着是一阵惊惶的静默，然后那嘤嘤嗡嗡之声重新又起来了。英弟从她位子上疲乏地站了起来，走到那个正在愤怒的汤司徒身边去。思嘉听不出她对他说些什么，但是她仰着脸看司徒时的那种眼光，却使思嘉感到一种似乎是良心刺激那么的情感。这种眼光是跟媚兰给予希礼以表示她属于他的那种眼光一样的，不过司徒看不出罢了。这么看起来，英弟的确是爱司徒的。如果思嘉不曾在一年前的演说会上那么辣手地将司徒抢了过来，也许他跟英弟早已结了婚了。但是她一转念之间，又想起了别的女孩子不能保住她们的爱人，不能就算是她的过失，于是这点良心的刺激马上消失了。

末了，司徒低着头对英弟微笑了笑——一种不愿意的微笑，又点了点他的头。大概英弟是在请求他不要跟随白瑞德去找碴儿吧。此后，所有的客人都站起身来，抖了抖膝上的碎屑。太太们招呼了奶妈们、小孩们，将自己的族类聚齐了，一伙儿动身走了。小姐们则三三两两，笑着说着，都要到楼上卧房中去瞎聊天打中觉去了。

一会儿之后，所有的女客都离开了野宴场，将树荫下亭子里的位子统统让给男客们了，未走的就只剩汤太太一个。她是被郝嘉乐、方先生，以及别的一些人留住了，要她答复卖马的事情的。

希礼漫步走过思嘉和察理坐的地方来，一个沉思和快乐的微笑出现在他脸上。

"这人也太狂妄了，是不是？"他看着白瑞德的背影说，"看他那副神气，竟像是包尔嘉家①的人呢。"

思嘉急急寻思了一番，再也想不起本区里面或是亚特兰大或是萨凡纳有姓这包尔嘉的人家。

"我不知道这家人家呀。他跟他们是本家吗？他们是谁？"

察理脸上泛过一阵怪异的神情，不信和羞耻跟爱做了一场争斗。结果是爱胜利了，因为他觉得一个女孩子只要是美丽、温柔、可爱，也就够了，不必一定等教育来锦上添花，于是他急忙回答道："包尔嘉是意大利人。"

"哦，"思嘉很扫兴地说，"原来是外国人。"

她给希礼一个最最美丽的微笑，可是为着某一种理由，希礼并不在看她。他在看察理，他脸上现出了解的神情和一点儿的怜悯。

思嘉站在楼梯顶，从栏杆上向底下穿堂里留心探视着。楼上那些卧房里，不断送来嘤嗡的低语声，时而高涨，时而低落，中间夹有阵阵的尖笑声，以及"你真的没有吗""那么他怎么说呢"之类。卧房一共是六间，房里也有床，也有榻，那些女孩子正在上面休息着，衣裳脱掉了，小马甲松开了，头发飘散在脊背上。午觉本是南边人的一种习惯，若逢全日的宴会，要从早晨起，直到晚上的跳舞会为止，那就尤其不可少。刚上床的半点钟，那些女孩子都要谈着笑着，不肯马上就安静，然后女仆们替她们拉下了窗帘，然后在那温暖的幽暗里，语声渐渐退为耳语，终于寂然无声，代之以柔和的呼吸规律的起伏。

思嘉等到媚兰跟蜜儿、海弟确实在一床上睡下了，这才溜过了楼上的穿堂，

---

① 包尔嘉家：十五六世纪中意大利的豪族。

动身跑到楼下去。从楼梯顶的窗口里，她可以看见一群群的男人坐在亭子里，拿高杯子喝着酒，知道他们这一喝就要喝到晚快边去了。她拿眼睛搜索了一番，但是希礼并不在他们里面。然后她侧耳听了听，听见他的声音了。果然不出她所料，他还在前面车道上，送那些太太孩子回去。

于是她提心吊胆，急急地跑下楼梯。如果碰见卫先生呢？为什么别的女孩子都在睡中觉，她独个人在屋子里乱闯呢？然而这一个险非去冒一下不可。

她走到最下一步楼梯的时候，听见一些仆人在饭厅里走动，原来食事总管正在指挥他们搬开桌椅，预备晚上的跳舞会。穿堂的对面，藏书室的门大大地开着，她便一声不响地急忙跑过去。她可以在那里等着，等到希礼送完客人回来经过这里，便可以把他叫住了。

藏书室里是半暗的，因为所有的窗帘都被拉下来挡太阳了。高高的四壁之间塞满了黑魆魆的书本，使她颇感到不快。她自以为这里便是她和希礼幽会的处所，因而觉得极不适宜。她平日见到大量的书本，总都要感到不快，犹如见到喜欢读大量书本的人一般。凡是这样的人，她都要觉得不快的，只是希礼例外。那些笨重的器具，对她庞然森竖着，也使她感到了一种威胁。里面有高靠背、深座儿、阔扶手的大椅子，是为卫家高个儿的男子们特制的，又有一些天鹅绒的矮椅子，前面配着天鹅绒的踏脚凳，则是给女孩子们坐的。在里边的尽头处，面对着壁炉，放着一张七英尺长的沙发，那是希礼平时最喜爱的座位，从外面看去，只见竖着一个高高的靠背，跟一头睡着的巨兽一般。

她把门掩上，只剩下一条缝儿，一面极力镇定着，要使自己的心跳得慢些。她想把昨天晚上计划好要跟希礼说的话默默温习一遍，但是她什么都记不起来了。到底是她本来计划过而后忘记掉的呢，还是她本只预备着希礼来对她说话的？她一点儿记不起来了，因而不由得突然打了个寒噤。她想自己的心如果能够暂时休息一刻儿，不要这么不断地在她耳朵里突然地响着，那她也许可以记起几句话来。谁知当她听见希礼说了最后一个"再见"而向屋子里走来的时候，她那个心偏是越跳越起劲。

她所能够记忆的，就只一件事——她爱他，浑身上下从头到脚地爱他，爱他头上的金黄头发，也爱他脚上的雪亮靴儿，爱他那使她觉得神秘的笑，也爱他那令人不解的沉默。啊，他如果能够直截了当地跑进来，一把将她搂在怀里，那她就一句话也不消说了。他是一定爱她的，那么"我来祷告一下如何——"？想着，她便紧紧地闭上眼睛，喃喃念起"大慈大悲的圣母马利亚"来。

"怎么，思嘉！"希礼的声音突然打破她耳中的轰响，直把她弄得不知所措。他站在门外，从那留着的缝里张进来，脸上放着一个疑惑的微笑。

"你在这里躲谁——察理吗，还是汤家那两个？"

她喘着气。那么他已经注意到男人们怎样捧她的了。你看他是多么可爱啊，站在那里，眼睛那么闪着，仍然一副天真烂漫的样子。她说不出话来，只伸出了一只手，将他抓进里面去。他进去了，觉得莫名其妙，但又觉得很有趣。他看她的神情很是紧张，眼睛里冒着一种火，是他从来不曾见过的，而且虽在那样幽暗的光中，他也可以看出她面颊上泛着玫瑰的红晕。自动的，他把背后的门关上了，他拿住了她的手。

"怎么一回事？"他说，几乎是耳语一般。

她一接触到他的手，马上就发起抖来。现在事情就要完全照她所梦想的实现了。当时有无数不连贯的思想掠过她的心，但她不能擒住一个来铸成一句话。她只会发抖，只会朝着他看。为什么他不先开口呢？

"怎么一回事？"他重复地说，"有什么秘密要告诉我吗？"

突然的，她的话来了，同样突然的，她母亲给她这几年的教训统统飞到九霄云外去了，他父亲的爱尔兰的血从她嘴唇上发生作用了。

"是的——一个秘密。我爱你。"

霎时之间，来了一个非常深刻的沉默，仿佛他们两个的呼吸都停止了。然后，她的颤抖完全消失，而一阵快乐和得意奔涌上来。她为什么不早就这么做呢？这比她平日受教的那种种闺秀的战略简单得多。于是，她拿眼睛去搜索他。

他眼睛里有一种惊惶的神情，还有一种不信的神情，还有别的一种——那是什么呢？是的，她记得父亲有一天因他那匹珍爱的猎马折断了腿而不得不把它枪杀的时候，也曾有过这种神气的。但是现在她为什么要想起这桩事来呢？这不是傻想吗？不过希礼为什么要做出这一副怪相，一句话都不开口呢？然后，他面上放下一个装得非常像的面具来，阿谀地笑了笑。

"怎么，你今天在这里这么一网打尽地收拾了人心，还以为不满足吗？"他说，声音之中照旧带着那种谑而不虐的调子，"难道你非要大家一致拥护不可吗？那么，你心里一向是有我的，这是你自己早已有把握的。"

不对了——全盘都错了！这是不照她的计划实现了呢。当时她脑子里有无数杂乱的观念在那里打回旋，却只有一个观念渐渐地趋于凝固。她觉得希礼现在的举动，是当她把他挑逗着玩了。其实希礼应该知道她并非如此的。

"希礼——希礼——你老实说——你必须老实说——啊，不要再跟我开玩笑了！你心里到底有我吗？啊，亲爱的，我——"

希礼急忙闷住她的嘴，那副面具脱下了。

"你决不能说这样的话，思嘉！决不能说。你一定是有口无心的，你会憎恨你自己说这样的话，也会憎恨我听这样的话！"

思嘉将头一扭扭开去。一股迅速的热流通过她全身。

"我永远不会憎恨你。我告诉你我是爱你的，而且知道你一定会顾念我，因为——"她停了一停，她从来不曾见过谁的脸上有这么多的苦恼，"希礼，你是不是顾念我——到底顾念不顾念我？"

"是的，"他迟钝地说，"顾念的。"

她吃惊了。即使他说他讨厌她，也不至于吃惊得这么厉害的。她抓住他的袖子，一句话都说不出。

"思嘉，"他说，"我们可不可以各自走开，从此忘记了刚才说的这些话？"

"不，"她低声说，"我不可以。你这是什么意思？你难道不要——不要跟我结婚吗？"

他回答："我是快要跟媚兰结婚了。"

不知怎么的，她觉得她自己已经在一张天鹅绒的矮椅上坐着，希礼坐在她脚跟前的一张踏脚凳上，紧紧握住她的一双手。他在那里说话——说着毫无意义的话。他的心完全是一片空白，一刻儿之前那些势如潮涌的思想都不知到哪里去了，因而他的话对她一点儿不留印象，犹如雨点打在玻璃窗上一般。其实那是一番慈祥的话，如同一个父亲对一个受伤的孩子说的，但是她一句都听不进去。

唯有"媚兰"二字的声音触着了她的意识，她就对他那双晶莹的灰色眼睛看了看。她看见里面含有使她发窘、疏远以及自恨的神情。

"家父今天晚上就要宣布这个婚约了。我们不久就要结婚。这事我本来应该对你讲的，但是我当你已经知道了。我当是大家都已经知道的，几年前就已经知道的。我做梦也想不到你——你有这么许多追求你的人，我当是司徒——"

生命、感情和理解渐渐流回她身上来了。

"但是你刚才还说你是顾念我的。"

他的热手使她感觉到难受。

"亲爱的，你难道一定要我说出使你难受的话来吗？"

她的沉默逼得他再说下去。

"我怎么能够使你明白这些事情呢,亲爱的?你年纪这么轻,又不肯思想,连结婚的意义还不知道的。"

"我知道我爱你。"

"像我们这样两个不同的人,单单有爱是不能使结婚成功的。思嘉,你所要的男人必须要他的全部,必须是他的身体、他的感情、他的灵魂、他的思想,一概都在内。如果你不能一概都有,你就会觉得苦恼。至于我,我不能把整个的我给予你。我不能把整个的我给予任何人。而我对于你的心思、你的灵魂,也不能全部都要。那时你就要难受了,你就要恨我了,恨我入骨了!你要恨我所读的书,恨我所爱的音乐,为的这些东西要把我从你身边拉开去,怕是拉开一刻儿你也难受的。所以我——或许我——"

"你爱她吗?"

"她是像我的,是我的血统的一部分,我们能互相了解的。思嘉!思嘉!我能不能使你明白,除非两个人彼此相像,否则结婚就决不能有平稳的日子。"

别的人也曾说过:"结婚必须彼此是同类,否则就不会有幸福。"谁说的呢?这话仿佛她听见了已经一百万年了,但是仍旧一点儿没有意义。

"但是你说你顾念我的。"

"我本不应该这么说。"

在她脑子里的什么地方,一种缓慢的火升腾起来,愤怒开始扫除了其余的一切。

"好吧,那么这话是王八蛋说的了——"

希礼的脸变得雪白。

"是的,我是王八蛋,我说的,因为我要跟媚兰结婚了。我对你不起,媚兰更对你不起。我本不应该说的,因为我知道你不会懂的。可是我怎么能够不顾念你呢——你有那么热烈的生活的热情,我却一点儿没有。何况你能够有那么热烈的爱,那么热烈的恨,我都不可能呢!而且,你是天真得像火,像风,像野生的东西,而我——"

她想起了媚兰,突然看见她那双安静的褐色眼睛,带着那种飘飘欲仙的神气,看见她那安静的小手,套着那么一双黑色线织的手套,又看见她那种温和的静默。于是她的愤怒起来了,这就是曾经逼得她父亲郝嘉乐去杀人的那种愤怒,也就是曾经逼得她的其他爱尔兰祖宗去做非法行为以至于断送头颅的那种愤怒。至于她母亲罗氏累世相传的那种优良品性,那种无论怎样天大的事情也可以白着面孔、闭着嘴唇忍受的品性，现在在她身上是一丝儿都没有了。

"那么你为什么不说呢？你这懦夫！你是怕跟我结婚呢！你情愿跟那傻小丫头过日子，她是百依百顺的，过几天养出一窠小猪来，也是百依百顺的！为什么呢——"

"你不应该把媚兰说得这么不堪！"

"我偏要这么讲，算我得罪你家媚兰了！不过你是谁，配来说我应该不应该？你是懦夫，你是王八蛋，你是——你不该哄骗我，使我相信你会跟我结婚——"

"你要公道些，"他恳求道，"我何尝——"

她并不要公道，虽则明知他的话一点不错。他对于她，其实始终没有越过友谊的界限，但她一想到这层，便又加上了一重愤怒，女性自傲心和虚荣心受伤的愤怒。她一直都在他后边追，他却一点儿也不肯领情。他情愿去要那么一个苍白脸的小傻子，不要她。啊，她深深自悔当初不听父母的训诲，自悔不曾对他拉起一副架子来，而今只落得这么一番难堪的羞辱！

她从椅子上刷地站了起来，紧紧捏起了双手，他也站了起来，对她巍然高耸着，脸上充满着沉默的苦恼，就是一个人被强迫着要与难堪的现实去面对的那种苦恼。

"我将到死都恨你，你这王八蛋——你这下流坯——下流坯——"她想找一个最最恶毒的名词来骂他，可是她想不出来。

"思嘉——请你——"

说着，他伸出一双手来给她，谁知在这当口，她便用尽了全身之力，向他脸上狠狠地打了一个耳掴子。在那么寂静的房中，这一下的响声特别觉得清脆，正如一条马鞭在空中抖了一下一般，而经这一来，她的一肚子愤怒突然都消失，心中只剩一种凄凉之感了。

希礼的白皙面孔上显然留着五个手指的红印。他不说什么，只拿着她一双疲软的手，放在嘴唇上吻了一吻。然后，他不等她开口，便掉转头走出去，随手将门轻轻关起来。

她很突然地重新坐了下去，她的愤怒的反应使她的双膝觉得疲软无力了。他是走了，但是他那被打的脸的记忆将要盘踞着她，直到死为止。

她听见他的轻轻的脚步声向那长长的穿堂渐渐地消失而去，然后她想起自己这番举动的重大后果来。她是永远失去了他了。从此他一辈子都要恨她，而且每次见到她的时候都要记起她曾经无缘无故地自己投到他怀里去过。

"那么我是跟卫蜜儿一样了。"她突然想了起来，因为她记起了蜜儿平日做品太滥污，是人人都在笑的，她自己尤其笑得厉害。她曾经看见过蜜儿做出那种种丑态，曾经听见过她在男人怀抱里撒娇，所以她想到这里，不由得重新愤怒起来，愤怒她自己，愤怒希礼，愤怒全世界。这种愤怒就是由她的爱受了挫折、受了羞辱而起的。其实她的爱里面向来就不过混杂着一点儿真正的温情，那是由她的虚荣心和她对自己的美的自信心捣合而成的。如今连这一点儿温情都失去了，当然剩下来的就只有愤怒了，而愤怒之上又复有一种恐惧，恐惧她要变成了众矢之的。难道她真已跟蜜儿一样了吗？难道从此以后人人都要笑她了吗？她想到这里，不由得浑身战栗起来。

她的手不期落在身边一张小桌子上，手指触着一双小小的玫瑰花瓷瓶，瓶上有两个瓷器的小天使在那里游戏。那时房间里非常寂静，她被那寂静压迫得几乎要尖叫起来。她觉得非拿一件东西来发泄一下不可，否则简直要发狂了。于是她随手抓起那瓷瓶，狠狠地向火炉那一端扔了过去。那瓷瓶恰恰掠过那张长沙发的高靠背，啪地一下碰在那大理石的炉台上，粉碎了。

"这是何苦来呢！"一个声音从那沙发的深处发出来。

她这生世也没有吃过这么大的惊吓，她的嘴干得发不出声了。她牢牢抓住了那张椅子的靠背，两个膝盖不住簌簌地打战，一看那边那个人已经从沙发上站了起来。原来却是白瑞德，正在对她过分客气地鞠躬。

"刚才我在这里打中觉，不想你们有那一番话儿，逼得我不能不听，害得我中觉打不成，那且不去管它，只是为什么要危害我的性命呢？"

那么他是一个逼逼真真的人了。他并不是一个鬼了。可是天哪，他已经什么话都听见了！她只得聚会起全身的力量，装起一副庄严样子来。

"先生，你在这里，你应该宣布一声的。"

"是吗？"他闪烁着雪白的牙齿，他的勇敢的黑眼睛对着她笑，"可是我先在这里，是你后闯进来的啊。我因为要等甘先生，又感觉到后边宴会场上大家都不欢迎我，所以我很识相，到这里来躲一躲，总以为人家不会来打扰我的。可是，可惜得很！"他耸了耸肩头，轻轻地笑了笑。

思嘉一想起这个粗鲁无礼的人已经听见了一切——她现在觉得宁死也不愿再说的一切，她的脾气就又发起来了。

"你这下流鬼——"她怒不可遏地说。

"下流鬼常常会听到非常有趣而且有益的事情,"他咧着嘴说,"由于久做下流鬼的经验,我——"

"先生,"她说,"你不是上等人!"

"你的眼力很不错,"他轻飘飘地说,"可是你,小姐,也不是上等女人呢。"他似乎发现她很有趣,所以他又吃吃地笑起来了。"谁要说过我刚才偷听到的这些话,就都不能是个上等女人了。不过呢,上等女人对于我,是难得能够使我心醉的。我明明知道她们心里想什么,然而她们决没有这种勇气——或者可说决没有这种没教养——敢于说出她们所想的东西。这种态度,就要使人觉得厌烦了。至于你,我的亲爱的郝小姐,你却具有一种稀有的精神,一种极可钦佩的精神,现在我对你脱帽了。可是我真不懂,像你这么暴风雨一般的一副性格,那一位文绉绉的卫先生到底有什么好处能够使你这么着迷呢?他倘使能够有你这样具有——他叫做什么的?——'生活的热情'的一个女子,早就应该跪下来感谢上帝了,谁知他是一个萎靡不振的可怜虫——"

"你连替他擦靴子还不配!"她愤怒地嚷道。

"而你是要恨他一辈子了呢!"说着,他又在那沙发上坐了下去,她听见他还是吃吃地笑着。

那时她假使能够杀他,一定是杀了他了。但是不,她只极力装起庄严的样子,走出藏书室,将那沉重的门砰地一下带上了。

她很快一口气地跑上楼梯,跑到楼梯顶,她已快昏厥过去了。她只得站住,抓住了栏杆,她的心因愤怒、侮辱、出力而怦怦大跳着,跳得似乎把小马甲都要裂开了。她尝试做几口深呼吸,无奈嬷嬷替她的腰扎得太紧了。倘使她真昏厥过去,倘使人家发现她倒在这个楼梯顶,他们要有什么感想呢?啊,他们什么都会想起来——希礼。那个讨人嫌的姓白的家伙,以及所有妒忌她的讨厌女孩子!她身边从来不像别的女孩子那么一直带着通关散①,现在想起这东西来了,可是连香醋盒也不曾带一只。她向来非常自傲,决不会觉得眩晕的,现在也无论如何不能让自己昏厥过去!

逐渐的,那种作恶的感觉消散开去了。一分钟之后,她已经觉得很好,就想悄悄地溜进英弟卧房隔壁的那间小小梳妆室,松开小马甲,爬上一张床,在那些睡着的女孩子身边躺下。她尝试镇定她的心,并要把面孔装得平静些,因为她知

---

① 通关散:一种备昏厥时嗅以通气之药。

道自己一定已经像个疯女人了。她决不能让谁看破曾经有什么事故发生。

从楼梯顶的那个凸窗里，她可以看见那些男人仍旧在树荫下和亭子里的椅子上躺着。她多么地忌妒他们呀！他们做男人的是多么快活，从来用不着经过她刚才经过的那种苦恼的。她正在那里看得出神，忽听见前面的车道上来了一阵急骤的马蹄声、碎石子飞散声和一个激动的口音向一黑奴问讯声。随后又是一阵碎石子飞散声，便见一个人骑着马从她视线中掠过，飞奔过那碧绿的草场，向树荫下那个懒洋洋的集团奔去。

大概是一个迟到的客人吧，但是他为什么这么莽撞，要骑过英弟最自豪的那片草场呢？那骑马的人她不认识，但是当他从马鞍上一跃下来而抓住了卫约翰的臂膀的时候，她可以看得出他那满脸都是激动的神气。当即一群人都向他蜂拥而来，将高玻璃杯和棕榈扇纷纷丢在桌子上和地上。虽然她离开那里颇有一段距离，她却可以听得出那些问的叫的纷乱的声浪，又看得出一种非常紧张的情形，随后就听见汤司徒的声音超过了一切，狂欢地高喊一声："咳唉咳！"仿佛是在猎场上似的。原来这是叛徒发难时的一种喊声，她是第一次听见，不懂的。

随即看见汤家四弟兄和方家一班弟兄先后离开了群众，匆匆向马房那边跑去，一边跑一边喊着："阿金！——阿金！快备马！"

"一定是谁家里起火了。"思嘉想。不过不管它是起火不是起火，她的第一桩工作是得溜回那间房里去，免得被人家发现。

现在她的心已经平静了些，她就踮起脚尖儿踏上几步楼梯，走进那寂静的穿堂。一种温暖的朦胧弥漫着全屋，仿佛它也睡得正恬适，跟那些女孩子一般，直要等到夜里，音乐响起来，蜡烛亮起来，方才放出美的全貌来似的。她小心翼翼地推开梳妆室的门，悄悄地溜了进去。她的手伸在背后还未放开门上的把手，忽然听见卫蜜儿的声音低到跟耳语似的，从通卧房那重门的门缝里传了出来。

"我想思嘉今天的举动，也算用尽女孩子的骚劲了。"

思嘉听了这一句，便觉自己的心又开始狂奔起来，立即无意识地将一只手抓住胸口，仿佛要揿得那个心屈服为止。她忽然记起"下流鬼常常会听到非常有趣而且有益的事情"一句话来。她该重新退出来呢，或是索性马上闯进去，让蜜儿看见她觉得不好意思？但是第二个声音立刻使她呆住了，你就拿一队骡子来拖她也拖她不走了。原来那第二个声音是媚兰的。

"啊，蜜儿，不是的！你不要这么刻薄。她不过是高兴罢了，活泼罢了。我总觉得她非常可爱。"

"啊,"思嘉一面想着,一面把指甲掐进自己的胸口,"要这花言巧语的小妖精帮我说话呢!"

她听见媚兰这几句话,觉得比蜜儿那种痛痛快快的漫骂还要难受。思嘉从来不信任任何女人,也从来不相信任何女人的动机是能不自私自利的,只有她自己的母亲除外。她觉得媚兰知道自己已经把希礼拿得千稳万妥,所以乐得讲风凉话了。因而她认定这就是媚兰的胜利示威,同时也就是她的假仁假义。这种把戏儿,思嘉自己跟男人们谈论别的女人的时候也常常要用的,用的结果是十拿九稳,总能使得那些傻瓜男人相信她宽宏大量。

"怎么?姑娘,"蜜儿尖酸地说,她的声音提高了,"你一定是瞎了眼了。"

"啐,蜜儿,"孟赛莉嗞嗞地说,"全屋子都听见你了呢!"

蜜儿降低声音,还是说下去。

"怎么,你总看见的,她不管碰上了哪一个男人,总都抓住不肯放手的——甚至于那个甘先生,他是她妹子的情人呢。我从来没有见过这种人。现在她又在追察理了。"蜜儿自觉地吃吃笑了一声,"你是知道的,察理跟我——"

"那是当真的吗?"好几个声音兴奋地嗞嗞响了起来。

"嗯,你们可别告诉人——还没有呢!"

又是吃吃的笑声,以及床上弹簧嘎嘎的响声,原来不知什么人在那里拧蜜儿了。随后听见媚兰含含糊糊地说,蜜儿做了她的嫂子,她该有多么高兴。

"我可不高兴思嘉做我的嫂子,我从来没有见过这样的骚货。"这是汤海弟着恼的声音,"可是她跟司徒是等于订了婚的了。伯伦说她并不能迷他,其实伯伦对她也是痴心的。"

"你要问我吧,"蜜儿故意装着神秘似的说,"我说就只有一个人是她迷不去的,那就是希礼。"

于是一阵低语的声音乱在一堆了,有问的,有答的,有打岔的,这边思嘉便觉得恐惧与羞愤交侵并袭,一霎时全身都冰冷了。原来蜜儿对于男人虽是一个蠢人、一个傻子、一个呆木头,但是对于自己同类的女人却具有一种特别的女性本能,是思嘉平日太小看她了。刚才思嘉在藏书室里受到希礼和白瑞德那种羞辱,比起现在来又不过是针刺一般了。到底男人是可以相信他们不至于替你传扬开去的,至于卫蜜儿那一张嘴,要像猎犬一般放它到田野里去跑一匝,那就等不到下午六点钟就全区的人都知道了。而且她父亲昨天晚上刚刚说过,他不愿意人家笑话自己的女儿。现在是全区的人都要笑话了!于是黏湿的冷汗以她腋下为起点,渐渐爬到她肋骨上来了。

又是媚兰的声音超出众声之上了，那是和平而有节度的，略带点儿责备的语气。

"蜜儿，其实没有这种事情的。你的话真的太刻薄。"

"的的确确有这种事情，媚兰，只是你自己向来都把别人当做好人看，所以看不出来罢了。不过她这样的态度，我是巴不得。她会自作自受的。你看郝思嘉平日的一举一动，不是一直都在捣乱，一直要抢别人的情人吗？她把英弟的司徒抢了去了，可是她又不要他了。今天她又想抢甘先生、抢希礼、抢察理——"

"我非马上回家不可了！"思嘉想，"我非马上回家不可了！"

她恨不得有一种魔术，立刻把她送到陶乐，送到安全的地方。她恨不得立刻就见到自己的母亲，去抓住她的衣襟，去对她痛哭一场，去伏在她的膝头上将这全部的故事尽情倾吐。她如果再听见她们说句什么，她就要直闯进房间里去，将蜜儿那一头蓬松的淡发一大把一大把地抓它一个痛快，她还要去对韩媚兰的面大吐一阵唾沫，以见自己对于她那种假仁假义看得一钱都不值。然而她今天一天的事儿已经干得够平常的了，干得跟那些下流的白人一样平常的了——而这就是她的一切烦恼的病根呢。

她将一双手揪住衣襟，不让它窸窣作响，然后像一头动物似的偷偷地从门里退了出来。回家吧，她一面急急地走过穿堂，经过那些关着的门和寂静的房间，一面心里这么想，我非回家不可了。

她已经走到前面的走廊上，忽有一个新的思想使她突然止了步——她不能回去！她不能逃走！她得在这里硬着头皮看到底，无论那些女孩子怎样的恶毒，无论她自己怎样的羞辱和心碎，她都得忍受到底。你要一逃，适足以供给她们一些攻击的军火。

她捏紧了拳头，打着身边那根高高的白柱，她恨不得变做了参孙①，把整个十二根橡树都坍倒了，把里面的人一个个都毁灭了。她要使他们难过。她要做出来给他们看，她并不清楚到底怎么个做法，总之要做就是了。她要伤害他们，比他们伤害她还要厉害。

霎时之间，连希礼的本相也被忘记了。他已经不是她所爱的那个瞌睡兮兮的高个儿青年，他已经成了卫家人的一部分，十二根橡树的一部分，葛矗墩区的一

---

① 参孙：以色列人，大力士。

部分，而这一切，因为曾经笑她的缘故，所以她都恨。在一个十六岁的女孩子，虚荣心是强过了爱的，所以现在她那火热的心里，除恨之外再没有容受任何东西的余地了。

"我不回去，"她想，"我要待在这里，我要使他们难过。我也决不告诉妈。不，我决不告诉无论什么人。"于是她振作起来，要回到屋子里去，重新爬上楼，另找一间卧房去睡觉。

刚刚掉转头，她就看见察理从穿堂的那一头跑进屋子来。他一看见她，慌忙跑上前。他的头发蓬乱着，他的脸儿激动得几乎成了一朵紫葵花。

"你知道什么事吗？"他还没有走到跟前就嚷了起来，"你听说了吗？韦保罗刚刚从琼斯博罗骑马来报信了呢！"

他一边走，一边喘着气。她没有说什么，只把眼睛瞪着他。

"林肯已经召集了人，召集了士兵——我是说志愿兵——七万五千人了！"

又是林肯！难道他们男人再也不去想一想真正有关系的事儿？现在她正在心碎，连名誉都差不多要毁了，而这里这一位宝贝，偏要拿林肯的把戏儿来跟她噜苏，希望她激动起来，这不是见鬼吗？

察理瞠视着她，只见她的面孔白得跟纸一般，她那窄窄的眼睛亮得像翡翠。他从来没有见过一个女孩子的脸上有这样的火，从来没有见过任何人的眼里有这样的光辉。

"这是怪我太笨了，"他说，"我应该把话说得温和一点儿。我忘记了你们小姐们是多么娇嫩的。我使你吃惊了，对不起得很。你不觉得要晕吧？我去替你拿一杯水来，好吗？"

"不。"她说着，装起了一个勉强的微笑。

"我们到那边条凳上去坐好吗？"他挽住了她的臂膀问。

她点点头，他就小心翼翼地挽扶着她下了前面的台阶，走过草地，走到院子里最大一棵橡树底下的一张铁条凳前。女人是多么的脆弱娇嫩啊，他心里想，她们一经提起了战争一类凶险的事情，就马上要晕过去了。因而当他请她坐下的时候，不免对她加倍地温柔起来，当时他见她的神气很有些异常，又见她那雪白的脸上显出一种野性的美，就禁不住心里怦怦地跳着。难道是她听见他要出去打仗才发愁的吗？不，这是痴心妄想，万难置信的。但是她为什么拿这么一副奇怪的神气看他呢？还有她那双手摸着那条花纱手帕的时候，又为什么这么发抖呢？还有她那浓得墨黑的睫毛，也正含着一种羞怯和爱在那里飞舞，像他平日读过的那些罗曼史里的女子一般。

他清了清喉咙，想要说出一句话来，可是一连清了三次，也说不出一句话。他垂下他的眼睛，因为她那双绿色的眼睛非常锋利地对着他，仿佛并没有看见他似的。

"他有很多的钱，"她脑子里正在迅速地计划，因而忽地想到这一层，"他又没有父母会跟我找麻烦，而且他是住在亚特兰大的。倘使我跟他马上结了婚，我就可以叫希礼明明白白我看得他一钱不值，不过是逗着他玩玩儿罢了。这又可以要蜜儿的命。从此她再也找不到一个男人，而且人人都要对她笑破了肚子。这又可以叫媚兰难受，因为她是很喜欢察理的。而且又可以叫司徒和伯伦难受——"为什么叫他们也要难受呢？这个连她自己也不很了解，大约只因他们家里也有几个王八蛋的妹妹吧。"将来我从亚特兰大回到这里来，坐着一部好马车，穿着那么好的衣服，又自己有一所房子，他们看见了一定都要眼热，都要难受。从此他们就都不会笑我了。"

"战争呢，当然是免不了的，"他再尝试了几回之后，终于憋出话来了，"不过你不必发愁，思嘉小姐，这是一个月就会完结的，而且我们要打得他们讨饶。是的，非叫讨饶不可的！所以我一点儿都不担心，只是今天晚上的跳舞会怕要开不成，因为营丁就要在琼斯博罗聚齐了。现在汤家兄弟就要去通知人去了。我想今晚上的女士们都要觉得扫兴吧。"

她只回了一声"哦"，因为她再也想不出别的话来，但有这一声也就够了。

她渐渐恢复冷静，她的心思也渐渐集中起来。不过她的一切情绪都被一层霜罩着，她想自己从此再也不能有热烈的情感了。那么为什么不就拿这红着脸儿的美貌孩子迁就迁就呢？总之，现在是谁都可以的了，她一概都不管了。是的，哪怕她一直活到九十岁去，她也一概都不管的了。

"我现在还决不定，到底去加入寒卫德先生的南卡罗来纳军呢，或是就加入亚特兰大的要隘守卫队。"

她又只说了一声"哦"，于是他们的眼睛接触着，而她那飞舞的睫毛顿时使得他魄散魂销了。

"你肯等我吗，思嘉小姐？我要是知道你肯等我到我们收拾了他们回来的时候，那我简直是——简直是在天堂上了！"他说着，连气也不转地静候着她的回答，一面观察着她的嘴唇，只见她的两口角微微往上翘起，翘出两个窝儿来，恨不得立刻就把嘴唇放上去亲它一亲。在这当儿，她已把一只满是冷汗的手塞进他手中来了。

"我倒不愿等。"她说着，低下头，眼睛全给睫毛遮没掉。

他紧紧抓着她的手，坐在那里，嘴巴张得大大的。她从睫毛底下看过去，不期觉得他活像一只被人叉起的田鸡。他嗫嚅了好几次，嘴巴闭了又开了，面孔又变得像朵紫葵花。

"那么你真有爱我的可能吗？"

她不开口，只看着自己的膝盖。于是察理被投进了一种从未经验过的心境了，一面是觉得怪难为情，一面是惝恍迷离，猜疑不定。也许是男人家不应该问女孩子这种问题的吧；也许是她怕难为情，不好回答吧。他从来不曾有勇气造成这样的局势，如今这局势既然造成，他就觉得手足无措了。他想要大声喊起来，想要唱起来，想要跟她去亲吻，想要在草地上翻起筋斗来，想要到处去跑着，不管他黑人白人，逢人便说，说她已经爱他了。但结果是，他只拿住她的手拼命地捏，直捏得她的戒指陷进肉里去为止。

"那么你要马上跟我结婚吗，思嘉小姐？"

"嗯。"她摸着自己身上的一个衣褶说。

"等跟媚兰的结婚同时举行——"

"不。"她急忙地说，说时仰起头，对他凶恶地看了一眼。察理又知道是自己错了。女孩子结婚是自己的体面，当然不肯跟人家拼在一起的。幸亏她真是宽宏大量，对他的这许多错处都宽恕过了。他恨不得那时是黑夜，恨不得自己有勇气去把她的手拿来亲一亲，恨不得把他急于要说的一肚子话都和盘托出。

"我几时可以跟你父亲去说呢？"

"愈快愈好。"她说，因为这时候她觉得手上的戒指给他捏得真有些吃不消了，希望他就此放下来，免得等她开口。

果然，他听了这句话马上就一跃而起，看他那样子，仿佛真要先翻一个筋斗再说的，可是到底没有翻，只是站在她面前，春风满面地对她看了一会，实在他那纯洁简单的心整个都放到眼睛里来了。这样的看法，她是从来不曾碰到过的，而且往后也永远不会再碰到，但是不知怎么的，她总跟他亲昵不起来，还是觉得他的样子像一头小牛。

"我现在就去找你父亲去，"他满面笑容地说，"我不能等了。你能原谅我吗——亲爱的？"这一声亲爱的称呼，是费了好大劲儿才叫出口来的，但是叫过了一遍之后，他就一遍一遍不厌其烦地叫了。

"是的，"她说，"我在这里等。这里很阴凉，很舒服。"

他走过了草地，转过屋后去了，她独自坐在那微风瑟瑟的橡树底下。一会儿便见人们不断地从马房里骑着马出来，黑色的仆人们也骑着马紧跟在主人后面。孟家的弟兄一路挥着帽子过去了，然后是方家的、高家的，都喊嚷着向大路上去了。汤家四弟兄打草场上穿过，经过她面前，伯伦喊道："母亲就要给我们马了！咳唉咳！"一把嫩草被马蹄踢了起来，他们霎时就去得无影无踪，又剩她独个人在那里。

那座白色的房子将它的高柱子竖在她面前，似乎带着一种疏远的庄严渐渐地退后而去。如今这座房子是和她永不相干了。希礼决不会把她带进它的门槛去做新娘了。啊，希礼！希礼！我现在做出什么事来了！她觉得心的深处有一点东西在那里刺她，而这点东西外面却被一层受伤的傲慢和一层冷酷的现实蒙盖着。这时她正有一种成年人的情绪在那里产生，比她的虚荣心和固执的自利心都强壮些。她是爱希礼的，而且分明知道自己是爱他的，所以当她看着察理从那碎石道上消失而去的当儿，她那患得患失之心是非常之深切了。

第七章

不过两个礼拜工夫,思嘉便从小姐一变而为人妻,但也不过两个月工夫,她便又从人妻一变而为寡妇。她那为人妻的羁绊,是她用着那么大的匆忙和那么少的思想自己套了上去的,现在总算很快就被摆脱了,但她未结婚日子的那种无忧无虑的自由,却是一失而不可复得。在那个时候,寡妇的资格往往紧追着结婚的脚跟而来,原也不足为怪,使她吃惊的是母性也就很快地跟着来了。

那一八六一年四月的末了几天日子,后来思嘉是再也记不十分明白的。时间和事件都像套合在一起,混乱得跟一场非真实亦无理性的梦魇一般。一直到她死的一天,那几天日子都要在她记忆里成为几个省略号。特别模糊的是从她选定了察理到她结婚那一段期间的记忆。只有两个礼拜呢!若在太平日子,这么短的一段订婚期间是万万不可能的,平常从订婚到结婚,总得要一年,方算成个体统,至少也得六个月。但是这时的南方已经遍地战争热,凡事都进行得风驰电掣一般,旧时那种好整以暇的调子已经失去了。郝太太是不住地搓手踌躇,主张缓一步办婚事,以便思嘉可以多一点时间把事情细细考虑。但是思嘉对于母亲的劝告,总是摆着一张悻悻的面孔,装做了充耳不闻。她简直就要结婚!而且要办得快。就在两个礼拜以内办。

后来听见希礼已将预定在秋季的婚期提早到五月一日,以便营里召集时随时可走,于是思嘉就决定比他抢先一日结婚。郝太太提出抗议,可是察理雄辩滔滔地请愿,因为他急于要到南卡罗来纳去加入寒卫德的军队了,而郝老头子也是站在他们两小这边的。他那时已被战争热激动得了不得,又因得着这么一个好女婿,心里正得意,怎么还会阻止他们两小的事呢?于是郝太太一不拗众,终于只得让步了。其实这样的事情当时南方正在到处风行着。他们那个悠闲的世界已经闹得天翻地覆了,做父母的不管怎样对儿女劝导、祈求、哀告,总之挡不住那一阵势如狂澜的推动力。

整个南方都沉醉在热情和激动中了。人人都知道这回的战争只消一仗就可以结束，因而每个青年都怕战争结束了没有自己的份儿，大家争先恐后地去入伍，而在去入伍之先，又都急急忙忙跟自己的爱人结了婚。单以本区而论，霎时之间就已有几十起这样的战争结婚，而且一结了婚就出发，连从容话别的时间都没有，因为人人都非常匆忙、非常兴奋，再没有工夫去想这些事情，也再没有工夫淌眼泪了。女子们都在做军服、缝袜子、卷绷带，男人们都在操练、射击。每天都有一列车一列车的军队经过琼斯博罗，向北开到亚特兰大和弗吉尼亚去。有些分队穿着漂亮的军服，有的大红，有的浅蓝，有的交际队所穿的是绿色；有些小队穿着土布的军服，戴着软便的帽子；还有的没有军服，只穿着宽幅绒布的外衣和细麻纱的衬衣。大家都是教练未熟的、武装不齐的，却都发狂似的兴奋着、喊嚷着，仿佛去赴野宴一般。本区的青年们因看见这些军队天天经过，便大大恐慌起来，生怕等不及自己赶到弗吉尼亚，战争便已过去了，于是营里加紧准备出发的工作。

　　在这纷扰当中，思嘉结婚的事情也在匆匆准备着，只是一霎时工夫，她就已经披着母亲当年结婚的礼服和蒙头纱，倚在父亲肩膀上，从陶乐本宅的宽阔楼梯走下来，面对着满满一屋子的客人了。后来她回忆这时的情景，简直同做梦一般，只记得墙壁上亮着几百支蜡烛，记得她母亲的脸非常可爱，却带点儿惶惑的神情，嘴唇微微地颤动，默默祈祷着女儿的幸福，又记得父亲已给白兰地和满肚子的得意醺得脸绯红，得意的是女儿嫁到这样的好丈夫，钱又多，名誉又好，门第又高——而希礼也在楼梯脚，跟媚兰挽着手臂站在那里。

　　思嘉看见当时希礼脸上的神情，心里便想：这不能是真实的，决不能的。这是梦魇。我不久就会醒转来，就会发觉这完全是一场梦魇。我现在决不能想，否则就要在这许多人面前喊起来了。我现在不能想。我要过一会儿才想，等我经当得起的时候才想，等我看不见他的眼睛的时候才想。

　　一切都像在梦中。从她所经过的那些笑容满面的人的夹道，以至于她自己的绯红的脸，嗫嚅的声音，她自己那些虽则非常清晰却是十分冷酷的答话，没有一样不像在梦中。还有以后的道喜、亲吻、酒宴、跳舞——一切一切都像在梦中。甚至于当希礼的嘴亲在她脸上的时候，甚至于当媚兰对她轻轻耳语着"现在我们逼逼真真做了姑嫂了"的时候，也是非真实的。甚至于当察理的矮胖姑妈韩白蝶小姐因快乐过度而昏晕过去，以致引起一阵纷扰的时候，也像是梦魇中的事。

　　但是等到酒宴跳舞都已完毕了，天也快亮了，所有亚特兰大来的客人都在床上、沙发上、稿荐上、地板上横七竖八地躺下睡着了，所有邻舍家的贺客都已各自回家去休息，以备明日参加十二根橡树的婚礼，于是这种梦一般的昏睡状态就在现实面前像水晶一般粉碎了。那现实便是察理——这时他正从思嘉的更衣室里走出来，身上光穿着一件寝衣，只见思嘉从被头上露出半身，正带着一脸惊惶的神色向他抛来一眼，他便羞得红着脸不敢对她正视。

当然，她也知道结过婚的人是要同床的，但是她以前从来没有把这件事想过一下。她只觉得自己的母亲跟父亲同床，似乎是极自然的，却从来没有把这观念应用在她自己身上。自从大宴会那天起，直到现在她方才明白自己是怎样的自作自受了。她想到这么一个陌陌生生的男子，自己并非真要跟他结婚的，现在却要来跟自己同床，便不由得不寒而栗，况值自己正在痛悔当初行为的操切，又要痛伤今后希礼的永失，真是万分无可奈何的时候呢！所以当察理踟蹰着将身移近床去的时候，她就用着粗鲁的声音对他低语。

"你如果要近我的身，我就大声喊叫起来。我一定要喊！一定要——放开喉咙喊！你替我走开些吧！我碰也不许你碰！"

因此，韩察理就得在房角里一张圈手椅上过了他的新婚夜，可是他并不怎样懊恼，因为他明白，或者自以为明白，他的新娘子是多么怕羞，多么娇嫩的。他很愿意等着她的恐惧慢慢减退下去，只不过——只不过当他在椅子上辗转反侧着想要找一个舒适坐姿的时候，也不免叹了一口气，因为他不久就要出去打仗了。

她自己的结婚既是这样梦魇一般，希礼的结婚就尤其像是梦魇。那天是她的"二朝"，她穿着一件苹果绿的二朝服，站在十二根橡树的大客厅里，四周也点着几百支蜡烛，也熙攘着头一天晚上的那班客人。她看见韩媚兰当变成了卫媚兰的时候，那一张平淡的小脸蛋上的确焕发出一种美来。到这时候，希礼是永远地失去了。本来是她的希礼，现在不是她的了。但是从前果真是她的吗？她觉得一切都搅不清了，只感到自己的心非常地疲倦，非常地迷惑。他仿佛曾经说过爱她的，但是什么东西将他们隔开的呢？她再也想不起来了。她跟察理结了婚，总算已经杜绝了全区人的谈论，但又有什么关系呢？有一个时候，这似乎是很重要的，现在却像并不重要了。有关系的就只希礼一个人，而现在他已失去了；她呢，已经跟一个不但并不爱并且实在很轻视的人结了婚了。

啊，这种种的事情她如今是多么懊悔！她常常听见人说吞了毒药去药老虎的话，总以为不过是一个譬喻，现在她懂得这话的真正意义了。她恨不得立刻摆脱察理的关系，重新去做她的女孩子，但是不可能了，因此她深深尝到自作孽的滋味了。她的母亲曾经屡次极力劝阻她，她总不肯听，这还能怪谁呢？

希礼结婚的晚上，她仿佛在迷雾里似的跳了一晚上的舞，一直是机械地说着话，机械地笑着。她看见人家都只当她是个快乐的新娘子，一点儿没有看出她的心是碎的，便觉得非常诧异，为什么这一班人都会这么蠢？然而，正要谢谢上帝，亏得他们是没有看出呢！

那天夜里，嬷嬷帮她卸了装，走出房去，察理就羞答答地从更衣室里出来，心里正在疑惑，这第二个晚上不知是否也得在那马鬃椅子上过，不想朝她一看，她正在那里哭。这一哭就哭个不住，于是察理不得不爬上床去，伏到她枕边去安慰她，直至她一言不发地哭干了眼泪，这才将头靠在他肩膀上静静地呜咽。

假如是没有战争的话，那就要有一个礼拜的工夫，这里开跳舞会，那里开野宴会，来请他们这一对新婚夫妇，然后再到萨拉托加泉或是白硫泉去作新婚旅行。假如是没有战争的话，那么方家、高家、汤家，一定都要替她大开宴会，而她一定要有三朝、四朝、五朝的新衣服可穿。可是现在，宴会没有了，新婚旅行也没有了。她结婚后一个礼拜，察理就动身到寒卫德上校那里去入伍了，再两个礼拜之后，希礼跟全营的营丁也出发了，全区的人都尝味到黯然销魂的别离情绪了。

在这几个礼拜之内，思嘉没有跟希礼单独见面的机会，自然更没有机会跟他细细晤谈了。就是希礼出发的时候，也不过顺便到陶乐来过一下，并不曾耽搁很久。当时媚兰戴着帽子，围着围巾，俨然是个少奶奶的气度，一直挽住他的臂膀，不曾离身过一步，同时陶乐的全体人员，无论黑的白的，都出来给希礼送行，以致思嘉连跟他话别的机会也没有了。

后来还是媚兰先开口："你跟思嘉亲一亲嘴啊，希礼。她现在是我的嫂子了。"于是希礼弯着身子，拿冰冷的嘴唇在她面颊上碰了一碰，他的面孔是板着的，绷着的。思嘉对于这一个嘴，觉得一点儿没有乐趣，这是由媚兰怂恿出来的，只给了她一肚子的闷气。及至媚兰自己跟她分别的时候，却给了她一个拥抱，抱得她连气都转不过来。

"你要常到亚特兰大来看看我跟白蝶姑妈，好吗？啊，你来了我们会高兴得什么似的呢！你现在是我的嫂子了，我们得要多亲昵亲昵。"

此后五个礼拜之内，察理常常有信从南卡罗来纳寄来，都写得那么婆婆妈妈的，讲到他的爱，讲到他战后的计划，讲到他要为她的缘故做一个英雄，又讲到他怎样崇拜他的司令寒卫德。谁知到了第七个礼拜时，却由寒上校本人发来一个电报，随后又是一封信，一封措辞非常客气而庄严的信。原来察理病故了。当察理病时，寒上校本来就要打电报来的，可是察理还以为是小病，不肯让他惊动家里人。可怜这不幸的孩子，他怀着那一腔的热爱，既然不过是画饼充饥，而今抱着一肚子立功疆场的希望，也霎时间悉成泡影了。他的足迹不曾越过南卡罗来纳，连北佬儿的营幕也没有见过一眼，便先之以肺炎，继之以痧子，刹那之间就这么无声无息完掉了！

到了相当的时期，察理的遗腹子生下了，这时正有一种风气，男孩子都要照父亲所隶属的司令官取名，因此他这儿子就取名为韩寒卫德。当初思嘉发觉自己怀了孕，心里顿觉非常的绝望，竟至于痛哭起来，恨不得立时便死。但是日子一天天地过去，她却丝毫不感痛苦，不知不觉已经足了月。那天嬷嬷私底下告诉她，说胎气十分平稳，叫她尽管放心。于是孩子终于出世了。她对于这孩子并不觉得喜爱，可是她把这不喜爱的感情竭力掩饰过去。她并不曾要孩子，她很讨厌他来，然而孩子已在眼前了，照她看起来，这似乎决不会是她的孩子，决不会是她自己的分身。

产后她的身体复原得非常之快，不过心理上觉得有些昏迷，有些病态。她的精神一天天颓唐下去，虽然全家人都努力着要鼓起她的兴致来。因此，她母亲是终日的愁眉不展，父亲也烦闷得常常要发脾气。他每次到琼斯博罗去，总要带点好东西回来哄着她开心，像哄小孩子似的，可是一点儿没有效果。方老医生曾经拿含硫黄之类的补剂给她，希望能够把她补养起来，而结果也没有效验，于是连他也觉莫名其妙了。他暗底下告诉郝太太，说思嘉时而暴躁，时而失神，便是一种伤心过度的症候。其实思嘉的症候要比这复杂得多，只是她自己不肯说出口来。至于症结所在，则不外一面因实做了母亲而感觉厌烦，一面因思念希礼而神魂颠倒罢了。

她的厌烦是非常深刻的，无时或息的。自从营里的青年们出去参战以后，区里就什么娱乐、什么交际都没有了。所有有趣味的青年都走了——汤家的四个，高家的两个，还有方家的、孟家的，乃至琼斯博罗、费耶特维尔、洛夫乔伊所有中意点儿的青年人都走了。留下来的尽是些老人、妇女和残疾者。而这些人又一天到晚在那里替军队编织、缝纫、种棉、种稻、养猪、养羊、养牛。真正的男子是一个也看不见了，就只有苏纶那个中年情人甘扶澜所带的差委队，每月要到这里来采办一次军需品。那个差委队里的男子也并不怎么使人兴奋，至于甘扶澜那种婆婆妈妈式的追求，思嘉一看见就要生气，几乎连礼貌都不能维持。她只恨不得他跟苏纶早些儿有个解决。

即使那差委队里的人们比较有趣味，对于她也实在无济于事。她是一个寡妇了，她的心是在坟墓里，至少人人都要当她的心是在坟墓里，而且期望她专心一致在坟墓里的。她虽然尝试照着人家所期望的做，却觉得非常懊恼，因为她对于察理是什么也记不起来了，就只记得当初自己对他表示愿意跟他结婚的时候，他脸上那副死牛一般的神气。而且就是那一个记忆也渐渐地淡了。不过她毕竟是一个寡妇，行为上不能不时时检点。未结婚女子的快乐于她是没有份儿了。她必须端庄而贞洁。有一次甘扶澜队里的一个副官陪她在花园里打秋千，把秋千架拼命地荡着，使她笑得鸡猫子似的喊叫起来，这事被她母亲看见了，将她大大训斥了一顿。她母亲告诉她，一个做寡妇的人最容易招人议论，所以凡行为都非加倍地谨慎不可。

"天才晓得呢，"思嘉一面谨听着母亲温和的训诲，一面想，"做了少奶奶，已经一点儿没有意味了，那么做了寡妇简直是等于死了。"

原来南方的风俗，做寡妇的都要穿可怕的全黑衣服，连镶绲都不能有，不能插花、挂飘带、镶花边、佩首饰，所能佩的只有条纹玛瑙的丧服胸针，或是拿死者头发做成的项圈罢了。而且那从帽子上垂挂下的黑绉纱面罩，必须要挂到膝盖，必须等做了三年寡妇才可以缩短到平肩。又，凡做寡妇的都决不能兴高采烈地谈，嘻嘻哈哈地笑。就是微笑，也必须是一种伤心的惨笑。尤其可怕的，就是她们跟男人在一起的时候，决不能露出一点有兴趣的意思来。如果男人方面有缺教养的，竟对一个寡妇表示有兴趣的意思，那么她就必须对他装起一副尊严的面容，并且设法谈到亡夫身上去，以便使那人听了寒心。然而有些寡妇到老还是要改嫁的，这就使思嘉莫名其妙了。她想一个寡妇被人这么众目睽睽地监视着，又怎么能办到改嫁的呢？何况她们所嫁的人，又多半是有田地有儿女的年老鳏夫呢？

结婚已经是不幸透了的事，至于做寡妇——啊，那么一生一世就算完结了？然而人家还都在谈论，说察理死了，幸而留下一个小寒卫德，对她是多么大的一个安慰啊！思嘉却以为这一班人都是大傻瓜。其实她对于卫德是一点儿不感兴趣的，有时她竟完全忘记了他是自己的儿子。

每天早晨她从梦中乍醒的时候，总会有那么一个似梦非梦的顷刻。在那顷刻之中，她觉得自己仍旧是郝思嘉小姐，窗前的山茱萸仍旧浴着灿烂的阳光。反舌鸟儿仍旧在那里歌唱，仍旧有那一阵阵的熏肉香气不断飘进她鼻孔里来。在这当儿，她又无忧无虑了，又年轻了。然后，她会突然听到一种啼饥的哭声，因而不由得吃了一惊，心想："怎么，屋子里有一个小孩子吗？"然后她记起来了，记起这就是她自己的孩子。就像这样，她觉得一切都在迷离惝悦中。

然后就是希礼！是的，希礼是她想得最多的！一想到了他，她就憎恨起陶乐来了，她憎恨那条从山上通到河边的路，憎恨那些密密栽着棉花的红土田。每一英尺土，每一株树，每一条小溪，每一条狭弄，每一条马路，都要使她想起希礼来。他现在是属于别的女人了，并且出去打仗了，但是他的鬼魂仍旧要在苍茫暮色之中出没在这些道路上，仍旧要在那走廊底下用着那一双瞌睡兮兮的眼睛对她微笑。她每次听到十二根橡树那边的溪沿上有马蹄声响，就无有不悠然神往地想到他——希礼的！

十二根橡树是她从前很爱的，现在她也恨了。但虽然恨，却又舍不得不去，去了可以听到卫约翰跟女孩子们谈希礼的事情，听到他们读他从弗吉尼亚寄来的信。她听了不免要伤心，却又不能不听。她不喜欢那个硬颈梗的英弟，不喜欢那个一张嘴唠叨不息的蜜儿，又知道她们也同样地不喜欢自己，可是不知怎么的，她总觉离不开她们。而每次从十二根橡树回家，她总要发脾气，躺在床上，连晚饭也不肯起来吃。

就因她不肯吃饭，爱兰跟嬷嬷越发着急起来。嬷嬷总把托盘拿上去，曲意殷勤地劝她，说现在她做了寡妇，可以尽她的量吃了，可是思嘉一点儿不想吃。

方医生郑重地告诉爱兰，说伤心之症往往要一点点衰耗下去，终至于无可救药。爱兰听见这话，就吓得面孔雪白，因为她也早就担心这一层。

"难道一点儿没有办法了吗，先生？"

"最好的办法是换一换环境。"方医生说，因为他也巴不得早些摆脱这个棘手的病人。

于是思嘉勉强带着孩子到各处去跑起来，先是到萨凡纳，去看郝家、罗家的本家亲戚，然后到查尔斯顿，去看两个姨妈，宝玲和幽籁。可是她比预定的日期早一个月就回来了，也不说明所以早回的缘故。在萨凡纳的时候，两位伯伯、伯娘待她都很好，可是他们年纪都老了，一直喜欢静坐在家里谈过去的事情，思嘉觉得一点儿没有兴趣。罗家那些人也是这样。而且思嘉觉得查尔斯顿那个地方简直也是可怕的。

在宝玲姨妈家，姨爹是个小老头子，外面装得很客气，一直是那么没精打采的。他家住在沿河一块垦植场上，比起陶乐要僻静得多，就是最近的邻家也离开二十英里地，而且相隔着一片柏树、橡树夹杂的丛林。那些橡树都是枝叶参天、爬满苍苔的，思嘉一看见它们，就要长出一身的鸡皮疙瘩，立刻会想起父亲平日讲的那些爱尔兰森林的鬼故事来。她在那里，白天就唯有编织，晚上就唯有听姨爹念书。

幽籁姨妈深深隐藏在查尔斯顿僻静处的一座大房子里，生活也过得非常乏味。思嘉是看惯了绵延不断的起伏地面的，觉得这里简直是坐监牢了。她家的交际比宝玲姨妈稍为广一点，但是思嘉很不欢喜她家的那些来客，看不惯他们的态度、习俗以及专讲门第的风气。他们都知道思嘉的母亲是罗家的小姐，可不知为什么嫁给一个没来历的爱尔兰人，因而把思嘉看做一个堕落女人的孩子。这种态度，不免在辞色之间流露出来，思嘉自己时时感觉到。而她那位姨妈，偏又要在背地里替她掩饰，这就使思嘉发起脾气来，因为她跟自己的父亲一样，再也不管他妈的门第不门第。而且她不但不看轻父亲，反觉父亲那么赤手空拳地挣起一份家业，正是大大地足以自豪呢。

查尔斯顿人一直都把嵩塔儿要塞的事情讲得津津乐道，认为这是他们发难的首功，殊不知这事他们不干，别人也照样会干的！还有他们那种拖长的语音，思嘉也很听不惯——她是听惯了佐治亚州高地的干脆语音的。有一天她跟姨妈出去拜客，觉得那种呢呀嗯呀的调子实在太不耐烦了，便故意学起父亲的爱尔兰土腔来，把个姨妈直羞得面红耳赤。于是她回到陶乐来了。她情愿回家来痛念希礼，也不愿再在那里听查尔斯顿人的口音。

爱兰见女儿从查尔斯顿回来，反而瘦了、白了，口音也变了，不由得大吃一惊。这种伤心的症候是她自己也尝到过的，因而她每夜在嘉乐枕头边嘟囔，要他想个法儿减少女儿的愁恼。刚巧察理的姑妈韩白蝶小姐写过几次信来，要她让思嘉到亚特兰大去多住几日，现在她见女儿这样，就把这事认真考虑起来。

白蝶小姐信里说，现在只有她跟媚兰两个人住着一所大房子，"察理死了，家里没有一个男人保护。当然，还有我的哥哥亨利在这里，但是他不跟我们住在一起的。而且，关于亨利的事情，思嘉也许跟你说过了，我信里不便多写。如果思嘉跟我们在一起，媚兰同我会觉得适意得多，放心得多。三个孤单的女人总比两个多了一个了。媚兰现在医院里看护伤兵，思嘉来了也照她这么做，或许可以减轻她心里的愁恼。还有，媚兰跟我都急于要看看那个乖乖娃子……"

于是思嘉的行箧里边重新装满了她的居丧衣服，便带着寒卫德跟他的奶妈百利子到亚特兰大去了。此外带去的就是爱兰跟嬷嬷给她的一脑袋关于她的行为的训诫，以及嘉乐给她的一百元联盟州的纸币。她这一去，实在是并不怎么出于心愿的。她觉得那个白蝶姑妈是个再蠢不过的老太婆，而且想起了去跟希礼的妻子同室而居，也使她不寒而栗。但是她在家里，随时随地都要触起前情，简直无法再住下去了，所以无论怎样，换一换环境总是好的了。

第八章

一八六二年五月的一个早晨,一辆列车送思嘉往北而去。她坐在车上想,她此去无论对于白蝶姑妈和媚兰怎样的厌恶,那亚特兰大地方总不会像查尔斯顿跟萨凡纳那么讨厌的。她自从前年冬天去过那里一趟,至今已一年有余,所以也很想看看那边的情形变到怎样。

思嘉对于亚特兰大,一向都比其他任何城市感到兴趣,因为当她做小孩子的时候,她父亲曾经告诉她,说她跟亚特兰大刚巧是同年。后来她大了几岁,才发觉父亲的话有些儿夸张,这原是父亲的脾气,他总要把事实稍稍夸张些,使得人家觉得比较的动听;但是事实上,亚特兰大也不过比思嘉大了九岁,所以比起其他城市来,的确要算最年轻的了。萨凡纳跟查尔斯顿都已经年高德劭,其一已经快过完它的第二世纪,其他则已进入它的第三世纪了。照思嘉看起来,这两个城市一直都像年老的祖母,坐在太阳里平静地扇着扇子。至于亚特兰大,是跟她自己同时代的,粗糙得如同气盛的青年一般,也像她自己那么固执而强硬。

但是她父亲说她跟亚特兰大同年的话,也不是没有事实的根据,她跟亚特兰大虽不是同一年诞生,却实在是同一年取名的。在思嘉出世以前的九年里面,这个城市曾经改过了几次名字,先叫做脱冥纳斯,后改做马杀斯尾尔,直至思嘉出世这一年,方才改名亚特兰大。

当嘉乐初次迁到北佐治亚州来的时候,世界上还没有亚特兰大这个城市,就连一个村落的影子也还没有,那地方不过是一片荒凉罢了。但到第二年一八三六年,因吉落矶族人新近割让了一块地面,本州政府便决定造起一条直通西北的铁路来。这条铁道之须以田纳西和大西部为终点,那是很明白的,但是它在佐治亚州的起点应该定在什么地方,一时却决不定。直到第二年,有一位工程师在红泥土里打下一根桩子,定它为本线南端的起点,于是这个先名脱冥纳斯后名亚特兰大的城市从此开始了。

当时北佐治亚州是没有铁路的,别处虽有也不多。但在嘉乐跟爱兰结婚前的几年里面，陶乐以北二十五英里的一块小小殖民地慢慢发展成一个村落，于是铁路就慢慢向北推进了。到了这个时候，才算是铁路建设时代的真正开始。除了刚才讲的这一线之外，第二线是从奥加斯大的旧城出发，向西跨过州境，与通田纳西的新路衔接。第三线则从萨凡纳的旧城出发，先到佐治亚州的腹地梅肯，然后折而向北，通过嘉乐所居的一区，以达亚特兰大，而与第一第二两线相衔接，使得萨凡纳的港口有一条大道可以直达于西部。此外还有第四线，从亚特兰大的交会点出发，向西南达于蒙特哥美利和摩比尔。

亚特兰大因一条铁路的产生而产生，跟许多铁路的生长而生长。到了这四条线完成之后，它就跟西部有了联络，跟南部有了联络，并且通过了奥加斯大，而跟北部东部也有了联络。换句话说，这个小小村庄已经成了南北、东西交通的要冲，霎时之间生气蓬蓬勃勃了。

到了思嘉十七岁的时候，亚特兰大便已从插进泥土里的一根木桩发展成一个拥有一万居民的繁盛小都市，而成为全州都瞩目的中心点了。那些较古旧较安静的城市都拿一种猜疑妒忌的眼光来看这个忙碌的新城，正如一只母鸡孵出一窝小鸡子来时的感觉。为什么这个地方会跟佐治亚州的其他市镇这么不同呢？为什么它会生长得这么快呢？照他们想起来，这个地方到底也没有什么特别的好处，只不过它多了几条铁路和一帮会横冲直撞的人罢了。

的确，这个先后名为脱冥纳斯、马杀斯尾尔和亚特兰大的城市里的居民，都是富于进取性的。他们的来处各个不同，有从本州较旧的区域来的，也有从外州远道而来的，大都是不耐安静而精力有余的人物。他们都抱着一肚子热情而来。他们在车站附近五条泥泞红路交叉的地方开起了铺子。他们在白堂街、华盛顿街，以及高岗侧面那条由无数世代的印第安人光脚踩成的所谓桃树街上，造起了美丽的住宅。他们对于这个地方颇觉得得意，得意着地方的发达，也得意着使得地方发达的他们自己。让那些古旧城市随便把亚特兰大叫做什么吧。亚特兰大向来都不去管它。

思嘉是一向喜欢亚特兰大的，其所以喜欢它的理由，跟萨凡纳、奥加斯大和梅肯等处的人所以看它不起的理由正是一样。这个城市也像她自己，是佐治亚州新旧两种元素的混合，而凡新旧两者起了冲突的时候，结果往往是新的占优胜，就因新的比较顽强而有力的缘故。又因这个城市跟她自己同一年产生，或至少是同一年取名字，所以她对于它特别具有一种亲切兴奋的感觉。

头一天晚上是整夜的狂风暴雨，但当思嘉到达亚特兰大的时候，一个温热的太阳正在努力地工作，企图晒干那些像红河似的泥泞街道。那车站旁边的一片空地，已被不断往来的车辆行人碾滚踩踏成一个巨大的烂泥塘。军用的车辆络绎不绝，都到列车上来装卸军需品和伤兵，以致地上的烂泥和人中的纷扰越发呈出不堪的状态：赶车的在那里大声咒骂，骡子们在那里横冲直撞，烂泥飞溅到几码外。

思嘉站在列车的下级踏步上，身上穿着黑丧服，呈现着一个苍白姣好的倩影，她的绉纱面罩几乎一直飘荡到脚跟。她怕烂泥污了她的鞋子和衣裙，心里踌躇着，眼睛向那些大车、公用车、马车的喧扰堆里搜寻着白蝶姑妈。寻了半天，也看不见那个矮胖老太婆的影子，正在着急，忽见一个花白胡子老成持重的精瘦老黑奴，从烂泥里向她走过来，对她脱下了帽子。

"这位是思嘉小姐吗？俺叫彼得，是白蝶小姐的马夫。您别踩在烂泥里，"他看见思嘉撩起衣裙预备跨下台阶的时候，这么严厉地命令着，"您也跟白蝶小姐一样的脾气，像个小孩子，不怕弄湿脚的。让俺驮着您走吧。"

那黑奴看似年老而衰弱，可是毫不费力地一下就把思嘉驮在身上了，直至看见百利子抱着个孩子站在列车平台上，便停住步，说道："那孩子是您带来的奶妈吗？思嘉小姐，她年纪太小呢！察理少爷就只这一个孩子，哪好叫她带的！可是咱们再商量吧。你这女孩子，跟俺走吧，当心点儿，别摔了小娃娃。"

思嘉服服帖帖地让他把自己驮到马车上去，虽是彼得伯伯对她跟百利子下了那么专断的批评，她也一声不响地忍受了。当她被驮着走过烂泥的时候，她忽然记起察理生前对她说的关于彼得伯伯的事来。

"从前父亲参加墨西哥战争，彼得伯伯一直都跟在身边，父亲受伤了，他替他看护，实在他还救过父亲的性命。媚兰跟我都可说是彼得伯伯养大的，因为父亲母亲死的时候，我们都还很小呢。刚刚那个时候，白蝶姑妈跟亨利伯伯闹翻了，她就到我们这边来住，照管着我们。白蝶姑妈是个顶没用的人，实在还是个小孩子，因而彼得伯伯也把她当个小孩子看待。她凡事都没有主张，都得彼得伯伯代她作主张。我到十五岁的时候，是他决定增加我个人的费用的；亨利伯伯要我拿大学的学位，也是他坚执主张叫我去读两年哈佛的。媚兰大了，可以梳头跳舞了，是他给决定的。哪一天天气太冷，或是下雨，白蝶小姐不能出门，以及她什么时候应该戴围巾，也一概要听他的指导。……在我看见过的老黑人当中，彼得伯伯要算最聪明也最忠心的一个了。讨厌的只是我们三个人的肉体和灵魂简直归他独个人所有了，这是他自己也知道的。"

察理的这一番话，当彼得伯伯坐上赶车位子而拿起马鞭的时候就被证实了。

"白蝶小姐身子不舒服，没有来接您。她怕您怪她，可是俺叫她跟媚兰小姐别来接的，俺说何苦呢，白让泥水溅坏了新衣服，俺说俺会跟您讲明的，是不是？思嘉小姐，那娃娃还是您抱过来吧。瞧那黑小鬼快把他摔下去了。"

思嘉看了看百利子，叹了一口气。她也觉得百利子实在不配做奶妈。那黑小妞儿刚刚还是穿着短裙子，翘着小辫子的，如今一跃而升为奶妈，居然穿起那么拖长的衣服，扎起那么雪白挺硬的头帕来，就把她乐得如醉如痴了。倘如是没有战争，没有那些军需采办委员催索得那么紧急，以至嬷嬷、蝶姐、露莎、丁娜，没有一个分得身出来，那么百利子是无论如何不能升迁得这么快的。她从来不曾离开过十二根橡树或陶乐一英里路以上，如今既有奶妈做，又有火车坐，她那黑脑壳里的小脑子简直就有些吃不住了。从琼斯博罗到亚特兰大是二十英里长的路程，她在火车上就兴奋得那么发疯似的，以至思嘉一路都得自己把孩子抱着。现在她在马车里看见了那么些房子和人就越发觉得光怪陆离，目不暇接，一忽儿扭到这边，一忽儿扭到那边，不住地手指着、脚蹦着，直把那娃娃闹得不住地号啕大哭。

思嘉因而想起了嬷嬷，恨不得她马上来救这个急。嬷嬷只消拿手碰一碰娃娃，娃娃立刻就会不哭的。可是嬷嬷在陶乐，于是思嘉一点儿没有办法了。她想把小卫德从百利子手里接过来，但觉得也没有用，他还是要哭的，跟在百利子手里一样。同时，他还要抓她帽上的带子，而且，无疑的，要滚皱她的衣服。于是她没奈何，只得装做没有听见彼得伯伯的话了。

"也许将来我会摸着小娃娃的脾气的，"当马车从车站周围的烂泥地上颠簸过去的时候，她这么烦躁地想着，"不过要我哄他，那可办不了。"直至看见卫德嚷得连脸都发紫了，她才向百利子横了一眼，说："拿你口袋里那个糖咂咂儿给他呀，百利子！不管拿点什么哄哄他呀，我知道他是饿了，可是我现在一点儿没有办法的。"

百利子把早晨嬷嬷交给她的一个糖咂咂儿给他咂了几口，他果然静下去了。于是思嘉便有余闲把眼前的新景象细细赏识，精神稍稍提起一点来，直至彼得伯伯终于将马车渡过了那些泥塘而赶上桃树街的时候，她就感觉到了数月以来第一阵涌上的兴趣。不想这个城市发达到这个地步了！她离开这里不过是一年多点，谁知它会变得这么快！

在过去一年里面，她为她自己祸患频来，没有工夫过问别的事，又因人人都在谈战争，已把她谈得厌烦极了，万想不到亚特兰大自从战争开始的一刻儿起，便一直在这里改变的。在平时，这里因是好几条铁路的会合点，早成了一个商业的中枢，现在战时，同是这几条铁路又使它成了战略上的要害地点了。这地方离开战线还很远，但是因有铁路交通的便利，它便成了联盟州两大军之间的一链节，因为东边一军在弗吉尼亚，西边一军在田纳西跟大西部，都靠这里做交通的枢纽。同时，联盟州军队的给养都取资于南部，也要由这里运输。总之，现在这里适应着战争的需要，已经成了制造的中心、后方医院的根据地，以及南部一切供给的总兵站了。

思嘉四面搜寻着她自己记忆中的那个小市镇，谁知它已经不存在了。她现在看见的这个新市镇，仿佛是一个由小孩子一夜工夫长大而成的横冲直撞的巨人。

现在的亚特兰大像一个蜂房似的不住嘤嘤嗡嗡地响着，骄傲地意识着它自己对于联盟州的重要，并且日夜不停地工作着，在把一个农业区变成一个工业区。在战前，马里兰以南地面的棉纱厂、羊毛厂、制造厂、机器厂等等是极少极少的，南方人却正因这事实而自豪。南方曾经产生政治家、军人、垦植家、医生、律师、诗人等等，一定不会产生工程师和机械师，南方人却以为工程师机械师是下等职业，让他们北佬儿去干吧。但是现在联盟州的海口被北佬儿的炮舰封锁了，只有少许偷越封锁线而过的货品能从欧洲漏进来，于是南方不得不拼命制造自己的战争材料了。北方能够向全世界去找供给和士兵，论千的爱尔兰人和德国人都因北方的报酬丰厚而来加入他们的军队。至于南方，一切都得取给于自己。

亚特兰大现在也有几个机器厂，在那里出产制造战争材料所需的机器，但是出产得非常滞缓，之所以这样，是因为南方可供做模型的机器不多，差不多每一个轮盘、每一个齿轮，都得依仿由英国偷越封锁线进来的图案而制造。但因有了这些机器厂，亚特兰大街上就多起许多陌生面孔来。一年之前，本地市民连听见西部人的口音都要侧耳朵，现在听见欧洲人的外国口腔，倒都不觉得奇怪了。这些欧洲人就是越过封锁线来替联盟州人制造机器和军火的。他们都是有技能的人，没有他们，联盟州人要想制造枪炮弹药，就大大地为难了。

现在这个市镇在这里日夜工作，我们差不多连它的脉搏都摸得出来，我们可以明白看见它像心脏灌输血液似的，不断把战争的材料从那些铁路的血管灌输到两个战斗的前线去。不论哪个时间，都有列车开进来，都有列车开出去。煤烟从新建的工厂里像阵雨似的落到白色的房屋上。夜里，直到居民早已上床睡觉之后，工厂里的火炉还在熊熊地烧着，铁锤还在琅琅地响着。一年之前本来空旷的地面上，现在都盖起工厂来了，有的是皮革厂，在那里制造马具、马鞍、靴鞋；有的是兵工厂，在那里制造来复枪和大炮；有的是熔铁厂和铸铁厂，在那里制造铁轨和钢车。此外还有种种零件工厂，出的是马刺、辔链、带扣、帐竿、纽扣、手枪、刀等等。铸铁厂里已经感觉到铁的缺乏了，因为越过封锁线而来的数量极少，或者简直是没有，而阿拉巴马铁矿则已差不多停顿，因为那些矿工都到前线去了。现在亚特兰大已经看不见铁栏杆、铁凉亭和铁门了，甚至连草场上的铁像也不见了，都早已跑进熔铁厂的大熔锅里去了。

这里，沿着桃树街和附近街道的两侧，有军队各部分的大本营，如差委部、信号部、邮信部、铁道运输部、宪兵司令部，每处都蜂拥着穿军服的人，边境上则有军马供应站，一直有一大群一大群的马匹和骡子在那里徜徉。再隐僻些的街上便是医院所在了。当马车经过那些医院的时候，彼得伯伯一处处都指给思嘉看，使思嘉觉得亚特兰大一定成了一个伤兵城了，因为她一路上看见的普通医院、传染病医院、疗养医院，简直连数也数不清的。每天火车开到五尖头的时候，都要添了些害病的和受伤的进来。

思嘉记忆中的那个小市镇已经不见了，这个迅速生长的城市的面目，正被一种永无休止的精力和忙乱不住鼓舞着。思嘉刚刚从农村的幽静生活里出来，突然看见这样繁忙的景象，一时惊异得几乎窒息，但是她很喜欢它。她觉得那地方具有一种使人兴奋的空气，使得她自己也兴奋起来。她仿佛觉得那个城市的加紧的脉搏是跟她自己的脉搏相协调的。

当马车从大街上经过的时候，她很有兴味地看着那些新的房子和新的面孔。两边人行道上拥挤着穿军服的人，带着各种等级和各种任务的肩章，街心则互相碰撞着各色各样的车辆；穿着灰色军服的外勤兵在街上穿梭似的奔走，从这个大本营到那个大本营递送着公文和电信；调养期中的伤兵拄着拐杖，跛着脚在那里行走，身边往往有一个女人给他搀扶着；吹号声、打鼓声、喝口令声，从远处的教场上传过来；在那边，正有一批批新募来的人被训练成正式的士兵。然后，她竟看见北佬儿的军服了，因为彼得伯伯用马鞭指给她看一小队垂头丧气的穿蓝军服的俘虏，正被一队提枪上刺的联盟军士兵押送上车，去进俘虏营。

"啊，"思嘉想，她自从那次大野宴会以来，直到现在方才感到一阵真正的快乐，"这里住得一定会有意思了！想不到这里是这么活泼、这么兴奋的！"

其实这里的有趣还有她所意想不到的呢！这里有几十家新开的酒馆，有无数随军而来的妓女，无数莺啼燕语的娼寮，都是思嘉再也想象不到的。每一家旅馆、公寓和私人的住宅，都塞满了外边的来客，他们是来探望那些医院里的亲戚朋友的。每礼拜都有大宴会、跳舞会、赛珍会，而战争结婚也多得不计其数，新郎在给假期间，穿的都是漂亮的灰色军服，缀的是金色的丝绦，新娘戴的是越过封锁线而来的装饰，客人喝的是越过封锁线而来的香槟，而后必定有一场黯然流泪的离别。每天夜里，那些阴沉沉树木荫盖的街道上总要不断响出跳舞的足音，而人家的客厅中，也不断有清脆的钢琴弹奏，伴之以最高音部的女子歌唱声，以及悲哀沉着的士兵的歌声，唱的是《喇叭奏着休战了》以及《你的信来得太迟了》之类的凄楚民歌，使得人人听见了都要鼻酸。

他们一路走着的时候，思嘉不住地向彼得伯伯问着这样那样，彼得伯伯拿马鞭一一指着回答她，觉得自己的知识很丰富，颇有些儿骄傲。

"那边就是制造厂。是的，小姐，他们在那边做大炮什么的。不，那不是店铺，那里是封锁线办事处。

"您瞧，您知道封锁线办事处是什么吗？封锁线办事处是给外国人住的，外国人来买咱们联盟州的棉花，打查尔斯顿跟威尔明顿运出去，然后他们拿火药装来给咱们。不，俺说不准他们是哪一种外国人。白蝶小姐说他们是英国人。可是谁也听不懂他们一句话。是的，这儿煤烟多得很，白蝶小姐的绸帐子都给弄坏了，这是从铸铁厂跟熔铁厂里飞来的。还有晚上声音闹呢！谁也睡不着觉的。不，俺不能停下来让您看看的。俺答应过白蝶小姐，她叫俺一直地送您家去的。……思嘉小姐，您行行礼呀。那边梅太太跟艾太太给您鞠躬啊。"

思嘉隐隐约约记起这两位太太的名字来，她结婚的时候，她们到陶乐来过的，并且记得她们是白蝶姑妈至好的朋友。于是她急忙顺着彼得伯伯指着的方向鞠了一个躬。她两位是坐在一家干货铺门前的一辆马车里。干货铺的老板跟两个伙计站在人行道上，正捧着一捆捆的棉纱布给她们看。梅太太是个很结实的高个儿女人，胸口的小马甲扎得非常紧，以至两个奶子像船头一般闯出来。她的头发本来铁青色，却掺进一圈褐色的假发，弄得两下显然不调和。她有一张颜色浓重的圆脸儿，上面混合着城府很深和颐指气使的神气。艾太太比她年纪小几岁，很瘦弱，从前曾有过美人之貌，到现在风韵犹存，神气之间则有一种凛然不可侵犯的样子。

这两位太太，还有一位惠太太，是亚特兰大的三根台柱子。她们办着三个礼拜堂，自己同时是牧师，是唱诗班，也是教友。她们组织赛珍会，主持缝纫团，监护跳舞会和野宴会。她们知道谁跟谁好做配偶，谁跟谁不好做配偶，谁秘密喝酒，谁要养孩子，乃至几时养之类。她们是谱系学的权威，凡是佐治亚、南卡罗来纳、弗吉尼亚三州的人，只要略有点儿身份的，她们无不深知他的来历。但是在这三州之外的，她们就一概不去管他了。因为照她们想起来，凡不是这三州的人，谁都不能有什么身份。她们又知道什么是体面的行为，什么是不体面的行为，而对于某人的行为有了什么意见时，她们决不会放在肚里不发表，不过发表的方式人各不同，梅太太是大声疾呼的，艾太太是慢条斯理的，惠太太只不过放在嘴里嘟囔几句，这是表示她对于这样的事情实在不烦耐去谈论。她们彼此之间一直是互相猜忌，正同罗马第一任三头政治一般，但是她们之密切携手，也大概是为着同一的理由。

"我已经跟白蝶说好，你要加入我的医院的，"梅太太笑着对她叫道，"等会儿米太太或是惠太太跟你来说，你千万不要答应她！"

"我不会的，"思嘉说，其实她对于梅太太说的到底怎么一回事也还是莫名其妙，不过她看见人家这么欢迎自己，需要自己，心里觉得有点热烘烘罢了，"我希望马上就能看你去。"

马车又向前行了一段路，忽见两个手提绷带篮儿的女子慌慌张张要横过马路去，彼得勒住马暂时停了一停。就在这个当儿，思嘉瞥见人行道上有一个人，穿的衣服非常之耀眼，又披着一条长围巾，流苏一直挂到脚跟上。她掉转头，一看那人是个高个儿的美貌女子，一张涂脂抹粉的脸儿，头上厚厚一堆红头发，红得有些叫人难相信。这是她生平第一次看见一个在头发上用过工夫的女人，因而像着迷似的不住地看着她。

"彼得伯伯，那人是谁啊？"她低声问。

"俺不知道。"

"你一定知道的。她是谁？"

"她叫华贝儿。"彼得伯伯说着，下唇皮就挺了出来了。

思嘉听见那个名字没有加上小姐或太太的称呼，心里立刻明白是怎么回事了。

"她是怎么样的人？"

"思嘉小姐，"彼得伯伯阴郁地说，说时不觉将马狠狠地抽了一鞭，使她大大地吃了一惊，"跟您自家儿不相干的事，白蝶小姐是不许您问七问八的。她们是这儿的一些不值钱的人，多说了也没有用。"

"啊呀，我的天！"思嘉已被他骂得不敢开口，只得暗暗地想着，"那一定是一个不好的坏女人了！"

她从来没有见过一个不好的女人，现在不由得扭转头不住地盯着她看，直等她消失在人丛里为止。

现在他们已经进入比较清静的部分，店铺跟战时的新建筑已经越来越稀了。再过了一会，就走完了市区而进入了住宅区。思嘉这才同遇到旧友一般一家家地认识起来，雷家的房子是庄严正大的，彭家的房子是有白色的小柱子跟绿色的百叶窗的，鲁家的房子是红砖头的佐治亚州式，前面圈着一圈矮围墙。这时他们的马车已经跑得慢了，两边的走廊里、园子里、人行道上，都有女人们在那里招呼她。有的是她见过几面的，有的是她模糊印象有点记得的，但是大多数她简直就不认识。一定是白蝶姑妈替她先做了一番广播了。有些女人一直跑出门口来看小卫德，以至她不得不时时把小卫德擎得高高地给她们看。大家都向她大声喊着，要她加入她们的缝纫会和看护会，不要再答应别人，她因而左呀右地应接不暇地应允着。

当她经过一所迂回曲折的、装着绿色护壁板的房子时，一个坐在前面台阶上的黑女孩子叫了一声"她来了"，便见米医生、米太太跟那十三岁的小斐尔从屋子里跑出来，喊嚷着和她招呼。思嘉记得他们也是自己结婚的时候来过的。米太太只站在停车平台上，挺着颈梗远远地看那小孩子，米医生却不顾地上的烂泥，一直走到马车旁边来。他是一高个儿的瘦子，有着一把铁青色的尖胡子，他的衣服挂在他的方正身段上像被一阵狂风飘到上面去似的。亚特兰大人都当他是一切力量和一切智慧的根源，所以他也自然吸收了亚特兰大人的一部分信念。但他除了喜欢说预言式的话，以及态度之间稍稍有点儿自负之外，做人是再好也没有的。

他跟她握过了手，在卫德肚子上戳了戳，恭维了几句，便说白蝶姑妈已经对他赌过咒，说思嘉一定加入米太太的医院和卷绷带会，一定不去加入别人的。

"可是我的天，我已经答应了不知多少女人了！"思嘉说。

"那一定是给梅太太拉去了！"米太太愤然地说，"那个该死的女人！我知道她是每班火车都要去接的！"

"我还不明白到底是怎么回事呢，我就糊里糊涂答应了，"思嘉自认道，"真的，到底看护会是什么东西呀？"

米医生两夫妻看见她这么一点都不懂，不由得现出一点儿惊异的神色。

"不过，你是一直都躲在乡下的，当然不懂了，"米太太替她解释说，"我们现在替那些伤兵医院组织了一些看护会，大家分班去看护。我们在那里看护伤兵，帮帮医生，做绷带，做衣服，等到他们伤好的时候，就接到自己家里来调养，养好了送他们回到军队里去。我们又照管伤兵的老婆家小，如果他们是一个钱没有的话。现在米医生是在公立医院里，我组织的看护会就在那里工作，大家都说他的工作做得惊人呢，而且——"

"得了，得了，米太太，"米医生沾沾自喜地说，"你不要对着人恭维我吧。你不让我到军队里去，我是做不了多大工作的。"

"不让你去！"米太太愤然地嚷道，"那是地方上人不让你去呢，你自己知道的。我告诉你，思嘉，人家一听见他要到弗吉尼亚去做军医，全城的太太们就共同上请愿书来留他了。当然，这个城市是少他不了的。"

"得了，得了，米太太，"米医生说，显然有些被她恭维得乐陶陶了，"不过咱们家里已经有一个孩子在前线，暂时也就够了吧。"

"明年我也要去了！"小斐尔激动地蹦跳着说，"去当鼓手去。我现在在学打鼓了。你要听听看吗？我去拿鼓来。"

"哦，不，你不要忙，"米太太说着，将他拉近身边些，脸上浮过一阵紧张的神情，"明年还不去，宝贝儿。也许后年吧。"

"可是后年仗要打完了！"他暴躁地嚷着，一面将身子拔了开去，"而且你自己答应过的！"

在他的头顶，他的父母的两双眼睛遇会着，思嘉从他们的神气上看出来，现在他们的大儿子米达西是在弗吉尼亚，所以他们把这留在家里的小儿子越发抓得紧了。

彼得伯伯清了清他的喉咙，说：

"俺来的时候，白蝶小姐本来不舒服，俺要是不早些家去，她一定要晕过去了。"

"那么再见吧。今天下午我就到你那边去，"米太太嚷道，"你去对白蝶说，要是你不加入我的看护会，她还要不舒服得厉害。"

马车就起起步来，向那泥泞的路上滑溜而去，思嘉回转头，伏在垫子上对他们笑了笑。她现在觉得适意些了，几个月以来没有这么适意过。亚特兰大人这样多，这样匆忙，这样紧张，她觉得很是有趣、很是兴奋，比之查尔斯顿那种死气沉沉，萨凡纳那种空空洞洞，都要有趣得多。是的，骤然之间甚至觉得比陶乐也要好些，虽然她对陶乐非常喜爱。

这个城市虽然处在万山之中，街道那么狭窄而泥泞，但它含有一点生坯的和粗糙的质地，跟她自己身上那种硬给掩饰掉的生坯和粗糙颇能融洽。因此，她突然感觉到这个地方才配她的胃口，那种幽静古旧的城市是她无论如何住不惯的。

连住宅也渐渐地稀疏了，思嘉将身子伸出一看，便见白蝶姑妈那所红砖石瓦的房子已在眼前，这是城市北端的差不多末了一所房子了。从此过去，桃树街就渐渐狭窄，渐渐迂回，直至没入了一片静静的树林为止。门前的板围墙新近漆成了白色，围墙里边的小院子被将残的水仙花缀成了一片黄。台阶上站着两个穿黑衣的女人，她们背后又有一个大块头，两只手笼在围裙里，脸上咧出一副雪白的牙齿。矮胖的白蝶姑妈的一双小脚激动地踩踏着，一只手揿在她那丰盛的胸膛上，想要揿定那颗蹦蹦跳的心。媚兰站在她旁边，身上穿着黑色的丧服，一头黑色的浓发梳得贴平，一张鸡心脸上放着一个亲昵的欢迎的微笑。思嘉一看见了她，就涌上了一肚子的不高兴，觉得使亚特兰大美中不足的就是这个人。

如果一个南方人竟肯收拾起行囊，跑到二十英里路外去拜一次客，那就一住起码一个月，或竟几个月。南方人做客，跟做主人一样地热心。有些人到亲戚家去过圣诞节，往往要过到第二年七月才回来。新婚夫妇到外边去作蜜月旅行，碰到了人家意气相投的，留他们久住，甚至要等养了第二个孩子才回去。老年的姑妈、姑爷们礼拜日回娘家来吃中饭，往往竟要吃到寿终正寝。因为在那时候，一家人家来了几个客，是绝对不会发生问题的。房子大，奴隶多，多添几个人吃饭不算一回事。年无论老幼，性无论男女，没一个不欢喜出门。出门的种类不一，有的是拜客，有的是度蜜月，有的少妇养了孩子要出去献宝，有的病人调养期中要换换地方，有的为生离死别，要避免触景伤情，有的女孩子奉父母之命，要出去躲避追求，也有的为婚事不成，要到亲戚朋友家去访求佳婿。南方人的生活是滞缓的、单调的，有客来了便可以兴奋一下，变一变花样，因而客人总是受人欢迎的。

思嘉来亚特兰大，本没有预计过要待多久。倘使她在这里也像在萨凡纳跟查尔斯顿那么乏味，那她一个月就要回去的。但是她一到那里之后，白蝶姑妈跟媚兰就开始一种运动，希望她在那里永久住下去。她们拿出一切的理由来劝诱她。她们所以要留她，一部分是为她本人，因为她们是很爱她的。她们住在那么大一所房子里，觉得很寂寞，夜里常常要害怕。她呢，是勇敢的，能够使她们胆壮起来。她又很泼辣，可以减轻她们的愁恼。还有，现在察理不在了，按她的地位跟她孩子的地位，都应该跟自己本家人住在一起的。而且照察理的遗嘱，现在这里有一半房子是属于她的。末了，现在联盟州也正需人担任缝纫、看护的工作。

察理的伯父韩亨利，现在车站附近亚特兰大旅馆里过着鳏居生活，对于这个问题也曾跟她认真地谈过一下。这位亨利伯伯是个矮胖凸肚、脾气暴躁的老绅士，红红的脸儿，银丝般的长头发，生平不耐烦女性的怯弱和忧郁。就因有这种怪癖，所以他跟自己的妹子白蝶难得有几天不斗气。他们两个的性情从小就不对，后来因见妹子把察理教养成那种样子，他尤其反对得厉害——"把个军人的儿子教成了小姑娘了！"几年之前，他曾给白蝶姑妈一次大大的侮辱，以致现在白蝶姑妈一经提起他来，总要那么地低声下气，或竟缄口结舌，一言不发，假使叫陌生人看起来，一定要当那诚实的老律师至少是个杀人犯。那次的事情是这样的，白蝶姑妈要拿一部分的不动产变卖五百块钱，去投资一个金矿，其实那金矿的事完全是骗局。亨利伯伯明知其假，不肯替她办，她便硬在那里跟他缠夹，缠夹得她哥哥动起火来，便骂她全没脑筋，像是六月里的硬壳虫，于是白蝶姑妈认为受了莫大的侮辱。从此他兄妹俩就不常见面，白蝶每月只是到哥哥事务所里去领一次家用钱，见面时也是跟陌生人一般的。而且她每次去了回来，就要躺到床上去，同着眼泪和通关散一直躺到晚。媚兰兄妹俩跟亨利伯伯向来很要好，现在看见姑妈这么受罪，极力要想替她调解，谁知姑妈一直噘着一张嘴，怎么也不肯接受他们的调解。她说亨利是她的十字架，她必须要忍受的。从此以后，察理跟媚兰只得认为姑妈生活太单调，存心要找点事闹闹罢了。

亨利伯伯一看见了思嘉就很欢喜她，因为他说，思嘉虽然有那么一股傻劲，总还算有一点儿意识。亨利伯伯是韩家全部财产的信托人，不但白蝶和媚兰的不动产由他经管，就是察理留给思嘉的产业也由他经管。思嘉现在才晓得自己已经是个不小的财主，因为察理不但留给她半所房子，并且还有田地市地之类。自从战事发生以后，车站附近那一带店铺和栈房都已涨了三倍价值了。这一些产业，都是亨利伯伯报告给她听的，而当他报告这些产业的时候，他就顺便对她提出久住亚特兰大的问题来。

"将来卫德成人的时候，他就是一个富有的青年了，"他说，"照现在的情形看起来，亚特兰大的产业再过二十年就会涨到十倍的价值，所以这个孩子应该让他在自己产业所在的地方居住，免得将来不能管业，而且就是白蝶跟媚兰的产业，他也该知道知道。不久之后，我们韩家就只剩他一个人了，因为我是不能一辈子活下去的。"

至于彼得伯伯，当然以为思嘉此番是回家来管业，是绝对不成问题的。他想察理少爷就只这一个儿子，若叫他住在自己照管不到的地方，那是天下决没有的事。但是思嘉对于这许多的言论，都只笑而不言，因为她还不很知道这里究竟住不住得惯，也不知道跟这些姑妈、小姑究竟合不合得来，所以她不便下断语。同时，她也还不知道自己的父母究竟答应不答应。而且，她离家没有几天，便已想念起家来了，她想念那些红土的田地，想念那遍地碧绿的棉苗，想念那薄暮黄昏的幽静。她记得父亲曾对她说，她血液里本来含着爱土地的特质，现在她在依稀恍惚之中，第一次感觉到这话有几分的真实。

这样，对于她在这里居住久暂问题的确定答复，总算被她很巧妙地闪避过去了，此后她就十分容易地渗混进了那所红砖房子里的生活。

现在她跟察理至亲的人们在一起生活，亲眼看见了察理生长的家庭，因而对于察理之所以为察理，就比较地能够了解了。他之所以会那么的羞怯，那么的率真，那么的理想主义，现在都不难明白了。如果察理曾经承袭了他父亲那种严厉、无畏、热烈的军人气质，那是他做孩子的时候因生长在一种闺阁的氛围里面而被扫除了。他对于那个孩子气的白蝶姑妈，真不亚于自己的母亲，而对于媚兰同胞感情之笃，也是天下无双的，但是偏偏这两位都是再软弱不过的人，因而他也被熏陶得一丝儿没有骨气。

白蝶姑妈六十年前本名韩萨真。可是她那溺爱的父亲因她小时那种飘忽无定的举动和奔忙不住的小脚，给她起了这一个绰号，从此就把她的本名完全忘掉了。但是自从她那别名叫开了之后，她的举止行为忽地又大大改变起来，以致这个别名于她觉得不相配。从前她喜欢一刻不停地乱跑，后来这股跑劲没有了，剩下来的只是一双玲珑的小脚，有些儿载不动她那肥胖的身躯，此外则喜欢噜哩噜苏多说话，也是后来几年变成的脾气。现在她老了，头发银丝般白了，可是身体还是很结实，面颊还是红喷喷，又因小马甲儿扎得太紧些，一直都要喘不过气来。又因她一双脚生得太小，又穿着那么紧的鞋子，跑起路来最多不过几间店面的地方。她的心肠非常软，受了一丝激动便要震荡起来，而她又一点不怕难为情，心里动时从来不想去镇定，因而无论受到一点什么刺激就要昏过去。人人都知道她这种昏厥大都是故意装出来表示文弱的，但是她人缘很好，从来没有人去拆穿她的西洋镜。的确，她的为人是人人都喜爱的，简直把她纵容得像个小孩子一样，谁也不会跟她认真，只除她自己的哥哥亨利。

她喜欢谈天，比世界上任何东西都喜欢些，甚至于比吃都喜欢些，一谈起来便是一连几个钟头，谈的总是别人家的事，不过从来不讲人家的坏话。她对于人名、地名、日期等等老是记不清，往往要把这一部戏剧里的角色跟另一部戏剧里的角色混在一起，可是人家也不会上她的当，因为谁也不把她的话当真的。至于真正骇人听闻的事，或是真正不名誉的事，那是谁也不对她讲的，因为她年纪虽已六十，还是保存着处女的娇羞，所以她的朋友们都好意地串通起来，把她当个老女孩子防卫着，疼爱着。

媚兰有很多地方像她的姑妈。她也怕羞，也极容易红脸，也极守规矩。可是她具有常识，就是思嘉也承认的"某一种类的常识"。她的脸也像姑妈，是一个一直关闭在家里的小孩子的脸，她所知道的只是单纯、和好、诚实跟爱，她从来没有见过粗暴和邪恶，就是见了也不认识的。她自己一直都快乐，所以她要自己周围的每一个人也都快乐，或至少是舒适。因此，她对于每一个人都只认识他的最好方面，并且单从那方面去评论他。她对于不论如何蠢笨的奴仆，总说他有忠心和气等等好处，跟他的坏处可以相抵；对于无论怎样丑恶的女孩子，总说她风度很好，品格很高；对于无论怎样无价值、怎样讨人厌的男人，总不拿他目前的行为来论定，而说他将来有可改变的可能。

就因她有这种种由一个宽大的心自然发出的好性格，所以人人都对她抱着好感，因为人家具有好品性，自己还不曾多想得到，却被她先发现了，那么她对人家的魅力还有谁能抗拒呢？她在本城里面，谁的女孩子都没有她多，谁的男朋友也都没有她多，但是追求她的人却并不多，这是因为她不像别人那么自私、那么固执，专以笼络男人为能事。

其实媚兰的一举一动，也不过合乎南方一般女孩子平日所受的教训而已——要使男人感觉到舒服和快乐。南方社会之所以快乐，就因一般女性是有这种幸福的同谋之故。这里的女人都知道男人是满足的，虚荣心很重的，觉得这种情形很有利于女人。因此，她们从摇篮里直到坟墓里，一直都努力地奉承男人，而男人感到了满足以后，也都尽心竭力地报效女人了。事实上，这里的男人是世界上无论什么东西都肯给女人的，就只不容女人有见识。在这一点上，思嘉也跟媚兰具有同样的魅力，不过她是出于勉强的人工和纯熟的技巧罢了。这两个女孩子的差别在于一种事实：媚兰之趋奉男人，是诚心要男人快乐，哪怕只是暂时的快乐；思嘉则除了要达到自己的目的，怎么也不肯巴结男人的。

察理小时所最爱的两个人，都没有给他丝毫使他强韧的影响，也没有使他见识一点儿的粗暴和现实，而他所由生长的那个家庭，也是温软得跟一个鸟窝一般的。这个家庭跟陶乐比较起来，真要算是一个安静的、温和的、旧式的家庭。在思嘉心目中，这个家庭实在过于缺乏男性的特质，例如代表男性的白兰地、烟草和马甲萨油①等等的气味，粗暴的声音和不时的咒骂，乃至于枪、胡子、马鞍、马络、猎狗等等，都是这里所没有的。她在陶乐的时候，只要爱兰一转背，便会听见种种争闹的声音：嬷嬷跟阿宝闹，露莎跟丁娜闹，她自己跟苏纶闹，嘉乐独自个吆五喝六地闹，这里这些声音也都听不见。察理就是从这样一个家庭出来的，怪不得他像个小姑娘了。在这里，一切的激动从来不会闯进来，声音从来不提高，每一个人都很柔顺地尊重别人的意见，因而到末了，权力都落到厨房里那个头发花白的独裁者手里了。思嘉到这里来，正喜可以摆脱嬷嬷的监督，万想不到这里这位彼得伯伯比嬷嬷还要严得多，尤其是对于在家守寡的少奶奶。

在这样一个家庭里，思嘉不知不觉地脱了从前的狂态，而渐渐恢复起常态来。她还不过十七岁，身体跟精力都是一等的，而察理全家人都尽力巴结她，要她快乐。如果她还有一点儿不快乐，那就不是他们的过失，因为每次提到了希礼的名字，她的心都要跳得痛起来，那一点毛病，是谁也不能帮她去掉的。然而媚兰偏要常常提起希礼的名字。她跟白蝶有时见她愁恼，总以为她悲痛自己的丈夫，便要千方百计地将她安慰。其实察理之死，她们自己也非常伤心，但是她们为要安慰她，只得把自己的伤心极力掩饰掉。她吃的东西，她打的午觉，她坐马车到外边去散心，她们都替她打点得周周到到。她们对于她的兴致、她的身段、她的玲珑的手脚、她的雪白的皮肤，不但心里非常羡慕，并且常常当面恭维她，同时要疼着她，搂着她，吻着她，以示她们的亲昵。

思嘉对于这样的亲昵，倒并不放在意中，但是她们那样的恭维，却不免使她觉得飘飘然。因为她在陶乐的时候，是从来没有人对她说得这么好听的。事实上，有时她偶尔自吹几句，嬷嬷反而要泼她的冷水。至于小卫德，现在对于她也不会觉得累赘了，因为他们全家人，无论黑的白的，乃至于邻舍人家，没有一个不把他当个偶像来崇拜，大家抢着要抱他，谁要抱得着他，便认为莫大的荣幸。而媚兰对于他尤其疼爱。哪怕在他哭个不住的时候，她也觉得可疼的，常常要说："啊，你这疼煞人的小宝贝儿啊！你要是我的才好啊！"

有时候，思嘉觉得很不容易掩饰自己的情感，因为她对于白蝶姑妈终究还当她是个再蠢不过的老太婆，一看见她那娇滴滴的态度，心里总不由得要懊恼。媚兰呢，她当然一直对她怀着深切的妒忌，而且无论她怎样巴结自己，这妒忌就只

---

① 马甲萨油：一种头发油，是马甲萨地方所出的。

有与日俱增。有时她在媚兰房里坐，媚兰不免得意忘形地提起希礼来，或是把希礼寄回来的信高声朗诵起来，她竟会不由自主地突然走了开去。但是虽有这种种情形，那里的生活总算过得十分快乐的。亚特兰大到底比萨凡纳、查尔斯顿，乃至陶乐都有趣得多，而且那里供给她这许多奇奇怪怪的战时工作，使她差不多没有时间可以思考或是发闷了。不过有时候，当她吹灭了蜡烛，将头埋在枕头边去的时候，她不免要叹一口气，想道："要是希礼还没有结婚多好呢！要是我无须到那些天杀的医院里去看护多好呢！要是有年轻小伙子来追求我多好呢！"

她对于看护，早就感到厌恶了，但是这责任她无法可以摆脱，因为她是米太太、梅太太两个看护会都加入的。这么一来，她就得一个礼拜花四个早晨在那稀脏稀臭的医院里，头发拿面巾包着，一条热烘烘的围裙从颈到脚地围了起来。当这时候，亚特兰大嫁过丈夫的女人，无论年老年轻，没有一个不在做看护，而且大家都做得非常热心，思嘉觉得她们简直是发了狂的。这些女人总以为思嘉也同她们一样富于爱国的热忱，谁也想不到她对于战争一点儿不感兴趣。她所以还没有完全忘记战争，就只因为一直怕希礼要有危险，否则战争对于她简直毫不相干了。至于她在那里做看护，那是完全由于她无法摆脱的缘故。

的确，看护这件事情是一点儿都不罗曼蒂克的。在她看起来，所谓看护不过是跟呻吟、眩晕、死亡、臭气打交道罢了，医院里充满着稀脏的、长胡子的、生虫的男子，散发着可怕的臭气，呈露着可怕的创伤，使得基督教徒看见谁都要翻胃。医院里又充满着腐烂的气味，没有跑进门口就会向你鼻孔扑来的，而且一直要搭在她手上，搭在她头发上，甚至要侵入她睡梦中来。苍蝇、蚊子、白蛉在病床上成群结队地嘤嗡着、歌唱着，弄得那些病人有的诅咒，有的悲啼。思嘉一面替自己搔着痒，一面又要替病人摇扇子，直摇得两膀发酸，恨不得那些病人立刻都死尽。

媚兰却对于那种臭气，那些伤口，乃至于那样的赤身裸体，似乎都并不十分介意，而使思嘉觉得很奇怪，为什么这样胆怯、这样怕羞的一个女人竟能如此呢？但是有时媚兰手里拿着接血盆和解剖器具，看着米医生替伤兵割烂肉，她的面孔也要白得像纸一般。又有一次这种手术做完之后，思嘉发现她在纱布间里拿着一条面巾静静地呕吐。至于她在伤兵面前的时候，她就老是那么温和，那么表同情，那么笑嘻嘻，因而全院的伤兵都称她为慈悲的天使。这一个称号，是思嘉也高兴要的，然而要享受这个称号，她就不得不拿手去碰那些满身是虱子的人，就不得不拿指头伸进病人的咽喉里去，看有没有给什么东西梗塞了。总而言之，这做看护一桩事儿,她是无论如何也喜欢不起来的!

如果那些在调养期中的已愈伤兵,是可以容她去施用魅力的话,那么工作还可以比较持久些,因为这样的伤兵里面有许多面孔很好,身份也很高,但她已经做了寡妇,这样的好差是轮不到她当的。当时另有一种医院,专住调养期中的伤兵,那边做看护的都是人家未结婚的小姐,因为在那边做看护,可以用不着害怕处女们所不便看见的东西。那些小姐们既未订婚,也非守寡,不受一切的拘束,可以自由地向她们所看护的人去进攻,甚至极难看的女子,也不难立刻跟人家订起婚来。思嘉看见了这种情形,心里觉得非常之忧郁。

除了那些重病和重伤的男人可以接触之外,思嘉所处的世界完全是个女性的世界,这就使她非常之懊恼,因为她对于自己同性的人不但不喜欢、不信任,并且要感觉到非常之厌倦,可是每礼拜有三个下午,她得去参加媚兰的女友们所组织的缝纫会和卷绷带会。会中的女伴们都是知道察理的,因而聚会时都对她特别和气、特别注意,尤其是城里两位阔太太的小姐,艾芬妮和梅美白。而且她们都很敬重她,仿佛她已经是个老太婆,一生事业都已完毕了似的。至于她们自己之间,就一直在谈跳舞、谈情人,思嘉听见了不由得又妒又恨,妒的是她们的快乐,恨的是自己做了寡妇,再也不能参加这些活动了。然而她自己想想,何止比她们漂亮三倍呢!啊,人生是多么的不公平啊!为什么人人都要当她的心是在坟墓里呢!其实一点儿都不对——她的心是在希礼身上!啊,这是多么不公平的事啊!

但是虽有这种种的不舒服,亚特兰大这地方到底还是使她高兴的。日子一天天地过去,她在这里耽搁的时间也一天天地拉长了。

第九章

一个仲夏的早晨,思嘉坐在卧房的窗口,满肚子烦躁地看着许多大车和马车打窗口底下经过,车上坐满了女孩子、士兵们,以及女孩子们的监护人,大家兴高采烈地向桃树街的外端那边奔去,原来那天晚上要举行一个为医院筹款的赛珍会,这些人是到树林里去采集松柏之类来作装饰的。那条红色的道路在树荫底下成了围棋盘的形状,太阳光从交拱的大树枝里筛下来,无数的马蹄掀起了一小团一小团红色的尘雾。最前列的一辆大车里载着四个壮健的黑人,手里拿着斧头预备去砍常绿树和藤萝,车后高高堆着许多用餐巾盖着的大篮,橡木条编成的点心篮,以及一打的西瓜。两个小黑炭手里拿着手提五弦琴和手风琴,兴高采烈地奏着《你要快乐吧骑士》。他们后边流泻着那大队人马,女孩子们穿着风流的花纱衣,披着薄围巾,用帽子和手套保护着皮肤,还拿小小的阳伞遮着头顶;替她们做监护的老太婆们夹在她们中间,心平气和的,满面笑容的,听着那马车和马车之间的谑浪笑声;调养期中的伤兵们也夹在中间,嘻嘻哈哈痴情地调笑;军官们骑着马,蜗牛一般地在马车旁边随行着——车轮吱嘎着,马刺银铛着,徽章带金光灿烂着,小阳伞彼此碰撞着,扇子摇着,黑人唱着。人人都出桃树街去采集植物,大开野宴,剖食西瓜去了。人人都去了,剩我一个了——思嘉不胜其烦地想。

当他们经过窗口的时候,大家都对她挥手招呼,她也尝试用一种潇洒的态度回答他们,但是很为难。一点剧烈的微痛从她的心口出发,慢慢上升到她的喉咙,并在那里结成一个块,而那个块又很快就要变成眼泪了。除了她之外,人人都去野宴了,而且除了她之外,今天晚上人人都要去参加赛珍会和跳舞会了。所谓除了她,乃是包括她跟白蝶和媚兰,以及本城里面所有居丧的不幸者而说的。可是媚兰跟白蝶似乎并不在意,她们本来就不曾想到要去过,只有思嘉是想要去的,只有她是想去得很的。

这事简直不公平得很。为了筹备这个赛珍会,她比城里任何一个女孩子都做了加倍的工作。她曾经结过许多袜子、小孩帽子、毡毯子、手筒子、花边样子，又画过许多瓷器的头发缸、胡子杯①。她还绣过半打沙发、枕头套，上面绣着一面联盟州旗（旗上的星当然难免绣得有点歪歪倒倒，有的几乎是圆的了，又有的绣成了六个尖头或竟七个尖头，但是给予观者的印象却很好）。昨天她还在那尘封垢积的仓房里绣一条陈列摊上铺墙壁的黄红绿三色纹章，直把她绣得精疲力竭。总之，这桩工作受着那女子医院委员会的监督，简直是一桩苦工，决不是好玩的。因为那梅、艾、惠三位太太一直都把眼睛盯牢你，当你是黑人一般，而且一直都在吹她们自己的女儿多么多么地有人捧，那还有什么好玩呢？尤其使她痛心的，就是她帮白蝶跟阿妈烤那预备拿去抽签售卖的千层饼的时候，她手指上还烫出两个水泡来呢。

现在呢，她忙也忙够了，好玩的事情将要开头了，她却该独个人不声不响地藏起来了。这是公平的吗？就因她死了丈夫，有一个孩子在隔壁房间里嚷着，她就该断绝一切快乐的事情了吗？离开现在不过一年多一点，她还在那里跳舞，还是穿着那么漂亮的衣服，而且实际上同时有三个男孩子在追求她，她还不过十七岁，脚上还留着充裕的跳舞的余力。总之，这是大不公平的！如今生活正从她窗下经过，向那树木阴森的道路上过去，那夹杂着灰色军服、银铛马刺、花花绿绿的衣服、兴高采烈的琴声的生活。她尝试不露出笑容，尝试不过分热心地对她在医院里看护过的那些男人挥手，但是她很不容易镇服那两个酒窝儿，很不容易装出她的心已在坟墓里的样子——因为她的心实在不在坟墓里。

她正在忘形地跟他们点着头挥着手，突然，白蝶冲进房来了，她是爬楼梯爬得气喘吁吁了的，便不管三七二十一将她从窗口一把拖了进来。

"怎么，宝贝儿，你发了痴了吗？怎么好站在卧房的窗口跟男人招手的？我简直让你吓坏了，思嘉！你母亲知道了怎么办呢？"

"他们不知道这是我的卧房。"

"可是他们要猜想是你的卧房，那还不是一样吗？宝贝儿，这种事情你千万做不得。人家都要说你的，说你不规矩，而且无论如何，梅太太总知道这是你的卧房。"

"那么我想她是要跟那些男人统统说出来的了，这老猫儿。"

"嘿，你不能骂她，宝贝儿！梅朵丽是我的至好朋友呢。"

---

① 胡子杯：给有胡子的人喝茶或咖啡的杯子，上面有盖可以挡住胡子。

"嗯，老猫儿总是老猫儿——啊，对不起，姑妈，你不要哭！我忘记这是我的卧房窗口了。以后我再不这么了——我——我是要看看他们呢。我心里也想跟他们去。"

"宝贝儿！"

"可是我真的想去。我一直坐在家里实在厌烦极了。"

"思嘉，你要答应我不再说这样的话。人家要谈论的，人家要说你不尊重可怜的察理。"

"啊，姑妈，你别哭！"

"啊，你也让我惹哭了。"白蝶像似很快活地呜咽说，一面伸手到衣袂袋里去摸手帕儿。

原来思嘉心口那一块剧烈的小痛终于到达了她的喉咙，她就不由得哇的一声大哭出来了——但不是像白蝶想的，为可怜的察理而哭，乃是为那车轮声和欢笑声终于逝去的缘故。这时媚兰从她自己房间里绰绰着走过来，蹙着眉头，手里拿着一把刷子，那一头油光水滴的黑发没有罩发网，都在她面颊上成卷地披着。

"亲爱的！怎么回事呀？"

"察理！"白蝶悲喜交集地呜咽说，便把她的头埋在媚兰的肩膀上。

"啊，"媚兰听见提起哥哥的名字，颤抖着嘴唇说，"不要难过，亲爱的！不要哭。啊，思嘉！"

思嘉已经躺到床上去了，在那里放声大哭，哭的是她丧失的青春，以及别人不许她享受的青春的快乐，正像一个宠惯了的小孩子，从前心里想什么，只消一哭就可以到手，现在却是哭煞也没有用了。她把头埋在枕头里，一面哭着，一面将脚踢着那乱作一堆的被褥。

"我倒不如死了！"她哭道。这个时候，白蝶那些一触即来的眼泪早已收住了，媚兰已经飞跑到床边去安慰她的嫂子。

"亲爱的，别哭！你只消想想察理多么地爱你，也就可以安慰了！再要想想你有那个宝贝的孩子。"

被人误解的愤怒混入了思嘉的寂寞的感觉，既恨被剥夺了一切的享受，又恨哑巴吃黄连，一句也开不得口，这才是大大的不幸。因为她如果能够开口，她就要像她父亲那么直爽，将一肚子的委屈尽情倾吐出来了。可是这委屈叫媚兰如何得知，所以她只不住拍着思嘉的肩膀，白蝶则重沉沉地踮着脚尖儿，要去拉下百叶窗。

"不要拉！"思嘉从枕头上抬起一张红肿的脸儿喊道，"我还没有断气，用不着拉百叶窗的——虽则我也跟死差不多的了。啊，请你们走开去，让我清静点儿吧！"

她重新埋进枕头里去了，她们两个咬了一会耳朵，站在床边对她发了一会呆，便踮起脚尖儿出去了。她听见她们走到楼梯的时候，媚兰对白蝶低声说道：

"白蝶姑妈，我想你以后不要对她提起察理吧。她听见了是多么难受的。可怜的东西，她听见提起察理，总要做起那么一副怪样子，我知道她是硬熬住哭呢。你不要使她再难受了。"

思嘉怀着一肚子无可奈何的愤怒踢开了被头，想要找一句最最恶毒的话来骂。

"真是见你妈的鬼！"她终于喊出这句来，便觉心里宽舒了一点。她想媚兰也还不过十八岁，为什么便能一天到晚地蹲在家里，一点儿不想找快乐，死心塌地地替自己哥哥披着黑纱呢？生活刚刚同着那银铛的马刺打这里过去，这一点，媚兰似乎是并不知道，也不去管它的！

"可是她本来是块呆木头呢，"她想着，不住地捶着枕头，"而且她从来不像我这样得众，所以我感到缺憾的东西她不会感到缺憾。而且——而且她已经有了希礼了，我呢——一个也没有得到！"一经想到这一层不幸，她便重新放声大哭起来。

她在房间里一直闷到了午后，直至看见那些野宴者回来，满车上堆着松枝、藤萝、羊齿之类，心里也高兴不起来了。她看见那些人对她招手，面上都颇有倦容，而她也只没精打采地回了个招呼。她只觉得人生是桩没希望的事儿，实在不值得一过的。

谁知正在发闷的时候，忽然有人来解救她了。原来大家正在睡午觉，忽然梅太太跟艾太太坐了马车来拜访，吓得她们三个急忙扣起了小衣，掠了掠头发，奔到楼下客厅里去相见。

"彭太太的孩子们出了天花了！"梅太太突如其来地说，辞色之间分明露出这种事情的发生，是得彭太太负责的。

"而且鲁家的女孩子又给叫到弗吉尼亚去了，"艾太太还是那么慢条斯理地说着，一面懒洋洋地摇着扇子，仿佛诸如此类的事情都没有什么了不起似的，"她家鲁大郎受了伤了。"

"这是多么可怕呀！"她们的女主人应声道，"可怜的大郎是——"

"没有呢，不过是打在肩膀上罢了，"梅太太急忙说，"不过事情来得再不凑巧也没有了，她家几个女孩子都到北边去接他去了。可是天晓得，咱们没有工夫坐在这里谈天了。咱们得赶快回去铺排去了。白蝶，今晚上咱们要你跟媚兰去补彭、鲁两家女孩子的缺。"

"哦，不过，朵丽，我们是不能去的。"

"别对我'不能''不能'的吧，韩白蝶，"梅太太狠声狠气地说，"咱们要你去监督那些管点心的黑人。这本来是派给彭太太的。媚兰呢，你得去看鲁家女孩子摆的摊儿。"

"哦，我们简直是不能——可怜的察理死了才——……"

"我也知道你们心里难过，可是为主义而牺牲，是什么都值得的。"艾太太用着一种调解的柔声插了进来。

"我们原是顶乐意去帮忙的——可是你们为什么不去找些漂亮女人——"

梅太太像吹喇叭似的嗤了一声鼻。

"我真不懂现在这班年轻人到底怎么一回事，大家会一点责任心都没有的。那些女孩子，要她们去管摊儿，她们就有那么许多话好推诿。可是她们骗不了我的！一句话，她们就只因为不能跟那些军官去勾勾搭搭，心里不愿意罢了。而且要她们站在摊儿后边去，就怕显不出她们的漂亮衣服来了。我真恨那个封锁线商人——他叫什么名字的？"

"白瑞德船长。"艾太太补充道。

"我恨不得他多办一些医院物品，少办一些膨裙花边之类才好呢。白瑞德船长——我听见这名字就觉讨厌。现在，白蝶，我没有工夫跟你辩论了，你一定得来。大家都会原谅的。而且你在背后房间里，没有人看见你，就是媚兰也不用很露面的。鲁家女孩子的摊儿本来摆在尽头的地方，又摆得不大好看，没有人会注意的。"

"我想我们是得去的，"思嘉说，原来她恨不得自己也能去，只是竭力把这心事掩饰掉，勉强装出一副很殷勤的面孔来，"我们帮医院做这么一点事儿，也算再省力不过的。"

直到现在，那两位太太都没有提到过她的名字，现在听见她开口，才把脸朝着她，对她盯着看。她们虽然这么到处拉人，却还不曾想起要一个未满周年的寡妇到大庭广众之中去服务。思嘉对于她们这一下盯视，却把一双眼睛睁得大大的，用小孩子似的表情接受着。

"我想我们大家都得去,帮赛珍会做出点成绩来。我想我去帮媚兰的忙。两个人同管一个摊儿——因为——因为我想有两个人总比一个人好些。你想对不对,媚兰?"

"好——吧。"媚兰没奈何地说。实则她觉得一个居丧的人到这种大集会上去抛头露面,是她闻所未闻的,心里正不知怎样才好。

"思嘉的话对了。"梅太太看见她们有些软化了,便这么怂恿着说。说着,她就忽地站起来,整了整裙腰,"你们两个——嗯,你们大家都得去。白蝶,你也不要再辩了。你得想一想,医院要买床、要买药,要钱要得多么紧。就是察理,他是为主义而死的,现在知道你们给主义帮忙,也一定很高兴。"

"好吧,"白蝶说,她见到了比她强硬的人,向来是没有办法的,"只要人家会原谅就好了。"

"有趣啊!有趣啊!"当思嘉拘拘谨谨地钻进鲁家女孩子所设的那个红黄两色布围着的摊头的时候,她那快乐的心是这么歌唱着。现在她居然在一个集会上了!她经过了这一年幽居的日子,头上一直蒙着黑纱,闷声不开口,厌烦得几乎要发狂,现在居然得来参加亚特兰大空前未有的一次盛会了。她在这里,可以看见许多人、许多灯,可以听见音乐,可以亲眼赏识那著名的白瑞德船长新近从封锁线偷运过来的美丽花边跟其他新奇装饰品。

她在摊柜后边的一张小杌子上坐了下来,眼睛向那长厅的上下不住地掠着。这里本来是一间一无所有的健身房,今天一个下午工夫已被铺设得花团锦簇了。她觉得越看越有趣,想起那些太太一定费了不少的心血。她看见那么的灯烛辉煌,又想整个亚特兰大的蜡烛和烛台都已聚集在这里,烛台有银的,有瓷的,有古铜的,说不尽几千种花样。上面插着大大小小、五颜六色、飘着月桂花香的蜡烛,放在两边连贯不断的枪架上、点缀着花的长桌子上、摊儿的柜台上,甚至于那些开着的窗口的窗台上,因被夏天的暖风吹拂得飘飘忽忽。

大厅的中心本有一盏丑劣的大灯,用上锈的铁链条从天花板挂下来的,现在已给许多盘绕的常春藤和野葡萄藤点缀得完全改了样,而那些藤萝受了灯火的熏炙,已经快要枯萎了。墙壁上都用松枝障蔽着,发出一种爽人的清香,屋角里结成松枝的亭子,给那些监护人和老太太们做坐席。长串的常春藤、野葡萄藤和牛尾藤到处垂挂着,在墙壁上做成蜿蜒的花彩,在窗口上做成纷披的流苏,在所有的摊头上盘成扇形的缀饰。而在这些绿色的植物当中,又到处张挂着联盟州的旗帜，红蓝两色的底上闪烁着光耀的星星。

音乐队所在的平台装得特别富有艺术性。它四面都用花草和星旗点缀起来，把台上的东西完全遮蔽掉。思嘉一看那花草，知道整个城里的盆栽植物和桶栽植物都聚会在那里了，花薄荷、牤牛儿苗、八仙花、夹竹桃、象耳——甚至连艾太太那四盆珍贵的天仙果树，也放在台的四角。

跟这平台对面的一端，女人们站得比较稀少。这里墙壁上挂着戴维斯总统和联盟州副总统、佐治亚州本地人施谛文的两幅巨像。巨像上面是一面极大的旗，下面接放着许多长桌子，桌上铺着由本城各家花园里采来的珍品。凤尾草、红黄白三色的蔷薇、金色的水仙菖、杂色的金莲花，还有高标独秀的锦葵，在群花之上昂着深栗色和乳色的花朵。这些花草当中点着庄严肃穆的蜡烛，肃穆得跟祭坛上的灯火一般。那两幅巨像俯视着这番铺设，呈现着两张全不相同的面容，几乎使人不能相信他们是在这存亡危急关头共同主持大政的：戴维斯是平坦的颧颊，冷漠的眼光，像个怀疑派，一副薄薄的傲慢的嘴唇紧紧地闭着；施谛文脸上深深嵌着一双黑色的燃炽的眼睛，那脸的表情似乎只知道疾病和苦痛，而曾经以忍耐等到了胜利似的——两张脸容虽然不同，却同样被人大大地爱戴。

替这赛珍会负着全责的年老太太们，神气活现地綷縩着进来，先把那些迟到的年轻少奶奶跟吃吃笑的女孩子催促进了摊儿里面去，然后穿过门，到背后那些陈列点心的房间里去了。白蝶姑妈喘着气，在她们后边追着。

黑人的乐队爬上了乐台，咧着嘴，肥胖的面颊上已经闪亮着汗水，着手整起了丝弦，将拉弓咿嗯咿嗯地试着。梅太太的马夫老乐，自从亚特兰大叫做马杀斯尾尔的时代起，凡是赛珍会、跳舞会、结婚礼的乐队，都由他领班的，把拉弓啪啪敲了几下，叫大家准备。于是全场人的眼光一齐注在他身上，便听得小提琴、大提琴、手风琴、五弦琴，以及指节骨的弹奏声，奏出一阕缓慢的《罗棱娜》来，缓慢到不合跳舞的节拍，因为跳舞要等各摊头清出了货品方才开始呢。但是思嘉一听见那合华尔兹舞的悲调，便不由得心里怦怦跳起来，只听那歌词道：

　　年光慢慢地流去，罗棱娜！
　　雪又落在草上了，太阳远在天涯了，罗棱娜……

一二三、一二三，低回旋——三，转身——二三。多么美丽的一个华尔兹啊！她微微地张着手，闭着眼，身子随那悲哀的烂熟的节奏晃荡着。这关于罗棱娜失恋的悲哀调子里，有一点东西跟她自己心里的激动情绪混合起来，便又结成一个硬块塞进她的喉咙里。

然后，仿佛是由这华尔兹音乐引出来似的，底下那条月光照耀的街道上飘起各种声音来，马蹄嘚嘚声，车轮辘辘声，热空气上载着的笑声，黑人们因争夺吊马地方而起的互骂声。接着便听得楼梯上一阵混乱和欢笑，内中混合着女孩子们的尖声和护送人们的浊声，熟人相互招呼声，朋友见面笑乐声。

霎时间，那大厅里生气蓬勃起来了。霎时间，满眼都是女孩子了。她们穿着蝴蝶一般漂亮的衣服，衣裙膨得大大的，镶着花边的衬裙从底下露了出来；圆圆的、小小的、雪白的肩膀裸露在外面，围着花边的领口托着一弯雪白粉嫩的胸膛；线织的围巾随随意意地挂在臂膀上；洒金的扇子，绘画的扇子，鹅毛的、孔雀毛的扇子，吊着细细的天鹅绒带儿在手腕上荡漾着；有的是油光水滴的黑发，从两鬓向后梳成沉重的髻儿，坠得她们的头微微往后仰，颇像有些昂头天外的神情；有的是金光灿烂的鬈发，披在她们的颈梗上，跟耳上的庞大金耳坠子一同跳跃着。花边、绸缎、丝辫、带子，全是通过封锁线进来的物品，因而愈觉得贵重，愈足以自豪，并且以为这也是她们给予北佬儿的一种侮辱。

刚才说那两位领袖巨像面前所献的花儿是刮尽全城珍品了，其实并不然。最小最香的花儿都点缀在女孩子们身上呢。有的两鬓上插着茶花，有的鬈发上围着茉莉花、蔷薇蕾，有的胸前缎带上插着各种鲜花，预备移到那些灰色军服的胸袋上去当做珍贵纪念品。

讲到军服，场子里是多到不计其数的，那不计其数的穿军服的男人，思嘉大半都认识，都是在医院里、在街上、在操场上见到过的。他们穿的军服都极漂亮，亮晶晶的铜扣子，金煜煜的袖章和领章，裤子上钉着红黄蓝三色的条子，将那灰色的质地点缀得丝毫不觉其灰色。此外还有大红和金色的徽章带，不住前后飘荡着，指挥刀在雪亮的长靴上闪耀着、咔嚓着，马刺银铛碰响着。

这些穿军服的拥进场子来，对朋友们招呼着，挥着手，拿住那些年老太太的手鞠着躬。思嘉在旁凝神注视着，觉得他们个个都是美男子，心里不由得涌起一阵得意的情绪。她又看见里面有一人衣服特别鲜艳，像是鸡群中独立着一只热带鸟一般，直使那些女孩子的装饰也觉黯然失色。此人乃是个路易斯安那的义勇兵，梅美白小姐特别钟情的腻友皮瑞纳。她因而想起今晚的盛会，所有医院里的官兵一定都来参加了，此外还有那些请例假和请病假回来的，还有铁路人员、邮政人员，乃至各种委员会里的职员，也全部都在这里了。这是多大的盛会！多么地有趣!

随后又听见底下街道上响起了一阵鼓声、一阵脚步声,接着是一声号响,一个沉浊的声音喊了一声散队的口令。于是,又是一大群穿漂亮军服的人从楼梯潮涌上来。他们是后方自卫队和本州警备队的队员。里面竟有皤皤白发的老头儿和还未成人的小孩子。这时候,乐台上的老乐正开始奏起《美丽的蓝旗》一曲,台下便有几百人高声和唱起来。自卫队里的一个吹号手不由得技痒,便一跳跳上乐台,将他的一支喇叭也合奏进去,只听得众声合唱那彻骨凄凉的歌词道:

> 哈啦!哈啦!为着南方的权利!
> 哈啦!哈啦!为着美丽的蓝旗,
> 要那一颗星儿长明不灭!

及至唱到第二段,思嘉听见自己背后的媚兰也放声高唱起来,那声音清澈而嘹亮,跟那喇叭的声音恰相和谐。她回转头,看见媚兰双手交叉在胸口上,眼睛紧紧地闭着,小颗的泪珠从眼角渗了出来。唱完了,她睁开眼,对思嘉微笑一下,一面拿手帕擦着眼泪,做出一种勉强辩解的神情。

"我是快乐极了,"她低声道,"而且对于这些士兵觉得非常骄傲,竟止不住哭出来了。"

她说这话时,眼睛里流出一点浓烈到近乎狂妄的火焰,使得她那平板的小脸儿上霎时间放出满脸光辉,显得有些儿美丽。

其实当这歌儿唱完时,所有女人的脸上都有这种表情的。这是她们深觉自己的男人们大可骄傲的表情;女孩子对于情人,母亲对于儿子,妻子对于丈夫,都觉得十分值得自傲。她们爱她们的男人,相信他们,信任他们,直到最后的呼吸。她们有这么一条壮健的灰色阵线拦截在自己和北佬儿之间,还怕有什么灾难会降临到她们身上来吗?自从世界开幕以来,何尝有过这么英勇、这么狂妄,而又这么风流、这么温柔的男人呢?他们现在所为而战斗的这个主义,是如此的正当,如此的应该,除了绝对的胜利之外,哪里还有其他的可能呢?她们爱这个主义,跟爱她们的男人一般;她们用她们的手和心为这主义服务;她们谈的是这个主义,想的是这个主义,梦的也是这个主义;到了必要的时候,她们可以为这主义牺牲她们的男人,而傲慢地负荷她们的损失,如同她们的男人负荷着战场的旗帜一般。

这是她们心里尽忠极爱的最高潮，也是整个联盟州的最高潮，因为最后胜利是在目前了。桀克孙在平原上打了几个大胜仗，北佬儿在里士满附近的七日战役吃了那样的大败仗，已使最后胜利毫无疑义了。她们有李将军跟桀克孙那样的领袖，最后胜利不属她们属谁呢？只消再打一个胜仗，北佬儿就要跪下来求和了，她们的男人就都要骑马回家，有的是亲吻和笑乐了。只消再打一个胜仗，战争就要完结了！

当然，现在已经有许多家庭餐室的坐席是空着无人补缺了，已经有许多婴孩是永远见不到父亲的面了，弗吉尼亚寂寞的溪涧旁，田纳西幽静的山冈上，已经添了许多没有碑碣的坟墓了，但是为了这样一个主义，这能算是太大的代价吗？现在女人要用的绸缎、茶、糖之类，都已经不容易得到了，但这是值不得一笑的。而且，她们有那么些勇敢的封锁线商人当着北佬儿的面把这些物品源源运进来，反使这些东西的获得特别觉得有趣，而且塞谟兹和联盟州的海军不久就可以对付那些北佬儿的军舰了，海口就又重新开放了。而且英国就要来援助联盟州了，因为英国的纱厂全靠联盟州供给原料，现在都闲在那里呢。而且英国的贵族自然是跟联盟州表同情的，这就是所谓贵族护贵族，自然不会去帮忙他们那种金钱主义的北佬儿。

那些女人，心里怀抱着这种种想法，就都绰缭着身上的绸衣，笑着，看着她们的男人，骄傲得连心都几乎炸裂，因为她们知道从危险和死面前抢夺来的爱，是因附随着一种异常的激动而加倍觉得甜蜜的。

当思嘉骤然见着这大群人的时候，她因自己得以参加这么大盛会，快乐得心不住怦怦地跳着，但是她后来似了解非了解地看见周围那些女人的脸上都现着一种激昂慷慨的神情，她的快乐就慢慢地消散开去。她看见每个女人脸上都燃炽着一种情绪，是她自己丝毫感觉不到的。这就使他迷惘，使她灰心了。因此霎时之间，那个大厅便变得不大美丽，那些女人也变得不大漂亮了，她只觉得她们脸上闪耀着的那种忠于主义的白热，似乎有点儿——有点儿怎么呢？简直就是蠢罢了！

一阵自我意识突然掠过了她，使她惊异得不觉大大地张开嘴。她突然明白过来，那些女人心里的骄傲，牺牲自己的心愿，以及为主义而怀抱的一切，都是她自己所没有的。但是她并不因这惊异而想到："不不！我不应该有这样的感想！这样的感想是错误的，有罪的！"她只知道这个所谓主义对于她全不相干，并且听见人家谈起它来也要觉得非常厌烦的。在她看起来，这所谓主义并没有什么神圣，这场战争并不是一桩神圣的事儿，却只是无故杀人、白费金钱，而使奢侈品难以获得的一场烦恼罢了。她又知道自己对于那无穷无尽的编织、卷绷带、卷麻等等，实在是厌倦极了，对于医院里的工作尤其厌倦了，实在再闻不了那烂肉的臭气，再听不了那不断的呻吟，再看不了那些临死时的肿胀面孔了。

当这番亵渎的思想从她心上奔腾而过的时候，她生怕脸上要现出来，因而不住地用眼睛四下偷偷侦察着。啊，她为什么不能跟别的女人同样感想呢？别的女人都是一个心儿忠于主义的。她们所说的一切，所做的一切，都是出于至诚的。倘使有人疑心她——不，不，这决不能让别人知道！她虽然对于主义并不感觉热心、并不感觉骄傲，但她必须装出很热心很骄傲的样子来，又必须装得像个联盟州军官的寡妇，像是严肃地忍受着悲哀，像是她的心已在坟墓里，像是只要能够帮助主义胜利，虽然死了丈夫也算不了什么似的。

但是她心里终于不能释然。她为什么要跟这些女人两样呢？她对于无论什么东西、无论什么人，都决不能像她们那样绝无私见地爱。于是她觉得自己是跟她们隔绝的了，她感觉到一种向来没有过的寂寞了。起先，她还想把这种思想硬压下去，但是她的性情的深处有一种不肯自欺的意识，不容她这样硬压。因此，她一面跟媚兰在那里招待摊头的顾客，一面心里却不停地考虑，总想找出一种理由来替她自己的心情辩解——这种考虑，对她来说是十分困难的。

最后她想到：那些女人不住地讲着爱国、讲着主义，简直是蠢罢了，痴罢了；那些男人不住地讲着什么生死关头、什么州权，也无非是痴是蠢。只有她思嘉一个人，是自有主张的，是具有爱尔兰人的清醒头脑的。她决不做傻瓜，去相信什么主义，但她也决不做傻瓜，把自己的真情流露出来。她对于这样的局面，自然要抱定一个坚定不挠的主张，那主张就是决不让人窥破自己的真意。倘使现在在场的人知道她心里在想什么，不是大家都要大大吃惊吗？倘使她突然爬上那音乐台去，对大众公然宣布，说她认为这战争应该立刻就停止，以便人人都可以回家种棉花，以便重新开宴会，重新找情人，重新穿那淡绿的衣服，那不要使大家尤其骇异吗？

暂时之间，她这自己辩解的理由使她有些儿高兴起来，但她对于场里的一切仍旧还觉得厌恶。鲁家的那个摊儿，正如梅太太说的，地位并不很显著，所以往往要有很长的时间无人来过问，思嘉无事可做，只把那个快乐的人群满肚子妒忌地注视着。媚兰感觉到她的阴郁，总以为她为察理悲伤，也不去逼她说话。她自管自在摊头上整理物品，想把它们摆得好看些。思嘉独坐在那里，不住地把眼光四下涉猎。虽是戴维斯、施谛文两个巨像底下所供的花儿，也使她感觉不快。

"简直摆得像个祭坛了，"她暗暗在那里嗤鼻，"人家竟把他们两个当做圣父、圣子看待呢！"想到这里，突然自觉大不敬，便急忙做了个十字以示悔罪，但是那种厌恶之心仍旧没有去。

"可不是吗？"她跟自己的良心辩论道，"人人都把他们俩当做了圣人，其实他们也是人，而且难看得很的。"

当然，施谛文是不能不难看的，因为他做了一辈子的残疾人，但是戴维斯呢？——她仰起头看了看那张像是贝壳浮雕一般光净骄傲的面孔。最使她懊恼的是他那把山羊胡子，她以为男人不是剃得精光，便该留两撇髭须，不是两撇髭须，便宁可满面的拉碴胡子。

"你瞧那一点小帚子，他算神气煞了！"她想，至于他脸上那副准备着担当一个新国家的重任的冷静而刚毅的神情，她却一点儿没有看见。

总而言之，她现在心里是不快乐的。她刚刚来的时候觉得能够来见见这么一个盛会，也便有趣了，现在她才觉得单单来见见还是不够的。她见是见着了，可是并不曾参加。没有一个人对她注意，在所有没有丈夫的年轻女子当中，就只她一个是没有情人的。而她从前是一直做舞台中心的呢。这是太不公平了！她还不过十七岁，她的脚在地板上不住地拍着，急于要想滑起来、舞起来。她还不过十七岁，她有一个丈夫躺在奥克兰的墓地里，她有一个孩子睡在白蝶姑妈家的摇篮里，而人人便都当她应该安分守己了。实则任何一个女孩子的胸脯都不如她白，腰都不如她细，脚都不如她玲珑，然而人家不管这一些，硬要派她替察理做未亡人。

她已不是女孩子，不能跟人家跳舞调情了；她也不是个太太，不能跟别的太太们坐在一起去批评那些跳舞调情的女孩子了。她年纪还没有老，哪里就该做寡妇？寡妇是得老了才做的，老到不要跳舞，不要调情，不要别人羡慕的时候才做的，她现在还不过十七岁，就要她这么端端正正地坐在这里，守着一个寡妇的规矩，这是太不公平了。男人相貌生得很好的，到她摊上来买东西，偏要她把声音放得低低，把眼睛看在地下。这是太不公平了！

亚特兰大的每一个女孩子，都有三个男人在追求。虽是最最平常的，也红得跟美人儿一般，而尤其令人痛心的，她们都穿得那么漂亮呢！

她呢，却该像一只黑老鸦似的坐在这里，手腕上套着黑纱，连颈梗都得密密地扣起，没有一丝儿花边，没有一丝儿辫子，没有一件儿首饰，只胸口上插着一枚孝别针，眼睁睁看着那些糨糊似的女孩子牢牢搭在漂亮男人的臂膀上。这一切，都只为那韩察理出了一场疹子。尤其可恨的，他竟这么无声无息地死了，连一点可以吹吹牛皮的资料也没有留给她。

她将两个肘节子支在柜台上，看着那人群来来往往。从前嬷嬷曾经屡次告诫她，说肘节子多支了是要变皱变丑的，现在她完全不管了。变丑了又有什么要紧呢？她想今生今世大概再也没有露出肘膀子的机会了。她睁着一双馋眼，看着那五颜六色的衣装浮漾过去：有的是牛油黄的水绸，套着蔷薇蕾的花圈儿；有的是粉红色的缎子，打着十八道黑天鹅绒带镶绲的绉边；有的是婴孩蓝的绉纱，拖着十码的长裙，飘着空心花边的缘饰；大家都袒着胸口；大家都插着诱惑人的花儿。梅美白倚在那义勇兵的臂膀上，到隔壁一个摊儿上来了，她穿着一身苹果绿的薄纱，膨得连腰身都看不见，上上下下都镶着乳色的上等花边，乃是新近由查尔斯顿通过封锁线运来的。而梅美白穿得那么的大摇大摆，仿佛封锁线商人便是她自己，并不是白瑞德船长似的。

"我要穿起那件衣裳来，该有多么好看呀，"思嘉想着，心里便萌起一阵狠毒的妒忌，"她的腰是粗得跟牛腰一般的。绿是正配我穿的颜色，它会使我的眼睛像是——她怎么配穿绿色呢？她的皮肤是绿得像生干酪一般的。可是，唉！我这一辈子再也不能穿这颜色了，就是出服之后也不能穿了，就是我再跟人结婚的时候也不能穿了，也只能穿青灰，穿褐色，穿莲青色了。"

她又想起这一切的不公平来。人的一生之中，这一段游戏、穿好衣裳、跳舞、调情的期间是何等的短促！只不过几年罢了！以后你就结婚了，穿黯淡的衣服了，养小孩子了，使你的腰围变粗了，跳舞场中只能同太太们坐着向隅了，只能跟你的丈夫跳了，或是跟那种常要踩着你的脚的老头子跳了。你如果不守这套规矩，人家的太太们就要谈论你，于是你的名誉毁坏了，你的家庭被羞辱了。你做小姑娘的时候，得花那么大的工夫去学种种吸引男人收服男人的伎俩，而实际施用这伎俩的期间不过一两年，这不是大大的浪费吗？于是她想起了自己在母亲跟嬷嬷手下所受的训练，认为这套训练是受完全了的，而且很好的，因为她实际施用起来的时候，一直都获得成果。她知道这里面有一套板定的规则，如果你遵守着做，你的努力是无有不成功的。

对于年老的太太们，你要做出一副天真可怜的样子，要装得十分老实，因为那些太太眼睛毒得很，一直像老猫似的，拿妒忌的眼光监视你，倘使你口角眉梢露出点儿不谨慎，她们立刻就要扑来擒住你。对于年老的爷儿们，那你就要带几分淘气，甚至不妨稍稍露些儿浪意，以便把那些老傻瓜的虚荣心挑动起来。如果真的被你挑动了，他们就会觉得自己很年轻，很那个，因而要来拧你的面颊，说你是个小妖精。在这当口你当然得马上红起脸来，不然的话，他们就要愈加放肆，愈要不成体统地来拧你的脸，并且回去告诉他们的儿子，说你很浪漫。

至于遇见年轻女孩子、年轻少奶奶，那你就得满嘴涂着糖，每次见面都要跟她们亲个吻，哪怕一天十次也不妨。你又得拿臂膀去搂她们的腰，也让她们来搂你的腰，无论你对她们觉得怎样不欢喜。对于她们穿的衣服，养的孩子，你总要装出非常羡慕的样子；对于她们的情人，你要常常提起他来作戏谑；对于她们的丈夫，你要常常满口的恭维。如果她们称赞你的美，那你要极力谦虚，说你无论如何比不上她们。尤其重要的，你对于不论什么事情的意见，决不能直而白之地说出来，至少不能多过她们已经宣布的意见。

至于别人的丈夫，那你要严格地避着嫌疑，哪怕他们本是你所抛弃的情人，哪怕你觉得他们怎样的称意。你如果去对年轻的丈夫献殷勤，他们的妻子就要讲你浪漫，因而你的名誉就要毁坏，从此再找不到情人了。

但是对于未结婚的青年男人——啊，那是全然另外一桩事儿了！你可以对他们轻轻地一笑，等他们飞跑到你面前来，你却死也不肯说出所以然，只笑得更加起劲些，这样他们就会一直追着你，企图找出这笑的原因。你又可以用眉梢眼角对他们传情，使得他们设法将你独个人引开去说话。等到他们跟你独个人在一起了，如果他们竟敢跟你亲起吻来，你就可以装出非常非常受委屈，非常非常愤怒的样子来。于是他们自然要对你道歉，要骂他们自己是狗，那你就可以做出十分温柔的样子，饶恕了他们，因而使他们仍旧舍不得丢开你，企图着下次的亲吻。有时候，你竟不妨鼓励他们来跟你亲吻，但是回数不宜多（关于这一层，她的母亲跟嬷嬷都没有教到过，但是她自己知道这是很有效的），等到亲过了，然后你就哭起来，说你一时糊涂了，从此他们再也不尊重你了。于是他们自然会替你擦干眼泪，而且照普通的程序，这个时候他们总就要开口向你求婚，表示他们确实非常尊重你。此外——啊，此外对于未结婚青年所能做的事情还多着呢，她是统统知道的，例如横送秋波，扇遮笑口，款摆纤腰，嘤嘤而泣，吃吃而笑，软语温存，输寒送暖之类，她是没有一件不在行，也没有一次不见效——就只希礼一人是例外。

这许多巧妙的伎俩，她花了这许多工夫学习起来，却只用了这么短促的一段期间，便就永远束之高阁，这似乎是太不合理了。要是她始终不结婚，始终穿着那件漂亮的淡绿色衣服，始终有美男子来向她追求，那该多么有趣啊！可是这种日子如果拉得太长久，你又要变成一个老处女，如同卫家的英弟一般，人家又要似嘲似讽地叫她"可怜东西"了。这么说起来，到底还是早结婚的好，结婚之后虽然再没有什么好玩，到底还可以维持着自尊心的。

啊，人生是多么混乱的一件东西啊！总之，她当初为什么要这么傻，为什么偏偏要嫁给察理，以致才只十六岁就把这生这世活活断送呢？

她正做着这种愤激而绝望的冥想，忽见人群向着两边墙壁纷纷地后退，使得那些太太奶奶急忙撩起了长裙，免得遭人践踏。思嘉踮起脚尖伸着脖子看了看，只见场子中心腾出一块空地来，那个警备队的队长正爬上音乐台，喊着口令叫队员归队。队归好了，便做了几分钟非常活泼的体操，操得每个人都汗出如浆，而博得了观众中一阵喝彩和鼓掌。思嘉也随和着大家，尽义务似的拍了几下掌，便听见一声散队，那些士兵都散到各摊头去喝糖拌酒和柠檬水去了。思嘉觉得自己这时候也该装起热心主义的样子来了，便旋转身去朝着媚兰。

"他们样子不很漂亮吗？"她说。

媚兰正在整理摊头上的编织物。

"他们要是穿起灰色军服来，开到弗吉尼亚前线去，就还要漂亮得多。"她说时并没有降低声音。

有好几个警备队员的母亲就站在旁边，心里正得意得了不得，不想听见媚兰这几句轻描淡写的批评，其中有一位金太太，竟气得脸上一阵红又一阵白，因为她有一个二十五岁的儿子卫理也在队里呢。

思嘉万想不到这几句话会从媚兰口里说出，也不由得吓得目瞪口呆。

"怎么，媚兰！"

"这是真话呢，思嘉。我并不是说那些小孩子跟老头儿也该到前线去，但是他们里面有很多是捎得动来复枪的，这时候正该到前线去服务呢。"

"可是——可是——"思嘉一时驳不出话来，因为她对于这桩事情从来不曾考虑过，"也总得有几个人留在家里——嗯——"那一回金卫理对她怎么说的呢，"总得有几个人留在家里防备本州受人侵略的。"

"现在没有人侵略我们，也没有人要来侵略我们，"媚兰朝着一群警备队员那边看了看，冷然地说道，"而且防卫本州受侵略的最好方法，也莫过于跑到弗吉尼亚去跟北佬儿打去。据说警备队所以不去的理由是防恐本地的黑人要暴动起来，这是我一辈子没有听见过的蠢话。我们的人为什么要暴动呢？这不过是那些懦夫的一句好借口罢了。我可以赌咒，要是南方各州的警备队都开到前线去的话，包管那些北佬儿是一个月就可以干掉了。我就是这个意思！"

"怎么，媚兰！"思嘉又瞪着眼喊起来。

媚兰温和的黑眼睛里闪出了怒火："我的丈夫是不怕去的，你的丈夫也不怕去的。要是他们死守在家里，我宁可他们都去死在——哦，亲爱的，对不起，我说错了，我太忍心了！"

她抚慰地捋着思嘉的臂膀，思嘉瞪着眼看她，但是思嘉心里想的并不是已死的察理，却是未死的希礼。假如希礼也死呢？这个当儿，米医生向她们摊上走来了，她就急忙旋转身，机械地微笑了笑。

"哦，你们俩，"他招呼她们说，"谢谢你们都来了。我也知道你们今晚上出来，是你们的一种牺牲。可是大家都是为主义而牺牲。一会儿我要告诉你们一个秘密。今晚上我要替医院多筹一点钱，已经想出一个很新奇的法儿来了，可是我恐怕有些太太们是要觉得骇异的。"

说到这里他忽然停住了，只是吃吃地笑着，捋着他的山羊胡子。

"哦，什么法儿呢？请你讲出来吧！"

"我想暂时不讲吧，也好让你们猜一会儿。可是那些教会里的人倘使要把我驱逐出境的话，你们得替我帮忙。总之，我是为医院设法呢，你们等会儿瞧吧。这种事情是从来没有过的。"

说完，他得意扬扬地走到一个角落里，加入一群监护人里面去了。这里思嘉和媚兰正在猜测他说的那句话，忽有两个老先生走到她们摊上来，哗啦哗啦地说要买十英尺长的梭织花辫。好吧，虽是老头儿，总比没有人来光顾好些，思嘉心里想，她于是结结巴巴地量出那花辫，有一位老先生将她的下巴颏儿兜了一下，她也忍受着一声不响。老先生到柠檬水摊上去了，别的顾客就来补了缺。她们摊上的顾客不如别人摊上多，像梅美白、艾芬妮，以及惠家几个女孩子摆的摊儿，都是一直稀里哗啦笑声不绝的。她们摊上卖的东西本来就没有用处，加之媚兰那么一本正经，像个店老板似的，而思嘉也学着她的样儿，因而愈加无人过问了。间或有几个人来光顾，便又那么噜哩噜苏一大套。有的说他跟希礼是大学里的同学，称赞希礼是多么好的军人；有的说他非常之敬慕察理，他的死是亚特兰大的莫大损失之类。

这时音乐台上奏起一阕回肠荡气的舞曲来，把个思嘉心里痒得几乎要喊出声来。她要跳舞！她要跳舞！她把眼睛打地板上一路掠过去，双脚踩着音乐的节拍，一双绿眼珠子燃炽得几乎要爆开。直至看到地板的尽头，她忽然瞥见一个新进来的人正靠在门边对着她凝神注视。

那人穿着黑色宽幅布的衣裳，高个儿，巍然高耸在周围几个军官的队里，阔阔的肩膀，却往下削成一段细细的腰围，一双脚小得荒唐，穿着双雪亮的全帮鞋子。他那一身纯黑的衣服，那一件细绸的衬衫，那一条笔挺的直罩脚面的裤子，都跟他的体态和面容完全不相称，因为他装饰得这么花花公子一般，他的人却是雄赳赳、凶狠狠，没一点斯文气度的。他的头发跟墨一般黑，两撇小髭须修得崭齐，颇有点外国人的格式。看他那神气，分明是个荒淫无耻的浪人。他又像非常自负，目中无人似的。当时他对思嘉毫无忌惮地注视着，那眼光里分明有几分不怀好意，思嘉一经感觉到他的注视，便也不由得对他仔细看了看。

她仿佛觉得这人是哪里看见过的，一时却想不起他到底是谁。不过这几个月以来，他是第一个对她显示注意的男人，因而她不由得抛给他一个微笑。于是那人远远地对她鞠了一个躬，她也随随便便回他一个礼，但是当他举步向她走来的时候，她就吓得连忙将手扪住嘴，因为她突然记起他是谁来了。

她像触了电似的，浑身麻木地待了一刻，然后，急忙扭转身子，想要向后面卖点心的房间里逃去。谁知匆促之间，她的衣裙被摊上一个钉子钩住了。她正在愤怒地拔着、扯着，那人却已经站在她身边了。

"让我来效劳吧，"他一边说，一边弯身下去替她解开了衣裙，"我想不到你还会记得我的，郝小姐。"

他的声音出奇地悦耳，是上流人含有抑扬顿挫的声音，既响亮又从容，颇有查尔斯顿人那种好整以暇的调子。

她抬起头，拿哀求的眼光看着他，心里记起前次见他时的情景，不由得羞得满脸通红。而她所接触到的，乃是一对顶顶黑的眼珠子，幸灾乐祸似的在那里跳动。于是她不由得愤恨起来，为什么偏会遇到这个冤家呢！他是亲眼目睹过她跟希礼演的那场活剧的，他是糟蹋过人家的女孩子以至于人人都不肯招待的，他是曾经说她不是上流女人的！

媚兰听见他的声音，就走过来跟他招呼，这一来却救了思嘉之急，使得思嘉心里感谢上帝不尽，多亏他替她生了这一个姑姑。

"怎么，这不是——不是白瑞德先生吗？"媚兰带着一个浅笑说，一面就向他伸出一只手去，"我见过你的，在——"

"在你宣布订婚的那个喜日，"他替她说完这句话，一面弯下身子去接她的手,"谢谢你还记得我。"

"你从查尔斯顿老远跑到这里来有什么事呢,白先生?"

"是为一桩麻烦人的生意事,卫太太。以后我常常要在你们这里来往了。我觉得单单把货运进来还是不行,还得我亲自来分配。"

"运货——"媚兰起先皱着眉头说,一会儿就放出一个快乐的微笑来,"哦,那么你——你一定就是著名的封锁线商人白船长了,我们这里常常说起你的。现在我们这里的女孩子人人都穿你运进来的衣服呢。思嘉,你不觉得激动吗——怎么,怎么回事,亲爱的?你发晕吗?你坐下来吧。"

思嘉落在杌子上,她的呼吸来得非常快,她怕小马甲也要裂开了。啊,这是多么可怕的事啊!她是再也想不到会碰到这个人的。在这当儿,白瑞德从柜台上捡起一柄黑色的扇子,很关切地替她扇起来。他的面孔是严肃的,他的眼睛仍旧跳动着。

"这里热得很,"他说,"怪不得郝小姐要发晕了。我陪你到窗口去好吗?"

"不!"思嘉说,说得十分鲁莽,媚兰不觉瞪了她一眼。

"她现在已经不是郝小姐了,"媚兰说,"她是韩太太,是我的嫂子了。"白瑞德听了,十分亲昵地向思嘉瞥了一眼。思嘉看见他那张海盗一般的脸上显出了那种神情,只觉得自己马上要闷煞。

"哦,你们两位做了一家人,实在是可喜可贺。"他说着,微微地鞠了一躬。这也是男人们常说的一句通套话,但是现在从他嘴里说出来,思嘉便觉得他的用意是完全相反的。

"你们两位的先生现在都在这里吧,今天是盛会呢!我跟他们都见过面的,现在很愿意见见他们。"

"希礼现在弗吉尼亚,"媚兰有点自傲地将头翘了翘,"可是察理——"她突然中断了。

"他在营里死掉了。"思嘉直截了当地说了出来。她说得那么硬声硬气,仿佛是机器拍出的一般。她心里只在想,这家伙为什么还不走呢?媚兰见她这样,不觉吓了一跳,对她看了看,白瑞德便做了一个自己责怪的姿势。

"唉唉,我该死了!请你们特别原谅。我和你们是初交,不便劝解你们,不过也容我奉劝一句,一个人为国而死,其实就是永生。"

媚兰含着亮晶晶的眼泪对他微笑了笑,思嘉却觉得愤怒和憎恨在咬她的脏腑。她总以为他的话都是反话,他的恭维正是在嘲笑她,因为他明明知道她是不爱察理的。媚兰是个大傻瓜，会看不穿他的真意。可是谢天谢地，幸亏她没有看穿！她想着又怕起来了。他会把这个秘密说出来吗？当然他不是一个上流人，凡不是上流人所做的事是谁也料不到的。想着，她抬起头来朝他一看，只见他闭着一张嘴，满脸都是假同情，连他那么巴结地替她扇着，也是假意的。她觉得他那副神气越看越可恨，不由得突然胆壮起来，一把夺过他手里拿着的扇子。

"我是很好在这里，"她尖刻地说，"用不着你那么扇，连头发都扇乱了。"

"思嘉，亲爱的！哦，白船长，你得原谅她些。她一听见提起察理的名字，就要——就要失神似的了。本来呢，我们今晚上是不应该到这里来的。我们都还有丧服在身上，所以她受到极大的刺激——这热闹，这音乐，可怜的孩子。"

"这我很了解，"他一本正经地说，但当他朝过脸去对媚兰深深盯了一眼的时候，他脸上就变成了一种尊敬和温和的表情，"你肯为主义而牺牲，真是勇敢得很，卫太太。"

"没有一句提到我的呢。"思嘉愤然地想，只见媚兰不知所措地微笑了笑，回答他说："哦，怪难为情的，白船长！看护会不过要我们来管管这个摊儿，因为临要开会的时候——枕头套吗？这一个很好，有一面旗子在上面的。"

说着，她跑过去招呼三个到她摊上来买东西的骑兵去了。随后又接连来了几批顾客，以至她把白船长完全丢在脑后。这里思嘉静静地坐在一张杌子上扇着自己，连头也不敢抬起来，只巴望着白船长早些回到他自己的甲板上去。

"你家先生死了好久了？"

"哦，是的，好久了。快要一年了。"

"他是足以千古了。"

思嘉不很了解"千古"是什么意思，但听他词义之间分明并没有恶意，也就不响了。

"他死的时候你们结婚多久了？请原谅我问这样的话，因为我离开这里已经很久，实在不知道。"

"两个月。"思嘉不耐烦地说。

"也算一场悲剧了。"他仍是那么平心静气地继续说。

"哦，这天杀的！"她愤激地想，"倘使不是他，我马上就要强硬起来，叫他滚开了。但是他知道希礼的事，他又知道我并不爱察理。因而我的手被束缚了。"想到这里，她只得忍着不开口，仍旧低着头看她的扇子。

"这是你第一次参加集会？"

"我也知道人家要觉得奇怪的,"她急忙解释说,"可是管这摊儿的几位鲁小姐出门去了,又没有别的人,所以媚兰跟我——"

"为主义而牺牲是什么都值得的。"

这句话是艾太太也说过的,但是他说在他嘴里的时候,听起来跟这完全不一样。她一肚子的愤懑几乎要发泄出来,可是马上又压下去了。毕竟她不是为主义到这里来的,是为在家里气闷不过才来的。

"我也常常想起,"他谨慎地说道,"我们这种丧礼,要叫守寡的女人披一辈子的黑纱,一辈子不能享受正当的娱乐,简直是跟印度人的刹缔一般野蛮的。"

"刹缔?"

他笑了笑,她羞得红起脸来。她恨人家说话为什么要用这些难懂的字眼。

"在印度地方,男人死了是烧掉的,不是葬掉的,他们的妻子往往要跳到火堆里去同丈夫一齐烧死,这叫做刹缔。"

"多么可怕呀!她们为什么要这样呢?难道警察也不管的吗?"

"当然不管的。做妻子的要不跟丈夫同死,就要被社会唾弃,就要受到那些高等太太的批评,说她不是好人家的女子,就譬如你今天晚上在这里,假如敢穿起红衣服来领导苏格兰舞,那个角落里的那些高等太太也要批评你的。不过照我个人看起来,印度的刹缔倒比我们南方这种活葬寡妇的风俗还人道些。"

"那么你当我也是活葬了的?"

"我们的寡妇身上捆着重重的锁链,不是等于活葬吗?你说那种印度风俗野蛮吧,但是假如今天晚上联盟州并不需要你,你有这胆量敢到这里来吗?"

像这种性质的辩论,向来是要使思嘉昏头的。现在他这一番话使她加倍地昏头,因为她恍恍惚惚觉得他这话是对的。但是她听见了最后这一句,便认为驳倒他的机会来了。

"当然,我本来是不要来的。我来了就像我是——嗯,就像我是不顾念——就像我本来不爱——"

他瞠着眼等她说下去,眼光里含着一种怀疑的兴趣,但是她说不下去了。他明明知道她是不爱察理的,而且偏偏不容她装腔。这是多么可怕呀!碰着了一个不是上等人是多么难以对付呀!凡是上等人,对于女人所说的无论什么,总都装做相信的样子,哪怕他明明知道她是在扯谎。这就是南方的武士道。凡是上等人总是遵守武士道规则的,说话总是规规矩矩,总要使女人感到适意。但是现在这个人似乎并不管这套规则,偏偏只爱说那种没有人说过的事情。

"我在洗耳恭听呢。"

"我觉得你这人实在可怕。"她没奈何地垂下眼睛说。

他从柜台上扑了过去,直至他的嘴贴近了她的耳朵,然后活像一个戏台上的丑角,对她细声地说道:"你不要害怕,我的好太太!你的那个秘密我替你牢牢保守着!"

"哦,"她愤然地低声说,"你怎么能说这种话呢!"

"我不过是安慰你的意思。你想要我说什么呢?难道你要我说,'依从我,美人儿,不然我什么都宣布出来'吗?"

她老大不愿意地接触着他的眼睛,只见它们正像一个小孩子般在捉弄自己。突然地她笑起来了。这种局势到底是一钱不值的。他也笑起来了,而且笑得非常响,以至角落头有好几个老太婆都向这边看过来。她们看见了韩察理的小寡妇跟一个陌生男人在这般作乐,便都交头接耳地大不以为然起来。

一阵鼓声响起来,许多声音喊起了"嘘!嘘",便见米医生爬上音乐台,挥着手叫大家静听。

"今天,"他开头道,"我们大家应该感谢这许多美貌女士,她们热忱爱国,不辞劳苦,不但使得这个赛珍会得到经济上的成功,并已使得这间粗陋的大厅化成了一座优美的园亭,可以招待这许多娇贵的宾客。"

大家都拍掌赞成。

"这些女士不但花费她们的时间,并且用尽她们的心力,现在各摊头陈列的这些商品,都是我们南方的优秀妇女们亲手做成的,所以值得大家加倍地宝贵。"

又是一阵喝彩声,这时白瑞德懒洋洋地靠在思嘉旁边的摊柜上,对她耳语道:"你看他不像一头吹牛皮的山羊吗?"

思嘉听见他对于这位亚特兰大最最爱戴的公民说出这么大不敬的话,不由得大吃一惊,对他斥责似的瞪了一眼。直至仔细一看那医生的脸,见他下巴上一把灰色的胡子那么不住摇摆着,的确像一头山羊,便又几乎扑哧一声笑出来。

"但是单有这些东西还是不够的。现在有许多女士在医院里服务,她们的手曾经抚慰过无数苦难的同胞,曾经从鬼门关里夺回无数为主义而受伤的勇士,唯有她们,是深切知道我们需要什么的。现在我也不必一一地列举。总之,我们需要更多款项向英国去买药品。至于运输方面,我们要谢谢一位勇敢的船长,他冒着大险,替我们从封锁线里运进药品来,已经运了一年了,以后我们还要仰仗他——白瑞德船长！"

虽然是出其不意，那位封锁线商人却彬彬有礼地鞠了一躬。照思嘉分析起来，这一个躬又鞠得过分有礼，未免近乎虚伪了，因为她知道他对于在场的人是满肚子轻蔑的。但当他鞠躬的时候，群众里面便起了一阵哗然喝彩声，同时那个角落里的老太太们也都伸着脖子朝他这边看。经这一看，她们方才知道韩察理的小寡妇原来跟他在勾搭。可怜的察理死了不到一年呢！

"我们需要更多的金子，现在我就要向你们请求，"那医生继续道，"我所请求的是一种牺牲，但是比起我们那些穿灰色军服的勇士的牺牲来，这似乎是小得可笑的。诸位女士，现在我要你们的首饰。是'我'要你们的首饰吗？不是的。是联盟州要你们的首饰，联盟州要求你们献出来，我想没有一个人会推诿的。是啊，雪白的手腕上闪着一颗宝石，多么好看呢！胖胖的胸口上亮着一支金别针，多么美丽呢！但是牺牲比黄金和宝石都还要美丽得多。黄金熔化了，宝石卖掉了，将这钱拿去买药品，买其他医药的材料，这不是世界上再美丽不过的事吗？诸位女士，现在我们要有两位伤兵，拿着篮子，巡回到你们当中来，请你们——"其余的话被一阵混乱的拍掌声和喝彩声淹没掉了。

思嘉的最初一念便是一种深切的感谢，感谢的是自己正在居丧，没有把她外祖母留给她的那副珍贵的耳坠子和沉重的金链条，以及那黑宝石镶的金钏子，柘榴石镶的金别针带在身上。她随即看见那个小个儿的义勇兵，在他那未受伤的臂膀上挽着一只橡木条的篮子，向自己这厢的人丛里巡行而来，又看见老老少少的女人们，也有笑着的，也有认真的，正在纷纷褪下手钏子，卸下耳环子，或是互相帮着松下项圈子，拔下别针子。同时听见一阵丁零当啷的金属与金属相碰声，以及"等一下，等一下，我还没有解下来呢"的声音。梅美白正从她的肘节子的上段和下段解下一副精美的连环手钏。艾芬妮一面在喊："妈，我也得给吗？"一面从鬈发里拔下一支数代相传的重金镶嵌的珠押发。每一件首饰投进篮去的时候，总有一阵鼓掌和喝彩跟着起来。

一会儿，那个咧着嘴的义勇兵已经走到她摊上了，他的篮子沉甸甸地挂在他臂膀上。当他走过白瑞德面前的时候，白瑞德便将一只精美的金烟盒子随随便便摺进篮里去。直走到思嘉面前，他将篮子往柜台上一放。思嘉摇摇头，撑开两个空手掌，表示她没什么可给。她觉得很不好意思，在场的人只有她一个是没有东西给的。但在这当儿，她看见自己手上那只很阔的结婚戒指金光一闪。

她记起察理的面孔来，当初他把这只戒指套上她指头的时候是怎么一种神情的。但是这记忆模糊得很，因为她每次记起他来，总有一种懊恼的感情突然出现。察理——他就是使她断送一生并且变成一个老妇人的原因呢！

她突然抓住那戒指，要把它一下拔下来，可是一时拔不下。那义勇兵已经向媚兰那边去了。

"等着！"思嘉喊道，"我也有东西给你！"戒指拔下来了，正要投进篮子去，却触着了白瑞德的眼睛。他的嘴唇正变出一个轻微的笑。她便不顾一切，毅然把戒指投进去了。

"哦，亲爱的！"媚兰一面抓住她的臂膀一面低声说，她的眼睛冒着爱与骄傲的光芒，"你真是勇敢！真是勇敢！等着——我也有东西给你！"

她拔着自己手上的戒指，思嘉知道这个戒指自从希礼给她戴上的时候起，从来不曾有一刻离开过她的指头。她对于这戒指多么的重视，也是唯有思嘉知道的。好容易才拔了下来，仍旧在她的小手掌上掂了好一会。然后，它被轻轻放在那个珍宝堆上了。那义勇兵向那些老太太的角落走去，她们两个就面面相觑起来，思嘉脸上是一脸的倔强，媚兰脸上是一种比哭还觉凄惨的神情。而站在她们旁边的那个男人，早已拿他的冷眼看得清清楚楚了。

"要是你不那么勇敢，我是再也不会鼓起这勇气来的。"媚兰说着，将臂膀搂住思嘉的腰，轻轻地捏了她一把。思嘉很想一下子将她甩脱，并且学着她父亲恼时的样子，尽她的肺力喊出一声："天晓得！"但是她忽然触着了白瑞德的眼睛，便只得装出一个酸溜溜的微笑来。她所以觉得懊恼，是因媚兰一直要误解她的本意，但是一转念之间，又觉不如让她误解了。

"这是多么漂亮的举动啊，"白瑞德很温和地说，"我们那些灰色军服的勇士，就全靠你们这样的牺牲才鼓励起来的呢。"

思嘉听见这话，又几乎要发作了。她觉得他每一句话都是带着讥讽的。她看见他还是那么懒洋洋地靠在柜台上不走，已经厌恶到了彻骨了。但是不知怎么的，她又觉得他身上有一种使人兴奋的东西，有一种热烈的、活跃的，如同电气一般的东西。他的黑色眼睛在向她挑战，她就把全身的爱尔兰气质都鼓动起来以备迎敌。她决计要打胜这人一两等，但是一想他知道自己的秘密，这战斗的形势殊为不利，因而她不得不改变方略，要先把他弄到一个不利的地位去。她本来要把自己对他怎么憎恶的实话说出来，现在把这冲动硬压下去了。她记得嬷嬷常常说，要擒苍蝇，用醋不如用糖，她现在要着手擒住这个苍蝇，收服这个苍蝇，免得自己再吃他的苦。

"谢谢你,"她存心装做不懂的样子甜蜜蜜地对他说,"像白船长这样的名人,承他这样的夸奖,我们铭感不忘了。"

他听见这话,马上掉回头,哗然大笑起来——"哪里是笑?简直是吼了。"思嘉心里想。因而脸上又泛起一层红晕来。

"你为什么不说实话呢?"他问,问的声音很低,因而在那喧哗纷扰之中,只有她一个人听得见,"你为什么不老老实实地说,我是天杀的流氓,不是上等人,我得赶快滚开去,不然的话,你要叫一个穿灰色军服的人来轰我出去呢?"

她的舌尖已经预备好一个锋利的回答,但是她英勇地将它控制着,只对他说:"怎么,白船长!你想到哪里去了!仿佛人家不晓得你多么出名、多么勇敢,而且是多么一位——多么一位——"

"我对你觉得失望。"他说。

"失望?"

"是的。我们第一次遇见的时候,我心里曾经想,我终于遇到一个不但美丽而且勇敢的女孩子了。现在我却觉得你只是美丽了。"

"那么你当我是个胆小鬼了?"她像一只母鸡似的耸怒起来。

"一点儿不错。你就没有胆量敢说心里真要说的话。当我第一次遇到你的时候,我心里想,这是百万中取一的女子。她不像寻常那些蠢丫头,单会相信她们嬷嬷说的话,哪怕心里不愿意,也只能由人吩咐。她们心里的感情、愿望,乃至于觉得伤心的事情,都只能闷在肚里不敢说出来,反而要拿许多好话故意掩饰掉。我想:这位郝小姐的精神是难得有的。她知道她自己心里要什么,并且不怕把自己的心事说出来——或甚至掼花瓶。"

"哦,"她吼了起来,她的愤怒再也遏制不住了,"那么我现在就把我心里的话直白地对你说吧。假使你是有一点儿教养的,你就决不会跑到这里来对我说话了。你是明明知道我再也不愿意见你的面的!可见你并不是上等人!你简直是个讨人嫌的卑鄙的动物!你以为你吃瘪了他们北佬儿,就了不起了,就有权利跑到这里来嘲笑这些勇敢的男人跟为主义而牺牲一切的女人了!"

"得了,得了——"他咧开嘴来求她道,"你那开头几句话倒还说得中听,倒的确是真心话,可是怎么说说又说到主义上去了呢!请你不要主义主义了吧,我真听得厌倦极了,而且我可以赌咒,就是你也是——"

"怎么,你怎么知道——"她说时几乎失掉了平衡,但急忙又控制住了,只恨自己反而坠入了他的陷阱,直气得全身发抖。

"今晚上你还没有看见我的时候,我站在那边门口一直看着你,"他说,"我也看着别的女孩子。我看见她们的神气,仿佛她们的脸是从同一个模型里浇出来的。唯有你不是这样。你脸上的表情是很容易读出来的。你的心并不在你所做的事情上面,我又可以打赌,你也并没有想到我们的主义,并没有想到什么医院。你面孔上分明写出来,你是要跳舞、要快乐,可恨的是你不能。因此,你简直是要发狂了。你老实说吧,我这话说得对不对?"

"我没有什么跟你说的了,白船长,"她这话说得尽量正式,因为她还想拖些已经破碎的尊严来替自己掩饰,"你不要倚仗你是个'封锁线大冒险家',便来侮辱我们女子。"

"封锁线大冒险家!那是太挖苦了!请你再牺牲一刻儿宝贵的时间,然后推我到黑暗里去吧。我不愿意你这么一位美貌的爱国者,竟至误解我是替联盟州的主义尽力。"

"我不要听你的废话。"

"你要知道,我之所以去跑封锁线,原是当一桩生意做的,现在这生意使我发财了。到了不能发财的一天,我也就丢手不做了。你觉得我这主意怎样?"

"我觉得你是一个金钱主义的流氓——跟北佬儿一样的。"

"一点都不错,"他咧着嘴道,"而且北佬儿还帮助我发财呢。刚刚上个月,我还把船放到纽约去,装了一船货回来呢。"

"什么?"思嘉不由得感到兴趣,兴奋起来,"他们不轰你吗?"

"哈哈,你真太老实了!当然不会的。他们北方也有很多勇敢的爱国者,他们跟联盟州做买卖有钱可赚,又何乐而不为呢?上月我放船到纽约,向北佬的厂里买了货,当然是秘密的,买了我就跑了。有时觉得纽约有危险,我就到纳索,同时这班北方爱国者早已把火药、炮弹、花边之类替我运到那里了。这比到英国去运方便得多。有时要把货运进查尔斯顿或威尔明顿来,确实有点困难,可是一个人手里拿着点金子,你真不晓得它的神通会有多大呢。"

"哦,我也知道他们北佬儿本来很卑鄙,但是还不晓得——"

"这又何足责怪呢?他们也不过趁此多捞几个钱罢了。这是一辈子也不会发生影响的。结果终究还一样。他们明知道联盟州终于要被干掉,那么为什么不趁此捞它几文呢?"

"干掉——我们?"

"当然啰。"

"请你赶快走开吧,还是一定要我马上叫车回去避开你呢?"

"一个火热的小叛徒。"他说着又突然咧了一咧嘴。随即鞠了一个躬,逍逍遥遥地踱开去了,把个思嘉独个人丢在那里,气得胸口不住地起伏。她只觉得心里有一种失望在那里燃烧,可又不能加以分析,仿佛是一个小孩子看见幻影破灭时的失望一般。她想,他把那些做封锁线生意的怎么就敢说得那么好?又怎么竟敢说联盟州是要被干掉的?像他这样的行为,简直就该枪毙,当做一个卖国贼来枪毙。她抬起头看了看周围那些很熟悉的脸,看见那些脸上的表情都很成功的把握,都很勇敢,都很忠心,却不知怎的心里忽然打了个寒噤。干掉?怎么,这些人,当然不会的!这是卖国的思想,连这思想也是不可能的。

"你们两个刚才在这里谈些什么?"这时摊上的顾客都已走开了,媚兰才回过来对思嘉说,"我刚才看见梅太太一直都盯着你看呢。亲爱的,你知道这人是顶爱谈论别人的。"

"哦,刚才这个人简直要不得,简直是个下流坏,"思嘉说,"梅太太爱讲什么让她讲好了。我不能为了她就该做呆木头的。"

"怎么,思嘉!"媚兰很起反感地喊道。

"嘘——嘘,"思嘉说,"米医生又在说话了。"

群众听见米医生提高声音,便又静了下去。他先对乐助首饰的女士们表示了一番感谢。

"现在,诸位女士,诸位先生,我要提出一个惊人的提议来了——这是一个新鲜花样儿,也许你们有几位是觉得惊骇的,可是我请求你们记着,这都是为捐助医院起见,都是为救助医院里躺着的那些勇士的。"

人人都要挤上前去,人人都在猜想这位道貌岸然的老医生会有什么骇人听闻的提议出来。

"现在跳舞就要开场了,第一个节目当然是苏格兰舞,接着是华尔兹舞。以后的波兰舞、斯高奥舞、马助加舞,也都要拿短短一段苏格兰舞来开头。至于苏格兰舞的领导,我知道是要一番竞争的,所以——"说到这里,他蹙起了眉头,向那个角落鬼鬼祟祟地瞥了一眼,原来他自己的太太也坐在那些监护人里面,"诸位先生,如果你们谁要跟你所挑选的女士领导一个苏格兰舞,你得要出钱。我来做拍卖人,谁钱出得多谁领导,把拍来的钱捐给医院去。"

于是所有摇着的扇子都在中途停住了,立即有一阵嘤嘤嗡嗡的声音传遍了整个大厅。特别是监护人坐的那个角落里,直像一锅开水一般地沸滚起来。那米太太一面要想赞助丈夫的提议，一面心里实在大不以为然，便陷入了一种左右为难的局势。艾太太、梅太太、惠太太，顿时都把脸气得绯红。但是突然之间，那些自卫队的队员哄然喝出一声彩，其他穿军服的来宾便齐声响应起来。一般年轻女孩子也大鼓着掌，兴奋得不住地蹦跳。

"你想，这不像是——不像是拍卖黑奴吗？"媚兰对思嘉低声说，一面朝那医生怀疑地瞪了一眼，原来她对于他，向来是把他当个完人看的。

思嘉不开口，但是她的眼睛闪烁着，她的心微微有点痛地收缩着。假如她还是当初的郝思嘉小姐，穿着那件淡绿的衣服，飘着那深绿天鹅绒的飘带子，鬓边插着月下香，今天领导这个苏格兰舞的会有不是她的吗？当然不用说的。至少要有论打的人来投她的标，抢先把钱捐给医生去。现在呢，她却不得不坐在这里做壁花，眼睁睁看着芬妮或是美白去领导跳舞，去做亚特兰大的美人呢！

正在纷扰的当儿，那个小义勇兵的声音忽然超出了一切，只听他带着一口法兰西腔的土音说："我可以不可以——二十块钱挑梅美白小姐？"

梅美白羞得满脸通红，伏在芬妮肩胛子上，芬妮也把头钻到美白的脉子底下，互相扭着笑做了一团。随后又有几个别的声音，喊出了别的名字，跟别的数目的钱。米医生只是嘻嘻地笑着，随便那班太太怎样的愤慨，他也不去管她们了。

起先，梅太太曾经老实不客气地对大家声明，说她家美白是无论如何不让参加的，但是美白的名字叫的人愈来愈多，钱的数目又已涨到七十五，于是她的抗议渐渐没劲了。思嘉将两只肘脖子支在柜台上，眼睁睁看着那欢呼激动的群众满手擎着联盟州的纸币拥到台前去，直把她眼热得几乎冒出火来。

现在大家都要跳舞了，就只除了她跟老太太们。现在人人都要快乐了，就只除了她。她正在烦闷，忽然瞥见白瑞德靠近米医生站在台下，正对她做着鬼脸，一只嘴角往下拖，一只眉毛往上翘。她将头一翘，马上朝开去，但是突然听见有人喊着她自己的名字了——是一种清清楚楚的查尔斯顿口音，喊得她的名字响过其他一切的名字。

"韩察理太太——一百五十元——金洋。"

听见了这个数目、这个名字，众人忽然变得鸦雀无声。思嘉这一惊非同小可，竟至动弹不得了。她依旧支颐坐着，只把一双眼睛睁得大大的。人人都朝她这边看过来。她看见米医生从台上弯下身子，跟白瑞德咬了一会耳朵。他大概是说她丧服在身，不可能起来跳舞的。她又看见白瑞德懒洋洋地耸了耸肩膀。

"请你另挑一位女士吧。"医生说道。

"不,"白瑞德明白地说,说时毫不在意地把眼睛扫过众人,"我要韩太太。"

"我告诉你这是不可能的,"医生暴躁地说,"韩太太不肯——"

这时思嘉听见了一个声音,起初还不认识就是她自己的呢。

"我肯的。"

说着,她就一跳跳了起来,她的心发狂似的不住地捶着,她只怕被它捶得要立不住脚,因为她又要去做众人注意的中心了,又成了全场里面的唯一红人了,而且,尤其妙的是,又有舞可以跳了,这一下激动得多厉害,怎由她的心不怦怦地大捶呢!

"啊,我不管了!我不管他们怎么说法了!"她心里扫过一阵舒适的疯狂,嘴里不觉这么自言自语着。当即她将头一翘,从摊儿里奔了出来,两个脚跟碰得夹板一般响,一柄黑油扇子大大地撑开。只在一刹那之间,她瞥见了媚兰惊愕的面孔,瞥见了那些监护人的愠怒神情,瞥见了一般女孩子们的嬷嬷的烦闷,瞥见了一般士兵们的热烈的赞成。

于是她在舞场中心了,那边白瑞德便从人群里迎了上来,脸上挂着一个卑鄙的讥笑。但是她不管——哪怕他就是林肯她也不管!她要重新跳起舞来了!她要领导苏格兰舞了!她给他低低地屈了屈膝,炫目地笑了一笑,他就一手揿在胸口上,深深地鞠了一躬。于是音乐队里便悠悠扬扬地奏起《狄克西》来了。

"你怎么叫我这样使人注目呢,白船长?"

"可是,我的亲爱的韩太太,你是明明要人家对你注目呀?"

"你怎么当着这许多人的面叫起我的名字来?"

"你不愿意你可以拒绝的。"

"可是——我是为着主义呀,你出了这许多金洋,我——我是顾不得自己了。你别笑,大家都在看我们呢。"

"他们反正是要看的。请你不要拿主义来做幌子。你要跳舞,我给你一个机会了。这是苏格兰舞的末了一段了吗?"

"是的——真的,现在我得停止了。"

"为什么?我踩了你的脚了吗?"

"不——可是他们要议论我的。"

"你当真怕别人议论吗——是出于真心的吗?"

"嗯——"

"你又没有犯什么罪,是不是?为什么不跟我跳华尔兹呢?"

"可是倘使母亲——"

"仍旧吊在母亲的裙带子上吗?"

"哦,你真讨人嫌,总把道理讲得这么一钱不值的。"

"可是道德本来就一钱不值呀。你怕人家讲话吗?"

"怕是不怕,不过——嗯,我们不谈这个吧。谢天谢地,华尔兹开始了。苏格兰舞老是跳得我气都转不过来的。"

"你不要闪避我的问话。别的女人家讲你什么,你去管不去管呢?"

"哦,你要我说真心话——那我是不管的!不过一个女孩子总是要管的呀。可是今晚上,我实在是不管了。"

"那好!这才算是你有自己的思想,不叫别人代替你思想。这就是智慧的开头。"

"哦,不过——"

"等到你受人家的谈论也像人家谈论我一样,那你就会明白这是一点儿没有关系了。你替我想想看,我在查尔斯顿是一家人家都不肯接待我的。虽然我给这正义神圣的主义尽过这么许多力,也一点儿补救不过来。"

"多么可怕呀!"

"哦,一点儿都不可怕。你不等到完全丧失名誉的时候,你决不会懂得名誉是怎么一种负担,也不会懂得自由到底怎样的。"

"你这话说得多么不正路!"

"虽然不正路,却是老实话。你只要一直有勇气,或是有钱,那你就用不着什么名誉了。"

"钱不能买到一切。"

"这话一定是别人告诉你的。你自己决不会想出这种老生常谈来。请问你,哪一件东西是钱买不到的?"

"哦,嗯,这我不知道——无论如何它总买不到幸福和爱的。"

"一般说起来,它也买得到。而且即使它买不到的时候,也总可以买到一些价值相当的代用品。"

"你有很多的钱吗,白船长?"

"这是多么显得没有教养的一个问题呀,韩太太。我是吃惊了。不过是的。我自小就做了穷光蛋,现在能有这样,也总算不错的了。而且这回封锁线的事,

我很有把握可以捞它一百万。"

"哦，不能的！"

"哦，能的！凡在一个文明毁坏的期间，跟在一个文明建设的期间一样可以发财，这一层道理，大多数人似乎还没有明白。"

"这是什么意思呢？"

"例如你家里，我家里，以及今晚上在场的这许多人家，在当初一片荒野变成一个文明的时候，大家都发了财了。这就叫做帝国的建设。在帝国建设的时候，是有大财可发的。但是在帝国毁坏的时候，可发的财更大。"

"你说的是什么帝国呢？"

"就是我们现在生活在里面的这个帝国——这个南方——这个联盟州——这个棉花的王国——它现在是在我们脚下毁坏了。只有那些大傻子才会看不出来，才会不晓得利用这个因崩溃而产生的局面。至于我，我是由这毁坏发起财来的。"

"那么你真以为我们是要被他们干掉的吗？"

"是的。为什么要做鸵鸟呢？"

"哦，这套话我厌倦极了。你不好说点有趣的事情吗，白船长？"

"那么我说，你的一双眼睛像是两只金鱼缸，缸里面满是碧清的绿水，当那一对鱼儿浮到水面上来的时候，像你现在这样，你是美到不可名状的——那你高兴了吗？"

"哦，我不要这个……你听那音乐不很美丽吗？哦，这华尔兹我是一辈子可以跳下去的！我从来没有这样觉得有趣过！"

"你是我平生遇到的第一个美丽的舞伴。"

"哦，白船长，你不要把我搂得这么紧。大家都在看呢。"

"假使没有人看着我们，你肯让我搂得紧些吗？"

"白船长，你是忘形了。"

"一点儿也没有。有你在我臂膀里，我怎么会忘形呢？……你听那是什么调子？不是很新鲜吗？"

"是的，不是很神圣吗？这是我们从北佬儿那边套来的。"

"这叫什么名字？"

"《到这残酷的战争完了时》。"

"那词儿是怎样的？唱给我听听看。"

最最亲爱的，你还记得吗，
我们上次会见的时节，
你跪在我的脚跟头，
说你爱我之心多热烈？
啊，你穿着那灰色的戎装，
显得那么的昂藏英杰。
你誓言地久天长，
生则同居死同穴。
谁知你一去，音书断绝，
一任我寂寞凄凉，欷歔幽咽！
到这残酷战争完了时，
但愿你我重把同心结！

"原文当然是'蓝色的戎装'，我们把它改做'灰色'的……哦，你的华尔兹跳得真好，白船长，个儿高的人大多数是不大会跳的呢。不过，唉，我这回跳了之后，又不知要过多少年才有得跳了！"

"不，只要过几分钟就行的。下一场的苏格兰舞跟再下一场的、再下一场的，我都要投你的最高标。"

"哦，不，我不能了，你千万不要这样！我的名誉要毁完了。"

"你的名誉反正已经碎得破布一般了，何妨索性跳他一个痛快呢？也许等我跳过了五次六次，我会给别的人一个机会，但是最后一次我一定要的。"

"哦，好的。我知道我今天是发狂了，可是我也不管了。无论人家怎么说，我一点都不管了。我在家里实在坐得厌倦了。我要跳他一个痛快了。"

"最好是换了这套黑衣裳，好吗？我见这丧服觉得厌恶。"

"哦，那是我不能换的——白船长，不要搂得这么紧呀。你再这样我要恼起来了。"

"你恼起来的时候顶顶好看。我偏要搂得再紧些——喏，你瞧！——看你真个恼不恼。你自己不晓得你恼起来的时候多么好看呢，就像那天你在十二根橡树摔东西的时候。"

"哦，请你——你怎么不会忘记的呢？"

"不会的，这是我平生最最可宝贵的一个记忆——一个娇生惯养的南方美人带着爱尔兰脾气——你是很有爱尔兰脾气的,你知道。"

"哦,亲爱的,音乐完了,白蝶姑妈从那边后房里出来了。我知道梅太太一定要去对她说的。哦,谢谢你,我们跑过去到窗口去站一会吧。我不愿意她来当面开销。你看她的眼睛铜铃一般了。"

第十章

第二天早晨吃烘蛋糕的时候，白蝶是泪流满面，媚兰是默默无言，思嘉是一脸的倔强。

"他们要说什么，我是一概不管的。我可以赌咒，昨天我替医院弄起来的钱，比哪一个女孩子都多些——比我们卖掉的那些狗屁东西还多些。"

"哦，亲爱的，钱算得了什么呢？"白蝶一面哭一面搓着手说，"我真是诧异极了，可怜的察理死了不到一年呢……这该死的白船长就让你这么抛头露面了。你要知道，他这人是可怕得很的呢，惠太太有个堂姊妹柯太太，是嫁在查尔斯顿的，她对我说起过这个人。他家本是好人家，只有他一个败类——也不晓得他们怎么会养出这种不肖子孙来的！现在查尔斯顿没有一家人家接待他，他的名气糟得一塌糊涂，还跟一个女孩子有过一件故事，糟得很，连柯太太都是知道详情的——"

"哦，我不相信他是坏人，"媚兰温和地说，"他像是个完完全全的上等人，你就想想看，他会去跑封锁线，就知道他是多么勇敢了。"

"他并不是勇敢，"思嘉执拗地说，说时正把半瓶糖浆倒在面前的蛋糕上，"他不过是为钱。这是他自己对我说的。他并不是替联盟州出力，他还说我们要给北佬干掉呢。但是他跳舞是一等的。"

她的听众吓得连话都说不出来。

"我在家里坐厌了，以后我决不能这样了。昨晚上的事他们如果要说什么，那么我的名誉反正完了，让他们再多说些也没有什么关系了。"

她说这话时，并没有想到这本来是白瑞德的意思。但是这意思对她非常之合拍，跟她自己心里想的丝毫没有两样。

"哦，倘使你的母亲听见了要怎么说呢？她又要把我当做什么人呢？"

思嘉想起母亲听见自己做这不名誉的事，一定要惊慌失措，便不由得打了一个寒噤。但她再一想，亚特兰大和陶乐相隔二十五英里路，便又放心了。白蝶姑妈自己当然不会跟母亲去说，说了她这监护人的面子有些下不去。只要是白蝶不说，她就可以安全了。

"我想——"白蝶说，"是的，我想要写一封信给亨利——这虽是我极不愿意做的事——但是我们的亲人只有他一个男人——写信去叫他责问白船长去——唉，要是察理在世就好了——你从今以后再不要跟那个人说话了呢。"

媚兰一直都静静地坐在那里，双手放在膝盖上，让那蛋糕搁在盆子里冷着。现在她才站起来，走到思嘉背后，将两条臂膀围住她的颈脖子。

"亲爱的，"她说，"你不要难过。我是谅解的，昨天晚上你做的事实在有勇气，实在给医院帮了不少的忙。如果有人敢说你一句话，我就要对他不起……白蝶姑妈，你不要哭。思嘉也实在气闷不过，什么地方都不去。她还是一个小孩子呢。"说着，她用指头捋着思嘉的头发，"要是我们偶尔去参加参加集会，也许会好些。我们现在这样，也许可以说是自私过分的，一直都躲在家里伤心，什么事情都不管了。战争的时候到底不能像平时的。我想起这里这许多士兵，他们离开自己家里远远的，晚上也找不到一个朋友家里去坐坐，还有医院里的伤兵，起床是起床了，却还不能回到前线去，他们也很寂寞的。那么我们的确是太自私了。我们也得跟人家一样，家里应该担任三个伤兵的调养，礼拜天也得请几个士兵来吃吃饭，才是道理呢。总之，思嘉，你不要发愁。人家会原谅你，不会讲你什么的。我们都知道你顶爱察理。"

其实思嘉一点儿也不发愁，只是媚兰捋她头发的那只温软的手儿却使她十分着恼。她听了媚兰这番话，几乎要把头突然别了开去而喊起"胡说八道"来了。因为昨天晚上的事情还是热烘烘地在她脑子里，她还记得那自卫队、警备队和医院里的士兵们是怎样拼着命要想跟她跳舞的。而且全世界的人里面，她就只不要媚兰来替自己卫护。她是她自己能够卫护的，谢谢你吧，那些老猫儿如果爱叫——好吧，她没有那些老猫儿也一样过日子的。世界上有的是漂亮的军官，她真不来管你这班老太婆说什么呢！

白蝶听了媚兰这一番安慰，正在擦眼泪，忽见百利子拿着一封厚厚的信儿进来。

"是您的，媚兰小姐。一个黑小子刚刚拿来的。"

"我的吗？"媚兰一边拆信封，一边很诧异地说。

思嘉正在吃蛋糕，先没有注意这事，及至听见媚兰呜的一声哭起来，方才抬起头，看见白蝶姑妈正把一只手揿上胸口。

"希礼死了呀！"白蝶尖叫了一声，便将头往后一仰，两条臂膀瘫挂下去了。

"啊呀，我的天！"思嘉也大嚷起来，霎时全身的血都变得冰冷。

"不是的呢！不是的呢！"媚兰喊道，"赶快！她的通关散，思嘉！闻吧，闻吧，哎哟，觉得好些吗？做个深呼吸吧。不是的呢，不是希礼呢。真是对不起，吓坏了你了，我是快乐极了才哭起来的。"说着，她突然放开一个紧紧抓着的拳头，将一件东西往嘴唇上不住地揿。"我是快乐极了。"说着，她重新又哭起来。

思嘉眼快，已经瞥见那件东西了，原来是一只阔阔的金戒指。

"你看吧，"媚兰指着地板上的信说，"啊，多么有趣啊，他是多么好心啊！"

思嘉觉得莫名其妙，便捡起那信笺来，只见上面用黑墨水粗笔写道："联盟州也许需要它的男人的命血，但是并不要求它的女人的心血。现在送还你的戒指，算我对于你的勇气表示敬意的一种标志，请你收回吧，又请你不要以为这番牺牲落了空，因为这只戒指是我出了十倍的钱赎回来的。白瑞德船长。"

媚兰把戒指套在手指上，翻来覆去不住地看着。

"我说过他是上等人，是不是？"她朝白蝶姑妈说，说时从泪水里漾出一个光彩的微笑来，"只有精细而有思想的上等人才想得到这是使我多么心碎的——我一定要把我的金链条拿去抵补。白蝶姑妈，你一定得写个条子给他，请他礼拜天来吃中饭，让我当面谢谢他。"

在这激动的当儿，媚兰跟白蝶似乎都没有想到白船长不曾把思嘉的戒指同时送回这桩事。思嘉自己当然是想到的，而且很懊恼。她又知道白船长这番豪侠的举动并非出于精细，只不过他居心要到这里来常常走动，借此卖一个人情罢了。

不久之后，母亲的信来了，思嘉就在饭桌上当着大家的面拆开来看着，只见开首一句写道："我听见你近来的行为，心中大为焦灼。"常言恶消息传得急，这话果然不错。她在查尔斯顿跟萨凡纳的时候，常常听见说亚特兰大人最喜欢谈论别人，最喜欢管别人的闲事，现在她相信了。赛珍会是礼拜一晚上开的，今天不过礼拜四。是哪一只老猫这么巴结，写信给母亲的呢？起先她疑心白蝶，但立刻就放弃这个念头了。可怜的白蝶生怕爱兰责怪她做监护人不能尽职，正在日夜地发抖，哪里还敢写信给她呢？那么大概是梅太太了。

"我实在难以相信你会这样忘记你自己跟你的教养。你穿着丧服去参加公众集会，我还可以原谅你，因为这是出于你要帮助医院的热心。谁知你竟跳起舞来了，而且还跟白船长这样的人跳呢！这个人我早有所闻（因为谁不知道他呢），宝玲上礼拜还写信给我，说这人名誉坏得很，除了他那可怜的母亲之外，连查尔斯顿自己的家也不接待他的。他的人格坏到极点了，他利用你年少无知，要你去抛头露面，当众羞辱你，并且羞辱你的家庭。我总不懂白蝶姑妈为什么这样一点不负责？"

思嘉向坐在对面的姑妈看了一眼。那老太婆一经认出是爱兰的手笔，早已吓得一张小胖嘴儿鼓了起来，像是一个小孩子怕挨打骂，希望哇的一声哭了起来就可以了事似的。

"我想到你竟会把你的教养忘记得这么快，不由得连心都碎了。我本来要立刻叫你回家的，但是我已听凭你父亲去做主了。他这礼拜五要到亚特兰大来，向那白船长交涉。顺便就带你回家。我虽然极力劝过他，但他来的时候怕要对你很严厉。我只希望你此番的行为完全出于年轻欠思考。至于主义，我是愿意尽力替它服务的，当然愿意我的女儿们也是这样，不过不要羞辱——"

诸如此类的话还有很多，但是思嘉没有把它读完。这一回她是彻底的害怕了。她不能再像刚才那么不管，那么倔强了。她觉得自己又像小时候闯了祸那样了，又像十岁时候拿涂了牛油的饼干去扔苏纶那一回了。她的母亲向来很温和，现在竟把她责备得这么厉害，而且父亲马上要来跟白船长交涉了。那么事情真的严重起来了。母亲又说父亲此来是要很严厉的呢。她知道自己已经不是小孩子，不能再爬到父亲膝头上去撒娇了。

"不——不是坏消息吧？"白蝶抖着说。

"爸爸明天要来了，他要像鸭子扑虫儿似的来吃我了呢。"思嘉阴郁地回答。

"百利子，快把我的通关散找来，"白蝶丢开了才吃到一半的饭，把椅子往后一挪，浑身震撼着说，"我——我觉得要晕了。"

"它在您自己衩袋里呢。"百利子说，那时她正在思嘉背后跳来跳去，欣赏着这幕动人的戏剧。她知道她家老爷发起脾气来是好看煞的，只要脾气不是对她自己头上发。白蝶伸手到衩袋里摸了一会，便把药瓶凑到鼻子上。

"你们都得帮助我，一刻儿不要丢开我。"思嘉喊道，"他是顶喜欢你们俩的，你们俩跟我在一起，他就不会跟我闹了。"

"我可不能，"白蝶虚弱地说，一面就从椅子上站了起来，"我——我是觉得病了。我得去躺下来了。明天我得躺一天。你们代我道歉一下吧。"

"胆小鬼！"思嘉想着，将她狠狠地瞪了一眼。

媚兰想起那火烈性的郝先生来，也不由得吓得面孔发白，但是她愿意保护思嘉。"我会——我会帮你说明，你完全是为医院。他一定会谅解的。"

"哦，他不会谅解的，"思嘉说，"不过像母亲信里说的，他若是要我这么丢脸地回到陶乐去，那我死也不回去！"

"哦，你不能回去的，"白蝶哭起来道，"你要是回去，我又得——又得叫亨利来住了，可是你知道我跟亨利是怎么也住不来的。我跟媚兰晚上害怕得很，城里的陌生人越来越多了，你是这么勇敢的，有你在这里，我就可以不管有男人没有了。"

"哦，他不能带你到陶乐去的！"媚兰说，她那神气也快要哭出来了，"现在这里是你的家了。你走了叫我们怎么办呢？"

"你要知道了我对你的真情，大概就巴不得我走了。"思嘉心里酸溜溜地想。她见媚兰自愿替她帮忙劝父亲，心里实在老大不愿意。如果当你有急难的时候，那替你卫护的人正是你所不喜欢的人，那实在是非常难受的。

"我想我们给白船长的请帖还是取消吧。"白蝶说。

"哦，那不行！那是要大大得罪人的！"媚兰着急地喊道。

"那么你们搀我上床去吧，我是要病了，"白蝶呻吟道，"唉，思嘉，你真是害人不浅呢！"

第二天郝嘉乐到的时候，白蝶正卧病在床。她把房门紧紧地闭着，叫人传出许多道歉的话来，晚上吃晚饭的时候，也让那两个惊慌失措的女孩子自己去陪客。嘉乐虽则也跟女儿亲过嘴，也拧过媚兰的面颊，并且亲亲热热地叫过她一声"媚姑娘"，但是他沉默得令人害怕。思嘉觉得那沉默非常难受，宁可他大声咒骂起来。媚兰倒并不失约，一直如影随形地跟在思嘉后边。嘉乐到底是个上等人，当然不好意思当着她的面骂女儿的。就连思嘉也不能不佩服媚兰的态度处得适当，竟能行若无事，一点儿不露惊惶，后来晚饭摆上来，她居然逗他说起话来了。

"我很想听听区里的事情呢，"她满面春风地对他说，"英弟跟蜜儿老是不肯写信，那边的事情你总统统知道的。请你讲讲方约瑟结婚的事吧。"

嘉乐被她说得热烘烘起来，便说方家的婚礼冷清得很，"不像你们当初了"，因为约瑟只有几天的例假。孟家的赛莉小姐相貌倒很好。那天她穿什么，他记不清了，不过听说她连"三朝"的衣服都没有呢。

"真的吗？"她俩像受侮辱似的说。

"自然啰，她连二朝都没有做呢。"嘉乐说明了，便哗哗大笑了一阵，他竟忘记了这样的话是不应该在女人面前说的。思嘉听他这一笑，不由得提起精神来，心里暗暗佩服媚兰的手腕高妙。

"约瑟第二天就回到弗吉尼亚去了，"嘉乐接着说，"以后也没有拜亲，也没有跳舞。汤家那对双胞胎还在家里。"

"我们也听说了。他们复原了吗？"

"本来没有什么大伤。司徒伤在膝盖头，伯伦肩膀上穿过一个来复枪弹。他们打得很勇敢，已经记了功了，你们也听说了吗？"

"没有！你说给我们听吧！"

"狂得不得了呢，他们两个是。我相信他们一定带着点爱尔兰人的气质，"嘉乐很平静地说，"到底什么功，我忘记了，不过伯伦现在升了中尉了。"

思嘉听见他们得功，心里不由得高兴。这是一种自私自利的高兴，因为凡做过她的情人的男人，她就认他们永远为自己所有，因而他们的一切功劳，也都认为是自己的荣誉了。

"我还有一个消息，你们一定都觉得有趣的，"嘉乐说，"听说司徒又到十二根橡树去追求了。"

"蜜儿还是英弟？"媚兰兴奋地说，思嘉却几乎是愤怒地瞪视着。

"哦，自然是英弟小姐啰。我家这个小娼妇没有去勾他的时候，英弟不是一直都把他抓得紧紧的吗？"

"哦。"媚兰听见嘉乐的话说得这么粗，有些觉得不好意思。

"还有呢？伯伦现在是常到陶乐来走动了。"

思嘉连话都说不出来了。她的情人这样的变节，对于她简直是一种侮辱。她还记得自己对他哥儿俩说要跟察理结婚的时候，他们都是发狂得多么厉害的。司徒甚至恫吓过，说要拿枪开杀察理，或是开杀思嘉，或是开杀他自己，或是三个一齐都开杀。那时候才够味儿呢。

"苏伦吗？"媚兰问道，脸上放开一个快乐的微笑，"可是我想甘先生——"

"哦，他吗？"嘉乐说，"那甘扶澜也还是偷偷摸摸地在那里走，他是连看见自己的影儿也要害怕的。如果他再不敢开口，我倒要问一问他的意思了。不是的，伯伦为的是我那个小小妞儿。"

"恺玲吗？"

"她还是小孩子呢！"思嘉终于开口了，开口就是这么尖棱棱。

"她比你结婚的时候也不过小得一年多点儿，姑娘，"嘉乐反驳道，"你是因为他从前爱过你，舍不得让给你妹妹去吧？"

媚兰没有听惯这样赤裸裸的话，不由得红起脸来，连忙示意彼得去拿甜山薯饺去，一面在心里急急找着另外一个谈话的题目，既要不牵涉到个人，又要使嘉乐觉得有趣，可以忘记此来的目的。但是急切之间她竟想不出什么题目来，而嘉乐一经打开话匣子，也就再关不住了。他谈到差委会里的要求每月增加，已觉得负担不起，又谈到戴维斯总统多么的奸猾，又谈到爱尔兰人太卑鄙，不该为几个钱就替北佬儿去打仗，等等。

直至桌上放好了酒，她们两个都预备走开了，他便耸起了眉头，对女儿脸上狠狠地瞪了一眼，叫她独个人在那里多留一会。思嘉绝望地对媚兰斜抛了一眼，媚兰无计可施，只得手里绞着一条手帕儿走出去了，随手将那移门轻轻地拉上。

"好啊，姑娘！"嘉乐一面替自己倒出一杯葡萄酒，一面大声开谈道，"你做的好事！你倒又想找起老公来了，竟不想想自己还是个热烘烘的寡妇吗？"

"别这么大声呀，爸，他们佣人都——"

"自然大家早已知道的了，你把我们的脸丢尽了。害得你母亲躲在床上不敢起来，我也抬不起头了。真是羞煞人呢！不，孩子，这一回你哭也没有用，你别想把我哭软心了，"他一连串地说着，那声音可怕得很，直吓得思嘉眼皮不住啪啪地眨着，嘴巴渐渐扁起来，"我知道你的。你是在丈夫灵床面前也会跟人家调情的。你不要哭。今天晚上我也不来说你什么了，因为我要先去找那漂亮的白船长，我要问问他，为什么敢拿我女儿的名誉当儿戏。等明天早上——现在你不要哭了。你哭也没有用的，一点儿都没有用的。我意思坚决得很，明天一定要带你回陶乐去，免得你把我们的脸都丢尽。不要哭了，好孩子。你瞧我替你带什么来的？这玩意儿不很有趣吗？你看，你瞧！你为什么要叫我找这么大的麻烦呢？你知道我是顶忙的，为什么要叫我跑这许多路呢？不要哭了！"

媚兰跟白蝶都已睡了好几个钟头了，可是思嘉躺在床上睡不着，她的心重沉沉的，充满着惊怕。生活刚有点萌芽起来，又得离开亚特兰大了吗？又得去见母亲的面吗？她是宁死也不愿去见母亲的面的。她恨不得这一刻儿就死去，也好使大家伤心伤心，懊悔懊悔，懊悔他们自己不该这么狠。正这么想着，忽听见外面清静的街道上远远传过一个声音来。那声音虽然模糊，却觉得非常熟悉，她便从床上溜了下来，跑到窗口去，只见天空中星点模糊，街上被树木荫盖成一片昏黑。那声音愈来愈近，其中夹有车轮声、马蹄声，以及歌唱的人声。她突然地咧开嘴来了，原来当那声音近到跟前的时候，她听出了是父亲在唱《矮背车上的小厮》。现在他虽不是从琼斯博罗看审回来，但情景却完全一样。

她看见一部马车的黑影停在大门前面，随后便有几个模糊的人影从车上下来。他是有人同来的。她看见大门外有两个人影，随即听见门闩响处，明明白白是她父亲的声音进来了。

"现在我再来给你唱一个《艾鲁伯哀歌》，这是你们年轻人都得学的。我来教你吧。"

"我很愿意学，"他的同伴回答说，他那拖长的声音明明像要笑而强忍着，"可是待一会儿再学吧，郝先生。"

"啊，我的天，这不是那姓白的家伙吗？"思嘉想着，起先觉得很懊恼，随即又高兴起来。他们至少是没有决斗。而且在这个时候，这般情景地一同回家来，可见他们已经和解了。

"我要唱，你得听，不然我当你奥伦基人开杀你。"

"不是奥伦基人——是查尔斯顿人。"

"那也不见得就好些。反而更坏些。我有两个连襟在查尔斯顿，你是知道的。"

"他难道要让所有的邻舍家都听见吗？"思嘉心里吓得了不得，一面在摸着她的围巾。可是叫她有什么办法呢？这么半夜三更的时候，她不能跑下楼去把父亲从街上拖回来的。

谁知她父亲不由分说，竟倚在那大门上，仰起头，望着天，用着一种低音部的吼声唱起那哀歌来了。思嘉只得在窗台上将手支颐，咧着嘴静静听着。她觉得父亲只要唱得入调一点儿，倒也未尝不是一阕美丽的歌曲，只听他开首唱道：

> 她远远离开她的年轻英雄睡眠的国土，
> 她的爱人们都围着她在那里叹息歔歔。

这时思嘉也不由得轻轻地唱和进去。随即听见白蝶和媚兰房间里有起响动来。可怜她们两个都被惊醒了。像嘉乐这样富于血性的男人，她们家里是从来没有的。直至歌儿唱完，便见两个人影鱼贯走过石径，跨上台阶，在门上轻轻敲了几下。

"我想我得下去的，"思嘉想，"他到底是我的父亲，可怜的白蝶是死也不敢下去的。"而且，她也不愿意家里的仆人们看见自己的父亲这般模样。倘叫彼得去服侍他上床，他一定要发脾气。碰到这样的时候，只有自己家里的阿宝才对付得了他。

她于是围好颈脖上的围巾，点起床面前的蜡烛，急忙下了楼梯，走到前面穿堂里，然后将蜡烛插在烛台上，开了门，便在摇曳的烛光里看见白瑞德神志清醒地搀着她那矮胖的父亲。那一阕哀歌分明是嘉乐的临终曲，因为他已经老实不客气地躺在他同伴的臂膀上了。他的帽子不知哪里去了，他的长头发像一堆白马鬃似的乱作一堆，他的蝴蝶领结扭到了耳朵底下，他的衬衫胸口上满是酒渍。

"这位是令尊吧？"白船长说，他的眼睛在那黑黝黝的面孔上暗笑着。他把她身上穿的睡衣从头到脚地掠了一眼，那眼光锋利得像看穿了她的围巾一般。

"扶他进来吧。"她简短地说，她觉得自己那样的装扮，很不好意思，想起这都是父亲害她，又觉得好气。

瑞德将嘉乐推了上前："要我帮你送他上楼吗？怕你弄他不了，他沉得很呢。"

思嘉想起这人真大胆，竟敢对她作这样的提议，不由得吓得嘴都合不拢来。你就想吧，假如白瑞德真个上楼去，白蝶跟媚兰要吓得怎样呢！

"哦，不，就这里好了，放在客厅里的长沙发上好了。"

"长沙发吗，你说是？"

"我谢谢你，请你一张嘴客气点吧。这里，你放他下去吧。"

"我替他脱下靴子好吗？"

"不。他是穿着靴子睡惯的。"

真所谓一失足成千古恨！因为当他把嘉乐的腿放上沙发的时候，他又凭空哧哧地笑起来了。这使思嘉恨得几乎咬下自己的舌头。

"现在，请走吧。"

他走过黑暗的穿堂，从门台上拿起了他的帽子。

"礼拜天中饭再见吧。"说完，他就出去了，随手将门轻轻地带上。

第二天思嘉不等仆人到前边来做早饭，五点半就爬起床，慌忙跑到楼下客厅里。她父亲已经醒来，独个人坐在沙发上，将一双手搓着他的橄榄头，恨不得将它搓碎了似的。他一见思嘉进来，鬼头鬼脑地朝她看了看。那一双眼睛经这一移动，便痛得像扯开似的，不由得大声哼起来。

"哎哟，我的天！"

"你做的好事，爸！"她怒气冲冲地低声说道，"那么半夜三更地回来，把所有的邻舍家都唱醒了！"

"我唱过吗？"

"怎么不唱！你唱那哀歌唱得震天响呢！"

"我一点儿都不记得了。"

"他们邻舍家到死都还记得呢，白蝶姑妈跟媚兰也一辈子都会记得呢。"

"真倒霉！"嘉乐伸着一条舌苔厚厚的舌头，将他的焦躁的嘴唇舔了一匝，哼着说，"自从台子开了场，我就什么都不记得了。"

"台子？"

"那姓白的小子吹牛皮，说打扑克谁都打他不过的。"

"那你输了多少了？"

"怎么，我自然赢的。多喝一两口酒，风头只有好。"

"把荷包拿出来看看。"

这时嘉乐一举一动都苦痛得不得了，好容易才把荷包从口袋里掏出来，开出来一看，空了。他这才如大梦初醒似的睁大了一对眼珠子。

"是五百块钱，"他说，"替你母亲来向封锁线商人买东西的，现在是回陶乐去的盘费也没有了。"

思嘉愤怒地把眼睛瞪着那个空荷包，一个观念在她心里成形起来，并且迅速地生长。

"我在这里再也抬不起头来了，"她说，"你把我们的脸丢尽了。"

"不要闹了吧，孩子。不看见我的头快要炸了吗？"

"灌得那么人事不知的，还跟白船长那样的人一道回来呢，还要那么直着喉咙唱，唱得人人都听见，再加上赌输了钱。"

"这人打扑克厉害极了，简直不像个上等人。他——"

"妈知道了要怎么说呢？"

他抬起头来，突然现出满脸的惶恐。

"你总不见得会去告诉妈，叫她难受的，是不是？"

思嘉不说什么，只得鼓起腮帮子。

"你得想一想，她那么柔弱的人，是要多么伤心的。"

"可是你也得想一想，爸爸，你昨天晚上刚说的，我把全家人的脸都丢尽了呢！我不过是为要替医院弄钱，跳那么一点儿舞！啊，我真的要哭出来了。"

"哦，不要哭，"嘉乐请求道，"你要一哭，我这可怜的脑袋可真受不了，现在它已经快炸了。"

"你又说我——"

"得了，孩子，得了！你这可怜爸爸说的话，你别放在心上吧，他是完全无心的，他也什么都不懂！你当然是个好孩子，心地极好的，我哪里还不知道！"

"可是你要带我回家去丢脸哪。"

"哦，我不会带你回家去的。那是跟你说着玩儿的。那钱的事情，你千万不要让母亲知道，她为了家里的费用，本来着急得不得了了。"

"这我可以答应你，"思嘉坦白地说，"只要你让我留在这儿，并且回去告诉母亲，说我的事情都是那些老猫造的谣言。"

嘉乐伤心地对女儿看了看，说：

"你这简直是威逼手段了。"

"不过昨晚上的事情简直不名誉得很。"

"好吧，"他只得低声下气地说，"咱们把这些事都忘记了吧。现在我问你，白蝶小姐家里会放着白兰地吗？我想要以毒攻毒——"

思嘉知道餐室里面放着一瓶白兰地，白蝶姑妈平日昏晕的时候，或者像要昏晕的时候，常要拿它来啜这么一口，因而她跟媚兰私底下都叫它"昏晕药水"。现在她踮脚尖儿轻轻走到餐室里，开开那只小食橱，拿了那酒瓶跟一只玻璃杯，抱在怀里站了一会儿。她脸上露出了胜利的神色，觉得刚才胁迫父亲的一番话是可以毫无遗憾的。现在母亲方面是可以用假话安慰下去了，以后无论哪个多事的家伙再写信给她，都可以不妨了。她是可以在亚特兰大待下去了。她差不多可以爱怎么做就怎么做了，因为白蝶姑妈究竟是软脚蟹，很容易对付的。

因而她立刻想象出了今后种种的乐境：桃树溪边将有无数的小野宴，石头山上将有无数的大野宴、招待会、跳舞会，礼拜日晚上逛马车，点心店里吃小吃，诸如此类，她都要去参加，她都要夹入男人队里去做他们的中心去。男人是很容易勾引的，她在医院里已经有了经验了。可是她现在对于医院里的事情也不大高兴去费心了。总之，男人经过一场病之后，是很容易动情的。只要你手段灵敏一点，他们很容易落到你手中来，就像树上烂熟的桃子，一摇就会落地来似的。

这么想着，她抱了那瓶还魂水回到父亲这边来，心里感激的是，前天晚上一场大风波，现在已经风平浪静了。她因而疑心白瑞德也许尽过一点力。

第十一章

这事以后一个礼拜的一天下午,思嘉从医院里回到家里,觉得非常疲倦而愤怒。所以疲倦,因为她在医院里一直站了这大半天了;所以愤怒,是因为她坐在一个伤兵床沿上替他裹臂膀,竟被梅太太狠狠地骂了一顿。那时白蝶姑妈跟媚兰都已戴好了帽子,带着卫德跟百利子站在前廊上等她一同出去拜客。她却不愿同去了,便向她们告了假,自己跑上楼上卧房去。

等到最后一阵车轮声都消失了,知道她们离开很远了,她便轻轻地走到媚兰的房间,旋开了门上的锁。这是一个整洁幽雅的小房间,静静地浴在下午四点钟的斜照阳光里。光亮的地板上一无所有,只铺着几条布条子织成的小地毯,白粉的墙壁上也毫无装饰,只有一只角,被媚兰陈设得跟一个神龛一般。

这里,上面挂着一面联盟州旗子,下面是一把金柄的指挥刀,从前媚兰的父亲参加墨西哥战争时带过的,新近察理出去打仗也带过的。还有察理的肩带、手枪带,跟一把装在皮袋里的莲蓬枪,也都挂在这里。肩带和手枪之间,便是察理自己的一张银板照相,硬僵僵地却很骄傲地穿着灰色的军服,一双大大的棕色眼睛从镜框子里闪出来,一个羞涩的微笑挂在他的嘴唇上。

思嘉对于那张相片连带也不带一眼,便毫不迟疑地走到里边,从床边的桌子上拿起一只花梨木的方形信盒子来。信盒子里放着一束信,用一条蓝带子扎着,都是希礼亲笔写给媚兰的。最上面的一封她知道今天早晨才寄到,她就打开它来读。

她偷看媚兰的信,已经不止一次了,起先那几回,她不免受到良心的刺激,又怕要被人看见,双手总要抖得连信封都打不开来。现在她是老练了,良心早已麻木了,连怕人看见的心理也不存在了。偶然之间,她不免要想起:"假使母亲知道了要怎么说呢?"她知道母亲见她做这种犯罪的行为,是宁可叫她死的。但是那些信的诱惑力非常大,竟把她对于母亲的观念也完全排除开去了。因为近来这几天,她已学会了一种本领,凡有不愉快的思想来烦扰她,她都立刻可以把它排开去。她已学会了对自己说:"这种麻烦的思想现在我不去想它,且等明天再想吧。"但是到了明天,这种思想竟不再起来,或者虽然起来但因耽搁了一天的缘故,已经不觉麻烦了。因此,这桩偷看信的事情在她良心上并不觉得怎样的沉重。

媚兰对于信,向来是很慷慨的,常常要大声读出一部分来给白蝶和思嘉听。但是那没有读出来的部分,却使思嘉心里非常之焦灼,因而逼得她非偷看不可。她所要知道的是希礼跟媚兰结婚之后究竟有没有真的爱她,或者有没有装起爱她的样子。他信里到底有没有写着亲密肉麻的话?他所表现的到底是怎样一种感情,到底热到怎样的程度?

她仔细地摊平那封信。

希礼那一手细瘦匀净的笔迹跃入她眼中来,她一看那称呼是"我亲爱的妻",先就松了一口气。他到底没有把媚兰叫做"达灵"或是"心肝"之类呢。

"我亲爱的妻:你来信说,你心中深自惶惧,怕我要对你藏匿真情,因而请求我将近日的感想对你说说——"

"啊呀我的天!"她突然深觉惭愧地想道,"'藏匿真情'?难道媚兰已经察破他的真情吗?或是已经察破我的真情呢?难道她疑心他和我——"

她将信拉近来些,一双手吓得不住地颤抖着,但她看到第二段,心里便又松下去了。

"亲爱的妻,如果我对你有什么藏隐,那是因我不愿意将一重担加在你肩上,我不愿意你替我的身体担忧之外,还要替我的心境担忧。但是我什么都瞒不了你,因为你知我太深了。现在你不要惊惶。我没有伤。我没有病。我有充分的食物可吃,也偶尔有床可睡。一个当兵的人能够这样,就不能再有别的要求了。但是,媚兰,我心上压着沉重的思想,现在不能不对你尽情一吐了。

"入夏以来,我晚上总睡不着觉,往往在同营的弟兄们早已呼呼酣睡之后,我还眼睁睁仰望着天星,心里反反复复地自问:'你为什么在这里,卫希礼?你究竟为着什么而战?'

"当然不是为名誉,也不是为光荣。因为战争是龌龊的事业,我是向来不喜欢龌龊的。我又本不是一个军人,并没有志愿要从炮口里去找那泡影一般的名誉。然而,我竟在这里参加战争了,我这生就了再也不能改移的乡下书呆子!媚兰,我这坯子是生定了的,因为喇叭不能激动我的血,鼓声不能加紧我的步,而且我已经看得明明白白,我们是被出卖了,被我们这种傲慢的南方自我观念所出卖了——我们是相信一个南方人可以扑灭一打北佬的,相信棉花大王可以统治世界的呢!还有那些高高在上的阔佬们,那些受大家敬仰崇拜的伟人们,他们嘴里有一套言辞,有一套口号,有种种成见,有种种仇恨,什么'奴隶制''州权''棉花大王''天杀的北佬"之类,我们也被这些东西出卖了。

"因此,当我躺在毡条上仰望着天星的时候,我总禁不住要问自己:'你究竟为着什么而战?'我想到了州权,想到了棉花,想到了黑奴,想到了父母师长们从小就教我们怀恨的北佬,我认定了其中没有一样是我在这里战的理由。一方面,我却记起十二根橡树的一切了,我记起月光怎样斜照进那些白柱子里来,记起月光底下的山茱萸花开得怎样的如同仙境,记起走廊两边的蔷薇藤荫蔽得那么阴凉。我又看见了母亲坐在那里做针线,还跟我儿童时代一般。我又听见傍晚时候黑奴们一路唱着歌从田里回来,听见井上的辘轳在那里吱咯吱咯地汲水。我又看见那条漫长的道路,切过棉花田,一直通到河边去,薄暮时那低洼的处所常显得苍霭迷蒙,成了一幅烟霞的图画。唯有这一切,才是我这不爱死,不爱困穷,也不爱荣誉,却又与任何人都无仇恨的人所以置身于战场的真正理由。大概所谓爱国心,就是像我这样对家园和乡土的爱吧。但是媚兰,我心中的爱却还比这更深入一层。因此,媚兰,刚才我所列举的这些东西,都还不过是我所以拿生命来拼的那件东西的象征,都还不过是我所爱的生活的象征。我所以拿生命来拼的是旧的时代,旧的生活方式,然而这种生活方式我怕现在已经就完了,无论这骰子掷出什么来,怕都已无可挽回了。将来我们胜也罢,败也罢,这是同样都要丧失了。

"因为这次的战争如果我们胜,如果我们真能实现我们所梦想的棉花王国,我们也不能过从前的生活了,因为那时候我们要变成另外一个国度,旧时那种安静的生活便不能保存了。那时整个世界都要跑到我们门口来,喧嚷着要我们的棉花,价格可由我们自己定,因而,恐怕我们也要变得跟现在的北佬儿一般,我们现在讥笑他们专想弄钱,贪得无厌,唯利是图,那时恐怕我们自己也不免如此了。如果我们败呢,啊,媚兰,如果我们败呢?

"我倒不是怕危险,怕俘虏,怕受伤,或甚至死,如果死是一定要来的话,我怕的是这场战争一经完结之后,我们就永远不能回转旧时代去了。我呢,却是属于旧时代的人,我并不属于这个疯狂的杀人的现代。恐怕也不能适合于将来,无论我怎样尝试去适合。同样,你,亲爱的,也一定不能适合,因为你和我是同一个血统的。我虽然还不晓得将来会带什么来,总之它决不能同过去一样地美丽，一样地使人满意。

"我躺在这里看着在我身边睡觉的弟兄们，我心里猜疑，那汤家的双胞胎，乃至方乐西、高恺悌他们，不知是否怀抱着和我一样的思想。我想他们总以为自己是为主义而战的，殊不知我们的主义实在是要维持自己的生活方式，而这是从第一颗子弹放出去的一刻就已失去了，这一层道理不知他们明白不明白。但是我知道他们不见得会想到这些事情，那就是他们的幸运了。

"当我向你求婚的时候，我并不曾为我们着想到这层。当时我总以为十二根橡树的生活会跟从前一样，一直那么和平地、舒适地、不变地过下去。媚兰，你和我是相似的，大家都爱那种安静的东西，所以当时我只看见我们面前有无穷太平的岁月，可以容我们慢慢地读书、做梦、听音乐。我不曾想到现在这种日子！做梦也想不到现在这种日子！做梦也想不到我们竟会亲眼看见旧时生活的毁灭，亲眼看见这种屠杀和仇恨！媚兰，没有一种东西是值得这样的——无论是州权，是奴隶，是棉花。没有一样东西是值得我们现在所遭遇以及将来所要遭遇的，因为北佬儿如果打败我们，那么将来的日子真要可怕得不堪设想。然而亲爱的，他们是作兴要打败我们的呢！

"我本不应该对你写这样的话。我并且不应该发生这样的思想。但是你曾问我心里想什么，我现在告诉你，我心里实在怀着失败的恐惧。你还记得我们宣布订婚那天的野宴会上，有一个姓白的人，是查尔斯顿人的口音，他因评论我们南方人的愚昧，几乎引起一场争斗吗？你还记得他当时说我们没有铁厂、工厂、纱厂、船厂、制造厂、机器厂之类，那两位双胞胎兄弟曾想拿枪开杀他吗？你还记得他说北佬儿的军舰可以把我们紧紧封锁起来，使我们的棉花运不出去吗？他的话是对的。我们现在是用革命时代的老毛瑟对北佬儿的新来复枪作战呢！不久之后，我们就要被封锁得连医药用品都要偷漏不进来了。我们对于那姓白的那样的冷嘲派，倒应该加以注意，因为像他那样的人是确实有所知的，不像那班政治家只能有所感，只能说空话。他后来做一个结论说，我们南方人并没有什么可以对人家作战，有的只是棉花和傲慢两件东西。现在棉花已经是没有价值，那么剩下来的就只有傲慢一件了。但是我称这种傲慢为无敌的勇气。如果——"

读到这里，思嘉已经觉得厌倦极了，她不等读完，就将它折好，重新插回信封里去。而且，那信里的腔调是那么一味的失败主义，也使她觉得非常扫兴。她之来偷看媚兰的信，并不是为要研究希礼这套难以理解而且干燥无味的思想。像这样的话，她从前坐在陶乐的走廊上，已经听得尽够尽够了。

她所要知道的,是他究竟有没有感情热烈的书信写给他的妻。现在知道他至今还没有写过。因为那个信盒子里放着的信,她每封都读过了,其中没有一封是不像一个兄长写给一个妹妹的。它们的措辞也很亲热、幽默而婉转,但总不像一个情人所写的情书。思嘉自己也曾接到过无数的情书,其中倘使含有一点出于衷情的热烈调子,她是不至于看不出来的。现在这些信里却是的确没有这种调子。因此她每次偷看了之后,心里总觉得沾沾自喜,以为希礼仍旧还是爱她的。同时她又要暗暗地讥笑,为什么媚兰会这么蠢,竟至不曾看出希礼不过当她一个朋友看待呢?媚兰分明觉得丈夫给她的信并没有什么缺憾,然而她不曾接到过别人的情书,因而没有什么可以跟希礼的信相比较的。

"他怎么写出这样疯疯癫癫的信来!"思嘉心里想,"假使我的丈夫写这种婆婆妈妈的信给我,他一定要听我的说话了!怎么,就是察理写来的信也比这强些呢!"

她把信封口盖了回去,看了看日期,把内容默记了一下。她又想起这些信里并没有关于露营和冲锋的描写,并不像米达西寄给他父母的信,或是鲁大郎寄给他两个老姐姐:信念小姐跟希望小姐的信。米、鲁两家的人常要得意扬扬地将这些信去对邻舍家高声朗诵,媚兰却从没有得到希礼一封这样的信,可以拿到缝纫会上去宣读。因此,思嘉也常要替媚兰暗暗感到羞愧。

看希礼那些信里的态度,好像他对于正在进行的战争故意装做看不见,却要在他们自己周围设起一重没有时间观念的迷阵来,以期把嵩塔儿要塞事件以来的一切事情完全遮没掉。仿佛他竟要把目前的战争看做没有这回事一般。他写的是他跟媚兰读过的书,他跟媚兰唱过的曲,他们所认识的朋友,以及他在大旅行时游过的地方。从全部的精神看起来,那些信里是贯彻着一种渴望,渴望着回到十二根橡树的家去,往往长篇累牍地写着从前在秋日寒星底下到幽静树林里去打猎骑马的事,写着从前的大野宴、捕鱼会,乃至于月夜的悠闲、老家的静趣等等。

她又想起刚才读过这封信里的两句话来:"我不曾想到现在这种日子!""做梦也想不到现在这种日子!"这是一个痛楚的灵魂不得不去正视它所不能正视的那件东西时的呼声呢。这就使她大惑不解了,因为他如果不怕受伤,也不怕死,那还怕什么呢?她的脑子是不能分析的,因而她大大感到疑团难破的苦痛了。

"这是战争把他搅乱了,他——他对于搅乱他的东西都不喜欢的。……例如我吧。……他爱我,可不敢跟我结婚,因为——因为他怕我要搅乱他的思想和生活。不过,他也不见得就是怕这个。希礼并不是一个懦夫。请奖状上都有了他的名字，而且史上校还写信给媚兰，说他领导冲锋多么勇敢呢。他这人一经下了决心，是比谁都勇敢，比谁都坚决的，但是——但是他生活在自己的头脑里，并不生活在外面的世界里，而且他深恨跑进外面的世界里去，而且——哦，我真想不出那是什么道理了！倘使那一点道理我早几年就懂得，他是早已跟我结婚了。"

她把那些信贴在胸口上站了一会儿，心里痴想着希礼。自从她第一次对他钟情的时候起，她的情绪一直都没有改变。那时她还只十四岁，站在陶乐的走廊上，看着希礼笑嘻嘻骑着马来，他的头发在早晨的太阳里照出了银色，她一见钟情，竟至一时话都说不出，那种情绪一直到现在都没有变。她的爱仍旧属于一个青年女子崇拜一个她所不能了解的男人那种性质，那个男人的品性是她自己不具备的，但是她极崇敬那品性。希礼呢，也仍旧是一个少女梦想中的全德无亏的骑士，她的梦无多要求，只要求他承认一声他对她的爱，也无多希望，只希望他给她亲一个吻儿。

现在她读过了这些信之后，她就觉得自己很有把握，虽然他跟媚兰结了婚，心里仍旧是爱她思嘉的，而她的真正愿望，也差不多就只这一点把握罢了。因为她仍旧非常年轻，仍旧还是天真未凿的。倘使察理用他那么笨拙的手腕，那么羞怯的神情，也曾触发开了她的一点潜藏的情欲，那么她对于希礼的梦想就决不是一吻所能了事了。但是察理不过跟她过了那么短短的几个月夜，并不曾凿开她的情窦，并不曾使她臻于成熟，以至于何谓情欲、何谓温存、何谓肉体与精神的真正接触，他都不曾启发她一点儿的观念。

在她看起来，所谓情欲这东西，只不过是对于一种不可索解的男性疯狂的奴役，女性是没有份儿的，并且是一种苦痛而羞人的程序，势必至于引起那种更苦痛的育儿程序来。因而她觉得她跟察理那样的结婚，是丝毫不足为奇了。当她跟察理结婚的前一夜，她的母亲曾经暗示她，说女人对于结婚这事是应该用一种尊严和防卫去对付的，后来她做了寡妇，又听见有些太太的窃窃议论，便越发证实这句话。总之，思嘉是很乐意把情欲和结婚结束了的。

但是她虽结束了结婚，却并没有结束了爱，因为她对于希礼的爱是另外一件事情，跟情欲和结婚都没有关系的。这种爱是神圣的，美丽到莫可名状的，它随着她那强迫的沉默而暗暗滋生，靠着她那常被触发的记忆和希望以为营养。

她一面将那一束信仔细地裹扎回去，一面叹了一口气，心里深觉诧异，为什么希礼身上使她难以索解的那点东西，她会始终不能发现它是什么呢？她尝试把这问题想出一个较能满意的结论来，但是那个结论依旧要避开她那不复杂的心。

她将信放回信盒子里去，盖好了盖子。然后她忽地皱起眉头来，因为她记起那信最后提起白瑞德的一部分来了。那个流氓一年前所说的那番话，为什么会使希礼留下那么深的印象呢？这不是奇怪吗？至于白瑞德是个流氓，那是无可否认的，不管他跳舞跳得多么好。因为他若不是个流氓，就决不会在赛珍会里说那一套关于联盟州的话了。

她走到对过的镜子面前，沾沾自喜地拍了拍自己的头发。她看见了自己雪白的皮肤和微斜的绿眼，不由得提起精神来，对着自己笑出两个酒窝儿。然后她想起了希礼一向爱她这两个酒窝儿，便把白瑞德的观念立刻排除开去了。这时候，她就只见到自己的青春和美，只觉得希礼对她的爱重新有保证，心里充满着欢乐，以至私爱别人的丈夫和偷看别人的信件两件事，都不能动她的良心了。

她开了门，带着一颗轻松的心走下那盘旋的楼梯。走到一半，她就唱起《到这残酷的战争完了时》来了。

第十二章

战争进行着，大部分是成功的，但是人们不再说"再有一个胜仗就可以结束战争"这句话了，也不再说北佬儿是懦夫了。现在大家已经很明白，北佬儿远不是懦夫，也决不止再打一次胜仗就征服得了他们。然而摩尔根将军跟福勒斯将军在田纳西打的几次胜仗，以及雄牛道第二战役的胜利，都成了联盟州方面大快人心的资料了。不过这些资料也是出了极高代价换来的。亚特兰大的医院里和人家家里，病兵、伤兵如潮涌入了，穿黑丧服的女人一天多似一天了。奥克兰公墓地上阵亡兵士的单调行列也一天一天延长了。

联盟州的货币惊人地跌落，衣食二事的价格就随着增长起来。差委会对于食料征取极重的捐税，以致亚特兰大的餐桌也开始受到了影响。白面已极稀少，而且极贵，玉蜀黍的面包普遍代替了饼干、面包卷和蛋糕。肉店里差不多不卖牛肉，就是羊肉也极稀少，价钱贵到只有阔人家才吃得起，不过猪肉还是很多的，鸡和蔬菜也不少。

北佬儿对于联盟州海口的封锁越发加紧了，奢侈品如茶、咖啡、丝绸、鲸骨箍、香水、时装杂志和书籍之类，都极稀少而昂贵。就是最廉价的棉织品也已飞涨了，以致一般女人都不得不拿旧衣服将就对付这一季。许多年尘封垢积的织布机都从阁楼上取下来，差不多每家人家的客厅里都已见到土布的衣服。士兵、平民、女人、孩子、黑人，人人都穿土布了。灰色是联盟州军服的颜色，现在平民身上简直已经绝迹，代替它的是白胡桃色的土布了。

医院里面已经闹起金鸡纳、甘汞、鸦片、哥罗仿、碘酒等等的饥荒来。纱布棉布的绷带已经非常之珍贵，用了之后舍不得丢掉，因而那些在医院里看护的女子每天都得把一大篮血迹模糊的布条子带回家来，洗了，烫了，然后再拿回去用。

这时思嘉刚刚从寡妇的茧子里咬了出来，战争对于她并没有别的意义，只是一段快乐和兴奋的期间罢了。虽然衣食两件事上不免有点儿苦楚，但她也不觉得懊恼，因为她现在能够摆脱了束缚，重新出来见世面，便只知道快乐了。

她回想起去年一年所过的沉闷日子，是一天一天全然没有变化的，便觉得现在的生活不知加了多少速度了。每天一天亮，便是一场使人兴奋的冒险的开头，以后她就要去会见许多陌生人，这许多陌生人都要奉承她，都要当面恭维她多么多么的美丽，乃至多么值得为她而战斗，甚至于为她而死之类。虽则她对于希礼，是直到最后呼吸的时候都能够爱也实在爱的，但是这并不能防止她去勾引别的男人来向她求婚。

当前线战争正在进展的期间，后方的社交礼节便一天一天地趋于非正式，这在老一辈的人是一种非常可怕的现象，在思嘉却觉得大可欣幸。在这时候，做母亲的常常要看见陌生男人来找她们的女儿，他们来的时候并没有介绍信，也没有人知道他们的身世和来历。然而她们的女儿竟在那里跟这种男人握手了，这叫做母亲的看见了怎么会不惊惶失色呢？就如梅太太，她自己是直到行过婚礼之后才跟丈夫亲嘴的，现在看见女儿美白跟那义勇兵皮瑞纳早已不知亲过多少嘴，她实在是诧异得不得了，尤其使她惊骇的，是她女儿自己一点儿都不觉得害臊呢。虽则那义勇兵立刻就向她求婚，也不能减少她的惊异。她总觉得南方人的道德是在完全崩溃中了，因而对人谈论起来总是非常之愤慨。其他的母亲也都跟她深表同情，都把这事的责任推到战争身上去。

但在男人方面呢，他们是说不定一个礼拜或是一个月之内就要死的，所以决不能等到一年之后才去向女孩子要求叫她的小名（当然"小姐"的称呼暂时还用着）。他们再也不愿遵守战争以前那种正式迂回的求婚礼节了。大概从开始追求到订婚，总不能过三四个月。一般做女孩子的呢，本来也都知道上等女子对于上等男子的求婚，照例要拒绝三次，现在是头一次开口就马上会应允了。

这种种习惯的改变，使思嘉觉得战争颇有点好玩。除了看护时要觉得讨嫌，卷绷带时要觉得厌倦，她是尽不妨让战争永久延长下去的。其实呢，现在她对于医院里的事情也尽可以平心静气地做下去了，因为这个地方已经成了一个十分快乐的男人猎取场了。那些无依无靠的伤兵，见到她这天仙一般的美，自然是个个五体投地的。她只消替他们换换绷带，擦擦脸，抖抖枕头，打打扇子，他们就立刻爱上她了。啊，经过去年一年凄凉的生活，这里便是天堂了呢！

总之，现在的思嘉已经恢复她原来的地位了，仿佛她根本没有跟察理结过婚，也没有经历过察理死时的一阵恐怖，也没有养过卫德。战争、结婚、养孩子，都不过一阵轻风似的从她身上吹拂过去，并没有触动她的深切的心弦，因而她一丝儿都没有变动。她原有一个小孩子，可是那一座红砖房子里的人们替她看顾得很好，她简直可以将他置之度外的。无论思想上、感情上，她都重新做了郝思嘉小姐，重新做了全区里的头等美人了。她的思想和她的活动都已回复未结婚以前的原状，只是她的活动范围比从前已广泛得多。她对于白蝶姑妈的朋友们的非议，一概都置之不理，她也参加宴会，也跳舞，也同士兵们出去骑马，也跟男人调笑，凡是她做女孩子时做过的一切，现在她没有一样不做，就只还没有脱去丧服。因为她知道此事虽小，却要使白蝶和媚兰无论如何受不了的。她现在虽是一个寡妇，却跟做女孩子时候一样迷人，你只要顺着她的意思，她可以满心快乐，你只要不去跟她拗，她一直都跟你和好，她只仗着自己的姿容，仗着自己有人捧，你由她去卖弄就好了。

　　几个礼拜之前，她还是很苦恼的，现在她快乐了，因为现在又有许多奉承她的人在这里替她的魅力做保证了。这快乐里面的唯一缺憾，就是希礼已跟媚兰结了婚，而且现在正在前线冒着危险这一个事实。但是希礼虽然属于别人，却是跟那人离得远远的，她一想起了这一层，便会觉得比较好过些。因为亚特兰大跟弗吉尼亚相隔数百英里之遥，希礼之属于媚兰或属于自己，就似乎没有多大区分了。

　　这样，那一八六二年秋天的几个月，她都在看护、跳舞、坐马车、卷绷带里面消磨过去了。她偶尔也回到陶乐去住一些时候，但是这几趟回去都使她感觉失望。因为她未回去之前，满望着可以跟母亲静静地作几日长谈，可以细细地享受一回母亲身上的枸橼香囊的香味，可以让母亲的温柔的手来慢慢抚摸自己的面颊，谁知回家之后，母亲总是非常忙碌，并没有机会可以跟她作这样的长谈。

　　母亲比以前瘦了，而且一直都像有心事，每天一早起来就跑来跑去地忙个不住，直到做活的人都睡下了才得停，因为联盟州派来的差委会一天天加重诛求，她的工作就是要使陶乐增加生产。就连父亲也忙起来了，许多年来从来没有像这样忙过，因为魏忠被开除了之后，他再也找不到第二个总监工，每天都得亲自骑马到田里去跑。思嘉看着父母都忙得这样，便觉陶乐也待不住了。就连她的两个妹妹也各有各的心事。苏纶现在是跟甘扶澜到了"谅解"的程度了，她唱起《到这残酷的战争完了时》的时候，似乎是含有寓意的，使得思嘉几乎呕出来，恺玲则一直沉迷在汤伯伦的美梦里，也无心替她做伴。

　　思嘉每次回陶乐，都是带着一颗快乐的心去的，但是等到白蝶和媚兰写信来催她回亚特兰大的时候，她却又从来不觉得伤心。至于爱兰每次见这种信来，总要长吁短叹,深以自己的大女儿和唯一的外孙子不能常在身边为憾事。

"可是你既然得回亚特兰大去做看护,我也不能太自私,留你在这里,"她说,"不过——不过,我的宝贝儿,我总像是还有许多话没有跟你说,而且觉得你又成了我从前的小宝宝,有些舍不得你走了。"

"我一直都是你的小宝宝呢。"思嘉说时总要将头埋在母亲的怀里,深深感觉到自己的罪孽。因为她之要回到亚特兰大去,乃是跳舞和爱人拉她去的,并不是真要去给联盟州服务,这一层她并没有对母亲说。原来这些日子,她有很多的事情要瞒住母亲了,其中瞒得最紧的,就是白瑞德常常要到白蝶姑妈家里来的一桩事。

那次赛珍会以后的几个月里,白瑞德每次在亚特兰大,都要到白蝶家里来看她们,要带思嘉出去坐马车,或是护送她去上跳舞会和赛珍会,或是将他的马车等在医院门口,亲自送她回家。她已经差不多忘记他要泄露自己的秘密那桩事了,但是偶尔记起他曾经亲眼看见自己演那极丑的活剧,并且知道自己对于希礼的真情,心里仍不免有点惴惴然。就因有这点把柄落在他手里,所以他每次跟她找麻烦的时候,她只得默默地忍受,但是他偏要经常跟她找麻烦。

这白瑞德年纪已经三十五六,在思嘉的爱人里面要算老大哥,因而她无法将他控制、将他驾驭,没奈何得直同一个小孩子一般。他好像是天下的事情没有一件惧怕的,却有很多的事情会使他觉得有趣,有时他把她气得闷声不响,他就似乎觉得再有趣也没有了。也有时他存心将她挑拨,竟挑拨得她公然发怒起来,因为她虽然从母亲那里承袭得一副姣好的面容,却又从父亲那里承袭得一肚子爱尔兰的脾气。在这以前,她除了在母亲面前,向来不遏制自己的脾气。现在在白瑞德面前,发了脾气适足以供他作斗嘴的资料,因而不得不竭力遏制着。最可恨的是他自己从来不会发脾气,不然的话,她这方面的形势也不至于如此不利的。

每次跟他斗气,结果总是她失败,因而她就发誓,这人实在要不得,实在没教养,实在是下流坯,从此决不跟他再来往。但是过了几天,他又回到亚特兰大来了,托词说来看白蝶,胁肩谄笑地送她一盒从纳索带来的糖果,或是在音乐会上预定她旁边的位子,在跳舞会上盯牢她跳舞,以及诸如此类的奉承手段,于是她又会高兴起来,将以前的芥蒂一笔勾销了。

渐渐的,她竟常常巴望他来了。她觉得他身上有一种使人兴奋的东西,却分析不出它是什么,只觉得它是别的男人身上没有的。就是他那魁伟的躯干,已足以令人屏息，他一经走进门口来，便会使人突然感到一种伟力的冲击。他那黑色的眼睛里含着一种旁若无人和暗暗讥讽的神情，仿佛在向她挑战，使她决意要将他降伏。

"这有些像是我爱上他了！"她莫名其妙地想着，"但是我并不爱他，这就叫我有些难懂了。"

但是那一种激动的情感依然存在。他每次来看她们的时候，总带了一阵完全无缺的男性进来，使得白蝶姑妈那一所温驯女态的房屋立刻显得渺小、黯淡而陈腐。这种奇异的反应不仅是思嘉一个人有，因为白蝶小姐见他来的时候，也一直要觉得心慌意乱的。

白蝶明明知道爱兰要不赞成他来看她的女儿，又明明知道，查尔斯顿人将他摈斥于上流社会之外的成案也不能全然不顾，但是他那样地满嘴恭维，那样毕恭毕敬地来亲她的手，她觉得无法拒绝，犹如一只苍蝇无法拒绝蜜糖罐一般。而且他每次都要从纳索带点小礼物来送给她，总说是特地为她而买，并且冒着生命的危险偷过封锁线来的，例如成片儿的别针、缝针和纽扣，成绞儿的丝线和簪子之类。现在这种小奢侈品已经差不多无法可以得到，女人都戴手削的木头簪，都拿布包着橡实当纽扣，因而白蝶并没有道德的毅力足以拒绝这些东西。而且她还有点小孩子脾气，最喜欢开拆不晓得内容的赠物包裹。既开拆了，她就没有勇气可以拒绝了；既收受了，她就没有勇气下逐客令了。但是每次白瑞德在她家里的时候，她总觉得家里需要一个男性的保护人。

"我真不懂他这个人究竟是什么道理，"她常要没奈何地感叹说，"可是——嗯，我也可以当他是个可以亲近的好人，如果我能相信他——嗯，相信他的本心是尊重女人的。"

媚兰自从白瑞德赎还她的戒指，便觉得他是一个十分精细而有教养的上等人，现在听见白蝶这样评论他，就不免觉得骇异。白瑞德向来都对她极有礼貌，但是，她总觉有点畏怯。这原因，大部分是她对于凡不是从小认识的男人，都要觉得羞怯的。暗底下，她是十分地可怜他，这幸亏他自己不知道，不然的话，他又要觉得好玩了。她以为一定有什么浪漫事件使他伤了心，摧残了他的生活，将他造成一副强硬残酷的性格，并且觉得他所需要的是一个好女人的爱。原来她一辈子都过着悠闲的生活，从来没有见过恶，也差不多不能相信世界上有恶的存在，所以她听见人家谈论白瑞德和那个查尔斯顿女子的事，便觉得非常骇异，不能置信，这消息不但不曾使她畏避他，反而使她对他抱着更好的观感，以为这是人家冤枉他的，实在应该替他抱不平。

思嘉呢，她是暗中跟白蝶姑妈同意的。她也觉得他不尊重任何女人，或者只有媚兰是例外。每次他把眼睛将她从头到脚打量的时候，她就仿佛自己身上没有穿衣服，还是跟他陪伴父亲回来那一次似的。这种不尊重女人的心理，他从来没有说到嘴上来。要是那么的话，她倒可以拿激烈的话去对付他了。可恶的是他那张黑黝黝的脸上放着那一双肆无忌惮的眼睛，眼光里一直带着那种使人不愉快的傲慢光芒，仿佛一切女人都是他的财产，他可以趁高兴的时候随意享乐一番似的。唯有对媚兰，才没有这种神气。当他看着媚兰的时候，眼睛里从来没有那种冷酷的鉴别态度，也没有那种好玩似的嘲讽神情；他跟她说话的时候，他的声音具有一种特别的调子，很客气，很尊敬，而且急于要替她效劳似的。

"我真不懂，为什么你总待她比待我好些？"有一天下午白蝶跟媚兰都去打中觉了，思嘉只独个人跟白瑞德在一起，便这么很不服气地问他。

原来刚才一小时里面，媚兰在这里卷绒线，瑞德一直替她巴巴结结地用两手撑着；媚兰得意扬扬讲述希礼升迁的故事，讲个不歇，他也一直津津有味地听着。思嘉知道瑞德对于希礼是不大瞧在眼里的，对于他升为少校的事也并不以为意。然而他听见媚兰陈述他的事，却是那么毕恭毕敬地回答，那么一唱一和地凑趣！

"至于我有时提起希礼的名字，"她很懊恼地想道，"他就立刻锁起了眉毛，堆起那种讨人嫌的笑来了。"

"我比她美丽得多，"她继续道，"我真不懂你为什么待她好些。"

"我敢希望你是妒忌吗？"

"哦，你不要做梦吧！"

"那么又是一个希望破碎了。现在我老实对你说吧，如果我待卫太太'好些'，那是因为她值得这样的缘故。她这人很和气，诚实，不自私，实在是难得见的。不过好些好品性也许你不会认识。而且她虽然年轻，我却认她是我所知道的少数伟大女子之一了。"

"你这是说你不当我是个伟大女子吗？"

"我想我们第一次会见的时候就已彼此同意了的，你并不是一个上等女子。"

"哦，你再敢提起这事来吗？那是我一时的孩子脾气，你怎么一直拿它做攻击我的把柄呢？而且这事已经过去好久了，我也长大不少了，只要你不这么一直提到它，我是早已完全忘记它的了。"

"我可不承认这是你的孩子脾气,也不相信你已经改变。你现在遇到不如意的事,还是跟从前一样要掼花瓶的。可是现在你大概事事如意了,因而没有摔打、砸烂的必要了。"

"哦,你是——我恨不得我是一个男人!那我就要叫你出去,去——"

"去把我杀了以泄你的愤。可是我可以在五十码外打穿一只银角子。还不如用你自己的武器吧——酒窝、花瓶,以及诸如此类的东西。"

"你简直是一个流氓。"

"你当我听见这样的骂就会光起火来吗?那对不起,我要使你失望了。你骂我的话都名副其实,那你就不能使我生气了。我的的确确是一个流氓,而且为什么要不是流氓呢?这里是一个自由国度,一个人愿意做流氓是尽管可以做的。只有像你这样的伪善者,我的亲爱的女士,心里虽然一般黑,却偏要极力掩饰,所以听见别人叫着正当的名字,马上就要光火了。"

她见着他那种平静的微笑,听着他那种慢吞吞的语调,就觉得一点儿没有办法,因为她生平从来没有遇到过像这样无懈可击的男人。她的那些轻侮、冷漠、谩骂等等的武器,一到使用起来就都变钝了,因为不论她说得怎样不堪,总不能使他感到羞耻。据她一向的经验,凡是说谎的人偏要防卫他的诚信,懦怯的人偏要防卫他的勇敢,没有教养的人偏要防卫他的人格,没有廉耻的人偏要防卫他的荣誉。但这公例不能适用于瑞德。你无论说他什么,他都承认,而且只对你笑笑,而且反要鼓励你再多说些。

在这几个月里面,他来了又去,去了又来,来时不先通知,去时也不告别。思嘉始终查不出他到底为着什么到亚特兰大来,因为别的封锁线商人都不过在海边奔走,难得有深入内地来的必要。他们一般都在威尔明顿或是查尔斯顿起上了货,便有南方各地的商人和投机家蜂拥而来,将那些货色一下投标批买而去,决然用不着他们亲自深入内地来兜销。因此思嘉不免猜想瑞德之来是为她自己,但是这一层,虽是她那非常态的虚荣心也不能置信的。倘使他曾经有一度对她示爱,倘使他对于蜂拥在她周围的男人曾经表示过一点妒忌,或虽不过尝试要捏她的手,或是向她讨一张相片、一条手帕之类,那她也就可以觉得胜利,以为他已被自己的魅力擒住了。然而他始终没有对他表示过一点爱,而且最糟的是他似乎已经看穿她要使他屈膝的战略了。

每次他在亚特兰大的时候,女性里面总要感觉到一阵不安。因为这位大胆商人足迹所到之处,不但一直顶着一个浪漫色彩的光圈,并还带着一种邪恶和禁忌的成分。他的名誉确是糟透了！而且亚特兰大的太太们每聚谈一次，他的名誉就更坏一层，但是那些年轻女子却愈感觉到他的光焰。这些年轻女子大部分是很天真的，她们耳朵里能够听到的，至多不过是"他对于女人很乱来"之类的话，至于一个男人究竟跟女人怎么个乱来法，她们可不知道了。她们又听见说女孩子们跟他接近是有危险的。奇怪的是，他的名誉虽然坏到如此，他却从来不曾亲过一个未婚女子的手。但是这事适足以使他更加神秘、更加惹眼罢了。

除开军队里的英雄之外，他是亚特兰大人谈论得最多的。人人都详细知道他从西尖被开除的原因是为喝醉酒跟玩女人。至于他如何引诱那查尔斯顿的女子，以及如何枪杀那女子的哥哥，那桩骇人听闻的罪案，尤其是无人不晓。后来有人跟查尔斯顿的朋友通信，因又得知他的父亲是个极有骨气的老绅士，这儿子二十岁上就被赶出去了，不但不给一个钱，甚至还削了他在家族《圣经》上的名字。此后他就浪迹他乡，曾在一八四九年黄金争攫时代到过加利福尼亚州，然后又到南美洲、到古巴，据说他在那些地方的活动也都不见得很光彩，仍然是糟蹋女人、跟人决斗，又曾参加过中美洲的革命，并有一个时期竟以赌博为职业呢。

佐治亚州地方赌风本来很盛，几乎没有一家人家不曾有人嗜赌的，有的甚至连房屋、地产、奴隶都输掉。但这跟白瑞德的赌不同。一个人尽不妨赌得精光，仍可以不失为一个绅士，至于一个职业的赌徒，那就非为社会所共弃不可。

倘如不是因战争搅乱了秩序，以及他自己给予联盟州政府的服务，这白瑞德在亚特兰大，是决不会得到人家接待的。但是现在，虽是那班腰部束得极紧的太太，也都觉得爱国主义要求她们宽大为怀了。还有一些比较感情用事的，便以为这一个白家的败类现在已在深深地悔过，并且极力企图赎罪了。同时他又是这么一个勇往直前的封锁线商人，又怎么能不对他另眼看待呢？因为这时大家的观念，都以为封锁线商人的功劳是跟前线的士兵一般大的。

还有一种谣言，说这白船长是南方第一高明的驾驶手，又说他在船上的时候，一直是毫无畏惧的，也从来不会慌张的。因为他生长在查尔斯顿，对于卡罗来纳沿岸的每一条小港小湾、每一块沙滩岩石，都无不熟悉，而且威尔明顿周围的水上，他也跑得烂熟的。他从来不曾失过一条船，甚至从来不曾被迫丢过一次货。当战争爆发的时候，他就神不知鬼不觉地独自购置了一条快船，后来封锁线货物可以有百分之二十的赚头，他竟买起四条船来了。他出了优裕的薪水，雇了头等的驾驶员，趁黑夜里偷越过查尔斯顿和威尔明顿的封锁线，将棉花运到纳索、英国和加拿大去。英国的纱厂都在停顿着，工人都快饿死了，所以谁要能够混过北佬的军舰，将棉花运到利物浦，那么价钱是可随便由他吩咐的。而白瑞德的几条船又特别幸运，无论运棉花出去，或是运军用品进来，都从来没有失过事。因此，亚特兰大的女士们对于这么勇敢的一个男子，都觉得可以饶恕并且忘记他以前的过失了。

他生成一副雄赳赳的体格，人家对面遇见他，都不免要回过头去看看他的。他用起钱来手很松，骑着一匹野性的黑雄马，穿的衣服都是最高等的式样和剪裁。单是衣服这一样，已经足够惹人注目了，因为现在一般兵士所穿的军服，都是龌龊破烂的，市民所穿虽是出客的服装，也不过是些巧妙的补缀品。思嘉特别觉得他那条裤子，从来没有人有这样的美，质料是淡黄牧人呢，花纹是棋盘格子。至于他穿的背心，那尤其是妙不可言了，特别是那件白水绸的，上面常常缀着一颗小小的粉红色蔷薇蕾。而且他穿着这样漂亮的衣服，态度总十分大方，从不露出一点顾影自怜的丑态。

他如果肯施展一点魅力，那是难得有几个女人能够抗拒的，后来虽是梅太太也屈服了，也请他去吃礼拜天的午饭了。

原来梅美白已经快要跟那小个儿的义勇兵结婚，日期就定在他下次的例假里，她现在想起这桩事来就要哭，因为她决心要穿白缎子的结婚礼服，而现在整个联盟州里都买不到白缎子。她想去借一套，也没有地方可借，因为这几年来，所有缎子的礼服都拿去改做军旗了。梅太太是爱国的，她屡次劝她女儿，说在联盟州里做新娘，正当的结婚礼服应该是土布做的。结果是没有用，美白一定要缎子。她说她为了主义，尽可以没有发夹，没有纽扣，没有好鞋，乃至没有糖果，没有茶，也都不妨，至于缎子的衣服，那是非要不可的。

白瑞德从媚兰那里听见这桩事，就从英国带了几十码闪亮雪白的缎子回来，又买了一个纱头巾，送给她做结婚的礼物。他这礼送得非常得法，竟使她们不好意思跟他提到钱，至于美白，当然是快乐得几乎要跟他亲吻了。梅太太知道这礼物送得太重，而且又是衣服类，照理是不应该收的，可是她经不得白瑞德满口的花言巧语，说是我们的勇敢英雄娶的新娘子，是无论怎样好的穿戴都不会过分的，于是她为爱国心所动，觉得无法可以拒绝了。因此她才邀请他到家里吃中饭，以为这一邀请便是给他一个莫大的面子，比之算钱给他还要过余的。

他不但把缎子送给美白，并且指示她一些剪裁的方法。原来这一季里面，巴黎的裙腰子已经放宽了，衣裾也缩短了。衣裾的式样已经不流行打细裥，只不过在边缘上打着些扇形的褶叠，使得底下衬裙的阑干露出一些来。他又说巴黎街上已经看不见大脚裤子，想来已经不时行的了。后来梅太太告诉艾太太，说她幸亏没有鼓励他再说下去，否则恐怕他连巴黎女人穿哪样的短裤子都要说出来呢！

这几个月以来，他已成了亚特兰大最最出名、最最浪漫的人物，人家对于他以前的声名狼藉似乎都忘记了，就是新近微有谣言，说他不仅是跑封锁线，并且还做粮食投机，大家也似乎不去注意。至于那班对他不高兴的人，都说他每到亚特兰大来一趟，粮食的价格就要飞涨起五元。但是虽有这种谣言在那里传布，他在亚特兰大的地位还是照旧可以维持下去的，只要他自己愿意维持的话。谁知过了几天，他忽然发起怪脾气来，觉得不愿意跟这班酸溜溜的爱国市民再敷衍下去，便立刻去掉他的假面具，显出他的真面目来。

这种真面目显出来之后，他就仿佛对于南方的每一个人、每一件事都抱着一种轻蔑，特别是对于联盟州，而且这种轻蔑的情绪他一点也不去掩饰。从此，亚特兰大人先是对他疑惑，继之对他冷淡，终至不禁大怒了。等不到度进一八六三年，人们对他鞠躬就已非常勉强，太太们则一见他出现在集会上，就都要把自己的女儿拖到身边了。

他这时的态度，似乎不但要把亚特兰大人的赤胆忠心横加侮蔑，并且存心要把他自己的身价也极力糟蹋。有时人家确实出于好意，对他当面恭维，说他跑封锁线多么多么的勇敢，他偏要老实不客气地回答那人，说他碰到危险一向是非常害怕的，害怕得跟在前线的勇士一般。那人听见这句话，就觉得非常懊恼，因为联盟州士兵之在前线，谁都知道他们决不会害怕的。他提到前线的士兵，总把他们叫做我们的"勇士"，或是"我们的灰色军服的英雄"，不过那语气之间一直带着极端的侮辱。又有时有些厚脸的女子想要奉承他，对他当面道谢，说他是替她们战斗的英雄之一，他便对她们鞠鞠躬，回说事实上并不如此，因为他只要拿得到同样的钱，就是对北佬的女人也同样可以尽力。

自从思嘉那次在赛珍会上跟他第一次会见的时候起，他对她说话就一直都像这样，现在是对于大家说话都这么冷嘲热讽了。若是有人赞美他替联盟州服务努力，他总回说跑封锁线不过是他的一项生意。有时他看见旁边有与政府订契约的商人，他便要把他们瞟一眼，说他如果做做这种契约生意也可以弄到这么多的钱，那他就决不再到封锁线上去冒这种大险，也要找些烂皮烂布，乃至掺沙的糖、发霉的面之类，去跟政府交易了。

诸如此类的议论，大部分是无可置辩的，因而愈加激起人们的反感。就是这些跟政府订契约的商人，也确实早已受人的指摘。前线也确实一直有信来抗议，说皮鞋是一个礼拜就要穿坏的，火药是不会着的，马络之类是碰一碰就要断的，肉类是腐烂的，面粉是充满着麦蟑的。但是亚特兰大人有一种方法来替这情形辩护，以为这些腐败商人都出在阿拉巴马、弗吉尼亚、田纳西那几个州里，至于他们佐治亚州的商人，断断不至于如此。因为他们知道佐治亚州里跟政府订契约的商人都属本州第一流的门阀。他们曾经捐出钱来办医院，捐出钱来赡养阵亡士兵的遗孤。他们对公众演说起来，总是那么的激昂慷慨。难道这样的人物会做这种不肖的事吗？白瑞德之诬蔑他们，适足以证明他自己的无赖罢了。

他又不但侮蔑那班位居要津的人，不但污辱前线的将士，就是对于一般夜郎自大的市民，也常要加以冷嘲热讽，使他们无地自容。他看见他们那么的自负，那么的伪善，那么夸耀着爱国主义，总觉得万难容忍，定要去刺痛他们，正如一个小孩子看见一个气球，熬不住要拿针去刺它一下似的。而且他的讽刺技巧非常高妙，当面总像满口的恭维，实际已使他们丑态毕露了。

至于思嘉对他，就是在他跟亚特兰大人还很和好的几个月里，也一直都不曾发生过幻觉。她早知道他那样地巴结奉承，那样地花言巧语，都是口是心非的。她也知道他所以要装做一个勇敢的爱国的封锁线冒险家，不过是觉得好玩罢了。有时候，她觉得他是很像自己从小在一起的那班乡下孩子的，很像汤家那一对喜欢开玩笑的双胞胎，又像方家那一班专爱恶作剧的小鬼头，又像高家那几个会整夜坐着想骗人的好兄弟。但是仔细一比较，却又跟他们都不相同，因为白瑞德外表像似不过开玩笑，内里却怀着恶意，而且近于阴险的。

但是她虽然彻底明白他实在并无诚意，却又巴不得他一直装着那个封锁线冒险家的角色。因为他具备着这种资格，自己去跟他接近起来，也就比较可以冠冕些。所以当他把这假面具突然揭掉，而且跟亚特兰大人对他的一片好意公然作起对来的时候，她自然也觉得十分懊恼的。她所以懊恼的理由：一是因她觉得他这举动实在有些傻，二是因为人家对于他的指摘竟有些落到她自己身上来了。

至于白瑞德跟亚特兰大人士最后绝交的一幕，那是在艾太太为调养期伤兵举行的一次银圆音乐会上发生的。那天下午，艾太太家里挤满了来客，其中有请假回来的士兵，有各医院里的伤兵，有自卫队和警备队的队员，还有许多太太、寡妇和小姐。屋子里的每一张椅子都坐满了，甚至那长长的盘旋楼梯也塞满了。艾家的食事总管手里捧着一只刻花玻璃缸，站在门口收取来宾捐助的银圆，已经把缸倒过两次了。单是这一件，已足见得这事办得大有成绩，因为这些日子，一元银圆竟值联盟州的纸币六十元呢。

　　小姐们自觉有一技之长的，唱的唱了，弹琴的弹了，演活人画的演了，都博得哄堂彩声而去了。思嘉这回总算尽了兴，因为她不但跟媚兰合唱过一曲动人的《露水在花上的时候》，重唱过一曲更轻快的《女士，请你莫管施谛文》，并且曾被人公推出来，在最后一场活人画里代表"联盟州的精神"呢。

　　在这活人画里，她穿着一件白粗棉布的希腊长袍，束着一条红蓝两色的带子，一只手里擎着一面星条旗，另一只手里拿着察理父亲传下来的那把金柄指挥刀，授予脚下跪着的阿拉巴马人阿凯利队长。

　　演完之后，她不由得对白瑞德瞥了一眼，更看看他对她刚才演的这姿势是否赏识。谁知他正同几个人在那里辩论，怕是一眼也没有朝她看过呢，这就把她气得几乎要发狂。同时，她从他周围那些人的脸色看出来，他们对他所说的话似乎十分地愤怒。

　　她也向他们那边走去，正值大家的声浪偶然静下来，便清清楚楚听见警备队军需部里的金卫理在那里说："那么，先生，你以为我们这许多英雄为它而死的这个主义是不神圣的吗？"

　　"假如你是被火车碾死了，你的死不见得会使铁路公司变成神圣的，是不是？"瑞德问这话时，语气间仿佛虚怀若谷，很希望大家指教他似的。

　　"先生，"卫理说时声音有些发抖了，"倘如我们现在不在这所房子里——"

　　"那要发生什么事，我就想也不敢去想了，"瑞德说，"因为，你先生的勇敢当然是早已闻名的。"

　　卫理只涨得满脸绯红，谈话就此停止了。霎时间，人人都觉得不好意思起来，再也找不出话来对他说。卫理身体很强壮而且健康，又正在服兵役的年龄，然而他现在并不在前线。当然，他是他母亲的独养儿子，而且保卫本州的警备队也总不能没有人参加的呀。然而当瑞德讲到"勇敢"两字的时候，那些在调养期中的军官里面，便有几个人在那里吃吃暗笑了。

　　"哦，这人一张嘴为什么不肯停的！"思嘉愤然地想，"今天的会都被他一个人糟蹋完了！"

　　这时米医生的眉心泛起了浓云。

　　"对于你，是没有哪一件东西会神圣的呢，青年人，"他用着演说时惯用的声调说，"但是对于我们南方爱国的男人和女子，便有许多事情会觉得神圣。而且，我们必须争取国土的自由，必须为自己争取州权，必须——"

瑞德现出一脸没精打采的神情，他的声音也含着一种懒洋洋的调子。

"凡是战争都是神圣的呢，"他说，"这是说，在那些不能不战的人心目中。如果发动战争的人们不把战争做成了神圣，哪里还有这许多傻子来打呢？但是无论哪班演说家，对于一般肯去拼死的痴子讲得怎样天花乱坠，无论他们拿怎样高尚的目的派给战争，战争总只能有一个理由。那个理由就是钱。一切战争实际上都是钱的争夺。但是明白这层道理的人太少了，大多数人的耳朵都给号声、鼓声以及那班稳坐在家里的演说家的巧妙辞令塞满了。这种巧妙辞令往往结晶为一个响亮的口号，有时是'从异教徒手里救出基督的坟墓'，有时是'打倒教皇'，有时是'自由'，也有时是'棉花、奴隶和州权'。"

"这跟教皇又有什么相干呀？"思嘉想，"还有基督的坟墓也有什么相干呢？"

但当她正要向那愤怒的群众跑去的当儿，便见瑞德毕恭毕敬地鞠了一个躬，动身走向门口去了。她正预备追他去，艾太太一把抓住了她的衣襟。

"由他去吧，"她用一种极清晰的声音说，因为那时屋里已经非常寂静了，"由他去吧。他是卖国贼、投机家！他是一条毒蛇，我们不该把它在怀里抱了这许多日子！"

这话是存心要给瑞德听见的，他因而手里拿着帽子，在穿堂里站了一会，等艾太太说完了，这才回过头，对房间里掠了一眼。末了他将艾太太的平坦胸口瞪了一下，突然咧了咧嘴，鞠了鞠躬，出去了。

后来梅太太搭白蝶姑妈的马车回家，一车坐了四个人。她才坐定，马上就开起口来。

"现在，韩白蝶！我想你总可以满意了吧！"

"满意什么？"白蝶惴惴然地嚷道。

"满意那姓白家伙的行为，他是你们一直都庇护着的。"

白蝶被她这一闷棍打昏了，竟忘记了梅太太自己也招待过白瑞德好几次的。思嘉跟媚兰都没有忘记，但梅太太是长辈，她们不好替白蝶姑妈出头驳她，只得勉强低头忍耐着。

"他把我们都侮辱尽了，连联盟州也侮辱了，"梅太太一面说，她那结实的胸口不住地猛烈起伏，起伏得那些亮晶晶的镶绲也不住地闪烁起来，"竟说我们是为钱而战争的呢！竟说我们的领袖们是对我们说谎呢！这种人是该坐牢的。是的，断不能饶恕他的。我要跟米医生商量去。如果我们梅先生在世的话，他一定不放过他的！现在，韩白蝶，你听我说，从今以后你决不能再容这匪徒到你家来了！"

"哦。"白蝶吃她一顿训,连一句话也回不出来,只恨不得马上死过去。她对思嘉和媚兰看了看,分明是向她们乞援的意思,但她们两个低着头不开口,因而只得看了看前面彼得伯伯笔直的背影。她知道彼得伯伯一定句句话都已听见,希望他回过头来帮她一点忙,因为这样的事是他常干的。谁知彼得伯伯也一点没有动静。原来彼得伯伯向来就不赞成白瑞德,这是可怜的白蝶自己也知道的。于是她只得叹了一口气,说道:"好吧,朵丽,如果你想——"

"我确是这么想,"梅太太坚决地答道,"我真意想不到,你到底见了什么鬼才把他请进你家里去的。今天以后,亚特兰大是没有一家规矩人家会欢迎他的了。你得拿出一点胆量来,禁止他到你家里去。"

说着,她又向思嘉和媚兰盯着看:"我希望你们俩也要注意我的话。"她继续道:"因为这一部分也是你们的过失,你们待他太好了。你们可以客客气气对他说,但是话要说得坚决,说他跟他那一套不忠不义的话,分明是你们的家不能欢迎的。"

这个时候,思嘉心里已经沸滚起来了,仿佛一匹马,一经马笼头上有陌生的粗手来触动一下,就马上要蹦起来似的。但是她不敢开口,怕的是梅太太又要写信给她的母亲。

"你这老水牛!"她只在心里想道,她的脸已经气得绯红了,"我恨不得把你这丑态形容给你自己听呢!"

"我活了这把年纪了,再想不到竟会听见人对我们的主义说出这种不忠不义的话来,"梅太太继续说,这时她是激于正义的愤怒了,"无论是谁,要说我们的主义是不正当的、不神圣的,就都该绞杀!你们女孩子,从今以后,我再不愿意你们提起这个人了——怎么,我的天,你是怎么啦,媚兰?"

媚兰面孔雪白了,一双眼睛跟铜铃一般。

"我是还要跟他说话的,"她低声说,"我决不对他无礼。我决不禁止他到我家里来。"

梅太太叭地一下从肺里喷出一口气来,仿佛她被一个锤子突然一下戳破了似的。白蝶的胖嘴巴噗地一下绷开了,彼得伯伯也转过头来瞪着眼睛了。

"怎样,为什么我刚才没有胆量说这话呢?"思嘉又妒忌又钦佩地想着,"这小兔子怎么一下子会发起狠来,竟敢跟这老太婆斗嘴呢?"

媚兰的手在那里发抖,可是她很快又继续说下去,仿佛怕耽搁一下,她的勇气就会中断似的。

"我不能因他说的话就对他无礼，因为——他把这样的话公然讲出来，原是太粗鲁一点——"停了一停，她又说，"确实，原是太戆了——不过这是——这是跟希礼的意见一样的。我决不能禁止一个跟我丈夫抱同样意见的人进我门口来。这是不公道的。"

梅太太这才回过一口气来，于是她又进攻了。

"韩媚兰，我一辈子也没有听见过这么大的诳！他们卫家人是从来没有这种懦夫的——"

"我没有说希礼是懦夫啊！"媚兰说时眼睛开始闪动起来，"我只说他的思想跟白船长的思想一样，不过他用不同的方式表现罢了。他总不见得东奔西跑，把这意见到音乐会上去发表的。但是他曾经写信给我论到这桩事。"

思嘉听到这句话，不由得良心被刺了一下，她知道媚兰说的信大概是她偷看过的。她尝试把那信的内容记起来，但是大多数的信，她看过之后马上就忘记了。总之，这样的信怎么好对人家说呢？一定是媚兰一时间昏了神了。

"希礼写信给我，说他是不应该跟北佬儿打的。他又说我们是被那班心存偏见的政治家和演说家出卖了，"媚兰很快地说，"他说世界上没有一件东西，是值得这场战争所要造成的牺牲的。他说这场战争决不能造成光荣，只能造出悲惨和污辱。"

"哦！那封信，"思嘉想，"难道那信里的意思是这样的吗？"

"我不相信，"梅太太坚执地说，"你误解他的意思了。"

"我从来不会误解希礼，"媚兰静静地说，虽然她的嘴唇在那里发抖，"我完全了解他的。他的意思跟白船长的意思一丝无二，不过他不像白船长说的那么粗鲁罢了。"

"你应该觉得羞耻呢，怎么拿卫希礼这么一个好人去跟白船长这么一个流氓比起来了！我想你也是看不起主义的吧！"

"我——我实在不晓得自己怎么想，"媚兰觉得有些动摇地说，这时她一肚子的火已经消散，却有一种惊惶来擒住她，惊惶的是她现在的态度未免过于坦率，"我——我是愿意为主义而死的，也跟希礼一样。可是——我主张——我主张，思想这事让他们男人家去做吧，因为他们聪明得多。"

"我从来没有听见过这样的话，"梅太太嗤之以鼻，说，"停住啊，彼得伯伯，你跑过我的门口了呢！"

原来彼得伯伯贪听背后人的谈话，竟忘记在梅太太门口停车了，现经梅太太提醒，才把马车倒退回来。梅太太下了车，她的帽子上的飘带抖得跟暴风雨里的船帆一般。

"你们是要后悔的。"她说。

彼得伯伯将马策了前去。

"你们两位少奶奶也不应该，白蝶小姐气晕过去了。"他骂道。

"我并没有晕，"白蝶自觉惊异地回答，因为比这再小些的刺激也常常要使她晕过去的，"媚兰，亲爱的，刚才亏得你帮我一个忙，朵丽这家伙的确该有人来压她一下。她太骄傲了。你这勇气是什么地方来的呢？不过你刚才说希礼的一番话，到底是不是应该说的？"

"但这是实在的呀，"媚兰回答着，便轻轻地哭起来了，"而且他抱这样的意见，我并不以为可耻。他想这战争全然是错的，但是他仍旧愿意替它打，愿意替它死，这比参加正当的战争更加需要勇气呢。"

"哦，我的天，媚姑娘，这儿桃树街上是哭不得的呢，"彼得伯伯一面咕哝着，一面加快了速度，"人家要说坏话的，等到了家去再哭吧。"

思嘉一句不开口。媚兰插一只手到她手掌里，求她给一点安慰，她连捏都不捏一下，她当初去偷媚兰的信，本只有一个目的——要从那里面去找他仍旧爱她的保证。现在媚兰给那信里的话加上一种新的意义，那是她自己再也不会想到的，不过她觉得惊异，为什么像希礼那样一个完全无缺的人，竟会跟白瑞德那样一个无赖抱着共同的意见呢？但是一转念之间，她又想："他们两个同样见到这次战争的真相，但是希礼还是愿意替它死，瑞德就不愿意了，岂不是瑞德的见识比希礼还高明吗？"想到这里，她又不由得大吃一惊，她怎么好对希礼存这样的观念呢！那么是这样的吧："他们两个同样见到战争的真相，但是瑞德愿意对它正视，并且要把这真相公然说出来激怒别人，希礼便不忍去正视了。"

这真是不容易搞清楚的。

第十三章

由于梅太太的督促,米医生果然行动起来了,行动的方式是写一封信到报纸上去发表,信上并没有提白瑞德的名字,意思却明白得很。那报纸的编辑觉得这信里含着社会戏剧的意味,竟把它发表在第二版上,使人看起来颇觉新鲜,因为那报纸的第一二版向来是给广告占去的,那些广告又不外是奴隶、骡子、犁头、棺材房子等等的买卖或租赁,乃至暗病的治疗、堕胎药和春药之发卖等等。

这医生的这封信便是一个愤怒合唱队的先声,这样的呼声从此便源源不绝地起来,顿时传遍了整个南部,也有骂投机家的,也有骂囤积家的,也有骂包办政府生意的商人的。据他这封信里说,这时查尔斯顿的海口实际已被北方的军舰封锁起来,所以威尔明顿就成了封锁线商人麇集的海口,同时也成了万恶的渊薮了。一般投机家都带了大量的现钱而来,将货物整船买下,囤积着以待高价。而且他们所期望的高价照例是立可而待的,因为必需品一天天地稀少了,物价自然逐日地飞涨。一般市民除非是不买东西,要买就非听命于那班投机家不可,至于贫民跟一般中等生活的人,日子尤其一天难过一天了。物价一面在涨,联盟州的纸币一面在跌,纸币跌得愈厉害,人们收积奢侈品的热心高涨得愈厉害。一般封锁线商人,本来受政府委托专进必需品,只能把奢侈品当做附带生意,现在奢侈品价格日高,他们的船里反而把政府急要的东西排除干净了。人们唯恐物价再高,币价再跌,所以手里有几个现钱,一齐都拿去换作奢侈品。

还有不堪的,从威尔明顿到里士满只有一条铁路,因为运输拥挤,论千桶的面粉,论千箱的咸肉,都积在车站路旁听凭腐烂,而封锁线商人的酒类、丝织品、咖啡之类,一经在威尔明顿卸下之后,照例只消两天就可以运到里士满。

以前只在暗中传布的谣言,现在都在公开讨论了,都说白瑞德不但自己有四条船,每次运进的货都卖了闻所未闻的高价,并且收买别人船上的货,囤起来以待高价。又说他是某一组织的领袖,那组织有一百万元以上的资本,以威尔明顿为大本营,专收各码头由封锁线运进的物品。又说他们在威尔明顿和里士满都有几十处堆栈，里面都满塞着食料和衣料，等着价钱高涨才卖的。这时候一般士兵和市民都已同样受到切肤的苦痛，因而对于他和其他投机家的怨声一天天加盛起来。

"现在联盟州海军事务中有关封锁线的一股，原也有许多勇敢爱国的人在里面，"那医生的信的最后部分说，"这些人赤胆忠心，情愿拿他们的生命财产去冒险，以期继续保持联盟州的生命。因而凡是具有一点国家观念的南方人，总都不吝给他们一点金钱的报酬，以期可以慰藉他们的冒险。

"但其中也有不少的败类，披着一件封锁线商人的大衣，以谋他们私人的得利。现在前线的将士们正因缺乏金鸡纳而死，这班人类的鹰隼偏要运进缎子花边来，前线的英雄们正因缺乏吗啡而忍痛挣扎，他们偏要一船船地装进茶和酒来，所以我现在不得不替那些为主义而战的人们申冤泄愤了。那一些毒蛇正在吸取李将军部下人的血，就是封锁线商人这名义也被他们污蔑尽净了。我们前线的健儿都赤着脚在打仗，这些败类却穿着雪亮的长靴，这叫我们怎样能够缄默呢？我们的士兵都围着一堆营火在发抖，在啃霉烂的咸肉，这些败类却喝的是香槟，吃的是肉饼，这叫我们怎样能够容忍呢？我谨向每一个忠义的联盟州国民呼吁，对于这样的败类，愿与众共弃之。"

亚特兰大人读了这封信，人人都看做公平正直的审判一般，又因他们都是忠义的联盟州国民，所以急忙对白瑞德实行共弃了。

一八六二年秋天曾经招待过他的那些家庭，到了一八六三年，他所能进去的就差不多只剩白蝶小姐一家了。而且就是她家里，也全靠媚兰一人之力了。每次他到亚特兰大来的时候，白蝶小姐总是装生病。她明明知道自己要是容纳他，一定要受朋友们的指责，但是她又没有勇气敢对他下逐客令。每次她听见他到亚特兰大来的消息，便要预先鼓起腮帮子对两个女孩子宣言，说她要到门口去等他，拦住他不许进门，但是他来了，手里拿着一个小包裹，嘴上带着一大套恭维话，她一见面就又气馁了。

"我真不晓得怎么样才好呢，"她常常这么咕哝着，"他只消瞧我一眼，我就会吓得要死，什么话都不敢开口了。他的名誉本来坏透的。你们想他会不会打我——或者——或者——唉，要是察理在世就好了！思嘉，你，你得劝劝他呀，不妨好好对他说。唉，唉！我要怪你鼓励他的呢！现在城里人人都在谈论了，要是你母亲知道了，不知她要怎样怪我呢！媚兰，你也不要对他这么好。你要对他冷淡些、疏远些，那他自己就会明白了。哦，媚兰，你想我应该不应该写个条子给亨利，叫他去对白船长说说呢？"

"不，我想不应该，"媚兰说，"而且我也决不能对他无礼。我想人家现在这样对付白船长，简直都丢了脑子了。我想他决不会坏到米医生跟梅太太说的那样。他决不会把粮食囤积起来不让饥饿的人吃，他还捐给我一百块钱去帮助孤儿呢。我相信他一定跟别人一样忠义、一样爱国，不过他太骄傲，觉得犯不着替自己辩护罢了。你总知道，他们男人到了愤怒起来的时代，一定是非常执拗的。"

白蝶姑妈并不懂得男人，不管他们在不在愤怒的时候。因而她只能摇摇她的小胖手，一点儿没有办法。至于思嘉，她早已知道媚兰那种把人人都看做好人的脾气是没有法儿改变的。她以为媚兰是个傻子，但是谁对她都没有办法。

思嘉明知道瑞德并不爱国，但这是她不管的，虽则这意思她决不肯公然说出来。她所最最关心的只是他从纳索带来给她的那些小赠品，那些无伤于礼的小玩意儿。现在物价这么贵，倘若她拒绝瑞德进门，那么这些针线、糖果、发夹之类叫她到哪里去找呢？不要紧的，她很容易把责任推到白蝶姑妈身上去，因为她到底是一家之主，又是监护人，兼道德上的仲裁人。她明知道瑞德之来，满城人都在谈论了，并且谈论到她自己身上了，但是她又知道亚特兰大人的心目中，媚兰决不会有什么错处，所以只要媚兰卫护着瑞德，瑞德之来总还不至于完全失体面。

但是瑞德如果肯放弃他的邪说，事情岂不更美吗？如果能够这样，那么她同他到桃树街上散步的时候，就不至于受人侧目了。

"即使你心里认为这样，为什么一定要说出口来呢？"她骂道，"你心里不管怎样想，却闭着口不说出来，不是什么事都好得多吗？"

"这是你的办法，是不是？你这绿眼睛的伪善者。思嘉，思嘉！我只希望你干出些较有勇气的事来呢。我知道爱尔兰人是想什么就说什么的，只有魔鬼才会支支吾吾有话不敢说。你老实对我说吧，你碰到那种有话不能说出口的时候，不是闷到几乎要炸开来吗？"

"哦——这倒是的，"她不得已地承认了，"有时人家一天到晚在那里谈主义，我实在厌烦得不得。可是我的天，我若是公然承认了，就没有人跟我说话了，青年们都不跟我跳舞了！"

"哦，是的，是的，一个人是非有人可以跳舞不可的，不管是出怎样的代价。好吧，我很佩服你的自制力，这我可比不上你。我也不能够拿一件罗曼史和爱国主义的大衣将自己掩饰起来，无论这对于我有多大的便利。现在的傻子爱国者已经够多了，他们现在把身边的每一文钱都拿到封锁线上去冒险，将来战争完了，便人人都变穷光蛋。他们用不着我去加入他们，他们的爱国史上既然用不到我去增光，将来那张穷光蛋的名单也无须我去凑数。这些荣耀的光轮让他们去戴吧。他们是值得戴的，这是我难得说的一句出于至诚的话，而且不出一两年，那些愿意戴光轮的人就都可以戴上了。"

"我想你这人真是顽皮，你是明明知道英国和法国马上就要来帮我们这边的忙了，为什么还说这样的话呢？"

"怎么，思嘉！你大约是看过报了吧？我实在吃惊了。请你以后不要再看吧。这是会把女人家的脑子弄糊涂的。你若要知道真消息，我不到一个月之前还在英国，听我来告诉你吧。英国是决不会援助联盟州的。英国从来不曾帮过一只落水狗。这就是英国之所以为英国。而且现在坐在英国宝座上的那位胖胖的荷兰女人，她是敬畏上帝的，并不赞成我们的奴隶制。她宁可得不到我们的棉花，而听凭那些纱厂工人去饿死，也决不会为我们的奴隶制来助一臂之力。至于法国，那位拿破仑的孱弱的模仿者正在墨西哥忙着布置他自己的法国人，哪里还肯费心来管我们的事呢？事实上，他是欢迎这场战争的，因为有这战争将我们牵制着，他就无须把军队开出墨西哥来了。……不的，思嘉，这一种外来援助的观念是报纸创造出来维持我们的士气的呢。总之，联盟州的命运是注定的了。它如今就像一头骆驼，已经消耗到它的驼峰了，但是天底下最大的驼峰，也决没有永远消耗不完的。我现在已经决计再跑六个月的封锁线，以后我就罢手了。因为到了六个月以后，这事就太危险了。那时我要把这几条船去卖给哪个傻英国人去，如果有人以为这生意还可以再做的话。不过无论卖不卖得掉，我都可以不担心事。我的钱已经弄够了，现在都在英国银行里，早已换做了金子。这纸币将来一钱都不值，与我全不相干了。"

他每次发起议论来，总像是非常有理。就是现在这番话别人也许要当是卖国贼的理论，但在思嘉听起来，觉得句句都是常识，句句都是真理。有时她照理性来评判，也知道这话是完全错的，自己应该觉得惊异，觉得愤怒。而实际上她并不惊异，也不愤怒，但是她可以装出惊异和愤怒的样子来，因为她以为这样才可以抬高自己的身份。

"我想米医生信里讲你的话对得很，白船长。你唯一可以替自己赎罪的路，就是等你把几条船卖了之后马上去入伍。你本来是西尖学校出身，而且——"

"你的话好像是一个牧师在做招兵的演说。但是我倘使不愿意替自己赎罪呢？这一个将我抛弃的制度，我为什么要去替它战斗，要去维持它呢？我正巴不得看见它毁坏呢。"

"我从来没有觉得这个制度有什么坏。"她辩驳说。

"没有吗？但是你也属这制度的一部分，跟我一样的，而且我可以赌咒，你对于这个制度一定不见得比我更喜欢的。你要知道，我是为什么会变成我们白家一个败类的呢？除了这个理由之外再没有别的——就是因为我不曾也不能符合查尔斯顿的标准。而查尔斯顿就可以代表南方，不过更强烈化罢了。我们平日所谓厌烦，到底是怎么一回事，我怕你还不十分明白吧。这就是，有许多事情因为人家一向这么做，我们便不得不做。为了同样的理由，有许多完全无害的事情，我们却偏偏不能做。我自己生平就被许多毫无意识的事情麻烦得不得了。至于不跟那个女子结婚一件事——你大概总听说过的——那不过是最后的起因罢了。她是一个使人难以忍耐的傻子，那次不过碰到一件意外的事情，使我不能在天黑以前把她送回家，为什么我就该跟她结婚呢？而且我的枪既然比她哥哥打得准，为什么我该让他来打死我呢？假使我是一个上等人，当然，我是该让他杀死的，那就替我们白家的家声抹去一个污点了。但是我还要活。现在我竟活下来了，而且活得很舒服。……我又想起我自己的兄弟来，他还是住在查尔斯顿那些神圣的雄牛里面，一直都对他们非常之尊敬，我记起了他那母猪一般的老婆，他那圣赛西理节的跳舞会。他那天长地久的稻田，于是我认识了挣脱这种制度的报酬了。思嘉，你要知道我们南方人的这种生活方式，是跟中古时代的封建制度一样陈旧的了。可怪的是，它居然能够维持到这么长久。照理，它是早已应该消灭的，现在它已开始消灭了。那么你以为我听了那米医生的一番演说，就会相信我们的主义是正当神圣的吗？你以为我受这鼓声的一番激动，就会拿起一柄毛瑟枪来，跑到弗吉尼亚去替南方政府流血吗？你当我是怎样一个大傻子呢？去跟那责打我的棍子亲吻？这决不是我白瑞德会干的事。南方与我现在是债务两讫了。南方曾经一度抛弃我，要我去饿死。幸亏我不曾饿死，而我现在是从南方的临死阵痛里弄起了充分的钱，足以报偿我丧失了的生活权利了。"

"我想你是卑鄙龌龊、金钱主义的。"思嘉说，但说得非常的机械。原来瑞德刚才说的一番话，对她不过是一阵耳边风，因为凡是不切己的话，对她总是这样的。但是她也觉得其中一部分不无意义。她也觉得现在一般上等人里面，确实有许多事情是不通得很的。例如她自己的心并没有在坟墓里，他们偏要她装做在坟墓里。又如她在赛珍会里跳了那么一点舞，大家就吓得那样的了。而且有时她做的说的，跟别的青年女子做的说的一丝儿没有两样，人家却要那么凶狠地竖起眉毛来了。不过这一些传统无论多么地使她懊恼，现在听见白瑞德攻击这些传统，却仍旧觉得不入耳。这是由于她在旧社会里受熏陶惯了，一听见有人道出了自己的心事，总觉得不能安帖。

"金钱主义吗？一点也不是，我只是较有远见罢了。不过所谓有远见，也许只是金钱主义的一个同义语。至少，人家不能像我这么有远见的，就要叫它金钱主义了。当在一八六一年的时候，任何一个忠心的联盟州人，只要他手里有一千块现钱，就能做我所做的事，可惜是很少人抱金钱主义，因而把这机会错过了！例如嵩塔儿要塞刚刚攻下来而各海口还没有封锁的时候，我就拿极低极低的价钱买了几千包棉花，将它运到英国去了。现在这些棉花仍旧放在利物浦的堆栈里，我始终不把它卖掉。我要把它放到英国纱厂非要棉花不可的时候，那就可以由我开价了。到那时候，我就是卖到一块钱一磅，也不足为奇了。"

"你等雄鸡生蛋的时候才去卖一块钱一磅吧！"

"我相信这个价钱是会到的。现在已经是七角五一磅了。总之，思嘉，等到这场战争完了的时候，我就是一个富翁了，这就因为我是有远见的——哦，对不起，金钱主义的——缘故。我从前也曾告诉你，人要发大财，只有两个时代，一是国家正在建造的时代，一是国家正在毁坏的时代，建造时代的财发得慢，毁坏时代的财发得快。你记住我的话吧，也许这对于你将来是有用的。"

"凡是好的忠告我都很重视，"思嘉尽量用着讥讽的语气说，"可是你这忠告我实在用不着。你当我爸爸是个穷鬼吗？他的钱已经尽够我用了，何况我还有察理的一份财产。"

"我想当初法兰西的贵族没有爬进囚车以前，都是跟你一样想法的。"

瑞德常常给思嘉指出，她一面参加所有的社会活动，一面还穿着黑色的丧服，实在不相称得很。因为瑞德一向喜欢漂亮的颜色，现在思嘉穿着这种阴惨惨的衣服，披着这种黑沉沉的长纱，便使他一面虽觉好玩，一面终感不快。但是思嘉终不肯马上易服，因为她知道满服还有几年，若是马上换去了，恐怕人家谈论得愈加厉害。而且，她对母亲怎么交代呢？

瑞德也曾老实不客气地告诉她，说她披着那种黑纱便像一头牛，穿着那种黑衣便老了十岁年纪。她听见这话，便急忙跑到镜子面前，仔细看看自己到底是否真像有二十八岁。

"我想你应该自己看重些，不要打扮得跟梅太太一般，"他激她道，"而且也用不着披起黑纱来装做悲伤的样子，因为你本来并不悲伤，这我可以跟你打赌的。我要你去掉帽子跟面纱，两个月里面我就去弄一顶巴黎出品的帽子来给你戴上。"

"是吗？哦，不，这事不必再谈了吧。"思嘉一经提起有关察理的事情，心里就觉得非常懊恼。那时瑞德正预备要从威尔明顿再到法国去一趟，便不再说什么，咧着一张嘴走开了。

几礼拜之后的一个夏天的早晨，他又来了，手里拿着一只装饰得很好的帽盒子，看看屋里只有思嘉一个人，便将盒子打开来。里面用纸重重裹着的，是一顶非常精致的女帽。思嘉一眼看见，便不由得大声喊出："哦，这好宝贝儿！"一面就伸手去拿。像这样的新服饰，她连见也多时不见了，更不要说是捧在手里，因而她那双眼睛馋得不得了，便当它是世界上最最可爱的一顶帽子了。它的质地是深绿色的细丝绒，淡碧色水绸做的镶绲。两条带子结在下巴颏儿底下，跟她的手一般阔，也是淡绿色的。而且那卷着的帽檐上面还插着一支十分傲慢的鸵羽。

"戴上吧。"瑞德微笑着说。

她就飞奔到对壁的镜子面前，将它噗地一下戴在头上，然后将两鬓的头发掠到后边，以便露出一对耳坠子，然后动手结起下巴颏儿底下的带子来。

"好看吗？"她一面嚷着，一面露一个侧影给他看，同时将头翘了翘，故意使那支鸵羽跳起舞来。但是她不过口里这么问问，心里实在早已知道自己是好看的，用不着等看见他的眼睛才证实。因为她戴上了这顶帽子样子越发显得俏皮了，而且那绿色的绲边映得她的眼睛跟深翡翠一般闪亮。

"哦，瑞德，这帽子是谁的？我要买它。我愿意把所有的钱都拿出来。"

"就是你的呀，"他说，"谁还配戴这种绿颜色呢？你想我把你眼睛的颜色记得清楚吗？"

"你真的是替我配的吗？"

"是的，盒子上还有几个和平路的法文呢，你觉得有什么意义吗？"

她并不觉得有什么意义，只对着自己的影子微笑着。在这当口，她觉得万事于她无涉了，就只知道自己两年以来初次戴起这样好的帽子，确实美得毫无瑕疵了。她想戴着这样的帽子，天下事情还有什么办不到的呢？但是一会儿之后，她的笑容便又渐渐消散了。

"你不喜欢吗？"

"哦,这是做梦一般的,但是——唉,像这么可爱的绿,要是拿黑纱罩了起来,又把这鸵羽也染成黑,真是可惜呢。"

他立刻走到她身边,很快解开她颔下的带子。一刹那之后,那帽子就回到帽盒里去了。

"你做什么?你不说这是我的吗?"

"可是我并不是给你拿去改做丧帽的。你既然不合胃口,我去找别个绿眼睛的女子送给她去。"

"哦,那不成!我是死都要的!哦,瑞德,请你不要小气吧!给了我吧。"

"那么你要不要把它染黑呢?要染就不成。"

她牢牢抓住帽盒子。这宝贝东西,她戴了起来就会那么年轻、那么迷人的,可以拿去给别人吗?哦,决然不可以的!她也想起了白蝶跟媚兰会惊骇。她又想起了母亲会骂她。她发抖了。但是她的虚荣心强过了惧怕。

"我不染就是了。我答应你了,现在可以给我了。"

他带着一点嘲讽的微笑将帽盒子给了她,看着她重新戴上,重新对着镜子修饰起来。

"这要多少钱!"她突然问道,同时就放下脸来,"现在我只有五十块钱,但是到下个月——"

"这照联盟州的钱算起来,大约要两千块钱。"他对她那凄苦的神情咧着嘴说。

"哦,天——那么,假使我现在先给你五十,以后等我——"

"我不要钱,"他说,"这是一件礼物。"

思嘉的嘴突然张开来。对于男人家送的东西是得特别当心的呢!

"糖果啊,花呀,亲爱的,"母亲屡次对她说,"或者是一本诗集啊,一个纪念册啊,一小瓶花露水啊,只有这些东西是女人可以收得的。凡是贵重的礼物,即使是你未婚夫送给你,也万万不能收。例如首饰、衣服,甚至于手套、手帕之类,都决不能收人家的。你如果收了,男人家就要当你不是上等女人,因而就要放肆了。"

"哦,天!"思嘉看了看镜中的倩影,又看了看瑞德那副不易看穿的表情,心里暗暗地想着,"要我说不收他这句话,我简直是说不出口来,这东西太可爱了。我宁可——宁可他来放肆一下的,只要他不过分地放肆。"想到这里,她不由得自吃一惊,顿时脸上泛起粉红色。

"我要——我要把那五十块给你——"

"你要给我,我就把它扔到阴沟里去。或者呢,再去买东西来引诱你的灵魂。我知道你的灵魂只消一点儿东西就成的。"

她勉强笑了起来,而镜子里那个绿帽檐底下的笑影立刻使她下了决心了。

"你打算对我怎么样呢?"

"我要拿好东西来勾引你,直至你的贞操再不能维持,可以听凭我玩弄,"他说,"男人家的东西只有糖果和花你可以收得,亲爱的。"他又模拟着一般母亲的口气,以至她不由得吃吃笑起来。

"你真是一个黑心的活鬼。白瑞德,你明明知道这顶帽子太好了,我是不能拒绝的。"

他的眼睛一面恭维她的美,一面却在讥笑她。

"你不妨骗一骗白蝶小姐,说丝绒跟绸子的样子都是你自己给的,图样也是你自己打的,我还要了你五十块钱。"

"不,我要说一百块钱,等她去对人家说去,让人家眼热眼热,都要说我多么多么地阔绰。可是,瑞德,以后你再不要拿这么贵重的东西送我了。我知道你很好心,可是我实在不能再收你什么东西了。"

"真的吗?可是等我高兴的时候,以及我觉得有什么东西可以增加你的美的时候,我还是要送的。不过我要警告你,我并不是好心。我是拿帽子、镯子一类东西来引诱你,来引你到陷阱里去的。你要牢牢记着,我无论做什么事情都有缘故,我给人家的东西一直都望人家的报酬,我是什么都要代价的。"

他的黑色眼睛搜索着她的面孔,一直搜索到她的嘴唇。思嘉低着头,浑身充满着激动。现在他要放肆起来了,正不出母亲的预料。他要跟她亲吻了,或是尝试跟她亲吻了,到底怎样,她一时也分不清楚。她如果拒绝呢,他就马上要将那帽子一把抓了去,去拿给别的女人。反之,若是她让他规规矩矩地亲一下呢,以后他为了抱着再亲的希望,别的好东西就会源源而来了。男人家对于亲几个嘴,总是看得非常重的,虽则天才晓得是什么缘故。有很多人亲了一次嘴之后,竟会立刻爱上那个女孩子,或者因为女孩子调皮,亲了一次之后就不肯让他们再亲,竟会演出许多活剧来。倘若白瑞德真的爱上她,并且承认了他的爱,求她亲一个嘴或是笑一笑,那事情就有了劲儿了。是的,就让他来亲吧。

但是他并没有表示要来跟她亲嘴的意思。她从她的浓眼睫毛底下抛给他一个斜视,并且含糊着给他一个鼓励。

"你说你是什么都要代价的,是不是?现在你盼望我给你什么代价呢?"

"这且等着看吧。"

"如果你以为我要报给这顶帽子就会跟你结婚,那我是不会的。"她老着面皮说。说时将头一扭,扭得那帽上的鸵羽蹦蹦跳起来。

他的白牙齿从他的小髭须底下露了一露。

"太太,你太瞧得起你自己了,我并不要跟你结婚,也不要跟任何人结婚。我是一个不结婚的人。"

"真的吗?"她一面喊着,一面不由得倒退了几步,以为现在他一定要放肆起来了,"我连跟你亲嘴都不愿意呢。"

"哦,怪不得你那张嘴鼓得那么好玩了。"

"哦!"她喊道,因为她已经瞥见自己的影儿,果然两片红嘴唇皮正做着一个亲嘴的姿势。"哦!"她接连地喊着,原来她已经在那里大发脾气,大顿其脚了,"你是一个顶顶可怕的人,我没有见过第二个,就是从此再不同你见面也不算可惜!"

"你如果真的那么想,就不妨踩掉那帽子。啊呀,我看你是光火极了,这倒也难怪你的。那么来吧,思嘉,你把帽子踩掉吧,那就算你把我这人跟我的东西都看得一钱不值了。"

"你敢碰一下子看!"她一面说着,一面双手牢牢抓住了帽檐,往后倒退了几步。他追上前去,轻轻笑着,捏住了她的双手。

"哦,思嘉,你简直是个小孩子,你把我的心都拧痛了,"他说,"好吧,我就来跟你亲一个嘴吧,我看你在盼望呢。"说着,他就随随便便地扑下身子去,将小胡子在她面颊上轻轻擦了一下。"现在,你是不是觉得要打我一下耳掴子呢?"

她把嘴唇努着,抬起头看着他的眼睛,看见他那黑珠子的深处含着一种觉得非常好玩的神情,便不禁哧的一声笑出来。她想这人真是顽皮极了,恶作极了!如果他不要和她结婚,并且不要和她亲嘴,那么他要什么呢?如果他并不是爱她,那么又为什么常常来找她,常常送东西给她呢?

"如果你觉得这样,那就好了。"他说,"思嘉,你要晓得,我对于你是一种恶势力。你如果是有一点意识的,你就该叫我滚蛋——就是说,如果你能够的话。因为我这人是很不容易摆脱的。但是我对于你的影响实在很坏。"

"是吗?"

"你还看不出来吗？自从我在赛珍会上初次会到你的时候起，你的行为就很骇人听闻了，这大部分都该归咎于我的。谁鼓励你去跳舞的呢？谁强迫你承认自己也觉得我们这光荣的主义并不光荣也不神圣的呢？谁怂恿你承认自己也觉得这些为主义而战的人都是傻子呢？谁帮助你给予那些老太太许多谈论资料的呢？最后，谁引诱你收受一个上等女人所不应该收受的礼物呢？"

"你太看得起你自己了，白船长。我所做的事情不见得就坏到这样，而且我做这些事情也不是靠你帮忙的。"

"这我就不信了，"他说这话时，面容突然变得安静而阴郁，"按理说呢，你应该心里一直悲伤，像一个韩察理的寡妇，同时在那些伤兵里面，也应该是以规矩出名的。然而事实上——"

但是她并没有听他，因为她又在那里对着镜子顾影自怜，并且心里正在打算，今天下半天就要戴这帽子到医院里去，还要到那些调养期中的军官那里送花去。

当时瑞德说的末了几句话，实在句句都是真实的，她却一点儿没有想到。她没有想到瑞德曾经替她打开寡妇的狱门，将她解放出去，使她仍混进那些未结婚女子里面去做她们的皇后。她也没有想到自己所以远远撇开母亲的教训，确是由于瑞德的影响。因为她的变化是逐渐逐渐起来的，今天挣脱了一种习惯，过几天再挣脱了一种习惯，彼此之间似乎并没有什么联系，也没有一件跟瑞德发生联系。其实呢，她因受了瑞德的影响，已经把她母亲给她的种种关于礼节的严厉教训多数抛到九霄云外了，已经把一个上等女人所应做的艰难功课都置之脑后了。

但是她现在就只看见那一顶帽子跟她非常合适，就只知道它并不要一个大钱，就只知道瑞德一定是爱她的，无论他自己承认不承认，而且她一定会找出一个法子来使他承认。

第二天，思嘉站在镜子面前，手里拿着一柄梳子，嘴里衔着满嘴的发夹，尝试梳着一种新式的头髻。这种头髻是美白新近到里士满去看丈夫的时候学回来的，据说现在京都里时行得很。它的名字叫做"猫儿鼠儿小耗子"，梳起来颇不容易。梳时先把头发打中间分开，左右各成逐渐减小的三叠，最大的一叠居顶上，叫做"猫儿"。"猫儿"和"鼠儿"都还不难梳，至于"小耗子"就不好弄了，你拿夹子夹住它，它一直都要溜开去。但是思嘉决计要梳它成功，因为这天晚上瑞德要来吃晚饭，他看见她衣服上、头发上有点新花样，一直都要注意和称赞的。

当她正在满头是汗跟那丰裕而顽强的头发奋斗的时候,她听见楼下穿堂里有一阵轻轻的跑步声,知道媚兰已从医院里回来了。随即她又听见媚兰两步作一步地飞跑上楼梯,不由得吓得停住手,心想一定出了什么事儿了,因为媚兰走路向来不会这么急的。她便走到门口,开了门,便见媚兰满脸绯红,惊慌失措地跑进房来,活像一个犯了事的小孩子。

她面上淌着眼泪,帽子倒挂在背后,裙箍儿猛烈震荡着。她手里不知抓着一件什么东西,只觉一阵廉价香水的香气被她带进屋里来。

"哦,思嘉!"她一面喊着,一面关了门,向思嘉床上坐了下去,"姑妈回来了吗?还没有吧?哦,谢天谢地!哦,思嘉,把我羞煞了!我差不多晕过去了,思嘉,彼得伯伯口口声声说要告诉姑妈呢!"

"告诉什么呀?"

"告诉我跟那个——那个也不知是小姐还是太太的说话——"她拿手帕儿扇着自己的热脸,"喏,就是那个红头发的女人,叫做华贝儿的!"

"怎么,媚兰!"思嘉嚷道,她是吓得眼睛只会发愣了。

华贝儿就是她到亚特兰大的第一天在街上看见的那个红头发的女人,现在她在这里,已经大大出名了。因为亚特兰大自从成了士兵麇集的所在,便有许多娼妓跟着他们的足迹而来,其中要算这华贝儿首屈一指,就因她长着那么一头火焰一般的头发,身上穿的衣服又一直是非常华丽而时髦的,向来桃树街上跟其他规矩的地方都难得看见她的踪迹,偶或看见她在街上走,凡是规矩人家的女人都要急忙地避开她。现在媚兰竟会跟她讲起话来,这就怪不得彼得伯伯要光火了。

"要是让白蝶姑妈知道的话,那我就宁可死了!你明白的,她若是知道这桩事,就马上会哭起来,马上会到处去告诉人,那我就没有面孔见人了,"媚兰呜咽道,"而且这并不是我的过错。我——我实在硬不起心肠来避开她,这是对不起人的。思嘉,我——我实在可怜她呢。你想我应不应该可怜她呢?"

但是思嘉并不关心这桩事情的伦理方面。她也跟大多数天真烂漫的好人家女子一样,对于娼妓这东西发生了深刻的好奇心。

"她要跟你讲什么呢?她的话讲得怎么样?"

"哦,她的语法错得很厉害,不过我看得出她是极力想学好的,这可怜东西。刚才我从医院里出来,彼得伯伯没有拿马车来接我,因而我就决计跑路回家了。我走到安家大院的时候,谁知她正躲在篱笆背后等我呢。哦,我的天,还亏得他们安家人都到梅肯去了！那时她就说：'请你，卫太太，跟我说几句话吧。'我也不知道她怎么会知道我的名字的。那时候我原应该赶快跑开去，可是——可是思嘉，她那副神气太可怜了，那是一种哀求的神气呢！而且她穿着黑衣裳，戴着黑帽子，脸上没有搽脂粉，若不是头上长着红头发，简直是跟规矩人家的女人没有两样的。我还没有回答，她就又说道：'我原不应该跟你来说的，可是我曾经跟艾太太那只老母孔雀去说过，她竟把我赶出医院来呢。'"

"她真的把她叫做老母孔雀吗？"思嘉说着，觉得很有趣，笑起来了。

"哦，你不要笑呀。这是没有什么好玩的。谁知道这个小姐——哦，这个女人——是想给医院帮一点忙呢——你意想得到吗？她自愿每天早晨到那里去做看护，这当然把艾太太几乎吓死了，就立刻把她赶出医院来了。以后她又说：'我也希望能做一点事的。我难道不跟你们一样是一个联盟州人吗？'思嘉，我听见这话真是感动极了。你知道的，她想给主义出力，也是不好的吗？你觉得我这意思对不对？"

"啊呀我的天，媚兰，谁来管你对不对呢？别的她还说什么？"

"她又说，她对于到医院里去做事的这些女人一直都留心看过，只觉得我——我脸上很和气。因而她拦住我说话了。她说她有一点钱，要我替她拿去用到医院里去，但是千万不要说出是哪里来的。她说如果艾太太知道这是什么样的钱，就一定会不允许的。什么样的钱呢！那是我一想起来就要晕过去的！那时我心乱得很，急于要离开她，大概只对她说过：'哦，好的，你真是好人。'或是诸如此类的痴话，她就微笑一下说：'你真是一个基督教徒。'一面便把这条龌龊的手帕塞进我手里来了。嗨，你闻到这股香气了吗？"

媚兰擎出一条男人的手帕来，非常龌龊的，但是含着极浓的香气，里面包着一些儿硬币，做一个结儿打着。

"她正在那里向我道谢，并且说着以后每礼拜都要拿一点钱给我的话，谁知彼得伯伯已经把马车赶到面前，看见我了！"媚兰说到这里，不禁泪流满面，将头倒在枕头上了，"他一经看见是谁跟我在一起，他——思嘉，你知道怎样？——他竟对我吆喝起来了！我是这一生一世也没有人对我吆喝过的。他说：'你赶快上车来吧！'当然，我就上车了，于是他一路把我训着，不容我分辩一句，还口口声声说一定要告诉姑妈。现在，思嘉，你替我下楼去求求他不要告诉吧。也许他会听你的话。姑妈是连我对这种人看了一眼也要气死的！可以不可以，思嘉？"

"好的,我去,不过我们先来看看这里面有多少钱。我觉得很重呢。"

她解开了那个结,便有一大手把的金圆滚到床上来。

"思嘉,是五十块钱!而且都是金的!"媚兰数了一数,就吓得喊了起来,"思嘉,你说说看,到底应该不应该拿这种——嗯,拿这样挣来的钱用在那些士兵身上呢?你想上帝会不会谅解她的一片好心,便不管这钱龌龊不龌龊呢?我想起了医院里需要这么多东西——"

但是思嘉并没有听她。她正看着那条龌龊的手帕,心里充满着羞辱和愤怒。原来那条手帕的一角里绣着"ＲＫＢ"三个字母,而现在她的上格抽斗里也放着一条手帕,跟这一模一样,那是白瑞德昨天刚刚借给她包花蒂儿,她预备他今天来吃晚饭的时候还给他的。

由此看来,白瑞德是跟那龌龊的华贝儿有了来往的,并且是拿钱给她用的。这就是她这预备捐给医院的钱的来源,怪不得都是金的了。但是白瑞德一面跟婊子往来,一面居然又敢跟规矩人家的女人来亲近!而且她还相信他是爱她的呢!现在从这件事看起来,他是决然不能爱她的。

她对于坏女人和涉及坏女人的一切,向来都觉得神秘,都要起反感。她又知道男人所以爱护这种坏女人的目的,是没有哪个女人应该提及的,即使提及,也只能用一种间接的说法和巧妙的言辞轻轻地说。她向来以为只有极粗俗的男人才会去接近这种女人。从前她对于规矩人家遇到的规矩男人,总当他们是决不会做这种事的。现在发现了这个新事实,就替她的思想开辟出一个新天地来,不觉使得她不寒而栗。也许所有的男人都是这样的!那么一般做妻子的岂不人人都受他们糟蹋吗?总之,男人都是恶浊的,而白瑞德为尤甚!

想到这里,她就预备要等他来的时候,将这手帕向他脸上掷去,然后请他走出大门,从此再不跟他说话。但是,不,这是她当然不能做的。她决不能让他看出自己知道有这女人的存在,更不能对他露出自己知道他跟这女人有往来。因若不然,她就不像一个上等女人了。

"哦,"她愤然地想道,"我若不是一个上等女人,我对于这个恶虫还有什么话说不出来呢?"

于是,她将那手帕团在掌中,下楼到厨房里去找彼得伯伯了。她走过火炉的时候,就将那手帕扔到火里,闷着一肚怒气看着它烧掉。

第十四章

　　一八六三年的夏天到了，南方每个人心里的希望又高涨起来了。不管是怎样磨难，怎样吃苦，不管是粮食投机家们怎样剥削，诸如此类的灾祸怎样层出不穷，也不管死亡和疾病怎样在每一家人家都打上了印子，南方人却又在那里说，"再一个胜仗就可以结束战争了"，而且比去年夏天说得更起劲、更有把握。因为他们虽然已经逐渐证明北佬是个不易打碎的硬壳果，但是这硬壳果终于快要打碎了。

　　一八六二年的圣诞节，亚特兰大人过得很快乐，整个南方都过得很快乐。联盟军在腓特烈堡打了一个空前的大胜仗，北军的死伤竟以千计呢。在圣诞休假的那几天，南方是普遍地在欣庆，欣庆着这潮头的转移。那个灰色的军队现在成了当令的战士了，那些将领已经显出了他们的英勇了，等来春再一度的进攻，北军就永远可以击溃了。

　　春天到了，战斗重开了。五月到了，联盟军又在产萨勒维兹打了一个大胜仗。于是南方欢声雷动了。

　　本州最近的形势是，有一支北方的骑兵队冲进佐治亚州来，结果又变成联盟军的一次胜利。人们都还在欢笑，还在互相拍着肩背说："是啊，先生！咱们有这福勒斯老将在这儿，他们不如早点儿滚吧！"原来在四月底边，北军的斯得雷上校带了一千八百名骑兵突然袭入了佐治亚州，目的是攫取亚特兰大以北只六十多英里的罗马。他们有一个野心的计划，要先把亚特兰大和田纳西之间一条生死攸关的铁路截断，然后南向攻入亚特兰大，以便毁坏集中在那里的一切工厂和一切战争供应品。

　　这一下打击斤两不轻，若没有福勒斯老将，南方就吃了大亏了。当时他手下只有敌人的三分之一的兵力，但是没一个不奋勇当先，因而等不到敌人到达罗马，就把他们截住了，以后经过几日几夜的苦战，终于将敌军全军俘获。

　　这消息传到亚特兰大，差不多是跟产萨勒维兹胜利的消息同时的，一时亚特兰大欢笑声震天动地。因为产萨勒维兹的胜利也许意义比较大，但是斯得雷的袭击队竟至全军做俘虏，那就见得他们北军简直可笑了。

"是啊，先生，他们跟咱们的福勒斯老将还是少玩玩把戏的好呢！"亚特兰大人人这么欢欣鼓舞地说。

这时联盟州命运的潮头高到极点了，旺到极点了，南方已经举国若狂了。诚然，葛兰特①所带的一支北军自五月中旬以来一直都在围攻维克斯堡。诚然，桀克孙在产萨勒维兹是受了致命伤；南方也丧失了一员大将。自从高布将军捐躯在腓特烈堡，佐治亚州是减少了一个头等人才了。然而像腓特烈堡和产萨勒维兹那样的大败仗，北佬儿是再也吃当不起了。他们不久就非投降不可了，那么这场残酷的战争也就完结了。

直到七月初头，先是传闻李将军已经进兵到宾夕法尼亚，不久这传闻果被证实。李将军果然打进敌人的境界了，李将军果然前进了！这就是这场战争的最后一役了！

整个亚特兰大都兴奋得发狂一般，人人都在咬牙切齿地要图报复。现在战争已经进入北佬自己的国境，他们总可以认识这场战争的意义了。他们的肥田要被没收了，牛马要被劫夺了，房屋要被焚毁了，老的少的都要拖进牢狱了，女人孩子都要赶出去饿死了——这就是这场战争对于他们的意义了。

当初密苏里、肯塔基、田纳西、弗吉尼亚等处失陷的时候，北军在那里的行动怎样残酷，那是人人知道的。他们在这些占领地里造成的种种恐怖，虽是极小的儿童都能够历历叙述，而且一提起来就觉十分愤恨的。现在亚特兰大已经充满着从田纳西东部来的难民了，因而那边所经历的种种苦痛，可以从那些难民口里听到极可靠的消息。在那些边境区域，所受到的战争的打击最最残酷，所以这些难民一听到宾夕法尼亚攻下的消息，都巴不得立刻就把那城市付之一炬，就连平日最最温和的老太婆，也都咬牙切齿地巴望着报复。

谁知不久就有消息传到了，说李将军已经下令，禁止部下侵犯私人的财产，如有抢劫事情，一律处以死刑，并须偿还所劫的物品。于是人人都觉诧异了。这位李先生是什么道理呢？他宁可看着自己的部下挨饿受冻，没有鞋子，没有马骑，却要把敌人的财产保护得这么周密！

七月初头，米医生的儿子米达西接连有信寄回来，所述的情形跟这消息相

---

① 葛兰特：南北战争时北军名将。

符，于是人人传诵之下没一个不觉得愤慨。

"爸，你能设法替我弄一双鞋子来吗？我已经光了两个月的脚了，而且并没有得到鞋子的希望。若是我的脚没有这么大，我也可以跟别人一样，从北佬的死尸身上脱一双下来，可是我始终找不到一个北佬儿的脚有我这么大的。你如果弄到一双，千万不要交邮局寄来。路上有人要偷的，而且我也不能够怪他。不如叫斐尔坐火车来一趟，把鞋子亲自带来。以后我们要到哪里去，过几天再写信给你。现在我还不知道，只知道要往北去。现在我们是在马里兰，大家都说我们要向宾夕法尼亚前进了……

"爸，我想我们应该让北佬儿尝尝他们自己的苦药了，但是我们的将军说，不。至于我个人，我是恨不得把北佬儿的房子一把火放掉，就是枪毙也甘心。爸，今天我们经过一片极大的稻田，我从来没有见过这么大的。我们南方也从来没有这种稻子。我不瞒你说，我们经过那里的时候，确是做了一点小小的抢劫的，因为我们肚子实在饿得很，而且知道将军决不会晓得的。不过那些青稻子并没有给我们什么好处。有些兄弟早已害了痢疾的，吃了这东西拉得更厉害了。这毛病苦得很呢，即使只剩一条腿跑路也没有这么苦的。爸，你想法替我弄一双鞋子来吧。我现在做了队长了，做队长的人即使没有新军服、新肩章，鞋子总得穿的。"

但是大家关心的只是军队确实已经进入宾夕法尼亚这个消息。再一个胜仗就可以结束战争了，那时候达西要什么鞋子都有，而且所有的孩子都好开回家里来，大家又好快活了。米太太设想着儿子回来再不出门的情景，不由得一双眼睛都湿润起来。

谁知到了七月三日，从北方来的电报突然沉默了，这一沉默一直延长到四日的中午，这才有些断断续续的消息传到亚特兰大各处的大本营里来。据闻，宾夕法尼亚境内曾经有过剧烈的战斗，而附近葛的斯堡小市镇的一仗尤其猛烈，因为那里是李将军所有军队集中的地方。但是这消息一时不能确定，而且来得也晚了，因为仗是在敌人境界里打的，这消息却是先由马里兰传出来，又在里士满搁了一搁，然后传到亚特兰大。

在消息未能证实的期间，人人心里都慢慢起了一种恐惧。因为天下事情最难忍受的，就莫过于不明事情的真相。凡是在前线有儿子的人家，家家都在那里热烈地祈祷，巴不得他们的儿子没有开进宾夕法尼亚，至于那些明知自己的子弟是跟米达西在同一连里的，那就只好咬紧了牙关，硬说他们的子弟能够参加这大战役便是莫大的荣誉。

白蝶家里那三个女人一经听见了这个消息，脸上便都露出无可掩饰的恐惧。因为希礼是跟达西同连的。

到了五日，恶消息就传到了，但不是从北方来的，却是从西方来的。维克斯堡已经陷落了，是经过一场长久而残酷的围攻才陷落的，同时密西西比河全部流域，从圣路易直到新奥尔良，实际都已在敌人掌握中，联盟州已被截为两段了。这一个噩耗，若在往常的时候，已经大可使亚特兰大人惊惶而痛哭。但是现在，他们并不把维克斯堡的陷落放在意中。他们的目光都注在李将军身上了。他们以为李将军已在东边攻入宾夕法尼亚，这维克斯堡的陷落就没有什么了不得了，因为费城、纽约、华盛顿，不都在东边吗？东边一失，北方就要成麻痹状态，这是可以跟密西西比河之败相抵而有余的。

时间很慢地移过去，灾祸的黑影就在那城市上面展布开来，使得天空的烈日也仿佛昏沉暗淡，直到人们抬起头，方才惊觉着并无阴云，仍旧青天皎洁。到处地方，都见女人交头接耳地聚集着，有的在屋廊上，有的在人行道上，有的甚至在街心，说着没有消息便是好消息，勉强互相安慰着，勉强装起不怕的样子。然而惊人的谣言陆续传来了，像只惊飞的蝙蝠在那沉寂的街道上往来投掷，说是李将军已经阵亡了，仗是一败涂地了，同时大批死伤人员的名单也寄到了。大家虽还不肯马上就相信，但是邻舍家门都已经恐怖万状，争先奔到各报馆里各大本营里去打听消息了，也不管什么消息了，就是坏的消息也要了。

霎时便有成群结队的人聚在车站上，等着开到的火车带来的消息。此外，电报局门前、各大本营门前、各报馆门前，也都拥挤着大群的人。这些人群越来越庞大，但都肃然无声，都不说话。偶尔听见一两个老头子颤抖的声音向里面人问消息，里面的回答总是"北方的电报还没有通，就只晓得那边是在打"。因此，群众中依然寂静，并不因此引起骚动来。群众的外圈上都是妇女，有步行来的，有坐马车来的，也越来越多了。天气又热，人又挤，加以那许多脚掀起地上的灰土，直闷得大家连气都转不过来。那些妇女们也都不说话，但是她们的苍白脸上现着那种默默哀求的神情，其实比号哭的声音更叫人难受。

这亚特兰大城里是没有一家人家没有人在前线的，或是儿子，或是兄弟，或是父亲，或是爱人，或是丈夫。现在这些人家的人都在那里等消息，等着死了自己家人的消息。但是他们只期待死讯。他们不期待败讯，败的观念在他们是已经排除的了。也许就在目前这一刻，他们的人正在那里死，正躺在被太阳灼热的宾夕法尼亚山头上死。也许就在目前这一刻，南方的行列正像禾稻遇到风暴一般倒下了，但是他们所为而战的那个主义是永远不会倒的。他们也许论千论千地在死了，但是立刻就有一批新的穿灰军服的人从地上涌出来接替他们。究竟这些新的人是从哪里来的，他们不知道。他们只知道天上有一个正直无私的上帝，只知道他们的李将军是神奇的，只知道弗吉尼亚的军队是不可征服的。

思嘉、媚兰、白蝶，是坐了自己的马车去的，现在停在调查日报馆的门前，各人手里都擎着阳伞。思嘉的手抖得非常厉害，以致那柄阳伞晃荡得跟筛箩一般。白蝶激动得不住地嗅鼻子，活像一只野兔儿。唯有媚兰是石头雕成似的，只把一双黑眼睛睁得越来越大。她们在那里足足两个钟头了，她只开过一次口，那是当她把一瓶通关散从口袋里取出来递给白蝶姑妈的时候，她平时对姑妈说话从来不像这么莽撞的。

"你拿去吧，姑妈，要晕的时候你自己闻吧。我老实告诉你，你今天反正是要晕的，不如叫彼得伯伯先送你回去吧，我是决不走的了，非等听到消息不可。而且思嘉，我也决不让她离开我。"

思嘉本就没有要走的意思，因为她决不肯让人先得到希礼的消息。哪怕是白蝶姑妈死了，她也决不离开这里的。她只想着希礼现在在打仗，或许正在死，而现在这个报馆，就是唯一能够得到他的真实消息的地方。

她向四周围看了一看，就看出她的一些朋友和邻舍家来了。米太太也在那里，歪戴着一顶帽子，一只臂膀搀着她那十五岁的小儿子斐尔。鲁家的几个姊妹也在那里，正在那里抖簌簌地舔着上边的嘴唇，企图将它们拉长出来盖没几个龅牙。艾太太也在那里，挺得像一个斯巴达的母亲，但是仍旧藏匿不了内心的激动，因为她那几根灰白头发不住簌簌地颤抖。还有她的女儿艾芬妮也在那里，面孔白得同鬼一般。她不见得是替她兄弟艾恕担心吧，那么前线还有哪一个算得她真正的情人，值得她这样害怕呢？梅太太是坐在马车里，正拍着女儿美白的手，美白已经肚子很大了，拼命拿围巾遮也遮不掉，又何必跑出来丢丑？而且她是挂念着谁呢？谁也没有听说路易斯安那的队伍开进宾夕法尼亚去过。现在她那小义勇兵大概是平平安安在里士满吧。

忽然，外圈子上起了一点骚动，原来白瑞德骑着一匹马，正向她们的马车而来，那些不坐车的人只好给他让开一条路。思嘉一经看见他，心里便想：这人好大胆，他这么健昂昂的一个男子，身上没有穿军服，这里群众是随时可以将他扯得粉碎。当他近来时，她便觉得自己第一个就要将他扯裂。你看他居然敢骑着这么好的马，穿着这么亮的鞋，这么漂亮的麻纱衣服，吃得这么健康而光泽，还要衔着这么贵重的雪茄，至于希礼跟前线其他的男子，现在都正光着脚，熬着热，饿着肚子，并且闹着种种疾病呢！

当他慢慢从人群中挤过的时候，便有许多愤恨的眼光向他身上抛来。老头子们都在胡子底下咕哝起来了。梅太太胆子最大，便从马车上微微抬起身子，清清楚楚地喊了一声："投机家！"她那语调之间，使得人人都会感觉这名词无限的恶毒。白瑞德却是一理都不理，只向媚兰和白蝶升了升帽子，便靠到思嘉这边，对她说道："你想这一会儿米医生会不会再来发表那种胜利的演说呢？"

思嘉的神经本已等得有些紧张，现在听见他这么说，便像一头怒猫似的朝着他，激烈的话已经浮到唇边了，但是他做了个手势，止住了它。

"我是来报告你们几位的，"他高声地说道，"刚才我到过大本营里，知道第一批死伤名单已经到了。"

他说完这话，左近那一堆听见这话的人里面就起了一阵嘤嗡之声，随即有一大批人骚动起来，预备从白堂街赶到大本营那边去。

"你们不必去了，"他从马鞍上抬起身来摆了摆手说，"名单已经送到两个报馆里来印了。你们在这里等着吧！"

"啊，白船长，"媚兰含着眼泪对他说，"谢谢你特地跑来告诉我们！要到什么时候贴出来呢？"

"马上就要出来了，太太。交到报馆里已有半个钟头了。专管这事的军官一定要等印齐才发，他怕群众要挤坏报馆呢。哦！瞧！"

报馆的侧边窗门开开来了，一只手伸出来了，手里拿着一叠长条的单子，上面印着密稠稠的名字，油墨都还没有干。群众便一拥而前，也有抢到全张的，也有只抓到半张的，到手的就往后退了出来，预备到清静些的地方去看，那些在后面没能挤上前的，口里不住地喊着："让我过去啊！"

"你拉住缰绳。"瑞德一面跳下马，一面将缰绳扔给彼得伯伯。随即两边挺着肘膀子，打人群中挤开一条路，向那窗口面前走去。一会儿他就回来了，手里拿着五六张那种单子，将一张扔给媚兰，其余的散给旁边几部马车里的人，就是鲁家的几位小姐、米太太、梅太太、艾太太。

"赶快，媚兰！"思嘉提心吊胆地喊道，谁知媚兰两手正在大抖，抖得简直无法看了，她便急得差不多发起狂来。

"你拿去看吧。"媚兰才说出口，思嘉便一把抓到手中去。先从W看起，W在哪里呢？哦，在这里底下，弄得一塌糊涂了。"姓华，"她用颤抖的声音开始念出来，"姓魏……姓温……姓柴……哦，媚兰，他不在里边！他不在里边！哦，你怎么了，姑妈！媚兰，捡起药瓶来吧！扶起她来吧，媚兰。"

媚兰快乐得公然哭起来，一面扶住白蝶姑妈那个拨浪鼓似的头，一面将通关散凑到她鼻子底下。思嘉也在那一边撑着那胖老太婆，心里乐得暗暗在歌唱。希礼还活着。他连伤都没有伤。这是上帝赦免他的，上帝多好啊！多——

她突然听见低低的呜咽声，转过头，看见艾芬妮正把头伏在她母亲的胸口上，那张单子落在车底了，艾太太把女儿搂在怀里，两片薄嘴唇皮正在发抖，随即听见她对马夫吩咐道："回去，赶快。"思嘉对手中的条子掠过一眼。艾恕的名字并不在里边。那么芬妮必定也有一个情人在前线，现在他死了。当艾家的马车出去时，群众在一种同情的静默之中让出一条路，随后便是鲁家的小马车。车是鲁信念小姐自己把缰的，她的脸跟一块岩石一般，但是不知怎么的，这回她的牙齿居然不露了。希望小姐带着一脸的死色，坐在她姊姊旁边，牢牢抓住了她的衣角。当时她们简直跟老太婆一般了。她们的兄弟大郎是她们最最爱的，而且她们的亲属只剩此一人。现在大郎是完了。

"媚兰！媚兰！"美白乐不可支地喊道，"瑞纳平安的！希礼也平安！谢谢上帝！"这时她肩上的围巾已经落下来，她的大肚子可以明明白白地看出，但是她跟梅太太都不去管它了。"啊，米太太！瑞纳——"她的声音突然转变，"媚兰，你看！——米太太！达西没有——"

米太太正把眼睛看着自己的膝盖，人家叫她的名字，她也没有抬起头，但是坐在她旁边的小斐尔脸上的表情是可以看得清清楚楚的。

"喂，母亲，母亲。"他无可奈何地叫着，米太太将头抬起，正遇着媚兰的眼睛。

"他现在也用不着鞋子了。"她说。

"哦，亲爱的！"媚兰一面哭起来叫着，一面将姑妈甩到思嘉怀里，急忙跳下了马车，奔到米太太车上去。

"母亲，你还有我呢，"斐尔极力想安慰他的母亲，"只要你肯让我去，我会去杀尽北佬——"

米太太一把抓住了他的臂膀，仿佛再也不肯放松似的，嘴里用着一种哽咽不能出口的声音叫出一个字来——"不！"

"你赶快住嘴吧，米斐尔！"媚兰一面跨上马车，坐到米太太旁边，将她搂在怀里，一面低声对他说，"你想你再出去送死去，就算孝敬你母亲吗？我从来没有听见过这种傻话。快赶车，送我们回家去吧！"

斐尔拿起了缰绳，媚兰转过身朝着思嘉。

"你一送姑妈到家，马上就到米太太家里来。白船长，你可以送个信给米医生吗？他在医院里。"

说完，马车就打那逐渐散开的群众里面出发了。那群人中的妇女，有的乐得哭起来，但是大多数都因受到深重的打击，就像突然痴呆了似的。思嘉又低了头，将手里的单子再看了一遍，看有没有熟人的名字。因为现在希礼是平安了，她就有心思去想别人了。啊，这单子是多么长啊！亚特兰大缴的捐税已经不轻了，整个佐治亚州缴的当然更重了。

"我的天！高——累福，上尉。"累福！她突然记起好久之前有一天，她曾跟累福一同逃走过。但是到晚快边仍旧赶回家，因为是肚子饿了，而且怕天黑。

"方——约瑟，士兵。"就是那个坏脾气的小约瑟！赛莉刚刚养过孩子还没有复原呢！

"孟——亿万，队长。"亿万是跟高嘉菱订婚了的。可怜的嘉菱！她是遇到两重的损失，一个兄弟和一个爱人。但是赛莉的损失更大——一个兄弟跟一个丈夫。

哦，这是太可怕了。她几乎不敢再往下念了。白蝶姑妈正在她肩膀上抽泣、叹气，她就老实不客气地将她一推推在马车的一角，然后继续往下念。

她一看姓汤的有三个名字，心里觉得很诧异。也许是排字的人太匆忙，排重复了一个。但是不，三个名字明明不重复。"汤——伯伦，上尉。""汤——司徒，伍长。""汤——说谟，士兵。"还有一个保义，是开战第一年就死了的，现在不知葬在弗吉尼亚的什么地方。那么汤家兄弟四个一个不剩了。

她不能再往下念了。她那些从小在一起游戏、跳舞、调笑，乃至于亲过嘴的朋友们，究竟那张单子上还有多少，她不忍再知道了。她只想哭，她觉得喉咙口仿佛有一只铁爪子在那里抓，要想个法子把它松一松。

"我替你伤心，思嘉，"瑞德说，她抬起头来看了看他，她已经忘记他在那里了，"你的朋友多吗？"

她点了点头，过了半天才说出口来："区里差不多每家人家都有，还有——还有汤家三个统统在里面。"

他的面孔很平静，几乎是阴郁的，他的眼睛里并没有嘲讽。

"但是还没有完呢，"他说，"这不过是第一张单子，而且是不完全的。明天还有一张更大的单子。"他放低他的声音，不让近旁那些马车里的人听见。"思嘉，李将军一定吃了败仗了。我在大本营里听见的，他已经退回马里兰来了。"

她对他抬起一双惊惶的眼睛，但是她的恐惧并非起于李将军的吃败仗。明天还有更长的死伤名单呢！明天。她并不会想到明天，她一看见现在这张名单上没有希礼的名字，便已乐得什么都忘记了。明天，是的，也许就在现在这刻儿他已经死了，但要等到明天才知道，或者等明天以后的一个礼拜才知道。

"哦，瑞德，我们为什么要有战争这东西呢？当初北佬儿要是肯拿出几个钱来赎黑奴，或者我们一个钱不要就让他们拿了去，那不是比现在都好得多吗？"

"实在并不是为黑奴的，思嘉。黑奴不过是一种借口罢了。战争总是要有的，就因男人是爱战争的。女人不会爱战争，男人却爱——甚至比爱女人还过余。"

他嘴上又照旧装起那种微笑来了，脸上的严肃消失了。他抬了抬他的阔边巴拿马帽子。

"再见。我要去找米医生去了。他儿子的死讯要我去报告，这事不免有点挖苦人。不过暂时他不会觉得，但到日后，他想起了一个投机家去报告一个英雄的死的消息，大概是要深深怀恨的。"

思嘉将白蝶姑妈一掼掼倒了床上，留下百利子跟阿妈服侍她，自己就出门到米家去了。米太太跟斐尔在楼上，等着她丈夫回来，媚兰坐在客厅里，跟一群吊唁的邻家低声谈着话。她手里忙着针线和剪刀，正把艾太太借给米太太的一件衣裳改作丧服。屋子里面已经充满了一种土制黑染料的冲鼻气味了，因为厨房里那个啜泣的厨娘，正把米太太所有的衣裳放在一口大锅里拌着。

"她现在怎么样？"思嘉轻轻地问。

"一颗眼泪都没有，"媚兰说，"女人家哭不出来的时候是可怕的呢。我真不懂他们男人怎么能够熬牢不哭的。我猜是由于他们比女人强壮、比女人勇敢吧。她说她要亲自到宾夕法尼亚去带他去。米医生是离不开医院的。"

"这是可怕得很的！为什么斐尔不能去呢？"

"她怕他不在她面前就要去加入军队。你知道的，他个儿不小，人家要当他已经十六岁了。"

邻舍们一个一个地溜走了，她们知道米医生回来一定有一番伤心，都怕在这里等他。最后就只剩思嘉和媚兰两个，在客厅里做着针线。媚兰样子很平静，心里却很伤心，眼泪不住滴到手中的布上。分明她并非替希礼忧愁，分明她不是在想战争仍旧进行着，希礼随时都有死的可能。思嘉听了瑞德一番话，心里便又充满了恐慌，现在她迟疑不决，是把这话对媚兰说了出来，叫她替自己分忧呢，还是藏在自己肚里不说出。末了她决计不说。因为倘叫媚兰看破自己替希礼焦急过度，到底是不像个样儿的。今天早晨她的举动神情都已太露骨，还亏得别人没有看出来，连媚兰跟白蝶也没有看出来。

经过一段时间静默的缝纫，她们就听见外面有声音了，从帘缝里一看，看见米医生正从马上下来。他的肩膀佝偻着，他的头低垂着，以至一撮灰色胡子像一把扇子似的散在胸膛上。他慢慢地走进屋子，放下帽子跟皮包，跟思嘉、媚兰默默地亲过吻。然后，他疲乏地走上楼梯。一会儿之后，斐尔下来了，只见他那么长手长脚的，像是无可安顿的样子。思嘉、媚兰对他看了看，示意叫他到客厅里坐去，但是他走到前面走廊上，在顶头一步台阶上坐下来，将头托在两个手掌里。

媚兰叹了一口气。

"他是发狂了，因为他们不让他去打北佬。他还只十五岁呢！哦，思嘉，要有这么一个儿子多么有意思啊！"

"养大了送给人去杀吗？"思嘉想起了达西，便这么回答。

"有儿子送给人去杀，总比没有的好，"媚兰说着又哽咽起来，"这是你不懂的，思嘉，因为你已经有了小卫德了，可是我——哦，思嘉，我真想要一个孩子呢！你总以为我不该公然说出这种话来，但这是真话，而且孩子是个个女人都要的，这你知道。"

思嘉好容易才熬住了嗤鼻。

"假使上帝的意思是要把希礼——把希礼拿去的话，那我有个孩子就可以有点安慰了。不然的话，假使希礼有一个不测，我不是什么都空了吗？哦，思嘉，你真是幸运！你虽然失了察理，到底还有他的儿子在这里。思嘉，请你饶恕我，我有时候真是妒忌你——"

"妒忌——我？"思嘉心里不胜羞惭地喊道。

"因为你有儿子，我没有。我有时甚至把卫德假当做我的，因为没有儿子真是可怕得很呢。"

"胡说八道！"思嘉放下了心说。她对那个红着脸在做针线的细弱身躯很快地瞥了一眼。她觉得媚兰也许真是要孩子，但是她那身体确实不配养孩子。她的高度不过一个十二岁的女孩子，她的臀部也窄得同女孩儿一样，她的胸口是板壁一般平的。思嘉一想起了媚兰养孩子，便觉得十分难堪。因为由这事儿连带引起的观念很多，都是思嘉所不堪设想的。假使媚兰真的跟希礼养出一个孩子来，这孩子便仿佛是从思嘉自己身上挖出去的了。

"我刚才讲卫德的话，请你原谅我。你知道我实在爱他极了。你不会跟我生气吧？"

"别说傻话了，"思嘉简捷地说，"你到走廊上去劝劝斐尔吧。他在那里哭了。"

第十五章

联盟军既被打回弗吉尼亚,便都归到拉皮丹河上的冬令营来了。他们自从葛的斯堡吃了那么一个大败仗,元气业已大亏,并且疲倦得不能不休息了。因此将近圣诞节的时候,希礼便也请假回来。思嘉跟他一别两年多,现在重新见面,感情激动得非常厉害,连她自己也觉得吃惊。当初她站在十二根橡树的客厅里,眼看着他跟媚兰结了婚,总以为自己以后即使还爱他,也决不会跟那一刻的情感那么强烈。现在她方才明白,自己那天晚上所经验的情感,实在还不过是一个纵容惯了的孩子得不到玩具时的情感罢了。现在经过了这两年多的离别,她的情绪因对他的长久的梦想而越发尖锐化了,因一直闷在肚里不能说出口而越发高涨了。

希礼回家时,身上穿着褪色补缀的军服,头发已被烈日灼晒成了漂过的麻屑一般,跟战前她所痴恋的那个潇洒风流的男子完全不同了。从前他是风度翩翩的,现在他变成红铜色了,瘦了。两撇金黄的长髭须挂在口角,竟是一个道地的兵大爷了。

他穿着那件破军服笔挺地站着,破枪袋里装着手枪,破指挥刀在长帮鞋边荡着,上锈的马刺早已失去了光芒——这就是现任联盟军陆军少校的卫希礼。他现在已经养成了命令人的习惯了,颇有一种自信自尊的威严气度,嘴角边上也渐渐长出狰狞的纹路了。他的肩膀本来是方的,他的眼光本来是清澈的,现在都觉有些异样了。从前他一直是那么懒洋洋,不振作,现在他机警得像一头野猫,仿佛他的神经一直都像小提琴的弦线那么紧张着。他眼睛里含着忧烦憔悴的神情,他的面皮紧紧绷在两个配置停匀的颊骨上——她所朝思暮想的希礼而今依旧是个美男子,然而与前大不相同了。

思嘉本来计划回陶乐去过圣诞节,但是一经接到希礼的电报,大地之上就没有一种力量能够把她从亚特兰大拖开去了,就是自己的母亲也不能奈何她了。倘使希礼是回十二根橡树去过节的,那么她一定照原来的计划回到陶乐去,因为陶乐离开十二根橡树比较近。但是希礼已经写信给他家里人,叫他们都到亚特兰大来会面，而且卫先生、蜜儿、英弟都已到亚特兰大了，那么她怎么还能回去呢？怎么能把这两年来久别重逢的机会白白错过呢？决不，决不！哪怕全世界的母亲叫她去，她也不去了！

希礼是圣诞节的前四天到家的，同伴有好几个同区的青年，也是请例假回来的。他们那一帮青年本来很不少，却在葛的斯堡一役丧失大半了。此番同来的有高恺悌，现在瘦得不成人样了，而且不住咳嗽着；有孟家的两弟兄，还是跟一八六一年初去时一般兴奋；有方家的乐西和东义，他们是没有一刻儿不喝得烂醉的，也没有一刻儿不吵架。他们要换火车回家去，得在亚特兰大等两个钟头。在这期间，要是那方家的难兄难弟在车站上战斗起来，那团体中的清醒分子就要一点儿没有办法，因此希礼把他们大家一齐带到白蝶姑妈家里去。

到了家，他们两个便抢着要跟白蝶姑妈先亲嘴，彼此都不肯相让，又跟两只斗鸡一般耸起毛来了。高恺悌在旁看见这情景，便恨恨地说道："你当他们在弗吉尼亚打够了吗？嗨，一点也没有。我们从里士满动身以后，他们就一直醉到现在，也一直打到现在。后来惹得宪兵也来干涉了，要不亏得希礼的一张巧嘴，他们是要在监牢里过节了。"

但是这一番话思嘉一个字都没有听见，因为她居然能跟希礼同坐在一间客厅里，早已乐得什么都顾不到了。她只看见希礼坐在对面一张沙发上，媚兰跟英弟一边一个坐在他旁边，蜜儿站在背后伏在他的肩膀上，她恨不得也去加入那团体，也去跟希礼亲昵亲昵。她又恨不得也去摸一摸他的袖口，也去紧紧握住他的手，借以证明此番相见并非在梦中。但是这些举动只有媚兰有权利可做，可媚兰也真个老实不客气地一套套做了出来，因为她快乐极了，顾不得害臊了。她一直挂在希礼臂膀上，一直仰着头看他的眼睛，一直地又笑又哭。思嘉也快乐极了，所以看见这情景，也不觉得恨了，也不觉得妒忌了。

不时，思嘉要举起手来摸摸自己的面颊，因为那里是希礼刚才亲过的，她觉得他的嘴唇给她的一阵刺激到现在还未消失。当然，刚才希礼并不是第一个跟她亲吻的。最先是媚兰投到他怀里去，一面气喘吁吁地哭着，一面紧紧搂着他，仿佛一辈子也不肯再放松似的。随即英弟和蜜儿也上去攀住他，几乎把他跟媚兰攀脱。然后他亲他的父亲，用的是一种庄严的拥抱，适足以显出父子天性的爱来。然后是白蝶姑妈，她已兴奋得一双小脚在那里不住奔忙了。最后才轮到思嘉，他口里喊着："哦，思嘉！"便在她面颊上亲了一下。

她经这一吻，便把一肚子预备来欢迎他的话都飞到九霄云外了。直至几小时之后，她方才记起他并没有亲她的嘴唇。于是她又发痴地想，以为这是希礼看见人多怕难为情的缘故，倘使旁边没有人看见，他一定要捧住她的面颊，让她踮起脚尖儿，正对着她的嘴唇亲个不歇的。这痴想使她觉得很适意，她便信以为真了。但是不必忙，他有整整一个礼拜的耽搁，将来的机会还多，有什么事做不成功呢！她一定要施展一点战略，使他跟她作一次密谈，这才慢慢地问他："你还记得我们从前到那些秘密小路上骑马的时候吗？""你还记得那天夜里在陶乐的走廊上，你念着那首诗的时候月亮照得多么有趣吗？"（可是我的天！那首诗叫什么的呢？）"你还记得那天晚快边我跌碎了脚踝子，是你抱着我回家的吗？"

哦，像这样可以拿"你还记得"几个字做帽子的事情多着呢。这种种亲切的回忆，都可以使他的心境回复到当初他们在区里无忧无虑一同漫游的时节，回复到韩媚兰还没有闯进他俩之间来的时节，那就不由他不回心转意了。而在他回心转意的当儿，她一定可以从他的眼光里明白看出，看出他虽然不能不顾到他跟媚兰的夫妻情分，实底里却是对她思嘉未能忘情的。但是即使希礼明白说出他确是未能忘情于她，那她打算怎么办呢？这一层她始终没有想起过。她仿佛只要他不忘情于自己就够了。……不错的，她是不妨等着的，不妨让媚兰去跟希礼肉麻一阵子的。等她跟他肉麻够了，那就轮到她自己身上了。总之，像媚兰那么一个小女孩子，她懂得什么爱呢？

"哦，亲爱的，你简直像个叫花子了，"媚兰等第一阵激动过去之后对希礼说，"你的军服是谁给你补的？为什么要用蓝布补呢？"

"我还以为着实出色呢，"希礼看了看自己身上说，"就拿那边那几个破布团子比一比吧，你就觉得我实在不错了。我的缝补生活都是勤务兵木士做的，我觉得他很不错，打仗以前他是连针也没有拿过的。讲到蓝布，那是很简单的，因为我们只有两条路可走：一条是让身上开着口子不去补，一条是把俘虏身上的蓝军服剥下来补，那么我们要走哪一条路，也就不用说了。再说我像叫花子，你倒得谢谢上帝，你的丈夫总算还没有光脚回家。我那旧鞋子上个礼拜就连骨头都没有了，幸亏敌军里面有两个斥候队自己来凑死，内中有一个的鞋子跟我完全配尺寸，否则我就得把背囊裹在脚上回家了。"

说着，他把一双长腿子伸了出来，让大家欣赏那双满是瘢痕的鞋子。

"还有那一个可跟我不配。"恺悌说，"他比我小两个码子。现在紧得我要命了。可是我也总算没有光脚板回家。"

"这该怪这猪猡太小气，不肯给咱们俩穿呀，"东义说，"咱们这种方家贵族的小脚，穿起来刚刚可以配脚的。你瞧，咱们现在穿着这东西，真不好意思回去见母亲呢。没有打仗的时候，这种东西她是连黑奴都不让穿的。"

"你不要愁，"乐西看了看恺悌的鞋子说，"等会儿上火车，咱们把他那双剥下来。我倒不是不好意思见母亲，可是我——我不愿意孟提蘩看见我的脚指头儿戳出呢。"

"怎么，这鞋子是我的呀。这是我先想要的。"东义说着，又狠声狠气起来了。媚兰生怕那著名的方家吵架又要开演，急忙插身进去，将他们劝和了。

"我本来是有一脸的大胡子要带回来让你们大家看看的，"希礼笑嘻嘻地捋着他的面颊说，那里有好几条剃刀划破的瘢痕还没有褪掉，"而且是一脸很美的胡子，照我自己看起来，连福勒斯将军的大胡子也不过如此，可是我们到了里士满的时候，这两个流氓"——指着方家两兄弟——"自己决意要剃胡子了，叫我也非剃不可。说着，他们便不由分说，将我揿住了，替我剃起来，居然还没有把我连头带胡子一齐剃掉，实在要算是奇迹，现在我还保全了这点髭须，那是亏得亿万和恺悌的干涉。"

"鬼话，卫太太！你倒该谢谢我呢。要不然你就不认识他了，不肯让他进门了，"乐西说，"我们所以这么巴结他，原是为他曾替我们跟那宪兵说过几句话，免得我们坐监牢，算我们报答他的。他现在说这种话，那我们连这几根髭须也不让他留了。来吧，现在就来。"

"哦，得了，谢谢你！"媚兰吓得急忙捧住希礼说，因为看那难兄难弟的神气，好像真个又要动手了，"我想这样已经很好看了。"

"这就叫做爱呢。"难兄难弟一本正经地互相点了点头说。

一会儿之后，希礼就拿白蝶姑妈的马车亲自送那几个朋友到车站去了。他刚出了门，媚兰就一把抓住了思嘉的臂膀。

"你看他那件军服不怕吓煞人吗？等会儿我把那件新的拿出来，他真要高兴得跳起来呢！只可惜没有料子做裤了！"

这件所谓新军服，是思嘉颇觉痛心的一桩事，因为思嘉早就打算做件军服送给希礼做圣诞节的礼物。但这时候，做军服的灰色布匹简直比宝石还要贵，就是本色土布也不容易买到。但是媚兰碰着一个好运道，被她得到了一匹灰色阔幅布，正够做一件军服，虽则短一点，但是到底做成了。原来媚兰在医院里看护到一个查尔斯顿的伤兵，后来那伤兵要死了，剪下一绺头发来托她寄给他母亲，又托她写了一封信，说他临死时并无苦痛的话，去安慰他的母亲。那伤兵的母亲从此就跟媚兰通起信来，直到知道媚兰的丈夫也在前线，她便把那一匹灰布和一副铜扣子寄来给媚兰。这是她预备给自己的儿子做的，现在儿子死了，她就用不着了。这匹布的质地非常好，又厚紧，又暖和，颜色也光彩，分明是封锁线里进来的货色，价钱也一定很贵的。现在交给裁缝去做了，媚兰正在催他圣诞日的早晨一定要做好。思嘉总想找点东西出来凑成一套完全的军服，可是亚特兰大简直找不出材料来了。

思嘉也有一件圣诞节礼物送给希礼，可是比起那件灰色军服来总不免要黯然失色。那是一个"针线包"，用法兰绒做成的，里面包含着瑞德从纳索买来给她的一排宝贵的缝衣针，她自己的三条麻纱手帕，也是瑞德给她的，还有两绞线，一把小剪刀。但是她想给他一点比较亲切的东西，就是妻子可以送给丈夫的那种东西，如汗衫、衬裤、帽子之类。哦，是的，起码得一顶帽子。现在希礼戴的那顶平顶鸭嘴帽，简直是笑煞人了。这样的帽子是思嘉向来觉得可恨的。但是亚特兰大现在就只有极粗的羊毛帽，而且比兵大爷的平顶鸭嘴帽还要硬些。

她一想起了帽子，就又想到白瑞德身上去了。他的帽子是很多的，夏天有阔檐的巴拿马帽，大宴会有高礼帽，又有猎帽，褐色、黑色、蓝色的软帽。他要这许多帽子做什么呢？她的希礼戴着那样的帽子，下雨天骑起马来就该让雨淋他的后颈！

"我要叫瑞德把他那顶黑色的新毡帽给了我，"她决计道，"我要在边边上镶着一条灰色的带子，再把希礼的花圈钉上去，那就好看得很了。"

但是她用什么理由去问瑞德要那帽子呢？这倒有些为难了。她当然不能对瑞德明说是替希礼要的。他一听见希礼的名字，一定又要那么讨厌地竖起眉毛来，而且十中有九不见得肯给。那么她要编出一段伤心故事来，说医院里有一个伤兵要这帽子，那是瑞德再也查不出来的。

那天一个下午，她都在运用战略，想把希礼引开去跟自己密谈，哪怕几分钟也是好的。但是媚兰一直不离他左右，英弟和蜜儿也闪着她们那种没有睫毛的灰色眼睛，和他寸步不离。就连卫约翰老头子，也没有得到跟儿子静静一谈的机会。

吃晚饭的时候也是一样，大家都不住地拿战争的事情问他。战争！谁来管他妈的什么战争呢？思嘉觉得希礼自己对于这个问题也像没有多大兴味的。他一直都不曾住口，又常常大笑起来，席上的谈话差不多被他独个人占去了，但是他并没有说出多少正经事来。他只跟他们讲笑话，讲朋友的趣事，讲种种应急的妙计，讲挨饿，讲雨里行军，都讲得活灵活现，尤其把李将军从葛的斯堡退下来的情形描写得特别详细，说他当时骑着马打他们旁边经过，曾经对他们问道："你们是佐治亚州的队伍吗？好吧，我们没有你们佐治亚州人就什么都干不下去了。"

照思嘉看起来，他仿佛是故意拿这套话来搪塞他们的，免得他们问出他所不愿回答的问题来。有时他父亲把一种愁恼的眼光盯在他身上，他就不由得把眼睛眨了眨低垂下去。思嘉看见这情景，不知希礼的内心究竟有什么难言之隐，便不觉感到一点焦灼和惶惑。但是她这种心境一会儿就过去了，因为现在她心里容不得别的任何情绪，就只有一种兴奋的快乐，只有一种殷切的欲愿，要跟希礼作一度的密谈。

她这兴致一直维持着，直至那集团里人人打起呵欠来，而卫先生也带着两个女孩子动身回旅馆去了。然后，彼得伯伯前面照着灯，她跟希礼、媚兰、白蝶四个上楼去——到这时候，她才突然打起一个寒噤来。在希礼没有走进楼上穿堂之先，她一直觉得他是她的，她独个人的，虽则他到家以后从没有对她讲过一句体己话。现在她刚说了声晚安，便见媚兰脸上突然涨得绯红，并且有些儿发抖。她又看见她的眼睛一直看在地毯上，仿佛觉得非常难为情，又仿佛非常快乐。直至希礼推开了房门，她也没有抬起头，便唰地一下钻进房里去了。希礼匆匆说了声晚安，也没有对思嘉正视一眼，随即房门关上了，把思嘉独个人关在外边，她大大地张着嘴，突然感到了一阵凄凉。现在希礼不是她的了。他是媚兰的了。只要媚兰活在世界上，她就可以跟希礼一同进房去，关上房门——关断其余的世界。

现在希礼要走了，要回弗吉尼亚去了，又要去挨饿、吃苦、拼命了。从他回来后的一个快乐热闹的礼拜，仿佛一刹那就过完了。

这个礼拜过得真像一场梦，这场梦里充满着松枝和圣诞树的香，点缀着小蜡烛和土制的装饰，这梦里的每一分钟都飞得跟脉搏一般快。但是这么快的一个礼拜里，却是每一分钟都充满着苦乐的经历，都充满着永可纪念的小事情。从此的几个月里，她在闲暇时间，尽有资料可供她细细地回味，因为那一些跳舞、唱歌、笑乐、游戏，替希礼拿这样拿那样，对希礼先意逢迎，希礼笑时她也笑，希礼说时她静听，直至于希礼的一举一动、一颦一笑她无时无刻不留神看着，一丝一缕都深深镂在心版上了——一个礼拜过得何其快，战争何其永远无已时！

现在希礼上楼去跟媚兰话别了，思嘉坐在客厅里的长沙发上，将预备送给他的一些赠品放在膝头，在那里静静地等着，一心祈祷着他下来时只有独个人，好让她跟他讲几句最后的情话。她侧着耳朵听着楼上的声音，但是屋子里非常寂静，连她自己的呼吸都似乎很响了。白蝶姑妈是在她自己房间里捧着枕头哭，因为希礼在半点钟之前就已跟她告别过了。媚兰的房间是关着的，并没有说话的声音或是哭泣的声音从里面透出来。思嘉觉得希礼在她房里仿佛已有好几个钟头了，心里不由得愤恨起来，因为时间这么匆促，怕她自己没有机会跟他说话了。

这个礼拜里面她准备了一肚子话要想跟他说，但至今没有机会，现在这个机会要是再错过，那就永远不能说了。

大凡临别赠言都是十分无聊的，总不外是"希礼，你随处都要当心"，或是"你不要把脚弄湿了，那是极容易感冒的"，或是"你睡的时候不要忘记垫一张报纸在衬衫底下，那很可以挡风的"之类。但是现在她有比这更重要的事情要对他说，也有比这更重要的事情要听他说，或者即使他不说出口，也要从他眼睛里看出来。

但是现在时间非常短促了，而且万一媚兰跟着他下来，那么连这一点宝贵的时间也没有用了。那么这一个礼拜里面她为什么不早找一个机会跟他说说呢？无奈机会实在是没有，媚兰是一刻也离不开他的，而且亲戚、朋友、邻舍家，从早到晚川流不息地要来，不让希礼有一刻儿的空。一到夜里，他就又跟媚兰两个紧紧关起房门来了。因此在一个礼拜里面，他对思嘉总不外是一个朋友对一个朋友的态度，或是一个兄弟对一个姊妹的态度，从未说过一句体己话，也从未在眉目里传过情。现在他要走了，也许竟是永别了，她怎么可以不把他是否仍旧爱她的真情问个明白呢？如果他仍旧是爱她的，那么即使她死了，她也可以永无遗憾了。

直至等了许久许久，她才听见他的皮鞋声在楼上卧房里响起来，随后就是开房门的声音、关房门的声音。他走进客厅里的时候，他的眼睛是阴郁的。他要想笑，但是他的面孔雪白，紧绷着，仿佛一个人内脏里正在流血一般。她见他进来，便站起身，觉得他身上焕然一新，竟是一个绝顶美貌的军人了。他的枪袋、他的腰带，都已擦得雪亮了，他的马刺和刺刀也亮晶晶了，原来都经过彼得伯伯一番细磨细擦了。他那新制的军服并不怎么合适，因为那裁缝过于匆促，竟有几条缝儿做歪了。而且这么一件簇新的衣裳，配着那么一条破破烂烂的本色土布裤子，那么一双疮瘢满目的鞋子，实在太不相称了，但是思嘉当时心目中，即使他全身披着银子的铠甲，也无以复加他的美。

"希礼，"她突如其来地请求道，"我可以送你上火车吗？"

"请你不要送吧。爸爸跟妹妹们都在那里。而且我情愿你在这里替我送别，不愿你到车站上去发抖，反使我留一个不愉快的纪念。"

她听了这话，立刻就放弃了这个计划。她想英弟跟蜜儿都对她感情不好，如果她们也在那里，她就没有跟希礼说体己话的机会了。

"那么我就不去了，"她说，"你看，希礼！我还有一样东西送你呢。"

她觉得有点难为情，把一个小包解了开来。那是一条长长的黄腰带，拿极厚的中国缎子做的，两端镶着密密的流苏。原来几个月之前，白瑞德曾经从哈瓦那带了一条黄色的围巾给她，上面用品红、品蓝两色绣着十分艳丽的花鸟。上礼拜她花了一个礼拜工夫，把那些花鸟慢慢地拆掉，然后将那缎子对半裁开，接成了一条长腰带。

"哦，思嘉，美丽极了！这是你自己做的吗？那么我愈加觉得宝贵了。你替我结上吧，亲爱的。营里的兄弟们见我有这么漂亮的军服和腰带，都要眼热得冒出火来呢。"

思嘉便将带子结上他的纤细的腰围，就罩在皮带上面，将两头儿打上一个同心结。她想媚兰虽则送给他一件军服，这带子却是她自己亲手制成的，便要算她给他一件贴身的标记，他到前线去不时要看见，就可以想起她来了。结好了，她退后一步，瞅着眼睛对他看了一回，心里觉得非常得意。

"这美丽极了，"他摸着带子的流苏重复地说，"可是我知道你是裁了一件衣服或是一条围巾改做起来的。这是何苦来呢，思嘉！现在这种好东西很不容易得到了。"

"哦，希礼，我是——"

她本来要说"我是连我的心也可以裁开来给你穿的，只要你要的话"，但结果是改做"你的事情我什么都可以做"了。

"那么你肯不肯——"他问着，同时他脸上的阴郁就有些儿消散了，"那么有一桩事是你可以做的，思嘉，你若是肯，我到前方去就可以放心多了。"

"什么事呢？"思嘉问着，心里乐极了，她是预备着天大的事也要一口应承下来的。

"思嘉，你替我照顾照顾媚兰好吗？"

"照顾照顾媚兰？"

她突然感到一阵残酷的失望，她的心马上沉落了。她一心以为他这最后的请求一定是很惊心动魄的，谁知却是这么一件事！随即她的失望变成愤怒了。她以为这一刻儿是该她跟希礼话别的时间，是该她独占的时间，谁知媚兰虽不在面前，她的影子仍要横进他们中间来呢！而且他在他们自己话别的时间，怎么敢提起媚兰的名字来呢？他怎么可以向她要求这样的事呢？

但是希礼并没有看出她脸上的失望来。他还是跟从前一样，虽然眼睛看着她，心里却想在另外一件东西身上。

"是的，我请你照顾着她，留心着她。她是非常脆弱的，她自己却不知道。她像这样去看护、缝纫，总有一天要脱力的。而且她非常温柔、非常胆小，除了白蝶姑妈跟亨利伯伯跟你之外，再没有别的亲人了，只有柏家一家远远在梅肯，又是很远很远的亲戚。至于白蝶姑妈——思嘉，你是知道的，她简直还是个小孩子。亨利伯伯又老了。媚兰是极爱你的，并不单单因为你是察理的妻子，却是因为——嗯，就因为你这个人，她已把你当做姊妹看待了。思嘉，我在前方常常做噩梦，倘使我死了怎么办呢，叫她去依靠谁呢？思嘉，我这请求你能答应吗？"

思嘉对于他最后一句请求连听也没有听见，因为他那不吉利的"倘使我死了"几个字，早已把她吓昏过去了。

原来她每天都在查看前线的死伤名单，看时没有不提心吊胆的，心想假如希礼倘有个不测，那就整个世界都算完结了。但是她又一直都像很放心，仿佛即使联盟军全军都覆没，希礼也仍旧可以保全似的。谁知现在他竟亲口说出这种话来了！霎时之间，她浑身都起了鸡皮疙瘩，只觉得一阵恐惧通过了她，不是理性所能压服的。她是爱尔兰的种，极相信事情的预兆，尤其是死的预兆。她当时看见他那灰色的眼睛里含着一种非常悲惨的神情，就以为他已觉到死的冰冷的手在那里抓他了。

"哦，这种话是说不得的！连这种思想也是不能有的。死呀死地叫着，要触霉头的呢！哦，赶快祷告一下吧！"

"等会儿你替我祷告吧，还得点起几根蜡烛来。"他听见她的声音真的十分着急，不觉笑了起来。

但是她回答不出话来了，她正在假想希礼死时的形状，仿佛看见他已经直僵僵躺在弗吉尼亚的雪堆上了。但是希礼还是在那里说话，声音愈说愈凄惨，因此她心里的恐惧也愈加强烈起来，竟把刚才感到的愤怒和失望扫荡得不留一丝痕迹。

"我之所以请求你，是有理由的，思嘉。因为我们在前线，谁知道要碰到什么呢。到了那末日的时候，即使我还活着，我也必定远远离开这里，必定照顾不到媚兰的。"

"末——末日？"

"是的，我说是战争的末日，也就是世界的末日。"

"可是，希礼，你总不相信北佬会打败我们吧？你在这个礼拜里边，一直都把李将军说得那么厉害。"

"这个礼拜里边我说的全是谎话，凡是请例假回来的人照例都是这样的。因为，你想，我为什么要吓坏媚兰跟姑妈呢？但是，思嘉，我跟你可以说实话，我确实相信北佬是要打败我们的。葛的斯堡一仗就是这场战争结束的开头了。现在一般请假回家的人都还没有看出来。他们都还没有明白我们现在处于怎样的形势。可是——思嘉，现在我们的人已经有许多是赤脚的了，而且弗吉尼亚正堆着深深的雪。我此番去，一定要看见他们那些肿胀的脚，用破布或是背囊裹着，一定会看见雪堆里面留着一脚一脚的血印，那么我自己脚上虽然有完整的鞋，我又何忍独个人穿呢？我一定要把它送掉，宁可跟大家一同光脚的。"

"哦，希礼，这——这是一定不可以的！你千万不能送掉它，你要答应我！"

"不过我看看自己这边的情形是这样，他们北佬的情形是那样，所以我感到什么东西都快到末日了。思嘉，你要知道，他们北佬是论千论万地从欧洲去雇人来打的呢！我们近来得到的俘虏，大多数是连英语都不会说的。他们也有德国人，也有波兰人，也有野蛮的爱尔兰人。至于我们这边失掉了一个，我们是无法补充的。我们的鞋子穿破了，就再没有鞋子可穿了。你要知道，思嘉，我们是被他们封锁起来了。我们是不能跟整个世界抵敌的。"

她听了这番话，她的感想就可以用几句话总结起来：就让联盟州粉碎了吧，就让世界到了末日吧，可是你决不能死！你死了，我就不能活了。

"思嘉，我希望你不要把我这些话去告诉别人。我不愿意使大家惊吓。就是你，我也不应该叫你惊吓的，不过我要说明请你照顾媚兰的理由，就不能不对你直说了。她是非常脆弱的，你却非常强壮，思嘉。倘使我有一个长短，只要知道你们两个在一起，我就可以放心了。你肯答应吗，思嘉？"

"哦，是的！"她喊道，因为她当时仿佛看见死在抓住希礼的肘膀，无论希礼要求她什么，她都可以答应的，"不过，希礼！希礼！我现在不能让你走了！我简直没有这勇气让你走了！"

"你必须鼓起勇气来，"他说时，声音稍稍有点儿改变，变得响亮了、深沉了，而且那几个字一连串迸了出来，仿佛内心有一种不得已在那里催迫，"你必得鼓起勇气来。不然的话，叫我怎么受得了呢？"

她听见最后这一句，便又有一点高兴起来，立刻拿眼睛去检查他脸上的表情，要想查明他之所谓受不了是否是指舍不得和她离别。他的面孔还是跟刚才下楼来时那么紧张，但是她从他眼睛里看不出什么来。随即他弯下身子，将她的面孔捧在手里，在她额头上轻轻地亲了一下。

"思嘉！思嘉！你是又美、又好、又强壮的。你不但是面孔美，亲爱的，实在是没有一处不美的，你的身体、你的心思、你的灵魂，没有一样不美的。"

"哦，希礼，"她低声地叫道，因为她脸上经他一吻，耳朵里又灌进这许多赞美的言辞，早已乐得飘飘荡荡了，"除了你，再没有别——"

"这倒是真的，因为我比别人深知你，而你身上深藏着的美，也只有我看得出，别人不细看是看不出来的。"

说到这里，他停住了，他的手也从她脸上放下来了，只有他的眼睛仍旧还盯住她看。她屏住气，等了一刻儿，等着他继续说下去，急巴巴望着他说出那三个奇妙的字来。但是那三个字偏偏听不见。于是她发狂似的搜索着他的面孔，然而他分明已经说完话了，分明再没有下文了。

这是她第二次遭到希望的幻灭，这是她的心再也吃当不了的，因而她直同小孩子一般喊了一声"哦"，便一顿身坐了下去，眼泪同泉水一般涌了出来。随后，她就听见窗外车道上传来了一阵马蹄嘚嘚车轮辘辘的声音，知道彼得伯伯已经拿马车来送希礼上车站了，希礼即刻就要走了，再也留他不住了。这时她觉得万箭穿心，无异于一个至亲至爱的人要被绑赴法场去受死。

希礼轻轻说了一声"再见"，便从桌子上拿起思嘉从瑞德那里骗来的那顶毡帽，走进了黑暗的穿堂。他抓住客厅门的把手，回过头去看着她，看得半天不转眼，仿佛他要把她脸上身上的一切都装在记忆里带去似的。她从她的模糊泪眼里看见他的脸，同时觉得喉咙里像绞一般地阵痛起来。她知道他是要走了，也许是从此永别了，可他竟没有说出她所渴望的那三个字！这一个礼拜的光阴过得像飞一般快，现在已经是来不及了。她突然站了起来，跟跟跄跄地追到客厅门口，一把抓住他腰上的带子。

"跟我亲个嘴，"她低声说，"跟我亲一个告别的嘴。"

他的臂膀轻轻抱着她，将头低下去凑着她的脸。他的嘴唇一经跟她的嘴唇接触着，她的臂膀便一把搂住了他的颈脖子，像一把钳子牢牢钳住一般。在长长的一个刹那里，他将她的身体紧紧地贴着自己。然后，她觉得他全身的肌肉突然都紧张起来。随即他很快地将自己头上的帽子摔到地板上，这才又伸上臂膀，将她箍在他颈脖上的两条臂膀拆开。

"不要,思嘉,不要。"他低声说着,一面狠狠地抓住她的两只交叉的手腕。

"我爱你,"她气急地说,"我一直都爱你。我从来没有爱过别人。我所以跟察理结婚,不过是要气气你的。哦,希礼,我实在爱你,我竟可以跟你一路到弗吉尼亚去的!我去替你做吃的,替你擦鞋子,替你看马——希礼,说一声你爱我吧!那我就可以一辈子没有怨恨了!"

他突然弯下身子去拾那帽子,因而她又得细认一下他的面孔。那是她从来没有见过的一张最最不快乐的面孔,一点逍遥自在的气色都不存在了。上面写着的是他对于她的爱,以及他因她爱他而感到的快乐,但是跟这两者相抵消的,便是满脸的羞惭和失望。

"再见吧。"他嘎声地说。

门响处,一阵冷风吹进屋子来,吹得窗上的帘幕一齐晃荡。思嘉眼看着他从小径上向马车走去,他的指挥刀在微弱的冬日阳光里闪烁着,他的腰带的流苏轻轻颠簸着,而她的心,也跟着它不住地颠簸着。

第十六章

一八六四年又过了一二两个月,这两个月里充满着冷雨和狂风,也弥漫着阴郁和颓丧。除了葛的斯堡和维克斯堡两役的惨败不计外,就是南军阵线的中心点也被打穿了。经过了猛烈的战斗,现在差不多田纳西的全部都在北军手中了,但是虽经过了这重重叠叠的失败,南方的精神始终没有被击破。从前那种兴高采烈的希望已经变做了一种真实可怕的决心,人们在阴云弥漫中仍旧看见一丝银光的闪电。例如说吧,去年九月间北军打破田纳西,便想乘胜向佐治亚州前进,毕竟是被南军猛烈地打回去了。

那一仗是在佐治亚州西北角的启卡摩卡地方打的,打得非常猛烈。自从开战以来,这是发生在佐治亚州地面的第一次战役。那时北军已经取得了查塔努加,然后穿过了山峡,进入佐治亚州境界,但是终被南军打回去,还受了极大的损失。

查塔努加一役的大捷,应该大部分归功于亚特兰大跟它的许多铁路。因为那时郎师利将军本在弗吉尼亚,一听到本州西北角吃紧的消息,便从铁路运兵到亚特兰大,然后又从北上的铁路折往田纳西,居然及时赶到了挽回危局。当这期间,那七百英里长的铁路线上,一切货运客运都停止了,一切车辆都集中用来运兵。

亚特兰大人亲眼看见一列车一列车地开过去,几乎是没有一小时停顿的,其中也有客车,也有棚车,也有没棚的车,无不满满装着大声呼喊的士兵。这些士兵没有饮食,没有睡眠,没有马匹、车辆、军需,也没有时间休息,一跳下火车便上了战场。结果是北军竟被击退了,退到田纳西去了。

这一次胜利是开战以来的第一大伟绩,亚特兰大人颇以此自豪,且以为没有本地的铁路,这次胜利是不可能的,因而愈觉得沾沾自喜。

但自入冬以来,就再没有这样大捷的喜讯足以加强南方的士气了。现在南方已经无人否认北佬是好战士,而且终于也有好将领了。葛兰特是一个屠夫,他只要获得胜利，不论杀多少人都不管的，因而南方人一听见他的名字就害怕。还有个谢尔门将军①，此后也常常要提到他的名字。他是在田纳西和大西部的几次战役中出了名的，从此他的声誉蒸蒸日上，大家都知道他是一个残忍的人。

但是照南方人看起来，这些将领当然没有一个比得上李将军。南方人对于将领的信仰依旧强固，军队也依旧强固。他们对于最后胜利的信念始终都没有动摇。然而战事已经拖延很久了。这么多人死了，这么多人伤了，终身残疾了，这么多人做了寡妇了，这么多人做了孤儿了。

尤其可怕的，现在一般市民心里，已经隐隐约约地开始爬过一种对于当局者的不信任了。有许多报纸竟至于对戴维斯总统处理战争的方式也大有微词了。联盟州的内阁已起了内部的裂痕，戴维斯总统与各将领之间也颇不融洽。通货的价值迅速地跌落。军队中的鞋子和衣服已很稀少，军事供应品和药物尤其稀少。铁路上的车辆旧了，没有新的可补充，铁轨被北军拆去了，也没有新的可添补。前方的将领们呼吁着新的部队，而无奈新的部队愈来愈少了。最不堪的，就是有好几州的州长都采取划境自保的态度，不肯让本州的武力和武器越出境外去，就是佐治亚州的白狼州长也是这样的。其实各州的州防军里面尽有不少的精壮，前方部队眼巴巴渴望着他们，可无论政府怎样向各州请愿也还是无用。

通货的价值再跌，物价自然再高涨。牛肉、猪肉、牛油都卖到三十五元一磅，面粉一千四百元一桶，苏打一百元一磅，茶叶五百元一磅。冬季的衣料简直买不到了，即使有，也没有人买得起，因此亚特兰大的妇女们都得拿破布来补缀旧衣，并且拿旧报纸衬到里面去挡风。鞋子是纸皮或真皮，价格从二百元到八百元不等，现在妇女们都穿跋鞋了，帮子用旧毛线的围巾或是剪了破地毯做的，鞋底则用木头做。

实际上，北军已经将南方团团围困起来了，但是多数人还不明白这形势。北军的军舰已经把南方的海口封锁得非常严密，简直没有船只可以通过封锁线去了。

南方所出产的只有棉花，全靠卖掉棉花去买自己所不出产的物品，现在是买进卖出都做不成了。郝嘉乐已经积有三年的棉花，都堆放在陶乐靠近轧棉场的棚子里，但是现在对于他一点没有好处了。如果这些棉花能够运到利物浦，那就立刻可以卖到十五万块钱，但是现在绝对没有运到利物浦去的希望。嘉乐本来也算

---

① 谢尔门将军：南北战争时北军后起名将。

一个富人，现在却不知道怎样可使自己一家人和黑奴们活过冬去了。

不但嘉乐如此，整个南方的棉花种植者大多数处于同样的窘境。封锁一日紧一日，他们财源所在的棉花就无法到英国市场去了，同时他们用这棉花钱换得的必需品也无法进来了。现在是农业的南方跟工业的北方在作战，正需要着许多新的东西，都是他们在和平时代不曾想到买过的。

这样的局势正造成了一班投机家和非法得利家的机会，而这一种人因有厚利可图，便一天多似一天了。于是衣食必需之品愈加减少，价格愈加抬高，而社会对于投机家们的咒骂也愈加恶毒。一八六四年开头一些日子里，你无论翻开什么报纸，开端一篇社论总是大骂投机家，骂他们是狠毒的鸷鸟、吸血的水蛭，主张政府应该用高压手段来扑灭他们。政府也确实曾经尽过力，但是一点儿没有效果，因为政府要干的事情太多了。

这时，使人人都怀恶感的莫过于白瑞德了。当封锁线渐觉危险的时候，他就卖掉那几条船了，现在他公然在做粮食的投机。里士满和威尔明顿都有消息传到亚特兰大来，说他在那边的行为如何如何地不堪，致使从前曾经招待过他的那些人家都觉得非常惭愧。

亚特兰大的日子虽然过得非常苦楚，但是自从战争以来，它的居民已从一万增到二万了。这当然是有种种原因的，但是海口封锁一件事，也是它发达的原因之一。自从极早极早的时候起，南方向来是那些海滨城市占着优势的，无论是商业上的不是商业上的，莫不如此。但是现在海口封闭了，海口的城市多数被占领了，或被围攻了，南方全靠自己救济自己了。如果南方要获取胜利，便不能不重视内地，因此亚特兰大成为一切事务的中心了。城里的居民都在挨受苦楚、疾病和死亡，跟联盟州的其余部分并没有两样，但以整个城市而论，亚特兰大由于这场战争，结果实在是有得而无失。

若在平时，思嘉穿着那么破烂的衣裳，那么补缀的鞋子，一定要觉得非常懊恼，但是现在她并不介意，因为她所认为有关系的那个人现在不在这里，不会看见她的。这两个月里面，她倒觉得很快乐，比过去几年的生活都要快乐。因为希礼临走时，她一经拿臂膀搂住他的颈梗，不是马上觉得他的心跳得非常厉害吗？不是又曾看见他脸上那种失望的神色是比说话还表示得明白吗？是的，希礼是爱她的。现在她可以确定了，而这信念使她感到非常快乐，甚至对于媚兰也可以不恨了。她倒觉得媚兰有点儿可怜，可怜之中又带点轻蔑，觉得媚兰太没有眼睛，太愚蠢了。

"到这战争完了的时候！"她想，"到这战争完了——那么……"

有时她不觉要有一点小小的吃惊，想道："那么怎么样呢？"可是她立刻就把这思想推开去了。到这战争完了的时候，什么事情总都有个办法的。希礼如果是爱她，他就简直不能跟媚兰过活了。

不过呢，离婚是不可思议的，而且自己的父母都是很顽固的天主教徒，也决不容她跟一个离了婚的男人结婚。因为这就是离开教堂呀！思嘉曾把这问题细细地考虑，最后的决定是，如果叫她选择于教堂和希礼之间，她自然要舍教堂而取希礼。但是，唉，这事又太不名誉了！离了婚的人不但要被排斥于教堂，并且要被排斥于社会。离了婚的人是没有人家肯招待的。然而为了希礼，即使到了这步田地，她也在所不惜。为了希礼，她是可以牺牲任何东西的。

总之，到了战争完了的时候，什么事情都会好了。希礼既然爱得她这么厉害，他一定会想出法子来的。不然，她也一定要叫他想法。于是，日子过去一天，她对于他爱她的信念更坚定一天，更加确信北佬被打败的时候，事情一定能够圆满地解决。当然，他是说过北佬要打倒他们的。思嘉却以为这简直是傻想。他说这话的时候，一定是疲倦了，昏了头了。但是究竟北佬儿要胜要败，她并不怎么去管它。她所关心的，只是战争快些儿结束，希礼快些儿回家。

于是，到了三月里的淫雨把人人都关在门里的时节，忽然一个可怕的打击下来了。原来媚兰眼里闪着快乐的光辉，脸上现着羞惭的得意，告诉思嘉说她有了孩子了。

"米医生说是八月底边或是九月初头要养的，"她说，"以前我也有点儿觉得，可是到了今天才确定。哦，思嘉，这不是怪有趣吗？我一直都妒忌你的卫德，一直都在想孩子。我是怕一个也养不出来的了，其实就是来一打，我也不嫌多的！"

思嘉正在梳头，预备上床睡觉了，一经听见媚兰说出这句话，不由得突然停住手，把那木梳擎在半空中。

"哦，我的天！"她无意中喊出这一声，却是一时弄不明白这事的意义。然后，她心里忽然浮起媚兰房门关着的景象来，便觉得心如刀剜一般的一阵剧痛，竟仿佛希礼是她自己的丈夫而做了对她不起的事了。一个孩子！希礼的孩子！啊，怎么会有这种事的呢——他是爱她不爱媚兰的！

"我知道你要吃惊的，"媚兰喘着气说，"不过不是怪有趣的吗？哦，思嘉，我不知道给希礼的信怎么写法才好呢！我要是给他写明白，那是怪难为情的，或者——或者——我暂时不对他明说，让他自己慢慢看出来，你知道——"

"哦，我的天！"思嘉说这话时差不多是哭了，她不觉丢了手里的木梳，急忙抓住梳妆台的大理石面以防跌倒。

"哦，亲爱的，你不要这个样儿！你知道的，有了小孩子并不是怎么坏的事。这是你自己也说过的。你不必替我担心到这个样儿，虽然我很感谢你。当然，米医生曾经说过我——我——"媚兰红起脸来，"说我太窄一点，可是大概没有什么要紧的。不过，思嘉，你当初发觉有卫德的时候，你曾经写信给察理吗？或是你母亲写的呢？或是郝先生写的呢？啊，我要有个母亲就好了！我简直就不知道——"

"你住嘴吧！"思嘉愤然地说，"住嘴吧！"

"哦，思嘉，我太蠢了！我对不起你！我想凡是心里快乐的人总是自私的。我忘记察理了，我一时疏忽了。"

"住嘴吧！"思嘉又说了一遍，一面拼命控制着自己的面容，把心里的情绪镇静下去。她决不能让媚兰看出或疑心自己的情感。

媚兰是最最机警的女子，她觉得自己的话触起思嘉的伤心，实在太残酷了，便不由得冒出眼泪来。她想起了卫德是察理死了才几个月就生的，现在她怎么好对思嘉提起这事来呢？她怎么可以这样地不顾先后呢？

"我来帮你脱衣裳睡觉吧，最最亲爱的，"她卑躬屈膝地说，"我来替你捋捋头。"

"你随我去吧。"思嘉说时面孔同石块一般。媚兰便满面流着自责的眼泪，急忙跑出房去。这里思嘉独自个倒在床上，一时羞愤、幻灭与妒忌交相侵袭。

她想起了这所房子她不能再住下去了，因为这里这个女人怀着希礼的孩子，她怎么好跟她同住一所房子呢？她想起了要回陶乐去，要回她自己的家里去。她想以后怎么还能见媚兰的面，怎么能不叫媚兰从自己的脸上看出自己心里的秘密？第二天早晨起来，她下了一个决心，等吃完早饭就动手收拾行李。那一顿早餐，思嘉是默默无言，白蝶是莫名其妙，媚兰则满腹愁烦，谁知正在吃时，忽然送来了一封电报。

这是希礼的勤务兵木士打给媚兰的：

"我已经到处都寻遍了，可是我寻不着他。我该回家吗？"

谁也不懂这几句话什么意思，可是那三个女人都吓得面面相觑，思嘉也立刻把回家的念头丢在九霄云外了。她们立刻丢开了早饭，坐车到城里去打电报给希礼的长官，但是刚刚走进电报局，那长官的电报已经到了。

"卫少校于三日前侦敌失踪，实深扼腕，俟查明后当续电奉闻。"

从电报局回到家里，这一程路是可怕极了：白蝶掩着一条手帕儿号啕大哭；媚兰笔挺地坐着，白着一张脸；思嘉则如醉如痴，将身倒在马车的一角。一到家，思嘉便一口气跑到楼上房间里，从桌上抓起了念珠，跪在床面前想要祈祷。但是那祈祷文再也想不起来。她只感觉到一种深不可测的恐惧，仿佛她已知道上帝因她有罪孽，已经把脸朝开去不理她了。她爱上了一个已结婚的人，想要从他的妻子那里将他夺过去，因而上帝将他杀了，算是惩罚她。她想要祈祷，但是她不能抬起眼睛来对天。她想要哭，但是眼泪不肯出来，眼泪似乎在她胸腔里泛滥，在她胸口底下燃烧，但是始终都不肯流出。

她的门忽然开开，媚兰进来了。她的面孔像拿白纸剪成的一个鸡心，衬在一圈漆黑的头发上，她的眼睛大大地睁着，像一个吃惊的孩子迷失在黑暗里边。

"思嘉，"她伸出她的手来说，"你必须饶恕我昨天所说的话，因为——因为我现在遭受的一切。啊，思嘉，我知道我那亲爱的希礼是死了！"

不知怎么一来，她已经在思嘉的臂膀里了，她的小胸口带着一种呜咽在起伏；又不知怎么一来，她们已经一同躺在床上了，互相紧紧地搂抱着。思嘉也在那里哭，将面孔贴着媚兰的面孔哭，彼此拿眼泪润湿着对方的面颊。她觉得哭着时固然伤心，但是哭不出来时越发伤心。她想希礼是死了，是因她爱他将他杀死了！于是她更抽泣得厉害。不知怎么的，媚兰见她哭了，心里觉得宽慰些，因而将她搂得越发紧起来。

"至少，"她低语道，"至少我已得到他的孩子了。"

"我呢，"思嘉心里想，这时她伤心已极，已经没有余地给妒忌这样的情绪存在了，"我是什么都没有得到——什么都没有——什么都没有，只除了他跟我话别时脸上的表情。"

第一批报告是"失踪已死者"，同时伤亡名单上也出现了。媚兰已经打了十几次电报给史上校，最后才接到一封信，信里充满着同情，说明希礼带了一个小骑兵队出去侦敌，一去就不回来了。木士一闻此讯，悲痛得几乎发狂，曾经冒着生命危险去寻希礼的尸体，但是寻不到。媚兰现在倒是非常平静了，立刻电汇给木士一点钱，叫他回家来。

直至伤亡名单上出现了"失踪被俘者"的时候，这家悲惨的人家才开始现出快乐和希望来。媚兰一天到晚待在电报局里，谁也拖她不回来，并且每一班火车到站她都去迎接，希望得到什么信息。其实她现在是病了，怀孕的征候已经使她感到种种不舒服，但她始终不肯服从米医生的命令，不肯待在床上。一种热烈的精力占据了她，决不肯让她安静。夜里，思嘉上床了半天之后，还听见她在隔壁房间的地板上踱来踱去。

有一天下午，她是白瑞德搀扶着回家来的。原来那天她在电报局门口晕过去了，白瑞德刚刚经过那里，看见许多人围着她，才把她护送到家来的。当时瑞德一直将她抱到楼上的卧室，家里人见状，急忙飞奔着去找热砖头，找被头，找威士忌酒去了，他让她在床上枕头边躺着。

"卫太太，"他突如其来地问道，"你是要养孩子了吧，是不是？"

假如当时媚兰没有晕得那么厉害，没有心痛得那么厉害，她突然听见这么一句问话，一定要羞得不知怎么样的。因为她对于自己怀孕这桩事，即使是女朋友们提起了也要难为情的，至于米医生每次来看，她简直是大大受罪了。谁知现在这个问题竟从男人口里问出来，而且这个男人偏偏又是白瑞德，那她要羞惭到怎样的程度，简直是不可思议的。但是她当时软弱无力地独个人躺在床上，就只能点了一点头。而经她这一下点头之后，情景就立刻缓和下来，因为她看白瑞德的神气是非常好心，非常关切的。

"那么你就应该当心些了。你这么一天到晚在外面跑，一直这么干着急，于你不会有什么好处，对于孩子许会有害处。你如果肯容许我，我可以利用华盛顿那边的任何势力，去打听你家卫先生的下落。他如果做了俘虏，他们北军的报告单上一定有他的名字，如果不——咳，事情确定不下来是再难过没有的。但是你必须要允许我。你要自己当心些，否则，我对天说，我就什么都不来管了。"

"啊，你真太好了，"媚兰嚷道，"人家怎么会把你说得这么可怕的呢？"然后，她想起了自己太没有能耐，又骇异着自己竟跟一个男人谈起怀孕的事来，便开始虚弱地哭起来了。这时思嘉拿一条法兰绒包着一块热砖头飞奔上楼来，正见瑞德在拍她的手。

瑞德的话是说一句算一句的，他果真马上着手去打听希礼的下落了。谁都不知道他走的什么路数，也没有人敢去问他，唯恐他老实不客气地承认自己跟北佬儿有亲密的来往，事情倒要尴尬的。后来只有一个月工夫，他就得到了消息，家里人听见这消息，先是一阵狂喜，随即就变做了一种焦虑。

原来希礼并没有死。他不过受了伤，做了俘虏了。据报告上看起来，他现在是在罗克艾兰岛上,便是伊里诺斯州的一个俘虏营里。当大家感到第一阵快乐的时候,心里都不杂着其他的念头,就只有希礼还活着一个观念。但等到平静渐渐地恢复后,大家便都你看着我我看着你地看起来,口里不觉同声喊出:"罗克艾兰岛!"那语气是跟喊着"地狱里"丝毫无二的。因为南方人里面凡有亲戚朋友在罗克艾兰岛做俘虏的,一听见这四个字就觉得不寒而栗,犹如北方人听见安得孙维尔①的名字便要毛骨悚然一般。

当时林肯不肯跟南军交换俘虏,用意是要加重联盟州对于北军俘虏给养看守的负担,因此安得孙维尔的蓝服兵士竟已积至几千了。这时联盟军自己的粮食已经非常缺少,至于病兵、伤兵所需的药品和绷带,那是简直没有了,还哪里有富余的东西可以分给俘虏呢?即使有,当然也不能优过自己士兵在前线所吃的,就是肥猪肉、干豆之类,北方俘虏吃不惯这种东西,就同苍蝇一般一大批一大批地死了,有时每日竟要死到上百人,这消息传到北方,燃起了他们的怒火,便用更恶毒的待遇来报复,而以罗克艾兰岛上为尤甚。食物之少是不必说了,睡觉是三个人共一条毯子,又加天花、肺炎、伤寒等病症不断袭来,致使那地方简直成了一个人间地狱。总计这里的俘虏,足有四分之三是不得生还的。

而如今,希礼是在那么可怕的一个地方呢!希礼虽然还活着,却是受了伤了,而且是在罗克艾兰岛,而且当他送到那里的时候,伊里诺斯地上的雪一定已很厚了。而且自从瑞德得了他的消息,现在又已好些日子了。他是不是因伤重而死了呢?或是出了天花牺牲了呢?或是正害着肺炎在那里昏迷得不省人事,而身上却没有毯子盖呢?

"哦,白船长,这到底有没有法子想呢?你能不能运用你的势力将他交换过来呢?"媚兰嚷着问。

"林肯先生本来是仁慈的、公正的,他对于比克斯皮夫人的五个孩子还会挂着大颗的眼泪哭呢,但是对于安得孙维尔那几千濒死的北军,却没有眼泪洒了,"瑞德撇着一张嘴说,"他现在不管了,随他们去死去了。命令已经下来——不交换。不过我刚才忘记对你说了,卫太太,你们卫先生本来是有个机会可以出来的,但是他拒绝了。"

"哦,不会有这种事的。"媚兰不信地嚷道。

"是的,真的。因为现在北方正在招募边防军,预备去打印第安人,并且决

---

① 安得孙维尔:在佐治亚州附近,南北战争时南军用作俘虏营的地方。

定在南军的俘虏里面招募。俘虏里面如有人肯宣誓投降，到边防军里去入伍，那么服务两年之后就可以释放自由，送到西边去。他们曾去征求卫先生的意见，卫先生拒绝了。"

"哦，他怎么好拒绝的呢？"思嘉立刻喊起来，"他为什么不假意宣了誓，等骗出了监牢就设法逃回家来呢？"

媚兰怒容满面地对思嘉瞪了一眼。

"怎么，你怎么能说他会做这种事的？他若是宣誓投降，便是出卖了联盟州，若是宣了誓又逃回来，那就又出卖了他自己的誓言了！我如果听见他做这样的事，那我宁可他死在罗克艾兰岛上。他在牢狱里死了，我倒可以自豪的。如果他像你说的那样，那我就永远不能见他的面。当然，他是拒绝的。"

直至思嘉送白瑞德到门口的时候，她愤然地问道："假如是你的话，你会不会先宣了誓把性命保住了，然后再设法逃回来呢？"

"当然当然。"瑞德说时髭须底下露出雪白的牙齿。

"那么希礼为什么不这么做呢？"

"因为他是一个上等人。"瑞德说。而在这"上等人"一个很冠冕的名词里面，思嘉却听出了无限的怀疑和侮蔑，于是她觉得非常诧异了。

第十七章

一八六四年的五月到了——一个使得花圃里的花朵都枯萎了的干燥的五月——谢尔门将军率领的北军又冲入佐治亚州了，冲入的地点是道尔屯附近，在亚特兰大西北一百英里。据谣传，佐治亚州跟田纳西的边界附近将有一场大战了。现在北军正在集合，预备要来攻打大西部和亚特兰大之间的铁路，去年秋天南军之获得启卡摩卡的胜仗，就全靠这条铁路运输的。

但是这个消息传到亚特兰大，亚特兰大人大部分都安谧如常，并不见怎样的惊扰。他们以为现在北军集中的地点，离开启卡摩卡战场东南不过几英里路。去年北军企图从这里通过山峡，已经一度被击退，此番再来也还是要被击退的。当时这部分南军的主帅是钟斯通，小名叫约瑟，人家都叫他老约，亚特兰大人乃至全部佐治亚州人都知道本州的地位对于联盟军的胜败关系非常重要，他们的老约将军决不肯容北军留在境内很久的。现在敌军还在道尔屯之北，老约将军如果要维持本州的机构不受侵扰，就决不让他们侵过道尔屯以南来。因为佐治亚州目前是整个南方的粮食仓，同时也是联盟州的机器厂和贮藏室。军队所用的火药和军械都是这里制造的，大部分的棉织物和毛织物也是这里制造的。亚特兰大与道尔屯之间有一个罗马，是大炮铸造厂和其他许多工业的所在地，伊托华和阿拉通拿则有里士满以南最大的铁工厂。至于亚特兰大，不但有许多工厂可以制造手枪、鞍鞯、帐篷、军火，并且有南方最大的熔铁厂、铁道材料的工厂，以及极大的医院，而且亚特兰大又是四条铁路的汇合点，这些铁路正是和联盟州的整个生命相关的。

因此，虽然有这不好的风传，却没有一个人特别着急。道尔屯到底还离开很远呢，还在田纳西的前线呢。田纳西已经打了三年仗了，人们听惯了那边战事的消息，都把那边想象做一个遥远的战场，仿佛跟弗吉尼亚或是密西西比河一般遥远。何况有老约将军在那里担任指挥，他们是大可放心的，因为自从桀克孙将军死后，现在李将军之下，没有一个将领能比老约将军再伟大的了。

亚特兰大市民的这种观感，米医生便是一个完全的代表，所以有一天晚上坐在白蝶姑妈家里的走廊上，他就叫大家无须害怕，因为钟斯通将军现在驻守山区，是跟铜墙铁壁一般坚固的。他这番话在他听众心中引起的情绪各不相同，因那一团人虽然一同坐在昏暗之中静静看着初出萤虫的飞舞，心里却各自装着一腔沉重的心事。米太太正挽住了斐尔的臂膀，自然巴不得丈夫所说的话是对的。因为这仗如果越打越近，恐怕斐尔也不能不去。他今年满十六岁了，已经编入本州自卫队，到了自卫队出动的时候，他就无法回避了。艾芬妮呢，她是从葛的斯堡一役以来就已脸色苍白、眼眶深陷了，现在听见米医生的话，心里便又浮起一番凄惨景象来，就像见鲁大郎僵卧在一辆牛车上，在大雨淋漓之下从马里兰撤退下来。

当时阿凯利队长也是米医生的听众之一，他的那只已经残疾的臂膀重新又疼痛起来，且因近日对思嘉的追求忽然成了僵局，颇觉得心灰意懒。这一种僵局是从卫希礼被俘的消息传到之后就形成的，但是他做梦也想不到这两事之间会有着联系。思嘉跟媚兰呢，当然都在想希礼，这是她们凡不遇到紧迫的事情或是有趣的谈话使她们分心的时候照例如此的。但是她两人的想法不同。思嘉想得非常惨苦而悲哀，她想他一定是死了，否则他一定有信来的。媚兰则时时企图压服心中的恐惧，现在她对自己说："他决没有死，我知道的——倘使他死了，我一定会感觉到。"白瑞德也在那里懒洋洋地躺在黑影中，将两条套着雪亮长靴的长腿儿没精打采地交叉着，他那黝黑的面孔是一张毫无表情的空白。小卫德安适地睡在他怀里，他的小手里拿着一片剔得干干净净的如意骨。每次白瑞德来的时候，思嘉总要让卫德睡得很晚，因为那羞怯的孩子偏偏喜欢他，而瑞德也怪得很，好像也喜欢卫德的。平常思嘉有那孩子在面前，心里总觉得烦恼，但是他一经瑞德抱在怀里，就十分乖觉了。至于白蝶姑妈，她是正在不住地打噎，因为他们那天晚饭吃的一只雄鸡是老得很的了。

原来白蝶家里本来养着公鸡母鸡各一只，母鸡早宰了吃了，公鸡也大有龙钟老态。这几天来，它在那空鸡场上一直地垂头丧气，连啼也没有精神了，因而那天早晨起来，白蝶姑妈就决计把它宰了。直至彼得伯伯将鸡绞杀了，白蝶姑妈忽然受到一阵良心的刺激，想起自己的多数朋友都好几个礼拜没有尝到鸡味了，她家不应该关起门来单独享受，这才提议请几个客来同吃。媚兰听见这提议，心里大不以为然，因为她身上已有五个月，已经好几个礼拜没有出门没有见客了。但是白蝶姑妈这回非常地坚决。她说关门独吃到底太那个，又说媚兰若是把腰圈儿扎得高些，人家就不大会看出来，而且她的胸口本来是平的。

"哦，不过姑妈，我实在不愿见客呢，现在希礼是——"

"希礼现在又没有——又没有去世，"白蝶说，说时她的声音颤抖着，因为她心里以为希礼一定是死了，"他现在是跟你一样活在那里，而且你见见客人也是好的。我并且要把艾芬妮也请来。艾太太曾经托过我，叫我设个法儿安慰安慰她，劝她见见客——"

"哦，不过姑妈，这事太残酷了，可怜的大郎死了才几天，不能就这么强迫她的。"

"哦，媚兰，你再要跟我辩下去，我就要恼哭了。我是你姑妈，什么事情都知道的。我要请客呢。"

于是白蝶姑妈居然请客了，谁知到了最后一分钟，忽来了一个不速之客。此客便是白瑞德，他刚刚作了一次神秘的旅行回来，正当烤鸡之香弥漫满屋的时候，他在敲门了。开了门，便见他腋下夹着一大箱糖果，满口甜言蜜语地恭维着走了进来。那么好，还有什么法子呢？只得留下他了。虽然明知米医生夫妇跟艾芬妮都要大大不高兴，也只得留下他了。但在街上走的时候，这米、艾两家的人大约都不会跟他说话，但在人家家里却又不同，不能不对他客气些。而且他现在得到媚兰的保护，地位也稳固些了。因为自从他替媚兰探得希礼的消息以后，媚兰就公然地对人宣布，说她一天活在世界上，她家一天不会拒绝他，无论别人怎样说他的坏话。

白蝶姑妈看见当时白瑞德的脾气特别好，便放心了。瑞德一心在对付芬妮，对她用尽同情的敬意，弄得芬妮居然笑了一笑，所以那顿饭吃得非常圆满。而且那晚的筵席也是一等的。阿凯利带了一点茶叶来，那是他到安得孙维尔去的路上从一个北方俘虏的烟荷包里搜出来的，每个客人都吃到一杯，可惜略带点儿烟味儿。那只雄鸡虽然老，大家总算都分到一块在嘴里嚼嚼，作料是玉米粉跟洋葱，此外是一碗干豆，很多的饭，还有一碗卤，不过那卤跟水一般稀，因为没有面粉，调它不稠的。点心是山薯饺子，继之以瑞德带来的糖果，最后瑞德拿出真正哈瓦那的雪茄来，给男客们配着黑葡萄酒吃，大家就以为不亚于留客乐①府里的筵席了。

直至男客们也加入前廊上的女客里面去，谈话就转到战争上去了。因为现在

---

① 留客乐：罗马极富的将官，以其家享客的筵席著名。

这些日子，人们的谈话转来转去就要转到战争上去的，或是拿战争开端，或是拿战争结束，有时谈得很悲伤，但常常谈得很高兴，总之九九不离娘，没有谁能离开战争这题目。有的谈战争艳事，有的谈战争结婚，或是医院里战场上谁人死亡，或是战斗和行军时的种种逸事，直至于谁人豪勇，谁人懦怯，种种幽默，种种悲凄，种种苦楚，种种希望。而始终不竭的便是希望——坚决的希望，不因去年夏天屡次失败而动摇的希望。

后来阿队长告诉大家，说他曾经去请愿，要从亚特兰大调到道尔屯去，而且得到允许了，那些女客们便都拿眼光去亲他残疾的臂膀，并且说他是不能去的，因为他若去了，这里亚特兰大的女人就没有人照顾了。

阿队长听见这话，心里不由得飘飘然，因为这样的话从这么些高等女人的嘴里说出来，的确是使他受宠若惊的，但是他只希望思嘉的话能够心口如一。

这时米医生也开口了，他一面将臂膀搂着凯利的肩膀，一面对那些女人刚才说的话似乎觉得不满意："怎么，他是马上就要回来的呢！只消一个小小的接触，那些北佬儿就都滚回田纳西去了。而且他们到那里的时候，福勒斯将军一定把他们招呼得好好的。你们女人用不着害怕，北佬打不到我们这边来的，因为钟斯通将军的军队驻守在山上，简直是铜墙铁壁一般的。是的，铜墙铁壁一般的。"他觉得这句成语很有趣，因而又重复一遍，"谢尔门无论如何打不过来的。他无论如何打不退我们老约将军的。"

女人们都微笑着表示赞成，因为米医生这种轻飘飘的话，是被她们当做无可置辩的真理的。她们以为男人的见识总比女人的高，所以如果米医生说钟斯通将军是铜墙铁壁，那么钟斯通将军是铜墙铁壁定了的。这时只有瑞德一个人开口说话。但是从散席以后一直沉默到现在，他只把那睡眠的孩子抱在怀中，静听着他们战争长战争短地说着。

"我听见外边谣传说，谢尔门的援军到了，他现在有十万多人了呢。"

米医生的答话很简单。因为他一看见白瑞德进来要跟他同席，心里早已老大不舒服，只为顾着白蝶姑妈的面子，又因自己也是在她家做客，才把肚里的感情硬压着不露出来。

"嗯，先生？"他满不高兴地回答。

"我听见刚才阿队长说的，钟斯通将军部下只有四万人，还连回来的逃兵都算在内，据说这些逃兵是因上次打了一个胜仗才回来的呢。"

"先生，"米太太愤然地说，"联盟军里面是没有逃兵的。"

"哦，对不起，"瑞德谦恭之中带着讥讽的语气说，"我说的是那些请了例假回来一时忘记归队的，以及那些医治好了六个月还留在家里做着平常的业务或是耕着春田的。"

说着，他眼睛里闪出光来，直气得米太太把自己的嘴唇皮拼命咬着。思嘉见这情状，几乎禁不住吃吃笑起来，因为瑞德一箭射中米太太的要害了。当时确有好几百这样的逃兵躲在烂泥地里跟深山里，被宪兵查着了，怎样拖他们也拖不回去。他们口口声声都在说，这是"富人们的战争，穷人们的送死"，现在他们打够了，不要再打了。但是还有比这数目更多的人，虽然也列名在逃兵册上，却是实在没有一去不复返的意思。这些人大都是等了三年也等不到一次例假的，而在等待的期间，家里已经接二连三地来了诉苦信，写的总不外是"我们饥饿啊"，"今年田里没人耕，收成一颗也没有，我们快要饿死了"，或是"委员们把小猪也捉了去了，你好久不寄钱回来了，我们在吃干豆呢"之类的话。

但是军队里伤亡愈甚，请例假的机会也愈来愈少，于是那些家里有父母妻儿喊着饥饿的士兵，虽请不到例假也走了。他们管自回到家里去耕田、种稻、修屋、筑墙去了。那些上级军官虽明了这种情形，却无法加以禁止，及至前方吃紧起来，需人更多的时候，只得以前事一概免究为条件，叫他们重新回去。而这种士兵回家料理了一番，看看家里又有三四个月可以支撑的时候，照例是肯回去的。这样渐渐地成了习惯，所谓"耕作例假"已经不作逃亡一例，但事实上同样削弱军队的战斗力。

米医生急忙来填补这个不舒适的停顿了，他的声音是冷的："白船长，你得知道两边人数的相差向来是无关重要的。一个联盟州的士兵可以抵得过一打北佬。"

女人们都点点头。这是人人知道的。

"这话在战争开始的时候是正确的，"瑞德说，"或许到现在也仍旧可以正确，如果联盟州的士兵枪里有子弹，脚上有鞋子，胃里有食物的话。你想是不是的，阿队长？"

他的声音仍旧很温和，而充满着一种虚伪的客气。阿凯利的神气很像不高兴，因为他也明明是极不喜欢瑞德的。他很愿意帮医生那边说句话，但是他不能说谎。他此次所以不顾残疾的臂膀，自愿调到前线去，理由也就在他知道局面严重了，这是一般市民都还没有明白的。除他之外，还有别的许多人，有的镶着木腿，有的瞎了一只眼睛，有的炸去了指头，有的剩一条臂膀，都悄悄地脱离了各种委员会，或是丢开医院里的任务，乃至邮局和铁路的职务，而回到他们原先所属的部队去了。他们知道老约将军需要每个人回去。

当时阿凯利没有开口，米医生却已发了脾气大吼起来了："我们的人向来是赤脚打的，空肚打的，却已打了许多胜仗了。以后他们还是这么打，还是要打胜；我告诉你，钟斯通是打他不退的。那边的山峡自古以来就非常险要，敌人决然攻打不破的。你就想一想——想一想德摩比利①吧！"

"德摩比利"？思嘉想了半天也想不出这个名词的意义来。

"但是当初德摩比利不是打到最后一人都死光的吗，医生？"瑞德问时嘴上勉强忍住一个笑。

"你是不是要侮辱人，青年人？"

"医生，请你原谅！你误解我的意思了，我不过是请教请教你。我对于古史的记忆实在很差。"

"如果是必要的话，我们的军队也一定要死到最后一个人才会让敌人深入佐治亚州来的，"医生回驳道，"但是决没有这个必要。我们只消有一个接触，就可以把他们赶出佐治亚州去了。"

白蝶姑妈怕他们越闹越厉害，急忙站了起来，要思嘉给大家弹一阕钢琴，唱一支歌。她早已知道请白瑞德来吃饭是要闹事的，以前一向都如此，至于瑞德到底怎样会惹起事来，她却也不甚明白。她心里总觉得奇怪，思嘉是把他看成怎么一个人了呢？为什么连亲爱的媚兰也要袒护他呢？

思嘉依着白蝶姑妈的话，走进客厅里去了，走廊上落下一个静默，一个搏动着对于瑞德愤恨的静默。为什么钟斯通将军和他部下的不可征服性还能有人不相信呢？在这时候，信念便是一种神圣的义务。谁要没有爱国心，竟至于没有信念，那他至少也得闭着口不说。

思嘉先弹了几段，随即她的声音从客厅里飘出来了，其声凄婉动人，唱的是一支时行的歌曲：

> 在那白粉墙的病房里，
> 躺着些已死的和将死的——

---

① 德摩比利：古希腊著名要隘，曾于此抗拒波斯人，普通的历史书上都讲到这个地方，连小学生都知道的。

都被刺刀子弹伤残了躯体——
有一天抬进一个人儿的知己。

一个人儿的知己！凭年轻，凭勇气！
不久就要在一堆土里深埋瘗，
看他脸色凄惶白如纸，
那儿时风韵，兀自迟留来忍弃。

此后思嘉正用颤抖的哀音唱出下节的"他那黄金鬈发上光辉摇曳"一句来，白蝶姑妈就急忙抬起半个身子，用一种虚弱的声音阻止道："你唱一个别的吧！"

于是钢琴声戛然中止。思嘉心里不胜其吃惊而羞愧。随即她又唱起《灰短褐》的开头一段来，但她突然记起这个调儿也是非常凄惨的，才唱了几句便又乱掉了。于是钢琴声又归沉默，因为她一时想不起什么来唱了。她所能记起的歌儿都是有关死亡、离别和伤感的。

瑞德急忙站了起来，将怀中的卫德交给芬妮，自己走进客厅里去。

"请你弹一曲《肯塔基的老家》吧。"他提议道。思嘉便欣然弹唱起来，瑞德也把他自己的低音和了进去。直至唱到第二节，那个走廊上的听众才觉得呼吸得比较舒适，而其实呢，这个歌儿也并不见得怎样令人兴奋。

再有几天，这沉沉重担便可以卸肩！
然而这担儿的分量依然不减！
再有几天，我们就可上路返家园！
回到肯塔基的老家去高枕安眠！

直到目前为止，米医生的预言总算是对的。离开百英里路外道尔屯以北的山顶，钟斯通将军确实驻守得如铜墙铁壁一般。他立脚得非常牢固，抵抗得非常猛烈，终至北军不能不退回去另作商量了。他们看看不能直接冲破那条灰色的战线，便趁着夜色的掩护，想迂回穿过山峡，去袭击钟斯通的后方，在道尔屯以南十五英里的累萨卡地方截断铁路。

联盟军一闻铁路有截断之虞，当即跳出了壕沟，星夜赶赴累萨卡去抢救。所以当北军从山头冲下的时候，南军早已严阵以待了，障碍物也做好了，炮也架好了，刺刀也上起来了，跟在道尔屯的阵线一般巩固了。

道尔屯的伤兵运到亚特兰大，报告了老约将军退到累萨卡的消息，亚特兰大人便不免有点惊慌失措。就像夏天久晴之后，西北角上忽然浮起了一朵乌云，不久就要有狂风暴雨似的。这位将军在想什么了，怎么让北佬儿深入佐治亚州十八英里来呢？那几块山本来是天然的堡垒，正如米医生所说的，老约将军为什么不在那里扼守呢？

钟斯通在累萨卡拼命抵抗，又把北军击退了，但是谢尔门用着同样的包抄运动，将他的大队列成一个迂回渡过乌斯坦瑙拉河，再向南军后方的铁路袭击。于是那灰色的阵线又奉命连夜退却，直退到累萨卡以南六英里的一个小市镇高儿荒，先掘下壕沟等待。直至北军打到，经过一番猛烈的接触，居然又给打了回去。这时南军经过两度连夜的退却，没有睡眠，没有饮食，已经疲乏不堪，都倚在枪杆上祈祷休息。然而他们终不得休息，谢尔门仍旧将军队列成一大曲线步步地逼进，致使南军为保持后方的铁路起见，不得不再做一度的退却。

现在南军是在睡梦里行军了，已经疲倦到不能思想了。即使偶尔有思想，也是完全信任老约将军的思想。他们知道自己是在退却了，但是他们相信自己并没有被打败。他们只晓得自己人不够，不能击破北军的包抄运动。如果北军来跟他们作正面冲突，他们一定能够击败他们的，因为从前没有一次不如此。至于这退却的终点在哪里，他们并不知道。他们相信老约将军是有计划的，那就用不着他们自己费心了。而且这接连的两次退却他都调度得非常得法，自己丧失的人并不多，敌方被斩获的数量却可观得很，他们只失了一辆兵车、四支枪。他们也没有丧失背后的铁路。谢尔门虽然用尽了正面攻击、骑兵冲击、两翼包抄种种的方法，终于不曾碰着一下铁路线。

铁路仍旧在他们手里，那细细的两条铁轨仍旧安然无恙地从那阳光照耀的山谷一直迤逦到亚特兰大。人们躺下来睡了，睡的地方可以隐约看见铁轨在星光下闪耀。人们躺下来死了，临死的最后一眼也看见那亮晶晶的铁轨反映着酷烈的阳光。

当他们退下山谷来的时候，他们的前头有一大队难民先跑着。那里面有农民，有山民，有富的，有穷的，有黑人、白人的妇孺，有年老的，有濒死的，有残疾的，有受伤的，有临产的，或乘火车，或步行，或骑马，或以马车、货车满载着箱笼什物，塞满了到亚特兰大来的那条大路。这些难民在退却的军队前头约莫五英里路，到累萨卡停一停，到高儿荒停一停，到金氏屯停一停，一路巴望着听见北军被击退的消息，便可以中途折回去。然而那条路上再也没有折回的踪迹。所以那灰色军队所过之处，大厦都是空的，庄园都没有人的，矮屋的门都是直开的，偶尔可以看见一两个孤单的妇人，同着几个吃惊的奴隶，他们看见军队开过去，都到路旁来欢迎，将一桶桶的井水拿给他们喝，替他们中受伤的裹伤，将死了的埋葬在自家坟地里。但是一路上这样的遭遇非常难得，大部分地方都是一片荒凉，不见人迹，只见被人废弃的田禾让骄阳在那里煎炙。

高儿荒既又受包抄，钟斯通只得退到阿达尔斯尾，在那里经过一度猛烈的接触，然后退到凯斯尾，然后退到卡脱尔斯尾之南，于是敌人已从道尔屯深入五十五英里了。直至过卡脱尔斯尾再十五英里的新希望教堂，南军就掘起了壕沟，决计在那里作坚决的抵抗。随即那蓝色的阵线猛扑上来了，其势犹如一条狠毒的长蛇，盘曲起劲儿猛然一击，时或受了伤突然缩回去，但第二下包管还是要击来。当时在新希望教堂一连打了十一日，北军的每次猛扑都被血淋淋地打了回去，然后钟斯通又被包抄了，这时阵线已渐形零落，便不得不再作数英里的退却。

这一战役联盟军死伤无算。伤兵都从铁路上运到亚特兰大，致使亚特兰大人吃惊不小。自从启卡摩卡一役以来，亚特兰大从来没有见过这么多的伤兵。医院里是塞满了，连各店家的地板上、栈房里的棉花堆上，都挤满伤兵了。乃至每一个旅馆、每一个公寓、每一家私人住宅，也都分配到了。白蝶姑妈家里也派到几个，她便竭力抗议，说媚兰快要做产，受了惊吓怕要闹起小产来的。但她的抗议一点没有效，伤兵终于侵入了。媚兰没奈何，只得把腰围儿再束得高些，借以掩饰她那日见膨胀的肚子。自从伤兵来后，家里便不断地要做吃，要搬动，要替他们洗涤、换绷带，夜里又要被他们的呻吟声闹得睡不着。末了，这个城市实在挤无可挤了，这才不得不将后来的伤兵送到梅肯和奥加斯大的医院里去。

这些伤兵带来了互相矛盾的消息，同时那些难民又势如潮涌而来，于是亚特兰大就沸腾起来了。那地平线上的一朵小云已经很快扩大成一大片阴沉的雨云，并且从那雨云之中似乎有一阵冷飕飕的寒风吹出。

这时人们对于整个军队不可征服的信念，虽还没有人发生动摇，但是至少市民里面对于钟斯通将军已经失掉信仰。新希望教堂离开亚特兰大只有三十五英里了！不过三个礼拜工夫，这位将军竟让北佬儿打退六十五英里呢！他为什么只管退却，不把北佬儿抵挡住呢？他简直是个傻子了，比傻子还不如了。同时那些安坐在亚特兰大的后方自卫队跟本州警备队里的人员，也觉得愤愤不平起来，他们都说这样的局面并不怎么难应付，就是叫他们应付起来也决不至于如此的，并且在桌布上画出地图来证明自己的话。但是钟斯通将军仍在逐步地退却，阵线也愈来愈见零落，终于不得不向白狼州长来请求，要请这班不平家出去显一显身手。他们听见了这个消息，倒并不怎么着慌，因为当初戴维斯总统来跟白狼州长商量，他尚且拒绝了，何况是钟斯通将军，怎么倒肯答应呢？

于是退了又打，打了又退！一共是七十英里的路程，二十五天的日子，联盟军几乎没有一天不在打。新希望教堂现在已被灰色军队撇在背后了，他们只带去了一些模糊印象的记忆——酷热、灰尘、饥饿、疲倦，红泥路上的蹒跚，红泥地里的颠簸，不住地循环退却、掘壕、战斗，掘壕、战斗、退却。新希望教堂已经成了一场梦魇了。其次就是大珊堤，因为在这里，他们也曾像鬼怪一般掉转头来跟北佬打过一仗。北佬虽被打得遍野都是蓝色的尸体，但是补充仍旧源源而来，所以那条险恶的蓝色曲线始终不断，始终在联盟军的背后向东南追逼而来，一步步逼近铁路线，一步步逼近亚特兰大。

直至大珊堤又站不住脚，这个疲倦的队伍只得退到美立塔镇附近的垦泥曹山来。在这里，他们展开了一条绵延十英里的弧形阵线。他们在壁立的山麓掘起了壕沟，高峻的山巅架起了大炮。这些大炮不能用骡子拖运，只得用人力拽上山头。这消息被邮差们跟伤兵们以及亚特兰大人证实了，亚特兰大人便又松过一口气来。他们以为垦泥曹山上有了这样的防御设备，敌军是无论如何攻不下了。同时附近的松山和失山，也都有同样的防御设备。因而钟斯通将军又可以站稳了，就是敌军的包抄运动也可以不怕了，因为山头顶架起了炮，是四面八方几英里路外都打得到的。于是亚特兰大人又可以高枕无忧了，但是——

但是垦泥曹山离开亚特兰大只有二十二英里了呢！

垦泥曹山第一批伤兵来到亚特兰大的那一日，梅太太一早七点钟就坐了马车到白蝶家来，当即由她家的黑人六味伯伯传话到楼上，叫思嘉立刻穿起衣裳到医院里去。艾芬妮跟彭家的几个女孩子也是刚刚从睡梦里被叫起来的，现在坐在马车肚里打呵欠，芬妮的嬷嬷在前面赶车的座位上不住地咕哝，她膝头上放着一盒子新近浆洗的绷带。思嘉只得匆匆地爬了起来，心里老大不愿意，因为头一天晚上她在警备队的宴会上跳舞跳了一通宵，现在两腿还酸呢。当百利子替她穿着衣服的时候，她暗暗诅咒着那个不怕辛苦的梅太太，诅咒着伤兵，甚至诅咒着整个联盟州，然后匆匆咽下几口焦米粥、一点代咖啡的干甜薯，便也上马车去了。

她对于这样的看护真是厌倦极了。她想今天一定要去告诉梅太太，说她母亲写信来要她回去一趟。这把戏她曾经试验过几次，觉得很有点效验，因为梅太太听见她这么说，就会将她看了看，回答她道："你不要跟我说这种傻话吧，郝思嘉，你母亲那里我今天就写信去，说我们这里需要你，她一定会谅解，不叫你回去的。不要多说了，穿起围裙到米医生那里去吧。他要人帮他扎绷带呢。"

但是她对于医院确实是厌倦极了，那种臭气，那种虱子，那种肮脏的身体！如果说做看护这件事也可以有点新鲜的意味，有点罗曼史，那是一年以前就已失去了的。而且现在这些退却下来的伤兵，都没有从前的伤兵那么漂亮。他们对于她一点儿也不感兴趣，并且一直没有别的话可说，只会问："现在打得怎么样了？老约将军现在做什么？唉，老约将军真是厉害呢。"但是思嘉并不觉得老约将军有什么厉害。他已让北佬儿打进佐治亚州八十八英里了。总之，现在医院里的伤兵是一点没有意味的了。

那一天的天气很热，成群结队的苍蝇从窗口里飞进来，将那些伤兵骚扰得叫苦连天。一阵阵的臭气，一阵阵的呻吟，四面向她不住地猛扑。她手里托着一只盆子，跟着米医生奔到这里、赶到那里，弄得身上一件刚刚浆得贴平的衣服都给汗水浸透了。

哦，真是受罪呢，你得眼睁睁看着那医生将明晃晃的刀割进烂肉，却要极力熬住呕吐！哦，手术室里在割臂膀割腿儿了，你得咬着牙齿听着那种凄惨的呼号！有些人在这里眼巴巴等着医生的降临，那一副紧张惨白的面容实在叫你不忍看，但却又不能不看。好容易盼到医生来了，却并不能给他多大的安慰，只是对他说："啊，没有办法了，我的孩子，你的手得去掉了。是的是的，我知道，不过你看这许多红丝！那是非去掉不可了。"

现在哥罗仿是极少极少了，还有一点儿留下来的，只预备给那种极大的手术用了。鸦片已经成为珍品了，只预备送死之用，不能作救生之用了。金鸡纳和碘酒早已绝迹了。在这种情况之下，思嘉真是痛苦到极点了。她很羡慕媚兰，可以拿临产的理由请假，因为现在一般做看护的要请假，就唯有这个理由可以请准的。

一会儿中午到了，思嘉看见梅太太正替一个不识字的伤兵在写信，便乘机脱下了围裙，一溜溜出医院去。她觉得这里再也待不下去了。等到午车到时，一定又有一批伤兵拥进来，那便又要使她一直忙到晚，连饭都没有得吃了。

出了医院，她在桃树街上跑过两条横马路，一面跑，一面将那干净的空气拼命地吸着。直跑到一个交叉路口，她就不知道到哪里去才好了，因为她不好意思回家去，怕白蝶姑妈问起来无话可答，却又决意不回医院去。正在踌躇，忽见白瑞德赶着马车打那里经过。

"你像一个拾破布的女孩子了呢。"瑞德一面在评论，一面将她浑身上下打量一番，只见她身上一件修补过的纱布衣裳已经给汗浸透了，并且淋漓着许多污水的印痕。思嘉听见这句话，立刻羞愤得几乎发起狂来。她想这个人为什么专注意女人的衣服，并且又这样公然评论呢？

"你的话我一句都不要听。你赶快下车来扶我上车，将我赶到一个没有人看见的地方去吧。这医院里是绞杀我也不回去的了！真的天晓得，这个仗又不是我要打的，为什么要把我累得要死呢，而且——"

"好啊，你出卖了我们光荣的主义了！"

"得了，盆儿莫说罐儿黑吧。赶快让我上车，不管你赶到哪里去，给我去兜兜风。"

瑞德听说，便忽地跳下马车来，思嘉看见那姿势，心里忽然起了一种非非之想。因为她刚才在医院里看见那么许多人，都是残缺不全的，或是少了眼睛，或是少了手足，或是因疼痛而面色发白，或是因疟疾而浑身焦黄，现在看见这么一个完完全全的人，而且保养得很好，身体很健全，便觉得他极可宝贵了。而且他身上又穿得很好。他的褂子、裤子都是同样的材料，穿起来十分配身，而且都是簇新的，不像医院里那些人那么破零零的，以至于东一块西一块地露出稀脏的烂肉，或是露出腿上漆黑的长毛。就是他那种无忧无虑的神气，也是近日以来难得见到的。他那褐色的面孔满脸是殷勤，他那血红的嘴唇充满着肉感，而当他将她搀上马车的时候，他那微微一笑是来得那么随随便便的！

当他把她拉在自己身边坐下的当儿，她感觉到他那一身丰富的肌肉隔着一层恰好合身的衣服抖弹起来，不由得仿佛受到一种触心的冲击。她特别注意到他那强力的肩膀隔着一层薄布鼓出来，便又不觉心里动了一动，并且吃了一点儿惊吓。她觉得他的身体是坚韧而强壮的，同他那敏锐的思想一样。他像具有一种潜藏不露的伟力，静时如一头猛豹懒洋洋睡在日光中，动时也像一头猛豹突然跳起来向你冲击。

"你真会骗人呢，"他一面放马前行一面说，"你跟士兵们整夜地跳舞，拿花儿带儿送给他们，说你怎样怎样愿意为主义而死。现在要你替几个伤兵扎几条绷带，捉几颗虱子，你就临阵脱逃了！"

"你可不可以讲点别的事情，并且赶得快些呢？这也是我活该倒霉，偏偏碰到那个梅家老公公。他从店里走出来，看见我了，就要去告诉那个老太婆——那个梅太太去了。"

他将那雌马抽了一鞭,它就跑起快步来,一时跑过五尖头,越过那条穿城的铁路。这时载伤兵的列车已经开到了,许多抬担架的人正在烈日下奔忙着,将伤兵运上病人车和张着篷子的载货车。思嘉看见这情形,良心上丝毫没有受到刺激,只想到自己亏得逃得早,因而感觉到大大的舒适了。

"这医院里的事我实在厌倦极了,"她一面整理着坐下的衣裙,又把颈梗上的帽带子扣得紧些,一面说,"而且伤兵是一天多似一天了。这都是钟斯通将军不好,他如果在道尔屯抵挡住北佬,那么——"

"他何尝不在那里抵挡呢?你这真是小孩子说话了!不过他再要在那里抵挡下去,谢尔门就要从两面包抄上来,冲破他的两翼。那么他就要失掉背后的铁路了,你要知道他正是为着铁路打的呢。"

"嗯,那么,"思嘉说,因为她听到这些战术上的话,便如坠入五里雾中了,"那么也还是他的过失,他总得想个法儿才好呀。他为什么不硬打下去,尽管这么退呢?"

"你这话是一般人都在说的,但这是一相情愿的话。当初在道尔屯,钟斯通将军是耶稣救主,现在到垦泥曹山,他就做了卖国犹大了,这中间的转变就只有六个礼拜。可是,他如果能够重新把北佬赶退二十英里去,他就马上又做耶稣了。可是我的孩子,谢尔门的人比钟斯通多了一倍,他舍得拿起两个来拼你一个。至于钟斯通,他是一个人都牺牲不起的。他现在十分需要援军,可是能够得到什么呢?白狼州长的那些心肝肉儿,你想他们有什么用处?"

"自卫队真要给叫去了吗?还有警备队?我从来没有听见说过。你是怎么知道的?"

"现在有这种谣言。这谣言是从米拉吉尾尔来的火车上带来的。据说自卫队跟警备队都要开出去援助钟斯通将军了。白狼州长的宝贝弟兄们大概终于免不了要去闻闻火药味儿了。我想他们听见这消息,一定都要大大地吃惊。他们再想不到这项差事会派到他们身上来,白狼州长差不多曾经答应过他们不去的,这简直是跟他们开玩笑了。他们都自以为保过险,当初戴维斯要他们到弗吉尼亚去,白狼州长还坚决地拒绝,说他们要留着为本州自卫之用。谁想得到这仗会打到他们后院子里来,使得他们不得不出马自卫呢?"

"哦,你还笑得出来呢,你这狠心鬼!你想一想自卫队里那些老头儿跟小孩子吧!这么一来,连米家的小斐尔、梅家的老公公跟韩亨利伯伯都得去了呢!"

"我并不是说那些小孩子，也并不是说那些参加过墨西哥战争的老兵。我只是说像金卫理那样的勇敢青年，他们喜欢穿着漂亮的军服，舞着指挥刀——"

"那么你自己呢？"

"亲爱的，我自己是一点儿不要紧的！我不穿军服，也不舞指挥刀，联盟州的命运跟我一点儿不相干。而且我即使去加入自卫队，或是任何军队，我也不怕，因为我在西尖学得的军事知识，已够我这一辈子用的了……好吧，我是但愿老约将军成功的。现在李将军不能给他任何援军，因为北佬把他牵制在佛金泥，已使他无兵可拨。所以钟斯通所能得到的援军，就唯有佐治亚州的自卫队了。而且他是比较值得调用这支军队的，为的他是一个伟大的战略家，他往往能够比敌军先抢到一个据点。可是他为要保护铁路，实在是不能不退的。现在你要记得我的话，如果他再被敌军逼出了山区，退到附近这里的平原上来作战，那么他就要任人屠杀了。"

"附近这里？"思嘉喊道，"你总应该知道，北佬决不会跑得这么远的！"

"垦泥曹山离开这里不过二十二英里呢，而且我可以跟你赌咒——"

"瑞德，你看，那边那一大群人并不是士兵，是什么人呢？啊呀，是一群黑人呢！"

正说时，只见迎面掀起了一阵红尘，红尘里面传来了许多脚步踩踏的声音，以及一百多黑人乱七八糟唱着赞美诗的声音。瑞德将马车带到墙基石旁边煞住，思嘉便看见一群汗流浃背的黑人走近来了，人人都捎着铁锹铁铲，旁边率领的只有一个军官和一小队带着工程队肩章的士兵。

"到底怎么一回事？"她又问道。

然后她看见前列里面有一个口里唱着歌的黑大汉，身材足有六英尺半，浑身黑得像乌木，跑起路来活泼得像一头猛兽，露出一口白生生的牙齿，正领导着大家唱着一支《走啊摩西》。她心里想，除了她自己家里的工头大老三，世界上的黑人绝没有这么高的身材、这么大的声音的。但大老三这么老远地跑到这里来做什么？况且家里现在又没有监工，父亲全靠他做帮手的。

她为要看得仔细些，正从马车上抬起半个身子来，那黑大汉已经看见她，认出了，立刻咧开了一张黑笑脸。当即他站住了，丢了手里的铁锹，向她马车这边跑过来，一面对他身边的几个黑人叫道："我的天！这是思嘉小姐呢！来吧，阿利、使徒、先知，咱们的思嘉小姐呢！"

一时行列里起了混乱。大家都不知道怎么一回事，都一齐站住了咧起嘴来。

另外三个黑大汉也跟着大老三一同跑来。这一来,弄得那军官也莫名其妙,急忙大喊着追了上来。

"归队,归队!赶快归队,不然我就要——怎么,这是韩太太啊。早安,太太。早安,这位先生。你们二位是在这里做什么的,为什么要煽动队伍叛变?真是天晓得,这一个早晨我已经被他们麻烦够了呢!"

"哦,蓝队长,请你不要骂他们!他们是我自己家里人。这是大老三,我们的工头,这三个是阿利、使徒、先知,都是我们陶乐的。当然,他们得跟我说句话的。你们都好啊,孩子?"

她跟四个黑人一一握过手,那四个黑人能有这么一位漂亮的小姐给他们的同伴看,都觉得非常得意。

"你们这么老远从陶乐跑到这里来做什么?我猜你们一定是逃出来的。难道你们不怕巡逻队逮住你们吗?"

四个黑人以为小姐是跟他们开玩笑,都乐得大吼起来。

"逃走吗?"大老三答道,"不是的,小姐,俺不是逃走的。他们挑了俺四个来,为的俺四个个儿顶大,顶有气力。"说着,他的白牙齿得意地露了出来,"他们特别挑了俺,为的俺会唱。他们是甘扶澜老爷带来挑选的,小姐。"

"可是来做什么呢,大老三?"

"啊呀,思嘉小姐,您还没有听见说吗?俺来开沟的,开了沟,等北佬打到,咱们甘先生就有地方好躲了。"

思嘉听见他把壕沟当做躲人的地方,不觉哧的一声笑起来,连蓝队长跟白瑞德也几乎忍不住笑了。

"当然,俺老爷听说要把俺拿去,他差不多要晕倒了,他说没有俺,他那地方是弄不下去的。可是俺太太说啦:'带他走吧,甘先生。联盟州要用大老三,比这儿的事情要紧。'后来太太给俺一块钱,叫俺要听甘先生的吩咐,俺就来了。"

"到底是怎么一回事呢,蓝队长?"

"哦,这是极简单的。我们要多筑几英里路的壕沟,使得亚特兰大的防御更加巩固些。可是钟斯通将军那边分不出人来,因此我们不得不到各乡去挑一些精壮的黑人来干了。"

"可是——"

一阵寒冷的恐惧开始在思嘉胸口里搏动起来。多筑几英里壕沟!为什么要多筑几英里壕沟呢？去年一年之中，亚特兰大四周离开市中心约莫一英里的所在，已经筑起了一匝装置防御物的大土堆了。这些土堆都跟壕沟相通的，一英里又一英里，已经把整个城市完全围绕着。现在又要多筑壕沟了！

"可是——我们现在已经有了防御的东西，为什么还要多筑呢？我们现有的已经用不着了。当然，老约将军不会——"

"我们现在的防御线离开市中心不过一英里，"蓝队长简捷地说，"这太近了，使得我们感到不舒服——不安全。现在筑的要离开远些。你要知道，我们的人再要退却，就得退进亚特兰大来了。"

他这话刚说出口，看见思嘉吓得眼睛大大地张着，便立刻觉得懊悔了。

"可是，退却是当然不会再有的了，"他急忙补充道，"现在垦泥曹山四面的阵线是攻不破的。我们的炮台在山头顶，各路都可以打着，北佬是没有前进可能的。"

但是思嘉看见瑞德懒洋洋地向他瞪了一眼，他就把眼睛低垂下去了，因而她又大大地吃了一惊。他记得瑞德刚说过："如果他再被敌军逼出了山区，退到附近这里的平原上来作战，那么他就要任人屠杀了。"

"哦，队长，你以为——"

"怎么，当然不会的！你一点儿都不要着急，老约将军处处都会当心的。我们现在要多掘几条壕沟，也就为他太当心的缘故。……可是我得走了。刚才是幸运得很。……你们跟小姐告别一声吧，孩子们，咱们要走了。"

"再见吧，孩子们。你们到那边去，倘使有病，或是受伤，或是有什么苦痛，就通知我一声吧。我就住在那边桃树街尽头，差不多是最末了的那所房子。再等一会儿，"她摸了摸她的口袋，"哦，我身边一个钱都没有。瑞德，借点钱给我。喂，大老三，这你们拿去买点烟抽抽吧，你们要好好儿的，听蓝队长吩咐。"

乱了的行列重新整好了，随即又掀起了一阵红尘，大老三高声唱着歌儿走了。

"瑞德，刚才蓝队长是骗我的呢。他也跟旁的男人一样，怕我们女人听到真实消息要晕过去呢。哦，瑞德，假使没有什么危险，为什么他们又要新掘壕沟呢？难道军队里缺人缺到这样，竟要用到黑人吗？"

瑞德对马喀咯了一声。

"军队里人缺得很呢。要不然为什么召集自卫队呢？讲到掘壕沟，那是预备这里围城的时候用的。我看我们的将军是准备在这里作最后的抵抗了。"

"围城！哦，那么你赶快掉车，我要回去了，我要回陶乐去了。我这一刻儿就要去。"

"你发什么毛病了？"

"你不是说围城吗？我的天，围城我是听说过的！爸爸他见过围城，也许是爸爸的爸爸，爸爸对我说的……"

"是哪一次的围城？"

"是在特落吉黑达，就是克伦威尔打败爱尔兰人那一次，那时候他们什么都没有得吃，爸爸说饿死的人满街都是，后来猫跟耗子吃光了，连蟑螂都吃得干干净净了。爸爸还说竟有人吃人的事，可不晓得是真是假。又说克伦威尔把城占去的时候，城里所有女人都——啊呀！围城呢，我的天！"

"我看天底下的女人没有比你再糊涂的了。特落吉黑达的围城还是十六世纪的事，那时候郝先生离开出世还早得很呢！而且谢尔门也比不得克伦威尔。"

"不过他比克伦威尔还要坏！他们说——"

"讲到那些爱尔兰人在围城里吃的东西，照你这么说起来，其实也并不坏。依我个人说，近来我在旅馆里吃的那种东西，倒不如弄个肥肥胖胖的耗子来吃好。所以我很想回到里士满去。他们那边有好东西吃，只要你有钱。"说着，他的眼睛对她脸上的恐惧大大地讥讽一番。

思嘉被他看得难为情起来，只得替自己解嘲道："你要去就去好了，谁叫你赖在这里不走的？我看你这人专要舒服，专讲究吃，以及诸如此类的东西。"

"是的，我觉得要过快活的日子，就只有吃，以及——嗯，以及诸如此类的东西，"他说，"你说我赖在这里不走，那也有缘故，因为我在书里读到过许多围城攻城的故事，却没有亲身见识过，所以我要等在这里见识见识。我是非战斗员，没有妨碍的，而且我正要这种经验。思嘉，凡有新的经验可以得到，你千万不要放过它，这会使你的思想丰富起来的。"

"我的思想已经够丰富了。"

"这或许你有自知之明，但是照我说呢——这话可不客气了。而且我在这里，等到围城的时候或许可以救救你。我从来不曾救过一个落难的女子。这也将是我的一种新经验。"

她知道他是跟她开玩笑，但是仔细一听他的话，却又感觉到几分认真，她就把头一翘。

"我用不着你来救我。我是自己会照管的，谢谢你吧。"

"你不要说这种话,思嘉!你心里只管不妨这么想,但是千万不要对男人说出口来。他们北佬的女孩子就犯这种毛病。她们本来都是可爱的,可惜她们老是对人说,她们自己会照管、谢谢你一类的话。大部分呢,倒都说的是实话,因而男人真个让她们去照管自己了。"

"你这话说到哪里去了!"她冷然地说,因为她觉得人家拿北佬女孩子来比她,便是一种莫大的侮辱,"我相信你说的围城也是谎话。你知道北佬决不会打到亚特兰大来的。"

"我可以跟你打赌,他们一个月里边就要打到了。我拿一盒子糖果跟你赌——"他那乌溜溜的眼睛飘到她的嘴唇上,"跟你赌亲一个嘴。"

刹那之间,北佬打来的恐惧曾经抓住她的心,但是她一听见"亲嘴"两个字,立刻就把这恐惧忘记得无影无踪。这是她所熟稔的经验,比谈军事要有趣得多。她不由得要露出一个快乐的微笑来,好容易才把它熬住。自从瑞德送她那顶绿帽子的那一天起,他的一举一动都非常正经,从来没有露过一点可被解释为一个爱人的形迹。她虽然屡次尝试,却不能引他来作一次秘密的情谈,现在呢,她这边不曾有过一点儿挑逗,他又谈到亲嘴上去了。

"我不来跟你谈这种体己话。"她冷然地说,又故意皱起眉头来,"而且我宁可跟猪猡去亲嘴呢。"

"人的嗜好不同,倒也不必去计较,我常听说爱尔兰人对于猪猡的确特别有好感,晚上还放在床底下睡觉呢。可是,思嘉,我看你是很想要亲嘴的,这就是你的毛病。你所有的情人都太尊重你,我也不懂到底为什么,或者又过分地怕你,以至于都不能称心。结果呢,你是可怜得很。现在你正需要一个人来跟你亲嘴,而且需要那种善于亲嘴的人。"

这几句话又不符她的期望了。凡是她跟他一起谈话的时候,他没有一次能使她称心如意。他们每次谈话都像是决斗一般,结果总是她挫败。

"那么你当你自己是善于亲嘴的了,是不是?"她带着讥刺的语气说,一面勉强压住了心里的气愤。

"哦,是的,如果我肯费一点心的话,"他随随意意地说,"人家都说我亲嘴亲得很好的。"

"哦,"她觉得他要跟她亲嘴并非由自己的魅力所致,立即怒不可遏地喊嚷起来,"怎么,你……"但是她的眼睛突然垂下了。她忽然感到一种迷乱,因为她看见他虽然在笑,他那黑色眼睛的深处却有一点微光在略略闪动,跟一颗小小的火焰一般。

"自从我送帽那天跟你规规矩矩碰过一下嘴之后，我就一直没有尝试跟你再亲。当然，你心里是要疑惑——"

"不，我并没有——"

"那么你就不是一个聪明女子了，我实在遗憾得很。凡是真正聪明的女人，碰到男人不尝试跟她们亲嘴的时候，她们就一定要疑惑。她们明明并不愿意男人有这种尝试，而且男人真来尝试的时候，她们也要认为侮辱的，但是奇怪得很，若使男人一点不尝试，她们却又懊恼了。……好吧，亲爱的，你放心。过几天我一定要来跟你亲，而喜欢的。但是现在还没有到时候，所以我请求你不要太性急。"

她明明知道他是跟她开玩笑的，但是这样的玩笑照例要使她发起狂来，为的是他的戏言里面老是带着不少的真实。好吧，我认识你了！从今以后你再敢跟我来放肆一下，我就对你老实不客气了。

"请你把马掉转头好吗，白船长？我要回到医院里去了。"

"你真的要回医院里去吗，我的慈悲的天使？那么我的谈话还不如那些虱子烂肉了？好吧，你这双尊手既然要给我们的光荣主义去服务效劳，我怎么好耽搁你呢？"说着，他就掉转了马头，动身向五尖头那边去了。

"至于我不再尝试跟你亲嘴的缘故，"他又嬉皮笑脸地继续说下去，仿佛她并不会表示这番谈话已经结束了似的，"那是我要等着你再长大一点起来。你要知道，我现在跟你亲嘴，是没有多大好玩的，而我又自私自利得很，对于我自己没有乐趣的事情我就不干了。所以我从来没有想起跟小孩子去亲嘴过。"

说完他勉强忍住了笑，因为他从眼角里看见她的胸脯正带着沉默的愤怒在不住地起伏。

"同时，"他轻轻地继续道，"我也等着你对于那可敬的卫希礼的记忆减淡了些。"

她一经提起希礼的名字，心里突然通过了一阵剧痛，热泪突然从眼睑里冲出来。减淡吗？希礼的记忆是永远不能减淡的，哪怕他死了一千年也不会减淡的。她想起了希礼身上负着伤，躺在遥远的北军牢狱里，没有被头盖，没有爱他的人跟他握手，于是她对于坐在身边这个吃得饱饱的人发生憎恨了，她听出他那好整以暇的声音底下明明埋藏着嘲讽。

她气得连话都不能说了，他们默不作声地跑了一些时候。

"现在我对于你跟希礼的情形实际是什么都明白的了。"瑞德重复开言说,"自从十二根橡树看见你们演出那一出不很雅观的活剧,我一直睁着眼睛看,又看出了许多事情了。什么事情呢?哦,我看出你对于他仍旧怀着一种罗曼蒂克的女学生式的热情,他也尽他那高尚性格所能容受的程度回应着你。我又看出卫太太是什么都不知道的,你一直都对她玩着把戏儿。总之,我实际上是什么都了解的了,只有一件事还不能满足我的好奇心,究竟那个品格高尚的希礼是否也曾麻木起他那不朽的灵魂来跟你亲过嘴?"

一个坚固的沉默和一个朝开去的头,便是他所得到的答复。

"哦,好吧,那么他是亲过你的了。我猜是在他请例假回来的时候吧。那么,倘使他现在是死了,你心里也颇有可追念的了。但是这样的追念我包你是会过去的,那么到了你忘记他那一吻的时候,我就——"

她怒气冲冲地别转头来。

"你就——你就去上断头台去吧,"她咬牙切齿地说着,绿色的眼睛里冒出怒火来,"让我下车去吧,不然我就要跳下去了。从今以后我再跟你说句话,我就不是人!"

他停住了车,但是等不到他下车搀扶她,她已经自己跳下去了,她的长裙钩住了车轮,使得五尖头街上的人群都得观光一下她的小裙子和短裤子。瑞德急忙弯身下去替她解开来。她就一声不响地慌忙走了,连头也不回一回。这里瑞德轻轻笑了笑,也赶着车走自己的路去了。

第十八章

自从战争开始以来,现在亚特兰大第一次听见战斗的声音了。每天清早,当市声还没有起来的时候,总可以隐约听见垦泥曹山上的大炮声,遥远的,不清晰的,很容易误认是夏季的雷声。偶尔,就在日中车马喧嚣的时节,也可以分明听见轰然的巨响。人们尝试着不去听它,尝试着照常谈话、笑乐、做事,当做二十二英里路外并没有北佬在那里,但总有人一直竖着耳朵听。满城人的脸上都挂出心事来了,因为不管他们手里怎样地忙着,他们总是时时刻刻心惊肉跳的。炮声果然响起来了吗?或者只是他们以为响起来了呢?这一回钟斯通将军到底抵挡得住吗?

恐慌只剩一层薄皮的掩饰。因为自从开始退却的一天起,人们的神经就已一天紧张似一天,现在快要达到破裂之点了。人们仍旧不肯公然说出心里的恐惧,这是早已成了一种禁忌的,但是人人对于将军都公然加以批评,这便是那些神经紧张的一种表现。公众情感已经达到热病的高热。谢尔门已在亚特兰大门口了,再一个退却,联盟军就要退进城来了。

给我们一个不肯退却的将军吧!给我们一个能守能战的人吧!

当遥远的隆隆炮声不住传来的时候,本州自卫队和后方警备队都从亚特兰大开出去了,他们的任务是防守钟斯通将军背后乍达瑚支河上的桥梁和渡口。那天刚刚碰到一个黯淡阴沉的天气,正当他们从五尖头开出美立塔路去的当儿,天就下起蒙蒙细雨来了。全城的人都来替他们送行,以致桃树街两旁店铺的檐下都挤得实实的。大家目送着他们排队走过去,也想替他们喝几声彩。

那天思嘉和皮梅美白都是向医院里特别请了假来送行的,因为韩亨利和梅家老公公都在自卫队里面。当时她们跟米太太都挤在人丛里,踮着脚尖儿看着那个出发的行列。思嘉对于战事向来是乐观的,但是她看见这么一个老小不齐、分子庞杂的队伍打面前经过,也不免寒心起来。她想现在这些老头儿跟小孩子也要叫出去打仗,前方事情的紧急可想而知了!当然,这里面也有一些是年富力强的,他们都穿着交际队的漂亮军服,头上插着羽毛,腰上荡着飘带,打扮得花花公子一般。但大多数是白发老翁和乳臭孩子,使人看见了不由得心脏因怜悯和恐惧而紧缩。有些白胡子老头儿是比思嘉的父亲还老了,却也蹒蹒跚跚地在那蒙蒙细雨中,极力跟着那鼓笛的节奏开着步。梅老公公是在前列里,脖子上围着梅太太亲手打的一条围巾,一面为遮风,一面也为挡雨。他看见了美白她们在送他,便对她们咧了一咧嘴,大家也都对他甩着手帕儿,高声地喊着"再见",但是美白一把抓住思嘉的臂膀,低声对她说:"唉,这老头儿可怜呢!怕是一阵狂风暴雨就要送他的命了!他的腰痛——"

韩亨利伯伯走在梅老公公的后一排,把一件黑长褂子的领头翻起包住了耳朵,皮带上挂着两支墨西哥战争的手枪,手里提着一只绒毡袋。他旁边走着一个跟班的黑奴,年纪跟他自己一般老了,手里撑着把雨伞,将两个人一同遮着。跟这些老公公并肩而行的,便是一些年轻小伙子,看样子都还没有过十六岁。其中有许多是从学校里逃出来加入军队的,也偶尔看见有几个穿着武备学校见习兵的制服,头上戴着灰色的紧头便帽,上面的黑羽以及身上的白帆布紧身衣也已被雨滴淋得湿淋淋的了。米斐尔也在里边,得意扬扬地带着他亡兄留下的指挥刀和手枪,他的帽子一边插着威风凛凛的装饰。米太太脸上勉强装起了笑容,对他挥着手,但等他走过之后,她就将头伏在思嘉肩膀上,仿佛突然脱力了一般。

其中有许多是全然没有武装的,因为联盟州没有枪械也没有弹药可以发给他们。这一些人都希望着从被杀或被俘的北佬身上去获得装备。有许多靴筒里插着长弯刀,手里拿着头上装着尖镖的长杆子,名字叫做"白狼枪"。那些比较幸运的才有一支燧石机的老毛瑟,用带儿挂在肩膀上,皮带上挂着装火药的牛角儿。

原来钟斯通在此番退却途中已经丧失了一万人了。他正需要一万新军去补充。现在开去的这些人便是他的补充了。思嘉想起了这点,不由得不寒而栗。

随后是隆隆然的炮兵队来了,便见有几辆破烂的炮车打人群中拖泥带水地过去。思嘉瞥见一尊大炮旁边有一个黑人满脸正经地骑着一头骡子,仔细一看,便喊着道:"这是木士啊!这是希礼的勤务兵木士啊!他在这里做什么?"说着,她便从人堆中拼命地挤了出去,挤到一块墙基石旁边,大声叫道:"木士!站住!"

那黑人看见了她,便勒住缰绳,放出一个笑脸,预备跳下骡子来。旁边一个骑马的中士,浑身都被雨淋透了的,立即对他吆喝道:"不许下来,不听枪毙你!我们还要赶上山去呢!"

木士不知怎么办才好,看了看那中士,又看了看思嘉。思嘉踩过地上的烂泥，走到街心来，一把抓住木士的马镫索。

"哦，一会儿就行的，中士先生！你不必下来，木士。你在这里到底是做什么的？"

"俺又打仗去了，思嘉小姐。以前俺跟卫少爷，这回俺跟卫老爷了。"

"卫老爷！"思嘉被他说呆了，卫老爷是快七十了呢，"现在他在哪里？"

"在后边儿最末了一尊大炮旁边，思嘉小姐，还在后边儿！"

"对不起，女士。快走吧，孩子！"

思嘉呆着不动了，也忘记了整个脚踝都没在烂泥里了，只管眼巴巴地看着那些炮车蹒跚地过去。哦，这是不可以的，她想。决没有这种事！他太老了。而且他也不喜欢战争，跟希礼的态度一样的，这么想着，她才后退了几步，重新退到墙基石边去，对行列里经过的人一个个地注意看着。一会儿，那最后一尊大炮跟弹药箱车隆隆响地一路泼着泥水来了。果然，卫约翰也在那里，只见他那么瘦岩岩，身子笔挺的，银丝一般的头发粘在脖子上，从容不迫地骑在一匹草莓色的小雌马上面，那马一步一顿，战战兢兢地走过那些泥塘子，仿佛一个穿着缎子衣服的贵妇一样。怎么——那马就是乃骊呢！就是汤太太的那匹乃骊呢！就是汤芘莉太太平日的心肝宝贝肉呢！

卫先生一见思嘉站在烂泥里，便勒住了缰绳，笑嘻嘻地下了马，向她走来。

"我本希望能见到你的，思嘉。你家里人叫我带了许多口信来，可是现在没有时间多讲了。我们是今天早晨才召集的，可是他们立刻就逼着我们来了，你看见的。"

"哦，卫先生，"她拿住他的手，发狂似的叫道，"你不要去！你为什么一定要去呢？"

"哦，那么你是当我太老了！"他微笑道，这是希礼的微笑搬到他老脸上来的，"讲行军，也许我是太老了，不过骑马和射击我并不太老，而且汤太太好心得很，把她的乃骊借给我，因而我有好马可骑了。我只希望乃骊能够平平安安的，不然的话我就没有脸面回去见汤太太。现在他们家里也就只剩一匹乃骊了。"说着，他故意笑了起来，好叫思嘉不觉得害怕。"你的母亲、父亲跟妹妹们都好，他们叫我来看看你。你的父亲今天也几乎要跟我们一起来了呢！"

"哦，是的吗？"思嘉吓得大喊起来，"爸爸也要去吗？他没有打算去吧？"

"不，现在不去了，不过他是打算过去的。当然，他的膝踝头有麻痹病，是不能跑长路的，可是他一心要同我们骑马去。你母亲也赞成了，可是要他先试试跳篱笆看，跳得过才让去，因为你母亲知道在军队里骑马是不容易的。你父亲以为跳篱笆是他的拿手戏，这有什么难的？嗨，真是说也奇怪了！那匹马一跑到篱笆跟前，便突然站住了，将你父亲打它头顶心摔了下去！还亏得没有摔断脖子呢！你父亲脾气顶倔强，你知道的，他马上跳了起来要再试。嗨，思嘉，谁知他一连试了三次都不成，终于给你母亲跟阿宝抬上床去了。他心里还是不服，赌咒说你母亲在马耳朵里念过符咒的。实在他是吃不消猛烈工作了，思嘉。你也不必以此为羞耻。家里总也得有人替军队里种田的。"

思嘉并不以此为羞耻，倒是因此放下了一颗心。

"我已经把英弟跟蜜儿送到梅肯柏家去了，郝先生现在除了陶乐的事情，还得照顾十二根橡树。……我得走了，亲爱的。让我亲亲你的脸吧。"

思嘉抬起嘴唇让他亲，喉咙里感到一阵的梗痛。她是极喜欢卫先生的。从前有一个时候，她还曾经希望做他的儿媳妇呢。

"你还得替我带一个嘴给白蝶，带一个嘴给媚兰。"说着，他又轻轻地亲了两下，"媚兰好吗？"

"她好。"

"哦，"他的眼睛看着她，但是看穿了她，看过了她，也像希礼那么看到另外一个世界里去了，"我要能见见孙子就好了。再见吧，亲爱的。"

他跳上了乃骊，缓缓地骑去了，帽子还拿在手里，让银丝般的头发淋着雨。思嘉还没有能把握他最后这句话的意义，便回到梅美白跟米太太那边去了。但是过不多会儿，便有一种迷信的恐惧掠过她的心，她便觉得他这话里含着不祥的预兆，不由得暗暗祷告起来。

从道尔屯退到垦泥曹山，是五月初头直到六月中旬的事。当六月的多雨期中，谢尔门并不能把联盟军赶出那峻峭而滑溜的山坡去，于是希望又抬起头来了。人人又都高兴了，把钟斯通将军也讲得比较好了。直至多雨的六月度入了更多雨的七月一段期间，联盟军在那些居高临下的壕沟里拼命抗拒，竟使谢尔门仍旧不能越雷池一步，于是亚特兰大人居然兴高采烈了。希望像香槟酒一般麻醉了大家的头脑。哈啦！哈啦！我们挡住他们了！随即便爆发了一阵大宴会和跳舞会。凡是前线的人回到城里来过夜，总都要大张筵宴地款待他们，宴后又必继之以跳舞，而每次参加的女士总比男人多到十倍的数目，因而都要拼命地抢着男人。

这时亚特兰大愈加热闹了，有的是游客，有的是难民，有的是医院里伤兵的家属。又有些母亲和妻子，因自己的儿子或是丈夫在山上打仗，怕一时受伤回来没有人照顾，预先到这里来等着的。此外还有大批的青年美女，从各城市麇集到这里来。因为在她们本地，所有留下的男人都只有十六岁以下、六十岁以上的了。白蝶姑妈对于这一批人心里大不以为然，因为她知道她们到亚特兰大来并没有别的理由，完全是为找丈夫，这样的不知羞耻，使她竟起人间何世之感了。同时，思嘉也不赞成她们。她并不是怕那些十六七岁的大姑娘衣服穿得好，自己赛不过她们。不的，她们穿的也是改了又改的衣裳，补了又补的鞋子。思嘉自己倒不然，她有白瑞德供给她材料，身上穿的比她们都漂亮得多，也新得多。不过那些十六七岁的女孩子面孔是粉嫩的，笑起来是迷人的，身上再穿得坏些也不妨，她呢，到底是十九岁了，而他们男人家偏是喜欢这种没头没脑的小狐狸精的。

总之，她觉得一个有了孩子的寡妇要跟那些妖魔鬼怪的狐狸精去拼，到底是不利的。但是在近来这种十分兴奋的日子，她觉得她的寡妇身份和母亲身份，已经不像从前那么难堪了。她日里是看护忙，夜里是跳舞忙，中间并没有余闲可以看顾她的小卫德。有时候，她竟可以完全忘记自己是有孩子的。

在这些暖热潮湿的夏夜里，亚特兰大的每家人家对于那些防卫本城的士兵都是开放的。从华盛顿街直到桃树街的大房子里，每夜都亮着璀璨的华灯，在那里招待那些新从壕沟里回来的满身泥污的战士。那悠扬的琴声，跳舞的步声，乃至欢乐的笑声，在夜空中远远地飘出。在这样的宴会里，男的女的往往是一见钟情，立即做成了眷属。……是的，那边二十二英里路外钟斯通将军挡住北军了，这里亚特兰大人便欢天喜地地大行庆祝了。

的确，垦泥曹山周围的阵线是攻打不破的。经过了二十五天的战斗之后，连谢尔门将军自己也相信了，因为他所受的损失极大，于是他便不再作正面攻击，却将队伍列成一个大圆环，尝试截入垦泥曹山和亚特兰大之间的地段。这个战略又马上奏了效，钟斯通又不得不放弃山区，以期保护后方了。这一战他已丧失了三分之一的人，其余三分之二只得在大雨里踽蹒着向乍达瑚支河方面退却。这时联盟军已经没有得到援军的希望，北军则已把田纳西以南直至战线的铁路都在掌握之中，新的军队和新的供给可以逐日源源不绝地运来。

这一凶耗传到亚特兰大，亚特兰大便又扫过了一阵恐怖。在过去二十五天狂欢的日子里面，人人都彼此相告、彼此担保，这样的事情是决然不会发生的。现在这样的事情终于发生了！但是大家仍有一线希望，以为钟斯通将军总能在乍达瑚支河的对岸抵抗，不会让敌军渡过河来的。其实是天晓得！这条乍达瑚支河离开亚特兰大只有七英里路了呢！

谁知谢尔门从上游渡过了河，又来了个包抄，于是那灰色阵线不得不也慌忙渡过那条黄泥水，再向亚特兰大方面退却。及退到城北桃树溪流域，才匆匆地掘起战壕来。于是亚特兰大人大惊失色了。

打了一阵退一程！打了一阵退一程！每退一程就离亚特兰大近一步。桃树溪是离城只有五英里了！这位将军到底是干什么的呢？

"给我们一个能守能战的人"的呼声已经深入了里士满了。里士满知道亚特兰大一失，这战争便全盘都失，于是渡过乍达瑚支河之后，钟斯通将军便被撤了总指挥之职。承继他的是他部下的一个军长胡突将军。亚特兰大人听见这消息，才稍稍松了一口气。他们相信胡突是不肯退却的，他向来享有猛犬的名声。他一定会从桃树溪将北佬打回去，打回到乍达瑚支河，然后一步步一直打到道尔屯为止。然而军队里面却在大喊："还我们的老约将军来！"因为他们跟着老约将军一直从道尔屯转战一百英里，老约将军身遭种种不利的形势，市民们不知，他们是深知的。

谢尔门不容胡突有从容布置的时间，便在联盟军撤换指挥的那一天，乘其不备地向亚特兰大北六英里的得揆忒小镇来了一个猛扑。得揆忒当即陷于敌手，而铁路线也就在那里被切断了。这条铁路是亚特兰大跟奥加斯大、查尔斯顿、威尔明顿、弗吉尼亚等处联络的要道，关系非常重大，所以得揆忒之失，实是谢尔门给予联盟军的一下致命打击。于是积极行动的时间到了！亚特兰大在高喊着积极行动了！

直至七月某一酷热的下午，亚特兰大人总算达到他们的愿望了。胡突将军不但是能战能守，并且命令他的人一齐跳出了壕沟，向桃树溪上那条人数比自己多到一倍以上的蓝色阵线作一个猛烈的突击。

这时亚特兰大人正在替胡突将军默默祷告，忽听得炮声枪声杂然并作，虽然战场离开市中心还有五英里路，却响得仿佛就在邻街作战一般。同时又看见一阵阵的白烟冲起，仿佛树顶挂着一朵朵云团似的。但是这样一连打了几小时，他们却还不知道到底是谁胜谁败。

直到傍晚时分，才有第一道消息传到，但那消息是不确定的、自相矛盾的，同时又是使人吃惊的。因为带那消息来的人，便是那些最初接触时就受了伤的伤兵，这些伤兵来的时候，有独行的，也有成群结队、由轻伤者搀扶着重伤者而来的。不久之后，他们的踪迹就绵延不断了，他们的面孔都已给火药、灰尘、汗水涂得跟黑人一样了。身上的伤口都没有包扎，一路鲜血淋漓地滴来，成群结队的苍蝇一路簇拥着他们。

白蝶家里是从城北进城的第一家人家，因而不断有人蹒跚进大门，一滚身倒在那碧绿的草地上，便大声哼了起来：

"水！"

那一个火热的下午，白蝶姑妈跟她一家人，无论黑的白的，都拿着一桶桶的水、一捆捆的绷带，站在太阳底下，一勺勺地舀水给他们喝，替他们裹伤，直至绷带裹完了，继之以扯破的被单、擦脸的手巾，也都用得干干净净。白蝶姑妈向来是看见血就要晕的，现在忘记这种脾气了，也跟着大家一起奔忙，直至一双小脚儿在那过紧的鞋子里肿胀得再也支持不住为止。甚至媚兰挺着一个大肚皮，也顾不得羞耻了，跟着百利子、阿妈、思嘉三个人一同狂热地工作，她的面孔跟那些伤兵一样的紧张。后来她终于晕过去了，便已没有地方可躺，只得把她放在厨房里的桌子上，因为家里所有的床榻、椅子、沙发，都已给伤兵占去了。

在这忙乱之中，小卫德是早已被人忘记的，他独个人蹲在前廊在栏杆背后窥看着草地上的情景，如同一只关在笼里受惊的野兔一般，眼睛大大地睁着，啜着一个大拇指头，不住地打着呃。思嘉偶尔瞥见他，便对他厉声叫道："到后院子玩去，韩卫德！"但是他早已吓昏了，又舍不得面前那一片疯狂的景象，竟不理母亲的话。

草地上横七竖八地躺满人，都已疲倦到不能再走，受伤到难以动弹的。后来彼得伯伯只得拿自己的马车将他们运送到医院里去，运了一程又一程，弄得那匹马也精疲力竭。于是米太太跟梅太太都放马车来接了，但是一时仍旧运不清。

到了傍晚时分，便见连串不断的救护车隆隆地从前线开来了。此外还有差委队里的运货车，上面盖着满是污泥的帆布，还有农场上的大车、牛车，乃至被军医队征用的私人马车。这些车辆里面都满载着受伤的和垂死的人，一路淋漓着鲜血，颠簸着打白蝶姑妈的门口经过。他们看见路旁有拿着水桶木勺的女人，便都停住了，众口一声地喊出：

"水！"

思嘉跑上前去捧着那些伤兵的头，使他们的焦灼嘴唇可以得到一点清凉的水，又把整桶的水浇上那些满是灰尘的发烧的身体，浇进那些口一般开着的伤口，使他们可以得到暂时的舒适。她又踮着脚尖，将一勺勺的水送给那些赶车

人，一面提心吊胆地问道："什么消息？什么消息？"

大家回答的总不外是："还没有确信呢，女士。现在还说不定的。"

夜来了，是酷热的。空气一点都不动，街上来往的黑人手里擎着松枝的火把，就越发觉得热了。灰尘塞满了思嘉的鼻孔，灼干了思嘉的嘴唇，她身上穿的一件麻纱衣裳，是那天早晨才洗过浆过的，现在已经满是血迹、龌龊和汗水了。她记得希礼信中曾说，战争并不是光荣，却是龌龊和苦恼，大概就是这个意思了。

因为疲倦了，眼前的全部景象都染上了一种非真实的梦魇气氛了。这决不能是真实的——如果是真实的话，那么世界已经是发疯了。但若说是不真实，她却又明明站在白蝶姑妈的前院里，将一桶桶的水在这里浇人！而且这一些人里面，多数是她认识的，多数是跟她谈过天、跳过舞，甚至于调笑过追求过她的。

后来她在一辆牛车上发现了阿凯利队长，见他头部中了一颗弹，已经剩下一口气了。她想把他抬下来，但是当时他身上压着六个其他的伤兵，没法可将他抽出，只得随他到医院去了。后来听说他一到医院，等不到医生来看就断了气。其实像这样死去的人，这一个月里面不知有多少。所以奥克兰公墓地上已添了无数个土馒头了。思嘉认为遗憾的只是阿凯利队长死时没有留下一绺头发来给他的母亲。

夜渐渐地深了，就只剩思嘉和百利子两个人在那里工作。她们的背已经酸了，腿已经抖了，但是仍旧向门口经过的人逐一地喊问："什么消息？什么消息？"

直至过了许久，她们方才得到确实的答复，顿时便吓得铁青了面孔，彼此面面相觑起来。

"我们退了。""我们不能不退了。""他们比我们多几千人呢。""北佬把韦乐儿的骑兵队在得揆忒附近截住了。我们得有援军去才好。""我们马上就要退到城里来了。"

思嘉和百利子互相搀扶着以防跌倒。

"难道——难道北佬儿要来了吗？"

"是的，女士，他们就要打来了，可是他们不能深入的。""不要害怕，小姐，亚特兰大是他们拿不去的。""不，太太，我们这里周围有一百万英里的防御线呢。""我亲耳听见老约将军说的：'我要永远守住亚特兰大。'""可是我们现在不是老约将军了呢。我们现在是——""你住嘴吧，你这傻子！你要吓唬女人做什么？""北佬是永远拿不到这个地方的，太太。""你们女士们干吗不到梅肯或是旁的安全地方去避一避呢？那边有你们的亲戚吗？""北佬是拿不到亚特兰大的，可是他们在打的时候，对于你们女士们总有点不大顺当的。""怕是要拿大炮轰的呢。"

第二天下着蒸热的雨，败兵就成千成千地拥进亚特兰大来了。这些人经过七十多天的苦战和退却，都已饥饿憔悴得不成人形，他们的马饿得跟稻草扎的一般，他们的大炮和弹药箱都已经七零八落，拿些绳儿索儿勉强捆扎在一起。但是他们的秩序并不紊乱，看不出一点溃逃的样子，他们的行列仍旧十分整齐，身上虽然已褴褛不堪，还是意气很盛地将那破碎的红旗擎得高高，在大雨里飘扬着。这种有秩序的退却，他们是在老约将军手下训练起来的，因为老约将军向来对退却和前进一样重视。当那个有胡子的褴褛行列走过桃树街时，大家齐声唱着《马里兰我的马里兰》。这时全城的人都出来欢迎他们了。因为无论是战胜战败，他们究属自己方面的勇士。

那些警备队的队员出去才不过几天，去时身上都穿得非常漂亮，现在已跟那些久战的士兵分辨不出了，也已经满身污秽憔悴不堪了。他们眼睛里显出一种从来未有的神情。因为三年以来，他们一直都在替自己辩解不参加前线的理由，现在这事已成陈迹了。他们已将后方的安逸换了前线的辛劳，还有许多竟将舒适的偷生换了霎时的凶死了。现在他们也成了老兵，虽然战阵并未久经，其为老兵则一，这在他们实在是大大上算的。现在他们在人丛中搜寻着朋友们的脸，对他们骄傲而强硬地瞪视着。因为现在他们已经可以抬头了。

自卫队里的老头儿和小孩子过去了，那些白胡子的老翁已经累得脚都抬不起了，小孩子们则因过早遭遇到成年人的灾难，也都未老先衰了。思嘉一眼瞥见米斐尔，简直不认得他了，他的面孔已给火药和污泥涂得漆黑，他的神气已经憔悴得不成人形。随后亨利伯伯也跛着脚走来了，他头上没有帽子，只把一条油布穿着个洞儿套在头顶上挡着雨。梅老公公是坐在一辆炮车上回来的，他的光着的脚上裹着一些破布条。但是她搜寻了半天，也看不见卫约翰的一点影子。

至于原属钟斯通部下的那些真正的老兵，却仍走着那种三年以来始终不懈的步子，依然还有富余的精力，向着美貌的女孩子们咧咧嘴、摆摆手，向着不穿军服的男人们抛去粗鲁的讥嘲。现在他们又要到那些环城的战壕里去了——这些战壕并不是浅陋的，并不是匆促开成的，却都有齐胸的深度，又都有沙袋和木桩加强它们的力量。像这样的深沟高垒，在城的四周绵延不断地围绕着，正等待着那些久经战阵的勇士去充实它们。

当时那夹道的群众对他们高声喝着彩，仿佛他们是凯旋一样。群众心里固然也怀着惴惴的恐惧，但现在他们已经明白实情了，知道最恶劣的一幕已经开演了，战争已经移到他们的前院里来了，因而城里全然换过了一个局面。现在人们心里已没有恐慌，也没有癫痫。大家内心虽怀着深忧，却都不肯表现在脸上，大家都勉强装着高兴的样子，又装得很勇敢，很信任军队的样子。大家都在默默背诵老约将军未卸任时说的那句话："我要永远守住亚特兰大。"

现在胡突将军仍旧不能不退却，便有很多的人跟那些士兵一样盼望老约将军回来了，但是这样的愿望也终不敢说出口，只能拿他那一句话背诵着壮壮胆儿：

"我要永远守住亚特兰大！"

钟斯通将军那种谨慎的战略，胡突将军一概都不用。他攻打了北军的东边，又攻打了北军的西边。谢尔门则绕着城一路试探着，就如一个角力家尝试在对手的身上寻出一个新的着手点一般，但是胡突不让他的士兵蹲在壕沟里等着敌人来打。他要勇敢地迎上前去，猛烈地扑上前去。因此这几天里面，亚特兰大跟厄兹拉礼拜堂两方面都不住地发生猛烈的战斗，回顾当初桃树溪上的战役，简直只算得小接触了。

然而那打不完的北军，打退了又会重新拥上来。他们确曾受到重大的损失，但是他们吃得起损失。同时，他们的炮队又不断向亚特兰大城里轰击，炸死了住在家里的人，击开了房子的屋顶。因此城里的居民都得避到地窖里、地洞里，以及沿着铁道临时开成的浅沟里。这样，亚特兰大是被围攻了。

自从胡突将军接任总指挥起，至今不过十一日，但这十一日里丧失的人数，已经跟钟斯通将军七十四日战斗和退却所丧失的人数相等了。而现在亚特兰大已经是三面受敌。

从亚特兰大到田纳西的铁路现在已经全线都在谢尔门手中。他的军队已经越过铁路以东，而且从亚特兰大西南到阿拉巴马去的一线也已被他截断了。只有向南到梅肯和萨凡纳去的一线还是通的。现在亚特兰大城里站满了士兵，挤满了伤兵，塞满了难民，单有这一条铁路当然无论如何是不敷应用的。但是这条铁路能不失一天，亚特兰大就能多维持一天。

思嘉一旦明白了这条铁路关系如此的重要，心里就大大惊吓起来，她知道谢尔门一定要拼命将它夺取，而胡突将军也一定要拼命将它守牢的。因此这条路上难免要有一场大血战。这条铁路是通过琼斯博罗的，而陶乐离开琼斯博罗只有五英里呢！拿陶乐跟现在的亚特兰大相比，当然要算是世外桃源，但是陶乐离开琼斯博罗不过五英里！

亚特兰大开战的第一日，城里的妇女还都爬到屋顶上去看，但是一经看见炮弹落到了街心，大家就都躲到地窖里去不敢出来了。当天夜里，妇孺和老人的避难旅行就已发动。他们的目的地是梅肯，其实其中有许多人一路跟着钟斯通从道尔屯退却下来，现在已经转过五六个地方了，现在他们的行李已经比来时减轻许多。大多数人都只拎着一只手提包，以及一个小小的食物包。偶尔可以看见一些惊惶的仆人手里拿着茶壶、刀叉，乃至祖宗的遗像。

梅太太跟艾太太都不肯逃，说是医院里少不了她们，又说她们并不怕，即使北佬来了也不敢把她们赶出去的。但是美白带了她的孩子，跟艾芬妮都逃到梅肯去了。米医生也叫米太太搭火车走，她却不肯，这是她从结婚以来初次违拗丈夫的命令。她说她是走不成的，米医生得她帮忙。而且斐尔还在壕沟里作战，她也得等在那里以防万一。

但是惠太太走了，还有思嘉平日往来的其他许多太太也都走了。白蝶姑妈是首先反对老约将军的退却政策的，现在她却首先收拾起行李来。她说她的神经很纤弱，经不起那些大炮的轰响。她怕听见一下轰炸的声音就要晕过去，以至于来不及避入地窖。总之，她并不是为了害怕才走的。但是她要走了，她要到梅肯去，到她的表姊柏老太太那里去，并且叫思嘉和媚兰也跟她去。

思嘉却不愿意到梅肯。她在这里虽然怕大炮，但是她对于那位柏太太是恨入骨髓的，宁可死在亚特兰大，也不到梅肯去。因为几年之前，在卫家的一次宴会上，柏太太因看见了思嘉跟她的儿子卫理亲嘴，便对人说思嘉"骚"，思嘉至今还牢牢记着。当即她对白蝶姑妈说："我要回到陶乐去，让媚兰跟你到梅肯去吧。"

媚兰听见这话，立刻吓得哭起来。白蝶走开差人去请米医生，她便抓住思嘉的手，向她哀求：

"亲爱的，你不要丢了我到陶乐去。我没有你太寂寞了。哦，思嘉，请你想想看，等到孩子要来的时候，我怎么好没有你在身边呢？不错，我还有白蝶姑妈，而且她对我也很好。可是到底她自己没有养过孩子，而且她有时候反要把我弄得着慌起来。请你无论如何不要丢开我，亲爱的。你跟我是自己亲姊妹一般的，而且——"她黯然一笑，"希礼临走时曾经告诉我，说要托你照顾我，你是答应过他的。"

思嘉怀着满肚的疑惑瞪视着她，她觉得自己对于媚兰的厌恶已经深切到几乎无可掩饰。媚兰为什么还能够这样地爱她呢？而且媚兰何至于如此之蠢，竟会猜不出她暗中在爱希礼呢？这几个月以来，她因得不到希礼的消息，不知有多少次曾经把焦急的情绪分明流露出来，但是媚兰一点儿没有看出。为什么她对于她所爱的人，就只能看见好处看不见坏处的呢？……不错，她是答应过希礼照顾媚兰的。啊，希礼！希礼！你一定是死了，死了许多月了，所以你现在要我践约，使我心里自然觉得不能背约了！

"好吧，"她简捷地说，"我确是答应过他的，那么我不回去就是了。但是我不愿到梅肯去跟柏家那个老猫蹲在一起。我是不到五分钟就会抓出她的眼珠子来的。我要到陶乐去，你可以跟我同去。母亲一定很高兴你同去的。"

"哦，那是我极高兴的！你的母亲非常的可爱。但是我养孩子的时候，若不在姑妈面前，姑妈死也不肯的。若是叫她也到陶乐去，我知道她一定不肯去。陶乐跟打仗的地方离开太近了，姑妈是要安全的。"

米医生见白蝶差人去请，以为至少是媚兰小产了，气急败坏地跑了来。直到问明了原委，他便三言两语地把事情决断下来，不容别人再有辩论的余地。

"媚兰姑娘是绝对不能到梅肯去的，她要动一动，我就概不负责了。火车上拥挤得很，开车的时候也靠不住，如果车辆要拿去装伤兵或是运兵运军械的话，那是随时都可以停下来，把乘客赶到树林里去的。在你这种状况——"

"可是我如果跟思嘉到陶乐去——"

"我跟你说过我不让你动啊。到陶乐去的火车就是到梅肯去的火车，情形还不是一样的？而且，现在没有一个人知道北佬到底在哪里，只晓得他们到处都是了。你们的火车也许会被敌人俘获的。而且即使你平安到了琼斯博罗，琼斯博罗到陶乐也还有足足五英里不平的道路，那是像你这种纤弱的女人无论如何不能走的。何况自从老方医生去从军之后，那个区里已经没有一个医生了。"

"不过收生婆是有的——"

"我是说没有医生，"他锋利地说着，不觉眼睛将她那纤弱的躯体上下打量一番，"我不要你动。这也许要发生危险的。你总不愿意在火车上或是马车上养出孩子来吧，是不是？"

这几句话讲得这般直率，便使得那两个女人红起脸来，默默不响了。

"你必须待在这里,使我照顾得着,并且必须一直蹲在床上,千万不要在楼梯上或是地窖里只管跑上跑落。哪怕炮弹打到你窗口来,你也不要动。其实这里是没有多大危险的,我们马上就要把北佬打回去了。现在,白蝶小姐,你自己到梅肯去,让她们两个留在这里吧。"

"可以没有人监护吗?"白蝶惊愕地嚷道。

"她们是少奶奶了,"米医生暴躁地说,"而且米太太跟这里只隔三家人家。现在媚兰这么个样子,她们也不见得会让男客到家里来的。哎哟,白蝶小姐!现在是打仗的时期呢,我们拘不得什么礼节了。我们得替媚兰姑娘着想,才是道理。"

说完,他就踱出房间,走到前廊上,在那里等着思嘉。

"我得跟你坦白谈一谈,思嘉姑娘,"他抓着他的灰白胡子开始说,"我看你是个具有常识的青年女子,所以你用不着对我红脸。以后我再不愿听到媚兰说走的话了。她要走,路上到底吃不吃得消,那是很可怀疑的。因为她即使经过良好,怕也不免要难产——她的臀部狭得很,你看见的,将来恐怕得用手术夹出来,所以我不愿那种无知无识的收生婆给她乱动手。其实像她这样的女人根本就不应该养孩子,但是——你无论如何把白蝶姑妈的行李收拾好,让她到梅肯去吧,她在这里要吓着的,那时把媚兰弄得心乱了反倒要碍事。不过,你,姑娘。"他拿锋利的眼光瞪住她看,"我不愿听见你再说回去了。你得待在这里,等媚兰养过孩子再说。你不害怕吧,是不是?"

"哦,不!"思嘉外强中干地说了一个谎。

"那才是个勇敢的女孩子。你若是要人保护,米太太会得供给你的。如果白蝶小姐要把佣人都带走的话,我叫我家的老贝姐来替你们做饭。我看媚兰养的日子也不会久了,照理应该还有五个礼拜。但是头产是谁都说不准的,何况大炮天天这么地轰着。她是随时都可能养的。"

于是白蝶姑妈眼泪淋漓地到梅肯去了,把彼得伯伯跟阿妈也都带走了。她的马车和马,她突然发了一阵爱国心,都捐给医院里去,但是马上就懊恼起来,因而又淌了许多眼泪。于是思嘉、媚兰两个单独被撇在家里,陪伴她们的只有小卫德跟百利子,家里顿时清静了,虽有大炮之声继续不停地轰着。

第十九章

当亚特兰大被围攻的开头几天，北军对本城的防御线到处轰着，时时都有炸弹落进城里来，把个思嘉吓得一直拘挛着蹲在地上，双手紧捂着耳朵，生怕随时随刻都可以把她炸到那万劫不复的地方去。每次大轰炸要来的时候，总先有一阵尖厉的啸声，思嘉一听见这种预告，就要急忙奔到媚兰房里去，跳上床跟她紧紧地搂着，将头拼命往枕头里钻，口里不住"哦！哦"地喊着。百利子跟卫德总跑到地窖里，在那蛛网蒙茸的黑暗里蹲着，百利子直着喉咙不住地尖叫，卫德呜呜地哭着，嗝嗝地打着呃。

在这样的时候，思嘉给枕头闷得转不过气来，便要在心里暗暗诅咒媚兰，因为若不是为媚兰，她就可以躲到楼下比较安全的地方去了。但是医生不许媚兰跑楼梯，思嘉非上楼来陪伴她不可。而且思嘉一面既要怕大炮，一面又怕媚兰养孩子的时候要到来。她一想到这件事，便要浑身冒大汗。倘使孩子真要来了，叫她怎么办呢？她想到那时候，头顶的炮弹像急雨一般下着，她怎么好出去找医生呢？哪怕媚兰死了也不能去的！她又知道那个百利子胆子比她还小，你就是打死她，她也决不肯出去冒险。那么叫她怎么办呢？

有一天晚上，她跟百利子在给媚兰预备晚饭的时候，把这件事跟她商量起来，谁知出人意料的，百利子只几句话儿，就把她一肚子的恐惧都平下去了。

"思嘉小姐，等到那时候，咱们如果不能出去找医生，您也用不着操心。俺会弄的。养孩子的事儿俺都知道。俺妈不是收生婆吗？她不是叫俺也学收生婆的吗？您放心，统统交给俺好啦。"

思嘉知道身边有了在行人，这才松了一口气，但是她仍旧巴不得这个难关早些渡过去。她急急乎要躲开这些轰炸的大炮，急急乎要回到清静的陶乐去，因而每天晚上都在祈祷孩子早些来，使她可以摆脱那个约诺的束缚而离开亚特兰大。她现在觉得陶乐十分地安全，远远地离开这一些苦恼。

思嘉现在的想家、想母亲，是有生以来未有的。她仿佛一到母亲的身边，就不管怎样天大的事都可以不怕似的。每天夜里她听完了一天的啸声和轰声而上床去睡觉的时候，她总要下一个坚强的决心，第二天早晨一定要告诉媚兰，说她在亚特兰大一天也不能再待了，她立刻要回陶乐去，因而媚兰不能不搬到米太太家里去住。但是等她将头放落枕头上后，她就一定要记起希礼临走时的那张面孔来，那时他心里虽然十分地苦痛，嘴上却是笑嘻嘻地对着她，并且记得他对她说道："你是肯照顾媚兰的，是不是？你的身体很强壮。……你答应我吧！"而她当即答应了。现在希礼不知是死在什么地方了，但他不论在哪里，他总一直在监督她，不许她违背当初的约诺的。所以，无论希礼是死是活，也无论她做着多大的牺牲，她都决不能背约。于是，她就一日复一日地拖延下去了。

她母亲也屡次写信来催她回去，她的回信总把这里围攻的危险竭力掩饰，又说明了媚兰怎样怎样地离不开她，并且答应母亲，一经孩子养下来，她就立刻回去。她母亲对于亲戚本家的感情向来极厚，既然知道她有这种情形，只得写信表示同意，不过要百利子带同卫德即刻就回去。这个提议百利子当然是完全赞成的，因为近来她听见那种突如其来的声响，马上就要吓得两排牙齿不住打战儿。她一天总有大半天蹲在地窖里，还亏得米太太派来的那老贝姐，否则思嘉简直弄得没法了。

思嘉跟她母亲的意见一样，也急于要使卫德离开亚特兰大，倒并不是单单为他的安全着想，是因看见他害怕，更要觉得心烦的缘故。卫德每次听见炮声，总要吓得一声都不响，并且虽在炮声停顿的时候，也一直要抓住思嘉的衣襟，连哭都不敢哭。夜里他不肯上床睡觉，因为他一来怕黑，二来怕睡着了北佬要来拿他去。直到睡着了，便又要从梦中呜呜哭起来，把个思嘉哭得汗毛直竖。当然，思嘉自己也是跟他一样害怕的，但是看见他那张一直紧张的面孔，总觉得十分烦恼，仿佛他不应该常常惹起自己的害怕似的。总之，卫德确是到陶乐去住比较相宜。她想叫百利子送他回去，立即就赶回来，总还赶得及媚兰的生产。

谁知等不到思嘉打发他们动身，便已有消息传到，说北佬已经转到南方来，现在两军正在亚特兰大跟琼斯博罗之间的铁路线上接触。倘使他们去了，恰巧那一列车被北佬俘获去呢——想到这一层，思嘉跟媚兰立即都面孔变得雪白，因为人人知道北佬对孩子们的残暴，是比对妇女还要厉害的。因此，她不敢放卫德去了，卫德就仍旧留在亚特兰大，像个受了惊吓的小鬼，顷刻不离地躲在她母亲的衣裙里。

围攻在酷热的七月里进行着，每天白昼是不断的隆隆炮声，夜里是阴郁险恶的岑寂，人们对这环境渐渐习惯了，也就渐渐地对它适应起来。所以不久之后，大家都仿佛觉得事情已经到了最恶劣的境地了。不能有比这再可怕的了。他们一直都在怕围攻，现在居然受到围攻了，却也不见得怎样可怕。生活还是能够照常过的。他们也明明知道自己是坐在火山口上，但是不到那火山爆发的时候，他们是一点儿办法没有的。那么现在为什么要空担愁恼呢？大概这块火山到底是不会爆发的。你看胡突将军打得多么好，竟使北佬不能进城了！而且我们的骑兵队多么厉害，竟把那条到梅肯去的铁路牢牢守住了！谢尔门是始终拿不去的了！

然而他们表面上虽然这么自安自慰，装做若无其事的样子，实底里却是一直存着一种朝不保夕的心情。

思嘉见朋友们的脸上渐渐减少恐惧的神色，自己便也渐渐胆壮起来，为的一个人对于恶劣环境既然无力去改变，便只得勉强去忍受，直至忍受惯了，就自然而然能够适应了。现在她听见那种轰然爆炸的声音，当然也还是不由得要跳起来的，但是不像从前那么狂奔尖叫地直往媚兰枕头里钻了。有时她听见一声特别的巨响，竟能大张着嘴从容地说道："啊呀，这一个近得很了，是不是？"

她的恐慌所以逐渐地减少，还有别的一个原因，那是因她现在的生活已经染上了梦寐的性质，这一个梦因为过分可怕了，所以觉得它不像真实了。现在她郝思嘉处于这样为难的境地，竟至于随时随刻都有遭死的危险，这难道是可能的吗？她的生活本来过得很平静，现在不过一会儿工夫，竟完全改了样儿，这难道又是可能的吗？

每天清早的时节，天上本来是一碧无云的，但是不多会儿之后，那些大炮的浓烟就像乌云一般东一块西一块地挂出来了，这断断乎是不真实的！到了午刻，空气里面本来弥漫着忍冬、蔷薇的香气的，谁知这香气里面，忽然冲来了刺鼻的火药气了，忽然撒来了炮弹炸裂的碎片，忽然将人呀兽的一齐炸成齑粉了。这又无论如何不能是真实的。

从前那种安静沉酣的午睡，现在再也不能有了，因为外边战斗的声音虽或有时停顿，那条桃树街上却是绝无间歇地热闹着、喧嚷着，时而炮车、救护车隆隆地响过，时而伤兵论批地从壕沟里运进来，时而小队的士兵气急败坏地穿城跑过去增援那些吃紧的地点，时而汗流浃背的传令兵在街心横冲直撞着，替那些大本营传递消息。

酷热的夜晚照例要带着某种程度的安静而来，但那安静含着阴险的意味，如果那一天夜晚是寂静的，那就一定是过分的寂静，连夏夜应有的青蛙、金铃子、反舌鸟等等的合唱队都一齐罢唱的。偶尔，这种过分的寂静要被最后防线里啪啪啪的毛瑟枪声所打破。

往往到夜深以后，灯都熄了，媚兰睡着了，死一般的寂静统治全屋了，思嘉躺在床上还未睡，忽然会听见大门上门闩一响，随即内门上响起轻而急的敲拍声来。

如果你去开出门来看，你总会看见一些面目模糊的士兵站在黑暗的前廊上，并且听见黑暗里发出种种腔调不同的声音来。有时那声音十分文雅，说道："女士，抱歉得很，打扰您了，可否给一点儿水让我喝喝？"有时却是那种模糊不清的山里人口音，又有时是南方草原上的鼻腔音，又有时是海滨地方的拖长音，但是最后这种声音很难得听见，思嘉听见了就不免要想起母亲来的。

"小姐，我有一个伙伴儿，本想送他到医院去的，可是我看他再也跑不动了。你让他进来好吗？"

"太太，我是什么都能吃的。你要有玉米饼，让我尝一点儿吧。"

"女士，请恕我的莽撞，但是——你能许我在这走廊上过一晚吗？我看见玫瑰花，闻到忍冬花，仿佛是到了我自己家里一般，所以我敢冒昧来——"

不，像这种种夜晚的奇遇，都断乎不能是真实的！这一切都是梦魇，那一些人都是梦中人，那一些人都是没有躯体的，没有面目的，就只有声音从黑暗里传到她耳朵里来。然而她拿水给他们喝，拿食物给他们吃，拿枕头给他们在走廊上睡，替他们裹伤，替他们扶头送死——不，这都不能是真实的遭遇！

有一次，在七月下旬，那来半夜敲门的却是她家的韩亨利伯伯。他向来走路，总是手里拿着把伞，拎着个提包，这回他却没有这套行头了，同时他那大胖肚皮也被削掉了。他的面孔本来红润肥胖的，现在他面颊上挂着两条皮，像似一头猛犬喉头的垂肉。他的长白头发肮脏到难以形容。他脚上是差不多赤脚的，身上满是虱子，肚里空得已经快干瘪，但是他的精神却一点没有倒。

当时他口里咒骂着："这是愚蠢的战争，像我这样的老头儿还得去扛枪呢！"但是照思嘉她们看起来，他丝毫没有现出沮丧的形迹。他觉得国家需要他，如同需要青年人一样，而他所做的工作也无异于青年人。他很自负地告诉思嘉，说青年们能做的事，他没有一样赶不上，这是梅老公公无论如何办不到的。又说梅老公公的腰在作怪，他的队长早要把他开除了。但是梅老公公死也不肯回去。他说他情愿在那里挨队长的训斥，也不愿意回去受媳妇的虐待，因为他连嚼嚼烟草，媳妇还不准他呢，并且要他天天洗胡子。

亨利伯伯此番待的时间并不久，因为他一共只有四个小时的例假，而且路上一来一往已经去了一半时间了。

"姑娘们，往后我怕有好一段时间不能来看你们了，"他对她们宣布说，这时他在媚兰房间里，思嘉端了一脚盆凉水给他，他正坐在那里津津有味地擦着一双起了泡的脚，"我们这一团人明天早上要开走了。"

"开到哪里去呢？"媚兰吃惊地抓住他的肩膀问。

"你不要碰着我呀，"亨利伯伯烦躁地说，"我满身都是虱子呢。战争要是没有虱子跟痢疾的话，那就跟野宴一般有趣了。你问我开到哪里去吗？那还没有见命令，可是我倒有些猜着了。我们明天大概是往南开的，大概是开到琼斯博罗去。"

"哦，为什么要到琼斯博罗去呢？"

"因为那边快有一场大战了，姑娘。现在北佬正在拼命抢这条铁路。假使这条铁路被他们抢去的话，那么我们亚特兰大就要再见了！"

"哦，亨利伯伯，你想他们抢得去吗？"

"嗨，不会的，姑娘！有我在那里，他们哪里抢得去！"他对那两张惊吓的面孔咧了一咧嘴，然后又变得正经起来，"总之，要有一场大战了，姑娘们。这场大战我们是不能不胜的。当然，你们知道，北佬已经把所有的铁路都拿了去，就只剩到梅肯去的这一条了。但是他们不但占去了铁路，而且已经把每一条公路、车道、小径都占了去，没有占去的只剩麦唐那一条路了。所以现在的亚特兰大就譬如一只口袋，这口袋所有的绳索都在琼斯博罗。如果北佬把琼斯博罗一段铁路占去了，他们就可以把所有的绳索都收了去，那么我们就都成了瓮中之鳖。……我此番去，也许一时不能回来，姑娘们。所以我得来跟你们告别一声，并且看看思嘉是否还跟你在一起。"

"当然，她还跟我在一起的，"媚兰很亲昵地说，"你不必替我们担心，亨利伯伯，你要自己当心些。"

亨利伯伯在地毯上擦干脚，便口里哼哼着套上他的破鞋子。

"我得去了，"他说，"我还有五英里路要跑呢。思嘉，你替我备一点吃的让我带去。不论什么都行的。"

他跟媚兰亲过嘴，便下了楼，走到厨房里，思嘉正拿一条餐巾替他包起一个玉米卷子和几只苹果。

"亨利伯伯——难道——难道事情真是这么严重了吗？"

"严重？嗨，我的天，怎么不严重呢？不要糊涂吧。我们已经退到最后一道壕沟了。"

"你想他们会到陶乐去吗？"

"怎么——"亨利伯伯听见她不从大局着想，却只关心自己的问题，觉得女人的器量大可懊恼，便这么开头说道。直至看见她那一副惊惶苦恼的面容，这才又软下来。

"当然，他们不会去的。陶乐离开铁路还有五英里路，而且他们要的是铁路罢了。你简直糊涂了呢。姑娘，"说到这里，他突然换了一种调子，"不过今天我跑这许多路到这里来，并不是专来跟你们告别的。我是带着恶消息来给媚兰的，可是我说到嘴边又说不出来了。现在我只好把这消息留下来给你。"

"哦，是希礼——是你听见什么——听见他——他死了？"

"嗨，我怎么会听见希礼的消息呢？我是在战壕里边半身埋在烂泥里的。"老头儿暴躁地反问道，"不是的。我说的是他的公公。卫约翰死了。"

思嘉突然一下坐了下去，手里拿着那一包才包了一半的点心。

"我是来报告媚兰的，可是我说不出口来。你替我说吧。你替我把这几件东西交给她。"

说着，他从口袋里取出一只沉重的金表，上面挂着几颗印章，一张卫太太的缩小遗像，以及两枚沉重的袖扣子。那只金表是思嘉常常看见卫先生拿在手里的，现在看见它，就知道希礼的父亲确实是死了。她怔得一时说不出话来。亨利伯伯就觉得非常局促，只得假咳了几声，眼睛不敢朝思嘉看，怕看见她在流泪，自己也要伤心起来。

"他是一个勇敢的人，思嘉。你把这话告诉媚兰吧。你叫她写信给他的几个女孩子。要知道卫先生一直都是一个好军人。这回是一颗炮弹断送了他的，刚刚落在他跟他的马身上，炸碎了那马的——后来那马是我给枪杀的，可怜的东西，这是一匹极好的小雌马呢。你最好也写封信给汤太太，把这事告诉她。这匹马是她当宝贝儿的。把我的点心包起来吧，孩子。我得走了。哦，亲爱的，你也不必太伤心。一个老年人做了青年人的工作，天下还有比这再好的死法吗？"

"哦，他是不应该死的！他是根本就不应该去打仗的。他应该好好地活着，看着孙子长大起来，然后平平安安地死在床上。唉，他为什么要去的呢？他本来是不相信离盟而且憎恨战争的，而且——"

"我们有很多人都是这么想，但这有什么用处呢？"亨利伯伯粗暴地擤擤鼻子,"你当我这把年纪,还是乐意送给北佬去做枪靶子吗?不过现在这种日子,你不要做上等人便罢,要做是没有别的路可走的。你亲亲我吧,孩子,你不要替我担心。我是可以平平安安回来的。"

思嘉亲过了他,便听见他从台阶上走进黑暗里去,然后听见大门上的门闩咔嚓一声。他走了。她在厨房里呆呆地站着,把手里的几件纪念物看了一会,然后上楼去报告媚兰了。

到了七月的末了,不受欢迎的消息来了,这是亨利伯伯预言过的,北佬果然转到南面去进攻琼斯博罗了。原来他们曾在城南四英里之处截断了铁路,但是旋即被联盟州的骑兵队击退,同时工程队也在烈日之下大汗淋漓地把路轨赶紧修复。

思嘉焦急得几乎发狂。她提心吊胆地等了三天故乡的消息,直至第四天,接到父亲的来信,方才放下了心。原来敌人并未到陶乐。他们虽曾听见战斗的声音,但是并没有看见北佬。

那封信里关于铁路线上北军被击退一节,写得有声有色,仿佛这一大功是他郝嘉乐本人单枪匹马造成的。单单描写军队如何英勇的部分,已足足写满了三张信纸,直到末了,这才略略提了提恺玲不舒服,她的病据母亲说是伤寒,不过并不重,叫思嘉不要着急。又说当初思嘉和卫德没有回陶乐去,母亲现在颇以为得计了。母亲只叫思嘉到礼拜堂里去多念几遍经,望恺玲的病早些好。

思嘉看到最后一句话,深深受到一阵良心的打击,因为她已经好几个月不上礼拜堂了。从前,她要觉得这样的疏忽便是莫大的罪孽,现在索性不去了,倒也并不觉得怎样。但是她服从母亲的命令,急忙跑进房去拿起了一串念珠。直到念完站起来,心里却也并不感到怎样的舒适。因为近日以来,她已觉得上帝不在看顾她,也不在看顾联盟州了。

那天晚上,她坐在前面廊上休息,仍把父亲的信放在怀里,因为她觉得跟这封信随时接触着,就仿佛父母都在自己身边一般。这时客厅窗口里的一盏灯,投射一种奇异的金光到那树影蒙茸的走廊上,同时那攀缘墙壁的黄蔷薇和忍冬花,拿一种混合的香气从她四面暗暗地袭来。夜十分清静。从太阳下山以后,虽是来复枪的劈啪之声都听不见了,世界似乎离开得很远。思嘉独个人坐在摇椅上摇来摇去,觉得寂寞,又觉得苦恼,很想有个人来替她做伴,哪怕是梅太太也好的。但是梅太太在医院里值夜,米太太又在家里款待刚从前线回来的儿子,媚兰是早已睡觉了。就是那种不速之客也是没有希望的。因为过去一个礼拜里面,她家的来客已经少到一个都没有了，只要是有腿能跑路的人都到壕沟里去了，或是追踪北佬到琼斯博罗那边去了。

像这样的清静，她是不常有的，而她也不愿意有。因为她一静下来心里就不能不想，而在这些日子，思想是不见得会有什么乐趣的。因为她也同别人一样，已经养成了一种想念过去和死人的习惯了。

现在她觉得清静不过，就也闭上了眼睛，仿佛已经回到了陶乐。置身在那田野的寂静之中，又仿佛那边的生活一直都没有改变，也不会改变似的。但是一转念之间，她又觉得那边的情形决不会跟从前完全一样了。她想起了汤家的四弟兄，那一对红头发的双胞胎，以及谠谟和保义，便不由得一阵辛酸塞上她的喉咙来。她想当初司徒或是伯伦本有和她结婚的可能。现在呢，他们都已烟消火灭了，将来战争完了她回到陶乐的时候，再也不会听见他们那种兴高采烈的招呼了。还有高累福，他的跳舞是一等，也再不会找她去做舞伴了。还有孟家的一群，还有那小小的方约瑟，还有——

"哦，还有希礼！"她马上双手捧着头哽咽起来，"世界上没有了你，我是这一辈子都过不惯的了！"

忽然听见大门上一声咔嚓，她连忙抬起头来，拿手擦了擦眼泪。站起身一看，原来是白瑞德手里拿着顶巴拿马帽子，打石径上慢慢走来。自从那天在五尖头从他马车上突然跳下来之后，她一直都不曾见他的面。那一回，她本来是发过愿心再不和他见面的。但是现在她很高兴有人来跟她谈谈，以便把她对于希礼的思想排遣开去。分明的，他是已经忘记当时的一番口角了，或者装做忘记的样子也未可知，因为他一经踩上了顶上一步台阶，便在她脚跟头坐了下去，绝口不提那次的龃龉。

"原来你并没有到梅肯去！我听说白蝶小姐撤退了，以为你也去了。刚才我看见屋里有灯光，便特地进来看一看。你为什么不去呢？"

"给媚兰做伴呀。你应该知道，她——嗯，她现在不能避难呢。"

"嗨，"他说时，她从灯光底下看见他眉头皱着，"你不是说卫太太还在这里吧？我从来没有听见过这样的痴子。像她这样的状况，在这里是十分危险的呢。"

思嘉不响，只觉得难为情，因为媚兰的状况她是不应该跟男人谈论的一个题目。又因瑞德知道媚兰的危险，她也觉得难为情。因为一个没有结过婚的男子具有这样的知识，总是不成体统的。

"你怎样不也替我担点心事呢？我怎么就不危险了？"她尖酸地说。

他的眼睛闪了闪，觉得很好玩。

"北佬来的时候，我随时都可以保护你的。"

"我还不知道你这种话算不算得是恭维。"她带着怀疑的语气说。

"当然算不得，"他答道，"不过男人家随便说句话，你怎么就要从里面去找恭维呢？你这种脾气几时才改哟？"

"等我躺到灵床上的时候才改。"她说着，不由得也笑起来，因为照她自己想，男人家跟她说话，是没有一句不恭维她的，独有瑞德从来不曾对她恭维过。

"虚荣心，虚荣心，"他说，"至少你嘴里是爱虚荣的。"

说着，他开开一只雪茄烟盒子，抽出一支黑雪茄，先放在鼻子上嗅了一会。然后一支自来火亮了起来，他就倚在一根柱子上，双手捧着膝盖头，默默地吸着。思嘉又在摇椅上摇了起来。这时候万籁无声，只有那暖夜沉默的黑暗将他们团团围着。做巢在蔷薇花和忍冬花丛里的反舌鸟，偶然从小梦里醒过来，唱出一个羞怯清丽的调子。然后，仿佛经过一下审慎的考虑，又是完全的静默了。

突然的，从那走廊的黑影里，瑞德发出一个低声而柔软的笑。

"原来你是跟卫太太蹲在这里的？我一辈子也没有见过这样奇怪的局面。"

"我看是一点儿没有什么奇怪的。"她感到很不舒服，立刻警戒着回答出来。

"不奇怪吗？那是你太缺乏客观的看法了。我却早有了一种印象，觉得你跟卫太太是断乎不能融洽的。你一向都当她傻、当她蠢，而她的爱国观念也使你觉得厌烦。你要有机会可以侮辱她，你是决不肯放松的，那么你在现在这样轰炸的时候，居然能抱着牺牲精神，留在这里替她做伴，自然要使我觉得奇怪了。你老实说吧，你是因为什么才肯这样的？"

"因为她是察理的妹妹——而且跟我也是姊妹一般的。"思嘉极力装出正经的样子回答着，不过她的面颊自觉有点热烘烘。

"你的本意是说她是卫希礼的寡妇吧。"

思嘉急忙站了起来，跟自己的愤怒努力挣扎着。

"你上次对我那样粗鄙的行为，我本来已经可以饶恕你，现在又不了。今天若不是为我自己感觉非常烦闷，我也不会让你到这走廊上来的，而且——"

"你请坐下吧，不要生气，"他的声音变了，说着，他就伸出手去拉住她的手，推她回到摇椅上，"你为什么烦闷呢？"

"哦，今天我接到陶乐的信了。北佬离开我家里已经很近，我的妹妹又害伤寒病——因而——因而现在即使我要回去也去不成了，母亲怕我传染，不让我去的。哦，我是很想回去呢！"

"嗯，你不要存这种心思吧，"他说，但是他的声音更加和婉了，"即使北佬来到这里了，你在这里亚特兰大也比在陶乐安全些。北佬不会伤害你，伤寒病却要伤害你。"

"北佬不会伤害我吗？你怎么能对我说这样的谎？"

"我的亲爱的孩子，北佬并不是魔鬼呢。他们并不像你们想的那么青面獠牙的。他们也跟我们南边人一样好看的——只不过是礼貌差一点，口音难听些。"

"不，北佬是会——"

"会强奸你吗？我想不会吧。当然，他们也未尝不想。"

"你要再讲这样的粗话，我就跑进屋子里去了。"她嚷道，那时她已经满脸通红起来，还亏得有那黑影子替她遮羞。

"不过你老实说吧，你心里不是那么想吗？"

"哦，当然不是的！"

"哦，当然是的！你的心事被我看出来，你也用不着生气。其实我们南边凡是有教养的正经女人都是那么想的。她们一直都担着这样的心事。我可以跟你打赌，虽是像梅太太那样的老——"

思嘉回不出话来，只得默默地咽着空气，因为经他这一提，她忽然记起来了，记起近来这几天只要有两个以上的太太们坐在一起，总都要交头接耳地谈起这桩事来，说在弗吉尼亚、田纳西、路易斯安那都已发生过。都说北佬到那里的时候，就要强奸女人，拿刺刀戳小孩的肚子，放火烧杀老年人。这些事情是人人都信以为真的了，虽然她们还没有到街头巷角去大声宣传过。如果白瑞德是懂得一点礼貌的话，他就也应该知道这些事情是真的，就不应该谈起它。因为这样的事情到底不能当做玩笑来说的。

她听见他在吃吃暗笑了。她觉得他有时候真是讨厌。事实上，她是觉得他讨厌的时候居多的。如果女人心里真正想的事，暗中谈的话，都被男人知道了，那个男人还不是可怕吗？女孩子们碰到这样的时候，简直是跟光着身子被人看见一般的。而且男人家所以能晓得这样的事，决然不是规矩的女人告诉他们的。所以现在思嘉被瑞德一句话猜着了肚里的心事，就觉得怒不可遏了。她一向喜欢男人把她当做一件神秘的东西看待，如今瑞德却把她看得玻璃一般透明了。

"讲起了这件事情，我倒要问问你了，"他继续道，"你在这里有没有人保护或是监护呢？是梅太太呢，还是米太太？她们对于我，一直当我到这里来是不怀好意的呢。"

"米太太平常是晚上一定要来的，"思嘉听见换过了一个题目，很觉高兴地答道，"可是今天晚上她不能来。她的儿子斐尔在家里。"

"我真是好运气，"他轻轻地说道，"今天只有你独个人在这里。"

他的声音里面有一点东西使她的心跳得快起来，同时她觉得自己的脸也在发热了。她从前对于这样的声音听见过很多，知道这就是一种爱的宣言的预告。哦，这是多么有趣啊！只要他把"他爱她"三个字一说出口，她就可以大大戏弄他一番，并且将他这三年来给她的种种嘲讽一起清算了。她预备要牵住他的牛鼻孔，弄得他疲于奔命，以期一雪当日他看见自己打希礼耳掴子时的那场奇耻大辱。然后，她才心平气和地告诉他，说她只能跟他做一个兄妹，那时候，她就可以奏凯班师了。计划到这里，她不由得乐得笑出来。

"你不要笑。"他说着，便拿住了她的手，将它翻转来，把自己的嘴唇印上了她的掌心。她一经接触到他那热烘烘的嘴，便觉有一股兼有生气和电气的热流从他身上灌到她身上，使她浑身都震荡起来，震荡得非常舒适。他的嘴唇慢慢从她的掌心移到她的手腕上，她怕他要诊出自己的脉搏，便要将手缩回去。因为她知道自己的心跳得更快起来，这岂不是要弄假成真了吗？但是她当初并不曾算到这一层。

她是并不爱他的，她觉得有点搅不清楚地告诉她自己。她是爱希礼的。但是当时她的手所以要发抖，她的胸口所以要发寒，到底是什么感情使它这样的呢？那种感情应该加以怎样的解释呢？

他轻轻地笑了。

"你不要缩手！我不会害你的。"

"害我？我并不怕你害我，白瑞德，我并不怕任何男人害我！"她嚷着，怒得声音跟手一齐发抖了。

"好，这可钦佩之至。可是你轻声一点儿，卫太太要听见的。并且请你安静些。"他的声音仿佛觉得她的窘状很好玩似的。

"思嘉，你是喜欢我的，不是吗？"

好了，这话有点儿像她所期望的了。

"嗯，有时候，"她很审慎地回答，"就是当你的行为不像一个匪人的时候。"

他又笑了笑，将她的手掌揿在他的坚硬的面颊上。

"我想你所以喜欢我，正因为我是一个匪人的缘故。你一直都躲在家里，不曾见惯那种真实道地的匪人，所以见到我有点异样，倒感觉到对你具有一种出奇的魅力了。"

这话又超出她所预期的路线之外了，她再想把手抽回去，可是仍旧抽不动。

"这话不对！我是喜欢好人的——喜欢那种一直都靠得住的上等人。"

"你的意思是说那种一直可以由你欺侮的人吧。不过这只是定义不同，没有关系的。"

他又亲了亲她的手掌，当即她脖子上的皮肤又发了一阵麻。

"可是你确实是喜欢我的。那么你到底能不能爱我呢，思嘉？"

"哦！"思嘉觉得胜利地想，"现在我可要擒住他了！"于是她硬装起冷漠的神情说道："老实说吧，不，这就是说，除非你把你的态度大大改一改。"

"不过我并没有意思要改。那么你就不能爱我了，是不是？这倒正是我所希望的。因为我虽然非常喜欢你，我却并没有爱你，那么要你同时尝受两个没有报酬的爱，不是太悲惨了吗？对不对，亲爱的？我可以叫你'亲爱的'吗，韩太太？不过我要叫你'亲爱的'，不管你喜欢不喜欢，那么，这是没有关系的了，但是礼貌总要维持的。"

"你不爱我吗？"

"不的，老实说。你希望我爱你吗？"

"你不要做梦吧！"

"嗨，你是希望的呢！不过可惜，我扫了你的兴了！我原是应该爱你的，因为你很美，而且有许多没用的事情你都能干得很。可惜有许多才貌双全的女人都像你这么没用的，因此我并不爱你。可是我确实非常喜欢你——喜欢你的良心很富于弹性，喜欢你的自私自利心一点儿不愿掩饰，又喜欢你那种狡猾的实际主义，我怕这是由你那些不很遥远的爱尔兰农民的祖宗遗传给你的。"

农民怎么了？他在侮辱她了呢！她就默不作声地开始吐起唾沫来。

"你不要打岔儿，"他捏了捏她的手请求道，"你要知道，我之所以喜欢你，是因为自己也具有同是这些品性的缘故，这就是所谓惺惺惜惺惺。我并非不明白，你对于那位可望不可即的卫先生是直到现在都念念不忘的，其实他也许已经躺在坟墓里六个月了。但是你的心里一定总还有余地可以容我。哦，思嘉，你不要挣扎吧！我现在是对你发表宣言呢。老实说吧，自从我在十二根橡树穿堂里第一次看见你在戏弄韩察理的时候起，我就想要你了。我想要你的心思比想要任何女人的心思都来得殷切——而且我一直忍耐等着你，也比等任何女人的时间都长久了。"

思嘉听见最后几句话，惊异得连气都转不过来。原来他虽曾给她种种的侮辱，却是一直都在爱她的，只不过怕她要笑，始终不敢说出口来罢了。好吧，时机不可失，她马上就要把颜色给他看了。

"你是要我跟你结婚吗？"

他马上放了她的手，大声地笑了起来，笑得她直往椅子靠背上退缩。

"我的天，不的！我不是跟你说过我是不结婚的吗？"

"可是——可是——什么——"

他从台阶上站了起来，将一只手撺在胸口上，对她鞠了个很滑稽的躬。

"亲爱的，"他十分平静地说，"我知道你是很有见识的，所以不敢引诱你，只请求你做我的情人。"

"情人！"

她心里喊出这两个字来，仿佛自己又受了莫大侮辱。但是她骤然听见这两个字的时候，却并不觉得受侮辱。她只感觉到一阵烈火一般的愤怒，以为他不应该当她是个傻子。因为他如果对她作这样的提议，并不如她所期望的向她求婚，那他一定当她是个傻子了。于是愤怒、羞辱、失望，三者交织起来，将她的心搅成一团的混乱，再不容她从道德的立场上去寻一个可以责备他的理由，便让最先泛起的一个观念冲口而出——

"情人！这是废话罢了，我能得到什么呢？"

但是这话方才说出口，她就立刻懊悔得目瞪口呆了。瑞德听见这话，便呵呵大笑起来，笑得几乎窒息。他从黑影里侦察着她的神情，只见她将一条手帕儿闷在嘴上，哑口无言地默坐在那里。

"这就是我喜欢你的理由了！我生平见过的女人，只有你一个是直爽的，只有你一个肯从事情的实际方面去着想，不肯拿什么罪恶、什么道德之类来做掩饰。要是别的女人，现在早就该晕过一阵，然后叫我滚蛋了。"

思嘉从椅子上忽地跳起来，脸上羞得通红了。她在责怪自己，刚才怎么可以说这样的话呢！她，爱兰的女儿，受过爱兰教养的，怎么可以静静地坐在这里听他说这种下流的话，并且还给他这么一个无耻的回答呢？她是应该马上就尖叫起来的。她是应该马上就晕过去的。她是应该一声都不理睬他，立刻就站起来走进去的。但是现在来不及了！

"我现在也叫你滚蛋，"她大声喊了起来，也顾不得媚兰要听见，或是米太太从街上经过要听见了,"你滚出去吧!你怎么敢对我说这样的话呢!我难道有什么下等行为,才使你大胆起来,把我当做了……你滚吧,从今以后再不要到这里来。这回我是老实说的了。你不要再想老着脸,拿些针儿带儿来哄我,以为我还是可以饶恕你的。我要——我要去告诉爸爸,他就要送你的命!"

他拿起他的帽子,对她鞠了一躬,那时她从灯光里看见他的小胡子底下咧着一张嘴,露出白生生的牙齿来。原来他一点儿都不觉得难为情,只觉得她刚才说的话好玩得很,而且正在大感兴趣地注视她。

哦,这个人可恨极了!她立即扭转身子,向屋子里跑进去。她一手抓住门边,想要在关时狠狠地砰它一下,谁知那头门开在那里,是有一个钩子钩着的,那钩子非常沉重,她拔了半天拔不开,直拔得气喘吁吁的。

"我可以帮你一下吗?"他问道。

这时候,她觉得再待一刻儿一定会有一根血管破裂的,便顾不得关门,一口气冲上楼去了。直到奔到楼梯顶,她就听见他替她将门关上了。

第二十章

到了那酷热而喧闹的八月底,轰炸之声突然停止。亚特兰大城骤然一下子平静了,人人都觉得大大吃惊。邻人们在街上碰见,都面面相觑,心中忐忑不宁,究不知要发生什么事故。人们的神经并不因这突然的清静而松弛,反而愈加紧张起来。谁都不知道北佬的炮队为什么这么突然地沉默下去,自己的军队也没有一点消息,只晓得他们已经大批地从那环城战壕里撤退下来,赶到南方去保护铁路去了。也没有人知道现在战事究竟在哪里,前线的状况究竟如何。

现在所能得到的消息,就全靠口口相传了。自从围攻开始,本城的各种报纸都由于缺乏纸张,缺乏油墨,缺乏人力,相继停刊,同时全无根据的谣言往往从不知什么地方传出来,一下就会传遍整个城市。现在,在这焦人的岑寂里面,就有成群结队的人拥到胡突将军的各大本营去探求情报,也有成群结队的人跑到电报局、火车站去等待消息。因为人人都想了解大炮所以突然停止的原因。北佬已经完全退却,而联盟军正在他们后面一直追他们到道尔屯去了。然而他们得不到消息。电线是寂然不动的,也没有火车开进来,那条唯一向南的铁路已经断了,邮信也断了。

秋天带着它的闷热到来了,闷得那个已经非常沉闷的城市愈加透不过气来。思嘉巴望不到陶乐的消息,焦急得几乎发狂,但是面上仍旧装出勇敢的样子。自从围攻以来,她在那轰炸声中仿佛已经过了无穷无尽的日子,直到现在突然一下静下来,才算告一个段落。其实呢,自从围攻到现在一共不过三十天。在这三十天里面,那个城市是被红土的壕沟团团围绕着,单调的轰声始终不停,街上是络绎不绝的救护车和牛车淋漓着鲜血奔往各医院里去,而过度劳作的掩埋队也一直在那里拖着刚刚咽气的人,像滚木头似的将他们大批滚进浅浅的泥坑去。这都不过是三十天里边的事情!

而且自从北军向南方移动以来,至今也不过是四个月。但是思嘉回想起当时的日子,仿佛已同隔世一般了。她决不能相信只是四个月。不,一定已经是一世了。

四个月以前是怎样的呢？四个月以前，像道尔屯、累萨卡、垦泥曹山那些地方，在她眼里都不过是铁路的一些站名罢了。现在这些地方都已变成了战地，曾经经过无数血战的战地了。同时桃树街、得揆忒、厄兹拉礼拜堂等等地方，也已不复是名胜之地，却都成了伤心怵目的瓦砾场了。这都不过是四个月里边的事情！

迟之又久，消息终于传到了，这是从南边传来的惊人的消息，而思嘉尤其觉得惊人。原来谢尔门打完了亚特兰大的北东西三面之后，现在又着手进行第四边，再度向琼斯博罗的铁路施以攻击。现在他把军队全部集中在那一边，已经不是小接触的派遣队可比了。同时联盟军也已把亚特兰大城下的阵线全部撤到那边去。这就是这里突然静寂下去的原因。

"为什么要打琼斯博罗呢？"思嘉想到陶乐跟琼斯博罗相隔只有几英里路，心里起了极大的恐慌，"就是他们要打铁路，为什么不从别的地方去打，偏要打琼斯博罗呢？"

她已一个礼拜没有接到陶乐的信了。最后一次是父亲写的一个简短条子，使她的恐惧越发增加。原来恺玲的症状更趋险恶，病势已很沉重了。她觉得邮信必定还有许多日子才能通，那么连恺玲的死活她也要无从知道了。于是她又深悔当初的失策，何不早回去呢？

现在亚特兰大人只晓得琼斯博罗方面在打，却不晓得到底打得怎么样。直至有一个传令兵从琼斯博罗来，方才给了他们一个比较确实的消息。据那传令兵说，琼斯博罗的北佬是被击退了，但是他们曾经窜入琼斯博罗，烧了火车站，割了电报线，并且拆去了三英里路的铁轨才退的。现在工程队正在加紧赶修，但是得费相当的时间，因为北佬拆去铁轨时，是连枕木一同拆去的，他们将枕木堆积起来，把铁轨放在上面，然后放起一把火，直至铁轨被烧红了，便将它们盘到电线杆上，盘得跟开软木塞的螺丝起一般。现在这种日子，要换铁轨是不容易的，要修补一切铁制的东西都是不容易的。

北佬并不曾到过陶乐。这也是那传令兵告诉思嘉的。又说他动身来亚特兰大之前，曾在那里碰到她父亲，她父亲就托他带信来了。

可是爸爸到琼斯博罗去做什么的呢？那传令兵见问，似乎觉得有点不大好回答。原来陶乐家里有病人找不到医生，这才到琼斯博罗去找军医的。

思嘉听见这句话，一面谢过了那个传令兵，一面不由得两膝盖发起软来。她想恺玲连自己的母亲都治她不好，现在一定是很危急了！直至那传令兵去后，思嘉便抖簌簌地拆开父亲的来信。这时联盟州纸张缺乏到极点，所以父亲的信就写在她自己上次寄去的那封信的字里行间，读起来非常困难。

"亲爱的女儿，你的母亲跟两个妹妹都害伤寒病了。病症不轻，可我们都是从最好方面希望的。你的母亲才躺上床的时候，就要我写信给你，叫你跟卫德无论如何不要回去，免得也染上了病。她问你的好，吩咐你替她多多祈祷。"

"替她祈祷！"思嘉当即飞上楼去，跪在床边诚心诚意地祈祷起来。她并不读那正式祈祷文，只把同是几句话一遍又一遍地念着："上帝的母亲啊，不要让我母亲死吧！你若是不让她死，我一定会做极好的好人！请你不要让她死吧！"

此后一个礼拜里面，她一直跟热锅上的蚂蚁一般等着消息，一听见门口有马蹄声便要奔出去，连夜里听见有士兵敲门也要慌忙滚下楼梯来，但是始终得不到陶乐那边的消息。她跟家里相隔只有二十五英里路，却仿佛觉得隔一个大洲一般。

邮信还是不通，没有人知道联盟军是在哪里，北佬已打到什么地方。大家就只晓得亚特兰大和琼斯博罗之间有成千上万的兵在那里，灰色、蓝色的都有，除此之外别无消息了。

思嘉以前在医院里曾经见过许多伤寒症，知道一个礼拜之间的变化是可以非常大的。现在母亲也病了，她却不得不在这里伴着个孕妇，竟使她跟家庭之间有着两个军队的阻隔。母亲是病了——或甚至于危急了。然而母亲是不能病的，她向来没有病过。她觉得这件事断难置信，因为这是要使她的生活从根本上动摇的。别的任何人都可以得病，唯有母亲不能病。她向来是替别人看病而使别人无病的，怎么她自己会得病呢？在这疑团莫释的心境里，她是急急乎要想回去了。

她深深懊悔围攻开始的时候没能回去。她又深深懊悔当时不曾坚决主张把媚兰一同带到陶乐去。

"哦，天杀的媚兰！"她这样暗暗地咒骂媚兰，已经不止千次了，"她当时为什么不跟白蝶到梅肯去呢？那边有她的亲戚，为什么硬要把我拖住呢？我是跟她丝毫没有瓜葛的。当时她如果到梅肯去，我就早已回家了，已和母亲在一起了。就是现在，若不为着她那个孩子，我也还是有机会可以回去的。也许胡突将军会派人护送我回去。我知道胡突将军是好人，他一定会答应我，派人护送我，一定会给我一面令旗，让我通过阵线去。可是我得在这里等这孩子呀！……哦，母亲！母亲！你不要死吧！……这天杀的孩子为什么还不来呢？我今天就要去看米医生，问他有没有方法催孩子早些生下来，让我可以早些回家去。米医生说过她是要难产的，啊呀，亲爱的上帝！要是她死了呢！媚兰死了，媚兰死了！那么希礼——哦，我决不能这么想，这是不对的。可是希礼——哦，我决不能想到他，因为他大概也是死的了。可是他曾经要我照顾媚兰的——我若是不照顾媚兰，媚兰死了，而希礼还在——哦，我决不能这么想。这是有罪的。而且我曾经答应过上帝，如果他不让母亲死去，我是要做好人的。哦，孩子早些来吧！我要离开这里了——我要回去了——只要能离开这里，不管哪里都好了！"

思嘉对于这个寂静的城市，从前曾经爱过的，现在觉得可恨了。亚特兰大已经不是她从前爱过的那个繁华城市了。它经过了那一阵轰炸之后，现在仿佛成为一个瘟疫流行的地带——这么的寂静，寂静得这么可怕了。前几天不断轰炸的时候，到底还有那巨大的响声和炸死的危险不断供给她强烈的刺激，现在就只剩了一种寂静的恐怖了。霎时之间，整个城市都变得鬼祟一般。人们脸上都挂出了痛楚的神情，那剩下来的少数士兵都像是已经落后的赛跑者跑到最后几步时那么脱力。

直到八月尽头，便听见谣言四起，说是一场非常剧烈的战斗正在进行，地点是在亚特兰大之南，却说不定在哪里。亚特兰大人都急巴巴地等着这场战斗的结果，竟连笑也停止了，笑话也没有人讲了。因为现在人人都知道，亚特兰大是联盟军的最后一道防线。又知道梅肯的铁路一失，亚特兰大也一定要失的。

九月一日的早晨，思嘉是带了一种模糊的恐惧醒转来的，原来头一天晚上她就已把这恐惧带到枕头上去了。当时她在惺忪之中想道："昨天我上床睡觉的时候是在着急什么呢？哦，是的，打仗。昨天是在什么地方打仗的，哦，到底是谁胜的呢？"她急忙坐了起来，擦了擦眼睛，当即她那焦灼的心头又压上了昨天那副重担了。

虽在早晨的时候，空气就已那么闷热，等到了中午，一定是要酷日当空的。门外的街道静悄悄地躺着，并没有车声响过去，也没有队伍扬起红尘。邻家的厨房里也听不见黑奴们打呵欠，因为除了米太太、梅太太两人外，所有的近邻都到梅肯去避难了。而且就是她们两家也听不见一点声息。再过去的市区里，也同样静悄悄的，许多店铺和机关的门口都上了锁，钉了板，里面的人都拿了枪上战场去了。

这种奇怪的清静日子已经有一个礼拜，但是思嘉觉得今天早晨的清静特别险恶。往常她起床之前，总要在床上赖一会儿，打一会儿呵欠，今天她把这一套都免除了，急忙地翻身起来，跑到窗口去，希望能够看见一个邻人的熟脸，或是什么使人安慰的景象。谁知街路上一无所有。她只看见路旁的树叶虽然依旧碧绿，却都罩了厚厚一层红尘了，前院里的花，因无人料理，都已枯萎了。

正在看时，她忽然听见远处传来一种微弱而险恶的声音，仿佛暴风雨要来之前的第一声雷响。

"雨，"她的第一念告诉了她，随即她那生长乡间的心理替她补充道，"是要下雨了。"但是一刹那之后，"雨吗？不！不是雨！是大炮！"

她的心驰骤着，将身子从窗口扑了出去，竖着耳朵将那遥远的声音细听着，试想辨出它的方向来。可是那声音很远、很模糊，一时辨不出它的方向。"主啊，你让它从美立塔来吧！"她祷告道，"或是从得揆忒来吧。或是从桃树街来吧。可不要从南边来！千万不要从南边来！"说着，她紧紧抓住窗台，侧着耳朵更注意地听，听见那声音似乎响些了。它的确是从南边来的。

南边来了大炮了！南边是琼斯博罗和陶乐所在的地方呢，也是母亲所在的地方啊！

也许北佬已经在陶乐了，现在这一刻儿已在陶乐了！她再听，但是她自己的血向她耳朵里突突地冲，把那远处的声音搅混了。不，他们一定还没到琼斯博罗。如果已经到那里了，这炮声应当比现在还要微弱、还要模糊的。但是他们离开琼斯博罗至多不过十英里了，也许已经到了那个小小的瘌痢村了。

南边有炮声，亚特兰大便危在旦夕，已经可替它敲起丧钟来了。但是思嘉一心在挂念母亲，只觉得南方的吃紧便是陶乐的吃紧，此外再没有别的意义。因而她像热锅上的蚂蚁一般，在房间里一程来一程往地走着，一面不住搓着手，心想谢尔门的军队离开陶乐只有几英里路了，即使被我们打败，溃兵也不免殃及陶乐，那时父亲跟三个病人怎么办呢？想到这里，她恨不得插双翅儿立刻飞回陶乐去。

从底下厨房里，她听见了瓷器的响声，知道百利子在那里预备早饭，可是听不见米家派来的那个贝姐的声音。百利子的尖厉而悲哀的声音正在那里唱："再有几天……"思嘉听见这调子，觉得非常难受，便披了一条围巾，光脚板儿通过穿堂跑到后边楼梯顶，向厨房里喊道："不许唱，百利子！"

一个阴郁的声音应了一声。她便深深吸了一口气，觉得有点难为情。

"贝姐呢？"

"俺不知道，她没有来呢。"

思嘉走到媚兰的门口，推开一条缝，向里面张了一张。媚兰穿着寝衣躺在床上，眼睛紧紧地闭着，周围圈着个黑圈儿，一张鸡心脸儿浮肿着，身体拘挛得非常可怕。思嘉恶意地希望着，现在叫希礼来看看她才好呢。她觉得怀孕的女人也见得多了，从来没有像她这么难看的。正看时，媚兰眼睛睁开了，立即脸上燃起一个温和暖热的微笑。

"进来吧，"她困苦地转过身来对思嘉招呼道，"我从太阳出来就醒了，一直躺在这里想。思嘉，我有一桩事情要问你。"

思嘉走进房，在那被日光照着的床沿坐下。

媚兰伸出条臂膀，将思嘉的手很亲昵地轻轻抓着。

"亲爱的，"她说，"我又听见炮声了，我觉得很难过。我猜是在琼斯博罗方面吧，是不是？"

思嘉回了一个"嗯"，她经媚兰提起了这事，心里又跳得快起来。

"我知道你心里一定很着急。我知道你上礼拜听到母亲的消息，若不是为我，你是要回家去的，是不是？"

"是的。"思嘉老实不客气地说。

"思嘉，亲爱的！你待我太好了。人家嫡亲姊妹也没有像你这样亲爱、这样勇敢的。我实在是爱你，我实在对你不起，连累你了。"

思嘉瞠着眼睛：爱我吗？这傻子！

"还有，思嘉，我刚才躺在这里想了半天了，我对你有个极大的请求。"她把她的手抓得更紧，"若是我死了，你肯带我的孩子吗？"

媚兰说时，眼睛睁得大大的，微微流露出一点迫切的神情。

"肯吗？"

思嘉听见这话，立刻有一阵恐惧掠过了她，急忙拔回手。同是这一点恐惧，使她说话的声音也变粗了。

"哦，你不要说呆话吧，媚兰。你不会死的，每一个女人养头胎孩子总都当自己要死。我记得我自己也是这样的。"

"哦，你不会这样的。你是什么事情都不怕的，你不过说着哄哄我罢了。我并不是怕死，可是我怕留下这个孩子来，如果希礼是——思嘉，请你答应我吧，我死了你要带我这孩子。你若肯答应，我就不怕了。白蝶姑妈太老了，养不大这孩子，蜜儿跟英弟原是很好，可是——我要把这孩子交给你。答应我吧，思嘉。如果是个男孩子，请你把他养得跟希礼一样，如果是女孩子呢——亲爱的，我愿意她像你。"

"你见了鬼了！"思嘉从床沿上跳起来嚷道，"你到底有什么事情过不去，凭空这么死呀活呀地乱说？"

"很对不起，亲爱的。可是你答应我吧，我看今天就要不好了，一定是今天，请你答应我吧。"

"哦，好的，我答应你就是了。"思嘉低下头看了看她，心里不胜疑惑。

难道媚兰真会这么蠢，竟不知道我有意于希礼吗？或者她已经什么都明白，正因为我爱希礼才把希礼的孩子交托给我吗？思嘉一时起了个狂妄的冲动，很想向媚兰问个明白，但是这个当儿，媚兰又把她的手抓去揿到自己面颊上，她就立刻把已说到口边的话收住了。这时媚兰眼里重新恢复了平静。

"你怎么知道就在今天呢，媚兰？"

"今天我从天一亮就肚痛了——可是痛得并不很厉害。"

"真的吗？那么你为什么不叫我？我叫百利子去请米医生去。"

"不，不要，思嘉。你知道他是忙得很的，他们大家都忙得很的。你只消去通知他一声，说今天不定什么时候要请他。再送一个信给米太太，请她来陪我坐坐。到底什么时候该请医生，她会知道的。"

"哦，你不要这么专顾别人吧。你现在需要医生，跟医院里任何人都一样。我马上就去请他。"

"哦，不要吧。有时候一个孩子会养一天的，现在有那么许多人需要他，我怎么好要他白坐在这里几个钟头呢！先去请米太太来，她会知道的。"

"好吧。"思嘉说。

第二十一章

　　思嘉送上了媚兰的早餐,又打发百利子请米太太去后,自己便也同小卫德坐着吃起早餐来。但是她已经失去食欲了。因为她一面担心着媚兰的时间马上要到,一面又不由得一直竖起耳朵去听那炮声,哪里还吃得下东西呢?那时她的心跳动得非常奇怪,时而有规律地跳了几分钟,时而猛烈而迅速地大碰一阵,碰得连胃脘都隐隐作痛起来,一口玉米粥咽了下去,便会像一块胶似的搁在喉咙里,而那种代咖啡用的焦米汤,也从来没有像现在这么难吃的,既没有糖,又没有奶酪,吃在口里简直跟吃苦胆一样了。因此她勉强咽了几口,便只得搁开不吃,心里不由得暗暗恨起北佬儿来。

　　卫德今天倒是特别乖,往日他一看见那天天吃厌的玉米粥,便要皱起眉头不肯吃,今天却不了。思嘉一瓢瓢地喂着他,他便默不作声地一口口咽了下去。他睁着一双银杏一般的大眼睛,视察着母亲的一举一动,并且流露着一种惶惑的神情,仿佛母亲心里潜伏的恐惧已经传到他心里了。直到吃完,思嘉叫他到后院玩去,才见他蹒蹒跚跚走过院子里的乱草地,走进自己的游戏屋里去了。思嘉这才放了心。

　　她站了起来,踌躇不决地在楼梯脚站了一会。她想上楼去陪伴媚兰,跟她谈谈话,替她解解闷儿,但是觉得自己没有这种从容的心绪。她只在心里暗暗地愤恨,为什么媚兰早不养、迟不养,偏偏要拣今天来养孩子呢?又为什么偏偏要拣今天来讲什么死呀活呀的呢?

　　她便在末了一步楼梯上坐了下去,想把自己的心镇静一下,但又不由得惦记起来,她不知昨天的仗打得怎么样,今天又打得怎么样。她觉得非常奇怪,为什么在几英里路外打大仗,竟会一点儿没有消息的?为什么这几天这么清静得出奇,会跟桃树街打的那几天这么不同呢?她又想白蝶姑妈的房子是在亚特兰大城的北端,而现在在城南打仗,自然援军伤兵之类都不会打她门前经过了。又想现在南头的情形也许跟前几天的北头一样的,那么亏得自己没有住在南头了。但是除了梅、米两家之外，为什么人人都逃走了呢？她想到这里，就不禁起了一阵寂寞凄凉的感觉。当初白蝶姑妈没有把彼得伯伯带走多好，她就可以叫他赶车到各大本营去打听消息了。现在彼得伯伯不在这里，她也仍可以自己跑路去的，却又被媚兰吊在这里，不等米太太来她不能走开。米太太怎么还不来呢？百利子到哪里去了呢？

她就站了起来，走到走廊上焦躁地探望着，但是看了半天，那条街上都不见一个人影。好久好久，方才看见百利子独个人扭扭捏捏，一步一回头地慢吞吞地走了来，仿佛她觉得时间还很多，尽可以从容不迫似的。

"你是像蜗牛儿呢，"思嘉一等百利子推进门来，便猛地扑去，"米太太怎么说的？她说什么时候来？"

"她不在家。"百利子说。

"她到哪里去了？什么时候才回家？"

"哦，奶奶，"百利子故意把声音拖得长些，好使她这带回来的消息显得特别重要，"她家阿妈说的，米太太今儿一早就得到信儿，说他们家的斐尔小少爷被打伤啦，米太太就坐了她家的马车，跟她家的老陶、跟她家的贝姐都去啦，去接少爷去啦。阿妈说的，少爷伤得很重，米太太不见得会到咱们这儿来啦。"

思嘉的眼睛瞪着她，很想把她抓住摇一阵。为什么她们做黑人的专爱传恶消息呢？

"好啦，别像呆子似的待在这儿啦。你到梅太太家去，请她来一趟，或是叫她家的嬷嬷来一趟，这回快点儿。"

"她也不在家，奶奶。刚才俺回来的时候，碰见她家嬷嬷，跟她谈了一会天。她们都走了，门是锁着的。我猜是在医院里。"

"哦，那就怪不得你这半天才来了！我无论叫你到哪里去，你得一直去，不要跟人家在路上谈什么天，记得吗？那么你去——"

她搜索着自己的脑子。留在这里的朋友里面还有谁可以帮忙的呢？还有艾太太。当然，近来艾太太是不喜欢她的，可是她对媚兰一向都很好。

"你到艾太太家去，把事情跟她仔细说明白，说请她到这里来一趟。你要记清楚，百利子。你说媚兰姑娘快养孩子了，随时都要请她帮忙的。走吧，快去快来。"

"是啦，奶奶。"百利子答应了，就旋转身子，像个蜗牛似的扭呀扭地走去了。

"快些呀，你这懒骨头！"

"是啦，奶奶。"

百利子算是加快了一点步子，思嘉就回进屋里去了。当她要上楼去的时候，她又踌躇了一下。米太太所以不来的原因，她得跟媚兰讲明的，但是斐尔重伤的消息，又恐怕媚兰听了要难受。好吧，去跟她扯一个谎吧。

她走进媚兰的房间，看见那个早餐的托盘动都没有动。媚兰侧卧在那里，面孔雪白。

"米太太现在在医院里，"思嘉说，"可是艾太太马上要来了。你痛得厉害吗？"

"不怎么痛，"媚兰谎说，"思嘉，你养卫德是多少时候才下来的？"

"不到一会儿工夫呢，"思嘉回答道，"当时我在院子里，才跑进屋子就下来了。嬷嬷还说这种养法是难为情的——简直跟黑人一个样儿了。"

"我也巴不得像一个黑人呢。"媚兰说时勉强装出了一个微笑，但是随即起来一阵痛，那个微笑就消失在一张拘挛的面孔上了。

思嘉低头看了看她那狭窄的臀部，明知她这希望绝对不能够达到，但还是安慰她说："本来就没有什么了不得的。"

"我也知道没有什么了不得。我怕是我自己胆子太小了。艾太太就要来了吗？"

"是的，就要来了，"思嘉说，"我下去拿点清水来，替你拿海绵擦擦。今天热得很呢。"

她借口去取水，在楼底下多赖一刻是一刻，每隔两分钟就跑到前门去看一次，看百利子有没有来。半天不见百利子的影子，她就只得回到楼上去，拿海绵替媚兰擦了擦淌汗的身体，又拿梳子给她梳了梳头发。

直到一个钟头过去了，她才听见底下街上有黑人的脚步声，从窗口一看，果然是百利子，仍旧那么摇头摆颈地扭扭捏捏地走来，仿佛是戏台上走台步，台下有几千观众在那里欣赏一般。

"我总有一天要把这个小娼妇着着实实抽一顿。"思嘉一面咬牙切齿地想着，一面就急忙奔下楼迎上前去。

"艾太太到医院里去了，她家阿妈说这早晨有无数伤兵从火车上下来。阿妈正在做汤，要送到医院里去。她说——"

"你不要管她说什么吧，"思嘉打断她，她的心沉落下去了，"你赶快去换一条干净的围裙来，我要叫你到医院里去。我写一个条子给你，你去交给米医生，如果米医生不在那里，就交给钟医生，或者别的无论哪个医生。这回你要不赶快回来，我要活活剥掉你的皮。"

"是啦，奶奶。"

"你不论碰到哪位先生，向他问问打仗的消息。如果他们不知道，就到车站上去问那些载伤兵回来的工程队。问他们仗是不是在琼斯博罗打的，或是在靠近琼斯博罗的地方打的。"

"啊呀天，思嘉姑娘！"百利子的黑脸上突然泛起了一阵恐怖，"北佬儿到了陶乐了吗？"

"我也不知道。我叫你问去。"

"啊呀天，思嘉姑娘！他们去了，俺妈怎么好呢？"

百利子喊叫起来了，喊的声音非常响，弄得思嘉心里愈加觉得麻乱。

"不要喊，媚兰姑娘要听见的。赶快去换围裙去，赶快！"

百利子经这一催，手足就快了起来，慌忙奔到后屋去了。这里思嘉就在她父亲寄给她的那张信的边上匆匆写了几句话，因为这是她家里唯一的纸片了。但她一面写，一面看见她父亲的笔迹写着："你母亲——伤寒——无论如何——回家——"她几乎哭起来了。若不是为媚兰，她这刻儿马上就要回去，哪怕叫她一路步行回去也要走的。

百利子小跑着走了，那张条子在她手里牢牢地抓着。这里思嘉又重新走上楼，一路打算着拿什么话去跟媚兰解释艾太太不来的缘故。可是媚兰并没有问起这事。她仰卧在那里，面上很平静，思嘉看见这情境，心就安下去了。

她坐了下来，想跟媚兰谈些无关紧要的事，但是一想起了陶乐，她的心就纷乱如麻了。她想象着母亲快死了，北佬正打进陶乐，什么东西都烧了，什么人都杀了。而且在这一刻儿，那遥远的炮声一直都没有停息。谈了一会，她就觉得再也谈不下去了，只得跑到窗口去看看，而所看见的却只是一条酷热无人的街道，一些寂然不动的树叶。媚兰也默默无声，不过她那平静的面容不时要因阵痛而扭曲。

每次阵痛过后，她总要说"实在也没有什么了不得"，但是思嘉知道她是说谎的。思嘉宁可她大声尖叫起来，也不愿意她这么默默地熬忍。她知道自己应该可怜媚兰，但是不知怎的，竟连一丝儿的同情都鼓动不起。因为她自己的苦痛已经使她心碎了。有一次她对那拘挛的脸狠狠盯了一眼，心里不由得大大诧异起来，为什么现在这一刻儿在这里陪伴媚兰的不是别人，偏偏会是她——她是跟媚兰毫无瓜葛的，她是恨她的，她是巴不得她早点死的。是啊，她这愿望也许就要达到了，也许等不到明天就要达到了。但是想到这里，她不由得打了一个迷信的寒噤。她知道愿望别人死是不吉利的，跟诅咒别人一样不吉利。嬷嬷曾说过，凡是诅咒都要回到诅咒的人自己身上来。于是她又急忙默默祷告媚兰不要死，并且马上跟她很热心地谈起话来，自己也不知谈些什么。末了，媚兰伸出一只滚烫的手搂住她的腰。

"你不必操心，跟我一直这么谈着。我知道你是替我焦心，我真是对不起你，给你这么多的麻烦。"

思嘉渐渐沉默下去了，但是她不能静静地坐着。如果到了时候，医生也不来，百利子也不来，怎么办呢？她跑到窗口，朝底下看了看，然后又回来坐着。然后又站起来跑到那边的窗口去看。

一个钟头过去了，又是一个钟头。中午到了，太阳正在头顶，没有一丝儿风吹动那尘封的树叶。媚兰的阵痛已经加紧起来，她的头发被汗浸透了，她的寝衣湿得一块块粘在肉上。思嘉拿海绵擦她的脸，口里默不作声，心里却被恐惧在咬啮。我的天，要是孩子比医生先来呢？这叫她怎么办呢？接生的事情她是一点儿不懂的。这一个紧急关头是她害怕了几个礼拜的了。她的打算是，如果临时找不到医生，总还有百利子可以依靠。百利子是晓得接生的，她已经说过不止一次了。可是百利子呢？她为什么还不回来呢？医生为什么还不来呢？她又跑到窗口去看了一下。她侧着耳朵听了听，那炮声似乎远去了，于是她突然疑惑起来，到底炮声真个远去呢，或不过是她自己的想象。如果炮声真个远去了，那就是越近琼斯博罗了，那就是——

末了她看见百利子来了，小跑着来的，她就从窗口扑了出去。百利子抬头看见她，便要开口嚷起来。思嘉看见她那黑脸儿上分明写着极大的恐怖，生怕她嚷出什么凶险消息来，要惊吓媚兰，急忙拿手指往自己嘴上一扣，示意叫她不要响，便从窗口退回来。

"我去换点凉水来。"她勉强装出一个微笑向媚兰瞧了一眼说，然后急忙走了出来，将房门轻轻地带上。

百利子坐在穿堂的末了一步台阶上，在那里一边喘气一边哭。

"他们在琼斯博罗打了，思嘉姑娘，他们说咱们快要打败了。啊，上帝，思嘉姑娘！妈跟爸怎么好呢？啊，上帝，思嘉姑娘！要是打到这儿来咱们怎么好呢？啊，上帝——"

思嘉连忙扪住她的嘴。

"你别嚷啊，我的天！"

但是，是啊，如果北佬打到了这里怎么好呢——打到了陶乐又怎么好呢？她极力把这思想推回心里去，而求解决目前更加紧急的问题。因为现在她若想起这些事，她也要跟百利子一样哭嚷起来了。

"米医生呢？他什么时候来？"

"俺还是没有找到他，思嘉姑娘。"

"什么？"

"是的，他没有在医院，梅太太跟艾太太也没有在医院。有一个人跟俺说，医生在车棚子里，在看琼斯博罗刚来的伤兵，可是思嘉姑娘，俺怕上车棚子去，车棚子里都是死人呢，俺是怕看见死人的——"

"那么别的医生呢？"

"哦，思嘉姑娘，天晓得，他们连俺这条子都不肯看呢。他们在医院里忙得发疯似的。有一个医生对我说：'滚开吧，你这小鬼！你瞧这里这许多人快死啦，谁来管你妈的养孩子！你去找收生婆去吧。'那么我就照您说的，跑开去找人问信去了，大家都说是在琼斯博罗打仗，俺就——"

"你说医生是在车站里，是不是？"

"是的，奶奶。他——"

"那么你仔细听我说，我要亲自找米医生去了，你替我去坐在媚兰姑娘旁边，叫你怎样就怎样。可是琼斯博罗打仗的事情你要是对媚兰姑娘漏一点风，我就一定把你卖到南边去。你也不许对她说那些医生都不肯来的事儿。你听明白吗？"

"是的，奶奶。"

"你把眼睛擦干了，换一桶干净水拿到楼上去，将她全身都拿海绵擦一擦。告诉她说我去找米医生了。"

"时候快到了吗，思嘉姑娘？"

"我不知道，怕是快到了。可是我不知道，你应该知道的。上去吧。"

思嘉从搁板上一把抓起她的草帽戴到头上。她对着镜子照了照，机械地把乱头发掠了掠，其实她并没有看见自己的影子。一个寒噤从她的胃脘出发，向外面放射出来，直至那几个掠头发的手指也变得冰冷，但她的身体的其余部分仍旧是热汗腾腾的。她匆匆地出了大门，跑进酷热的太阳里。那太阳是灼人的热，她在桃树街上跑不上几步，便觉两个太阳穴涨得快要炸开了。她远远听见前面有许多人声在那里喧嚷，等她看见陶家房子的时候，她便有些儿气喘起来，因为她的小马甲扎得太紧了，但是她并没有放慢步子。再走一程，便听见前面的喧嚷愈来愈响。

从雷家房子到五尖头一段路上，有许多人在那里忙乱，就像一个蚂蚁窝刚被捣毁，里面的蚂蚁正在纷纷狂窜一般。满街的黑人跑来跑去，脸上都带着惊惶，走廊上的白人孩子在那里哭，也没有人去理他们。街上拥挤着军用车和救护车，都是装满伤兵的，还有许多私家的马车，都高高地堆着行李和家具。骑马的人从两边小街里冲出来，慌慌张张地向胡佬将军的大本营奔去。在彭家的门口，老木正抓住一匹驾车的马，骨碌着眼睛跟思嘉打起招呼来。

"你还没有走吗，思嘉小姐？我们这就要走了。老姑娘在里边检点行李呢。"

"走？到哪里去？"

"天才知道呢，姑娘。离开这里再说吧。北佬就要来了呢！"

思嘉便不再问什么，急忙加紧了步子管自走了。走到卫思理教堂门口，她才站住了透透气，并且抓住了一根电线杆，让她的心跳平一平。因为她若再不静一静，一定要晕过去了。正在这当儿，有一个军官骑着马从五尖头那里狂奔而来，她忽起一个冲动，跑到街心去向他挥着手。

"哦，停一停！请你停一停！"

那军官突地勒住马，勒的劲儿太大了，以致那马向后竖起牌楼来，两条前腿悬空爬了一阵。那人脸上满是疲乏和迫切，但是他刷地一下把头上一顶灰色破帽子脱下来了。

"女士。"

"请你告诉我，这是真的吗？北佬快要来了？"

"我怕是真的。"

"你的确知道吗？"

"是的，女士。我知道。刚刚半点钟之前大本营里接到琼斯博罗前线来的电报。"

"在琼斯博罗打吗？的确是吗？"

"的确的，跟你有什么玩笑好开，女士？那电报是哈第将军发来的，说他没有法子支持了，已在总退却中了。"

"哦，我的天！"

那军官朝她看了看，黑脸儿上不露一丝的情感。然后他重新整好了缰绳，戴上了帽子。

"哦，先生，请你再待一会儿。我们怎么办好呢？"

"这我不能说，女士。军队马上就要从亚特兰大撤退了。"

"你们走了把我们丢下来给北佬吗？"

"怕要这样。"

那马受了一刺，就像有弹簧似的蹦走了，把个思嘉丢在了街心，脚上堆起了一层厚厚的红土。

北佬要来了，军队要走了。北佬要来了，她怎么办呢？她跑到哪里去呢？不，她是不能跑的。她的背后还有个媚兰正在那里等着养孩子。哦，女人为什么要养孩子呢？假使没有媚兰，她就好带着卫德跟百利子躲到树林里去，那么北佬永远找不到他们了。但是她不能把媚兰也带到树林里去。不，现在是不能的。哦，她这孩子为什么不早点养出来呢？只要昨天养也好，他们就可以拿救护车把她载到什么地方去藏起来了。可是现在——她必须去找米医生，必须去找着他一同回去。也许他会催这孩子早点下来的。

她撩起了衣裙，向前面急急跑去，她的两脚和着"北佬要来了！北佬要来了"的节奏，五尖头也拥挤着许多人，都自顾自地在那里奔来奔去，跟许多满载伤兵的大车、救护车、牛车、马车不住地碰撞着，一阵喧嚷之声从人群中发出来，仿佛一个巨大的波澜正在破碎似的。

然后，她的眼睛接触着一种完全不调和的奇异景象了。她看见一群群的女人从路轨那边走来，肩膀上都挂着火腿。她们身边跟着许多小孩子，头上顶着整桶的糖浆，气喘吁吁地跑着。稍为大点的孩子都拖着整袋的玉米和山薯。还有一个老头子，独自踽踽跚跚地拿一辆独轮车推着一小口袋面粉。男人、女人、孩子，也有黑的，也有白的，都是一张张紧张的面孔，急急忙忙地运着包装、袋装、箱装的食物——她一年以来没有看见过这么多的食物。忽见人群让出一条路来，让一辆歪歪斜斜的马车通过，马车上是那脆弱斯文的艾太太，一手拿着缰绳，一手拿着鞭子，站在前面踏板上。她头上不戴帽子，面孔雪白，灰色的长头发在背脊上飘漾着，狠狠抽着那匹马。她家的黑嬷嬷梅利姐坐在后面车肚里，一只手抓住一块肥咸肉，还有一只手跟两只脚都在拼命遮拦那一车堆得高高的箱子和口袋，有一只干豆的袋子破了，那些干豆撒满了一地。思嘉向她尖叫了几声，但是人群的喧嚣将她的声音淹没了,那马车发狂似的踉踉跄跄管自去了。

霎时之间,她不明白这是怎么一回事,但是过了一会,她记起了差委会的堆栈就在路轨那边,现在军队要撤退了,怕这些粮食留在这里资敌,所以将它散给人民了。

她从五尖头的人群里面挤了过去,急忙向车站那边跑。一会儿她就看见在一大堆救护车当中,有许多医生跟抬担架的人在那里忙碌。谢天谢地,她一眼就看见米医生了。但当她从亚特兰大旅馆拐过那个弯而走到车站和铁轨面前的时候,她就吓得两条腿都发软了。

在那烈日底下,肩并肩、头接脚地躺着好几百个伤兵,有的在路轨旁边,有的在月台上面,有的在列车底下,像沙丁鱼似的无穷无尽地排列着。其中也有直僵僵躺着不动的,但是多数都在那里拘挛,在那里哼得震天响。到处都是成群结队的苍蝇,在伤兵的脸上爬行着、嗡嗡着。到处都是血,都是稀脏的绷带,都是呻吟声,以及抬担架的将他们抬起时的尖厉咒骂声。汗臭、血腥、烂肉臭、屎尿臭,顺着热风一阵阵地扑过来,使得思嘉恶心得几乎要呕出来。救护队在那密稠稠的行列里奔来奔去,有时不免踩在人身上,那些被踩的人也只得翻翻眼睛哼几声罢了。

她不由得拿手扪着鼻子缩退回来了。她要呕了,不能再上前去了。她平日见过的伤兵也不算不多,在医院里见过,在白蝶姑妈的草地上见过,但是从来没有见过这样可怕的景象。这简直是地狱了,一个充满着腥臭和呻吟的地狱了。是的,她不能再上前了,但是——赶快!赶快!北佬要来了!北佬要来了!

她只得耸起了肩头,硬起了头皮,向那横七竖八的人堆里面走进去。她怕看失米医生,所以只得拿眼睛看牢他。但是她又不能一直看牢他,因为她若只看前面,脚下就要踩着人了。她只得撩起了衣裙,战战兢兢地打那些伤兵身上一个个地跨过去。

她一路走去,一路有滚烫的手抓住了她的衣裙,同时听见凄惨的声音向她喊道:"女士——水!请你。女士,水!看在耶稣的分上。水!"

她只得从他们手里拼命拔出衣裙来,但是不由得汗跟溪水一般流下了。偶尔,她踩在一个人身上,她自己便先大声尖叫起来。她一路跨过去的人,也有已经死了的,也有因干了的血将军服胶在肚皮上面正伸手去扯剥的,也有满胡子胶着干血而嘴里正在呢喃的——那呢喃的意思也无非是:"水!水!"

这时她已看失米医生了。她如果不能马上把他找出来,她是一定要急得哭起来的。她向车棚子底下一堆人里拼命寻找着，一路嚷着："米医生！米医生！米医生在这里吗？"

那一堆人里面走出一个人来朝她看了看，正是米医生。他身上没有外衣，他的袖子一直卷到肩膀上，他的衬衫和裤子都红得跟屠夫一般，连他那铁青色的胡子尖上也沾着血了。他那灰色的脸上表现着疲倦、愤怒和怜悯，汗水像小涧一般地在上面流着。但当他呼叫她的时候，他的声音平静而坚决。

"谢谢上帝，你来了。我正用得着人呢。"

她惶惑着朝他瞪了一会儿，不觉将撩在手里的衣裙也放下了。那裙边落在一个伤兵的脸上，害得他虚弱地尝试转过头去，以免被它闷煞。这医生在说什么啊？救护车扬起的灰土朝她脸上扑来，使她感到一阵闷人的干燥，同时烂肉的气味像一股臭水似的向她鼻子里灌进来。

"赶快，孩子！这儿来。"

她又撩起了衣裙，从那一行一行的人体上急忙跨过去。她用手抓住他的臂膀，觉得他正疲倦得发抖。

"哦，医生！"她嚷道，"你必得去一下子，媚兰要养孩子了。"

他朝她看了看，仿佛她的话他并没听到。当时有一个伤兵拿水壶垫着头躺在她脚下，听见她的话仿佛觉得很有趣，便很亲昵地咧了咧嘴。

"他们会弄的呢。"他很高兴地说。

她并不朝下去看，只把医生的臂膀拼命摇着。

"是媚兰养孩子，医生，你必须去一下。她——已经——"现在原不是怕难为情的时候，但是有这几百只陌陌生生的耳朵在听着，这种话怎好说出口来呢？

"已经痛得厉害起来了。请你，医生！"

"孩子？啊呀我的天！"那医生吼了起来，他的面孔突然为憎恨和愤怒所扭曲，那愤怒并不是对她发的，也不是对任何人发的，乃是对发生这些事情的整个世界发的，"你发疯了吗？我怎么丢得开这些人呢！他们都快要死了，有几百在这里呢。我不能为他妈的一个孩子丢开他们的。你去找个女人帮帮忙吧，去找米太太吧。"

她已经张开嘴来要告诉他米太太不能去的原因，但是突然又停住了！他大概还不知道自己的儿子也受伤的事！如果他已经知道了，怎么还会——"不，你必须去一下，医生。你总还记得你说过她要难产的。"现在她一点难为情都顾不得了，什么话都会讲出口来了，"你要不去她是会死的！"

他粗暴地摆脱了她的手,仿佛他并没有听见她的话,也没有懂得她的话似的。

"死吗?是的,他们大家都要死了——这里这许多人都要死了。没有绷带,没有软膏,没有金鸡纳,没有哥罗仿。哦!天,哪里去找一点吗啡来好呢?有一点儿也好的。有一点儿哥罗仿也好的。天杀的北佬!天杀的北佬!"

"让他们到地狱里去吧,医生!"地上那个人说,他的牙齿从胡子底下露了出来。

思嘉开始发抖了,她眼睛里烧着恐惧的热泪。医生不肯去呢!媚兰是要死了,而且她自己曾经愿她死的。医生不肯去呢!

"请你看在上帝分上,医生!请你!"

米医生咬了一下嘴唇,随即面孔又变冷漠了,嘴边又现出强硬的样子。

"孩子,让我试试看吧。我不能答应你,可是我来试试看。等我们弄清了这些人再说。北佬就要到了,军队就要从这里撤退。我不晓得他们拿这些伤兵怎么办,现在什么火车都没有了。梅肯那一条线也断了……可是我来试试看。你先回去吧,不要再麻烦了,养小孩子到底也没有什么了不得的。只要把脐带结……"

这时有个勤务兵跑来拍了拍他的臂膀,他就把头朝转去,对他指手画脚地说起话来。脚底下那个伤兵抬起头来,很同情地对思嘉看了看。思嘉看看医生早已把她丢到了脑后,就只得动身走了。

她从那些伤兵身上很快地跨了过去,又回到了桃树街。医生是不肯去了,这桩事情得她自己去硬挺了。不过谢谢上帝,幸而百利子是懂得收生的。她的头给太阳晒痛了,她的小马甲给汗水浸得粘在胸口上了。她的思想麻木了,她的两条腿也麻木了,像人在梦中要跑而跑不动那样的麻木。她只觉得回家去的一段路非常之长,像没有穷尽似的。

然后,"北佬要来了"的叠唱又在她心上搏动起来。她的心又开始跳了,四肢也都有了新的生命了。她匆匆挤进了五尖头的那个人群里,现在挤得愈加厉害了,两边人行道上已经是水泄不通,因而她只得从街心走。长行列的士兵正从那里经过,满身都是灰尘和疲倦。看那人数似乎有几千,都拖着长胡子,稀脏的,肩上挂着枪,急急忙忙地走着。随后是炮车,赶车的拿着破皮条将那些瘦骡子拼命抽着。再后面是差委队的大车,盖着破烂的篷布歪歪斜斜地碾过。再后面是骑兵队,一路扬起令人窒息的灰尘。这么多的士兵走在一起,思嘉一生一世没有看见过。这就是所谓撤退！他们都要撤退了！他们都要走了！

当这行列通过时，她不能不退到旁边人行道上去，在那里，她就闻到一阵廉价的威士忌酒气了。直到了得揆忒街，她看见人群里也有许多女人，她们都涂脂抹粉，穿得花花绿绿，戴着闪亮的首饰，仿佛是休息日在街上游玩似的，跟周围的景象完全不调和。这些女人大多数是喝醉了的，她们臂膀上挂着的士兵比她们喝得更醉。然后她瞥见一闪红光，原来那个红头发的妖怪华贝儿也在里面，只见她由一个独臂的士兵搀着，已醉得歪歪倒倒，口里不住地嘻嘻哈哈怪笑着。

直至挨过五尖头一条横街，那人群才渐渐稀疏下去，她便撩起了衣裙，跑起快步来。一口气跑到卫思理教堂。她就气都转不过来了，头也晕了，胃也痛了。她的小马甲切进了她的肋骨，仿佛要把它们切成两截。她只得在那教堂的台阶上坐了下来，双手捧住头慢慢喘气。无奈她的胸部像有一层东西隔着，怎么也不能把一口气深深吸进肚里去，因而终觉呼吸非常急促。同时她的心也仍旧在里面怦怦地捶个不歇。她看看四下无人，真有了呼天不应之感了。

坐了一会，只得又站起来再往前走。快到家时，她看见小卫德扳住一扇大门在那里荡着。他一看见她，就皱着脸哭了起来，一面擎着一个稀脏的青肿的手指。

"疼！"他哭道，"疼！"

"不要响！不要响！再响我揍你。到后院里去做烂泥饽饽去呢，不要再乱跑了。"

"我饿。"他一面哭着，一面把那青肿的手指放到嘴里去啜起来。

"我不管你。到后院子里去——"

她抬起头，看见百利子靠在楼窗口上，脸上显出惊恐和焦急，一看见女主人到了，这神气马上就消散了。思嘉对她招招手，叫她下楼来，自己也就走进屋子去。一到穿堂里，就觉得非常风凉了。她把帽子摆在桌子上，抬起臂膀来擦了擦额头的汗。她听见楼上房门开了，随即飘过一阵低低的呻吟声来。百利子三步作一步地跑下楼梯。

"医生来了吗？"

"不，他不能来。"

"天晓得，思嘉姑娘！媚兰姑娘厉害起来了！"

"医生不能来，谁都不能来。孩子该你来接了！我来帮助你。"

百利子立刻把嘴张得大大的，一条舌头打了一会儿嘟噜。然后她对思嘉横了一眼，一双脚不住地擦着地板，扭股糖儿似的扭起她的苗条身子来。

"不要做得这么怪模怪样吧！"思嘉以为她装腔，怒不可遏了，"你这是什么意思啊？"

百利子慌忙向楼梯上缩了回去。

"天晓得，思嘉姑娘——"她的圆眼里流露出恐惧和羞耻。

"怎么？"

"天晓得，思嘉姑娘！咱们得有一个医生的。俺——俺——思嘉姑娘，接孩子的事儿俺是一点不懂的。妈在接生的时候从来不让俺看的。"

思嘉这一惊非同小可，直把整个肺里的气一口喷了出来，显出一脸怒色。百利子看她神气不佳，预备要溜了，便从思嘉身边直冲过去，可是思嘉一把将她擒住。

"怎么，你这胡说八道的黑鬼，你到底是什么意思？你说养孩子的事情你什么都懂的。你老实说吧！你到底是什么意思？"说着，她抓住百利子的肩膀拼命地摇着，直摇得她的黑脑袋儿跟喝醉了酒一般。

"俺是骗你的，思嘉姑娘！俺当是这种话说说玩儿不要紧的。俺实在只偷看过一回养孩子，妈后来还把俺骂了一顿。"

思嘉把眼睛瞪视着她，吓得百利子直往后缩，可是她被思嘉牢牢地钳在那里，怎么也挣不脱身。思嘉起先还有些不肯相信，后来看看百利子确实不晓得接生，心中的愤怒便如火焰一般燃炽起来。她生平从来没有打过一个黑奴，这回可熬忍不住了，不由得鼓起全身的气力，向那黑面颊上狠狠地打了个巴掌，打得百利子一面直着喉咙尖叫着，一面在思嘉掌握之下扭股糖儿似的跳起舞来。

在她这么尖叫的当儿，上面呻吟之声忽然停住了，随即听见媚兰虚弱颤抖的声音喊道："思嘉！是你吗？请你来吧！快来吧！"

思嘉放开了百利子，百利子就哭着在楼梯上坐了下去。思嘉踌躇了一会儿，抬头看了看楼上，听见呻吟之声重新起来了。这时她仿佛觉得一副沉重的牛轭向她头顶套下来，立即她的颈梗被它紧紧地箍住，而且觉得走一步就沉重一步似的。

她尝试把自己养卫德时嬷嬷和母亲做过的一切事情记起来，可是她当时在昏迷之中，一切事情都像在迷雾里，现在一点记不清楚了。只有几件事情她还记得，于是她用一种命令的语气对百利子急急吩咐着。

"你去生起火来，拿一壶水烧得滚滚的。把家里所有的毛巾都去集了来，还有那一团绳子也拿来,还要替我拿一把剪子。你不要说这样找不到那样找不到的。去,去,去拿去!赶快去。"

说着,她将百利子一把从地上撮了起来,向厨房那方向一脚踢了去。然后她振作了精神,就动身上楼去了。她觉得她自己跟百利子要去给媚兰接生这一层,倒是不容易去对媚兰解释的。

第二十二章

再没有一个下午是像那天下午那么长的,也再没有像那天那么热,也再没有像那天那么多苍蝇。那些苍蝇都轰集到媚兰面孔上来,虽经思嘉拿一柄大棕榈扇子不住地替她赶着,也是没有用。思嘉是连臂膀都赶酸了。谁知你这里替她扇着面孔,那些苍蝇就飞到她的脚上腿上去了。媚兰给它们叮得痒痒的,便不由得把脚一蹬一蹬地抽搐着,口里虚弱地嚷道:"哦,又到脚上去了呢!"

房间里是半明半暗的,因为思嘉怕阳光太大,把所有的窗帘儿都拉上了。针尖一般的光线从窗帘的细孔里透进来。房里活像是一只热锅,思嘉身上的衣服始终没有干过,只有愈来愈黏湿。百利子蹲在一只角落里,也在那里直淌汗,那汗臭熏得思嘉头都痛了,恨不得立刻叫她滚出去,又怕她一去就溜得无影无踪。媚兰躺的一条褥单,早已给汗涂得墨黑了,又因思嘉不时去替她洒水,以致没有一处不是湿漉漉。媚兰不住地在那里翻身,一会翻到这边,一会翻到那边。

有时她想坐起来,但是头抬一抬又倒下去了,又照旧地翻起身来了。起先,她还勉强熬住了喊嚷,只把嘴唇拼命地咬着,直咬得皮都脱了,那时思嘉的神经也是跟她的嘴唇一样脱皮的,便狠声狠气地对她说道:"媚兰,你不要逞英雄吧。你要嚷尽管嚷出来,现在除了我们两个没有人听见的。"

后来,就由不得媚兰要不要逞英雄,她不能不嚷了,有时甚至尖叫了。当她尖叫的时候,思嘉只得拿手掩住了耳朵,拘挛着身子,恨不得自己立刻就死去。她觉得要她眼睁睁看着这样的痛苦,是比什么都要难受的。她又想起北佬怕已到了五尖头,她却不能不在这里等着这个迟迟不来的孩子,也是比什么都要难受的。

现在她深悔自己平时对于那些太太关于养孩子的谈话不曾加以注意。如果她是注意过的,现在对于媚兰这孩子来得迟早,就比较能有把握了。她又仿佛记得白蝶姑妈说过,说她有个朋友足足养了两天,结果是孩子没有养出来,自己也终于送命。要是媚兰也像这样养两天呢!但是她身体这么娇嫩,一定拖不到这么长的。像这样的痛法她决不能熬过两天去。如果孩子再不下来，她怕是不久就要死的。如果她死了，叫她日后怎样去见希礼的面呢？倘使希礼还没有死的话。她是亲口答应过希礼的呢！

起先媚兰痛得厉害的时候，似乎拿住了思嘉的手就可以得到一点安慰，但是后来一抓住思嘉的手，就要将它拼命地往下拔，几乎连骨头都被她拔断。如果再一个钟头，弄得思嘉一双手都青肿到不能伸屈。后来思嘉只得拿两条长毛巾结在一起，将它两头吊在床脚上，让媚兰抓住那个结。媚兰就把全身挂到那上面去，仿佛它是一条生命线一般，痛急时就抓得紧些，痛定时就放得松些。这样闹了一个下半天，她的声音一直像一头在陷阱里临死的野兽。偶尔，她也丢开了那条毛巾，虚弱地擦擦自己的手，睁着铜铃一般的眼睛看看思嘉。

"你跟我说说吧，请你跟我说说吧。"她对思嘉低声地请求，思嘉就得找出一些话来跟她乱说一阵。然后阵痛又来了，便又抓住那条毛巾拼命挣扎了。

那间昏暗的房间里荡漾着热浪、痛楚和苍蝇，时间偏像是拖着鞋片那么走得慢，思嘉已差不多记不起那天早晨的事儿了。她只觉得自己在这蒸笼里面仿佛已经蹲了一辈子。她听见媚兰尖叫，自己也很想尖叫出来，但是她拼命咬着嘴唇熬忍着，直把嘴唇咬脱一层皮，才压下那个冲动。

有一次卫德踮着脚尖走上楼梯来，哭丧着脸站在门口："我饿！"思嘉站起身，要想出去，但是媚兰低声道："哦，你不要走开。请你，你在这里我才受得住。"

于是思嘉只得叫百利子下去热点早晨剩下的玉米粥来喂他吃。至于她自己，她觉得从今以后再吃不下东西了。

壁炉台上的钟已经停了，她也不晓得到底什么时候了，但是她觉得房间里的热度已经减了些，那针尖一般的光线也已淡了些，她便把窗帘拉了开去。她这才吃了一惊，原来时候已到晚快边，太阳已变成一个猩红的大球，远远落在天边了。但是她还仿佛觉得那蒸热的午刻并没有过去。

她忽然暗暗猜想起来，现在外边不知是怎么样了。军队都开完了吗？北佬已经到了吗？我们的军队难道一点都不抵抗就走了吗？于是她突然记起来了，联盟军是非常少的，谢尔门的军队是那么多的，而且都吃得饱饱的。想到这里，她便觉得胃脘里隐隐作痛。哦，谢尔门！哪怕是撒旦的名字也不会使她这么惊吓的。但是现在不是思想的时候，媚兰又在那里叫了。她要水，要冷手巾拍额头，要给她扇扇，要替她赶走脸上的苍蝇。

黄昏时候到了，百利子像个黑小鬼似的轻轻地走着，点起了一盏灯。这时媚兰更加虚弱了，她开始叫起希礼来，像在昏迷状态中似的，一声一声不住地叫着，把个思嘉直叫得汗毛直竖，恨不得立刻拿个枕头闷塞住那种单调的声音。但是她忽又想起，也许米医生终于会来的。哦，快点儿来才好呢！于是希望又抬头了，她便朝着百利子，吩咐她赶快跑到米家去，看看米医生或是米太太回来没有。

"如果米医生还没有回来，你就问问米太太或是她家阿妈怎么个办法。求她们不论哪个来一趟！"

百利子嘴里咕哝着走了，思嘉看着她跑上街去，竟比哪一回都跑得快些。但也过了好一会儿，方才看见她回来，仍然是她一个人。

"医生一天都没有回家，也许他已经跟那些士兵走了。思嘉姑娘，斐尔少爷过去了呢！"

"死了？"

"是的，奶奶，"百利子说，她自以为这消息非常重要，得意极了，"他们的马夫老陶说的。他被打在——"

"那不要去管它。"

"俺也没见米太太。阿妈说她在给斐尔少爷洗身子，怕北佬来了要来不及下葬。阿妈又说，如果媚兰姑娘痛得厉害的话，只消放一把小刀子在床底下，那痛就会一切两断了。"

思嘉听见这番没用的报告，正预备又是一个巴掌打过去，可是那边媚兰睁大了眼睛，虚弱地向她说话了："亲爱的——北佬要来了吗？"

"不，"思嘉决然地说，"百利子向来是说谎话的。"

"是的，奶奶，俺一直是说谎话的。"她也慌忙表示同意了。

但是媚兰心里已经很明白，再也瞒她不过了。她便将脸埋在枕头里，说道："哦，我知道的，他们要来了呢。我可怜的孩子，我可怜的孩子。"然后隔了好久又说："哦，思嘉，你决不能再守在这里了。你得赶快走，赶快带卫德走。"

这几句话正是思嘉心里在想的，但是她一经听见它从媚兰嘴里说出来，便觉得怒不可遏，仿佛她心里的秘密已被媚兰从脸上看出来似的。

"不要说傻话吧，我是不怕的。我也决不会离开你的，你总该知道。"

"你去了也是一样。我反正是一个死。"说着她又呜呜地哭起来。

思嘉像个老太婆从那黑暗的楼梯上慢慢地摸着下来，一路扶住了栏杆，以防跌倒。她的腿跟铁一般重，疲倦得不住发着抖，同时那浑身黏湿的冷汗也使她不觉打起寒噤来。她虚弱地摸到了前廊，去顶头一步台阶上坐下，将头靠在背后一根廊柱上。她拿抖簌簌的手解开小马甲，一直解到了半个胸口，夜正沉浸在温暖而柔软的黑暗里。

现在什么都完了。媚兰是并没有死，她那个小男娃娃已经叫得小猫儿似的在百利子手里受洗了。媚兰已经舒舒服服地睡过去。她真不懂她挣扎了这么一天之后怎么还睡得着觉的。她怎么竟能不死呢？思嘉自己也知道刚才给她做的一番手术，实在不高明得很，怕连她自己受到也是非死不可的。谁知等事情停当之后，居然还听见媚兰轻轻说了声"谢谢你"呢。说了这话之后她就睡着了。怎么睡得着的呢？其实思嘉忘记自己养出卫德来之后也是像这样睡过去的。原来她什么都忘记了。现在她的心是一个真空，她周围的世界也是一个真空。她觉得今天以前一向没有生活的存在，今日以后也将永远没有生活的存在——就只有一个闷热的夜，就只有她自己的粗嘎疲乏的呼吸，就只有身上的汗水由腋下流到腰部，由臀部流到膝盖，稀湿的，发黏的，冰冷的。

她听见她自己的呼吸由有规律的搏动而变成痉挛的呜咽，但她的眼睛是干燥的、是火热的，仿佛她的眼泪已经永远枯竭了一样。慢慢的，费力的，她抬起了身子，将那沉重的衣裙一直撩到大腿上。因为这时她身上是热、冷、湿三样东西搅做一团了，只觉得腿上接触一点夜风非常爽快。她也知道她现在这般形况，要叫白蝶姑妈看见了，一定又要惊吓得什么似的。但是她不管了，她什么都不管了。时间仿佛是静止的，也作兴是刚刚过了黄昏时分，也作兴是已经半夜。她并不知道，也不去管它。

她听见楼上有脚步声音，心里正在骂着："这天杀的百利子。"便不自觉地合上了眼睛，随即有一点像是睡眠那种东西落在她身上。于是经过了一个不知是长是短的罔无所觉的顷刻，方才睁开眼睛看见百利子站在身边，正很有兴致地对她唠叨。

"咱们这回弄得很好的呢，思嘉姑娘。俺想叫妈来弄也不过如此的。"

她从阴影里对百利子瞪了一眼，已经力乏得笑也不能笑了，骂也不能骂了，数说她的过失也不能数说了。什么过失呢？起先她那么地吹牛皮，其实她对于接生是丝毫没有经验的；后来她又惊吓得那个样子，这也弄错了，那也弄错了，临到紧要关头什么也不能动手了；还放错了剪刀；还泼翻那盆子，泼得满床都是水；还把那刚刚下来的孩子摔了一大跤。然而，现在，她又在这里吹了，又说她弄得很好了！

想不到他们北佬还要解放黑奴呢！好吧，北佬来了她们是该欢迎的。

她重新将头靠在柱子上，不理她。百利子觉得很扫兴，就踮起脚尖儿躲进黑暗里去了。经过了一段很长的时间，思嘉的呼吸方才慢慢平下去，心也渐渐定下去，便听见街上有隐约的人声，以及许多脚踩踏的声音从北面而来。兵！她慢慢地竖起身子来，将衣裙放了下去，虽则她明知道在这样的黑暗里是没有人看见她的。直等那一群人像影子似的移到她门前，她便不管三七二十一地跟他们打起招呼来。

"哦，请你们等一会儿！"

一个影子从行列中走出，走到她门口。

"你们走了吗？你们要丢开我们了吗？"

那个影子仿佛脱下了他的帽子，随即一个平静的声音从黑暗里发出来。

"是的，女士。我们走了，我们是从北边一英里路外的壕沟里来的。我们是最后一批了。"

"你们——军队真的撤退了吗？"

"是的，女士。你瞧，北佬要来了。"

北佬要来了！这事她已经忘记了。她的喉咙突然收缩起来，她没有别的话可说了。那个影子又缩了回去，没入其他的影子里去了，便听得脚步声从黑暗里踩了开去。"北佬要来了！北佬要来了！"那是他们那些脚步的节奏，也就是她自己的心怦怦的节奏。北佬要来了！

"哦，北佬要来了！"百利子哭着缩到思嘉身边去，"哦，思嘉姑娘，他们要把咱们杀光呢！他们要拿刺刀来刺咱们的肚皮呢！他们要——"

"唉，你不要嚷呀！"这些事情单放在心上想想已经是可怕极了，何况听见用颤抖的声音说出来呢！于是恐怖又重新在她心头扫过。她怎么办呢？她怎样能够逃脱呢？她去找谁帮助呢？每一个朋友都不肯帮助她了。

突然她想起白瑞德来，于是立即有一种平静的感觉驱除了她的恐怖。为什么她今天早上像一只没头鸡似的在爬挠的时候不曾想起他呢？她固然恨他，但是他很强壮，很能干，又是不怕北佬的。而且他现在还在城里没有走。她又想起自己上次跟他见面的时候，他曾对她说过许多不可饶恕的话，因而她跟他发过脾气，说过再不跟他见面的。但是像现在这么紧急的时候，这些事情她都可以不计较。而且他又有马，又有车。哦，她为什么不早想到他呢？他一定可以带她们大家离开这个受罪的地方，一定可以使她们避开北佬，逃到别的地方去。

她便朝向百利子，十分迫切地对她说：

"你知道白船长住在什么地方吗——是不是在亚特兰大旅馆里？"

"是的，不过——"

"好吧，那么你马上到那里去，要跑得快，告诉他说我找他。我要他赶快来，并且把他的马跟马车带来，或者是有救护车也好的。你把孩子的事情告诉他吧，你对他说我要他把我们送出这个地方去。去吧，马上就去，快些！"

说着她笔直坐了起来，在百利子背脊上推了一下，叫她赶快走。

"啊呀天，思嘉姑娘！俺独个人这么漆黑地在街上跑，要害怕的！要是北佬逮住俺呢？"

"你要是跑得快些，你可以追上刚才这些士兵，他们不让北佬逮你的。赶快！"

"俺害怕！要是白船长不在旅馆里呢？"

"那么你问他们他在哪里。你连这一点脑子都没有吗？他如果不在旅馆里，就到得搡忒街的酒吧间找去，到华贝儿家里找去。你一路找着他好了。你这傻子，你难道还不明白，现在不赶快去找，过会儿北佬要把我们统统逮去呢！"

"思嘉姑娘，妈要晓得俺到酒吧间去，或是到婊子家里去，她要拿棉花秆子揍俺呢。"

思嘉从地上站了起来。

"可是你要是不去，我也要揍你的。你可以用不着跑进去的，你不可以站在门口喊他吗？或者问问旁人，他在不在里边，也可以的。走吧。"

百利子还是站在那里擦着脚，嘟着嘴，思嘉便又狠狠地将她一推，差一点儿使她扑个倒栽葱。

"你再要不去，我就卖了你，叫你一辈子见不到你妈，并且把你卖给一个田里做活的。赶快！赶快！"

"天晓得，思嘉姑娘——"

可是她经不得女主人一双坚决的手的推迫，只得一步步跨下台阶去了。直听见大门上的门闩一响，思嘉便又在她后面嚷着："赶快跑啊，你这小傻子！"

她听见百利子的步声变成了小跑，随即在那柔软的泥路上渐渐消失了。

第二十三章

百利子去后,思嘉疲倦地走进楼下的穿堂,点起一盏灯。屋里是蒸一般的热,仿佛整个下午的热气都给关在里面了。她的麻木感觉已有一部分消失,现在她的胃喧嚷着要求食物,她才记起自己从昨天晚饭以后只吃过一口玉米粥,于是她拿起那盏灯,走到厨房里去。灶里的火已经熄了,可是厨房里闷人地热。她看见长柄锅里还放着半片硬玉米饼,就把它抓在手里,一面吃着,一面再去找别的东西。罐子里还剩一点玉米粥,她等不到盛在盆子里,就拿一只长瓢羹舀着吃起来。那玉米粥淡得很,得多加盐才好吃,但是她饿极了,懒得去找盐了。她一口气吃了四大瓢,觉得那里热得实在受不住了,这才一手拿起那吃剩的玉米饼,一手拿起灯,回到穿堂里来。

她现在想起应该到楼上去陪伴媚兰了。倘使有什么事情,媚兰是没有气力喊人的。可是那个房间她已经在那里做了这一天的噩梦了,现在要她再到那里去,实在觉得不耐烦。哪怕媚兰快要死了,她也不能回去的。总之,她是永远不要再见那间房间了。她把那盏灯放在一个蜡烛台上,重新回到前廊来。这里风凉得多,虽则外面的空气也还是闷热的。那盏灯散出一个圆圈的微光来,她坐在台阶上,继续啃着那块玉米饼。

等到吃完,她的气力就有些儿恢复起来,但是气力来了,那种刺人的恐惧也跟着来了。她远远听见街上有一种呼呼的声音,可不知道这声音到底是什么。她什么也辨别不出,只觉得有一股声音似乎在那里一起一伏。她侧着耳朵仔细地听着,一会儿就觉得浑身肌肉都紧张得发酸起来。现在她只盼望听到一阵马蹄的声音,然后就看到白瑞德那双从不惊惶的眼睛来嘲笑她的恐惧。她知道瑞德一定会送她们到一个地方去的。什么地方呢?她并不知道,她也不去管。

当她这样侧着耳朵向市区方面听着的时候,她看见外边树顶上面现出一道薄薄的红晕来。她觉得莫名其妙。她注意地看着,见那红晕愈来愈明了。那黑暗的天空先是变成粉红,渐渐变成深红,然后突然看见树顶上面高高跃起巨大的火舌，她也就从地上忽地跳了起来，她的心又怦怦地捶起来了。

北佬已经到了！她知道他们已经到了，已经在那里放火烧城了。那火焰是从市中心起来的，但似乎略略偏东一点。它射得愈来愈高了，愈来愈广了，刹那间她眼前的一大片天空都红了，一定是整条街都着起来了，同时微风中飘来了一股烟火气。

她急忙跑上楼，钻到自己房间里，靠到楼窗口去看，希望看得更清楚一点。一看天空是一片可怕的死灰色，一阵阵的黑烟盘旋着冲了上来，将那绯红的火焰像浓云似的笼罩着。现在烟气比前更浓了。她的心思纷乱地冲到这里、冲到那里，一会儿想起那火马上要蔓延到桃树街上来，将这所房子烧掉了，一会儿想起北佬儿马上要冲到这里来逮她了，她逃到哪里去呢？她怎么办呢？这时似乎一切地狱里的恶鬼都在她耳朵里尖声呼喊，她的脑子慌得不住地打回旋，几乎要从窗口翻身跌下去，只得急忙抓住窗台不敢动一动。

"我得想，"她一遍又一遍地告诉她自己，"我得想。"

但是思想老是避开她，像只受惊的蜂雀似的在她心里穿进穿出，始终不肯停住一刻儿。在这心慌意乱中，忽听见一声震天响的爆炸，比她前几天听见的任何炮声都响些。随即整个天空都被炸出火来了。然后又是几声轰然的巨响，连窗上的玻璃也震得琅琅作声，纷纷碎落。

此后爆炸之声就像连珠炮似的连续不断了，刹那之间世界变成了一个充满着声音、火焰、震动的地狱。一蓬蓬的火星射上了天空，然后又从那血红的云层里懒洋洋地慢慢地落下。她仿佛听见隔壁房里有过虚弱的呼声，但是她不去管她。她现在没有工夫去顾媚兰了。除了害怕之外，她做什么事都没有工夫了。她仿佛还是一个小孩子，现在吓慌了，急着要想躲到母亲怀里去，避开这种可怕的景象。哦，她恨不得立刻飞回家去了！她恨不得立刻跟母亲在一起了！

通过了这种使神经震颤的声音，她忽又听见了另一种声音，那是一双被恐惧催迫的脚，三步做一步地奔上楼梯来，同时一个声音像迷路的猎狗似的一直喊嚷着。原来是百利子回来了。她气喘吁吁地冲进房，便把思嘉的臂膀一把抓住，指爪几乎深深掐进肉里去。

"是北佬——"思嘉先嚷道。

"不，是咱们自己人！"百利子一面将思嘉的臂膀抓得更紧，一面喘着气说，"他们在烧铁厂呢，还有军需站、军粮栈，也都在烧了。哦，天晓得，思嘉姑娘，他们把七十列车的炮弹跟火药一齐都烧掉了呢！哦，耶稣，咱们怕也都要给烧了!"

说着,她愈加哭嚷得厉害,同时把思嘉的臂膀也愈加掐得厉害,把个思嘉痛得尖叫起来,连忙甩开她的手。

原来北佬还没有来!要走还来得及的!于是她把全身的气力重新鼓起来。

"我如果不镇定些,"她想,"我就要像一头猫儿似的叫起来了!"同时她看见百利子吓得那么厉害,自己倒反觉得胆壮了。她便抓住了百利子的肩膀,将她狠狠地摇着。

"你不要说这种胡话吧,头脑要放得清醒些。北佬还没有来呢,你这傻子,你看见过白船长吗?他怎么说?他要来吗?"

百利子不嚷了,但是她的牙齿还是在打战。

"是的,奶奶。我后来找到他了。不错,他是在酒吧间。他——"

"不要管他是在哪里找到的。他来不来?你告诉他带马来没有?"

"天晓得,思嘉姑娘,他说咱们的兵大爷把他的马跟马车拿去做救护车了。"

"啊呀,我的上帝!"

"可是他要来的——"

"他怎么说呢?"

这时百利子喘息定些了,也不那么慌张了,只是一双眼珠子还是不住地打滚。

"是这样的,正像你说的,他是在酒吧间里。俺站在外边喊他,他就出来了。俺刚要跟他说话,兵大爷就在得撲式街上一家店铺放起火来了。他就说,来吧,就一把拉住俺的手,带俺跑到五尖头,他就说,什么事?你说吧,快点儿说。俺说你说的,白船长,请你赶快来,把你的马跟马车也带来。媚兰姑娘养了一个孩子了,思嘉姑娘又发疯似的要逃出城去。那么他说,她打算跑到哪儿去呢?俺说,俺不知道,先生,可总要等北佬没有来的时候就逃走,并且请你陪着走。那么他笑了,他说他们把他的马拉走了。"

思嘉听见最后这个希望达不到,心就沉落下去了。她也真是傻,为什么没有想到军队撤退的时候一定要把所有车辆马匹都带走的呢?刹那间,她觉得麻木了,不能再把百利子的话听下去了,但是她竭力振作起来,要听完她的报告。

"那么他又说,叫思嘉姑娘放心吧。俺去替她到军队里去偷一匹马来,要是还有马剩下来的话。他又说,偷马是俺向来偷惯的。去告诉思嘉小姐,说俺就是枪毙了也要替她偷来的。那么他又笑了,又说,赶快回去吧。俺刚要走,轰!

轰！炸起来了。俺吓得要死，他说不要怕，这不要紧的，这是咱们自己人炸火药，免得北佬来要拿去——"

"你想他会来吗？他会去偷马吗？"

"他这么说的。"

她长长地舒了一口气。只要还有法子可以拿到马，瑞德一定拿得到。他是个能干人呢。只要他能够带她逃出这地狱，她就什么都可以饶恕他了。逃！这是多少有兴致的事！而且有瑞德在旁边，她就可以不怕了。瑞德会保护她们的。真要谢谢上帝呢！她既有了一线希望，便动手干起实际的事来。

"去把卫德叫醒来，给他穿好衣裳。把我们的衣裳也挑几件出来，拿一只小箱子装着。你暂时不要对媚兰说我们要走的话，现在还早。可是给那孩子拿两条厚毛巾包起来，并且给他也带几件衣服。"

那时百利子还是牢牢抓住思嘉的衣裙，一双眼睛就只看见眼白。思嘉将她狠狠地一推，马上把她的手甩脱。

"赶快去！"她吆喝道，百利子就像一头野兔似的跑走了。

这时思嘉才想起了媚兰，她知道这大半天媚兰听了那不断的轰声，看了那天空的火光，一定吓昏过去了，自己该快去安慰她一下了。

但是她仍旧还鼓不起勇气回到那间房里去。她先跑下楼，想要把白蝶姑妈留在家里的一点瓷器和银器收拾一下。但是她到饭厅里的时候，她的手抖得非常厉害，竟把三只盆子落在地上打碎了。她跑出走廊来听了听，没有动静，这才又回去，却又把那些银器丁零当啷地撒了一地。不知怎么的，她一双手碰着什么都会摔下地去。后来连她自己也滑了一跤栽倒了，但是她就忽地跳了起来，仿佛并不觉得痛。她听见楼上的百利子在那里奔马似的跑来跑去，心里又光起火来，因为她觉得那种跑声是毫无目的地瞎跑。

她到前面走廊上来一共听了十二次，但到第十二次上就不再回饭厅去了。她索性坐在走廊上专心听着。因为她觉得自己正在盼望瑞德的时候，心跳得非常厉害，要理东西反正是理不了的。但是瑞德怎么还不来呢？她好像已经等了几个钟头了。直至好久之后，她方才听见远处有一种没有涂油的轮轴的吱吱嘎嘎声，以及隐隐约约的慢吞吞的马蹄嘚嘚声。唉，他为什么不快些呢？他为什么不让那马儿小跑着来呢？

那声音渐渐近来，她就忽地从地上跳起，高声叫着瑞德的名字。随后她就看见一个朦胧的影子从一辆小小的载货车上跳下来。接着，大门上的门闩咔嚓一声响，那个影子渐渐移近来了，直至移到灯光里，方才明明白白看出是瑞德。他身上的衣服仍旧是那么漂漂亮亮，仿佛要去上跳舞会一样，是白麻纱的外褂和裤子，灰色水绸有着镶绣的背心，胸口上还像打着皱裥的。一顶阔檐巴拿马帽子歪歪地搭在一侧，裤带上挂着两支象牙柄的长筒决斗手枪，衣裳口袋里饱饱地装着两袋的弹药。

当他从石径上走上来时，他的步子有劲得像个野蛮人，他的脑袋挺得像个异教国的王子。那黑夜的危险对于思嘉是莫大的恐慌，对于他便成了一种兴奋剂了。他那黝黑的脸上带着一种勉强掩饰的凶暴和残忍，假使思嘉在脑子清楚的时候看见了，早已不知吓到什么样子了。

他的黑色眼睛不住地跳着，仿佛觉得这样的事情很好玩，又仿佛以为那震天响的声音和半天焦的红光都不过是吓吓小孩子的。当他踏上台阶时，思嘉就摇摇晃晃地迎了上去，她的面孔是雪白的，她的绿色眼睛里冒着火。

"晚安，"他一面唰地一下脱下了帽子，一面用拖长的声音对她说，"我们碰到好天气了啊。听说你要出去旅行一趟了？"

"你如果还要说笑话，我就永远不同你开口了。"她用颤抖的声音说。

"你不见得是受惊吓了吧！"他故意装出吃惊的样子，而且那么怪形怪状地咧着嘴，使得思嘉恨到几乎要把他推下台阶去。

"是的，我受惊吓了！我是吓得要死了，而且你若是具有上帝给予一头山羊的那么点意识，你也应该受惊吓的。可是现在不是我们谈空话的时候，我们必须要离开这里才是个道理。"

"遵命，遵命，太太。不过你太太打算到哪里去呢？我现在到这里来，是带着一肚子好奇心的，我要来请教请教你到底要到哪里去。你不能往北，也不能往东，也不能往南，也不能往西。四面八方都是北佬了。现在只有一条路还没有给北佬拿去，我们自己的军队就是从这条路上撤退的。而且这条路可以通行的时间也不能长久。李将军的骑兵队现在在痢痢村那边打后卫，到了这里的军队撤完之后，他就不能支持了，那条路终于也保不住了。你如果跟着军队往麦唐那那条路走，他们就要把你的马拿了去，这匹马虽然不像个样儿，我可是费了大劲才偷到手的。那么你到底到哪里去呢？"

她站在那里抖着，听着他的话，差不多没有听见什么。但是给瑞德这么一问，她就突然记起自己是要到哪里去了。因为她只有一个地方可去。

"我要回家去。"她说。

"回家？你的意思是说陶乐不是？"

"是的，是的！到陶乐去！哦，瑞德，我们得赶快了！"

他对她看了看，仿佛她是昏了神似的。

"陶乐？我的天，思嘉！你不知道他们一直都在琼斯博罗打吗？痴痴村上下十英里都在打，已经打进琼斯博罗街市上去了。现在陶乐恐怕已经满是北佬了，整个区里都是北佬了。虽然现在没有人知道他们到底在哪里，但总在那一带地方。总之，你是不能回家的。你决不能从北佬的军队里穿过去！"

"可是我要回家呀！"她嚷道，"我要回家呀！"

"你这小傻子，"他的声音急促而粗糙，"那条路你不能走的。即使你不遇到北佬，那些树林里面也到处都是溃兵和逃兵。而且我们的军队也还有不少正从琼斯博罗撤退下来，他们跟北佬没有两样，也要抢走你的马的。你的唯一机会就是跟我们的军队往麦唐那那条路去，并且还得天保佑，他们在黑暗里看不见你。陶乐你绝不能去，即使你到得那里，怕也已经烧得精光了，我决不让你去。你这简直是发痴。"

"可是我要回家呢！"她大嚷道，她的声音渐渐提高成一种尖叫，"我非回家不可！你不能阻止我！我要回家！我要我的母亲！你如果阻止我，我就跟你拼命！我非回家不可！"

她一面这么一连串地嚷着，一面眼泪就直滚下来。随即她拿拳头捶着他的胸口，又直着喉咙尖叫道："我非回家不可，哪怕一路跑回家去也是情愿的！"

突然的，她在他的怀里了，她那泪水纵横的面颊贴在他的烫得铁硬的衬衫皱裥上，她的拳头在他胸口上停着。他的手温和地抚慰着她的乱发，他的声音也很温和，而且安静，一点儿没有嘲讽的调子，简直不像白瑞德的声音了，同时他的衣服里面散发出白兰地、烟草和马的气息，使她感觉到一种安慰，因为这种气息常要使她想起自己的父亲来。

"喂，喂，亲爱的，"他温和地说，"你不要哭，我让你回家就是了。你不要哭。"

她觉得有一点东西碰一碰她的头发，仿佛是他的嘴唇。她觉得他现在非常地温柔，非常地使人安慰，巴不得能够永远这么躺在他怀里。她觉得有这样强壮的臂膀搂抱着她，一定没有什么东西能够伤害她的。

他向口袋里摸了摸，取出一条手帕来，擦了擦她的眼睛。

"现在你得像个好孩子，擤擤鼻子吧。"他命令道，眼睛里露出一丝微笑，

"擤好了对我说怎么办,我们的确应该快些行动了。"

她顺从地擤了鼻子,身上还是发着抖,但是她想不出叫他怎么办。他看见她的嘴唇抖得那么厉害,她的眼睛那么无可奈何地看着他,便只得先开口了。

"卫太太养了孩子了吗?现在要移动她是很危险的——要拿那辆歪歪倒倒的货车载她走二十五英里路是很危险的。我们不如将她留给米太太吧。"

"米太太不在家里。我不能丢开她的。"

"好吧,那么她也一块儿上车去。那个傻小娟妇哪儿去了?"

"在楼上理箱子。"

"箱子?车里是什么箱子都装不了的。你们这许多人已经快要装不下,而且它那几个轮子是等不到你去鼓励它就要跑开的了。你叫她一声,叫她找一条顶小顶小的鸭绒被来,垫到车里去。"

思嘉仍旧还不动。他将她的臂膀牢牢抓住,于是他身上所有的活力似乎流到她身上去了。她是恨不得自己也能像他那样的冷静,那样的行若无事!他将她往穿堂里推,但是她仍旧站在那里不动,只是没奈何地对着他呆呆地看着。他于是把嘴唇撇了一撇,嘲讽她说:"难道这也算得一个不怕上帝不怕人的女英雄吗?"

说着,他哈哈大笑起来,当即放开了她的臂膀。她被他笑呆了,只对他骨碌着一双眼睛,心里暗暗地恨他。

"我并不害怕。"她说。

"还说不害怕呢!再过一会儿你就要晕过去了,我可没有带着通关散哪。"

她只没奈何地顿着脚,因为她再也想不起别的什么该做的事来了。直等过了好一会,她才默不作声地拿起一盏灯,动身上楼去。他在她后边紧紧地跟着,她听见他一路吃吃地暗笑。她跑进卫德的房间,看见卫德坐在百利子怀里,穿好一半衣服了,正在那里静静地打呃。百利子一面给他穿衣服,一面抽泣着。卫德床上的鸭绒被是顶小的,她就叫百利子拿下楼去,拿到车里去垫起来。百利子便放下卫德,拿了被头下楼去了。卫德也跟她下楼,他的打呃倒给混忘记了。

"来吧。"思嘉说着,转到媚兰房门口,瑞德手里拿着帽子跟着她。

媚兰静静地躺在那里,被头一直盖到下巴颏儿底下。她的面色死一般地白,但是她那深陷而有黑圈的眼睛是很清朗的。她看见了瑞德,并不现出惊异的样子,只看做当然的事情一般。她尝试着要笑,但是那笑没有到口角就消失了。

"我们要回家去了,回到陶乐去了,"思嘉急忙对她解释说,"北佬快要来了呢,瑞德会送我们去的。我们现在没有别的办法了,媚兰。"

媚兰虚弱地点了点头，并且向那孩子做了做手势。思嘉急忙将孩子抱起来，拿一条厚毛巾将他匆匆地包着。瑞德就向她床边走去。

"你不要怕，我会当心的，"他一面将她两边的被头塞紧，一面对她说，"你试试看，拿臂膀攀牢我的颈梗吧。"

媚兰尝试着抬起半身来，但是马上又倒下去了。瑞德只得弯下身去，将一只臂膀插进她颈梗底下，还有一只臂膀托住她的腿弯子，轻轻地举起她来。她并不嚷，但是思嘉看见她在咬嘴唇，面色也越发白了。思嘉把灯擎得高高的，照着瑞德，正要向门口走去，却见媚兰向墙壁上做了一个虚弱的手势。

"要什么？"瑞德轻轻地问道。

"请你，"媚兰一面轻轻地说着，一面尝试拿手指了指，"察理。"

瑞德低下头把她看了看，当是她神志不清了，但是思嘉已经懂得她的意思，便觉得很是懊恼。她当媚兰是要察理的相片。

"请你，"媚兰又低声道，"那把刀。"

"哦，好的。"思嘉说。直等她把瑞德照下了楼梯，她就回转去解下那一把指挥刀和一条手枪带。这时她想起自己一手抱着个小孩，一手拿着那两件东西，一定是奇形怪状了。她又想起媚兰不怕死，也不怕北佬来，还能顾到察理的东西，真是别人及她不来的。

当她拿下察理那张相片的时候，她瞥见了察理的面孔了。他的褐色大眼睛和她自己的眼睛接触了一下，使她不觉站住对他审视起来。这个人曾经做过她的丈夫，曾经跟她同床共枕过几个晚上，曾经留给她一个儿子，眼睛也像他自己那么的温柔而褐色。然而现在她差不多已经记不起他来了。

她怀里的小孩挥舞着他的小拳头，像小猫一般叫起来，她就低下头对他看了看。现在她才想起了这是希礼的孩子，可惜不是她自己同希礼生的，如果是她自己同希礼生的多好呢！

百利子蹦跳着上楼来，思嘉就把孩子交给她。于是她们急忙走下楼，那盏灯一路照出了晃荡的影子。走到穿堂里，思嘉看见了一顶帽子，便一把将它抓了戴在头上，慌忙结起脖子上的带子来。这是思嘉戴孝时戴的帽子，思嘉戴起来很不合适，但是她再想不起自己的帽子放到哪里去了。

她于是步下台阶，走到大门外。媚兰已经笔直躺在车里了，卫德躺在她旁边，然后百利子也抱着孩子爬上去，在她们的旁边躺着。

那辆车的容量很小，两边的车厢板也很低。那几个轮子是朝里侧的，仿佛一经转动就马上要飞开去一般。思嘉又把那匹马掠了一眼，不由得她的心立刻沉落下去了。因为那是一匹憔悴不堪的小马，站在那里几乎把头低到腿缝里去了。它的脊背上是满目疮痍，它的呼吸是像害痨病似的。

"简直不像一匹马了，是不是？"瑞德咧了咧嘴说，"你看它差不多快要呜呼了，但是我费了不少劲儿才找来的呢。过几天再把我偷它的详细情况告诉你，实在险得很，我差一点儿吃枪弹了！我都是为了你，才肯拼着命去做偷马贼的，不过只偷得这么一匹马来，实在不值得至极！让我搀你上去吧。"

他从她手里接过那盏灯，将它放在地上。那辆车的赶车位子窄得很，只是一条木板横搁在那里。瑞德将思嘉整个抱了起来，一下送到那木板上去。她一面塞着屁股底下的衣裙，一面暗暗地想，要能做一个跟瑞德一般强壮的男人够多有意思呢。现在她有瑞德在身边，便觉得什么都不怕了——不管是大火、轰声、北佬，一概都不怕了。

他也爬上了他的座位，和她并排坐下来，把缰绳拿在手里。

"哦，等一下！"她嚷道，"我忘记锁前门了。"

他发出了一阵轰然的笑声，便将缰绳在马背上抖了几下。

"你笑什么？"

"我笑你——笑你想要把北佬锁在门外。"他说着，那马就慢吞吞地勉强起步了。人行道上的那盏灯依然点着，向四周射出一个黄色的小光圈，他们一步步地远去了，那小光圈便一点点地缩小了。

出了桃树街，瑞德将马头掉向西去，当即进入了一条崎岖的小道，那车就非常猛烈地颠簸起来，把个媚兰颠得不断闷声地哼着。那小道头顶交拱着阴沉的树木，两旁的房屋在沉默里呈出一片片白色的篱笆来，仿佛是墓地里成列的碑石。但是头顶的树木虽密，那天上的红光和黑烟仍旧可由缝里透进来。同时那一股烟气也觉得愈来愈浓，并且渐渐听见人群呼喊声、兵车隆隆声，以及脚步奔忙声了。那条小道走完，正要拐过一个弯去，忽然听见又是一个轰然的巨响，同时一阵怵目惊心的火焰从西边冲上天空。

"这一定是最后一列军车了，"瑞德平静地说，"我总不懂这一班傻子，今天早上为什么不早早搬走！那时候还着实来得及呢。现在可苦了我们。我本打算避开了中区，绕弯儿绕到西南角去的，那就不必冲过着火的地方，也不必冲过得揆式街上那个疯狂的人群。但是现在听见美立脱街那边也在炸了，那里是我们必须要经过的。"

"必须——必须经过火烧的地方吗?"思嘉颤抖着说。

"若是赶得快还来得及。"瑞德说着,突然从车上跳了下去,在一家人家的院子里消失了。他回来时,手里拿着一根小小的树枝,便向那疮痍满目的马背上残酷地抽着。那马拼着命做起一种踉跄的小跑来,车子便向前直窜而去,同时像簸麦子似的簸了起来,差点儿没把车上人摆到车外去。但是她们的头不住地在车板上碰冲着,于是那孩子哭起来了,百利子跟卫德也哭起来了。只是媚兰没有一点儿声息。

当他们将近美立脱街的时候,两旁的树木稀疏了,天空的火光因而越发看得清楚。只见一处处的火头从屋顶上不住地冲起,把四周围照得比白昼还要光明,同时一阵阵的浓烟发狂似的四处飘荡着,像似一个波涛汹涌的怒海上漂荡着无数将沉的船帆一般。

思嘉的牙齿打着战,但她吓昏了,自己一点儿都不觉得。当时虽然有那猛烈的火光炙着她的脸,但是她浑身冰冷地抖个不住。她觉得这里便是地狱,她是在地狱里了,她如果能够控制自己那双不住发抖的膝盖,她就马上要跳下车来,仍旧从那黑暗的道路上逃回白蝶姑妈家里去藏着。现在她只有紧靠在瑞德的身上,拿颤抖的手指抓住他的臂膀,眼睛看着他,希望他给她说一句话,给她一点安慰。这时瑞德浴在那地狱的红光里面,他的黑暗的侧影分明像个古钱币上铸着的人头,美丽、残忍而颓废。他一经觉到了她的手,便将脸朝着她,那一双眼睛里也冒出烈火,跟他们面前的真火一样可怕。照思嘉看起来,他当时的神气是充满着兴致和侮蔑,仿佛他对于当前的局势感到极大的乐趣,又仿佛对于那迫在眼前的地狱表示欢迎一样。

"这里,"他把一只手放在他皮带上的一支长筒手枪上说,"你不管他是黑人白人,如果有人走近车边来尝试抢我们的马,你就开枪,开杀了他再说话。可是你要镇静些,千万不要把自己的马开杀了。"

"我——我也有一支手枪。"她低声说着,将那手枪十分矜持地捏住了放在怀里,生怕临到紧急的时候,自己会吓得拔不动枪机。

"你也有吗?是哪里拿来的?"

"是察理的。"

"察理?"

"是的,察理——我的丈夫。"

"你难道真的有过一个丈夫吗，亲爱的？"他低声地说着，就嘻嘻地笑了起来。

怎么他还要开玩笑呢！怎么他还不赶快走呢！

"那么你当我的孩子是哪里来的呢？"她凶狠地嚷道。

"哦，那是有别的方法的，不一定要丈夫——"

"你不要做声，赶快走好吗？"

但是他快到美立脱街的时候，就在一个还未着火的堆栈的阴影里突然勒住马缰了。

"赶快啊！"这是她心里唯一的一句话了，"赶快啊！赶快啊！"

"有兵来了。"他说。

正说时，便见那边有一个分队，通过美立脱街的火巷迎面而来，身上乱七八糟地背着枪，也有正的，也有倒的，都已疲倦得不能再走快了，疲倦得连两边的火星和浓烟朝他们不住扑来也顾不得了。他们身上都穿得破破烂烂，破烂到军官和士兵一点儿没有分别。多数是光着脚的，又有不少拿绷带包着头，或包着臂膀。他们都目不旁视地走着，口里都默不作声，若不听见那均匀的步伐，竟可以把他们当做一群鬼。

"你仔细看一看吧，"瑞德对她低声说，"将来也好跟你的孩子们谈谈，说你亲眼看见过这个光荣主义的后卫的撤退。"

她听见这话，突然地恨起他来，恨得把恐惧也忘记了。她明明知道她自己跟车后那几个人的安全都系在他一个人身上，但是她恨他，恨他不应该对这破烂的行列加以这样的嘲笑。她想起了已死的察理，想起了或也已死的希礼，想起了其他许多正在坟墓里腐烂的青年人，因而觉得瑞德不该讲这样的风凉话，但是她忘记了自己也曾有一次把这些人认做傻子的。当时她说不出话来，只拿一双充满着憎恨和嫌恶的眼睛对他瞪视着。

当这行列快要走完的时候，后队里面有一个拖着枪走的小孩子，实在走不动了，只得站住了对他的同伴呆呆地看着。他的个儿只有思嘉那么大，身上背的一支来复枪差不多跟他的人一般高。思嘉看他的年纪至多不过十六岁，一定是自卫队的队员，或者是什么学校里逃出来的小学生。

思嘉正注视时，那孩子忽然两腿大抖了一阵，往尘埃里倒下去了。随即有两个士兵从后队里跑出来，一声不响地赶到那孩子身边。其中有一个高个儿的瘦子，一把胡子一直挂到皮带上，便一声不响地扑下去解了那孩子的枪，跟自己的枪一同交给另外那一个，随即将那孩子一把抱了起来，一下驮在自己肩膀上，慢慢跟在那行列后边走去。那孩子在他肩膀上拼命挣扎，口里喊道："放下来吧，你这天杀的！放下来吧！我自己会走的！"

那个长胡子并不睬他，拐过一个弯儿不见了。

瑞德静静地坐在那里，让手里的马缰松放着，不转眼地注视着他们，黝黑的脸上现出了一种阴郁的神色。这时附近忽然起来一阵爆炸声，思嘉抬头一看，看见他们旁边那一所堆栈的房顶已经喷出一股火来，随即烈焰就冲天而起。一阵阵浓烈的烟气向他们脸上不住地猛扑，卫德跟百利子都喀喀地大嗽了。那个小娃娃在那里轻轻打着喷嚏。

"哦，瑞德，你发痴了吗？赶快呀！赶快呀！"

瑞德也不回答，只把手里的小树枝向马背上狠命地一抽，便使那马直蹦着向前驶去，一会儿就穿过美立脱街了。再向前去便是一条通到铁路轨道去的很狭的短街，两边房屋都已起了火，成了一条非常危险的火巷了。但是他们仍向火堆里直冲进去。那火光像十二个太阳那么亮地炫耀着他们的眼睛，灼人的热气煎炙着他们的皮肤，乒乓啪啦的声音震荡着他们的耳朵。在这里面仿佛挣扎了一个无穷的永劫，这才突然脱离了火海，重新进入一种半明半暗的空气中。

于是他们越过了铁轨，继续向前驶去，瑞德不时将那树枝在马背上机械地抽着。那时他的面孔放得很严肃，但是心不在焉似的，仿佛已经忘记了自己在什么地方了。他的阔肩膀向前佝着，下巴颏儿翘起来，像似心里在想什么不愉快的事。刚才他受到的那一阵热气已经使得他额头上面颊上都淌汗了，但是他不去擦它。

他们通过了一条小街，又是一条小街，转弯抹角地不知转了多少处，直弄得思嘉连方向也辨不清了，只觉得那着火的地方已经远远地撇在后面。瑞德仍旧不开口。他只是有规律地将马一鞭一鞭地抽着。现在天空的红光也退了，路上非常黑暗、非常可怕了，思嘉巴不得他开口说些话，不论什么话，就是嘲笑她、侮辱她，使她触心的话也是欢迎的。但是瑞德始终不开口。

不过他无论开口不开口，她都要谢谢天，有他在这里总是一个极大的安慰。因为她在这样万分危险的境地，幸亏有一个男人在身边，可以去靠在他身上，感觉到他那强壮臂膀的精力，可以替自己挡住那不可名状的恐怖，那么即使他光光坐在这里瞪眼睛也是好的了。

"哦，瑞德，"她搂住他的臂膀低声说，"现在我们要是没有你怎么办呢？幸亏你没有到军队里去呢！"

瑞德旋转头，对她看了一眼，使得她立刻放开他的臂膀，将身子缩了回去。现在他眼睛里并没有嘲讽了，而是赤裸裸的，其中含有愤怒，以及一点类似惶惑的东西。但是他将嘴唇撇了撇，又把头朝开去了。就这样，他们一声不响地走了许久许久，只有那孩子的微弱啼哭声和百利子的欷歔啜泣声打破了静寂。后来思嘉觉得那种啜泣声听得实在不耐烦了，便掉转身子将百利子狠狠地拧了一把，直拧得她喊叫起来。

末了，瑞德将车向右拐过一个弯，不多会儿就到了一条较广阔较平坦的路上。两边房子的朦胧影子越来越开阔，道旁树木也像高墙壁似的绵延不断了。

"现在我们已经出了城，"瑞德勒住了缰绳简单地说，"到了上癞癞村去的大路上了。"

"赶快走！不要停呀！"

"你也让那马转一口气啊。"然后他朝她慢慢地问道，"思嘉，你仍旧决心要干这种疯狂的事吗？"

"什么事？"

"你仍旧要想回到陶乐去吗？这是自杀呢！李将军的骑兵队跟北佬的军队正在这条路上打。"

哦，亲爱的上帝！怎么，他冒过了这么一天的大险，难道现在又不肯送她到陶乐去了吗？

"哦，是的，我要去的！请你，瑞德，我们快一点儿吧！那马并没有疲倦。"

"稍等一会儿。你听我说，你是不能从这条路到琼斯博罗去的，你决不能沿着铁路走。从癞癞村往南，他们整天都在铁路线上打。你想想看，除了通过癞癞村或是琼斯博罗，再有没有什么车路或是小路可以到陶乐去的吗？"

"哦，有的，"思嘉像得救似的嚷道，"我们只要能够走到癞癞村近旁去，我知道有一条车道，从琼斯博罗的大路上岔开去，绕了好几英里路的弯儿的。爸爸跟我常常在这条路上骑马，它一直通到麦家的地面，从那里到陶乐就只有一英里路了。"

"那好。也许你可以平安通过癞癞村的。因为今天下午李将军在那里掩护退却，也许那里已经没有北佬了。只要李将军的兵不把你的马抢去，也许你可以通过那里。"

"我——我通过那里？"

"是的，你。"他的声音很粗糙。

"可是瑞德——你——你不送我们去了吗？"

"是的。我这就要离开你们了。"

她愕然地四下看了看，看了他们背后那片猪肝色的天，看了他们两旁那些直竖的树木，看了车后那几个吃惊的人影，末了才看到瑞德身上。难道他发疯了吗？难道她自己听错话了吗？

他现在咧起嘴来了。在那朦胧之中，她刚刚可以看出他的雪白的牙齿，以及他眼睛里向来有的那种嘲讽。

"离开我们？你要——你要到哪里去？"

"我要跟军队一同走了，亲爱的姑娘。"

她听了这话，一面放下一个心，一面又觉得懊恼。他为什么偏要挑这时候来跟她开玩笑呢？瑞德会到军队里去吗？他向来是骂人家傻子的，向来是说傻子才会去打仗，聪明人是要趁此发财的！

"哦，你为什么要吓我呢？我们快走吧！"

"我并不是跟你开玩笑，亲爱的。而且我伤心极了，我抱着这么英勇的牺牲精神要跟军队走，怎么竟不蒙你的赏识？你的爱国心哪里去了？现在正是你的绝好机会，可以对我说持盾而回或是卧盾而回的话了。可是你要快些说，因为我还有一番激昂慷慨的演说要发表呢。"

她听了他这番话，觉得他明明是跟她开玩笑的，同时也是跟他自己开玩笑。你听他满口的爱国心呀、盾呀、激昂慷慨的演说呀，当然决不会是认真的。就是他说现在要离开他们的话，也实在不可思议。你想在这么半夜三更，这么空旷无人的大路上，车里是一个将死的女人，一个才养的娃子，一个蒙昧无知的小黑女，一个惊惶失色的小孩儿，他怎么能忍心撂下他们，让他们自己去冲过一片战场，去到溃兵或是北佬里面冒险呢？

她还记得自己六岁的时候，有一次从一棵树上摔下来，直挺挺地扑倒在地上，曾经停止了一段时间的呼吸。现在她看了看瑞德，又感觉到那一段停止呼吸期间的感觉了，有点儿麻木，也有点儿恶心。

"瑞德，你是说着玩的吧！"

她一把抓住了他的臂膀，不觉眼泪跟雨点一般洒在他的手腕上。他拿起了她的手，将它放在唇边轻轻地亲了亲。

"你是自私自利到底的，是不是？你只顾自己的宝贵身体，便不管联盟州的

死活了。你要想想看,我到了第十一点钟才加入我们军队里面去,我们的军队会得到多么大的一个鼓励呢。"他的声音含有一种恶意的温柔。

"哦,瑞德,"她哭道,"你怎么能用这种态度来对待我?你怎么能忍心丢开我呢?"

"你问为什么,"他笑道,"这也许是因为我们南方人大家应该有的那种潜伏感情终于发动了。又也许——也许因为我觉得惭愧了!谁知道呢?"

"惭愧!你真是该惭愧死呢。把我们大家丢在这里不管了,叫我们一点儿没有办法——"

"亲爱的思嘉!你是不会没有办法的。凡是像你这么自私自利而且有决心的人都决不会没有办法。北佬如果逮到你,那真是上帝保佑他们了。"

说着,他从车上跨了下来,她正惶惑地对他看着,他已经绕过她这边来了。

"你下来吧。"他吩咐道。

她对他瞪视着。他便粗鲁地伸出臂膀去,将她一把抱住,抱到地上来。随即他牢牢抓住她的臂膀,将她拖出几步路外去。她觉得鞋里有沙子和碎石戳着她的脚,沉静而闷热的黑暗像一个梦似的包围着她。

"我并不是要请求你的了解或是饶恕。你即使给了我了解或是饶恕,我也看得一钱都不值,因为我对这一种白痴的行为,连我自己也不能了解、不能饶恕的。我自己也深觉懊恼,为什么我还保留着这许多的吉诃德主义呢?然而我们的南方确是需要每一个人都替它效力。我们那位勇敢的白狼州长不是也说过这话吗?这也不必去管他,总之我是要打仗去了。"他突然大笑起来,是一种毫无顾忌的响亮的笑,连那树林里的回音也被它惊动了。

"亲爱的,你要知道,我是爱你的,实在比爱荣誉还要爱的。这话听起来又像是奉承你了。但是我确实是爱你。虽然我上个月在走廊上说过那样的话。"

他那拖长的声音具有一种抚慰的力量,同时他拿一双强壮而温热的手在她的裸露臂膀上一路摸上去,也使她感到非常的舒适。"思嘉,你要知道,我之所以爱你,是因为我们两个人很相像的缘故。我们都是叛徒,都是自私自利的匪类。我们只要自己得到安全,得到舒服,哪怕世界打翻了也不去管它的。"

他的声音从黑暗里继续响出来,她耳朵里也灌进了一个个的字音,却得不到它们的意义。她一心只在尝试把握那个迫在眉睫的问题——只在考虑他要丢开她们走了那一桩事情。她心里不住地在说着:"他要走了!他要走了!"但是她的情绪丝毫都不动。

然后，他的臂膀围住她的腰和肩膀了，她就觉得他大腿上的坚硬肌肉抵上了她的身体，他外褂上的纽扣印入了她的胸膛，立即有一股迷惘和惊恐的热烈情潮泛过她的全身，从她心里把时间、空间、情境等等的观念一齐掘去了。那时她已变成一个破布做的洋娃娃，温软、虚弱而无能为力，只觉得他那支持着她的一双臂膀使她非常的舒适。

"你对于我上个月对你说的话还是不愿改变吗？照理说起来，危险和死应该是最能够激动人的。请你发一点爱国心吧，思嘉。你请想一想，一个士兵要去死的时候，你是应该拿怎样美丽的纪念去送他的。"

于是他跟她亲嘴了，他的髭须戳着她的嘴唇了，他这个嘴是亲得那么的从容不迫，仿佛那漫漫的长夜都可以供他作亲嘴之用一般。察理从来没有跟她亲过这样的嘴。汤家、高家那些孩子跟她亲的嘴，也从来没有像这样使她一阵热、一阵冷、一阵颤抖的。他在她嘴唇上亲了一会，然后将她的身体推开一点，一路从嘴唇上亲到喉头上，再从喉头上亲到胸脯上。

"有趣，"他低声说，"有趣。"

她突然看见那车子的朦胧影子，听见卫德的颤抖哭声了。

"妈，我怕！"

经他这一喊，她那个迷蒙晃荡的心突然清醒过来，也突然害怕起来了。瑞德要丢开她走了，这天杀的流氓！他要走了还不算，他竟敢乘人之危，在这荒郊旷野之中来将她这么侮辱，来对她说这种不要脸的话儿！于是愤怒和憎恨交并而来，立刻挺硬了她的脊骨，她便将身子猛力一扭，挣脱了他的搂抱。

"哦，你这流氓！"她一面喊，一面心里不住怦怦地跳着，想要找些更恶毒的名词来骂他，可是一时想不出，"哦，你这下流坯，你这懦夫，你这讨人嫌的臭家伙！"然后，她因想不出更恶毒的话来骂，一口气终于未出，便抽出她的一条臂膀来，使尽了脚尖的气力，向他脸上狠命地打了个巴掌。他向后退了一步，立刻伸手到脸上去按着了。

"哦，"他静静地说了这声，以后两个人就面对面地站在黑暗里，半晌沉默无声了。她只听见他的沉重的呼吸，也听见自己的喘息一点点加紧起来。

"他们是对的！大家都对的！你简直不是个上等人！"

"我的亲爱的孩子，"他说，"这话不充分得很呢。"

她知道他又在笑了，心里便如刀戳一般。

"你滚吧！即刻就滚吧！我永远不要再见你的面了。我希望大炮打在你身上，我希望炮弹把你打成百万片，我——"

"不必说下去了，我一概遵命就是了。但是当我死在国家祭坛上的时候，我希望你的良心会刺伤你。"

她听见他笑着走开去，又回到车子那边去了。她看见他站在车旁，听见他在说话，他的声音变了，变得很客气而尊敬，因为他对媚兰说话一向是这样的。

"卫太太呢？"

百利子惊惶的声音从车里回答出来。

"天晓得，白船长！媚兰姑娘在后边晕过去了。"

"她没有死吧？呼吸还有没有？"

"是的，她还有呼吸的。"

"那么让她晕过去倒是好。如果她是清醒的话，我怕她要吃不住这许多的苦痛了。你要替她当心些。这儿有一张钞票给你，你以后做事不要再这么傻头傻脑了。"

"是，先生。谢谢你。"

"再见，思嘉。"

她知道他已经朝转身来对着自己了，但是她不开口。憎恨窒塞了她的喉咙。他的脚踩过碎石路时嚓嚓地响着，她看见他的阔肩膀向黑暗里渐渐地远去，一会儿就消失了。她便慢慢回到车边来，她的两个膝盖不住簌簌地抖着。

她总觉得不懂，瑞德为什么要走呢？他向来是反对战争的，向来说那些参加战争的人都是傻子，现在他自己为什么要去呢？何况他本来很是安全、富有而舒适，无论如何不必自己去找死。但是他竟去了，竟把她撇在这黑暗里不管了！

她现在已经想出许多恶毒的名词来可以骂他，但是来不及了，他去远了。她于是将头伏在那马的颈梗上哭着。

第二十四章

从树枝里筛下来的早晨的阳光将思嘉晒醒过来。这时她拘挛着睡在那里,已经睡僵了手足,骤然一醒过来,竟忘记了自己是在什么地方了。那阳光照得她眼睛也睁不开,底下的车板硬邦邦地戳痛她的肉,两条腿又给一件沉重的东西压酸了。她勉强坐了起来,一看腿上压着的正是卫德。媚兰一双光着的脚板差不多都搁在她面孔上了。百利子像一头黑猫儿似的盘在一个角落里,那个娃子就塞在她跟卫德之间。

一会儿她就完全清醒过来,当即坐直了身子,急忙向四周看了看。谢天谢地,并没有看见北佬!原来她这个藏躲的地方还未被人发觉。于是她把昨晚的事情一一回想起来。自从瑞德走后,她就将车子继续向前赶去,可恨那条路上满是很深的车辙,跑起来十分颠簸,有一次一个轮子陷入了一条深沟,那马再也拉它不起来,她只得跟百利子跳下车去将轮子拼命抬起。有时听见了近处有士兵的脚步声,也不知是友是敌,就得慌忙把车子赶到旁边田里或是树林里去躲着。当这时候,她总提心吊胆地抖个不歇,生怕谁要是咳嗽一声,或是卫德打一个呃,就要把那些士兵引了来。

就这样走了半夜,终于将近瘌痢村了,这时她看见远处有星星的营火,原来是李将军的后卫在那里等候命令。她因而不得不打田畈里绕大圈子走了一英里多,这才看见那营火远远消失在她的背后。于是她迷路了,怎么也找不到那条通到陶乐去的小车道,直把她急得哭起来。后来好容易找到了,那马却又一跪跪了下去,死也不肯动了,无论她跟百利子怎样拉着它的笼头,它也不起来了。

于是她只得解下马来,让它休息一下,同时自己也觉得疲倦极了,便钻到车后去伸着两条腿躺着。一躺下来便觉蒙蒙眬眬地要睡过去,但还记得媚兰曾用虚弱的声音向她哀求道:"思嘉,我能喝一点水吗?"又记得她自己曾经回答她:"没有水。"大约这话还未说出口,她就睡熟了。

现在是早晨了,周围的世界非常地清静肃穆。眼前是一望无际的碧绿,又有那金黄煜煜的阳光照着，并没有敌人或是溃军在面前。于是她觉得饥饿了，觉得焦渴了，觉得浑身酸痛拘挛了，同时心里充满着诧异，想她郝思嘉一向是没有温软的被褥睡不着觉的，现在为什么要像种田人一般，在硬板上睡了一晚呢？

对着阳光眨了一会眼，便把眼睛落到媚兰身上去。骤然一看，几乎把她吓得透不过气来。因为媚兰静静地躺在那里，面孔雪白，思嘉当她一定是死了。直等仔细一看，见她胸口还在微微地起伏，这才放了心。

思嘉将手遮在眼睛上向近旁再仔细一看，看见面前有一条碎石铺的车道向路侧迤逦而去，这才知道她昨晚过夜的地方乃是什么人家前院里的一株树底下。

"怎么，这里是马家的地面呀！"她这么一想，心里便喜得怦怦乱跳，因为她希望可以得到朋友的帮助了。

但是一个死一般的寂静笼罩在那庄园上。草地上的灌木和草都给马蹄车辙蹂躏尽了，连地上的泥土都被翻掘得零乱不堪了。再往里面看去，哪里还有那所白粉高墙的住宅？就只剩一片长方形的墨黑的焦基，以及两个同样墨黑的烟囱，高高竖在一片焦得枯黄的树叶里了。

她不觉打了一个寒噤，深深吸进一口气。她一会儿回到陶乐，也是像这样烧为平地了吗？也会像这么寂静如死的吗？

"现在不要去想它，"她急忙告诉自己说，"现在我决不能想，想到这层我又要害怕起来了。"但是她虽想不害怕，她的心却不由跳得快起来，而且每跳一下都似乎是在嚷着："家！快！家！快！"

现在他们就得赶快动身了，但是他们先得弄到一点食物和水，尤其是水。她把百利子摇醒了，百利子滚着眼珠四下看了看。

"天晓得，思嘉姑娘，俺当是今天睁开眼睛已经就到了家的，怎么还在这里？"

"到家还早呢。"思嘉一边拿手掠着头发一边说。现在她脸上身上又已给汗湿透了。她觉得自己身上很脏很黏，差不多已经闻到臭气了。她的衣服已经皱得一塌糊涂，而且她一生一世都没有觉得这么疲倦这么发酸过。她仿佛觉得身上已经没有肌肉了，略动一动就像针刺一般的痛楚。

她低下头看看媚兰，看见她那黑眼睛已经睁开来。那双眼睛虽然疲倦却还明亮，像害热病的人一样，周围圈着一道浓黑的黑圈。她慢慢张开了两片燥裂的嘴唇，低声哀求道："水！"

"快起来，百利子，"思嘉命令道，"我们到那口井里去弄点水来。"

"可是，思嘉姑娘！那边一定有鬼的。如果有人死在那里呢？"

"你不快下车来，我就要叫你做鬼。"思嘉说，因为她现在没有心绪跟人家辩论了。

但是她忽然想起那匹马来。啊呀，我的天！倘如那马已经死了呢？她想起昨天晚上把它解开的时候，它已经像要死的了。她急忙绕到车后，看见那马横躺在地上。如果它已经死了，她就要诅咒一会上帝，自己也死了。她记得《圣经》上有人做过这种事情的，诅咒一会上帝然后死，她现在很能体会那个人的感情了。但是那马还活着，在那里沉重地呼吸，一双眼睛已经半闭着，但是还活的。好吧，大概有一点水也可以救得转的。

百利子嘴里不住地咕哝着从车上爬了下来，怯生生地跟在思嘉后面，打那条石径上走去。那正屋的焦基后面有一排白粉墙的奴隶屋，默默地竖在树荫底下。那口井就在正屋跟奴隶屋之间，井上的辘轳还放在那里，将水桶深深挂在井底。思嘉跟百利子合着力，将绳子绞了上来，眼前便放着澄澈清凉的满满一桶水，思嘉不由分说，立即将桶捧在嘴边啜啜有声地喝了个痛快，直喝得那水泼了一身。

后来百利子忍不住开口了："喂，思嘉姑娘，俺也口干呢。"这才使她记起别人也有这需要。

"你解开索儿，把桶子拿到车上去，让他们也喝一点儿。等他们喝完了，剩下来的都给马喝。你想媚兰姑娘该奶孩子了吗？他要饿了。"

"天晓得，思嘉姑娘，媚兰姑娘没有奶呢，过一会儿也不会有的。"

"你怎么晓得？"

"像她这么的人俺见得多了。"

"你不要再装内行了吧。昨天媚兰姑娘养的时候，你是什么都不懂呢！赶快去吧。我还要去找吃的去。"

她找了半天也找不到什么，直到到了果园里才算找到了一些苹果。这地方也有兵来过，树上的苹果是一个也没有了。她所找到的都是落在地上的，大部分都烂了。她找最好的捡了起来，拿下摆翻过来尽量地装着。她回到车上来时，一路都有碎石子跑进她的低帮鞋子，戳得她一双脚怪疼的。她想昨天晚上为什么不换一双高帮鞋子来呢？又为什么不把草帽带来呢？又为什么不带点吃的来呢？她简直是个傻子了。但是她当时总以为瑞德一切都会替她布置好的呢。

"瑞德！"她向地上狠狠地吐了一口唾沫，因为就连这个名字也觉讨厌的。她恨他极了！她觉得他可鄙极了！但是她还曾站在那里让他亲嘴呢——还像是有点喜欢他来亲的呢！她昨天晚上真是发疯了。他这人是多么卑鄙！

她回到车子旁边，将苹果分给大家，余下来的一些撂在车后。现在那马已经站起来了。但是这水也不曾对它发生多大效力。现在它站在阳光底下，比昨天晚上看见的样子更加不堪多了。它臀部的两片骨头像两把刀那么竖着，它的肋骨跟洗衣板一般，它的背脊是疮痍满目的。思嘉替它驾上车去的时候，简直怕得不敢碰在它身上。她将笼头套进它的嘴，才知道它是差不多没有牙齿的。它已经老得跟山头一般了！于是她又恨瑞德了，他既然要给她偷马，为什么不偷一匹好些的来呢？

她跳上了赶车的座位，将那树枝向它背脊上抽了一下。那马哼了一声，起步走了，但走得非常慢，她觉得自己随便跑跑也可以比它快些。于是她恨起车后那些人来了。倘如没有媚兰，没有卫德，没有那孩子，没有百利子，她是可以多么逍遥自在地跑着，三步两步就可以跑回陶乐见到母亲了！

这时他们离开陶乐大约已经不会多过十五英里了，但照这马这么走法，总要整整走一天，因为她随时都得停下来让它休息休息。还要整整的一天呢！她向那条红泥路上看了看，仿佛路途还是无穷无尽的，她还得再过许多钟头才能晓得陶乐是否还存在，母亲是否还在那里。她还得再过许多钟头才能结束这个酷日之下的途程。

她回过头看看媚兰，看见她对着头顶的烈日紧紧地闭着眼睛，她把她的帽绳子解了开来，把帽子撂给百利子。

"你拿那帽子遮在她脸上，好给她的眼睛挡住阳光。"思嘉向百利子说。然后她记起她自己的头也是没有遮盖的，便想道："好吧，有这么一天，我一定满身痱子会长得跟珠子一样了！"

她自从出世以来，从来没有不戴帽子不披面罩在太阳里走过路，从来没有不戴手套拉过马缰绳。谁知她现在竟会坐着这么一辆破车，驾着这么一匹病马，身上污脏、汗臭、饥饿、憔悴，而用着这种蜗牛的步子在走这种荒凉的地面呢！不过是几个礼拜之前，她还是十分安全的、十分安稳的！不过是几天之前，她跟亚特兰大的每一个人都还以为那个地方决不会失陷的，佐治亚州决不会被侵入的。然而四个月前从西北角上浮起的那朵小小的云头，竟会扩展做一阵狂风暴雨，再扩展做一阵呼啸的飓风，横扫过她的世界，将她扫出了她的安稳的生活，而落入了这种寂寞荒凉的境界中了。

陶乐现在依然无恙吗？还是也已随着那横扫过佐治亚州的一阵狂风飘去

了呢?

空气是沉闷的。在那下午酷烈的光线里,每一片熟悉的田、每一丛熟悉的树,都依然那么碧绿可爱,但却都非常的寂静,寂静得使思嘉心里不由得生起恐怖来。她一路经过的人家,没有一家不是空的,没有一家不是弹痕累累的。有的就只竖着一根精瘦的烟囱,仿佛替那已成焦炭的残基在那里站岗。他们自从早晨动身起,一直没有见过一个活的人,也没有见过一头活的动物。死的却是触目都是——死的人、死的马、死的骡子,横七竖八地躺在路旁,都是肿得胖胖的,有成群结队的苍蝇在向他们轰击。平日她经过这条路时,照例是要听见远处的牛鸣和树头的鸟唱,现在这些声音一样都没有了,就只有前面马蹄的噗落噗落声和后面孩子的嘤嘤低泣声。

她觉得这样的岑寂一定会有鬼的。她猜想,在那些幽静的树林里一定到处都是鬼。因为她知道琼斯博罗附近的战争已经不知打死几千人,在烈日当空的时候,这几千死人的鬼一定都躲在两边树林里,正拿血红的眼睛在窥探她。

"哦,母亲!母亲!"她不觉自言自语地叫了起来。她恨不得立刻就见到母亲。她恨不得上帝替她造成个奇迹,让她立刻飞回陶乐去。她恨不得立刻抓住母亲的衣裙,立刻将自己的面孔埋到里面去。她知道母亲是有办法的,她知道母亲不会让媚兰和那孩子死去,她知道母亲会赶走一切的鬼和恐惧。然而她早已听见母亲有病了,恐怕母亲现在已经死在床上了。

想到这里,她又对那可怜的马狠狠地抽了一下。他们非得赶快不可了!他们像这么爬行似的已经整整地爬了一天,如果再不快些,恐怕天又要黑下来,又得在外面过夜了。她把马缰绳勒得更紧,也顾不得自己臂膀的酸痛,不住地向马背上狠命地抖着。

那脱力的马对于树枝和缰绳都没有反应,还是那么慢吞吞地向前蹒跚着。但是到了晚快边的时候,他们终于到了这番辛苦途程的最后一段了。从那车道转过最后一个弯,他们就重新走上了大路。现在离开陶乐只有一英里了!

面前有一堆野橘树的篱笆,那就是麦家庄子的起点。再上前一段路,就是我家的柏树夹道了。思嘉在那夹道口上勒住马,一眼看去,只看见黑沉沉的一片,什么动静也没有。现在暮色已经渐渐凝聚了,正屋里和厢屋里都看不见一点灯光。思嘉瞅着眼睛再仔细一看,原来楼上一层已经残毁了,两个孤零零的烟囱像墓碑似的竖在那里,那些七歪八倒的窗户,便像一只只破了珠子的眼睛。

"喂！"她用她全身的气力喊道，"喂！"

百利子慌得尽管拖思嘉的衣服，思嘉掉转头一看，只见她一双眼珠铜铃似的在那里滚着。

"你不要嚷啊，思嘉姑娘！请你再不要嚷了！"她低声地说，她的声音颤抖着，"不知道会是什么东西回答你呢！"

"我的天！"思嘉想着，便也觉得一阵颤抖通过她全身，"我的天！她这话不错。那里面是不知什么东西都会被喊出来的呢！"

她抖了抖缰绳，又把马催上前去。麦家这番景象已经把她的最后一丝希望都挖去了。它是毁掉的了，没有人的了，跟她一路上看见的那些庄园没有两样了。陶乐离开这里不过半英里路，而且同在一条大路上，如果军队曾经经过了这里，当然也曾经经过陶乐的。那么陶乐也已沦为平地了！她即使回到那里，也必定只剩一片焦土了，只剩星光照着空空的四壁，母亲父亲都走了，妹妹们也走了，嬷嬷也走了，黑人们也走了，天才知道到哪里去了，也像这里这么一片怕人的寂静了。

那么她为什么会这么傻，为什么会这么没有常识，拼着性命回到这里来，并且把媚兰跟她的儿子也一同拖了来呢？她与其拼了这一整天的烈日和颠簸，到这寂寞无人的陶乐来死，倒不如死心塌地地死在亚特兰大！

但是希礼曾经把媚兰交给她照顾的。哦，他临走的那一天是怎么对她说的！他说："请你照顾着她吧！你肯不肯？你答应吧！"于是她答应了。当时她为什么要答应他呢？为什么要给自己加上这重束缚呢？其实她是非常憎恨媚兰的，虽在这么精疲力竭的时候，也还是憎恨她的。憎恨她，也憎恨她的孩子。但是她已经答应过希礼，现在她和她的孩子都属于她了，跟卫德和百利子一样属于她了，所以她只要还有一点气力，甚至还有一点呼吸，她都非把他们带走不可。她当初本来可以将他们丢在亚特兰大，把他们交给医院里去，但她日后怎么去见希礼的面呢？——无论在这个世界或是在另一个世界。

哦，希礼！你现在在哪里呢？你晓得我现在带着你的妻子和孩子在这里拼命挣扎吗？你是不是还在人世呢？那么你在那罗克艾兰岛上也曾想到过我吗？或者你已经害天花死了呢——死了已经几个月了呢——跟弟兄们一同葬在战场上了呢？

刚想到这里，她忽然听见附近树丛里起来了一个声音，几乎把她吓得全身神经一齐都绷断。同时百利子也大声尖叫了起来，急忙往车底里扑了下去，把那娃子压在底下。媚兰虚弱地伸着手,四下摸着她的孩子。卫德拿手遮住眼睛,也蹲到车底下去,吓得连哭都不敢哭了。然后听见那树丛里一阵沉重的蹄子踩着树枝的声音,以及一阵沉浊的哞哞声。

"不过是一头牛呢,"思嘉惊扰未定地粗声说,"你不要傻吧,百利子。娃子给你压煞了,媚兰姑娘跟卫德都被你吓坏了。"

"是一个鬼!是一个鬼!"百利子一面哭着,一面扑在车底不住地拘挛。

思嘉掉转头,高高举起那打马的树枝,向百利子的背脊上狠狠地抽了一下。这时她自己已经吓得力乏而虚弱,因而不能容忍别人这么脆弱的。

"坐起来吧,你这傻子,"她说,"不要等我打断这根树枝吧。"

百利子只得呜呜哭着抬起她的头,硬着头皮向车厢板外一看,果然看见一头牛站在那里。那是一头红白两色的母牛,睁着惊惶的大眼睛对他们哀求似的呆看着,一会儿它又张开了嘴,哞的一声叫起来,好像身上有什么痛似的。

"它受伤了吗?这种叫声有些两样呢。"

"俺看它奶子胀痛了吧,"百利子已经有些镇定了,便这么下判断说,"大概它是麦家的,北佬来的时候黑人把它赶到树林里去藏着的。"

"好吧,我们把它带走吧,"思嘉很快地下了决心,"那么我们就有奶给娃子吃了。"

"咱们怎么带得它走呢?母牛是难弄的,奶子胀了的时候尤其难弄。你看那奶子胀得快要裂开了,怪不得它要叫呢。"

"你既然讲得这么内行,赶快脱下你的小马甲,撕碎了结起一条绳子来,将它吊在车后边带着它走。"

"哦,思嘉姑娘,俺是一个月没有穿小马甲了,就是有,也决不会随随便便拿出来穿的。俺也从来没有弄过牛,俺看见牛要害怕的。"

于是思嘉放下了缰绳,拉起了自己的衣裙,那底下露出一件镶着花边的小马甲,那是她唯一美丽唯一完整的衣服了。她伸进手去解开了扣子,将它从脚上倒褪下来。这件小马甲的麻纱料子跟花边,都是瑞德最后一次越过封锁线时从纳索买来的,她足足花了一个礼拜的工夫才把它做成。但是现在她顾不得这些了,便将它拿在手里扯,那花边牢得很,一下扯它不开,她便放到嘴里去咬,好容易咬出一条缝,这才用尽两手的气力将它扯成许多条子,然后将它们结在一起,结成了一条长带。

"你拿去吊在牛角上吧。"她指挥百利子道。

但是百利子哭叫起来了。

"俺是怕牛的，思嘉姑娘。俺从来没有弄过牛。俺不是田里的黑人。俺是家里的黑人。"

"你是一个傻黑人，懊悔当初爸爸不该买你的，"思嘉慢慢地说，因为她疲倦到连发怒也没有气力了，"你等着吧，等我的臂膀不酸了，看我来着着实实地抽你一顿。"

百利子骨碌着一双眼睛，先看了看女主人的脸，然后看了看那哀鸣的牛。她觉得两者之间，还是女主人比较不危险，因而她牢牢抓住了车厢板，死也不肯动身了。

思嘉木僵着手脚，从车上爬了下来。这时她觉得怕牛的人大概不止百利子一个，因为她自己看见这么一个庞然的巨物，心里也着实有点惴惴然。幸而那头牛是很平和的。它的奶子痛坏了，也很欢迎人去帮它一点忙，所以思嘉拿那带子给它结在角上的时候，它并没有任何威胁的姿势。思嘉这头结好了，便把另一头牢牢结在车子的背后，然后她重新回到前面去爬上车子。这时突然一阵头晕，便只得扶在车厢板上暂时歇一歇。

这时媚兰刚巧睁开了眼睛，看见思嘉伏在她旁边，便低声说道："亲爱的——我们到家了吗？"

家！思嘉不由得突然涌出一阵热泪来。家吗？媚兰原来还不知道他们已经没有家了，他们只有一片寂寞荒凉的世界了。

"还没有呢，"她竭力抑住了悲声，轻轻地回答她说，"但是快要到了。我刚才找到一头牛，过一会儿你跟孩子都有牛奶吃了。"

"可怜的孩子。"媚兰一面低声说着，一面就伸手去摸那孩子，摸了一会摸不着，就又放下手去了。

思嘉费了不少气力，终于爬上了赶车的位子，就立刻把缰绳拿在手里抖了抖。那马垂着头站在那里不肯动，思嘉只得残酷地又拿那树枝抽它。她心里希望着上帝饶恕她伤害一头已经疲劳的动物。如果上帝不肯饶恕她，她是要深觉遗憾的。好在陶乐已经近在眼前了，只要它再辛苦这么一段路，它要倒下地去也就可以由它高兴了。

后来那匹马终于慢吞吞地起起步来，于是前面的车轮吱嘎吱嘎地响着，后面的母牛一步一声地叫着。那凄惨的叫声使得思嘉神经一根根地竖起来，几乎要跳下车将它放掉。她想陶乐如果已经没有人，这牛对于他们到底有什么用处？她是不会挤奶的，即使会挤，那牛大概也要踢着她不让她挤。但是牛已拿到手里了，她又为什么把它放走呢？除此以外，她在这世界上拥有的东西已经不多了。

一会儿她们到了一个斜坡的脚下，于是思嘉的眼睛不由得润湿起来，因为越过这个斜坡就是陶乐了。但是她朝那斜坡看了一眼，心就又立刻沉落下去。她知道这一匹马是无论如何上不了坡的。

她只得又勉强跳下车，将马笼头抓在手里。

"你下来，百利子，"她命令道，"把卫德也带下来，你抱着他走，或是让他自己走。娃子放到媚兰姑娘身边去。"

卫德一面哭着一面叫，也不知叫些什么，思嘉只听得出他说："黑——黑——我怕！"

"思嘉姑娘！俺是不能走的。俺脚上长着泡泡，疼啊，反正俺跟卫德两个人也没有多重的，而且——"

"下来吧！不要等我来拖你。要等我拖你下来，我就把你独个人丢在这里了。赶快！"

百利子呜呜地哭着，向两边的树木看了看，生怕一出了车厢便有什么鬼怪要从那里伸出手来擒她去。但是她只得把娃子放在媚兰身边，抖簌簌地跨了出来，站在地上，然后再伸手去抱卫德。卫德也呜呜地哭着，紧紧箍住百利子不放手。

"你叫他不要哭呀，我受不了了，"思嘉一面说着，一面抓住马笼头，勉强向斜坡上拉上去，"你乖些，卫德，不要哭，再哭我要打你了。"

上帝为什么要发明孩子呢？她一边走着，一边这么狠心地想，孩子有什么用处呢？——除了给我们许多麻烦，一直要我们照顾，一直要妨碍我们。她这时精疲力竭，再没有心肠去怜悯那个孩子了。她只深深懊悔当初不该养出他，深深懊悔当初不该跟察理结婚。

"思嘉姑娘！"百利子抓住思嘉的臂膀轻轻说道，"咱们不要到陶乐去吧，他们都不在那里。他们都走了，也许他们都死了——妈跟他们大家。"

这就是思嘉自己的思想的回音，现在被百利子说出来了，她就觉得非常愤怒，急忙甩脱了百利子的手。

"那么把卫德交给我吧，你就可以坐在这里不走了。"

"哦，那不！那不！"

"那么你不要开口！"

那马走得多慢啊！它口里的白沫淋得思嘉满手都是了。思嘉不由得记起从前

给瑞德唱过的一支歌来,但只记得一句,其余的都忘记了,那是:

"再有几天,这沉沉重担便可以卸肩。"

应该是"再有几步"吧!是的,这"再有几步"几个字不住在她脑里回旋着。"再有几步,这沉沉重担便可以卸肩。"

她们挣扎到坡顶了,往下看去便是陶乐的一片橡树,仿佛那暮色苍茫的天空上涂着一搭墨。思嘉急忙瞅起眼睛来,看那边有没有灯光。看了半天,没有。

"他们是走了!"她的心变成一块冷冰冰的铅块似的对她说,"走了。"

她将马头牵进了柏树的夹道,那些柏树照常交拱着,夹道里面黑得同半夜一般。她瞅着眼睛向前看过去——哦,难道是眼睛花了跟她开玩笑吗?——那一座白粉墙的房子仿佛还在那里的。家!家!这里就是家了!这亲爱的白粉墙,这飘荡的窗帘子,这宽阔的走廊——难道都还依然无恙吗?还是这黑暗的阴影怕她吃不消骤然的惊吓,姑且瞒她一时呢?

那条夹道仿佛有几英里路长,那顽强的马却是越走越慢了。她只得拿眼睛先去探索,屋顶似乎是完整的。难道有这种事吗?难道有这种事吗?不,这是不可能的。战争决不能容情,陶乐又何能独免?虽然陶乐本来预备支持五百年,战争又怎么会放过它呢?

于是那个朦胧的轮廓渐渐成形了。她把那马拉紧了几步,雪白的粉墙就从黑暗里映照过来,而且并没有一点烟熏火炙的痕迹。陶乐居然幸免了!家居然还存在的!她便放开马笼头,跑步跑完最后一段路,仿佛急于要把那粉墙去一把搂在怀里一样。在这当儿,她忽然瞥见一个朦胧的人影从前廊上浮了出来,停在顶头一步台阶上。那么陶乐的人并没有走光,家里还是有人的!

一个欢呼的声音已经浮到她喉咙口,但又立刻消失了。那所房子黑暗而寂静,而且那个人影一点儿不动,也不做声。这是什么道理呢?这是什么毛病呢?陶乐分明是完完整整的,但被她一路经历的那种不可思议的寂静所笼罩了。直至许久之后,才见那人影动作起来,木僵地、慢慢地走下台阶来。

"爸,"她嘎声叫着,心里却还有些疑惑,"是我,思嘉。我回家来了。"

嘉乐向她走过来,沉默得梦游人似的,慢吞吞地拖着一双木僵的腿儿。他走到她身边依稀恍惚地看着她,仿佛跟她是梦中相见。随即他伸出一只手,放在她肩膀上。思嘉觉得那只手是发抖的,仿佛他刚刚从一场梦魇里醒过来,对于现实只有一半的意识。

"女儿,"他很费力地说,"女儿。"

然后他不响了。

怎么——他是一个老人了！思嘉心里想。

嘉乐的肩膀有些佝偻。他的面孔虽然看不大清楚，却可看出它已失去了活力，失去了从前那种不耐安静的活力。他的眼睛当时看着她的那种神情，竟跟小卫德眼中那种恐惧的神情一般无二了。他已变成一个小老头儿了，精力已经完全衰败了。

于是，一种对不可知东西的恐惧突然擒住了她，她只能站在那里对他瞠视着，本来有一阵潮水似的问话都在她的唇边被截住了。

车上的微弱哭声重新响起来，嘉乐似乎勉强动了动。

"媚兰跟她的孩子都在车上，"思嘉急忙对他低声说，"她病得很厉害——我把她带了家来了。"

嘉乐的手从她肩膀上抽回去，挺了挺自己的肩膀。当他慢慢走向车旁去的时候，思嘉方才有些隐约记起从前那个陶乐主人出门迎客的影子来，仿佛他的说话也是从朦胧的记忆里说出来的。

"媚兰姑娘！"

媚兰的声音从车里模糊地响了一下。

"媚兰姑娘，这里就是你的家了。十二根橡树已经烧掉了，你必须和我们住在一起了。"

这时思嘉忽然想起媚兰吃了这一天的苦，觉得自己不能不赶快行动了。她得赶快把媚兰跟她的孩子移到一张软床上去，让他们可以安适，还有别的许多琐碎的事情该做，也得马上做起来。

"她得人来抬，她不能走的。"

这时听见屋子里发出一阵脚步声，随见一个黑人从那漆黑的穿堂里钻出，跑下台阶来。思嘉仔细一看，原来是阿宝。

"思嘉小姐！思嘉小姐！"他嚷道。

思嘉便一把抓住了他的臂膀。这阿宝本是陶乐的台柱子，现在觉得他是跟自己家里人一样可亲了。这时他一面拍着思嘉抓他臂膀的那只手，一面不觉滴下眼泪来，口里嚷道："您回来了，好极了！您回来了，好极了！"

百利子也快乐得哭出来，只不住断断续续地喊着："爸，爸，亲爱的！"卫德看看这些大人都会这么哭，便觉得胆子壮起来，鼻子里哼哼地说道："我渴！"

于是思嘉发号施令了。

"媚兰姑娘现在车里,还有她的孩子也在那里。阿宝,你去抱她上楼,可要当心些,把她放到后边那间客房里。百利子,你去抱孩子,带着卫德一同到里边去,给卫德一点水喝。嬷嬷在家吗,阿宝?你去告诉她,说我找她。"

阿宝听见这种命令的语气,不敢怠慢,便走到车子旁边去,向车后厢里摸索了一会。当他把媚兰从那躺了整整一天的鸭绒被上半拖半抱起来的时候,媚兰曾发出一点呻吟声。然后,她就在阿宝的臂膀里了,她的头像个小孩子似的伏在阿宝肩膀上。百利子一手抱着娃子,一手牵着卫德,在他们后面跟着,走上了台阶,消失在那穿堂的黑暗里。

思嘉急切地抓住了父亲的手。

"她们好些了吗,爸?"

"你的两个妹妹好些了。"

接着是一个沉默,而在这沉默里,有一个可怕到不能用言语表达的观念渐渐成形起来。她不能把这观念从嘴里说出。她一口又一口地把它咽下去,但是她突然感到了一阵干燥,似乎燥得她的喉壁都胶在一起了。难道这就是陶乐所以这么寂静的答案吗?然后嘉乐仿佛是回答她心里的问话似的开口了。

"你的母亲——"他说了一半,又停住了。

"母亲——怎样?"

"你的母亲昨天死了。"

思嘉牢牢抓住父亲的臂膀,一路摸索着走过那黑暗的穿堂。她不想到客厅里去,也不想到饭厅里去,她一心只想到她母亲向来坐在那里办事的那个小房间里去。她想自己走进那房间去时,母亲一定还是坐在那高个儿书记面前,一定会抬起头,放下笔,带着一阵枸橼香气和绉绦之声从座位上站起来,迎接她这疲倦的女儿。不,母亲是不会死的,虽然父亲已经像一只鹦鹉似的屡次说着"她昨天死了——她昨天死了",她也决不会死的。

奇怪的是她现在一点儿情感都没有,只觉得疲劳像沉重的铁链似的锁住了她的手足,同时饥饿使她的双膝抖个不停。她要把母亲的事情暂时搁开,过一会儿再去想。因为现在她是决然不能想的,若是想了,她就要像她父亲那么愚蠢地跌下去,或是像卫德那么单调地哭起来了。

阿宝刚刚从楼梯上走下来,就连忙凑到思嘉身边去。

"灯呢?"她问道,"为什么屋子里这么漆黑的,阿宝?你拿蜡烛去吧。"

"他们把所有的蜡烛都拿走了，家里就只剩一根蜡烛，咱们留着它晚上找东西用的，也已经快点完了。嬷嬷看护恺玲姑娘跟苏纶姑娘的时候，是拿一些破布放在一盆油里点着当灯的。"

"那么就把那剩下的一段蜡烛拿来吧。拿到母亲的——拿到办事间里来。"

阿宝向饭厅里走去，思嘉便摸索进了那个墨黑的小房间，往沙发上坐下去。那时她父亲的臂膀仍旧抓在她手里，因而他也跟她一同坐下了。

她觉得父亲现在非常柔顺，简直跟小孩子一样随她摆布了，因而不由得想道："他是老了，衰了。"但是她并不觉得怎样的难过。

一会儿阿宝拿着一只盆子点着半根蜡烛走进来，那个黑洞立刻就活起来了。她急忙四下里掠了一眼，看见他们现在坐的那张老沙发、母亲向来坐的那张雕花椅，以及书记坐的那张长背椅，都仍旧放在原地方；那个放文件的框格子，也照旧塞着各样的纸卷；地上那条破地毯，也照常地铺在那里——总之，一切都是如常的，就只少了她母亲一个，就只少了她那一股枸橼的香气，就只少了她那一种令人舒适的温情。思嘉觉得心里起了一阵隐痛，仿佛同神经因受内伤突然麻木了而挣扎着要恢复作用时的感觉一样。但是她知道这一点隐痛决不能容它扩大开去，因为她来日方长，要痛的时间尽有，而现在却不能痛啊。上帝啊，你现在不要让她痛吧！

她看了看父亲那张油灰色的脸，才知他是好久未刮脸了，这是她生平第一次看见的。他那本来红润的容颜，现在乱蓬蓬的满是银丝缠绕着。阿宝将蜡烛放在烛台上，便走到思嘉旁边来，思嘉觉得他若是变做一只狗，他是一定要跳到她怀里来和她亲昵一会的。

"阿宝，现在我们这里还有多少黑人？"

"哦？思嘉小姐，那些下流黑人统统跑掉了，有的是跟北佬走了，也有的——"

"剩下来的还有多少呢？"

"俺是一个，思嘉小姐，还有嬷嬷，她一天到晚都在看护两位小姐，还有蝶姐儿，现在也在陪伴小姐呢。只有咱们仨，思嘉小姐。"

"咱们仨！"——唉，本来有一百的呢！思嘉费了很大劲儿才竖起了她的酸痛的颈梗。她知道现在她的声音必须装得镇静些了。说也奇怪，她一经下了这决心，她的说话就变得非常冷静、非常自然，仿佛她并没有经历过这场战争，又仿佛有十个八个奴仆在旁边，她是可以指挥若定的。

"阿宝，我快要饿煞了。有什么吃的没有？"

"没有。他们把什么都拿光了。"

"园里呢？"

"他们把马放进园里过。"

"难道那堆得跟山一样的甜山薯都没有了？"

一点差不多像是微笑的东西展开在阿宝的厚嘴唇上。

"哦，思嘉小姐，俺把那些甜山薯忘记了。俺想还在那里的。他们北佬没见过山薯，还当是树根呢，他们——"

"现在月亮快上来了，你去替我们掘一点起来，烤熟拿来吧。玉米粉没有吧？干豆没有吧？鸡子没有吧？"

"都没有，您哪。鸡子他们都吃了，吃不完的都放在马鞍上带走了。"

他们——他们——他们——难道这些"他们"干的事儿是没有穷尽的吗？难道他们这么杀人放火还嫌不痛快吗？为什么定要把女人、孩子、黑人也都弄得精光，让他们活活饿死呢！

"思嘉小姐，俺还有几只苹果，是嬷嬷在地底下藏下来的。今天咱们就吃苹果。"

"先把苹果拿来，再去掘山薯。还有，阿宝——我——我觉得头晕，酒窖子里有酒吗？就是黑葡萄酒也好的。"

"哦，思嘉小姐，他们第一个去的地方就是酒窖子呢。"

一阵由饥饿、瞌睡、脱力等等混合而成的恶心突然来袭击她，使她不得不牢牢抓住那刻着蔷薇花的沙发扶手。

"没有酒了。"她一面自言自语着，一面就记起从前酒窖子里那一行行无穷无尽的酒瓶子来。忽然，一个记忆在她脑角落里蠢动着。

"哦，阿宝，还有那米做的威士忌呢，爸爸拿一只橡木桶装着埋在葡萄棚底下的？"

又是一个微笑的影子从阿宝的黑脸上亮起来，这是一个快乐和尊敬的微笑。

"思嘉小姐，您真是好记性儿啊。俺是忘记得干干净净了。可是思嘉小姐，那威士忌不好的。它埋在那里还不过一年光景，而且小姐太太们压根儿就不能喝这东西啊！"

你看，这些黑人多蠢啊！他们除了人家告诉他们的话，自己再也不会想一想的！怪不得北佬要解放他们了。

"可是它对于我这位小姐跟你们老爷是好得很的。赶快,阿宝,你去把它扒出来吧,随手带两只玻璃杯子来,再拿一点儿薄荷、一点儿糖,我来调起一杯薄荷酒来。"

阿宝脸上现出了责怪的神气。

"思嘉小姐,你知道咱们陶乐早就没有糖了。薄荷也给他们的马吃光了,玻璃杯子也给他们打光了。"

"他要再说一声他们,我可就要尖叫起来了。我实在受不住了。"她想。然后她大声地说道:"你就去把威士忌拿来吧,赶快。我们就不掺糖喝好了。"阿宝没奈何,只得听她的命令。但是他转过身子正要走,她又把他叫住了:"等一下,阿宝。有许多事情要做的,我一时想不起来了……哦,是的。我现在带了一匹马跟一头牛回来了,那牛马上要挤奶,那马要解下来洗一洗,你去告诉嬷嬷,把牛看看好。你去对她说,这牛是得好好养着的。媚兰姑娘的孩子要是再没有东西吃,就要饿死,还有——"

"怎么,媚兰姑娘不——"他谨慎地自己中断了。

"媚兰姑娘没有奶呢。"

"哦,思嘉小姐,那么俺那蝶姐会替媚兰姑娘喂的。俺那蝶姐刚养一个孩子,奶多得很,两个人吃都有得多的。"

"你又养了一个孩子了,阿宝?"

孩子,孩子,孩子!上帝为什么要造这许多孩子呢?但是,上帝并不曾造孩子,是蠢人自己造的。

"是的,一个大大胖胖的黑孩子,他——"

"那么你去告诉蝶姐,不要陪伴小姐们了,过会儿我去陪她们。你叫她去奶媚兰姑娘的孩子,也给媚兰姑娘自己看看,看她能帮她一点忙不能。告诉嬷嬷赶快去看牛,把那匹可怜的马也放到马房里去。"

"咱们现在没有马房了,思嘉小姐,他们劈了它当柴烧了。"

"你不要再对我说'他们'做什么了吧。你去叫蝶姐弄去,你自己赶快去掘酒跟山薯去!"

"可是思嘉小姐,俺没有灯亮怎么掘呢?"

"你可以拿一根柴点着的。"

"柴也没有了——他们——"

"你自己想办法吧……我不管你怎么办。只要把那两件东西赶快掘来就成了。赶快去，赶快去！"

阿宝听见她声音粗起来，便急忙掉头走了，现在房间里只剩他们父女两个人。她在父亲腿上轻轻地拍着，这才发觉那两条腿已经失去骑马的肌肉，瘦得像两根枯柴一般了。她看他这么失魂落魄似的，觉得非想个法子使他兴奋起来不可，但是她决不能拿母亲的事情去问他。这是连她自己也吃不消的，必须缓一下子再说的。

"他们为什么不烧陶乐的呢？"

嘉乐对她瞪视一会儿，仿佛没有听见她的话，思嘉便又把这句话重复问了一遍。

"怎么——"他没头没绪地回答道，"他们拿这房子做司令部的。"

"谁？——北佬？——在这里做司令部吗？"

她仿佛觉得这个地方已被玷污了。这所房子是她母亲住过的，应该是很神圣的，谁知被他们占住过了！

"不错，是北佬，女儿。十二根橡树烧的时候，我们隔河都看见烟头，他们先到那里的。可是蜜儿姑娘、英弟姑娘，还有他家的一些黑人，他们都逃到梅肯去了，我们不必替他们担心了。可是我们自己不能到梅肯去啊。你的两个妹妹病得很厉害——你母亲——我们不能走呢。我们的黑人都逃走了——我也不知他们逃到了什么地方。他们把大车骡子都偷走了。嬷嬷、蝶姐、阿宝——他们没有跑。你两个妹妹——你母亲——我们不能动她们啊。"

"是的，是的。"他为什么一直提到母亲呢？这是决不可以的。别的什么都可以，就是谈谈那个曾把这间房子做司令部的谢尔门将军也不妨的。总之别的什么都可以。

"北佬是到琼斯博罗去截断铁路的，他们渡过河，就一直打到这边来了——论千论千的——大炮呀，马呀——论千论千的。我在前廊上遇到他们。"

"哦，好勇敢的父亲！"思嘉想着，心都膨胀起来，父亲在自己的台阶上迎敌呢，仿佛敌人是在他背后，不在他面前似的！

"他们叫我离开，说他们要烧房子了。我叫他们就在我头顶烧吧，我们不能离开——你妹妹——你母亲是——"

"怎么的？"难道他非提到母亲不可吗？

"我告诉他们家里有病人，伤寒病，动一动就是死。他们要烧就这么烧好了。我是无论如何不能离开的——不能离开陶乐的——"

他的声音渐渐消失，一面有意没意地看看四周的墙壁，思嘉懂得他的意思。父亲背后拥挤着无数爱尔兰的祖宗，他们都情愿在那区区几亩薄地上战斗而死，决然不肯离开他们曾在那里生活、耕种、恋爱、生育过的家。

"我说他们要烧就在三个将死的女人头上烧好了，我们是不愿离开的。那个青年军官倒是个——是个上等人。"

"北佬会有上等人？怎么，爸爸！"

"确是上等人。他当即跳上马走了，一会儿带了一个队长、一个军医来，看了看你两个妹妹——跟你母亲。"

"你让一个天杀的北佬走进她们房里去吗？"

"他有鸦片，我们没有，他救了你的妹妹。苏纶已经在出血。他这人真是好得很，他报告他们，说她们的确有病，他们就不烧房子了。后来他们进来了，有一个什么将军似的，带同他的全班人员拥进这里来了。除了病房之外他们把所有的房间都占了去。而且那些士兵——"

他又停住了，仿佛他觉得疲倦了要歇一歇，他的下巴颏儿重沉沉地落在他的胸口上。后来他像使了一点劲，重新又说起来。

"他们在这房子周围统统搭起帐篷来，在棉花地里、在稻田里，到处都是的。牧场上是满地都蓝了。那天晚上他们点起了无数的营火，他们拆掉篱笆拿去当柴烧，还有仓房、马房、熏腊间，也都给他们拆掉了，他们杀了我们的牛、我们的猪、我们的鸡子——连我那几只吐绶鸡也给杀了。"哦，那么父亲的宝贝吐绶鸡也完了！"他们什么东西都拿走，连画也要的——器具呀，瓷器呀——"

"银器呢？"

"银器是阿宝跟嬷嬷藏起来了——在井里吧——现在我不记得了。"说到这里，他的声音像有点烦躁起来，"然后他们就拿这里——就拿陶乐——做根据地了，闹得一塌糊涂，骑马的、跑路的，没有一刻儿安静。后来琼斯博罗那边开大炮，响得跟天雷一般，连你两个妹妹病得那么厉害都听见了，她们一遍一遍地说：'爸爸，你叫那天雷不要响吧。'"

"那么——那么母亲呢？她知道北佬在我们家里吗？"

"她——她是什么都不知道了。"

"谢谢上帝！"思嘉说。母亲总算是被赦免了。她并没有知道敌人就在自己楼底下，她并没有听见琼斯博罗的炮声，她并没有知道这片心肝宝贝般的土地曾遭北佬的踩踏。

"我跟他们不大见面,因为我一直都在楼上陪伴你妹妹跟你母亲。那个军医我可是常常见的。他人好极了,好极了,思嘉。他每天在伤兵里面忙过了之后,总要去看她们一回。他还留下一些药给我们呢。他们临走的时候他告诉我,说两个女孩子是会好的,只是你母亲——她太虚弱了,他说——这样的病她不能抵抗了。他说她所有的气力已经挖得精空了……"

在这以后的一个沉默里,思嘉仿佛看见母亲在病倒以前几天里面的情景,看见她没有睡眠、没有饮食,一刻不停地在那里看护、在那里工作。

"以后他们开走了,以后他们开走了。"

他沉默了半天半天,这才抖簌簌地摸着思嘉的手。

"你回来了,好极了。"他简单地说。

这时后穿堂里起来一阵刮擦的声音。原来阿宝平日受惯了训练,每次进房总要把脚先擦一回的,这规矩他四十年来如一日,虽是现在这种时候也还谨慎守着的。随即他战战兢兢地拿着两只葫芦儿进来了,但是早已闻到了一阵酒香。

"俺泼出了好些,思嘉小姐。把酒倒进这小口葫芦里去好不容易呢。"

"这就很好了,阿宝,谢谢你。"说着,她从阿宝手里先接过一葫芦酒来。

"你喝吧,爸爸。"她将那酒葫芦儿放在父亲手里,然后再从阿宝手里接过那一葫芦水来。嘉乐顺从得像个孩子,就把葫芦口凑到嘴边,啜啜有声地喝了一会。思嘉又把一葫芦水递给他,他却摇摇头不要。

于是思嘉从他手里接过酒葫芦,擎到自己唇边去。她看见父亲的眼睛盯住她,隐隐约约露出一点不以为然的神气来。

"我知道女人是不能喝浓酒的,"她简单地说,"但是今天我不是女人了,爸,而且今天晚上还有事要做。"

她就把那酒葫芦一托,长长地透了一口气,便急急地喝起来。那一股火热的流质烧着她的喉咙,直滚到她胃里去,呛着了,把她的眼泪都呛出来。然后她再透了一口气,再把那葫芦托起。

"思嘉,"她父亲说,这是她到家以后第一次听见他声音里含着权威的口气,"够了。你没有喝过浓酒,它会使你头昏的。"

"头昏吗?"她笑了一笑,"头昏吗?我是希望它让我醉一下呢,我很愿意醉过去了可以忘记这一切。"

说了,她就继续喝起来,随即有一股热火在她血管里慢慢地燃起,慢慢地通过她全身,直至她的手指尖儿都有点儿发热了。这是多么值得祝福的一种感觉啊，这温和的火！它仿佛连她那冰冷的心窝里都透进去了，她的气力又重新流回她身体里来了。她看见父亲脸上有一种惶惑和痛伤的神情，便重新拍了拍他的膝盖，设法装出他向来喜欢的那么一个笑脸来。

"你想我怎么会喝昏了头呢，爸爸？我是你的女儿。你难道没有把那个葛藟墩区头等结实的脑袋遗传给我吗？"

他对她的疲倦面孔看了看，几乎微笑起来了。因为他自己喝过了那么一口，也已经鼓起来一些兴致。然后她又把葫芦交还他。

"现在你再喝一点儿吧，喝完我就带你上楼去，放你上床睡觉去。"

这话刚说出口，她就立刻懊悔起来。怎么，这是她对卫德说的话呢——不该对父亲也这么说法的，这是太不恭敬了。但是他正在等她说下去。

"是的，放你上床睡觉去，"她轻轻地补充说，"并且让你再喝一点酒——喝完那一葫芦都可以的，喝完让你去睡觉。你得睡觉了，现在思嘉已经回家来，你什么都不用操心了。喝吧。"

他顺从地继续喝了，她就套住了他的臂膀，将他搀起来。

"阿宝……"

阿宝一手拿着酒葫芦，一手搀着主人的臂膀，思嘉拿起了那段蜡烛头，于是三个人慢慢地走过黑暗的穿堂，爬上盘旋的楼梯，进了嘉乐的卧室。

苏纶跟恺玲同在一个房间里，同睡一张床。那间房里点着盏不阴不阳的灯，乃是拿破布条子浸在一锅腊肉油里点的，加上所有的窗门都紧紧闭着，因而气味非常难闻。思嘉刚刚开进门，便有一阵浓烈的药气和油气朝她猛扑过来，几乎使她晕过去。也许是医生吩咐过的，说病人吹不得风，但是要她在这里坐一刻儿，那就非有空气不可，不然她就立刻闷煞。因而她把三个窗子一齐打开来，放进了一股橡树叶气和泥土气。但是这一点新鲜空气仍旧驱逐不尽房里的恶臭，因为那种气味已经在那里面囤积几个礼拜了。

姊妹俩睡在一张四柱大床上，脸色憔悴苍白，一直只是断断续续地睡着，睡时便呓语，醒时呆呆地瞠着眼睛。她们的对面还有一张床，是空着的。那是一张法兰西帝国出产的单人床，当初爱兰由萨凡纳带来的，爱兰病时就睡在这张床上。

思嘉坐在两个妹妹的旁边，对她们呆呆瞠视着。她刚才空着肚子喝下那么些烧酒，现在跟她玩起把戏儿来了。她觉得两个妹妹忽而离开她很远，小成一点点，又觉得她们那断断续续的声音跟虫子叫一般。但是她们忽而又变得非常大，跟闪电一般向她冲来了。同时她觉得自己彻骨地疲倦。她简直可以一倒下去一连睡他几日不醒了。

她痴想着现在睡下去，明天母亲走来轻轻摇醒她，并且对她说："不早了，思嘉。你不能这么懒惰的。"但是这种痴想断乎不能实现了！哦，叫她到哪里去找母亲呢？到哪里去找一个比她年纪大的人，一个比她更聪明更不怕劳苦的人，使她可以将头伏在她怀里，将这担子放在她肩上的人呢？

房门轻轻开开了，进来的是蝶姐，一手抱着媚兰的孩子，一手拿着个酒葫芦。从那烟沉沉摇曳不定的灯光里看去，她似乎比上次看见时瘦了些了，脸上的印第安人血液更加明显了。她的高颧骨比以前显得更阔，鹰鼻子也显得更尖，皮肤上的红铜色也显得更亮了。她身上穿着一件褪了色的粗布衫，一直袒开到腰部，把一双铜铸一般的大奶子统统露出来。媚兰的孩子紧紧贴在她胸口，苍白的小口衔住她的黑奶头，贪馋地在那里吮着，同时一双小拳头在那软肉上不住地擂滚，像个小猫儿在它母亲肚下乱闯一般。

思嘉晃晃荡荡地站了起来，将手放在蝶姐臂膀上。

"你很好，你还没有走开，蝶姐。"

"俺怎么好跟那些下等黑人一起走开呢？你们待俺这么好，把俺跟百利子都买过来了，太太又待俺这么好！"

"你坐下吧，蝶姐。那么孩子是会得吃了，没有什么了。你看媚兰姑娘怎么样？"

"孩子没有毛病，不过是饿了，那是俺有得喂他的。媚兰姑娘也没有什么。她不会死的。思嘉姑娘，你放心吧。像她这样子的俺见得多了，她是累得厉害了，又为着孩子心里害怕。可是俺刚才拍过她了，又拿这葫芦里剩下来的给她一点儿，她睡着了。"

那么这点威士忌酒是全家人都尝到过了！于是思嘉起了个痴想，不知给小卫德也喝点儿行不行，也许可以治好他的打呃的——那么媚兰是不会死的了。那么将来希礼回来的时候——如果他是要回来的话……不，这也等将来再想吧。要想的事情多着呢——将来！有许多事情要解决的——要决定的！现在去想它做什么呢？于是她突然听见一种特别的声音，不由得吓得站起来，那声音就在窗口外，"喀尔砰——喀尔砰——"的很有规律的声音打破了岑寂。

"嬷嬷在那里吊水，一会儿要来给两位小姐擦身子了，她们是常常洗澡的呢。"蝶姐一面解释着,一面将酒葫芦搁在桌子上。

思嘉不由得失笑起来。这种井辘轳的声音是她从小听惯了的,现在竟会使她吃惊,那么她的神经一定已经碎得像破布条子一样了。蝶姐见她笑,把眼睛瞪视着她,脸上的表情并没有变动,但是思嘉觉得她已经了解了。她重新坐回椅子上,她只想把小马甲松一松,领子解一解,因为她气闷极了,同时鞋子里的那些沙石也戳得她非常难受。

井辘轳的声音缓下去了,索子绞上来了,嬷嬷马上就要到了——爱兰的嬷嬷,也是她自己的嬷嬷。她静静地坐在那里,心里并不忖什么。突然,那孩子失去了奶头,便哇地哭了起来,蝶姐连忙把奶头给他塞回去,轻轻拍抚了一会。于是听见后院子里嬷嬷拖着步子缓缓走来了。夜是多么的寂静,极微的一点声音传进思嘉耳朵里,都像是轰然的巨响一般。

嬷嬷的脚步还是那么沉重的,她从楼上穿堂走来时,全副地板都被她震得咯咯响。然后嬷嬷进房来了,她的两个肩膀被两大木桶的水坠得挂下去。她的和气的脸上放着一个悲哀,那是猴子脸上的无所理解的悲哀。

嬷嬷一看见思嘉,眼睛就亮了起来,一面放下水桶儿,一面咧出她那雪白的牙齿。思嘉立即向她奔过来,将头埋进了她那宽阔松弛的胸口——这个胸口是曾容纳黑的白的不知多少人头的!当时思嘉以为这里便是安稳的港埠了,便是旧时生活的故乡了。谁知嬷嬷开口几句话,便使得她的这种幻觉完全消灭。

"哦,嬷嬷的孩子家来了!哦,嘉姑娘,爱兰姑娘丢了咱们走了,咱们怎么好啊!哦,嘉姑娘,俺是恨不得跟爱兰姑娘一块儿去的!俺没有爱兰姑娘怎么过得日子啊!现在咱们是什么都光了,只有愁恼了,只有苦楚了!这副重担叫咱们怎么背啊!宝贝儿啊,这副重担叫咱们怎么背啊!"

当时思嘉伏在嬷嬷胸口上,嬷嬷这番话里使她特别注意的就是"重担"两个字。这两个字已经很单调地在她脑子里轰响了这一个下午了,想不到现在又要听见它。于是她又记起那支歌来了:

> 再有几天,这沉沉重担便可以卸肩!
> 然而这担儿的分量依然不减!
> 再有几天,我们就可上路返家园——

"然而这担儿的分量依然不减!"——这一句歌词深深刻在她的心上。难道她的重担是永远不会减了吗？难道她这回回到陶乐来的意义并不是一劳永逸，反而是加重负担吗？这么想着，她从嬷嬷怀抱里抽出一条臂膀来，伸上去拍拍嬷嬷的打皱的黑面颊。

"怎么，宝贝儿，你的手！"嬷嬷拿住她那满是泡泡跟血块的小手，仔细看了看，现出大不赞成的样子，"嘉姑娘，俺告诉你多回了，一个女人家的好坏是可以从她的手看出来的——怎么你让脸也晒黑了！"

可怜的嬷嬷，怎么她在这种年头还会管到这些全不相干的事情呢！过一会儿她也许竟会讲出"小姑娘家手上长泡泡，身上长痱子，就要嫁不到男人"来了！于是思嘉先发制人，把这套无聊的话撂开去。

"嬷嬷，你给我讲讲母亲的事情吧。我不好去要爸爸讲，我不忍心听的。"

嬷嬷当即滴下眼泪来，一面弯下身子去提那两桶水。她默默地将两桶水搬到床边，掀开被单，便动手去卷上两位小姐的衣服。思嘉站在床边，趁那昏暗的灯光对她两个妹妹身上掠过了一眼，只见恺玲身上穿的是寝衣，干净倒还干净，可是破得不成样子了，苏纶身上包着一件久已搁起的旧衣服，棕色麻纱的底子，四周镶着极阔的爱尔兰花边。嬷嬷一面啜泣，一面拿一条旧围裙当手巾，在两位小姐骨瘦如柴的身体上慢慢擦着。

"爱兰姑娘是给施家人害死的呢——全给施家那班天杀的下流坯子害死的呢！俺常常跟她说的，俺说理这班下流坯子没有好处的，爱兰姑娘老是不听俺的话，人家有什么求她的，她从来不肯回一声'不'的！"

"施家人？"思嘉莫名其妙地问道，"他们怎么会跑进来的？"

"他们也害这种东西了，"嬷嬷拿着手里的擦布指指床上，不觉把水淋满了一床，"施老头子的女儿阿弥害上这东西了，他就又照例半夜三更地来求爱兰姑娘了。他们有病人，为什么自己不看护，定规要别人去看护呢？爱兰姑娘本来事情忙得很，可是她还是去了。那时候爱兰姑娘本来身体不舒服呢，嘉姑娘，她不舒服长久了。你知道怎么的？那些天杀的兵大爷把咱们种的东西都偷光了，咱们吃都吃不饱。而且爱兰姑娘吃东西本来就跟小雀儿似的。俺就告诉她，叫她别去理他们。她哪里肯听？后来阿弥倒快好了，恺玲姑娘就害上了。你知道，伤寒病是会飞的，它从大路上飞过来，飞到恺玲姑娘身上了，不多会儿苏纶姑娘也害上了。那么爱兰姑娘就得替她们两个看护了。

"你就想想看，嘉姑娘，大路上嘛，在那里打仗；北佬嘛，已经渡过河来了，咱们不知道要怎么样了；黑人嘛，天天晚上都有逃走的——你就想想看，俺不要发起疯来吗？可是爱兰姑娘一点不着急，心定得像个胡瓜。她只担心着两位姑娘的病，因为咱们没有药了，什么都没有了。有一天晚上俺已经给她们擦过十次身子了，爱兰姑娘还是对俺说，说她如果能够拿灵魂去卖掉，也要卖掉它给两个孩子买点冰来垫头的。

"爱兰姑娘不让你爸爸进这儿来，也不让露莎、丁娜进来，就只俺一个可以进来，因为俺是害过伤寒的。后来，唉，嘉姑娘，爱兰姑娘自家儿也害上了。她一害上了，俺就马上知道她不中用了。"

嬷嬷说着，将身子竖了起来，撩起围裙来擦着那泉涌一般的眼泪。

"她的病变得很快，嘉姑娘，连那北佬医生也一点没有办法。她不久就人事不知了。俺叫她，俺跟她说话，她连自家儿的嬷嬷也不认识了。"

"她有没有——有没有提起我——有没有叫过我的名字？"

"没有呢，宝贝儿。她仿佛当她自己又回到萨凡纳去做小姑娘了，谁的名字她都没有叫。"

这时候蝶姐动弹起来了，她把孩子平平放在膝盖上。

"有的，她叫过的，她叫过一个人的。"她插进来说。

"你别胡说吧，你这红鬼子！"嬷嬷对蝶姐做着恫吓的姿势。

"你让她说吧，嬷嬷！她叫过谁的，蝶姐？是爸爸吗？"

"不，不是老爷。那天晚上就是棉花烧掉的一天——"

"棉花烧掉了吗——你赶快说吧！"

"是的，烧光了！北佬来了，他们把棉花都堆到后院里去，点起火来，口里还嚷着：'大家来看哟，佐治亚州大放烟火啰！'一会儿就烧得精光了。"

好！三年辛苦的积蓄——十五万元的价值，统统付之一炬了。

"哦，那火烧得多亮啊，简直是白天一般了——大家都怕房子也要烧着呢，火光照进房间里来，连地板上一根绣花针都看得清清楚楚的。当时爱兰姑娘好像也给火光惊醒了，她笔挺地坐了起来，口里喊着'斐理！斐理'喊了好几次。这个名字俺从来没有听见过，不过她明明是在喊一个人的。"

嬷嬷站在那里，仿佛已经变做一个石头人，只把眼睛瞪视着蝶姐，但是思嘉的头已经倒在她手里了。斐理——他到底是谁？他跟母亲到底有什么关系，竟至临死还喊着他的名字呢？

从亚特兰大到陶乐的漫漫长路已经终结了——本来打算终结到爱兰怀里去的，谁知所剩的只是萧然四壁！从今以后，思嘉再也不能像小孩子似的安安稳稳睡在父亲屋里了，再也不能有母亲的爱像鸭绒被一般舒适地来围裹她了。现在再没有别的安稳的海港可以容她去停泊，再没有别的迂回曲折的道路可以让她回避这段死胡同，再没有一个人可以将她肩上这副重担去交卸。父亲是老了，而且呆了，两个妹妹都在病，媚兰是自身难保的，孩子们又都还小，那几个未走的黑人呢，便都怀着一腔天真的信仰仰望着她，牵着她的裙子，以为爱兰的女儿一定是跟爱兰一样能够庇护他们的。

从窗口望出去，初上的明月下，陶乐依然在她眼底下展开，然而黑人都走了，田亩荒废了，仓房烧光了，就像一个受伤的身体在她眼底下流血，就像她自己的身体在这里慢慢地消耗。这就是这条漫漫长路的终点了。这里是什么都没有的了，就只剩她韩郝思嘉这一个芳龄十九的小寡妇。

在这情境之下，她打算怎么办呢？媚兰跟她的孩子，是白蝶姑妈跟梅肯的柏家可以带去的。如果两个妹子病好了，外婆家里应该能收留她们，不管她们自己愿意不愿意。至于她自己父女两个，也未尝不可投奔两位伯父去。

想到这里，她不觉把床上的两个病人看了看。她是向来不喜欢苏纶的。现在她在病中也不能引起自己的怜悯，这就足以证明自己是不喜欢她了。对于恺玲，她也并不特别爱——凡是软弱无能的人她是没有一个能爱的。但是她们到底都是自己的亲骨肉——都是陶乐的一分子。不，她决不能让她们去靠姨妈，去做她家的穷亲戚。难道他们郝家人是愿意做人家穷亲戚的，是愿意靠人家施舍面包过苦日子的？哦，决没有这样的事！

那么，这条死胡同是没有法子逃避了吗？她那疲乏的脑筋转得很慢。她把手举到头上去，连这一下举动也觉得十分疲劳，仿佛那空气是水做的，她的臂膀从水里举上去时必须有一番挣扎。她从桌子上拿起酒葫芦来，似乎还有一点威士忌剩在底里，多少她说不准了。奇怪的是它那辣味现在不觉得冲鼻子了。她慢慢地喝着，也不觉得发烧了，只有一种迟钝的温热跟着起来。

她把空葫芦放回桌上，向四下里看了看。她觉得这一切都在梦中——这烟熏昏暗的房间，这病体支离的女子，嬷嬷那个魁梧奇伟的黑影，蝶姐那个静默无声的铜像，一切都在梦中，她一定会从这梦里醒过来的，醒过来时一定又会闻到厨房里的肉香，一定又会听到黑人们在田里工作时的傻笑，一定又会触到母亲温柔的手给她的推动。

然后，她发现自己在自己房间里了，躺在自己床上了，熹微的月光从黑暗里刺了进来，嬷嬷跟蝶姐正在替她脱衣服。她腰上那件箍煞人的小马甲已经去掉，她现在可以深深地静静地将一口气吸进肺底里去，吸进肚子里去了。她又觉得腿上的袜子正被人褪了下去，随即听见嬷嬷一面口里咕哝着，一面替她洗那满是泡泡的一双脚。那水是多么凉啊！躺在这软床上面，像个小孩子似的，是多么舒适啊！她叹了口气，伸了伸腰，于是，不知是过了一年呢或是一秒，她就剩独个人了，那时房里越发光明起来，因为月光正向她床上洒来。

她还不知道自己已经大醉——为疲劳和威士忌所醉。她只觉得自己脱离了躯壳，悬空浮在那里了，那悬空的地方没有苦痛也没有疲劳，而且使她的脑子清如明镜一般照见了一切。

现在她是用一种新的眼光看东西了，因为在回到陶乐来的路上，她已经把她的少女身份丢失了。她已经不再是一块可以随意捏塑的黏土，不是每一个新的经验都会留下印子了。她这块黏土已经变坚硬起来，就是在这长若千年的惊疑不定的一天里面变成的。她今天晚上这么像个孩子似的叫人服侍着，要算是最后一次了，她现在已是一个十分老练的妇人，她的青春已经完全消失了。

第一点的决定是，她决不能也决不愿去投奔本家或亲戚。她郝家人是不作兴受人周济的，她郝家人凡事都要靠自己。她的担子得她自己挑，而且她的肩膀并非挑不动，她觉得自己已经历过最最恶劣的一场，现在是什么担子都吃得消了。关于这一点，她自己并不觉得惊异。总之，她决不能抛弃这陶乐。因为与其说是这些红色土地属于她，不如说是她属于这些红色土地。所以她跟这些红色土地无论如何拆不开，她的根已经深深地生进这些红色泥土里，也同他们所种的棉花一般，要从这泥土里吸取生命的。为此，她要住在陶乐，要支撑陶乐，并且要支持她的父亲、她的妹妹，也要支持媚兰跟希礼的孩子，乃至那几个未走的黑人。明天——哦，明天！明天她就要把一副牛轭套在自己颈上了，明天就有许许多多事情要做了。她要到十二根橡树跟麦家的庄园上去，看看那些被弃的园里还有什么留下来的没有；她要到河床里去寻寻看，看有没有遗失在那里的猪子和鸡子；她要带母亲的首饰到琼斯博罗和洛夫乔伊去，想来总还有人留在那里肯卖粮食给她的。明天——明天——她的脑子走得渐渐慢下去，犹如钟表的发条渐渐松下去一般，但是仍旧明镜一般的清澈。

突然的，她把那些关于祖先的故事都记起来了。那些故事都是她小时候听到的，当时她很不耐烦听，现在却都记得清清楚楚了。她自己的父亲嘉乐是赤手空拳造起这陶乐来的；她的母亲爱兰也是曾经历过一片神秘的苦海而来的；她的外祖父从拿破仑的劫灰里留下一口残喘来，竟在佐治亚州的肥沃海滨重建起一份家业；她的外曾祖父曾经在海地的丛莽中分割得一小部分王国，后来失去了，却在萨凡纳留下一个不朽的荣名。她的父系祖先里，也曾有过无数像她自己这么勇敢的人，跟随那些爱尔兰的先驱者去为自由爱尔兰而战斗到底，又曾有过无数这样的人在波印地方为他们自己应得的权利而不惜捐躯。

他们都曾经历过足以将人压碎的灾祸而都没有被压碎，他们都曾因帝国的崩溃，或是奴隶的暴动，或是战争，或是叛乱，或是流放，或是没籍，以至于家破人亡，然而他们的精神并不因此而沮丧。这些灾祸也许曾经打破他们的颈梗，却不曾打破他们的心。他们不知道哭泣，他们只知道战斗。他们死了时，他们是因力乏而死的，不是因被征服而死的。现在。她躺在月光里默默思想，这些战斗者的血液都在她血管里激荡起来了，她就觉得陶乐便是她的命运，便是她的战场，她非征服它不可。

然后，她瞌睡沉沉地转到一侧，随即有一片缓缓爬行的黑影向她的心包围上来。现在这一些勇敢的祖先果真在这里默默鼓励她呢，或不过是她自己的梦想呢？

"不管你们在不在这里，"她瞌睡沉沉地自语道，"现在要请你们晚安了——而且谢谢你们啊！"

第二十五章

第二天早晨起来，思嘉觉得浑身酸痛，一举一动都苦楚不堪。她的面孔已经被太阳晒得绯红了，她的两手满是泡泡了，她的舌头跟长了一层毛一般，她的喉咙干得像被火烫焦似的，你就泼一担水上去也解不得她的渴。她的脑袋仿佛已经肿起来，连眼睛动一动也会发晕的。她胃里感到恶心，跟她刚刚怀孕那几天一样，因而早餐桌上放着一盆热气腾腾的甜山薯，她连闻到气息都觉要呕了。如果是平时，嘉乐看见她这样，一定会怪她昨天晚上不该喝那么许多酒，但是现在嘉乐并没有注意她。当时他坐在餐桌横头，竟是一个白发龙钟的老者了，一双眼睛无缘无故地瞪在地板上，一双耳朵一直侧着，像在期待往日爱兰进来时的那一阵夹带着枸橼香气的綷縩声。

思嘉坐下时，他忽然呢呢喃喃地说道："我们等一等郝太太吧，她今天起来晚了。"思嘉抬起她的酸痛的颈梗，吃惊地对他看了看，却遇见了站在他背后的嬷嬷的一双眼睛，仿佛在那里哀诉。她就从座位上站了起来，走到父亲身边，趁那早晨的阳光将他端详着。他也蒙蒙眬眬地抬起眼睛看着她，她看见他的手抖得很厉害，他的头也微微有点打战。

直到现在为止，思嘉一直都预备着有了事情仍要请父亲决定的，谁知现在他——怎么，他昨天晚上还差不多是照常的呢。昨天晚上他虽然没有往日那么有精神，总还曾说过一段连串的故事，谁知现在他竟连爱兰有没有死都不记得了！原来他前几日受了惊恐和伤心的交迫，已经变得痴痴呆呆了。思嘉正要开口和他攀谈，那边嬷嬷连忙猛烈地摇起头来，一面撩起围裙在她的红眼睛上擦着。

"哦，难道爸爸已经失了神吗？"思嘉一面想着，一面因受了这一下新的刺激，觉得她的头要裂开了。不，不。他不过暂时昏神罢了。我看他像是病了，将来他会好的，他一定会好的。如果不好，叫我怎么办呢？——不过我现在不去想它。我现在不能想他，也不能想母亲，也不能想任何可怕的事。我要等受得了的时候再去想。现在该我想的事情多得很，但是我只找那种办得到的事情来想，办不到的事情我不想。

她并没有吃早饭，便走出了饭厅，走到后边走廊上，看见阿宝赤着一双脚，穿着他那件破烂的制服，正坐在台阶上剥花生。她觉得自己的头不住地垂下来，阳光射到眼睛里非常刺痛，就是要把身体维持一个挺直的姿势，也已颇需要一点毅力，因而她遵守着母亲关于怎样对待黑人的遗教，不过对他略示一点儿客气罢了。

随后她就对他问起问题来，下起命令来。她的问题问得非常之唐突，命令下得非常之决断，以至于阿宝深觉神秘地皱起眉毛来。他觉得爱兰太太生前对人说话从来没有这么斩钉截铁的，即使在她拿住了他们在偷小鸡或偷西瓜的时候。她又重新问起了田里的事、园里的事，乃至家里所养的牲口，问时她那绿眼睛里闪着锋利的光芒，是阿宝从来没有见过的。

"是的，您哪，那匹马死了，它的头刚刚伸进水桶里，它就滚下地去了。不，您哪，牛没有死。您还不知道吗？昨晚上它养了一头小牛了呢，怪不得它叫得那么厉害了。"

"哦，那么你家百利子真是内行极了，"她挖苦他道，"她说它那么叫法是要挤奶呢。"

"不过，思嘉小姐，俺那百利子并不打算替牛做收生婆的。"阿宝也很锋利地答道，"不过咱们总算运气了，小牛大起来就是大牛，咱们那两位小姐牛奶就喝不完了，那个北佬医生说过她们得多喝牛奶。"

"好的，你说下去吧。我们本来的牲口还有剩的吗？"

"没有了，您哪。就剩得一只母猪跟它养的一只小猪。那天北佬来的时候，俺把它们赶到烂泥地里去了，可是天才知道咱们怎么还拿得住它们。那母猪是顶怕人的呢。"

"我们总要拿住它们的。你跟百利子马上就去找吧。"

阿宝听见这话大大地吃惊，并且非常光火了。

"思嘉小姐，这种事情是田里的黑人做的，俺一直是家里的黑人。"

"你们两个非立刻去拿不可，不然就替我滚开这里，跟那些田里的黑人一样。"

阿宝眼里立刻流下眼泪来，他想起爱兰了。如果爱兰在这里，这种地方她是分得清清楚楚的，她会知道田里黑人和家里黑人的职务是有一道鸿沟相隔的。

"滚开吗，思嘉小姐？您叫俺滚到哪里去呢，思嘉小姐？"

"这我不知道，我也不管。可是在陶乐的人要是有谁不肯工作的，他尽管可以去找北佬。这话你可以去跟大家讲一声。"

"是的，您哪。"

"还有，我们的稻子跟棉花怎么样了呢，阿宝？"

"稻子吗？天晓得，思嘉小姐，他们到稻田里去放马呢，马吃不完的他们还要装了走。棉花田里被他们的大炮大车碾得精光了。就只河底里那几亩田他们没有看到。可是这也派不了什么用，一共不过收得三包多点棉花呢。"

三包！思嘉就想起往常陶乐所收的棉花来，那是要堆得山一般高的。三包！这是简直跟施家他们种的一样了。还有麻烦的，就是那纳税的问题。现在联盟州纳税，是可以拿棉花代钱了，但是三包棉花还不够纳税。不过这也没有多大关系了，反正田里的黑奴都跑了，就是有棉花也没有人采了。

"嗯，这个我也不去管它，"她对自己说，"纳税反正不是女人家的事，这种事情是应该爸爸管的，但是爸爸——嗯，现在我也不去想爸爸，随他联盟州要税去吧。我们现在需要的是吃的东西。"

"阿宝，你们有没有人到十二根橡树或是麦家庄去看过，他们园里到底还有什么剩下来的没有？"

"没有，您哪！咱们谁都没有离开过陶乐，北佬要逮咱们去的。"

"那么我要叫蝶姐到麦家庄去一趟，那边也许可以找到一点什么的。我自己到十二根橡树去。"

"谁陪您去呢？"

"我独个人去。嬷嬷要陪伴两位小姐，是走不开的。爸爸又不能——"

阿宝不等她说完，就马上狂喊起来："怎么好独个人跑到十二根橡树去呢？那边也许有北佬，也许有下流黑人的！"

"你不用多话了，阿宝。你去告诉蝶姐，叫她立刻就动身。你跟百利子，赶快去把那母猪跟小猪捉回来。"她斩钉截铁地说了，就扭转身子走了。

后走廊的钉子上，挂着嬷嬷的一顶凉帽，虽然褪色了，倒还很干净，思嘉就把它拿来戴在头上，当即记起白瑞德从巴黎买来送她的那顶插着一支绿色鸵羽的帽子来，仿佛已同隔世了。她又捡起一只橡木条子的大篮，便从后面的台阶走了下去。她走一步，她的头就震动一下，像似她的脊骨非要把那可怜脑壳儿捣碎不可。

通到河边去的那条路被酷烈的阳光灼晒着，两旁并没有一根树可以遮阴，太阳从凉帽里射进来，就像那帽子不是粗布做的，倒是薄纱做的一般。同时一阵阵的灰尘扑进她的鼻孔，使她的喉咙干得发脆了，仿佛一开口说话，喉膜马上要破裂。一路上都是被车轮碾出的沟子，有深的，也有浅的。棉花地里是一塌糊涂了，因为当初骑兵步兵被炮队迫击而走的时候，大家都从田里狂奔过去的。这里那里可以看见一片破鞍鞯、几段烂缰绳，或是一只被马蹄踏扁的水壶，或是一个被车轮碾瘪的纽扣，此外还有蓝帽子、破袜儿、血迹斑斑的烂布——这就是一个前进军队的遗迹。

她经过了一丛橡树和一堵矮砖墙，那就是她家的坟地了。她明知道她那三个小兄弟的矮坟旁边现在已经添了一个新坟墓，但是她不但不去看它，而且硬熬着不去想它。她蹒跚地走下一个山坡，走到从前施家所在的一堆灰烬和一个烟囱，心里恨恨然地祝愿着他全家人都死在这堆灰烬里。因若没有他们施家人，没有那个跟他家魏忠相好的婊子，她的母亲是不会死的。

一块碎石子跳进她鞋子里来，戳痛她脚上的泡泡，痛得她流下眼泪来。她现在在这里做什么呢？为什么她这全区的美人和陶乐的娇宠的郝思嘉小姐要到这种崎岖路上几乎光着脚板奔波呢？她这双小脚是天生给她跳舞用的，并不是奔波用的。她这种低帮鞋子是预备在那长衣裙底下露露风的，并不是预备来装石子的。就是她这个人，也是生来受人疼爱、受人服侍的，却谁知她现在为了饥饿所驱迫，竟须这般憔悴仓皇、衣衫褴褛地跑到邻家园子里去找寻残食呢！

到了山脚下，就是河边了，河上有高大的树木荫盖着，那水多么清凉啊！她就往那低矮的河堤上坐了下去，脱下了破烂的鞋袜，将一双发烧的脚浸进凉水里。她觉得这里舒适极了，恨不能够坐他一个整日，因为这里她看不见陶乐那些毫无办法的眼睛，就只有那树叶的窣簌声和流水的潺潺声打破岑寂。但是坐了一会她又不得不把鞋袜重新穿起来，沿那青苔满布的河堤继续走去。河上本有一条桥，被北佬炸去了，但是下面一百码路外的那条独木桥还存在的。她战战兢兢地走过独木桥，便挣扎上一个山坡去。这里离开十二根橡树只有半英里了。

那从印第安人时代就有的十二根大橡树，现在仍旧在那里，但是它们的叶子被火炙黄了，它们的枝干都成焦炭了。这十二根橡树的圈子里，便是卫约翰家那座巨厦的残址，当初那些白色柱子显得多么的庄严，现在也只剩一片焦土了。那口深井就是它当日的地窖，那一圈黑色石块就是它当日的墙基，独有那两根庞大的烟囱还是矗然地竖着。有一根柱子还剩了一半，现在倒在草地上，压碎茉莉花丛了。

思嘉看见这番景象，觉得触目伤心，不由得两腿发软起来，便在那断柱上坐了下去。在这里，她看见卫氏当年的盛隆化为灰烬了。在这里，她自己从前的一番梦想完全幻灭了。她曾在这里跳舞，宴会，调情；她曾在这里怀着颗妒忌的心看着媚兰对希礼微笑。也就在这里的这些阴凉树荫底下，那个韩察理曾经捏住她的手，听着她答应和他结婚。

"啊，希礼，"她想，"我希望你不如死了！我决不想你回来看见这番景象的。"

希礼曾在这里娶他的新娘，但是他的儿子和儿子的儿子再不能把他们的新娘带进这所房子里来了。这所房子是她非常喜爱的，是她热望着要来统治的，现在这里永远不能再有结婚和生育的事情了。这所房子是死了，思嘉就觉得卫家全家的人仿佛都跟它一同死了。

"现在我不去想它。现在我受不了的，我要等以后再想。"她大声地自言自语道，把眼睛朝了开去。

她在园子里寻了一番，便沿那残址的周围一路寻去，经过那已踏烂的花床，经过了后院，经过了熏腊房、仓房，乃至养鸡室等等的灰烬。菜园的篱笆也已倒毁了，那园里的情形跟陶乐并无两样。那些柔软的泥土上都印满了车辙马迹了，菜蔬都被捣烂在泥里。她这么找了半天，结果是一无所得。

她又通过院子回转来，然后从小径上走向那一带白粉墙的下屋去，一路走一路喊着："喂！喂！"但是没有人答应她。连狗叫也听不见一声。分明是卫家的黑人也都逃走了，或是跟北佬去了。她知道他们卫家的每个黑奴都分得一片小园地，希望这些园地还有幸免的。

果然，她的搜索得到报酬了，但是她已疲倦到无力感觉快乐。原来在这些小园地里她发现了红萝卜和卷心菜，都因失水枯萎了，但都还竖在那里，还有白豆和蚕豆，都已变黄了，但还可吃得。她就往菜畦上坐了下去，拿着颤抖的手一棵棵地挖起来，一会儿就盛满了一篮子。她想今晚回去一顿晚饭尽够吃得很舒服，可惜的是没有肉来炒。于是她想起蝶姐拿来点灯的咸肉油来了，或者那也可用的，她回去之后一定要叫蝶姐拿松枝来点灯，好把咸肉留起来做菜用。

在一间下屋的后台阶旁边，她找到了一排白萝卜，便觉得一阵饥饿突然袭击她。这种水分很多的清脆白萝卜，是跟她现在的胃口完全相配的。她挖出一个来，等不得擦去皮上的泥土，便放在嘴里咬了一大口，匆匆地咽下去了。却想不到那萝卜又老、又粗、又辣，竟把她眼泪也辣了出来。并且那咽下去的一块一经落到她胃里，便觉得非常不受用，不由得伏在地上大大呕吐起来。同时那间下屋里边飘出了一阵黑人的臭气，使她愈加感到恶心，霎时间头晕眼花，天昏地黑，哗哗哗地吐个不住。

直至许久之后，她方才觉得好些，便又挣扎着爬了起来。但是这番惨苦的经历并不曾动摇她的奋斗的意志，反而使她越发倔强了，所以当她提着那个篮子回家的时候，她就下了一个只许前进不容后退的决心。

这事以后的几天日子，陶乐都是跟鲁滨孙的荒岛一般，非常地寂寞，和其余的世界非常地隔绝。其实那其余的世界离开陶乐都不过几英里路，即如琼斯博罗、万叶、洛夫乔伊，乃至于那些邻家的庄子，平日都是常常往来的，现在却像有千顷波涛隔在中间了。思嘉带回来的那匹老马已经死了，他们唯一的交通工具失去了，他们又没有时间和气力去步行那么许多路。

有时，思嘉正在忙得不可开交的当儿，忽然要侧起耳朵来听听那些熟悉的声息——下屋里面小黑炭的傻笑声，车辆从田里回家来时的吱嘎吱嘎声，嘉乐骑着健马奔过牧场的嗒嗒声，小径小马车车轮碾过的嚓嚓声，直至邻舍家偶尔进来闲坐的谈话声。但结果是什么都不曾听到。门前的大路是寂静无人的，从来不会看见那种预告客到的红尘。总之，陶乐已经成了一座孤岛了，四面便是那一片汪洋的绿色的山丘和红色的田地。

离开陶乐的一段路外，战争和世界还是照旧进行着。但在这个庄子里，战争和世界都只有记忆里才有了，而这种记忆是要等人们精疲力竭的时候才会起来的。若在平时，人们只能应付自己那个全空的胃或是半空的胃的要求，自然要把那世界置之度外，所以按一般的情形说起来，这里的生活只包含着两种互相关联的思想，就是食物，及怎样得到食物。

食物！食物！为什么胃的记忆偏偏比心的记忆更能持久呢？就是像思嘉这么勇敢的人，也只驱遣得了伤心，却驱遣不了饥饿。每天早晨她在似醒未醒的时间，总要蜷在床上期待着从前那种烤肉和面卷的好香味。直至她真正听见自己肚里叫起来，她就忽然大醒过来了。

陶乐食桌上有时是苹果、山薯、花生、牛奶，即使是这种食品，也是从来不够大家吃饱的。思嘉一天三顿看见同是这一套东西，她的记忆便要突然飞回从前的日子，而想起当日那种灯烛辉煌的席面和热气腾腾的盛馔来。

在那时候，食物是多么不费心思、多么浪费啊！面包卷、玉米卷、饼干、蛋糕，还有滴零滴落的牛油，桌子上是这头有火腿，那头有烤鸡，甘蓝菜是整缸整缸盛着的，青蚕豆是像山一般堆着的，炸南瓜、煨秋葵、奶酪、酱油浸的红萝卜，那是尤其算不得什么了。三顿甜点心有可可涂的饼，奶油涂的糕，天天花样翻新，可以由你随便挑。关于这一些食品的记忆，往往有力量可以将她的眼泪引出来，至于死和战争的记忆倒没有这种力量，同时这种记忆也有力量可以使她的辘辘肠鸣顿时变成了一种恶心。讲到她的食欲，那是嬷嬷一向替她担心的，现在这位十九岁大姑娘的食量，又因不住劳动的缘故，更比从前增加四倍了。

但是陶乐现在的问题并不单是解决她个人的食欲，因为她不睁开眼睛便罢，一睁开眼睛便会接触到黑的白的尽是饥饿的面孔。苏纶跟恺玲的伤寒病已经快到复原期了，这一期间的食欲是无论如何不能轻易满足的。小卫德已经在那里单调地哭叫："我不要吃山薯，我饿。"

其余的人也都在不住地叫苦。

"思嘉小姐，俺要是再吃不饱，这两孩子俺是奶不了的了。"

"思嘉小姐，俺肚子里要是装不满，俺是劈不动柴的。"

"嘉姑娘，这种东西俺是再也吃不下去了。"

"孩子，难道咱们一直都吃山薯吗？"

只有媚兰一个人是不叫苦的，可是她的面孔一天瘦一天了，一天白一天了，虽在梦里也要饿得不住抽搐了。

"我不饿，思嘉。把我的一份牛奶给蝶姐喝吧，她要奶孩子，得吃饱。害病的人永远不饿的。"

正因为她这么默默地忍受，更使思嘉懊恼，比那些向她哭叫的更觉懊恼。因为她可以——也确曾——对那些哭叫的人大声挖苦一阵，至于媚兰这种大公无私的精神，就使她一点儿没有办法，只得放在心里暗暗地怀恨。现在那些黑人乃至于卫德、嘉乐，都去亲近媚兰了，因为媚兰自己虽然是那么虚弱，却对他们非常和气和同情，至于思嘉，近来已经全然没有这种气度了。

尤其是卫德，他差不多是整天盘在媚兰房里的。前几日他像有病的样子，思嘉没有工夫发现，嬷嬷却发现了。嬷嬷说他肚子里有虫，思嘉就听她的话，拿母亲往日常常给那些小黑炭吃的一种杀虫药草给他吃。但是吃了几天，那孩子反倒越发苍白了。思嘉也不去管他。近来她已经不把他当人看了，她只觉得他是多一张吃饭的口，多一重的麻烦。她想等这难关过去之后，过几天再去跟他玩儿，再去跟他讲故事，教他ＡＢＣ，可是现在她不但没有这工夫，并且没有这心绪。而且每每碰到自己疲倦或有心事的时候，他总要绊到脚下来，因而她对他总没有好声好气。

卫德每次挨了娘的骂，总只会眼睛张得大大的，吓得跟呆子一般，这就使思嘉尤其觉得不高兴。她却不晓得这个孩子实在吓坏了。他的神经已经有些失常态，夜里常常要从睡梦中哭叫出来，白天是无论怎样一点突然的声音，一点大声的喝骂，都要使他马上簌簌地发抖，因为在这可怜孩子的心里，这种声音的恐怖是跟北佬来的恐怖分辨不出的。

在亚特兰大的围攻开始以前，卫德一向过的都是快乐、平静、安适的生活。虽然自己的母亲一直不大关心他，他却向来都有人疼爱，向来都听见人家对他说好话。直至轰炸的那天晚上，他一睁开眼，忽地看见满天都是红光，满耳都是轰响，这已经使他的小灵魂吃当不住了。又从那天晚上起，他常常要挨母亲的打骂。所以那天晚上就是他的生活的分水岭，以前的舒适生活在那天晚上完全消失了，而且一失之后就再也不能恢复。自从亚特兰大逃回陶乐那一天起，他就只晓得北佬在他后面追，直到现在也还害怕着北佬要来拿他去。所以思嘉每次骂了他，他就要把以前几次的恐怖记起来混在一起。因此他害怕北佬的心理就不由得变做害怕母亲了。

后来思嘉自己也觉到孩子渐渐跟她疏远了，有时忙里偷闲，不免想到这件事，就又要觉得非常懊恼。从前卫德一直绊到自己脚下来，她是巴不得他走开远些，现在他避开她了，她又怪他不该跟她这么疏远了。

卫德避开了母亲，就一直躲在媚兰房间里，伏在媚兰床边安安静静地玩着，或是听着媚兰跟他讲故事。因为卫德现在崇拜"娘娘"了。娘娘跟他说话总是那么轻轻的，那么笑嘻嘻的。娘娘从来不对他说："你不要闹啊，卫德，你把我头都闹痛了！"也从来不说："哦，卫德，你看在上帝分上不要缠好不好呢！"

思嘉自己从来没有工夫也没有意思要疼他，她看见媚兰这么疼他却又要妒忌。有一天她看见卫德爬到媚兰枕头边，整个身子都倒在媚兰身上，她就出其不意地给他啪的一个耳掴子。

"你怎么专门来缠娘娘的，你没看见她有病吗？滚出去，到院子里玩儿去，永远不许再进这里来！"

但是媚兰急忙伸出一条虚弱的臂膀，把那呜呜哭着的孩子抓回去了。

"哦，哦，卫德，你并不是来缠我的，是不是？哦，思嘉，他一点没有惹我麻烦呢。让他在这里吧，让我来照看他吧。我别的事情不会做，难道一个孩子都照看不了吗？你是一天忙到晚的，当然照看他不着。"

"你不要傻吧，媚兰，"思嘉简单地说，"你看你病到这种样子，吃得起他到你肚子上来滚的吗？我告诉你，卫德，我再看见你爬到娘娘床上去，我就要剥你的皮。不许哭了，一天到晚尽管哭！也该学得乖些了。"

卫德哭着飞奔到楼下去躲起来。这里媚兰咬着自己的嘴唇，不由得眼泪簌簌地落下。当时嬷嬷站在楼上穿堂里亲眼看见了这种情形，却只会吁吁地叹着气。因为近来是谁都不敢同思嘉说话了，大家都怕她那张锋利的嘴，都觉得她全然变了一个人。

于是思嘉占了陶乐最高统治者的地位了，她就跟一切骤然当权的人一样，立刻把天性里面所有威胁人的本能都表现出来。这并不是因为她的天性本来就凶暴，乃是由于她心里害怕，觉得自己没有把握，所以必须对别人凶些，别人才不至于看出自己的弱点来。而且，她觉得对别人吃喝，叫别人害怕，也便是一种快乐。她觉得这么发泄发泄，是可以使自己那种过分紧张的神经松一松的。她对于自己个性的变化，也并不是毫不觉得。有时她发了过分强硬的命令，以致阿宝耸起了肩头，嬷嬷嘴里咕哝着，她便也疑心自己也许失了体统。事实上是，爱兰往日灌进她身上去的一切礼貌、一切温柔，都已跟秋风里的落叶一般纷纷坠落尽净了。

从前爱兰不时对她说："你对底下人，特别对黑奴，心里要有坚决的主张，不过总要温和些。"但是现在如果待他们温和，他们就要一天到晚坐在厨房里谈不尽从前那种家里黑人和田里黑人各管各事的好日子了。

"你要爱你的姊妹，你要顾念她们，"爱兰又常常说，"你对于苦恼的人特别要和气，凡是有愁恼有患难的，你都要对他们慈悲些。"

但是她现在不能爱她的妹妹了，她们不过是她肩膀上的一副重担子。讲到顾念她们，她不是常常替她们洗澡，替她们梳头，而且每天老远跑出去找菜来给她们吃吗？不是也为了她们，她才到那可怕的牛角底下冒着大险学会挤牛奶了吗？讲到要和气，那是浪费时间罢了。她如果公然对她们和气起来，她们就要在床上多赖一些日子，而她是巴不得她们马上就起来，以便多四只手帮她做事的。

那两位妹妹的病却是好得实在慢，还是那么瘫在床上起不来。当初这个世界大起变化的时候，她们正病得人事不知，因此，她们至今还是不大相信现在跟她们病前已如隔世。北佬来过了，黑人逃光了，母亲不在了，这三桩事她们始终是将信将疑的。不过她们相信思嘉的确是变了，变得不像真的思嘉了，有时思嘉坐在她们床脚边，跟她们计划病好以后的工作，她们简直把她看做了一个妖怪。若说她们家里现在已经没有一百个黑奴在工作，这是她们始终不能领会的。若说她们郝家的小姐应该亲自动手做粗工，也是她们无论如何不能领会的。

"可是，姊姊，"恺玲吓得一张孩子面孔呆呆地说道，"我是不能劈柴的！我的手要劈坏呢！"

"你看我的。"思嘉一面伸出一只满是泡泡和茧子的手掌给她们看，一面带着一个吓人的微笑回答道。

"我觉得你这个人真是可怕，为什么对我们讲这种话呢！"苏纶喊道，"我想你是说谎的，你是说着吓吓我们的。要是妈在这里，她决不肯让你讲这样的话！劈柴——你怎么讲得出来的！"

她说着，带着一种厌恶的神气看了看她的大姊，觉得她们病到这个样儿，她还要这么吓她们，真是卑鄙极了。她是几乎死过的，现在又没有母亲了，正觉得非常寂寞、非常害怕，正该有人来疼疼她、安慰她，才是道理。谁知道思嘉每天要来看她们，仿佛恨不得她们立刻起床去做事，并且一直都跟她们谈铺床、做饭、吊水、劈柴的事情，再没有一句话问到她们的病。而且她讲起了要她们工作，还仿佛是津津有味似的。

是的，思嘉对于这些事情确实是觉得津津有味的。因为她之所以要威胁黑人，所以要触伤两个妹妹的情感，都不是单单由于自己心事太大、太疲乏的缘故，却也因为她发现了母亲从前教她的话都错的，心里气愤不过，要在他们头上发泄发泄呢。

她只觉得母亲从前教她的话现在一点也没有价值，心里非常惨痛而迷惑。她却不曾想到，母亲对于当初所以教训女儿的那种文化是不能预先知道它要崩溃的，对于当初她们所处的社会地位是不能预先见到它要消灭的。她也不曾想到当初母亲心目中只以为她们以后的生活可以永远那么太平无事地过下去，因而她拿温和、柔顺、忠贞、仁爱等等道德来教女儿。母亲以为女人有过这些道德的训练，生活总不会亏待她们的。

现在思嘉绝望地想道："没有，没有，她教我的事情对于我一点帮助都没有！仁爱对于我有什么好处呢？温和对于我有什么价值呢？我倒不如跟黑人一样，学一点耕田采棉的事情了。哦，母亲，你是错误的！"

然而她不曾仔细想一想，她母亲时代那个有秩序的世界是去了，代它而起的是一个野蛮世界了，一切标准一切价值都已改变了。她只看见——或者自以为看见——母亲是错误的，所以她不得不赶快改变起来，以便适应这个新世界，因为她对于这个世界的到来是丝毫不曾有过准备的。

只有她对于陶乐的感情并没有改变。她每次疲倦地从田里工作回来而看见那座白粉墙房屋的时候，心里总要涌上一阵对于家的热爱和回家的快乐。她每次从窗门里看见那些碧绿的牧场、那些绯红的田亩、那些浓密的树林，心里总要充满着一种美感。她觉得世界上再没有一块地方能够像这一片土地这么美丽的。

当她觉得陶乐十分可爱的时候，她就懂得一点人类为什么要有战争了。因而她觉得瑞德说的人们为金钱而战争的话也是错的。不，人们是为这连绵不断的田地而战的，是为这碧草芊绵的牧场而战的，是为这蜿蜒长流的河道而战的，是为这长满山茱萸的白粉墙房屋而战的。唯有这些东西是值得战斗的，唯有这属于他们自己而将传之子子孙孙永远替他们生长棉花的红色土地是值得战斗的。

现在母亲是死了，希礼是走了，父亲已经失神了，钱、黑奴、安稳、地位等等都已在一刹那之间化为乌有了，那么她所有的东西就唯有这几百亩被人蹂躏之余的土地了。于是她如同隔世似的记起父亲跟她的一番关于土地的谈话来，说是世界上唯有土地这东西是值得战斗的，但是她当时为什么那么幼稚、那么愚昧，竟至一点儿不懂它的深意呢！

"因为世界上唯有土地这东西是天长地久的……凡是身上含有一滴爱尔兰血的人，总是把他们所居住的土地当做自己母亲般看待的……唯有这东西是值得忙碌的，值得战斗的，值得拼死的。"

是的，陶乐是值得战斗的，她就直截了当毫无问题地接受这种战斗了。从今以后，谁都不能从她手里把陶乐夺去，谁都不能把她跟她的人赶出陶乐去受亲戚的周济。她要保住这陶乐，哪怕使家里人个个断了颈梗也在所不惜。

第二十六章

思嘉从亚特兰大回来已经两个礼拜了,那时她脚上有个大泡泡忽然肿了起来,肿得她再也穿不上鞋子,只能仰着脚板踮着后跟走几步。这就把她急得几乎要发起狂来。假如也跟那些士兵一样溃烂起来呢?又没处去找医生,她不是只好等死吗?死,她到底还是不甘心的。现在活得虽然极苦楚,她到底还舍不得走。她死了之后这个陶乐交给谁去看管呢?

她刚刚回来那几天,还希望着父亲可以恢复他的老精神,仍旧会出来指挥家务,现在经过了两个礼拜,这种希望已经消失了。她现在已经完全明白,不管她自己愿意不愿意,这个庄子和庄子上所有的人都要依靠她这两只没有经验的手了。因为父亲还是那么静静地坐着,仿佛是做梦一般,灵魂早已离开了陶乐,凡事都非常柔顺,一点儿没有脾气。有时她有事情去请教他,他总只答道:"你自己看着办吧,女儿。"或者更糟的:"去跟你母亲商量吧,孩子。"

他是再也不会变的了,现在思嘉已经认识了这种事实,而且毫无情感地预备应付这种事实了。她知道父亲直到死,是一直都要像这样等着母亲、听着母亲的。他已经站在一种阴阳交界的地面,那里的时间是不前进的,仿佛爱兰一直都在隔壁房间里一样。他的生存的总发条已经去掉了,就是母亲死的那天去掉的,同时他的主张、他的胆气、他的不耐安静的活力,也一齐跟着去掉了。爱兰犹如一幕戏剧的演员,他郝嘉乐曾经和她演过一场热闹的戏剧。现在台前的幕忽然永远放下了,台脚的灯忽然熄灭了,台下的听众忽然不见了,于是这个惊呆了的老演员独自留在舞台上,把所有的台词忘记得干干净净了。

那天早晨,屋里非常寂静,因为除了思嘉、卫德和那三个卧病的女子之外,所有的人都到烂泥地里去捕捉那母猪去了。就连嘉乐今天也有一点活动起来,也拿着一条绳子,由阿宝扶着一道去了。苏伦跟恺玲刚刚哭累了睡熟过去,因为她们想起了母亲,每天至少总要淌两次伤心的眼泪。媚兰那天精神稍好些,初次在枕头上竖着靠起来,身上盖着一条百衲的破被,两条臂膀底下躺着两个小小的孩子头，一个是她自己那个孩子的茸茸的黄头，一个是蝶姐那个孩子的蓬蓬的黑头。床前还坐着个卫德，正在听她讲童话故事。

对于思嘉，陶乐的这种寂静是受不了的，因为这要使她记起那天从亚特兰大回来的情景来。那头母牛同小牛都已好几个钟头没有响声了，窗外也没有鸟儿的鸣噪，就连那一群卜居山茱萸丛中业已数代的反舌鸟，今天也不唱歌了。她拖了一张矮椅靠着卧房前面的窗口坐着，默默望着前面的车道、草场和大路那边的一片空牧场。她把衣裙一直撩到膝盖上，拿一双臂膀支在窗台上托着下巴颏儿。近旁地板上放着一桶冰凉的井水，她不时要把她的肿痛的脚伸进里面去，皱着眉头熬着那刺激。

她肚里满是懊恼，只把她的下巴颏儿往手掌上拼命地揿着。这几天正需要她把全身气力用出来，偏偏脚上又肿起来了。那一班傻子是永远捉不到那头母猪的，他们一个一个都去尝试过，本来限他们一个礼拜捉到的，现在两个礼拜都没有捉到。要是她自己跟他们去捉的话，那是包管一下就会给她捉到的。

不过即使那只母猪捉到了又怎么样呢？等到它跟那只小猪都吃完了又吃什么呢？生活还是照样要前进的，食欲也还是照样要有的。冬天快到了，家里是什么都没有，连那从邻家采来的蔬菜也没得剩了。现在她们需要的是干豆、芦粟、肉、米——以及——哦，还有许许多多东西呢。还有谷子和棉花籽，以备来年春天可播种。还要添衣裳。这些东西从哪里来呢？她又从哪里弄钱去买呢？

她曾经私底下去搜索过嘉乐所有的口袋，以及他的钱柜子，结果是找到了一卷卷联盟州的公债票，以及三千元联盟州的纸币。这是够我们饱饱吃一顿的了，她心里不由得暗暗高兴，可是再一想，现在联盟州的纸币已经差不多一钱不值了。而且即使还值钱，也买得到东西，你又拿什么去把它运回陶乐来呢？上帝为什么要把他们那匹老马也收了去呢？就是瑞德给她偷来的那匹半死不活的老马还在这里，也还能使这个世界完全改观的。于是她又想起从前来了，想起那些光泽肥胖的骡子，想起那些拖车的马儿，想起他们自己骑的那些小马，想起父亲骑的那匹壮健的雄马——哦，只要有一头顶顶拙劣的骡子留下来也就好了！

但是，不要紧——等她的脚好起来，她就要步行到琼斯博罗去了。虽然琼斯博罗很远，她生平从来没有走过这许多路，但是她不怕，她一定要去。她想那个城市哪怕已经给北佬完全烧光了，总一定还有人留在那里，会告诉她什么地方可以找到食物的。想到食物，她就仿佛又看见卫德那张苦恼脸儿浮到眼前了。他一直都嚷着不爱吃山薯，他要吃鸡腿子，要吃米饭，要吃卤肉。

她不觉一阵心酸，只见前院里的灿烂日光顿时罩上了一层云雾，那些树木也在眼泪前面变得模糊了。思嘉将头伏在臂膀上，竭力忍住了哭。现在哭是没有用的了，哭是只有你在男人面前希望他给你好处的时候才有效果的。谁知正想到这里，她忽然惊觉到一阵小跑着的马蹄声。但是她仍旧伏在那里，并不把头抬起来。因为这两个礼拜以来，她日夜都要发生幻觉，仿佛常常听见马蹄的声音，犹如常常听见母亲的绰缫声一样。在这样的时候，她的心照例要怦怦地摇着，但是她马上就把自己喝禁住了："你不要傻吧！"

谁知这一回不是幻觉了。她明明听见那马蹄声渐渐地缓了下去，自然缓成了一种很有节奏的慢步，从那石子路上噼噼而来了。这是一匹马——是汤家的吗？是方家的吗？她急忙将头抬起：原来是一个北佬的骑兵。

机械的，她把脸藏在窗帘背后去，从帘缝里窥探着，却已吓得连呼吸都突然停止了。

那人蹲在马鞍上，是个肥笨粗暴的家伙，一把乱蓬蓬的浓黑胡子一直撒到他那未扣纽子的蓝色军服上。一双眯细的眼睛，在日光底下瞅成一条缝，正从帽舌头底下对那座房子端详。随即他慢慢地下了马，将马缰绳一撂撂在吊马桩上。那是一个屁股上挂着一支长手枪的北佬！而她却独个人在这里，总共只有三个害病的女人跟三个孩子呢！

那人跨上台阶来，一只手撅在手枪带上，一双贼眼不住地往两边溜着——在这当儿，思嘉心上便浮起了万花筒式的种种图画来，把白蝶姑妈从前讲那些关于女人受攻的故事也都记起来了，直至于怎样杀人、怎样放火、怎样拿刺刀刺杀孩子，凡是和一个北佬有联系的一切恐怖景象同时都奔奏到她心上来了。

她的第一个冲动是想要躲到壁橱里去，爬到床底下去，打后楼梯跑下去到烂泥地里喊"救兵"去——总之，任何能够避开他的方法刹那间都想到了。但是随即听见那人走上前面的台阶，走进穿堂里，那么她的去路已经断了。于是她吓得满身冰冷，一点儿不敢动弹，只听得那人在楼下一间房一间房地走过去，因见没有人，脚步就一点点地响起来。然后听见他在饭厅里了，一会儿就要到厨房里了。

一想到厨房，愤怒就突然从思嘉胸腔里蹦跳起来，她就像被一把刺刀刺着了似的顿时把她的恐惧驱散得干干净净。厨房！现在厨房里的炉灶上正放着两只罐子，一只罐子里满满盛着苹果，一只罐子里是她从十二根橡树和麦家庄辛苦采来的蔬菜——这两罐东西虽还不够吃饱两个人，却是预备给全家人当中饭的。她自己因要等大家回来一同吃，已经熬饥熬了几个钟头了。难道连这一点点东西也要让那北佬吃去吗？这就使她怒不可遏了。

你们这些天杀的北佬！你们像蝗虫似的来了一阵子，已经把我们弄得精光了，害得我们在这里慢慢饿死了，现在你们还不满足，还要回来偷吗？好，我现在对天发咒，从今以后我决不让你这个家伙再偷！

她便轻轻地脱掉鞋子，光着脚，把肿痛也忘记了，急忙轻脚轻手地跑到衣橱那边，悄然无声地开开顶格的抽斗，拿出她从亚特兰大带来的那支沉重的手枪来——就是察理生前曾经带过却未放过的那支。她又向那挂在指挥刀底下的皮盒子里摸了一会，摸出一颗铜帽来，将它装上了枪眼。于是她急速而无声地通过楼上的穿堂，一手扶着栏杆，一手将那手枪藏在大腿旁边的衣褶里，跑下楼梯去。

"上面是谁？"一个带鼻腔的声音从底下喊了上来，她就在楼梯的半中间站住了，只觉自己耳朵里的血跳得非常的响，连那人的声音也几乎被它盖过。"站住，不然我就开枪了！"那声音吆喝道。

当时那人站在饭厅门口，紧张地做着一个架势，一只手拿着手枪，一只手拿着一只花梨木的小小针线盒，里面放着金抵指、金柄的剪刀、金镶的小钻石之类。思嘉的腿儿一直冷到了膝盖，但是愤怒炙烫着她的脸了。母亲的针线盒子在他手里呢！她很想大声对他喊着："放下来！放下来！你这腥鰕——"但是话总不能出口。她只能从栏杆上对他瞠视着，看着他的面孔从一种残暴的紧张变成一种一半藐视一半逢迎的神色。

"那么这里是有人的了，"他一面说着，一面将手枪塞回皮袋里去，就走过了穿堂，走到楼梯脚来，笔挺地对住她站着，"你只有一个人吗，小娘子？"

像闪电似的，她已经把手枪挺出了栏杆，对准他那满是胡须的脸蛋。那人正要伸手到枪袋里去，这边已经扳动枪机了。那手枪的后坐力使得她的身体都晃荡起来，同时一个爆炸的轰响震动了她的耳朵，一股火药的气味刺激了她的鼻子。便见那人砰的一声往后仰翻了下去，震得饭厅里的器具都簌簌响起来。那个针线盒子从他手里落下来，里面的东西撒满了一地。思嘉几乎不自觉地急忙从楼梯上跑下去，站在那人的旁边，朝下看着他那残余的脸蛋。只见他的鼻子已经变成血淋淋的一个大洞，他的眼睛已给火药烫焦了。她弯下头仔细一看，才见两道鲜血正在地板上流着，一道从他脸上流出来，一道出自他脑后。

不错，他死了。无疑的，她杀了一个人。

那一股烟袅袅浮上天花板，那两道血在她脚下越来越广阔了。她在那里也不知站了多少时刻，只觉得在那夏日早晨的寂静里，仿佛一切声音一切气息都突然放大了，她自己心里的搏动仿佛跟擂鼓一般，那山茱萸叶子的绎缭声仿佛是下阵雨，连那远处烂泥地里鸟儿的哀诉也像轰响了，连那窗外花儿袭来的暗香也刺鼻了。

她杀了一个人——她是向来连听见杀猪声都要觉得不忍的！这是谋杀啊！她迟钝地想道，我已犯了谋杀案子了。哦，我怎么会做这种事的呢！但是她的眼睛一经看见地上针线盒旁边那只毛茸茸的手，心里就又活跃起来，当即感到一阵凉爽的舒适。她竟可以将自己的脚后跟伸进那创口里去，让那人的热血去熨着适意适意。她总算给陶乐报了一点仇——给母亲报了一点仇了。

这时楼上穿堂里起来一阵跟跟跄跄的脚步声，中间停了一停，然后又起来，内中还夹杂着一种金属物着地碰撞的声音。于是思嘉重新恢复了时间和现实的意识，抬头向楼梯上一看，只见媚兰站在楼梯顶，身上只穿着一件破烂不堪的棉布寝衣，一只手里把察理的那把指挥刀重沉沉地拖着。她当时所在的地位，是能把底下的全景一眼都看得清清楚楚的，一个穿蓝衣服的身体仰在血泊里，一只针线盒散乱在他身边，思嘉则赤着脚，灰着脸，手里抓着一柄长手枪站在那里。

默然无声的，她的眼睛遇到了思嘉的眼睛。媚兰那向来温和的脸上露出一种感到胜利的光彩，她的微笑里含着一种表示赞美和痛快的神情，跟思嘉自己心里那种奔腾澎湃的情绪正相投合。

"怎么——怎么——她也像我呢！她了解我心里的情感呢！"思嘉惊奇地想道，"她也会做这样的事情呢！"

她对那向来觉得厌恶而轻蔑的瘦弱身躯看了一眼，不由得心里大大激动起来。她的对于希礼之妻的憎恨不得不暂时退让，而涌起了一阵钦佩和同仇的情绪了。霎时间她就已看得明明白白，媚兰的笑脸里和媚兰的眼底下实在潜藏着一种不折不挠的钢铁意志，她的安静的血液里面也未尝没有勇敢和豪侠的成分的。

"思嘉！思嘉！"苏纶和恺玲那惊惶虚弱的声音从那关闭着的房门里透漏出来，同时卫德也在那里尖叫："娘娘！娘娘！"媚兰急忙将手指往嘴上一放，示意叫思嘉不要做声，然后把那指挥刀放在楼梯顶，重新折回楼上穿堂里，推开那病室的门。

"你们不要怕，小鸡子！"只听见她好像很有兴致似的在那里说，"你们的大姊姊在擦你姊夫留下来的手枪，想不到走火了，她自己也吓了一跳呢！"……"你不要害怕，韩卫德，你妈在开你爸爸的手枪！等你大起来，她就要让你开了。"

"好啊,说得多么冷静的一个谎!"思嘉不胜钦佩地想道,"我是不能像她那么敏捷的。可是为什么要说谎呢?我干这事儿是应该让他们知道的。"

然后她把脚下的尸体重新看了看,顿时愤怒和惊恐都融化干净,而感到浑身不舒服起来,禁不住两腿簌簌地发抖。这时媚兰又蹒跚着回到楼梯顶,一手抓住栏杆起步下楼来,一路把她的苍白下唇紧紧地咬着。

"你回去躺着吧,傻子,你找死啊!"思嘉嚷着,但是媚兰已经挣扎到楼下穿堂里了。

"思嘉,"她低声说,"我们赶快把他弄出去埋了。他也许不止一个人的,如果他的同伴看见他——"说着,她抓住思嘉的臂膀支持着自己。

"他一定只有一个人,"思嘉说,"刚才我在楼上窗口里没见别个,他一定是一个逃兵。"

"即使他是独个人,也不能让人家知道。他们黑人要到外边去说的,走了风声他们就要来拿你。思嘉,我们必须在那些人没有回来之前把他弄到烂泥地里去埋掉。"

思嘉经她这么热心地催促,只得极力想起法子来。

"埋呢,我是有地方埋的,就是园角落里那个棚子底下,阿宝前几天刚刚掘过酒桶,泥土是松的。不过我怎么能把他弄到那边去呢?"

"我们一个人拖一条腿把他拖了去。"媚兰果断地说。

思嘉心里虽然不愿意,但是不由得对她的钦佩越发提高了。

"你拖?你是一只猫也拖不动呢,我会拖的。"她粗鲁地说,"你回到床上去吧,你不要找死,我也不要你帮忙,你再不去我先来抱你上去。"

媚兰的苍白脸上展出一个了解的微笑:"你也太体恤我了,思嘉。"她一面说着,一面就把她的嘴唇在思嘉面颊上轻轻地拂了一拂,思嘉不由得吃了一惊,媚兰便又继续说道:"你如果独个人拖得出去,我就来擦——擦这些脏东西,免得他们回来要看见,不过,思嘉——"

"嗯?"

"你想我们可不可以来搜搜他的背囊?里面也许有什么吃的。"

"这有什么不可以的!"思嘉说着,深恨自己为什么没有先想到这桩事,"你来搜背囊,我来搜他的口袋。"

说着,她就带着满肚子的恶心弯下身子去,将那尸体胸前未解的几个纽扣统统解开来，逐一搜索着他的口袋。

"啊呀，我的天，"她一面低声说着，一面抽出一只用破衣裹着的装得饱饱的荷包来，"媚兰——媚兰，我想里面一定都是钱！"

媚兰没有说什么，只突然往地板上坐了下去，将头靠上了墙壁。

"你看吧，"她颤抖地说道，"我觉得有点吃力。"

思嘉扯开了那些破布，用颤抖的手打开了那个荷包。

"你看，媚兰——你看一看啊！"

媚兰一看，不觉眼睛都看发愣了。团在一起的是一大团钞票，有北方政府的绿票，也有联盟政府的废票，而夹在钞票中间的还有一块十元的金币和两块五元的金币。

"现在你慢点数吧，"媚兰看见思嘉动手数钞票，就这么催促她说，"我们要来不及——"

"你懂得吗，媚兰？懂得这些钱的意思就是说我们有得吃了吗？"

"是的，是的，亲爱的。我懂得，可是现在我们没有工夫了。你再看看那些袋，我就来搜他的背囊。"

思嘉真有些舍不得放下那荷包。光明的前途展开在她眼前了——真正的钱，北佬的马，食物！这么看起来，上帝到底是有的，真所谓天无绝人之路，虽然它救助你的方法不免要十分奇怪。她只是坐在自己的裙边上，笑嘻嘻地瞠视着那个荷包。媚兰从她手里一把将荷包夺了过去——

"赶快啊！"她说。

裤袋子里并没有搜出什么，只有一段蜡烛头、一截烟草和一条绳子。媚兰从背囊里取出一小袋的咖啡，把它放在鼻子上闻了闻，仿佛它香得不得了似的，此外是一块硬面包，一个小女孩子的小相片，装在一只镶珍珠的金框子里的，一枚柘榴石的别针，两只极阔的金钏子，用小金链条连着的，一个金抵指，一只银子的牛奶杯，一把绣花用的金剪子，一枚钻石的戒指，还有一双金耳环，上面挂着两颗梨形的钻石，就是由她们的外行眼睛看起来，也知道是每颗都有一个克拉以上的。

"他是一个贼！"媚兰低声说着，不由得倒退了几步，"思嘉，他这许多东西一定都是偷来的！"

"当然啰，"思嘉说，"他到我们这里也是为偷来的呢。"

"你杀了他好极了，"媚兰说时，温柔的眼睛里面也露出点凶焰，"现在你赶快吧，亲爱的，把他弄出去吧。"

思嘉就弯下身去，抓住那尸体的靴子，尝试拖了一拖。嗨，这家伙多重啊！她就突然感到自己太不中用了。要是拖他不动怎么好呢？她于是背转身子，将他的两只靴子抬起来，夹在自己臂膀底下，像拉车那么拉着。那尸体果然给她拖动了，但是她突然又站住了。原来她当初十分兴奋的时候，暂时忘记了脚上的痛，现在经她这么一使劲，脚上就痛得像刀割一般，她只得咬紧牙关，跷起脚板，将全身的重量都载到脚后跟上去。像这样拖着拖着，直弄得额头上汗如雨下，方才把他一路鲜血淋漓地拖出了穿堂。

"要是他这么一路淋过院子去，我们就收拾不干净了，"她喘着气说，"把你的衣裳脱下来给我，媚兰，我来把这家伙的头捆起来。"

媚兰的白脸变得绯红。

"你不要傻吧，我不会看你的，"思嘉说，"要是我身上有小褂子或是小裙子的话，我自己就脱下来用了。"

媚兰只得蹲到墙壁下，将身上的一件破寝衣从头上倒褪下来，默默地扔给思嘉，然后拿两条臂膀将自己的身体拼命遮掩着。

"谢谢上帝，我是不像她那么害臊的。"思嘉看见媚兰羞得没奈何，一面这么想着，一面将那破烂衣裳去裹在那人头上。

她经过了一些周折，居然将那尸体拖到后面走廊上了，这时她又歇下来，拿手背擦了擦额上的汗水。回转头看看媚兰，见她正靠墙坐着，竖起两个膝头挡住她的赤裸的胸口。嗨，好傻的媚兰，这种时候还要在这里讲羞耻呢，她有些懊恼地想着。原来思嘉平日对于媚兰，就是为了这种拘拘谨谨的行为才瞧她不起的。但是一转念之间，她自己也觉得有点惭愧了。她想这次的事情，到底是媚兰拼着命从床上爬起来帮助她的，这事需要不小的勇气。前几天亚特兰大陷落的时候，以及从亚特兰大回来的路上，媚兰也曾表示过这种勇气。这是一种深沉不露的勇气，思嘉觉得她自己身上是没有的。她又觉得他们卫家的人也都具有同样性质的勇气，自己并不能了解它，却又不能不暗暗佩服。

"你回到床上去吧，"她回转头来对媚兰说，"再不去你会送命的，地上的东西等我埋了他我自己会弄干净的。"

"我去拿一条破地毯来擦吧。"媚兰皱起眉头看看那摊血，低声说道。

"好吧，你送了命，看我来管你不管吧！假使他们有人回来了，你不要让他们进来，就说门口那匹马是不知从哪里来的。"

媚兰坐在早晨的阳光里簌簌抖着，听见那死人的头砰砰砰地一步步拖下后面台阶去，她便急忙把耳朵捂了起来。

后来他们回来了，并没有人追究那马的来历。他们都当它是从战场上逃出来的，当然很乐意把它收留着了。那个北佬已经人不知鬼不觉地被思嘉埋进了那个葡萄棚下的浅坑里，刚巧那个棚子的柱子已经霉烂了，那天晚上思嘉就索性拿了一把菜刀将它斫断，让那棚子整个倒下来，将那新掘的坟墓盖得丝毫看不出形迹。后来关于修理这棚子的事情，思嘉始终都没有提起，偶然有黑人来问她，她只是置之不理。

此后她晚上躺在床上睡不着觉的时候，也并不曾有鬼出来找过她。她记起这桩事来的时候，也并不曾受过恐怖或是懊悔的攻击。她自己也觉得很诧异，知道她在一个月以前是决然不会做这种事的。怎么她这美貌年轻的韩太太，脸上的酒窝长得那么娇媚，耳上的坠子荡得那么迷人，现在竟会将一个男人的面孔轰成一个洞，并且亲手将他匆匆埋掉呢！她想起了倘使有人知道她做这种事，真不知要吓得什么似的，便不觉得对她自己发了一个有点狰狞的微笑。

"这桩事情我再不去想它了，"她后来下了一个决心道，"事情是做过了，完结了，而且我当时假使不杀他，那我岂不是个大傻子。不过——不过我想我自从回家以后总有一点儿变了，不然我是不会做这种事的。"

从此她心里潜伏了一个观念，凡是遇到了什么不愉快的艰难的工作，那个潜伏的观念就要出来助她一臂之力："我连人都杀过呢，这点事情当然干得了。"

的确，她是变过了，变到连她自己都不知道的程度了。那天她在十二根橡树下屋后边伏着呕吐的时候，她的心上就已结起了一层硬壳，此后这层硬壳就逐渐加厚起来了。

现在思嘉已经有了一匹马，她就可以出去看看邻舍家的情形了。自从她回家以后，她一直都疑团莫释："难道全区的人就剩我们一家了吗？难道他们都被烧杀了吗？难道他们都逃到梅肯去了吗？"于是她记起了十二根橡树，记起了麦家庄，记起了施家的一片焦土，恐怕别的人家也都跟他们一样，那就不免使她越看越可怕起来。但是即使越看越可怕，也总比不打破这闷葫芦好些。因此她就决计先到方家去一趟，不但因为方家的距离最近，同时也希望他家方老医生在家里，可以去跟他谈谈。她觉得现在媚兰是要找一个医生看看了。照理她应该早已复原的，却只见她还是那么的苍白，思嘉实在有点儿害怕。

于是她一等到脚上可以穿鞋子的一天，就骑着那匹北佬的马到方家的含羞树去了。她将一只脚踩着马镫，另一只脚盘起来搁在马鞍上，仿佛是坐侧鞍一般。她一路预料着含羞树也一定已经化为焦土，所以极力振作起精神，预备去正视那一番惨象。

谁知她一到那里，看见那座黄色灰泥的房子依然无恙地竖立在一丛含羞树当中，便不由得又惊又喜。随即方家的三个女人都跑出来迎接她，和她欢呼亲嘴，直把她乐得几乎流下眼泪来。

但是等到第一阵热烈的欢呼过去，而大家都拥到饭厅里去坐定之后，思嘉就又打起寒噤来了。当初北佬所以不曾光临含羞树，是因这里不在大路边上的缘故。所以方家的牲口和粮食都还保留着，但是这里也给陶乐和其他一切庄子上的那种死一般的寂静所统治了。除了家里使唤的四个黑女人之外，所有的黑奴都因怕北佬要来，溜得干干净净了。家里是一个男人也没有，就只有赛莉养的那个儿子，却是还不曾离开襁褓的。这么一所大房子里就只住着三个女人：一个是方老祖母，七十多岁；一个是她的儿媳妇，也已五十多，可是人家都还叫她小姑娘；还有一个就是孙媳妇赛莉，年纪还不满二十。她们跟任何邻舍家都离开很远，又没有人保护她们，但是她们即使觉得害怕，也不说到嘴上来。或者是——思嘉心里想——因为底下两辈怕那祖老太太的缘故，所以心里虽然害怕也只得闷声不响了。因为那位祖老太太脾气倔强得很，就是思嘉也是怕她的，怕她眼睛尖，嘴更尖，从前都领教过的。

她家这婆媳三代，彼此虽无血统的关系，年纪也相差很远，但是她们精神上和经验上都非常相似，因而觉得十分痛痒相关的。她们身上穿的都是家里土染的丧服，脸上都憔悴不堪，都怀着重大的心事，只是勉强装着笑语如常的样子。因为她们的黑奴都跑掉了，她们的钱都成废物了，赛莉的丈夫约瑟是在葛的斯堡一役捐躯了，那个小姑娘也已成了寡妇，因为小方医生在维克斯堡害痢疾死了。还有两个孙儿子，乐西跟东义，现在仍在弗吉尼亚，谁也不晓得他们的死活；就是方老医生也在韦乐儿的骑兵队里服务呢。

"这老傻瓜今年七十三了，并且害着一身风湿病，可是他雄心不死，偏要跟着一班小伙子出去拼命。"祖老太太说起了她的丈夫，眼睛里便射出锋利的光芒，显出十分骄傲的样子。

"你们这里曾经听到亚特兰大那边的消息吗？"思嘉等她们心境稍定之后问她们，"我们陶乐是全然变成坟墓了呢。"

"哦，我的孩子，"小姑娘答道，因为凡是大家坐在一起谈话的时候，照例是要由她独霸发言权的,这是她的脾气,"我们这里也是一样的。我们什么都没有听见,只晓得那里已经给谢尔门拿去了。"

"哦,到底是被他拿去了。你们听说现在在什么地方打吗?"

"嗨,我们哪里会知道?我们住在这种地方,一共不过三个女人家,又许多礼拜没有接到信,也没有见到报纸了!"那位祖老太太很尖厉地答道,"我们这里有一个黑人,曾经遇到过别处的一个黑人,那个黑人有一个朋友到过琼斯博罗,我们就只靠他听来了一点消息,别的一概不知道。据他们说,北佬现在屯在亚特兰大歇马,可也不知道是真是假。想来他们给我们打了这许多天,也是该歇歇马了。"

"你就想一想你们自己吧,你们一直在陶乐,什么都没有听见,我们还不是一样吗?"小姑娘插进来说,"不过也该怪我太懒了,没有到各处遛遛去!实在呢,我们这里事情也太多,黑奴差不多跑光了,简直抽不出工夫来。可是我迟早总是要去遛一趟的。这太对不起邻舍家了,是不是?不过我们总当陶乐也给北佬烧掉了,跟十二根橡树、麦家庄那边一样,总当你们都到梅肯去了,做梦也想不到你们还在家里的,思嘉。"

"可不是吗?我们怎么知道呢?那天你们家的黑奴从我们这里逃过,都吓得那个样子,都说北佬马上就要放火烧陶乐了。"祖老太太插进来道。

"而且我们还看见——"赛莉也开口了。

"我在这里说了呢,"小姑娘连忙抢着道,"他们还说北佬已经在陶乐四面都扎起营盘,你们都收拾好要到梅肯去了。那天夜里我们果然看见你们陶乐那边有火光,一连烧了好几个钟头,把我们这里的这些傻黑奴吓得一齐跑光了。那么到底是烧什么东西呢?"

"我们的棉花统统烧光了——值十五万块钱的。"思嘉凄惨地说。

"还亏得房子没有烧掉呢,"祖老太太将下巴颏儿靠在拐杖上说,"棉花是好再种的,房子可再造不起来了。真的,你们现在动手采棉花了吗?"

"没有,"思嘉说,"我们的棉花大半都给毁了,剩下来的至多不过三包了,都在河床那边,就是采起来还当得什么事呢?而且我们田里的作手都跑光了,也没有人采了。"

"嗨,我的天,我们田里的作手都跑光了,也没有人采了!"祖老太太复述着思嘉的话,一面带着讽刺意味地将她横了一眼,"我倒要问你,姑娘,你自己那双娇嫩的尊爪害了什么毛病了?还有你的两个妹妹呢?"

"我？我亲手去采棉花？"思嘉骇异得大张着嘴喊道，仿佛祖老太太叫她去杀人放火一样，"叫我去学田里的作手吗？去学穷苦人吗？去学施家那种女人吗？"

"穷苦人家，不错的！好吧，你当是这种年头还好由你娇滴滴地坐在家里做千金小姐的！我老实对你说吧，姑娘，从前我做女孩子的时候，我父亲把钱都弄光了，我也做过苦工的，田里也做过的，一直做到爸爸重新买起黑奴来为止。我也拿过锄头，也采过棉花，就是现在要我做，我也还是能做的。而且我看光景是非做不可呢。穷苦人家，不错的！"

"哦，不过，婆婆，"她的儿媳妇一面说，一面对思嘉和赛莉哀求似的瞥了一眼，仿佛希望她们帮她平一平老太太的气似的，"那是很早以前的事了，那时候是两样的，时代已经变过了。"

"时代是不会变的，有正当的事该做总得做，"老太太不肯认输，仍旧尖着眼睛说，"我真不知道你母亲怎么教你的，思嘉，怎么由你把穷苦人看得不成人的？从前亚当耕田夏娃纺纱的时候——"

思嘉急于要换一个话题，便插进去问道："汤家跟高家他们怎么样了？他们有没有烧掉？有没有逃到梅肯去？"

"北佬没有到过汤家。他们也不在大路边上，跟我们这里一样的，可是高家他们去过了，把他们的牲口都抢了，黑奴也统统被他们带跑了——"赛莉开口说。

祖老太太又打断了她：

"吓！你想他们怎样哄骗那些黑婊子的？他们应许她们穿绸衣裳，戴金耳环子，就这么骗了走的。高嘉菱还说他们把那些婊子放在马鞍后边载去的呢。我看那些婊子都受骗了，将来怎么样？——将来不过养出些黑白杂种孩子来。我想这些北佬的血统对于她们的种族也不会有什么好处的。"

"哦，婆婆！"

"你也用不着吓得这个样儿，媳妇。我们都是嫁过人的了，是不是？而且天晓得，这种黑白杂种的孩子我们从前是看见过的。"

"他们为什么不把高家的房子烧掉呢？"

"那是给他们那个填房太太跟一个叫什而登的总监工保全下来的，因为他们两个都是北佬，老乡对老乡，求下情来了。"小姑娘说。她每次提起那个高太太，总不会忘记"填房"两个字，虽然原配的高太太已经死了二十年。

"'我们都是完全同情北方政府的呢！'"祖老太太一面嗤鼻，一面学着他们的哀求口气说,"嘉菱还说他们当时向那些北佬指天发咒,竟说现在他们全家都是北佬了。高先生是不知死在什么荒郊野地了!累福也在葛的斯堡死了,恺悌还在弗吉尼亚军队里!嘉菱说她听见这番话非常生气,说她宁可让他们烧掉房子的。又说将来恺悌回来听见这桩事,更不晓得要怎样生气呢。可是一个人娶了北佬做老婆,当然要有这种报应的——这种女人只顾自己的性命,还跟你讲什么羞耻,什么体面呢!……不过他们又为什么不烧陶乐的呢,思嘉?"

思嘉听见她问到这件事,不由得呆了一呆,不知怎么样回答法才好。她知道她的第二个问题一定是:"你们家里人都好吗?你的母亲好吗?"她知道自己不能对她们说母亲已经死了的。她知道自己若是对这几个同情的女人说出这几个字来,或即便想起这几个字来,她就一定要大哭特哭地哭个不歇。但是她决不能容她自己尽情地哭。她自从回家以后,一直都没有痛痛快快哭过一场,她知道自己的泪泉一经出了闸,她那勉强支撑着的勇气就要消散了。但是她又知道对这几个同情的邻舍若把母亲已死的消息瞒住了,她们是一定不肯饶恕她的。特别是祖老太太,她对母亲向来极要好,全区里面她就只对于母亲一个人是瞧得起的。

"怎么,你讲啊,"祖老太太眼睛盯牢她说,"难道连你也不知道吗?"

"哦,是的,你知道,我是等陶乐打完仗才回家的,"思嘉急忙趋势回答道,"我回来的时候北佬已经都走了。爸——爸告诉我说——说是他叫他们不要烧房子的,因为苏纶跟恺玲害伤寒病很厉害,移动不得。"

"北佬会做好事,我还是头一次听见呢,"祖老太太说时,神色之间似乎很不高兴听见这种奇特的消息,"现在你的两个妹妹怎么样了?"

"她们好些了,差不多快好了,只是身体还虚弱。"思嘉答道。这时她看看那个问题已经挂到祖老太太嘴边来,便急忙设法岔到另外一个题目上去。

"我——我想向你们借一点粮食,不晓得可以不可以。那些北佬简直跟蝗虫来过似的,把我们扫得干干净净了。不过,假使你们自己粮食也短缺,那也不妨直说——"

"你叫阿宝放一辆大车过来,来把我们的东西分一半去吧,米啊,肉啊,火腿啊,鸡子啊。"祖老太太说着,又把思嘉盯了一眼。

"哦,用不着这么多的!实在我是——"

"不用多说了,多说我也不听的。一个人要邻舍家做什么呢?"

"你太好了,我简直不能——可是我该回去了,家里人要惦记我的。"

祖老太太突然站了起来,抓住思嘉的臂膀。

"你们两个不要来，"祖老太太一面对那两代媳妇下命令，一面推思嘉向后走廊那边去，"我要跟她说句秘密话。你搀我下台阶去吧，思嘉。"

那下代的婆媳两个就跟思嘉告了别，又说她们不久就要去看她的。她们都觉得很诧异，这老太婆有什么秘密话跟思嘉说呢？但是如果老太婆自己不对她们说，她们是无法可以知道的。这一个老太太真难服侍呢！小姑娘对赛莉低声说了句什么，就又回去做她们的针线了。

思嘉将手放在马笼头上，心里怀着一种郁闷的感情。

"现在，"祖老太太盯着思嘉的面孔说，"你们陶乐到底出什么事情了？你到底有什么事情瞒住我的？"

思嘉抬头看看那双表示十分殷切的老眼，就觉得自己已经可以把实话对她明说，不至于哭起来了。因为在方老太太面前，若不经她明白的允许，那是谁都不能哭的。

"母亲死了。"她干干脆脆地说。

思嘉臂膀上的那只手抓得渐渐紧起来，以至于深深掐进她的肉里，同时她那黄眼睛上的打皱眼皮也在不住地眨动。

"是北佬杀死的吗？"

"是害伤寒病死的。我回家的前一天就死了。"

"那么再不要去想她了，"祖老太太严词厉声地说，思嘉见她说时拼命在那里咽气，"还有你爸爸呢？"

"爸爸是——爸爸是变了样子。"

"你这话什么意思？你直说吧。他病了吗？"

"是刺激得太厉害了——他变得特奇特怪了——他现在是——"

"不要说什么变不变吧，你是说他神志不清了吗？"

经她这么一说，思嘉倒松了一口气。可感激的是那老太太并不对她表示同情，因而可以省了她的哭。

"是的，"她麻木地说，"他是失了神了。他一直都是迷迷糊糊的，有时候竟连母亲死了都不记得呢。你知道的，他往常是跟小孩子一样的，一点耐性都没有，现在可不同了，常常要独自静静地坐在那里，耐心耐气地等着母亲。哦，老太太，我看见他这种情形，真是难受呢！但是他也有时记得她已经死了，那就要更糟。他往往要侧起耳朵来听了半响，这才突然跳起来，马上奔到母亲坟上去，等到回来的时候，他总是满面淌着眼泪，一遍一遍地对我说：'思嘉，郝太太是死了，你母亲是死了。'仿佛我是初次听见这句话似的，把我难受得真要大声喊起来。又有时候，我会在深更半夜里听见他在叫母亲，我便到他房里去，告诉他说母亲现在下房里给黑人看病，那么他就要咕哝起来，说母亲尽管这么给人去看病，会把自己累倒的。碰到这种时候，我要哄他回到床上去睡着，那就得费大劲了，他简直是跟小孩子一样了。哦，要是方老医生在家就好了！我想他对于爸爸一定有办法的。而且媚兰也得请个医生给她看看了。她养了孩子之后，到现在还没有——"

"媚兰——养孩子了？她在你们那里吗？"

"是的。"

"她在你们那里做什么？她为什么不跟她姑妈到梅肯的亲戚那里去？我想你不见得就会跟她这么要好的，虽然她是你姑娘。到底怎么一回事？你说吧。"

"这桩事情说来话长了，老太太。你不要回到屋子里去坐着吗？"

"我能站的，"老太太简单地说，"而且你要是在别人面前讲起这桩事来，她们一定要那么长吁短叹地惹你自己哭起来为止。现在你跟我一个人讲吧。"

思嘉就把亚特兰大受围攻以及媚兰养孩子的事情一一对她讲起来。起先，她的话还有些支支吾吾，后来她看见那双老眼一眨不眨地注视着自己，便越讲越有劲了。她讲的时候，那些事情就仿佛在眼前重演一般。媚兰养孩子的那天天气怎样的热，她们怎样的害怕，白瑞德怎样带她们逃出来，又怎样把她们丢在半路，后来怎样在黑暗里走了一夜，怎样避过了那些不知是友是敌的营火，第二天怎样醒来，沿路怎样荒凉，怎样看见满是人马的尸体，乃至自己怎样担心陶乐的命运等等，一丝不漏地都对那老太太说了。

"当时我总以为只要能回到家里，母亲就什么都有办法的，我就可以立刻放下担子了。哪里晓得路上这一番辛苦还算不得我的大难，回到家里知道母亲死了方是我的大难呢。"

说到这里，她把眼睛低下去，静等着老太太开口。但是老太太半响不开口，她就当她还不能理会她这"大难"二字的意思。直至许久之后，老太太才开起口来，她的声音非常和气，思嘉从来没有听见她对人说话这么和气过。

"孩子，你要知道一个女人经历过大难，实在是不幸的。因为她经过了大难之后，她就再没有什么可怕了。一个女人到了再没有什么可怕的时候，那就是大大的不幸。你刚才当是我不能理解你的话吗，不能理解你的一番经历吗？不，那是我很能理解的。我从前像你这么年纪的时候，曾经遇到过一次印第安土人的暴动,就是跟着密蒙斯要塞暴动①以后发生的——是的,"她仿佛仔细记了一下,"是跟你差不多的年纪,因为那是五十多年前的事了。当时我逃到一个树林里去躲起来,亲眼看见我们的房子被他们烧掉,亲眼看见我的兄弟姊妹被他们剥去了头皮。我只得伏在那里一动不敢动,只默默祷告着我那躲的地方不要被火光照出来。一会儿他们把我的母亲拖出来了,就在离开我只有二十英尺路的地方杀了她。随后又剥去她的头皮。而且陆陆续续有人来拿斧头砍她的脑壳。你知道,我——我是母亲的心肝宝贝肉,我可不得不眼睁睁看着这一切!直到第二天早晨,我才向最近的一个殖民地逃去。说是最近,也有三十英里路呢,我足足跑了三天才跑到那里,经过了许多烂泥地,经过了许多荒野地,经过了许多印第安人。到了那里之后,大家都当我失了神。……就在那里我遇见了方医生,亏得他照顾我。……哦,那是五十年前的事了,自从那时候起,我就什么事都不怕了,什么人都不怕了,因为我已经经历过没有比它再可怕的事了。但是我因为我再没有什么可怕,我才遭到了许多的麻烦,牺牲了不少的幸福。上帝是要我们女人家跟小耗子一般胆小的,一个女人家要是再没有什么可怕,那是极不自然的。……思嘉,我劝你一直留着一点东西害怕害怕吧,犹如一直留着点东西爱爱一样……"

她的声音渐渐模糊下去,以至于默默地站在那里,把一双眼睛看到半世纪以前她还有所害怕的时候。思嘉却被她一番话说得忸怩不安了。她起初以为祖老太太能够了解她,并且暗示她一些解决问题的方法的,谁知她也跟一般老年人一样,对人家说的事情照例是人家没有出世以前发生的,也都是人家一点不感兴趣的。因此,思嘉深悔自己不该把实情对她说了。

"好了,你回去吧,太待久了他们要惦记的,"祖老太太突然地说,"今天下午就叫阿宝放车过来吧……至于说你身上的担子,你不要去希望把它放下吧。因为这是你办不到的。我知道的。"

那年的夏令气候一直拖延到十一月里去,在这一段期间里面,陶乐的日子总算过得舒服的,最恶劣的阶段已经过去了。现在他们有了一匹马,出去可有代步的,无须辛苦步行了。他们早餐有了煎鸡蛋,晚餐有了烤火腿,口味可以常常换,不像前几天一直吃山薯、花生、干苹果那么单调了,而且有时候,他们甚至

---

① 密蒙斯要塞暴动:一八一三年八月间发生的土人暴动。

有烤鸡吃呢。那头老母猪跟小猪终于都被他们捉回来了，随后又养出一窝小猪来，现在圈在猪栏里，一天到晚哎呢哎呢地叫着。有时它们闹得很厉害，连说话都听不见，但是那种声音听起来很适意。因为这种叫声的意义，就是说将来寒天到来的时候，他们家的白种人能有新鲜猪肉吃了，黑种人也有猪肚里吃了，而且一个冬天都可以不愁挨饿了。

思嘉这次到方家去了一趟，实在使她精神上得到不小的补益。因为她发现了邻舍人家还有存在的，她就不像以前那么感觉孤单了。而且方家汤家的庄子既然都安然无恙，他们对于邻舍人家是最最慷慨的。他们把自己留下来的粮食尽量分给思嘉，不肯收她一个钱，只说等明年陶乐有了好收成，可以照样还给他们的。这种邻人帮助邻人的精神，原是那个区里世代相传的一种美德。

于是思嘉对于食、行两个问题暂时都算解决了，而且有那北佬自送上门的赃物，钱也算有几个了，现在最觉需要的就是添新的衣服。如果她打发阿宝特地到南边去买，那是她知道要有危险的，因为他骑去的马说不定要给北佬或是自己的溃兵抢去。但是至少买衣裳的钱她是有在这里的，就是马被别人抢去了，她也还有力量可以买一匹回来，何况阿宝也许可以幸免的。总之，最恶劣的阶段已经过去了。

她每天早晨起来，看见那种青天皎洁的天气和热烘烘的太阳，总要暗暗地感谢上帝，因为天气多暖和一日，她那添置衣服的必要就可以多耽搁一日。而且现在正值采棉花的时候，碰到这种暖和的天气，也觉方便得多，只见那些下房里堆积的棉花愈来愈高了。当初她跟阿宝的估计，至多只能收到三包，现在出乎他们意料，竟收到四包光景了，不久那些下房都要堆满了。

思嘉虽然领教过方老太太那一番尖刻的教训，却仍不打算亲自下田去采棉。她想自己是郝家的千金小姐，现在又是一家之主了，怎么好到田里去做活呢？这是不可思议的。她要这么做，不是跟施家阿弥她们站在一样地位了吗？她本打算叫几个黑人下田去，让她们姊儿三个留在屋里料理家务的，谁知她这计划遭遇到一种等级观念的反抗了，而且这种等级观念反比她自己的还要有力。因为阿宝、嬷嬷、百利子他们三个，一听到说要下田去做活，便马上像野猫子似的喊叫起来，一口咬定他们是家里的佣人，不是田里的作手。特别是嬷嬷，说她从生出世就没有下田做过活。又说她是罗府里养的，不是下房里养的，是罗老太太房里长大的，一向都在老太太床边踏脚凳上睡觉的。就只有蝶姐一个没有开口，而且她一直监视着百利子，直把那小懒虫弄得无地可以自容。

思嘉对于这样的抗议一概都不去听它，仍旧逼着他们到棉花田里去。但是嬷嬷跟阿宝始终那么懒洋洋，不肯上劲地工作，思嘉看看没法，只得叫嬷嬷到厨房里去做饭，阿宝到树林里去网兔子、捉袋鼠，或是到河边去钓鱼。原来阿宝认为采棉花是要失身份的，猎兽和钓鱼便不至于失身份。

后来思嘉也曾叫两个妹妹跟媚兰下田去试过，结果是毫无好处。媚兰是心甘情愿去做的，而且做得手脚也很快，但是她经不起在太阳里站一个钟头，马上就晕过去了，这一来就得在床上躺一个礼拜。苏纶呢，当然满肚子的不耐烦，每次下田总是泪淋淋的，做不了一会就要假装晕过去，直等思嘉拿冷水去浇她的脸，她就又像一头疯猫似的哭闹起来。这样闹了几回，后来她就死也不肯下田了。

"我不能跟黑人一样去田里做活的，你不能强迫我。要是朋友听见了不笑煞人吗？倘使——倘使甘先生知道呢？哦，要是母亲知道——"

"你再提一声母亲试试看，我就一个巴掌打得你滚下地去，郝苏纶，"思嘉就对她嚷道，"母亲自己做活是比黑人还要辛苦的，你是不知道吗？你这千金小姐！"

"母亲没有做过这种活！至少她没有下田做过活。你不能强迫我。我去告诉爸爸去，爸爸不会让我做活的！"

"你敢去麻烦爸爸嗱！"思嘉既恨妹子的违拗，又怕父亲要伤心，只得大嚷着对她恫吓。

"我来帮你做吧，苏姐，"恺玲柔顺地插进来说，"我替苏姐做，也替我自家儿做。苏姐身子还没有大好呢，她不能晒太阳的。"

思嘉很感激地对她说："谢谢你，糖娃娃。"然后她对这小妹妹仔细看了看，心里很替她担忧。原来这个小妹妹的身体向来很娇嫩，从前她没有害病的时候，一张面孔红是红、白是白，跟春风里飘落的桃花瓣一般，现在经过了一场大病，红颜色是没有了，但是面孔还是跟花瓣似的。当初她从昏迷状态里恢复过意识来，突然惊觉母亲是没有了，大姊变成泼妇了，世界全然改变了，一天到晚只有无穷无尽的工作了，她就一直不声不响迷迷糊糊地过到现在。因为这样的骤变，像她那么娇嫩的体格是无论如何不能适应的。她对于周围的事情简直觉得莫名其妙，一天到晚像个梦游人一般，叫她做什么就做什么。她的样子看来非常脆弱，实际也确是非常脆弱的，但你无论叫她做什么，她都很愿意、很服从，一点不跟你违拗。有时闲空下来，她总是手里拿着一串念珠，嘴唇毕毕剥剥地在替母亲跟汤伯伦做祷告。思嘉从来不曾想到她对于伯伦的死会看得这么严重，会伤心到这么厉害的。在思嘉的心目中，恺玲仍旧还是个"小妹妹"，决然不能从事真正严肃的恋爱事件的。

当时思嘉站在棉花田的太阳里，背也佝酸了，手也挏糙了，心想苏纶精力那么好，力气那么大，却生就了那么一种拗脾气，恺玲性情这么好，偏又吃不起一点苦头，为什么这两种长处不并在一个人身上呢？这时恺玲既然答应过给苏纶帮忙，便真个加倍认真地工作起来，但是她做了不过一个钟头，便可以明白看出她刚才说的身体还没有大好，实在是她自己而不是苏纶，因此思嘉索性叫她也回家去了。

这时候，棉花田里就剩了思嘉、蝶姐和百利子三个人。百利子做得一点不起劲，而且嘴里一直咕哝着，一会儿是脚疼了，一会儿是腰酸了，一会儿又叫肚痛了，一会儿又说累煞了，蝶姐觉得实在听不过，便拿起条棉花秆子，一顿抽得她野猫子似的喊叫起来。以后她就起劲些儿了，但是避开母亲远远地去做了。

蝶姐孜孜不倦、默默无声地工作着，跟一架机器一般，思嘉心里非常感激她，觉得她是值得自己用像她的身体那么重的金子去买的。

"蝶姐，"思嘉说，"将来我们日子好转来的时候，我决不会忘记你现在这样的劳苦。你真太好了。"

蝶姐不像一般的黑人，她听到别人称赞她的时候，不会马上咧开嘴，或是现出局促不安的样子。现在她把一张无所动情的面孔朝着思嘉，很庄严地对她说："谢谢您哪，小姐。可是老爷太太待俺太好了。老爷把俺跟百利子一起买下来，俺永远忘不了他的恩典，就是做煞俺也不怨的，俺是红人，红人是不会忘恩负义的。可惜俺这百利子太不争气了，她是她老子的种，她老子是没良心的。"

现在思嘉虽然已觉得非常疲倦，但是她看看那从田里搬进下房里去的棉花越积越多，她的精神就始终不委靡。那些棉花里面含有一种提神的成分，能够将她的毅力一直维持着。陶乐本来是由棉花致富的，整个南方都是由棉花致富的，思嘉是道地的南方人，所以她相信陶乐和整个南方都会从那红色泥土里重新复兴。

当然，她现在收获的这点棉花并不能算多，但是无论如何总有点用处。它总可以换得一点联盟州的钱回来，使得那个北佬荷包里的绿票和金币可以多保存一些日子。到了明年春天，她要设法去请联盟州政府放回大老三跟那几个黑人来，如果政府不肯放，她就拿那北佬的钱去向邻舍家租一些来用。明年春天她要大种棉花了。……她直起她那酸痛的腰，将四周渐转黄色的秋野看了一眼，便想象起明年这里一片青苍的景象来。

啊，明年春天！也许明年春天战争就好结束了，好光景就要回来了。不管联盟州是胜是败，战争停了，日子总会好过些。只要不这么兵荒马乱，无论如何总是好些的。战争停了，庄稼人家就好勤劳刻苦地过日子，种下东西去也可以放放心心地等着收获了！

现在有希望了，战争总不至于永远不停的。她已经是棉花也有点儿了，钱也存着点儿了，吃的也有了，骑的也有了。总之，最恶劣的阶段已经过去了！

第二十七章

十一月中旬的某天午刻,陶乐全家人都团聚在餐桌上,在吃最后一道甜点心,那是嬷嬷拿玉米粉跟野樱桃加上芦粟的甜味做起来的。那时天气已感到了一点寒冷,是交冬以来初次感到的。阿宝站在思嘉的椅子背后,搓着双手,咧着嘴,问道:"咱们的猪快好杀了吗,思嘉小姐?"

"你是早已想尝尝猪肚里的味儿了,是不是?"思嘉也咧着嘴说,"好吧,我倒也想尝尝新鲜猪肉了,如果天气再维持几天,我们就——"

媚兰打断他们的话,将手里的瓢匙停在嘴唇边:

"你听!有人来了!"

"有人在喊呢。"阿宝颇觉不安地说道。

秋天的爽人空气里传来一阵清晰的马蹄声,急促得跟人受惊吓时的心跳一样,同时听见一个女人的声音尖叫道:"思嘉!思嘉!"

围坐在桌上的人面面相觑了一秒钟,然后都急忙推开了椅子,忽地跳了起来,一齐向门口奔去。那个声音里面分明含着极度的恐怖,尖厉得不像人声了,但是大家都听出了是赛莉。不过一点钟之前,她到琼斯博罗去打这里经过,才跟他们匆匆谈了几句话走的。现在只见她披着头发,荡着帽子,骑着一匹满口白沫的马,像一阵风似的从车道上飞奔而来。她看见了他们,并没有勒住马,只是一面狂奔一面向她背后挥着一条臂膀说:

"北佬来了!我看见他们的!打这条路上来了!北佬——"

说着,她将马辔头狠狠地一勒,才算没有让那马蹦上前面的台阶。然后她急忙勒转马头,只三个腾步便奔过那侧面的草地,随即跳过一道四英尺高的篱笆。然后听见蹄声响过了后院,穿过下房中间的狭弄,才知她是要从田里岔过赶回含羞树去的。

霎时之间,大家仿佛都变麻木了。然后苏纶跟恺玲两个互相抓着手呜呜地哭了起来,小卫德吓得仿佛生根在那里,只是浑身大抖着,连哭都哭不出来。他从离开亚特兰大那天晚上起一直害怕到今天,现在北佬要来拿他了。

"北佬?"嘉乐模模糊糊地说道,"可是北佬已经来过了呀。"

"我的天!"思嘉喊着,她的眼睛跟媚兰那惊惶失色的眼睛接触了一下。刹那之间,她记起了亚特兰大最后一天晚上的恐怖了,记起沿路那些已成灰烬的人家了,记起一切关于强奸、虐害、屠杀的故事了。她仿佛又看见那个被她杀死的北佬站在穿堂里,手里拿着母亲的针线盒。她心里反复念着:"这回我是死的了,这回我是非死不可了,我还以为大难已经过了的。这回是死了,我再也吃不住了。"

然后她看到那匹马了,那马已经上了鞍,吊在那里,预备阿宝到汤家有事情去的。这是她的马!这是她唯一的马!北佬就要来拿它去了,母牛小牛也要拿去了。还有那头母猪跟一些小猪——哦,那是他们费了多少日子、多少辛苦才捉起来的!还有方家送给她的那只雄鸡、那些母鸡、那些鸭子。还有放在食品仓里的苹果和山薯。还有面粉,米,干豆。还有那北佬荷包里的钱。他们都要拿去了。他们要一扫而光,让他们在这里饿死了。

"可是他们不能拿!"她不自觉地大声喊了出来,以致大家都吓了一跳,把眼睛瞪着她,以为她听见了这个消息心房破裂了,"我是不能挨饿的!他们不能拿!"

"你说什么,思嘉?什么?"

"那匹马!那头牛!那些猪!他们不能拿!我不让他们拿!"

于是她急忙朝向门弄里躲着的四个黑人,他们的面孔都已吓成一种特别的死灰色了。

"烂泥地里去!"她下紧急命令道。

"哪里的烂泥地?"

"河边的烂泥地啊,蠢东西!把猪放到烂泥地里去。你们大家,赶快!阿宝,你跟百利子到地窖子里去把几头猪捉出来。苏纶,你跟恺玲拿篮子装着吃的,能带多少是多少,到树林里去藏起来。嬷嬷,你把银器重新放到井里去。阿宝!阿宝!你听我说呀,不要站在那里发愣!你带爸爸走。不要问我到哪里,随便哪里去好了。你跟阿宝走吧,爸爸。真是好爸爸!"

她虽在这么发狂的时候,也没有忘记爸爸,知道爸爸现在心力这般衰弱,看见北佬的蓝军服一定要受不了的。她这么发号施令了一阵之后,便再想不起什么事来,只会站在那里搓着一双手,又加小卫德紧紧抓住媚兰的衣裙呜呜地哭着,使她越发恐慌起来。

"我做什么呢，思嘉？"媚兰说，当时在那啜泣、啼哭、奔忙、叫喊的声音中，唯有她一个人的声音是平静的，虽然她的面色也已像纸一样白，她的身体从头到脚都在抖。而她这一种平静的声音，便把思嘉的精神支撑住了，因为她知道大家都在听她的指挥，等她的指导，自己就觉得胆壮起来。

"那头母牛跟小牛，"思嘉急忙地说，"它们在老牧场里。你去骑着那匹马，把它们赶到烂泥地里去，还有——"

媚兰不等她说完，就甩脱了卫德的手，三步两步跳下了台阶，撩起衣裙向那匹马那边跑去。思嘉瞥见她的细腿儿和小裙子露了一露，便已跨上了马背，把一双脚儿离开马镫远远地在那里荡了。随即她拉紧了缰绳，举起脚后跟向马臀部上蹬了一脚，那马正要起步，她又突然把它勒住，将一张惊惶失色的脸朝着思嘉：

"我的孩子！哦，我的孩子！北佬要杀他的！你去拿来给我！"

说时她的手撑在鞍头上，正预备滑下马来，但是思嘉连忙向她尖叫道：

"你走吧！你走吧！赶牛去吧！孩子我会照管的！你放心好了！你想我会让他们把希礼的孩子拿去吗？你走吧！"

媚兰还是一直把头回顾着，可是不由得已将马蹬了两脚，飞也似的向牧场上奔去了。

思嘉想道："我料不到韩媚兰也会骑马的！"想着，她就急忙回进屋里去。这时卫德跟在她脚后，一面哭着，一面伸手要抓她的衣裙，但是思嘉不理他，管自三步作一步地跑上楼梯去，看见苏纶跟恺玲臂膀上挂着篮子，正向食品仓那边走去，同时阿宝也正粗手笨脚地抓住嘉乐的臂膀，将他往后廊方向拖。嘉乐一路咕哝着，像个小孩子似的由他拖了去。

在后院子里，她听见嬷嬷的沙喉咙："喂，百利子！你下去把两只猪拿上来吧！你是弄惯了的。俺身子太大，挤不进那些栅栏里去。怎么？蝶姐，你来吧，你来管管这孩子——"

"早晓得这样，倒不如当初把猪栏做在烂泥地里了。"思嘉一面想着，一面走进自己的房间。

她拉开了衣橱的上格抽屉，从衣裳堆里翻出那北佬的荷包来。然后又从她的针线篓里急忙取出那一个钻石戒指、一副钻石耳坠子，也装进荷包里去。但是荷包藏到哪里去呢？席子里？烟囱里？丢到井里？放在怀里？哦，怀里万万放不得！他们要看出来的，那就连她的衣裳都要给剥掉了！

"这不是羞煞人吗？"她胡思乱想着。

楼底下是脚步声和哭叫声乱作一团了。思嘉便又想起媚兰来，恨不得媚兰在那里给她做帮手。她知道媚兰那种平静的声音会使她的心镇定下去，而且那次她杀北佬的时候，媚兰显得多么勇敢啊！媚兰一个人就抵得他们三个。媚兰——媚兰刚才说什么的？哦，是的，那个孩子！

她带着那荷包，走到媚兰的孩子小玻睡的房间里，见他躺在一张矮摇床上睡得正熟。思嘉一把抱起他，他就醒转来，立刻舞着小拳头哇哇大哭。

这时她听见苏纶在底下哭叫："来吧，恺玲！来吧！我们拿够了。哦，赶快吧！"随后就是后院子里一阵嗷呢嗷呢的声音，思嘉跑到窗口去一看，只见嬷嬷两臂膀挟着两只小猪，向棉花田里跟跟跄跄地奔去。她后边是阿宝，也夹着两只小猪，一面推着老爷向前去。嘉乐摆着根手杖，在那些棉花田塍上蹒蹒跚跚地走着。

思嘉靠在窗口上叫道："把那母猪也拿起来啊，蝶姐！你叫百利子赶它出来，你可以打田里赶它过去的。"

蝶姐抬起头，她那红铜色的脸上现出为难的样子，她的围裙里包着一大堆银器，她拿手指着地窖。

"那母猪咬百利子了，现在把它关在栏里了。"

"那也好。"思嘉心里想着，又回到房间里来，将那北佬身上搜到的手钏、别针、相框、杯子等等都拿了出来。这些东西又藏到哪里去呢？这时她一只手抱着小玻，一只手拿着那么许多东西，觉得非常不方便，便把孩子放到床上去。

那孩子离开她的手，当即又哇的一声哭出来，谁知这一哭，就触起了她的一条妙计。藏东西的地方还有比小孩子尿布里再好的吗？她急忙将那孩子转了个身，拉上他的衣裳，拔开他的尿布，将那荷包贴着他的后腰上放着。那孩子经这一动，哭得更响起来，但是思嘉不管，急忙将那三角布跨过两条小腿子缚牢了。

"现在，"她深深吸了一口气想道，"现在可以到烂泥地里去了！"

于是她一手抱着那哇哇哭着的孩子，一手抓起那一堆零零碎碎的首饰，急急走出了穿堂。突然的，她停住步了，觉得两条腿子发软了。这屋子里是多少沉默啊！清静得多么可怕啊！他们都走了吗？把她独个人丢在这里了吗？竟没有一个人等她吗？她并不曾叫他们把她丢在这里呀！这种年头，一个单身女人是什么事情都可以遇到的，等会儿北佬来了呢——

正想时，她听见背后窸窣一声响，不由得吓了一大跳，急忙掉转头一看，原来她自己的儿子蹲在楼梯头的栏杆旁边，吓得眼睛大大的，他想要开口说话，可是那话吐不出他的喉咙来。

"起来，韩卫德，"她命令道，"起来走，妈这会儿不能抱你了。"

卫德跑到她身边，像是一只受惊的小兽，便一把抓住了她的阔衣裙，把他的脸埋在里面。她觉得他的小手正在衣褶里摸着她的腿，但是她不理他，管自开步走下楼梯去，却被卫德的手牵制着，走一步得停一步，因而光火了，凶狠地对他说："放手啊，卫德！放开手走啊！"可是卫德反而把她抓得更紧些。

直至走到楼梯脚，她看见了那些房间里的器具，仿佛都是些摇摇欲动起来，仿佛每一件器具都在低声对她说："再见！再见！"于是她觉得喉咙里起来了一阵酸楚。她看见母亲平日办事的那间房子门开在那里，仿佛那高个儿的书记还照旧坐在那只角落头。她看见了那间饭厅，桌子旁边的椅子零零乱乱地放着，桌上的盆子都还放在那里没动。地板上那条百衲地毯是她母亲亲手染了织成的。墙壁上还挂着外祖母罗老太太的一幅遗容，露出了大半个胸口，头发梳得高高的，鼻子旁边的两条纹路刻得极深，好像她脸上一直都带着个冷笑。这一切东西都是从她能记忆的时候就已放在那里的，现在仿佛都在摇摇欲动地向她告别了："再见！再见！郝思嘉！"

北佬一来，一切都要化为灰烬了！一切都要化为灰烬了！

现在是她对于这家人家看的最后一眼了，一会儿她躲到树林里或是烂泥地里去回顾起来的时候，所能见的就只有一个包在黑烟里的烟囱和一个埋在火焰里的屋顶了。

"我不能丢开你们的，"她一面想着，一面牙齿在咯咯交战，"我不能丢开你们的，爸爸当初也不肯丢开你们。爸爸曾叫他们就在他头顶烧掉你们，现在我也要叫他们就在我头顶烧掉你们。我情愿跟你们一块儿去，我现在就只有你们了。"

她一下了这个决心，所有的恐惧便都消失，心里就只剩下一种冻结的感情，仿佛她所有的希望和恐惧都已凝固起来了。正呆立间，她便听见夹道里马蹄声、辔头声、指挥刀声杂然交作，随即有一个粗嘎的声音下着命令道："下马！"于是她急忙弯身下去，对脚跟头那个孩子说起话来，她的声音很迫切，但是非常地和婉。

"你放手，卫德，宝贝儿！你赶快跑下楼去，打后院子里到烂泥地去吧。嬷嬷在那里，媚兰姑娘也在那里，快跑吧，宝贝儿，别怕！"

那孩子听见她声音变了，抬起头来看看她，她见他眼睛里的神气跟落在陷阱里的小野兔子一般,便吃了大大的惊吓。

"哦,我的天!"她祷告道,"不要让他吓得这个样儿吧!不要让北佬看见他这样吧,不要让他们看出我们害怕来吧。"这时候卫德反而把她抓得愈紧了,她便又轻轻地对他说:"你乖些,卫德。不过是几个天杀的北佬呢,怕他们做什么?"

于是她下楼去迎上他们了。

原来谢尔门的军队是要从亚特兰大穿过佐治亚州向海滨区域前进了。留在他们后面的是那已经成了一片灰烬的亚特兰大,摆在他们前面的还有三百英里长的一段待攻的境地,实际上都是没有防卫的,有也不过那几个七零八落的警备队,以及那些由老人孩子杂凑而成的自卫队而已。

这里佐治亚州本来是一片沃土,到处都有殷富的田庄,而且每个田庄上都还有妇女、儿童、老人、黑奴们留在那里的。北佬从亚特兰大出来之后,这方圆八十英里地面都已遭到他们的焚烧抢掠了。无数的人家葬身火窟了,无数的人家遭到蹂躏了。但是当时思嘉看见那些蓝军服拥进前走廊里来,并不知道这种现象是极普遍的。她还以为这完全是个人的事情,还以为那些北佬是跟她一家人在作对。

那些北佬拥进屋里来时,她正站在楼梯脚,手里抱着个小孩子,脚下躲着个大孩子。那些北佬儿都不理她,有的管自掠过她身边,冲上楼去了。其余的留在楼下,把桌儿板凳都拖到前廊上去,而且拿着刺刀将那些窗上壁上的帘幕乱戳一阵。那些冲上楼去的,就把席子也戳穿了,床垫也划破了,以致垫里的羽毛像雪片似的纷纷飞起,有的飞到楼下来,轻轻落在思嘉的头上。思嘉眼看着他们施行这种残酷的抢劫和破坏,心里残余的恐惧立时被一种无声怒火销毁得干干净净。

率领这个抢劫队的中士是个矮脚鬼,须发都发白了,嘴里衔着粗粗的一段雪茄。他第一个走到思嘉面前,向地板上和她衣裙上乱吐一阵唾沫,然后对她简单地说:

"把你手里的东西拿给我。"

原来思嘉手里还拿着那一串首饰,连她自己也忘记了,现在经这一提,她便带着一个跟她外祖母遗容上一样的冷笑,将那串首饰往地板上狠命一掷,只听见那刷啦一声,心里不由得感到了一阵痛快。

"还得麻烦你,把你的戒指跟耳坠子拿下来。"

思嘉把孩子侧放过来,夹得更紧些,那孩子立刻就红着脸,尖叫起来,她便一声不响地伸手脱下两只耳坠子——本来是父亲送给母亲的结婚礼物,然后又扭下了手指上那个镶着独颗青宝石的戒指。

"不要扔,交给我,"那中士说着伸出手来,"想不到这些野种倒也有点东西的。还有什么?"说着,他的眼睛很锋利地看到她胸口上来。

"没有了,可是你们照例要剥一剥是不是?"

"哦,我待一会儿遵命就是了,"那中士并不发脾气,便一路吐着唾沫走开去了。思嘉便把手里的孩子抱正过来,一只手拍着他,要他不哭,还有那一只手牢牢撳在他的尿布外边,心里十分感谢上帝,亏得媚兰有这个孩子,又亏得孩子作兴用尿布。

这时她听见楼上有重靴子踩踏的声音,有器具拖动的声音,有瓷器和镜子打碎的声音,有因找不到好东西而诅咒的声音,后面院子里也发出大声的呼喊,只听见有人嚷道:"扭杀它们!不要放它们跑掉!"随即听见鸡子、鹅儿、鸭儿一阵叽叽喳喳的惨叫。然后是一阵呶呢呶呢的声音,然后是噼的一响,那呶呢呶呢的声音立刻停止了。思嘉知道那母猪完了,心里不由得起了一阵剧痛。天杀的百利子!她丢了母猪管自己走了。但是只要那些小猪平安就好了!只要烂泥地里的一家人平安就好了!不过这是现在无法可以知道的。

她还是站在那里不动,眼看着那些北佬在她面前奔忙着,呼喊着,诅咒着。卫德的手像一把钳子似的牢牢抓住了她的衣裙。她觉得他是在发抖,但是她不能对他说一句安慰的话。她也不能对那些北佬说一句话,无论是哀求,是抗议,或是咒骂。她只默默地感谢上帝,幸亏她的两腿还有气力支持得住她,幸亏她的颈梗还能使她的头高高地昂起。但是她后来看见一个满面胡子的北佬捆扎着许多东西走下台阶去,其中有一件就是察理留下来的那柄指挥刀,她就不由得大声呼喊起来了。

这柄指挥刀是卫德的。从前它是他父亲和祖父的财产,但是卫德上次生日那一天,思嘉已把它给了他,那天授刀的时候,还曾举行了一个仪式,媚兰还曾感动得哭起来,还曾把卫德抱在怀里亲着嘴,说他将来大起来一定是跟他祖父、父亲一样,做一个勇敢的军人。卫德自己也颇觉自豪,常常要爬到台子上去,向墙壁上的这把刀很亲热地拍拍。所以思嘉见她自己的东西被北佬一件件地搬出去,都还不怎么觉得痛心,唯有她儿子这柄非常宝贝的刀被他们拿走,她就再也熬忍不住了。卫德当时听见母亲这声喊,也觉胆子壮起来,便从母亲衣裙的掩护背后探出头来,呜呜地哭着伸出一只手叫道:

"我的!"

"这柄刀你不能拿!"思嘉也急忙伸出一只手来说。

"我不能拿?"那拿刀的小个儿士兵对她嬉皮笑脸地说道,"我能拿的!这是造反的刀呢!"

"不是的,不是的。这是墨西哥战争的刀,你不能拿。这是我这小孩子的,这是他祖父留下来给他的!哦,队长,"她朝着那中士说,"请你叫他还给我吧!"

那中士听见她叫他队长,替他升了级,便走上前一步。

"让我看看那把刀,柏布。"他说。

那小个儿士兵满肚子不高兴,将刀递给他,说:"这刀的把子是真金的呢。"

那中士将刀翻来覆去地看了一会,看见刀把下刻着几个字,便拿到阳光底下去照着。

"'部下恭赠韩威廉上校,'"他读出来道,"'以纪念其勇绩。时在一八四七年,信那微斯塔。'"

"嗨,女士,"他说,"我也到过信那微斯塔的。"

"是吗?"思嘉冷然地说。

"可不是吗?那一次仗打得厉害呢,我告诉你吧。这一回战争里面我从来没有见过像那么厉害的仗。那么这一把刀是这孩子祖父的东西了?"

"是的。"

"好吧,那么还给她去吧。"那中士道,因为他觉得手帕子里包着的那些首饰已经可以满足了。

"可是那刀把是金的呢。"那小个儿士兵坚持说。

"留在这儿给她替咱们做个纪念吧。"那中士咧着嘴道。

思嘉接过了刀,连谢都不谢一声。她想这班强盗把她自己的东西还给她,为什么要谢呢?她把刀靠紧身边拿着,那小个儿士兵却还纠缠不清地跟那中士在那里辩论。

最后那中士发起脾气来,叫那士兵不许再开口,那士兵便大声嚷道:"好,好,我来留点东西给她做个纪念吧!"说着他就怒气冲冲地向后院子里跑去了,思嘉这才松过一口气来。他们并没有提起烧房子的事,他们并没有叫她走出去,好让他们放火。也许——也许——这时候楼上的人都跑下来了,门外的人也挤进穿堂里来会齐了。

"你们拿到什么了?"那中士问道。

"只有一头猪,跟一些鸡子鸭子。"

"只有一些玉米,一点儿山薯跟豆子。一定是咱们刚才看见的那个骑马的野猫儿来报过信了。"

"保罗,你?"

"嗯,这儿没有多少东西呢,中士。您拿到一点了吧。咱们还是快走吧,迟一会儿恐怕到处都要知道了。"

"熏腊间地上掘过吗?他们的东西多半埋在那儿的。"

"这儿没有熏腊间。"

"黑人的下房里掘过吗?"

"下房里只有棉花,咱们放火烧掉了。"

刹那之间,思嘉想起了在棉花田里那些火热的日子,便觉得腰背重新发起酸来,肩膀重新灼痛起来。现在又都落空了,那些棉花又完了。

"你这儿确实没有很多东西吗,女士?"

"你们的军队以前来过的。"她冷然地说。

"这倒是事实。咱们九月里到过这带地方的,"有一个士兵手里翻着一件东西说,"我倒忘记了。"

思嘉一看那士兵手里拿的是母亲生前常常戴的那个金抵指,她就立刻记起母亲一双纤纤玉手拿着针线时的情景来,不由得泛起了一阵悲戚。现在这个抵指托在一个陌生人的污秽手掌上,马上就要被他带到北方去,拿给一个北佬女人去戴了,拿给她去当做掠获品夸耀人前了!这是母亲的抵指呢!

她禁不住要哭了,但是不愿意敌人看见她哭,因而立刻把头低下去,让一滴滴的眼泪慢慢落在那孩子头上。随后她在泪眼模糊之中,看见那些北佬一哄地拥出大门了,那个中士在粗声粗气地喊口令了。他们走了,陶乐又平安了,但是她心里正思念着母亲的悲伤,并不能感觉快乐。她听见一阵马蹄声和指挥刀声渐渐远去,也只稍稍感觉到一点宽松,却因这一下宽松,反而浑身疲软无力了。

然后她觉得鼻子里冲进一股烟气,知道是从下房里烧着的棉花那边来的,但是她那时疲乏得无心去管它了。她从饭厅的窗口里看见一蓬蓬的浓烟从下房里飘出来,果然那些棉花是完了。棉花一完,他们的税钱就完了,过冬的费用也完了。可是她现在无能为力,只有眼看着它烧。因为棉花着火的情形,她从前是看见过的,这一种火非常难扑灭,就是叫精壮的男人来也没有办法的,亏得那些下房离开正屋很远,不至于延烧过来,又亏得那天没有风,并没有火星飞到正屋上。

可是她突然一下转过身子来，机械得像罗盘里的指针，睁着一双惊慌万状的眼睛打穿堂的甬道向厨房那边看去。原来厨房里有烟出来了！

不知怎么一来，她已经把手中的孩子放在不知什么地方了，又不知怎么一来，她把身边牢牢抓着她的卫德也撂开手了。她三步两步地跑到厨房门口，便往里冲进去，谁知厨房里已经弥漫着浓烟，向她面孔上鼻孔里来了个反扑，顿时呛得她眼泪直淌，不得不倒退出来。但是她撩起衣裙掩住了鼻子，重新又冲了进去。

厨房里只有一个小窗，本来是黑洞洞的，现在又加上黑烟弥漫，便什么都看不见了，但是她听得见火焰的哧哧声和爆炸声。她将手挥开浓烟，瞅着眼睛仔细看了看，才看见一道道的火焰从地板上爬行过去。原来不知谁把炉灶里的柴火播撒了一地，以致那干燥的松木地板到处都给惹起火来了。

她急忙跑回了饭厅，狠命抽起了一条百衲地毯，以致那地毯上的两把椅子乒乒乓乓地翻倒在地上。

"我独个人是扑它不灭的，无论如何扑它不灭的！天啊，快来一个人帮我一下啊！陶乐要完了——要完了！一定是那天杀的小鬼放的火，所以他说要留点东西给我做纪念呢！哦，当时倒不如让他把刀拿去了！"

在甬道里，她看见卫德拿着那把刀躺在地上。他的眼睛紧紧地闭着，他面孔上现着一种非常的平静。

"啊呀，我的天，他死了！他们把他吓死了！"她心里泛起了一阵剧痛，但是并没有扑下去看他，急忙打他身边掠过，跑到厨房门口放着的一桶水那边去了。

她将那地毯往水里浸了浸，便深深吸进了一口气，一下子冲进厨房里去，将门砰地关起来。然后她一面晃荡着、呛咳着，一面双手拿住那地毯，将地板上的火焰拼命地猛扑。她那长长的衣裙曾经着了两次火，都被她拿手扑灭了。她又闻到头发烧着的焦味，因为那时她的头发已经散开，统统披在她背脊上了。那时她四周围的火焰仿佛在那里赛跑，又仿佛像一条条赤蛇在那里迅速地爬行，只见它蔓延得愈来愈广，于是她骤然感到了一阵力乏，知道是绝望的了。

正在这紧要关头，忽然那头门猛然一下闪开，随即跟进了一阵冷风，刮得那火焰跃起了数英尺。然后门又砰地一下关上了，只见媚兰在那腾天的烟雾里面，也拿着一件黑漆漆的东西在那里猛扑。思嘉对她仔细一看，见她白着一张脸，晃荡着身子，呛咳着，把眼睛瞅成一条缝，将手里那件东西像打麦似的不住前仰后合地挥着。直至她们这么肩并肩地跟火奋斗了半天，这才看见火线渐渐缩短了。在这当儿，媚兰忽然发了一声直喊，举起手里的东西向思嘉肩膀上狠命一扑，思嘉便感到一阵眩晕，在那浓烟里倒下去了。

直至她睁开眼睛，才觉自己已经躺在后廊上，头枕着媚兰的大腿，脸上照着下午的阳光。这时她觉得手上、脸上、肩上都被火灼得痛楚不堪。下房那边仍在那里冒烟，已将那一带房子统统笼罩掉了，但觉棉花的焦气非常刺鼻。于是她忽然记起厨房来，一看那边仍有一蓬蓬的烟从里面冲出，她便发狂似的要挣扎起来。

但是她被媚兰一把揪住了，同时听见她很平静地说道："你躺着吧，亲爱的。火已经灭了。"

于是思嘉闭上了眼睛，松了一口气，静静地躺了一刻。在这当儿，她听见了那孩子在近旁嗯嗯的声音，又听见了卫德在打呃的声音。那么卫德并没有死，谢天谢地！然后她睁开眼睛，朝上看了看媚兰的脸，只见她的鬓发被烫掉了许多了，脸上给煤烟涂得漆黑，可是一双眼睛激动得在那里闪烁，并且现出了一个微笑。

"你像一个黑人了。"思嘉将头在那软枕上靠得紧些，口里模模糊糊地说。

"你呢？你像滑稽歌舞①班的领班了。"媚兰针锋相对地答道。

"那时候你为什么打我呢？"

"因为，亲爱的，你的背脊着火了啊。我也知道你今天是够受的了。可想不到你就会晕过去的。……当时我把牛马放妥在树林子里，我就赶回家来了。我看看你没有出去，只有你跟两个孩子在家里，把我急死了呢。北佬——他们没有伤害你吗？"

"你如果是说强奸的话，那是没有，"思嘉一面回答，一面挣扎着想要坐起来，因为媚兰的大腿虽然软，那走廊地上到底是不舒服的，"可是什么都给他们抢光了。我们是什么都不剩的了——嗨，你有什么事情这么高兴啊？"

"你跟我都没有相失，两个孩子也都还平安，而且我们仍旧还有房子住，"媚兰说时声音里带着一种轻快的情调，"到了这种境地，无论谁所能希望的也不过如此罢了。……啊呀我的天，小玻尿湿了！我看那些北佬怕连他要换的几条尿布也拿走了吧。他——怎么，思嘉，他尿布里边是些什么呀？"

---

① 滑稽歌舞：十九世纪流行于美国的一种滑稽歌剧，它的领班人要把面孔涂黑，装做黑人。

说着，她急忙将手伸到尿布里去抽出那个荷包来，把它拿在手里看了半天。然后不由得扑哧一声笑出来，并且笑了一阵又一阵，直像发了痴一般。

　　"你这鬼啊，这种把戏儿只有你想得出来的呢！"她一面嚷着，一面搂住了思嘉的颈梗将她拼命地亲着，"你真是我的一个再顽皮不过的小妹妹呢！"

　　思嘉毫不抗拒地随她去亲个痛快，一来是她太疲倦了，实在没有气力抗拒了；二来是媚兰的这种赞美也使她感觉非常的愉快；三来是刚才厨房里救火，媚兰曾经出了那么大的力，使她不由得对她发生患难相助的情感了。

　　"所谓急难中的朋友才是真朋友，这话是替媚兰说的吧。"思嘉禁不住这么想着。

第二十八章

下了一阵霜,天气就骤然变冷了。寒冷的风从门缝里钻进来,把那松动的窗玻璃刮得单调地琅琅作响。那些树上的最后一批树叶都落下来了,只有松树还穿着衣服,黑沉沉地映在苍白的天空中。满是车辙的红泥路已经冻得跟火石一般,饥饿乘风扫过佐治亚州的全境。

思嘉忽然记起自己跟方家祖老太太谈的一番话来。她记得那是两个月以前的事,现在却像过了几年。她记得那天她对那祖老太太说的,是她已经经历过最恶劣的一个阶段了。这话原是她从心底里说出来的,但照现在看起来,却像是小学校里女学生常常用的那种夸张了。当谢尔门的军队没有再度经过陶乐的时候,她总算小有资财,吃的用的暂时都不缺,同时她也还有几个比她富有的邻人,也还有一点棉花可以把他们支吾到明年春天去。现在呢,棉花是完了,食物也完了,那几个钱虽然还在,却是没有用处了,因为有钱没处去买吃的。邻舍家呢,景况反都不如她了,因为她至少还有一头母牛和一头小牛,还有几口小猪和那匹马,人家却只剩树林里藏下的和地里埋下的一点儿东西,别的什么都没有了。

汤家的妙峰山庄子已经烧成了平地,现在汤太太跟她的四个女儿都住在总监工的屋子里。孟家在洛夫乔伊附近的房子也已被铲平。含羞树庄子的木造厢屋也烧掉了,正屋亏得泥墙筑得厚,又加当时他家主仆拿湿棉被拼命扑救,总算给他们保全下来。高家的房子这回又得幸免,那是全靠他家那个北佬监工什而登之力,但是已经没有一头牲口剩下了,也没有一只鸡子剩下了,也没有一粒玉米剩下了。

在陶乐,乃至葛藟墩区的别处地方,所有的问题便是食物。大多数人家已经什么都没有,就只剩一点山薯、一些花生,以及树林里猎到的一些野味了。他们只要有,还是跟从前富裕的时候一样,愿意分给那些比较不幸的邻人。但是不久之后,谁都没有什么可分了。

现在思嘉一家人吃的东西,要看阿宝运气好不好,如果运气碰得好的话,他们就吃野兔子、袋鼠、鲇鱼之类。运气不好呢，那就只有少许的牛奶、胡桃、炒橡子跟烤山薯了。他们的肚子一直都不饱，所以照思嘉看起来，仿佛她到处都看见伸着的手和哀求的眼睛似的。她一看见这样的景象，就差不多要发起狂来，因为她自己也是饥饿的。

后来她叫把那头小牛杀掉吃，因为那头母牛的宝贵牛奶给它吃得太多了。那天晚上人人大吃一顿小牛肉，竟把大家都吃出病来。还有几口小猪，她也打算拿一口来杀的，但是她把这事情一天一天地搁了下去，总想等它们长得再大些杀。因为现在它们还小得很，杀了也没有多少肉，如果再养几天，可吃的肉就一定多得多。她又想叫阿宝骑着那匹马，带几张绿票子去买买粮食看。为了这桩事，她每天晚上都要跟媚兰辩论一番。结果终于没有叫他去，为的这事实在太冒险，怕是连马带钱都要给人抢去的。因为她们都不知道那时北佬到底在哪里。也许在千英里路外，也许就在隔江，那是谁都说不定的。后来思嘉发急了，定要亲自骑马去找粮食，大家听见这话，都怕她要遇到北佬，便发狂似的嚷起来，谁也不肯放她走，她只好又放弃这个计划。

阿宝出去搜罗食物的地面愈来愈广了，有时候他竟一夜都不回家，思嘉也不问他到底哪里去了。有时候他带了一些野味回来，有时候是几斗玉米，有时候是一袋干豆，并没有一定。有一次他竟带了一只公鸡回来，说是树林里找到的。那天晚上，大家都吃得津津有味，可是心里都带着几分惭愧，因为大家知道这只公鸡是阿宝从别人家里偷来的，也像他偷人家的玉米和干豆一样。这事以后的一天夜里，大家都睡好久了，阿宝忽然敲开思嘉的房门，贼头贼脑地在思嘉面前呈出了一只弹痕累累的腿子。思嘉一面替他包扎，他一面给思嘉解释，说他闯进费耶特维尔一家人家的鸡栏里去，被人发觉了，吃了一枪回来的。思嘉也不问他是谁家的鸡栏，只轻轻地拍拍他的肩膀，眼里不觉掉下眼泪来。她觉得这些黑奴有时候很蠢、很懒，不免要惹人生气，但是他们那种忠心是有钱买不到的，他们跟主人家一条心，为要替主人家找东西吃，情愿拿自己的生命去冒险。

如果是在从前，阿宝的这种行为一定已经构成了严重事件，或竟至于要吃鞭子了；如果是在从前，思嘉至少不能不对他严厉地训斥一番。她母亲曾经告诉她："你要记得，亲爱的，上帝既然把这些黑奴交托给你，你就不但要替他们身体上的幸福负责，并且要替他们道德上的幸福也负责。你必须明白，他们黑奴是跟小孩子一样的，必须跟小孩子一样防卫着他们，而且你必须给他们做一个好榜样。"

但是现在,思嘉已把这种教训推在脑后了。现在她竟在这里奖励做贼,并且向那种也许不如她自己的人家去做贼,也丝毫不能动她的良心了。事实上,这桩事情的道德方面她觉得无足轻重。她对于阿宝不但不加惩罚或是谴责,反而对他的枪伤深加痛惜。

"你以后要当心些,阿宝,我们是少不了你的。你想我们没有你怎么办呢?你一直都非常好、非常忠心,等将来我们有钱的时候,我要买一只大大的金表给你,并且照《圣经》上替你刻上'能干、善良、忠心的奴仆'几个字。"

阿宝听见了这番褒奖,便满面光彩起来,咧着嘴擦着他那已经加上绷带的腿子。

"那是好极了,思嘉小姐。您想几时才会有钱呢?"

"这我不知道,阿宝,不过将来总有一天会有钱的,反正是。"说着,她没精打采地对阿宝瞥了一眼,那眼光里含着非常惨痛的神情,使得阿宝心里感觉十分难过,"等这仗打完了,我总有一天会弄很多很多的钱来,那时候我就再不会饥饿,不会寒冷了。我们大家都不会饥饿,不会寒冷了。我们大家都要穿好衣裳,吃烤鸡子,并且——"

说到这里她突然停住。因为陶乐现在有一条非常严格的纪律,就是家里无论什么人,都不许提到以前吃的好东西以及现在吃的东西,而且这条纪律是她自己制定、自己推行的。

阿宝从房间里溜了出来,留她独个人站在那里瞪着眼睛忧郁地望着远处。在已经死去失去的从前日子,生活是非常复杂的,充满着许多交错纠纷的问题的。怎样才可以获得希礼的爱?怎样才可以使得其他一打的情人红着眼不住追随着她?还有种种行为上的小差错要设法瞒过长辈,还有许多对她眼红的女孩子得去惹恼她们,或是安慰她们,还有衣服的样式和材料得要选择,还有种种不同的发髻得要学梳。哦,那时得她解决的问题要多得多呢!现在,生活是简单得可怕了。现在所有的事情就是要找充分的食物以免饿死,要找充分的衣服以免冻死,要使头上的屋顶不至于漏得太厉害。

就在这些日子里,思嘉睡觉的时候常常要有可怕的梦魇。她梦到的事情总是那么一套,里面的节目始终都不变,但是梦到的回数越是多,她的恐怖越是增高,后来虽在清醒的时候也觉害怕了。至于她第一次引起这种噩梦的情形,她是记得清清楚楚的。

那几天,天下雨,他们屋子里又有风,又潮湿,冷得非常厉害。炉灶里的木柴也都湿了，生起火来总是烟雾腾天的，一时着不起。那天就只早餐吃过点牛奶，别的什么都没有，因为山薯早已吃完了，阿宝的鱼竿和兽网也一点儿无所收获。别的一点法子没有了，只有等明天拿一口小猪来杀了吃了。黑的白的紧张而饥饿的脸，一张张地对她瞠视着，默默地向她要吃的。她已经决定把那匹马拿去冒险，叫阿宝骑着它去买食物了。谁知祸不单行，卫德又偏偏害起病来，病的是喉咙痛，热度非常高，又没有地方去找医生，也没有地方去买药。

思嘉肚里又饿，又因看护孩子看疲倦了，只得把孩子交给媚兰看一会，自己到床上去打一个中觉。那时她的脚是冰冷的，心里又装满了恐惧和绝望，在床上翻来覆去，再也睡不着，她止不住一遍一遍地想："我怎么好呢？我去找谁好呢？世界上难道没有人能够帮助我了吗？"世界上所有安稳的生活都到哪里去了？为什么竟没有一个人，没有一个聪明而强壮的人能把这副担子挑去呢？她是挑不起重担的，她从来不晓得这样的重担应该怎么个挑法。想到这里，她就落入一种不安宁的小睡中了。

她进入了一个荒凉陌生的地方，只见浓雾弥漫，连她自己的手放在面前也看不见了。她脚下的地面也是摇摇欲动的。这是一个鬼祟的地面，静得非常可怕，她现在迷失在里面了，她害怕得跟小孩子迷失在黑夜里一样。那时她身上又冷，肚里又饿，知道周围的浓雾里必定有东西藏在那里，害怕得非常厉害，要想喊，又喊不出来。她只觉得四周围有许多怕人的鬼手，要伸出来抓住她的衣裙，将她拖到那摇摇欲动的地面下去。同时，她又知道那半透明的阴影里有一个可以躲藏的地方，那里，有人会帮助她的。但是这地方在哪里呢？她能不能不等鬼手来拖去就寻到那个地方呢？

突然，她在那浓雾里跑起来了，一面跑，一面喊，又把两条臂膀擎得高高的向四面狂抓，却只抓到一把一把的湿雾。这避难的地方到底在哪里呢？那个地方故意藏起来避开她了，但那地方一定是有的。她只要找到那里，她就可以安全了。但是恐怖已经使她两腿发了软，饥饿已经使她眩晕了。她发了一声竭喊，醒了过来，却见媚兰的脸儿正对着她，媚兰的手正在摇她。

以后她凡是空着肚子去睡觉，总都要做这样的噩梦。而且这个噩梦三夜两夜就要来一次，竟使她有些不敢睡觉了。她明知道这样的梦是并没有什么可怕的，因为梦里见的不过是浓雾，有什么可怕的呢？但是要她迷入这样的浓雾里去，她总觉得非常可怕，因而她后来只得搬去跟媚兰同床，以便自己从梦里喊出来时，媚兰就可以把她摇醒。

在这样的紧张状态里过了一些时候,她就变瘦变白了。她的面孔失去了光彩,两颧骨闯了出来,一双绿色的眼睛显得特别触目,竟像一只饥饿的猫儿一般了。

"我就是在白天也已跟梦魇一般,哪里还经得起睡梦也不安宁呢?"她心里绝望地想着,以后她就每天要节省一点东西下来,等临睡的时候吃下去。

到了圣诞节那几天,甘扶澜又带了一小队差委队到陶乐来给军队搜寻粮食了。那一队人身上都跟叫花子一样,而且除了甘扶澜一个之外,没有一个周全的,有的缺了一条腿,有的只有独只眼睛,有的臂膀儿不能活动。他们所骑的马也大半都跛了脚,分明是前线挑剩下来的。那些人都穿着北佬身上剥下来的蓝军服,使得陶乐人骤然看见了不免吓了一跳,当是北佬又来了。

那天晚上,他们就在陶乐庄子上过夜。思嘉把客厅的地板让给他们睡,有柔软的地毯垫着,他们就觉得上天堂一般了。因为他们已经有好几个礼拜没有在屋子里睡过觉,底下垫身子的最好不过是松针罢了。那些人虽则破烂肮脏,满面胡子,却都是受过好教养的,会说笑话,会恭维人,以为能在一所大房子里来过一个圣诞夜,并且有这几个漂亮女人陪伴着,简直跟打仗以前没有两样了。他们对于战争看得并不怎么认真,人家问起他们,他们总只说兴头的谎话,说得大家一阵阵哄笑起来,于是乎满屋生春,真有些像过节了。

"今天是跟我们从前开宴会的时候一般了,是不是?"苏纶高兴地对思嘉低声说。因为今天苏纶看见自己的情人居然还会来光顾,兴致已经高到天上去,眼睛一刻不离甘扶澜。思嘉看见苏纶虽然病后瘦得跟柴秆一般,现在面颊上泛起红霞,眼睛里流出光彩,看起来竟有些儿美了,也不由得十分诧异。

恺玲也鼓起了一点兴致,眼睛里那种梦游人一般的神气暂时消失了。因为她在那些人里面找到一个认识汤伯伦的人,汤伯伦死的那天他还跟他在一起,因而她预备吃晚饭之后要跟那人作一次秘密长谈。

在吃晚饭的时候,媚兰也突然一反平日那种羞怯的神态,变得差不多活跃起来,这就使大家吃惊不小。她特别敷衍着一个独只眼睛的士兵,跟他说笑话,极力讨好他,而那士兵也极力对她巴结。思嘉却很明白媚兰的这种举动无论精神上身体上都非常勉强,因为她平日是看见任何男人都要羞得什么似的,而且她的身体也着实还没有复原。她自己却偏要说不觉吃力,事情比蝶姐还要做得多。其实呢,她要拿一点笨重的东西,面孔就要变白了,有时用力多了些,便会突然一下坐下去，仿佛两条腿再也支持不住了。可是今天晚上她跟苏纶和恺玲一样，兴高采烈地招待着那些士兵，使他们好好享受一个圣诞夜。只有思嘉一个人对于这些客人感到没一点乐趣。

那天晚饭吃的是干豆子、炖苹果、干炖花生几样东西。嬷嬷把那些东西端到他们面前的时候，他们都说几个月没有吃过这么好的筵席了。他们也把他们自己带来的焦玉米饼跟咸肥肉凑了进来。思嘉眼睛骨碌碌看着他们吃，心里实在非常不舒服。她不但可惜他们吃去了那么许多东西，并且担心着他们要发现昨天刚杀了的那口小猪。当初他们来的时候，她就把那小猪藏到食品间里去，并且吩咐家里人，若是有人对那些士兵泄露小猪的消息，她就要挖掉他的眼珠子。同时那些未杀的小猪也都藏到烂泥地里去了。她知道这一口小猪要让那班饿鬼吃起来，那是他们一顿就会吃光的。如果他们知道那几口活的小猪，也一定会把它们带走。还有那一头牛和一匹马，现在吊在树林里，她也担着很大的心事，深悔当初没有把它们放到烂泥地里去。如果这差委队要把他们的牲口都拿走，那么陶乐就没有法子过冬了。这些东西是无法可以补充的。至于军队里吃什么，那她当然不管，让军队自己养活自己吧，如果他们养得活的话。至于她，她连自己的人还养不活呢！

那些士兵又从他们的背囊里取出一些"枪杆卷子"来当点心吃。思嘉从前也常常听见人说起这种东西，都当做笑话来讲，跟讲那些士兵身上的虱子一般。现在她才见识到这种食品的真相，看起来像似一条条的焦炭一般。他们也知道思嘉没有见识过，便送一条给她尝尝看。她接过手，刮去了外面一层焦皮，原来里面是没有加盐的玉米饼。那些士兵在前线吃的时候，总把他们的玉米面拿水调成糊，有盐就加上一点盐，然后将它涂在枪管上，在营火上烤熟吃。至于那卷子的味道，那是硬得跟石子糖一般，吃在嘴里好像是锯屑。当时思嘉放在嘴里才咬了一口，连忙皱起眉头来还给他们，引得满桌子的人都哄然大笑。媚兰和思嘉对视了一眼，她们脸上现出同样一个思想来："如果他们只有这样的东西吃，这仗叫他们如何打得下去呢？"

这一顿饭吃得确实是高兴，竟连那个呆呆地坐在那里做主席的嘉乐面上也露出笑容，仿佛有点恢复从前做主人时的态度了。男人们都在兴高采烈地谈话，女人们都在微笑着、奉承着，独有思嘉突然朝向甘扶澜，想问他一问白蝶姑妈的消息，谁知她一看见他脸上的那种表情，立刻就忘记了要问的话了。

原来甘扶澜的眼睛已经不在苏纶面孔上，却向房间里四下涉猎了。他看了看嘉乐那双惶惑的眼睛，看了看那没有地毯的地板，看了看那没有装饰的炉台，看了看那些被北佬刺刀戳破的沙发和帘子，看了看碗碟橱上那面破碎的镜子，看了看墙壁上原来挂画片地方的印子，看了看食桌上那套七零八落的器具，看了看那些女孩子身上的旧衣裳，然后看到了卫德身上那件由四只面粉口袋改成的裙子。

他在记忆战争以前的陶乐，他面孔上不由得现出一种伤心而又愤恨的神情。他是爱苏纶的，他也欢喜苏纶的姊妹，他很尊敬嘉乐，也很喜爱陶乐这庄子。自从谢尔门的军队扫荡过佐治亚州，他也曾见到陶乐种种的惨状，但是没有一次像今晚上这么深刻。他很想给他们郝家人帮一点忙，特别是给苏纶帮点忙，但是他无能为力。那时他不自觉地摇摇他的头，露出凄惨的神色。就在这个当儿，他接触到思嘉的眼睛了。他看出思嘉眼睛里含着一种傲慢的火焰，便觉得很难为情，对着面前的盆子将头低下去。

桌上的女孩子们都急于要听听新闻。因为自从亚特兰大失陷以后，现在已经有四个月不通邮信了，她们一点儿都没有消息。现在北佬到底在哪里，联盟军到底怎么样了，亚特兰大的命运如何，那些老朋友都在哪里，她们一点儿都不知道。她们知道甘扶澜因为职务关系，一直都在南自梅肯北至亚特兰大的一带地方跑，简直是跟新闻纸一样的，并且有许多有趣的消息，新闻纸所不登的他也知道。当时他给思嘉一眼看穿了心事，觉得很不好意思，只得搭讪着跟大家谈起新闻来。据他所说，谢尔门一经退出了亚特兰大之后，联盟军就又重新将它占领了，但是谢尔门已经将那地方烧成了一片焦土，联盟军拿回去也没有什么用处了。

"可是我当是我走的那天就烧光的呢，"思嘉觉得莫名其妙，嚷道，"我当是我们自己的人已经把它烧光了！"

"哦，不是的，思嘉小姐！"甘扶澜吃惊地答道，"有人的市镇，我们自己的人从来没有烧过的！你那天看见烧的不过是些堆栈和军需品，因为我们不愿把它们留在那里资敌，还有，就是熔铁厂和军火厂。此外就都没有烧了。所以后来谢尔门到的时候，那里的人家和店铺都还是好好儿的，他还在里面驻过兵呢。"

"但是人呢？他——他到那里的时候杀过人吗？"

"杀过一些的——可不是拿枪弹杀的，"那个独眼的士兵狞笑着说，"他一开进亚特兰大，就马上通知市长，叫城里所有的人一概退出去，凡是活人都得退出去。可是里面有许多老年人，是站不起来跑路的，还有许多病人，也是不能移动的，还有许多女人，是——嗯，也是不应该移动的。可是他叫大家都得走。那天刚刚碰到狂风暴雨，从来不曾见过的狂风暴雨，他竟把他们论百论百地赶到癞痢村附近的树林里去，然后通知胡突将军来把他们接了去。当时就有许多人吃不消这样虐待，都害病死了。"

"哦，他为什么要这样的呢？这些人是于他无害的。"媚兰说。

"他说他要这个城市让出来休息他的人马呢，"甘扶澜说，"后来他的人马一直在那里休息到十一月中旬才走，临走的时候就把它一把火烧得干干净净了。"

"哦，不见得真会烧干净的吧！"媚兰跟思嘉都有些不信地说。

照她们想起来，那么一个热闹的城市，里面有那么许多人，有那么许多士兵，有那么许多漂亮的房屋，那么许多大店铺和大旅馆，说是一天工夫就会烧干净，那是有些不可思议的。媚兰听见了这话，几乎要哭出来，因为她是在那里生长的，她没有第二个家。思嘉的心也沉落下去，因为她除了自己的陶乐之外，就只爱那个城市。

"嗯，也差不多是干净的了。"扶澜急忙修正说，因为他看见那两个女人脸上的表情，就不晓得怎样才好了。他竭力装出高兴的样子，他不愿意叫女人伤心，他看见了伤心的女人，自己也就要伤心起来，并且要觉得没办法。因而他竭力把那些特别凄惨的情景避免了不对她们说。

怎样凄惨的情景呢？就是当他们的军队开回亚特兰大去的时候，一路上看见的那些焦黑的烟囱，那些残破的砖瓦，那些烧死的树木，乃至那些腐烂的残尸。他还记得当时自己看见了这番景象，心里感到多么的惨痛；他还记得他的部下看见了这番景象，也曾不住口地诅咒着敌人。还有北佬到坟场里去开坟洗劫的残酷手段，那是他尤其觉得不能对她们说的，因为韩察理和媚兰的祖宗都葬在那里。原来北佬搜刮了人家之后，就搜刮到坟场上去了。他们掘开了坟墓，劈开了棺材，把上面的金牌银牌一概撬了去，尸体上有一丝的金属也刮了去，把那些尸体和骷髅横七竖八地抛在那里，使人看见了浑身都生起鸡皮疙瘩。

那里还有那些猫儿狗儿的情景，他也觉得不能说的。因为那城里遭了大洗劫之后，那些猫儿狗儿都无家可归了，有的横七竖八地饿死在街上，跟坟场上抛露的尸骨一样可惨，有的虽然还活着，却都变成野猫野狗了，其中强者拿了弱者吃，弱者等着更弱者死了好让它们吃。头顶上，还有许多老鹰在那里盘旋，嘴里都衔着那些尸体的一肢一节。

扶澜不住地在自己心里搜索着，总想寻出一些比较兴头的话来，好使那几个女人心里觉得好过些。

"住家房子也还有几所在的，"他说，"那些离开远些的都没有着火，还有礼拜堂跟互助团也留下了。也还剩几家店铺。至于商业区，沿铁路的一带，以及五尖头，那是——嗯，那一带地方是统统成了平地。"

"那么，"思嘉惨苦地喊道，"察理留给我的那个靠在铁路旁边的堆栈，也是完了？"

"如果是靠铁路的，那是完了，但是——"他突然笑了起来，为什么他早没有想到的呢？"倒有一个喜讯报给你们俩！你们那位白蝶姑妈的房子是还在的呢。房子是有些损坏了，可是还在。"

"哦，它怎么避免的呢？"

"这个么，我想因为那是砖房的缘故，而且亚特兰大只有那所房子是用石板做顶的，所以火星掉上去不会引起火来。而且那所房子是城北头差不多末了一所了，那次的火势北头不大厉害。不过北佬曾经驻扎在里边，当然给他们拆得一塌糊涂的。地板也给他们撬了，楼梯栏杆上的乌木也给他们当柴烧了。不过大体上还像个样儿的。上礼拜我在梅肯碰到白蝶小姐的时候——"

"你见过她吗？她怎么样？"

"还好，还好。她听见我说房子还在的，就决计马上回去了，可是她那老黑人彼得死也不肯让她回去。现在亚特兰大人已经有不少回去了，因为他们在梅肯很觉不安。谢尔门并没有到过梅肯，但是大家都怕威尔逊的袭击队马上就要到，他是比谢尔门还要不如的。"

"可是他们也太傻了，房子既然没有了，还回去做什么呢？他们住在哪里呢？"

"思嘉小姐，他们有的住在帐篷里、茅棚里、木头房子里，还有少数几所房子留下来的，就有六七家人家拥挤在一起。而且他们现在已在重新建造了。思嘉小姐，请你不要说他们傻吧，你是跟我一样知道亚特兰大人的。他们仿佛生根在那里，再也不愿意离开，犹如查尔斯顿人不愿离开查尔斯顿一般，决不是几个北佬一把火烧得他们走的。亚特兰大人对于亚特兰大——对不起，媚兰小姐——固执得简直跟骡子一般。我也不懂为什么，因为照我看起来，那个城市是十分好动的，而且鲁莽。不过我是一个乡下人，天生就不喜欢城市。现在我可以告诉你，那些回去得早的倒是聪明呢。谁要去晚了，他们房子里的一砖一瓦都给人家拆完了，因为那些先去的，只要看见城里有一点东西可用的，便都要拿去给他们自己造房子。前天我还看见梅太太跟美白小姐带着她们的黑女人推着一辆手车在那里捡砖头。米太太也曾告诉我，说她打算等米医生回来的时候帮她造一所木屋子。她又说他们初次来到亚特兰大的时候，那时亚特兰大还叫马杀斯尾尔，他们本来是住木屋子的，现在他们也不妨从头再做起来。当然，她这话是说着玩的，可是你也从此可以看出亚特兰大人的感情来了。"

"我看他们是很有精神的，"媚兰骄傲地说，"你想是不是，思嘉？"

思嘉点点头，心里也充满着快乐和得意，因为那个城市她认为是自己的第二故乡。正像甘扶澜所说，那个地方的人很好动，而且鲁莽，这就是她喜爱那个城市的原因。亚特兰大人又像那些老城市里的居民，脾气都非常倔强，而且很固执，而且很暴躁，都跟她自己的脾气一式一样。"我是像亚特兰大的。"她心里想。

"假使白蝶姑妈回到亚特兰大去的话，我们也不如回去陪伴她吧，思嘉，"媚兰打断她的思绪说，"她独个人在那里是要吓死的。"

"那么我怎么离得开这里呢，媚兰？"思嘉质问她说，"你如果急于要去，你去吧。我不会留你的。"

"哦，我并不是这个意思，亲爱的，"媚兰窘得红起脸来嚷道，"我真是太糊涂了！当然，你是离不开陶乐的，那么——我想姑妈有了彼得伯伯跟阿妈也就可以了。"

"你要去是没有人阻止你的。"思嘉又简单地逼她一句。

"你知道我是不会走的，"媚兰答道，"而且我——我要是没有你，也要吓死的。"

"那就随你的便吧，而且我想你也不至于会劝我回去。等到他们造起几所房子来，恐怕谢尔门又要回来把它们烧掉了。"

"谢尔门是不会回来的了，"甘扶澜说，说时虽想勉强抬着头，却不由得把眼睛低垂下去，"他已经向海滨那边去，萨凡纳这个礼拜失掉了，现在他们正要到南卡罗来纳去。"

"萨凡纳失了吗？"

"是的。怎么，女士们，萨凡纳是不能不失的呢，他们并没有多少人在那里守。虽然他们拉人已经用尽气力了，每一个能够走路的人都给他们拉去了，你们还不知道吗？当时北佬一经向米拉吉尾尔进发，他们就把军事学校里的每一个见习生都调去了，不管他们年纪怎么轻，后来觉得人还是不够，甚至把州立反省院里的人也拿去补充。的的确确的，他们把所有愿意打仗的犯人都放掉，并且答应他们等仗打完了就可赦他们的罪的。我看见了那些孩子见习兵，看见了那些由强盗贼组成的队伍，不由得满身长起鸡皮疙瘩呢。"

"他们把犯人都放出来害我们吗？"

"哦，思嘉小姐，你不要着急。他们离开这里远得很呢，而且他们倒都做了好士兵了。我想一个人不一定因为做了贼，就不会做好士兵的，是不是？"

"我觉得奇怪得很。"媚兰轻轻地说道。

"我可觉得并没有什么奇怪，"思嘉断然地说，"反正我们已经到处都是贼的了，现在有这许多北佬跟——"她说了半句连忙又收住，可是那些人已经大笑起来。

"现在有这许多北佬跟差委队在这里。"他们替她凑足那句话，她就不由得把脸涨得绯红。

"可是胡突将军的队伍现在哪里呢？"媚兰急忙插进来说，"他总可以守住萨凡纳的。"

"怎么？媚兰小姐，"扶澜现出吃惊的样子，并且带着责备的口气说，"胡突将军从来没有到过那一带地方呢！他一直都在田纳西打，想要把北佬引出佐治亚州去。"

"是的，他的计策总算收到好效果了！"思嘉带着讽刺语气说，"他把那天杀的北佬丢在我们这里不管了，只留一些小学生跟犯人跟自卫队在这里保护我们了。"

"女儿，"嘉乐突然站了起来说，"你的话太亵渎了，你母亲要懊恼的。"

"是天杀的北佬呀！"思嘉愤怒地嚷道，"我是不会有别的名字叫他们的。"

大家听见提起了爱兰，都觉得非常诧异，谈话突然停止了。又是媚兰出来打岔儿。

"你在梅肯的时候，看见过卫家的英弟跟蜜儿吗？她们——她们听见过希礼的消息吗？"

"哦，媚兰小姐，你知道的，我如果听到希礼的消息，我就要特地从梅肯赶到这里来报告你了，"扶澜责备说，"不，他们并没有什么消息，不过——可是你不要替希礼着急吧，媚兰小姐。我也知道你好久没有接到他的信了，可是一个人关在牢狱里，你是不能希望他寄信给你的，是不是？不过北佬牢狱里的情形不见得比我们牢狱坏。他们在那里，到底吃是吃饱的，药是有的，被子也有的，他们不像我们这儿，我们连自己都还吃不饱，再不要说俘虏了。"

"哦，他们北佬有原是有啊，"媚兰十分悲苦地说道，"可是他们不见得会分给俘虏的。你总也知道他们不会这么，是不是，甘先生？你刚才说的话不过是安慰安慰我吧！你知道我们的人在他们那里，冻得要死饿得要死，有病没有医生没有药，随便他们死去，都因为北佬实在恨我们极了！哦，这些北佬怎样能够灭了他们才好呢！哦，我知道希礼现在是——"

"你不要说这种话吧！"思嘉心惊肉跳地嚷道。因为她只要没有人提起希礼的死，心里总还留着一线些微的希望，但是她一经听见人提起这句话，她就仿佛觉得希礼就在说话那一刻儿死去了。

"现在，卫太太，你不必替你家卫先生担心，"那个独眼的士兵安慰她说，"我是一开仗就做了俘虏，后来才交换回来的，我在俘虏营里的时候，他们给我吃肉，吃烤鸡子，吃热饼干——"

"我想你是一个说谎家，"媚兰带着一个隐约的微笑说，思嘉从来没有看见她对男人这么高兴过，"你自己想是怎样？"

"我也是这么想。"那独眼的士兵说着，拍着腿大笑起来。

"你们大家要肯到客厅里去，我来唱一支圣诞歌给你们听听，"媚兰急于要换一个题目说话了，"那架钢琴是北佬拿它不动的。现在它音走得很厉害吗，苏纶？"

"很厉害。"苏纶一面回答着，一面向扶澜抛去了一个微笑。

可是当大家都到客厅里去的时候，扶澜却把思嘉的袖口拉了一把，留在那里没有走。

"我可以跟你私底下谈句话吗？"

思嘉一时间觉得莫名其妙，当是他要跟她提起牲口的事了，便暗暗下了个决心，要对他扯个大谎。

等到大家都走完了，就剩他跟思嘉两个站在火炉边，他就立刻失去了脸上那种假装高兴的颜色。思嘉一看他那样子，竟像个老头儿了。他的面孔干燥而枯黄，像是陶乐草地上飘荡的落叶，他的胡子稀疏而蓬乱，并已染上了点点的灰白。他心不在焉地一面捋着胡子，一面局促不安地咳了几声，这才开起口来。

"我对于你妈觉得很伤心，思嘉小姐。"

"请你不要提起这事吧。"

"还有你爸爸——他一直就是这样的吗，自从——"

"是的——他一直是这样的——他是失了常态,你总看得出来的。"

"他当然是舍不得你妈的。"

"哦,甘先生,我们不要谈——"

"对不起,思嘉小姐,"说着他局促地擦着他的脚,"事实是,我有一桩事儿要跟你爸爸商量,现在看样子是没有用处了。"

"也许我可以帮你一点忙的,甘先生。你看,我现在是一家之主了。"

"那么好吧,"扶澜方才开了口,又把胡子拼命挼起来,"事实是——嗯,思嘉小姐,我的意思是想向他去求求苏纶小姐呢。"

"怎么,你?"思嘉觉得很惊异而又好玩地喊道,"难道你到现在还没有跟爸爸提过苏纶的事吗?你是追求她好几年了的!"

扶澜红着脸,怪难为情地咧开嘴来,又变得像个怪害臊的孩子一般了。

"嗯,我——我还不知道她到底要不要我呢。我年纪比她大得多,而且——而且陶乐是有这许多漂亮小伙子在这里包围的。"

"哼!"思嘉暗底下想着,"他们是包围我的,不是包围她的!"

"我到现在还不知道她到底要我不要我。我从来没有问过她,可是她一定会知道我的情感的。我想——我想我应该去求郝先生的允许,并且把实情告诉他。实情是,思嘉小姐,我现在是一个钱都没有了。从前我曾经有过不少的钱——请你原谅我说这种话吧——现在我除了骑的这匹马,穿的这套衣裳,什么都没有了。因为我当初去入伍的时候,我把大部分田地卖掉买做联盟州的公债了,现在你知道的,这些公债是连纸钱都不值的了。而且就是值钱,我也已经没有,因为我把它寄在我妹妹家里,她的房子也给北佬烧掉了。现在我这么穷得精光,再要去向苏纶求婚,实在是冒昧之至。不过呢——嗯,不过事情是这样的。我想这场战争的结果,究竟谁也不知道怎么样。在我看起来,这竟像是世界的末日了。往后的事情谁都不能有把握,因而我想,只有我们订了婚,才是对我的一个大安慰,同时也许对于她也可以有点安慰。我觉得这点安慰才是真正能有把握的。而且我并不要马上就结婚,思嘉小姐,我要等能养活她的时候才结婚,不过那个时候到底多久才来,我可也不知道。总之,如果真正的爱是有点价值的话,那么苏纶小姐即使别的什么也没有,也总一定可以富有起来了。"

他说最后这几句话的时候,颇带点儿庄严,使得思嘉心里虽觉得好玩,却也不免感动了。在她想起来,她觉得像苏纶那样的人竟有人会爱上她,那是不可思议的。因为她一向都当她这个妹妹不过是个自私自利只晓得怨天怨地的怪物。

"怎么，甘先生，"她很和气地说道，"这桩事情是没有什么问题的，我一定可以代替爸爸说句话。爸爸一向都很看得起你，并且希望苏纶嫁你的。"

"现在呢？"扶澜问着，脸上就露出快乐来了。

"现在也是的。"思嘉答道，但是她心里却记起爸爸对这事的态度来了。爸爸常常要在餐桌上对苏纶问道："怎么！孩子！你那一位热心的情人还没有把那问题提出吗？是不是该我先去问他的用意呢？"想到这情景，她只好勉强忍住笑。

"那么今天晚上我就去问她，"他说时，脸上有些儿发抖，然后他拿住了思嘉的手和她握了握，"你真太好了，思嘉小姐。"

"我去叫她到这里来吧，"思嘉笑了笑，就动身到客厅里去了。媚兰正在开始弹钢琴。那钢琴走音走得非常厉害，但有几个键子还入调，媚兰正在提高了嗓子，领导大家唱着《听啊，先驱的天使歌唱了》一曲。

思嘉突然站住了。她听见了这种歌声，真有些不能相信战争曾经两度扫荡过这里，不能相信自己是住在一个饥荒的地方，已经是濒于绝境。突然，她朝转扶澜这边来。

"你刚才说你觉得这个世界已快到末日，这话是什么意思？"

"我是可以直白告诉你的，"他慢慢地说，"不过请你不要把我的话拿去吓坏那几个女人。你要知道，这场战争是不能支持很久的了。军队的丧失没有人补充，逃兵的数目又一天天地增多，多到军队里自己不敢承认了。你总明白，士兵们知道自己家里人在挨饿，就都急着要回去想法子了。这是怪不得他们的，但是军队的力量因此而薄弱。而且军队没有粮食就不能打仗，无奈粮食的确没有了。这我知道得很清楚，因为你知道的，我的职务就是给军队采办粮食。自从我们拿回亚特兰大之后，我就一直在这带地方跑来跑去，现在的确连养活一只乌鸦的食物都不够了。从这里往南一直到萨凡纳的三百英里地面，情形都是这样的。大家都在饿肚子，铁路又断了，枪械又没有补充，弹药已经快要用竭，并且连做鞋子的皮都没有。……所以，你看，末日是快要到的了。"

但是思嘉对于联盟州快要绝望的情形倒并不觉得严重，她所认为严重的是食物的稀少。她本来要打发阿宝带了那个北佬留下来的北方钱，冒险到各处去试买粮食和衣料，但是如果扶澜所说是真的话，那就——

但是梅肯还没有失陷呢，梅肯必定还有粮食好买的。等到这些差委队走了之后，她就一定要叫阿宝带那匹马去试一下看。这是很容易把马去送给军队的，但是这个险她不得不冒。

"好吧,今天晚上我们不要再谈这种扫兴的话了,甘先生,"她说,"你去坐在我妈那间小房间里去,我叫苏纶到你那里来,那你就——好吧,你们就可以说几句私房话了。"

扶澜红着脸,微笑着,从客厅里溜了出去,思嘉拿眼睛送着他去。

"可惜他不能马上就跟她结婚呢,"她想,"不然我们也可以少一张嘴吃饭了。"

第二十九章

到了第二年春天,钟斯通将军又回来指挥那个七零八落的残余部队。他就在南卡罗来纳投降了北军,战争就此告结束。但是这消息直到两个礼拜之后才传到陶乐。因为陶乐人人都很忙,谁也抽不出工夫到外边去打听消息,同时他们的邻舍家也是一样忙的,大家都没有往来,因而消息传得很迟慢。

春耕正在大忙的时候,阿宝从梅肯带回来的棉花籽跟菜籽又都要栽种了。阿宝自从去了一趟梅肯回来,就骄傲得了不得,因为他居然能够平平安安地回来,而且带回了一大车的衣料、种子、家畜、肥肉和好肉,以为这功劳是非同小可了。他一遍一遍地、不住地说着路上怎样逃过了危险,怎样从那些小路僻径上来去,才没有出事儿。他来去一共走了五个礼拜,把个思嘉着急得什么似的。但是他回来的时候,思嘉并没有骂他,因为他这趟的差使总算办得很成功,而且还剩了许多钱回来。她很疑心他那些家禽之类的食品并没有花钱买的。她晓得阿宝鬼把戏很多,如果他在路边碰到没人看守的鸡栏或是熏腊室,他就再也舍不得拿钱去买了。

现在他们既然买到了粮食,就想要恢复起常态的生活了,因而大家都忙碌起来,大家都派到工作,并且是永远做不完的工作。棉花田里去年留下的枯秆得要捡去,以便栽下今年的新种子,而且那匹马是没有耕过田的,得要慢慢地把它训练起来。园里的野草得要拔干净,才可以开出来种菜。此外还得劈木柴,还得修理那些给北佬烧掉的篱笆。还有阿宝张在那里的兽网,每天得去看两次,放在河里的钓竿,也得常常去换饵。还有许多日常琐碎的事,如同铺床、扫地、烧饭、洗碗碟、喂猪、饲鸡、捡鸡蛋,没有一件是不要人的。还有那头牛,得要给它挤奶,得要放它到烂泥地里去吃草,又得整天当心看着它,免得给北佬或是甘扶澜的部下回来拿了去。就连小卫德也派到职务了。他每天早晨起来,就要像煞有介事地拿着一只篮子到外边去捡树枝木片,以备生炉子引火用。

停战之后,本区里面是方家的几个孩子最先回来,这个投降的消息就是他们带回来的。乐西脚上还有鞋子穿,所以是走路来的,东义赤脚,骑着一匹光背的骡子。方家全家人里面,东义向来最爱占便宜。他们经过了四年来的风吹日晒,面色比前更黑了、更瘦了,但是更结实了,又从战场上带归了一脸的黑胡子,以至于别人家都不认得他们了。

在他们回到含羞树去的路上,因为急于要回家,只在陶乐待了一歇儿,跟那几个女人亲了一下嘴,把投降的消息告诉了她们。现在统统结束了,他们说,统统都完了。他们对于这桩事情像觉得无关重要,也不愿意多谈。他们所要知道的就是含羞树是否已经被烧掉。因为他们从亚特兰大向南来,一路只看见孤零零的烟囱竖在那里,所以对于他们自己的房子已经觉得没有多大希望了。一听到陶乐报告了那个喜信,他们才松过了一口气来,又听见思嘉说起赛莉怎样发狂似的骑着马,怎样轻而松之地跳过了她家的篱笆,他们便又拍着大腿大笑了一阵。

"这女孩子本来很豪气的呢,"东义说,"想不到约瑟会死的,真是她运气该倒霉。你们家里谁有卷烟吗,思嘉?"

"没有,只有兔儿烟。爸爸放在一根玉米秆上吃的。"

"我还不会吃兔儿烟,"东义说,"但是将来大概也要学会的。"

"孟提藟好吗?"乐西很急切地却是带点儿不好意思地问,这才使思嘉记起他对于赛莉的妹子是有过意思的。

"哦,好的。她现在跟她的姑妈住在费耶特维尔。你知道她家洛夫乔伊的房子烧掉了,她家其余的人都住在梅肯。"

"你误会了,思嘉,他问这话的意思是,提藟有没有跟自卫队里什么军官结婚呢。"东义嘲笑他说,乐西立刻就睁起一双凶狠的眼睛对着他。

"她当然没有跟人结婚啊。"思嘉觉得很有趣地说。

"她跟人家结了婚倒好呢,"乐西忧郁地说,"你想这种世界——哦,对不起,思嘉。可是一个男人家要是家里的黑奴都给解放了,牲口都给拿光了,并且口袋里一个钱都没有,他怎么好向一个女孩子开口求婚呢?"

"你知道提藟是不会计较这些事情的。"思嘉说。她之所以能替提藟说这样一句好话,是因为方乐西向来不曾追求过她自己的缘故。

"不过我决不会要求一个女孩子跟一个叫花子结婚的。她那边也许不觉得难过,我这边却要难过的。"

当思嘉跟他们哥儿俩在前廊上谈话的时候,媚兰、苏纶、恺玲三个本来也都在场的,但是她们一听到投降的消息,便都溜进屋子里去了。直到他哥儿俩走后，思嘉也进了屋子，这才听见她们三个在母亲的小办事房里低声哭泣。她们哭的是投降的消息。现在什么都完了，她们的一场光明美梦烟消云散了，那个夺去了她们的朋友、爱人、丈夫而使她们的家庭沦为乞丐的主义粉碎无余了。她们当初以为这个主义是永远不会崩溃的，现在却是崩溃得万劫不复了。

但是对于思嘉，这事却引不出眼泪来。她第一下听见这个消息的时候，心里就在想：好了好了，谢天谢地！现在我的牛不会给人偷去了。现在我的马可以安全了。现在我们可以把那些银器从井里拿出来，大家都有刀叉好用了。现在我到别处去找食物，再也不用害怕了。

这是一件可以使人松一口气的事情啊！从今以后，她听见了马蹄的声音就再不会吓得跳起来了。从今以后，她不会半夜三更地突然醒转来，心惊肉跳地侧着耳朵听了。从今以后，陶乐是安全了！她的最最恶劣的梦魇不至于会实现了。她不至于要站在自己的院子里，眼睁睁看着自己的房子化为灰烬了。

不错，那个主义从此是死了，但是在思嘉心目中，她向来觉得战争是愚蠢的，和平是可爱的。她平日看见星条旗在旗杆上升起的时候，向来不曾感到过兴奋。听见南部国歌吹奏的时候，也向来不曾感到过动情。她也曾经吃到过苦楚，做过看护，担心过围攻，但是她的心里是跟别人不同的；别人都是抱着一种为国牺牲的精神，她却完全出于不得已。现在什么都完了，她再也用不着怨天尤人了。

什么都完了！这场战争似乎是无穷无尽的，现在居然已经结束了。这场无缘无故的战争并不曾留给她什么感想，只是已经把她的生活划然切成了两段，并且使她对于从前那种无忧无虑的日子简直记不起来了。她也还会回想，但是丝毫没有感情的。她也曾想起了从前那个穿着绿色浅鞋、披着喷香衣服的美貌的思嘉，但是她心里觉得奇怪，仿佛那个思嘉并不是她自己似的。从前那个郝思嘉小姐曾经有整个区里的青年都倾倒在她脚下，曾经有论百的奴隶一呼百诺地服侍着她，曾经有陶乐的全部财富做她的后盾，曾经有亲爱的父母百依百顺地纵容着她。而这个纵容娇养惯了的小姐是从来没有一桩事情感到失意过的，就只除了关于卫希礼那件事。

谁知在这遥远的四年途程中，那个挂着飘带穿着舞鞋的小姐已经溜得无影无踪了，剩下来的只是一个绿色尖眼睛的妇人，连一个子儿也要计算了，许多下贱的事情都得她亲自动手了，而且那残破的家庭什么东西都没有留下给她，有的就是她现在站脚的这一片不可毁灭的红土。

当她站在穿堂里听那三个女人哭泣的时候，她心里正在翻腾。

"我们要多种些棉花起来，要再加上它几倍。我明天就打发阿宝到梅肯去多买些棉花籽来。现在不会有北佬来烧了，我们自己的军队也用不着它了。我的好上帝！今年秋天的棉花要像天一般高了呢！"

她走进那间小办事室，也不管那几个坐在沙发上哭泣的女人，便向那书记的座位上坐了下去，拿起一支鹅毛笔来，计算着自己手里的几个现钱能买多少棉花籽。

"战争是结束了。"她想着，突然感到一阵无限的快乐，当即又丢开手里的鹅毛笔。战争是结束了，那么希礼——如果希礼还活着的话，他就要回家来了！于是她心里起了疑惑，不晓得媚兰在这里痛哭主义丧失的时候，有没有也想到这一点。

"不久之后，我们就要接到他的信了——不，不是信，我们不会接到信的。但是不久之后，哦，他总会设法让我们知道的！"

但是，一天一天地过去了，一个礼拜一个礼拜地过去了，还是没有希礼的消息。南方的邮信仍旧是没有定准，何况在这偏僻的区域，简直是全然不通了。偶尔有一个从亚特兰大来的过路客，带了白蝶姑妈的一个条子来，痛哭流涕地求她们回去，但是从来没有希礼的消息。

自从停战以后，思嘉跟苏纶姊儿俩常常要为着那匹马的事情吵嘴。现在苏纶知道出门再不会有碰到北佬的危险，便想出门去看看邻舍家了。因为她在家里觉得非常寂寞，颇想恢复一点从前的社交生活，出去找找朋友，至少也可以知道知道其余的人家是否都跟陶乐的境况一样。但是思嘉无论如何不肯让她骑那匹马出去。她说马是要工作的，要到树林里去拖木柴，要耕田，又要让阿宝骑出去找食物。礼拜天呢？它就又该有权利在牧场上吃吃草休息休息了。如果苏纶要出去看朋友，她尽管可以步行去的。

但是苏纶平日也是娇养惯了的，从来没有步行过一百码以上的路，现在要她跑路去看朋友，她觉得乏味至极，因此她宁可赖在家里不去，只是哭着闹着，不住地叫着："母亲在世就好了！母亲在世就好了！"后来思嘉实在听得不耐烦，便把那个许她已久的耳掴子打了，而且打得非常厉害，竟把她打得大哭大叫着倒在床上，并且使得全家人都惊惶失色。从此以后，苏纶就不大敢哭闹了，至少在思嘉面前要好些。

但是思嘉说的要马工作那句话，也只有一半真实，还有一半呢，就是她自己用了那马出去拜过一次客的事实了。这事离开停战那天还不到一个月,自从她拜了这次客回来以后,她的勇气又发生了动摇,但是她只闷在肚里不敢说出口。

她看过的这些人家里面,还算方家的境况最好,那是全靠赛莉骑着一匹马勤劳奔跑的功劳。不过说是最好,也不过是比较后的说法,比较其余那些一筹莫展的人家稍好罢了。方老太太自从那次领导全家人扑火救屋,便得了一种心病,直到现在始终没有好。方老医生已截了一只臂膀,还在慢慢地调养。乐西和东义已经拿起锄头锹子学起田里的工作来了。当时思嘉赶了一辆歪歪倒倒的货车到他们庄子上去,他们两个正都在田里工作,一看见了她,便和她隔着篱笆握了一握手,随后彼此相视了一回,都不觉得凄惨而好笑。思嘉说要问他们买点玉米种子,他们答应了,随即讨论起庄子上过日子的问题来。他们说现在家里还有十二只鸡子、两头牛、五口猪,以及他们从战场上带回来的那匹骡子。又说他们有一口猪刚刚死了,恐怕其余几口也要保不住。思嘉听见这两位公子哥儿把几口猪的事情说得这么严重,不由得又笑了起来,但是这回的笑也是惨苦的。

含羞树的全家人都对思嘉非常欢迎,并且送给她一些玉米种子,无论如何不肯要她的钱。当思嘉把一张绿票子放在他们桌上的时候,那方家人的暴躁脾气就马上发作了。思嘉只得重新把那票子收回来,拿了种子,暗底下塞了一张一元的钞票到赛莉手里。赛莉现在是变了一个人,跟八个月以前思嘉刚刚回来看见她的时候大不相同了。那时候她虽然也很苍白、很憔悴,但是还带着一种轻快的态度。现在那种轻快态度完全没有了,仿佛联盟军的投降已经把她一切的希望都铲去了。

"思嘉,"她一面接了那钞票一面对她低声说,"你想闹了这一场到底有什么好处呢?我们到底为什么要打呢?唉,我的可怜的约瑟!唉,我的可怜的孩子!"

"我也不知道我们到底为什么要打,我也不去管它,"思嘉说,"而且我对于这桩事情并不感兴趣,我是向来对它不感兴趣的。战争是男人家的事,不是女人家的事,现在我感兴趣的就是要好好地种他一熟棉花。你拿这块钱去给小约瑟买件衣裳穿穿吧,我看他是很需要买件衣裳了。而且我决不能白要你家的种子,虽则乐西跟东义都这么客气。"

于是乐西、东义送她上了车,并且跟平时一样客气地跟她道了别。思嘉一路赶车回去,他们身上那种褴褛的情形以及他们家里那种凄凉的境况不住地在她眼前浮现，她不由得一阵阵打起寒噤来。因为她自己已经穷得要不得了，就是能够看看别人家的富有也是好的，不料别人家里也是跟她一样朝不保夕！

其次，她在松花庄去拜访高家。高恺悌已经回家了，她到那里的时候，他正坐在太阳底下一把躺椅上，膝盖上铺着条围巾，神情非常憔悴，并且不住地咳嗽。但是他一看见了思嘉，面上也显出一点光彩来，并且从躺椅上勉强站起来跟她招呼了一下。据他自己说，不过是受了点风寒，是在前线雨底下睡觉得的。他相信自己不久就会好起来，也就可以下田工作了。

一会儿高嘉菱也从里面出来了，她跟思嘉才打了一个照面，思嘉就已看出她心里怀着莫大的愁恼。因为恺悌还不觉得前途的暗淡，她是觉得的了。现在他们家里显得非常零乱，院子里已经长满了野草，屋子里也狼藉不堪。嘉菱自己也十分消瘦，并且显得很紧张的样子。

他们家里除了姊弟俩之外，还有那个北佬的继母，还有四个异母的小妹妹，还有那总监工的北佬什而登。思嘉对于什而登向来就觉得讨厌，也同讨厌从前她自己家里的魏忠一样。因为这个什而登向来不大有做佣人的规矩，及至高先生跟累福死了之后，他就越发大模大样起来了。现在他出来招呼思嘉，竟把她看做一个平辈人一样，全没有一点上下的礼数，使得思嘉觉得非常不舒服。原来这位北佬太太向来对底下人不讲规矩，因而他就愈加放肆了。

"我们这位什先生真是好人呢，他在这样艰难苦楚的时候都舍不得丢开我们走，"高太太一面对思嘉说着，一面怯生生地对嘉菱和恺悌瞟了一眼，"我想你也总听说过，我们的房子两次都是他救下来的呢。我们要是没有他，真不晓得怎么过日子，钱又没有，恺悌又——"

恺悌听见了这话，立刻把苍白的面孔涨得绯红，嘉菱也撇起一张嘴，把两道长眼睫毛垂下来盖掉眼睛。思嘉颇能了解他们的情感，知道他们听见继母说要他们感激那个北佬监工的话，觉得难受极了。高太太自己也已经看出，便窘得差不多要哭出来，她知道自己又说错话了。她自己也不懂，怎么老是会说错话。她简直就不懂得南方人的心理，虽则她在佐治亚州已经住了二十年。她总不知道哪一些话是不应该对她这两个继儿女说的。不过她无论说错了什么话，做错了什么事，这两个继儿女对于她仍旧都很客气。因此她只得暗中赌着咒，一定要带同她亲生的几个女儿回到自己北方去，将这一对怪脾气的前娘儿女丢下不管。

思嘉拜访过了这几家之后，已经没有意思要去看汤家。她知道汤家的四个儿子一个不剩了，房子也烧为平地了，一家人都挤在总监工房子里住了，因而她怎样也鼓不起兴致去。但是苏纶跟恺玲一直逼着她,媚兰也说汤先生已经回来,她们不去探望一趟是要对不起人的,于是她们终于拣了一个礼拜天去了。

这一次拜访的印象最为恶劣。

当她们的车子将近他家的时候,她们第一个看见的是汤芷莉太太,她身上穿着一件破旧的骑马服,腋下夹着一条马鞭,正坐在马圈子栅栏上默默出神。在她旁边,蹲着那一个向来替她看马的矮脚黑人,也瞪着一双眼睛在那里发愣。那个马圈子向来是大马小马挤着一大群的,现在却一无所有,只剩汤先生从前线骑回来的一头骡子了。

"现在我的那些宝贝儿都完了,我真不知道怎么样才好呢!"汤太太从栏杆上跳下来,劈头就是这么一句话。假使是一个陌生人,总一定要当她说的"宝贝儿"是指她的四个儿子,但是思嘉她们都明白,她并不是说她的儿子,却是说她的那些马儿。果然,她继续说道:"我那些宝贝马儿都死光了!哦,还有我那可怜的乃骊,只要有乃骊在就好了!你们瞧吧,现在圈子里就只剩这匹天杀的骡子了。天杀的骡子!"她又对那骡子怒视了一眼,重复一遍道:"我想起了从前那一些好种,现在看见了这么一件东西,简直是一种大大的侮辱。你们知道骡子是杂种,是一种极不自然的动物,根本就不应该养起它们来的。"

汤勤先生脸上长着一脸大胡子,已经全然改样了,当时他听见有人来,就也从监工房里走出,跟思嘉她们亲嘴欢迎。跟在他后面的是那四个红头发的女孩子,身上都穿着打过补丁的衣服。同时有一打左右黑色、褐色的猎犬,也跟在她们后面出来,一听见有陌生人的口音,便汪汪地叫个不住。思嘉觉得他们全家人都带着一种勉强装成的快乐,便不由得感到一阵彻骨的寒冷,比在含羞树和松花庄所见的情形还要凄惨得多。

汤家全家人一定要留思嘉她们吃中饭,说他们近来难得有客人,要她们多坐一会儿,也好让她们听听各处的消息。思嘉不愿意留在那里,因为她觉得那里的空气压迫着她,但是媚兰跟她的两个妹妹都愿意多待一会。于是四个人都留在那里吃饭了,吃的是极其简便的筵席,就只有咸肉和干豆两样。

筵席虽然简便,席上却有不住的笑声。汤家四姊妹谈起改补衣服的把戏,一直都吃吃地笑个不歇,仿佛是讲极有趣的笑话一样。媚兰也凑了上去,把陶乐受到的种种苦楚讲得活灵活现。只有思嘉一个人没有多说话。她只觉得他们屋里没有了那四个顽皮的兄弟,便空虚得很了。

恺玲也不大开口,但吃完饭,她突然走到汤太太身边,跟她咬了一下耳朵。

汤太太脸上立即收去了笑容，便搂住恺玲的臂膀，跟她一同走出屋子去。思嘉在屋子里早已是如坐针毡，便也跟在她们后面出来。她们走过了夹道，向园子那边走去，思嘉这才明白她们是向坟地里去的。现在她已经跟了她们来，便不好意思再缩回去了，但是汤太太已经是十分伤心，恺玲为什么偏要拖她到她儿子的坟墓上去呢？

那坟地围着一圈砖墙，种着许多柏树，其中有两块大理石的新墓碑，新到还不曾着上一点雨渍。

"这是我们上礼拜才弄来的，"汤太太骄傲地说，"汤先生上礼拜到梅肯去过了，是他亲自拿大车装回家来的。"

墓碑！这该得花多少钱啊！突然间，思嘉就觉得这家人家并不怎么可怜了。现在粮食这么贵，谁还能买得起墓碑，这家人家就不值得同情了。而且两块墓碑上都刻着好几行字。多刻一个字就得多花一个钱呢！这家人家一定是发疯了！就是把那三个孩子的尸体弄回家里来，也是得花不少钱的。从前保义的尸体，他们是连影踪都没有找到呢。

在伯伦和司徒的两个坟墓之间竖着一石，上面刻着："生时形影不离，死亦并肩而绝。"

还有那一块墓碑上刻着保义和谠谟两个名字，底下便是几行拉丁文，开首是"Dulce、et"两个字①，但是思嘉看了一点也不懂，因为她在费耶特维尔女子中学的时候，每次拉丁文课都要逃学的。

拿钱花在墓碑上头去！他们都是傻子呢！思嘉心里觉得很愤慨，仿佛是花了她的钱似的。

恺玲的眼睛亮得出奇。

"我觉得它可爱极了。"她指着第一块墓碑低声说。

"是的，"汤太太说，她的声音很温和，"我们觉得这两句东西非常贴切——他们差不多是同时死的，司徒先一步，伯伦拿起了他丢下的旗子，也就跟着他去了。"

她们赶车回家的时候，思嘉颇有些今昔之感，一路上默默无声。

"再过一年，这些田里怕都要长起小松树来了，"她把四周环绕的树林掠了一

---

① 全文应该是"Dulce et decorum est Pro Patria mori"一句，译"为国捐躯，既乐且宜"，出自贺拉斯之颂歌。

眼,不觉凄然地想着,"现在没有了黑人,我们的力量就只能够维持自己的身体了。没有了黑人,谁都不能进行大规模的耕种。田地既然没人种,自然要重新变做森林了。我们乡下人全靠种棉花,现在不能大规模地种棉花,叫乡下人怎么过活呢?我们是跟他们城里人不同的。他们有办法,不会受影响。我们就不能不倒退到一百年前去,跟那些开荒人一样,住在小木屋子里,亲手耕着几亩地,混得一口饭罢了。"

"不——"她末了下了一个决心,"我决不让陶乐像这么荒废下去。就是要我亲自下田去工作,我也不怕。就是这一带地方都变成树林,就是整个佐治亚州都变成树林,我也不让陶乐同别处一样。我决不拿钱浪费了去买墓碑,决不拿时间浪费了去痛哭战争的失败。我们是可以从头再做起来的,我是相信我们可以从头再做起,只要男人还没有死光,失了黑人也就算不了怎样严重的事了。顶顶少不了的就是男人,就是年轻的男人。"于是她重新想起了汤家四兄弟,想起了方约瑟,想起了高累福,想起了孟家的一班,想起了她当初在死亡单上见过名字的那些费耶特维尔和琼斯博罗的小伙子,"只要还有相当数目的青年人留在那里,我们总有办法的,但是——"

于是她触起另外一个思想来了——假如她愿意再同人家结婚呢?当然,她并不曾有过再同人家结婚的意思,有过一次已经足够了。而且,她唯一愿意和他结婚的人就是希礼,而希礼是已经跟别人结过婚的了。但是假如她愿意同人家结婚呢?那么谁是愿意同她结婚的呢?这一个思想使她觉得非常的可怕。

"媚兰,"她说,"你想我们南方的女孩子要怎么样了?"

"你这话什么意思?"

"就是我说的这个意思。以后她们要怎么样?现在已经没有一个男人能跟她们结婚了。媚兰,你知道的,所有的青年男人都已死光了,我们南方的女孩子怕都要终身做老处女了。"

"而且也永远没有人养孩子了。"媚兰说。因为在媚兰,这件事情是最重要的。

当时苏纶坐在车后边,一定对于这个问题也曾经想起过的,因为她听见思嘉跟媚兰谈论这件事,就突然哭起来了。自从圣诞节那一天后,她一直没得到过甘扶澜的消息,不知道到底是因邮信不通的缘故呢,还是他已根本把她忘记了,又或者他在最后几天的战争里面打死了也未可知的。如果打死了,倒是比忘记她要好得多。因为像恺玲跟英弟那样,未婚夫打死了至少还留下一点体面,如果他竟将她抛弃，那她就没有面孔见人了。

"哦，我的天，你不要哭啊！"思嘉说。

"哦，是的，不错，你可以讲风凉话了，"苏纶呜咽道，"因为你是结过婚的，又有了孩子，而且谁都知道总会有人要你的。可是你替我想想看。你这人卑鄙极了，你知道我是一点儿没有办法的，偏要这么老处女老处女地讲得我心惊肉跳。你这人可恨极了。"

"哦，你不要闹啊！我就最恨这种动不动就哭的人。你也明知道那位黄胡子先生还是好好儿活在世上，他自然会回来和你结婚的。我想他决没有这种见识会抛弃你。不过要是我的话，我是宁做老处女也不和他结婚的。"

车后暂时沉默了，只有恺玲在那里没精打采地拍慰着她的二姊。她所以没精打采，因为她的心已经回到三年前跟汤伯伦并马而骑的时候了。她在这么想着的时候，不觉脸上泛起了红霞，眼里流露着快乐。

"哦，真的，"媚兰凄然地说道，"南方没有了这些青年真不知要怎么样呢！当初他们在这里的时候，我们都可以利用他们的勇气，利用他们的脑子，利用他们的精力，现在就全靠我们自己了。思嘉，你和我都是有男孩子的，你我得把他们赶快养大了，好补他们的缺，你我把他们养得跟那些死去的青年一样勇敢。"

"我看是从今以后再不能有他们那样的人了，"恺玲轻轻地说，"他们的确是谁都补不了的。"

她们在沉默中走完其余的一段路。

这事以后的有一天日落时分，高嘉菱骑着一匹骡子到陶乐来。那匹骡子样子非常憔悴，嘉菱自己也憔悴得跟那骡子一般。她身上穿着褪色粗布的衣服，从前只有家里用的黑奴才穿的。她的一顶凉帽用两条草绳子结在下巴颏儿底下。她将骡子一直骑到前走廊底下，却并不下来。思嘉跟媚兰正在走廊上看落日，便急忙跑下台阶去迎接。她的脸色跟思嘉那天看见的恺悌那样苍白，苍白而且紧张，仿佛她一开口说话都要把面皮炸碎似的。但是她的脊背挺得很直，她跟她们点了一点头，那头也是昂然的。

思嘉突然记起卫家开大野宴那天来，那天她曾和她在那里私下谈论白瑞德的事。她还记得那天嘉菱穿着一件蓝色绒布的衣服，飘带上插着喷香的蔷薇，脚上穿着一双黑绒半统鞋，花边一直包到脚踝上，美得跟一朵娇嫩的鲜花一样。现在呢，她直僵僵地坐在骡子上，连从前的影子都看不见一点了。

"我不下来了，谢谢你们，"她说，"我不过来通知你们一声，我马上就要结婚了。"

"什么？"

"跟谁？"

"哦，嘉菱，这是多么伟大啊！"

"几时？"

"明天，"嘉菱很平静地说，但是她的声音变了，她们听出里面含着一种非常厉害的惨痛，都立即把笑容收了起来，"我来告诉你们一声，我明天就要结婚，在琼斯博罗，我并不预备请客。"

她们把这话默默咀嚼了一会，抬起头朝她看了看，现出了疑惑的神色。然后媚兰开口了：

"是我们认识的人吗，亲爱的？"

"是的，"嘉菱简单地说，"就是什而登先生。"

"什而登先生？"

"是的，什而登先生，我们的总监工。"

思嘉听见了这话，一时连"哦"的一声都叫不出来，但是嘉菱从骡子上突然对媚兰瞪了一眼，低声而粗鲁地对她说道："你如果要哭，媚兰，我是无论如何受不了的。那我就要死了！"

媚兰不开口，只把嘉菱一只挂在鞍镫上的脚轻轻拍了拍。她的头是低着的。

"你也不要拍我！这我也受不了的。"

媚兰放下她的手，但是仍旧没有把头抬起来。

"好吧，我得走了。我不过是来告诉你们一声的。"说着，她那苍白而紧张的面孔哆嗦了一下，同时把缰绳抓在手里。

"恺悌好吗？"思嘉问道，因为她实在想不出话来说了，只得拿这不相干的问话来打破僵局。

"他是快死了，"嘉菱直截了当地说，她的声音里似乎一点儿没有感情，"因为我不得不走这条路，使他不必替我担心，可以舒适和平地死去。你们知道，我那继母明天就要带着她的几个女儿回北方去了。好吧，我得走了。"

媚兰抬起头，遇着了嘉菱的凄苦的眼睛。媚兰眼睫毛里衔着光亮的泪珠，眼睛里面含着同情的谅解，而在她眼前，嘉菱正把一张嘴儿变成一个勉强的微笑，像个能够忍哭的勇敢孩子一样。思嘉呢，却只怀着满肚子的惶惑，始终觉得嘉菱要跟一个总监工结婚的这个观念是有些难以把握的——嘉菱一个富有地主的女儿，而且除了思嘉之外，也要算是个美人儿的。

嘉菱弯下身子，媚兰踮起脚尖儿，她们亲了吻。然后嘉菱把缰绳狠狠地一抖，那头老骡子便向前直蹄而去了。

媚兰目送着她，不由得泪如泉涌。思嘉只把眼睛直视着，仍旧迷迷糊糊地在那里发怔。

"媚兰，她发疯了吗？你知道她是不能爱他的。"

"爱吗？哦，思嘉，你再不要提起这桩可怕的事情吧！哦，可怜的嘉菱！可怜的恺悌！"

"胡说八道！"思嘉嚷道，因为她已经有些懊恼起来了。她之所以要懊恼，因为她觉得媚兰对于无论什么事情总像比她自己看得清楚些。就是现在嘉菱这件事，在媚兰看起来，简直是天底下再大不过的灾难了。在思嘉看呢，她觉得要跟一个下等北佬去结婚当然是不舒服的，但是一个女孩子家到底不能独个人住在一个大庄子上呀，她总得有个男人帮助她来经营的。

"媚兰，那么我那天对你说的那句话是应验了。现在的女孩子已经是没有男人可嫁了，可是她们又不能不嫁。"

"哦，那也不一定要嫁的！就是做一辈子的老处女也并没有可羞，你就看我们的白蝶姑妈吧。哦，叫我做嘉菱，我是宁可死也不嫁的！我知道恺悌也宁可她死的。这么一来，他们高家就此完结了。你就想想看吧，她——她将来的子孙怎么样呢？哦，你赶快叫阿宝备马，你赶快追了她去，叫她住在我们这里来吧！"

"啊呀，我的天！"思嘉听见媚兰这么轻而松之地拿陶乐来做人情，不由得大吃一惊，禁不住喊出这声来。在思嘉，她是当然没有意思要在家里多养一口的。这意思她本来要对媚兰直白地说出，但是一看见了媚兰脸上那种凄惨的神色，便又立刻收住了。

"她不肯来的呢，媚兰，"她修改了本来的意思说，"你总也知道她不会来的。你看她意气多么高傲，怎么肯受人家的赈济呢？"

"这倒是真的，这倒是真的！"媚兰也弄得犹豫不决起来，只得眼看着嘉菱背后的一阵红尘渐渐消失而去。

于是思嘉对媚兰瞟了一眼，心里暗暗地想道："你住在我家里已经好几个月了，你却从来不曾想到过自己也在受人的赈济。而且我猜你往后也是永远不会想到的。你并不曾因为这次的战争而改变心性，你的思想行为都还是跟从前一样，仿佛这个世界并不曾发生过什么变故，仿佛我们家里还是很发财，多来几个客人吃饭可以满不在乎的。你自己呢，我是没有办法了，我只得把这副担子挑一辈子了，但是我决不愿意再加上嘉菱一副担子。"

第三十章

停战以后的那个夏天,陶乐突然变得热闹起来了。因为在那几个月里面,不住地有一批批叫花子一样的士兵从红泥山上爬过来,到陶乐的门口来讨吃借宿。这些士兵都是从联盟州的队伍里遣散回家的。钟斯通将军只用火车把他们从北卡罗来纳运到亚特兰大,便丢了他们不管,让他们各自步行回家。后来钟斯通的部下都从陶乐过去以后,接着由弗吉尼亚军队遣散回家的士兵又来了,大西部的车队也来了,因而陶乐门前川流不息,接连几个月都颇不寂寞。这些士兵大多数是步行的,也有几个幸运儿骑着骨瘦如柴的骡马,那是投降条件许可他们的。

回家了!回家了!这是那些士兵心里唯一的思念。他们有的是默默无言,神色十分暗淡,但也有的颇有兴致,并不觉得远道奔波的辛苦,因为他们知道现在什么都完了,大家可以平平安安回家了,有了这一个观念,他们的精神就给支撑住了。他们并没有表示怨恨。他们都把怨恨的心理留给妇女们和老年人了。他们已经尽力打过仗,打败了怪不得他们,现在他们愿意把前事一概忘掉,只想回家去平平安安地耕作了。

回家了!回家了!他们路上没有什么可谈的,不谈打仗,也不谈受伤,不谈怎样做俘虏,也不谈将来的生活。等到将来,他们要把这个仗重新再打过,然后可以把自己怎样行军、怎样冲锋、怎样饥饿、怎样受伤的情形一一地告诉儿子孙子,现在他们却没有什么可说。他们有的缺了条臂膀,有的少了只腿儿,有的单剩一只眼,有的满身是瘢痕,到了阴天下雨的时候就要作痛,但是他们现在一切都不管。他们觉得将来一切事情都会两样的。

无论是年老的,是年轻的,是富有的地主,是贫穷的佃农,他们带回了两件共同的财产:虱子和痢疾。他们四年以来身上一直都有这种灰白色动物,早已习惯成自然,就是对着女人面前也要毫无顾忌地抓挠起来。痢疾呢,那是下自小兵,上至统帅,没有一个人能够幸免的。因为他们四年以来一直都在半饥半饱的状态中,吃的东西又都是粗糙的、生的、未经消毒的,所以没有一个人的肚子不在作怪。现在到陶乐来讨吃借宿的这些士兵当中，有的是宿病未去，有的正在厉害的期间，以至陶乐的主人不但要料理他们上面的饮食，并且要料理他们下面的排泄。

"俺看是咱们联盟州的军队里没有一个肚子好的呢，"嬷嬷一面在替他们煎煮黑莓根，一面这么评论着，黑莓根是治痢疾的妙药，爱兰生前向来都用的，"那么咱们这回吃败仗，并不是北佬给打败的，倒是给他们自家儿的肚子打败的了。因为肚子里装满了水，谁还打得动仗呢！"

后来嬷嬷看见有人来，便不问他肚子到底还拉不拉，先拿一罐黑莓根汤叫他灌下去。这药的味道非常苦，那些士兵也只得皱着眉头喝。

关于住宿问题，嬷嬷的主张也同样十分坚决。凡是身上长着虱子的士兵，嬷嬷都无论如何不放他们进屋子去。她总先把他们赶到一丛矮树后面，剥光了他们的衣裳，拿水跟粗肥皂叫他们通身洗过，然后拿些被单褥子让他们暂时盖着，一面拿他们的衣服放在一口大洗锅里煮了一会，等晒干了再还给他们去穿上。对于这种办法，思嘉她们曾经和她热烈辩论过几次，说这样对待人家，是要使那些士兵觉得怪难为情的。但是嬷嬷无论如何不肯听，只说等她们自己身上长起虱子来才叫难为情呢！

后来这种士兵天天来了，嬷嬷就再也不肯放他们到卧室里去。因为她虽做过了一番灭虱的手续，仍怕有未煮死的虱子要在屋子里留下种来。对于这办法，思嘉也不和她辩论，却把那间铺着地毯的客厅改成了一间寝室，就让那些士兵在地毯上睡。嬷嬷也还是反对，说这地毯是爱兰亲手染成织成的，怎么好让那些兵大爷去玷污呢！但是思嘉的意思也很坚决，因为他们总得有一个地方睡，于是嬷嬷就不再反对，而那地毯经过几个月来的铺垫，就给那些士兵的马刺和鞋底东一块西一块地擦出许多破洞来了。

每有一个士兵到来，她们都要很迫切地向他问起希礼的消息。同时苏纶也要特别问起甘扶澜。但是那些士兵没有一个知道他们的名字，并且极不愿意谈起失踪的事情。他们仿佛觉得自己能够活着就好了，前线死亡的和失踪的论千论万，他们哪里管得这许多！

家里人看见媚兰屡次问了都失望，生怕她要觉得伤心，只得拿话来劝慰她。说是希礼不会死在俘虏营里的，因为如果他死在那里，北佬一定会有人写信给他们，如果他现在要是回来了，但那地方远得很呢，就是坐火车也要坐几天……但是媚兰的想法很多，他为什么不写信呢？他们便说，那是你总该明白的，现在邮信是一个什么情形，就是邮信通了也是很靠不住的。但是假使——媚兰又想，假使他半路上死了呢？他们就说："这个，媚兰，那是一定有北佬的女人会写信来的。"媚兰听了，说："北佬的女人？哼！"他们就劝媚兰说："北佬的女人也有好的。如果他们北方连一个好女人都没有，那还成一个地方吗？思嘉，你总还记得你那一次在萨拉托加遇到过一个好北佬女人的——思嘉，你跟媚兰说说吧！"

"好女人！吓！"思嘉答道，"你知道她问我一句什么话？她问我家里养着几条猎狗预备追黑奴！我倒是同意媚兰的。我从来没有见过一个好北佬，无论是男的女的。可是你不要哭，媚兰！希礼是会回来的。你知道路远呢，而且也许——也许他脚上是没有鞋子的。"

但是思嘉一提起了希礼脚上没鞋子，自己也就快哭出来了。别的士兵都可以赤脚，或是拿破布条子之类裹着脚，唯有希礼不可以。他是应该骑着高大的骏马，披着漂亮的衣服，穿着雪亮的靴子，插着灿烂的羽毛回家来的。现在思嘉想起希礼回来的时候不免也要跟这些士兵一样狼狈，不由得一个心突然沉落下去。

六月里的一天下午，陶乐全家人正在后面走廊上看阿宝开西瓜，忽然听到前面夹道上有马蹄的声音。百利子懒洋洋地走到前面看去，思嘉他们怕是来一个士兵，预备把西瓜藏起来等晚饭时吃。媚兰跟恺玲表示反对，以为那来的士兵也应该分吃一份西瓜的，但是思嘉坚决不肯，苏纶和嬷嬷又帮助她说话，就叫阿宝匆匆拿去藏起来了。

"你们不要做傻子吧！这一点西瓜我们自己还吃不痛快呢。如果来的有两三个人呢，那么我们自己连味道都要尝不到了。"思嘉说。

正在辩论的当儿，前面百利子在那里大声喊叫了：

"啊哈！思嘉小姐！媚兰小姐！你们快点来呀！"

"是谁呀？"思嘉一面喊着，一面就从台阶上跳了起来，急忙打穿堂里跑到前面去。媚兰他们都在她后面跟着。

"是希礼吧！"她心里暗暗地想。哦，也许——

"是彼得伯伯呢！白蝶姑妈家里的彼得伯伯呢！"

大家急忙跑到前面走廊上，正见那须发花白的彼得伯伯从一头憔悴不堪的秃驴上爬下来。他那黑脸儿上照常装着那种一本正经的神气，额头上画着许多深刻的皱纹，但是一张嘴笑嘻嘻地咧开着，像是一只没有牙齿的老猎狗。

于是家里的人都跑下台阶去迎接他，和他握手，抢着问他话。内中声音最高的就是媚兰。

"姑妈不是有病吧？"

"不，姑娘，她人倒是很好，谢谢上帝！"彼得伯伯说时把媚兰和思嘉都瞪了一眼，瞪得她们心里都觉得有些惭愧，却又不知到底为什么，"她人倒是很好，可是跟你们两位姑娘生气了。这是怪不得她的，连俺也要生气呢。"

"怎么，彼得伯伯？这是怎么说？"

"你们两位小姐自然有些对不起人的。白蝶小姐不是一回一回写信要你们家去吗？那是俺亲眼看见她写的，俺又看见她每次接到你们的回信，说这儿庄子上忙，走不开，她总要大哭一场。"

"可是，彼得伯伯——"

"你们知道白蝶姑妈胆子是极小的，你们怎么可以丢了她不管呢？她一辈子也没有独个人住过，自从梅肯回来，她没有一天不在发抖。她叫俺到这里来对你们说说明白，说她实在不懂你们，为什么正在她要人要得厉害的时候偏偏丢了她呢？"

"嗨！"嬷嬷在旁边听得有些不耐烦，便也插嘴进来说，"这话说得有点不在理了！她说她那里要人要得厉害，我们这里就不要人要得厉害吗？白蝶姑妈如果要人做伴，干吗不去找她哥哥呢？"

彼得伯伯拿枯干的眼睛将嬷嬷瞟了一眼。

"咱们跟亨利老爷已经许多年没有往来，现在大家都老了，不见得会重新往来起来的。"他回答过嬷嬷，又旋转头来对着媚兰和思嘉，她们两个都只得勉强忍住了笑，"俺想你们两位小姐自己也该觉得不好意思吧，现在白蝶小姐的朋友一半是死了，一半还在梅肯没有回来，亚特兰大又到处都是北佬，到处都是那种刚刚从主人家里放出来的黑奴，她简直吓死了呢！"

直到现在为止，媚兰跟思嘉都勉强熬忍住笑，但是现在知道白蝶姑妈特地叫彼得伯伯来骂她们一顿，便再也按捺不住，对着彼得伯伯哈哈大笑起来。同时阿宝、蝶姐、嬷嬷他们三个，听见那老头儿只顾替白蝶姑妈那边说话，没有给陶乐着想一下，也都觉得非常生气，你一句我一句地抢着向彼得伯伯冷嘲热讽。苏纶跟恺玲听着他们在舌战，也不住吃吃地笑着，就连嘉乐脸上也露出几分笑容了。彼得伯伯被这许多人围攻着，自然是寡不敌众，只得闷住了一肚子气，两只脚不住踯躅。

"你这黑老头儿到底有什么毛病呀？"嬷嬷咧着嘴向他道，"难道是你太老了，连自己的一个女主人也保护不了了？"

于是彼得怒不可遏了。

"太老了！俺太老了！哦，那是还早呢！俺不是一直都保护着她，还跟从前一样吗？俺不是曾经保护她到梅肯去逃难吗？不是北佬到梅肯去的时候俺也保护着她吗？不是她从梅肯骑着这匹骡子回到亚特兰大去的时候俺也一路保护着她吗？"说到这里，他把身子挺了挺，用以证明他自己实在很英勇，"俺现在并不是讲保护不保护的事，俺现在是讲面子的事。"

"讲谁的面子呢？"

"俺是讲白蝶小姐的面子，她现在这么独个儿住着，面子上实在难看的。她还是个姑娘呢，人家要说她坏话的呀，"彼得竟把白蝶小姐说得像个十六七岁的美貌大姑娘，非得有人陪伴，否则就会招来流言似的，"俺决不能让别人说她坏话的。俺也不能让她为了这事儿担忧。俺对她说过：'你用不着为着这事儿担忧呀，你还有自己的亲骨肉呢。'谁想得到你们这两个亲骨肉都不管她了！你们知道白蝶小姐还是个孩子，而且——"

思嘉跟媚兰不等他说完，就又哗然大笑起来，直笑得眼泪都出来，并且从台阶上蹲了下去，末了媚兰擦了眼泪说道：

"可怜的彼得伯伯，对不起你！请你不要怪我笑吧。现在对你说句正经话，思嘉小姐跟我一时都是不能回去的。我等九月里棉花收起来之后，也许可以去一趟。但是姑妈叫你来接的意思，是叫我们就骑着这匹骡子回去吗？"

彼得被她这一句问得目瞪口呆，他那黑脸儿上立即泛起了一阵羞愧。他那伸出的下唇也刷地一下缩回去，像是乌龟缩进头颈去一般。

"媚兰小姐，俺大概是真的老昏了，差不多把俺今天来的本意也忘掉了！昨天咱们接到一封信，白蝶小姐不放心从邮局寄来，特地差俺亲自送来给你的。"

"信？给我的？从哪里来的？"

"嗯，这是——白蝶小姐她对俺说：'彼得，你要轻轻地去对媚兰姑娘说。'俺就说——"

"希礼！希礼！他死了！"

"哦，不是的！不是的！"彼得一面把手插进怀里去摸信，一面很有点生气似的嚷道，"他没有死！这封信就是他寄来的，他要回家了。他——怎么的，老天爷！你快搀住她呀，嬷嬷！让俺来——"

"不许你碰她，你这老傻子！"嬷嬷一面急忙扶住了快要晕倒的媚兰，一面大吼着叫彼得不要动手，"你这老猴子！白蝶小姐本来叫你轻轻儿说的！阿宝，你来抬脚。恺玲姑娘,你捧住她的头。咱们抬她到客厅沙发上去吧。"

霎时之间,大家乱作一团,取水的取水,拿枕头的拿枕头,都跟着媚兰蜂拥进客厅里去了。只剩思嘉跟彼得伯伯两个留在台阶下,彼得伯伯呆呆地举着一封信,黑脸儿上现出一个孩子刚刚吃了母亲责骂的神情,思嘉也仿佛是双脚生根在那里,只把一双眼睛直愣愣地看着老头子。她心里虽在暗暗喊着:"他并没有死,他要回来了!"但是这个消息并没有给她快乐,也没有给她兴奋,只是使她呆着不能动了。直到彼得伯伯开口说起话来,她也仿佛觉得他的声音是从远处传来的。

"这封信是咱们梅肯的亲戚柏卫理少爷给白蝶小姐送来的。柏少爷跟咱们的希礼少爷同在一个监牢里。柏少爷有马,他先到家了,希礼少爷是跑路——"

思嘉不等他说完,便将那封信一把抢到手里。信封上是白蝶姑妈的笔迹,写给媚兰的,但是她毫不犹豫,便将它拆了开来。白蝶姑妈附来的一张条子先落在地上。里面又是个信封,因在衣袋里放了多日,已经稀脏的了,上面分明是希礼的亲笔,写着"亚特兰大韩萨真女士转寄琼斯博罗十二根橡树庄卫希礼夫人收启"几行字。

她拿颤抖的手拆开了那个信封,取出里面的信来读道:

"亲爱的,我要回家来了——"

才读了一句,眼泪便如泉涌一般,再也看不清底下的字,只觉得自己的心不住地在膨胀,知道这样的快乐是她经受不起的。她便紧紧抓牢那封信,一步跳上了台阶,跑进了穿堂,看见大家正在客厅里灌救媚兰,她也不管,却一直奔进母亲生前办事的那个小房间,关上门,旋上锁,一坐坐在那张沙发上,又哭又笑地将那封信放在嘴唇上不住地亲着。

"亲爱的,"她低声念着,"我要回家来了。"

常识告诉她们,除非希礼已经长起了翅膀,他要从伊里诺斯步行到佐治亚州,是非几个礼拜或甚至几个月不可的,但是每次有士兵来敲门投宿的时候,她们都要当他是希礼,不免心里狂跳一阵。不但媚兰和思嘉两个人这样,全家里面无论白人黑人都是这样的。因而大家都没有心思工作,思嘉也不好责备他们。

但是一个礼拜一个礼拜地过去,不但不见希礼来,而且连一点消息也打听不到,于是陶乐的生活又重新上了轨道。因为渴望的心境是不能维持很久的。逐渐逐渐地,思嘉心里有些觉得不安起来,生怕他路上出了什么意外。她知道那岩石岛离得很远，当他释放出来的时候，也许脱力了，也许害病了，都说不定的。而且他身边一个钱都没有，一路又要经过北佬的地面，自然要吃尽苦楚。如果她知道他现在在什么地方，她就可以汇钱去给他，把家里所有的钱连一个子儿都汇去给他，可以使他赶快坐火车回来。

"亲爱的，我要回家来了。"

她初次看见这一句信的时候，心里仿佛以为希礼称呼的这"亲爱的"三个字，是对她思嘉说的，而他所谓"回家来"，也是回到她思嘉的家来。直至后来头脑稍为冷静点，她才记得希礼这封信是写给媚兰的，他的所谓"亲爱的"和所谓"家"都是指媚兰而说的。于是，她就恨恨然地想到媚兰那次生孩子为什么不死。如果媚兰那一次死了，现在的事情岂非十全十美吗？她只消等希礼回家过了一段相当的时期，就可以正式和他结婚，而将小玻收为自己的继子。她想到这一层的时候，已经不像从前那样要急忙祷告上帝，因为现在上帝已经不能使她害怕了。

士兵还是陆陆续续有人来，也有单独一个人来的，也有两三个乃至十几个成群结队来的。来的没有一个不像饿煞鬼，思嘉被他们吃得肉痛起来，便当他们是蝗虫过境，心里恨得不得了。她恨那些士兵，又恨乡下地方那种自古以来留宿客人的习惯。她以为这种习惯只好有钱的时候才好行的，现在是行不通了。但是她家里人却要照常地行着。

后来那些士兵仍旧源源不绝而来，她的心肠就不得不变硬了。现在粮食非常难得，而且那北佬荷包里的钱是不能用一辈子的。现在就只剩下几张绿票和两个金币了。她为什么该把这一点区区的积蓄来养活这许多饿鬼呢？现在仗已打完了，她已用不着这些士兵的保护了。因此她对阿宝下了严厉的命令，以后若有士兵来吃饭，只许给他们一点东西敷衍敷衍。这命令下去之后，倒也就发生效力，谁知她后来发现媚兰运动了阿宝，每次都把她自己一份口粮省下来并给那些士兵吃，因而她觉得懊恼了。

"媚兰，你这办法马上得停止，"她责备她道，"你如果不多吃点东西，你是要病倒的，你病倒了又得我们看护你。这班人让他们饿饿肚子不要紧的。他们已经饿了这四年，也从来没有饿死，现在让他们再饿几天怕什么呢？"

媚兰把脸朝着她，脸上表现出一种赤裸裸的情绪，是思嘉从来没有看见过的。

"哦，你不要骂我吧，思嘉！你让我这么做吧，你不晓得我这样做了心里多少舒服呢。每次我省下东西来给一个士兵吃，我就想象到我的希礼在路上，也有好心的女人省下东西来给他吃呢！这样，我的希礼就可以早些回家了。"

"我的希礼！"思嘉在心里这样暗暗叫道。这时，她仿佛听见了希礼的声音："亲爱的，我就要回家来了。"

思嘉默默无言地走了开去。从此以后，媚兰看见思嘉给士兵吃的东西丰富起来了。

有些士兵病得很厉害，不能往前再走了，思嘉也把他们放在床上，好好地看护他们。这样的做法，是跟思嘉的初意完全不符的，但是思嘉受了媚兰那几句话的感化，现在对于士兵一点也不吝啬了。有一天有个到费耶特维尔去的士兵骑着马来，马鞍上载着另外一个年纪才十六七岁的士兵，是他从路旁拾了来的。他把那小伙子交给他们时，已经没有知觉了，过不久就死了，也查不出他是哪里人。她们因而想起了南方某一处地方，一定有一个女人站在门口期待这个小伙子，如同她们自己在期待希礼一样，心里不由得起了一阵非常激烈的悲酸。她们将这小伙子的尸体抬到自己村的坟场上，就葬在思嘉三个弟弟的旁边。当阿宝将尸体放进穴中时，媚兰站在旁边悲悲切切地哭着，因为她看见这个情景，就仿佛希礼在路上死了，别人在替他埋葬一般。

不久之后，又有一个失了知觉的士兵被他的同伴载来了。这人名叫彭慧儿，是害了肺炎昏倒在路上的。当她们将他放在床上抢救的时候，她们当他也要跟那小伙子一样死去的。

她们看那人的样子，知道他是一个南佐治亚州猎户的儿子，一头淡红色的头发，一双憔悴的蓝色眼睛，虽在昏迷状态中也显得十分柔和而忍耐。他的一条腿已经从膝盖以下截去了，现在镶着一条木腿。她们看得出他是一个猎户的儿子，犹如看得出以前那个小伙子是个地主的儿子一样。至于她们到底从什么地方看出来，却也说不出一个道理。讲他身上的龌龊，长虱子，他未必比别的士兵更厉害。而且他在昏迷状态中说的呓语，也不见得比别人更加粗俗。但是她们凭着自己的本能，看出他决不跟她们自己同属一个阶级。不过他们并不因这阶级观念而亏待他，仍旧尽她们的力量替他治病。

原来这彭慧儿曾在北方的俘虏营里被关了一年，已经憔悴得不成人样，出来之后又靠那两条一真一假的腿儿做这辛苦长途的跋涉，因而气力不能支持，半路上就害起肺炎来了。到了陶乐之后，仍旧一连几天昏迷不省人事，有时热度高得厉害，他便要发狂似的从床上跳起来，嚷着要到前线去再打。这几天里面，都是恺玲替他看护的。恺玲听他的呓语里，从来没有喊到过母亲、妻子、姊妹或是爱人，心里觉得非常奇怪。

"无论什么人总有几个亲人的，"她说，"但是听这人的喊嚷，好像他在世界上是没有一个亲人似的。"

他的病虽然厉害，抵抗力却还很强，又加恺玲她们给他看护得很好，他就一天天地清醒起来。有一天他睁开了蓝色的眼睛，看见恺玲拿着一串念珠坐在他旁边替他祷告，他就一切都明白了。

"那么我现在并不是做梦了，"他用一种没有抑扬的声音说道，"我希望我没有给你很大的麻烦吧，小姐。"

他的病复原得很慢，但是他很安静地躺在床上，终日一声不响，只把眼睛看着窗外的山茱萸，并不给大家一点麻烦。恺玲很喜欢他，就因他很安静、很沉默。每天下午，她总要坐在他床边去陪伴他，替他扇着扇子，却默默相对着没有一句话。

恺玲近来很少说话，只是安分守己地做着她所能做的工作。但是她常常要独个人躲在房里做祷告，所以思嘉每次出其不意地推门进她房里去，总看见她跪在床边在那里轻轻念涌。这使得思嘉非常懊恼。因为在思嘉看起来，做祷告的时代是早已过去的了。她以为现在上帝正在责罚她们，那么随他去责罚好了，还做什么祷告呢？她向来都把宗教这东西看做一种公平的交易。她这一面允许上帝做好人，同时又要上帝给她好处的。她发现了上帝常常自己破坏这种交易的信约，因而觉得自己并没有亏负上帝的地方。所以她每次看见恺玲跪在那里做祷告，总当是她借此偷懒一时的工作。

有一天下午，慧儿能够起来在椅子上坐坐了，思嘉偶然跟他谈起这桩事，慧儿就说道："你随她去吧，思嘉姑娘。这是可以安慰她的。"

"安慰她？"

"是的，她是给你母亲跟他祷告的呢。"

"他是谁？"

他从他的黄沙色眼睫毛底下拿蓝色的眼睛瞟了她一眼，似乎一点儿不觉惊异。他似乎是对于任何事情都不会觉得惊异、觉得激动的了。大概因为他见识得多，再没有什么意外的事情能够使他吃惊了。所以现在看见思嘉不明白自己妹子的心事，他也并不觉得奇怪。他只觉得这桩事情很自然，犹如觉得恺玲喜欢跟他这个陌生人谈话的事一样自然。

"他就是她的爱人呀,就是那个在葛的斯堡打死的伯伦呀。"

"她的爱人?"思嘉简捷地说,"哼,她有什么爱人!那个伯伦跟他的兄弟本来都是我的爱人呢!"

"是的,她也这么说。我看这个区里大多数都是你的爱人吧。不过,还是一样的,当你丢开他的时候,他就成了恺玲的爱人了,因为那次他请例假回家,他们就订了婚的。据恺玲自己说,伯伦是她生平唯一中意的男人,因而她现在替他祷告,对于她确实是一种安慰。"

"胡说八道!"思嘉说,说时有一支忌妒的小箭在那里射她。

她怀着满肚子的好奇心,看了看那个骨瘦如柴的男子,只见他佝着肩膀,长着一头微红的头发,一双平静的眼睛很镇定地睁着。听他刚才说的话,似乎他对于她家里的事情比她自己还要留心还要明白些。那么恺玲所以一直这么忧郁、这么祈祷的理由也就不难懂得了。好吧,她过几天总会忘记的。女孩子家对于死了的情人乃至于死了的丈夫,总都不过是一时的悲伤,迟早是要淡忘的。就像她自己吧,她对于察理现在是一点儿也不难过了。她又晓得亚特兰大有一个女人,已经为了战争做了三次寡妇了,但是她看见男人仍旧还能够对她注意。这一种见解,她也曾经去对慧儿谈起过,慧儿却只摇摇头。

"恺玲却不是这样的人。"他断然地说道。

她觉得慧儿这个人很可以跟他谈谈,因为他很能了解别人的说话。她跟他谈起了除草、耕田、栽种的问题,也谈起了养猪养牛的问题,他都给了她不少有益的指导,因为他从前在南佐治亚州也曾有过一个小小的庄子,也曾有过两个黑奴。现在他知道那两个黑奴一定都被解放了,田里也一定长起野草野松来了。他的唯一亲属就是一个姊姊,几年前跟她的丈夫搬到得克萨斯去住了,现在他只是孤零零一个人。但是这一些事情他都不觉得难过,他所觉得痛心的只是他留在弗吉尼亚的那一条腿儿。

是的,现在慧儿对于思嘉确实成了她的一种安慰了,因为她一向以来,耳朵里听见的就只那几个黑人的唠叨,以及苏纶的抱怨的哭泣,乃至于父亲常常问起母亲的凄惨声音,只有跟慧儿去谈的时候,她才能够排遣一下心里的郁闷。因而她没有一桩事情不跟慧儿谈,甚至那次杀死北佬的事情也对他谈起过,谈时还露出很自负的神色。慧儿听见了这事,却只给她一句简短的赞语:"干得好!"

过了些日子,她家里人就谁都要到他房里去解闷儿了,就连嬷嬷,以前知道他门第不高,只有两个黑奴,很有些瞧他不起,现在也跟他亲近了。

直到他能够在屋子里走几步，他就帮着他们干起种种零碎事情来。他会拿橡木条儿编篮子，会修补那些给北佬弄坏的器具。他又最擅长刻木块儿，因而卫德一天到晚盘在他身边。他给卫德拿木块儿刻起种种玩意儿，使得卫德非常高兴，因为他自从回到陶乐以来，手里从来没有拿到玩意儿过。有了慧儿在家里，大家就可以把卫德跟那两个小娃娃交托给他，自己放心大胆出外去工作，因为他管孩子的本领简直跟嬷嬷一样高明，而且他疼孩子的本领，也是除了媚兰之外谁都及不得他的。

"你对待我实在太好了，思嘉小姐，"他说，"何况我是一个陌生人，对于你们并没有什么亲戚关系的。我给你们的麻烦太多了，如果你们不讨厌我的话，我情愿住在你们这里，帮助你们做工作，等我报答完了你们的好处为止。当然，你们的好处是我一辈子也报答不尽的，因为你们给了我别的东西，我都还有法可以报答，至于你们给了我性命，这叫我怎样报答呢？"

于是，他就住在那里了，而且逐渐的，自然的，陶乐的一大部分担子都从思嘉肩上卸到他肩上去了。

那一天是九月里，正是采棉花的时候，彭慧儿跟思嘉都坐在前廊上，晒着早秋快乐的阳光。慧儿用着他那种平板的声音，懒洋洋地跟思嘉商量家事，说起万叶附近有一家轧棉厂，讨价讨得极高，但是他那天到费耶特维尔去，跟那轧棉厂的主人见过面，如果思嘉肯把她的马车借给他用两个礼拜，他就可以把价钱减低四分之一。但是他没有把事情说定，要等跟思嘉商量过再去回复他。

思嘉将他那瘦削的身躯看了看，觉得他这人确实像嬷嬷近来所说，是上帝特地放下来帮助他们的。她现在凡事都要靠他做左右手，无论如何少不了他。他并没有多余的话，也从来不显示本领，而且对于周围的任何事情都像不感兴趣似的，然而陶乐的每一件事他都清楚，每一个人也都清楚。而且他一直在做事，从来不偷懒。他沉默、忍耐而胜任愉快地做着。他虽然只有一条腿，可是比阿宝的工作还要得力。而且他又能够催出阿宝的事来，这一点，思嘉觉得非常诧异。有一次，那头牛害了疝气，那马也害起一种无名的怪病来，吓得大家都要赶快把它们拿开去。但是慧儿连夜不睡觉，看护着它们，竟把它们都救转来了。他又很懂生意经，因而使思嘉特别钦佩。他每天早晨带一两桶苹果、山薯和蔬菜之类出门，总换回许多种子、布匹、面粉以及其他的必需品，思嘉知道自己是无论如何占不了这种便宜的，虽然她自己的生意经也并不坏。

逐渐逐渐地，他就变得陶乐自己家里人一样，竟在嘉乐卧室外边那间小梳妆室里睡觉了。他始终不提起要离开陶乐的话，思嘉也始终不去问他，怕一问起他便要将他赶走。有时候，她也不免对他起疑心，以为他如果是有一点儿骨气的，那么即使是无家可归也一定要走了。但是她一面怀着这样的疑心，一面却又热烈祈祷着他无穷期地住下去。因为家里有一个男人，不知要便利多少呢。

思嘉又常常想起，要是恺玲具有一个小耗子一般的意识，她就一定会看得出慧儿是属意于她的。如果慧儿肯向恺玲去求婚，那么思嘉就要一辈子感恩不尽了。当然，如果在战争以前，慧儿是无论如何不配向她们家里人求婚的。他虽然不是一个贫穷的白人，但也到底不属于地主的阶级。他不过是一个平常的猎户、一个小农，只受过一般教育，说话要有文法的错误，并且不懂她们郝家人那样的礼节。有时候，她还怀疑到他究竟能不能算是一个上等人，结果是断定他不能。至于媚兰，她是竭力替他辩护的，她说无论什么人，要是具有慧儿那样的好心肠，要像慧儿那样肯替别人着想，那就一定是一个上等人了。思嘉也明明知道，如果母亲在世的时候，听到了她的女儿要去嫁给这么一个人，那她一定马上就要晕过去，但是现在思嘉受了环境的逼迫，对于母亲的遗教只得置之不理了。现在男人少得很，而且女孩子家总得嫁人的，而且陶乐现在少不了一个男人呀。至于恺玲自己呢，她是往她的祈祷里愈沉愈深了，她待慧儿虽好，却只当他是一个哥哥，以为待他好是当然的，犹如对于阿宝应该待得好一般。

"如果恺玲对于我是知恩感德的，她就应该跟慧儿结婚，免得他离开这里，"她愤愤然地想道，"可是我看她那样子，她大概是要对那个傻孩子悲伤一辈子了，其实那个傻孩子是不见得把她放在心上的。"

以后慧儿却也没有走，思嘉也不知道到底为什么，只觉得他那种老老实实对付自己的态度是可喜又有益的。慧儿对于那个神志不清的嘉乐，态度非常地恭敬，但是他已清楚思嘉为实际的家长，有什么事总要跟她去商量。

思嘉对于他刚才提起那个借马车给轧棉厂主人的计划，当即表示赞成，虽然这么一来，他们就要暂时缺乏交通工具。对于这桩事，苏纶特别要觉得懊恼。因为慧儿每次赶车到琼斯博罗或是费耶特维尔去做买卖，苏纶总要搭着他的车一同去游玩，认为这是她的莫大的快乐。她每次去时，总要尽其所有的将身上打扮得漂漂亮亮，跑到这家那家去看看朋友，这里那里去听听新闻，觉得自己又做了从前的郝二小姐了。因为她对于那些不晓得她家底细的人，一有机会就要给他们摆摆架子的。

这么一来，我们那位漂亮小姐要有两个礼拜出不得门了，思嘉心里想，那么她又要关在家里哭呀闹的了。

他们正在谈时,媚兰也抱了个孩子到前廊上来了,随即她在地板上铺起一条旧毯子,让小玻放在上面爬。自从希礼的信来了之后,媚兰就一天到晚地忧喜无常,并且一天天消瘦下去、苍白下去。她对于家里的工作,一直都劳而无怨,只无奈她病体难支,往往是力不从心的。老方医生曾经给她诊断过,断定她是妇人的亏症,跟米医生的意见一样,以为她根本就不该养小玻的。他又直言对大家说,如果她再养一胎,就无论如何也不能支持了。

"今天我经过费耶特维尔的时候,"慧儿说,"我捡着一件有趣的东西,想来你们两位也一定高兴看看的,所以我把它带回家来了。"说着,他从后边裤袋里摸出一只布荷包,从荷包里取出一张联盟州的钞票。

"一张联盟州的钞票有什么有趣不有趣的呢?"思嘉很不高兴地说,因为她是一看见这东西就要生气的,"爸爸箱子里还有三千多块钱呢。前几天嬷嬷一直逼着我,要我拿出来糊阁楼上的墙壁,免得墙缝里冷风吹进来,我想嬷嬷的意思倒也不错。至少是废物利用了。"

"啊呀,这是罪孽的呢,"媚兰带着一个惨笑说,"你快不要这样,思嘉。你留着它将来给卫德吧,卫德将来会觉得它很宝贵的。"

"嗯,我倒也不懂什么罪孽不罪孽,"慧儿忍耐地说,"可是我今天拾到的这张钞票,倒是跟你刚才说卫德的话意思一样的,媚兰小姐。因为这张钞票的背面糊着一首诗。我知道思嘉小姐是不大喜欢诗的,但是这一首诗她也许会觉得很有趣。"

说着他将那钞票翻过一个面,只见上面粘着一条包东西的黄纸儿,用稀淡的土造墨水写着几行字。慧儿清了清他的喉咙,将那几行字缓慢而艰涩地念了出来。

这一首诗的题目叫做:《联盟州纸币题词》,一共是八句,分为两绝:

　　寒供衣被馁供餐,
　　此物人人一见欢;
　　今日国亡成废纸,
　　还当留与子孙看。

　　爱国当年倡自由,

而今阶下作俘囚；
欲知个中兴亡事，
听彼从根说到头。

"啊，美丽极了！动情极了！"媚兰听完了立即喊道，"哦，思嘉，你千万不要把那些钞票拿给嬷嬷去糊墙壁。它虽然已经不值钱，到底不能当几张纸看的，正像这首诗所说，它是'还当留与子孙看'的呢！"

"哦，媚兰，你不要这么看吧！废纸到底是废纸，还有什么两样的？嬷嬷一天到晚在那里咕哝，说她阁楼上墙壁缝很多，风大得很，难道犯得着拿钱去买纸来糊吗？我希望卫德大起来的时候，我已经有很多的绿票子可以给他，还要这些废纸做什么呢！"

当她们这么辩论的时候，慧儿正拿着那张钞票在逗地上的小玻玩儿，现在他忽然抬起头来，拿手掌遮着阳光，远远向外边的车道上照了一照。

"咱们又要多一个伙伴儿了，"他把眼睛眨了眨说道，"那边又有一个士兵来了。"

思嘉随着他的视线看过去，果然看见一个人，满面的胡子，穿着套蓝色灰色混合的破烂军服，低着头，拖着步子，从车道上慢慢地走来。她一时认不出他是谁，只觉得他那身影儿仿佛非常熟悉。

"我总当是这班兵大爷已经走完了，"她说，"我希望现在来的这一个不是过分饥饿的。"

"他一定是饥饿的。"慧儿简单地说。

媚兰站了起来。

"我去叫蝶姐多预备一客饭，"她说，"再去通知嬷嬷一声，叫她不要把这人的衣服那么慌慌忙忙就剥掉。"

她正要旋转身子往里边走去，但突然又站住了。思嘉只见她拿手掐住自己的喉咙，仿佛那里有什么痛楚似的，又看见她颈梗上青筋暴涨起来，跳得非常快。同时她的面色变得愈加白，眼睛也睁得愈加大。思嘉当她马上就要晕过去，急忙抢上一步去抓住她的臂膀。

但是刹那间，媚兰就猛然甩脱了思嘉的手，忽地跳下了台阶，像一只雀儿似的伸着两条臂膀，向那沙石路上飞似的奔去。于是思嘉也突然明白过来。她看见那来的人忽然停住步，抬起头，向屋子这边呆看了一会，仿佛他已疲倦到不能再向前移步一般。她又看见媚兰跑去投入那人的怀中,那人也一把将她紧紧地搂住。在这当儿,思嘉心里的感情也不知是甜、是酸、是苦、是辣,只是身不由己地跳下了台阶,也要向他们那边奔去,却被慧儿一把抓住了衣裙。

"你不要去打扰他们。"他平静地说。

"你放手啊,你这傻子!你放手啊!这是希礼呢!"

慧儿并没有放手。

"他到底是'她'的丈夫,是不是?"他平心静气地问她,她经他这一问,便带着一种快乐和愤怒交混的感情掉转头来看了他一眼,而在他眼睛的深处分明现出一种了解和怜悯的神色来。

第三十一章

一八六六年一月里一个寒冷的下午，思嘉在那办事室里写着一封给白蝶姑妈的信。这样的信她至少已经写了十封了，说的总是她跟媚兰、希礼不能到亚特兰大去和她做伴的理由。她手里在写，心里却十分不耐烦，因为她知道白蝶姑妈不会把她的信看完的，她只看开头的几行，便马上会放下，又重新写一封信来，信里仍旧说着"我独个人住在这里害怕呀"之类的话。

她觉得手冷，只得放下笔搓了一会儿。她的脚用棉花胎包垫着，但依然冻得发麻。她的鞋子后跟已经磨穿了，现在拿一片破地毯垫补在那里。她记起了那天早晨慧儿带了那匹马到琼斯博罗上蹄铁去了，于是她心里觉得好笑——马掌坏了便有人给它去换，人的鞋子坏了倒该打赤脚了！

她又拿起笔来写，但一听到慧儿打后门口走进来，便又重新放下了。她听见他那木腿儿噗地噗地跛进了穿堂，跛到办事室门口才停住。她等着他进去，等了一会儿没动静，便叫了他一声。他这才进来，只见他一双耳朵已冻得绯红，微红色的头发乱蓬蓬的，他站在那里看着她，嘴上带着一个幽默的微笑。

"思嘉小姐，"他问道，"现在你家里到底还放着多少钱？"

"你是打算跟我结婚而来盘问我的家私吗，慧儿？"她带着点反诘的语气问他道。

"不，小姐。可是我要知道知道。"

她带着询问的神气瞠视着他，她看慧儿的面色并不十分正经。他原是一向都不怎么正经的，但是她已经看出事情出了什么岔儿了。

"我还有十块金洋，"她说，"那个北佬的钱就剩这点了。"

"嗯，小姐，那是不够的。"

"不够什么？"

"不够纳税。"他一面回答，一面向火炉旁边蹲下去烘手。

"纳税？"思嘉重复一遍道，"怎么？慧儿！我们已经纳过税了呀。"

"是的，小姐。但是他们说你纳的还不够，这是今天我在琼斯博罗听说的。"

"可是，慧儿，我不懂。你这话到底是什么意思？"

"思嘉小姐，我也知道你心烦，有些事情可以不对你说的我就不说了，可是这件事情不能不对你明说。他们说你该补缴的税，数目还差得很远。他们把陶乐的税额定得特别高，比这区里任何地方都要高得多。"

"但是我们已经缴过了一次，他们总不能要我们再缴一次吧！"

"思嘉小姐，你近来是不常到琼斯博罗去了，但是不去也好，近来那个地方已经不是女人去的地方了。如果你多去几回的话，你就会知道那个地方近来有许多小畜生①、共和党和提包党②在那里活动，他们那种行为简直要把你气得跳起来。此外还有许多刚被解放的黑人，他们在街上走起路来，骄傲得昂头天外，叫我们白人简直无地可以自容，而且——"

"不过这一班人跟我们的纳税有什么相干呢？"

"就是这个话了，思嘉小姐。也不知是哪一个流氓，把陶乐的税额报得非常高，仿佛这里每年竟可以收得一千包棉花似的。我一听到这消息，就故意跑到那些酒吧间里去鬼混一阵，希望能在人家的闲谈里探听到一点真相。据我探听的结果，似乎有人看中了陶乐这个庄子，所以特别把这里的税额提高，等你缴不出这笔税款，就可以由公家收去拍卖。而且大家都知道你是一定缴不出这笔税款的。至于谁看中了这个地方呢，我还没有探听到确信。不过我看样子大概就是跟嘉菱小姐结婚的那个什而登，因为我跟他提起这事的时候，他便对我来了一阵奸笑。"

慧儿说完话，往沙发上坐了下去，按着他那一段残余的腿子。天气冷得很，而且底下那半截木头又镶得不好，因而发痛。思嘉一时找不出话来说，只是愣愣地对他看着。他报告的这个消息简直是生死攸关的，但是他的态度还是那么的随随便便。公家要拿去拍卖吗？那么叫他们大家到哪里去呢？要把陶乐拿去做别人的财产吗？哦，没有这回事的，这是不可思议的！

近来思嘉专心一意从事陶乐的生产，因而对于外界的事情一点都不去注意了。她家里现在已有慧儿跟希礼两个男人，对于琼斯博罗和费耶特维尔那边的事情有他们会去对付，她就可以一直不离开陶乐。有时吃了饭之后，慧儿跟希礼讨论起家务事情以及陶乐复兴的计划来，她也不大愿意去听，正如从前不愿意去听

---

① 小畜生：南北战争后，南方人有加入北方共和党的，南方民主党恨之切骨，称之为小畜生。

② 提包党：南北战争后一班专在南方活动谋利的北方野鸡政客。

父亲谈论战争一般。

不过刚才慧儿提到小畜生，那是她也听到过的，就是一班加入共和党去谋利的南方败类。提包党她也知道，就是那班像蝗虫似的到南方来吸血的北方浪人，他们的全部财产都在一个提包里。就是那个所谓自由人局①，她也曾经有过一些不愉快的经验。她也听见过新近被解放的黑人如何如何骄傲的传说。不过那种传说她到现在还不大相信，因为她自己还没有见过这样的黑人。

有许多事情是慧儿跟希礼通同好了瞒住她的。其实现在复兴期间的种种残酷，比起战争期间还要厉害，不过他们两个谈话的时候，总把那些比较可怕的情形故意避去了不说。而且即使思嘉听见了，也是这只耳朵进那只耳朵出的。

她也曾听见希礼说起南方是被他们当做征服地的了，又说那些征服者的主要政策就是要对南方人施行报复。但是这一种报告对于思嘉一点儿没有意义，她总以为政治是男人家的事。她又听见慧儿说，北方人是无论如何不让南方人抬头的了。思嘉却以为这也是他们男人家白担心事。在她个人说，北佬从来不曾打过她一下，现在不见得就会打她的。现在她就只知道工作最要紧，北佬政府怎么样，去管他妈的！无论如何，战争总已停止了。

思嘉却不知道一切法律都已变过了，正当的工作已经不能获得正当的报酬了。现在佐治亚州实际已经在戒严法支配之下，北佬的驻军到处都是，自由人局把全权拿在手中，他们照着他们自己的便利制定一切法律。

这个自由人局是由联邦政府组织的，目的在于管理一切新被解放的黑奴，因而把各庄的黑奴成千成千地吸收到乡村里和城市里去。那些黑奴如果一时找不到工作，就由局里养活他们，并且教坏了他们的心，叫他们对于从前的主人施行报复。现在本地的分局就是由陶乐从前的总监工魏忠负责的，嘉菱的丈夫什而登做他的副手。他们两个就极力在外边散布谣言，说南方人跟民主党正在等候机会，要把所有的黑人重新收回去做奴隶，又说黑人要避免这种命运，就唯有去求得自由人局和共和党的保护。

他们又对黑人宣传，说黑人跟白人本来就没有什么两样，不久之后黑人跟白人就可以通婚了，而且他们旧主人的土地不久也就要拿出来均分，每个黑人都可以分到四十亩地，还有一匹骡子。此外，他们又用种种方法挑拨黑人的感情，宣传白人待他们如何如何残酷。因此，这个向来以奴主感情融洽著名的地方，也逐

---

① 自由人局：管理已解放黑人事务的机关。

渐形成一种彼此猜忌的状态了。

这个自由人局背后有北佬的军队做后盾，并且被征服地居民的一切行为都要受军法的统治了。谁要碰一碰那个局里的人员，就有立刻被拘的危险。学校里、卫生局里，都已施行了军法，直至于平常人衣服上用的纽扣，以及商品的买卖，任何东西的交易，也无不受着军法的支配。因此思嘉无论卖出什么去，或是买进什么来，魏忠和什而登都有权力加以干涉，而且可以随他们任意标定价格。

幸而思嘉本人对于这两个人很少接触，因为慧儿劝她专心经营庄子上的事情，把对外的一切都交给他去管。他对人向来心平气和，因而有许多麻烦问题都给他平平安安解决了，解决之后他也不去跟思嘉说。的确，慧儿的外交手段是很可以对付一班提包党跟北佬的。但是现在起来了这么一个大问题，他就不敢自作主张了。这一笔税款数目太大，而且对陶乐是生死攸关的，他不能不让思嘉知道，而且必须立刻就知道。

当时思嘉听见了这事，只是愣愣地看着他。

"哦，这些天杀的北佬！"她嚷道，"他们吃瘪了我们，叫我们做了叫花子，难道心里还不满足，再要放些流氓出来跟我们捣乱吗？哦，慧儿，我总以为战争停止了以后，就可以没有麻烦了呢！"

"哦，不是的，"慧儿抬起了一张消瘦的面孔，瞪了她一眼说，"我们的麻烦刚刚开头呢！"

"他们到底要我们再缴多少税款呢？"

"三百块钱。"

思嘉听见了这个数目，便吓呆了。三百块钱！这在她现在简直无异是三百万呢！

"怎么，怎么？那么我们无论如何是得筹起三百块钱来了？"

"是的，不过这也不容易吧。"

"哦，不过，慧儿！他们是不能把陶乐拿去卖的，为什么呢——"

他那温和暗淡的眼睛里露出了一种憎恨和惨苦的神情，这是思嘉从来没有看见过的。

"他们不能吗？怎么不能呢？他们是存心要卖掉你的！思嘉小姐，你要知道，现在我们这个地方简直变成地狱了。他们那些提包党和小畜生人人都可以选举，我们的民主党便大部分不能选举。照他们的规定，凡是民主党人在一八六五年征收册上税额超过三千元的，都没有权利选举。那么像你的爸爸，以及汤家、莫家、方家，都没有选举权了。他们又规定，凡是这次战争在联盟军里当过少校以上军官的，都不能选举。我想本州里面这种军官特别多，就都被剥夺了选举权了。又规定凡在联盟州政府里充当过官吏的，小至录事，大至裁判官，都不能选举！那么简直一网打尽了。事实上是，凡在战争以前稍有一点身份的人，稍有一点财产的人，稍有一点声望的人，都被剥夺选举权了，而且即使是有选举权的人，也要先去对他们做那种表示真心屈服的宣誓！所以我，嗨，我倒是可以选举的，只要我肯去对他们宣誓。因为我在一八六五年的征收册上并没有超过三千元的税额，我也不曾当过少校，也不是有声望的人。可我不愿意去对他们宣誓，我厌恶那些北佬的行为。我宁可一辈子没有选举权，也不愿做这卑鄙龌龊的事。可是像什而登那班家伙，像魏忠那样的流氓，像施家、麦家那样下流的白人，他们都会去宣誓，也就都能选举了。现在他们一朝权在手，什么事不能干呢？他们即使要把你家的税额再增加十倍二十倍，你也奈何他们不得。现在是黑人杀了白人也不算犯罪的了，甚至于——"讲到这里他停止了，同时他跟思嘉都记起了洛夫乔伊一个白种女人被黑人强奸的事来……"现在黑人什么事都能干，就因有自由人局和军队拿着枪给他们做后盾的缘故，至于我们，我们既不能选举，还有什么办法呢！"

"选举！"她嚷道，"啊呀我的天！我们的事儿跟选举有什么相干呢，慧儿？我们现在是讲税款的事呀。……慧儿，我想陶乐这个庄子是大家都知道的。现在我们要筹这笔款子，我想把这庄子去抵押一下也就可以够了。"

"思嘉小姐，我看你这个人并不是一个傻子，但是有时候说起话来简直跟傻子一样。你想想看，你想拿这庄子向谁去抵押？谁有这许多钱借给你？而且除了他们提包党之外，还有谁转你这个陶乐的念头呢？人家自己都有地，人家的地也都像你的陶乐这么不稳当，谁还肯再要你的地做抵押呢？"

"那么我还有从那北佬身上拿来的钻石耳坠子，我们可以拿去卖掉的。"

"思嘉小姐，你想邻近地方谁有钱买钻石耳坠子？人家连买肉的钱都没有了，谁还买得起首饰？老实告诉你吧，你现在还有十块金洋，已经要算是首富了呢！"

接着是一个沉默。这时思嘉心里的感觉就仿佛是拿头在碰石壁一般。她已经碰过了不少石壁，但都没有这一次来得硬。

"我们到底怎么办呢，思嘉小姐？"

"我不晓得。"她茫然地说，仿佛她已经不愿去管这个问题似的。她现在忽然觉得疲倦起来，疲倦到腰都发酸了。她想自己为什么要这样工作，这样奋斗，这样折磨着自己呢？而且为什么每一次奋斗的结果又总是失败呢！

"我也不晓得怎么办好，"她说，"可是你千万不要让爸爸知道，他要发愁的。"

"那当然。"

"你对别人说起过吗？"

"没有，我刚才就是来找你的。"

是的，不错，她心里想，谁要有不好的消息，总是第一个来找她的，但是她实在觉得疲倦了。

"卫先生在哪里？也许他有办法的。"

慧儿将她瞪了一眼，就像希礼刚刚回家那一天的样子，思嘉觉得他是什么事情都知道的了。

"他现在在果园里劈栅栏杆儿，我刚才吊马的时候听见他的斧声。但是他的钱未必能多过我们吧。"

"但我去跟他商量商量总可以啰，是不是？"她一面尖酸地说道，一面就踢去了脚上的棉花胎，从椅子上站了起来。

慧儿并不因她这句话觉得难过，仍旧扑在火炉上擦着一双手。"你最好带了围巾出去，外面冷得很哪。"

但是她并没有带围巾出去，因为围巾在楼上，她懒得去拿，而她要跟希礼去商量紧急问题的心思却是迫切得很了。

如果希礼只是独个人在那里多么好呢！自从他回来以后，她从来没有跟他说过一句体己话。家里人一直都围住他，媚兰一直不离他左右，并且不时要摸摸他的袖子，借以证明他确实是在那里。思嘉看见那种肉麻的样子，心里又重新燃起忌妒的火焰。所以现在，她决计要跟希礼去讲几句体己话了。她想这一回希礼正在园里劈栅栏杆儿，她突然跑去找他，一定是人不知鬼不觉的。

她从果园里走过的时候，潮湿的枯草冷冰冰地渗入她的脚。她听见了希礼在那里劈木头的声音。原来他们的篱笆都给北佬毁完了，现在正要修补它，得把木头一条条地劈成杆儿，实是一桩十分辛苦的工作。现在她觉得任何事情都非常辛苦了，都非常厌倦了。如果希礼不是媚兰的丈夫而是她自己的丈夫，那够多么好呢！要能够这样，她就可以去把头伏在他的肩膀上，跟他哭着撒着娇，将一身的重担都去交给他了。

她从一棵石榴树旁边拐过一个弯，就看见希礼倚着一柄长斧站在那里，正拿手背擦着额头上的汗。他身上穿的是一条破旧不堪的本色布裤子，上身一件破衬衫，是嘉乐的，从前嘉乐要出门的时候才舍得穿，现在穿在希礼身上却嫌太短了。他的外衣挂在一根树枝上，因为这劈柴的工作是热得很的。他一看见思嘉走近去，就停住手站在那里等她了。

思嘉看见希礼身上这么褴褛，而且拿着斧头在那里做苦工，心里觉得很可怜。她的希礼是娇生惯养的，她不忍看见他狼狈到这个地步，她宁可自己去替他劈木头，好叫他到屋子里去躺着休息休息。

"人家说林肯也是劈栅栏杆儿出身的，"希礼等她走近时就这么说着，"看来我的前程也是无可限量呢！"

思嘉皱了皱眉头。她不懂，为什么希礼每逢吃着大苦的时候老是喜欢讲这样的风凉话！在她，她是要把这种事情看得非常严重的，因而对于他这种话语有时竟要觉得懊恼。

她骤然把慧儿听来的消息告诉了他，话语说得很简洁，只觉得把话说了心里就宽松了许多，因为她以为希礼是一定能助她一臂之力的。但是希礼却不吭声，因见她在发抖，便把树枝上挂的外衣取下来披在她身上。

"那么，"她最后说道，"照你想，我们得把这钱筹起来吗？"

"是的，"他说，"但是到哪里去筹呢？"

"我是在问你呀。"她有些懊恼地答道。突然间，她那可以马上卸下担子的观念消失得无影无踪了。但他即使是没有办法，为什么也不说几句话安慰安慰她呢？哪怕只说一句话也是好的。

他微微笑了一笑。

"我在回来以后的几个月里，就只听见说一个人是真正有钱的，那就是白瑞德。"他说。

原来上个礼拜白蝶姑妈曾经写信给媚兰，说白瑞德已经带了一辆马车和两匹好马回到亚特兰大来了，口袋里面老是装着满满的绿票。但照白蝶姑妈的意思，他这许多钱的来路总有些不正当。因为白蝶姑妈有一种理论，亚特兰大人大部分以为联盟州国库里有一笔秘密款项落在白瑞德手中了。

"我们不要谈他吧，"思嘉截断他的话说，"他是一个下作鬼，去谈他做什么？要是这件事没法解决，我们大家怎么好呢？"

希礼放下了斧头，忽然若有所思地把眼睛看着远处，仿佛看到一个她所不能随去的地方。

"我也常在这里想，"他说，"不但这里陶乐的人将来不知怎么好，就是整个南方的人将来都不知怎么好呢！"

她听见了这话，立刻生起气来，就想马上回他说："整个南方的人你去管他妈的！只要问我们自己怎么办好了！"但是这话她并没有说出口，因为她当初那种疲倦的感觉突然又回复了，而且比以前更加厉害了。谁想得到希礼对她是一点儿也不能帮忙的！

"你要知道将来到底怎么样，只消看历史事迹就可以知道了。只有那种有脑筋有勇气的人才能够存活下来，没有脑筋没有勇气的人都要被簸箕簸掉。我们能够亲眼见到一次古脱旦眉龙①，虽然并不怎么适意，至少是很有趣的。"

"见到一次什么？"

"见到一次神道的黄昏。不幸的是我们南方人都曾把自己看做神道呢！"

"请你看上帝分上，卫希礼！不要站在这里对我说这套废话吧，现在是我们自己到了被簸箕簸掉的时候了呢！"

她的疲倦的感觉似乎有些传进他身上去了，因为他突然把那漫无边际的狂想收了回来，重新注意到目前的情景上来，便很温和地拿住思嘉的两只手，将手掌翻了过来，看着上面长满的茧子。

"这一双手是我生平见到过的最最美丽的手，"他一面说着，一面在两个手掌上都轻轻吻了一下，"它们所以美丽，就因为它们是强壮的，上面的每一个茧子就是一块奖牌，思嘉，每一个泡泡就是给你的勇敢和无私的一种报答。我知道你这两只手是为着我们大家，才弄得这么粗糙的——为着你的父亲，为着你两个妹妹，为着媚兰，为着她的孩子，为着那些黑人，也为着我。所以现在，亲爱的，我知道你心里在想什么了。你心里在想：'这儿站着一个不讲实际的傻瓜，口里尽管讲着关于死的神道的呓语，反把活的人类的危险都不顾了！'你是不是这么想的？"

她点了点头，心里巴不得他一辈子将自己的手这么拿着，但是他放开了。

"你现在来，是希望我能帮助你吧？嗨，可是我实在不能帮助你。"

他看着那一柄斧头和一堆木头，眼睛里露出惨苦的神色。

---

① 古脱旦眉龙：德文直译为"神道的黄昏"，即世界因诸神与巨人的斗争而终归毁灭。

"我的家是完了,我所有的钱也完了,而且我在这个世界上是什么事都不配做的,因为我所属的那个世界已经没有了。我是不能帮助你的,思嘉,我所能做的就唯有加紧学做一个笨拙的农夫,以便帮助你耕种。但是这点帮助也决不能替你保全陶乐。现在我们一家人都全靠你的周济过生活,你以为我不明白我们这种处境的惨苦吗?你这么一片好心对待我跟我的一家人,这种好处是我们无论如何报答不了的。这种情形我是一天一天愈加深刻地感觉着了,我也一天一天地愈加知道自己没有用,愈加明白自己没有能力对付将来的困难了。这是因为我一天一天地在逃避现实,所以愈加不容易去正视新的现实。我这话的意思你懂得吗?"

思嘉点了点头。她对于他说的话实在并没有怎样明确的观念,但是她悉心静气地听着。这是他第一次对她说的真心话,而形迹上他却仍旧对她仿佛很疏远。她听见他这一番话说得这般诚恳,心里不由得怦怦跳起来,他再说下去,就要把他爱她的真情也流露出来了。

"我这不愿意正视现实的脾气实在是我的大不幸。在这次战争没有开始以前,生活对于我向来都不比映在幕上的一个影子更加真实的,我却是巴不得如此。我向来都不喜欢事物的轮廓画得过分清楚,我喜欢凡事的轮廓略带点模糊,像是蒙着一层薄薄的迷雾。"

说到这里他停住了,微微笑了笑,又值一阵冷风刮过去,身上略微抖了一下。

"换句话说吧,思嘉,我实在是个懦夫。"

他的什么模糊什么迷雾之类的话,她都把握不住它的意义,至于最后这句话,她是懂得的。她觉得这句话并不真实,他身上并没有怯懦性的。他身上的每条细弱的线条都显示着他的祖先曾经有过若干勇敢豪侠的世代,而且他自己在这次战争里的功绩,她也记得清清楚楚的。

"你这话就不对了,难道一个懦夫肯爬到葛的斯堡大炮上去轰敌人吗?难道将军对于一个懦夫也肯亲自写信给媚兰褒奖的吗?而且——"

"这不能叫做勇气,"他疲倦地说道,"打仗是跟香槟酒一样的。它能麻醉一个勇夫,同样也能麻醉一个懦夫。在战场上,是无论什么傻子都会勇敢起来的,因为不勇敢他就没有命。但是我所说的并不是这种勇气。而且我的怯懦性是特别的一种,比起听见炮声就要逃的那种怯懦更不如。"

他的话说得缓慢而且艰涩,仿佛他说时心里很难过,又仿佛他自己远远站在一边听着而觉得伤心似的。假使这说话的人不是希礼而是别人,思嘉一定要当他是假装的，当他是故意为博别人赞美的。但是她现在觉得希礼并没有假意，而且她发现他眼睛里有一种特别的神情，不是恐惧，也不是辩解，却是一种勉强的兴奋。这时候一阵冷风扫过她那潮湿的脚踝，使她又发起抖来，不过这一回的发抖只有小部分是由风而起，大部分却是希礼的话所致的。

"可是，希礼，你现在到底害怕什么呢？"

"哦，我怕的是一种无名的东西。这种东西如果拿言语发表出来，别人听见了一定要觉得好笑的。其中的大部分，就在于生活突然变得太现实了，太切己了，切己到不能不跟生活里的许多简单事实去接触了。譬如我现在在这里劈木头，我心里并不觉得难过，我所觉得难过的是这桩事情所代表的一般意义，我所觉得难过的是我所爱的旧生活丧失了它的美丽了。思嘉，你要知道，在战争以前，生活是美丽的。我觉得那时的生活犹如一件希腊艺术品，它具有光辉，具有完善，具有齐全，具有对称。也许不是人人都有这样的感觉，这我现在明白了。但是在我，我总觉得十二根橡树的生活确实具有一种美。我是属于那种生活的，我是那种生活的一部分。现在这种生活是完了，在这种新生活里并没有我的地位，所以我害怕了。现在我懂得了我从前所注意所观察的只是一种影戏，凡不具有阴影性质的一切我都避免它。无论是人、是情境，凡是过于真实过于有生气的，我都要避免它。我不愿意这样的人和情境闯进我的生活。就是对于你，思嘉，我也是想避免的。因为你太富于生气、太真实，我呢，却又偏偏怯懦得很，宁可去找阴影和梦境的。"

"但是——但是——媚兰呢？"

"媚兰就是一个最最温柔的梦，而且是我自己的梦的一部分。假使这次的战争不曾起来，我就可以快快乐乐地深藏在十二根橡树，心满意足地看着生活的过去，自己却不去加入生活。谁知道战争来了，真实的生活闯到我身上来了。我第一次出去行动的时候——那是在雄牛道上，你总还记得的——我就亲眼看见我那些儿时的朋友被轰成了齑粉，亲耳听见那些将死的战马在那里哀鸣，并且知道我自己每一枪放了出去，总有一个人要倒下地去淌血的，因而心里觉得非常难过。但是这一些，思嘉，都还算不得战争中最恶劣的部分。战争中最恶劣的部分就是我不得不跟他们在一起生活的那些人。

"你总知道，我向来都过着幽闭的生活，除了少数几个慎重选择的朋友之外，一向是回避着人的。但是这回的战争教训了我，使我知道自己从前的生活的确是别成一个天地，而且我那小天地里的人都是梦中人。战争又使我知道真正的人是怎么样的,但是它并不曾使我知道怎样去跟他们一起生活,而且我恐怕这种共同生活的习惯是我一辈子也学不会的。现在我却已明白,我如果要维持我的妻子,我就不得不到那些跟我全然不同的人的世界里去开辟一条道路了。你呢,思嘉,你是正在抓住生活的双角,要扭得它来就你的范。但是我在这个世界里面还有什么地方是配我出力的呢?我刚才说害怕的,就是害怕这一点东西。"

当他这么侃侃而谈的时候,思嘉只觉得他心里的感情非常激动,却不懂得它是一种什么感情。她又一直尝试着去把握那些话的意义,无奈那些话的意义竟像是野鸟一般,无论如何把握它不住。她只觉得他在说话的时候,背后一定有一件什么东西在驱迫他,像一条残酷的鞭子似的在驱迫他,却又不懂得那件东西到底是什么。

"思嘉,现在我已明白我从前那种影戏的生活是幻灭了,但是我自己也不知道到底是什么时候明白过来的。我想大概就在我第一次在雄牛道上开杀一个人的时候吧。总之,那种生活是过去的了,我决不能再站在旁边做旁观人了。我已经突然地爬上了舞台,掀开了前幕,在这里演着一个角儿,可是我的一举一动都生涩得很,这个角儿一定是演不好的。因为我那个内在的小天地已经没有了,已被一些思想行为都跟我自己完全不同的人们侵入了。这一些人正拿污秽的脚在蹂躏我的小天地,使得我遇到不得不逃避的时候也没有余地可以容身了。我当初在俘房营里的时候,我还曾经想:等到这场战争完了的时候,我仍旧可以回去过我的老生活,做我的老梦,看我的影戏的。但是,思嘉,现在叫我回到哪里去呢?所以,现在我们大家正在遭遇的这种情境,实在是比战争还要恶劣,比俘房营还要恶劣,甚至——在我个人看起来——比死还要恶劣呢。……这,思嘉,就是我因害怕而受到的一种刑罚了。"

"但是,希礼,"她一直听到这里,方才从五里雾中翻出一个筋斗来开口道,"如果你是怕我们要饿死的话,那是,怎么——怎么——哦,希礼,我们总会想出办法来的!我知道我们是有办法的!"

他那大而灰色的眼睛又回到她脸上来,眼光里面含着一种钦佩的神色。但是过了一会儿,他又突然把眼睛移了开去,看到一个非常遥远的境界去了。这么一来,思嘉就看出他并不在想饿死的事情,不由得自己的心马上又沉落下去。其实她的这种经验已经不止一次了,每次她跟希礼谈话的时候,总仿佛是各人用着一种各别语言的。但是她因爱他至极,所以他每次像现在这样把眼睛看到远处的时候,她的感觉总仿佛是一个温热的太阳突然沉落下去而撇下她在黄昏的寒露里受冷一样。她恨不得立刻跑上前去抓住他的肩膀，将他搂到自己怀里来，好使他认识到自己是一个血肉做成的人，并不是他书里读到或是梦里见到的一个幻影。

"挨饿呢，原也是不适意的，"他说，"我所以知道，因为我自己曾经挨饿过，但是我并不怕挨饿。我所害怕的是现在的生活已经失去了旧世界的美，而我却不得不面对这件事。"

这话思嘉仍旧是不懂，但是她想媚兰也许懂得的，于是她大觉失望了。媚兰跟他一直都说这样的傻话，总不外是诗呀、书呀、梦呀、星呀、月呀之类。现在她自己害怕的东西，他却不害怕。他并不怕胃里空虚，不怕寒风刺骨，也不怕陶乐要落入他人之手。而他所害怕的东西，却是她从来不曾知道也不能想象的。因为在她想起来，现在这个残破的世界里，除了饥饿、寒冷，以及丧失自己的家三件事情以外，还有什么可怕的呢？于是她竟觉得无话可说了。

"哦！"她这声音里含着的失望，正像一个小孩子打开了一个鼓鼓的包裹而发现里面是空的一般。希礼听出她这失望的调子，便露出一个悔恨的微笑，急忙向她道歉。

"请你饶恕我，思嘉，我刚才的话说得有些不近人情了。我所以不能使你了解，因为你是不知道怎样叫做害怕的。你具有一个狮子的心，同时又完全没有想象力，这两种品性我都非常忌妒你。你从来不怕去正视现实，也从来不像我这样要想逃避现实。"

"逃避！"

这两个字仿佛是他刚才说的许多话里唯一可以懂得的字眼。她以为希礼也跟她自己一样，也是倦于奋斗要想逃避了。于是她的呼吸变得急促起来。

"哦，希礼，"她嚷道，"你错了，我也是要逃避的呢。我对于这一切都觉得疲倦极了！"

希礼听见这话，觉得非常诧异，不由得耸起眉毛来，思嘉却已把一只滚热而迫切的手放在他臂膀上了。

"你听我说，"她很急促地开头说道，急促到毫无停顿，"我对于这一切都觉得疲倦极了，我告诉你吧。我是疲倦到彻骨了，再也忍受不下去了。你知道的，我一直都为着吃的为着钱在这里拼命，我又要拔草，又要铲地，又要采棉花，甚至于要亲自去耕种，简直是一刻儿都忍受不下去了。我告诉你吧，希礼，我们南方是死的了！已经完全给他们北佬、那些解放了的黑人、那些提包党占据去了，什么东西都没有了。希礼，我们一块儿逃走吧！"

希礼瞪着眼睛对她看了一眼，又低着头看了看她的面孔，只见她脸上已经红得跟火烧一样。

"是的，我们逃走吧——丢了他们大家不管吧！我实在吃不消了，不能再替这些人这么拼命下去了。他们自然有人会来照管的。凡是自己不能照管的人，总有别人会来照管他们的。哦，希礼，我们走吧——你跟我两个人走吧。我们可以逃到墨西哥去的，墨西哥军队里正在需要军官，我们到那里去一定很快乐。我会替你工作的，希礼，我什么事都会替你做。你自己知道你是不爱媚兰的——"

希礼脸上顿然泛起了一脸无可奈何的神色，想要插进去说一句话，无奈她的话势如潮涌一般，再也没个空隙可以插进去。

"那一天你曾经告诉我，你爱媚兰不如爱我的——哦，那一天你总还记得吧！我知道你一直都没有变过，这是我可以相信的。你刚才还说她不过是一个梦呢——哦，希礼，我们逃走吧！我一定会使你非常快乐。无论如何，"她又狠毒地补充道，"媚兰是不能使你快乐的——方老医生说过她不能再替你养孩子了，我是能够替你养——"

他的手紧紧抓住了她的肩膀，抓得她觉得有些痛起来，这才突然停止她的话，却仍旧是气喘吁吁的。

"十二根橡树那天的事，我们应该忘记了。"

"你当我是会忘记的吗？你自己已经忘记了吗？你如果是说老实话的，你能说你不爱我吗？"

他深深吸进了一口气，然后急促地回答了她。

"不，我不爱你。"

"这是谎话。"

"就算是一句谎话吧，"希礼的声音已变得非常平静，"现在这桩事情也是不能讨论的了。"

"你的意思是——"

"你以为我能够离开这里，丢了媚兰跟那孩子不管吗——就算我是十分憎恨他们吧，你以为我会让媚兰去心碎吗？我会让他们去靠人家周济过活吗？思嘉，难道你是发疯了？难道你的心肠竟这么硬了？就说你自己吧，你当然不能丢开你的爸爸跟两个妹妹不管的。他们就是你的责任，犹如媚兰跟小玻是我的责任一样。无论你怎样觉得疲倦，他们一天在这里，你就得替他们负一天的责。"

"我是能够丢开他们的——我对他们厌倦极了——我对他们疲乏极了——"

他将身子凑近一步来，她的心怦怦地跳着，当是他马上要把自己搂进怀里去了。但是不，他只轻轻地在她臂膀上拍了拍，像抚慰一个小孩子似的跟她说起话来。

"我知道你是厌倦了、疲乏了，所以你现在会说出这种话来。你现在身上负着三个男人的重担呢。但是我将来总会帮助你的——我总不见得就一辈子这么笨拙下去——"

"你要帮助我就只有一个方法，"她迟钝地说道，"就是你带我离开这里，到别处去重新再起头，重新去找快乐的机会。现在这里是没有什么东西值得我们留恋了。"

"是的，没有了，"他平静地说道，"没有了——就只剩了我们从前的声誉了。"

她怀着一腔的热望将他看了看，仿佛是初次跟他见面似的，看见了他那新月形的眼睫毛，看见他的头傲慢地搁在他那光着的颈项上，看见他身上虽然破烂得那么可笑，却仍保存着一种姿态，足以显出他的旧门第和尊严来。她眼睛里裸露着一种祈愿的神情，而他的眼睛像是灰色的天空底下一口山间的池沼，虽则清明却是遥远的。

她从他眼睛里看出自己那种荒唐的梦想和狂妄的欲愿已经失败了。

突然的，一阵伤心和疲倦扫过了她，她就将头埋在他手里，呜呜地哭起来了。他从来没有看见她哭过，他从来不曾想到像她这么心气强硬的女人也会哭的，因而不觉有一阵怜惜和懊悔的情感扫过了他。他于是再凑紧了一步，一把搂住了她，让她的头贴在自己胸口上，低声地对她说："亲爱的！你是勇敢的——你不要哭！你决不能哭！"

经了他这一下接触，他就觉得她在他的怀抱里立刻起了变化，只见她那袅娜的身体仿佛通了一种神奇的幻术，又见她抬起头来看他时，她那绿色的眼睛里含有一种温热的文火。突然，希礼觉得天气已经不是肃杀的冬天了，觉得春天又回到人间来了。他又重新经验到从前那种鸟语花香的境地，重新尝味到从前那种热情蓬勃的心情了。他低下头一看，见她那两片殷红的嘴唇正朝上面翘着，便不由得身上起了一阵簌簌的颤抖，情不自禁地扑下去和她亲了起来。

她只觉得耳朵里起了一种嗡嗡的怪声，仿佛拿一只海螺凑在耳朵上听着一般，而通过了这种嗡嗡的声音，她听见了自己的心在那里突突地跳着。她的身体仿佛融化在他的身体里了，这期间，他们俩的嘴唇一直都胶在一起。他们俩的身体也仿佛合而为一了。

后来他突然将她放开，她就觉得身子晃晃荡荡地要倒下去，因而不得不急忙抓住身边的栏杆。她把一双燃炽着爱和胜利的眼睛抬起来对他看着。

"你是爱我的！你是爱我的！你说吧！你说吧！"

他的两手仍旧搁在她肩膀上，她觉得它们是发抖的，并且觉得它们抖得很适意。她像一团热火似的将身子贴上前去，但是他将她稍稍推开一点，以便可以面对面地看着她，那时他眼睛里那种疏远的神情完全消失了，却是一种充满着挣扎和绝望的神情了。

"不要！"他说，"不要这样！你如果再要这样，我就马上要对你无礼了！"

她微笑了，霎时把时间空间一切都忘记了，就只记得他的嘴唇放在自己嘴唇上时的感觉。

但是突然之间，他抓住了她的身体，将她狠命地摇了起来，直摇得她的头发统统披散在肩膀上。这是因他感到极端的愤怒而起的——愤怒着她，也愤怒着他自己。

"我们决不能这样！"他说，"我告诉你，我们决不能这样！"

他一面说着，一面还是继续地摇她，几乎把她的颈梗也快要摇断。她的眼睛已经给自己的头发遮没了，头也被他摇昏了。她于是拼命挣脱了他的双手，呆呆地站在那里对他瞠视着。只见他额头上冒着汗珠，两只手拘挛着，也把一双灰色眼睛睁得大大地瞠视着她。

"这是我的不是，并没有你的过失。不过，不要紧，以后这样的事情再不会有了，因为我就要带着媚兰跟孩子走了。"

"走？"她听见了这话，就觉得非常惨痛地说道，"哦，你不能走的！"

"我非走不可，我对着上帝说！你以为我经过这回的事情以后还能住在这里吗？到了这样的事再要起来的时候——"

"但是，希礼，你不能走的。你为什么要走呢？你是爱我的——"

"你一定要我说这句话吗？好吧，我就说，我爱你。"

说着，他忽然现出非常鲁莽的样子凑近她身边去，倒把她吓得直往背后的篱笆上退缩。

"我爱你，爱你的勇敢，爱你的顽强，爱你的烈火，爱你那种毫不容情的残忍。你若问我爱你到怎样的程度，那我可以对你说，爱到几乎恩将仇报了，爱到几乎忘记了世界上再好不过的一个妻子了，爱到几乎就在这泥地里对你无礼起来，将你当做了一个——"

她在一团混乱的思想里挣扎了一会儿，然后心里感到一种从未有过的寒冷，仿佛一段冰柱突然插进去一般。于是她断断续续地说道："如果你心里感到这样——而你却并没有对我无礼——那你就是不爱我的了。"

"我是无论如何不能使你了解的。"

暂时两方面都没有话说，只是面面相觑着。突然，思嘉身上发起抖来，因为她重新认出了现在是冬天，重新看见四周围是一片荒芜凄凉的景象，于是她觉得冷了。同时她又看见希礼脸上也已恢复平时那种冷漠的神色，并且还夹进一种凄苦和懊丧的表情，看起来愈加觉得萧瑟。

她本来是要立刻掉转头撇开了他，跑到屋里去躲起来的，但是她已经疲倦得不能动了，甚至连说话也觉得辛苦，觉得疲倦了。

"好吧，那么什么都完了，"她过了许久才说道，"我是什么都不剩的了，没有什么可以爱了，没有什么可以奋斗了，你要是去了，陶乐也就快去了。"

他对她呆呆地看了许久，然后突然蹲下身子去，从地上抓起一把红泥来。

"不，你说错了，你不会没有东西的，"他说时，脸上又泛起了一个微笑的影子，像在讥笑他自己，同时也在讥笑她，"有一件东西是你极爱的，实在你爱我不如爱它，只是你自己不知道罢了。那就是你的陶乐。"

他上前去拿住她一只潮湿的手，塞进那一团红泥，然后将她的五个指头合上。这时他手上已经没有寒热，她手上也已经没有寒热。她对手里的红泥看了一会，一时把握不住任何的意义。她又对他看了看，仿佛觉得他的精神防卫得十分严谨，决不是她自己的手分散得开，也决不是任何的手分散得开的。

即使你将他杀了，他也决不会抛弃媚兰的；即使他到死都对思嘉怀着如火的热情，他也要竭力设法跟她隔着一段距离，决不肯和她发生任何关系。总而言之，他那一重铁甲是她无论如何打不破的了。所谓友情、忠实、荣誉这三件东西，他是比她看得重得多的。

那块红泥在她手里使她觉得有点冷，她又低下头去看了看。

"是的，不错，"她说，"我还有这件东西。"

起初，她觉得希礼的话丝毫没有意义，觉得红泥不过是红泥罢了。但这使她自然而然地想起陶乐四周的一片红海来，便觉得它非常可爱，而且记起自己曾经费了大力才把它保存下来。以后她如果要保存它，也还是要费大力去奋斗。她又朝他看了看，自觉任何感情都没有了，便不胜诧异之至。现在她只能够想，不能够感了,无论对于希礼对于陶乐都无所感了,因为她的一切情绪都被掘空了。

"你也不必走,"她明明白白地对他说道,"我决不会让你们去挨饿的,这也并没有别的原因,就只因我已经替你们挡了头阵了。至于今天这种事,那你放心,以后包你不会再有就是了。"

说完她就掉转身子,踩着红泥向屋子里走去,一面走一面伸手将披散的头发打成一个后髻。希礼在她背后目送着她,看见她一路走时两个肩膀挺得笔直的。这一种姿势使他深深地感动,比说任何话都感动得多。

第三十二章

当她走上前面台阶的时候,手里还抓着那块红泥。她故意避开了后门的路,因为她知道嬷嬷在那里,怕她眼睛尖,要看出她的破绽来。这时候她不但不愿意看见嬷嬷,任何人她都不愿意看见。她觉得没有心情去见任何人,更没有心情去跟任何人谈话。但是她并无羞愧的感觉,也并不感觉到失望,并不感觉到凄苦,她只觉得两腿十分无力,心里异常空虚。她将手里的红泥拚命捏着,直捏得它都从手缝里挤了出去。一面她又像鹦鹉似的一遍一遍地念道:"我仍旧还有这个,不错,我仍旧还有这个。"

的确,现在她除了这一片红土的地面之外,是什么都没有的了。但是不过一刻之前,她曾经要把这一片红土像一条破手帕似的抛弃掉呢。现在,她又觉得这片红土十分可爱了。于是她自己觉得诧异,为什么她刚才会那么发狂,竟把它看得那么一钱不值呢?假使希礼当时答应她,竟跟她一同逃走,把这里的一家人都抛弃了,她将来能有不懊悔的吗?她一定要不住地回顾这里,一定要觉得非常痛惜,即使有希礼在她身边,也决然弥补不了她这遗恨的。照这么说起来,希礼这人是多么聪明啊!而且多么能了解她啊!他只消将一团红泥塞进她手里,就使她立刻恢复过意识来了。

她走进穿堂里,正想将门关上,忽听见外边车道里来了一阵马蹄声。怎么偏偏在这时候来客人呢!这是她无论怎样也受不了的,她因而想要躲进自己房中去装头痛。

但是等那马车快到时,她不由得回转头看了一下,就被惊得呆住了。那是一部簇新的马车,上面油漆得雪亮,鞍辔也全副簇新,还镶着许多亮晶晶的铜片。那么一定是个陌生人了,因为她的熟人里面谁都没有这么阔绰的。

她站在门边看着,外面的冷风嗖嗖地吹着她的衣裙。她见那马车在离开台阶一段路外停住了,先下来的却是她家从前的总监工魏忠。思嘉看见他坐着这么漂亮的马车,身上又穿着那么漂亮的外套,心里觉得十分诧异,竟有点不敢相信自己的眼睛了。但是不久之前慧儿也曾告诉她，说魏忠自从得了自由人局里的差事，顿时阔绰起来了。慧儿又说他的钱大都由没收人家的棉花弄起来的。现在看见他这般阔绰，足以证明慧儿的话不错了——他的钱的来路一定不正当。

魏忠下了车之后，当即回过头去搀下一个女人来，身上的穿着竟跟思嘉自己从前相差不远。思嘉细看那衣服，颜色都浓得俗不可耐，但是她这几年来从来没有看见过这么时髦的衣服，不由得有些眼馋。她由这身衣服看起来，才晓得今年时行的裙边已经不怎么很阔了。又见她头上戴的是一顶非常俏皮的高帽，这才知道从前那种圆顶女帽已经不时行了。那种高帽的带子不结在前边，却结在背后的头髻底下。那种头髻也是新式的，在颈梗背后披着一束浓重的鬈发，不过思嘉立刻看出那一束鬈发的颜色和质地跟上面的头发都不调和，便晓得它是假装上去的。

那女人下了车，便抬起头先将那房子打量了一眼。思嘉一看她那兔儿脸上抹着一脸厚厚的粉，只觉得她十分面熟。

"怎么，这是施阿弥啊！"她惊异得不觉把这话大声喊出来。

"是的，就是我！"阿弥一面说着，一面摆出了一个傲慢的微笑，将头一翘踏上了台阶。

施阿弥就是她！就是这龌龊的娼妇！她养私生子，是爱兰给她洗的。她害伤寒病，是爱兰替她看的。爱兰为了她，竟送了自己的命！谁知她现在竟敢坐着这样漂亮的马车，穿着这样漂亮的衣服，这么昂头天外地到这里来向她示威了！竟敢这么堂而皇之地把这房子看做她自己的房子一样了！刹那间，思嘉那个本来空虚的胸腔里充满了一种非常猛烈的愤怒，仿佛跟疟疾的寒热突然来攻袭一样。

"不许你上台阶来，你这下流的婊子！"她大声地喝道，"你替我滚开这里！替我赶快滚出去！"

阿弥顿时倒了威，只得回过头去对魏忠瞟了一眼。魏忠当然生气了。但是他只皱着眉，勉强装着庄严的样子。

"你不能对我太太说这种话。"他说。

"太太！"思嘉说着便哈哈大笑，那笑声里含着一种比刀还要锋利的蔑视，"好啊，你这太太来得真是及时了！可是我的母亲已经被你们害死了，你们再要养出小杂种来，谁来替你们洗呢？"

阿弥叫了一声"啊"，急忙跳下台阶，预备要向马车里逃去，但是魏忠一把抓住了她的臂膀。

"怎么，我们是来拜访的呢——是来看看老朋友的呢！"他咆哮道，"并且还有一点正经事情要跟老朋友来商量的。"

"朋友？"思嘉的声音像是鞭子，"我们几时跟你们这种人做朋友来的？他们施家人全靠我们的周济过日子，谁知道好心不得好报，反把我的母亲害死了。至于你——你——你是爸爸为了你跟阿弥养私生子才被开除的。哼！朋友？你们赶快给我滚开吧，免得我去叫彭先生跟卫先生来。"

阿弥听见了这几句话，马上挣脱了她丈夫的手，飞也似的奔回马车那边去，一下子跳上了车厢，经这一来，她那一双雪亮的红帮漆皮鞋子也露了一下。

这时魏忠的愤怒也不亚于思嘉，直把一张本来菜色的脸涨得跟鸡冠一般红。

"你还是要这么大模大样是不是？好吧，你的牢骚我也明白了。我知道你脚上没有鞋子穿，我知道你的父亲是变成白痴了！"

"快给我滚开吧！"

"哼！我看你这调调儿也没有多少时候好唱了。你自己也快要滚了。你连税款都付不出了呢！我此番来，本来是要跟你好好商量的，本来预备出你一笔好价钱，向你买这所房子，因为阿弥很有意思要住这地方。现在你既然这么不识好歹，我就一个钱也不给你了！你要知道，你这爱尔兰的杂种，现在这带地方的事情是谁当权的？将来你付不出税款，公家自然要将这房子拿去拍卖。那时我再去向公家买过来，我就要来管业，要来居住，要来叫你滚出去。看你还能唱这调调儿不！"

思嘉这才明白是魏忠和阿弥要转这陶乐的心思，原来他们从前在这里曾经受过了侮辱，现在存心要用这方法来报复了。于是她每一根神经都愤恨得嗡嗡响起来，跟她那天拿手枪开杀那个北佬的时候一样，只恨现在她手里没有手枪。

"哼！你们要来！我不等你们踏进这个门槛，就要先把这房子一块块地拆碎，这块耕地也一亩亩地拿盐去撒过。看你们还来不来得成！现在我也没有多的话对你们说，只叫你们赶快给我滚开去！滚开去！"

魏忠对她瞪了一会眼，似乎还想说什么，却又收住了，便掉头走向马车那边去，跨上了车，在他那位正在啜泣的太太身旁坐下，随即掉转了马头。当他们将马车赶开去的时候，思嘉便起了一个冲动，要想在他们的背后吐一口唾沫。事实是她果然吐了。她也知道这是一种极平常极孩子气的动作，但是她觉得吐了一下心里会好过得多，并且要趁他们看见的时候吐给他们看。

那时她气愤极了。这班天杀的下流坯竟敢跑到这里来当面嘲笑她穷呢！这一只狗哪里真是到这里来商量买庄子的！他不过借口这桩事情带阿弥到她面前来摆摆架子罢了！这班卑污龌龊的提包党，这班满身长虱子的穷白人，他们想来住陶乐！你们配吗？

但是突然之间，她的气愤融解了，她的恐惧起来了。她觉得公家要问她征税，哪怕是一草一木都要税，她是没有法子可以抵抗的。魏忠要去运动公家将这庄子卖给他，她也没有法子可以防止的。但是她最后下了一个极大的决心："我决不让他们拿去！我宁可放一把火将这庄子烧掉，也不让他们拿去！凡是母亲的脚踩过的每一寸地面，我决不让施阿弥的脚再踩上去！"

但是当她把门关上的时候，她的心仍旧怦怦地跳个不住。因为她惊吓了，比北佬到这里来搜刮的那一天还要惊吓得厉害。那天她所害怕的，至多不过是这所房子要在她头顶烧掉，这一回的形势却是恶劣得多。这一班下流坯子竟要来住这个庄子了，竟预备将来可以对他们那些下流朋友去夸口，说她郝家人是被他们赶走的了。他们也许竟要把黑人带进这里来吃饭睡觉。因为慧儿曾经说过，魏忠现在是把一切黑人看成一律平等了，他跟他们在一起吃饭，容他们到自己家里来，并且跟他们同坐马车到外面去兜圈子呢！

当她想到陶乐最后要受这种侮辱的时候，她的心跳得非常厉害，竟连呼吸也被妨碍了。她很想镇静下来，以便细细考虑这问题，以便筹划一个妥善的对策，但是她每一次尝试集中思想的时候，总有一阵新鲜的愤怒和恐惧起来震撼她，最后她才想，这事情总有办法的，她总要找出一个人来可以去问他借钱的。钱这东西不见得就会干瘪了，就会飞走了的，现在必定还有人有钱。于是她就记起希礼刚才笑着说的那句话来了：

"现在只有一个人是真正有钱的，那就是白瑞德。"

白瑞德！她一经想到了他，就急忙走进了客厅，将门随手关上。客厅里的帘幕统统是放下的，又加是冬日的黄昏时分，所以她一走进，就被黑暗包围起来了。她以为自己躲到这里来，不会有人来打扰，可以容她把这事细细考虑一番。她又觉得刚才想起的这个办法，本来是很简单的，为什么早不想起来呢？

"我要跟瑞德去商量钱。我要把那钻石耳坠子去卖给他，或者我拿那耳坠子去向他抵押，问他借钱，等我有钱的时候再还给他。"

想到这里，她觉得胸口非常宽松，竟至浑身都觉有力了。她有了钱，就可以完纳税款，因而就可以对着魏忠的面去笑他一阵了。但是一会儿之后，她又觉得事情并不能像这样乐观地解决。

"我并不是单单今年一年要这税钱呀。还有明年、后年，也许这一辈子都得要下去的了。这回我给了他们，以后他们仍旧要把税额逐次增高，终于弄到撵走我为止。如果我的棉花有了好收成，他们就可以把税额增高到一文都不剩给我，或者老实不客气地将它没收去，说这是公家的棉花，也未可知的。现在那班流氓跟北佬儿通同一气了，他们要把我怎样就怎样，我还能够抵抗吗？所以我这一生一世都得担着心事了。我这一生一世都得到处去弄钱，都得白替人家劳苦了。现在即使我借到这三百块钱，也不过能救一时之急。我要把这个局面做一种一劳永逸的解决，使我夜里可以安稳地睡觉，免得今天愁明天，这个月愁下个月，今年愁明年。"

她的思想按部就班地发展下去，冷静地、逻辑地思考，一个观念在她脑子里渐渐生长起来。她想起了瑞德的面容，想起了一片雪白的牙齿映在一张黝黑的面孔上，想起了一双嘲讽的黑眼睛一直抚慰着她。她又想起了亚特兰大那一个酷热的夜晚，那时正是围攻将近结束的时候，他坐在白蝶姑妈的走廊上，被一种朦胧的夜色包围着，一只手抓住她的臂膀，使她感觉到一阵热烘烘，又记得他当时曾对她说："我想要你的心思，比想要任何女人的心思都来得殷切。"

"我要跟他结婚，"她冷冰冰地想道，"那么我就不用再担钱的心事了。"

哦，这是多么有福的一种思想啊，比起登天的希望还要有趣——不用再担钱的心事了，陶乐可以保全了，一家人的衣食可以不愁了，从此她就再也不会碰壁受伤了！

这时她自己觉得已经年老了许多，下午发生的事情已经把她所有的感情都掘空了。先是听到那个关于税款的惊人消息，后来是希礼的事情，末了是她对于魏忠的一场非常的愤怒。是的，现在她身上是一切情绪都没有的了。如果她的感情还没有完全掘空的话，那么她对于刚才这个计划一定自己会提出抗议来，因为她向来是憎恨瑞德的，比对世界上的任何人都要憎恨得厉害。但是现在她已经不能了，现在她只能够这样想，而且她的思想是很实际的。

"那天夜里，他在半路上丢开我的时候，我曾经对他说过许多怕人的话，但是我会使他忘记的，"她这么毫不在意地想道，因为她相信自己仍旧是迷人的，"等我去见他的时候，我仍旧要极力维持着自己的身份。我要使他相信我一直都爱他，那天夜里不过是一时的冲动罢了。哦，他们男人家是爱奉承的，只要当面拍他几句马屁，还有什么事不肯相信的呢？……我无论如何不让他知道我现在的困难，一定要等我把他哄到手了才让他知道。是的，现在决不能让他知道！他要是知道了现在我们多么穷,他就会看破我是要他的钱不是要他的人了。不过事实上呢,他反正是没有法子可以知道的,因为就连白蝶姑妈也还不很清楚我们的状况呢。等到我跟他结了婚之后,他就不得不帮助我了,因为他决不能眼看着自己老婆家里的人挨饿呀。"

做他的老婆?做白瑞德夫人?一点深深藏在她思想深处的反感微微动了一动,旋即又平下去了。她于是记起自己跟察理在蜜月中的种种情景来,记起他那么动手动脚,记起他那么笨头笨脑,又记起他那么痴痴癫癫——然后就有了那个韩卫德。

"现在我不去想它,等我跟他结了婚再说。"

跟他结了婚吗?记忆便又恢复了,当即有一个寒噤灌下了她的脊骨。她记起了那天夜里在白蝶姑妈的走廊上,记起自己曾经提起他如果向自己求婚的话,又记起他当时是多么可恨地笑着说道:"亲爱的,我是一个不结婚的男人呢。"

假使他仍旧是一个不结婚的男人呢?假使她自己无论怎样去献媚他、诱惑他,他都拒绝跟她结婚呢?假使——哦,这思想可怕极了!——假使他已经完全忘记了她,正在追求别的一个女人呢?

"我想要你的心思,比想要任何女人的心思都来得殷切……"

她一面想着,一面捏紧了拳头,让自己的指甲掐进手掌里去。"如果他已经忘记了我,我要使他重新记着我,我要使他重新再要我。"

而且,他如果不愿意和她结婚,却是仍旧要她的话,那也就有法子弄到钱了。无论如何,他是曾经要她做他的情人过的。

在客厅的朦胧阴影中,她跟她的灵魂的三种极大束缚做着迅速的决战——一是对于母亲的记忆,二是对于她的宗教的教训,三是对于希礼的爱。她知道刚才自己心里所起的思想,假使她母亲在天之灵知道了,一定是要觉得非常痛心的。她又知道这种苟且的行为在宗教上实是一种莫大的罪恶。她又知道自己现在既然这么爱希礼,这种行为便成了双料的卖淫性质了。

但是那时她心里怀着一种毫无感觉的冷酷,存着一种拼命奋斗的决心,以至这一切观念都不能不对她让步。她的母亲现在已经死了,也许死是可以谅解一切的。宗教原要拿地狱火的刑罚来禁止苟且行为,但是教堂应该谅解她是为要保全陶乐的动摇,为要免除家人的饿死——总之,教堂若要为此而懊恼,让它去懊恼去吧,她自己是不会懊恼的,至少目前决不会懊恼。那么希礼呢——希礼并不要她呀。是的,希礼是要她的。刚才他跟她亲嘴亲得么好,便是一个证据了。但是他到底不肯带她一同逃走呀。奇怪的是，她跟希礼一同逃走了，就像是不算犯罪，至于跟瑞德——

到了这时候，思嘉是到了一个漫长途程的终点了，这个途程就是亚特兰大失陷那天夜里开始的。当她最初踏上这个途程的时候，她是一个纵容惯了的、自私自利的、从来不曾吃过苦的女孩子，还是充满着青春、热烈的情绪，极容易被生活所迷惑的。现在到了这个途程的终点，原来那个女孩子的这些特质一点都不存在了。饥饿和劳作，恐惧和紧张，关于战争和关于复兴的种种恐怖，已经把她的温热、青春和柔婉掘取得干干净净了。在她的生命的骨髓上面，已经长起了一层硬壳，而且在这几个月的期间，这层硬壳已经越来越厚了。

但是直到今天为止，一直都还有两种希望在那里支持她。她曾经希望战争结束，生活就可以逐渐恢复本来的面目。她又曾经希望希礼回来，会带回来一些生活的意义。现在呢，这两种希望统统都完了。自从她在门前见过了魏忠的面，她已明白了这场战争对于她跟对于整个南方是永远不会结束的。最最残酷的战斗，最最野蛮的报复，现在还正开始呢。至于希礼，他是被他的说话永远拘禁了，这种拘禁实在比任何的牢狱都还要来得严密。

和平使她失望了，希礼也使她失望了，而且这两件事是同一天里发生的，于是她那骨髓上的硬壳的最后一条缝儿都被封没了，最后一层软膜也已硬化了。她现在所处的境地，正如前几天方家祖老太太所说的，已经达到最恶劣的程度了，已经再没有什么可怕了，母亲的责怪她不怕，爱情的丧失她不怕，舆论的指摘她不怕。能够使她害怕的，就只有饥饿以及关于饥饿的梦魇了。

她一经发现自己已经硬起心肠来，可以摆脱从前一切的束缚，便觉浑身渗透过了一阵轻松和舒适。她已经下了决心了，而且谢天谢地，她并不觉得自己这种决心的可怕。她只觉得这个办法是丝毫没有什么吃亏的，因而毅然决然照这办法去干了。

她只要能够使瑞德和她结婚，一切事情自然都会得到圆满的解决。如果不能呢——嗯，她也一样可以拿到钱的。暂时之间，她曾怀着一种客观的好奇心，想一想做人家的情人到底是怎么一回事。瑞德会不会像人家说他留住那个姓华的女人一样，一定要留她在亚特兰大呢？如果他要把她留在亚特兰大，那他一定是得给钱的，所给的钱一定能够弥补她因离开陶乐而受到的一切损失。至于男人生活的秘密，她却一点儿都不知道，究竟这种情人的关系是怎么维持下去的，她自然全不懂得。假如她养出一个孩子来呢？那分明是可怕极的。

"我现在不去想它，这等以后再想吧。"她唯恐这种不愉快的观念要动摇她的决心，因而竭力将它推到心的背后去。今天晚上她就要告诉家里人，说她要到亚特兰大去借借钱看，或者拿这庄子去押掉也未可知。现在用不着对他们说别的话，等到事情突然变了样，再跟他们说明也不算迟的。

她抱定了这种行动的决心，便把头也抬起来了，肩膀也挺直了。她也明知道这桩事情并不怎么容易办。因为从前，是瑞德向她恳求的，所以大权操在她自己手里，现在她是做了乞丐了，一个乞丐是没有权利向人提条件的。

"可是我到他那里去的时候，决不会装得像个乞丐。我要装得像一个皇后去对他施恩一般，反正他是无论如何不会看出来的。"

想着，她走到那面穿衣镜面前，将头抬得高高的。谁知那镜里映出来的简直是一个陌生人了，仿佛这一年以来，这回还是她初次对镜似的。其实她每天早晨梳洗之后，总要拿镜照照脸上有没有干净，头发有没有梳光，不过一直为了事情的忙迫，的确不曾到这穿衣镜面前将全身照过一次。现在她骤然发现了这么一个陌生人，不由得吓了一跳，难道这个憔悴、枯干、两颧突出的女人就是郝思嘉吗？郝思嘉的面孔是姣好、迷人、精神焕发的啊！

"我现在这种形况，怕是要迷他不住了！"她想到这一层，心里就着急起来，"我怎么这么瘦了？哦，我瘦得不成人样了！"

这么想着，她拍了拍自己的面颊，又摸了摸自己的颈梗。她的胸脯也变平了，变得跟媚兰一样平了。她向来是看不起女孩子们拿丝绵塞胸脯的，现在她自己也不能不用这玩意儿了。想起了丝绵塞子，她就连带想起衣服来，她把身上的衣裙掀起来托在手里看了看。瑞德是喜欢女人穿漂亮衣服的，穿时髦衣服的。她记起自己刚刚脱孝时的那套衣服来，那套衣服配上了那顶绿帽子，曾经博得瑞德一阵大大的恭维。她又想起新近看见施阿弥穿的那套镶红边的衣服跟那双红帮的漆皮鞋。那样的装饰虽然俗不可耐，却是很时髦的、很惹眼的。哦，她正需要惹眼的衣服呀！而且特别是惹白瑞德的眼！如果让他看见自己穿着这样破烂的衣服，他就要看出陶乐一定是出了大毛病了。然而这一层决不能让他知道。

于是她觉得自己刚才的计划真是有些痴，怎么像她现在这么一副鬼形容，还能跑到亚特兰大去对他有所要求呢？从前她最最美丽的时候，衣服也穿得最好的时候，尚且不能引诱他来向自己求婚，难道现在反而能引诱他吗？而且白蝶姑妈的话要是真的，他现在亚特兰大一定有很多的钱，好的坏的女人一定可以随他挑，怎么还会要她呢？"但是不，"她像十分有把握地想道，"我有一件东西却是多数美丽的女人所都没有的——我有这个十分坚定的决心。我只要有一套漂亮的衣服——"

然而在陶乐这地方，哪里去找漂亮衣服呢？没有一套衣服不是翻过补过的了。

她一时想不出法子来，只把眼睛呆呆地看着地板。她看见了母亲留下的那条苍绿天鹅绒地毯，已经给那些士兵睡得百孔千疮了。这一种景象，使她觉得越发灰心，她明白了陶乐也是跟她一样褴褛了。霎时之间，她感觉到屋里的空气非常沉闷，便揭起了窗框子，推开了百叶窗，让那落日的残光透进一点来。然后重新关上玻璃窗，将头靠在天鹅绒的窗帘上，看着窗外一片荒凉的牧场，以及坟地上那些暗沉沉的柏树。

她的面颊贴在那苍绿色天鹅绒的窗帘上，觉得它那柔软的绒毛刺在皮肤上非常适意，便像一只猫似的，将自己的面颊在上面擦了起来。然后，她将那窗帘一把抓在手里看了一会儿。

一分钟之后，她将屋中心一张大理石面的桌子拼命向墙边拖着，那桌子的几条腿儿本来就有些不稳，经她这么一拖，便吱吱嘎嘎地向她提出抗议来。但是她不理，竟将那桌子滚到窗口底下，随即撩起了衣裙，爬到桌面上，踮着脚尖儿，伸手去抓那挂帘子的粗棍子。但是那棍子放得很高，凭她怎样踮脚尖儿也够它不着，因而她光火了，将那帘子狠命地扯拔，竟将那搁棍子的架子也拔了下来，于是那帘子就连同棍子、架儿、钉子，一齐噼里啪啦地落在地板上。

仿佛是弄魔术似的，那客厅的门刷地一下开开来，嬷嬷的宽阔黑面孔出现在门缝里，每一条皱纹里都分明包含着非常深刻的诧异和怀疑。她皱着眉头将思嘉看了一眼，只见她站在桌面上，正把衣裙撩到膝头，做着一个姿势预备跳下来。又见她脸上现着一种兴奋和胜利的神色，就使嬷嬷愈加觉得疑惑了。

"爱兰姑娘的窗帘子你要去动它做什么？"她问道。

"我在这里有事情，你要在门外偷听做什么？"思嘉敏捷地从桌上跳下来，将那尘封垢积的帘子一把抓住反问她。

"你这声音是哪里都听见了，用不着我在门外偷听呀！"嬷嬷回答着，把身子挺了起来，预备要跟她战斗，"爱兰姑娘的窗帘子碍着你什么事，怎么连棍子连架子都弄得这么一塌糊涂了？爱兰姑娘在时对这窗帘子是极爱惜的，你就不该拿它这么糟蹋呀！"

思嘉只把一双绿眼睛对着嬷嬷，那眼睛里充满着热烈的光彩，又跟从前做女孩子的时候那么顽皮了。

"你到楼上去，把我那箱衣裳样子拿下来。嬷嬷，"她一面嚷着，一面在嬷嬷的背脊上推了一下，"我要动手做新衣裳了。"

嬷嬷听见了这话，顿时被愤怒和怀疑交相侵袭。怒的是她自己体重二百磅，无论怎样动一动都已很费力，何况要她上楼！同时，思嘉这种鬼鬼祟祟的举动，又怎么能叫她不怀疑呢？当时她并不听命，只把思嘉手里拿着的帘子一把抢了过来，牢牢揿在自己胸口上，仿佛它是不可侵犯的圣骨一般。

"爱兰姑娘的帘子是不能让你拿去改做衣裳的，俺只要还有一口气，俺决不让你拿去。"

思嘉本想发作，可是马上忍住了，反而勉强装起了一个微笑。嬷嬷明知道这个微笑是装出来运动她的，但是她这回的意思很坚决，决定无论如何不受思嘉的运动。

"嬷嬷，你不要肉痛吧。我要到亚特兰大去借钱去，得要一套新衣服穿的。"

"要什么新衣服呢？反正别人都没有新衣服穿。大家都在这里穿旧衣服，也从来没有人觉得难为情，而且你是爱兰姑娘的孩子，大家都知道的，大家都知道你穿这破烂的衣服，也是没有法子，没有人会看轻你的。"

思嘉第二次要想发作，但又忍住了，仍旧好声好气地对她说：

"我告诉你吧，嬷嬷，白蝶姑妈刚才写信来，说艾芬妮小姐这个礼拜六要结婚了，当然我得去参加婚礼的。因此我非有一套新衣服不可。"

"就是你身上穿的这一件，也跟艾芬妮小姐的新娘衣服一样好了。白蝶小姐也写信来说过，他们艾家也穷得很呢。"

"可是我非得有一件新衣服不可呀！嬷嬷，你真不晓得我们要钱多么要得紧呢！我们那一笔税钱——"

"是的，税钱俺也知道的，可是——"

"你知道吗？"

"怎么，上帝也给我一双耳朵呀，是不是呢？而且那位慧儿先生跟你说话，也从来不那么秘密的。"

哦，照这么看起来，嬷嬷是什么事情都偷听到了。因而思嘉觉得很诧异，她这么重的一个身体，怎么做起檐下鬼来会不怕人家听见她的脚步声的？

"嗯，你既然什么都听到了，那么也总该听见过魏忠跟阿弥——"

"是的，姑娘。"嬷嬷迷糊着一双眼睛说。

"那么你就不该这么糊涂了。你不知道我到亚特兰大去就是为了这笔税款去借钱的吗?这笔钱是不能不设法去借到的!这件事情是不能不办的!"说时她捏起一个小拳头敲着自己的手掌,"你要知道,嬷嬷,他们要把我们赶到大路上去呢!那么我们到哪里去好呢?你知道母亲是给那个下流坯子施阿弥害死的,现在她竟存心要住到我们房子里来,存心要到母亲睡过的床上来睡觉,我就为了这桩事要去借钱。你为什么要为着母亲的区区几面窗帘子跟我这么辩论呢?"

嬷嬷一双脚有些踯躅不安起来,仿佛是一头站住休息的巨象。她有一种朦胧的感觉,知道自己快要受思嘉的运动了。

"哦,俺当然不愿意那个下流坯子跑进我们这儿来,也不愿意给他们赶到大路上去,不过——"她突然将思嘉瞪了一眼,神色之间颇有一点责怪的意思,"你打算问谁去借钱,为什么一定要穿新衣服去呢?"

"那是,"思嘉被她一句话问得无言可对,只得支吾着说道,"那是我自己的事情,用不着你问。"

嬷嬷又对她狠狠地盯了一眼,仿佛她小时候做错了事情,她要将她细细地盘问一番一样。她好像已经窥破了思嘉的心事,以致思嘉不由得垂下眼皮,感觉到一种羞愧。

"那么你要新衣服是为借钱用的了,这种事情俺倒不大听见过,而且你又不肯说出向谁去借钱。"

"我什么都不愿意说,"思嘉愤怒起来道,"这是我自己的事情。你到底肯不肯把那帘子交给我,肯不肯帮我做衣服?"

"是的,姑娘,"嬷嬷的口气突然软下来,倒使思嘉心里生起了疑惑,"是的,俺会来帮你做的。俺想那帘子的缎子绲条可以拆下来做一条衬裙子,上面的花边也可以拆下来镶短裤子。"

说着,她将帘子递还思嘉,同时脸上展开一个狡猾的微笑。

"媚兰姑娘总跟你一块儿上亚特兰大去吧,嘉姑娘?"

"不!"思嘉斩钉截铁地回答道,因为她有点明白嬷嬷的意思了,"我独个人去。"

"那是你一个人的意思啰,"嬷嬷坚执地说,"可是俺要跟你去的。是的,嘉姑娘,俺会一步都不离开你的。"

思嘉听见这话,觉得事情有些不妙,但是又不好跟嬷嬷辩驳起来,只得又施展一点手腕。于是她勉强装起了笑容,在嬷嬷臂膀上拍了拍。

"嬷嬷,亲爱的,你真是好心,有你陪伴我去,我自然胆壮多了,但是你走了之后,这里的这些人怎么办呢?你自己知道,陶乐现在是一刻儿都少不得你的呢。"

"嘿!"嬷嬷道,"你不要拿这套话来哄俺,嘉姑娘。你的第一条尿布都是俺给你垫的,俺有不知道你的吗?俺说要跟你去,俺就跟定你的了。你想亚特兰大地方有那么些北佬,那么些新近放掉的黑人,要是让你独个人跑到那里去,爱兰姑娘不要在坟墓里哭吗?"

"可是我住白蝶姑妈家啊,白蝶姑妈会照顾我的。"思嘉还想跟她辩解。

"白蝶姑妈是个好人儿,她这么一把年纪,实在是什么都不懂得的。"嬷嬷说完这句话,就当是辩论已经终结,管自走到穿堂里去,大声喊嚷起来:

"百利子,你赶快到阁楼上去,把思嘉姑娘的衣裳样子箱拿下来,再找一把剪子来,可不要找到半夜里去!"

"好,事情弄糟了,"思嘉无可奈何地想道,"我是马上就要有一头猎狗来跟我了呢。"

晚饭收去了之后,思嘉和嬷嬷就将那些衣裳样子摊开在饭厅的桌子上,苏伦和恺玲忙着拆帘子上的绲条,媚兰拿着一把干净的头发刷子刷去帘子上的灰尘。嘉乐、慧儿、希礼都坐在旁边吸烟,笑嘻嘻地看着这些女人在那里忙乱。有一种愉快的兴奋先从思嘉身上发出来,一时大家都传染上了,却都不懂得为什么这么兴奋。思嘉脸上有些红喷喷,眼睛里也有光彩,并且常常兴高采烈地笑着。她的笑声使大家都觉得愉快,因为这几个月以来谁都没有见她笑得这么高兴过。特别是嘉乐,现在他眼睛里那种迷迷糊糊的神气也没有了,并且常常要趁思嘉走过他身边的时候,抓住她,拍拍她的肩膀。那几个女孩子也兴奋得像在预备去上跳舞会似的,拆的拆,剪的剪,刷的刷,仿佛替自己赶做跳舞衣一样。

大家也明知道思嘉不过是要到亚特兰大去借钱,或是拿地皮去抵押。但是地皮抵押了将来拿什么去赎回来呢?思嘉便说这是很容易办的,等明年棉花收起来,赎了地皮还有得多呢。而且她这话说得非常有把握,于是大家不再追问了。有人问她打算向谁去借这笔钱,她只笑嘻嘻地叫他们不必多管闲事,于是大家也就笑起来,说她一定有个富翁朋友在那里。

"我猜一定是白瑞德船长。"媚兰狡狯地说道,却只引得大家哄堂大笑起来,说她这猜猜得太荒谬,因为大家知道思嘉十分憎恨白瑞德,每次提起他来总要叫他"白瑞德流氓"的。

但是思嘉自己并不笑。希礼本来也跟着大家笑的，但一看见嬷嬷对着思嘉抛去戒备的一瞥，他就立刻停住笑了。

思嘉眼看着大家这样忙碌，耳听着大家这样欢笑，心里却怀着十分深刻的惨苦和侮辱。

"他们对于我，对于他们自己，乃至对于整个南方将来究竟要碰到什么，都还是糊里糊涂的呢。他们还以为他们从前是姓郝的、姓卫的、姓韩的，因而就不会有什么可怕的事情发生了。甚至于那些黑人也是这么想的。唉，他们真是一班傻子呢，他们是再也不会明白的了！他们还是要照旧那么思想、那么生活，什么东西都不能使他们改变了。他们总以为现在这种情形是暂时的，过一会儿就会改变的，所以他们再也不肯改变自己，以适应这个改变的环境。他们总以为上帝一定会替他们特别造出一个奇迹来，殊不知道上帝不会这么做。现在唯一可能期望的奇迹，就是要由我自己造成的，就是要由我从白瑞德身上去造成的。……他们不肯变，他们也许不能变，只有我一个人是能变的。然而我也是十分不得已——我要是可以不变，也是不会变的。"

嬷嬷终于把那些爷儿们都请出了饭厅，然后关上了门，以便把衣料拼合起来。嘉乐是由阿宝扶上楼去睡觉了。希礼跟慧儿独自坐在前面穿堂的灯光底下，他们一时都默然不响。慧儿只把口里的烟草默默咀嚼着，平静得跟一头反刍动物一般。但是他那面孔上的神色却一点儿都不平静。

"这到亚特兰大去的一桩事儿，"他终于慢慢地说道，"我实在是不赞成的，我是一点儿都不赞成的。"

希礼对慧儿瞥了一眼，然后马上就把眼睛朝开去，一声都不响，只是心里觉得非常诧异。难道慧儿疑心他跟这桩事儿也有关系吗？但这是不可能的。今天下午果园里发生的事情，他决不会知道。因而思嘉所以要不顾一切去走这条路的动机，他也决不会知道。刚才提起白瑞德这个名字的时候，嬷嬷脸上的神色突然变了，慧儿未必注意到了。而且慧儿并不知道白瑞德有钱，也不知道他的名声这么坏。但是希礼自从到这里来之后，觉得慧儿仿佛对于陶乐的事情都已明白了，因此当时他们周围似乎包围着一种不祥的空气。究竟这空气因何而生，希礼也并不清楚，他只觉得自己没有能力去把思嘉救出这种凶恶境地来。刚才在饭厅里的时候，思嘉始终不曾正视他一眼，他只看见思嘉那么地兴高采烈，心里就越发觉得惊异。他怀着极大的疑心，但是无论如何不能说出口来的。他并没有权利可以去驳斥思嘉，如果定要驳斥她，那就是侮辱她了。于是他只得把拳头紧紧地捏着。

现在他对于跟她有关系的事情是绝对没有权利过问了，这种权利是他今天下午自己给取消了的。现在他不能帮助她了，没有一个人能够帮助她了。但是他又想起了嬷嬷，想起了嬷嬷刚才那一副戒备的神色，才觉心里放宽了一点。他知道嬷嬷会一直当心着思嘉，无论思嘉自己愿意不愿意。

"这桩事情是我造成的，"他绝望地想道，"是我逼她去走这条路的。"

他于是记起今天下午思嘉离开他时那种挺着肩膀昂着头的姿势来。他知道思嘉是勇敢的，他知道她要跟生活去拼命奋斗，知道她已经下了一个不肯承认失败的决心，知道她即使看见失败不可免，也还是要继续奋斗的。但是这四年以来，他人也见得多了。那战场上的许多战士，不是也十分英勇，也不承认失败的吗？然而结果到底失败了！

他又对慧儿瞪了一眼，知道慧儿对于思嘉预备拿母亲的窗帘改成新衣服去征服世界的意思，一定是不会了解的。

第三十三章

第二天下午，思嘉跟嬷嬷在亚特兰大下火车的时候，风正刮得紧，天上的云现出一片写字石板一般的深灰色。自从这城市被焚以后，车站至今都没有再造，火车就在车站废基上面几码路外的一堆焦炭和烂泥里面停下了。从前思嘉每次从陶乐到亚特兰大下车的时候，总要先探望着彼得伯伯的马车，现在这习惯还未改掉，竟也照样探望起来了。直至一下记起来之后，方才对自己嗤笑起来。她这次回来，并没有预先写信通知白蝶姑妈，怎么会有彼得伯伯来接呢？何况白蝶姑妈曾经写信给她，说彼得从梅肯带回去的那匹老马已经死了。

她向停车场四周那一片满是车辙的空地看了一看，希望看见一个老朋友或是熟人有马车停在那里，可以顺带她们到白蝶姑妈家里去，但是看了半天也看不见一个熟人。大概白蝶姑妈信里的话是不错的，现在她们的熟人里面已经没有一家有马车了。因为日子这样难过，连人住的地方都不够，还哪里养得起马、备得起马车呢？

当时只见少数装货的马车在火车旁边卸货，此外就是几辆满是烂泥的公用马车，赶车的人都是陌生的。私人的马车就只看见两辆，一辆是轿车，一辆是篷车，篷车上面坐着一个衣服华丽的女人和一个北佬的军官。思嘉一经看见了那军官的制服，就不由得倒抽了一口气。虽然白蝶姑妈常常写信给她，说亚特兰大现在有北军驻守，并且满街都是兵，但是她现在骤然看见这种蓝色的军服，竟不由得吓了一跳，她一时想不起战争已经停止了，仿佛那个穿蓝军服的人还是要来追她、抢她、侮辱她似的。

她看见车站上这样清静，就不由得回想起一八六二年那天早上的情景来。那时她新做寡妇，头上披着黑纱，心里怀着烦闷，但是车站上车马喧阗，非常热闹，竟使她兴奋得忘记愁恼了，现在看见这样的冷落凄凉，即使她本无愁恼也不免要惹起愁恼来。于是她长长叹了一口气，一面是不胜今昔之感，一面是因现在要步行到白蝶姑妈家里去，未免太扫兴了。但是她仍旧抱着希望，希望过一会儿到了桃树街上，也许会碰到熟人用马车带她去的。

她正站在那里探望的时候，忽有一个中年的黑人赶着一辆轿车向她这边来。"要马车吗？"那黑人靠在车厢上对她问道，"两块钱，不论到哪里。"

嬷嬷对那人狠狠地瞪了一眼。

"是野鸡马车呢！"她咕哝着道，"嘿，你这黑鬼，你知道咱们是什么人吗？"

嬷嬷是乡下的黑人，但她并不是一直待在乡下。她知道这种野鸡马车，特别是轿车，是没有哪个规矩女人肯坐的，除非有自己家里的男人在旁边护送。现在虽然有她自己在这里护送小姐，也觉得还是不合礼节。当时她看见思嘉眼珠滴溜溜看着那辆马车，便也对她狠狠地瞪了一眼。

"你跑过来吧，嘉姑娘！野鸡马车呢，又是刚刚放出笼子的黑鬼赶的！那是相配得很了！"

"俺并不是新放出来的黑人，"那赶车的愤然答道，"俺是老陶小姐家的，这马车也是她的，俺不过替她赶出来弄几个外快罢了。"

"哪一个老陶小姐？"

"就是米拉吉尾尔的陶苏三小姐。咱们的老主人打仗打死了，咱们新近搬到这儿来住的。"

"你认识她吗，嘉姑娘？"

"不，"思嘉很懊丧地说道，"米拉吉尾尔的人我认识的很少。"

"那么咱们走吧，"嬷嬷很严厉地说，"你赶你的车吧，你这黑鬼。"

说着，她从地上提起了一个提包，里面装的是思嘉那件天鹅绒的新衣服，以及她的一顶帽子、一件寝衣。此外还有一个包袱，是嬷嬷自己装东西的，她也拿起来夹在腋下。然后，她就率领思嘉走过那一片潮湿的焦炭。思嘉心里很想坐那野鸡马车去，但是她不愿意跟嬷嬷破裂，所以也就不跟她辩驳了。嬷嬷自从发现思嘉扯窗帘的那个时候起，一直都拿怀疑的眼光监视着她，她当然觉得非常不高兴。她知道以后的事情要受嬷嬷的监视，办起来非常棘手，但是不到绝对必要的时候，她总不愿意激起嬷嬷的战斗精神来。

当她们从那狭窄的人行道上走向桃树街去的时候，思嘉一直都觉得非常伤心，因为现在的亚特兰大显得非常荒凉，跟她记忆中的情景完全两样了。她们经过了亚特兰大旅馆的遗址，记得从前白瑞德跟亨利伯伯都在这里住过的，现在只剩几堵颓垣废壁了。铁路两旁本来有几百丈长绵延不断的堆栈，里面曾经装过无量吨数的军需品，现在只剩一块块长方形的焦土了。这一些建筑物既然不在，路轨就显得没有关拦，仿佛赤裸裸地暴露在那里。在这些废址当中，有一处地方就是察理留给她的那个栈房，现在已经辨别不清了。当初亨利伯伯曾经代她给这栈房纳过税，一直纳到去年为止。这笔钱她迟早总得还他，这便又是她的一重心事。

她们从桃树街拐过一个弯，向五尖头那边一眼看过去，思嘉就惊吓得快要哭起来。以前甘扶澜虽曾告诉她说亚特兰大已经烧为平地，她却始终不曾想到它会可怕到这种程度的。在她的想象里面，她还以为街是街、屋是屋，仍旧跟从前一样分得清清楚楚的，谁知竟是这样的一片平静，再也分不清什么境界了呢！她记得那几天大炮轰炸的时候，她曾经在这条街上缩着头颈奔走过不知多少回，差不多每一寸地面她都记得清清楚楚的，现在却是一点都不认识了，她不由得伤心得要哭出来了。

自从谢尔门的军队撤退以后，这里也曾崛起了不少的新建筑，但是五尖头周围的一带，仍旧大部分是空旷的，只有一堆堆的破瓦残砖，埋没在荒榛丛莽里。间有几处旧房子残留着的，大多已经没有了屋顶，只剩外面一个空壳儿，陪伴着一根孤单的烟囱。偶然，她也发现几家熟悉的店铺，那是曾经幸免了大炮大火的浩劫而加修复过的，因而墙上已都换做了簇新的红砖，跟地上的红泥互相辉映。有些新造的店铺和事务所门上，她也偶尔看见几个熟人的名字，但是大部分人都是陌生的，特别是医生、律师，以及棉花商人。她记得自己从前在这里，差不多已经人人都认识，现在看见这许多陌生名字，心就不由得沉落下去。但是她看见两边有许多新房子逐渐建起，就又觉得有些高兴起来。

这种新造的房子却也着实不少，有些竟是三层楼的呢！她向周围掠过了一眼，仿佛到处都在造房子，因为她耳朵里听见的是一片杭育之声，以及锤声和锯声，眼睛里看见的是高高搭着的屋架，有许多人拿着砖瓦在那里上上落落。这一片复兴的气象使她深深感动了，她的眼睛不由得有点湿润。

"他们把你烧掉了，"她想，"他们把你铲平了。但是他们并没有消灭你，他们是不能消灭你的。你会重新生长起来，生长到跟从前一般伟大、一般倔强！"

她跟嬷嬷在人行道上走过一段路，便见路上的人越走越多了，而且那些人仍旧是那么忙忙碌碌，仿佛跟她初次到亚特兰大所见的一样。同时，街心往来的车辆也跟从前一样的热闹，就只缺少当初那些川流不息的伤兵车。但是人虽这么多，她却一个都不认识，只觉那些粗鲁的男人和妖艳的女子都十分地看不惯。还有许多游荡的黑人，有的懒洋洋地靠在墙壁上，有的没精打采地坐在墙基石上，眼睛看着街心车辆的往来。

"这些就是新放出来的乡下黑人呢，"嬷嬷对思嘉说，"你瞧他们这副形状！他们是一辈子都没有个好样儿的，现在他们更加没有规矩了。"

的确，思嘉也觉得他们没有规矩。他们竟像骄傲得不得了，都对她瞪着眼睛看呢。但是她又看见许多穿蓝军服的士兵，心里有点惴惴然，就无暇去顾及那黑人了。原来现在亚特兰大到处都是北佬的士兵，有的骑马，有的步行，有的坐在军车里，有的在街心闲荡，有的正从酒吧里歪歪倒倒地出来。这一种景象也是思嘉从来没有见过的。

"这个地方我是再也看不惯的了。"她一面想着，一面紧紧捏起了拳头。然后她回过头去叫道："你快些走呀，嬷嬷，我们赶快走过这堆人去吧。"

这时候正有一黑人在嬷嬷前面慢吞吞地踱着方步，她便将手里的提包狠命一挡，挡得那人摇摇晃晃地冲过一边去，同时她大声回答思嘉道："俺给这黑鬼挡住路呢。这地方讨厌极了，嘉姑娘。哪来的这许多北佬跟这许多黑人！"

"我们走过这五尖头就会好些了，人不会这样挤了。"

她们走过了得撲忒街，继续向桃树街上走去，路上的人果然渐渐稀疏了。一会儿走到卫思理教堂，思嘉便记起那次去找米医生的时候曾经在这里休息过。她回想起自己当时害怕得那么厉害，不由得发出一阵呵呵的冷笑，以致嬷嬷觉得莫名其妙，对她不住地瞪眼睛。原来思嘉觉得当初的恐惧实在是无谓的。当时她害怕的是北佬要来，是媚兰要养孩子，其实这些事情有什么可怕呢？拿这些事情比起母亲的死，比起父亲的痴，比起现在的挨饿、受冻、辛苦、担忧来，岂不是都算不了一回事吗？她现在觉得自己能有勇气等着一个军队来攻打，却是无法应付目前威胁陶乐的危机。总之，她现在除了贫穷之外是再也没有什么可怕的了。

对面来了一辆马车，思嘉就向道旁避了开去，一心盼望那车里坐的是个熟人，也还可以送她一段路。当那马车到了她们面前的时候，她看见车窗里伸出一个女人的头来。一顶皮帽子盖着一头血红的头发。思嘉本来装着一张笑脸在等的，却万想不到是她，不由得往后退却了一步。同时那车中的女人也突然显出不高兴的样子，马上把头缩回去了。原来这人就是华贝儿。真是奇怪得很，怎么思嘉第一个见到的熟人偏偏会是她！

"那人是谁？"嬷嬷很怀疑地问道，"她像是认识你的，可是并没有跟你打招呼。俺这一辈子也没有见过这种颜色的头发，就是汤家那几个女孩子也不像这样的。俺看是染起来的呢！"

"的确。"思嘉一面这么简单地回答,一面加紧了步子。

"染头发的女人你怎么会认识的?她到底是什么人?"

"她是这城里的坏女人,"思嘉简单地回答,"我老实告诉你,我的确是不认识她的,那你也就不必多问了。"

"我的天!"嬷嬷不由得喊了出来,一面噘起了嘴巴,怀着热烈的好奇心向那马车背后再看了一眼。原来嬷嬷自从二十年前跟着爱兰离开了萨凡纳之后,就从来不曾见过一个职业的娼妓,现在懊恼刚才没有把她看得仔细些了。

"她身上穿得讲究呢,还坐着这么漂亮的马车,还用得起一个马夫!"她自言自语地说道,"俺真不懂上帝在想什么,她们做坏女人的倒能够这么享福,咱们做好人的倒要饿肚子,倒要赤脚!"

"上帝早已不想到我们了,"思嘉愤然地说道,"你老说我不能说的这种话,母亲在坟墓里要觉不安的。以后请你不要这么说了吧。"

现在思嘉觉得自己并没有比贝儿的身份和道德高到哪里,因为她的计划要是能够顺利地实现起来,她不是也要靠那个养活贝儿的男人养活吗?想到这一点,虽然她原来的决心并不曾起丝毫的动摇,却不由得感到很不舒服了。于是她告诉自己说:"我现在不去想它。"便再加紧了步子向前走去。

她们经过了米家的地方,现在剩的只是两道台阶和一条甬道了。惠家的地方更是一片干干净净的平地,连墙基石和烟囱都不见一点踪影,原来都已被人拉走了,现在还留着一些大车的车辙。艾家的砖房还在那里,上层已经经过一番的改造。彭家的房子虽也还在,却已破烂不堪,屋顶只用木板盖着,大约还有人将就住在里边。这些房子里都看不见一个人影,这是思嘉心里巴不得的,因为她现在实在不愿意看见人。

于是,白蝶姑妈的那所石板屋顶跟红砖墙壁的房子已在眼前了,思嘉的心便怦怦跳个不停。她觉得上帝没有让这所房子铲为平地,是多么的仁慈啊!当时有一个人臂膀上挽着一只篮子,从前院子里走出来,一看正是彼得伯伯。他一看见了思嘉跟嬷嬷蹒跚而来,黑脸上面便现出了一个诧异的微笑。

同时,思嘉心里也在想:"这老傻子我简直可以跟他亲嘴呢,我看见他高兴极了。"于是她大声地喊道:"赶快去把姑妈的眩晕瓶子拿了来,彼得!当真是我呢!"

那天晚上,白蝶姑妈餐桌上陈列的食品,仍然只有玉米饭跟干豆子两样东西。思嘉一边吃着,一边心里暗暗地赌咒,等她一天有了钱,她就绝对不容这两样东西再出现在餐桌上。又想她无论付怎样的代价,非设法弄到钱不可,而且决不只是这次纳税所需的数目。她总有一天会弄起很多钱来的,哪怕要她去杀人,她也在所不惜。

吃完了晚饭,她就向白蝶姑妈问起家里的经济状况来。她也明知道白蝶姑妈是不能帮助她的,但仍存着一线的希望,因此便冒冒昧昧地提出这问题来了。按礼貌讲呢,这个问题提得实在太唐突,但是白蝶姑妈因有思嘉给她做伴儿,正是高兴得了不得,也不觉得什么唐突不唐突了。她便痛哭流涕地对思嘉诉说种种的苦情,说她自己也不知道,到底她那些田地、房产、现钱都到哪里去了,总之是弄得干干净净的了。至于各种的捐税,当然照旧要缴的,她却已经没有钱可缴。又说她现在唯一的财产就是这所住家的房子,却不曾想到这所房子是媚兰跟思嘉也有份儿的。又说亨利伯伯现在的能力也只能替她这所房子缴捐税,此外是每月给她一点钱做生活费,虽然她收他的钱觉得很羞辱,但也无可奈何,不得不收了。

"亨利总说他负担太重,税率又这么高,实在有些周转不过来了,其实他是骗我的。他自己的钱多得很呢,就只不肯多给我罢了。"

思嘉却知道亨利伯伯并没有骗她,因为她也曾接到过亨利伯伯的几封信,都是关于察理的财产的,所以她知道亨利伯伯的境况确实也困难。她又知道他曾经替白蝶姑妈那所房子拼命奋斗过,曾经竭力设法要保存那一所堆栈,以便卫德和思嘉将来不至于毫无着落。又知道他替她负担这笔捐税,实在是一种大大的牺牲。

"他当然也是没有钱的啰,"思嘉心里悻悻地想道,"好吧,他跟白蝶姑妈都是无能为力的,我不去算他们的数好了。此外除了白瑞德,再没有一个人有钱的,那么我就不能不照我原来的计划做了。但是我现在不去想它。……我现在要使她谈起瑞德来,那么我就可以趁机会给她一个暗示,叫她明天去请他到这里来看我。"

她便放出了笑容,将白蝶姑妈的两只胖手放在自己手掌里紧紧夹着。

"亲爱的姑妈,"她说,"我们现在不要再谈这套扫兴的话吧,像钱啊什么的。我们暂时不要去管它,且来谈些有趣的事情。请你跟我说说我们从前那些老朋友的消息吧。梅太太跟美白现在怎么样了?我听说梅家那个女婿是平安回来了。还有艾家呢?米家呢?"

白蝶听见换了一个谈话的题目，脸色就变光彩起来。她那孩子脸上立刻收起眼泪了。她把那些邻人的消息对她讲得非常详细，连他们吃的、穿的，乃至于想的统统都讲了。她说皮瑞纳也是拼了九死一生才回得家来的，梅家母女现在是靠卖肉饺子过日子，每天她家院子里总有二三十个北佬儿在那里等饺子吃。瑞纳也给她们帮忙，每天用一辆旧货车装一些饺子、糕儿、饼干之类到北佬营里去卖。又说这种北佬的买卖她自己是死也不肯做的，她每次在街上碰见北佬，总都要对他们侧目，以为这样才算对联盟州表示忠心。

米家的房子是统统烧光了，他们又没有钱再造。米太太曾说她是再也不要家的了，因为没有了儿子孙子，还算得一个家庭吗？现在只有艾家已经修好了一部分房子，米家两夫妇就住在他们家里，惠太太也在那里占一个房间，彭太太说她也预备搬去住了，如果她自己的房子能够出租给北佬的话。

"可是他们是怎么挤法的呢？"思嘉嚷道，"他们有艾太太，有芬妮，还有艾恕——"

"艾太太跟芬妮睡在客厅里，恕就睡在阁楼上，"白蝶给她解释道，因为她对于那些老朋友们的家庭布置都是清清楚楚的，"唉，艾太太把这些人都当做房客了呢！的确的，她现在是开了公寓了！你想这种情形可怕不可怕？"

"我倒觉得很应该，"思嘉说，"去年这一年，我们陶乐要是也有这么些给钱的房客，我们也不至于穷到这样了，可是我们那里只有白住的客人。"

"吓，思嘉，你怎么能说这种话呢？要是你母亲听见陶乐要收人家的房钱，她是在坟墓里也要不安的。至于艾太太，她实在是没有办法呀，她自己替人家缝缝针线。芬妮呢，替人家画画瓷器，她们就是靠此度日的。艾恕竟去贩木柴卖了。你想这么个好孩子，竟也做这样的事情，可怜不可怜呢？他是一心想做律师的！"

思嘉听见这番话，便想起自己在陶乐田里做活的种种辛苦来，觉得艾恕的这种生活，也未必就该给以多大的同情，至于白蝶姑妈的话，那是未免过分天真烂漫了。

"他如果不愿意贩柴，为什么不就当律师呢？难道亚特兰大现在已经没有当律师的机会了？"

"哦，机会是有的，现在差不多人人都在打官司，因为经过了这番大火，大家的财产都弄不清地界了。不过大家手里都是空空的，当律师的又问谁去拿钱呢？因而艾恕觉得不如贩柴了。……哦，我差不多忘记了！我曾经写过信给你吗？艾芬妮明天晚上结婚了，你当然是应该到的。我想你总还有一套衣服可以换的吧。你身上的这套衣服倒也不坏，只是太旧一点了。……哦，你有一套漂亮衣服吗？那就好。这回是打仗以后亚特兰大的第一次婚礼呢，据说还备茶点、备酒，以后还有跳舞。我真不晓得他们怎么办的，在这么穷的时候。"

"芬妮跟谁结婚呢？我想鲁大郎死了之后——"

"亲爱的，你不要批评人家吧，人家不都像你这么给察理死守的。让我想想看，他叫什么名字的呢？我记名字的记性坏极了。他的母亲是我认识的，从前我跟她同过学。她姓汤，是葛郎矶人——让我想想看……姓柏不是？姓巴吧？是的，不错，姓巴，姓巴！是斯巴达人。倒是好门第，可是，可是——这话是我本来不应该说的，可是我真不懂芬妮为什么要嫁给他！"

"怎么，他喝酒的吗，还是——"

"不，他的品性倒很好，不过，他是受过伤的，而且伤在他下身，一个开花弹什么的打在他的腿上，打得他有些儿——讲起来也难听呢——有些儿风瘫了，跑起路来是——是不大好看的呢。我真不懂她为什么要嫁给他的。"

"女孩子总是要嫁人的啰。"

"这也不见得，"白蝶有些光火起来道，"我就一辈子没嫁过人。"

"怎么，亲爱的，我并不是讲你呢！大家都知道你年轻的时候红得很，到现在也还是红的！那个高老推事一直都对你瞟眼睛呢——"

"哦，思嘉，你快不要乱说吧！那是个老傻子！"白蝶吃吃地笑着说，怒气早又平了下去了，"不过芬妮也并不是不红，她尽可以找个比较好些的男人的，而且我相信她对于那个姓巴的孩子并没有什么爱，而且她对于鲁大郎也没有完全忘记。不过她跟你是比不来的。你是早可以改嫁的了，可是你始终替察理守节。人家说你怎样没心肝，媚兰跟我却常常说你对于察理是再好也没有的。"

就像这样，思嘉故意跟白蝶东拉西扯的，希望白蝶终于会谈到瑞德身上去。她知道她是不能马上问起瑞德来的，若是问得太急了，白蝶一定会生起疑心来，那以后的事情就难办了。

白蝶那边也滔滔地谈个不歇，谈起了现在的亚特兰大怎样给那班共和党人闹得一塌糊涂，又怎样在这里煽动黑人，使得那黑人脑袋都装满了危险的思想等等。

"你还不知道，他们竟要黑人投票呢！你想世界上有这种事的吗？就是我们家里的彼得伯伯，也比那些共和党人明白得多。你要我们的彼得伯伯去投票，他是死也不肯去的。现在那班黑人骄傲得了不得了。你在街上走路简直要当心,就是在青天白日底下,他们也会把你挤出人行道,挤你到街心泥塘里去的。若是有哪个男人敢出来打抱不平,他们竟会把他抓去坐监牢。亲爱的,我没有告诉你吧?那个白船长现在就在监牢里呢。"

"白船长?"

这个消息虽然来得惊人,思嘉却仍旧感谢白蝶,因为她先提起了他的名字,就免得她自己提到他了。

"是的,的确的!"白蝶说时非常之兴奋,面颊上也泛起了红晕,并且把身子坐得挺些,"他是刚才才抓进去的,为杀了个黑人,他们也许要办他的绞罪呢!你就想想看吧,像白船长这样一个人还要拿去绞杀呢!"

思嘉听见这消息,直惊得连气都转不过来,只会直愣愣地拿一双眼睛瞪着白蝶。白蝶却当是自己的报告发生了特别效果,心里正在得意。

"现在案子还没有证实,只晓得这个黑人侮辱一个白种女人,被一个打抱不平的男人杀死了。北佬得到这消息,光火得不得了,因为近来黑人被害的案子常常发生,他们简直没有法子办。现在他们虽然不能证明凶手就是白船长,但是他们打算拿他来做个榜样。这样的办法是米医生也赞成的,他说北佬如果真能办了白船长,也要算是一种德政了。我可不明白这话到底对不对。……白船长上个礼拜还到这里来过的,还送给我一只顶顶可爱的鹌鹑,还问起了你的消息,说他前几天得罪你了,怕是你一辈子也不能饶恕他了。"

"他要在监牢里关多少日子呢?"

"谁也不知道。也许他们竟要把他绞杀了,也许他们到底不能证明他的罪案。可是现在的北佬胡来一阵,他们要绞杀你就绞杀你,不管你证实不证实呢。又因现在有三K党在这里闹——"她说到这里声音不由得低了下去,"北佬儿光火极了。你们那边也有这种党人吗?我想是一定有的,不过希礼不肯告诉你们罢了。凡是三K党人都要极守秘密的,他们总在半夜里在外边活动,装得像鬼一样,去找那班提包党,或是加入自由运动的黑人。有时不过恐吓恐吓他们,叫他们搬出亚特兰大去,有时却要给他们吃鞭子,又有时竟要杀死他们,把尸首暴露在触目的地点,并且在上面标着三K党人的卡片。因而北佬儿光火极了,早想拿一个人来杀一儆百了。可是艾恕告诉我,说他们并不想绞杀白船长,因为他们知道白船长是晓得那些钱放在什么地方的,只是不肯供出来罢了。现在他们正要留他一条命,设法要他供出。"

"钱?"

"嗨,你还不知道吗?我没有写信告诉你吗?嗨,你在陶乐简直是蒙在鼓里呢!当初白船长回到这里来的时候,这里是闹得满城风雨的呢!他来的时候,赶着那么的好马,坐着那么的新车,口袋里的钱是装得满满的,人家看见了都恨得不得了。因为人家都是吃了这一顿不知道下一顿的,他却能够这么阔绰。人家都知道他是做了投机生意发的财,所以更加愤愤不平了。大家都想问问他这许多钱怎样弄起来,却是谁也没有这种勇气敢去问,就只有我是问过他的,他便笑嘻嘻地说:'总之不是正当方法弄来就是了。'你是知道的,这个人要他说句老实话是很不容易的呢。"

"不过,当然是跑封锁线跑起来的呀——"

"当然,一部分是这么弄起来的。可是由这方法弄起来的钱,只算得他财产里的沧海一粟。大家都相信当初联盟政府有几百万金圆藏在什么秘密地方,现在落在他手里了,就连他们北佬儿也相信的。"

"几百万——金圆?"

"是的,亲爱的,你想我们联盟政府那许多金圆跑到哪里去了呢?那是总有人拿去的啰,白船长就是里面的一个。当初北佬儿还以为是戴维斯总统从里士满撤退的时候带走的,可是后来把他逮到了一查,他确实是一个子儿也没有。查了查金库,里面是什么都没有,因而大家都以为这笔钱一定在那些封锁线商人手里。"

"几百万——金圆!可是他们怎么样拿去的——"

"白船长不是有过几千包棉花替联盟政府带到英国跟纳索去卖的吗?"白蝶胜利似的问道,"那当然不仅是他自己的棉花,也有政府的棉花在里面的。你总也晓得战争期间棉花在英国卖什么价钱吧!那价钱是简直可以由你讨的呢!而且他是一个政府的全权代办人,原说卖了棉花的钱就买军火回来的。但是后来封锁得紧了,东西运不进来了,军火也不必买了。这一笔钱当然由他跟别的封锁线商人暂时存在英国银行里。当然,这是不会用政府的名义存的,却是用他私人的名义存的。……自从停战以后,大家都在谈论这件事,并且对于从前一班封锁线商人大加批评。因而北佬听见了,就借白船长杀死黑人为由,将他逮起来了,实情是要向他查究这笔钱。但是白船长说他并不知道这回事。……照米医生的意思,像他这样一个投机的贼,无论如何应该办绞罪,实在绞罪还是便宜他的——怎么,亲爱的,你为什么脸色变得这种样子?你要晕了吗?我不该对你说这种话吗?我也知道，白船长是追求过你的，不过我总当你是丢开手的了。照我个人的意思，我可也并不赞成他，因为这样一个流氓——"

"他跟我并不相干，"思嘉很勉强地说，"你到梅肯去之后，我是跟他闹过的。现在他——他在哪里呢？"

"就是靠近公场的消防局里边。"

"消防局里？"

白蝶姑妈咯咯地笑了起来。

"是的，他在消防局里，现在北佬拿它做军事监狱了。因为他们现在都在市政厅周围搭着草棚子做营房，消防局就在附近，所以白船长就关在那里。还有，思嘉，我昨天还听见一桩再好玩没有的事情呢，也是关于白船长的。我记不得谁告诉我的了。你总知道，白船长向来顶讲究修饰，简直是个花花公子一样的，自从关在消防局以后，他们不让他洗澡，他就每天闹着要洗澡。后来他们把他引到外边去，那里有一个饮马的大水槽，全营的人都在里边洗澡，里边的水从来没有换过！他们告诉他，可以在那里洗澡，他说，不，他情愿留着自己身上南方人的龌龊，不愿再加上一层北佬的龌龊，而且——"

白蝶姑妈这番话说得津津有味，思嘉却是一句也没有听在心里。那时她心里只存着两个观念，一个是白瑞德的钱比她所期望的还要多，还有一个是他现在关在监牢里。就因为他在监牢里，而且有被绞杀的可能，事情的全副面目就都改变了，而且变得比较乐观了。关于瑞德要被绞杀，她并没有多大的感情。因为现在她要钱要得紧，对于他的最后命运是没有心思去顾念的。而且，她也跟米医生抱着同样的意见，以为瑞德办了绞罪还是便宜的。她回想当初半夜三更的时候，两军交战的中间，他一个堂堂男子汉，竟会把她丢在半路上不管，这样的人还不应该绞杀吗？……现在他在牢狱里，她如果办得到跟他结婚，那么他的几百万财产都是她的了，而且等他绞杀了之后，就归她独个人所有了。即使马上结婚是不可能的，那么也许可以向他先借一笔债，答应他一出来就跟他结婚，或者答应他……无论怎样都可以！假使他们把他绞杀了，那她这句话就可以永远不实行了。

霎时间，她的想象同火焰一般燃炽起来，恨不得一一都照她所计划的实现。若是北佬政府竟能帮助她再做一次寡妇，那么……是几百万的金圆呢！她可以把陶乐修理起来，她可以雇用无数的作手，她可以种起几十英里的棉花来。于是，她就有好的穿了，她就有好的吃了，苏伦跟恺玲也都有穿有吃了，卫德可以养得白白胖胖了，可以请保姆来教书了，将来可以进大学了。……还可以请个好医生来替爸爸看看病，也替希礼看看病……她要帮助希礼，还有什么办不到的呢！

白蝶姑妈的独白突然中断，只听见她在那里问："什么，嬷嬷？"于是思嘉也突然从她的迷梦里清醒过来，看见嬷嬷正站在门口，两只手插在围裙底下，一双眼睛对她机警地瞪着。她也不知道嬷嬷站在那里已经多少时候，已经被她听了多少话去。从她那副神气看起来，大约她已经在那里听了不少时候了。

"俺看嘉姑娘该累了，早点儿去睡觉吧。"

"的确，我是累了，"思嘉一面说，一面就站了起来，向嬷嬷瞟了一眼，好像是个小孩子要人疼疼似的，"而且，我怕还伤了风了。白蝶姑妈，明天早晨你让我多睡一会儿，暂时不跟你出去拜客，好不好？以后拜客的时候多着呢。明天晚上芬妮的结婚我是一定要去的，要是伤风厉害起来，那就去不成了，不如让我睡这一天，晚上也许可以好些。"

嬷嬷对思嘉看了一眼，又把她的手摸了摸，脸上就露出一点焦灼的神色来。因为现在思嘉的面色确是不大对，刚才那一阵想象中的兴奋已经消退了，因而脸色变白，手也发抖了。

"你的手冷得像冰似的呢，宝贝儿。赶快去睡吧，等俺来给你煮一点浓茶，再拿一块热砖头焐一焐，让你出身汗。"

"我也太糊涂了呢，"白蝶一面说，一面也从椅子上站了起来，拍拍思嘉的肩膀，"我只顾自己说话，竟把你忘记了。好的，宝贝儿，明天你放心睡他一天吧，躺着休息休息，我会来陪你说话的——哦！不，亲爱的，明天我不能陪你，明天我已经答应去陪伴彭太太了。她现在病在床上，她家的阿妈也病了。嬷嬷，你来了好极了。明天早晨你跟我去帮帮我的忙吧。"

嬷嬷陪着思嘉爬上那张黑暗的楼梯，思嘉乖乖地跟着她走。她想她如果能够完全免去嬷嬷的疑心，嬷嬷明天早上就会跟白蝶姑妈一同出去，那她就可以为所欲为了。等她们出去之后，她就可以私下溜出去找瑞德。

第三十四章

　　她上床之后，一时睡不着，听见外面淅淅沥沥地下起雨来，倒担着很大的心事，生怕明天路上泥泞，要玷污她那件新衣服。谁知第二天早晨睁开眼，却见断断续续的阳光射进窗口来，这才又觉得精神奋发。她故意赖在床上，装着十分疲乏的样子，又假咳了几声。直等听见大门砰的一声关上，知道白蝶姑妈已经带了嬷嬷跟彼得伯伯到彭家去了，家里只剩阿妈一个人了，便急忙从床上跳了起来，立刻拿出了那套新行头着手穿戴。

　　穿衣裳没有人帮忙，原是一桩困难的工作，但是终于被她穿上了，帽也被她戴上了。于是她急忙跑到白蝶姑妈房里去照镜子。一看自己经这一下装扮，果然已焕然一新了。那顶帽子上的几支鸡毛簌簌抖动着，加上那一种天鹅绒的苔绿色，映得她的眼睛非常的光彩，差不多同翡翠一般，那件衣服也显得非常鲜艳而大方。想不到一套新衣服的效力竟有这么大！她觉得越看越得意，不由得扑上前去跟镜里的影子亲了一个嘴。然后她围上了母亲留下的一条围巾，却恨那条围巾已经褪了色，跟这衣服实在调和不起来，但也没有法子了。然后她打开了白蝶姑妈的壁橱，挑了一件黑阔堂布的大衣来穿上。那是白蝶姑妈只有礼拜天才舍得穿的。然后又插上了自己从陶乐带来的一双钻石耳坠子，并且摇了几摇头，试试它的效果怎么样，只听得嚓嚓地响了几声，心里便觉得十分舒适。于是她叫自己牢牢地记着，过一会去跟瑞德说话的时候，一定要多摇几回头的。

　　后来她一查白蝶姑妈的手套，谁知她就只有一双，给她自己戴出门去了。女人家不戴手套，实在是大失体面的事，但是思嘉自从离开亚特兰大，就一直都没有手套戴。加上她回到陶乐去做了这许多月的粗生活，那一双手实在不很雅观了。可是现在也没有别的法子可想。她只得把白蝶姑妈的一副小手笼拿来套起来，也算不致光手板。于是她再对着镜子照了照，觉得色色齐备了，总算打扮得像个样儿了，现在看见她的人，再不会有人疑心她穷了。

　　而对于瑞德，最最重要的就是不要让他疑心自己穷。她必须使瑞德相信自己,完全是为着感情的驱使才去找他的。

于是她踮着脚尖儿走下了楼梯,偷偷儿地溜出了门口。她为避开那些邻人的眼目,特地从一条小街里穿了过去,穿到一个停车的站头,便站在那里等着什么顺路的车辆可以让她搭了去。那时的太阳在云头里钻进钻出,忽隐忽现,一点儿没有暖气,加上一阵阵的冷风吹进她的裙子,使她不由得一阵阵打起寒噤来,身上的大衣本来是秋天穿的,无论她绷得怎样紧,仍旧禁不住簌簌地抖着。等了好一会,好容易看见一辆破骡车赶过来了,看样子是往市政厅那边去的。赶车的是个老太婆,带着一脸的不高兴。思嘉硬起了头皮,向她打了个招呼,要求让她搭了去。那老太婆虽然没拒绝,但分明是老大不愿意的,于是思嘉心里想,一定是我这套新行头使她看不顺眼了。

一到了市中心的公场上,那座白圆顶的市政厅便已矗立在面前。于是思嘉向那老太婆道了声谢,跳下车,贼头贼脑地四下看了看,怕有熟人在旁边。然后她极力擦着两片面颊,希望擦起一点红晕来,又狠狠地咬着自己的嘴唇,想把它咬得红些。然后整了整帽子,理了理头发,再向四面掠了一眼。只见那座市政厅的两层楼房子还是完完整整的,只是四面已烧得精光,只有它孤零零地矗立在灰色天空底下。那一片焦土上面,有一圈草棚子搭在那里,大约就是北佬的营房了。那些营房门口到处都有北佬在那里来来往往,思嘉将他们看了看,不由得有些寒心,自想跑进了这些敌人的营盘里,怎样才能去找瑞德呢?

她看了看前面的消防局,看见两头穹形的大门紧闭着,前面有两个门岗在那里一来一往地走着。瑞德就在那里边,可是她怎样去对那些北佬开口呢?那些北佬又要对她说什么呢?迟疑了好一会,才挺起了胸膛向前走去。想道,从前她杀死那个北佬儿尚且不怕,现在怎么就怕跟一个北佬去说话了呢?

那一片泥泞地上铺着一块一块给人踏脚的石头,她小心翼翼地踩着石头过去。等到了消防局的门口,便有一个士兵上前拦住她。

"你有什么事,太太?"他的口音是一种中西部的土音,但话说得很客气。

"我要看这里边的一个人——他是这里的一个犯人。"

"这我不知道,"那个士兵搔着头说,"这里对于访问的客人是不能随便进的,而且——"说到这里,他忽然停住了,对思嘉盯了一眼,"怎么,太太!你不要哭呀!请你到那边哨兵司令部去跟咱们官长说说吧,他们一定会让你见的。"

思嘉本来没有要哭的意思,便对那士兵微微一笑。那士兵向另外一个士兵道:"你带她到司令部去吧。"思嘉谢过了他,便跟着第二个士兵去了。

"你当心，太太，别滑了脚，这些个石块难走啊，"那个士兵搀住思嘉的臂膀说，"你把衣服撩起点儿，免得烂泥溅上了。"

那士兵的口音也是一种中西部的鼻音，可是也非常和气，而且恭恭敬敬地搀扶着她。照这么看起来，可见北佬儿也并不怎么坏的了。

"今儿冷哪，你们太太们出门是不大方便的，"那个士兵又说道，"你家离开这儿远吗？"

"哦，远得很呢，一直在北头呢。"思嘉答道。这时她听见那个士兵说话很和气，心里觉得暖和了一点。

"这种天气，太太们是不应该出门的，"他又带着责备的语气说，"喏，这儿就是咱们的哨兵指挥处了，现在你自己进去找队长说话吧。"

她谢过了那士兵，走上了台阶，推了门进去。那门里黑洞洞的，也有一个门岗迎了出来。

"我要见队长。"她说。

那士兵拉开另外一头门，她一看那间屋里熊熊地生着一炉火，一张长桌子上放着许多文卷，周围坐着好些个穿蓝军服的军官。

"哪一位是队长？"

"我就是。"一个军服上没有扣纽扣的胖子说。

"我要见一个犯人，白瑞德船长。"

"又是白瑞德！这个人的朋友倒多呢，"那队长从嘴里拿下一支雪茄，笑着说，"你是他的亲属吗，太太？"

"是的——是他——是他妹妹。"

那队长又笑起来。

"他的妹妹不少啊，昨天刚来过一个妹妹呢。"

思嘉红起脸来。昨天来的一定是瑞德常常来往的一个婊子了，大概就是华贝儿吧。现在这些北佬一定也当她是一个婊子，这是叫人受不了的。哪怕是为着陶乐的前途，她也一分钟都待不下去，再也受不了这种侮辱了。但是当她抓住门把子预备开门出去的时候，忽有一个青年军官迎上前来，很和气地看了看她，对她说道：

"你不要忙，太太。请你坐在炉子旁边烤一会火吧，等我来替你想法子。你叫什么名字？昨天来的那一个——那一个女士他不肯见呢。"

思嘉就在炉边一张椅子上坐了下去，对那胖军官瞪了一眼，报上了她的名字。那个青年军官就匆匆披上了一件大衣，开了门出去了。思嘉将脚伸到火边烘了烘，方才觉得天气非常冷。不多会儿，就听见窗外有人说话，里面夹着一阵笑声，分明就是瑞德的。随见那门开进来，果然是瑞德。他头上没有戴帽子，颈上胡乱围着一条长围巾，好久没有剃头了，身上脏得很，但是神气还是那么好。他一见思嘉，眼睛里立刻现出一种高兴的光彩。

"思嘉！"

她的一双手早已紧紧地捏在他手里了，她便跟从前一样，立刻感觉到了一阵温热和生气。随后他不由她有个准备的余地，就将她搂得紧紧的，叫了她一声："我的亲爱的小妹妹！"便在她面颊上亲亲热热地吻了起来。这时思嘉心里乱得不知什么似的，但是为要做得真像个妹妹，只得也装出十分亲热的样子对他笑了笑，心里却在暗暗地称异：这人真是一个大流氓，坐了监牢也改变不了他的脾气呢！

那个胖军官对那青年军官打起咕哝来：

"你也太乱来了。怎么就去把他叫来呢？你知道是有过命令的。"

"哦，你别这么吧，亨利！你瞧，这位太太要冻煞了呢。"

"好吧，好吧！那么都是你的责任了。"

"你们请放心吧，诸位先生，"瑞德一面转过头去对他们说话，一面仍把思嘉搂得紧紧的，"我这小妹妹不见得会带家伙来帮助我逃走的吧。"

那些军官听见这句话，都不由得笑了起来。思嘉经他们这一下笑，马上转过头去四下看了看。啊呀！我的天，现在有这许多军官在面前，她怎么好开口跟瑞德说话呢？难道瑞德的案子就会这么严重，非得随时有人监视他不可吗？她的为难之处又被那青年军官看出来了，他便开开了里边一扇门，对里面的两个士兵低声说了几句话。那两个士兵就拿起了他们的枪，走到穿堂里去了。

"你们要是有话说，可以到那间传令兵室里去说去。可是你们进去了不许闩门，外边有人守着你们的。"

"你瞧，我这人是把他们吓得这种样子了，思嘉，"瑞德说，"谢谢你，队长。你这人太好了。"

说着，他随随便便地对他鞠了一个躬，便抓住思嘉的臂膀，将她拉进那间黑沉沉的传令兵室，随手将门掩上了。然后，他和她面对面地站着，低着头不住地看着她。思嘉懂得了他的意思，便将头抬起来凑了上去，同时从眼角里送给他一个媚笑。

"现在我还不能真正跟你亲一个嘴吗？"

"在额头上亲一亲吧，像个好兄长。"思嘉含糊地答道。

"不，谢谢你。那我宁可再等的，我希望你将来会让我好好亲一亲。"说着，他把眼光射到她的嘴唇上，并且一直停留在那里，"可是你现在来看我，我是感激极了。我从到这里来以后，来看我的人里面要算你是第一个正经人。你是几时到这里来的？"

"昨天下午。"

"昨天下午才到这里，今天早晨就出来看我吗？啊呀，亲爱的，你真太好了。"说着，他显出了一种真正觉得快乐的表情，是思嘉从来不曾见过的。思嘉心里又是高兴，又是好笑，却也感着了一点羞愧，不由得将头低下去。

"当然，我得马上出来看你。白蝶姑妈昨晚上告诉我这个消息——我昨晚上一夜都没有睡觉呢，我觉得事情太糟了。瑞德，我心里难过得很呢！"

"怎么，思嘉！"

他的声音非常之温柔，却是略带点儿颤抖。思嘉抬起头来看看他的面色，觉得他并没有从前那种怀疑和嘲讽的神气了，因而她心里越发觉得难为情，不能不将头重新低下。她想不到事情竟会出乎自己意料的顺利。

"我现在在监牢里，万想不到还能再见你一面，并且听见你说出这种话来的。刚才他们把你的名字报告给我，我简直不能相信自己的耳朵呢！那一天晚上我为了爱国心的冲动，将你抛在半路里，总以为你是再也不能饶恕我的。现在你既然肯来看我，可见得你已经饶恕我了。"

她听见他提起这件事，便又记起了前情，不由得突然泛起一阵愤怒，因而将头翘了翘，翘得那双耳坠子簌簌响起来。

"不，我并没有饶恕你！"她说了，又努了一努嘴。

"那么又是一个希望破碎了。但是请你替我想一想，我曾经去把自己献给了国家，曾经在雪地里打过仗，曾经得过最最厉害的痢疾——我吃了这许多的苦楚，你难道仍旧不给希望于我吗？"

"我并不要听你的吃苦，"她说这话时仍旧努着嘴，却从眼角里给了他一个微笑，"我记起那天晚上的事情，仍旧还是恨你的，大约以后再也不能饶恕你。你自己想想看吧，那时候我是什么事情都会碰到的，你竟那么狠心把我丢掉了！"

"可是你到底没有碰到什么呀，这就见得我对于你的信任是不错的了。我料定你会平平安安地到家，也料定路上不会碰到北佬的！"

"不过，瑞德，我总不懂，你到底为了什么要去干这种蠢事呢？你既然明明知道我们是要吃瘪的，又为什么临到末了还要去投军呢？而且你平时又常常说，只有白痴才会把自己的身子送给人去做枪靶子的！"

"哦，思嘉，请你饶恕我吧！我一想起这桩事来就觉惭愧！"

"那就好了，你当初那样对待我，原也应该觉得惭愧啊。"

"你又误会了。关于丢弃你那桩事，那是——对不起得很——我一点儿都不觉惭愧的。我惭愧的是我自己投军的事情。当初我穿着那么雪亮的靴子，那么雪白的衬衫，还挂着两支手枪，不知怎么竟会冒昧地跑去投军！后来我跑过了几十英里雪地，弄得靴子也破了，大衣也丢了，肚子也饿瘪了，却是始终不曾想起要逃走。现在想起来，简直是白痴。可是这种白痴是我血里带来的，也真叫没办法。现在不必去讲理由吧，只要你饶恕我也就够了。"

"我并没有饶恕你啊！我还当你是一头猎狗。"可是这"猎狗"两字叫得非常之亲热，不亚于叫他"宝贝儿"。

"你不要哄我吧，你是饶恕我的了。不然的话，像你这么一位年纪轻轻的太太，怎么就肯冒险到监牢里来看人呢？而且还打扮得这么漂漂亮亮！思嘉！你这一回真是美丽极了！我看见你并不穿得那么破旧，也没有穿着孝衣，就觉得该谢谢上帝！我看见现在的女人十中有九穿着千补百衲的衣服，要不就是披着一身的黑纱，真把我看得厌倦极了！你现在可叫我开心得很了！来吧，你转一个身，让我仔细看看你。"

那么他果然注意到了衣服上了。这是当然的啰，像瑞德这样一个人，怎么会不注意到这些事情呢？思嘉觉得有些兴奋地笑了一笑，转了一个身，伸开了臂膀，翘起了屁股，让那镶花边的小裙子露出一点来。瑞德眯细着眼睛，将她从头到脚端详了一会，于是上自帽子，下至鞋跟，没有一点东西逃出他的眼睛了。

"看你的样子，生活过得还舒服，不然不会扮得这么标标致致的！要不是门口有两个北佬在那里，那我就要——可是你放心，亲爱的。你请坐下吧，我不会像上次那么利用机会的。"他假装深为悔恨的样子，摸了摸面颊，"你老实说吧，思嘉，那天晚上的事情，你到底觉不觉得自己有点自私自利呢？你就想一想我替你做的事吧。我替你偷了那匹马，是拿性命去拼来的呢！你想我拼了性命得的是什么？让你臭骂了一顿，还吃你狠狠的一个巴掌！"

思嘉往椅子上坐了下去，这番说话已经有点岔出她所希望的方向了。他初看见她的时候，他好像非常和善非常高兴的，怎么一下子又会变了呢？

"这么说，你吃了苦头都要想报酬的啰？"

"怎么，当然的！我也是一个自私自利的怪物，你是一向知道的。凡是我给了人家的东西，我一直都希望代价的。"

这一句话不免使她微微打起寒噤来，但是她仍旧把一双耳坠子摇得簌簌响。

"哦，你实在是不至于这么坏的，瑞德。你不过是故意这么说说罢了。"

"嗨，怎么，听你这句话，你是变了一个人了！"他一面说，一面就笑了起来，"可是我也常常跟白蝶小姐提起你，她始终没有说到你改变脾气的话儿。现在，思嘉，你再跟我谈谈你自己的事吧，我跟你分别之后，你一向在做什么？"

这时思嘉还是一肚子的气，很想回他几句尖话儿，但是她竭力忍住了，勉强装起了一副笑容，露出了两个酒靥。瑞德拖了一把椅子到她面前来，她也就不知不觉地将身子扑上前去，很亲昵地捏住了他的臂膀。

"哦，我一向都很好，谢谢你，陶乐现在也一切都好。当然，在谢尔门的军队刚刚开走的一段期间，我们的日子是非常难过的，不过幸而他们没有把我们的房子烧掉，家里的牲口也有一部分保全下来的。今年我们的棉花收成也还不错，也居然还有二十包。当然比从前是相差很远了，可是现在人手不够呀。爸说的，明年总一定可以好些。可是瑞德，现在住在乡下厌人得很呢！跳舞也没有了，宴会也没有了，大家碰了头，没有什么可说的，总都说日子难过！天晓得，我真是厌倦极了呢！到上礼拜，我就闷得快要害病了，爸爸这才叫我出来玩几天。因而我先到这里来，打算在这里添做几套衣服，然后到查尔斯顿看我的姨妈去。哦，瑞德，要是我能够再有舞跳，那该够多么有味儿啊！"

说了这番话，她自己觉得措辞非常得当，既不说得太穷，也不说得太阔，心里得意极了。

"的确，你穿起跳舞衣来要美丽得多，这是你自己也知道的。所以我猜想你此番出来的真正理由，是跟那班乡土老儿的朋友闹厌倦了，要出来推广推广交际范围吧。"

思嘉觉得他这句话非常可笑，心里暗暗地欣幸，欣幸的是瑞德在外边跑了这许多日子，对于这一带地方的情形隔膜得很呢。其实那些所谓乡土老儿的朋友，像方家、孟家，乃至于琼斯博罗、费耶特维尔的一些年轻小伙子，正都是贫病交加，在那里劈柴耕作，早已没有什么舞跳了。但是她并不对他说穿，却故意吃吃笑着，装做被他猜中了似的。

"哦，嗯。"她含糊其词地说道。

"你这人真是没有心肝呢,思嘉,但是你的魅力也许正在这里。"他说着,笑了起来,那笑容又跟先前一样了,把一只嘴角歪着,但是她知道他是在恭维她,"因为,你当然是极富魅力的,富到法律所允许的程度以外了。虽像我这样的人,已经磨炼得颇有些麻木的,也不能不感到你的魅力呢。我平时接触的女人多得很,也有比你美丽的,也有比你聪明的,也有比你脾气好的,但是我只对你一个人念念不忘,这叫我自己也常常觉得诧异。尤其是在停战以后的几个月里,我在法国和英国,天天和许多美丽的女孩子在一起,跟你又好久不见了,可是仍旧时时刻刻要想起你,惦记你的近况不知怎么样。"

思嘉听见他说别的女孩子比她美丽、聪明、脾气好,就不免有些生气起来,但是又听见他说她富有魅力,并且对她念念不忘,这气当即就被打消了。照这么看起来,他是仍旧有心于她的。这样,事情就好办得多。而且看他现在的态度也是非常好,竟差不多像个上等人了。所以现在她所需要的只是把谈话的题目转移到他自己身上去,以便她也可以对他表示没有忘记他,然后——

她把他的臂膀轻轻捏了捏,重新露出两个酒靥来。

"哦,瑞德,你怎么戏弄起我这乡下女孩子来了!我明明知道,自从你那天晚上丢开我之后,你是从来不曾想到我过的。你既然有那么些美丽的法国女孩子、英国女孩子天天在一起,怎么还会不忘记我呢?但是我今天这么老远地跑来看你,并不是送来给你戏弄的。我今天来,是因为——因为——"

"因为什么?"

"哦,瑞德,我是替你发愁呢!我替你担心得很呢!你什么时候可以离开这个可怕的地方呀?"

他很快将自己的手盖上她的手,将它紧紧地揿在自己臂膀上。

"这我感激得很。至于我几时能够出去,那是说不准的,大约他们要等把索儿再拉长一点吧。"

"索儿?"

"是的,我希望是等吃够了苦头,就可以出去的。"

"他们不见得真要绞杀你吧?"

"他们要的,只要他们能够再得到一点不利于我的证据。"

"哦,瑞德!"她就哭了起来,一面将手揿在胸口上。

"你会伤心吗?如果你伤心得很,我就要在我的遗嘱里提到你。"

说着,他把一双乌溜溜的眼睛搜索着她,同时将她的手捏得再紧些。

怎么他提起遗嘱来了！她生怕自己神色之间要被他看出破绽，急忙低下了眼睛，但是已经来不及了，因为他的眼睛已经带着一种好奇的神色在那里闪动了。

"照他们北佬的意思，我是应该立下遗嘱了。他们大家对于我的经济状况似乎发生极大的兴趣，他们每天都要把我提去审问一次，问的人每次不同，问的都是些傻话。外边好像有一种谣言，说联盟政府有一票秘密的金子被我吞没了。"

"哦——真有这回事吗？"

"这也亏你问得出！你总也知道，联盟政府只有一副印刷机，并没有造币厂的吧。"

"那么你这许多钱是从哪里来的呢？是投机来的吗？白蝶姑妈说——"

"你倒也真会盘问！"

他妈的！那么他当然是有钱的了。她因而觉得非常兴奋，话就不容易说得十分温婉了。

"哦，瑞德，我真替你着急呢。你自己觉得有机会可以出去吗？"

"我的格言就是'nihil desperandum'一句话。"

"这话是什么意思？"

"这就是'也许会'的意思呢，我的傻孩子。"

她飞舞着她的浓眼睫毛看了他一眼，随即又重新低下了头。

"哦，你是很有心计的，怎么就会让他们绞杀呢？我相信你一定会想出办法来打胜他们，离开这里的！等到那时候——"

"那时候怎么样？"他将身子靠近了些，轻轻地问道。

"哦，我——"她装出一种不好意思的样子，又把脸红了起来。这时候她要红脸，并不怎么困难，因为她的确已经转不过气来，而且心像鼓一样在那里打。"哦，瑞德，我现在想起那天晚上——在痢痢村——我对你说的那些话，实在懊悔得很呢。我那时候是——是吓得太厉害了，心里慌得很了，你么，又那么的——那么的——"她低下头去，看见他一只棕色的手紧紧地覆在自己手上，"那时候我——我总以为再也不能饶恕你的了！可是昨天我一听见白蝶姑妈说你——说他们要绞杀你了——我就突然——突然——"她对他看了一眼，那眼光里带着一种柔肠欲断的神情，"哦，瑞德！他们要是真的绞杀你，我是活不成的了！我是无论如何忍受不了的呢！你看我——"这时她觉得他眼睛里跳跃着一种光芒，刺得她再也经受不起，便只得眨了眨眼，重新低下头去。

她觉得有些诧异，暗暗地想道："再过一下我真的要哭出来了！我到底该不该哭呢？我如果真的哭出来，会不会自然呢？"

瑞德却不让她再往下想，急忙对她说道："啊呀，我的天！思嘉，你的意思不见得是——"说着，他将她的手狠狠地捏了一把，捏得它骨头都快要碎了。

她紧紧地闭着眼睛，尝试要挤出几颗眼泪，但是忽又记起了应该将头抬起点，好让他来亲自己的嘴。谁知抬了半天他却不来亲，于是她感到了非常失望，只得又把眼睛睁开一丝来，冒险将他窥看了一眼。只见他低着头，拿住自己的一只手放到嘴边去亲着，又将自己另一只手也拿了上去，放到他面颊上贴了一会。她本来盼望他要有粗鲁举动的，不想他竟这样的温文尔雅，倒不由得吃了一惊。她很想看看他脸上的表情怎么样，但是他的头是低着的，她无法看见。

她恐怕他突然抬起头，反而要把她脸上的表情看出，便又急忙垂下了眼睛。她知道自己脸上一定已经写着一种胜利的神情了，这是他一眼就会看明白的。她以为他马上就要要求她跟他结婚了——至少也要说他爱她了，那么以后就……谁知当她从眼睫毛的缝里将他窥看的时候，却见他正把自己的手翻了一个身，使手掌朝着上面，在上面亲了一下，便突然倒抽一口气。经这一来，她不觉也低下头，向自己手掌上看了一眼，谁知不看犹可，一看就不由得突然打起寒噤来。原来她一年以来不曾仔细看过自己的手掌，现在才知道那只手掌已经不是她自己的了，决不是她郝思嘉小姐那只雪白粉嫩的手掌了。只见它又粗又黑，还长着许多大大小小的疙瘩。指甲是碎的碎，断的断，长长短短参差不齐的，掌心是东一个西一个地长着茧子，拇指头上还有一个给滚油烫了的泡泡，红红的实在不雅观。她看了一眼，就不由自主地捏紧了拳头。

他仍旧没有抬起头，她也仍旧不能看见他的脸。他毫不容情地将她的拳头重新掰开来，眼睛对掌心牢牢地盯着，又将另一只手也拿了上去，把两只手掌并排地放着，低着头对它们默默地端详。

"你瞧着我，"他终于抬起他的头说，他的声音是很平静的，"不要这么垂头丧气吧。"只见他的黑眉毛飞舞着，他的眼睛闪烁着。

她不自觉地接触了他的眼睛，脸上现着倔强和烦乱的神色。

"那么你在陶乐日子过得很好呢，是不是？收了棉花多得几个钱，你就可以出门来玩儿了。你这双手到底是做什么的——耕田吗？"

她尝试将手拔回来，可是被他抓得紧紧的，正拿他的大拇指头在那些茧子上挼着。

"这就不是一个高等女人的手了。"说着，他将那两只手一扔扔回她怀里。

"哦，你住嘴吧！"她嚷道，现在她能够说出自己的感情，心里倒觉暂时宽松了，"我这双手做什么工作谁管得着？"

她嘴里虽然说这种强话，心里却在恨恨地想着：我为什么这么蠢！我是早就应该把白蝶姑妈的手套借来或是偷来的。可是我没有想到我的手会这种样子的呀！他当然是要看出来的，现在我已经发了脾气，大概事情全部破坏了。可惜的是功亏一篑呢！

"你的手当然不关我的事。"瑞德冷然地说着，就傲慢地向椅背上一仰，面上是一片贴平的空白。

那么一来，以后他就不好对付了！但是思嘉仍想克服这重障碍，所以不得不平心静气地忍受着。

"你这个人说话也太鲁莽了。我不过是刚刚骑了几天马，没有戴手套，才把手弄坏的。"

"骑马？见鬼吧！"他仍旧用着那种平静的声音说，"我说你是做工做坏的，我说你一直都像黑人一样在做工。我并不是怪你这个。可我要问你，你为什么要骗我，说在陶乐一切都好呢？"

"现在，瑞德——"

"我们现在打开天窗说亮话，你这回到这里来看我的真正目的到底是什么？你为什么要用这套狐媚的手段，要说是为我而来，替我着急？我几乎上了你的当了！"

"哦，我是替你着急的！的确是——"

"算了吧！你是巴不得我在绞人台上吊得高些呢！你的心事已经明明白白在脸上写出来了，犹如你的苦工明明白白在手上写出来一样。你是想向我要求什么，而且你的要求非常迫切，要掩饰也无可掩饰了。但是你为什么不痛痛快快地对我说呢？如果是那么的话，也许你得到的机会还可以多些，因为我对于女人的德行如果还有一件觉得可尊重的话，那就是坦白。谁知你却不肯坦白，偏要戴着这种耳坠子，搔头搔脑地像婊子拉客！"

他说到最后一句话的时候，并没有提高声音，也没有加强语气，但是在思嘉听起来，却像重重受了一下鞭子。她当即明白过来，要他向她求婚的事儿已经完全绝望了。因为他说这话的时候，即使也像别的男人一样，是带着一团怒气说的，或是老实不客气地责备她一顿，那她都还有办法可想，都还可以希望把事情挽回过来。无奈他的声音像死一样的平静，这就叫她不知怎样才好了。他现在虽然已经做了囚犯，并且门外还有两个北佬在看守他，但她仍旧觉得他非常危险，无论怎样惹他不得的。

"这也该怪我自己的记忆力太差。我明明知道你这人的脾气跟我自己的一样，无论什么事情都决不会没有目的的。现在让我猜猜看，你到底是一种什么诡计，韩太太？难道你竟会这么痴心妄想，当我会向你求婚吗？"

思嘉的面孔涨得绯红，并不回答什么话。

"可是你总还没有忘记，我曾经屡次对你明说，我是一个不结婚的男人哪。"

她仍旧不开口。他就突然暴躁起来了。

"你没有忘记吧？你回答我呀！"

"没有忘记。"她没奈何地说道。

"那么你是一个多么冒险的投机家啊，思嘉，"他嘲讽道，"你当我现在关在监牢里，不能够亲近女人，便是一个绝好的机会，就来投一下机看，以为我会像一条鲦鱼，一口把你的香饵衔去的。"

但是你刚才也几乎要衔去了啊，思嘉心里愤然地想着，如果不是我那两只手——

"现在，我这方面的实话已经说完了，就只还不晓得你到底为着什么理由。那么请你也把实话说说看，你到底为了什么才想我来跟你结婚的？"

他的声音里面带着一种温和到近乎顽皮的调子，因而她又萌起一线希望来。她想事情还没有到了完全不可收拾的地步吧。至于结婚，那当然是绝望了，但是绝望了倒好。因为他这人的意志这么坚强，实在是令人可怕，就是想起要跟他结婚，也难免不寒而栗。但是她如果手段灵活些，向他的同情上和记忆上去运用一番功夫，也许还可以向他借到一笔债。于是她沉下了面孔，装出一种向人求和的孩子气的表情来。

"哦，瑞德，你是可以给我极大帮助的——只要你存点好心的话。"

"我再喜欢不过的就是对别人存好心呀！"

"那么瑞德，请你看老朋友的面上，给我帮一点忙吧！"

"那么你终于要说出你的真使命来了。我也知道你现在演的一角，决不会是'探监'的。那么你要求什么？钱吗？"

经他这么开门见山的一问，话语就不能说得圆转而委婉了。

"你不要小气吧，瑞德，"她娇声媚态地说，"我的确是要几个钱呢。我请你借我三百块钱。"

"这才是实话了。那么你嘴里说的是爱,心里想的是钱。好道地的女性啊!你的钱要得很紧吗?"

"哦,是——嗯,也没有什么了不得,不过是有点用处罢了。"

"三百块钱,这数目不小啊。你到底有什么用?"

"给陶乐交税钱。"

"那么,你是要借钱。好吧,你既然跟我来讲生意经,我也要跟你讲生意经了。你拿什么附加抵押品给我呢?"

"什么!什么?"

"附加抵押品,就是我的投资的担保品。当然,我是不愿意拿钱去白丢掉的。"他的声音非常地平滑,分明是在哄骗她,但是她并没有注意到。她还以为事情可以挽回过来了。

"我的耳坠子。"

"我对于耳坠子并不发生兴趣。"

"那么我拿陶乐给你做抵押。"

"我现在要田地做什么用呢?"

"嗯,你一定有用处的——一定有的——那是个好庄子呢!你的钱决不会白丢的。等我明年收起棉花来就还给你。"

"我倒觉得不大靠得住,"他又往椅背上仰了回去,将两只手插进裤袋里,"棉花的价格一天天地在跌了,现在日子很艰难,钱紧得很呢。"

"哦,瑞德,你在逗着我玩呢!你是有几百万家私的!"

他拿眼睛探测着她,那眼光里洋溢着一种恶意。

"那么你一切都很好,要钱并不要得很紧急。嗯,我听见了心里也就高兴了,我是巴不得老朋友们都好的。"

"哦,瑞德,请你看上帝的分上……"她有些发急起来了,勇气和镇定都维持不住了。

"你把声音放低些呀,我想你不见得要让北佬听见吧。人家有没有告诉你说你的眼睛像猫儿——像黑暗中的猫儿吗?"

"哦,瑞德,不要这样吧!让我什么都告诉你吧。我这钱实在要得很紧。刚才我说一切都很好的话,是骗骗你的。实在是,一切都糟得很呢!父亲是——是——失了常态了。自从母亲死后,他一直都那么怪里怪气,一点都不能帮我的忙,他简直像个小孩儿了。而且现在家里已经一个作手都没有了,棉花没有人种,吃饭的人倒有十三个。还有那税钱——涨得非常之高了。瑞德,我什么都告诉你吧。这一年以来,我们一直都差点儿要饿死。哦,你真不知道呢!你是不能知道的。我们从来没有吃饱过肚子,醒着是挨饿,睡了又挨饿,可怕得很呢!暖和点的衣裳一件也没有,孩子们都在挨冻、害病,并且——"

"那么,你这一身漂亮衣服是哪里来的呢?"

"是拿母亲的窗帘子改做起来的,"这话说出口来实在难为情,但是她心里着急得很,一时编不出一句谎话来,"如果单是挨饿受冻,我也都还受得了,可是现在——现在提包党又提高我们的税钱了,而且这笔钱马上得付。现在我只有一块五元的金币,此外什么都没有。可是这笔税钱我是不能不筹的!你明白吗?如果我不马上付出去,我就要——我们就要失去陶乐了,这是我们无论如何不能失去的!我决不能放松它的!"

"那么你为什么不早对我这么说,偏要先来挑拨我这颗容易感动的心呢?你知道我这颗心脆弱得很,经不得美貌女人一下挑拨的。不,思嘉,你不要哭。你是什么把戏都玩过的了,就只除了那套把戏没有玩,你若真个玩起来,我想我是经当不起的。现在我既然发现你所要的是我的钱,不是我这出色的人品,我的感情立刻就被失望扯得粉碎了。"

思嘉记得瑞德每次像这样嘲讽自己并且嘲讽别人的时候,实际却是说的赤裸裸的真情话,因而她急忙抬起头来看着他,同时心里掠过一串的猜测:"难道他的感情真的受伤吗?难道他对于我真是有意吗?难道他当时若不看见我这双手,真的预备要向我求婚吗?或者虽不是正式求婚,也要像以前那两次似的,要我做他的情人吗?如果他真的有意于我,那我还是可以将他收服的。"然而他只拿一双乌溜溜的眼睛搜索着她,丝毫不像一个爱人的样子,随即他就轻轻地笑起来了。

"我不喜欢你这抵押品。我并不是一个垦植家,你还有别的可做抵押的没有?"

好吧,他终于打到题目上来了。这机会不可错过!她便深深地倒吸一口气,正视着他的眼睛。这时她因急于要去迎受自己心里最最害怕的一着,以致一切柔媚的姿态都失去了。

"我——我还有我自己。"

"是吗?"

她的下颏紧张成了四方形,她的眼睛转成了翡翠的颜色。

"你还记得围攻的时候，有一天夜里在白蝶姑妈的走廊上吗？当时你说——你说你是要我的。"

他毫不在意地往椅背上一仰，就对她的紧张的面孔牢牢看着，他自己面上现出一种莫测高深的表情。他的眼睛底里有一点东西在那里闪烁，可是他不说什么。

"你说——你说你从来不曾要一个女人像要我这样的殷切。你若是仍旧还要我，你就可以得到我。瑞德，现在随便你说什么我都可以做，可是你看上帝的面上，请你开一张支票给我，我的话是可以算数的。我可以赌咒，我决不食言，你如果要我写一张字据给你，我也可以写。"

他做着一副怪样子对她看着，脸上仍旧是莫测高深，到底看不出他对她这提议是欢迎还是拒绝。于是她着急起来了，她觉得自己的面颊有点热烘烘。

"我这钱是马上得要的，他们就要把我赶出去了。我们从前那个天杀的总监工就要来占去了，而且——"

"你不要急啊。我且问问你，你怎么知道我仍旧还要你呢？又怎么知道你自己值得三百块钱呢？大多数的女人是没有这么高的价钱的。"

她的面孔一直红到头发根，这一下羞辱非同小可。

"我不懂你为什么一定要这样做？你尽可以放开了陶乐，住到白蝶小姐这里来。她那房子本有一半是你自己的。"

"啊，我的天！"她哭道，"你是一个傻子吗？我是不能放开陶乐的。那是我的家，我决不肯放开它的！只要我还有一口气，我决不能放开它的！"

"嗨，爱尔兰人真是再硬不过的种族呢，"他一面说，一面将椅背仰平了，并且抽出裤袋里的两只手来，"有许多东西并不值得看重的，他们偏偏看得非常重，例如土地吧。我想天底下的土地到处都是一样的，有什么彼此好分呢？现在，思嘉，让我来把事情说个明白吧。你此番来，是来跟我做买卖的啰！你的意思是，我给你三百块钱，你就做我的情人，是不是？"

"是的。"

这一个"是"字本来是极不容易出口的，现在她既然说出口来，心里就觉宽松了许多，而且希望也长起一点来了。他刚才不是说"我给你三百块钱"吗？而且他说这话的时候，眼睛里射出一种恶魔的光芒，仿佛他觉得很有趣似的。

"不过，我记得从前我老着脸向你提起这话的时候，你是曾经把我赶到门外去过的，并且你还骂了我许多臭话，还说你不愿意'养小猪猡'，现在我并不是要剥你的疮疤,我只怪你的性情非常特别。你不愿意为自己的快乐做这样的事,现在为了肚子饿,却愿意做了。这就证明了我平日的一种意见,一切所谓德行都不过是代价问题了。"

"哦,瑞德,你这是什么话呀!你如果是存心要侮辱我,那你说下去,尽管你侮辱好了,那钱可得要给我。"

她说了这几句话,就觉得呼吸松了许多。她想瑞德既是这种人,现在他乘人之危,自然要尽量磨难她侮辱她一顿,以泄从前种种的气愤,并且报复刚才受到的一番欺骗的。好吧,尽管他去磨难侮辱吧。这是她能够忍受的。她什么都能够忍受的,为了陶乐值得忍受的。于是她在一刹那之间,想象起了一个仲夏的天气,一个蔚蓝的天空,自己懒洋洋地躺在陶乐的碧绿草地上,仰望着朵朵的白云,欣赏着阵阵的香气,静听着悦耳的鸟鸣,这是多么堪以憧憬的境界呀!为了这个还有什么不值得牺牲的呢?

她抬起了头。

"你预备给我钱吗?"

看他的神气好像是自得其乐,及至他开口说话,他的声音是冷酷之中带着温婉的。

"不,我并不预备。"他说。

一时之间,她不能使自己的心去适应他的话。

"即使我愿意给你,我也不能够给你。现在我身边是一个子儿都没有,也没有一块钱存在亚特兰大。钱我是有几个的,不错,但是不在这里。要问它放在哪里,到底有多少,那我自然不便告诉你。若是要我开一张支票给你,北佬马上就要像老鹰扑小鸡似的扑了来,那就你我大家都要拿不成了。你想怎么样?"

她的面孔变成一种丑恶的绿色,鼻子上突然长起鸡皮疙瘩来,嘴唇扭曲得像她老子快要杀人的时候。她从椅子上突然跳起,发出一种不相连贯的哭声,以致隔壁房间里的模糊语声突然都停止。瑞德像一头豹似的,急忙赶到她身边,一只手扪住她的嘴,一只手紧紧搂住她的腰。她发狂似的挣扎着,想要咬他的手,踢他的腿,并且发出一种尖叫来,借以发泄胸中的失望和羞愤。无奈他那条臂膀搂得她跟铁箍一般,任她怎样也挣扎不脱,同时那一只手也扪得她连气都转不过来。随后他白着脸,瞪着眼睛,将她一把抱进了怀中,然后把她揿在椅子上。

"哦,亲爱的,你看上帝分上!不要响!不要嚷!再嚷他们马上就要进来了。你赶快静一静,难道你愿意北佬进来看见你这样吗?"

其实她是什么都不管的了，无论谁进来看见她也不管了。她只恨不得将他一刀杀死，别的任何观念都不存在了。但是一阵眩晕突然扫过她，她不能呼吸，因为她的嘴被他扪在那里。她又觉得身上的小马甲像个铁圈，将她愈箍愈紧。随后她就觉得瑞德的声音渐渐稀薄了、模糊了，他的面孔罩上一层迷雾了，而且那迷雾愈来愈浓，终至一点儿看他不见——什么东西都看不见了。

等到恢复了知觉，她发现自己浑身骨头都发酸，仰在一把椅子上，帽子已被摘去了。瑞德正在按她的手腕，焦急地瞪着她的面孔看。那个青年军官也在旁边，正拿一杯白兰地在那里灌她。还有几个军官也在旁边交头接耳地说话。

"我想我刚才晕过去了吧。"她说，但是她觉得自己的声音仿佛是从极远的地方发来的，不由得大吃一惊。

"你喝下去！"瑞德将那杯白兰地送到她嘴唇上说。现在她一切都记起来了，但只虚弱地将他瞪了一眼，因为她已经疲倦到没有发怒的气力了。

"请你看我面上，喝下去。"

她喝了一口，当即呛咳起来，但是他仍旧把杯子送上去。她又喝了一大口，那一股热流就打她喉咙里灌下去了。

"我看她现在好些了，诸位先生，"瑞德说，"我感谢诸位得很。她听见我这案子要执行，就吓得晕过去了。"

那几个军官点点头，出去了。只有那个青年军官逗留在门口。

"还有什么事用着我吗？"

"没有了，谢谢你。"

他也出去了，随手将门关上。

"你再喝一点。"瑞德说。

"不。"

"你喝！"

她又咽下了一口，当即觉得全身温暖起来，气力也渐渐恢复，两腿就不发抖了。于是她推开了酒杯，想要从椅子上站起来，但是他一把将她揪了回去。

"你放手！我要走了。"

"你还不能走。再等一会儿，你也许要再晕过去的。"

"我宁可晕倒在路上，也不愿在你这里了。"

"我不管你愿不愿，我总不让你晕倒在路上。"

"你让我走吧。我恨你。"

他听见这话，脸上又回复了一个隐约的微笑。

"这话方才像是你说的，但是你千万不要恨。"

她在椅子上瘫了一会儿，尝试唤起一些怒气来撑住自己，但是她实在疲倦极了。她已疲倦到不能怀恨，也不能顾虑任何东西了。失败压在她精神上，跟一个沉重的铅块一样。她已经把一切东西都拿出来孤注一掷，现在却都输得精光了，就连一点傲慢心理也已输掉了。这是她的最后希望的终结。这是陶乐的终结，也是他们大家的终结。她往椅背上仰着，闭上眼睛瘫了许久，静静听着身边瑞德的沉重呼吸，同时那白兰地的效力渐渐漾过她全身，给了她一种假的气力和温热。末了她睁开了眼睛，对他脸上看了看，于是怒气重新起来了。当她把一双斜竖的眉毛深深锁着的时候，瑞德脸上也就照旧泛出那种微笑来。

"现在你好些了吧，我从你皱着的眉头里可以看出来的。"

"当然，我是很好在这里。白瑞德，你这人可恨极了，简直是一个流氓！你既然不打算借钱给我，为什么偏偏要我把什么话都说出来呢？你也应该替别人留点余地的。"

"替你留余地，让你把真情放在肚里不说出来吗？那是我不见得会肯的。我在这里可供消遣的东西太少了，我从来没有听见过这样能够使人满意的话呢。"突然他发出一种嘲讽的笑来，她听见了这种笑声，立刻从椅子上跳起来，抓起了她的帽子。

他突然揪住了她的肩膀。

"还得再等一会儿，现在你觉得可以讲明白话了吗？"

"你放手！"

"我看是可以的了。那么，请你告诉我一句话，你所要钓的鱼儿是不是只有我一条？"他一面问，一面尖着眼睛，注意观察着她脸上的变化。

"这话怎么讲？"

"你想拿这方法去尝试的是不是只有我一个人？"

"这你管得着？"

"管得着得很。除了我之外还有别的男人做你的候补人吗？告诉我！"

"没有。"

"我不信。你总一定还有五六个候补人在那里，而且你这提议一定有人会接受的。这我可以有十分的把握，所以我现在要给你一点忠告。"

"我不要你的忠告。"

"你不要我也要给你。目前我所能够给你的似乎只有忠告一件东西了。你听着吧，因为这是一个很好的忠告。当你要想向男人骗取什么的时候，你千万不要像刚才对我这样开门见山地说了出来。你要做得委婉些、圆滑些，这样才能得到较好的效果。这种手段你本来是懂得的，完全懂得的。不过刚才你要把你自己给我——给我做抵押品的时候，你是硬得像铁钉一般的呢。我还记得从前跟人家拿着手枪决斗的时候，对方的人站在二十码以外，他的眼睛就是像你刚才那样的。那种眼睛叫人看起来是不大适意的呢，无论如何不能在男人胸口里引起热情来。亲爱的，你要明白笼络男人的方法决不是这样的。你把年轻时候的训练都忘记完了。"

"我的行为用不着你来教训。"她一边说着，一边疲倦地戴上了她的帽子。她心里觉得诧异，这人颈上已经套着了绞罪的索子，怎么还能这样轻而松之地嘲笑别人的？

"你也不必难过，思嘉，"他在她结帽带的时候对她说，"等我吊在绞人台上的时候，你可以来看我的，那你就觉得舒服多了。那时候你我就可以把前账一笔勾销，就是这回的这笔账也可以同时算讫了。而且我一定会把你写进遗嘱里去的。"

"谢谢你，可是他们不等你到山穷水尽的时候，不见得就肯绞杀你。"她这话是出于本心的。

第三十五章

她从消防局里出来的时候,天已下起雨来了,天空是一片暗淡的油灰色。空场上的士兵都已走进那些草房去躲雨,街上也空朗朗的没有人。她四下一看,看不见任何车辆,便知回家去的漫漫长途又非步行不可了。

她拖着沉重的脚步走了一阵,那时白兰地的效力便渐渐地消失了。冷风吹得她簌簌发抖,雨点打在她脸上,冷得像针刺一般。白蝶姑妈的那件秋大衣很薄,不多会儿就淋得跟落汤鸡一般。雨水透过了大衣,就要湿到里面那件天鹅绒的新衣服,她也知道一定要糟蹋完的,但是她已没有心思去顾惜它了。两旁人行道上的砖头是七零八落的,有些地方竟是深到脚踝的烂泥塘,但是她连衣裙也懒得去撩,就让那长长的衣裙打泥塘里拖了过去。因为她只觉得灰心和着急,再没有余地可容其他任何观念了。

但她心里却是一路在翻腾,不曾有过刹那的静止。她想自己从家里动身的时候,是对他们把这事情说得那么十拿九稳的,现在弄得这样惨败回去,还有什么面目见人呢?而且陶乐既然保不了,大家非走不可了,她又怎样去对他们开口报这凶信呢?她自己又到哪里去好呢?于是她又对瑞德切齿起来,以为这种流氓办了绞罪还是便宜的。

当她走到华盛顿街的时候,她听见背后有一辆马车拖泥带水的声音。她希望车里是一个白人,可以让自己搭了去,便回过头去看了看。那时雨下得正大,一时看不清那赶车人的面目,只觉得他仿佛十分面熟。那赶车人却早已看见她了,便又惊又喜地嚷出来道:"怎么,不见得会是思嘉小姐吧!"

"哦,甘先生!"她也认出来了,便再不顾弄脏衣服,三步两步地赶到他车前,"哦,怎么会碰到你的?我高兴极了,我这一辈子也没有这样高兴过!"

甘扶澜听她的话说得这样亲热而诚恳,不由得红起脸来,连忙跳下车,和她亲亲热热地握了一会手,然后掀开车上挡雨的油布,将她搀扶上了车。

"怎么,思嘉小姐,你这么孤零零地跑到这种地方来做什么?你不晓得近来这里非常危险吗？而且你浑身都淋湿了。赶快，你拿这条毯子围在脚上吧。"

她像一只母鸡似的团缩做一团，听凭扶澜摆布去。她刚才受了瑞德那么一肚气，现在遇到一个男人这样巴结她，心里觉得非常的适意。她一看扶澜身上穿得很整齐，那部马车也还是新的，就知道他近来的景况还不错。但是她觉得他比去年圣诞节看见的时候又老了许多了。他脸上很瘦，很憔悴，一双眼睛深深地陷了进去，那几根黄胡子也像疏了许多了。不过他神气很好，又像是很有兴致，跟那憔悴的面容仿佛是不调和的。

"我看见你高兴极了，"他热忱地说，"我不知道你在这里呢。上个礼拜我还碰到白蝶小姐的，她并没有说起你要来。有没有人——嗯——陶乐那边有人跟你同来的吗？"

他是在想苏纶呢，这个老傻子！

"没有，"她一边把那车毯子拖上来紧紧包裹着，一边回答他，"我是独个人来的。我也没有预先通知白蝶姑妈过。"

他对那马甩了一鞭，车子又向前碾动了。

"陶乐大家都好吗？"

"哦，是的，都没有什么。"

回了这句，她就觉得无话可说了，因为她现在疲倦至极，恨不得马上钻到被窝里去睡觉去。但是她觉得现在不能不说话，因而只得又开起口来。

"甘先生，我真想不到会看见你呢！我也知道自己太懒了，对于老朋友一向都疏远得很，但是我不知道你在亚特兰大呀。我记得有人说你在美立塔的。"

"我是到美立塔去做生意的，做过不少生意呢，"他说，"苏纶小姐没有告诉你说我在亚特兰大住定了吗？她没有告诉你我开店的事吗？"

她隐隐约约记得苏纶是说起过这桩事的，但是她对于苏纶所说的任何事情都从来不去注意。她只要晓得扶澜现在还活着，晓得他将来会把苏纶这副担子挑过去，她就觉得足够了，别的事情一概不必知道了。

"不，她一字都没有提起过，"她谎说道，"你现在开了一爿店了吗？你真是能干呢！"

扶澜听说苏纶没有宣布这消息，心里略觉有点不舒服，但是听见了思嘉的恭维，便又有一点高兴起来。

"是的，我总算弄起一爿店来了，我自己觉得还不错。人家都说我是一个天生的商人呢。"说着，他自己咯咯地笑了一阵，这种笑声是思嘉向来觉得厌恶的。

"这老傻子也会自吹呢！"她想道。

"哦，甘先生，你是无论做什么事情都会成功的。不过你这爿店是怎么弄起来的呢？去年圣诞节我见到你的时候，你还说是身边一个钱都没有的。"

扶澜假咳了几声，把他的黄胡子抓了几抓，展出了一个十分羞涩的微笑。

"嗯，这事说来话长了，思嘉小姐。"

那是谢天谢地！她暗暗想道。也许他一说起来，就可一直把她送到家里了。于是大声道："你说吧！"

"你还记得上次我们到陶乐来搜寻粮食吗？嗯，这事以后不久，我就去积极行动了。我的意思是说参加真正的战争，因为那时候我没有差事可当了。差委会已经没有多大的需要，而且我也实在搜寻不出粮食来，因而我想起了一个身壮力健的人是应该到军队里去服务的，于是我就去加入骑兵队方面作战，以后就在肩膀上吃了一颗子弹了。"

他现出了很自傲的样子，思嘉便说："多么可怕啊！"

"哦，倒也没有什么的，不过皮肉受了一点伤罢了，"他像满不在乎地说道，"受了伤之后，我被送到南方一个医院里，谁知我正要医好的时候，北佬的骑兵队突然冲到那地方来了。嗨，嗨，那时候紧张极了！我们是一点没有准备的，仓促之间，只得把所有的军用品跟医院里的伤兵一齐运到车站去。谁知我们这头正在装火车，那头北佬已经冲进城来了。我们只得丢下了东西，单把装人的车辆开出去。开了不多路，我们爬到篷顶上回头看了看。嗨，嗨，好惨呢，思嘉小姐，我们在铁路旁边堆到几英里路长的军用品，都被北佬放起火来烧着了！我们只逃得一个光身子出来。"

"啊呀，真可怕！"

"可不是吗？可怕啊。那时候我们的人已经回到亚特兰大，因而我们的火车就开到这里来了。后来不多时候，战争也就停止。那时医院里有许多瓷器、小床、席子、毯子，没有主儿来认领，看起来是北佬丢下来的，也许是我们军队的投降条件之一吧。"

"嗯。"思嘉心不在焉地说道。那时她身上已经暖和起来，有点觉得瞌睡了。

"我到现在还不知道自己做得对不对。"他有点狐疑不决地说道，"不过照我猜想起来，这些东西对于他们北佬一点儿没有用处，他们大概本来预备烧掉的。至于我们的人，却是实实在在花钱买来的，所以照我想起来，它们应该仍旧归联盟州或是联盟州人所有。你懂得我的意思吗？"

"嗯。"

"你同意了我就高兴了。思嘉小姐,我也不知怎么的,这桩事情一直使我良心上有点芥蒂。有许多人对我说:'你不要放在心上吧,扶澜。'可是我始终不能释然。要是我自己觉得事情做错了,我就不能抬头了。你以为我做得对吗?"

"当然。"她说道,其实她对于扶澜说的什么一点都不懂,只听得出他仿佛是在跟良心决斗。因而她觉得非常奇怪。她以为像扶澜这么年纪的人,应该是什么不相干的念头都不转的了,谁知他一直都这么神经过敏、这么婆婆妈妈的。

"我听见你这么说高兴极了。我们投降之后,我身上一共只有十块银币,此外什么都没有。他们把我琼斯博罗的房子、店铺一齐弄光了,你是知道的。那时我简直不知道怎么办才好。后来我在五尖头一家老店基上搭起了一个棚子,就把那些医院用具搬到那里去卖了。那些床啊、瓷器啊、席子啊,正是人人用得着的东西,我又卖得极便宜,因为我把它们当做别人的东西看,并不完全当自己的东西看的,可是我倒也很赚几个钱,便去办些别的货色来,我那爿店就很兴隆地开起来了。以后事情如果还顺利,我想是可以弄几个钱起来的。"

思嘉听到了"钱"这个字,立刻就把注意力回到扶澜身上去。

"哦,你赚了钱了?"

扶澜见她对他的事情这么感兴趣,不觉得心花怒放起来。因为他生平遇见的女人,除了苏纶之外,都不过对他维持一种虚假的礼貌,现在遇见这思嘉,从前也是一个出名的美人儿,居然对他的事情这样关切,不由得他不沾沾自喜了。他于是放宽了马步以便拉长些时间,可以容他说完自己的经历。

"我当然算不得一个富翁,思嘉,而且比起我从前的财产来,现在简直微乎其微了。可是今年我居然也弄起一千块钱来。当然,我得花五百块钱去办新货、修店铺、付租钱等等,但是净余也还有五百,而且以后如果仍旧像这么顺利,明年我就可以净赚两千了。这两千块钱我也有用处,因为我另外还有桩事业可做的。"

她听他谈到钱的事,兴趣就一下飞跃起来。于是她让浓眼睫毛遮住了眼睛,将身子挪过去贴近他些。

"你这话什么意思,甘先生?"

他笑了笑,将马缰绳在马背上抖了抖。

"我想我谈起这种生意事情,你要觉得厌倦吧,思嘉小姐。像你这样一个美人儿,是不见得懂得生意经的。"

这老傻子！

"哦，生意经我虽然不懂，可是我觉得极有兴味！请你讲下去吧，我不懂的地方你解释给我听。"

"好吧，刚才我说的另外一桩事业就是一个锯木厂。"

"一个什么？"

"一个锯木头刨木头的工厂。现在我还没有买下来，可是我预备要买的。这厂本来是一个姓张的所有，就在桃树街那一头，现在他急于要把它卖掉。因为他急于要现钱用，所以打算把它卖给我，自己仍旧在厂里工作，由我每星期给他工钱。这带地方这种工厂没有几个呢，思嘉小姐，大部分都给北佬毁了。现在谁要有这么一个工厂，就像有一个金矿一样，因为现在木料很缺乏，价钱可以由你讨的。北佬把这里的房子大部分烧掉了，现在谁都发狂似的要造新房子。而且有许多乡下人没有黑奴种不成田地，都要涌进亚特兰大来住了。还有许多北佬跟提包党，也都想到这里来刮我们的地皮。因而不久之后，这里一定又要繁盛起来。那时人人都要造房子，木料的价钱一定要飞涨，所以我打算尽快把这锯木厂买过来，就是说，等我收起一部分账来立刻就买了。到明年这个时候，我对于钱的问题大概就可以松一口气了。我——我猜你总可以明白我为什么急于要弄钱的缘故吧，是不是？"

他红起脸来，又咯咯地笑了一阵。他是在想苏伦呢，思嘉鄙夷不屑地想道。

说到这里，思嘉本想马上开口问他借那三百块钱，但是仔细一想，就又把这意思打消了。她知道他一定要怕难为情，一定会得吃吃地回不出话，但是结果一定不肯借给她。他这点钱是千辛万苦弄起来的，希望明年春天可以跟苏伦结婚，如果把它借出了，婚期就要无限期耽搁下去了。即使她能够打动他的同情心，使他替自己将来的家庭着想，答应借她这笔钱，苏伦也一定不肯答应。苏伦现在一天着急似一天，总当她自己已经是个老姑娘了，所以凡是足以延误她的婚姻的事情，她一定要拼命地破坏。

她又想起苏伦到底有什么好处，竟能使这老傻子这么巴巴结结地替她经营这个安乐窝？她觉得苏伦不配有这么一个赤胆忠心的丈夫，也不配做一个店铺和一个锯木厂的主妇，等到苏伦手里有了钱，她一定就要摆起十分使人难堪的架子来，决不肯拿出一个钱来帮助陶乐的。那时她身上穿起漂亮的衣服，她就要跟陶乐脱离关系了，无论陶乐为那税钱送给别人去，或是烧做了平地，她也一概不管了。

她想起了苏纶前途这么光明，自己将来多么地惨淡，就不由得怒火中烧，觉得人生实在不公平之至，她把面孔朝到外面去，免得扶澜要看出她的表情。于是突然之间，她萌起了一个决心。

我决不让苏纶得到扶澜跟他的店铺和木厂！

这些东西是苏纶不配享受的，这该由她自己来享受！她想起了陶乐，想起了魏忠那种咄咄逼人的神气，觉得现在这个机会是她这生活的沉船可以攀缘的最后一条木板了，无论如何不能将它放松的。因为瑞德已经使她失望了，幸而天赐这扶澜给她，她怎好把这机会错过呢？

但是我到底能不能得到他呢？她一边焦急地看着车外淋漓的大雨，一边紧紧捏起了拳头。我能不能使他忘记了苏纶，立刻向我来求婚呢？这大概是没有多大困难的。瑞德尚且快要落入我的圈套，我自然可以收服扶澜！于是她侧过脸来，将他浑身上下瞟过了一眼。他的确一点儿也不美的，她冷然地想道，而且他的牙齿长得那么坏，他的口一直有臭味，他又老得可以做我父亲了。他又那么地神经质，那么地怕羞，那么地婆婆妈妈，我觉得一个男人的品性没有比这再可厌的了。但他至少是个上等人，我要是跟他同居，至少比跟瑞德在一起要体面些，而且我自然比较容易驾驭他。总之，现在自己情势很紧迫，已没有选择的余地了。

至于他是自己妹子的未婚夫一层，并不使她的良心感到任何负疚。她此番来到亚特兰大，见了白瑞德，反正道德已经完全崩溃了，现在不过要去抢取自己妹子的情人，当然不值得大惊小怪。

这个新希望一经萌芽，她的脊骨便又昂然地挺起，并且立刻忘记脚上的潮湿和寒冷了。她就瞅起了眼睛，对扶澜不住地看着，直把扶澜看得怕起来。但是她一经记起瑞德说他只在决斗时候看见过她这种眼睛的话，便又急忙把头低下去。

"什么事，思嘉小姐？你怕冷吗？"

"是的，"她无可奈何地说道，"你可不可以——"她装起羞怯的样子迟疑了一下，"可不可以让我的手在你衣袋里插一会儿？冷得很呢，我的手笼又湿透了。"

"怎么——怎么——当然——不好的！怎么，你没有手套吗？嗨，嗨，我真该死了，还要这么慢吞吞呢，让你这么冻着，你得赶快去烤火了！我真是昏了头了！快点儿，撒利①！真的，思嘉小姐，我只顾说自己的话，也忘记问问你了，

---

① 撒利：马名。

你这么大雨天跑这里来做什么的呀?"

"我到北佬司令部里去了。"她随口说了出来,把个扶澜吓得黄眉毛根根竖起。

"可是,思嘉小姐!那些士兵——怎么的——"

"马利亚,上帝的母亲,让我赶快想出一句真正的谎话来吧,"她急忙在暗中祈祷道,"我去见瑞德的事是千万不可让扶澜知道的,扶澜一向都把瑞德当做一个最最下等的流氓,以为规矩的女人是不应该跟他说话的。"

"我是到那里去——我是到那里去看看有没有军官要买我的针线生活的。我的刺绣好得很呢。"

他吓得往车座上仰了回去,愤怒和惶惑争斗起来。

"你到北佬那里去过了——但是思嘉小姐!你是不应该的。怎么——怎么……一定是你父亲不知道的!一定是白蝶小姐——

"哦,你千万不要去告诉白蝶小姐!"她真的急得哭起来了。这时她要哭本来不难,因为她身上又冷,心里又苦恼,眼泪原可以一触即发的,但是这一哭的效果却大得惊人。扶澜见她哭起来,立刻弄得无所措手足,只能口里不住叫着:"唉!唉!唉!"举起手来对她乱摇一阵子。后来他忽然想起一个十分冒险的办法,以为这种时候他就应该在她肩上拍拍,算是安慰她的意思,但是这种举动他从来没有做过,竟不敢冒昧去尝试。他只在心里干着急,觉得郝思嘉是个心气高傲的美人儿,现在在他车里哭,岂不糟糕!又想起郝思嘉这么一个骄傲的人,竟会亲自跑到北佬营里去兜销针线,于是他心里同火一般燃着了。

她继续呜咽着,断断续续说着一些话,于是他心里明白过来了。他想现在陶乐的景况一定十分不堪,郝先生又已失了常态,要她独个人供给这许多人吃饭,她当然觉得困难极了,因此她才不得不到亚特兰大来找钱的。于是他又"唉唉"了几声,但是突然的,他发现了她的头已经靠在自己肩膀上了。他并不知道她是怎么样靠上来的,他自然不曾伸手挽过她,然而她的头明明在这里,明明靠在自己胸口上不住抽咽着,这对于他是一种非常激动的新鲜感觉。他怯生生地在她肩膀上拍了拍,起先还是冒险尝试性质的,后来看看她并不反抗,这才壮起胆子来,将她不住手地拍着了。他觉得她这么伶仃孤苦地在这里婉转娇啼,实在是可怜至极,但又觉得她这靠做针线弄钱的办法,虽则勇敢却是愚蠢。至于她跟北佬儿去做买卖,那是不该之至了。

"我不会告诉白蝶小姐的,可是你得答应我,思嘉小姐,以后再不要做这种事情。你要想想你父亲——"

她无可奈何似的拿一双湿润的绿色的眼睛搜索着他。

"可是，甘先生，我总得找一条路走啊。我那可怜孩子不能不管的，现在是没有一个人照顾我们了。"

"我也佩服你的勇敢，"他恭维道，"可是我不愿意你做这种事情，你家的门风要被你羞辱完的。"

"那么叫我怎么办呢？"她抬起头来瞟了他一眼，仿佛知道他一定会替她想办法，而且说得到做得到似的。

"嗯，这话一时叫我也难说，不过我总会想出办法来的。"

"哦，我知道你一定会的！你是很聪明的，扶澜。"

她向来都叫他甘先生，从来不曾叫过他扶澜，现在他骤然听见她这么亲亲热热地叫，不由得又惊又喜。他当是她弄昏了头，以至于语无伦次了，因而觉得她十分可怜，何况她是苏纶的姊姊，只要他力量办得到的事，无有不给她帮忙的。当时他拿出一条红色的丝手帕来递给她，她接过去擦了擦眼睛，就报他一个嫣然的微笑。

"我是蠢得很的，什么事都不懂的，"他辩解道，"而你是十分勇敢的，你要把一副重担子挑在自己肩上呢。我怕白蝶小姐也不能帮你多大的忙吧，我听说她的财产失去大半了，就是韩亨利先生现在也不大好支撑呢。我恨不得有一所房子可以让你来住。不过，思嘉小姐，你要记得，等将来苏纶小姐跟我结了婚之后，你一定可以到我们家里来住的，就是韩卫德也可以带来。"

思嘉听到这句话，觉得时机已经成熟了。她很感激天上的列圣和天使，以为他们一直都在旁边守候她，特别给她这么一个千载难逢的机会。于是她装起了一种非常吃惊而又羞怯的神气，又装得像要开口说话而又突然收了回去的样子。

"到了明年春天我就是你的妹夫了，你用不着假痴假呆呀！"他硬作滑稽的口吻对她说。但是这个当儿，他看见她眼里又含着眼泪了，于是吃惊地问道，"怎么——怎么一回事？苏小姐不是害病吧？"

"哦，不！不！"

"那么一定有了什么事故了。你得告诉我！"

"哦，我不能！我不知道！我想她一定已经写信给你的——哦，多么丢人啊！"

"思嘉小姐，到底怎么一回事？"

"哦，扶澜，这话我本来不应该说的，不过，我想，你反正已经知道了——她一定已经写信告诉你——"

"写信告诉我什么？"他在发抖了。

"哦，像你这样的好人，会对你做出这种事来，真是对你不起！"

"她做什么事了？"

"她真个没有写信给你吗？我想她是不好意思写吧。当然是不好意思的！哦，我会有这样一个妹子，真是丢人死了！"

这时候扶澜已经连问话的勇气都没有了，只是青着一张脸，对她瞠视着，手里的缰绳松松地荡在那里。

"她下个月就要跟方东义结婚了呢。唉，我真是难过极了。这话还得我来告诉你！她怕自己要做老姑娘，因而不耐烦再等你了。"

当扶澜将思嘉搀下马车的时候，嬷嬷正站在前面走廊上。她站在那里分明已有好些时，因为她头上裹的破布已经被淋湿，颈上围的一条围巾也着了许多雨点了。她那打皱的黑脸儿上刻着一脸的愤怒和忧虑，当时她一见扶澜，马上就认识了，于是脸上立刻起变化，变出了快乐和惶惑，而又略带几分的羞惭。当即，她蹒跚着迎上扶澜，扶澜跟她握了手，她就满脸春风地咧开嘴来了。

"怎么，咱们在这儿遇到老朋友了！"她说，"您好啊，扶澜先生。嗨，您现在阔起来了呢！俺要早知道思嘉小姐是跟您去的，俺就什么心事都不用担了。有您在一起，俺是可以放心的。俺也刚刚回家来，一看思嘉小姐不在，俺就急得没头鸡儿似的，怕她独自个儿出外去溜达，街上有这许多刚放出来的黑鬼，不是玩儿的哪！怎么，宝贝儿，你要出去也不言语一声儿？你本来是在伤风的！"

思嘉俏皮地向扶澜瞟了一眼，扶澜回了她一个微笑，他知道思嘉瞟他一眼的意思，是命令他把刚才说的事儿暂守秘密。

"你赶快去，替我预备几件干衣服起来吧，嬷嬷，"她说，"再么，弄一点儿热茶来。"

"啊呀，我的天！你的这件新衣服糟蹋完了啊，"嬷嬷埋怨道，"我得替你烘一烘、刷一刷，等晚上去看新娘子好穿。"

嬷嬷进里面去了，思嘉就靠近了扶澜，对他低声说："今天晚上你到这里来吃晚饭，我们这里寂寞得很呢！吃完晚饭我们一同去参加婚礼去，你做我们的护送人吧！可是你千万不要跟白蝶姑妈提起——提起苏纶的事儿。她听见要伤心的，我也不愿意她知道我的妹子——"

"哦，不会的！不会的！"扶澜急忙说，说着马上皱起眉头来，仿佛他连想也不忍去想它似的。

"今天费你不少的心了，我感激你。我幸而遇到了你，勇气重新起来了。"扶澜临走时，她将他的手紧紧地捏了许久，并且拿她的眼睛对他做了一番全力的攻势。

嬷嬷就在门里等着她，等她一进门，就对她狠狠地瞪了一眼，然后喘着气，一直跟她上楼到卧房。到了房里，她也一声不响，看着思嘉把湿衣服脱下来晾在椅子上，然后搀她上床去，替她塞好了被头，一会儿之后，她就拿上来一杯热茶，一块用法兰绒包着的热砖头，然后放在思嘉的脚后头，十分柔声下气地对她说道："孩子，你要知道，俺是你的嬷嬷，你没有什么话不能对俺说的，你这回到底是为着谁来的？俺要早知道，也就用不着这么老远跟你到亚特兰大来了，你要知道，俺年纪也老了，而且身体太肥些，是不便跑这远道的。"

"你这话什么意思？"

"啊呀！孩子，你是瞒不了俺的呢，俺是知道你的。刚才俺看见扶澜先生的脸色，又看见你的脸色，俺就看得剔透玲珑了。俺又听见你在跟他咬耳朵，又听见你提到苏纶小姐的名字。俺要早知道你是来找扶澜先生的，俺就放放心心睡在家里不必出来了。"

"嗯，"思嘉简单地回答道，说着把被窝卷得紧些，觉得这桩事情也无用瞒住嬷嬷，"那么你想我是来找谁的呢？"

"嗨，孩子，俺哪里会知道呢？可是你昨天的那张脸，俺实在是不爱看。俺又记得白蝶小姐曾经写信给媚兰小姐，说那姓白的流氓钱多得很啊，这话俺是不会忘记的。可是扶澜先生又不同了，他虽然长得不好看，到底是个上等人哪。"

思嘉对她狠狠地瞪了一眼，嬷嬷也就回了她一眼，那眼光里流露着一种无所不知的神情。

"嗯，那么你预备怎样？去报告苏纶吗？"

"俺么，俺预备尽力帮助你，好叫扶澜先生快活呢。"嬷嬷一面说着，一面伸手去把思嘉颈边的被头塞了塞紧。

思嘉在被窝里静静地躺了一会，知道嬷嬷对于这桩事已经谅解，用不着自己开口告诉她，心中倒觉得宽松了许多。原来这位嬷嬷也是现实主义者，脾气倔强得很，比思嘉自己还要不容易妥协的，而且她老眼无花，凡事她都可以一眼看彻底。她又好像一个小孩子，手里的宝贝东西要是受了危险的威胁，她就要不择手段地去保护它，再不会受良心的阻碍。现在思嘉就是嬷嬷的宝贝孩子，这孩子要的东西，哪怕是明明属于别人的，嬷嬷也非帮她弄到手不可。至于苏纶和甘扶澜应有的权利，她就全然不去过问了。她只晓得她的思嘉现在正在困难中挣扎，只认识思嘉是爱兰的孩儿，也是她自己的孩儿，于是她不问思嘉做的什么事，都会毫不迟疑地助她一臂之力。

思嘉心里感觉到了她这一支不言而喻的援军，脚上被那热砖头烫得火热，于是刚才回家路上微微萌起的那一星希望，就炽成了一朵烈焰了。这朵烈焰扫过她全身，使她的心脏急急射出热血去灌进她全身的血脉。她的力气重新恢复了，一时兴奋得几乎要大笑出来，心里不觉狂欢地想道：到底还没有惨败到底呢！

"把那镜子拿给我，嬷嬷。"她说。

"你把肩膀盖紧，不要露出来。"嬷嬷一面将镜子递给她，一面笑嘻嘻地命令她道。

思嘉将镜子照着自己。

"我的面色白得像鬼了，"她说，"我的头发乱得跟马尾巴一般了。"

"可不是吗？你的确是不像从前了。"

"嗯……外边雨下得很大吗？"

"可不是吗？下得跟倒水一样呢。"

"不过，无论怎样，你总得替我上街去一趟。"

"这样的雨，我是不去的。"

"你得去，要不我自家儿去。"

"有什么等不了的事呀？我看你今天一天也够累的了。"

"我要，"思嘉一面仔细看看镜子，一面说，"我要去买一瓶香水。等一会儿你替我把头洗一洗，搽上点儿香水。再要买一罐榲桲子汁，好把头发胶平些。"

"嗨，这么大冷天，俺是不会替你洗头的，而且你也不能用香水，学那些婊子样子。你放心吧，嘉姑娘，俺只要还有一口气在这里，俺决不容你这样的！"

"可是我要这样嘛。你看我的钱袋里，有个五块钱的金洋在那里，你拿了上街去吧。还有——嗯，嬷嬷，你顺便买一盒儿——一盒儿胭脂来吧。"

"胭脂是什么东西呀？"嬷嬷怀疑地问道。

"你甭管啦，只问他们要胭脂就是了。"

"俺不知道的东西，俺是决不会买的。"

"那是拿来搽的,你如果一定要知道的话,那是搽脸的。不要站在这里像蛤蟆似的鼓着腮,赶快去吧!"

"搽的!"嬷嬷大嚷道,"搽脸的!好啊,俺要揍你呢!俺一辈子也没丢过这种脸!你是发了昏了!爱兰姑娘要在坟墓里哭呢!把脸搽得像一个——"

"你总知道,我们外祖母罗老太太也是搽脸的,而且——"

"是啊,""不过那时候行穿小裙子,小到腿子都看得出来的,你也学吗?老姑娘的时代早已过去了,你不能拿她来比的,而且——"

"啊呀,我的天!"思嘉嚷道,因为她大发脾气了,便把被头一撩撩开去,"你再要这么噜苏,你自己回到陶乐去吧。"

"你不能送俺回陶乐去的,除非俺自己情愿回去,俺是自由的。"嬷嬷也光起火来说道,"现在俺要赖在这儿了,你好好儿躺着吧。你不要找死,告诉你吧!这种天气俺决不让你出门的,你乖乖地躺着吧。你那什么搽脸的东西,俺也决不会替你买的。人家知道俺替自家儿孩子买这东西,不是把脸儿丢尽吗?你也用不着搽这东西,你的脸儿也够标致了。这种东西是婊子才用的啊!"

"可是你看她们搽起来不是好看得多吗?"

"啊呀!老天爷,你听她!这是什么话呀!孩子啊,这种话说不得的啊?你把湿袜子也脱下来吧。俺决不让你亲自去买那东西!爱兰姑娘要来找俺的。你乖乖儿躺着吧,俺这就替你去买。也许找到一爿不认识咱们的店家也未可知的。"

那天夜里,芬妮的婚礼正式举行了,接着果然还有跳舞会,音乐台上还是老乐他们一班人。思嘉听见那悠扬的乐声,看见那虽然不甚辉煌的灯烛,竟像是上了天堂一样。又加大家都对她表示真诚的欢迎,虽是梅太太、惠太太、米太太她们,从前对于她还不免有几分轻视,现在久别重逢,转觉亲热,都向她问长问短,特别问到媚兰和希礼为什么不来。

思嘉一看那新郎,觉得很面熟,仔细一想,才记起他就是韦唐,一八六三年她在伤兵医院里看护过他的。大约那次的伤始终没有痊愈,所以现在正像白蝶姑妈所说的,跑起路来还有些儿跛。除了新郎之外,思嘉所认识的男人还有艾恕和梅美白的丈夫皮瑞纳。当时她和他们三个站在一起说了一会儿笑话,瑞纳就嬉皮笑脸地当面对思嘉恭维了一阵,说她脸上的胭脂多么多么美。随后新郎就问思嘉跳舞不跳。

"不,谢谢你。我母亲的孝服还没有满呢。"思嘉急忙回答道,随即向甘扶澜那边送过一个秋波去。原来甘扶澜是陪她一起来的，现在正同艾太太在那里说话。思嘉心里急于要进行正事，所以把他叫过来。瑞纳他们看见这情景，只得讪讪地走开去了。

"我想到那边那个小凹室里去坐坐，"她对扶澜低声说，"你去拿些什么吃的来，我和你可以静静地谈一会。"

扶澜急忙跑过去拿了一杯葡萄酒和一张薄饼来，思嘉便和他在那凹室里并肩坐着，看着场子里的人跳舞。……

第三十六章

两个礼拜之后，思嘉就跟甘扶澜结了婚了。其间经过的求婚程序，是近乎旋风式的，所以最后思嘉红着脸告诉扶澜，说他简直使她没有喘息的余地，以致她对于他的热情不能辜负再久了。

其实在这两个礼拜里面，思嘉日夜都像热锅上的蚂蚁一样，扶澜却老是迟迟不敢开口，无论她给他怎样的暗示和鼓励，都催促他不起来，直把她恨得咬牙切齿了。她又担心着苏纶在这期间要有信寄给扶澜，那么事情立刻就露底了，她的计划也就化成画饼了。幸而她这位令妹是天底下顶顶懒得动笔的，就只乐意收别人的信，却不乐意写信给别人。不过她想夜长梦多，多搁一天日子就多一天露底的机会。同时她又曾接到慧儿一封信，说魏忠又到陶乐来过了，听说她在亚特兰大，便在那里闹个不歇，终至慧儿和希礼不得不把他赶出门去。这些事情扶澜当然一点不晓得，思嘉心里却知道陶乐的末日一天逼近一天，以致焦灼得睡梦不安，往往半夜三更还在房间里一程来一程往地走着想办法。

但是这种焦灼的感情被她掩饰得非常周密，以至扶澜一点不疑心。每天晚上他到白蝶家里去看她，她总不动声色地照常招待他，悉心静气地听他谈着经营店铺以及购买锯木厂的种种计划。她对他的每一句话都表示深切的同情和兴趣，这就仿佛给他一种清凉的膏药，足以暂时医治苏纶给他的创伤。因为他对于苏纶的行为终究觉得痛伤和惶惑的，他知道自己已是中年人，对于女人不大会受欢迎了，现在经此一番变卦，他的虚荣心自然大大地受伤。他又没有勇气写信去责问苏纶，所以他现在的唯一安慰，就是跟思嘉这样喁喁絮语的时间。思嘉这一回偏又特别地妙于辞令起来，总说像他这样的好人是不论哪个女人都该倾心的，乃至自己的妹子怎样对他不起之类的话。

于是在扶澜的心目中，就觉得这位韩察理的小寡妇是越看越可爱了。思嘉有时想起自己的苦楚，就愁眉深锁，煞是可怜；有时听见扶澜跟她说笑话解闷儿，却马上就会变得满面春风，放出声如银铃的艳笑。她那件苍绿色的新衣服，现在已经被嬷嬷料理得十分平伏而整洁,配着她那一捏的纤腰,真可算得毫无遗憾,又加她头发里、手帕中,时时飘出阵阵的香气,不由人不真个销魂!因此扶澜不期兴起一种红颜薄命的感慨,觉得她这样一个娇滴滴的少妇,竟该这么伶仃孤苦、四顾茫茫,这世界未免太残酷了!

他自从那天送她回家之后,每夜都要来看她,因为他觉得白蝶家里的空气十分愉快而安适。嬷嬷每次替他开门迎接的时候,总是满脸堆着笑的。白蝶也每次都拿咖啡跟白兰地来饷客,又一直甜言蜜语地当面恭维他。至于思嘉自己,那更不用说,对于他是百依百顺的。有时他出外去做生意,要拿马车来带思嘉一同去。思嘉故意装傻,见一样问一样,扶澜看见她这么老实,倒觉得非常得意,心想:"到底是女人的见识呢!"有时他见她连极平常的东西也不懂,不免被她问得笑出来,她也就笑着对他说:"嗯,像我这样一个蠢女人,当然不会懂得你们男人的事啊!"

这句话本也不足为奇,在他却是从生出世没有听见过,因而他就觉得自己是个昂藏七尺的丈夫,上帝特地替他造成一副慷慨的心肠,使他可以保护天下伶仃无靠的蠢女人的。

后来他们终于站在一起结婚了,他的手儿挽着她的手,她却低低垂着头,两弯浓眼睫毛覆着两片微红的面颊,但是他依旧茫茫然的,像在做梦一般,自己也不明白究竟怎么一来就会做到这一步。他只知道自己从没做过罗曼蒂克的事儿,这实在是破题儿第一次,他想起他甘扶澜,居然也能使这样一个美人儿投入自己的怀抱,心里不免有点飘飘然。

他们的婚礼并没有亲戚朋友参加,证婚人是临时从街上拉进来的。因为思嘉坚执不要人参加,扶澜只得对她让步了。他本来要去叫他琼斯博罗的妹子和妹夫来参加的,经思嘉的反对也只得作罢。后来扶澜只打算借白蝶家的客厅里请几个朋友喝杯酒,谁知思嘉连白蝶也不要她参加。

"就是我们两个吧,扶澜,"她捏了捏他的臂膀求他说,"我们装做私奔的样子吧。我一直都想跟人逃走结婚呢,亲爱的,请你就依了我吧!"

这几句话说得如此之亲切动听,至今他都还觉得新鲜,加之她向他哀求时,眼眶子上泛起一圈亮晶晶的泪珠子,就不由他不软心依顺了。无论如何,男人家对于他的新娘总得有点迁就的,何况是关于结婚仪式的事儿,女人对于这些事情是向来看得很重的呢。

于是他就这么糊里糊涂地结了婚了。

结婚之后不久，思嘉就提起那三百块钱的事来，扶澜见她情势这样的紧迫，先不免有点疑心，又因这钱给了她，那个锯木厂一时就要买不成，心里实在不愿意。但是他转念一想，总不能听凭她的家被人没收不去过问的，于是他就把三百块钱给了她。给了她之后，见她立刻就兴高采烈起来，并且对他表示万分的感激。他这一辈子也不曾见到女人对自己这样表示感激过，因而他就觉得这三百块钱花得一点不冤枉。

思嘉等钱拿到了，立刻就差嬷嬷回到陶乐去。她这一去负着三重的使命：一是将钱去交给慧儿；二是宣布她跟扶澜的婚事；三是把卫德带回亚特兰大。两天之后，她就接到慧儿一个简单的条子，她把它一直带在身边，看了又看，越看越觉得得意。据慧儿的条上说，税是缴掉了，魏忠知道这消息，态度非常之难看，但是并没有提出其他的恫吓。末了慧儿还写了几句祝贺她的话，不过那话也极其简单，并没有表示他个人的观感。她知道慧儿是了解她的苦衷的，所以并不加以任何的褒贬，可是希礼对于这事作何感想呢？这就使她放心不下了。不久之前我还跟他在果园里说过那番话，现在他要把我当做怎样的人呢？

同时她又接到苏纶的一封信，写得别字连篇，但是措辞非常激烈，将她骂得十分狠毒不堪，使她一辈子也忘记不了。但是她知道了陶乐至少已可暂时的安稳，心里正是快乐得不得了，也就没有工夫去对苏纶生这闲气了。

其实她现在的永久家庭是亚特兰大而不是陶乐，这一层她却始终没有想到过。当她那几天发狂似的奔走那三百块钱的时候，她心里除了陶乐和它的命运之外，再没有容留其他观念的余地。虽在结婚的顷刻，她也没有想到自己为保全家庭而付出的代价其实是永远脱离家庭。直至现在家庭保全了，她方才油然地生起思家病来。但是现在买卖已经做成了，她也只得将错就错了。她因扶澜保全了陶乐，对于他感激之余，自也不无一种热烈的情感，同时她又下了一个热烈的决心，决不让他对于这次的结婚感觉到懊悔。

亚特兰大的女人们对于邻人家的事情向来是跟自家的事情一样清楚的，兴趣也许比自家的事情还要来得浓。她们都已知道甘扶澜跟苏纶已经"谅解"了好几年的了，事实上他也曾羞答答地告诉她们，说他希望明年春天就能结婚的。现在忽然听见他跟思嘉这么不声不响地结了婚，她们自然要有种种的谈论和猜测。内中梅太太特别喜欢管闲事，她就老实不客气地当面去质问扶澜，问他既跟妹妹订了婚，却跟姊姊去结婚，到底是什么道理？后来据她报告艾太太，说她所能得到的回答，就只见他呆呆地白了几眼。至于思嘉面前，那是虽像梅太太那么的泼辣，也不敢当面向她去问的。思嘉此番结了婚之后，确是比从前柔顺多了、温婉多了，但是她眼睛里含着那么一种夷然不动的神情，人家看见了便觉得有些胆怯，而且人家既都不十分瞧得她起，就觉得犯不着去惹她了。

思嘉自己也知道亚特兰大人都在谈论她，但是她丝毫不以为意。她想，跟一个男人结了婚，到底也没有什么不道德啊。现在陶乐是安全了，人家爱谈论，随他们去谈论吧。她心里要紧事情多得很，谁还来管你们谈论不谈论！她现在觉得最要紧的一桩事，就是要设个法儿叫扶澜自己明白，他那爿店儿现在应该多挣几个钱。因为她自从受到魏忠的一番惊吓之后，日夜都提心吊胆，非等她跟扶澜余起几个钱来放在旁边，她是再也睡不着觉的。即使这一年以内再没有别的意外发生，一眨眼到了明年，又得付那三百块的税钱了，所以也非有几个余钱准备不可的。还有扶澜提起过的那个锯木厂，也时时刻刻都在她心上。如果把那锯木厂买过来，扶澜的钱就挣得多了。因为现在木料这么贵，有了这厂是谁都可以发财的。但是照她一计算，扶澜付得税钱就买不了木厂，买得木厂就付不得税钱，她所日夜焦虑的就是这点。因此她下了一个决心，非要那爿店多挣钱不可，而且她觉得这事还得赶快做，否则那个木厂就要被人抢走了。

假使她是一个男人，她就要把那店铺抵押掉去买木厂了。因而在结婚的第二天，她就将这主张去暗示扶澜，谁知扶澜却只是微笑，叫她让那怪可疼的小脑袋儿安逸安逸，不必为这些生意事儿费神吧。但是扶澜脸上虽然这么笑嘻嘻，心里却不由得吃了一惊。怎么她连抵押一类的事儿也懂得的！这一种惊异逐渐发展而成为疑惧，遂致那新婚的几日也不能十分燕尔。又有一次他偶尔跟她说起有些人欠他的店账（那些人的名字他是故意不说的），现在他们景况都不好，他不便向他们催索，因为他们都是老朋友，而且都是上等人，当然不好意思去逼他们的。谁知思嘉却把这件事牢牢记在心上，以后屡次向他问起来，使得扶澜深悔不该对她说。而她问他这事的时候，总是故意装做孩子气，表示她并没有别的意思，只不过为要满足好奇心，想知道知道那些债户的名字和数目罢了。扶澜对于这样的事一直是闪烁其词。等她提出这种问题的时候，他总局促不安地假咳着，摇着手，劝她不要去烦扰那个怪可疼的小脑袋儿。

经过了这几桩事情之后，扶澜就渐渐明白过来，知道她这怪可疼的小脑袋儿同时也是一个善于计算的脑袋。事实上，她的计算功夫比他自己的还要高明得多，而这发现是使他心里深感不安的。他发现她能把一列很长的数目很快地在心里计算起来，他自己却对于三位以上的数目就非用笔来计算不可。就连分数的算法，对于她也像丝毫不觉得困难。而在扶澜看起来，觉得一个女人是不配知道分数和生意经一类东西的，即使不幸是生来就有这些东西的天才，也应该在外表上装做不懂得，才配一个女人的身份。因此，从前他最喜欢跟她谈生意的事，现在是绝口不愿跟她谈了。从前喜欢跟她谈，是因他当她不懂得这些事情，给她解释解释便足以显出自己的聪明才干。现在发现她对于这些事情比自己还要精明，便觉得自己做男子的尊严扫地了。

诸如此类的事情层见迭出，扶澜就明白了自己是受了她的骗了，明白了她从前那么地假痴假呆，原来都为引诱自己去跟她结婚。但究竟他是哪一天明白过来的呢，这就不知道了。也许是方东义到亚特兰大来做买卖那一次，被他看出思嘉当初的话的破绽来，又也许是他那琼斯博罗的妹妹直接写信告诉他，都没有人能够知道。总之，他决不是从苏纶那边得来的线索。苏纶至今没有写过信给他，他自然也不便写信给她去解释。他觉得现在木已成舟，解释还有什么用处呢？有时他也想起苏纶或许始终不知道内情，或许至今还在怪他太没有情义，但他也无从对她剖白，只能闷在自己心里难过难过罢了。又有时他想起了不但苏纶责怪他，就是旁人也在责怪他，也在批评他，因而觉得自己有些没有面孔见人了。然而他又无法可以替自己洗刷，因为要说自己为了一个女人昏了头，要说自己上了老婆的圈套，这话是不能公然去对人说的。

他又想思嘉现在已做了他的妻子，做妻子的是有权利要她丈夫替她尽忠的。何况他也不能相信思嘉和自己结婚，竟会一点儿没有情感。这一个观念，他的男性虚荣心决不能让它存留在心里。他宁可认为思嘉突然爱上了自己，急于要和自己结婚，这才不得不借重一点骗术。但是这一种推测，究竟近于自己骗自己，决不是不容有疑义的。因为他知道自己的年纪比思嘉要大一倍，究竟有什么好处能够引动她突然爱上自己呢？然而扶澜毕竟是个上等人，有疑惑也只好闷在自己肚里。思嘉现在是他的妻子了，他决不能拿这种不好意思出口的问题去驳斥她、侮辱她的，何况问了也到底挽回不了什么呀！

而且扶澜也并没有要想挽回的意思，因为他们的婚姻实在也算美满的。思嘉长得非常美，也非常动人，他觉得她并无缺陷，只不过个性太强些。结了婚不久，扶澜就发现了凡事依着她，生活就可以过得十分快乐；凡事依着她，她就像个小孩子一样有兴，一天到晚笑嘻嘻，会跟你说傻笑话，会坐到你膝头上来，替你揉胡子，使你自觉少了二十岁年纪。她又出乎意料地会给你服侍得周周到到：

你晚上回来的时候，她已经把你的拖鞋烘在火炉上了；你脚湿了，伤风了，她也会替你忙忙碌碌地调理；她又一直记得你喜欢吃鸡肫，一直记得你咖啡里要放三瓢糖。总之，你跟思嘉的生活是会过得十分甜蜜舒适的——只要你一直依着她的话。

结婚后两个礼拜，扶澜染上了流行性感冒，米医生就叫他上床去睡了。在战争的第一年中，他曾经害过肺炎，在医院里足足睡了两个月，这回他生怕又变成肺炎，连忙躺到床上去拿三条被头盖着闷汗了。嬷嬷跟白蝶每隔一小时就送一服热汤药给他，他也毫不推辞地一概灌下去。

谁知这病一天天拖下去，扶澜惦记店里的事情，心里急得不得了。现在店里的事由一个学生在那里负责，那学生每天夜晚到这里来报告店里一天的进出，但是扶澜仍旧觉得不满意，一直在那里着急。思嘉看见这情形，觉得自己要去参与店务的好机会到了，便伸手去摸了摸他的额头，对他柔声下气地说道："哦，亲爱的，你不要这么着急，你要这么，连我也要急煞了。等我到店里去看一看，到底那边是怎么一个样子。"

他自然是不愿意她去的，但是经不得她一番甜言蜜语，终于是让她去了。在这结婚后的三个礼拜里边，思嘉一心只想去查一查他的账簿，要看看他的财产状况究竟怎么样。幸而他现在病倒在床上了，这还不是千载难逢的好机会吗？

那店就在五尖头附近，屋顶是新修的，跟底下烟熏黑了的墙壁相映起来，格外显得亮晶晶。门前人行道上搭着木棚子，一直搭到了街沿，棚子旁边围着长铁栅栏儿，栅栏儿上吊着几匹骡和马，背上披着破烂的毡条，低着头让那冷雨淋着。店里面倒也相当大，只是被那木棚子挡住了阳光，暗得像一个山洞。地板上满是沾着烂泥的木屑，而且到处都是尘封垢积的。只有前面一部分还像有点儿秩序，沿墙列着一些很高的架子，架子上放着一些瓷器和用具。至于橱子背后的部分，那就是一片混沌乾坤了。

橱子背后是没有地板的，硬泥地上乱七八糟堆着各种货色，也有装着箱子的，也有装着口袋的，也有散放着的，那就是犁头、马具，乃至廉价的松木棺材。此外还有各色各样的旧器具，下至胶皮树的，上至乌木的、花梨木的，无所不有，其中又杂着一些虽然破烂却极名贵的锦缎椅子和马鬃椅子，跟周围的景象显得非常不调和。靠墙一圈，则杂乱无章地放着许多筐儿、箩儿、桶儿，里面盛的有种子、铁钉、门销，直到木匠的用具，在那黑沉沉的地板上谁也分辨不清楚，有人买时非点蜡烛去照着不可。

思嘉看见这情形，心里颇觉得奇怪。她以为像扶澜那么一种婆婆妈妈的脾气，应该是凡事都弄得有条有理的。谁知这里竟像一个猪圈呢！他这店是怎么开的！他若是把这些东西上面的灰尘掸掸掉，放到前面去陈列起来，让别的人可以看见，不是销起来可以快些吗？

他的货物尚且是这么乱七八糟，他的账目更不待说了！"我倒要把他的账簿拿来看看。"这么想着，她就拿起了灯，回到店堂前面来。那学生将一大本账簿捧给她的时候，脸上现出大不以为然的样子，口里也不住地咕哝着。分明他是跟扶澜抱着同样的意见，以为女人是不应该来管店务的。但是思嘉狠声狠气地喝了他一声，叫他出去吃中饭了。她这才觉得舒适许多，便搬了一张破椅子靠火炉放着，盘起一条腿坐在上面，摊开那账簿，慢慢一页一页地翻阅起来。这时正是吃中饭的时候，街上很清静，店里也没有顾客来，因而她就可以专心一意地看账簿。

她把账簿慢慢一页一页地翻着，将那一行行的名字和数目字仔细审察着，原来都是扶澜用细笔亲手写起来的。她看不多时，便皱起眉头来，原来正不出她所料，扶澜之缺乏做生意的本领，在这里得到一个新的证明了。她一查人家空他的债，数目至少有五百，而且有一些已经欠了几个月之久了，那些债户的名字都是很熟的，梅家、艾家都在内。平时她听见扶澜提起这些债，态度老是那么有意没意的，她还以为数目一定不很多，谁知竟有这许多呢！

"他们如果是还不起钱，为什么还要尽管来买东西呢？"她很懊恼地想道，"如果他知道他们还不起钱，又为什么还要尽管把货物卖给他们呢？而且他只要肯催逼他们一下，其中大多数是还得起钱的。至少是艾家，他们嫁女儿都买得起缎子的新衣服，办得起那么阔绰的结婚礼，难道这点钱就还不起吗？这都该怪扶澜自己心太软，人家就都利用他这弱点了。只要他把这些债收起一半来，他就可以立刻买过那个锯木厂，而且还有余钱留着替她明年纳税的。"

于是她又想："你叫扶澜去经营那个木厂吧！那就真是见鬼了！现在这一爿店已经被他开得跟一个慈善机关一样了，你又怎么能盼望他在木厂上赚钱呢？恐怕不到一个月，就要给收税员没收去了。这爿店要是我来开，也可以比他开得好呀！就是将来的木厂，我也一定比他经营得好些，哪怕我对于木料生意一点都不懂。"

说到一个女人对于生意事情能够比男人还做得好，这一种思想在思嘉是觉得惊人的，含有革命意味的。因为思嘉所生长的那个社会里的传统观念，总都以为男人是万能，女人都是无知无识的。当然，她也曾经发现这个传统观念并不完全正确，但是这种有趣的幻想仍旧粘牢在她心上。至于现在这种惊人的想头，她是从来不曾说出口来过。当时她静静地坐在那里，让那重沉沉的一本账簿摊在膝头，自觉惊异地把一张嘴微微开着，想着自己在陶乐熬了这几个月的苦难日子，确实已经做了一个男人的工作，而且还做得并不错呢。又想自己小时所受的教训，总以为一个女人单独是成不了什么事的，但是在慧儿没有来之先，她并没有男人的帮助，也居然把这庄子弄下来了。"那么，那么，"她心里不由得自语道，"我相信女人用不着男人的帮忙，世界上的事情没有哪一样办不了的——就只除了养孩子，然而，天晓得，女人如果脑子清楚的，是没有哪一个愿意养孩子的呀。"

这么一想，她就突然涨起一阵傲慢，以及一种急于要证明这事的心愿，急于要学男人的样子，自己替自己挣钱用。她想自己如果能挣钱，就再用不着向任何男人去求讨，也用不着向任何男人去报账了。

"我怎么能够弄起几个钱来，自己把那木厂去买过来呢？"她不由得高声对自己说了起来，说了又叹了一声气，"要能够那么的话，我一定要办得它非常兴旺，我一定要连一个木片都不赊给人。"

她又叹了一口气。她知道钱是没有什么地方可去弄的，因而这一个想头是不成问题了。至于扶澜，他只消把人家欠他的钱收起来，就马上可以买到那木厂，这一条路是比较容易走的。等到他把木厂买到手，她就要设法叫他比较认真地经营，再不要跟从前开店一样。

她从账簿背后撕下了一页，将那欠了几个月以上的债户抄起一张名单来，等会儿回家去，立刻要把这事情去跟扶澜商量。她要叫扶澜心里明白，这些人虽然是他的老朋友，账是不能不还的，怕难为情是怕不来的。但是她也知道扶澜听见这话一定要懊恼，因为他胆子很小，又极爱名誉，巴不得朋友们讲他句好话。他的面皮极薄，你要他去向人家讨债，他是宁可亏了本钱也不肯干的。

然而她非逼牢扶澜这么做不可。因为扶澜若是要成功一点事业的话，就不得不拿出一点勇气来。

她正在锁着眉心，咬着牙齿，振笔疾书的时候，忽然前门开开来，一阵冷风冲进店堂里，一个高大个儿的印第安人迈着轻松步子走进黑暗里来，她抬头一看，却原来是白瑞德。

他穿着一套簇新的衣服，罩着一件庞然的大衣，一顶威风凛凛的风兜却从他的沉重肩膀上往背后披了下去。当她的眼睛跟他遇会的当儿，他正把高帽子拿在手里对她深深地鞠躬，同时把那一只手毕恭毕敬地揿在胸口那件洁白无瑕的衬衫上。他那一副雪白的牙齿很触目地由他的一张褐色的面孔反映出来，他的眼睛对她搜索着。

"我的亲爱的甘太太，"他一面说，一面走上前一步，"我的最最亲爱的甘太太！"补了这一句，他就发出一阵快乐的笑声。

她骤然一下看见了他，竟吓得像看见一个鬼闯入她店里来一样，然后她急忙抽出那条盘着的腿儿，挺起了腰板，给他一个冷酷的瞪视。

"你到这里来做什么？"

"我刚才去看白蝶小姐，知道你结了婚了，所以赶快给你道喜来了。"

她想起了那天受他那样的羞辱，不由得脸孔涨得绯红。

"我真不懂你怎么还有这胆量来见我！"

"刚刚相反！我倒要问你怎么有胆量见我呢！"

"哦，你真是最最——"

"我们好不好吹休战喇叭呢？"他给了她一个微笑，这微笑是颇有一点顽皮的，可是里面并没有包含对于他自己的行为的羞耻，或是对于她的行为的轻蔑。于是，无论她怎样不愿意，也不由得不微笑起来了，但这是一种勉强而不舒服的微笑。

"怎么他们会不绞杀你的呀！"

"你这想法我怕是人人都有的吧。可是，思嘉，请你不要这样。我看你这样子，好像是吞了一条铁杆子在肚里了，这是现在用不着的。不过也怪不得你，你一定还没有忘记我的——嗯——我的那个小玩笑吧。"

"玩笑？吓！我是一辈子忘不了的了！"

"哦，不会的，你一定会忘记的。你刚才这副怒气冲冲的神气，是故意装起来给我看的，因为你觉得这样才算有面子。我可以坐下来吗？"

"不！"

他却在她旁边一张椅子上坐了下来，咧开了嘴。

"我听说你是连两礼拜都不肯等我呀，"他说着，发了一声讥讽的感慨，"女人家真是杨花水性呢！"

她一时回不出话来，他便又继续下去：

"你老实说吧,思嘉,咱们是朋友,是顶熟顶知己的朋友,什么话都讲得的,你想等我出狱来再想办法是不是更好呢?或者是,你觉得跟甘扶澜那老头儿结了婚,比跟我发生非法的关系更有趣味呢?"

他每次的讥讽都要引起她的愤怒来,现在这几句顽皮话却使她愤怒和发笑。

"不要说胡话吧。"

"我还有一点疑问要请你使我满足,这是我放在心上已经好久的了。你对于所结婚的男人,我明知道并没有一点爱情,甚至也没有一点情感,但是你一再为之,难道你竟老得起面皮,不以为意吗?人家说我们南方女性是最最娇弱的,难道这句话是完全不对的吗?"

"瑞德!"

"好了,我已经得到我的回答了。虽然我从小受到的教育,都说女人是脆弱、温柔而敏感的动物,我却向来觉得女人具有一种坚硬性和忍耐性,是男人家所不知道的。不过照欧洲大陆上的礼节讲起来,夫妻之间要是真正有爱情,倒是一种极坏极坏的结合。至少从趣味上讲,确实是极坏的。这种欧洲式的结婚观念,我向来认为很对。欧洲人主张为便利而结婚,为快乐而恋爱。你想这种制度不是很聪明的吗?我倒想不到你跟欧洲古国的见解比较接近呢。"

思嘉听了这番话,恨不得大声疾呼地对他提出抗议,说:我并不是为便利而结婚的呀!不幸的是,瑞德这几句话已经把她镇服了,她知道这时候无论怎样替自己的天真提出抗议,都适足以引出他的更加锋利的评论来。

"你怎么的啦!"她只冷然地说道。这时她急于要想改换一个题目,便接着问他道:"你是怎么样跑出监牢来的?"

"哦,那个!"他做了一个毫不在意的姿势答道,"倒也并没有多大麻烦。他们是今天早晨放我出来的,因为我有一个华盛顿的朋友,他在联邦政府里占着一个相当高的参议地位,我给他用了点贿赂,事情马上解决了。这人倒是个好人,当初也是北方的一个爱国者,可是我给联盟政府买军械等等,都全靠他帮忙的。这回他经办了我这案子,便急忙运用他的势力,把我营救出来了。你要知道,思嘉,现在无论什么事情都全靠势力呢。将来你万一有事情被逮进去,就要记得这句话。有了势力什么事情都能办,一个人怎样算是犯罪、怎样算是无罪,不过是个理论上的问题罢了。"

"我可以赌咒,你是决然不会无罪的。"

"一点都不错！这话我现在可以老实说了，我的确是跟该隐①一样有罪的。那个黑人确实是我所杀，因为他侮辱一个女人，你想这种事情是我们南方上等人容忍得了的吗？而且我现在既然对你招供了，索性都招了出来吧。我还曾在一家酒吧间里，为了几句口角开杀过一个北佬的骑兵呢。直到现在，这一个案子都没有办到我身上来，大概有哪一个可怜的替死鬼早已代我上了绞人台了。"

她听见他把这些杀人的勾当谈得这么津津有味，不由得毛发悚然起来。她很想从道德的立场上将他指摘几句，但是她突然记起埋在陶乐葡萄棚下的那个北佬来了。那一个北佬的死始终都没有刺激她的良心，正如她在路上踩杀一只蚂蚁一样，那么她自己也是一个杀人犯了，她又怎么能够坐起堂来审判瑞德呢？

"还有一点，我也干脆告诉了你吧，因为我现在已经对你披肝沥胆了，不过请你千万不要去告诉白蝶小姐！这就是关于钱的事。钱我的确是有的，现在平平安安放在利物浦的一家银行里。"

"钱吗？"

"是的，就是他们北佬急于要查问的那笔钱。思嘉，你要明白，那天你问我要钱，我不肯给你，绝对不是我吝啬，当时我如果开一张支票给你，北佬一定要查出这笔钱的踪迹来，那你恐怕是一个子儿也拿不到的。我的唯一希望就在于让这笔钱放在那里不动。我知道这笔钱是十分安全的，因为万一碰到了不幸中之大不幸，这笔钱被他们查了出来，并且要从我手里拿去，那我就要把战争期间卖枪械给我的那些北佬爱国者的名字一个个宣布出来。这么一来，事情就要弄得一塌糊涂，因为这班爱国者里面，现在颇有一些在华盛顿高居要职了。事实上，我此番之能够出狱，就是我这种恫吓的效果。我——"

"那么你的意思是——你确实有那联盟政府的金子拿在手里了？"

"并不是全部。天知道的，我不过得到一部分呢！因为当初做这种封锁线生意的人，少说也有五六十个，这笔金子是大家都分到的，我现在手头所有却也将近五十万。你就想想看，思嘉，是五十万块金洋呢！要是你肯制伏一下你那火冒性，不马上去跟人结婚的话。"

五十万块钱！她一想起了这么许多钱，心就痛得像真正害了病一样，以致他那几句嘲讽的话语好像耳边风，她差不多连听都没有听见。她只觉得在这个苦恼、贫穷的世界里面，还能藏着这么多钱，那是叫人难以相信的。而这许多钱，

---

① 该隐：《圣经》里的人物，是个谋杀亲兄弟的凶犯。

却是给别人拿了去了，给别人毫不费力地拿了去了，而且他拿去了又是没有多大用处的。至于她，她就只有这么一个年老害病的丈夫，只有这么一爿污秽寒碜的小店！这是不大公平的，为什么像瑞德那样一个流氓，便该有这许多钱，她负着这样沉重的担子，反倒一文都没有？于是她恨他。他为什么应该穿得这么花花公子一样坐在这里嘲笑她呢？现在她如果对他恭维起来，说他弄钱的本领多么多么巧妙，那他就要越发觉得得意了。不，她只想找出几句恶毒的话来刺伤他。

"我想你得到了这笔公款，自己还以为是正当的吧。其实这事非常明白，你简直是偷人家的呢！要是我的话，我就决然不要这种昧良心的钱。"

"啊呀，我的天！想不到现在的葡萄竟是这么酸的了[①]！"他一面嚷着，一面耸起眉头来装做吃酸的样子，"不过我倒要问你，我这钱是从谁那里偷来的呢？"

她不响，因为她也回答不出到底是从谁那里偷来的。若追究起来，他所做的事情其实就是扶澜所做的，不过是规模大小不同罢了。

"我老实告诉你吧，"他继续说道，"我这钱里面，有一半是我正正当当赚起来的。但是我赚钱的方法却不止一种。有一部分是我因得北方爱国者的帮忙赚起来的，而他们的帮忙，也完全出于自愿，因为他们背地里把军械卖给了我，有百分之百的利息可图，又何乐而不为呢？还有一部分是做棉花生意赚来的，因为战争刚开头的时候，我买了些廉价的棉花，后来英国纱厂里棉花要得紧，我就卖得一块钱一磅了。还有一部分呢，便是粮食投机赚来的，那也不能算是不正当。总之，这一半的钱完全是我自己辛苦得来的成果，那么我为什么该让北佬拿去呢？不过其余的一半，的确是联盟政府所有的。当初联盟政府把许多公家的棉花交给我，叫我从封锁线里运出去，运到利物浦去高价出卖，并且将卖得的钱买了皮革、枪械、机器回来。当时我之收到棉花，代买货品，本都出于诚心诚意，并无丝毫要想作弊的存心，而且我当时奉政府的命令，是叫我把卖得的金子用我私人的名义存在英国银行里，以后我向他们买东西可以有信用。不想后来封锁线上加紧了，你总还记得的，终于使得我一条船也不能进出，于是我那卖了棉花买货品的钱只得停在英国了。因为那时候我有什么办法呢？要说把钱从银行里提出来运回威尔明顿来吧，那不是白白去送给北佬吗？天下决没有这样的大傻子！至于封锁线的加紧，难道是我的过失？联盟军的失败，又难道是我的过失？不错，我这

[①] 见《伊索寓言》：狐狸看见高树上有葡萄吃不着，便聊以自慰地说，那葡萄是酸的，它不要吃。

一半的钱原是联盟政府的。但是现在已经没有联盟政府了，叫我把这钱去交给谁去呢？难道去交给北佬政府吗？所以我听见了人家说我做贼，是决不能承认的。"

说完，他从口袋里摸出一个皮匣子，从皮匣子里抽出一支长雪茄，把它拿到鼻子上津津有味地闻着，一面假装着焦急的神气，瞪着眼睛看着她，仿佛是等着她的回答。

这天杀的，她想道，他怎么总要比我抢上先一步的呢！我听他的辩论，老觉得他是有错误的，但是我又永远抓不住他的错处。

"你也可以，"她很庄严地说道，"把这笔钱去散给穷人的。现在联盟政府固然没有了，但是联盟政府的人还多得很呀，他们家里人都在挨饿呢。"

他仰回了他的头，很粗鲁地放声大笑起来。

"嗨，思嘉，"他显出十分有趣的样子说道，"你自己知道吗？你每次装起伪善来的时候，就是你最最美丽的时候，也就是你最最荒唐的时候。我劝你还不如一直说老实话吧，思嘉。你是不会说谎的，世界上要算你们爱尔兰人最不善于说谎了。来吧，我请你坦白些吧！我知道你决不会关心他妈的联盟政府，更不会关心联盟政府的挨饿人。你叫我把钱去散给别人，其实我只要暗示了这个意思，你就要尖叫起来提抗议了呢，除非我先让你得到一个最大的部分。"

"我不要你的钱！"她勉强装起一种冷漠庄严的神气说。

"哦，真的不要吗？我看你这一刻儿的手掌心也在痒痒呢。如果我拿一个四开给你看，怕你就要跳起来了。"

"如果你是到这里来侮辱我、嘲笑我穷的话，那我就要请你再见了。"她一面说着，一面动手移开膝头的账本，以便站起来说话可以比较有力些。但是刹那间，他已经笑嘻嘻地站在她面前，将她推回椅子上去了。

"嗨，你这个人，你一听见了真情话马上就要光火，我问你这脾气几时才改哟？你讲别人的真情话，你向来是不管别人心里怎么样的，那么为什么就不许别人讲你的真情话呢？我并不是侮辱你。我以为一个人要想获得，原是一种很好的品性。"

她对于"获得"两字的意义并不十分了解，但是听见了他在赞美这品性，心里也就稍稍平了一些了。

"我也并不是来嘲笑你的贫穷，只是来祝愿你的健康，以及你的结婚的快乐。哦，还有一点要问你，令妹苏纶小姐对于你这盗窃的行为怎么样说呢？"

"对于我的什么？"

"对于你在她面前抢过扶澜去的这种行为。"

"我并不曾——"

"好吧，我们也不必咬文嚼字了，她对于这桩事情到底怎么说？"

"她没有说什么。"思嘉说。

"那么她真是宽宏大量呢。好么，现在你且谈谈你到底怎么个穷法。因为你不久之前才到我监牢里去过，这桩事情我是有权利可以问你的。扶澜现在所有的钱，能够像你所希望的吗？"

这话问得多么唐突啊！但这是无可避免的。现在她唯有两条路，不是硬着头皮忍受下去，就是马上叫他走。但是她现在又不愿他走了。他的说话原是句句都有刺的，但这是真理的刺。她知道他对于自己的真情完全都明白，但是他好像并不因此看轻她。他的问题虽然问得很触心，里面却又似乎深深含着一种好意的关切。现在只有他一个人，是她可以对他讲真情话的。而有一个人可以讲讲真情话，便是一种极大的安慰，因为她一肚子的郁积，久已无处申述了。她如果拿这些话去跟别人谈，人家一定要惊骇的。至于跟瑞德谈心，那就可有一比，比如穿着一双紧帮鞋子跳了一夜舞而突然换上了一双旧拖鞋那么的舒适。

"你那笔纳税的钱还没有弄到手吗？我希望现在陶乐的大门口已经没有狼在那里等了吧。"他说这几句话的时候，声音已经变了一个样子了。

她抬起了头，接触着他的视线，觉得他面孔上放着一种特别的表情，起初使她不免惊骇而惶惑，但是一会儿之后，就使她突然微笑起来，这是一种甜蜜而妩媚的微笑，近来难得在她面上出现的。她觉得瑞德这个人真是奇怪，脾气虽然那么倔，心肠有时却是极好的，她现在明白过来了。她知道他这回并不是来戏弄她，却是因为不放心她那笔急于需用的钱，特地跑来看她的。他一定是一出了监牢就到这里来，看她这笔钱还要不要，如果还要的话，他就可以借给她。但是面子上他故意装得那么毫不在意的样子，故意装做戏弄她侮辱她的样子，即使她猜破了他的真正用意，他也决然不肯承认的。总之，他这个人真是使人莫测高深呢！难道他是真正有心于她，只是口里不肯承认吗？或者是别有用意呢？她想了一想，觉得总是别有用意吧。但是谁说得准呢？他所做的事情常是这么奇奇怪怪的。

"不，"她说，"现在陶乐门口已经没有狼了，我——我已经弄到那笔钱了。"

"可是你一定经过一番奋斗才弄到手的，我可以担保。你不是拼命熬忍住等结婚戒指套上了你的指头才开口的吧？"

她被他一句道破了实情，不由得要笑出来，虽然竭力忍住，也终不免露出一点儿笑靥。于是他重新坐了下去，很适意地盘起两条腿。

"好吧，那么请你谈谈你的境况吧。扶澜这家伙曾经对你吹过牛、哄骗过你吗？如果他曾经用这手段欺骗一个弱女子，那是他该大吃鞭子的。现在，思嘉，你对我尽情地说吧。你对于我不应该守什么秘密，我是连你的最大秘密都知道的了。"

"哦，瑞德，你真是一个最坏最坏的——我真不晓得叫你什么才好了！扶澜么，倒也不能算是欺骗我，不过——"她突然感到了一种倾心沥胆的快乐，"情形是这样的。瑞德，只要扶澜肯去把人家欠他的账收起来，我就什么心事都不用担了。哪晓得他有五十家债户，竟是始终不肯去讨呢！他的面皮太薄了，他说这种事情是上等人对上等人所不能做的。因而这些欠债总要几个月以后才拿得到，或者永远拿不到也未可知呢。"

"嗯，不过你要这些钱做什么呢？难道你家里吃用不够，非得收起这些债来补凑不可吗？"

"那倒不是的，不过——嗯，事实是，现在我自己也要一点钱用呢。"说时她想到了那个锯木厂，眼睛就光亮起来。

"什么用？还有什么税吗？"

"这要你问做什么？"

"我要问的，因为你现在心里正在打算向我借钱呢。哦，思嘉，你的心事我有哪一点看不出来的？而且我也愿意借给你，我的亲爱的甘太太，并不要你前几天提议给我的那种香艳的担保品。不过你如果坚执地要给我，那是又当别论的。"

"你是最最粗鄙的一个——"

"一点也不是，我不过是要使你的心安适罢了。我明明知道你为了这点事情在这里担心事，虽然这心事并不怎么厉害。我是很情愿借钱给你的。不过我要知道一下你拿这钱去怎么用法，我相信这种权利是我应该有的。如果你要拿这钱去买几套漂亮衣服穿穿，或是买一辆马车坐坐，那我就甘心情愿地借给你。但是你要拿去替卫希礼买新裤子穿，那我恐怕是不能不拒绝你了。"

思嘉听了这话，突然爆发了一腔怒火，嘴里嗫嚅了半天才说出话来。

"卫希礼从来不曾拿过我一个子儿！他哪怕饿得快要死，也决不肯要我一个子儿的！你简直是不了解他，他这人是多么自重、多么骄傲的！不过你不能了解他，也是当然的事，像你这样一个——"

"我们现在不要开口就用考语吧。我也可以替你想出几个考语来,比你加给我的还要刻毒些。你忘记了,我对于你的消息是白蝶小姐那边不断供给我的,因为这位小姐为人很好,碰到了一个同情的人,她就无话不谈了。我知道希礼自从罗克艾兰回来,就一直蹲在陶乐。我也知道你因他的妻子在旁边,一直当她是个眼中钉,觉得难受得很。"

"希礼是——"

"哦。是的,是的,"瑞德鄙夷不屑地摆摆手说,"希礼是卓绝高明的,决不是我这世俗的理解窥测得了的。但是请你不要忘记,当初你在十二根橡树跟他演的那一幕趣剧,我就是一个极感兴趣的见证人。自从那时以来,我可以看得出他始终都没有改变,你也始终都没有改变。要是我记得不错的话,那天他演的那一角儿,实在并不见得怎样高明的,因而我不能相信他现在就会比从前高明到哪里。要是他真的了不起,为什么他不把家眷带走了自去找工作呢?为什么他要赖在陶乐过活呢?当然,这也不过是我的一点幻想,但是你如果要让陶乐继续维持他,我就不愿意借给你一个子儿。因为在我们男人中间,要是肯让女人维持自己的生活,那是很不名誉的。"

"你怎么敢说这种话?他是一直都像一个田里的作手在那里工作的呢!"说时她记起了希礼劈折栅栏木头的情景,因而虽是满腔的愤怒,也不由得起了一阵辛酸。

白瑞德讥讽地说:"他要做起施肥料的工作来,一定是多么好的一个作手,而且——"

"他是——"

"哦,是的,我知道。我们可以承认他是尽他的力量在工作的,但是我不能想象他会给你多大的帮助。你决然不能叫他们卫家人来做一个田里的作手,或是其他任何有用的成材。因为他们这一个族类纯然是装饰性的。现在请你不要见气,我刚才对于这位自尊自重的卫希礼,话说得太粗鄙了,一概请你包涵吧。只是我觉得奇怪,怎么像你这样一个意志坚强的女人,也会让这种的幻想一直盘踞着。现在我且问你,你到底要多少钱,到底要它做什么用?"

她不回答,他又重复地问她。

"到底要它做什么用?你要自己酌量一下,能不能把实话告诉我。你要能把实话告诉我,那是跟对我说谎一样有效的。事实上,还比对我说谎更加有效力,因为你如果对我说谎,我一定会发觉出来,你想那时候多么难为情呢?思嘉,你要永远记着，你对于我的任何事情我都忍受得了，就唯有对我说谎我忍受不了。只要你不对我说谎，那么无论你怎样不喜欢我、怎样对我发脾气、怎样对我施用种种恶毒的手段，我都可以忍受的。现在你说，你到底要这钱做什么用？"

思嘉听见瑞德对希礼这般攻击，心中怒不可遏，恨不得随手抓起一件东西来向他劈面掷过去，并且将他那借钱的话一口回绝了。但是一忽儿之后，那理智的冷手就将她控制住了。她勉强咽下了她的愤怒，尝试恢复起一种和悦庄严的表情。瑞德便又向椅背上仰了回去，将两条腿儿伸到火炉边。

"我觉得世界上最最有趣的一桩事，"他发议论道，"就莫过于看你心境的决斗，就是看你心里的理想事件和实际事件——如金钱之类——彼此相持不下的时候。当然，我知道你心里的实际事件老会占胜利，但是我一直躲在旁边伺候你，看你那姣好的天性到底会不会有胜利的一日。等到那一日到了，我就卷了铺盖永远离开亚特兰大了。我也曾见过许多女人，都是姣好的天性终占胜利的……不过，好吧，我们还是谈我们的正事吧。你到底要多少钱？做什么用？"

"我也不很知道到底需要多少，"她悻悻然地说，"只是我要买一个锯木厂，我想这是可以廉价买到的。我又需要两辆货车和两匹骡子。骡子并且要好的，还要一匹马和一辆马车，给我自己用。"

"一个锯木厂？"

"是的，如果你肯借钱给我，我可以把厂里的盈利分一半给你。"

"我要一个锯木厂来做什么？"

"赚钱呀！你可以赚得很多很多的钱呢。要不然的话，你的钱算是我借的债吧，我可以算利息给你。我们来看看看，怎样才算得是好利息？"

"普通五分利就算很好了。"

"五分利——哦，你在讲笑话呢！你不要笑，你这鬼。我说的是正经话。"

"就因为你说正经话我才笑呀。你那鬼脑袋里边转着的念头，怕是除了我再没有人会明白的。"

"嗯，这去管它做什么？你听我说，瑞德，你看这对于你算不算得一宗好生意。扶澜告诉我的，说这个人有个锯木厂——他是住在桃树街上的一个小个儿——现在他要把它卖掉。因为他急于要现钱用，所以卖价一定会很便宜。现在这带地方没有几个锯木厂，人家又都这么急于要造房子，将来我们的木料不是可以卖到天样高的价钱吗？至于这木厂的原主，他自愿继续留在厂里替我们管理，由我们出工资给他。这都是扶澜对我说的。扶澜本打算自己把它买下来，要是他钱够的话。我猜他给我付税款的那笔钱，就是预备买这木厂用的。"

"可怜的扶澜！那么他将来知道你把这木厂买下来了，他要怎么说呢？还有关于我借钱给你的这桩事，你打算怎样去对他解释，才不致妨碍你的名誉呢？"

关于这一点，思嘉始终不曾想到过，因为她一心只想从这锯木厂上去发财，再也没有工夫思前虑后了。

"嗯，这我压根儿就不对他说。"

"他不见得会相信你的钱是从树林里拾来的吧？"

"那么我就告诉他——怎么，是的，我去告诉他，说我把我的钻石耳坠子卖掉了。而且事实上，我的确也要把那耳坠子给你。那就算是我的抵——抵什么品吧。"

"我不会拿你的耳坠子的。"

"我也反正是不要的了，我并不喜欢这副耳坠子，而且它本来就不是我的东西。"

"那么是谁的呢？"

思嘉立刻想起了那个静悄悄的酷热的下午，以及躺在穿堂里面那个穿着蓝军服的尸体来。

"那是别人留下来给我的，那个人已经死了，现在尽可以算是我的东西了。你拿了去吧，我反正是不要的了，我宁可将它换做现钱。"

"我的天！"瑞德不耐烦地嚷道，"难道你除了钱之外，别的什么都不想了吗？"

"不错，"她把她的绿眼睛转过来，向他瞪了一眼，这么坦白地回答他道，"假如你曾有过我的经历，你也一定跟我一样的。我现在已经明白，钱是世界上最最重要的东西。从今以后，我请上帝替我做见证，我决不要再过那种穷日子了。"

她说这话时，便记起了当初头上晒的那种酷热的太阳，脚下踩的那种柔软的红土，以及在十二根橡树下房里闻到的那种熏人欲呕的臭气，乃至自己心里搏动的那种"我决不再饥饿了，我决不再饥饿了"的叠唱。

"我必定有一天要弄起钱来，弄起很多的钱来，以便我想什么就有什么。我要我的餐桌上面从此不再摆玉米粥或是干豆。我并且要买漂亮的衣服，我要所有的衣服都是绸做的——"

"所有的衣服？"

"是的,所有的,"她简捷了当地回答,并不因这问话的挖苦意味而觉得脸红,"我要弄起很多的钱来,使得北佬永远不能把我的陶乐拿去。我要在陶乐再盖一座新房子,再造一个新仓房,还要买一些耕田的好骡子,种起很多很多的棉花,多到你从来没有看见过。至于我的卫德,他将永远不会懂得怎样叫缺乏,世界上的什么东西他都能够有。还有我的全家人,我也要他们从此不再挨饿。我说到就要做到,一句句都要做到,这是你不懂的,你是一只自私自利的猎狗。你从来不曾见过提包党要来赶走你,你从来不曾受过冻,不曾穿过破衣服,也不曾为怕饿死而做断你的脊骨!"

瑞德听了这番话便静静地回答道:"我曾经在联盟军里待过八个月,我若要寻一个饿死的地方,那是没有比这再好的。"

"军队!啐!你从来没有采过棉花、锄过田草呢。你从来——不许你笑我!"

当她的声音突然粗暴起来的时候,他的手就又覆在她的手上了。

"我并不是笑你,我笑的是你的外相和你的实际差异得太厉害了。同时我又记起卫家大宴会上第一次看见你的时候,那时你身上穿着一件绿衫子,脚上穿着一双小小的绿便鞋,深深陷在一大群男人里面,十分踌躇满志的。我可以打赌,你那时候是连一块钱换多少便士还不知道呢。那时你心里就只有一个观念,那就是那个陷害人的卫希礼——"

她突然把她的手拔了回去。

"瑞德,你如果要在这里再待一会儿,那就请你不要再提卫希礼。关于他的事,我们是始终不能说对的,因为你并不能了解他。"

"那么你总一定能够了解他,跟了解一本书一样的啰!"瑞德恶意地说道,"不过,思嘉,我如果要打算借钱给你,我就要保留这个讨论卫希礼的权利,而且我爱说他怎样就怎样。我的借款尽可以放弃收取利息的权利,至于这个权利,那是我决不肯放弃的。而且关于卫希礼的还有许多事情,我都要知道一下。"

"我是不必跟你讨论他的。"思嘉答道。

"哦,不,你必须!因为你自己明白,现在钱袋的绳子拿在我手里呢,将来等你富有的一天,你也会有同样的权利去对付别人。……现在看情形,你对于他明明还是很有意思的——"

"不,我对他并没有意思。"

"哦,你刚才这样地卫护他,你这心理还不十分明白吗?你——"

"我听见我的朋友受到人家的讥讽,我是忍受不了的。"

"好吧，这一层我们暂时搁开它。那么他对于你还有没有意思呢？或者是，他因在罗克艾兰岛上蹲了这许多日子，已经忘记你了呢？又或者是，他已经认识了自己的妻子是真正可宝贵的呢？"

思嘉一听到提起媚兰，呼吸就立刻急促起来，几乎熬不住要把全部的真情吐露，说出希礼之跟媚兰在一起，不过是受面子的束缚而已。但是这话已经快要说出口，她又重新将口闭住了。

"哦！那么他仍旧还没有明白认识卫太太的好处的？他在牢狱里煎熬了这许多时，仍旧还没有减轻他对于你的热情的？"

"我看这个题目没有讨论的必要。"

"我可愿意讨论它，"瑞德说，他这话里含着一种低微的调子，思嘉并不了解，可是觉得很不高兴，"而且我一定还要讨论下去，并且要你一句句地回答我。那么他仍旧是爱你的？"

"嗯。如果他仍旧爱我怎么样？"思嘉有些生气起来地嚷道，"我不高兴跟你讨论他的事，因为你并不能了解他，你也不能了解他那样的爱。至于你所知道的爱，那就只是——嗯，只是你用在那个姓华的女人身上的那一种。"

"哦，"瑞德很温和地说，"那么我是只能具有肉欲的了？"

"不是吗？你自己总该明白的。"

"照这么说起来，你之不愿意跟我讨论这件事，我倒该佩服你了。你是怕我这不洁净的手和嘴唇要玷污他的爱的纯洁？"

"嗯，是的——差不多是这样的。"

"我对于这种纯洁的爱，倒觉得很有兴趣——"

"哦，白瑞德，你不要这么讨人厌吧！难道你以为我跟他曾经有过暧昧——"

"哦，这种思想从来不曾跑进过我的脑子。实在的，不过你跟他为什么竟不曾有过一点暧昧呢？"

"你以为希礼会——"

"哦，那么你刚才说的这种纯洁的爱，全靠希礼独个人在那里拼命维持，并不是靠你维持的了。老实告诉你吧，思嘉，你也不应该把自己的身体看得太轻的呢。"

思嘉听了这话，瞪着眼睛对他那张平静而不可理解的脸看了看，心里不胜其惶惑而愤怒。

"这桩事情我们不能再谈下去了，你的钱我也不要了。那么，就请你滚吧！"

"哦，我的钱你是要的，而且我们已经谈到这里了，为什么又要中止呢？况且你跟他既然没有暧昧，那么这事便是一段纯洁无瑕的情史了，再多谈谈是毫无害处的。那么希礼之所以爱你，完全是为了你的心灵、你的灵魂和你的高尚品性了，是不是？"

思嘉听了这话，心里像绞一般地痛楚。当然，希礼确是为了这几件东西而爱她的。她因为知道这样，才觉得生活还可以忍受。她知道自己身上深深埋藏着的美，唯有希礼一个人看得见，但是希礼为拘于礼节，只是对她维持着一种遥远的爱。谁知她这种种深藏的美，现在经瑞德这么一说，便似乎不那么美了，又加瑞德假装一副平静的声音，硬把那讥讽的意味掩盖掉，那就尤其使她觉得难受了。

"我做孩子的时候，"瑞德继续说，"曾经有过一种理想，以为在这恶劣的世界上，这种纯洁的爱也仍旧可以存在的，现在听到了你们这个故事，使我相信我这理想实现了。那么希礼对于你的爱，是从来没有触到过肉的？那么假使你长得丑陋，没有这样雪白的皮肤，他也同样可以爱你的啰？假使你没有长着这双要使男人家神魂颠倒的绿眼睛，他也同样可以爱你的啰？假使你那个屁股不会那么扭扭捏捏，不会使九十岁以下的任何男人都一见销魂，他也同样可以爱你的啰？还有你那两片嘴唇儿——可是得了，我决不能让我的肉欲也来参加的。总之，照你这么说起来，希礼对于这一些东西是一样都没有看见的了？或者他也未尝不看见，可是一样都不能使他动情的？"

思嘉听了这话，不由得忽然记起那天跟希礼在果园里的一番情景来，记得那时他将她紧紧地搂在怀里，他的嘴唇热烘烘地贴在她的嘴唇上，仿佛他再也舍不得放开她似的。于是她不由得红起脸来，而这一下红脸是逃不了瑞德的眼睛的。

"那么，"他说时声音里面含有一种几近愤怒的颤抖调子，"我明白了。他是纯然为了你的心灵而爱你的？"

这时思嘉觉得非常的愤怒。他怎么竟敢拿他的龌龊手指碰上来，以致她一生之中唯一美丽而神圣的一桩事情也被玷污呢！冷静的、坚决的，他快要冲破她的最后一道防线了，他所需要的那一番消息，快要被他刺探出去了。

"是的，他确是这样的！"她把果园中的记忆竭力推到脑后去，老着脸皮喊出来。

"嗨，亲爱的，他是连你有没有心灵还不知道呢！即使他果真为你的心灵而爱你，他就用不着为要维持这种——这种，就说是'神圣'的爱吧——为要维持这种'神圣'的爱而那么苦心孤诣地防备你，是不是？因为一个男人对于一个女人的心灵尽管可以心安理得地爱着，决不能算是不名誉，也决不会觉得对不起自己的老婆。如今希礼却正是贪图你的肉体，又要顾全他们卫家的门风而觉得万分为难的。"

"你自己心地龌龊，就当是人人都跟你一样了！"

"哦，我是贪图你的肉体的，我从来不曾否认过呀。只是我要谢谢上帝，我是并不管他妈的荣誉不荣誉的。凡是我想要的东西，只要我拿得到手，我就都要拿，因此我用不着跟天使或是魔鬼去奋斗。至于你对希礼，你是替他造成一个多么快乐的地狱了呢？我几乎是要替他可怜了。"

"我——我替他造成地狱？"

"是的，不错！你对于他便是一种永远存在的诱惑，但是在他们那个族类里面，大多数人是宁要荣誉而不要爱的。而且照我看起来，这个可怜虫现在对于你，仿佛是既没有爱也没有荣誉足以使他热衷的了！"

"他是有爱的！……我的意思是说，他是爱我的！"

"真的吗？那么请你再回答我一个问题，我们今天的讨论就可以告一个结束，同时你也就可以拿到我的钱，随你拿去扔到阳沟里去我都不管了。"

说着，他站了起来，将一支才吸了一半的雪茄扔到痰盂里。他这动作里面，含着一种异教徒的自由和一种控制着的魄力，这是思嘉曾经在亚特兰大失陷的那天晚上注意到过的，她觉得这种动作有些儿阴险，并且有一点儿怕人。"他如果真爱你，怎么肯让你独个人跑到亚特兰大来筹这税款呢？要是我的话，我如果肯让我的爱人做这样的事，那我就——"

"他并不知道呀！他一点儿也没有想到我——"

"那么你就以为他是不应该知道的吗？"这话的声音里面分明是带点儿愤怒了，"如果像你所说，他是爱你的，他就应该知道你在无可奈何的时候会做出什么事来。他就应该宁可杀了你，也不让你独个人跑到这里来了——何况你是来找我的呢！真是天晓得！"

"可是这些事情他一概都不知道呀！"

"这是不必等你告诉他，他也应该猜到的。要是连这一点都猜不到，那他就永远不能知道你的什么了，永远不是你的知心了。"

他这话说得多么不公道呀！仿佛希礼是会看透别人的心肺似的！仿佛希礼知道了这桩事情，就能够阻止她不到这里来似的！但是一转念之间，她就突然悟到希礼确实是能够阻止她的。那天在果园里的时候，只要希礼给她一点点儿的暗示，说艰难的日子总有一天会过去，那她就决不会想起找瑞德来了。就是临到她要上火车的时候，只要希礼对她说句温情的话儿，或者表示一点临别的依恋，也就可以将她留住的。然而希礼只是一本正经地打官话。那么瑞德的话果然对的吗？希礼果然不应该不知道她的心吗？想到这里，她就急忙将这不忠的念头推了开去。当然，希礼是不会怀疑她的。希礼断然不会怀疑她转这不道德的念头。因为希礼的心地非常高尚，决不会发生这种卑鄙龌龊的想头。现在瑞德不过是要破坏她的爱罢了，不过是要打碎她所最最珍爱的一件宝贝罢了，于是她下了一个狠毒的决心，等她这爿店的基础弄稳固了，锯木厂弄发达了，钱也弄足够了，然后再来跟瑞德算这笔账，非要叫他现在给她的这种苦恼和羞辱——都付出相当的代价不可。

这时瑞德站在她旁边，低着头看她，微微现出一点有趣的样子。刚才那一阵使他激动的情绪已经过去了。

"我倒不懂了，这些事情到底跟你有什么相干？"她问道，"这是我的事，也是希礼的事，却不是你的事。"

他耸了耸肩头。

"别的没有什么。我只是对于你的忍耐性怀着一种深切而客观的钦佩罢了，思嘉，同时我也不愿意看见你的精神过多地在磨石底下被磨碎。我知道你有一个陶乐要负担，那是已经足够一个精壮力健的男人努力的了。你还有一个害病的父亲，他是再也不能给你帮助的。此外还有你两个妹妹，还有那几个黑人。现在你又加上了一个丈夫，或者还要加上白蝶小姐的一副担子。即使卫希礼和他的家属不靠你维持，你的肩担也已够重了。"

"他并不靠我维持，他帮助我们——"

"哦，我的天，"瑞德不耐烦地说，"我们不要再来这套鬼话了。他是不能帮助你什么的。他现在靠你维持，将来也还要靠你维持，即使不靠你维持，也必定要靠别人维持，一直维持到他死为止。好了，好了，这个题目我也懒得再谈了……你到底要多少？"

一阵辱骂的话已经奔到她唇边。他既然给了她这种种的侮辱，既然诱得她把自己最最珍视的事情都说了出来，而加以一番糟蹋，难道还以为她肯接受他的钱吗？

但是那已经涌到唇边的狠话突然又收回去了。这时思嘉如果傲然拒绝了他的借款，并且叫他立刻滚出店外去，那固然是再痛快不过的事。但是像这样的豪举，是唯有那种真正富有、真正安稳的人才办得到的。现在她穷，就不得不忍受这样的侮辱；她多穷一天，就得多忍受一天。但是等到她将来有起钱来——哦，这是一种多么使人兴奋的思想啊！——等到她有起钱来，她就对于一切不高兴的事情都再不能忍受了，甚至对于别人应有的礼貌也要看她高兴不高兴了。

到了那个时候，她心里想道，我就要把他们一个个都送上断头台，瑞德当然第一个先去！

一想到这里，她心里不由得高兴起来，那绿色的眼睛里便放出了一线光芒，嘴唇上边也泛起了半个微笑。于是瑞德也微笑了。

"你这人真是可爱，思嘉，"他说，"特别是当你心里转着卑鄙念头的时候。我不要你别的，单是看看你那两个酒靥儿，已经愿意买十三头骡子来送给你了，假使你要的话。"

这时前门开开来，那个学生走进店来了，一路拿一根鹅毛管剔着牙齿。思嘉站起身，将围巾围了起来，帽带子结了结紧。她已下了决心了。

"你今天下午忙吗？现在你能跟我去吗？"她问。

"到哪里去？"

"我要你陪我一同坐车子到木厂里去。我答应过扶澜，独个人不赶车到城外去的。"

"这样的大雨到木厂里去吗？"

"是的，我现在就要把那木厂买下来，免得你过几时又要变卦。"

他笑了起来，笑得非常响，以致那个站在柜台背后的学生吓了一大跳，拿眼睛好奇地看着他。

"你难道忘记自己结过婚了吗？你现在是甘太太了，要是跟我这姓白的流氓一同赶车赶到城外去，给人家看见了不是玩儿的，你要知道我这人是上等人家客厅里不肯接待的哪。你难道连自己的名誉都不顾惜了吗？"

"名誉，那是胡说八道！我立刻就要把那木厂买下来，免得你变心，也免得扶澜先知道。走吧，不要假痴假呆了，瑞德。这点儿雨怕什么，快走吧。"

后来扶澜一想起了这个锯木厂，便要自怨自艾起来，深悔当初不该对思嘉提起这桩事。他想思嘉把那耳坠子偏偏拿去卖给白瑞德，事情已经糟透了，而且她买这个锯木厂，并不曾跟自己的丈夫商量一下，买了之后又不交给丈夫去经营，那不是糟而又糟吗？看起来事情有些不对，仿佛她并不信任他，也不尊重他的意见了。

原来扶澜这个人，也跟他所认识的那些男人一样，向来以为做妻子的总应该听凭丈夫优越知识的指导，并且完全接受丈夫的意见，而不能有她自己的意见的。至于大多数女人有她们自己的小主张，他也不一定不肯依顺。他以为女人是一种怪好玩的小动物，有时迁就迁就她们那种小癖好，原也是无所谓的。他本来生就了一副菩萨心肠，对于妻子的要求不见得会过分拒绝，总当是女人的见识不过如此，有时妻子的主张有点儿近乎愚蠢，那就轻轻地责备她几句，也足以显出他们男人的见识毕竟不同。谁知现在思嘉这么地过于心计，这就使他觉得不可思议了。

就说这个锯木厂的事吧。他知道思嘉买下了之后，总会跟他讨论以后怎样经营的问题，谁知思嘉只是笑嘻嘻地回答他，说她打算亲自去管这个厂，这就使他大大吃惊了。怎么一个女人家亲自去经营锯木厂，这在扶澜是闻所未闻的呢！你看亚特兰大这么大的地方，谁曾见过一个女人亲自经营事业的？莫说是亚特兰大，实在任何地方他都没有见过这种事。就算是现在日子艰难，有些女人不得不去寻几个小钱来补贴家用，那也总不过做点女人家本分以内的小本经营，像梅太太那样的烤饼卖，艾太太和艾芬妮那样的画瓷器、缝衣服、开公寓，或是像米太太那样的做小学教师，彭太太那样的教授音乐之类罢了。这些太太原都为的要挣几个钱，可是她们的事业都在自家家里做，并不曾超出女人的本分。至于离开家庭的保护，冒险混进男人的世界，去跟他们肩摩踵接地竞争，而甘受人家的侮辱和谈论，这种事情你看见有谁做过的？何况思嘉更没有这个必要，她是有一个丈夫会充充裕裕供给她的呢！

扶澜起初听见思嘉宣布这计划，还希望她不过是说着玩儿的，但是不久之后，他就知道她并不是开玩笑了。她居然将那木厂着手经营起来了，每天她总比他先起来，一早就将车子赶出桃树街去，晚上往往要等他关了店门，回到白蝶家里以后许久许久才回来。那一条路有几英里长，而且要穿过一个树林，树林里面满是新解放的黑人和北方的痞子，实在是危险极了，路上却只有彼得伯伯一个人替她保护。扶澜自己不能陪送她，因为店里的事将他的全部时间都占去了。他如果向思嘉提出抗议，她便说："我不放心那个姓张的家伙，我如果不去看住他，他会把我的木料偷去卖掉。过几天我要去找一个好人来替我管理，那时候我就用不着常常去了。我可以一直待在城里兜销木头了。"

在城里兜销木头！那不是大糟特糟吗？就在近来这几天，她也偶尔要从厂里抽出工夫来，带着木头到城里各处去兜售。碰到这样的时候，扶澜就只得在店后房里深深地躲起来，不敢见人家的面。他甘扶澜的老婆竟会到处抛头露面呢！

于是人们对于思嘉纷纷议论起来了。同时对于扶澜自己也难免有人责备，责备的是他不该让自己的老婆去这样抛头露面的。有时扶澜在柜台上做买卖，顾客里面有人对他说：我刚刚看见甘太太在什么什么地方呢……这就使得扶澜觉得非常难为情，再不敢见人的面。谁知这些人偏偏都爱管闲事，连思嘉的一举一动都要来向他报告的。有一次，某处地方盖造一座新旅馆，思嘉亲自跑到那里去抢揽那笔生意，当即就有接二连三的消息传到扶澜耳朵里来了。原来那天思嘉偶尔赶车经过那地方，看见韦唐正跟一个木料商人在那里讲生意，她就急忙跳下车，告诉韦唐说那买卖是很吃亏的，又说她厂里的货色比那人的好得多，又便宜得多，并且立即在脑子里算出一大篇账来证明给韦唐听，韦唐果然回了那人的货色，跟思嘉做成了交易。这事在思嘉自己，虽然是绝大的成功，在扶澜看起来却是大失面子了。因为她是一个女流，竟会在大街之上这样去抢同行的生意，已经是大糟其糕了，再加上大庭广众之中，公然显出了自己这样的善于计算，岂不是糟上加糟！而且她跟韦唐做成了买卖之后，并不马上就走，还跟一个爱尔兰的工头名叫高沾泥的站在那里谈了好一会儿天呢。这人在亚特兰大一向是声名狼藉的，因此人家就把这桩事情做话柄，一连议论了好几个礼拜。

还有一点使扶澜最不服气的，就是她这木厂被她经营得确实挣了钱。因为老婆挣钱的本领胜过了丈夫，他就难于为其丈夫了。而且她厂里挣来的钱，从来没有一个挪过去补助店铺。这钱大部分都汇到陶乐去了，同时她源源地写信给彭慧儿，把那钱的用途一一支配好。她又老实不客气地告诉扶澜，说等陶乐的修葺有一天弄齐全了，她就要把有余的钱拿去做押款生利息了。

"唉！唉！"扶澜一想起了这件事情，就要不胜愤慨。怎么一个女流也会懂得押款生息一类事情的！

近日以来，思嘉已经是满腹经纶了，而在扶澜听起来，只觉得她的计划是一个不堪一个。她本来有一个堆栈，被谢尔门的军队烧为平地的，现在她竟打算在那废址上面造起一所房子来开酒馆了。扶澜本来不是一个戒酒主义者，但是他对于这个计划强烈地抗议。他说造房子开酒馆是不吉利的，也很不名誉，几乎是跟租房子给人开妓院一样。至于为什么就会不吉利，他却讲不出一个透彻的理由来，只能支支吾吾地跟她辩论，于是她就报之以一声"胡说八道"。

"开酒馆是好生意呢。从前亨利伯伯说过的，"她对他说，"凡是住酒馆的人,向来不会欠租金。而且,你听我说,扶澜,我拿我那些卖不出去的劣等木料造起一所酒馆来,造价可以极便宜,租金却可以收得很高。一面收租金,一面还可收餐费,再加上做押款挣来的钱,我就可以再买几个木厂了。"

"啊呀,我的宝贝儿,你又何必再买几个木厂呢?"扶澜吓得大嚷起来道,"我倒以为你现在这个也该卖掉了。它要把你的精力都消耗完的,别的不去说,就说要维持那些解放的黑人在那里工作,也就够你麻烦了。"

"那些解放的黑人原都是混蛋家伙,"思嘉对于这点表示了同意,对于卖掉木厂的提议却装做没有听见,"张先生也说过,他每天早晨到厂里来工作,是保不定还有几个黑人剩在那里的。现在这班黑人简直是靠不住了,他们做了一天两天工,就丢下来走了,直要等到花完那几个工资才回来,你说不定哪天晚上全班一齐跑光的。因此我越看这个解放运动,越觉得它有罪孽了,这简直是毁了那些黑人呢。现在还有论千论千的人一点儿不做工作,那些在厂里工作的,也都吊儿郎当,没有丝毫的用处。而且你如果为他们好,骂他们几声——打是更加谈不到了——那个自由人局就要像老鹰扑小鸡似的向你扑来。"

"宝贝儿,你千万不要让张先生打他们。"

"当然不会的,"她不耐烦地答道,"我刚才不是说过,要是我打他们一下,北佬就要送我进牢监去的呢。"

"我可以赌咒,你的爸爸是一生一世没有打过黑人一下的。"扶澜说。

"嗯,一共只打过一次。有一天他打猎回来,那看马的黑人没有弄好他的马,便挨了他的打了。不过,扶澜,那时候是不同的。那些新解放出来的黑人是另外一种东西,给他们好好吃一顿鞭子,也许是于他们大有好处的。"

扶澜不但惊异他妻子的见解和计划,并且惊异她从结婚以来几个月里边的变化。当他跟她初结婚的时候,她是一个温柔、甜蜜而女性的人物,现在她全然不是那么一个人了。在他向她求婚的一段短促期间,他觉得世界上的女人对于生活的反应,从来没有像她这么女性得可爱的,他只见她一味地天真、羞怯而娇弱。现在,她的一切反应完全变成男性的了。虽然她的面颊仍旧那么粉红,有着深深的酒靥、迷人的微笑,她的说话和行动却都像是一个男人了。她的声音变得干脆了、坚决了,而且凡事都会立刻下决心,再没有一点做女孩子的优柔态度了。她知道自己需要什么,而且对于自己需要的东西,会像一个男人一样,从最简捷的途径去追求它,不像一般女人那么藏藏躲躲迂回曲折地追求了。

至于那种泼辣的女人,扶澜从前并不是没有见过。亚特兰大跟南方其他的都市一样，也有一部分财主太太是没有人敢去惹她们的。例如那精壮的梅太太，就没有人比得过她的威风；那脆弱的艾太太，没有人比得过她的专制；那银发柔声的惠太太，碰到有所图谋的时候，没有人比得过她的狡猾。但是这些太太贯彻自己主张的手段，虽然巧妙各有不同，终于还不失为女性的手段。她们对于男人的意见，无论接受不接受，外表上总都还装出尊重的样子。凡是男子说的话，她们至少外表上总还装得像是听信的。至于思嘉，她就除了自己的主张之外，不论谁的话都不听了，而且她无论进行什么事情，都完全用的是男性的势派，因此就招得全城的人都在议论她了。

"而且，"扶澜苦恼地想道，"大概人家也都在议论我呢，我不该容她这么不守女人本分的。"

此外还有那个姓白的家伙，也是使扶澜心里一直感着不安的。他常常要到白蝶家里来拜访，便是一个莫大的耻辱。扶澜虽然曾经在战争以前跟他在一起做过生意，却是一向都不欢喜这个人。当初他把瑞德带到了十二根橡树，介绍给他的朋友们，至今还常常觉得懊悔。他之所以瞧不起瑞德，一来是因为他在战争期间做那样的投机生意，觉得未免太冷血；二来是因为他不曾加入过军队。至于瑞德曾在联盟军里服务过八个月的事，那是只有思嘉一个人知道的，因为他曾经恳求过思嘉，叫她千万不要把这"耻辱"去向任何人泄露。但是扶澜最最轻视瑞德的地方，还在他吞没联盟政府的金子那桩事。因为当时替联盟政府经手款项的人不止他一个，都有机会可以吞没的，但是别人都比他老实，把成千成千的金子还给联盟政府了，唯有他一个人滴水不漏地全盘吞没。然而不管扶澜欢喜不欢喜，瑞德还是常常要到白蝶家里来。

外表上，他总算是来看白蝶小姐的，白蝶小姐头脑本简单，也就相信他是真的来看自己了。但是扶澜明知白蝶决不能吸引瑞德来得这样勤，因此心里总觉不舒服。小卫德对于任何人都很怕生，却偏偏欢喜瑞德，甚至于叫他"瑞德伯伯"，这就使得扶澜大大烦恼了。扶澜又记起战争期间，瑞德也曾追求过思嘉，因而引起人家纷纷议论。现在瑞德足迹来得这么勤，也许外边的议论更加难听了。至于他的朋友们当中，虽然对于思嘉经营木厂一桩事，常常有人在他面前公然地批评，却不曾有一个人敢对他提起这种事。但是扶澜自己已经觉察到，近来人家请他们两夫妻去宴会跳舞的事渐渐少了，到他们家里来拜访的人也渐渐少了。思嘉对于她的邻人们，大都觉得不投机，又因一天到晚忙着木厂里的事，就是那几家比较投机的，她也没有工夫常常去拜访，所以近来来客渐渐稀少的情形，在她是不以为意的。但是扶澜已经深刻地感觉到了。

扶澜一生的行为，向来都受着一种思想的支配："邻人们要怎么说呢？"但是现在他的妻子常常做出这种越礼的行为，他就无法可以自卫了。他只觉得人人都在不赞成思嘉，也都因自己不能管束妻子而看轻自己。在他看起来，他觉得思嘉现在做的许多事，都是他做丈夫的所不能容许的，但是他如果要去劝阻劝阻她，或是去跟她辩论，或甚至批评她几句，那就立刻要从他的头顶泼来一阵暴风雨。

"唉！唉！"他无可奈何地想道，"我看她这人是马上就要发疯的，而且疯了之后就一时不能好了！"

虽在情形最最顺当的时候，她也立刻就会变样的。有时她本来非常高兴、非常顽皮，但是一刹那之间，就变成完全两样的一个人了。这种突然变化的原因用不着别的，只消他轻轻地对她说一句："哦，宝贝儿，要是我做你的话，我就不肯——"于是暴风狂雨立刻起来了。

一经她的那双浓黑眉毛在她的鼻梁上面斗成了一个尖角，扶澜就会显而易见地浑身发起抖来。原来思嘉具有一个鞑靼人的气性和一头野猫儿的凶威，而当她发性逞威的时候，她就什么话都说得出来，不管别人家受不受得了。同时满屋之中立刻就会罩上一阵阴暗的云雾。如果扶澜还没有到店里去，他就提早去了；如果他在店里知道这情形，他就迟迟地不敢回来了。白蝶是胆子极小的，她一看见思嘉发脾气，就要像一只兔儿似的躲到房里去不敢出来。小卫德跟彼得伯伯照例往车房里躲。阿妈则躲到厨房里去低声做祷告。只有嬷嬷一个人经当得住这种暴风雨，然而嬷嬷是在郝嘉乐手底下经过多年的训练才能有这涵养功夫的呢。

其实思嘉也并不存心要发这样的脾气，而且很想给扶澜做一个好妻子，因为她未尝不欢喜扶澜，又很感激他保全了陶乐。但是她往往到了忍无可忍的时候，终于还是爆发了。

如果一个男人家可以容她轻侮凌辱，她就无论如何不能尊重他。如果一个男人家在她面前或是别人面前显示了畏怯迟疑的态度，她就无论如何忍耐不了了。但是现在她的金钱问题已经有一部分得到解决，因而她对于这一类事情已经比较可以放松了，甚至有些觉得快乐。只是她从许多事情上看起来，觉得扶澜自己既然不善做生意，而又不容许她去好好做生意，这一点是使她不能释然的。

扶澜店里那些未清的账，他始终都不肯去收，必定要等思嘉催了又催，才肯向人家去问一问，而且也是马马虎虎的。这一种情形，思嘉也早已在意料之中。现在有了这些时的经验，她对于甘家的经济状况就更加明白，除非她自己去努力多弄几个钱起来,以后他们的生活总都不过勉强过得去罢了。因为她已知道扶澜并没有多大的野心,只要能把那肮脏的小店维持过后半生世,他就可以心满意足。但在思嘉看起来,现在的世界变幻莫测,唯有金钱才是安全的保障,所以觉得扶澜这点点资源,基础实在不稳固得很。

她又想扶澜若在战前太平的日子,也许能做一个成功的生意人,但是现在时代不同了,什么都改了样了,因而他也不得不落伍了,又加他的性情非常地顽固,死抓住旧时代的做法不放,那么叫他怎样能够成功呢?他所完全缺乏的,就是这个残酷的新时代所最需要的侵略性。至于她自己,她是富有这种侵略性的,所以不管扶澜欢喜不欢喜,她都要把这点特长施展出来。人家都正需要钱,她就不得不努力去挣钱,这桩工作原是十分艰苦的。至于扶澜那方面,照她想起来,至少应该不妨碍她的计划,因为她的计划现在已经渐渐见效了。

她本来是没有经验的,经营这个木厂又决不是一桩容易的事,现在同行的竞争比从前更加尖锐化了,因此她晚上回家的时候,总觉得非常疲倦,而且烦恼。谁知扶澜偏偏常要泼她的冷水,常要对她说"宝贝儿啊,要是我做你的话,我就不这么做,不那么做"之类的话,以致思嘉常常按捺不住心中的闷气,顿时便吵起架来。因为照思嘉的想法,他自己既然没有胆气出外去弄钱,怎么还要一直对她吹毛求疵呢?至于他对她不住唠叨的那套话,那是她觉得没有一句不蠢的。现在这种年头,她干得像个女人不像个女人,谁还去管他妈的?何况她这不像女人所干的木厂,现在居然赚钱了,而这钱是大家都要得紧的,她跟她的家庭跟陶乐都在等用的,就是扶澜自己也在等用的。

至于扶澜那方面,他却只要休息和安静。他当初一秉良心去服务的那场战争,已经损坏了他的健康了,断送了他的财产了,并且使他成了一个老人了。对于这一切,他却都并不懊恼,现在经过了这四年战争之后,他所要求于生活的就只有和平跟仁善两件东西。他只求能够看见周围都是和善的面孔,朋友们都称赞他一声好,别的他都不要了。不久之后,他就发现了家庭的和平是要有代价的,它的代价就是,不论思嘉愿意做什么,一概都得依顺她。所以他因为感觉疲倦的缘故,就依了思嘉自己的条件买了和平了。有时他在寒冷的黄昏里从外边回来,思嘉替他开门时,给了他一个嫣然的微笑,同时在他的耳朵上、鼻子上,或是其他不正当的地方吻了一吻,他就觉得那笔代价付得很值得。又有时在温暖的被窝里,他觉得思嘉的头瞌睡沉沉靠在自己肩膀上,他也认为那笔代价付得很值得。总之,只要他凡事都依顺着思嘉,他的家庭生活就可以过得很快乐。但是他所获得的和平实是空虚的，徒然有一个和平的相貌罢了，因为他为要购买这和平，已把结婚生活所应享受的一切都拿去做代价了。

"一个做女人的总应该多注意些她的家庭和家里人，不能像男人一样在外边瞎闯的，"他想道，"现在，只要她有一个孩子——"

他一想到孩子，就不觉微笑起来，从此就常常想到孩子了。至于思嘉那方面，她的不要孩子的心思是差不多公然对人宣说的。不过事实上，孩子也不见得就会站在那里等你去请呀。扶澜也知道多数女人都说不要孩子的，但那不过由于她们的愚蠢和恐惧罢了。如果思嘉有了个孩子，她一定会爱的，并且也会跟别的女人一样，甘心情愿地守在家里了。到那时候，她就不得不把那木厂拿去卖掉，于是他所有的问题就都解决了。他又以为，凡是女人必定要等有了孩子才能够快乐，现在思嘉还没有孩子，所以她不能快乐。原来扶澜对于女人虽然完全不了解，但是对于思嘉有时觉得不快乐，还不至于完全看不出来。

有时他半夜醒过来，会听见枕头上有轻轻啜泣的声音，当他第一次听见这声音的时候，思嘉正抽泣得连床都嘎嘎地震动起来，于是他大惊问道："啊，宝贝儿，这是怎么一回事？"而回答他的只是一个大声的怒叱："哦，你不要管我吧！"

不错，有了孩子就会使她快乐的，也会使她不再分心去干那些傻事了。有时扶澜不胜其感慨，以为他是捉了一只热带鸟来了，虽然它满身的光焰、满身的宝色，但是对于他，只要一只鹡鸰也可以将就了。事实上，鹡鸰还要比它强多呢。

第三十七章

四月里的一天晚上,天正下着狂雨,方东义从琼斯博罗骑了一匹马来——那马已跑得满身大汗,累得快要死了——半夜三更到白蝶小姐家里来敲门,把扶澜和思嘉从睡梦中惊醒过来,都吓得心惊肉跳。思嘉听了东义报告的一番话,便对所谓"改造"这个名词的含义感觉得更加深刻了,也对慧儿说的"我们的苦楚还正在开头"那句话的意思更加彻底了解了,又对希礼那天在果园里跟她说的"我们当前的局势是比战争还要难受——比牢狱还要难受——比死还要难受"那句话,认为是完全正确了。

她第一次看清所谓"改造"这事的真相,就是当她知道魏忠可以凭借北佬的势力来把她撵出陶乐去的那一回。但是现在因东义的到来,她就觉得这所谓"改造"的面目愈加狰狞可怕了。东义是黑夜里来的,冒着大雨来的,而且不过几分钟工夫,就又重新向黑夜中走了,但在这短短的几分钟里面,他已给她掀起一重幕来,展示给她一片恐怖的新景象,使她担心这幕再也不会落下去。

那天夜里,当前门的门锤响得十分紧急的时候,她正手里拿着条围巾,站在楼梯顶上往底下穿堂里看着。只见东义跟着扶澜慌慌张张地从外边进来,便急忙吹灭扶澜手里的蜡烛。她便也在黑暗中跑下楼梯,抓住了东义一只冷湿的手,只听他低声说道:"后边有人追我呢——我是到得克萨斯去的——我的马快要死了——我也快要饿死了。希礼说你们会——不要点蜡烛!不要惊醒黑人……我是不愿意连累你们家里人的。"

后来他们摸到厨房里,把所有的百叶窗都拉了下来,又把所有的窗帘都放到底,他才肯让扶澜点起一个灯。于是思嘉四下奔忙替他预备着食物,他就急急忙忙跟扶澜谈起话来。

他身上没有大衣,给雨淋得湿到皮肤了,头上也没有帽子,一头乌黑的头发都粘在他那小脑壳儿上。但当思嘉递给他一杯威士忌而他接过去一口咽了下去的时候,他那跳动着的小眼睛里仍旧流露着一种兴奋,这是他们方家孩子人人都有的，只是那天夜里的那种兴奋有点觉得阴森森罢了。这时白蝶姑妈正在楼上大打其鼾，并没有被他惊醒，这是思嘉觉得应该感谢上帝的。因为白蝶姑妈要是看见了这种可怕的景象，她就非晕过去不可了。

"真他妈的，那一班小畜生都是野种呢，"东义一面擎出一只空杯来再要酒喝，一面骂道，"我这一下子是跑够的了，而且我要是不赶快离开这里，怕还要剥掉皮呢，但这也是应该的，天晓得，真是应该的！我现在是要跑到得克萨斯去躲起来了。我从琼斯博罗动身的时候，希礼也跟我在一起，他叫我来找你们的。你替我另外弄匹马来吧，扶澜，并且还要一点钱。我的马是快死的了，一路拼命跑来，没有歇过气呢，而且我也闹昏了，大衣也没有穿，帽也没有戴，钱也没有带一个，就这么出门来了。不过，我们家里也实在没有很多的钱。"

说着他笑了起来，贪馋地吃着一盆涂着一层奶油的冷玉米团和冷萝卜菜。

"你把我的马骑去好了，"扶澜平静地说道，"现在我身边只有十块钱，但是你如果能够等到明天早上——"

"嗨，地狱着了火了呢，我等不了的！"东义加重语气却仍旧很高兴地说，"他们大概已经追在我的脚跟了。我动身的时候是很匆忙的。当时要不是希礼把我拖出来，逼我上了马，我一定还像个傻子似的待在那里，怕到现在已经直了颈梗了。希礼真是好朋友。"

那么希礼对于这可怕的纠纷事件也有份的了。思嘉当即浑身都变得冰冷，不由得心惊肉跳起来。也许希礼现在已经落到北佬手里了！为什么扶澜不把事情的真相问问明白呢？为什么他的态度竟是这样的冷静，仿佛把这事情看做当然似的呢？于是她耸了耸肩头，熬不住要自己开口问他了。

"是什么事——"她开始道，"是谁——"

"就是你父亲从前的监工——那个天杀的——魏忠。"

"怎么，你已经——他是死了吗？"

"啊呀，我的天，郝思嘉，"东义暴躁起来道，"要是我砍起人来，你当我是拿刀背刮了刮他就会满意的吗？不的，天晓得，我是砍进他的肋骨了。"

"好！"扶澜不由得喝彩道，"这个家伙我也向来讨厌的。"

思嘉朝他看了看。怎么，他竟不是平常那个柔顺温和的扶澜了——不是那个婆婆妈妈的可以随便加以凌辱的扶澜了！看他现在的气度，竟是非常干脆、非常冷静，碰到这样紧急的事件也能不致多说废话了。他竟也跟东义一样是个男子汉了，而像现在这种紧张的局面，正是他们男子汉应干的事情，没有女人家的份儿的。

"可是希礼——他曾经——"

"不。本来他自己要杀他的，可是我告诉他，这是我的权利，因为赛莉是我家里人，后来他就明白过来了。他怕我要输给魏忠，因而陪我一同到琼斯博罗去。不过我想希礼不会出事儿，我希望他不出事儿。给我一点甜酱涂涂这玉米团好吗？再给我包一点东西起来让我带去吃好吗？"

"我请你把这事情说说明白吧，要不我就要急得发疯了。"

"不要忙，你等我走了再发疯吧，如果你一定要发的话。不过事情我来告诉你，趁扶澜给我配马的时候。你总知道的，那个天杀的——那个天杀的魏忠早已闯了不少的祸了。就是你那税钱的事，也是他闹出来的。像他这种贱骨头，做这样的事情倒也不足为奇。最可恶的是他一直在挑拨黑人，加上那班天杀的黑人个个都忘恩负义，对于这班流氓的话句句都相信。现在北佬竟说要让黑人选举了，反叫我们不能够选举。你就看吧，现在全区里面很少的民主党人是有选举权的，凡是参加过联盟军的人都被剥夺选举权了。将来黑人如果真的有了选举权，那我们就都完结了。天杀的，这是我们的国家呀！又不是他们北佬的国家！天晓得，思嘉，这是忍受不了的！我们也无论如何不肯忍受的！我们一定要干，哪怕再来一次战争也在所不惜。他们不久就要有黑人的裁判官了，有黑人的议员了——这班刚从树林里出来的黑猴子——"

"请你——快点儿，讲下去吧！后来你怎么样呢？"

"那玉米团请你慢点儿包吧，让我再吃一口儿。那么，是我听见人说了，说是魏忠干的那种黑人平等的把戏儿愈来愈不像话了。是的，他是一天到晚都跟那些黑人在那里说的。他竟有这胆量——有这胆量说——"东义没奈何地咽着唾沫，"说黑人是有权利可以跟白种的女人——"

"哦，东义，不会的吧！"

"天晓得，真的呢！这也怪不得你要觉得难过。不过思嘉，地狱是着了火了，这消息是不会传到你耳朵里来的。其实这里亚特兰大人也早已在谈论了。"

"哦——我没有听说过。"

"嗯，那是扶澜瞒着你的呢，这且不去管它吧。当时我们听见了这个消息，就大家商量好了，预备等半夜里暗地去拜访这位魏先生，好好地服侍他一下，但在这个决议还没有实行之前——你还记得从前替我们做监工的那个叫做尤四的黑鬼吧？"

"是的。"

"嗯，就是这个尤四，他今天突然跑到我家厨房门口来，那时赛莉正在厨房里做饭，他就七搭八搭地跟她讲起话来，我也不知道他讲些什么。但是我听见赛莉尖叫起来了，我就急忙赶到厨房里，看见那黑鬼烂醉得像个王八——啊呀，对不起，我说话太不留神了！"

"你说下去吧。"

"我就一枪把他打死了，直等母亲赶来看赛莉，我已经跳上了马，赶到琼斯博罗去对付那姓魏的去了。因为这桩事情是该那姓魏的负责的。要不是他在背后煽动，那天杀的黑傻子决不会想到这种事来。路上我经过陶乐，碰到了希礼，希礼听见这事情，当然陪我同去了。他说这件事让他去做，因为那姓魏的以前对于陶乐做的事，他也早想要报复，但是我说，不，这是我的本分，因为赛莉是我自己死了的兄弟的妻子，他还是不服，一路跟我辩论着。直等我们到了琼斯博罗，嗨，真是天晓得，思嘉，我才晓得连手枪都没有带去呢！当时我开杀了那个黑鬼，就把手枪放在马房里，临动身的时候，我竟气得忘记——"

他停住了，将那铁硬的玉米团咬了一口，思嘉却在那里簌簌地抖着。原来他们姓方的一家人，向来就非常豪侠，是这区里的历史上早已著名的。

"因而我就不得不用刀来对付他了。我在酒吧间里找到他。他坐在一只角落里，我将他抓住了，希礼就在旁边替我挡住了其余的人。我先把我的来意对他说明了，然后将刀插进他的身子去。一会儿工夫，事情就完结了，我自己差不多连觉都没有觉得，那经过的情形当然记不清楚了。"说着，他现出了冥想的神气，"我只记得希礼将我匆匆推上马，叫我到这里来找你们。唉，希礼真能应付急事呢，他的头脑是一直清楚的。"

扶澜配好了马进来了，臂膀上挂着他的一件大衣，将它交给了东义。这是他仅有的一件厚大衣，但是思嘉并不提出抗议。她对于这件事情好像是完全站在局外的，因为这是纯属男性的事情。

"可是东义，你家里人是少不了你的呢。你如果回去解释一下的话，那一定——"

"怎么，扶澜，你是娶了一个傻子来了呢，"东义一面将身子挣扎进那件大衣，一面咧着嘴说，"她当是一个男人替女人家抵挡住了黑人的欺侮，是会得到北佬儿的奖赏的！是的，奖赏是有的，就是叫你吃官司，然后再给你一条绳子。你给我亲一个嘴吧，思嘉。扶澜，请你不要挂念我，你我也许从此永别了。得克萨斯离开这里远呢,以后我怕不能写信给你们,所以只得请你告诉我家里人,说我直到这里为止,一路都是平安的。"

他们走到走廊上,站住谈了一会儿,然后他和她亲了一个嘴,就跟着扶澜走进那倾盆大雨里去了。然后她突然听见了一阵马蹄泼水的声音。东义走了,她将门开出一条缝儿,看见扶澜正将一匹喘气蹒跚的马牵进了车房。她将门重新关上,坐下来,不由得一双膝盖簌簌地发抖。她现在懂得了所谓"改造"这事的真正意义了……

直到扶澜浑身水淋淋地回到屋子里,她就忽地跳了起来。

"哦,扶澜,像这样的日子究竟要过到几时去呢?"

"北佬恨我们一天,我们就要过一天这样的日子,宝贝儿。"

"难道谁都没有办法了吗?"

扶澜将一只疲倦的手擦过他湿淋淋的胡子,说:"我们也在这里干呀。"

"干什么?"

"现在还看不出成绩来,去说它做什么呢?也许要等若干年之后。也许——也许我们南方一直都要像这样。"

"哦,不会的!"

"宝贝儿,去睡去吧,你一定受了寒了,你在发抖呢。"

"这到底要到几时才得完?"

"要等我们大家都得重新选举的时候,宝贝儿。要等每一个替南方战斗的人都能给一个南方人和一个民主党员投一张选举票的时候。"

"选举票?"思嘉绝望地喊道,"选举票有什么用处呢,当那些黑人都已失去心灵的时候——当北佬儿已经毒坏他们的心术,使他们都跟我们作对的时候?"

扶澜用他那种忍耐的态度慢慢解释给她听,但是选举票可以医治一切困难的这种道理实在过于复杂,不是她领会得了的。她只晓得魏忠现在是完了,再不能来威胁陶乐了,因而她觉得东义这人实在可感激。

"哦,他们方家真是可怜呢!"她大声嚷道,"现在就只剩得乐西一个了,他们家里的事情又是很多的。东义为什么这么糊涂,为什么不等夜里没有人看见的时候再动手呢?明年春上要耕种,有他在家里不是好得多吗?"

扶澜伸出了一条臂膀去将她搂住。平常,他要去搂抱她的时候,总是有点怯生生的,唯恐她要不耐烦地一下将他甩脱,但是今天晚上,他的眼睛仿佛看着了远处,他的臂膀将她搂得紧紧的。

"现在的事情有比耕种更重要的呢,宝贝儿。其中的一种,就是要对那些黑人去示威,要给那班小畜生一个教训。我们当中只要一直都有东义这样的好青年,我想我们是无须替南方的前途过分担忧的。来吧,咱们睡去吧。"

"可是,扶澜——"

"我们只要能够团结在一起,一寸也不给北佬让步,总有一天会得到胜利的。你不要为这种事情去麻烦你那美丽的小脑袋吧。宝贝儿。你让我们男人家去担忧吧。也许我们所希望的事,是我们这一辈子不能实现的,但是总有一天会实现。等到将来北佬儿知道自己无法可以把我们压瘪,他们就会感觉到疲倦,再不来跟我们为难了,到那时候,我们才能有一个像样的世界可以居住,可以养育我们的儿孙。"

思嘉于是想到了卫德,以及她默默放在肚子里已经好几天的一个秘密。她觉得现在这个世界只是一团糟,里面只有憎恨和不安、苦痛和残暴、磨难和贫穷,她不愿意自己的孩子知道这一些东西。她要的是一个安稳而有秩序的世界,可以使她向前看见一个平安无事的将来,也可以使她的孩子只知道柔和与温暖、美衣与美食。

扶澜以为这个世界是可以由选举的方法实现起来的,但是她不信。这跟选举有什么关系呢?南方的上等人是再也不能选举的了。要想防止命运所能带来的灾难,在这世界上就唯有一件东西是靠得住的,那就是金钱。因而她热烈地想要有钱,想要有很多的钱,以便防止一切的灾难。

突如其来地,她告诉扶澜,说她已经有了孩子了。

东义逃走以后的几个礼拜里面,白蝶姑妈家里屡遭北佬军队的搜查。那些军队随时都要闯进屋子里来,预先并不给一点警告。他们拥进所有的房间,要向大家盘问,要打开他们的壁橱,要戳破装衣裳的箱子,甚至连床底下也要搜查过。因为北佬的军事当局已经得到了风声,知道东义的朋友们教他逃到白蝶家里来的,所以他们以为他一定还藏在那里,或是在附近的什么地方。

结果是,白蝶姑妈竟害成了一种慢性的心悸病,不晓得她自己的卧房什么时候也要被一个军官和一队士兵所侵入。至于东义那天夜里来的事,扶澜跟思嘉都没有对她提起,所以她即使有心要泄露消息,也是没有消息可以泄露的。她对来搜查的人提出抗议,说她这一辈子只见过方东义一次,还是一八六二年圣诞节的事。她这话是完全诚实的。

"而且，"她又气喘吁吁地对那些北佬士兵补充道，"那时候他还醉得一塌糊涂呢！"以为这么说了，她就可以没有干系了。

思嘉在怀孕的初期，一直都害着病，心气非常恶劣，所以看见那些蓝军服的侵入她私室里来，并且常常要带点小东西走，她就觉得非常的愤恨，同时又怕东义要连累他们，一直都担着忧愁。因为她也知道现在监牢里关着许多人，都是无缘无故被株连进去的。假使东义曾经逃到他们家里来的事实被北佬查出来了，那就不但她跟扶澜都要吃官司，就是那天真烂漫的白蝶姑妈，也难免要被殃及。

近日以来，华盛顿那边正发生一种运动，主张没收一切"叛逆的财产"，以供合众国偿还战债之用。思嘉听到了这个消息，一直都在栗栗危惧。现在亚特兰大又盛传着一种谣言，说凡触犯军法的都要没收财产，因而思嘉愈觉惴惴然，生怕她和扶澜不但要丧失自由，并且连他们的房子、店铺、木厂，都要一齐断送的。即使财产还能够保全，也必定跟被没收一样，因为她和扶澜既然都进了监牢，还有谁替他们管这财产呢？

她于是怨恨东义不应该连累他们。她想东义对于自己的朋友怎么可以做这样的事呢？而且希礼又怎么可以把东义送到他们这里来呢？以后如果再有人来找他们，而马上就要引得一批批北佬来搜查的，她是无论如何不理他的了。是的，无论谁来找他们帮忙，她一定要给他吃闭门羹了。不过，希礼当然在例外。东义走后的几个礼拜里面，她常常要被外面街上的脚步声从不安的睡梦中惊醒过来，生怕希礼被他们追得急了，也要经过这里逃到得克萨斯去。她到现在还不知道希礼那边的情形究竟怎样，因为关于东义那天半夜到这里来的事情，他们始终不敢写信给陶乐。他们怕他们的信要被北佬截留，以致连她家的庄子也要被连累进去。但是好几个礼拜过去了，他们并没有听到恶消息，他们就知道希礼总已经置身事外了。再过了几天，他们这里也就没有北佬来骚扰了。

但虽如此，思嘉心里的恐惧仍旧没有减少，仿佛东义这一来，突然把她眼睛上的障蔽一概撤干净，而使她明白自己生活前途的不稳了。

那时是一八六六年的寒冷的春天，思嘉向四周环顾一遭，便明白认识了她自己的前途怎样，也认识了整个南方的前途怎样。尽管她怎样善于图谋、善于设计，尽管她工作得比自己从前的奴隶还要尽力，尽管她怎样能够克服当前的一切困难，尽管她怎样能靠自己的顽强毅力而解决生平从未经历过的一切问题，总之，她的那一点点费了千辛万苦才造成的基础，是随时都可以被别人一把抢了走的。而当有人来抢它的时候，她就丝毫没有法律的保障，也没有一个地方可以去请求损害赔偿,只除东义提起过的那种临时法庭,以及那些为所欲为的军事裁判所。现在只有黑人才有控诉权利,才能得到损害赔偿。因为北佬已使南方完全屈服了,还要叫它永远地屈服下去。南方已被一个巨人的毒手弄得七颠八倒了,从前那些统治人的人,现在都比他们当初的奴隶还要没办法了。

佐治亚州到处都有北方的重兵驻屯着,而派到亚特兰大的数目特别大。各处驻屯军的指挥官对于当地市民都操有生杀之权,而且他们对于这权力都是随便滥用的。他们可以为着任何原因,或竟绝无原因,而任意监禁市民,任意攫夺他们的财产,或竟将他们绞杀。关于市民营业的方法,以及他们给予佣人的工资,直至于公私的言论、报纸的记载,都由驻屯军制定种种自相矛盾的章程,而加以非常严厉的取缔。例如垃圾该在什么时候倒,该在什么地方倒,以至市民的妻女能唱什么歌,一概都有详细的规定。如果有人敢唱《逊克西》或是《美丽的蓝旗》,那个罪名是跟叛逆罪相差不远的。如果市民不肯做良民的宣誓,就不许到邮局里去取信件,或甚至不许领取结婚的执照。

对于新闻纸的检查特别严厉,凡有涉及军队残暴和腐败的舆论,一概都禁止刊载,至于私人方面有人敢提出任何抗议,那是立刻就要被逮捕的。监狱里面塞满了上等的市民,而且进去了就得长期待下去,谁都没马上受审的希望。陪审制度和人身保护律条实际都已废止了。民事法庭虽然名义上仍旧存在,却是完全要受军人的支配。法庭的判决,军人可以干涉,所以市民不幸而被逮捕的,命就完全操在军事当局手里了。但不幸而被逮捕的却是多得很。只要稍有一点诽谤政府的嫌疑,或是参加三K党的嫌疑,或有黑人控告他侮辱,那人就立刻会尝到铁窗风味。犯罪的证据和证明是不必要的,只要有人控告就够了。因而有那自由人局不住地在那里煽动,还怕找不到黑人来控告你吗?

现在黑人还没有得到选举权,但是北方已经决定把选举权给予他们了,同时又已决定他们的选举一定非"亲北"不可。既有了这种存心,他们对于黑人自然尽量地纵容。黑人无论爱干什么,北兵无有不替他们做后盾,至于白人敢说黑人一句坏话的,那就非闯祸不可。

所有从前的奴隶,现在都成了天之骄子,又加北佬替他们做着后盾,那些最最低级、最最愚昧的分子现在都出人头地了。至于黑人中的较好阶层,却都瞧不起这种自由,情愿跟他们的旧主人在那里吃苦。那些向来做家人的,当初是黑人中的最高阶层,现在还有论千留在旧主人家里,做着下等的工作。还有许多忠心的农奴,也不愿意去享受这种新的自由,但是现在那些闹得最厉害的黑浪人,却也大多数是农奴出身的。

在从前奴隶制未废的日子，家里的黑奴是瞧不起田里的黑奴的。而这两个阶层的区分，却也经过一段自然的淘汰。因为像郝家的爱兰以及其他庄子的主妇那样，总都先叫一班小黑炭来受一番训练，试以种种的职务，然后把其中最好的挑选出来，给以责任比较重大的位置。至于那些被派到田里去工作的，一定就是那些最不愿意也最不能学习的，同时又是最最低能、最不诚实、最不可靠，最恶毒、最野蛮的。而如今就是这一个最最低劣的黑人阶层，把南方闹得民不聊生了。

那些主持自由人局的人，本是一班十分残忍的冒险家，而北军对于南人的憎恨又差不多跟信教一般热烈，所以那些下等农奴出身的黑鬼，得了他们的帮助，有的都身居要津了。这样的一个剧变，其所造成的局势是不言而喻的。就譬如一群猴子或是儿童突然被放在许多宝物之中，那些宝物的价值本不是他们所能理会的，于是他们就在那里面横冲直撞起来，也许是由于他们以这样的破坏为快乐，也许只是由于他们的愚昧无知。

这些黑人有一点值得赞美的地方，虽是那些最最愚昧的也在其内，就是其中只有极少数人是含有恶意的，而这极少数人通常又属最最低下的阶层，虽在奴隶时代就已如此了。但以他们的整个阶级而论，他们的心理实在都跟小孩子一样，很容易受人的领导，并且由于经久养成的习性，是惯于接受命令的。从前，给他们命令的是他们的白色主人。现在，他们换了一批新的主人了，就是自由人局和提包党，而他们所接到的命令是："你们是跟任何白人都一样好的，所以你们就照白人的样子干吧。一等到你们可以替共和党人投票的时候，你们就可以取得白人的财产了。就是现在，他们的财产也同是你们的一样。你如果拿得到手，你尽管拿就是了！"

黑人受了这些故事的炫耀，就天天宴会，日日狂欢起来，而游荡、盗窃、傲慢，便是他们在这解放期间的业绩。在这期间，乡下的黑人都蜂拥到城里来，以致农村区域没有人种庄稼。亚特兰大是早已挤满黑人的，但是仍旧有论百论百的陆续进来，都属这种新学说教育过的懒惰分子和危险分子。他们都拥挤在那些龌龊不堪的小木屋里，以致天花、伤寒、肺病，一样样地暴发出来。在从前奴隶时代，他们病了，是有女主人给他们看护惯了的，现在他们就不晓得怎样看护他们自己和他们的病人了。从前他们的老年人和小孩子，都是依赖他们的主人照护的，现在他们对于那些不能自立的人，就没有一点责任观念了。至于那自由人局里的人，就只对于政治事件有兴趣，从前庄子主人给予黑人的照护，是他们所不能供给的。

那些黑人被解放的时候，大都把自己的儿女遗弃不管，因而许多黑孩子都像丧家之犬，在街上瞎跑，直至好心肠的白人看不过眼了，才把他们带回自己厨房里去养活。还有许多从乡下来的年老黑人，被自己的儿孙遗弃了，也惶惶然地跑到这忙碌的城市里来，一天到晚坐在墙基石上，向过往的白种女人哀求说："谢谢您，太太，您替俺写一个信儿给俺费耶特维尔区里的老主人，说俺是在这里，他老人家会来叫俺这老废物回去的。天晓得，俺觉得这种自由实在头痛了！"

那个自由人局里的人，看见这种黑人愈来愈多了，方才觉得自己的政策有些错误，便又设法要把他们送回他们的旧主人那里去。他们告诉那些黑人，说他们如果肯回去，那是以自由工作者的资格回去的，有书面的契约可以保护他们，工资也有一律的规定。于是那些年老的黑人都欣然地回去了，这就又加重了那些庄家的负担，因为那些庄家本已穷得不堪，却又不忍把他们赶出门去。至于那些年轻的黑人，却都留在亚特兰大不愿回去。他们是再也不愿做工作的了，任何工作都不做了，什么地方都不去了。因为当他们肚子吃得饱饱的时候，何必要去工作呢？

现在的黑人可以喝威士忌酒了，而且爱喝多少就有多少了，这是他们从来没有过的事。在从前奴隶时代，他们是从来尝不到这东西的，除非是在圣诞节，也只能跟着其他的赏赐尝到真正一滴。现在，不但有那自由人局里的人和提包党人在这里劝诱他们，并且一经尝到了味道，自然越喝越要喝，而这事的危险性，是不言而喻的。在这情势之下，人们的生命和财产自然都不能安全，加上白人得不到法律的保障，就不能不恐慌了。人们在街上走路，常常要受狂醉黑人的侮辱，住宅和仓房往往要在半夜里被人纵火，马匹、牲口、鸡子，在青天白日里也要被人偷走，一切的犯罪层出不穷，而犯罪的人是难得会受到法律制裁的。

但是比起白种女人所要受到的危险，那么这些事情又都算不了什么了，因为现在多数女人都被战争剥夺了男性的保护，而且都住在荒僻的区域及寂寞的路旁，所以受到危险的机会特别多。就因多数女人曾经受到了凌辱，人人觉得自己妻女的安全一直都受到威胁，这才激起南方一般男子的冷酷的愤怒，而忽然诞生出一个三K党来。北方的报纸并不明了这个黑夜组织所以不得不产生的悲剧的原因，却在大声疾呼着这组织急需扑灭。至于北方的当局，则以为现在的一般法律程序和社会秩序既都被侵略者一概推翻，而三K党人竟敢将这罪犯惩治之权拿到自己手里去，这是叫他们容忍不了的，于是他们主张非把这组织的分子一个个处死不可。

于是一种使人惊心触目的景象出来了：半个民族企图在枪刺尖上将黑人的统治强迫加上其他的半个民族，而这些黑人多数是离开非洲的林莽还不满一个世代的呢。那半个民族主张黑人必须取得选举权，而这些黑人的旧主人却非剥夺他们的选举权不可。他们又以为南方是必须压服的，现在剥夺他们的选举权，便是压服他们的方法之一。凡是从前替联盟军打过仗的，在联盟政府底下做过官的，或曾经以援助及便利给予联盟军的，现在都不许选举，都不得选择自己的公仆，而须完全受统治于那半个民族。也有许多人很清醒的，想起李将军的说话和榜样来，很愿意去向北方政府宣誓，重新去做北方的公民，而忘记过去的一切。但是北方政府却不许他们宣誓。其他准许宣誓的偏偏又不肯宣誓，因为他们知道北方政府存心要让他们屈服在残暴与羞辱之下，怎么还能向它宣誓联盟呢？

"假使他们的行为是还像个样儿的话，那我在投降以后早就宣过誓了，我也可以在合众国里重新做一个国民。可是天晓得，我对于这个政府是决不能心悦诚服的！"这一套话语，思嘉已经听到了不知多少遍，几乎厌倦得要尖叫起来了。

在这些紧张的日子，思嘉日夜都在栗栗危惧之中。那些目无法纪的黑人和北兵，无时无刻不在威胁她，而财产要被没收的危险，也无时无刻不在她心上，甚至连夜梦也不得安宁，同时她又害怕着更大的恐怖接着要来。因为她觉得她自己丝毫没有办法，她的朋友们也没有办法，甚至整个南方都没有办法，她就不得不常常想起方东义那句激烈的话来了：

"天晓得，思嘉，这是忍受不了的！我们也无论如何不能忍受的！"

虽然经过了战争、大火和改造，亚特兰大又重新成为一个热闹城市了。从许多方面看起来，这个地方都很像联盟政府初期的那个忙碌的青年城市。唯一使人难堪的几点，就在那些街头拥挤的士兵已经换了一种军服了，钱已拿在另外一批人手里了，黑人都在闲暇中生活，而他们从前的主人反在挣扎挨饿了。

藏在一层表面底下的，只有苦恼和恐惧，而从表面上看起来，却见一个繁荣的都市正在一片荒废的残基上面重新建造起一番繁盛匆忙的景象来。看样子，好像亚特兰大这些地方，不论遭到怎样的情景，都非一直匆忙不可的。至于萨凡纳、查尔斯顿、奥加斯大、里士满、新奥尔良那些地方，便从来不曾匆忙过。匆忙是一种无教养的北佬化的态度，但在这个时期里，亚特兰大是空前绝后的无教养而北佬化了。"新人"不断地从各方面蜂拥进来，街上从早到晚都窒息而喧闹。北佬军官和富有提包党人的老婆都坐着簇新雪亮的马车，把街上的泥水溅在本城人的蹩脚马车上，而外路人所造的华丽新房子，则拥塞在原有市民的卑陋矮屋当中。

战争确立了亚特兰大在南方事件中的重要地位，这个向来并不出名的城市现在是闻名远近了。当初谢尔门曾为它战斗了整个夏天并曾杀死了论千论千人的那些铁路，现在又在重新刺激这个城市的生命了。亚特兰大重新又成为一个广阔区域的活动中心，跟它没有被毁灭以前一模一样了，同时这个城市又正在接受一批势如潮涌般的新市民，其中也有受欢迎的，也有不受欢迎的。

那些刚刚侵入来的提包党人，将亚特兰大做成他们的大本营，在街市上跟那些也是刚刚移到这里来的南方旧族的代表不住地倾轧。因为当谢尔门的军队势如破竹而来的时候，乡下地方那些故家旧族的房子已被焚毁一空，又因再没有奴隶帮他们种棉花，他们在乡间无法可以生活，所以也都跑到亚特兰大来谋生了。特别是田纳西人和卡罗来纳人，每天都有迁居到这里来的，因为在那几州里面，这种所谓"改造"的手段比佐治亚州还要严厉得多。还有许多爱尔兰人和德国人，当初受北军重价雇用而来，遣散之后也都住到亚特兰大来了。还有那些北方驻屯军的家小，经过这四年战争之后，对于南方不免充满了好奇心，因而也有很多到这里来凑热闹的。还有各种各样的冒险家，也都蜂拥到这里来找发财的机会，而从乡下进来的黑人，也仍旧源源不绝。

因而这个城市一直都在喧闹，门户开放得跟一个边境上的乡村一样，丝毫不想掩饰它的种种恶德和罪恶。酒馆是一夜闹到天亮的，而且一段街市上面就有两三家，入夜以后街上就充满了醉汉，也有黑人，也有白人，在那里跌跌撞撞，从墙壁上撞到墙基石上，然后又从墙基石上撞到墙壁上。刺客、扒手、妓女，都躲藏在那些没有灯亮的小巷中和阴暗的街道上。赌场里是闹得轰炸一般的，而且差不多没有一夜没有开枪和砍杀的事。至于红灯的区域①，比在战争期间愈加扩大而繁荣了，这是一般规矩市民觉得痛心疾首的。通宵达旦的钢琴声，从帘幕低垂

---

① 红灯的区域：指妓院所在的地方。

的窗口里飘荡出来，粗暴的歌声和笑声也不断可以听见，时或夹进了尖叫声和手枪噼啪声。这些房子里的主人比战争年代的妓女更加大胆了，竟会老着脸从窗口里扑出半身来，向过往的行人招惹。到了礼拜天的下午，这些区域里的奶奶们都带了一群莺莺燕燕，坐着锦帘绣幕的香车，嘻嘻哈哈地招摇过市。

从前那个华贝儿，就是这些奶奶中最负盛名的一个。她又独立开起一个院子来了，用的是一所两层楼的高大房子。她那院子里，楼下是个很长的酒吧间，四面挂着许多优美的油画，有一个黑人的乐队每夜在那里演奏。楼上据说到处都是极华丽的天鹅绒绑罩的器具、沉重的花纱帐子，以及外路货的金框镜子。那里边一共有十二个年轻姑娘，都装扮得如花似玉，并且举止行动也比其他院子里的姑娘文雅些。至少，警察是难得到她院子里去的。

平常，亚特兰大的一般太太们都把这个院子里的事情当做秘密的谈资，而一般说教的牧师也把这个院子指为一种罪恶的渊薮，以警戒他们的听众。大家都知道华贝儿自己决没有这么大的财力能把这院子装备得这么讲究，以为她必定有一个靠山，而且那个靠山又必定是极其阔绰的。又因平时白瑞德对于她的关系向来都不瞒人，所以大家都认为她的靠山除了白瑞德之外不会有第二个人的。有时华贝儿坐马车出外闲游，人家偶尔从帘幕里瞥见她一眼，也可以看出她非常阔绰。

跟那些弹痕累累、七歪八倒的旧房子并肩而立的，便是一般提包党和战时投机家们新建的华丽房子，都有重斜的屋顶，有门楼，有阁楼，有五彩玻璃的窗子，以及广阔的草地。每天晚上，这些新房子的窗口里都辉煌地点着煤气灯，音乐的声音和舞蹈的声音不住地随风飘出。穿着颜色鲜艳、棱角笔挺的绸缎衣服的女子，在长长的走廊上散着步，穿着夜礼服的男子替她们作侍从。香槟酒瓶的木塞子噗噗地蹦着，铺着花纱的桌子上放着七道菜蔬的晚餐。

至于那些旧房子的门里边，贫穷与饥饿正在生活——因为那些人生长在温文教养之中，所以日子愈加觉得惨苦；又因为那些人硬要装起漠视物质缺乏的傲态，所以苦痛愈加觉得深刻。有许多人家从大厦里被迫迁到公寓里，又从公寓里被迫迁到冷街僻巷的龌龊矮屋里。这种不很愉快的故事，米医生肚里就放着许多。他曾经见过许多女病人，是患着心脏衰弱症和憔悴症的。他知道这些病症实在就是一种慢性的饿死。他又见到过肺病和癫病传染到全家人的事，从前这种情形只有极贫苦的白人家里才有的，现在是亚特兰大最上等的人家也出现了。他还见过一些孩子，刚生下来两条腿子就细得跟柴棒一样，又见过许多母亲没有奶喂孩子。从前这位老医生接了一个孩子下来，就要诚心诚意地感谢一番上帝。现在他并不觉得生命这般可贵了,他觉得这个世界是要叫小孩子大大吃苦的,许多孩子都活不到几个月就死了。

在那些华丽的大房子里,有的是光亮的灯和酒、提琴和跳舞、锦缎和狐裘,而在这些大房子的角落头,便是缓慢的饿死和冻死。在征服者方面,有的是骄横和冷酷,在被征服者方面,有的是惨苦的熬忍和憎恨。

第三十八章

　　这种种情形,思嘉都是亲眼目睹的,白天她就生活在这种种情形中间,晚上她也把这种种情形带到床上去,而且一直都在担心以后所要发生的情形不晓得究竟怎样。她知道为了东义的事情,她自己和扶澜的名字已经都在北佬的黑籍上了,因而灾祸随时都可以降到他们身上来。可特别是在现在,若要她一旦把前功尽弃,她是无论如何吃不住的,因为现在有一个孩子还要来,那个木厂正开始能有出息,而陶乐正靠她的钱拿去维持,直要维持到秋天棉花收起的时候。哦,假使她一切都丧失了呢?假使她一旦把前功尽弃,而得用她那点孱弱的武器重新来跟这个疯狂的世界奋斗呢?现在她已经感觉到疲倦非凡,假使要她从头来做起,她就不如死的了。

　　在一八六六年春天那一片残破和混乱的景象里,她是专心一意地用着全副精神在谋那个木厂。这时候,亚特兰大人正有钱。那一阵重新建造的狂潮正给她一个绝好的机会,她知道自己只要能免得身陷牢狱,是很可以发一点财的。于是她屡次告诫自己,一切行动都要特别当心,受人侮辱时必须默忍,遇到横逆时必须强熬,无论是黑人白人,对于任何人都不要得罪,对于那些新解放出来的傲慢的黑奴,她也跟任何人一样憎恨,每次听见他们那种侮弄和狂笑,她也要气得浑身都长起疙瘩来,但是她从前不曾对他们侧目过一下。她看见那些提包党和小畜生毫不费力地一下阔绰起来,自己却该这么困苦地奋斗,心里也不免十分愤慨,但是她从来不曾骂过他们一声。对于北佬,全城的人没有比她更憎恨的了,因为她一看见他们的蓝军服,便要气得浑身发抖的,但是她虽在自己家里,也从来不讲他们一句坏话。

　　我决不做这种心直口快的傻子,她心里冷酷地想道。人家要去伤悼那个已经过去的时代、那些不能再回来的人,随他们去伤悼吧。人家要去愤恨北佬的统治,要去懊恼选举权的丧失,随他们去愤恨懊恼吧。人家为了说直话,要去坐监牢,为了加入三K党,要拿去绞杀,我都不去管他们。人家的女人都以丈夫加入三K党为自豪，我也一点不眼热。我倒要感谢上帝，扶澜从来不曾跟这个党发生过关系！人家为着那无可挽回的事而在烦恼、愤慨、图谋、计划，我也都由他们去。过去的已经过去了，拿过去来比这个紧张的现在和可疑的将来，到底还有什么意义呢？现在的真正问题只是要有面包可吃，要有屋子可住，要避免去坐监牢，至于选举权的有没有，那有什么关系呢！现在我只求上帝保佑，让我这么安然无事地过到六月里！

是的，总要到六月里才有办法呢，到了六月里，她就不得不隐居在白蝶姑妈家里，闭着门不管闲事，而静待着她的孩子出来了。就是在现在，她的肚子已经有点儿膨然，人家已经在批评她不该这么抛头露面了。按理说，女人一经有了孕，就不应该出门。扶澜跟白蝶早已就向她哀求，叫她少到外面去丢丑，而她也已答应到六月里一定停止工作了。

是的，总要到六月里才有办法呢！到了六月里，那个木厂里的事情一定已经很稳定，她就可以放心离开了。到了六月里，她一定可以弄起点钱来，至少对于横祸之来可以稍稍有点保障了。在这期间，她所要做的事情实在多，而所余的时间实在少！她恨不得一天里面能多加几个钟头，而当她这么狂热地拼命弄钱的时候，她是一分钟一分钟都在计算呢。

因她不住催逼那个胆怯的扶澜，现在那爿店铺总算好了一点了，连那旧账也收了一些回来了。但是她的希望，却还都集中在那个木厂。现在的亚特兰大犹如一棵被砍倒的巨大植物，正在重新长出更粗的枝干和更密的叶子来。它对于建筑材料的要求，与当时所能供给的数量相差甚远。木料、砖头、石块的价格都在飞涨，所以思嘉那个木厂里的工作，是从黎明直到上灯，一刻儿都不停的。

每天她用一部分的时间在厂里，什么事都要自己去照管，又怕不免要有偷窃的事情，一直竭力防备着。但是大部分的时间她都在城里坐着车到处奔跑，去找那些建筑家、大包头和木匠，甚至连全不相识的人，一经听见他有造屋的意思，也便跑去找他，大放甜言蜜语，一定要到他答应向她独家买木料为止。

不久之后，她在亚特兰大街上就已成了一个人人惯见的人物了。她总坐着一辆篷子车，将一条车毯一直盖到肚皮上，一双套着手套的小手交叉着放在膝头，旁边坐着替她赶车的，就是那个面孔板着心里大不以为然的彼得伯伯。近来白蝶姑妈给她做了一件绿色的小大衣，样子很好看，而且使她穿起来可以看不出那个肚皮，又给她做了一顶绿色的扁平帽子，和她眼睛的颜色恰好相配的。从此她每次出去兜揽生意的时候，总穿着这套行头。同时她总在两颊上轻轻拍上点胭脂，头发里边轻轻洒上点香水，就会显得十分妩媚，只要她一直坐在车上不下来，人家是决不会看出她的丑态来的，而且她也难得会有下车来和人说话的必要。因为她只消对人微微笑一笑，略略招一招手，人家就会赶快跑到她马车旁边来跟她讲生意了。往往碰到天下雨，那些人也会光着头站在那里让雨去淋的。

亚特兰大地方想靠木料生意发财的人当然不止她一个，但是她并不怕别人的竞争。她知道自己手段很灵敏，跟谁都可以敌一下的。她是郝嘉乐的亲生女儿，他那点狡猾的生意本能已经遗传给她了，再经过她自己的困苦境遇的磨炼，这点本能就尤其锋利起来。

起先，她的同行都要笑她，有些儿瞧她不起，以为一个女流哪里会做生意，可是现在他们不笑了。他们每次看见她赶着马车过去，都要在心里暗暗地诅咒。正因为她是一个女流的缘故，她常常可以占到便宜，因为她有时可以故意装出一副可怜的样子，人家看见了心就软下去了。她可以不声不响地自然给人家一种印象，使得人家知道她是一个虽然勇敢却是怕羞的上等女人，只因境遇所逼迫，不得不做这种没趣的生意，若是人家不买她的货，她是说不定要饿死的。但是碰到这种上等女人的风度不足以收到效果的时候，她就又马上会用出一副冷酷的生意手段来，情愿自己折了本去打倒她的同行，只要她能揽到一个新主顾的话。有时她见到顾客老实，不知好歹，便会不惜用欺骗手段，拿劣货去充好货，而反向人宣传其他的厂家做生意如何如何不规矩。

得撲忒街上有一个开木厂的穷白人，曾经尝试用思嘉自己常用的那套武器去打倒她，公然向人宣传她是专说大话欺骗顾客的。谁知他反而弄巧成拙，因为人家听到他那番宣传，都责怪他一个堂堂男子汉，就不该这样欺侮女人，何况他的动机也不过是同行妒忌呢。思嘉自己听到他这种宣传，先只默默忍受着，后来就专心一意去对付他了。她一直打听着那人所定的价钱，以及他所有的顾客，自己咬着牙齿跌了价和他竞争，并且特别挑选好货色去供给那人的顾客。不久之后，那人的木厂就门可罗雀，而不得不宣告破产了。于是思嘉出了极小的价格，将他那木厂买了过来，又使得扶澜不胜骇异。

那个木厂一经到了她的手，当即发生一个不易解决的问题，就是到哪里去找一个可信任的人来负责呢？像张先生那样的人，她是不愿再要的。因为她知道自己虽然防得严，他却仍在她背后偷卖木料。但是她以为要找一个适当的人来负责，到底也不会十分难的。现在不是人人都已穷得精光吗？不是从前的那些富户现在大半流浪在街头而找不到工作吗？扶澜是没有一天不拿几个钱出去给那些饥饿的退伍兵的,白蝶姑妈和阿妈是没有一天不包起一些食物去给那些骨瘦如柴的乞丐的。

但是思嘉自己也不晓得为什么理由,总觉得这样的人一个都要不得。"如果停战了一年之后还找不到事情做,这样的人我就不能要他了。"她心里想道,"如果他们直到现在还不能使他们自己去适应和平,他们也就决不能够适应我。而且他们的样子是多么的卑贱、多么的狼狈啊,我就不要这种狼狈的人。我要的是那种灵活能干的人物,就像皮瑞纳,或是韦唐,或是惠克儿,或是西门家那些孩子那样的。因为他们都还没有染上南方刚刚投降以后那些士兵那样的'我什么都不去管它'的神气。他们似乎有许多事情要管,而且还要认认真真去管的。"

现在西门家的几个兄弟正在开办一个砖窑,惠家的克儿正在他母亲厨房里配制一种专治黑人鬈发的药料,说是无论卷得怎样厉害的头发,只要拿他的药用六次就包会直。思嘉见他们都不十分得意,便去请他们来帮她这新木厂的忙,谁知他们很客气地对她笑了笑,谢谢她,拒绝了。这就使得思嘉不胜惊异。她又去尝试了其他的人,也同样地遭到拒绝。于是她发急了,只得把工资提高,但是仍旧无结果。梅太太有一个侄儿,是赶载货马车的,思嘉也曾去跟他商量,谁知他竟老实不客气地对她说,他这赶马车的生涯虽然没有特别的乐趣,到底赶的是他自己的马车,将来不管他这生意做得怎么样,总比替别人做牛马强些。

有一天下午,思嘉的马车追上了皮瑞纳的饺子车,看见韦唐也在他车上,原来他是搭着瑞纳的车子回去的,她便向他们招呼了一声。

"喂,瑞纳,你听我说,你为什么不到我那里去工作呢?去做一个木厂的经理,总比赶饺子车体面得多。我想你自己也该觉得难为情吧。"

"我吗?我是不会觉得难为情的了,"瑞纳咧着嘴说,"你想这种年头儿,谁还顾得了什么体面不体面呢?我本来是一向爱体面的,直至战争将我像解放黑奴似的解放了为止。从今以后,我是再也搭不起架子来了,我觉得厌倦极了,我只欢喜我的饺子车,我也欢喜我的骡子,我又欢喜那些好心买我饺子的北佬。我现在是饺子大王了。这就是我的命运!我跟拿破仑一样,向来是相信命运的。"说着,他把手里的鞭子像演戏似的挥舞起来。

"可是你的父母不是把你养大来赶饺子车的,犹如韦唐的父母不是把他养大来做泥水工头一样。至于我那里的工作,那就比较的——"

"那么你的父母是养起你来开锯木厂的了,"韦唐说,说时两只嘴角扭了扭,"是的,我仿佛看见那个小小的思嘉坐在她母亲的膝头上背诵功课,背的是'你如果能把坏的木料卖到更好的价钱，你就千万不要卖出好木料'。"

瑞纳听到了这几句挖苦，不由得哄然大笑起来，一面欣然翻动着他那一双猴子眼，在韦唐的驼背上面狠狠地捶了一下。

"你们不要无礼吧，"思嘉冷然地说，因为她并不觉得韦唐那句话幽默，"当然，我也并不是生来就该开木厂的。"

"我们一点儿没有无礼的意思，可是你现在在这里开木厂是事实，不管你是生来该开不该开。而且你还开得很好呢。总之，照我看起来，我们现在所做的事情，都不是我们自己愿意做的，但是我想只要糊得了口，也就没有什么两样了。若是为了生活不能恰如自己的期望，便要坐下来痛哭流涕，那才真是一条可怜虫，也就成了一个可怜的民族。不过，思嘉，你为什么不去找一个富有冒险性的提包党人来替你工作呢？现在树林里有的是这种人，天晓得的。"

"我不要提包党人。提包党人什么都要偷，除非那东西是红热的，或是牢牢钉着的。只要他们稍稍有一点好处，他们就可以好好地住在自己家里，不至于跑到这里来捡我们的骨头了。我要的是一个好人，好人家出身的人，又要灵活，又要老实，又要能干，又要——"

"好吧，你所要的倒也并不多，不过像你所出的这点工资，你是找不到这样一个人的。所有你说的那种男人，除非他已残疾到无事可做，总都早已有了事情了。也许他们是在那里大材小用，总之事情是有了。而且他们做的是自己的事，总比替一个女人做事要强些。"

"假使你们情愿去干那种最最下层的工作，不是见得你们男人没有多大意识吗？"

"也许是的，不过他们总要维护他们的自尊心。"韦唐很明白地说。

"自尊心！好吧，自尊心的味道好着呢，特别当它的外皮已经碎裂而你给它涂上一层糖浆的时候！"思嘉很尖刻地说。

瑞纳和韦唐都不由得哄然大笑起来，思嘉便觉得他们两个男性是结成了联合战线来反对她了。不过她想韦唐说的话实在句句都对的，因为她也已经去找过好几个男人，都碰了钉子回来了。那些男人确实都有一桩事情在那里忙着，而且确实都比战前辛苦得多。这些事情也许是他们不愿意做的，或是并不容易做的，或是他们的身份不配做的，但都有事情在那里做了。现在的日子艰难，他们要做什么事，是由不得他们自己选择的。如果他们也在悲痛失去的希望，也在渴望从前的生活，那只有他们自己知道，别人是看不出来的。他们现在是在参加一种新的战争，一种比以前更加艰苦的战争。他们对于生活也重新认真起来了，重新觉得迫切了。

"思嘉，"韦唐有些不好意思地说道，"你刚才说我无礼，我是本来不敢向你请求的，不过我仍旧忍不住要向你开口，也许这事对于你也不是没有好处。你知道我那舅子艾恕，现在是靠贩卖劈柴过活的。但是他这生意难做得很，因为现在除了北佬之外，谁都自己捡劈柴用。我知道他们艾家的日子非常艰难。我呢，我总算是尽了我能力干的了，可是你知道的，我有芬妮要维持，又有一个母亲、两个寡妇，现在斯巴达，都得我照管。你刚才说要一个好人，艾恕这人就很好，而且你知道他是好人家出身的，人又极诚实。"

"可是——嗯，艾恕这人做事没胆量，要不然的话，他这劈柴生意也会成功的。"

韦唐耸了耸肩膀。

"你这人看事情厉害着呢，思嘉，"他说，"可是你把艾恕看错了，我想他虽然缺少点胆量，但有了诚实和忠心两种好处，也就可以弥补这个缺点而有余了。"

思嘉不回答，因为她觉得不好意思过于得罪人。不过照她想起来，她总觉得缺乏胆量这件事，是没有其他的品性可以弥补的。

可是后来她找遍了全城，也找不到一个适当的人物，而提包党人她又坚决不肯用，于是她终于接受韦唐的提议，要去找艾恕来了。她想当初战争的期间，艾恕本也是个有勇有谋的人物，但是他因受了两次严重的创伤，经过四年长期的战斗，好像一身的智勇都被掘取尽净了，现在已变成一个小孩子一样，直视着这种严酷的现实而觉得惶惑不解了。近来他在街上卖劈柴，神气之间很像一只丧家犬，她便觉得他无论如何不是自己所期望的那种人才。

"他简直是蠢的呢，"她心里想，"他对于生意经是一点儿都不懂的，而且我可包他连二加二也算不清楚，我又疑心他将来也未必学得起来。不过，至少他是诚实的，他总不会欺骗我。"

讲到诚实这东西，近来思嘉自己是不大用得着它的，但是她一面觉得自己身上的诚实不足贵，一面愈觉别人身上的诚实可贵了。

"可惜高沾泥已给韦唐拉去干那建筑工程了，"她想，"他正是我所要的那种人。他硬得跟蜗牛一样，却又滑得跟一条蛇似的，若是给他相当的报酬，他也可以很诚实。我能够了解他，他也能够了解我，我们两个是很可以合拢来干事的。等那旅馆的工程完毕之后，我也许可以把他拉过来。不过目前，我只能叫艾恕和张先生将就将就。若是我把艾恕放到新厂里，仍旧让张先生管老厂，我就可以一直蹲在城里管兜销的事，锯木运输等等都可以交给他们去了。在沾泥没有来之先，张先生若是要偷我的，我也是没有办法。若是他不会做贼，那是多么好呢！我想察理留给我的那一块地面，一定可以分出一半来造个木料场，还有那一半，我打算用来造酒馆。若是扶澜不那么拼命反对就好了！好吧，我也不去管他反对不反对，等我的钱弄够了，我就要造了。若是扶澜的面皮不是那么薄——哦，天，若不是我这孩子偏偏挑这时候要出来——再过了几天，我的肚子就要大得不能出门了。哦，天，若是我没有这个孩子——哦，天，若是那些天杀的北佬不来找我麻烦——若是——"

若是！若是！若是！这个人生竟会有这么许多若是，竟会永远没有稳定的事情，永远没有安宁的心境，而不得不一直担心着前功尽弃，重新要回复到饥寒交迫的日子去呢！当然，现在扶澜的钱是稍稍多了几个了，但是扶澜一直害着伤风症，往往要一连几天不能够起床。假如他竟成了一个废人呢？不，她是不能专去依靠扶澜的。她除了依靠自己之外，决不能依靠任何东西，也不能依靠任何人。然而她现在所能挣的钱似乎是少得可怜！哦，若是北佬竟来把她所有的东西都拿走，那叫她怎么办呢？若是！若是！若是！

现在她每月所得的盈余，一半寄到陶乐去交给慧儿，一部分拿去还瑞德的债，其余的她积蓄起来。没有一个守财奴数钱数得像她那么勤，也没有一个守财奴怕钱要失去像她那么怕得厉害。她不肯把钱放到银行里，为的是怕银行要倒闭，或是怕北佬要来没收。因而她把几个钱紧紧塞在肚兜里，一直都带在身边，或是把一小叠一小叠的钞票分散着藏在壁缝里，埋在垃圾堆里，夹在《圣经》书里。近来她的脾气愈来愈暴躁了，因为她多储起一块钱来，就多加一块钱丢失的危险，而不得不加重一层心事。

她每次发脾气的时候，扶澜、白蝶和全家的佣人都默默地容忍着，却不知道真正的原因在哪里，总都以为她的产期将近了，所以脾气变坏了。扶澜知道一个怀孕的妇人是凡事都得迁就的，所以他把他的"乾纲"完全收起来，对于她到外边去抛头露面的事绝口不提起。他也觉得思嘉这种行为实在是叫他丢脸的，但是他以为思嘉养出了孩子之后，脾气一定会变，因而他就捏着鼻子暂时容忍了。谁知他越是敷衍她，她的脾气越是躁，于是他不得不疑心她心上有什么东西在那里作祟。

但究竟什么东西在她身上作祟呢？究竟什么东西使她变成一个疯婆子一样的

呢？那是谁都不知道。事实上，这是因她急于要在做产之前把一切事情弄上轨道而起的，因她急于要筑起一个坚实的金钱堡垒来防备万一不测而起的。总之一句话，近来她的心境完全是被金钱占据了。若是她也有时想起那个快要出来的孩子的话，那是除了愤恨他不该趁这忙头闯来以外，再没有别的观念的。

原来，死、纳税和养孩子这三件事情，是永远没有一个方便的时间可以容它发生的呢！

当思嘉开始经营那个木厂的时候，亚特兰大人就已大不以为然，后来看看她的行为越来越不像话，才晓得她的放荡是不会有限制的。做生意做得像她那样精刮，已经是骇人听闻，何况她的母亲本是罗家的小姐。至于她已经怀了身孕，还仍旧那么日夜地招摇过市，那就简直是无耻之尤了。凡是做女人的一经被人猜到了怀孕之后，那就无论白人黑人都是难得跑到家门以外去的。所以梅太太曾经对人愤慨地宣说，像思嘉那样的行为，大约是预备把孩子养在大街上的了。

但是这种公然的批评还算不得可怕，可怕的是全城的人还有一种私下对她的议论。大家都说思嘉不但跟北佬做着买卖，并且跟他们混得十分亲密了！

现在跟北佬做买卖的原不止思嘉一个人，就是梅太太以及其他许多南方人也都在做，但是其中有一个区别，别人虽跟北佬做买卖，却并不喜欢北佬，并且分明现出不喜欢他们的样子来。思嘉却是喜欢北佬的，或至少是好像喜欢他们的样子，那也就已够糟了。她确实曾经跑到北佬家里去，跟北佬军官的妻子坐在一起吃过茶。事实上，她跟北佬已经亲密到无事不为了，就只没有请他们到她自己家里去过，而其所以还没有做到这一步，照大家猜想起来，也不过是碍于白蝶姑妈和扶澜的缘故。

思嘉自己也知道全城的人都在谈论她，但是她不管，因为她现在的境遇还不容她管。现在她对于北佬，是跟他们要想烧掉陶乐那一天恨得同样厉害的，但是她能够把这种憎恨掩饰起来。她知道她如果要想赚钱，就只有到北佬头上去赚，她又知道那些北佬也不难对付，只消她对他们笑一笑，说几句好话，就一定可以把他们的生意拉到自己厂里来。

等到将来有一天，她已弄得很富了，她的钱都已藏在稳妥的地方，北佬再也寻它不着了，那么，她就要对北佬说老实话了，说她实在是非常憎恨、非常厌恶、非常轻视他们的了。哦，那是多么大的一种快乐呢！但是现在还没有到时候，所以她只得跟他们敷衍，这也不过是常识罢了。若说这就是伪善，那么就让亚特兰大人大家都去利用伪善吧。

她又发现了要跟北佬做朋友，那是跟射地上的雀儿一样容易的。他们都在一个敌意的地面做着寂寞的流亡者，而且其中有许多人渴望着要找上等女性的伴侣，因为在这城市里，凡是规矩人家的女人，个个都对他们侧目而视，都是恨不得能向他们吐唾沫的。只有妓女和黑种女人，才会对他们好声好气地说话。至于思嘉，虽然行为不免受人议论，却分明是个上等的女人，而且是大户人家的上等女人，所以她若肯对他们嫣然一笑，或用她那绿色的眼睛抛给他们一点和善的眼光，他们就都立刻觉得浑身酥软了。

往往，当思嘉坐在车里跟他们谈话的时候，表面上虽然使那两个酒靥儿玩着魔术，暗地里却对他们怀着非常厉害的厌恶，甚至要当他们的面诅咒起来的。但是她总能把这冲动竭力压下去，因而觉得那些北佬也可由她随意地玩弄，跟南方的男子并无不同。只不过对于北佬的玩弄，实在是一件严肃而可痛心的事儿，并不能当做一种消遣看的。现在她所演的一角，便是一个在难中的南方优雅美人。她一经装上了那种庄严端重的神气，便可以把她所要玩弄的男人拒之于相当距离之外，但是那样的庄严端重之中，仍旧包含着一种温雅，所以那班北佬军官一经想起了这位甘太太，心里总觉有点热烘烘。这是颇有利于思嘉的，而思嘉也存心要利用它。

有许多驻屯的军官，因不晓得自己在这亚特兰大地方究竟还要待多久，都把他们的家小接来了。但因所有的旅馆和公寓都已经挤满了人，他们不得不临时造些小房子来住，而这些房子所需的木料，自然都向这位和气的甘太太来买了。因为甘太太平日对待他们，比全城人谁都好些。同时那些提包党人和小畜生里面，有一旦暴富起来而盖造住宅、店铺和旅馆之类的，也都愿意到甘太太这里来买木料，不愿意向别人厂里去买，因为那些开木厂的人，大多是在联盟军里当过兵的，所以对他们只是表面上假装客气，实在比骂他们还要难堪的。

就像这样，她那木厂的生意就一天天地兴隆起来，连扶澜那爿小店也带好了。因为她相貌又好，又能装得那么可怜的样子，所以那些北佬都乐意照顾她的生意。思嘉看见这情形，便也放心了许多，自觉不但目前可以源源吸收北佬的金钱，就是日后也可得到北佬朋友的保护。

但是她不久之后，就发现了那些北佬的家眷却是不容易对付的。原来她跟那些北佬的女人发生了接触，并不是出于她的本意。假使她能够避免她们，她是很乐意避免的，但是她不能，因为那些北佬的家眷非要会会她不可。那些北佬女人初到南方来，对于南方和南方的女人怀有深刻的好奇心，而思嘉最先供给她们一个满足的机会。至于亚特兰大的其他女人，却跟她们不会发生任何的关系，甚至在礼拜堂里碰见她们，也不肯对她们点头的，所以当思嘉为了生意的事情到她们家里去的时候，她们就都认为是求之不得的绝好机会了。往往，思嘉将她的马车停在一个北佬住宅的门前，跟他家的男人讲着生意，那个男人的妻子就要跑出来加入谈话，或是坚执留她进去喝杯茶。思嘉碰到这样的事，虽然心里觉得老大不愿意，却是难得会拒绝她们的。因为她也要趁这机会拉拢拉拢那些女人，希望她们到扶澜店里来照顾生意。不过有时候，那些女人要问她许多难以回答的问题，或是装出一种屈尊俯就的神气，那就使思嘉觉得非常难堪了。

那些北佬女人从前听说南方地主家家都养着凶猛的猎犬，以备追逐逃走的黑奴之用，便都信以为真，常要向思嘉问起这种猎犬的样子。思嘉回答她们，说她生平只见过一只猎犬，而且是非常小巧温和的，并没有她们说的那么庞大凶猛。她们听了这话，总当是思嘉骗她们，怎样也不肯相信。她们又问到那种给农奴脸上烫字的烙铁，以及那种虐打农奴用的九个齿儿的铁蒺藜，其实南方地主并没有这些东西，都不过是北方人的宣传资料罢了。而使思嘉特别觉得难堪的，就是关于南方地主娶黑奴女人为妾的问题。她听见她们问到这样的事，便觉得那些北佬太太的教养实在是不甚高明的。又因北方军队占领亚特兰大之后，思嘉看见黑白杂种的孩子愈来愈多，所以她愈加觉得这种问题的可恨。

像这种种愚蠢猥亵的问题，若使别的女人听见了，一定要气得喘不过气来，但是思嘉却控制得住自己。而其所以能控制，则因她所感到的鄙夷心理实多于愤怒。她想她们毕竟是北佬，北佬本来是干不出好事来的。因此北佬给予她的国家和她的人民的种种侮辱，乃至北佬所显示的种种邪德，对她始终不能发生怎样深刻的印象，只能使她暗地怀着一种鄙夷不屑的态度罢了，但是后来她偶然遭遇到一件小事，便使她觉得怒不可遏，并且明白看出南北之间实在有着一道极阔的鸿沟，永远无法可以填补的。

原来有一天下午，她同彼得伯伯赶着马车回家，路上经过一所北佬的房子，里边同住着三家人家，曾经买过她厂里的木料的。当她马车经过那里的时候，恰巧那三家的女人都站在门口看见了她，对她招招手，叫她停住。她将马车停住了，那三个女人就跑到她车旁来，跟她打招呼。她一听见她们那种北方的口腔，就觉得非常讨厌，心想北佬的其他一切事情都还可原谅，就只他们那种口腔是万万难以原恕的。

"我正要找你这样一个人呢，甘太太，"一个从缅因来的瘦长女人说，"我要向你打听一件关于这个黑暗城市的消息。"

思嘉听见她把亚特兰大叫做一个黑暗城市，觉得是莫大的侮辱，但是她用着一种鄙夷不屑的态度将这侮辱一口咽下肚子去，而勉强装出了一副笑容。

"你要问我什么事？"

"我家里雇的奶妈刚刚回到北方去了，她说她在这些黑鬼当中是一天也待不下去。现在我的几个孩子闹得我要命！我想去另找一个奶妈来，却不知到哪里去找。你告诉我怎么找法吧。"

"这并不是什么难事呀，"思嘉说着就笑了起来，"你如果能找到一个刚刚从乡下来的黑女人，还没有给自由人局教坏的，那你一定会觉得十分满意。你就只消站在自己门口，见有黑女人经过就叫住问问她，那我可以包你——"

那三个女人不等她说完，便气得大声喊起来。

"你当是我会把我的孩子交托给一个黑鬼吗？"那个缅因女人嚷道，"我要一个好好儿的爱尔兰女孩子呢。"

"恐怕你在亚特兰大是找不到一个爱尔兰女佣人的，"思嘉冷然答道，"拿我个人说，我就从来没有见过一个白种的佣人，即使有，我们家里也不见得会用的。而且，"她不由得放进一点讽刺的语气，"我老实告诉你，那些黑人并不会吃人，倒是十分可靠的。"

"哦，天，这怎么行！我们家里是决然容不了黑人的。这是什么话呀！"

"我连看见黑人那副样子还觉害怕呢，怎么好让他们去碰我的小孩子！"

思嘉听见她们这些话，就不由得想起自己的嬷嬷来，想起嬷嬷那双树桩一般的手，曾经服侍过母亲，服侍过她自己，服侍过卫德。这些北佬哪里会晓得那些黑手的可贵，哪里会晓得那些黑手多么可亲、多么能抚慰！想到这里，她就不由得哈哈笑起来了。

"这倒真是奇怪了，黑人是你们主张解放的，你们对于黑人却是这样的看法！"

"啊呀，我的天！我并没有主张解放黑人呀！"那个缅因女人大笑起来道，"我是上个月才到南方来的，未到南方以前我从来没有见过一个黑人，而且巴不得从今以后再也见不到。老实对你说吧，我一见到了黑人，马上浑身都要长起鸡皮疙瘩来，你想我怎么能够信任他们呢？"

思嘉早已觉得旁边坐着的彼得伯伯呼吸很急促，又已瞥见他笔挺地坐在那里，一双眼睛牢牢盯在前面那匹马的一双耳朵上。后来那个缅因女人突然地大笑起来，指着彼得叫她的两个同伴看，因而使思嘉更加注意彼得的表情。

"你们瞧那个老黑鬼吧，他像一只蛤蟆似的蹲在那里呢，"那个缅因女人咯咯地笑着说，"我猜这是你们家里的一件老宝贝儿吧？你们南边人是不懂得怎样对待黑人的，你们把他们宠坏了。"

思嘉看见彼得倒抽了一口冷气，额上的皱纹皱得更深了，但是一双眼睛仍旧直愣愣地看在前面。他这一辈子也没有听见别人叫过他"黑鬼"！至于所谓"难信任"，所谓"老宝贝儿"，也决然不能在他身上用的，因为他做他们韩家的柱石，已经多年了！

思嘉觉得彼得的黑色面颊仿佛在那里发抖，于是她不由得感到一阵剧烈的愤怒。起初她听见那几个女人在那里耻笑南方的军队，诽谤戴维斯总统，并且诬陷南方人虐待黑奴，她都还能够平心静气地忍耐着。即使她自己的德操和名誉受到了侮辱，只要是对于她有利益的，她也都能够忍受，但是现在她听见了人家对于这个忠实老黑奴加以这般愚蠢的污辱，那就像一点火星落进了火药，使她轰然一下爆炸起来了。她把眼睛对着彼得腰带上挂的一支骑马手枪注视了好一会儿，觉得手上痒痒地要去将它拔出。她深深相信这班傲慢的作威作福的征服者实在是该杀的。但是她只紧紧地咬着牙关，直至下颏上的肌肉暴出来，一面在心里提醒自己，现在还不是干这种事的时候，将来有一天，她要把自己心里所要说的话去直白地告诉北佬。天晓得，将来总有这么一天的！但是现在还不是时候。

"这个彼得伯伯是我们自己家里人，"她说话时声音有些儿发抖，然后急忙接着道，"再见。咱们走吧，彼得。"

彼得突然将那马抽了一鞭，吓得那马向前一蹦蹦出几丈路。在这当儿，思嘉听见那个缅因女人用着一种诧异的语气在那里说："是她自己家里人？不见得说是她的亲属吧？他是黑得很的呢。"

这些天杀的家伙！他们是应该不容许留在这地面的。将来我若是能够弄起很多的钱来，我一定要对他们的面吐唾沫。我一定要——

她将彼得瞥了一眼，看见一颗泪珠正从他的鼻子上滚下来。她立刻感到了一阵悲痛，仿佛看见一个残暴的人虐待小孩子一样。那些女人伤了彼得的心了，她们哪里晓得这个彼得曾经跟从韩上校去参加墨西哥战争，他的主人是抱在他怀里死的，又曾养大媚兰和察理，又曾服侍白蝶一直到现在，又曾护送她到梅肯去逃难，又曾安然把她送回这里来。而那些女人还说黑人难以信任呢！

"彼得，"她一面抓住他那骨瘦如柴的臂膀，一面颤抖着声音说，"你怎么哭啦，你好意思吗？你去管它做什么呢？她们不过是几个天杀的北佬罢了！"

"她们当着俺的面说这种话，好像俺是一头骡子，什么都不懂的，好像俺是一个非洲人，不懂他们的话的。"彼得一边说，一边大嗤其鼻，"他们叫俺黑鬼，俺是一辈子也没有人叫过黑鬼的！又说俺是老宝贝儿，又说黑鬼是不能信任的！俺不能信任吗？怎么，当初咱们上校爷临死的时候，他对俺说：'你，彼得！你好好照看俺那几个孩子吧，好好照看白蝶小姐吧。'他说的：'因为她是什么都不懂的。'俺就把她照看得好好儿，照看了这么多年了。"

"可不是吗？除了天上的天使，谁也不能像你这么忠心的，"思嘉安慰他说，"我们要是没有你，简直活不成的呢。"

"谢谢您说得好，姑娘。可是这种事情只有俺知道，只有您知道，她们北佬是不会知道的，也不要知道的。不过她们怎么会跟您认识的呢，思嘉姑娘？她们是不懂得咱们南边人的。"

思嘉不开口，因为她当初受了那一肚子的闲气，对那几个女人的面并不曾发泄，现在仍旧在肚子里燃烧着。于是她和彼得闷声不响地赶车回家。彼得已经不再嗤鼻了，只是他的下唇开始渐渐地挺出，甚至挺得吓煞人地长。现在他那第一阵感到的伤心已经减退，而愤怒逐渐高涨了。

思嘉心里想：那些北佬是多么该遭天杀啊！好像那些女人看见彼得的皮肤黑，就以为他是没有耳朵、没有感情，不会像她们自己一样觉得伤心的了。他们北佬并不懂得这些黑人应该好好地对付，跟对付小孩子一样，一直要加以指导、赞美、疼爱和惩戒的。他们是根本不懂得黑人，也不懂得黑人和他们的旧主人之间的关系。然而他们却因要解放黑人而不惜引起一场战争。现在他们把黑人解放了，却又不愿和黑人发生任何关系了，只是利用他们来给南方人造成恐怖。他们自己不欢喜黑人，不信任黑人，不了解黑人，却是一直在大声疾呼地宣传，说南方人对黑人不善于应付。

谁说黑人不能信任呢？思嘉自己对于黑人的信任，是比对于大多数白人的信任都深得多的，至少比对于任何北佬总要信任些的。因为黑人身上具有忠心、耐劳、笃爱等等好品性，不是任何的煎熬所能破坏，也不是金钱所能购买的。她因而想到现在留在陶乐的那几个。当北佬打到那里的时候，他们本来都可以逃走，或是跟了军队去过游荡生活的，但是他们不走。她想到了蝶姐，当初是怎样陪她在田里做苦工的；又想到了阿宝，是怎样冒着生命危险去到邻家偷鸡来给大家吃的；又想到了嬷嬷，是怎样跟她到亚特兰大来以防她做错事的。她又想到自己邻舍家的那些仆人，也都始终忠心耿耿地厮守着他们的主人。当主人在前线的时候，他们保护着他们的女主人，护送女主人逃离战争的恐怖，受伤的他们看护，死了的他们掩埋，生离死别的他们给以安慰。他们替主人工作，代主人求讨，为了供给主人桌上的食物而不惜出去偷窃。一直到现在，虽经那个自由人局施以百般的诱惑，他们仍旧不会抛开主人，反而比从前工作得更加辛苦。这一切，都是他们北佬所不曾了解的，也将永远不会了解的。

"可是他们解放你们呢！"她大声地说。

"哪里的话，姑娘！他们并不曾解放咱们。俺也用不着这班下流坏子来解放，"彼得怒气冲冲地说，"俺仍然是白蝶小姐的人，将来俺死了，她也要把俺葬在韩家坟地上的。……俺那小姐要是知道您让那些天杀的北佬女人来欺侮俺，她一准要气得害病的呢。"

"我并没有让她们欺侮你呀！"思嘉吃惊地嚷道。

"怎么没有呢？"彼得说着，下唇皮伸得更长了，"您要明白，咱们跟那些北佬本来一点儿没有来往。您要不去跟她们七搭八搭地说话，她们是永远没有机会把俺当做骡子、当做非洲人看待的。而且她们这么骂俺的时候，您也没有帮俺说过一句话呀！"

"我是帮你说过话的！"思嘉急忙分辩道，因为她觉得彼得的批评有些难受了，"我不是告诉她们，说你是我们自己家里人吗？"

"那不能算是帮忙呀，事实本来是这样的。"彼得说。

"思嘉姑娘，您跟这一班北佬本来就不该有生意来往的。您看见谁家的奶奶小姐跟他们有来往的吗？要说咱们白蝶小姐，她对于这些下流坏子，连踩都犯不着踩她们一脚呢。要是她听见了刚才她们说俺的那番丑话，她一准要大不高兴的。"

思嘉听到彼得的这番批评，觉得非常难受，比扶澜和白蝶平时责怪她的什么话都要难受得多，因而她心里十分懊恼，恨不得一把抓住这个老黑奴，直摇得他两片牙床骨咯咯相打为止。原来彼得说的句句都是真话，但是她极不愿意听见这样的话从自己家里的一个黑奴嘴里说出来。因为照他们南方人一般的意见，要是一个人的行为连自己家里的奴仆都要不以为然起来，那就是莫大的耻辱了。

"吓，叫俺老宝贝儿呢！"彼得嘟囔着说，"俺想白蝶小姐听到这种话，她就再不让俺替您赶车了。那是一定的，姑娘！"

"白蝶姑妈会叫你照常替我赶的,"她严厉地说,"那么我们以后再不要提这桩事了。"

"俺想俺的脊背儿要出毛病了,"彼得阴郁地说,"这一会儿疼得很呢,连竖也竖不直了。要是咱们小姐知道俺脊背儿有毛病,她一定不让俺替您赶车的。……照俺看起来,思嘉姑娘,要是咱们自己人不赞成您所做的事儿,那么哪怕那些北佬怎样瞧得您起,那些下流的白人怎样瞧得您起,于您也是没有好处的。"

这一句话,已把思嘉目前的处境一语道破了,于是思嘉落入一种非常可怕的沉默。是的,那些征服者确实都赞成她的,但是她的家庭和她的邻人都不赞成她。就是全城人议论她的那些话,她自己也都知道。现在却连彼得也不赞成她了,甚至于不肯跟她一起在大庭广众之中露面了。这不是已经到了山穷水尽的地步了吗?

这以前,她是向来不管人家的舆论的,不但不管,并且看得它一钱不值。现在她听见了彼得一番话,却把她恼得心里同火烧一样,不得不采取一种防卫的态度,并且突然觉得那些邻人的可恨竟同北佬一样了。

"我做的事情要他们管什么呢?"她想,"他们一定当我是喜欢跟北佬结交,并且当我甘心跟田里的作手一样去做苦工的,他们这么一来,使我本来觉得棘手的工作愈加棘手了。但是我不去管他们的意见,我不容我自己去管它,我现在还管不起这些个。但是有一天——有一天——"

哦,总有一天的!到了这一天,她的世界重新稳定了,她就要在家里安安稳稳地坐着,叉着手儿不做事,跟母亲从前一样,做起一个大模大样的大奶奶来了。到了这一天,她就要装得非常娇嫩,一步也不出闺门,于是人人又都会赞成她了。哦,到了她重新有起钱来的时候,她会变得多么伟大啊!到了那时候,她就可以容她自己跟母亲从前一样,待人也和气了,也温和了,也会顾念别人了,也会谨守礼节了。到了那时候,她就不至于日夜都被恐惧所侵扰,生活又会和平而且舒畅了。她会有余闲的时间跟她孩子玩耍,听她孩子的功课了。碰到了那种温暖的下午,她将有一批批的上等女人来拜访,而她将拿出精致名贵的茶点来待客,跟客人悠闲地谈天,舒适地消磨时刻。至于那种吃苦受难的人们,她一定会对他们非常和好,一定会拿一篮篮的食物去救济他们,而当她坐着漂亮马车出外游戏的时候,对于那种比较不幸的人一定要装得满面春风,讨人欢喜。总之,到了那时候,她就要学她母亲从前的样子,真正做一个南方上等女人了。于是人人就都会喜爱她，跟从前喜爱她母亲一样，并且都会说她非常慷慨，把她叫做"慈悲太太"了。

其实呢，她是并没有真正要救济别人、帮助别人，但是她把将来想象得这么津津有味，以至于毫不觉得自己并无这种存心，她之所以要装得慷慨慈悲的样子，目的只是为图一个好名誉。不过这种真慈悲和假慈悲之间的差别甚是细微，不是她那么粗疏的脑筋思虑得出的，她所期望的不过是要有这么一天，在她既有充分的金钱，而别人又是个个会赞成她，仅如此而已。

哦，总有这一天的！可不是现在。现在无论别人怎样地说她，她都管不了。现在她还没有可做一个伟大的女人的条件。

然而彼得的话果然实现了。白蝶姑妈果然气得害病了，彼得的脊背也果然一下暴痛起来了。从此他就不再替思嘉赶车，而思嘉不得不亲自执辔，于是她手掌上又重新长出茧子来了。

这样，春季的几个月份不觉匆匆地过去，四月的寒雨已经一变而为五月的温馨了。在这期间，思嘉日夜都忙迫不堪，焦灼万状，又因肚子愈来愈膨大，觉得做事一天不便似一天。同时她的老朋友们对她愈来愈冷淡，自己家里人则愈来愈迁就她、依顺她，而愈觉得她这忙迫的行为不可思议。在她这种四顾茫茫的境地中，唯有一个人是能了解她的，是她能够依靠的，这人就是白瑞德。真是说也奇怪，要说白瑞德的性格，本是变幻莫测到跟水银一般的，倔强邪僻到跟魔鬼一般的，然而他对于思嘉却偏能使她有些儿知己之感。唯有他能给她以同情，这是她在任何人身上从来不曾见过的，也从来不曾期望于瑞德的。

近日以来，瑞德常常要离开本城，到新奥尔良去，去的目的从来不肯对思嘉明说，思嘉却微微起了点忌妒之意，总以为新奥尔良有什么女人是跟他有关系的。但是自从彼得拒绝替思嘉赶车之后，瑞德就长期住在亚特兰大，难得出门去了。

他在亚特兰大的时候，大部分时间都在一家名叫时代女儿的酒馆楼上赌钱，或是在华贝儿的酒吧间里跟一班比较富有的北佬和提包党人谈论发财的计划，因而使得全城之人愈加觉得他讨厌。现在他不到白蝶家里来了，大概因为他尊重扶澜和白蝶的感情之故，因当思嘉怀孕的期间，他们是不愿意有男客到家里来的。但是他差不多每天都要跟她邂逅。当她赶着马车从桃树街及得撲忒街到厂里去的时候，他十次有九次都要骑着一匹马追上她去。一等他和她见面之后，他就要勒住马缰，站在她马车旁边跟她谈一会，或者将自己的马吊在她马车背后，跳上车去替她兜着圈子赶一会。近日以来，她赶不到一会儿车子就要觉得疲倦，因而当瑞德上去替她接替一程的时候，她常要暗暗地感激。他每次都不等赶到城里，就先离开她走的，但是他们这样的邂逅，亚特兰大人早已知道了，因而又增添了不少谈论的资料。

她有时也要疑心，以为他和她这样的相遇，并非全是偶然的。到后来，亚特兰大黑人的强暴事件愈出愈多，他们的这种邂逅也愈来愈密。可是她觉得不懂，现在她这样膨着肚子，比平时难看得多，为什么他偏要来找她呢？即使他从前对于她或许曾有什么打算，现在也决不会有野心，何况从前他到底有没有什么打算，也还是很可疑的。当初她在北佬监牢里丢丑的那回事，他已经几个月没有提起它来嘲笑她了。他又从来没有提起过希礼，以及她爱希礼的事情，也再不说自己怎样贪图她的身体之类的野话了。她觉得睡着的狗不如让它睡着好①，所以对于他们屡次会见的事情，也不去向他要求解释。最后，她才自己给这问题一个断然的解答，以为瑞德一天除赌钱之外无事可为，又加亚特兰大地方很少有他的腻友，所以常来找她的缘故，也不过要个伴侣罢了。

但是无论他的理由是什么，她总觉得他来相伴是极受欢迎的。她常对他发牢骚，怎样失去顾客，烂账怎样难收，张先生怎样欺骗她，艾恕怎样不胜任，他总对她悉心静听着。讲到了那些占到便宜的得意之笔，平日扶澜听到了总不过微笑而已，白蝶听到了也不很感到兴趣，瑞德却会兴高采烈地拍掌赞美她。她又知道瑞德一定常常替她拉主顾，因为他认识的知友里面，有很多富有的北佬和提包党人，但是瑞德一直否认曾给她什么帮助。她对于瑞德早已知道底细，又始终不肯信任他，但是每次看见他骑着匹大黑马，从那树木遮蔽的道路上迤逦而来，她就不由得要勃勃地提起兴致。有时他跳上她的车子，从她手里接过马缰绳，对她说了几句顽皮话，她就立刻觉得自己年轻了、高兴了，重新又变美貌了，哪怕有天大的心事也消散了。她是差不多无论什么话都可以对他说的，甚至自己做事的真正动机、真正意见，都可以对他尽情倾吐的，倒是对自己的丈夫扶澜还有许多话要避掉不说，就是对于希礼，也不免要有所避忌。总之，她觉得有瑞德这么一个朋友，实在是很适意的，何况他近来不知为什么缘故，对她一直是规规矩矩的了。

"瑞德，"有一天离开彼得罢工之后不久，她气冲冲地问他说，"为什么这个

---

① 这是一句谚语，意即无须问的事情不如不问。

城里的人都要对待我这么无礼，并且这样谈论我呢？照他们这么谈论起来，我跟那些提包党人到底谁坏似谁，也没个准儿了呢？其实我一直是不管闲事的，而且并没有做过错事，而且——"

"你若是没有做过错事，这是因为你还没有机会的缘故，这一点是他们隐约有点知道的。"

"哦，不要说胡话吧！他们弄得我发疯了呢，我又没有做什么，不过是弄一点儿钱罢了，而且——"

"你所做的事就是要跟别的女人不同，而且你是做得有点儿成功了的。我以前也曾告诉你，这无论在什么社会里都是一种不可容恕的罪恶。你要跟别人不同，你就是天杀的了！思嘉，你要知道，单讲你的木厂办得很成功这一桩事，便是对于任何一个不得成功男子是莫大的侮辱了。你要记得，一个有好教养的女性的地位是在她的家庭里，她对于这个忙碌残酷的世界是应该什么都不知道的。"

"可是我假使一直都住在家里，那我马上就要无家可归了。"

"那么你就应该驯服而自豪地让自己饿死。"

"哦，胡说八道！可是你看梅太太，她把饺子卖给北佬儿，不是比开木厂更糟吗？还有艾太太，给人家缝衣裳、开公寓，芬妮也给人家画瓷器上的花儿，其实是谁都不要的，可是大家为要帮助她，都向她买了，而且——"

"可是你还没有看出其中的要点呢，我的宝贝儿。她们的事业并不成功，因而不致伤害一般南方男人的体面。他们男人仍旧可以说：'这些可怜的傻娘们儿，她们干得多苦啊！好吧，就让她们当是自己有用处的吧。'而且，你刚才说的那些太太，都并不以她们的工作为快乐。她们明明知道这种事情不是女人家应该做的，所以一等有男人可以依靠，她们就要将这重担交还男人去。这种心理，她们是明明白白表现到外面来的。因此，人人都觉得她们可怜。至于你，你是分明喜欢工作的，又分明不愿男人来管你的事，因此没有人能够可怜你。为了这个缘故，亚特兰大人就永远不能饶恕你。因为他们是向来喜欢可怜别人的。"

"我愿你不要一直说顽皮话。"

"你曾听见过一句东方谚语吗？那就是'狠狗不叫，叫狗不狠'，你尽管让他们去叫去吧，思嘉。我想你这狠狗是什么东西都阻止不了你的。"

"可是我不过弄一点儿钱，为什么要他们管呢？"

"你是什么东西都不能有的，思嘉。你现在就只有两条路可走：一条是照你现在这么不守女人本分去弄钱，那你就要到处看人家的冷面孔；还有一条是忍耐你的贫穷，保存你的柔顺的女性，那你就有很多很多朋友了。这两条路由你选择。"

"我不愿贫穷，"她不假思索地说，"这选择不是对的吗？"

"如果你看钱看得比什么都重的话。"

"是的，我爱钱，比世界上任何东西都爱些。"

"那么你只有选择这条路了。但是这个选择是有一种刑罚要跟着后边来的，正如你所要的多数东西都要受这种刑罚。这刑罚就是寂寞。"

这话使她沉默了一会儿。因为这话是真的，她仔细想了一想，觉得自己现在确实有点儿寂寞——因缺乏女性的伴侣而寂寞。当在战争期间，她每感到烦闷的时候，还有一个母亲可以去看看。母亲死后，则有一个媚兰一直做她的伴侣，虽然她跟媚兰除了同在陶乐做苦工之外，并没有其他共同的地方。现在呢，一个也没有了，因为白蝶姑妈除了她那个小小的谈话圈子之外，对于人生是并没有任何概念的。

"我想——我想，"她有些迟疑地说道，"我对于女人一方面是一直都寂寞的。并不是因为我在亚特兰大做的事情，人家才不欢喜我。她们反正是不欢喜我的。除了我自己的母亲，没有一个女人曾经真正欢喜我，连我自己的几个妹子也是一样的，我也不知道到底为什么。虽是在战前，就是在我没有跟察理结婚的时候，那些女人对于我做的无论什么事，似乎都是不赞成的。"

"你可忘记了卫太太了，"瑞德说时眼睛恶意地闪烁着，"她是一直都十全十足地赞成你的。我敢说，她除了你杀人之外，没有哪一桩事情不赞成你的呢。"

思嘉恶狠狠地想道："就连杀人她也是赞成我的。"于是她大笑起来。

"哦，媚兰！"她这才又阴郁地说，"如果媚兰是唯一赞成我的人，在我也决然算不得什么荣誉，因为她是连一只鸡的意识也不具备的。假使她是有一点意识的话——"她好像有点搅不清楚地突然停住了。

"假使她有一点意识的话，她就有一些事情要不赞成了，"他替她讲完那句话，"不过，好吧，你当然要比我清楚些的。"

"哦，你这天杀的记性，你这下流的腔调！"

"我随便你去骂去，原是我活该你骂的，现在我们言归正传吧。我要请你自己下决心。如果你存心要跟人家不同，那你就跟人家绝缘了，不但你自己一辈的人要跟你绝缘，就是你的上一辈人和下一辈人也都要和你绝缘。他们都将永远不能了解你，并且对你做的任何事情都要觉得惊骇。不过你的祖父母一辈也许要拿你自豪，也许要对人家说：'咱们这个种族居然有了一支异军突起了！'而你的孙儿女一辈，也将怀着妒意叹息道：'咱们的祖老太太是多么泼辣啊！'于是他们都要尝试学你的榜样了。"

思嘉乐得哈哈笑起来。

"你的话儿有时也会道出真理呢！现在我们家里就有那位罗氏外祖母。我小时候每逢顽皮起来，嬷嬷就要把她的事情说来给我做榜样。我那外祖母是跟冰柱子一般冷的，对于自己跟别人的行为向来都非常严厉，但是她生平结过三次婚，并且曾使她的情人决斗过不知多少次，她又搽胭脂，衣裳领口开到吓煞人的低，而且——嗯——里边往往不穿衬衫的。"

"那么你是非常钦佩你外祖母的了，虽然你一向都想学你自己的母亲！至于我的祖父，他是做海盗出身的。"

"不见得真是海盗吧！大概是走船板①的？"

"我敢说，他是要别人走船板的，只要是有钱可弄的话。无论如何，他是弄起许多钱来留给我父亲了，因而我父亲也很富了，可是我们家里人都很当心，把他叫做一个'海船的船长'。后来他在一个酒馆里跟人打架打死了，那时离开我出世还早得很。不用说的，他一死，使我们全家的人都松一口气，因为我这位祖老太爷一天到晚都浸在酒里，而当他吃到高兴的时候，他就很容易忘记自己是个'退职的船长'，却要把生平的事迹津津乐道起来，道得我们这班儿孙的毛发根根竖起。不过我是十分钦佩他的，我情愿学他的榜样，不学我父亲的榜样，因为我父亲是个温柔敦厚的绅士，性情很是拘泥的，那么结果如何你也看见了。现在我可以包你，思嘉，你自己的儿女对于你的行为是决不会赞成的。正如现在梅太太、艾太太以及她们儿女不会赞成你一样。将来你的儿女大概都是一种柔弱而驯服的动物，因为凡是自己吃过苦的人，生出来的儿女总都如此的。还有一点更是你下一辈的不幸，你将来一定要跟所有的母亲一样，决不肯让你的儿女再吃你自己吃过的那种苦楚。其实办法完全不对，人们固然有因吃苦而至堕落，但也有因吃苦而后立的。所以你必定要等你的孙子一辈来赞成你了。"

"我真不晓得我们的孙子要成什么样的人呢！"

"你这'我们'两个字，意思是指你跟我养出来的孙子吗？啐，甘太太！"

---

① 走船板：海盗处置俘虏的方法。他们将俘虏的眼睛蒙起来，叫他在船舷板上走，使之失足坠海中。此处殆指小海盗。

思嘉突然发觉了自己失言，便不由得满脸通红起来。她不仅因他这一句玩笑话而觉得羞愧，并且突然想到了自己的大肚子了。她每次跟他在一起的时候，虽都不曾提起过自己怀孕的事情，而且她一直都把一条车毯一直盖到胳肢窝底下，因而也从来不曾对他露出过丑态，现在经他这么一问，就把她羞得无地自容了。

"你替我滚下车去吧，你这卑鄙龌龊的禽兽！"她说时声音有些儿发抖。

"你放心，我现在是决不会下去的，"他平静地回答道，"你看，等不了你回到家里，天就要黑下来了。近来那边那些帐篷里新来了一帮黑人，听说是下流极的，你又何苦要害得那些三K党人穿起夜行衣来奔跑这一晚上呢？"

"你滚吧！"她一边伸手在抢马缰绳，一边大嚷道，谁知正在这当儿，一阵恶心突然向她袭来了。瑞德急忙勒住马，递了两条清洁的手帕给她，一面托住她的头，很有技巧地让她扑出车子旁边去。傍晚的阳光正从新抽的叶子里射过来，暂时织成一片昏花的金色和绿色。直至那一阵眩晕过去之后，她就羞愤得将两手捧住了头，抽抽咽咽地哭起来了。她在一个男人面前这么地呕吐，已经是不大雅观，何况那羞人答答的怀孕状态，现在再也无法可掩饰。于是她觉得从今再没有脸面见他了。可恨的是这丢丑的事不碰到别人，偏偏碰到这个向来不知尊重女人的瑞德！因而她继续不停地哭着，只巴不得他说出一句粗鲁的讥讽话来，使她可以一辈子忘记不了。

"你不要做傻子吧，"瑞德平静地说，"你如果是为怕难为情而哭，那你就是个傻子了。你听我说，思嘉，不要小孩子脾气吧。你当然知道我并不是瞎子，对于你的怀孕哪里有看不出来的？"

她只低着声音喊了一声"哦"，把一张绯红的面孔闷得更紧。因为单只听见了"怀孕"这两个字，已经把她吓得什么似的了。她自己的丈夫、父亲，乃至于所有上等的女人，向来觉得这两个字不好意思堂而皇之说出口，碰到不得不提起这桩事情的时候，也都要找几个比较文雅的字面来代替的。

"你如果当我还不晓得这桩事，那你就是个孩子了。你自己想想看吧，你是一直这么拿车毯子蒙着的。当然，我早已知道的了。要不然的话，我为什么一直这么——"

他说了半句突然停住了，接着是一个沉默落在他们中间。他重新拾起了缰绳，对马喀啦了一声，仍旧那么平静地跟她谈着话，而当他那语音很愉快地落在她耳朵上的时候，她脸上的颜色就逐渐地褪去了。

"我不想你听到这句话语就会吓得这个样儿的。我总当你是个明理人，现在我却失望了。难道你胸口里还会停留着怕羞的观念吗？我怕自己并不是个上等人，这才会对你提起这桩事。我又知道自己确乎不是一个上等人，这才看见一个怀孕女人居然能够一点不害臊。我对于一个怀孕女人可以当她一个平常人看待，却不能学那种正人君子，故意看看天，看看地，看看四周的一切，只不看到那个女人腰上去，然而趁那女人不注意他的时候，他就要偷偷摸摸地向那隆起之处射一眼了。这种把戏儿我是玩不来的，而且我为什么要玩这一套呢？女人怀孕本是一种完全正常的状态。关于这桩事，他们欧洲人就比我们明理得多了。他们看见女人有喜是要当面道喜的。我虽然并不主张学他们的样，但是我们这种讳莫如深的态度，我却也不以为然。女人怀孕既然是正常的状态，她们就应该以此自豪，不该深深躲在闺房里，仿佛是犯了什么罪似的。"

"自豪！"思嘉大喊道，"自豪——呸！"

"难道你有孩子不觉自豪吗？"

"哦，我的天，怎么会呢！我——我是恨孩子的！"

"你的意思是指——扶澜的孩子吗？"

"不——不管是谁的孩子。"

这话刚刚说出口，她又马上觉得失言了，但是瑞德好像并没有注意，还是照常谈下去。

"那么我跟你不同了，我是喜欢孩子的。"

"你喜欢孩子吗？"思嘉听见这句话不觉吃惊，竟把难为情也忘记了，抬起头来大喊道，"你多么会说谎啊！"

"我喜欢刚养出来的孩子，也喜欢三五岁的小孩子，但是等他们长大起来，获得了大人思想的习惯，大人说谎欺骗的能力，而且身上弄得龌里龌龊的时候，那我就不喜欢了。这对于你也算不得什么新闻儿。你知道我是多么喜欢韩卫德的，虽然他也不算一个理想的孩子。"

思嘉仔细一想，觉得他这话一点不错，于是突然觉得诧异起来了。他确实很高兴跟卫德玩儿，而且常常买东西来送给他的。

"现在我们已经把这可怕的问题弄明白了，而且你也已经承认不久的将来就要有孩子了，那么我就可以跟你说正经话了，这话我已经放在肚里有两个礼拜。我要跟你说两件事情。第一件，你现在这样独自个儿在外边赶车，实在是很危险的，你自己也应该知道。我已经跟你说过多少次了，无论你对于自己遭污的事情看不看得重，你也总得想想这事所要引起的后果。你的脾气很执拗，所以你也许要造成一个局面使本城里那些打抱不平的好汉不得不替你出头申冤，不得不弄煞几个黑鬼。这么一来，他们自然要引得北佬来追究，因而免不了要有人吃到绞刑。我不知道你也曾经想起过没有，现在那些上等女人所以都不喜欢你，其中有一个理由，就怕你的这种行为也许要酿成她们儿子丈夫拿颈梗去套箍儿的大祸！而且，如果三K党人杀的黑人太多了，北佬就不得不对亚特兰大大施高压。到那时候，人家倒要觉得谢尔门的行为实在宽大了。我所以敢这么说，是因为我对于北佬的事情完全知道的。我说起来实在难为情，他们北佬是把我当做他们自己人的，我已经听见他们公开说过这话了，他们主张完全扑灭三K党，哪怕把全城重新烧光了，并且把十岁以上的男人一齐绞杀了，也在所不惜。如果弄到这一步，思嘉，你不是也要受累吗？你的钱不是要保不牢吗？而且这野火一经烧起来，那就谁都不知道要烧到什么地方为止的。财产要被没收，租税要被增高，可疑的女人要受金钱的处罚——这种种办法，我都已听见过了。至于三K党——"

"你认得三K党里的人吗？韦唐跟艾恕是不是——"

瑞德不耐烦地耸耸肩头。

"我怎么会知道呢？我是背教的、叛党的，我是小畜生。你想我会知道吗？可是我知道那些被北佬疑心的人，他们就差不多已经上了绞架了。我知道你的邻人拿去上绞架，你是不见得会懊恼的，可是你若失去了你的木厂，那我相信你一定要懊恼。现在我看你脸上那一脸的固执，知道你一定不肯相信我，那我的话算都落在石板地上了。所以我现在只得千言总一语，请你一直把那把手枪带在身边，至于我，要是我在城里的时候，我总一直都会来替你赶车的。"

"瑞德，难道你真正是——真正是为要保护我才——"

"是的，亲爱的，我一向相信骑士的精神，这才要来保护你。"说到这里，他那黑眼睛里就又开始跳动着一种嘲讽的光，方才那一脸的正经完全消失了，"我为什么要这样呢？那是因为我深深地爱你，甘太太。是的，我一直都默默地渴念着你，一直都遥远地崇拜你，但我是个守礼的人，也跟卫希礼先生一样的，所以始终没有对你流露这情感。因为你可惜是甘扶澜先生的夫人，我受了礼节的拘束，一直不敢对你说这样的话。不过，虽像卫先生那么的守礼，有时也不免露出破绽来，现在我也露出破绽了，我把我的秘密热情对你泄漏了，而且我——"

"哦，我的天，你不要噜苏好吗？"思嘉连忙打断他道，因为她每次觉得瑞德把她当做一个大傻子照例是要懊恼的，而且她也不愿再把希礼当做谈话的题目，"你刚才说有两件事要跟我说，还有那一件是什么呢？"

"怎么？我正把一个热爱而裂伤的心对你披露，你却要换一个题目了？好吧，还有一件事是这样的。"这时他眼中的嘲讽神气重新消失，脸上变得阴暗而安静了。

"我要你对于这一匹马想点办法。它的脾气很执拗，它的嘴是跟铁一般麻木的。你赶起它来不是觉得累人吗？它如果发起脾气来，你是没有法儿控制的。你如果被它摔进阳沟里去，那么你的孩子跟你自己都活不成了。你得替它换上一副极重极重的口链，要不然的话，我去替你交换一匹比较柔驯、比较敏感些的来。"

她朝他那空虚而平滑的脸看了看。突然，她的懊恼消失了，正如刚才突然失去了她的羞赧一样。几分钟之前，他怀着一片好心，极力要使她心里安适，而她却正巴不得他死。现在，他愈加显得好心，连她的马也替她想到了，于是她突然感到了一阵感激。

"这马确实是不好驾驭，"她温柔地表示同意道，"有时我白天赶了一阵，晚上就要臂膀一直酸到天亮呢。你想用什么法子对付它呢，瑞德？"

他的眼睛邪恶地闪烁起来。

"你这几句话儿很甜蜜，很有女性的味道，甘太太。全然不像你那戆头戆脑的腔调了。那么可见你那脾气也不是改不了的，只要是对付得法的话。"

思嘉听了这句话，便又立刻蹙起了眉头，重新发起脾气来。

"这一会儿你可以下车去了吧，不然我就要拿鞭子揍你了。我自己也不知道为什么要容你这许多时候——我是把面子给你呀，你简直没有礼貌，你简直没有道德，你简直是一个——好吧，滚你的吧，我不是说着玩的。"

他下了车，把吊在车后的马儿解下，站在那暮色苍茫之中，对思嘉恶作剧地咧着嘴，思嘉一面将车赶起身，一面也忍不住朝他咧了一咧嘴。

是的，他这人很粗，很狡猾，跟他打着交道总是危险的，而且你拿一件极钝的武器放到他手里，说不准他什么时候会把它化出一柄锋利的尖刀来。但是无论如何，他总是使人兴奋，像一杯白兰地那么容易迷人的！

这几个月以来，思嘉已经学会了喝白兰地了。她每天傍晚回家，往往身上被雨淋得稀湿的，赶车也赶得浑身酸痛了，她就再没有别的思念，只想把那秘密藏在衣橱顶层抽斗里的一瓶白兰地瞒着嬷嬷的眼睛拿出来偷喝几口。关于孕妇不能喝酒这一层，米医生从来不曾对她下过警告，因为他万万想不到像思嘉这么一个上等人家的女子，会学会喝这种东西的。

思嘉却已发现晚饭之前喝点白兰地，对于精神上大有补益。她怕别人要闻到酒气，总在喝了之后拿点咖啡放在嘴里嚼着，或是拿点香水漱漱口。她想他们男人要喝随时都可喝，而且往往喝得东倒西歪，那么为什么就不许女人喝呢？有时扶澜躺在她身边大打其鼾，她却辗转反侧地再也睡不着觉，由此忧虑贫穷、害怕北佬、怀念家乡、惦记希礼等等的心事一齐都兜上心来，要是没有一点白兰地来麻醉麻醉，她是简直可以发起狂来的。而一经那愉快而熟悉的热力袭进了她的血管，她的一肚子心事就会逐渐消退了。每次她喝过了三口之后，她就照例可以对她自己说："这些事情我等明天再想吧，明天我总比较可以经得起。"

但是有几天晚上，虽是白兰地也镇不住她的心痛，因为她的这种心痛并非因害怕丢失木厂而起，却是因怀念陶乐而起的。亚特兰大现在已经很热闹了，有那么许多新造的房子，那么许多陌生的面孔，那么许多川流不息的车马，有时竟要使她应接不暇的。她原很爱亚特兰大，但是，啊，这又怎么及得陶乐那种甜蜜的和平，那种乡村的幽静，那些绯红的田野，那些浓郁的苍松呢？啊，能够回到陶乐去多么好呢，不管那边的生活多么苦楚！哦，能够去亲近亲近希礼多么有趣呢！只要能够见见他的面，听听他说话，知道知道他是爱自己的，那就已够有趣了。媚兰每次寄信来，总说家里大家都很好；慧儿每次寄信来，总说田里的事一切都顺利。然而她每次接到陶乐的信，都使她的思乡之念愈加深切。

我等到六月里一定要回去。六月以后我在这里没有事情可做了，我要回去住它两个月。她想到这里，心里不觉得膨胀起来。到了六月里，她果然回到陶乐，但是比她预定的日期早了几天，因为才到了六月初，她就突然接到慧儿一封信，说他父亲故世了。

第三十九章

火车开得非常慢,所以当思嘉在琼斯博罗下车的时候,那六月的深蓝暮色已经逐渐罩上田野来。黄色的灯光从乡村的店铺里和房屋里开始射出,原来那些乡村里也还有些残余的房屋,只是不多了。这里那里,大街两旁的建筑显出了开阔的空隙,那便是战时被炮轰了或是被火烧了的地方。一些屋顶开着弹孔,倒了一半墙壁的破房子沉默而阴暗地对思嘉瞪视着。布家铺子门前的木棚子上吊着几匹上着鞍子的马儿和骡子。那条灰土蓬蓬的红泥路上是空虚的,没生气的,唯一可以听见的声音就是一些醉汉的哗笑,载在那黄昏沉静的空气上,从街尽头一家酒馆里飘出。

车站在战争中烧掉了,到现在还没有重造,废基上面只有一个木棚棚,四面空空的,没有什么可以挡风雨。木棚棚底下放着几只空桶儿,分明是给人家坐的,思嘉就拣了一只坐下,向街前街后不住地看着,找着彭慧儿。她想慧儿一定会到这里来接她。他应该知道她接到这凶信之后,一定要赶第一班火车回来的。

她动身时过分匆忙,以致带来的一只小手提包里,只装得一件睡衣和一柄牙刷,连换洗的衣裳都没有带来。因为她没有工夫自己赶做丧服,她身上穿的一件黑衣服,是向米太太那里借来的。那件衣裳紧得很,穿在身上觉得非常不舒服,因为米太太近来瘦了,她却正挺着一个大肚子,以致把她紧得连气都喘不过来。而且她现在虽是奔丧,却仍没有忘记姿容的美恶,她低着头看看自己的肚子,觉得实在不雅观。她的体态完全失去了,她的面孔和脚踝都肿起来了。在这以前,她还不大注意到这些事情,但是现在她马上就要见到希礼了,因而心里急得不得了。她想自己身上带着别个男人的孩子,怎么好意思去见希礼的面呢?她是爱他的,他也爱她的,而如今这个不招自来的孩子,便是她不忠于他的爱的一个凭据了。不过事已如此,她也无法可施了。

她不耐烦地顿着她的脚,想道,慧儿不该不来接她的。要是慧儿真的没有来,她就不得不跑到布家铺子去问他的消息,或是到那里去找人替她赶车到陶乐。但是她极不愿意到布家铺子去，那天正是礼拜六的晚上，区里的人大概有一半在那里。她现在挺着这么大的肚子，又绷着这么紧的衣裳，使得肚子越发显得大，怎么好到这许多人面前去丢丑呢？而且人家听见她父亲死了，一定有很多人要向她来表同情，这又是她不愿意听的。她怕听见别人提起父亲的名字，立刻就要哭起来。而她却不愿意哭。她知道自己一经哭开头，就要跟瑞德丢弃她的那天晚上一样，仿佛开了水闸子似的哭个不住。

不，她不愿意哭！自从她得到了凶信之后，她常常觉得喉咙里有一块东西往上塞，现在她又觉得那块东西塞上来了。但是她觉得哭了也无益，哭了只使她感到心乱而虚弱。哦，为什么慧儿他们不早点儿写信的呢？要是她早知道父亲有病，她立刻就赶火车回去了，也许还会从亚特兰大带个医生回去的。这些人真是傻子，统统都是傻子！难道陶乐没有她，就什么事都干不了吗？然而她是不能一身分做两地的，而且天晓得，她在亚特兰大也算替他们尽力的了。

她在那只木桶上不住地扭着身子，看看慧儿老不来，就急得差不多要发疯了。他到底哪里去了呢？一会儿之后，她听见背后沿铁轨的煤屑路上有脚步嚓嚓的声音，扭转身子一看，正见方乐西驮着一袋麦子跨过铁路向一辆货车走去。

"啊呀，我的天！难道是你吗，思嘉？"方乐西一面喊着，一面撂下肩上的口袋，跑过来抓住思嘉的手，他那惨苦黝黑的小脸盘上现出了满脸的快乐，"我看见你高兴极了。我刚刚看见慧儿在那边铁店里上马掌，今天火车脱班了，他当是还有一会儿才能到，我去叫他来好吗？"

"好的，谢谢你，乐西。"她说着，竟忘记了心里的悲伤，不由得微笑起来了。因为突然看见一个同区人，确实是一桩很高兴的事。

"哦——嗯——思嘉，"他仍旧捏着她的手，颇觉为难地开口道，"你父亲的事情我真伤心呢。"

"谢谢你。"她答道，其实她很不愿意他提起这桩事情。现在经他这一提，她父亲的绯红的面孔和洪亮的声音立刻都浮现在她眼前了。

"不过，思嘉，我们这附近一带的人没有一个不钦佩他这举动的，"乐西放开她的手道，"他——嗯，我们都当他死得像一个勇士，也是为勇士而死的。"

他这话什么意思呀？她觉得莫名其妙了。一个勇士？难道是什么人开杀他的吗？难道他也跟东义一样，跟小畜生们打过架吗？但是她不能再听了。如果他再往下说，她是非哭起来不可的，但是她现在决不能哭，一定要等她跟慧儿把车子赶到野外去，在没有陌生人看见她的时候才能哭，慧儿看见她哭是不要紧的，他是跟自己的兄弟一样的。

"乐西，你不要再说这桩事了。"她简捷地说。

"我一点儿都不怪你，思嘉，"乐西说着，脸上泛起了愤怒的紫色，"假使是我自己的姊妹，那我就要——嗯，思嘉，你总知道，我是向来不说女人的坏话的。可是照我个人看起来，我总觉得苏纶实在该吃皮鞭子。"

怎么，他这个人现在会说傻话了，她诧异地想道。苏纶跟这桩事有什么关系呢？

"邻近一带的人没有一个不怪她的，我真是说也难过。只有慧儿一个人帮她说话——还有媚兰，当然也是帮她的，不过媚兰是一个圣人，她从来不会看见别人身上的坏处，而且——"

"我已经说过，我不愿意再说这桩事情了。"思嘉冷然地说。但是乐西好像一点儿都不介意，看他的神气，仿佛他已懂得她的说话所以这般唐突的原因了。这使她颇感局促。她不愿意听见自己家里的坏消息从一个局外人口里说出，也不愿意他知道自己对于家里的事情毫无所知，怪来怪去，总怪慧儿不该不早向她报告详细的消息。

她觉得乐西对她这么瞪着眼睛看，心里非常不安。她知道乐西已经看出她怀孕，又觉得怪难为情的。但是乐西心里实在并没有这种意思，他只觉得思嘉的面孔变了，变得几乎不认识她了。他起先以为这大概是因思嘉有了孩子的缘故。女人有了孩子，总要变得像鬼一样的。而且她才死了父亲，心里当然要难过。郝老先生是极宠爱她的。但是不然，他觉得她的变化还不止如此。实际上，她是比他上次见到的时候好看得多了。至少，看她现在的神采，总像一天三顿吃得饱饱的。而且她眼睛里面那种饿兽一般的气色，也已失去一部分了。从前她的神气一直是畏怯的、焦灼的，现在她很坚定了。看她那气度之间，好像是极有主张、极有把握，而且具有极大决心的，虽在微笑的时候也是如此。由此可见她跟扶澜的生活一定过得很快乐。是的，她是变了。她确实还是很美的，但是她脸上那种姣好、温柔，对男人十分妩媚的姿态完全消失了。这是乐西记得比谁都要清楚的。

不过，不是他们大家都变过了吗？乐西低下头去看看自己身上那一身粗布的衣服，脸上便又显出一脸凄苦的皱纹来。有时他夜里睡不着觉，便要想起重重叠叠的心事，不知母亲的病几时才能得到医治，约瑟的孩子哪里有钱使他受教育，要想添一头骡子的钱从哪里来。因而他就觉得反不如战争年代了，巴不得战争永远不停了。因为在战争期间，他还不知道自己将来的命运究竟怎么样。而且在军队里的时候，总还一直都有东西吃。虽然吃的不过是玉米面包，并且一直都有人听他的命令，也用不着去焦心种种不能解决的问题——总之，除了怕要丢掉自己的性命，在军队里是什么心事都不用担的。还有那孟提蘪的事，也使他一直担着忧愁。乐西本来是想跟孟提蘪结婚的，现在他看看有这许多人要靠他维持，他就知道这桩事办不到了。他爱她已爱得很长久，现在她脸上的玫瑰色已经渐渐褪去，眼睛里的快乐也渐渐消失了。假使东义没有逃到得克萨斯去，他总还有一个帮手。只要有一个男人替他做帮手，局面就会完全改观。而如今他这脾气暴躁的小兄弟，却是不名一钱地在西边过着流浪生活了。总之，他们大家都已变过了，而且怎么能够不变呢？想到这里，他长长地叹了一口气。

"我还没有谢你跟扶澜给东义的帮助呢，"他说，"他走的时候是全靠你们帮助的，不是吗？你们真好。我已得到消息，知道他已安全到了得克萨斯了。我是不敢写信来问你们，你跟扶澜有钱借给他吗？这钱我会还——"

"哦，乐西，请你不要讲起吧！这里不是讲话的地方！"思嘉嚷道。真是难得，现在她竟不把钱的事情放在心上了。

乐西沉默了一会儿。

"我去替你叫慧儿来吧，"他说，"明天出殡我们都要去的。"

他背上了那只口袋，转身走了。正在这当儿，一辆歪歪斜斜的货车从一条冷街里面转出，吱吱嘎嘎地向她这边赶过来。只听见慧儿在车厢里喊道："对不起，我来迟了！思嘉。"

说着，他很不灵便地爬下了车子，蹒跚地拐到她跟前，鞠了个躬，亲了亲她的面颊，这是他破题儿第一遭跟她亲嘴，而且他每次叫她，从来不会忘记加上一声"小姐"的，这回他忽然不用这称呼，不由得使思嘉吃了一惊，但是她同时觉得心里热烘烘，很高兴。他小心地扶着她跨过车轮，坐上车子，她低下头一看，才知那车子就是她从亚特兰大逃难时坐回来的。怎么直到现在还能用的呢？一定是慧儿常常在修理。思嘉看见这辆车，记起了那天夜里的事，心里不免有点难过。她因而下了个决心，哪怕她脚上没有鞋子穿，桌上没有饭菜吃，也要去买辆新的来，将这辆拿去烧掉。

坐上车之后，慧儿起先不开口，思嘉心里很感激。慧儿将他的破草帽往车后一摆，向面前的马叱喝了一声，车子就动起身来了。思嘉看了看慧儿，一点儿都没有变，仍旧那么瘦瘦儿的，长袅袅的，淡红的头发，柔和的眼睛，忍耐得跟一头载重的牲口一样。

他们离开了琼斯博罗，转入一条通陶乐去的红泥路。天边仍旧逗留着一线微红的羽毛一样的云彩，周围镶着一圈金黄色和淡绿色。乡野黄昏的寂静向他们的四周笼罩下来，平静得像在做祷告。于是思嘉心里想，她离开了这种乡野的新鲜空气，这种新耕地的芳香，这种夏夜的甜蜜，已经有这许多月了，不知自己是怎样熬过来的。她觉得那种润湿的红泥的气味非常好闻，非常熟悉，非常可亲，简直忍不住要爬下车去将它抓一把起来。红泥路的两侧镶着一丛丛的忍冬花，因为刚刚下过雨，那香气一阵阵地冲鼻而来，实在是世上再好没有的。头顶，则有一阵阵的燕子突然穿梭似的飞过去，又偶然可以看见一只野兔子惊惶万状地穿过路旁，只见它的尾巴噗噗地跳着，跟一只水鸭绒的粉扑一般。她又看见两边田里的棉花长得很好了，到处都有一丛丛的绿叶从那红土里刚劲地挺出，心里不由得感到了一阵快乐。这一切景象都是多么美丽啊——那浮在潮湿地上的灰色的雾，那红色的泥土，那碧绿的棉花，那一行行划着绿畦的斜迤的田亩，那一簇簇仿佛围墙似的高耸的苍松！她怎么能在亚特兰大待这么长久呢！

"思嘉，在我没有跟你谈到郝先生的事情以前——不过，我是什么事情都要跟你谈的，在我们没有到家之前——我先要请问你关于一桩事情的意见。因为你现在是一家之主了。"

"什么事，慧儿？"

他将他那柔和而清醒的眼睛转过来对她看了一会。

"我只是要你赞成我跟苏纶结婚。"

思嘉急忙抓住了她的坐板。因为她听了这话，吃惊得非同小可，几乎要向背后倒下去了。怎么，跟苏纶结婚？思嘉以为自己夺过了苏纶的扶澜以后，是决不会有人再肯跟她结婚的。这样的人有谁要她呢？

"哦，慧儿！"

"那么你是不介意的了？"

"介意？哦，不会的，不过——怎么，慧儿，你把我弄得莫名其妙了呢！你跟苏纶结婚？我一直当你是爱恺玲的。"

慧儿把眼睛盯在马上，抖了一抖缰绳。他的侧影并没有变动，可是她觉得他在微微叹气了。

"我从前也许是的。"他说。

"嗯，那么是她不肯要你吗？"

"我从来没有问过她。"

"哦，慧儿，你真是傻子。你问问她呀，她比苏纶要好一倍呢！"

"思嘉，陶乐的事情你还有很多不知道的。这几个月以来，你是不大管我们的了。"

"怎么我没有管呢？"她突然发怒起来，"你当我在亚特兰大是做什么的？你当我一天到晚坐着马车赶跳舞会吗？我不是按月寄钱给你们的吗？税钱不是我给的？房子不是我修的？犁头骡子不是我买的吗？不是我——"

"得啦，思嘉，你不要开了闸子收不了口吧，"慧儿泰然自若地截断她的话，"要说有谁知道你在那里做什么，那就要算我，我是知道你在那里做的工作抵得两个男人的。"

思嘉稍稍平了一点气，便问道："那么你刚才的话怎么说的呢？"

"嗯，你使得我们头上有屋顶，厨房里有粮食，这是我不否认的。但是我们心里到底存着怎样的想法，你却不大顾念了。我也并不埋怨你，思嘉。你本来就是这个样儿的。你对于别人心里的想法，向来就不大感兴趣的。不过我现在所要告诉你的，就是我始终不曾向恺玲求过婚，因为我明知这是没有用处的。她对于我，一向都像一个小妹妹，而且我看她跟我说的话儿，比对世界上任何人都坦白些。但是她至今没有忘记她那死了的情人，并且以后也永远不会忘记。近来她已打算要到查尔斯顿一个尼姑庵里去了。"

"你是在说笑话吗？"

"嗯，我也知道你要吃惊的，现在我只请求你，思嘉，你不要去跟她辩论，也不要骂她，也不要笑她，你随她去吧。她现在是没有别的心思了，她的心碎了。"

"你在见鬼呢！许多人都碎过心的，可是都不曾去上尼姑庵。你就瞧我吧，我是死过丈夫的。"

"可是你的心不曾碎过。"慧儿平静地说，说着从车底里捡起一根稻草来，放在嘴里慢慢地嚼着。经这一说，思嘉一肚子的气都消掉了。凡是她听见别人道着了真理，就马上会消气，无论那话儿是多么的乏味，因为她天性里到底还存着一点诚实，所以见到真理是不能不承认的。当时她默默无言，只觉得恺玲要去做尼姑这个观念非常陌生，尝试要使自己去习惯一下。

"你答应我，不要去找她麻烦。"

"哦，好吧，我答应就是了。"然后她朝他看了看，觉得对他已有了一种新的了解，并且还带着几分惊异。慧儿是爱过恺玲的，并且至今还是爱着她，以至于竭力帮她说话，还要鼓励她去做尼姑。然而他又要跟苏纶结婚了，这到底是怎么一回事呢？

"嗯，不过苏纶又是怎么回事呢？你是不喜欢她的，不是吗？"

"哦，我也可说是喜欢她的，"他说着，将口里的稻草取下来，放在手里端详着，仿佛对于它很有兴趣似的，"苏纶并不像你想的那么坏，思嘉。我想我们将来一定可以过得很好的。苏纶的唯一毛病只在她需要一个丈夫和几个孩子，但这也是每个女人的常情。"

他们的车子在那满是车辙的路上颠簸了几分钟，两个人都默默不语。思嘉心里却是非常奇怪。她觉得慧儿所以要跟苏纶结婚，其中必定还有一段隐情，决不是表面看得出来的。

"你还没有跟我说明真正的理由呢，慧儿。你若是承认我为一家之长，我就该有权利可以知道。"

"这话对的，"慧儿说，"而且我想你也一定会了解。我就是为了离不开陶乐。陶乐现在已成了我的家了，我的真正的家了，因而我对于陶乐的每一块石头都是爱的。我在陶乐已经工作了这么许多时候，向来都跟在我自己家里工作一样。思嘉，你要知道，凡是一个人为它工作的那件东西，他一定是爱它的。你懂得我的意思吗？"

她很懂得他的意思，知道他对于自己极爱的东西也是爱的，因而不由得对他涌起一阵热烈的感激。

"现在的情形是很明白的。你父亲死了，恺玲就要做尼姑去了，陶乐不是光剩我跟苏纶两个人了吗？我如果不跟苏纶结婚，那成什么体统呢？你总明白别人要说闲话的吧。"

"可是——可是慧儿，还有媚兰跟希礼——"

慧儿一听见希礼的名字，便转过头来看着她，他的灰色眼睛里面露出一种莫测高深的神气。思嘉于是重新起来了一种感觉，觉得慧儿对于她跟希礼的事情是统统都知道的，也统统都了解的，却是不责备也不赞成。

"他们也快要走了。"

"走了？走到哪里去？陶乐就是他们的家，也同是你的家一样的。"

"不，陶乐并不是他们的家。希礼就是为此一直觉得不安。他不当陶乐是自己的家，又觉得自己的工作养不活自己。因为他对于田里的工作太不高明，这是他自己知道的。他总算是什么气力都用尽了，但是天晓得，他并不是种田的坯子。你要叫他劈柴吧,那是他难免要劈开自己的脚板的。你要叫他下田去,叫他把犁头扶扶直,那他未必就能够胜过小玻。但是他手里种不出东西来,脑里却写得出一大本书。这也是难怪他的,因为他天生不是这种人。不过他想起自己是个男子汉,却要住在陶乐靠一个女人救济,又一点儿无可报答,因而心里觉得烦恼了。"

"救济?他曾经说过——"

"不,他从来不曾说过一句话,你是知道希礼的。不过他的心事我看得出来。昨天晚上我跟他坐着给你爸爸伴灵的时候,我告诉他,说我已经向苏纶求过婚,她也已经答应了。希礼便说,这事倒可以使他松一口气,因为他说他一向住在陶乐,总觉得像一只狗似的,现在郝先生死了,只剩我跟苏纶两个人,难免人家说闲话。他跟媚兰倒不能不住下去了。现在我既然要跟苏纶结婚,这层已可以不必顾虑,他就打算要离开陶乐,去另找工作了。"

"工作?哪一种工作?到哪里去找?"

"我还不大清楚他到底要去做什么,他只说过要到北方去。他有一个北佬朋友在纽约,近来写信给他,叫他到那边一家银行里去做事。"

"哦,不行!"思嘉不由得从心窝里喊了出来。慧儿听见这声喊,便又转过头来盯了她一眼。

"他也许不如到北方去的好。"

"哦,不会的,不会的!"

于是思嘉心里思潮澎湃起来了。希礼是不能到北方去的!他若去了,她也许永远不能见他了。她虽然已经几个月不曾见到他,虽然自从果园里那次之后,一直没有跟他说过一句体己话,她却是没有一天不想念他的。她知道希礼住在陶乐,心里便觉得安慰。她每次寄钱给慧儿,知道其中有一部分要给希礼拿去用,也便是一种安慰。她想他当然比不得一个农夫,他是天生来做高尚事情的,天生来管治别人,住大房子,骑好马,谈读书,使唤黑奴的。现在虽然已经没有大房子可住,没有好马可骑,没有黑奴可使唤,也没有很多书可读,但是他的坯子总还没有变。他总不是生来种田劈柴的,那么无怪他要离开陶乐了。

但是她决不能让他离开佐治亚州。如果是必要的话,她要逼牢扶澜替他在店里找一桩工作,逼牢扶澜辞退现在那一个学生。但是,不——希礼既然不配到田里去耕田,也就不配到柜台上去做买卖。难道叫他们卫家人去做伙计吗?哦,那是万万不行的!必须替他另外找一桩事情来——哦,是了,当然还有她自己的木厂啰！想到了这里，她就大大地感到一阵快乐，竟不由得露出笑容来。但是他肯不肯接受这桩工作呢？他会不会把这工作也当做一种救济呢？她必定要设一个法儿，使他觉得这桩事情实在是他帮她的忙。他若是肯来，她就把那姓张的辞退了，叫他去管老厂，让艾恕仍旧管新厂。她要对他去解释，说扶澜身体不好，店里事情又忙，所以不能兼顾她厂里的事，她呢，又因正在怀孕，所以不能不找他帮忙。

她要设法儿使他自己明白，她在这个时候实在是少不了他帮忙的。只要他肯接受这工作，她情愿把厂里的利益跟他对半分。总之，只要她能一直接近他，一直看得见他脸上那种光彩的微笑，一直能跟他眉目传情，她是任何东西都可牺牲的。

"我能替他在亚特兰大找事情做的。"她说。

"嗯，那是你跟希礼的事情，"慧儿说了，重新把那根稻草放进口中，"快点儿，谢尔门①。现在，思嘉我还有一件事情要请求你，然后跟你讲你父亲的事。我请求你不要去难为苏纶。事情反正过去了，你即使拿到了苏纶的把柄，郝先生也已活不回来了。何况她自己总以为是仁至义尽的。"

"我正要问你这件事。苏纶到底是怎么一回事呀？刚才乐西说了一套哑谜儿，只说她该吃鞭子。她到底做了什么事了？"

"是的，人家都在对她切齿呢。今天我在琼斯博罗碰见许多人，人人都说不见到她便罢，见到了她就非砍死她不可。不过他们过了几天也许都会忘记的。现在你要答应我，你不要去跟她为难，因为郝先生还停在客厅里，我不愿意你们今天晚上就争吵起来。"

为什么要他不愿意我们争吵呢？思嘉暗中愤愤地想道。听他的话语，仿佛陶乐已经是他的了！

于是她想起了父亲，想起父亲停在客厅里，她就突然哭起来了，哭得抽抽咽咽的，非常悲痛。慧儿将一条臂膀搂住了她，将她搂近身边些，却是默默地不发一语。

他们的车子在那黑暗的路上缓缓地颠簸着，她的头靠在慧儿肩膀上，她的帽子侧倒在一边。她一面悲悲切切地哭着，一面把父亲的音容笑貌一一地唤上心来。她记起了那个精神饱满的老人，记起了他那刚劲的白发，他那哗然的笑声，

---

① 谢尔门：马名。

他那笃笃的鞭声，他那粗鲁的笑话，他那慷慨豪爽的性情。她记起了自己小时候，他常常把自己带着去骑马，常常喜欢跳篱笆，常常要对母亲红着脸，觉得不好意思。现在呢，他是跟母亲在一起了！

"他病的时候，你们为什么不写信的呢？我马上会赶回来的——"

"他并没病，一分钟也没有病。喂，你把我的帕儿拿去吧，等我来讲给你听。"

她接过了慧儿的丝巾，擤了擤鼻子，因为她从亚特兰大匆匆动身，竟连手帕儿也忘记带了。擤完了鼻子，她又重新靠回慧儿怀里去。她觉得慧儿真好，他是怎么样也不会心乱的。

"我来从头讲给你听吧，思嘉。你是源源寄钱给我们的，希礼跟我么，就把税钱也交了，驴子也买了，种子也买了，什么都买了。还买了几口猪，几只小鸡。媚兰小姐养小鸡养得很好的，真是好人呢。那么，我们什么东西都买了，就没有钱剩下来买穿的了。不过谁都不埋怨什么，就只有苏纶一个。

"媚兰小姐跟恺玲小姐一直都蹲在家里，一直穿的旧衣服，仿佛她们是以此自豪似的。至于苏纶的脾气，你自己总也知道。她要没有好的衣服穿，是怎么也受不了的。我每次带她到琼斯博罗或是费耶特维尔去，要是她身上穿着旧衣服，就唠叨没个完，尤其是碰到那些提包党女人的时候，因为那些女人是顶顶讲究穿着的。还有那些自由人局里的天杀的北佬，他们的家小也都穿得那么花花绿绿！至于我们区里的女人，偏要穿着旧衣服到城里去，表示她们对于这件事满不在乎。但是苏纶哪里行呢，她不但要穿好衣服，还想要一匹马和一辆轿车。她说你有一辆的。"

"我的也不是轿车，不过是一辆旧篷车罢了。"思嘉愤然地说。

"嗯，这且不要去管它。我还可以告诉你，苏纶连你跟扶澜结婚的事也还没有忘记呢。不过这事到底该不该怪她，我倒也不好说。平心讲起来，这种事儿到底是一套卑鄙的把戏，对自己的姊妹是玩不得的。"

思嘉立刻从他肩膀上抬起头来，暴怒得像一条响尾蛇预备出击。

"卑鄙的把戏，嗨！我谢谢你的话文雅至极，彭慧儿！他自己情愿要我不要她，你叫我有什么办法呢？"

"你是一个聪明伶俐的女孩子。思嘉，我知道你是有办法可以叫他要你不要她的，这是女孩子家的拿手戏。至于你跟扶澜，我猜他是受你引诱了。这原是你的本领，爱要谁就有谁的。不过你要知道，他究属苏纶的情人呢！你到亚特兰大以前一礼拜，扶澜还曾有信给苏纶，话说得糖一样甜，说他一等多了几个钱，就要跟她结婚的。她曾经把这封信给我看过，所以我知道。"

思嘉默然不响，因为她知道慧儿说的是真话，所以想不出话来说了。她万料不到慧儿会来裁判她的。而且她对扶澜说的谎，始终不曾使她的良心感到沉重过。她以为一个女孩子连自己的情人也保不住，那么失去了他也只算活该。

"可是慧儿，你不要糊涂吧，"她说，"倘然苏纶跟他结了婚，你以为她肯花一个大钱在陶乐身上或是在我们任何人身上吗？"

"我不是这个意思，我说的是你如果愿意公公道道地干，也未尝不可以的，"慧儿带着一个平静的微笑朝着她说，"当然我们不用想拿到扶澜一个大钱。但是，话儿仍旧说回来，卑鄙的把戏终究还是卑鄙的把戏，你如果要拿手段来辩护目的，那就不关我的事，而且我也觉得谁都不能怪。不过事实是，自从那桩事情起，苏纶确实成了众矢之的了。我觉得她也不完全为着扶澜，只是她的虚荣心受了伤了。她老是说你怎样穿好衣服，怎样坐新马车，怎样在亚特兰大享福，她呢，就该一直活埋在陶乐，这就使她大大不服了。你总知道的，她一向都爱拜客，爱宴会，爱穿新衣服。这我也不能怪她，女人总是这个样儿的。

"离开现在大约一个月之前，我到琼斯博罗有事，把她也带了去，让她去看看朋友。回家的时候，她还是跟一只小耗子似的，可是我看得出她非常兴奋，简直快要炸开了。我总当她是遇到什么人，对她有过什么——或者是听到什么非常有趣的事情了，因而我也不十分注意她。她回家以后的一个礼拜里面，高兴得什么似的，也没有多话跟我说。我只晓得她去看过高嘉菱小姐——哦，思嘉，提起了嘉菱小姐，你眼珠子都要哭瞎呢。这可怜的女孩子，她嫁给了那么一个没志气的什而登，简直是不如死的好。你知道他把那房子都押掉了，钱也亏光了，现在他们不能不走了呢！"

"不，我不知道，我也不要知道。我只要知道爸爸的事。"

"嗯，我这就要说到了，"慧儿忍耐地说，"她去看了嘉菱小姐回来，便说我们是冤枉什而登的。她竟叫他什而登先生，还说他是一个聪明人，但是我们都一笑置之。从此她就常常要带你爸爸出去散步，有好几次，我从田里回来，看见她同你爸爸坐在你们坟场的矮围墙上，对你爸爸指手画脚地不知说些什么。你爸爸总像莫名其妙地瞪着眼睛直愣愣地看着她，只管摇头。你是知道你爸爸的病状的。思嘉，近来他一天糊涂似一天，连他自己在哪里也不知道，连我们是谁都不认识了。有一天，我看见苏纶指指你妈的坟墓，你爸爸就哭起来了。后来她满肚子高兴地回到家里，我就跟她谈了一会儿，我的话是很厉害的，我说：'苏纶小姐，你干吗要去难为你爸爸，把你妈的坟指给他看呢？你爸爸多半是不记得你妈死的，你这不是去提醒他吗？'她听了我的话，只把头翘了翘，笑着说道：'你别管我的事吧。过几天你自然会明白，知道我这计划不错。'昨天晚上媚兰小姐告诉我，说苏纶已经把她的计划对她讲了，但是媚兰小姐还以为苏纶是说着玩的。她又说她不曾把这事儿告诉过谁，因为她一想起这个主意儿，就觉得非常难过。"

"什么主意儿？怎么你的话永远不会说到题目上去的？我们已经走到半路了，我急于要晓得爸爸的事！"

"我是在这里讲了呀，"慧儿说，"不过我们快要到家了，我想我们不如在这里停一停，等我说完了再走。"

说着，他就勒住了马，在他们停车的地方有一道山梅花编成的篱笆，正是麦家庄子的分界处。思嘉从那阴暗的树底下看过去，恰好可以看见那几条鬼样的烟囱，仍旧竖在那寂静的残基上。她看见这番景象，觉得很不愉快，暗暗责怪慧儿为什么不另找一个地方。

"嗯，她的主意儿是一句话可以包括尽的，就是要北佬赔偿当初他们烧掉的棉花、他们抢去的牲口，以及他们拆毁的篱笆和仓房等等。"

"要北佬赔偿？"

"你还没有听说过吗？北佬政府现在定下了一种办法，凡是南方人肯给他们表同情的，那么以前被毁坏的一切财产都可以由他们赔偿。"

"当然，我是听说过的，"思嘉说，"不过这跟我们有什么相干呢？"

"有相干得很呢。照苏纶想起来，是那天我带她到琼斯博罗去的时候，她跟麦太太碰了头了，她看见麦太太身上穿得很漂亮，便不由得向她问起她的钱从哪里来，麦太太大吹牛皮说，是她丈夫向北佬政府请愿来的损失赔偿费。因为她丈夫曾经向北佬政府声明，说他是他们的忠实同情者，而且从来不曾拿任何形式的帮助给予南方联盟政府的。"

"他们本来是任何人都不曾帮助过的呀，"思嘉抢着道，"这些杂种！"

"嗯，你这话也许对的。我不大知道他们的底细。总之，北佬政府是给他们钱了，据说有好几个，究竟多少我已不记得。总之，数目是相当大的。苏纶听见这件事，就不免心动起来，经过了一番考虑，却跟我们一句都不说，因为她知道我们是要笑她的。但是她总得要找个人商量商量，这才跑去找嘉菱，于是什而登那个家伙就替她做起军师来了。他说你爸爸本来就不是本地的人，又不曾参加过战争，也没有儿子参战，也不曾在联盟政府底下做过官。如果说你爸爸是个北佬政府的同情者，那是一点儿也不勉强的。苏纶听了这番话回来，便着手在你爸爸身上用工夫。至于她向你爸爸运动的那番话，那我可以打赌，思嘉，你爸爸是一半也没有听懂的。但是她正利用你爸爸这个弱点，骗你爸爸糊里糊涂地去向北佬的政府立誓。"

"怎么，爸爸向北佬政府立誓吗？"思嘉大嚷道。

"嗯，近来这几个月，你爸爸愈来愈糊涂了，苏纶就是利用这个弱点的，可是你要听明白，我们是一点儿都不疑心有这种事的呢。我们总以为她向你爸爸哄骗什么，谁知道她竟利用你那死了的妈妈来责备你的爸爸，说他本有机会可以向北佬拿一万五千块钱，现在却让他的女儿穿得像个叫花子。"

"一万五千块钱！"思嘉独自咕哝着，便觉宣誓这桩事情也不怎么可骇了。

这是多么大的一个数目呀！而要拿到这个大数目，却用不着别的手续，只消签一张誓书给合众国政府，表示自己一向都拥护它，始终不曾给它的敌人以任何的帮助。一万五千块钱呢！这么多的钱来买这么小的一个谎！那么她就怪不得苏纶了。可是我的天，乐西竟说要拿皮鞭抽苏纶，这是什么意思呢？而且全区的人都说要砍杀苏纶呢！傻子，傻子，每个人都是傻子！能有这许多钱，还有什么事干不得呢？还有什么事办不到呢？而且这么小的一个谎，又有什么关系呢？总而言之，拿了北佬的钱无论如何不会冤枉的，不管你怎么个拿法。

"昨天差不多吃中饭的时候，希礼跟我在那里劈栅栏杆儿，苏纶拿了这辆车，载你爸爸上城里去了，跟谁也没有一句话。媚兰小姐有点儿猜着是什么事情，可是她只在心里默默地祷告，希望苏纶会变心，所以也没有跟我们说什么。她就只是不懂苏纶为什么要做这样的事。

"直到今天，我才明白。原来什而登那个没志气的家伙，是跟城里一班提包党人和共和党人都有来往的，苏纶早已跟他讲好条件，要让郝先生去自认尽忠北佬的政府，请大家包涵点儿，在旁边吹嘘吹嘘，等拿到了赔款，她愿意跟他们分成儿——我可还没有知道到底分多少。你爸爸也用不着别的，只消去听取他们的誓言，在誓书上签一个字，那誓书就会送到华盛顿去的。

"他们将那誓言对你爸爸匆匆念过了，你爸爸也没有说什么，直等要你爸爸在誓书上签字，你爸爸就像是突然清醒过来，摇了摇头。我想当时你爸爸未必就知道是怎么一回事。他不过觉得不高兴罢了，因为苏纶平时是常常叫他上当的。

当时苏纶碰了这个大钉子，觉得这许多天的辛苦都要白费，直把她急得要发起狂来。她因而将你爸爸带出北佬的办公处，坐上车，在街上一程来一程去地跑着，一面在你爸爸耳朵里不住地唠叨，说你爸爸本来可以让孩子们舒舒服服过日子，现在却偏要叫她们吃苦，你母亲是要在坟墓里哭的。又据旁边看见的人说，你爸爸当时坐在车上，哭得跟一个小孩子一样，因为他一听见提到你母亲，老是这个样儿的。当时满城人都看见了，方乐西还特地跑去看是怎么一回事，谁知苏纶马上就跟他抢白起来，叫他不要管别人的闲事，把个乐西气得发疯似的跑开去。

"嗨，我真不晓得她怎么想起来的，后来她竟去拿了一瓶白兰地，把你爸爸送回北佬的办公处，着手将他灌起来。思嘉，你要知道，陶乐是久已没有这种浓酒了，有的只是蝶姐自己做的一点黑莓酒和白葡萄酒，所以郝先生久已不喝了。当时不多会儿，他就被苏纶灌得大醉，又经不得她一连唠叨了两个钟头，后来他竟让步了，答应签那誓书了。于是他们重新把那誓书拿出来，谁知他正要将笔落纸的时候，苏纶一不留心说错一句话，便又半中间停住了。因为苏纶见你爸爸已经答应，便得意忘形地说道：'那么好了，从此以后他们施家人跟麦家人也对我们摆不了架子了！'思嘉，你知道这话是怎么说的？原来施家那么一点木棚棚儿被北佬烧掉了，竟申请到了一笔极大的赔款呢，据说就是阿弥的男人替他们到华盛顿去运动来的。

"据他们告诉我，当时苏纶提到施家、麦家的名字，你爸爸就把身子挺了起来，撑直了肩胛板，一双眼睛尖棱棱地盯着她，仿佛一点也不糊涂了，便对她说：'怎么，他们施家人和麦家人也签过这种东西吗？'苏纶吃他一问回答不出来，他便厉声地喊道：'你说，你说！是不是那些天杀的奥伦基党人跟那些天杀的白穷鬼也签过这种东西的？'什而登那家伙听到这句话，便不假思索地答道：'是的，先生，他们也签过的，而且他们得到一大堆的钱，跟你将来要得到的一样。'

"于是他老人家就像一头牛似的大吼了一声。方乐西说他当时正在一家酒馆里，离开那里很有一段路，也听见那一声喊呢。随即他老人家又带着一口土腔嚷道：'你们有没有想过咱们陶乐的郝家是怎么样的人，也会跟那班天杀的东西去干那种卑污龌龊的把戏儿吗？'当即他把那张誓书扯成两半，向苏纶劈面掷去，一面大吼道：'你从今以后不是我的女儿了！'说完，他就一溜烟地跑出那个办公处，谁也留他不住了。

"乐西又说你爸爸跑到街上的时候，气得像一头公牛。又说自从你妈妈死后，这是他第一次看见你爸爸像似恢复以前的原状。又说当时你爸爸已经醉得摇摇晃晃站不住脚儿，嘴里却是哗啦哗啦地在那里喊。当时乐西的马儿吊在路边，你爸爸看见了，便不管是谁的，一下跳了上去，随即掀起了一蓬红尘，嚷嚷着如飞而去了。

"那时已是日落时分，希礼跟我都坐在前面台阶上，眼巴巴地看着那条大路，心里不住地干着急。媚兰小姐在楼上，独个人躺在那里哭，却不肯告诉我们什么。忽然，我们听见一阵急骤的马蹄声，夹杂着一个人的喊嚷，仿佛从前在树林里打狐狸一样，希礼便说：'这就奇了！听这声音好像是从前郝先生骑马来看我们的样子呢。'

"随后，我们就看见你爸爸到了牧场尽头了。他一定是从那里跳篱笆过来的。那时他正飞也似的跑上山头，扯着喉咙唱着，仿佛他在世界上一点儿没有心事似的，我从来不晓得你爸爸有这么好的喉咙。他唱的是《矮背车上的小厮》，一面拿他的帽子打着马，那马跑得像发狂一样。将近山顶的时候，他突然收住了缰绳，仿佛预备跳过那道大篱笆来似的。我们看见这情景，都吓得跳了起来，正在这当儿，只听见他大声喊道：'你看我，爱兰，看我来这一下吧！'谁知那马跑到篱笆边，便把屁股一耸站住了，只看见你爸爸从它头顶跃过去。他大概并没有吃什么苦。因为等我们赶到的时候，他已经断了气了。"

慧儿等了一会儿，想等思嘉开口说句什么，可是思嘉并没有开口，他就把缰绳拿在手中。"走吧，谢尔门。"他说，那马就动身向陶乐那边去了。

第四十章

那天夜里思嘉睡得很少。第二天早上太阳爬上东边山顶的苍松，她就爬起床，端了一张机子靠窗口坐着，将一条臂膀支着头，看着外面的仓房、果园，一直看到远处的稻田。一切都是新鲜的，静默的，绿油油地缀着露珠，而那一片稻田的景象，尤其使她那酸痛的心感着几分舒适。虽然陶乐的主人现在陈尸在屋里，但日出时的陶乐是可爱的、整洁的、和平的。那个矮矮的木鸡栏，四周都用泥涂得密密的，连耗子都跑不进去，并且用白粉刷得干干净净。那个木头的马房也是这样，大园里种着一行行的玉蜀黍、南瓜，以及豌豆、萝卜之类，都弄得非常整洁，而且四面有栅栏儿围得好好的。果园里的矮树都被清去了，只有整片的蒲公英在那一排排大树底下长着。那些一半藏在绿叶底下的苹果和桃子，映着熹微的日光在那里闪烁。再看出去，便是那一行行弯曲的棉花畦，在那金色的天空底下幽静地呈现着一片碧绿。一群群的鸭子和鸡子正在摇摇摆摆地向田里出发，因为在那些柔软的新耕土里有着最最精致的虫儿和蚰蜒呢。

思嘉知道这一切都是慧儿的功劳，因而心里充满了对他的感激。她虽然对于希礼是毫无间然的，但决不能相信这一番兴隆景象系出于希礼的手，因为她明知陶乐的工作不是一个庄子里的贵族所能担当，却须一个爱土地的小农方能胜任的。现在她农场上用的不过两匹马，比起从前那种骡马成群的规模已经大不相同了。但是现在有了这一点根基，将来自然能有个发展。等到日子好了些，那些耕地自然都要重新收复回来的。

慧儿又曾告诉她，等今年秋天棉花收起了之后，她就不用再寄钱回去了。这一点是她觉得最可满意的。她也知道慧儿当初假如没有她的帮助，那初步的难关也实在不易过去。但是慧儿竟能使陶乐经济独立，这就使她不得不佩服了。而且以前慧儿处于一个雇佣的地位，还不免要用她的钱，现在他快要做自己的妹夫，就成了自己家里人了，以后更要给陶乐努力了。的确，慧儿是天上特地放下来帮助她的。

头一天晚上阿宝已将墓穴掘好了，是紧贴在爱兰墓旁的，现在他手里拿着一柄铲，站在一堆潮湿红土的后边，在那里等着封穴。思嘉站的地方就在阿宝背后一棵臃肿的柏树底下。六月早晨的阳光正照着她的眼睛，她就故意把头朝开，不去看面前的墓穴。不多会儿，就见汤勤、孟恕、方乐西，以及那位莫老先生的小孙子，抬着郝嘉乐的棺材慢慢地从那小径上走来了。棺材后边一段路，便是一个由邻人、朋友合成的送丧大队，身上都穿得很破，静默无声地跟着走来。阿宝见棺材快到，便将头扑在铲柄上，呜呜地哭将起来。思嘉无意之中看了看他的头发，不想几个月不见就已变成花白了，心里不由得暗暗吃惊。

同时她又暗暗地感谢上帝，幸亏昨天晚上她就已把眼泪哭干了，这才现在能够干着眼睛直立在那里。当时苏纶就站在她肩膀背后哭，她听见哭声觉得非常难受，只得拼命捏紧自己的拳头，否则就要转过身去给她一记耳掴子了。她想苏纶无论存心不存心，父亲总是由她弄死的，现在在这许多愤愤不平的邻人朋友面前，正该低着头一声不响才是道理，怎么还可以这么堂而皇之地哭呢？那天早上谁都没有对苏纶说过一句话，也没有对她表示过一点同情的意思。至于思嘉，大家便都对她默默地亲吻，默默地握手，对恺玲也都有一番温慰，甚至对阿宝也是这样，独有苏纶，便都差不多当没有她这个人似的。

因为在大家看起来，苏纶不只是谋杀她的父亲了。她曾尝试引诱父亲不忠于自己的南方。这一种行为，对于那个严肃而褊狭的社会，便无异是出卖他们大家的荣誉。他们这区里的人，对于世界本有一条坚固的防线，现在苏纶却将这条防线破坏了。她因要拿北佬政府的钱，不惜跟提包党人及小畜生们去联络，竟忘记了本区人对于这些败类是比北兵还要恨得厉害。何况她是联盟政府底下的世家出身，又是一个大地主的女儿，现在竟跟敌人去携手，不是本区里面每家人家都被她辱没尽了吗？

当时那些送丧的，人人都蕴蓄着愤怒，又沉坠着悲哀，而其中有三个人特别厉害——一个就是那莫老先生，他是自从嘉乐由萨凡纳迁到这里来的时候起，一向都跟他是莫逆之交；一个是方家的祖老太太，她因嘉乐是爱兰的丈夫，所以一向器重他；还有一个就是汤太太，她对嘉乐比对谁都要亲密些，因为她常常对人说，本区里面只有他一个人是能辨别雄马和阉马的。

当嘉乐的灵柩还停在客厅里的时候，他们三个人的脸上早已笼罩着一阵可怕的阴云，希礼和慧儿看见这番情景，便觉得惴惴不安，彼此丢了个眼色，退到爱兰那间办事房里去商量办法。

"我看他们有人打算要说苏纶的话吧，"慧儿突如其来地说道，"他们似乎觉得自己是有正当的理由可以说话的，也许他们的意思并不错，我也不便批评他们。不过，希礼，无论他们说得对不对，我们总不愿意他们开口，因为我们在陶乐像是自己家里一样，总不愿意因此引起什么麻烦来的。要等那位莫老先生开起口来，那就谁都阻止不了他了，因为他的耳朵聋得像一根柱子，人家要劝阻他，他是听不见的。还有那方老太太，你总也知道，她要是开起口来，也是天底下谁都阻止不了的。至于那位汤太太，你不觉得她每次看见苏纶的时候差点儿眼珠子都要掉下来吗？她简直就不听别人的话，而且开起口来就只有她没有别人的。要是让这三位说起苏纶的事来，那么包管陶乐以后再没有安宁的日子了。但是我们现在已经在这里多嘴多舌，哪里再经得邻舍人家也插进来呢？"

希礼听了这番话，便叹了一口气，一时回不出话来，只在心里干着急。因为他也知道这几位邻舍家的脾气，比慧儿还要清楚些。他知道区里有一种习惯，凡是替朋友送丧，总要对着灵柩说几句话儿，这几句话往往要伤到未死的人，因而往往要引起争吵，或甚至于决斗。

此番嘉乐的葬礼，因没有地方去请天主教牧师，就推定希礼主持仪式。照例，送丧人里面谁能说话谁不能说话，希礼是有权可以操纵的，不过他觉得碍于面子，要阻止这三位说话，实在是有些为难。

"这是没有办法的呀，慧儿，"他一面搔头一面说，"那位方老太太跟那位莫老先生，我或许还有法可想，独有汤太太的那张嘴，我是怎样也堵她不住的。而且她无论说得怎样温和，也总要说苏纶是凶手、是卖国贼，郝先生没有她是不会死的。嗨，不知这种对死人说话的习惯是几时起的，真是坏透了、野蛮透了！"

"你听我说，希礼，"慧儿慢吞吞地说，"我今天是无论如何不让一个人来说苏纶的话的，不管他说的是好是坏。你交给我来办吧。等会儿你读完了《圣经》，做完了祷告，说到'有谁要说几句话'的时候，你就把眼睛看着我，那我就可以第一个出来说话了。"

他们考虑得这么周详的一桩事儿，思嘉却是一些儿也没有想到。当时她看见那些执绋人将灵柩移近墓穴，心里只发生一种感想，以为父亲这一下落葬，就是她跟以前那些快乐日子的最后一个链节也宣告断绝了。

末了，执绋人将灵柩放落墓口，大家排班儿站立起来。希礼、媚兰、慧儿，也插进大家的圈子里去，在她们三姊妹后边站着。比较亲近的邻舍占了他们背后第一排，其余的都站在砖墙以外。思嘉起初一直低着头，现在回过头去一看，见有这许多人执绋，倒使她吃了一惊。她粗粗一估，要不下五六十人，其中有许多是从很远地方来的，也不知他们消息怎么来得这样快。也有从琼斯博罗、费耶特维尔、洛夫乔伊全家都来的，也有带着黑奴同来的。有许多小农远远地渡河而来，也有一些猎户来自对岸那些深林里。

至于附近的邻家，更是全家都出马。方老太太拄着根拐杖，孟赛莉和方少奶奶在后边跟着。方老太太的丈夫方老医生是两个月以前死的，因而现在方老太太的样子憔悴不堪，眼睛里已经失了神了。高嘉菱孤零零地站在那里，将一顶帽子盖了半张脸，因为她的丈夫什而登就是造成现在这幕悲剧的角色之一，她自己觉得有些惭愧了。思嘉将她打量了一番，见她身上穿得很褴褛，而且满身是油渍，一双手也是很脏的，连指甲里面都是黑的泥。总之，她是连一点大家小姐的形迹都不留的了。这使得思嘉大大惊异，觉得一个人的堕落实在快得很。

"那么我总算还不错的了。"她感到了一阵得意，不由得将头一翘，脸上露出笑容来。

谁知她这笑容正触着了汤太太的一双怒目，于是只得半中间急忙收回去了。她仔细一看，看见汤太太的一双眼圈儿哭得通红，对自己狠狠盯了一眼，便重新移到苏纶脸上，仿佛恨不得将她一口吞下去似的。在汤太太和汤先生的背后，一顺儿站着他们家的四个女孩儿，都披着一头红发，跟现在这种严肃的仪式实在不调和。她们的眼睛里面仍旧流露着青年人的生气，活泼得很。

一会儿之后，希礼捧着一本祈祷书站出场来。于是众人的脚步都静息了，帽子都去掉了，连衣裳摩擦的声音也听不见了。希礼低着头站了一会儿，只见一片阳光在他那金黄的头顶闪烁着。群众之间落下一个深沉的寂静，寂静到连微风吹动树叶的声音都可以听见，连远处反舌鸟的歌唱也像在面前聒噪一样。希礼开始读祈祷文，所有的头都低低地垂着，静听着他那响亮而抑扬的声调传出简略而庄严的词句来。

"哦，"思嘉一面想，一面竭力把自己的喉咙紧缩着，"他的声音多么美啊！牧师哪里及得他？他是我们自己人，他来给爸爸祈祷送葬，无论如何总比一个陌生人好些。"

祈祷文里有一段关于灵魂到涤罪所的事，恺玲本来画出来是希礼读的，希礼读到这里却突然把书盖上了，这一个缺漏只有恺玲一个人知道，她便莫名其妙地抬起头来看了看，但是希礼已经接着读起《天主祈祷文》来了。原来希礼知道在场的人多半没有听见过"涤罪所"这个名词,至于那些知道这个名词的,一定要责怪他不该读到这一段,因为像郝先生这样一个好人,一定会直接上天堂去,何至于要经过涤罪所呢?

希礼念完了《天主祈祷文》,抬起头,呆了一会儿,不晓得以后该怎样。众人却都屏息静气地等着,以为他总有一大篇演说来了,殊不知天主教的葬仪很简单,就此已经完毕。只见希礼光着眼睛四面看了一圈儿,末了看到了慧儿脸上,便说道:"有谁要说几句话吗?"

汤太太将身子挺了挺,正预备走动,慧儿却已笃笃地瘸到灵柩前,开口说起话来了。

"朋友们,"他用一种极平淡的声音开始道,"我现在第一个说话,诸位也许要说我过分,因为我认识郝先生才不过一年,诸位都是他二十多年的老朋友了。但是我是有理由的。假如郝先生能够多活一个月,我就有权利叫他爸爸了。"

群众里面起了一阵诧异的微波,虽因礼貌关系还不至于窃窃议论,但都已移动着双脚,并且都把眼睛瞪在恺玲身上。因为大家都知道慧儿是在暗中钦慕恺玲的。慧儿看见众人眼光所注的方向,心里也就明白,但只得佯为不知,继续说他的话。

"一等亚特兰大的牧师到了这里,我就要跟苏纶小姐结婚了,所以我现在第一个出来说话,也许是应该有这权利的。"

当时群众里面发生了一种嗡嗡之声,仿佛一群蜜蜂放出窝来似的,以至慧儿的后半句话全被淹没了。那声音里面含着愤怒和失望。所以失望,因为人人看见慧儿对陶乐这样出力,都很喜欢他,很尊重他。但是大家都以为他属意恺玲,不料他要跟苏纶结婚,因而都很替他可惜。怎么像慧儿这样一个好人,竟会跟苏纶那样一个卑鄙龌龊的女子结婚呢?

一时之间,全场空气显得非常紧张。汤太太不住地眨着眼睛,嘴唇皮也一动一动地预备说话了。莫老先生正在向自己的孩子问是怎么一回事。慧儿将眼睛正视着他们,脸上仍是一团和气,但是眼光里面仿佛含着一种威胁,威胁着他们不敢对自己的未婚妻说一句话儿。在那一刹那之间,他们心里都有两种感情在那里交战:一种是对于慧儿的尊重,一种是对于苏纶的轻蔑。结果是慧儿战胜了。于是他继续把话说下去,仿佛那一个停顿是极自然似的。

"我并不像诸位,当郝先生壮年的时候,我是不认识他的。我所认识的郝先生,已经是一个年老的绅士,而且有点儿变了常态了。不过我也常常听到诸位说他从前的事情。现在我可以把他的一生总结起来说一说。他是一个爱尔兰的战士，一个南方的上流社会人，并且始终是忠心联盟政府的。有了这么三种资格联合在一起，你们当然找不到一个比他再好的人了。而且从今以后也再不会有他这种人的，因为产生他这种人的时代也已经是过去的了。他本来是生长在外国的，但是现在我们这班送丧人当中，谁都不能像他这样具有佐治亚州人的特质。他过着佐治亚州人的生活，爱着佐治亚州人的土地，就是他的死，也是跟我们的战士为着同一个主义而死的。他是我们当中的一个。他有我们的优点，也有我们的弱点，有我们的长处，也有我们的短处。他的长处就在他所决心要干的事情是没有一个人能够吓退他的。凡不是由于他的自愿而是从外边来的势力，决没有一件东西能够使他吃瘪。

"当初英国政府要想绞杀他，他一点儿都不怕，也不屈服，情愿抛开家庭跑到外国来。到了我们这里，他又受到贫穷的威胁，但是仍旧一点儿不怕。他去努力工作，后来竟发了财了。当初这一带地方，还只开化了一半，印第安人出没无常，他也一点儿不怕。他从一片荒野里造出一个大垦植场来。后来战争起来了，他的财产一下丢失了，他也不怕重新落入贫穷的状态。北佬经过了这里，要烧他的房子，要杀他，他也不怕，也不屈服。他一直站稳自己的立场，一直维持反抗的态度。我所以说他具有我们的优点，就是为此。因为我们这里的人，是任何外来的势力都不能使我们吃瘪的。

"可是他也具有我们的弱点，因为外来的势力虽然不能使他吃瘪，内发的势力却很容易打倒他。我这话的意思就是，凡是整个世界都对他没有办法的事情，他自己的那颗心儿是对他有办法的。所以后来郝太太死了，他的心也跟着死了，他就终于被吃瘪了。至于现在放在我们面前的这位郝先生，早已不是原来的郝先生了。"

他说到这里停了一停，只把一双眼睛向四周围的许多面孔掠了一圈。那许多人站在烈日底下，仿佛被魔术吸在地上一般，刚才对苏纶怀着那一腔愤怒，早已被他一席话说到九霄云外去了。慧儿的眼睛在思嘉身上停了一会，眼角微微抽了抽，仿佛是在内心微笑着，给了她一点安慰似的。思嘉正在竭力控制涌上的眼泪，经他这么一眼，确实觉得一点安慰了。因为慧儿说的完全是事实，并不是那套跟天国复合之类的废话，而思嘉碰到了事实，向来是会感到力量和安慰的。

"我希望你们诸位不要因为他的最后失败就看轻他的价值。我们大家都是跟他一样的。我们大家都有个弱点，都有个失败。我们也跟他一样，是世界上任何的人任何的事都打不倒的，不管他是北佬、是提包党，也不管是艰难的日子、是极高的租税、是极度的饥荒。但是我们自己心里的那一种弱点，一经蒙蔽了我们的眼睛，那么我们就要撑持不住了。这一种弱点的发生，不一定都跟郝先生这样，为失去一个心爱的人而起。由各人心力所发动的大发条是不能相同的。但是不论那大发条是什么，谁要等那发条炸断了，他就不如死的了。特别是现在这种年头，谁要觉得自己的心再无可寄托，他就不如死了快乐了。所以现在郝先生躺在这里，我们尽可以不必替他悲伤。我们应该替他悲伤的时候早就已经过去，因为那就是谢尔门经过这里而郝先生刚刚失去郝太太的那几天。现在郝先生的身体是去跟他的心复合了，所以我以为我们是没有理由可以悲伤的，除非我们是过分的自私自利。我爱郝先生如同爱自己的爸爸一样，这才使我敢说这样的话。此外我没有更多话说了。请诸位不要见怪。况且他们郝家的眷属正在伤心，决没有心肠听我们的废话，我们尤其不应该多说。"

说到这里，他便转过头去对着汤太太，比较低声地说道："我看思嘉是该进屋里去歇歇去了，您可不可以送她回去呢，太太？她是不应该在这大热太阳底下站这么久的。还有那位方老太太，也像有点疲倦了，当然不是因她不敬郝先生的吧。"

思嘉听见他这一篇洋洋洒洒的演说突然转到了自己身上，又看见众目睽睽都拿自己做目标，便不觉羞得满面通红起来。她暗暗地责怪慧儿，为什么要惹得大家来注意她这无可掩饰的大肚子呢？这么想着，她便又羞又愤地把慧儿横了一眼。慧儿不动声色，也回了她一眼，当即把她镇服了。她便只得乖乖儿地向汤太太那边走去。那汤太太中了慧儿的计，早已把对苏纶的一腔愤怒丢到九霄云外，而对思嘉的生育问题发生浓厚兴趣了，所以见思嘉走近前来，便一把挽住了她的臂膀。

"跟我进屋子去吧，心肝儿。"

说时她脸上现出一种和蔼而浓厚的兴趣，思嘉只得由她去领着，从人群中开出一条巷儿，向屋子那边走去。直走到方老太太面前，老太太便伸出一只枯柴一般的手，对她说道："你来搀我进去吧，孩子。"随即转过头去对赛莉和方少奶奶狠狠地瞪了一眼，说道："不，你们不要来，我不要你们。"

当她们三个慢慢走去时，汤太太在思嘉胳肢窝儿底下搀着，搀得非常起劲，几乎把思嘉的身子凌空提起了。

"慧儿真是不识相，怎么好在这许多人面前提起我来呢？"思嘉愤愤然地说，

"他简直就等于说：'你们瞧她！她快要养孩子了！'"

"咦，这倒奇怪了，难道你还不是要养孩子吗？"汤太太颇觉诧异地说，"慧儿是对的，你原不该在那大热太阳底下站得这么久。你也许要晕过去，那就要闹出小产来了。"

"我看慧儿倒不是怕她要小产，"方老太太一边踏上了一个台阶，一边有些儿气喘地说，说时脸上展出一个狡黠的微笑，"慧儿这人是很聪明的。你要知道，芘莉，他不愿意你和我站在坟地上呢。他怕我们要说什么，所以想出这个法儿来把我们打发走的。同时他也不愿思嘉听见灵柩盖土的声音。他这意思是对的。你要记得，思嘉，你如果不曾听见灵柩盖土的声音，你就会觉得那死的人仿佛没有死。但是你一经听见过那种声音……嗯，这是世界上最最可怕的一种声音呢。……你搀我上台阶去吧，孩子，你也搀我一把儿，芘莉，思嘉现在用不着你搀了，我可真有些儿疲倦，像慧儿刚才说的……慧儿知道你是你爸爸的宝贝儿，所以他不愿你听见那种声音，使你心里更难受。他知道你的两个妹妹都受得了，因为苏纶本来就不要脸的，恺玲也有她的上帝可以支持她。至于你，你是没有东西可以支持你的，是不是，孩子？"

"是的，没有，"思嘉一面搀她上台阶，一面回答她，心里却有些觉得诧异，怎么这样大年纪的人，竟能把别人的事情看得这么透彻的，"我是从来没有什么东西可以支持我的，只除了我的母亲。"

"可是你失去了母亲以后，你就觉得自己可以独立了，是不是？好吧，这种事情也有些人是办不到的。你爸爸就是一个。慧儿的话是对的。你实在用不着伤心。他没有了爱兰，实在是过不了日子的，现在他去了，倒快乐了。也就跟我一样，我要是跟老医生在一起了，我就快乐得多了。"

她说这话的时候，并没有意思要别人给她表同情，因而汤太太和思嘉也就没有给她表同情了。她的话说得很干脆、很自然，仿佛她的丈夫还活在世上，并且就在琼斯博罗，只消坐一会儿车就可以寻到似的。因为这位老太太实在老了，见得也实在多了，所以是不会怕死的了。

"可是——您不是也能独立的吗？"思嘉说。

方老太太满面春风地向思嘉瞟了一眼。

"是的，不过有时是觉得非常不舒服。"

"喂，老太太，"汤太太插进来说，"您不应该跟思嘉讲这种话的。她已经是难受得很了，您想她这么远道跑回来，衣裳又穿得这么紧，心里又难过，天气又这么热,已经很可以闹出小产来了,哪里再经得起您老人家跟她讲这种伤心话呢?"

"不要见鬼吧!"思嘉很觉懊恼,嚷道,"我一点儿也不难受,我也不是那种娇滴滴的痨病鬼,哪里会这么容易小产!"

"天下的事情难说的呢,"汤太太仿佛无所不知地说道,"我是头胎便小产掉了,只因看见一头公牛触坏我们的一个黑奴,吃了一惊而起的。还有我们那匹叫做乃骊的红雌马,你总还记得吧?你单讲它的望相,那是再健康也没有的了,但是它脾气极躁,所以它怀孕的时候,我要一个不留心,它就要——"

"得啦,得啦!苊莉,"方老太太说,"思嘉是决不会小产的,我可以保险。咱们到穿堂里去坐吧,那边凉快些。是不是?这里风好呢。苊莉,你去替我们拿一杯酪子奶来吧,要是厨房里有的话。不然么,到食品间里去找找看,再看看有什么酒没有。我现在已经来得一杯了。我们要在这里多坐一会儿,等大家回来告别过再走。"

"思嘉该去躺一会儿了。"汤太太坚执地说,说时带着一个产科专家的神气,将思嘉从头到脚端详了一会,仿佛她对此是非常内行似的。

"你去你的吧。"方老太太一边说,一边拿她的拐杖将她戳了一下。于是汤太太脱下了帽子,随随便便往那碗碟橱上一撂,将头上汗淋淋的头发掠了掠,就动身到厨房里去了。

思嘉挑了一张椅子坐下来,解开小马甲的上面两只扣子。那个穿堂本来很宽敞,又有一股风从后边吹到前边,她便觉得十分阴凉而舒适。她从穿堂里看到客厅,想起不久之前父亲就停灵在那里,又不由得一阵心酸。随即她把关于父亲的思想竭力排开,抬起头,不期眼睛落在外祖母罗老太太的肖像上。那张肖像已被北佬的刺刀戳出许多洞来,但是那高耸的发髻,那半露的胸膛,那冷漠傲慢的神气,都仍旧活现在那里。思嘉每次看见这一幅肖像,总仿佛是服了一服补剂似的。

"这位汤苊莉的脾气真是怪,"方老太太开口道,"我不晓得她死了孩子和死了马儿,到底觉得哪一件伤心些。你总也知道,她对于她家的勤跟那几个女孩子,从来都不大放在心上。她就是慧儿刚才说的那么一种人。她的总发条已经断了。我有时觉得诧异,她怎么能不走到你爸爸走的那条路上去?除非她亲眼看见马儿或是人类在她面前生育的时候,她是永远不会觉得快乐的。她那几个女孩子一个都没有出嫁,也大概没有在本区里面找到丈夫的希望了,因此她是一点没有心事可担的，如果她不是这样一个女人，那也就不足为奇了。……哦，刚才慧儿说要跟苏纶结婚的话，是当真的吗？"

"是的。"思嘉直视着老太太的眼睛说。说时她就记起自己小时候害怕这位老太太的情景来。现在她大了几岁年纪，怕是不怕她了，但是她如果要来干涉陶乐的事情，那自然是要懊恼的。

"这是委屈慧儿的。"老太太坦白地说。

"真的吗？"思嘉傲慢地说。

"你不要得意忘形吧，姑娘，"老太太尖刻地说，"我是不会攻击你那宝贝妹妹的。我的意思是说这一带地方男人已经很少，慧儿是任何一个女孩子都会要得到的。芘莉也有那四个野猫儿，还有孟家的，还有莫家的——"

"一句话，他要跟苏纶结婚就是了。"

"苏纶得到慧儿是很运气的。"

"陶乐得到慧儿也是运气的呢。"

"你是爱这地方的，是不是？"

"是的。"

"你只顾陶乐有男人照管，便不管自己的妹妹嫁低了一个阶级吗？"

"阶级？"思嘉听见了这两个字，不由得诧异起来，"阶级？现在这种年头还讲什么阶级呢？女孩子家只要有个丈夫可依靠，别的还有什么可讲的？"

"这是一个大可辩论的问题，"老太太说，"也许有人以为你说的是常识，但是别人要说你是打破一重永远不能降低的大门槛了。慧儿确实不是一个有门第的人，你们父家母家却是都有门第的。"

说到这里，她的一双老眼瞟到罗老太太的肖像上去。

思嘉便也想起慧儿那副形状来，瘦瘦的，温和的，一点儿没有神气，永远把一根稻草放在嘴里嚼着，看他的外貌，好像是一点儿没有能耐的，正如大多数的破落户子弟一样。他的先代祖宗并没有一个富有、杰出、高贵的人物。他家最初迁到佐治亚州来的祖宗，也许是逃债来的，或是一个卖身的奴隶。慧儿又不曾进过高级的学校。事实上，他在那森林小学里只读了四年，便是他毕生所受的教育了。讲到他的性情，倒是诚实忠心的、耐劳刻苦的，然而他确实是没门第。若照罗家那种标准讲起来，苏纶确实要算降格而求了。

"那么你是赞成跟慧儿做亲戚的了？"

"是的。"思嘉凶狠地回答她，因为她听见老太婆话里带着一种非难的语气，恨不得跑上前去捶她一拳呢。

谁知出人意料的，老太太忽然满脸堆下笑来，并且用着一种非常赞成的语气说道："那么你可以跟我来亲一个嘴了。思嘉，你真是可疼煞人呢！我从来没有像现在这样喜欢你过，你是从小就像一个山胡桃一般硬的，虽然我自己也是这样的脾气，我可并不喜欢一个硬脾气的女性。但是我很喜欢你对付事情的态度。你对于那种根本没有办法的事情，是永远不会怨天尤人的，无论那件事情是怎样的乏味。你很像一个好猎户，一直把自己防卫得好好的。"

思嘉不知其所以然地微微笑了笑，随见老太太把她那张枯干的面颊凑上前来，便顺从地将自己的嘴唇放上去点了一点。她虽不很了解老太太话里的意思，但是听见别人这样地称许自己，心里总是快乐的。

"苏纶现在嫁给一个破落户，邻近一带的人总是有话要说的——哪怕人人都喜欢慧儿。他们会众口一词地说慧儿是个好人，却又要怪郝家的小姐怎么竟会降低自己的身份。你如果听见这样的谈论，千万不要介意。"

"我对于人家的话是从来不会介意的。"

"这我也听见人家说过。"老太太这句话里带着几分酸味儿，"好吧，你总不要介意就是了。大概他们的婚姻是会很美满的。当然，慧儿那副破落户的坯子，不见得因这婚姻就会改变，就是他那一口不很文雅的话语，也不见得因此就会进步。而且即使他弄起整个造币厂的钱来，也决不能像你爸爸那样使陶乐增加什么光彩。他们破落户是不会有光彩的。不过论起慧儿的心肠，却是一个道道地地的绅士，他的良心并没有错儿。刚才在坟场上，我们都想错了念头了，亏得他设法来纠正我们，若不是一个天生的绅士，这样的事是决然办不到的。总之，已经失去的东西是拿不回来的了，也不必去想念它了，如果一定要为这些无可挽回的事情而怨天尤人，那就等于自己打倒自己。我们是整个世界都打不倒的，自己却打得倒自己。是的，慧儿对苏纶并没有错儿，对陶乐也没有错儿。"

"那么您是赞成我让他跟苏纶结婚的了？"

"这可不，天晓得的！"老太太的声音显得疲倦而惨苦，却很有劲儿，"赞成破落户跟老世家结婚吗？啐！破落户原也有好人，原也有健全的、诚实的，可是——"

"可是您刚才还说他们的婚姻会美满的！"思嘉觉得莫名其妙地嚷道。

"哦，我是说苏纶嫁给慧儿是好的——其实不问嫁给谁都是好的。因为她要男人要得紧哪。可是除了慧儿叫她到哪里去找第二个呢？你也除了慧儿再到哪里去找人来管陶乐呢？不过我并不是说我就喜欢这样的局面，这是跟你一样的。"

"不过我是喜欢这局面的呀，"思嘉还是不懂老太太的意思，暗暗地这么想着，"我是喜欢慧儿跟她结婚的。这老太婆为什么说我要介意的呢？听她的话语，她已断定我也跟她一样是要介意的了。"

这么一想，她就如坠入五里雾中，而且觉得有些儿羞赧。因为人家硬要把他们自己的感情和主意裁到她身上来，以为她也是有的，她就要觉得怪不好意思。

老太太拿着她的棕榈叶子慢慢扇着，轻松地继续说道："我是不赞成这门亲事的，和你的意思一样。可是我向来只讲实际，也和你没有两样。我如果碰到不愉快的事，可是知道它实在没办法，我是向来不作兴叫呀跳的。一个人一生一世，总免不了要有挫折。单说我自己的娘家和婆家，这两家人家就已不知受过多少挫折了。我们向来有一句格言，就是'不要叫，只要笑，苦吃尽，甜来到'。我们这两家人家都已不知受过了多少磨难，可是我们都放着笑脸儿挨过来了，现在已经快要成为渡过难关的专家了。你要知道，我们是不得不如此呀。我们是一直都投错了机的。最初被法国赶出，后来被英国赶出，又后来被苏格兰赶出，又后来被海地赶出，现在又给北佬吃瘪了。可是我们每次被人打到泥底去，不到几年就又重新爬出人家头顶了。你知道是什么缘故？"

老太太说时将头翘了翘，思嘉觉得她活像一只自作聪明的老鹦哥。

"不，我不知道，确实不知道。"她很客气地说。但是她觉得老太太的话实在使人厌倦极了，跟那天她讲那个土人暴动的事件一样使人厌倦。

"嗯，那么我来讲给你听吧。缘故就在我们对于凡是不可避免的事情一向都肯低头的。我们并不是小麦，我们是荞麦。遇到狂风吹过的时候，成熟的小麦就要被吹倒，因为小麦是干燥的，不能随着风势而曲折。荞麦就不然。因为荞麦虽到成熟的时候，秆子里仍旧有汁，风来了，它就随着风势低头了；风去了，它又重新抬起头来了，差不多又跟从前一样挺直、一样强壮了。我们并不是一个硬头颈的种族。我们碰到风暴来的时候，是很柔顺的，因为我们知道柔顺实在有好处。患难来了的时候，我们就对着那不可避免的事情低了头，一点儿也不怨天尤人，只是工作着，微笑着，等待着我们的好日子。对于比我们低级的人，我们也敷衍他们，有便宜可占就让他们占，等到我们自己强壮起来了，骑到这些人的头上去了，我们就一脚踢开他们。这，我的孩子，就是我刚才所谓渡过难关的秘诀。"停了一停，她又补上一句道，"现在我将它传授给你了。"

老太太说完吃吃地笑了一阵，仿佛她觉得自己的话虽然刻毒，却是很好玩似的。她的神气又像在等待思嘉给她一点批评，但是思嘉仍旧觉得她的话没有多大意义，因而一时想不出话来。

"可不是吗？"老太太看看思嘉无话，便又继续说下去，"我们的人给打倒了是会爬起来的，可是我们这里附近就有许多人一辈子都不得翻身。你看高嘉菱吧。她现在变成什么了？变成穷白人了！比她嫁的那个男人还要低许多。再看莫家吧。现在他们只剩得一片平地，一点儿没有办法了。但是他们连尝试都不肯尝试，每天只是长吁短叹的，痛惜着过去的好日子。此外还有许多人也是这样。总之，除了我们的乐西和赛莉，除了你，除了汤勤以及他的几个女孩子，还有别的几个，其余都是打倒了爬不起来的，这就因为他们身上没有汁，因为他们没有勇气。这班人的心目中除了金钱和黑奴之外是什么都没有的，现在金钱和黑奴都没有了，他们过不了几年就都要变成破落户了。"

"你忘记卫家了。"

"不，我并没有忘记。我只因为希礼是这里的客人，觉得在礼貌上是不便提起他们的。不过你现在既然提起他们，我也就要照直说了。你先看他家英弟，据我所得到的消息，她已经瘦得跟老太婆一样了，并且为了汤司徒的死，她就像模像样地预备替他守一世的寡，再也不愿忘记他，也不打算另找男人了。原是她年纪也大了几岁，可是她若是有心要嫁人的话，也未尝不可去做人家填房的。还有那可怜的蜜儿，她是一向想男人想痴了的，现在呆得跟木鸡一般，也不必去说她了。讲到希礼，你就自己瞧吧！"

"希礼是个很漂亮的男子呀。"思嘉热烈地说。

"我并不是说他不漂亮，可是他一点儿没有办法，像个王八翻了身似的，若说他们卫家也有人能够渡过这个艰苦的时代，那就要算媚兰，决然算不到希礼。"

"媚兰！啊呀，老太太！您这是什么话呀？我跟媚兰在一起这么许多日子了，我是很知道她的，她简直就是个痨病鬼，胆小得什么似的，连吱喝鹅儿的勇气都没有的呢！"

"一个人活在世上干吗一定要去吱喝鹅儿呢？我老觉得这种吱喝鹅儿的声音只是一种时间的浪费。媚兰也许不会去吱喝鹅儿，可是她会吱喝世界、吱喝北佬的政府，直至一切足以危害她的希礼、她的孩子，或是她的高贵身份的东西。她的做法跟你的不同，思嘉，跟我的也不同。她的做法是跟你妈在时的做法一样的。我每次看到媚兰，总要想到你妈年轻的时候。……他们卫家是要靠她渡过现在这个难关的。"

"哦，媚兰是个好心眼儿的傻妮子。可是您对于希礼太不公平了。他是——"

"哦，算了吧！希礼是天生来念书的，别的什么都不会。可是我们这种苦难的日子，单会念书是过不了的呀！我听见人说，要他拿起锄头来，是谁都比他强的呢！你只消拿他来比一比我们的乐西吧！没有打仗以前，乐西是个一钱不值的花花公子，没有别的想头，只想新衣服，喝酒，开枪乱打人，追求女孩子，不论好的坏的都会要。可是你看他现在！他已经学会种田了，因为他不得不学，不学他就要饿死，这是我们大家一样的。现在他种田的本领比谁都强了，比陶乐种的棉花也强得多了！他又学会了养猪养鸡子。嘿！这孩子就只脾气坏，别的真是能干得很呢。他懂得艰难苦楚，能够跟着时代变。等将来这种'改造期间'的苦难过去了，你就瞧吧，他一定跟他父亲祖父一样是个富翁。至于希礼——"

思嘉听见老太太说希礼的坏话，心里痛得跟针刺一样。

"这一套话我觉得都是高调。"她冷然地说。

"嗯，那是不应该的，"老太太将她狠狠盯了一眼说，"其实这就是你自己到亚特兰大以后所走的路呀。不是吗？我们虽然住在乡下，关于你的故事是常常听得到的。你也跟着时代在变了。我们听说你跟那些北佬、下等白人，乃至于暴富的提包党人都有往来的，并且从他们身上去赚钱。又说你对于他们很会假装身份。好的，你就这么干下去吧。只要有钱可以刮，你就尽量地刮吧。可是你要记得，等到你钱刮够了，你就得把这些人一脚踢开，因为他们对于你已经没有用处了。这一层你千万不可忘记。因为你的后襟要是给下等人拖住了，那你就要毁在他们手里了。"

思嘉觉得老太太的话还是似懂非懂，只把眼睛牢牢盯着她，细细咀嚼话中的意味，可是一想起了她把希礼比做了王八，便又觉得怒不可遏。

"我想你实在是冤枉希礼的。"她突然说。

"嗨，思嘉，你简直是不聪明了。"

"那是你个人的意见。"思嘉老实不客气地说，心里恨不得打那老太婆一个耳掴子。

"哦，你对于银圆角子之类是很聪明的，那是男人家的聪明法。若拿女人家的身份来讲，那你就不聪明了。你对于看人这一层，是一点儿也不聪明的。"

思嘉眼睛里开始冒出火来，两只拳头不住地一收一放。

"我这几句话使你气得发疯了，是不是？"老太太笑嘻嘻地说，"好吧，我是存心要你这样的。"

"哦，是的吗？那么你为什么要这样的呢？"

"我有很多理由。"

老太太说着，就往椅背上仰了下去，思嘉突然觉得她非常可怜、非常衰老。看她那一只拿扇子的手，枯黄得跟死人的手一样。于是思嘉转念之间，一肚子的怒气顿时消失，便弯身下去拿住老太太的一只手。

"您是一个怪可爱的老滑头呢！"她说，"您这一套乱话无非是想要冲淡我的伤感罢了！"

"我不要你拍马屁，"老太太一面甩开她的手，一面咕哝着说，"这种理由倒也是有的，不过我对你说的都是实话，你自己太蠢，不能领会罢了。"

思嘉只微微一笑，刚才为希礼而发的一肚子怒气完全消失了。她知道老太太的话并不认真，也就全不介意了。

"那也一样要谢谢你的，谢谢你跟我谈了这许多，还谢谢你对于慧儿跟苏纶的评论。"

谈到这里，汤太太手中拿着两杯酪子奶回到穿堂里来了。她对于这类零碎事情向来不在行，因而那两杯东西泼得一塌糊涂。

"我一直跑到食品间去找来的呢，"她说，"你们喝吧，坟场上的人都回来了。思嘉，你真的肯让苏纶跟慧儿结婚吗？慧儿这个人倒没有什么不配的，不过他是一个破落户呢，你知道的，而且——"

思嘉瞧了老太太一眼。见那老眼里面含有一点狠毒的光芒，那是思嘉自己眼里也有的。

第四十一章

直至最后一个客人都送走了,车马的声音已经远去了,思嘉才独自走进母亲生前那间办事室,从信格子里取出一件亮晶晶的东西来。那是她昨天晚上就秘密藏在那里的。这时,阿宝在隔壁饭厅里铺桌子,她听见他在那里欷歔啜泣,便叫了他一声,阿宝走到她面前,那张黑脸儿上现出一脸凄苦的神情,活像一头失了主人的猎犬。

"阿宝,"她很严厉地说,"你如果再哭一声,我也就要哭了,你得马上就止住。"

"是啦,小姐。俺不哭就是啦,可是俺想不哭,俺可要想到老爷,那么——"

"那么你不要去想他吧。我看见别人哭都受得住,唯有看见你哭是受不住的。喂,"她突然地中断了,"你懂得吗?我所以要受不住,因为我是知道你多么爱他的。你擤擤鼻子吧,阿宝,我有一件东西送给你。"

阿宝一面大声地擤着鼻子,一面从眼睛里闪出一点兴趣的光来,但其实不是兴趣,却是恭敬。

"你还记得你在人家鸡栏里被打伤的那天晚上吗?"

"哦,天晓得,思嘉小姐!俺是永远不会——"

"好吧,你记得的,那么现在请你也说实话吧。你还记得我又说过,因为你忠心,要给你一只表吗?"

"是的,小姐,俺记得。俺想您也没有忘记吧。"

"是的,我没有忘记,现在表在这里了。"

说着,她擎出一只十分沉重的大金表来。

"啊呀,思嘉小姐!"阿宝嚷道,"这是俺老爷的表呀!俺看见老爷在时一直挂在身上的。"

"是的,这是爸爸的表,阿宝,现在我送给你了。你拿去吧。"

"哦,不!"阿宝吓得倒退了回去,"这是老爷们用的表,又加是咱们自己老爷的。您怎么说要给俺呢，思嘉小姐？这是应该传给卫德少爷的。"

"这是应该给你的。卫德对于爸爸有过什么好处呢？爸爸害病的时候他服侍过他吗？他曾替他洗过澡，穿过衣裳，刮过脸吗？北佬来的时候，他曾经跟着他不离身吗？他曾经替他偷过东西吗？你不要傻吧，阿宝。若是有人值得受这一只表，那就是你了，我知道爸爸是会赞成的。你拿去吧。"

她拿住了阿宝的一只黑手，将表放在掌心。阿宝毕恭毕敬地对它凝视着，慢慢地，快乐展开在他脸上了。

"真的给俺吗，思嘉小姐？"

"是的，是的。"

"那么，俺要谢谢您了，小姐。"

"你要我替你带到亚特兰大去刻字吗？"

"刻字是什么意思？"阿宝声音里带着疑惑。

"意思就是刻几个字在它的背面，比如说'郝家的阿宝、忠心的仆人'之类。"

"那不要，谢谢您，小姐。不用打这麻烦吧。"他紧紧拿住那只表，倒退了一步。

一个微笑扭曲了她的嘴唇。

"这是怎么一回事，阿宝？你怕我不拿回来吗？"

"不，俺并不是怕——不过，嗯，也许您会变心的。"

"我不会变心。"

"不过，嗯，您也许会卖掉它的。俺想它值很多钱呢。"

"你想我会卖掉爸爸的表吗？"

"是的——要是您要钱要得紧的话。"

"你说这样的话，你该挨揍呢，阿宝。那我要把表拿回去了。"

"哦，您不会的，好小姐！"阿宝今天一直都哭丧着脸，现在方才露出一丝笑容来，"俺知道您不会的——还有，思嘉小姐——"

"嗯，怎么样？"

"俺说，你要是对待白人能有对待黑人一半那么好，那么人家就会对你好些了。"

"人家对我本来就没有什么不好，"思嘉说，"好啦，现在你去找希礼少爷去吧。你告诉他，说我在这里等他，叫他马上来。"

希礼坐在爱兰那张小小的写字椅子上，思嘉跟他谈着那木厂的事，使他局促不安地缩做一团。他一直将头低着，不敢对思嘉正视一眼，也不插一句话儿。思嘉眼睛看着他的一双手，只见他不住地将它们翻动着，一会儿看看手心，一会儿看看手背，仿佛一辈子没有看见过它们似的。他那双手虽然一直都在做粗活，却仍旧娇嫩，一点也不像农夫的手。

思嘉见他低着头一声不响，就有点着起慌来，只得加倍起劲地将那木厂的好处说得天花乱坠。同时她又使尽平生的本领，装出种种娇姿媚态来，谁知完全都是徒劳的，因为希礼始终不抬起他的眼睛。慧儿刚才对她说希礼要到北方去的话，她故意装做不知道，仿佛希礼立刻就可以同意她的计划，并没有什么障碍似的。但是他仍旧不开口，以致思嘉也渐渐地沉默了。她看了看他那瘦削的肩膀，见它铁硬地挺在那里，知道他意志非常坚决，不由得大吃一惊。他总不见得会拒绝的啰！他有什么理由可以拒绝呢？

"希礼。"她沉沉地叫了一声，就又呆住了。她实在不愿意拿自己的怀孕来作理由，她不愿意希礼看见自己这种臃肿的丑态。但是她后来看看别的一切理由都打动不了他，便不得不把这最后的下策用出来了。

"你是非到亚特兰大去不可的，我现在十分需要你帮忙，因为我自己不能照管厂里的事了。也许要到几个月之后才能照管，因为——你看——嗯，因为……"

"哦！"他粗鲁地说，"我的天，思嘉！"

他突然站了起来，跑到窗口，背着思嘉站在那里，看着仓场上一行鸭子很庄严地在那里游行。

"你就是因为这个——因为这个不要看我吗？"思嘉无可奈何地问道，"我也知道我的样儿是——"

希礼听了这句话，就刷地一下旋了个转身，拿他那双灰色眼睛狠狠地盯着她，把她吓得急忙举起双手捧住自己的脸。

"你这天杀的样儿！"他狠声狠气地说，"你自己知道，你在我眼睛里永远是美的。"

思嘉不料他有这句话，不由得掠过一阵快乐，以至眼泪都冒出来了。

"你真是好，肯拿这样的话安慰我！因为我让你看见我这副样儿，实在怪难为情的。"

"你难为情？你为什么要难为情？应该觉得难为情的倒是我。要不是我当初过于愚蠢,你就不至于弄得这个样儿,你也决不会嫁给扶澜。去年冬天我不该让你离开陶乐。哦,我真太蠢了!我应该知道你——知道你当时实在着急,着急到不顾一切——我应该——我应该——"说到这里,他连脸色都变了。

思嘉的心狂跳着:他在懊悔当时没有跟她逃走了!

"当时我至少也该跑到大路上去,哪怕是杀人打劫,也该替你把那税钱去筹起来的,因为我们是被你像叫花子似的收留的呢。哦,我是全盘都弄错的了!"

思嘉的心突然又失望得紧缩回去,刚才那一阵快乐也消失了,因为希礼的最后几句话,并不是她要听的。

"我当时反正是要走的,"她疲倦地说,"我决不能让你干这样的事儿,而且现在木已成舟了。"

"是的,木已成舟了,"他带着惨苦的语气慢慢地说,"你不肯让我去干不体面的事,你却情愿将自己卖给一个你所不爱的男人,而且——而且还替他生出孩子来,都只为要我和我的家属不至于饿死。你真太好了,真太顾念我们了。"

思嘉觉得他话里有锋,分明反映出他心里的新的创痛,因此她不由得从眼睛里流露出羞赧来,但是希礼立刻就觉察到了,便竭力变做一副温和的面容。

"你不当我是埋怨你吧?天晓得的,思嘉!我绝对不是埋怨你,你是世界上最最勇敢的女人。该埋怨的倒是我。"

他重新又回过头去看着窗外,这时他的肩膀已经不像从前那么强硬了。思嘉默默地静等了一会,希望他会恢复刚才说她美时那样的状态,希望他多说几句使她觉得珍贵的话儿。现在她跟希礼已经许久不见了,已经使她思念得十分厉害了。她知道他仍旧爱她。这事实是明明白白的,从他身上的每一条线儿都看得出来的。如若不然,他为什么要这么自怨自艾,为什么不愿她跟扶澜养这孩子呢?因此,她渴望着他把他的爱,用说话明白表出,也渴望着自己能够说出几句话来,以便引起他的一篇供状。但是她不敢。她记得去年冬天在果园里曾经对他有过了诺言,说她从此再不去挑拨他的。她知道自己若要希礼继续在身旁,就非遵守这诺言不可。只要她喊出一句表示爱他的话,或是做出一点要他拥抱的姿态,事情就要永远决裂的。这么一来,希礼就非到纽约去不可了。然而他是决然不能去的。

"哦,希礼,你千万不要埋怨自己!怎么会是你的过失呢?你是肯到亚特兰大去帮助我的,是不是?"

"不!"

"可是，希礼，"她的声音开始变做苦痛和失望了，"是我指派你去的，我实在非常需要你。扶澜是不能帮助我的，店里的事情就够他忙了，你如果不去的话，我简直没有地方去找人。亚特兰大人稍微灵活点儿的，都有事情忙着了，没有事情的又都不能够胜任，而且——"

"这是没有用处的，思嘉。"

"你的意思是情愿到纽约去跟北佬们混在一起，也不情愿到亚特兰大去吗？"

"这是谁告诉你的？"他旋转身子朝着她，脸上微微露出一点烦恼的神色。

"慧儿。"

"是的，我已决定到北方去了。我有一个从前一道出去求学的老朋友，他在他父亲的银行里替我找到一个位置了。我觉得不如这样的好，思嘉。我对于你是没有用处的，我又不懂得木厂的业务。"

"可是银行里的业务你就懂得吗？至于木厂，你虽然没有经验，可我是可以包涵你的，总比他们北佬要宽容得多！"

希礼把眼睛眨了眨，她就知道自己又说错话了。希礼重新将头转过去看看窗外。

"我不要人家包涵，我要靠自己的力量站稳自己的脚。我直到现在为止，一点事没有做过，简直枉做一辈子的人。现在是我自立的时候了，要再不能自立，就得怪自己不长进。我吃你的现成饭，已经吃得太久了。"

"可是我要把厂里的利益分给你一半呢，希礼！这也可算是你自立的。因为，你瞧，这就等于你自己的事业了。"

"结果还是一样的。我并没有能力可以换这一半的利益，这不过是你送给我的赏赐。我收你的赏赐已经太多了，思嘉——吃的，住的，穿的。不但我一个人拿，还有媚兰跟我的孩子都要拿。可是我没有什么可以报答你的。"

"哦，你是有的！慧儿不能够——"

"我现在劈柴劈得很好了。"

"哦，希礼！"她听见他这话里含着挖苦的语气，便绝望得连眼泪都流了出来，"怎么，我这几个月不看见你，你就完全变过样儿了？你的话为什么说得这么刻薄？你向来不是这个样儿的。"

"变过样儿吗？是的，思嘉，有了极显著的变化了。我现在会想了。我自己晓得，我自从停战以来，一直都没有实实在在地想过一下，直到你离开陶乐，我才会想，你没有离开这里以前，我仿佛是全身的生气都停滞住的，仿佛觉得只要有东西可吃，有床可躺，就可心满意足了。但你到亚特兰大去肩起一个男人的重担以后，我就觉得自己不但不像一个男子汉，并且实在不如一个女人了。这样的想头若是常常发生，实在是不愉快的，因而我就决计从今以后再不让这种想头有机会发生。我看见别人打了仗回来以后，比我景况更坏的也还很多，可是他们现在怎样了？所以我就决计要到纽约去。"

"可是——我不懂！如果你所要的是工作，为什么定要纽约的工作，不要亚特兰大的工作呢？而且我的木厂是——"

"不，思嘉。这是我的最后一个机会了，我是要到北方去的。假使我到亚特兰大去替你工作，那我这生这世就算断送了。"

"断送"这两个字惊心动魄地在她心里轰响着，仿佛是敲着丧钟一般。她急忙把眼睛移过去正对着希礼，只见希礼的眼睛睁着大大的，一片晶莹的灰色，正看穿了她的身子，仿佛看在她背后的一种命运上，而那命运是她所不能看见也不能了解的。

"断送？你的意思是——你曾经做什么事儿，要给亚特兰大的北佬逮去吗？是不是因为你放东义逃走，或是——或是——哦，希礼，你有没有加入三K党啊？"

希礼急忙把他那双看在远处的眼睛收了回来，重新看在她身上，同时他展出了一个微笑，但是她并没有看见。

"我忘记了你听别人的话是要直照字面解释的。不，我并不是怕北佬，我的意思是，我如果到亚特兰大去仍旧接受你的帮助，那我就要永远埋葬我这单独立脚的希望了。"

"哦，"她仿佛突然得救似的叹了一口气，"是这个意思？"

"是的，"说着，他又微笑了，但这微笑比刚才那一个更加恍惚了，"是这个意思，不过是为着我的男性的傲慢，为着我的自尊心，或者也可说是为着我的不朽的灵魂的。"

"可是，"她又把话硬折了回来，"你将来可以把我那个木厂买了去，那么它就成了你自己的产业，而你也就——"

"思嘉，"他凶狠狠地打断她道，"我告诉你吧，不行的！我还有别的理由。"

"什么理由？"

"你对于我的理由应该比任何人都明白些的。"

"哦，那个吗？可是，那是不要紧的，"她急忙向他担保道，"因为你知道，去年冬天在果园里我对你有过诺言，那是我要遵守的，而且——"

"那么你倒比我还有把握了。我是保不住自己一定能够遵守这种诺言的。这桩事情我本不应该再提起它，但是我为的是要求你谅解。思嘉，现在我也不必再谈了，事情可以结束了，一等慧儿跟苏纶结过婚，我就要到纽约去了。"

他的眼睛张得大大的，满眼的阴云，跟她的眼睛接触了一会，他便急忙迈步走到房门口，拿住门上的把儿。思嘉心如刀割地对他瞠视着。现在谈判已经终结，她是失败了。当这时候，她本来已被这一整天的紧张和悲痛弄得十分虚弱，再加上现在这一个大失望的打击，便突然控制不住自己而高声尖叫出来："哦，希礼！"同时她往那张七斜八倒的沙发上将身一掷，立即放声大哭起来。

她一面哭着，一面听见希礼的脚步蹒跚着响出房去，又听见他一路叫着她的名字。但是同时另有一阵脚步声急忙忙地从厨房那边响进穿堂来，随即有人慌慌张张地推门而入，原来是媚兰，一双眼睛早已吓得铜铃似的了。

"思嘉……孩子不是……"

思嘉将头埋进那条满是灰尘的门帘里，重新尖叫起来。

"希礼——他卑鄙极了！他下作极了——可恨极了！"

"哦，希礼，你怎么得罪她啦？"媚兰急忙在那沙发旁边的地板上跪了下去，一把将思嘉搂在怀中，"希礼，你说了什么了？你怎么可以这样！孩子也要被你弄坏呢！亲爱的，把你的头靠在我肩膀上吧。你有什么委屈？你说。"

"希礼——他是这么的——这么的蠢笨，这么的可恨！"

"哦，希礼，你真把我吓坏了！你瞧，你把她气得这个样儿！她是身上有喜的，而且郝先生刚刚下葬呢！"

"你不要骂他！"思嘉自相矛盾地嚷着，她的头突然从媚兰肩膀上抬了起来，头发都从发网里散出来了，满脸纵横着眼泪，"他爱怎么干，他是有权利可以自由的！"

"媚兰，"希礼白着一张脸说，"我来讲给你听吧。思嘉好心得很，她要在亚特兰大给我一个位置，叫我到她厂里去当经理——"

"经理！"思嘉愤然地说，"我是分给他一半利益的，他么——"

"我告诉她，我们已经跟人家约好要到北方去了，她么——"

"哦，"思嘉一边嚷着，一边又重新哭了起来，"我一遍一遍地跟他说，我实在需要他——实在找不到人来管这个厂——身上又有孩子在这里——哪知道他老是不答应！现在——现在我只得把那个厂拿去卖掉，我知道是卖不到好价钱的，我一定要吃亏，他可一概都不管，他真是卑鄙极了！"

说完，她重新将头靠到媚兰肩膀上，心里萌起一线希望来，刚才那一腔的悲痛已经有些消失了。她知道媚兰心肠极软，一定会帮她说话，而且不管谁来欺侮她，媚兰都要打抱不平的，哪怕是自己的丈夫。果然，媚兰当即像一只小鸽子似的飞到希礼面前，将他责备起来了，这是她生平第一次给他的责备。

"希礼，你怎么能够拒绝她呢？而且她到底是为我们好呀！你这么一来，我们都像是完全忘恩负义了！她现在身上有喜，没有办法，你怎么可以这样不顾念别人呢？从前我们没有办法的时候，她帮了我们的忙，现在她要你帮忙，你便拒绝了！"

思嘉偷眼看了看希礼，见他一双眼睛盯着媚兰看，脸上显出一脸的惊异和惶惑。思嘉想不到媚兰竟能够这么厉害地责备希礼，也不由得惊异起来。因为她总以为媚兰对于丈夫是百依百顺，当他是第二个上帝一样，再也不敢有一句责备的。

"媚兰……"希礼还想跟她分辩，但是叫了一声便又停住了。

"希礼，你怎么还要犹豫呢？你想想看，她是怎么对待我们——对待我的吧！我养小玻的时候，要是没有她，早已死在亚特兰大了！而且她——是的，她为要保护我们，还曾杀死一个北佬呢。你知道吗？她为着我们杀过一个人呢！而且当你跟慧儿没有来的时候，她是那么地工作，那么地做奴隶，为的是要养活我们两张口。我一想起她那么拼命地耕田，那么拼命地采棉花，我简直要——哦，我的宝贝儿！"说着，她又跑去一把搂住了思嘉，在她的纷乱头发上拼命吻着，"现在她是第一次要我们替她做一点事儿——"

"她给我们帮的忙我都知道，用不着你说的。"

"而且，希礼，你要想想看！不要说我们帮她的忙是十分应该的，我们能够回到亚特兰大去跟自己的人住在一起，不必跟他们北佬混在一道，那也够多么好呢！我们到那里去，有白蝶姑妈，有亨利伯伯，还有许多老朋友，小玻也可有伴儿玩了，可以进学校读书了。如果我们到北方去，我们是不能让他进学校去跟那些北佬孩子以及小黑鬼们混在一起的！我们得在自己家请保姆，可是我看我们请不起吧——"

"媚兰，"希礼说，"你是真的想要到亚特兰大去吗？当初我们商量到纽约去的时候，你从来没有提起这一层。你连暗示都不曾有过——"

"哦，我们商量到纽约去的时候，我想你在亚特兰大是找不到事情的，而且我也不便提出我自己的意见。丈夫要到哪里去，妻子的本分就只有跟着他走的。但是现在思嘉既然要你去，而且她这位置只有你能够就任的，那么我们可以回家了！"她说时将思嘉暗暗捏了一把，声音面前显出她心里的狂欢来，"那么五尖头也好见到了，桃树街也好见到了，还有——还有——哦，我真惦记它们呢，而且，我们也许可以有一个独立的小家庭了！我不管它多么小，多么简陋，只要是我们自己的家庭就好！"

说到这里，她眼中闪出热情和快乐的光来，以至希礼和思嘉都不由得对她看着，希礼只是呆呆地出神，思嘉则在惊异之中混杂着羞愧。她从来没有想到媚兰会这样惦记亚特兰大，这样渴望着自己的家的。她见媚兰在陶乐一直都像很满足，万料不到她会想家想得这么厉害的。

"哦，思嘉，你真是好心，替我们计划得这么周到！你知道，我是想家想得多么厉害的！"

媚兰往往要把别人身上本来没有的好意硬栽到别人身上去，而思嘉碰到她这样，照例是要觉得羞愧、觉得懊恼的，因而她就不敢和他们两个的眼睛接触了。

"我们也许可以独立找一所小房子来住。我们结婚已经五年了，你不记得我们直到现在还没有一个家庭吗？"

"你们可以同我一起住在白蝶姑妈家里，那本来是你自己的家。"思嘉一面含糊地说着，一面故意拿起个枕头来玩，并且拼命把头低下去，因为事情既有了转机，她知道自己脸上不免现出得意的神色，却怕被人家看出，觉得怪难为情的。

"哦，谢谢你，亲爱的。我们住在一起太挤了，还是我们自己去找房子好。——哦，希礼，你赶快答应她吧！"

"思嘉，"希礼说，他的声音已经不成调子了，"你抬起头来吧。"

思嘉吃了一惊，急忙抬起头来，和他的灰色眼睛相接触，觉得他的眼光里面含着惨苦和无奈。

"思嘉，我答应到亚特兰大去了……我斗不过你们两个。"

说完，他就旋转身子走出房去了，思嘉心里的得意被一种渺茫的恐惧所冲淡。因为他刚才说那话时的神色，是跟他刚才说这生这世都要断送那句话时一模一样的。

苏纶和慧儿结了婚，恺玲也已到查尔斯顿的尼姑庵去了，希礼和媚兰才带了小玻同到亚特兰大。他们把蝶姐带去做饭看孩子，百利子跟阿宝都暂时留在陶乐，等慧儿找到黑人来相帮再去。

希礼在藤萝街上租到一所小小的砖房，就在白蝶姑妈那所房子的背后，后院子对着后院子，中间只隔着一道篱笆。媚兰所以要挑这一所房子，她说是她跟自己人已经好久不见了，现在是巴不得住得越近越好。

那种房子本来有楼的，围城期间楼上被炮弹轰掉了，房主没有钱修葺，就只换上了一个平顶，将它改成了平房，以致它矮矮地蹲在地上，像是小孩子拿鞋盒儿做成的房子一样，一点儿不成样子。但是房子虽矮，地基却高，因为底下有个极大的地室，用极长的台阶通到上边，看起来要使人发笑。不过这种卑陋的情形，因有两株挺秀的古柏种在旁边，已被遮盖了一半，此外还有许多玉兰花，沿着前面台阶的两侧栽着，叶子上虽然满是灰尘，白花儿却开得极闹，又把那屋面的丑态也遮盖了。前面的草地也很宽阔，铺着厚厚的翘摇草，四周围着一圈歪歪倒倒的篱笆，上面都有芬芳扑鼻的忍冬花爬行着。草地上面这里那里点缀着一丛丛的蔷薇，并有红的白的番石榴到处爬行着，仿佛始终不曾受到兵马的蹂躏一般。

在思嘉心目中，这是她生平见过的最最丑陋的一所住宅，但在媚兰，觉得虽是十二根橡树那么华丽的大厦，也不见得有这里的好。因为这是她自己的家，他们夫妻、母子终于团聚在一所房子里了。

英弟本来跟蜜儿逃难在梅肯，从一八六四年以来一直没有离开过，现在听见希礼住到亚特兰大，便从梅肯搬了来和他同住。希礼的房子虽然拥挤，他跟媚兰都是很欢迎她的。因为时代虽然变过，经济虽然困然，他们南方旧家对于自家亲属的情分依然很厚。

蜜儿是嫁了人了。据英弟说，男家的门第比她低得多。丈夫是个西方的粗人，从密西西比河迁移到梅肯来的。那人长着一张红脸儿，一口粗嗓子，举动也粗里粗气，不像是个上等人。英弟本来不赞成他们的婚姻，而因不赞成，是觉得住在妹夫家里很没趣。又因看见妹子对于丈夫倒很要好，心里尤其觉得懊恼，以为蜜儿太没志气了。后来得到希礼独立组织小家庭的消息，便高兴得了不得，决计摆脱这个令人难堪的环境，搬了去和他同住。

至于她家里其余的人，倒都私底下替蜜儿高兴，以为像蜜儿那么蠢头蠢脑，能得到这么一个丈夫，也就要算好的了。其实她的丈夫也是一个上等人，并且也有点财产，不过英弟是生在佐治亚州而教养在弗吉尼亚的传统里的，所以凡不是从东边海岸出来的人，她便都当是野人，当是蛮族。她这一走，大约要使蜜儿的丈夫松了一口气，因为她近来脾气坏得很，跟她同住并不是容易的事情。

现在英弟已经十足摆出一副老处女的形态了。她的年纪已有二十五，看起来也确是像的，因而她已无须再求好看了。她那一双没有睫毛的暗淡眼睛，毫不妥协地直视着世界，她那薄薄的嘴唇皮儿一直都是傲慢地紧闭着的。她近来是一直装着一种庄严而骄傲的神情。但是说也奇怪，这种神情对于她，倒是比她从前在十二根橡树时的那种娇媚风姿更觉相宜些。现在她所处的地位差不多跟一个寡妇一样。因为人人知道汤司徒假使不死在葛的斯堡，那是一定要跟她结婚的，所以现在大家都当一个寡妇一样尊敬她。

藤萝街上那所小小的住宅一共有六个房间，不久就都略略备了一些器具了。那些器具都是扶澜店里买的，都是最廉价的松木器和橡木器。因为希礼初到亚特兰大，身边不名一钱，要买东西不得不向扶澜店里去赊欠，所以他只拣最便宜最必要的买。这么一来，倒使扶澜觉得非常难为情，因为他是非常敬重希礼的。至于思嘉，简直被他弄得无地自容了。她跟扶澜本来预备挑一套乌木和花梨木的上等器具送给他，不要他一个钱的，哪晓得他们坚决不肯收。现在他们房子里布置得非常简陋，思嘉看见了心里着实不愉快，以为像希礼这样的人，住宅里面是不应该没有地毯没有窗帘的。但是希礼自己一点不觉得简陋，至于媚兰，这是她结婚以来第一次组织家庭，能有这样已经是得意之至了。思嘉以为家里没有地毯，没有窗帘，没有垫子，没有相当的桌椅和碗碟，客人来看见了实在是莫大的耻辱，媚兰却已觉得这地方简直胜似天堂，再也用不着什么点缀了。

但是媚兰心里虽然快乐，身子却是一直都不好。因为她自从养了小玻，健康就已断送了，又加她产后搬到陶乐，就那么勤忙苦作，以致元气又受了一重剥削。现在她愈来愈瘦，仿佛每一根小骨头都要戳穿她那雪白的皮肤了。有时她带着孩子在后院子里散步，远远看去就简直像个小女孩儿。因为她的腰是细到快要没有了，身段又本来不高，她前面没有胸脯，后面的臀部跟小玻一样的平，她又从来不肯在胸口上或是后腰上垫一点丝绵，因而越见得瘦嶙嶙了。她的面庞儿也跟她的身体一样，又瘦又苍白，以致那一双丝绒一般的眉毛，像蝴蝶的触须一般弯在那里，显得特别黑。她的眼睛本来大得跟面庞儿不能相称，又加底下一直带着一圈儿黑晕，所以越发显得大了。但是她眼睛里的那种神情，却是从无忧无虑的女孩子时代一直都没有变过。那是一种甜蜜的宁静，无论战争、苦痛、劳作，都不能对它发生丝毫影响。这是一个乐天女子的眼睛，对于这样的女子，无论四周围起了怎样大的风波，都决不能吹皱她那静穆和平的内质。

她怎么能够维持这种神情的呢？思嘉每次注意到它时，总不免要对她有些嫉炉，思嘉知道自己的眼睛是常常要跟一头饥饿的野猫一般的。记得瑞德有一次也拿东西来比过媚兰这双眼睛——怎么比的呢——说它带着点傻气，像似两根蜡烛吧？哦，是的，说它像似一个顽皮世界里的两种好行为。不错，它确实像一对蜡烛，一对有东西挡着风的蜡烛，而现在因她重新回到自己朋友当中来，心里感到了快乐，这对蜡烛正在焕发一种温和的光彩。

他们那个小小的住宅是常常挤满客人的。因为媚兰住在亚特兰大，从小儿就很合群，现在那些朋友听见她回家，都来欢迎她了。大家都带礼物来送她，有的是一件小古董，有的是一幅画儿，也有的是银瓢匙、枕头套，直至于食巾、百衲地毯之类。这些东西都是经过战争保存下来的，所以特别觉得珍贵。

客人里面有的是从前跟她父亲一同参加过墨西哥战争的老人，现在带着一些后辈来看这位"韩上校的小姐"了。也有的是她母亲的老朋友，因为媚兰一向对于长辈非常地恭敬，而那些老太太们看见现在一班年轻小伙子多不懂礼数，所以特别欢喜媚兰。至于媚兰自己的同辈，所以也都欢喜她，那是因为媚兰跟她们同样吃过苦，同样知道艰难，对于她们一直能表同情的缘故。此外还有一些年轻人，觉得到她家里来谈谈很是舒服，而且可以在那里遇到许多朋友，所以也常常来。

媚兰一向肯迁就别人，所以不久，她的周围就发展成了一个集团，凡是亚特兰大优秀阶级的残存分子，无论老的少的，没有一个不来参加，仿佛那被战争破坏的优良社会，现在因得了一个媚兰，又可以复兴起来了。

媚兰年轻虽然轻，这个保守的旧社会所珍视的那些美德她却没有一样不具备——贫穷及以贫穷自傲，绝不怨天尤人的勇气，乐天、好客、和善，而尤其重要的，就是忠于一切的旧传统。媚兰是不肯转变的，甚至于不肯承认一个转变的世界应该有可以转变的理由。在她家的屋顶底下，旧的时代似乎重又回来了，因而人人觉得很适意，人人觉得提包党人和暴富的共和党人那种狂妄生活和奢侈生活的高潮尤其可鄙了。

大家看看她那年轻的面孔，看见上面写着对于旧时代的不折不挠的忠心，因而竟可暂时忘记自己的阶级里面也曾产生那种造成恐怖的败类。其实这种出卖自己阶级的败类是很多的。有些人门第本来很高，但因受了贫穷的驱迫，竟至不顾一切，跑到敌人那边去，做了共和党人，并且接受征服者给予的位置了。又有一些从前当过兵的青年人，因为没有刻苦耐劳的勇气，便都学了白瑞德的榜样，跟提包党人去携手弄钱了。

但是最最不堪的一种败类，却要算到亚特兰大有些上等人家的女儿。这些女孩子都是南方投降以后才成年的，因而对于战争仅有一些儿时的记忆，并没有上一辈人那种惨痛的经验。她们又不曾死过丈夫，不曾死过爱人。她们对于往日的富有荣华也没有很多的回忆——而那班北佬的军官又是那么的漂亮，穿着那么好的衣服，那么逍遥自在的！他们开的跳舞会是那么繁华，赶的马儿是那么美丽，而他们对于南方女子又简直是五体投地地把她们当做皇后，又一直非常注意，决不会伤害她们的自尊心，那么——那么又为什么不去跟他们结交呢？

他们比自己本地的青年漂亮多了——本地的青年大多穿得像叫花子一样，又一直非常严肃，一直都得做苦工，决没有工夫可以陪伴女人玩耍的。因此，年轻女子被北佬军官带了逃走的案件层出不穷，使亚特兰大的世家巨族常常丢丑。那些女子跟北佬姘合之后，做父兄的就只得不认她们，兄弟在街上遇见自己的姊妹，父母在街上遇见自己的女儿，都怕要羞辱自己的门楣，只装做没有看见。因此，只要稍有一点身份的人，没有一个不在心里栗栗危惧，但一看见媚兰这副幽闲贞静的面貌，就仿佛旧道德得到一种担保一样，这种危惧心理又会暂时地消失。因为媚兰确如一般老太太所说，是本城青年女子的绝好模范。但是媚兰从来不肯卖弄自己的美德，所以一般青年女子也并不恨。

思嘉的肚子愈来愈大，大到白蝶姑妈那条黑色大围巾也已经掩饰不住，于是她只得不出大门了。有时晚上没有事，她就同扶澜穿过后院的篱笆，到媚兰的走廊上去参加夏夜的集会。思嘉总找一个灯光照不到的角儿坐着，一来免得人家看见她，二来可以在暗中把希礼的一颦一笑看个饱。

她之所以去，当然只是为着希礼一个人，至于那些集会里的谈话，她是向来不耐烦听的。那些谈话差不多有一个刻板的程序——第一是日子艰难，其次是政治形势，末了就一准是战争了。娘儿们总在抱怨百物的昂贵，又一定要问爷儿们，究竟好日子几时才会到来。于是那些无所不知的爷儿们一定要回答她们，说好日子一定会到来的，不过是时间问题罢了。这种艰难日子当然只是暂时。娘儿们明知爷儿们是在说谎，爷儿们也明知娘儿们知道他们在说谎，然而爷儿们仍旧高高兴兴地说着谎，而娘儿们也装做相信他们。其实自己肚里都明白，这种艰难日子是要永远过下去的了。

一经日子艰难的问题处理了之后，娘儿们就要讲到黑人如何如何放肆，提包党人如何如何凶暴，以及北佬如何如何到处潜伏之类。然后她们又要请问爷儿们,北佬这种改造佐治亚州的工作到底到几时才得完呢?爷儿们就老实告诉她们,到了民主党人能够投票选举的一天,这种工作就会终止了。于是娘儿们识相得很,便不追问民主党人到底几时可以选举了。直至政治问题告结束,谈话就一定要转到战争上去。

不问是什么时候,不问是什么地方,只要有两个联盟政府派的人聚会在一起,就除了战争之外不会有第二个话题,再若有一打以上的这种人聚在一起,那么他们的谈话结论就非重新开战不可了。而且他们的谈话里面,总被"若是"两个字占着最显著的部分。

"若是英国曾经承认我们——""若是戴维斯总统能够在没有封锁以前就把所有的棉花征集起来运到英国去——""若是郎师利在葛的斯堡一役曾经服从命令——""若是当包马斯要人要得极紧的时候,司徒约不曾跑开去从事袭击——""若是桀克孙不曾吃败仗——""若是维克斯堡不曾陷落——""若是我们能够再维持一年——"而尤其少不了的:"若是政府不曾叫胡突代替钟斯通——""若是道尔屯一役的总指挥是钟斯通而不是胡突——"

若是!若是!若是!当时媚兰走廊上的那种夏夜的闲谈也就包含着这么许多的若是。

"他们怎么没有别的话谈的?"思嘉心里想,"谈来谈去是战争,谈了一辈子也还是战争,大概他们到死都只谈战争的了!"

她向那些人坐的地方看了看,看见许多小孩子躺在他们父亲的怀抱里,眼睛睁得大大地听着这种冲锋陷阵的故事,都好像听得津津有味。

"将来这些小孩子恐怕也是一辈子要谈战争的。他们一定以为天底下最最光荣的事情就是跟北佬打仗,并且要打得断手断脚回来,否则宁可不回来。他们一定要永远记着战争,永远拿战争做谈话的资料。我可不像他们,我是连想都不愿去想它的,我巴不得把它完全忘记了,只要我能够的话——哦,只要我能够的话!"

她又听见媚兰谈起陶乐的故事,往往使她毛骨悚然。媚兰谈到思嘉如何对付那些突然来搜劫的北兵,如何抢救那次厨房的大火,竟把思嘉讲得像一个女英雄一样。思嘉自己对于这种回忆却并不觉得得意,并且是连想都不愿去想它的。

"哦,我们为什么不能忘记的呢?我们为什么不能向前看只能向后看的呢?我们当初原是做了傻子才去战争的,现在我们应该把它忘记得越快越好。"

可是照她看起来,似乎除了她自己之外,没有一个人是肯忘记的,所以后来她诚心诚意地告诉媚兰，说她来参加这种集会，虽然一直躲在黑暗里，也很觉得难为情。媚兰却误会她的意思，以为她怕难为情，为的是挺着那么一个大肚子。因为媚兰自己对于这一类事情是面皮特别薄的。媚兰极想再养一个孩子，可是米医生跟方医生都再三警告她，说她如果想再养，那就得拿性命去换。于是她不得不服从定命，而跟思嘉特别亲近起来。因为她看见思嘉肚里怀着个小孩，就仿佛是她自己怀着的一样。而思嘉，本来就不要孩子，现在这孩子来得这么不凑巧，心里早恨得什么似的。她看媚兰却还对她的孩子十分羡慕，因此便常暗笑媚兰的心痴。同时却又暗暗欣喜，因为医生既经判定媚兰不能再生育，她跟希礼就也不能发生真正的接触了。

思嘉对于希礼，现在是常常可以见面了，但是从来不曾跟他私底下会过一次。每天希礼从厂里回来，总要先到思嘉家里来报告一天的工作，但是扶澜和白蝶总在面前，甚至有时媚兰和英弟也在那里。思嘉只能问他几句关于事务上的话，或是指示他一些办法，然后就要对他说："谢谢你跑来一趟。晚安吧。"

哦，她要是没有这个孩子多好呢！现在正是一个天赐的机会，使她可以每天早上跟希礼一同赶车到厂里去，路上经过那些荒凉的树林，是不会有一个人看见他们的，那不是又像没有结婚以前他们在一起玩耍的时候一样了吗？

当然，碰到这样的时候，她也决不会逼他说一句怎样爱她的话的！她无论如何不能讲到"爱"这个字上去。她甚至可以对自己发誓，以后决不向他提起这个字。但是希礼如果有机会跟她密谈，也许他自然而然会脱下那副一本正经的假面具的，也许他会恢复从前的那种故态的。总之，即使他和她不能够再做情人，至少也可以做个知己的朋友，而如果能做朋友，她也就不至于感到这样寂寞了。

"我要把这孩子养了就好了，"她常要不耐烦地想道，"那时我就可以天天跟他一同赶车出去，一路跟他谈着——"

但是她之急于要养出这个孩子来，也不单是为要跟希礼一同出去，而是厂里也急于要她自己去看一看了。因为自从她把两厂的事情交给艾恕和希礼负责以来，厂里是天天都在亏蚀的。

艾恕在厂里虽然干得非常巴结，却实在太不胜任了。生意他既做不来，工人他更管不了。人家要跟他多讨价还价一会儿，他就会把价钱尽管往下跌。人家要说声他货色不好，他就会觉得难为情，心想要与人公平交易，就非把价钱减低不可。有一次思嘉听见他把一千英尺地板卖了个极低的价钱，竟气得眼泪都冒出来。她知道那一副地板是她厂里顶顶上等的货色，现在他竟等于白送给人了！同时他又不能管理厂里的工人。那些黑人硬要每天给工资，他也就会答应他们。他们每天拿了工资去喝个烂醉，第二天早晨都不到厂里来。碰到这样的事情，艾恕就得临时去拉工人，因此厂里的工作不得不停滞起来。又因事情这样棘手，他就往往一连几天不能到城里来揽生意。

思嘉看看厂里的生意被艾恕亏蚀完了，便把他恨之入骨，决计一等自己能到厂，便立刻叫他滚蛋。她觉得不论是谁都要比艾恕强些。至于那些做工的黑人，她也觉得容忍不住了。要像他们这样高兴走就走，谁还成得了什么事业呢？

"扶澜，"有一次艾恕因走了工人来报告她，她跟他闹了一阵之后说，"我是决计要去雇犯人来做工了。前几天我跟高沾泥谈起黑人工作不好的问题，他就问我为什么不去雇些犯人来代替。我觉得他这个主意很好。他说这种犯人工资极便宜，伙食也极节省，又说这种犯人的工作可以随她自己支配，要他们做多少就多少，自由人局不会来干涉的。过几天等高沾泥跟韦唐的契约满了，我就要把他雇来代替艾恕。我看他对于手下那班爱尔兰人尚能管得很好，自然对于一班犯人能有更好的成绩。"

雇犯人来工作！扶澜默然不响了。扶澜觉得她这计划是再恶劣不过的，比那造酒馆的计划还要坏！

至少，在扶澜跟他那班守旧朋友的心目中，这种事情是万万做不得的。原来这种雇用犯人做工的制度，是因战争以后国家财政枯竭而起的。国家因不能养活这些犯人，这才把他们拿来出租，凡是建造铁路、采伐木材一类事业，需要大量工人的，都得向政府出资雇用。扶澜他们也明知道这种制度实在出于不得已，但是觉得这样的事究属痛心。他们里面有很多人是连奴隶制度也不相信的，至于这种制度，他们觉得比奴隶制度还要残酷。

然而现在思嘉竟要去雇用犯人了！扶澜知道思嘉若是真的实行这计划，他是要永远不能抬头的。这比思嘉亲自管理木厂的事更加难为情了。他以前反对思嘉种种事情的理由，还不过是"人家要怎么说呢"那句话，而这一件事却是不只如此了，他觉得这种事情便是拿人体来做交易，跟娼妓卖淫属于同一等级的罪孽，他若是竟容思嘉去做，那是要影响他自己的灵魂的呢。

扶澜既认定了这事关系的重大，便壮起胆子来，绝对禁止思嘉这么做。他这番话说得特别严厉，以致思嘉也吃了一惊，只得暂时不开口。后来思嘉看见扶澜态度非常认真，知道他还不放心，便又好声好气地哄骗着他，说她也不过这么说说罢了，并非真个要实行的。但是暗地里，她却急于希望这计划实现起来。她以为这计划如果能实现，就可以解决她的最最困难的问题，但是如果扶澜一定要坚持下去呢？

她长长地叹了一口气，心想她的两个厂只要有一个能够赚钱，也还可以忍耐下去。谁知希礼管的那个厂，也比艾恕管得高明不到哪里去！

当希礼刚刚接手的时候，思嘉看看厂里的利息比她自己管时并不见得增加，她就已有些吃惊，有些失望了。她总以为希礼那么聪明，又读过那么许多书，叫他来做这种事，是应该觉得轻而易举，可以大大赚一票的。然而他和艾恕差不多一样没有经验，容易错，并缺乏营业眼光。

但是思嘉出于她的爱，连忙出来替他辩护，因而她就觉得他们两个人决不能同样看法。艾恕是笨到毫无办法的，希礼不过是对于这种事情还陌生罢了。但是她又不能不承认希礼实在缺乏迅速估计的能力，并且有时连镶壁板和窗台板也辨不出来！又因他自己是个绅士，一向是极诚实的，他就把流氓也一律当绅士看待，以致思嘉往往要吃大亏。他若是欢喜哪一个人——而他所欢喜的人又是很多很多的——他就会把木料赊给他，再也不查一查那人银行里有无存款，家里有无产业。就这一点而论，他又跟扶澜一样糟了。

然而他一定会学起来的！而当他在学习的期间，她就像一个母亲似的对于他的错误尽量宽容，尽量忍耐。每天晚上他到她家里来报告厂里的事情，总现出十分疲劳厌倦的样子，她却始终耐心地教给他种种机宜。但是她无论怎样兴高采烈地鼓励着他，他那一双眼睛老是死气沉沉地露出一副怪相。她简直不能理解了，她觉得他是变了，跟从前完全不同了。她想她如果能够跟他私底下谈一会儿，也许可以发现其中的缘由。

这一种僵局，使她晚上往往要睡不着觉。她一直替希礼发愁，因她知道希礼心里不快乐，因此也就不能替她厂里好好地干。她看看艾恕和希礼都这样没有能耐，许多主顾已经被同行抢了去了，心里便急得同油煎一般。她恨不能够立刻亲自跑到厂里去，一件一件地当面教希礼，那他就没有什么学不会的了。等到希礼学会了之后，还有那一个厂可以交给高沾泥去管，那她自己就可仍旧专管兜揽生意。至于艾恕，他如果愿意继续替她工作，那是可以叫他赶送货车的。其实他能做的事情也不过如此而已。

讲到高沾泥，这人虽然很聪明，却是有些鲁莽。但是除了他，叫她再能去找谁呢？她总不懂，那些又聪明又诚实的男人为什么都要那么坚执地不肯替她工作？只要她能够找一个人来代替艾恕的位置，她就用不着担这么大的心事了，但是——

　　韦唐虽然那么瘸着腿，却已成了全城里面生意最忙的一个包头了，又据说他已挣了不少钱。梅太太跟瑞纳也干得十分兴隆，已经在大街上开起一爿面包店来了。现在瑞纳用着他那法兰西的节俭精神在管那爿店，他原来赶的那辆饺子车，已交给梅老公公去赶了，因为梅老公公年纪虽然大，却也坐不惯烟囱角落。西门家的几个兄弟现在也很忙，据说他们那个砖窑一天要换三批工人呢。惠克儿靠着他那平发器，居然也能余几个钱了。

　　此外，她所知道的那些活泼青年，有的做医生，有的做律师，有的做店员，也都各自有件事情在那里忙着。因为战争刚刚停止的时候，他们虽曾暂时落入一种麻木的状态，但是不久之后，他们就都又重新活泼起来，各自忙着建造自己的财产，再也没有工夫来帮助建造她的财产了。至于那些不忙碌的人，那是都属艾恕一型的——或是希礼一型的。

　　她因感到工作的紧迫，便想起了一面要做事业，一面要养孩子是万万不能相容的。

　　"我从今以后再也不养孩子了，"她毅然决然地下了这一个决心，"我决然不能像别的女人那样一年养一个。真是天晓得，我要是那么的话，不是一年要有六个月不能到厂里去了吗？可是现在我明白了，我是一天也离不了厂的！我要老实去对扶澜说，从今以后我再不要孩子了。"

　　扶澜虽然希望一个大家庭，可是思嘉是有法子可以控制扶澜的。她已经下了决心了。这是她的最后一个孩子，木厂比孩子重要得多。

第四十二章

思嘉养的是个女孩子,丑得像个没有头发的猴儿,荒唐得像扶澜自己。除了那自己不知其恶的父亲,谁也看不出她的一丝儿美处,但是邻舍家都慈悲得很,都说孩子小时越是丑,大时越会美的。她的名字取做爱拉·落灵娜。爱拉是她外祖母爱兰的转音,落灵娜则是当时一般女孩子最最时髦的一个名字,犹如当时一般男孩子都时行取名李罗伯或是桀克孙,一般黑人的孩子都时行取名林肯或解放一样。

这孩子养出来的那个礼拜,正是亚特兰大闹得满城风雨,人人都怕大祸快要临头的时候。原来有一个黑人在向人夸口,说他曾经强奸一个白种的女人,当地驻军听见了,就把他逮了起来,但是这人正在监里候审的时候,三K党人就冲进监去将他绞杀了。三K党人所以要绞杀他,是因怕他供出那个白种女人来。她就不免要到大庭广众之中去丢丑。他们知道这个女人如果要被传去审问,她的父母一定要把她先弄死的,所以他们觉得唯一的办法,就是把那黑人私自结果了,才能保全那个女人的性命。但是军事当局大大光火了。照他们想起来,一个女人出来做一下见证算得了什么呢?

霎时之间,四面八方都有士兵出来拿人了,他们赌咒要扫灭三K党人,哪怕把亚特兰大的每个白人都捉进监牢里去也无不可。至于黑人方面,则因兔死狐悲,声言要烧尽白人的房屋以相报复。同时又传着种种谣言,说北佬若是查到了乱党,就要大批拿去绞杀,又说黑人已经预备一致起来暴动。因此吓得人人都不敢外出,都牢牢锁着大门,关着窗户。男人在外边有工作的,也因怕女人孩子没有人保护,只得守在家里不去工作。

这时思嘉刚刚做过产,精疲力竭地躺在床上,一面害怕,一面又私自庆幸希礼跟扶澜都没有参加三K党。假使他们在党内,那么北佬就随时都要来搜查,岂不是吓煞人吗?可是她想那些三K党人也真太多管闲事,去惹他们干什么呢?也许那个女人实在并没有被强奸,可是为了她一个人害得许多男人都要有性命危险,这是何苦来呢?

当时全城空气紧张万分,犹如看着一根火线渐渐要烧到一大桶火药里去似的,却就在这个期间,思嘉很快恢复了原状。原来她当初在陶乐做了那么些苦工,颇储蓄起一些余力,现在这些储蓄的余力都出来救济她了。所以她做产之后不到两个礼拜,便已经能够坐起来,再过一个礼拜,她就能够站起来走路,并且说要到厂里去看看了。因为她知道希礼和艾恕都不敢整天离家,已经好几天没有到厂,厂里的工作完全停顿在那里了。

谁知她的这腔热情,却遭遇到一个严重的打击。

原来扶澜骤然做起父亲来,得意之余,胆子也就大了不少,听见思嘉要到外边去,他就老实不客气地对她下起严厉禁令来。同时他又把思嘉的马跟马车一齐锁在马房里,吩咐家里人,除他本人有命令之外,谁都不让取。又当思嘉做产的期间,他曾同着嬷嬷到处去搜索,竟把思嘉埋在地里的那些钱悉数搜了去,用他自己的名义存入银行,以致思嘉现在手边无一个钱可动用,连雇车子的钱也没有一个。

思嘉直气得大喊大跳,喊了跳了没有用,只得向扶澜跟嬷嬷软求,软求不答应,就像一个所求不遂的小孩子似的号啕大哭起来。可是整整哭了一早晨,那两个始终不让步,只听见这一个不住地说:"哦,宝贝儿!你的身体还没有好呢!"那一个又说:"哦,嘉姑娘,你如果再要哭下去,你的奶汁一准会变酸,孩子就要发绞肠痧了。"

思嘉闷着一肚子气,奔到了后院,穿过了篱笆,找着了媚兰,便像赌咒似的对她大声数说了一阵,说她一定要跑路到厂里去,又要去说给全城的人听,扶澜将她当做一个什么东西看待了!她是不愿别人把她当孩子看待的!又说她从此要带一支手枪在身边,谁要恐吓她,她就要将他开杀。她本来开杀过人,想来多开杀个把也是无妨的。她又——

媚兰这几天本来就在那里簌簌发抖,连自己的前走廊上也不敢去,现在听见思嘉这一套恐吓,便吓得脸都发青了。

"哦,你决不能去冒这种险!你要是有个三长两短,我也要活不成的!哦,你不要——"

"我要的!我要的!我一定要跑路到——"

媚兰将她仔细看了看,知道她并不是女人产后发的歇斯底里,看她脸上那一脸坚决的神情,竟是她父亲在日决心要干什么事时的那种表情。于是她将臂膀搂住了思嘉的腰，把她箍得紧紧的。

"这都是我的不好，我太没有胆子了，我不该把希礼留在家里，不放他到厂里去。哦，亲爱的！我实在太没有用了！哦，宝贝儿，我要去跟希礼说，我一点都不害怕，并且可以住到你那里去，叫他尽管可以放心到厂里去工作，而且——"

思嘉明明知道这个局面决不是希礼独个人对付得过来，因而她大声喊道："不，这是没有用处的！希礼如果一心只挂念着你，叫他到厂里去能有什么好处呢？哦，怎么人人都这么可恨的呢！连彼得伯伯也不肯陪我去呢！可是我不管。我会独个人去的。我会一步一步跑到那里去，沿路去找黑人工作——"

"哦，不！这是万万做不得的！你要闯大祸的！据说得揆忒街那边住着许多下等的黑人，你是一定要经过那里的。你等我来替你想法吧——亲爱的，你要答应我，今天怎样也不要出去，我总有办法的。现在你且回去躺着歇歇，我看你是气坏了。答应我吧。"

思嘉叫哭了这半天，本来已经精疲力竭了，而且看看也没有别的办法，只得答应媚兰仍旧回到家里去，但是口口声声说要闹得全家不安宁。

就在当天下午，有一个怪模怪样的人瘸着腿儿穿过媚兰家里的篱笆，来到白蝶家的后院里。人家只消一看他那副外形，就可知道他是媚兰收容在地室里的那些街头流浪客之一。

原来媚兰家里的地室一共有三间，从前是做仆人的房间和酒窖用的。现在只有蝶姐占据了一间，其余两间常被街头那种无家可归的流浪客所占据。除了媚兰没有第二个人知道这些流浪客从哪里来，到哪里去，也没有第二个人知道她是什么时候收留他们进来的。据她家的黑人说，媚兰并不曾去招引他们，是他们自己跑进来的。但是他们跑出了她这地室之后，就吃的也有了，睡的也有了，而且走时还可以把一袋袋的粮食带去。平常，这个地室里的住客是从前联盟军的士兵居多，大多不识字，比较粗笨，因无家可归，只得流浪在街头。

有时也有一群群憔悴不堪的乡下女人住到这里来。这些女人都是战争期间做了寡妇的，现在要去投奔散在各方的亲戚，所以带着成群的儿女在街头流浪。又有时候，连外国人也有得来呢。这些外国人从前贪图北方政府的重价，来替他们做雇佣兵，停战以后回不得本国，所以也做了流浪客了。又有一次，竟有一个共和党人也到这里来住宿。虽然那人究竟是否共和党人也无从确定，嬷嬷却一口咬定他是共和党人，因为她说她是"闻"得出共和党人来的，正如马能闻出响尾蛇一样。但是嬷嬷的话没有人相信,因为大家知道媚兰救济别人也总有个限度的。至少人人希望是如此。

当那怪人走进白蝶后院里来时,思嘉正抱着个孩子坐在后走廊上晒太阳。她一眼看见他那副模样,就认出他是媚兰地室里养的一只野狗。

那怪人也跟彭慧儿一样,镶着一条木腿,瘦高个儿,秃着顶,头皮红得发亮,白胡子直挂到胸前。看他那一脸的皱纹,年纪总在六十以上,但是体格十分壮健,全不像个老年人。虽然装着条假腿,走路却像蛇一样快。

他跨上了台阶,向思嘉坐处走去。思嘉不等他说话,就已听出他那满口卷舌的声音,知道他是生长在山区里的。他身上虽然那么破烂而肮脏,气度却是昂昂然,不肯受人侮辱和愚弄似的。他胡子上满是滴零滴落的烟汁,面孔好像是歪的,鼻子是嵯峨突兀的,眉毛是蓬蓬然的,他的一条眉毛底下只有一个空洞,洞底下拖着一条长瘢,成一对角线切过他的长胡子。还有一只眼睛却是小小的、暗淡的、冷漠的,露出一种残酷无情的光焰。他的腰带上边赤裸裸地挂着一支沉重的手枪,一只靴统口上露出一把弯刀的刀柄。

他冷然地回了思嘉一眼,从栏杆上吐过一口唾沫,这才开口说起话来。说时他那独只眼睛分明露出了一种轻蔑,并不是对思嘉个人,却是对全部女性而发的。

"卫太太叫我来替你工作的,"他简单地说,他的话很生涩,而且几乎有些儿困难,"我叫阿基。"

"很对不起,我没有工作给你做,阿基先生。"

"阿基是我的名字,不是我的姓。"

"哦,对不起。那么你姓什么呢?"

他又吐了口唾沫说:"我看这是于你没有相干的,"他说,"你叫阿基就得了。"

"我自然不来管你姓什么!我没有事情给你做。"

"我想你有的。卫太太见你要像个傻子似的独个人到外边去瞎跑,急得什么似的,所以叫我到这里来替你赶车的。"

"真的吗?"思嘉大嚷道,她一来见那人说话这般无礼,二来因媚兰多管闲事,不觉勃然大怒了。

那个人睁着他的独只眼将思嘉瞪了一会:"是的,女流人家就不该去干男人家的事儿,可是你如果一定要去跑,我可以替你赶车,我对于黑人和北佬一向都是深恨的。"

说着,他把嘴里衔的一段烟草翻了一个面,也不等主人请,便在最高一步台阶上坐下来说:"我本来是不肯替女流人家赶车的,不过卫太太待我好得很,让我住在她家地室里,是她要我来替你赶的。"

"可是。"思嘉刚开口,又马上收回去了,先对那个人脸上看了一会,方才露出笑容来。她觉得这人怪形怪状的有些儿可怕,但是她知道有他在身边,事情就会解决的。她可以同他赶车到城里来,到厂里去,去看她所有的顾客。她跟他在一起走,不会有人怀疑到她的安全,单是他那副模样,也就可以打退人家的流言了。

"事情倒是可以的,"她说,"只要我的丈夫肯同意的话。"

后来扶澜跟阿基谈了一会,就勉勉强强地表示赞成,当即吩咐马房里将思嘉的车马交出。他看见思嘉养出了孩子,脾气也还是不改,自然觉得伤心,只是思嘉如果非回到厂里去不可,那么阿基就是上帝特地放下来给她的了。

亚特兰大人起初看见思嘉带着阿基做保镖,都大吃一惊。家家觉得这两个人坐在一起太不相配了。一个怪模怪样的老头儿,伴着一个娇滴滴的少奶奶,一直都在城里城外跑,这成一个什么样子呢?特别是太太们,都觉得奇怪极了,并且以为思嘉叫这么一个怪人来伴送,倒不如跟那姓白的流氓在一起还像个样儿。但是那姓白的已有三个多月不见了,大家都觉得诧异,他到底到哪里去了呢?连思嘉也不晓得。

阿基是很沉默的,别人不跟他说话,他就不开口,就是他回答别人的话,也老是含含糊糊的。每天早晨他从媚兰的地室里出来,就坐在白蝶的前面台阶上等着,嚼着烟草,吐着唾沫。直等彼得伯伯从马房里拉出车来,配好了,思嘉出来坐上,方才闷声不响地赶着走。彼得伯伯很怕他,只比怕鬼和三K党稍稍轻一点。就连嬷嬷看见他,也有点惴惴然的,要轻脚轻手地走路。他是深恨黑人的,黑人自己也知道,因而都怕他。他除了一支手枪和一柄弯刀之外,还有第二支手枪作后备。他在黑人里面是远近都闻名的。他从来不曾有过抽出手枪的必要,甚至不曾伸手去碰过一下皮带,单是他那一副威势就已够吓退人了。他无论跑到哪里,那些黑人是连笑都不敢笑一声的。

有一次思嘉忽然发起好奇心,问他为什么要恨黑人,他的回答竟出乎思嘉的意料。

"我恨他们,因为我们山里人都恨他们。我们从来不喜欢他们,也从来不曾养过他们。这回的战争就是他们闹出来的。我也因此恨他们。"

"不过，你是参加过战争的。"

"我认为参加战争是一个男人的特权。我也恨北佬，比恨黑人还要恨，就像我恨多说话的女人一样。"

他对思嘉说话总像这样的放肆，以致思嘉闷着一肚子气没处出，急于想要摆脱他。但是她没有他又怎么行呢？像她现在这样的自由自在，要没有他又能到哪里去呢？不错，他太放肆，又很脏，有时竟至有臭气，但是他当保镖很能够尽职。每天他送她到厂里去，又把她从厂里送回来，还送她到处去看顾客。她跟别人谈天或是发号施令的时候，他总站在旁边吐唾沫，瞪眼睛。她从车上爬下去，他就跟着爬下去，跟着她的脚印子走。她有时跑进粗鲁的工人当中，或是黑人当中，或是北佬的士兵当中，他总跟她寸步不离。

不久之后，亚特兰大人对于他们这种形影不离的情景就都已经看惯，看惯之后，男人倒无所谓，一般太太们却都对她这个保镖嫉妒起来了。因为自从三K党人闯了祸，一般太太们实际都已被软禁起来，就是上街买东西，也非得有五六个伴儿。但是亚特兰大的女人向来爱交际，这一下可把她们闷慌了，因而再也顾不了面子，大家都向思嘉去借用这个保镖。思嘉倒也很慷慨，只要是自己不出门的时候，就叫阿基去替女朋友们做保镖。

不久之后，阿基就仿佛在亚特兰大开了镖房，太太们争先恐后地都来雇用了。差不多每天早晨吃早饭的时候，思嘉门口总有一个孩子或是黑人送条子来，上面写着："今天下午你如果不用阿基，千祈借我一用，我要到公墓上去献花"；或是"我得出去买点儿东西"；或是"我要阿基送姑妈出去兜兜风"；或是"我得到彼得街上去一趟，祖父身体不大好，不能送我去。能不能把阿基——"

于是阿基成了一切女人的保镖了，其中也有姑娘，也有少奶奶，也有寡妇，阿基却不管对谁，一律都要露出那种毫不妥协的轻蔑。显然，他是不喜欢女人的，跟不喜欢黑人和北佬并无两样，只是媚兰一个人除外。那些女人起初见他这样无礼，自然都不免惊吓，但是见了几回也就习惯了。因此当他坐在前面赶车的时候，后边的女人见他闷声不响，就觉得仿佛没有他这个人似的。

自从阿基来替思嘉工作以后，扶澜晚上常常要出门。据他自己说，店里有许多账目没有结，近来业务又比平常忙了许多，白天工作时间已经不够支配了。还有一些朋友在生病，要他去坐夜陪伴。此外还有一个民主党人的组织，每礼拜三晚上要集会讨论争取选举权的方法，扶澜是没有一次不到的。照思嘉看起来，这个组织并没有其他目的,只是要重启战端,并且要把戈登将军的地位抬上天去,以为除了李将军以外就要数到他。至于争取选举权一点,思嘉是觉得一点儿没有好处的。扶澜却跟她完全两样,他对于这个会非常热心,往往要到天亮才回家。

希礼也常常要出去替病人伴夜,而且这个民主党人的集会他也参加的,又往往要跟扶澜同时出去。碰到他们两个男人都不在家的时候,阿基就把白蝶、思嘉、卫德、爱拉护送过后院,到媚兰家里去一同过夜。几个娘儿们一起坐着做针线,阿基便仰在客厅的沙发上打呼噜,把一蓬胡子打得一翘一翘的。那张沙发是媚兰家里顶顶讲究的一件器具,人家并没有叫他在沙发上躺,他却管自躺下了。几个娘儿们见他把两只脏长靴搁在沙发靠手上,自然不免要肉疼,但也只得闷声不响,谁也不敢难为他一声。有时他还说他最怕女人家谈天,叽里呱啦像一群母鸡似的,闹得他睡不着觉,所以他要能够安安稳稳睡一觉,便是天大的运气了。

有时思嘉心里起猜疑,不知阿基到底是什么地方人,以前是做什么营生的,但是她从来不敢去问他。因为她看见他那一张独只眼儿的怪脸,心里总有点怯生生的。她只能从他的口音上辨出他是北方山里人,又见他失了一条腿儿和一只眼睛,知道他是打过仗的。谁知后来,有一次思嘉因当阿基的面大骂艾恕,便于无意之中引得阿基把自己的历史供出来了。

那一天早晨,阿基送思嘉到艾恕管的厂里,一看厂里鸦雀无声,做工的黑人一个也不来,只有艾恕独个人垂头丧气地坐在一株树下,不知怎么办才好。思嘉见这情形,再也遏不住心中的怒火,便对艾恕破口大骂起来。因为她刚刚接到一张订单,这几天里面正要大大出货,而且这张订单是她费了九牛二虎之力才弄到手的,现在出不出货不是糟糕吗?

"赶快送我到那边厂里去吧,"她指挥阿基说,"我得去叫卫先生把别的工作暂时停起来,先把我这票货赶出来。可是我的天,恐怕他厂里也是停顿的呢!真是急死人了!我这一辈子也没有见过艾恕这样的愚货!等高沾泥那边的事情完了,我一定要叫他滚蛋。人家说高沾泥替北佬军队打过仗,我管他呢!他会工作呀,爱尔兰人是没有一个懒坯的,这一班自由解放的黑人我也对他们没有办法了。等高沾泥过来的时候,我就要去雇一批犯人来,他一定会管得很好的。他会——"

阿基突然旋转头,眼睛里露着凶光,用着一种冷酷的声音说道:

"你哪一天去雇犯人来,我哪一天离开你。"

思嘉大吃一惊:"我的天!这是什么缘故呢?"

"雇用犯人这桩事我是知道得很清楚的。哪里好说是雇用,简直是屈杀他们呢!这就是买人儿,跟买骡子一个样儿的!其实对待他们还没有对待骡子的好。打他们,饿他们,杀他们。谁来管呢?国家是不管的,国家有租钱好拿嘛。雇用他们的人当然更不管,只要饭钱省、工作多,谁还管人家的死活呢!嗨!简直是地狱,我向来就瞧不起女人,你这么一来我更加要瞧不起了。"

"这又是你管得着的吗?"

"我想管得着,"阿基直截了当地说,停了一会又说,"我是做过将近四十年的犯人的。"

思嘉不觉吓得张大了口,只管往车垫子上退缩。这就是阿基这个哑谜儿的总答复了。他所以不愿说出自己的姓,不愿说明自己的本乡,不愿告诉人一点他过去的事,直至说话所以这样的为难,对人所以这样的冷酷,原来都是为这个缘故。四十年了!那么他是青年时代就进监牢的。四十年了!那么他一定是判了无期徒刑的。

"是——是杀人吗?"

"是的,"阿基抖了抖缰绳回答,"杀我自己的老婆。"

思嘉吓得眼皮像鸭翅膀似的拍了起来。

那蓬大胡子底下的嘴唇似乎动了动,仿佛他见她害怕,在那里暗笑了:"我是不会杀你的,太太,你用不着这么怕。我以为女人该杀的理由只有一个。"

"你杀了自己的老婆吗?"

"她跟我的兄弟通奸。我的兄弟逃走了,我杀了她觉得一点不冤枉。淫荡的女人是应该杀的,可是法律实在不公平,男人做了这种事情也得坐监牢,我便坐了监牢了。"

"可是——你又怎样出来的呢?逃出来的吗?或是赦了的?"

"也可以说是赦的。"他蹙起了眉毛,仿佛要他把说话连串起来很困难似的。

"一八六四年谢尔门打来的时候,我正在米拉吉尾尔的监牢里。我在那里已经快四十年了。那天我们的典狱官把所有的犯人都叫去,对我们说北佬要来了,要来杀人放火了。你知道的,我除了黑人和女人之外,最最恨的就是北佬。"

"这是什么缘故呢?你从前认识什么北佬吗?"

"不,可是我听见人家说的。我听见人家说他们专爱管别人的闲事,这种爱管闲事的人我是最恨的。干吗他们要到佐治亚州来放我们的黑人,烧我们的房子,杀我们的牲口呢?当时那个典狱官说,现在我们军队里很缺少人,谁要愿意去打仗，等仗打完了，就没有罪了，可是我们这些判无期徒刑的杀人犯，典狱官说军队里不要，要把我们送到另一处监牢里去。可是我对那典狱官说，我是跟别的杀人犯不同的，我不过杀了自己的老婆，她又是应该杀的。我又说我极恨北佬，情愿去打他们去。那典狱官听我说的有理，就让我跟别的犯人一道出去了。"

他停住了，喘了一会儿气。

"嘿！真是好玩呢！他们为了我杀人，把我关进监牢里去，现在他们把我放出来，倒交给我一支枪，叫我去随意杀人了！我重新做了自由人，并且手里还有一支枪，自然是很高兴的。当时我们那一批犯人，都打得很起劲，杀了不少的北佬，我们自己也有不少被杀的。可是我们没有一个逃走的人。后来南边投降了，我们都得到自由了。我失去了这一条腿儿和这一只眼睛。可是我一点儿也不懊恼。"

"哦。"思嘉虚弱地喊道。

她仿佛记得从前听人说起过米拉吉尾尔监狱里的犯人放出去打仗的事。哦，是的，好像是一八六四年的圣诞节扶澜对他们说的。他当时怎样说的呢？关于这个时期的记忆太混乱了，她已记不清楚了。她只记得当时自己亲身经历的种种恐怖——围攻时的炮声，满路滴血的伤兵车，老少混在一起的自卫队，她却已忘记了连监狱里的犯人也出去过的。

她觉得这个老头儿实在太傻了。国家剥夺了他四十年的自由权，他却还会去替它拼命！他本来并不犯罪，佐治亚州硬要说他犯罪，竟把他的青年和中年都断送了，他却毫不吝惜地拿一条腿和一只眼睛去送给佐治亚州！她又记起瑞德在战争刚开始时说的几句话来。他说他是不肯替一个已经抛弃他的社会打仗的，但是等到了紧要关头，他终于替这社会出去拼命了。他也跟这阿基一样矛盾的。于是她就断定所有南方的男子，无论高级、低级，都是傻子，都是要去相信那种毫无意义的话儿，而不顾惜自己身上的皮肉的。

她看了看阿基那双树桩一般的手，看了看他的手枪和弯刀，恐惧便又重新向她袭来了。除了阿基之外，还有没有其他的杀人犯和盗窃犯以联盟州的名义被赦放在外边的呢？若照阿基的事情看起来，说不定街上碰见的每一个陌生人都是杀人犯呢！假使扶澜晓得了阿基的真相，事情是要糟糕的。若是白蝶姑妈知道呢，那是立刻就要把她吓死了。至于媚兰，思嘉恨不得立刻把这段故事去对她明白说出，也好使她吓一吓，免得以后再做这种滥好人。

"我听了你这一番话高兴极了，阿基。我——我不会去告诉人的。假使卫太太跟别的太太们知道了，那是要把她吓坏的呢！"

"嘿！卫太太早已知道了。她叫我到她地室里去住的当天晚上，我就告诉她了。像她这样一个好人，我怎么可以把我自己的事情瞒她呢？"

"啊呀，上帝保佑我们吧！"思嘉不觉吓得张开大口呼喊道。

媚兰明知这人是个杀人的凶犯，而且是杀女人的，她却并不把他摈斥于她的地室之外，并且还把她自己的孩子、她自己的弟媳，直至于她的一切朋友都信托给他！她本来是一个最最胆小的女人，却并不害怕跟他住在一所房子里。

"卫太太是极明理的，女流当中难得有她这样的人。她承认我的行为并不错，她说凡是说过谎的人一辈子都要说谎，做过贼的人一辈子都要做贼，唯有杀过人的人一辈子不会再杀第二次。又说凡是替联盟州打过仗的，无论他平时犯过怎样弥天的大罪都可赦免了。至于我，我当然不能承认杀老婆便是弥天的大罪。……是的，卫太太确实是明理的。……现在我再跟你讲一遍，你哪一天去雇用犯人，我就哪一天离开你。"

思嘉并没有回答，可是她在心里想：

"你滚你的吧，你滚得越快越好，你这杀人的凶犯！"

她想媚兰为什么会这样的呢？她把犯人留在自己家里，并且对朋友们都不通知一声，这种行为是无论如何说不过去的。她还说替联盟州服过兵役就可赦免从前的罪孽呢！哞，她竟把服兵役当做受洗礼一样了！不过媚兰对于战争一类的事情本来是极糊涂的，又怎么好去怪她呢？于是思嘉又给北佬加上一重罪名了，若不是北佬造成这种尴尬的局面，做女人的何至于要把一个杀人的凶犯放在身边当保镖呢？

当他们在寒冷的黄昏中赶车回家的时候，思嘉看见许多马匹、篷子马车和货车，拥挤在时代女儿酒馆的门口。希礼也在里边，骑着一匹马，脸上带着一副紧张而机警的神情。西门家的几兄弟也在里边，靠在他们的篷子车上，在那里指手画脚。还有艾恕，一蓬褐色头发盖在他的眼睛上，正在那里摇手儿。梅老公公的饺子车则被围在一大堆车马的中心。直至思嘉的车子赶到近边，他又看见韦唐和韩亨利伯伯也挤在梅老公公的车座上。

"怎么，"思嘉觉得有些儿懊恼，暗暗对自己说道，"亨利伯伯也搭他们这种车子回家的？他不怕人家看见难为情吗？人家要当他自己连马都没有一匹了。他是故意这样的，以便他跟梅老公公每天可以到酒馆里去。"

她一看见大家那种紧张的神情，虽然莫名其妙，却不由得自己也觉得紧张起来了。

"哦！"她想，"不要又是什么人被强奸了吧？三K党人要是再绞杀一个黑鬼，那是我们大家都要没命了！"她便对阿基说："你停一停，这里出了事儿了。"

"你不见得要在酒馆门口停车吧。"阿基说。

"你不要管，停下来。晚安，你们各位！希礼——亨利伯伯——出了什么事儿吗？你们大家都像是——"

那一群人大家都朝着她，拿手碰了碰帽子，微笑了笑，但是他们眼睛里仍旧现出激动的样子。

"也可说有事儿，也可说没事儿，"亨利伯伯嚷道，"这要看你们怎么看法。照我推测起来，立法院方面是不会有第二种办法的。"

立法院？思嘉听见这个名字方才松过一口气来。她对于立法院丝毫不感兴趣，以为立法院做的事情是不见得会影响她的，她所害怕的只是北佬的士兵重新要来洗劫。

"立法院现在怎么样了呢？"

"他们绝对不肯批准那个修正案。"梅老公公回答她，声音里面含有几分得意。

思嘉对政治向来无缘，她也向来不肯把时间浪费到政治上去。她仿佛听说过，有一个不知是第十三次或是第十六次的修正案前几天已经批准了，但是到底怎样叫批准，她是一点儿也不明白的。他们男人对于这种事情常要觉得非常的兴奋，真的叫她不懂呢。当时她面孔上也就显出这种不甚了解的神情，希礼便微笑起来了。

"这就是那个要让黑人选举的修正案，你知道的，"他给她解释道，"这个案子现在已经交到立法院，但是立法院拒绝批准它。"

"他们真是傻！你知道他们北佬是要逼得我们咽下肚去的！"

"我刚才说不堪设想，也就是这个意思。"希礼说。

"我很佩服立法院里那班人，他们真有胆量！"亨利伯伯说，"他们北佬是不能强迫我们的，只要我们自己不愿接受的话。"

"他们是能强迫的，也要强迫的。"希礼的声音虽然平静，眼睛里面却现出万分焦灼的神情，"以后我们的日子更要难过了。"

"哦，希礼，一定不会的！以后的日子决不会比现在难过！"

"怎么不会呢？一定比现在要难过得多。假如我们要有一个黑人的立法院呢？要有一个黑人的州长呢？假如我们以后受到的军法比现在还要厉害呢？"

思嘉现在有些听懂了，便吓得眼睛像铜铃一样大。

"我一直都在考虑我们佐治亚州的最好办法，就是我们大家的最好办法。"希礼的面孔越发紧张起来，"我们是不是该跟立法院里的人一样，跟他们一直奋斗下去，以致惹起北方的恶感，而把全部北军开来强迫我们接受这个黑人选举的法案呢？我们是不是愿意这样？或者，我们就此忍气吞声地沉默下去，一切都逆来顺受，以图一时的苟安。但是无论走哪条路，最后的结果还是一样的。总之，我们没有办法了。他们已经决心要拿毒药给我们吃，我们不能不吃了。也许不如乖乖吃下去的好。"

思嘉对于希礼这番话，并没有完全听进耳朵里去，至少，这番话的真意是她不能把握的。她只知道希礼对于无论什么问题，照例都要从两面去看。至于她自己，她是只看一面的，譬如要去打北佬一个耳掴子，她只要问这跟她自己有没有相干。

"那么你打算要去做过激党，去投共和党的票子吗，希礼？"梅老公公全无礼貌地讥讽他说。

立即形成了一个紧张的沉默。思嘉看见阿基伸手到皮带上去像要拔手枪，但又突然停住了。原来阿基平日常说梅老公公专会吹牛皮，他是瞧他一钱不值的，现在看见他这样侮辱媚兰的丈夫，他就再也容忍不住了，虽然媚兰的丈夫说话也像个傻子。

希礼眼中的惶惑神情顿时消失，而闪出一种暴怒的光芒。但是不等他开口说话，亨利伯伯已向梅老公公攻击起来了。

"怎么，你开口骂人吗？——对不起，思嘉——梅公公，你老糊涂了，你怎么能对希礼说这种话的?"

"希礼自己会管自己的，用不着你替他卫护，"梅老公公冷然地说，"你听他说话简直像个提包党了！这还不是屈服吗？啐！对不起，思嘉！"

"我本来是不相信离盟的，"希礼说时声音气得有些发抖了，"可是后来佐治亚州离盟了，我也跟着它离盟。我本来是不相信战争的，可是我也去参加过战争。我是不赞成再去激怒北佬的，可是立法院既然决定这么做，我也就拥护他们了。我——"

"阿基，"亨利伯伯突然说，"你送思嘉小姐回去吧，这里不是她待的地方。

政治到底不是女人家的事,过一会儿大家就要闹起来了。走吧,阿基。晚安,思嘉。"

当他们赶过桃树街的时候,思嘉心里吓得怦怦地跳个不住。立法院的这种愚蠢举动会影响她的安全吗?会激怒他们北佬以致要失去她的木厂吗?

"嗨,倒也有趣的!"阿基喃喃自语道,"我也听见说过兔子对猎狗吐唾沫的故事,可是直到现在才看见。他们立法院里人尽管可以给戴维斯总统和南方联盟州歌功颂德,他们北佬却是早已决心要叫黑鬼做我们的主人了。可是那班立法先生的精神是确实值得佩服的!"

"佩服他们吗?那是见鬼了!佩服他们吗?他们都该枪毙呢!他们这么一来,北佬就要像老鹰扑小鸡似的扑过来了。他们明知道自己没有能耐,为什么不肯批——批——批准那个什么案子呢?这不是存心挑拨他们北佬来吃瘪我们吗?"

阿基用那只冷酷的眼睛瞪了她一眼。

"哼!不打一下就会吃瘪我们吗?女人都是下作坯,比山羊强不了多少。"

后来思嘉雇来了十个犯人,每厂分派去五个,阿基果然实践了他的恐吓,再也不肯替思嘉赶车了。无论媚兰怎样哀求他,扶澜怎样应许他增加工钱,他始终都不肯答应。他对于媚兰、白蝶、英弟以及她们的许多朋友,都是肯护送的,唯有对于思嘉,他再也不肯碰一碰她的马缰绳了。哪怕是别人的马车,只要有思嘉坐在里面,他也就决不肯赶。这事使得思嘉非常失面子,她的行为竟连自己的保镖也反感了,又何况全家的人都是同情阿基的!

扶澜竭力劝她取消这件事,希礼起初也拒绝管理犯人,经不得思嘉哭呀求呀,说等将来情形好些,她仍旧会辞退犯人,再去雇佣黑人的,因而他只得依允了。邻舍人家都老实不客气地批评思嘉,以致扶澜、白蝶、媚兰都得躲起来不敢见人。甚至彼得和嬷嬷也说雇用犯人是不吉利的,决不会有好效果。大家都说这种行为就是利用别人的苦恼来谋自己的利益,实在是大不道德的。

"那么你们从前对于养奴隶的办法为什么不反对的呢?"思嘉愤然嚷道。

"哦,那是两样的呢。从前那些做奴隶的一点儿也不苦恼,黑人在奴隶时代,比在现在这个自由时代还要舒服些的。你如果不信,你就向四周围看一看吧!"但是对于别人的反对,照例只能促使思嘉的意志格外坚决。于是她就撤了艾恕的职,叫他专管一部送货车,同时把高沾泥雇了过来,跟他订定详细的条款。

现在赞成思嘉雇用犯人的，差不多只有高沾泥一个人。思嘉对他说起这个办法的时候，他把他的青果头略点了点，说这办法实在是极聪明的。思嘉对他看了看，见他活现出一副精明强干的样子，心里暗想道："谁要借马给他骑，总不会再去顾惜马肉的。至于我，我可不肯让他走到我马的十英尺以内来。"

可是她现在要将一批犯人交给他去管，她是不会产生内疚的。

"那么我对于那一批人是可以自由处置的了？"他问道，眼睛冷得像两颗灰色的玛瑙。

"自由处置吧。我所要求的只是要厂里能够出货，我要多少有多少。"

"那么好，我答应你了，"他简捷地说，"我马上去跟韦先生说，我跟他脱离关系了。"

思嘉见他应允，便大大松了一口气，立刻觉得精神百倍起来。现在高沾泥居然被她雇过来了！他是强干的、严厉的，并没有那种婆婆妈妈的腔调。扶澜常常骂他是个"唯利是图的爱尔兰流氓"，但是思嘉正唯此才宝贵他的。她知道一个爱尔兰人若是决心要达到某一种目的，他就非常值得宝贵了，不管他的品性怎么样。她又觉得高沾泥跟她自己意气十分相投，就在自己女流之中也没有像他这样的，因为他也把钱看得非常重。

高沾泥接管本厂以后的第一个礼拜，事事都合着思嘉的期望，因为他手底下用的不过五个犯人，却比从前艾恕手下十个黑人出的货还要多些。而且他使思嘉能有更多的余暇，不必像从前那么忙迫，因为他不愿意思嘉常到厂里去管事，竟对她直言了。

"你管你的兜销，我管我的出货，"他干脆地说，"凡是犯人住的地方，太太是不宜去的，要是别人不曾对你说过这句话，现在我高沾泥对你说了。你只要我替你出货是不是？那么你就不要天天来麻烦我了，像卫先生厂里似的。卫先生原该你常常去麻烦他，我可不。"

这样，思嘉就只得克制自己，不常到高沾泥管的厂里去，因为她怕回数去得多，说不定他撒手就走，那是她要糟糕的。可是她听见他说希礼常得她去麻烦他，便觉得触心得很，因为这话说的是实情，只是她不愿承认罢了。现在黑人换做了犯人，希礼的成绩也并不见得好。为什么呢？连他自己也不知道所以然。而且他在那里管理犯人，总显出怕难为情的样子，近日对于思嘉也没有话说了。

思嘉看见他这种变态，心里很是焦灼。近来他头发也有几根花白了，肩膀也有些儿佝了，而且难得见他开笑脸。总之，他已经不是自己企慕多年的那个希礼了。他像暗中有一种什么苦痛在那里折磨他，一直都把嘴巴绷得紧紧的。她看见他这副形状，觉得心里像刀割一般，恨不得将他一把搂进自己的怀中，抚摩着他那花白的头发，恳恳切切地对他说道："你到底有什么心事呢？你告诉我吧！我会替你想法的！我会替你弄好的！"

然而他那一种一本正经的态度，始终使得她不即不离，不敢去和他十分亲近。

第四十三章

十二月里有一天,天气反常,几乎跟印度的夏天一样暖热。白蝶姑妈院子里有一棵橡树,枯干的黄叶仍旧有几片搭在枝头,草地上面也仍残留着一些黄绿色。思嘉手里抱着个孩子,步出了侧面的走廊,挑了阳光底下的一张摇椅坐下。当时她身上穿着一件新做的绿色丝纱衣服,四周围镶着黑色的花边,头上戴的是一顶花纱的便帽。白蝶姑妈做给她的这两件东西,都跟她非常相配,她自己也觉得很称心。这几个月来她都是那么难看,现在重新好看起来了,这是多么有趣的事儿!

她正坐在那里一边摇着孩子一边低声地哼着,忽然听见侧面横街上起来一阵马蹄声。她从走廊前面的枯藤隙里向外面一看,却原来是白瑞德,骑着一匹马到他们家里来了。

白瑞德离开亚特兰大已经有好几个月,那时思嘉的父亲刚死,离开爱拉出世还早得很呢,思嘉也很惦念他,但是现在她却巴不得不见他的面。事实上,她一看见他那黝黑的面孔,心里立刻就恐慌起来。因为关于希礼的那桩事儿,一直都横梗在她的良心上,同时她又不愿跟瑞德讨论希礼的事儿。但是她知道瑞德一定要强迫她加入讨论的,无论她怎样地不愿意。

瑞德在大门前停了马,轻快地跳下地来,思嘉瞅着眼将他一看,觉得他当时的姿态,活像卫德读的一本书里一幅海盗的画图。

"他就缺少一对耳环子和嘴里衔的一把弯刀,"她想道,"好吧,不管他是不是海盗,他今天总不见得会在这里砍我的头的。"

当他从阶前的小径上走上来时,思嘉装出了一副最最甜蜜的笑脸,向他招呼了一声。她觉得自己很运气,现在刚刚穿着这么一件好衣服,戴着这么一顶好帽儿,他一定会觉得好看的。果然,瑞德将她浑身上下掠了一眼,她就知道他已觉得好看了。

"刚养的小娃娃吧!哦,思嘉,真有意思呢!"他一边笑着,一边弯下身去拨开了襁褓，露出爱拉那张丑陋的小脸来。

"你不要傻吧，"思嘉说着就红起脸来，"你好吗，瑞德？你离开这里好久了。"

"是的，好久了。孩子让我抱一会儿吧，思嘉。哦，我抱孩子顶在行的呢，你不晓得我有种种出奇本领的。嗯，他确是很像扶澜呢，就只缺一点胡子，大起来总也会长的。"

"那是不会的了，是女孩子呢。"

"女孩子吗？那是更好了。男孩子总是讨人厌的。我劝你再不要养男孩子吧，思嘉。"

思嘉很想说男的女的她都不愿再养了，但是话到嘴边，她又急忙收住了，只是对他微笑了一下，心里选择着适当的话题，以便将她那个最最害怕的题目混开去。

"你这回出去玩得好吗，瑞德？你是到哪里去了？"

"哦——古巴——新奥尔良——还有别的一些地方。喂，思嘉，快接过孩子去吧，她要淌口水了，我两手儿没空，拿不出手帕来的。孩子真好玩，可是她要淌湿我的胸口呢。"

她把孩子接过来重新放在膝头，瑞德就懒洋洋地在栏杆上坐了下去，从一只银盒子里取出一支雪茄。

"你一直都在新奥尔良吗？"她说了就稍稍努了努嘴儿，"你从来不肯告诉我到那里去做什么的。"

"我是一个工作很忙的人，思嘉，也许是有事儿去的。"

"工作很忙，你！"她老实不客气地大笑起来，"我看你是一辈子也不工作的，你太懒惰了。你做什么事？拿钱去帮助提包党人，叫他们去做贼，你坐地分赃，或者是贿赂北佬的官吏，好让你替他们做军师，来剥削我们这些纳税人。"

瑞德仰起头呵呵大笑了一阵。

"哦，原来你这么拼命弄钱，是预备拿去贿赂北佬官吏的！"

"这是什么话呀！"说着，她有些儿光火了。

"那么你或许要弄起相当的钱来，预备将来大规模行贿之用。你现在已经雇用犯人了，将来自然可以发大财。"

"哦，"她有些觉得不安地说道，"你哪儿来这么快的耳报神？"

"我是昨天晚上到的，在时代女儿酒馆里混了一晚，城里什么新闻就都听到了。因为那个地方便是一个新闻交换所，信息非常灵通，比太太们的缝纫会里还要灵通些。大家都说你已租到了一批犯人，交给那个姓高的小鬼在那里管，做得他们有死没活了。"

"那是他们瞎说，"她愤然道，"他决不会要他们做得有死没活，我会监督他的。"

"你会吗？"

"自然会的啰！你怎么连这种事情都要疑心的呢？"

"哦，真正对不起，甘太太！我知道你心肠极好，都是人家冤枉你的。不过高沾泥那个家伙确实是个冷酷无情的小鬼，我从来没有见过第二个的。你最好时时留心着他，要不然的话，等稽查员来到这里，你就要吃大亏了。"

"你管你的事吧，我的事情我自己会管的，"她勃然大怒地说道，"我也不愿再谈这些犯人的事了。人家专爱管闲事，真是可恨至极。我雇犯人与他们什么相干——可是说了半天你还没有说到你到新奥尔良做什么呢。你是常常到那里去的，人家都说你——"她说了半句突然停住了，她本来不预备追究这事的。

"人家怎么说？"

"嗯——说你有一个情人在那里，说你们不久就要结婚了。到底是不是的，瑞德？"

她把这个问题放在心上已经很长久，现在既经无意说出口，便禁不住问个彻底了。她想起瑞德要跟别人结婚，就仿佛觉得有点嫉妒，至于为什么她要嫉妒，那是连她自己也不知道的。

瑞德的眼睛突然变机警起来，立刻擒住了她的注视，一下也不肯放松，以致她面颊上泛起了两朵红晕。

"你觉得这件事情于你大有关系吗？"

"嗯，我怕我们的友谊因此要受影响呢。"思嘉态度很矜持地说，但又故意装得不很关切的样子，便低下头去整了整爱拉的襁褓。

瑞德突然大笑起来，接着便说道："你瞧着我，思嘉。"

思嘉勉强抬起她的头，脸上的红晕越发加深了。

"以后要是有人问起这桩事，你可以告诉他们，说我所以要结婚，只是因我不能用别的方法得到我所要的女人的缘故。不过我直到现在为止，还不曾遇到一个非要跟她结婚不可的女人。"

思嘉听到这句话,觉得非常不好意思,因为她记起了那天晚上,也就在这个走廊上,瑞德曾经对她说:"我是一个不结婚的男人。"并且暗示要她做他的情妇。又记起了那天她到监牢里去看他的那番情景,于是霎时之间不觉羞惭满面了。这时瑞德凝神注视着她眼中的神色,脸上慢慢现出一副奸恶的笑容来。

　　"可是你现在既然这么追根究底地问我,我来让你的好奇心满足一下吧。我到新奥尔良去,并不是为着一个情人,却是为着一个孩子,一个小小的男孩子。"

　　"一个小小的男孩子!"这个出人意料的报告使她大觉诧异,竟把刚才的难为情都扫除干净了。

　　"是的,这是我合法的孩子,我该替他负责的。现在他在新奥尔良学校里,我常常到那里去看他的。"

　　"并且买东西去送他吗?"于是她想道,哦,那就怪不得卫德欢喜什么东西他都晓得了!

　　"是的。"他简单地回答道。

　　"哦,我一点都不知道呢!孩子好看吗?"

　　"太好看了,好看到于他自己毫无益处了。"

　　"他乖吗?"

　　"不,男孩子总讨人厌。你还有什么要问吗?"

　　他突然现出怒容,仿佛懊悔刚才的话都是不该说似的。

　　"嗯,是的,要是你不愿意再讲什么,"她装起满不在乎的样子说,但是心里实在很希望他继续说下去的,"不过我看你这副样子,简直不配做监护人呢。"她说着笑了起来,希望他会发急。

　　"哼,你哪里会看人!你的眼光是狭得很的。"

　　他不响了,只把一支雪茄默默地吸了一会。她很想回他一句同样无礼的话,但是她想不出来。

　　"刚才我这些话语,你如果不去告诉别人,我就很感激你,"他最后说道,"不过要一个女人替人守秘密,我也明知是不可能的。"

　　"我是能守秘密的。"她有些生气地说。

　　"你能吗?那是出乎我意料了。现在你不要努嘴了吧。很对不起,我刚才的话说得太唐突了,可是你要这样盘问我,也是你自作自受。现在好吧,请你笑一笑,让我们心里快乐一会儿,我就要提出一个不愉快的题目来了。"

啊呀，我的天！她想道，他现在要谈起希礼和木厂的事儿了！她就急忙笑了笑，并且显出两个酒靥来，好使他心里高兴。"你还到过什么地方呢，瑞德？你不见得一直都待在新奥尔良的，是不是？"

"不，上一个月我都在查尔斯顿。我的父亲死了。"

"哦，我伤心得很。"

"你不要伤心。我确实知道他的死是一点儿不伤心的，我又确实知道我自己并不因他的死而伤心。"

"瑞德，你这种话多么可怕啊！"

"我如果假装伤心的样子，那就还要可怕呢，是不是？因为我实在是不伤心的。我和他之间从来没有什么爱，因而也不曾丧失什么爱。我一生做的事情，他老人家是没有一次赞成的。我太像我的祖父了，而他对于祖父是彻头彻尾地不赞成的。后来我年纪大了起来，他对于我的不赞成就变成了绝对的不欢喜，而我也确实不曾改过自己的脾气。凡是父亲要我做的事，要我养成的性情，没有一件不是使人难堪的。到后来，他竟把我赶出去，不给我一个子儿，也不给我任何的资格，我就只剩一个查尔斯顿绅士的空头衔，以及一身开手枪的技能和一手打扑克的伎俩。然而我居然没有饿死，竟靠着赌钱体体面面地维持过生活来了。这么一来，我的父亲便认为这是自己莫大的羞辱。怎么他们白家的子孙竟做起赌徒来了！所以当我第一次回家乡去的时候，他竟不许我母亲跟我见面。后来在打仗期间，我在查尔斯顿外边偷渡封锁线，母亲只得瞒住父亲，偷偷溜出来看我。你想他这样对待我，我怎么能够对他有爱呢？"

"哦，这些事情我一点都不知道！"

"我父亲在查尔斯顿，是老派当中一个出名的老绅士。所谓老派，就是说，他是什么都不懂的，头脑十分顽固，丝毫不能容忍人。除了他们那些老派思想的绅士之外，其他任何人的意见他都不能容纳的。他把我赶出门去，当我是死了，使得他们老派当中的人都钦佩。他们遵守《圣经》的格言：'如果你的右眼触犯你，你就把它挖出去。'我就是他的右眼，是他的长子，所以他用报复手段将我挖去了。"

他说着微微笑了笑，仿佛觉得这种回忆非常有趣，愣着眼睛在出神。

"嗯，别的一切我都还可以饶恕，唯有他这几年对我母亲和我妹妹的态度，是我再也不能饶恕的。因为到了战争结束的时候，我们家里实在已经一贫如洗了。庄子是烧掉了，田地都荒掉了，镇上的房子也因纳不出税被没收了，全家的人租住着两间房子，是连从前的黑人都不要住的。我曾经寄钱给母亲，但是父亲把它重新寄回来——他嫌我的钱脏呢，你懂得吗？我又好几次到查尔斯顿去，私底下拿钱给我的妹妹，可是每次都要被我父亲查出来，就大骂我的妹妹，以致她觉得一点儿没有生趣。结果，我的钱还是寄回来。我真不知道他们怎么生活下去的。……可是我也并非不知道。他们是全靠我弟弟维持的，我弟弟把所有的钱都拿给他们，可是他也始终不肯要我的——一个投机家的钱。你懂吗？此外就靠朋友们救济了。你的那个幽籁姨妈，她做人极好，她就是我母亲的至好朋友。她拿衣服给他们——真是天晓得！我的母亲要靠人家救济了！"

思嘉难得看见瑞德脱下假面具，这回却是例外。他面孔上显然现出对于父亲的憎恨和对于母亲的可怜了。

"幽籁姨妈！可是我的天，瑞德，她自己还靠我寄钱去救济的呢！"

"哦，原来她的钱是这么来的？不过你这人可真太没有教养，怎么好在我面前说这种话来羞辱我呢！这笔钱让我来还给你吧！"

"那是欢迎之至。"思嘉说时突然回答他一个奸笑。

"哦，思嘉，你怎么一想起钱来眼睛就会这么发亮呢？难道你这爱尔兰人的血液里面真的混着苏格兰人或甚至于犹太人的血液吗？"

"你不要讨人厌吧！我并不是当面羞辱你。可是我那幽籁姨妈当真当我有钱的。她一直写信来问我要，可是天晓得，我手里的钱虽然多，也不见得能够养活整个查尔斯顿呀！你父亲是怎么病死的？"

"温和地饿死，我想是——我也希望是。这也只算得活该。他很想要我母亲和妹妹跟他一起饿死呢！现在他死了，我是可以帮助母亲妹妹了。我在炮台山上替她们买了一所房子，又有仆人服侍她们。可是她们当然不能让别人知道这些钱是从我这里去的。"

"为什么不能呢？"

"亲爱的，你总一定知道查尔斯顿的啰！你是到过那里的。我的家庭不说贫穷到怎样地步，总还要维持它的地位。假使别人知道她们靠的是赌博赢来的钱，是投机赚来的钱，直至提包党弄来的钱，那就不能维持它的地位了。因此她们只得说是父亲生前保过一笔极大的人寿险，平日他宁可自己饿死，宁可做叫花子，也要把保费付清。所以现在她们得到一笔极大的赔款了。这样，人家就会当我父亲终不失为一个老派的绅士——事实上他是替家庭殉难的呢！不过他假使知道我的母亲和妹妹现在都很舒服，他一定要在坟墓里打滚，我是但愿如此的。只有一点，我对于他的死还有些不能释然，因为他是自己要死的，非常乐意要死的。"

"为什么呢？"

"哦，他实际是在李将军投降的时候就已死了。你总该知道这派人的脾气，他对于新的时代无论如何也不能适应，一直都在谈论旧时代的好处。"

"瑞德，难道他们老辈人都是这样的吗？"思嘉不由得想起自己的父亲以及慧儿讲的关于他的事来了。

"哦，那倒不是的，不必说旁人，就看你自己家里的亨利伯伯，以及那个老野猫儿似的梅老先生吧。他们从自卫队里回来以后，就都像返老还童一样，倒比从前更加泼辣了。今天早上我还看见梅老头子赶着瑞纳那辆饺子车，一路诅咒着那匹马，竟跟丘八爷吆喝军用的骡子一样。他对我说，他自从脱离了儿媳妇的拘管，出门来活动活动以后，便仿佛觉得自己年轻了十岁年纪了。你的亨利伯伯也为了要保卫寡妇孤儿，一直在法庭上和别的地方跟北佬们战斗，跟提包党人战斗，情愿不要别人的钱，仿佛以此为乐事似的。假使没有这一次战争，他们这两个人早就退隐起来养他们的风湿病了。现在他们所以能返老还童，是因他们觉得自己重新有用了，重新为别人所需要了的缘故。他们想不到这个新时代会重新给他们老年人一个机会，因而他们很喜欢这个时代。但是有许多青年人倒不喜欢，倒是和我的父亲跟你的父亲一样感想的。这些青年人不能适应这个新时代，也不愿适应这个新时代，这种事实我是看得明明白白的，因而我就不能不跟你讨论到那个不愉快的题目上去了。"

他这么骤然一下转过了一个题目，使她立刻觉得惴惴不安起来，不由得嗫嚅着说道："什么——什么——"又在心里牢骚道："哦，天！现在要来了！我怎样能够混过他去才好呢！"

"我是向来知道你的，我自然不希望你能够跟我说实话，能够跟我公平地交易。但是我心痴得很，我仍旧是信任你的。"

"我不懂你的意思。"

"我想你是懂的，至少你已经露出很心虚的样子了。刚才我到这里来看你的时候，我是经过藤萝街的，我听见一个人站在一道篱笆背后招呼我，一看是卫太太。当然，我就停下马来跟她谈了一会了。"

"真的吗？"

"是的，我们谈得很有趣。她对我说，她一直都想有一个机会对我表示她的钦佩,说我直到第十一点钟还肯出去替联盟州打一阵,这种勇气是极难得的。"

"哦,胡说八道!媚兰简直是傻子。你那天晚上干的那种行为,差点儿把媚兰的命送掉。"

"我想她若是死了,也一定以为死得并不冤枉的。刚才我问她到亚特兰大来做什么,她现出十分惊异的样子。她告诉我,说她现在已经住在亚特兰大,又说你好心得很,叫卫先生在你木厂里做了股份人了。"

"嗯,这就怎么样呢?"思嘉很干脆地问道。

"当初我借钱给你买木厂的时候,我曾经提出一个条件,你也已经同意过,就是我那笔钱不能拿去做维持卫希礼之用。"

"你又来吹毛求疵了。我已还了你的钱,木厂是我所有了,我要拿这木厂怎么办,那是与别人不相干的。"

"那么你可不可以告诉我,你还债的那笔钱又是怎样赚来的?"

"当然是卖了木料赚来的啰。"

"你的意思是说,靠我借给你的那笔钱做起生意来了。那么还不是把我的钱拿去维持希礼吗?你这女人真太不讲信用了。假使你到现在还没有还清我的钱,我就非向你催逼不可,催逼不出就要拿你到拍卖场里拍卖去。"

他嘴里纵然说得很轻松,眼里却已闪出了怒火。

思嘉就急忙乘虚攻入。

"你为什么要把希礼恨得这么厉害呢?我看你一定是妒忌他。"

这话刚刚说出口,她就又悔之不及,因为瑞德立刻仰着头呵呵大笑起来,直笑得她脸上绯红,恨不得有条地缝可以钻进去。

"你既不老实,还要外加像煞有介事!"他说,"你因为从前曾经做过一区里的美人儿,就当是这美人儿可以永远做下去的,是不是?你当你自己是每个男人见了都非马上爱你不可的?"

"啐!"她愤然嚷道,"可是我总不懂,你为什么要这么恨希礼呢?我是无论如何找不出别的解释来的。"

"好吧,你再想一个好些儿的解释吧,刚才这个解释是错的。讲到我恨希礼——其实我的恨他不见得比我爱他的厉害。事实上,我对于他和他这种人的唯一情绪就只有怜悯。"

"怜悯?"

"是的,还带一点儿轻蔑。我想你听见我这句话,一定要生气,一定要说像我这样的流氓，是一千个也抵不得希礼一个的。我怎么能这样自大，竟敢说怜悯他或是轻蔑他呢？好吧，你要生气你生吧。等你生完了气，我来解释给你听，如果你是感兴趣的话。"

"嗯，我并不感兴趣。"

"不感兴趣我也同样要说。因为你心里怀着那种适意的幻想，当我是在妒忌他，那是我无论如何容忍不了的。我之所以怜悯他，是因为他本应该死而他没有死。我之所以轻蔑他，是因为他自己的那个世界消灭了之后，他就觉得一点没有办法了。"

他这意见里面有一点很熟悉的东西，思嘉仿佛记得别人也曾说过类似的话，但已记不起是在什么时候什么地方。她也不高兴去仔细追想，因为她心里很愤怒。

"假如能照你这种办法，我们南方所有规规矩矩的男人都该死尽了！"

"假如能照他们的办法，我想像希礼一类的人都是巴不得死的。死了倒可以落得一块干净的墓碑，上面刻着'这里有一个联盟州的士兵，是为南方而死的'，或是刻着其他常见的铭辞。"

"我可不懂为什么！"

"你是除非用一英尺来大的字写成的东西，并且除非那东西紧放在你鼻子底下，便什么都不会懂的，是不是？我的意思是，他们如果是死了，他们的苦也就吃出头了，再没有问题要对付了，因为那些问题在他们是无法可以解决的。同时他们的家属也可以拿他们来自豪，并且一代又一代地自豪下去。我又听说死的人是快乐的。至于现在的卫希礼，你想他快乐不快乐呢？"

"怎么，当然——"她才说了这几个字，忽然记起希礼近日眼中的神情来，便又把话收住了。

"你想是他快乐呢，还是艾恕跟米医生他们快乐呢？你想他能不能比我的父亲或是你的父亲更快乐呢？"

"嗯，也许不能像从前那么快乐了，因为他们失掉所有的钱了。"

他大笑起来。

"倒不是为失掉钱的缘故呢，宝贝儿。我告诉你吧，他们是失掉他们的世界了，失掉他们一向生长在里边的那个世界了。他们就像是鱼儿失了水，猫儿插上了翅膀一样。他们当初所受的教养，是预备要做某种人物，干某种事业，居某种神龛。然而自从李将军丢开手的时候，这种人物、这种事业、这种神龛就都完全消灭了。哦,思嘉,你不要做出这种呆头呆脑的样子来吧!你就想想看吧,现在希礼的家是没有了,田产都被没收了,他那种优秀绅士的身份,是一便士可以买二十个的。那么你叫他去做什么好呢?他能用他的脑子工作吗?或是用两只手工作吗?我可以跟你打赌,自从他接手办你的木厂,你的木厂立刻蚀本了。"

"并没有!"

"那是多好啊!等你哪个礼拜天晚上有空,你肯让我看看你的账簿吗?"

"你去见鬼去吧,也用不着等有空的,我看你现在可以走了,别的我不来管你。"

"哦,宝贝儿,鬼是我见过的,他可是很乏味的,我再不愿意去见他了。……现在话要说回来。当初你要钱要得很急,你问我借,我借给你去用掉了。关于这钱的用途,我们曾有过一个协定,你却不遵守那个协定。你就记得吧,我的宝贝小骗子,将来总有一个时候你再要问我借钱的。你会出极低极低的利息要我替你到银行里去划款,以便你多买几个木厂,多买几头骡子,多开几个酒馆。到那时候,你就休想我替你出力了。"

"我要钱用的时候,我自己会向银行去借的,谢谢你吧。"她冷然地说,胸口却已气得一起一伏了。

"你会吗?你就试试看吧。我有很多很多银行的股份。"

"真的吗?"

"是的,我对于这种正当的企业很感兴趣。"

"那也还有别的银行的——"

"我跟很多很多银行有关系。只消我稍稍用一点手腕,我包你一个子儿都借不到。你要钱只有向提包党人去借去。"

"我也很乐意向他们借的。"

"去你当然可以去,但乐意恐怕不见得的。你要知道他们的利息多么高。而且在商界里面,这种不正当的交易是算犯罪的。你还是要来找我。"

"你是好人,是不是?你有钱,你有势,可是专会欺侮倒霉人,像希礼跟我这样的。"

"你不要把希礼拉在一起。你是并不倒霉的,也没有一样东西能够使你倒霉。希礼可真倒霉了,他一直都得一个有能耐的人站在他背后,指导他、保护他,否则他就一辈子要倒霉。我是不想把钱拿给他用的。"

"可是像我这种倒霉的人你倒会帮的——"

"你是一个冒险家,亲爱的,一个很有兴趣的冒险家。为什么呢?因为你不肯依靠男人,也不为过去的时代痛哭。你能够跳出旧时代的圈子,一直向前去奋斗,现在你竟拿一个死人荷包里直接偷来的钱及联盟政府里间接偷来的钱,牢牢打下你的基础。你是什么事情都干得出来的——杀人,抢别人的丈夫,企图卖淫,直至于巧取豪夺,没有一件不令人钦佩之至。由你这些事情看起来,就知道你这个人是个具有能力和决心的金钱冒险家。常言说得好,自助者人能助之。所以我对于那个罗马妇人式的梅太太,情愿借给她一万块钱,不要她一个字据儿。她起先不过拎一个卖饺子篮儿,现在你瞧她!开起那么大的面包店来,用起五六个伙计来了。还有她家那位老公公,一天到晚赶着一辆送货车,觉得非常快乐,她家女婿瑞纳,也做得那么津津有味。再看看那个苦恼的韦唐,他只剩了半个人的身体,却做着两个人的活儿。再看看——可是得啦,我再说下去你要厌倦了。"

"我是早已厌倦了,你把我厌倦得要发疯了。"思嘉冷然地说,希望这句话可以气瑞德一下,好使他丢开这个关于希礼的不幸的题目,谁知瑞德不过略笑了一声,并不接受她这种挑战。

"像我刚才说的这种人,都是值得别人帮助的,至于卫希礼——啐!在我们现在这种颠倒的世界里,他这族类是一点儿没有用处、没有价值的了。凡是碰到了乱世,他这族类是首先要灭亡的。为什么不呢?他们不愿意战斗,不知道怎样战斗,因而就不值得存在了。我们人类碰到了乱世,现在不是第一次,也不是最后一次,这种时代从前是有过的,以后也还要再有。凡是这种时代到来的时候,人人都要失去了一切,人人都要一律平等,因此,人人都不得不赤手空拳地从头干起。在这从头再干的时候,靠的就只有脑子的狡狯和双手的气力。但是有一种人,像希礼那样的,既没有狡狯,也没有气力,或虽有,却不肯拿出来用。因此,他们就掉到下层去了,不得不掉到下层去了。这是一种自然的法则,而世界是要淘汰了这样的人才会进步的。不过仍旧有少数人十分刚强,能够度过这种大时代,而且给他们一点时间,他们就会回到原来的地位,于是世界就又反正过来了。"

"你自己也是穷出身的!刚才你不是说,你的父亲不给你一个钱把你赶出门的吗?"思嘉盛怒地说,"我想你是应该了解希礼,并且对他同情的!"

"我确是了解他的,"瑞德说,"可是要我同情他,那我就该天杀了。这回战争停止的时候,希礼实在比我被逐出时富有得多。至少,他有朋友会收留他,我是走投无路的。可是希礼做了些什么来了？"

"你不要像煞有介事，拿他来比你自己吧！他是不像你的，这倒要谢谢上帝！你是什么不管的，跟提包党、小畜生、北佬儿都会去弄钱，他可不肯像你这样乱来的，要顾面子的！"

"可是会要一个女人给的帮助和金钱，也就不见得是太顾面子了。"

"不然叫他怎么办呢？"

"你要我说谁怎么办？我只知道我自己被逐出时以及现在怎么办，我只知道别的一些人怎么办，可不知道希礼应该怎么办。我们看见一个文明在破坏中，我们就得尽量利用机会。有的很诚实，有的很乖巧，尽量利用机会却是一样的。至于这个世界里的希礼一类人，他们也有同样的机会，可是不去利用它。他们简直是不聪明呢，思嘉，而这个世界是只有聪明人才能存在的。"

他这番话思嘉差不多连听都没有听见，因为他在几分钟之前使她觉得很难受的那几句话，现在她又记起来了。她记起了当初在陶乐果园里受到的冷风，记起了希礼曾经说——说什么的？哦，说起过一个使他觉得带点异教意味的外国名字，又说起过世界的末日。当时她还不懂得他的意思，现在她迷迷糊糊有些懂得了，同时也起来了一种烦恼和疲倦的情感。

"怎么，希礼说过的——"

"嗯？"

"有一次在陶乐，他说起过关于——关于什么神道的——神道的夜晚，又说到世界的末日，还有别的一些傻话。"

"哦，古脱旦眉龙！"瑞德觉得很有趣，"还有别的什么？"

"哦，我记不清楚了。我是并不留心去听的。只记得大意是，强壮的会得活过来，懦弱的都要簸掉去。"

"哦，那么他自己也知道的了，那么他愈加要觉得难受。这层道理大多数人是不知道的，并且永远不会知道的。他们看见从前的幻景突然消失，就会一辈子惊异下去。他们只能在一种傲慢而无能的沉默中咬着牙齿。现在希礼却是懂得了，他知道他自己要被簸掉了。"

"哦，他决不会的！只要我活在世界上一天，他就一天不会被簸掉。"

他静默地对她看了看，自己脸上一点没有表情。

"思嘉，你是怎样把他弄到亚特兰大来接办这个木厂的？他有没有竭力拒绝你呢？"

她立刻记起当日父亲下葬以后的那番情景来，但又急忙把这记忆推开去。

"怎么，当然不会的，"她愤然地答道，"当时我对他说明，我厂里那个家伙实在不可靠，扶澜又不能帮我的忙，我自己又快要——快要有这个爱拉了，所以非他去不可。他听见我这种种理由，自然很乐意来帮我了。"

"哦，你是拿要养孩子来做理由的！那你真是善于利用母性了！好吧，这可怜虫竟被你捉到这里来了，竟像一个犯人似的被你拿锁链捉拿来了。我但愿你们两个都快乐吧。不过，我刚才开头讨论的时候就已说过，你如果再想进行什么不很光明的小计划，你是无论如何拿不到我一个钱的。"

思嘉听见这番话，既觉痛心，又加失望。因为她近来确曾有一个计划，要向瑞德再借一笔钱，预备在城里买一片地来造木场。

"我不稀罕你的钱，"她嚷道，"高沾泥厂里现在不用黑人，已经可以赚钱了，赚了很多的钱了，我还有钱去做押款的生意，我们店里也已有了盈余了。"

"是的，我都听见人家说过了，我真佩服你手段高明，会向那些无知无识的孤儿寡妇刮钱！可是思嘉，你如果存心要刮人家的话，为什么不到那些有钱有势的身上去刮，却偏要刮那些孤儿寡妇呢？自从罗宾汉①直到现在，那种锄强扶弱的行为一向是算最高道德的。"

"这是因为，"思嘉老实不客气地说，"从穷人身上去刮钱比较容易比较稳当些。"

瑞德默默地笑了一阵，笑得两个肩膀都抖了。

"想不到你倒是一个心直口快的流氓呢，思嘉！"

流氓！这个名字如果她听见了要觉得伤心，那倒奇怪了。因为她明明知道自己并不是流氓。至少，她是不曾存心要做流氓的。她一向存心要做一个伟大的上等女人，想恢复到若干年以前去。她看见了她的母亲正曳着优雅的长裙，散着枸橼的香气，一双小手儿不住地忙碌着替别人服务，以此博得别人的爱戴、尊敬和怀想。想到这里，她不由得心里突然感到了一阵绞痛。

"你如果是存心要使我觉得难受，"她疲倦地说，"那是没有用处的。我也知道我自己近来并不十分谨慎，也不像小时候人家教我那样和气快乐了。不过我是没有办法的，瑞德。确实没有办法。你想除此以外，叫我怎么办呢？就如那次那个北佬跑到陶乐去的时候，你想我如果文文雅雅地对付他，我跟卫德以及陶乐

---

① 罗宾汉：英国民间传说中的著名侠盗。

所有的人都要怎么样呢？我也未尝不想做好人，但是现在连这种意思都没有了。又譬如那次魏忠要来把陶乐占去，我如果也是和和气气规规矩矩的，你想我要怎么样呢？如果我那时还是安分守己、老老实实，不去纠缠扶澜来替我还这笔恶债，那是我们都要——哦，那也不必去说了。你说我是流氓，也许我的确是流氓，但是我不见得永远会做流氓的，瑞德。不过近几年里面——就到现在也还是一样——你叫我别的有什么办法呢？我常觉得自己是在狂风暴雨里摇着一只载得很沉重的船。我要这只船浮在水面，已经要费不少的气力，因而我不能不把有些无关紧要的东西，例如好礼貌好道德之类，丢到船外去不管了。"

"是的，这一套东西都可以丢开不管的，例如自傲、自尊、诚实、贞操、和气之类，"瑞德替她一一地列举出来，"你这办法并不错，思嘉。当一只船快要沉落的时候，这一类东西确实都是无关紧要的。可是你得转过头去看看你周围的那些朋友。他们如果不能把满船的货色毫无所缺地都载过去，就宁可让他们的船沉下水去，单剩船顶几面旗帜的。"

"他们是一群傻瓜，"思嘉直截了当地说，"无论做什么事情都有一个相当时期的。等到我有了很多的钱，我也什么好人都会做了，我也会规规矩矩起来了。因为到那时候我就做得起好人了。"

"现在你也做得起好人的，只是你不肯做罢了。你要知道，抛进水里去的货色是很不容易打捞的，即使你打捞起来，也总已损坏到无可补救的地步了。我怕的是到你将来可以打捞这些美德的时候，这些美德都已给海水浸坏，再也不足为奇了！"

说着，他突然站了起来，抓起了他的帽子。

"你要走了吗？"

"是的。你不觉得畅快吗？你如果还有一点良心剩下来的话，我要将这问题交给你那点良心去了。"

他停住了，看了看那个孩子，将一个指头伸给她去抓。

"我看扶澜得意煞了吧？"

"哦，当然的。"

"我想他对这个孩子已经有了种种计划了。"

"哦，是的，男人见了孩子总有那么一套傻想头。"

"那么你去告诉他，"说着，他脸上现出一种奇怪的表情，"如果他要亲眼看见关于这个孩子计划的实现，劝他晚上少出门为是。"

"你这话什么意思?"

"就是这个意思,你去劝他在家里多住住吧。"

"哦,你这卑鄙的禽兽!你疑心扶澜会有什么——"

"哦,我的天!"瑞德发出了一阵狂笑,"当然,我不疑心他会跟什么女人逃走的!可怜的扶澜,哦,我的天!"

他笑着走下了台阶。

第四十四章

　　三月里的一个下午，刮风，天气很冷，思嘉独自坐在马车上，将车毯子一直盖到胳肢窝底下，从得揆忒街赶到高沾泥的厂里去。近来这些日子，她自己也知道的，独个人赶车出外实在很危险，因为那些黑人全然失了控制。正如希礼那天预言的，自从立法院拒绝批准那个修正案，局面就突然变得严峻起来。因为这一下坚决的拒绝，不啻是给北佬一个劈面的耳掴子，所以报复手段立刻就来了。原来北佬早已决心要把黑人选举的办法强迫在本州施行，现在既经本州否决了，北方就诬指本州意图叛乱，立刻实施最最严厉的戒严，甚至连本州的名义也被取消掉，改名为"第三戒严区"，特派一个联邦军长在这里负责。

　　若说这时以前的生活也是不安而恐慌的，那么现在是加倍的不安而恐慌了。大家觉得去年施行的戒严法已经十分严厉，谁知拿现在蒲军长手下的戒严法比较起来，就要算是温和了。本州居民以为黑人的统治不久就要实现，前途是黑暗而无望的，心里都觉得苦痛非常。至于黑人方面，看看自己的地位越来越重要，又知道背后有北军替他们做保镖，自然要为所欲为，更肆无忌惮。于是佐治亚州里民不聊生了。

　　在这慌乱恐怖的时代，思嘉心里自然也觉得惊吓，但是意志仍旧极坚决，仍旧要独个人赶着马车四处去乱跑，只把扶澜的手枪插在车篷里以备不测。她把现在身受的种种灾难都归咎于立法院，暗暗在心里诅咒他们。她想他们自己以为这种否决便是英勇的行为，别人也都恭维他们英勇，其实这有什么好处呢？只把事情越弄越糟糕罢了。

　　得揆忒街的尽头有几棵光秃秃的树，再过去便是珊堤镇了。她到了这里，便向马叱呵了一声，加快了速度。她每次经过这里许多龌龊的篷帐和木屋，心里总觉得惴惴不安。亚特兰大附近一带地方，这里是最最著名的歹土，因为一般最最下级的黑人、最最穷苦的白人，乃至于黑人的娼妓，都是在这里做巢穴的。又据说无论黑人、白人犯了罪，都要躲到这个地方来，因此北军要拿什么人，总先到这里来搜查的。杀人抢劫的事情，在这里是家常便饭，后来当局觉得烦不胜烦，便索性一概置之不理，随他们珊堤镇上人自去处理了。镇边有一片树林，树林背后有一个酒厂，在那里制造廉价的米烧酒。每天一到夜晚，镇上那些酒馆里的醉汉就要谩骂喧哗起来，闹得四近彻夜不安。

就连北佬自己也已承认这里是个最最遭瘟的地方，屡次声言要将它扫荡，然而始终都没有实行。至于亚特兰大跟得撲忒两地的居民，因这里是两处交通的必由之路，所以都弄得怨声载道。男人经过这里，总都把手枪取出袋来挂在皮带上；至于上等的女人，虽然有男人跟着保护，也不愿从这里经过，因为这里常有许多黑种的浪人，喝得烂醉地坐在路侧，见有女人经过便对她横加侮辱，或是喊着种种不堪入耳的话儿。

当初思嘉有阿基在旁边做保镖，是从来不把珊堤镇放在心上的。哪怕是极其无耻的黑种女人，也不敢在她面前笑一笑。自从阿基罢了工，那边就接二连三地出了事情。她每次从那里赶车过去，那些黑种浪人似乎都要出来尝试一下子。她受到种种侮辱，一点都没有办法，只得忍气吞声地装做听不见，而且回来之后又不敢去告诉邻舍和家人。因为邻舍听见了，总都要像得胜似的说："嗯，这种事情本来是免不了的啰！"家里人听见了，下次要阻止她出门便多了一个借口。

今天倒谢天谢地，路边看不见一个褴褛的女人，只有几个浪人蹲在一堆破屋门前晒太阳。那时正刮着一阵冷风，飘来了一阵木柴的烟气和炸猪肉的焦气，中间又夹着臊臭味儿，使她恶心得快要呕吐。于是她屏住了鼻息，将马缰绳抖了抖，急忙跑过他们面前，拐过一个弯儿去。

正想松一口气，忽见一棵大橡树背后转出一个漆黑的彪形大汉来，使她大吃一惊。但是她神志还清，急忙勒住了马，把扶澜的手枪抽出来拿在手里。

"你干什么？"她一面将枪口对着那大汉，一面厉声地嚷道。谁知那大汉刷地一下缩回橡树背后去，用着一种可怕的声音叫出来：

"怎么，思嘉小姐，您不要开杀大老三呀！"

大老三！一时之间她竟记不起这个名字来了。怎么，大老三是从前陶乐的工头，亚特兰大将要陷落的时候还见过的呀！怎么他……

"你走出来，让我看看到底是不是老三！"

那大汉便惴惴地又从树背后转了出来。只见他赤着一双脚，穿着一条粗布的裤子，一件蓝色的军服紧得像绷鼓似的绷在身上。她看明白了果真是老三，便连忙把手枪插回车袋里去，喜得嘴都咧开来了。

"哦，老三，我看见你高兴极了！"

老三三步两步跳到马车边，也喜得眼睛囫囵着，牙齿白露着，擎起两只蒲扇大的手，将思嘉伸给他的手牢牢捧着。他把西瓜瓤一般红的舌头伸出，全身都摇着扭着，脸上像是抽了筋，荒唐得像一头猎狗在玩把戏。

"哦，天，俺又看见自己家里人了，这多有趣呀！"他一面喊，一面把思嘉的手紧紧捏着，捏得骨头都快要碎了，"您怎么也学男人的样儿，出门也带枪了，思嘉小姐？"

"近来坏人多得很，老三，我不能不带枪的。你到珊堤镇这种脏地方来干什么？你是有体面的黑人哪，你为什么不到城里去看我呢？"

"哦，天，思嘉小姐，俺不是住在珊堤镇的，俺不过在这里待几天。俺不要住这种肮脏的地方。这里住的黑人都是些穷鬼，俺也不知道您在亚特兰大。俺当您还在陶乐，俺等有机会，也要马上回陶乐去的。"

"从围城的时候起，你一直都在亚特兰大吗？"

"哦，不，小姐！俺是从外边跑来的！"说到这里，他才放下思嘉的手，思嘉连忙将它搓了搓，看骨头有没有碎，"记得上次俺看见您的时候吧？"

思嘉记起了围城刚要开始以前的那个大热天，她跟瑞德坐在马车上，看见一大群黑人排着队唱着歌从街上走过，就是大老三为头的。她便点了点头。

"嗯，那一回俺去替他们掘壕沟、装沙袋，一直到联盟军离开亚特兰大为止。那回带咱们的那个队长给打死了，以后俺不知道到哪里去才好，只得一直躲在树林子里。俺本想回陶乐去的，可就听说陶乐统统烧掉了，而且俺也没有法子回去，俺是没有派司的，俺怕要给巡逻队逮去。后来北佬来了，有一个北佬军官，他是个上校，他看中了俺，叫俺去替他看马，擦靴子。"

"嗨，小姐！俺那时候觉得威风极了！俺本来是做粗活的，现在跟阿宝一样做起跟班来了。俺没有告诉那个上校说俺以前做粗活，他呢——吓，思嘉小姐，他们北佬笨得很的呢！他们简直看不出做粗活做细活来的！那么俺就跟着他跑了。后来，谢尔门将军到了萨凡纳，俺就跟着他一起到萨凡纳。吓，思嘉小姐，俺一路上看见的事情可怕呢——抢劫啊，放火啊——他们烧了陶乐了吗，思嘉小姐？"

"火是放过的，我把它扑灭了。"

"哦，那好极了！陶乐是俺的家，俺打算还要回去的。后来仗打完了，那上校对俺说：'老三，你跟俺回北方去吧。俺给你很多工钱。'那时候，俺也跟许多黑人一样，觉得这里这种自由也没有多大意思，俺就跟他到北方去了。俺到过华盛顿、到过纽约、到过波士顿，吓，思嘉小姐，俺做了大旅行家了呢！他们北方比咱们南方热闹得多，街上车呀马呀一天到晚不断的。俺在街上跑，要从这边跑到那边去，都是很难的！"

"你喜欢北方吗，老三？"

老三抓了抓他那羊毛似的头。

"俺喜欢——也不喜欢。俺那上校他是好人，他是懂得黑人的。可是他的太太，她就不同了。她的太太第一次看见俺，就叫俺先生呢！她每次叫俺先生，俺总觉得怪难为情的。后来上校教她叫俺老三，她这才也跟着叫了。可是那些北佬初次看见俺，人人都叫俺郝先生的。他们又让俺跟他们一起坐着，当俺跟他们一个样儿，可是俺这一辈子也没有跟白人先生们同起同坐过，实在有些儿不习惯，俺年纪又大了，俺是学不会的了。他们表面上装做跟俺一个样儿，可是心里却是不喜欢俺的——对于黑人都不喜欢的。他们又怕俺，因为俺个儿太大了。他们常常问俺关于猎狗的事儿，又问俺挨打过几次，吓，天，思嘉小姐，您总知道，俺是一辈子也没有挨过打的！咱们嘉乐老爷那么好的人，他舍得打俺这么值钱的黑人吗？

"俺告诉他们，咱们太太待人多么多么好，俺害肺炎的时候，她是整个礼拜坐着看俺的，哪晓得他们都不信。后来俺觉得实在受不了了，俺又惦记太太，巴不得立刻回陶乐看看去，俺就趁黑夜溜了出来，搭了一辆货车回到亚特兰大来了。您现在要肯替俺买一张车票，俺是马上要回陶乐去的，俺要回去看看老爷太太去。这种自由俺是受够了，俺不如吃碗现成饭儿，做点现成事儿，害起病来也好有人看着俺。要是再害起肺炎来呢？他们北佬女人会来看俺吗？当然不会的。她们嘴里叫俺郝先生，俺害病了她就不管了。咱们太太是会管的——嗨，思嘉小姐，你是怎么回事啊？"

"爸爸母亲他们都死了，老三。"

"死了？您跟俺说玩话吗，思嘉小姐？那是不应该的啊！"

"不是说玩话，真的。母亲在谢尔门打到陶乐的时候就死了，爸爸是今年六月才死的。哦，老三，你不要哭，请你千万不要哭，你哭我也要哭了。老三，不要哭，我简直是受不了的。现在我们不谈这桩事情吧，过些时候我再跟你谈。……苏纶小姐现在在陶乐，跟一个顶好顶好的人——彭慧儿先生——结婚了。恺玲小姐现在在一个——"她说了半句收住了，因为她知道对这痛哭流涕的黑巨人，再也说不明白尼姑庵是什么，"她现在住在查尔斯顿了，可是阿宝跟百利子仍旧在陶乐。……得啦，老三，擦擦你的鼻子吧，你真的要回家去吗？"

"是的，小姐，可是现在太太老爷都不在了，俺也不会那么快活了。"

"老三，假如叫你留在亚特兰大替我做活，你觉得怎么样？我得要一个人替我赶车。近来外边坏人多得很，我这个人是极要紧的。"

"是的，真是要紧的。俺也早就想跟您说，您这么独个人跑来跑去总不是个办法。您不知道现在这些黑人多坏呢，尤其是住在珊堤镇的这一些。您这样子真是危险的。俺到珊堤镇才两天，就听见他们说起您来了。昨天您打这儿经过，有个黑婊子在您后边喊嚷，当时俺认得是您，可是您的车跑得太快，俺追不上了。后来俺就着着实实抽了那些黑鬼一顿。真的，俺不是哄您。您不看见今天他们一个都不敢来了吗？"

"哦，原来是这样的，那是真要谢谢你了，老三。好吧，你在这里替我赶车好不好呢？"

"思嘉小姐，谢谢您的好意，可是俺看俺不如回陶乐的好。"

他说着低了头，将一个大脚趾在泥地上不住地画着，现出心里不安的样子。

"这是为什么呢？我给你很多的工钱。你一定得在这里。"

老三眼睛发愣着，像一个小孩子似的看着她，脸上分明现出心里的恐惧。随即他上前一步，靠到思嘉马车旁边，对她低声说："俺非离开亚特兰大不可。俺得到陶乐去躲起来，让他们找俺不着。俺是杀过一个人的。"

"一个黑人吗？"

"不，小姐，一个白人，一个北佬的士兵，现在他们正在搜查俺。俺到珊堤镇来就是为这个缘故。"

"事情是怎样起来的？"

"他喝醉了，他骂俺，俺受不了，拿一双手叉住他的喉咙——俺并不是存心要弄死他的，思嘉小姐，可是俺手力太大，俺连知道都没有知道，他已经死了。俺害怕得很，不知道怎样才好。俺只得跑到这儿来暂躲一躲，昨天俺看见了您，就高兴得了不得，心里想道，好上帝，思嘉小姐在这儿啊！她一定会替俺想出办法，一定不会让北佬拿俺去，一定会送俺到陶乐的。"

"你说他们是在搜查你？他们知道这桩事是你干的吗？"

"是的，小姐。俺的个儿这么大，他们是不会看错人的，俺想亚特兰大的黑人算俺顶大了。昨天晚上他们已经到这里来搜查过，树林里边有个黑女孩子让俺躲在她的木屋里，被俺躲过来了。"

思嘉坐在车上皱了一会儿眉头。她并不是因为老三杀过人觉得害怕，乃是因为自己不能叫他来赶车觉得失望。像他这样魁梧的一个黑人，做起保镖来是跟阿基一样好的。好吧，现在她必须设个法儿将他送到陶乐去，决不能让当局逮住他。像他这样一个人，要是活活拿去绞了是极可惜的，他是陶乐最最得力的一个工头。至于现在他已被解放了一层，思嘉却始终没有想起。他是仍旧属于她的，跟阿宝、嬷嬷、彼得、阿妈、百利子他们一样。他仍旧还是她自己家里的一个人，所以是必须受她保护的。

"好吧，我今天晚上就送你回陶乐去，"她末了说，"现在，老三，你听我说，我还得往前面去一段路，可是不等太阳下山就要回到这里来。等我回来的时候，你要在这里等我。谁都不要跟他说什么，你如果有帽子的话，你把它带来戴着，把面孔遮没了，不让人家认出。"

"俺没有帽子。"

"那么，这里是一个四开，你拿到那种黑人的小店里去买一顶来，买来了在这里等我。"

"是的，小姐。"老三见又有人指导他做事，便不觉满面光彩起来。

思嘉将车子赶上前去，一路心里盘算着。陶乐添了这样一个作手，慧儿一定欢迎的。阿宝向来不会做粗工，往后当然也学不会的。现在有老三回去，阿宝就可以到亚特兰大来跟蝶姐在一起了，这是她本来答应过他的。

她到厂时，太阳已快要落山。高沾泥站在一个木棚子的门口，那就是他那厂里的厨房间。还有一个木棚子，便是思嘉派到高沾泥手下去用的那五个犯人的寝室。那个木棚子门前横着一根大木头，当时有四个犯人一排儿坐在上面。他们身上仍旧穿着犯人的制服，已经脏得满是油污汗渍了，脚上是当啷的脚镣，神色之间都现出麻木和绝望的样子。思嘉将他们仔细一看，觉得个个都非常憔悴，跟刚雇来时的形态大不相同了。当她爬下马车的时候，他们连头都不抬一抬。只有高沾泥一面朝她看了看，一面没精打采地掀去头上的帽子。他那小小的褐色面孔是跟硬壳果一样硬的。

"这些人的神色都不大好看，"思嘉突如其来地说道，"他们都不像健康的样子。还有一个到哪里去了？"

"他有病，"沾泥干脆地说，"现在寝棚间里。"

"什么病呢？"

"多半是懒病吧。"

"我看看他去。"

"你不要去,他也许光着身子在那里。我会照料他的,明天他就可以回来工作了。"

思嘉正在犹豫的当儿,看见一个犯人微微抬起他的头,向高沾泥瞪了一眼,那眼光里分明含着强烈的憎恨。然后,他重新低下头去了。

"你打过他们吗?"

"哦,甘太太,对不起请问一声,这个厂现在是谁在管的?是你叫我负责来管的呀。你说过我可以自由处置的,那你就什么事情都不能责怪我了,是不是?现在我厂里出的货色,不是比艾先生管的时候加了一倍吗?"

"是的,这不错。"思嘉口里虽然这么说,身上却禁不住打起寒噤来。

她看了看那几个丑陋的木棚子,总觉得厂里的空气有点阴森森,这是从前艾恕管时向来没有的。同时她又感觉到一种寂寞和隔绝的景象,竟使她不寒而栗起来。她觉得这些犯人与世界已经绝了缘,可以听凭高沾泥怎样摆布。高沾泥若是高兴要鞭打他们、虐待他们,她自己是永远不会知道的。现在这些犯人看见她,也不敢向她诉苦,唯恐她走了之后,要吃到更重的刑罚。

"我看他们都很瘦,你有没有让他们吃饱呢?天晓得,我花的钱是足够把他们养得猪猡一般胖的呢!上个月里边,单是面粉和猪肉两项已经花了我三十块钱了。你是拿什么给他们当晚饭的?"

说着,她跛到那个厨房间门口,向里边看了一看。一个黑白混血的胖女人靠在一只满是铁锈的旧炉灶上,正在烧什么,一眼瞥见了思嘉,对她微微点点头,又重新低着头去拌那一罐黑眼豆了。思嘉仔细一看,知道那天晚饭除了豆子和玉米饼之外再也没有别的。

"你除此以外再没有别的给他们吃吗?"

"没有。"

"豆子里边没有放点肥咸肉吗?"

"没有。"

"也没有放炖咸肉吗?可是黑眼豆里不放咸肉是不好吃的,吃了不长气力的。怎么一点儿咸肉都没有呢?"

"高先生他说用不着放咸肉的。"

"你自己可以放的。你们的材料放在哪里?"

那个混血女人囫囵着一双惊慌的眼睛向一个小壁橱瞧了瞧，思嘉就跑过去将壁橱门打开来一看，地板上放着一桶玉米，没有盖的，一小袋面粉，一磅咖啡，一点儿糖和两只火腿。其中有一只火腿放在架上，是新近煮熟的，只切下过一两片。思嘉怒不可遏地转过来朝着高沾泥，接触着他的冰冷的怒目。

"我上礼拜送来的五袋白面到哪里去了？还有那口袋糖跟咖啡呢？我又送来了五只火腿、十磅咸肉，还有不知多少桶甜薯和山芋。这些东西都到哪里去了？即使你给他们一天吃五顿，一个礼拜也吃不完这许多呢。你拿去卖掉了！你一定拿去卖掉了！你这贼！我给你的都是好材料，卖掉了钱你落腰包，却让他们光吃干豆玉米饼，怪不得他们这么瘦了。你让开！"

她怒气冲冲地从他身边掠过，冲到木棚子门口。

"喂，你，坐在尽头的一个——是的，你！你到这儿来！"

那人站了起来，蹒蹒跚跚地走到她面前，脚镣当啷当啷地响着。她看了看他的两个脚踝，红红的都被脚镣擦破了。

"你上次吃火腿是哪一天？"

那人低着头看在地上。

"你讲！"

那人仍旧垂头丧气地一声不响，过了许久他才抬起眼睛来，对思嘉哀求似的瞪了一眼，便又低下头去了。

"你不敢开口是不是？好吧，你到那间小壁橱里去，把架上那只火腿拿下来。阿妈，你给他一把刀。你把火腿拿去跟那些人分了吃。阿妈，你替他们做一点饼跟咖啡起来，马上就动手，我要看看你的出手看。"

"那些面粉跟咖啡是高先生自家儿的。"阿妈惊惶失措地咕哝道。

"高先生？呸！我看那只火腿也是他自家儿的了。你不要管他，赶快动起手来。高沾泥，你跟我来，我们到外边马车上谈去。"

她跨过了那个满是垃圾的场院，爬上了马车，回头一看，那些人正把火腿一块块撕下来，贪馋地往嘴里塞，心里才感到一点痛快。

"你这个人简直是个少见的流氓！"她怒气冲冲地对马车旁边站着的高沾泥说，"现在你得赔还我的食料钱，以后我要逐日发给你，不跟你论月算了，看你还能揩我的油不！"

"你也不必说以后，以后我是不在这里了。"高沾泥说。

"你的意思是要辞职吗？"

当时思嘉极想对他喊出："你滚了我倒好干净了！"但她头脑冷静了一下，这话便又立刻收回去。高沾泥若是走了，叫她怎么办呢？现在他厂里出的货色，确实比艾恕手里要增加一倍。现在她又正有一票订货，数量之大是她从来不曾有过的。她得把这票货立刻赶出来。要是沾泥辞了，又叫谁来接他的手呢？

"是的，我要辞了。你本来是叫我在这里负全责的。你又对我说过，别的你一概不管，只要我出货出得快。当初你既不曾跟我说定我该怎样管这个木厂，现在我自然不打算另起炉灶了。我用什么法子来出货，那你管不着。你也不能责怪我做事情不老实。我替你赚了钱，图的是几个薪水，但是若有外快可拿，我也要拿的。哪晓得你忽然跑来干涉我来了！你问了这许多话儿还不算，还要当着他们的面剥下我的面子。我的威信给你扫尽了，以后你还想我维持纪律吗？其实这些人都是懒坯，偶然抽他们一顿算得什么呢？抽了还是便宜他们的。没有好东西吃又算得什么呢？他们本来不配吃好东西的。现在我们只有两条路，要么你不来管我，让我自己随便干，要么我今天晚上就滚蛋。"

说着，他面上的气色越发强硬起来，以致使思嘉陷入了僵局。若是他今天晚上就走，那她怎么办呢？她是不能整夜守在这里看管这些犯人的！

她这万分为难的心理，沾泥立刻就感觉到了，便把面容变得温和些，声音也委婉些了。

"现在时候不早了，甘太太，我看你不如早些回去吧。我们总不见得为这一点小事儿就闹翻的，是不是？现在这么办吧，你从我下月薪水里扣回十块钱去，算是我赔还你的，我们就把这事儿做一个结束。"

思嘉朝那一班可怜虫看了一眼，又想起了寝棚间里的那个病人。她问了问自己的良心，确实是应该让高沾泥走的。他是一个贼，一个残忍的人，她自己眼睛看不见的时候，他对于那些犯人是无论什么都干得出来的。但是从另一方面想，沾泥却是极其聪明的，而她现在不是正需要一个聪明人吗？总之，现在她是少不了他的。他正在这里替她赚钱呢！以后自己常常留心就是了，那些犯人肚子总要让他们吃饱的。

"我要扣回你二十块钱，"她说，"其余的事情我等明天早上再回来跟你谈判。"

说着，她就把马缰绳拿在手里。其实她明明知道这桩事情已经再没什么可以谈判，明明知道事情就此已经结束，而且知道高沾泥也以为这样的了。

她在回家的路上，良心和金钱的欲望一路交战着。她知道自己将这几个人的性命交给那个高沾泥，实是一种莫大的罪孽。假使其中有一个因此死了，她是要跟沾泥同样负责的。因为她已经发现了沾泥这样残忍，为什么还要叫他继续负责呢？但是从另一方面看起来——嗯，从另一方面看起来，总是那些人自己犯罪不好。他们从前做了坏事情，现在就该受到这样的恶报，这么一想，她的良心方才得到一点儿安慰，但是那些犯人的眼睛仿佛仍旧在瞪着她。

"哦，我等以后再想吧。"她下了这个决心，就把这个思想推进她的心的贮藏室，而将室门紧紧关上了。

当她回到珊堤镇上首那一段拐角小路的时候，太阳已经完全下了山，树林里已经黑暗了。太阳一经下了山，便有一片逼人的寒气笼罩在周围，并有一股冷风吹刮过树林，使得那些枯枝败叶都簌簌作响。她从来不曾在野外待到这么晚过，现在看见这番情景，便不免畏惧起来，恨不得一口气跑回家去。

她向四下里找寻老三，并不见他的影子，只得把车停下来等他，而心里不胜疑惧，生怕他已给北佬逮去了。但是不久之后，她就听见脚步声音从珊堤镇那边一条小径上响了过来，她这才放下了心，预备等老三到时着着实实地责备他一顿。

谁知等那脚步声音拐过弯来时，一看来的并不是老三。

来的一个是白人，一个是黑人，那白人是个衣衫破烂的大汉，黑人则佝腰缩背，像个猩猩一样。思嘉急忙把缰绳抖了一抖，一面将手枪拔出来拿在手里。那马刚刚起了步，却被那个白人挡在前面一挥手，便又吓得呆住了。

"奶奶，"他说，"您给我一个四开吧，我真要饿煞了！"

"你让开，"思嘉竭力装做镇静地嚷道，"我身边没有带钱。嘚！嘚！快跑！"

那大汉手脚极快，一把就将马笼头抓住了。

"逮住她！"他对那黑人嚷道，"她的钱大概是放在胸口的！"

这以后的事情思嘉觉得像一场梦魇，都发生在一刹那之间。她擎起了她的手枪，本能却告诉她决不能向那白人开放，怕要误中她自己的马。一看那个黑人已经向她侧面跑来了，她就正对着他放了一枪。这一枪到底中也不中，她始终没有知道，只知道她拿枪的那只手随即被人一把抓住了，抓得骨头都快断了，那支手枪便也被他夺了去。随见那个黑人冲到她身边，攀住车篷要想跳上来。她将那只唯一自由的手跟他抵抗着，向他面孔上抓着，但是他那簸箕般的大手已经扼住她的咽喉。随即听见嚓的一声，她胸口的衣裳已被一直扯到了腰部，便有一只黑手在她胸口上乱摸乱抓,她既难受又害怕,便像一个疯婆子似的极声尖叫起来。

"闷住她的嘴!拖她下来!"那白人在旁喊着,那只黑手就够到思嘉面孔上来摸她的嘴了。她将那只手狠命地咬了一口,便重新呼喊起来。正在喊时,她听见那个白人已在那边声嘶力竭地诅咒,才知已有第三者来加入了。来人正是大老三。他打倒了那个白人,便奔过这边来进攻这个黑人,这个黑人一经看见他,便撇开了思嘉,一个箭步跳开去。

"快跑,思嘉小姐!"老三一面逮住那黑人,一面对思嘉大嚷。思嘉颤抖着,急忙将缰绳和鞭子一把抓在手中,那马便往上一耸,急忙奔跑起来。但是跑不到两步,思嘉便觉轮子底下碰着一件软软的东西,一看,原来就是那个被老三打倒在地上的白人。

思嘉吃了这一惊,只得不住地抽着那匹马,从那人身上碾了过去。这时,她又听见后面脚步声音追得非常急促,还当是那个黑人追来了,又狠命将马抽着。

却听见一个声音在她后面大喊:"思嘉小姐,停一停!"

她还不大敢相信,先掉过头去看了看,看见果然是老三,这才勒住了马,等他赶到了,叫他也跳上马车。这时老三满脸淌着汗和血,气喘吁吁地嚷道:

"您受了伤吗?他们伤了您吗?"

思嘉不能说话,只见老三对她的胸口瞥了一眼,便急忙朝了开去,她也低头看了看,才知自己的胸膛整个裸露在外面,连裤腰也看见了。她羞得无地自容,急忙将手揪住两边的破口,不由得号啕大哭起来。

"您交给我吧,"老三说着,从她手里抢过了缰绳,"快跑吧,马儿!"

只听见鞭子啪地一响,那马就发狂似的向前奔跃而去,簸得那车子颠颠倒倒,差点儿没有跌进沟中。

"俺看那个黑鬼已经没有命了。可是俺赶快要追您来了,还没有看明白他到底有没有死。"他气喘喘地说,"可是他要是伤了您了,我再赶回去看个明白。"

"没有——没有——赶快走吧。"她呜咽着道。

第四十五章

那天晚上，扶澜将思嘉和白蝶姑妈以及两个孩子都寄放到媚兰家里，自己就跟希礼骑着马去参加政治集会了。这一来，把个思嘉气得浑身发抖。为什么今天晚上他还要出门呢？什么要紧的政治集会！今天她刚刚从外边吃了大亏回来，说不定要发生什么事故的！这可见得扶澜太没心肝，太自私自利了！刚才老三将她送回家来的时候，他也并不见得怎样惊慌，从此一直到他动身出门的时候，他都非常平静，像没有这么一回事似的。他听她哭着叙述事情的经过，并没有挠头抓耳，显出十分难受的样子，只是低声下气地问了问她："心肝儿，你受了伤吗？你受了惊吓吗？"

那时思嘉愤怒与伤心交并着，一时回不出话来，老三便代她回答，说她不过受了点惊吓，并没有受伤。

"他们正在扯她的衣服，俺就赶到了。"

"你真是个好孩子，老三，这回事情我是永远不会忘记的。你如果有什么事情要我帮忙——"

"是的，先生，俺请您送俺到陶乐去，愈快愈好，北佬正在拿俺哪。"

扶澜很平静地听着他的叙述，也没有问他什么。他当时的神气，跟方东义逃到他家里来求救的那天晚上一模一样，仿佛这种事情是他们男人应做的，一点儿不必多话，也一点儿不必动感情。

"你坐进马车里去吧。今天晚上我叫彼得一直送你到癞痢村，你在树林里躲过一夜，等天亮再搭火车到琼斯博罗，这样比较稳当些。……得啦，宝贝儿，你不要哭了，现在事情已经过去了，你又并没有受伤。白蝶姑妈，你把通关散借我用一用好吗？嬷嬷，你去替思嘉姑娘拿一杯酒来吧。"

思嘉重新又哭了起来，这回却是为着愤怒而哭了，她受了一肚子委屈回来，满望人家给她一番安慰，并且答应她去替她报仇的。她倒情愿人家大骂她一顿，比如骂她不听别人的警告，只算得自作自受之类。因为别人这样骂她，也还可以见得那人心里实在是替她着急。谁知扶澜却是这么冷冰冰,仿佛把这事儿看得一点儿无关紧要!你看他那种态度,温柔当然很温柔,只是那么心不在焉的,像有更重要的事情放在心上一样。

而那更重要的事情,却实在不过是一个小小的政治集会!

后来扶澜叫她换衣裳,说他马上就要送她到媚兰家里去坐夜了。她听见了这句话,简直有些不相信自己的耳朵。她想今天自己经历的事情,多么地惊心触目,扶澜是不应该不知道的。既有这番惊心触目的经历,就该好好躺在床上养一会儿神,并且拿热砖头来焐着,拿暖红酒来喝着,好使疲劳的身体和紧张的神经都舒适舒适,哪里还高兴到媚兰家里去坐夜呢?这一种心理,扶澜也不应该不体贴。如果扶澜真的是爱她,今天晚上他就无论如何不会丢开她走了。他该一直蹲在她身边,一直捏住她的手,一遍又一遍地对她说,万一她有个不测,他是无论如何活不下去的。谁知这套分内应做的事情,他一点儿都没有做,叫她怎么能不生气呢?

每次扶澜跟希礼一同出门的时候,他们两家的娘儿们,总都聚会在媚兰的客厅里一同做针线,这时客厅里的空气总都非常地清静,今天晚上也并无不同。屋里生着火炉,空气暖和而愉悦。中心放着一张桌子,四个娘儿们围桌而坐,低着头做着针线。桌上放的一盏火油灯,将一种幽静的黄光照在她们脸上,四个人的长裙微微波动着,八只脚儿一齐搁在脚凳上。卫德、爱拉、小玻的平静的呼吸从育儿室里传过来。阿基坐在火炉旁边一张杌子上,背脊向着火,嘴里塞着一口的烟头,手里拿着一块木头削着。他那一副蓬头垢面的模样,和这四个整洁标致的娘儿们相形之下就好像是一只看门的老狗,她们四个像是四只娇养的小猫。

媚兰不住说着音乐会里的事情,说到关于下次表演的程序,男会女会两方怎样怎样闹意气,怎样怎样都不肯相让,她自己怎样怎样替他们调停,噜哩噜苏地讲个不歇。

思嘉听得不耐烦极了,几乎要破口骂出"管他妈的音乐会"来了。她只想大家谈她今天的事情,只想把她自己今天身历的事情详详细细对大家叙述一遍,仿佛这样就可以减轻她心里的惊吓似的。她又想要对大家表白自己多么多么的勇敢。但是她每次提出这个题目的时候,媚兰总用一种巧妙的法儿故意将它岔到别的事上去,这把思嘉恼得几乎不能容忍了。怎么大家都跟扶澜一样卑鄙!

她想自己刚刚逃过了这么大的一场危险,她们怎么竟能够这样平静,这样若无其事？连她想要向她们申诉一番，以便发泄一下胸中的愤懑都不容许。这些人为什么这样没心肝呢？

而事实上，今天下午的事情的确使她震撼得非常厉害了。她每次想起那张从黄昏中向她窥视的奸恶的黑脸，就禁不住要簌簌发抖。她又想起那只在她胸口乱摸的黑手，假使大老三不及时赶到，那她要怎么样呢？想到这里，她就不由得将头垂得更低，将眼睛紧紧闭着。现在她坐在这间和平安静的屋子里，虽然勉强做着手里的针线，听着媚兰的谈话，她的神经却越来越觉得紧张，仿佛随时都会像提琴上的弦线一般啪地一下绷断的。

阿基在那里簌簌地削着块木头，这声音也使她觉得懊恼，禁不住皱起眉头横了他几眼。但是她突然间又觉得奇怪起来，像他这样一个粗人，怎么竟能耐心静气地拿着一块木头玩儿呢？平常他替她们守卫的时候，他总躺在那张沙发上打鼾打得胡子一翘一翘的，今天他为什么不睡呢？平常他也偶尔削木头，媚兰或是英弟总要叫他拿一张纸头垫着，不让木屑落到地上去，今天却又不同了。他已经把火炉前面的一条地毯弄得一塌糊涂，可是媚兰跟英弟似乎都没有注意到，这是什么缘故呢？

她正对着他出神，不想阿基突然朝过火炉那边去，呸地吐了口烟汁，那声音非常之大，竟像是炸弹爆炸一般，把英弟、媚兰、白蝶都吓得跳起来。

"你吐痰一定要吐得这么响吗？"英弟现出神经大受刺激的样子对他嚷道。思嘉看见这情形，又觉得十分诧异，因为英弟一向态度极镇静，不会对人这样狠声狠气的。

阿基也回了英弟一眼。

"我看是的吧。"说着便又吐了一口。媚兰就微微皱起眉头，对英弟横了一眼。

"从前爸爸不嚼烟，我是顶觉得高兴的——"白蝶也开起口来了，但是媚兰不再等她往下说，便皱起眉头对她狠盯了一眼，随即老实不客气地将她骂起来。

"哦，得啦，姑妈！你这个人专会闯乱子！"

"哦，我的天！"白蝶马上丢下手里的针线，鼓起腮帮子来说，"我老实说吧，我真不懂你们今天晚上害了什么毛病了！你跟英弟两个怎么变得这样难说话！"

并没有人回答她。媚兰也不加辩解，重新低头缝起针线来。

"你是缝一针长一寸了呢，"白蝶说着，气就稍稍平些了，"你得把它统统拆下来重新缝过。你到底是怎么回事啊?"

媚兰仍旧不回答。

于是思嘉也有些疑惑起来。她们今天有什么事故吗?大概是她自己惊吓过度了,所以刚才没有注意到的吧?是的,媚兰虽则在那里硬装镇静,空气却跟往常坐夜的时候完全不同,分明大家都十分神经过敏,而且决不是由她自己今天下午的事情引起来的。于是她在暗中窥测各人的神色,刚巧跟英弟的视线碰了一个头。原来英弟也正在暗中看她,眼睛深处藏着一种冷酷,那是更毒于憎恨,更甚于侮蔑的。

"她仿佛当我是一切事情的罪魁祸首呢!"思嘉心里愤然地想道。

英弟的视线移转到阿基身上,但是脸上已经没有刚才那种懊恼的气色,而换上了一种探问的神情了。但是阿基并没有看她,却恰好与思嘉的视线相接触,思嘉这才觉得他眼睛里也隐藏着跟英弟刚才一样的那种冷酷。

静默笼罩了全屋,媚兰也不再开口说话了,而在那静默之中,思嘉听见外面的风声突然加紧起来。同时她就觉得空气都变紧张了,却不知是突然变成这样的呢,还是一直就这样,因她自己心烦而没有觉得?阿基脸上现着一种机警等待的神情,他那双毛茸茸的耳朵一直都像个大野猫的耳朵一样竖着。媚兰和英弟也都惴惴不安,外边略有些动静都要侧起耳朵来听着。甚至连院子里枯叶落地的声音,以及火炉里木柴毕剥的声音,也足以刺激她们的神经。

思嘉觉得总有什么事故发生了,却不知道到底是什么,总有什么事故就近在眼前,却不知道到底是什么。她看了看白蝶姑妈那张天真烂漫的胖脸,只见她鼓着两个腮帮子,便知她也跟自己一样莫名其妙。但是阿基、媚兰、英弟分明都知道。在那十分深刻的沉默之中,她几乎可以觉到媚兰和英弟的思想正在发狂似的打回旋,像是关在笼里的松鼠。她们虽然竭力装做无事的样子,却是明明知道有什么事情,而且正在等待着什么事情。而她们那种内在的不安,不久就传达到思嘉心里,使得她的神经愈加不能安宁。她手里虽然拿着一根针,心却不知飞到哪里去了,以致一针刺进自己的拇指,痛得禁不住尖叫出来,把大家吓了一跳,这才自己拿两个指头捏住了,挤出了一颗晶莹的血滴。

"我心里慌得紧,简直缝不下去了,"她将手里缝补的东西丢在地上,一面对大家说,"我心慌得快要叫出来了,我要回家睡觉去了。扶澜他是明明知道的,他就不该出门呀。他是全靠一张嘴,尽管说保护女人,保护女人!可是临到该他保护的时候,你看他到哪里去了?他肯在家里照看我吗?不,他跟一班男朋友出去瞎逛了。你想他们会做出什么好事来，都是光在嘴里说说的，而且——"

说到这里，她的眼光偶然触到英弟面孔上，就把说话截住了。原来英弟正在急促地呼吸，一双灰色眼睛射出一种死一般冷酷的光芒。

"如果能不叫你过分苦痛的话，英弟，"她忽又带着一种挖苦的语气说道，"那我要谢谢你，请你把今天晚上一直瞪着我面孔上看的道理说给我听听。难道我的面孔变绿了，还是怎么了？"

"你要我告诉你，我不会感到苦痛，倒会感到快乐，"英弟说时眼睛里闪出光亮，"你刚才把甘先生这么一个好人说得一钱不值，我实在不平之至，而且你如果知道——"

"英弟！"媚兰紧紧抓住手里的活计，带着警告的语气叫了她一声。

"我想我知道自己的丈夫，比你总要清楚些。"思嘉说。她从来没有跟英弟斗过嘴，现在她看看有可斗嘴的机会，便突然提起了精神，丝毫不觉得神经紧张了。媚兰向英弟丢了一个眼色，英弟便没奈何地闭住了嘴唇。但是熬不了一分钟，她就重新开起口来了，那声音冷冷地含着憎恨。

"我听见你口口声声讲着保护，我真觉得头痛。郝思嘉！你是本来不要人家保护的！要不然的话，你就决不至于这么东奔西跑、招摇过市，想要那些男人来着你的迷了！今天下午的事情，也是你自作自受，如果真是有天理的话，这样还算是便宜你的！"

"哦，英弟，你不要响了！"媚兰嚷道。

"你让她讲吧，"思嘉也嚷道，"我是很高兴听的，我早就知道她心里恨我，她偏要那么假仁假义，不肯认账。她如果也想哪个男人会着她的迷，她是会一天到晚赤身裸体在街上跑的呢！"

英弟从座位上一下跳起来，她那柴枝一般的身躯抖得像遇着了风暴一般。

"我确实是恨你的，"她用一种清晰而颤抖的声音说，"但是我之所以不响，并不是为着假仁假义，我为的那件东西是你不懂的，因为你连普通的礼貌和普通的教养也还没有具备呢。我之所以容忍你，是因我觉得我们自己应该顾全大体，捐弃小嫌，不然我们是难望打倒他们北佬的。谁知道你，你一向所做的事情都足以损坏我们上流社会全体的威信，足以羞辱自己的丈夫，又足以供给北佬以耻笑我们的把柄。在你呢，原是一向就跟我们大家两样的，但是他们北佬并不知道呀！他们北佬看不出你是没有我们这种优良德行的呀！现在你到那些树林里去抛头露面，惹得那些黑人和下流白人来攻击你，你就把我们城里每个上等女人的脸都丢尽了。同时你又要使我们那些男人的性命发生危险，因为你闯出祸来，他们就不得不——"

"哦，我的天，英弟！"媚兰喊道，"你不要响啊！她是不知道的，她——你不要响啊！你是答应过——"

"哦，好孩子！"白蝶姑妈颤抖着嘴唇哀求道。

"什么，我不知道？"思嘉也已经站了起来，怒气冲冲地面对着英弟和媚兰问。

"你们这些木鸡！"阿基那边突然响起来，他的声音是轻蔑的。英弟和媚兰将他横了一眼，正要开口责备他，只见他将头一竖，突然站了起来。"院子里有人来了。不是卫先生，你们不要闹了吧。"

阿基的声音里面含着一种男人的权威，那几个娘儿们都默默地站在那里，脸上的怒气突然消失了，眼看着他瘸到门口那边去。

"外边是谁？"他不等来人敲门，先问了他一声。

"白船长。让我进去吧。"

媚兰像一阵旋风似的赶到门口，以至她的裙边都飘了起来。她等不得阿基伸手去抓门把手，便已将门刷地一下开开来。白瑞德出现在门弄里，一顶黑色的软帽直盖到眼睛，外面的狂风将他的披肩吹得紧紧围裹在身上。他向来很有礼貌，这回却全不顾了。也不脱帽子，也不向旁人招呼，眼睛专注在媚兰身上，并没有一句寒暄，突如其来地向她问起话来：

"他们到哪里去了？赶快说，这是生死关头。"

思嘉和白蝶惊惶失措，只是面面相觑着。英弟像一头精瘦的老猫，急忙赶到媚兰身边去。

"不要跟他说什么，"她急促地喊道，"他是奸细，他是提包党！"

瑞德连看都不看她一眼。

"赶快，卫太太！也许还来得及的。"

媚兰似乎被他吓麻木了，只是直愣愣地瞪住他的脸。

"到底是——"思嘉刚刚说了半句，便给阿基打断了。

"你住嘴！"阿基直截了当地喝住了她，"你也不要开口，媚兰小姐。你进去吧，你这天杀的提包党！"

"不要，阿基，不要！"媚兰一面喊，一面抖簌簌地伸手抓住瑞德的臂膀，仿佛要保护他，不让阿基去攻击，"出了什么事情了？你是——你是怎么知道的？"

在瑞德的黝黑脸上，不耐和礼貌交战着。

"哦，卫太太，他们是早就有嫌疑的，只亏得他们手段巧妙。今天晚上却出了事了！刚刚我跟两个北佬队长打扑克，他们喝醉了，把消息泄露给我。他们北佬知道今天晚上有事情，都已经有了准备，那些傻子简直自投罗网呢。"

媚兰仿佛受了一下严重的打击，身子晃晃荡荡快要倒下去，瑞德急忙搂住她的腰，将她撑住了。

"你不要告诉他！他是来哄骗你的！"英弟把眼睛瞪着瑞德嚷道，"他不是说刚才还跟北佬的军官在一起吗？"

瑞德仍旧不看她。他的眼睛牢牢盯在媚兰的雪白面孔上。

"你告诉我。他们到哪里去了？他们有一个聚会的地方吗？"

当时思嘉心里虽然怕，眼睛却看得清清楚楚，觉得瑞德当时脸上是丝毫没有表情的，但是媚兰分明看出了另外一种东西，一种使她可以对他信任的东西。她当即挺直了她那细小的身子，用着一种平静而颤抖的声音说起话来。

"就在得撰忒街过去的珊堤镇附近。他们是在苏家庄的地窖子里聚会的——那庄子是烧了一半的了。"

"谢谢你。我立刻就骑马赶过去，要是北佬到这里来了，你们只装做什么事都不知道。"

说着，他刷地一下出去了，他那黑色披肩消失在黑夜里面，仿佛只是一个黑影子，但是随即听见外边的沙砾一阵响，接着便是马蹄声音风驰电掣一般地去了。

"北佬要到这里来吗？"白蝶的双脚就发起软来，当即倒在沙发上，吓得连哭都哭不出了。

"这到底是怎么一回事呀？这到底是什么意思呀？你们如果再不告诉我，我就要发疯了！"思嘉将手放在媚兰肩膀上，将她拼命地摇着，仿佛自己多用一点力，就可以把她的回答摇出来似的。

"什么意思？意思就是你把希礼和甘先生两个人的性命都要送掉了！"英弟心里虽害怕，声音却大得像获胜似的，"你不要拿媚兰摇吧，她快要晕过去了。"

"不，我不会晕的。"媚兰一面抓住了椅背，一面低声说。

"我的天，我的天！我不懂！要送希礼的命！求求你们，你们哪个告诉我——"

阿基的喊声，把思嘉的话打断了。

"坐下来,"他命令道,"拿起你们的针线,像没有事儿似的缝着。北佬也许自从太阳下山就在这里侦探我们了,听见吗?坐下来,缝着!"

大家抖簌簌地服从了他的命令,连白蝶也捡起一只袜子,拿在颤抖的手指里缝了起来,她的眼睛却像一个受惊的小孩子似的睁得大大的,向周围看了一圈,意思是要他们给她一个解释。

"希礼现在哪里?他碰到什么了,媚兰?"思嘉嚷道。

"你自己的丈夫呢?你对于他丝毫不加关心吗?"英弟说时眼睛里闪出了强烈的狠毒,一面将手里的一块毛巾不住地搓着扯着。

"英弟,哦!"媚兰已经能够控制自己的声音,面孔惨白,皱着眉头,分明心里熬着一种非常难受的痛楚,"思嘉,我来对你讲吧,我们也许是早该告诉你的,可是——可是——你今天下午已经吃了那么大的苦,所以我们——所以扶澜觉得不如——而且你对于三K党人向来是公开反对的——"

"三K党——"

她骤然念着这个名字的时候,仿佛觉得它十分陌生,并不了解它的意义似的。

"怎么,三K党!"她几乎是尖叫起来了,"希礼是不在党里的!扶澜也不会加入的!哦,他答应过不加入的呢!"

"当然,甘先生是在党里的,希礼也在党里的,我们所认识的一切男人都在党里的,"英弟很觉自豪地喊道,"他们都是男子汉,是不是?又都是白种人,都是南方人,是不是?他们去入党,你是应该觉得自豪的,不应该让他们藏藏躲躲,仿佛以为这事儿怪难为情似的,而且——"

"你们是早就知道的,我可不——"

"我们怕你知道了要害怕呀。"媚兰很伤心地说。

"那么他们常常说出去开会,原来都是到党里去的?哦,他是答应我不加入的呢!现在北佬就要来了,要来把我的木厂也拿去,店铺也拿去,并且拿我去坐监牢了——哦,刚才白瑞德来了又是什么意思呢?"

英弟向媚兰看了看,看见媚兰眼里藏着无穷的恐惧。思嘉急忙站起来,将手里的活计扔在地板上。

"你们如果不肯告诉我,我就要到城里去查问了。我会见人就问,一定要问个明白才——"

"坐下,"阿基拿眼睛盯住了思嘉,"我来告诉你。今天下午你到外边去瞎逛，逛出祸来了，原是你自作自受。可是卫先生、甘先生，还有别的许多先生，今天晚上出去替你报仇了。他们要去找那个黑人跟那个白人，找着了就将他们杀死，并且要把整个珊堤镇都扫灭干净。如果刚才那个提包党说的话是当真的，那么北佬已经得到了风声，已经埋伏了军队在那里等候他们，他们要去自投罗网了。如果那姓白的说的是假话，那么他就是一个奸细，是到我们这里来探听消息的。现在他一定已经告发到北佬那里去了，所以我们那些先生也仍旧逃不了的。不过他如果真的是一个奸细，真的去告发他们，我是决不饶他的，非要送他那条命不可，哪怕拿我自己的命去拼也是甘心的。即使我们那些先生幸而没有给北佬逮住，他们在这里也住不成了，非要立刻逃到得克萨斯去隐姓埋名起来不可了。总之，都是你闯的祸，他们的命都要送在你手里了！"

阿基这边说着这些话，媚兰那边一直留心看着思嘉脸上的神色，见她渐渐地明白过来，随后就现出惶恐万状的样子。她便急忙站起来，拍了拍思嘉的肩膀，面上现出怒容来。

"阿基，你要再敢说一句这样的话，我就要叫你滚出去了，"她对他严词厉色地说，"这并不是她的过失。她做的事儿，不过是她自己觉得不能不这么做的。我们那些先生做的事儿，也是觉得不能不那么做的。凡人都一样，觉得自己应该怎么做，就照着自己的意思去做了。但是我们不能有同样的思想，也不能有同样的行为，所以我们要拿自己的意思去判断别人，那是不应该的。你跟英弟怎么好对她说这样的话呢？现在她的丈夫跟我的丈夫也许一样要——要——"

"听！"阿基轻轻地打断她道，"大家都坐下来，外边有马声。"

媚兰往自己的椅子上坐了下去，拿起希礼的一件汗衫来，无意中将它的皱褶一条条扯得粉碎。

马蹄声渐渐移近来，越来越显得清楚了，只听见一阵马具琳琅的声音，蹄声到门前戛然而止，便听得一个人喊了一声口令，随后就是一阵纷乱的脚步声，从两侧的院子向后廊那边散了开去。立即，大家觉得有一千只敌意的眼睛在前面那个没有帘子的窗口窥探，那四个娘儿们便都低下了头，战战兢兢地做着手里的针线。思嘉的心在自己胸腔里不住地尖叫："我杀了希礼了，我杀了希礼了！"她始终不曾想到自己或许也杀了扶澜。当时她心里就只呈现着一幅希礼的画像，画着他僵卧在北佬的骑兵脚下，头发浸在血泊里，此外更无余地容纳别的东西了。

一会儿之后，客厅门口响起了一阵急促的敲门声，思嘉抬起头看了看媚兰，只见她脸上换起一副全新的表情，几乎跟瑞德刚才的脸一样空白。

"阿基，开门。"她平静地说。

阿基将弯刀插进靴统，手枪解开来吊在裤带上，便慢慢地瘸到门口去将门揎开。白蝶一经看见一个北佬队长领着一群穿蓝军服的士兵从门弄里走了进来，便发出一声小小的尖叫，像一只小耗子看见捕鼠笼的门突然落下一般。但是其余的人都一声不响。思嘉一看那个军官是她认识的，心里微微感觉到一点宽慰。原来那队长姓夏名唐，是瑞德的一个朋友，从前向她买过木料去造房子的。她知道他是一个上等人，也许不至于把她捉到监牢里去。那军官一看见她也就认出她，立刻去掉了帽子，有些不好意思地鞠了一个躬。

"晚安，甘太太。哪一位是卫太太？"

"我就是，"媚兰一边说着一边站了起来，她的个儿虽然小，却现出了十分庄严的样子，"我有什么事情劳你这么突如其来地光顾？"

那军官的眼睛向四周围迅速闪过了一匝，在每个人的脸上停了一会儿，然后移到中心那张桌子上，又移到旁边的帽架上，仿佛是在搜索男人的形迹。

"我想跟卫先生、甘先生谈几句话，可以吗？"

"他们不在家。"媚兰说时，声音是柔软而阴冷的。

"真的吗？"

"卫太太的话你还不相信！"阿基翘起胡子来说。

"对不起，卫太太。我并不是不相信，你若肯担保一句，我就不必搜查了。"

"我可以担保，可是要搜查尽管搜查，他们现在在城里甘先生的店里开会。"

"他们不在店里，今晚上也没有会，"那军官正色道，"我们到外边去等他们回来吧。"

他微微鞠了一个躬，出去了，随手将门带上。随即听见下命令的声音，混在风声里面道："将房子四面围起来，每一个门口窗口都站一个人。"然后听见一阵纷乱的脚步声。思嘉一看每个窗口都现出一张模模糊糊的胡子脸来，不由得心里怦怦地跳个不住。媚兰却从从容容地坐了下来，伸一只手向桌上取了一本书来，并没有一点害怕的样子。那是一本已经读得破烂不堪的《悲惨世界》，从前联盟州的士兵最最喜欢读的。他们常在营火的旁边读它，并且把它叫做"李氏的悲惨世界"。媚兰现在将它从半中间翻开来，用着一种清晰而单调的声音慢慢读着。

"做活！"阿基用一种粗厉的低声下了命令，当时那三个娘儿们正被媚兰那种冰冷的声音触动了神经，也不得不拿起活计，重新把头低下去。

究竟媚兰在那一圈子眼睛的注视之下读了多少时候书，思嘉是再也不会知道的，她只觉得她仿佛已经一连读了好几个钟头了。至于媚兰读出来的东西，思嘉一个字也不曾听进去。现在她已开始想到了扶澜，不只想希礼一个人了。刚才扶澜态度那么的平静，原来就是为这个缘故！他本来答应过她，不会去跟三K党人发生关系的。哦，她之所以不愿扶澜加入三K党，就是怕的这种事情呀！她这一年来的苦心经营都要前功尽弃了。她所有的奋斗、所有的恐惧、所有冒寒冒雨的工作，都要白白浪费了。扶澜向来是精神委靡毫无作为的，谁想得到他会跟那些发狂似的三K党人去混在一起的呢？恐怕他现在已经送了命的了。即使他还没有死，也一定要给北佬拿去绞杀的。希礼也要拿去绞杀的！

想到这里，她不觉捏紧了两个拳头，将四个指甲掐进自己手掌里，直至掐出四个半月形的红印来。她想媚兰真是没有心肝，希礼都要拿去绞杀了，她怎么还能这么平心静气在这里读书？也许希礼现在就已死的了！但是媚兰的读书声音确实具有一种安慰的效力，她读到书中最最悲惨的地方，思嘉倒觉得镇定些了。

她于是忽然记起东义到她家来求救的那一夜，当时东义已跑得精疲力竭，身上又没有一个钱，假使他们不拿钱给他，不拿马给他，他是早已就被绞杀了。假使扶澜和希礼现在还没有死，他们就也处于东义当初的地位，也许还不如他呢。现在家里已经给士兵包围起来，他们是不能回家来拿钱拿衣服的。而且左邻右舍恐怕都有北佬在那里监视，他们要借也没处去借。

但是瑞德也许已经寻到他们了。瑞德身边一直放着很多的现钱，他也许会借钱给他们，送他们逃走的。但是事情又奇怪了，瑞德为什么要去搭救希礼呢？他确实是不喜欢希礼的，并对自己公然说过瞧不起他的。那么为什么他要——但是她一想起了希礼和扶澜的安全，又重新感到了恐惧，只得将这谜儿一口吞了下去了。

"哦，这都是我的不好！"她在心里自怨自艾道，"英弟跟阿基的话是不错的，这都是我的不好。可是我做梦也想不到他们会去加入三K党的呀！我做梦也想不到我真会闯乱子的呀！可是我也确实没有别的办法。媚兰的话也不错，凡是人要做的事情都是他们不得不这么做的，我不得不维持着这两个木厂！我不得不去弄钱！现在大概是要前功尽弃了，这就都是我自己不好了！"

读着、读着，媚兰的声音就渐渐颤抖起来，渐渐拖长而归于静默。她旋转头向着窗口，仿佛窗口已经没有人在那里窥探似的。大家见她做着静听的姿势，也都抬起头，做着静听的姿势。

远远听见一阵马蹄的声音和唱歌的声音，因为门窗关着，听不大清楚，但仍旧是辨得出来的。后来歌声渐渐移近来,方才听出是北佬士兵常常唱的那只《打进佐治亚州》,唱的人乃是瑞德。

瑞德刚刚唱完第一行,就有两个醉汉的声音跟他吵闹起来。然后听见前面走廊上夏队长发了一声紧急命令,接着便有一阵杂乱的脚步声。于是屋里的几个娘儿们都吓得面面相觑,因为她们已经听出那两个醉汉便是希礼和艾恕。

这时前面院子里的声音闹成一片了,里面有夏队长的吆喝声和盘问声,艾恕的尖叫声和傻笑声。瑞德的声音显得非常暴躁,希礼的声音也完全改了样了,只听见他不住地喊着:"见鬼!见鬼!"

"这决不会是希礼!"思嘉心里胡思乱想道,"希礼从来不会喝醉的!瑞德越喝醉声音越平静,也从来不会像这样狂喊!"

媚兰从座位上站了起来,接着阿基也站起来了。他们听见那队长正在厉声地嚷道:"这两个人是被逮捕了。"阿基立即将手放在枪柄上。

"不要,"媚兰低声说,语气十分坚决,"不要。你让我来对付吧。"

这时媚兰脸上的神情,跟那天在陶乐拿着一把指挥刀,从楼上赶下来要帮助思嘉杀那北佬的时候一样,凶得像一只雌老虎,同时又非常机警。随即她去开开了前门。

"搀他进来吧,白船长,"她用着一种清晰的声音叫道,里面分明带着一点深深恼恨的意思,"我看你们又把他灌醉了,搀他进来吧。"

那北佬军官在那黑暗的小径上说道:"很对不起,卫太太,你的丈夫跟艾先生都被逮捕了。"

"逮捕?为的什么?为喝醉吗?要是亚特兰大人喝醉了也要被逮捕,那么你们全部驻军天天都该在监牢里过日子。好吧,搀他进来,白船长,要是你自己还能够走路的话。"

思嘉的心思本来就不很灵敏,一时之间她竟一点摸不着头脑。她明明知道瑞德跟希礼都没有喝醉,又知道媚兰也明明知道他们没有喝醉的。又想媚兰向来都幽闲贞静,现在在这些北佬面前,怎么这样大呼小叫的,竟变成一个泼妇一般了?

前面台阶底下起来一阵模模糊糊的争辩声,夹入喋喋不休的诅咒声,随后就有几个人的杂乱脚步声。于是希礼在门弄里出现了,脸色雪白,头像拨浪鼓似的摇着,头发蓬得跟鸡毛掸子一般,从头颈直到膝头都用瑞德那件黑披肩紧紧裹着。艾恕和瑞德的脚步也是摇摇晃晃的,却是一边一个将他搀扶着,看那样子,

要是没有他们的搀扶，希礼早已一个倒栽葱栽倒地上了。那个北佬队长跟在他们后边，神色之间混合着了怀疑和有趣。他在门弄里站住了，背后跟来的士兵都在那里探头探脑。

思嘉怀着满肚的惊慌，先将媚兰瞥了一眼，这才看回希礼身上来，然后她也有些明白过来了。她本来要想喊出"他是不会喝醉的"话来，但又急忙把这话收住了。她已有些明白自己正在看一幕生死攸关的戏剧。她又知道自己并不是这幕戏里的一个角色，白蝶也不是的，但是其余的人都已把这幕戏排演得非常纯熟，现在正在台面上你一句我一句地穿插台词。她对于这戏的情节虽然只懂得一半，但是有这一半已经足够使她闭口不响了。

"把他放在椅子上吧，"媚兰愤然地说道，"你，白船长，请你立刻就离开这里！你屡次把他灌得这个样儿送回来，怎么还有面孔来见我！"

瑞德跟艾恕把希礼轻轻放在一把摇椅上，瑞德身子摇摇晃晃地像也要倒下去了，急忙抓住了椅背才得站稳，然后僵着舌头向那队长说起话来：

"你瞧，这是我好心得到好报了，是不是？我是怕他给警察逮去，特地送他回家的，谁知他一路嚷着闹着，还要抓我的脸呢！"

"你，艾恕，你也觉得好意思吗？你竟不怕你那可怜的母亲说话吗？吓，跟白船长一起去喝酒了呢——他——他是一个跟北佬要好的提包党呀！哦，卫先生，你怎么会这样子的？"

"媚兰，我并没有怎样大醉呢。"希礼一面模模糊糊地说着，一面就往前面桌子上一扑，将头伏在两条臂膀上。

"阿基，你送他到床上去睡吧，"媚兰命令道，"白蝶姑妈，劳你的驾，请你去替他铺铺床。"说到这里，她突然地迸出眼泪来，"他怎么好这样子的！他是答应过不喝酒的！"

阿基将两只手叉进希礼胳肢窝底下，白蝶也抖簌簌地站起来预备走了，那个队长突然喝道：

"不许动。他是被逮捕的了，中士！"

那中士拖着一支枪走进房来，瑞德便装起勉强站稳身子的样子，一把抓住了队长的臂膀，瞅起眼睛看着他。

"唐，你为着什么要逮捕他？他这回并不很醉。他比现在醉的时候我也见过的。"

"管他妈的醉不醉！"那队长嚷道，"哪怕他醉得躺在阳沟里！我又不是警察。今天晚上三K党人袭击珊堤镇，杀了一个黑人跟一个白人，他跟艾先生都有关系。现在他们两个都被逮捕了，卫先生还是为头的呢。"

"今天晚上？"瑞德呵呵大笑起来，直笑得喘不过气来，一屁股倒在沙发里，拿双手捧住了头。"不是今天晚上吧，唐，"他转过一口气来接着说，"今天晚上，他们两个一直跟我在一起，从八点钟直到现在。"

"跟你在一起，瑞德？可是——"那队长皱起了眉头，一看希礼已经伏在那里打起鼾来了，媚兰还在那里呜呜地啜泣，"可是——你们是在哪里的？"

"这我不便说，"瑞德故意装起鬼头鬼脑的样子向媚兰瞟了一眼。

"不如说出来的好！"

"我们到前面走廊上去，等我来告诉你。"

"你得马上就说。"

"对着太太们说怪难为情的。如果太太们肯到外边去待一会儿——"

"我不去，"媚兰一面嚷，一面怒气冲冲地拿手帕擦着眼睛，"我是有权利可以知道的，今天晚上我的丈夫到底在哪里？"

"在华贝儿的赌场里，"瑞德满面羞惭地说，"他，还有艾恕，还有甘扶澜，还有米医生，还有——还有别的许多许多人，大家都在那里。在那里大开宴会，香槟呀——女孩子呀——"

"在——在华贝儿家里？"

媚兰的声音突然像喊破喉咙似的提高起来，吓得大家都把眼睛瞪着她。她立刻伸起双手去猛抓自己的胸口，直等阿基跑去捧住她，她已经晕过去了。于是满屋子乱成一片，阿基将她从地上抱起来，英弟跑到厨房里去取水，白蝶跟思嘉替她扇着，艾恕则不住地嚷着："那么大家露底了！那么大家露底了！"

"整个城里都要知道了呢！"瑞德野蛮地说道，"现在你总可以满意了，唐？明天早上起来，这里亚特兰大城里没有一个太太会跟她的丈夫说话了。"

"瑞德，这是我一点都不知道的——"那时虽有冷风吹在那队长的背脊上，他却不住地在那里淌汗，"你听我说！你能不能起一个誓，担保他们是在——是在华贝儿家里呢？"

"呸，这有什么不可以？"瑞德咆哮道，"你再不信，你去问贝儿自己去吧。让我来把卫太太送到房间里去，你把她交给我吧，阿基。是的，我抱得动她的。白蝶小姐，你在前边照着灯。"

他把媚兰轻轻地从阿基怀里抱了起来。

"你抱卫先生上床去吧，我从今以后是不好意思再见他的面了。"

白蝶的手抖得非常厉害，她那盏灯随时可以危及房子的安全，但是她居然没有把灯丢下手，竟是一步一步照着过去了。阿基嘴里咕哝着，将两只手叉进希礼的腋下，一把抱起他来。

"可是——我要逮捕他们的。"

瑞德从那昏暗的穿堂里转过头来。

"那么你等明天早晨来逮捕吧。他们醉得这个样儿，总是逃不走的了。不过我从来没有听见过，在赌场里喝醉了酒也算犯罪！你放心，唐，现在有五十个见证可以证明他们是在贝儿家里的。"

"吓，你们南方人的鬼把戏多得很，不论说在什么地方都有五十个人替他证明的。艾先生，你跟我去。卫先生得有人替他宣誓作保，我才可以释放。"

"我是卫先生的妹妹，我可以保他随传随到的，"英弟冷然说，"现在你可以走了，今天晚上也给你们闹够了。"

"我十分抱歉。"那队长勉强鞠了一个躬，"我很希望大家能够证明他们的确是在华贝儿家里。请你告诉令兄一声，明天早上军事法庭开审的时候，他是非到不可的。"

英弟冷然地点了点头，就将手放在门把儿上，表示愿意他们立刻就走的意思。队长和中士退了出去，艾恕在后边跟着，英弟就将门砰地一下关上了。随后她理也不理思嘉，便急忙到各窗口去将窗帘一一拉下。思嘉两条腿儿不住地抖着，只得在希礼刚才坐过的那把摇椅上支住了。她偶然低头一看，看见椅背靠头的地方印着一片黑渍，比她自己的手掌还大。她觉得希奇，伸手去摸了一摸，便不由得大吃一惊，原来黏糊糊地摸上一手血来了。

"英弟，"她低声说，"英弟，希礼是——他是受伤了。"

"你这傻子，你当他真的是喝醉吗？"

英弟将最后一面窗帘拉了下来，然后飞也似的往卧室里跑去，思嘉提心吊胆地在后边紧紧跟着。瑞德的庞大身躯拦在房门口，思嘉从他肩膀上看过去，看见希礼白着一张面孔静静地躺在床上。媚兰刚刚晕醒过来，手脚却是出奇地灵敏，正拿一把绣花剪子替他剪去那件结血的衬衫。阿基一手擎着一盏灯照在床上，一手给希礼诊着脉息。

"他死了吗？"英弟和思嘉一齐喊道。

"不，不过是流血过多昏晕过去了，子弹从肩膀上穿过去的。"瑞德说。

"你为什么把他送回家来的，你这傻子？"英弟嚷道，"让我进去！让我过去！你为什么把他送回家来的？险些被他们逮去了！"

"他身体太虚弱，要逃也逃不了。不送家来我是没有别的地方可送的，卫小姐，而且——你愿意他跟东义一样逃避到别处去吗？你愿意你的许多邻舍家都到得克萨斯去隐姓埋名起来吗？现在倒还有一个机会可以把他们的干系弄得干干净净，只要贝儿肯——"

"让我过去吧！"

"不，卫小姐。你是有工作做的，你得去找一个医生来——可不要找米医生。他是跟这桩事情有关系的，也许这一刻儿已给北佬拿去审问了。找个别的医生来，你晚上独个人出去害怕吗？"

"不！"英弟说时一双灰色的眼睛闪烁着，"我不怕的。"她一面说，一面就从穿堂里一只钩子上拿下媚兰一件连兜儿的斗篷来。"我去找丁老医生去。"这时她的声音已不像刚才那么慌忙，而且竭力装出平静的样子，"我很对你不起，刚才叫你奸细，叫你傻子！我是不懂的，你这样帮助希礼，我十分感激——不过我还是一样地瞧你不起。"

"我很佩服你说话坦白——我要谢谢你。"瑞德向她鞠了一躬，嘴角瘪起一个有趣的微笑，"现在你赶快去吧，从小路上走，回来的时候假使看见近旁有士兵，你就不要走进屋子来。"

英弟又向希礼匆匆地射了一眼，便裹上了那个斗篷，轻快地跑过穿堂，从后门口悄悄没入黑夜里去了。

思嘉瞅起眼睛从瑞德身边看进去，看见希礼已经睁开了眼睛，心里又怦怦跳个不住，媚兰从盥洗台上抓下了一条折叠的毛巾，一揿揿在他那淌血不止的肩膀上，他就虚弱地抬起眼来，对着她的脸微微一笑。思嘉觉得瑞德的眼在盯住自己看，知道自己心里的情感已经分明流露在脸上了，但是她不管。希礼现在在流血，也许马上就要死了，她是爱他的，她却给他肩上穿出那么一个洞！她恨不得冲进房里去，坐到他床边，将他一把搂进自己怀里来。但是她的两腿不住地发着抖，因而一步也动弹不得。她将手闷住了口，眼睛瞪视着媚兰，见她又换了一条毛巾，拼命揿住那伤口，仿佛她能将血揿回他身子里去一样。但是那条毛巾像是变戏法似的，一下又变通红了。

一个人流了这么许多血怎么还能活的呢？但是谢谢上帝，他的嘴唇旁边还没有血泡出来！她从前见过许多伤兵，知道这种血泡很危险，它一出来人就要死了。

"你不要怕，"瑞德说，他的声音里边隐隐含着一点嘲讽的调子，"他是不会死的。现在你进去替卫太太照着灯，我要叫阿基出去办事了。"

阿基从灯光底下看了瑞德一眼。

"我是不会听你命令的。"他将一段烟头从这边搬到那边，很干脆地说。

"你要听他的话，"媚兰厉声道，"而且要赶快地做，白船长怎样吩咐你，你怎样做。思嘉，你来拿住灯。"

思嘉走上前一步，接过了灯，怕它掉下去，双手牢牢地捧着。希礼的眼睛重新闭上了。他的裸露的胸膛慢慢地鼓了起来，快快地缩了进去，而肩上的红流不住地从媚兰的指缝里流出。模模糊糊地，她听见阿基走到瑞德面前，瑞德便低声对他说了一连串的话，说得非常地快，当时她的心思完全注在希礼身上，所以对于瑞德的话就只听见："拿我的马去……吊在外边……要拼命地跑。"

阿基模模糊糊地问了些问题，便听见瑞德答道："就在苏家庄子上。你可以看见最大一根烟囱上挂着几件袍子，你烧掉它。"

"嗯。"阿基嘟囔道。

"有两个——两个男人在地窖子里，你设法把他们驮上马背，拿到华贝儿家背后那片空场上去——就是在她家后门跟铁路之间的那一片。你得当心，要是有人看见你，你是要跟他们一样拿去绞杀的。你把那两个人放在空场上，各人身边放一支手枪——就放在他们手里吧。这儿，你拿我的手枪去。"

思嘉向门口一看，看见瑞德伸手到后襟底下，拔出两支自动手枪来，阿基接了过去，一齐插在腰带上。

"你把每支手枪都开出一颗子弹，要使人家看起来确像是决斗死了似的。你懂得吗？"

阿基点点头，表示他完全懂得，又从眼睛里露出一种光焰，仿佛对于瑞德不得不钦佩一般。但是思嘉始终是莫名其妙。过去这半个钟头，在她都好像一场梦魇，她觉得自己是再也弄不明白的了。但是她看见瑞德对于这个迷人的局面竟能这样地指挥若定，便稍稍感到一点安慰。

阿基正预备要走，忽又掉转头来用他的独只眼瞟了瑞德一下。

"他？"

"是的。"

阿基嘟囔着在地板上吐了一口唾沫。

"糟糕，糟糕！"他一面说，一面一瘸一拐地从穿堂里走出后门口去了。

他们最后这几句哑谜儿似的话，使得思嘉重新生起一种恐惧和疑虑来，就像胸中有一个寒冷的水泡，在那里不住膨胀，膨胀到快要破裂了。直至那水泡终于破裂，她便不觉失声喊出来：

"啊呀，扶澜呢？"

瑞德急忙赶到床边来，他那庞大身躯轻快而无声地摆荡着，像一只猫儿似的。

"倒也会想着的，"他一面说一面咧了一咧嘴，"你拿牢那盏灯，思嘉。你不见得要烫坏卫先生吧。媚兰小姐——"

媚兰抬起头，仿佛一个小兵在那里听候命令一样。那时她心慌意乱，竟忘记了媚兰这个名字是除了自己家里人和老朋友之外从来没有人叫过的。

"哦，对不起，我应该叫卫太太……"

"哦，白船长，你用不着道歉！你若是光叫我媚兰，不加小姐的称呼，我应该觉得光荣的！我觉得你是我的——我的兄弟——或是——或是堂兄弟一样。你真是好心，也真是能干！我怎么谢得尽你呢？"

"谢谢你，"瑞德说，说时他竟觉得有些不好意思了，"可是媚兰小姐，"他的声音含有抱歉的意思，"刚才我说卫先生在华贝儿家里，实在对不起得很。我很抱歉，不得不将他跟旁的许多人都牵涉到这么一个—— 一个——但是我从这里赶去的时候，路上仓促想不出别的计策来，只得用这样一个下策。我知道我的说话他们是会相信的，因为我在北佬军官里面有很多很多朋友。他们都当我是他们自己人，因为他们知道我在本城一向都是——怎么说法呢？就说不得众的吧——一向都是不得众的。今天晚上，我吃了晚饭就在贝儿酒吧间里打扑克，这是有十来个北佬士兵可以替我做见证的。贝儿跟她家的那些女孩子，也很高兴骗他们，说卫先生跟别的一些人也一直都在楼上。北佬会相信她们的。他们这班人怪就怪在这种地方。照他们想起来，像贝儿她们那种行业的人，都决不会有爱国心的。他们如果要查究什么男人的踪迹，断不相信我们上等女人的话儿，倒肯相信那些窑姐儿的见证。现在既有我这提包党出面担保，又有那些窑姐儿肯来作证，我想他们是可以摆脱关系的了。"

他说到末了几句话时，脸上显出一种挖苦的微笑。但他一经看见媚兰对他现出满脸的感激，就立刻把笑容收起来了。

"白船长，你真是聪明！我只要救得了他们的命，哪怕你说他们今天晚上是在地狱里，我也一点不介意的！因为我明明知道，并且任何一个关切他的人也都知道，我的丈夫是决不会到那种可怕的地方去的！"

"不过，嗯——"瑞德很觉不好意思地说道，"不过事实上是，他今天晚上的确是到贝儿家里去过的。"

媚兰毫不动情地挺起了她的身子：

"你决不能使我相信这样一个谎！"

"你请听着，媚兰小姐！让我来解释一下吧！当时我从这里出去，赶到苏家庄上看了看，看见卫先生已经受伤了，当时跟他在一起的有艾恕，有米医生，有梅家那个老头子——"

"梅家老头子！"思嘉喊道。

"是的，一个人要做傻子是不会嫌太老的。同时还有你家的亨利伯伯——"

"哦，天！"白蝶姑妈喊道。

"原来军队来过了之后，其余的人都散了，只有他们这几个不放心希礼，才把他们的袍子藏在烟囱里，重新赶回来看他。当时若不因希礼受伤，他们早已都逃到得克萨斯去了。但是他们见希礼骑不得马，舍不得将他丢掉，才没有走的。那时我想要替他们脱干系，必须能够证明他们当时确是在别的地方，所以我就从冷街上带他们到华贝儿家里去了。"

"哦，是这样的。那么我刚才说话粗鲁，要请你原谅，白船长。我现在已经明白，你的确是不能不带他们到那里去的，可是——哦，白船长，你们进去的时候总有人看见的呀！"

"一个人都没有看见。我们是从铁路那面一扇秘密的后门进去的。那扇门一直都没有灯，一直锁着的。"

"那么你怎么——"

"我有钥匙的。"瑞德很干脆地说，说时向媚兰瞟了一眼。

媚兰猛然省得这话里包含的意义，大觉不好意思起来，不防手里一滑，把那毛巾从创口上滑开。

"我并不是有心要盘问你的。"她一面将毛巾揿回创口上，一面红起脸来含糊地说。

"我也忘记了。不应该在一个太太面前说这种话的。"

"那么真有这种事情了！"思嘉心里感着了一阵说不出来的痛楚，"那么他的确是跟那姓华的家伙同居的了！房子都是他的呢！"

"后来我看见贝儿，我就对她说明事情的内幕。我们交给她一张名单，叫她跟她那些女孩子证明那些人今天晚上一直都在她家里。我们出来的时候，又因要大家特别注意我们，便故意装着酒醉，自己打起架来，故意叫她家里的两个佣人将我们拖下楼来，一路喧嚷出去，使得酒吧间里的客人大家都看见。"

说到这里，瑞德咧开嘴来，又接着说道："米医生装醉装不像，他觉得自己跑到这种地方来，已经大失面子了。可是你家的亨利伯伯跟那梅老头子都装得非常像。这一幕戏要是没有他们这两个角色，那是要大大减色的。他们都演得兴高采烈。当时他们两个装做互相扭打的样子，那个梅老头子真的向亨利伯伯一拳挥过去，我怕亨利伯伯眼睛都乌青了呢。他——"

后门突然开开来，英弟进来了，丁老医生在后边跟着，一头白头发飘呀飘的，披肩底下隆然鼓起一只破药箱。他一声不响，向大家略略点了一点头，便去掀开希礼创口上的毛巾。

"还好，离开肺部还很远，"他说，"要不是肩胛骨打碎了，那是一点都不严重的。多拿几条毛巾来，太太们，有棉花更好，还要一点白兰地。"

瑞德从思嘉手里接过了灯，将它放在桌子上，媚兰和英弟忙着找东西去了。

"你在这里是什么事都不能做的，咱们到客厅里烤火去吧。"他对思嘉说着，一面就将她推出房去。思嘉觉得他的手和声音都非常温和，跟平常完全两样。"你今天这一天是够受的了，是不是？"

她由他领到前面客厅里去，虽在火炉旁边站着，身上却禁不住簌簌抖起来。现在她胸口里那个疑团越胀越大了，她已觉得事情绝无可疑了，觉得那可怕的事实已经十分明白了。她抬起头，看了看瑞德那张毫不动情的脸，一句话也说不出来。然后她就问：

"扶澜是在——华贝儿家里吗？"

"不。"

瑞德的声音是迟钝的。

"阿基把他送到华家后面的空场上去了。他是死了，脑袋打穿了。"

第四十六章

当天晚上，英弟就到那些有关系的人家去把瑞德这个计划挨户通知了。那些人家知道了这个消息，一则是喜，一则是惧。总之，那天晚上亚特兰大北头是没有几家人家安稳睡觉的。

从外面看去，那些人家都是漆黑的、静默的，好像早已进入睡乡了，里面却都在喊喊喳喳地说话，一直闹到大天亮。不但那些与本案有关系的人家如此，就是那天晚上没有参加行动的三K党人，也都已做着逃亡的准备。马都上好鞍辔了，手枪都挂在腰上了，干粮都装在囊里了。要不是英弟及时送去那个秘密的消息，沿桃树街一带人家的男子怕一霎时都要逃光的。可是英弟家家户户都通知到了，她说道："白船长叫你们不要逃，路上要有危险的。他已经跟那姓华的家伙接洽妥当了。"于是那些男人在黑暗房间里低声商议道："可是我怎么好信任那个天杀的提包党呢？也许是他弄的圈套吧！"女人们便哀求道："不要走！他既然救了希礼和艾恕，自然也肯救别人。而且英弟、媚兰都肯信任他，那么——"于是大家将信将疑地都在家里待着了，因除此之外也没有别的路可走。

前半夜，北佬士兵曾经到过十几家人家去搜查，凡是不能或者不愿说出自己刚才是在贝儿家里的，都被他们逮去了。其中如皮瑞纳，如梅太太的一个侄儿，如西门家的几兄弟，如彭家的安地，那天晚上都是在监牢里过夜的。他们确都参加过这场事变，但是北兵开来之后，他们就都散走了。回家不久，等不及英弟来通知，就被北兵来逮去。幸而他们回答的话儿很是得体，说刚才他们到底在哪里，那是他们自己的事儿，与他们天杀的北佬毫无关系。那些北佬看看没办法，只得把他们关进牢里，等明天早上再审。至于梅老头子跟亨利伯伯，便都老着面皮说是在华贝儿赌场里。夏队长说他们年纪老了，不该到这种地方去，他们便老实不客气地要跟他去决斗。

华贝儿本人也被夏队长传去问话。夏队长还没有问到她的行业，她便大呼小叫地说要关门不干了。据她供称，今天晚上刚吃过晚饭，便有一大堆醉汉闯进她门里去，顿时吵起架来，以致打碎了她家最好的镜子，吓坏她家那些女孩儿，所以当天晚上只得关门不再做生意。不过夏队长要是高兴去喝一杯儿，她的酒吧间是仍旧可以开的。

夏队长看看左右人都在暗笑，知道这件案子又问到鬼身上去了，便觉得怒不可遏，说他并不要他妈的女孩儿，也不是喝他妈的酒，只问贝儿知不知道那些醉汉的名字。贝儿说当然知道，他们都是她的老客人，他们是每个礼拜三晚上都要去的，自己称为"礼拜三民主党"，她可不懂这个名字是什么意思。又说他们如果不赔偿她的损失，她一定要到法院里去告他们。又说她家里是规规矩矩的，为什么他们要去闹呢？——哦，他们的名字吗？贝儿毫不迟疑地报出一打名字来，正是夏队长觉得大有嫌疑的。夏队长看看没奈何，只得冷笑了一声。

"好，这些天杀的叛徒竟跟我们的特务队一样有了组织了！"他说，"你听着，明天开军事法庭，你跟你的那些女孩子都得到。"

"军事法庭会叫他们赔我那些镜子吗？"

"赔你妈的镜子！你叫白瑞德替他们赔去！这个地方本来是他的，是不是？"

等不到天亮，本地居民家家都已知道消息了。就是他们家里的黑人，虽然谁都不曾告诉他们什么，却也通过他们自己那种黑色的电线，什么都已知道了。昨天夜里他们怎样去进攻，甘扶澜和韦唐怎样被杀，卫希礼怎么受伤，直至扶澜的尸体怎样移动，大家已经没有一件不知道。

一般女人知道这场惨剧都是思嘉种的祸根，大家都对她深深怀恨，直至听说她的丈夫已经死了，她又只得闷声不响等着去收尸，这才减轻一点对她的狠毒。至于韦唐的妻子芬妮，大家都很同情她，因为她刚刚养过一个孩子，但是那天夜里有一队北兵围住她家的房子，在那里守候韦唐回去，因而大家都不能去安慰她。同时白蝶家里也有一队北兵在那里守候扶澜。

等不到天亮，大家都已知道一早就要开军事法庭，又都知道本城有些杰出市民的安全，都只靠三件事情在那里维护：第一件是要卫希礼能够直立在公开的法庭上，仿佛丝毫没有受过伤；第二件是要华贝儿肯承认那些嫌疑人昨天晚上的确都在她家里；第三件是要白瑞德出面替他们做见证。

大家为了后面这两件事情，都觉得非常痛心。华贝儿是什么东西！这许多人的性命要靠她一句话呢！这是叫人受不了的！平常一般规矩女人在街上碰见华贝儿，总要立刻躲避，因而不能相信她会在法庭上回得出话来。至于那些男人自己的心理，倒不像这些娘儿们这样褊狭，他们多数都还觉得华贝儿是个好人。不过因有白瑞德这么一个投机家和提包党夹在里面，他们就都觉得非常难受了——难道他们的性命和自由竟靠这家伙维持吗？

还有一点使他们觉得难受的，就是这件事情要给那些北佬和提包党人拿去做话柄。他们向来是本城杰出的人才，谁知竟是常常进出华贝儿的赌场！有两个为了争风决斗而死了，其余的被华贝儿赶出门去，还有的被北兵抓住了不好意思说出来。这样丢脸的事情，还不是要被北佬和提包党人笑死吗？

他们这一虑倒是虑得不错，因为那些北佬自从占领亚特兰大以来，看见本地人对于他们这样冷漠、这样拉架子，心里早就觉得不痛快，现在出了这样的丑事，他们就都大笑而特笑。尤其是那些北佬的女眷，竟都笑得眼泪也出来了。嘿，你们南边女人平日这么大模大样不理人，原来你们的丈夫都是这样的！还要借口什么政治集会呢！这不是大开玩笑吗？

唯独对于思嘉，北佬是同情她的。他们觉得思嘉到底是个上等的女人，而且亚特兰大的女人里面，唯有她是对他们好的。他们知道思嘉的丈夫没有能耐，不能好好养活她，就已对她有了同情了。现在又晓得她的丈夫不但不能养活她，并且还在外边不规矩，因而更加觉得她可怜了。至于米太太、梅太太、艾太太，以及韦唐的老婆，而尤其是卫太太，那些北佬女人都对她们抱着幸灾乐祸的心理，每次看见她们都要对她们冷笑，以为这桩事情就是给她们一个教训。

至于本地人里面，那天晚上也都在讨论这个题目。那些太太口里都对自己丈夫说，只要保得住丈夫的性命，北佬笑与不笑她们是不去管的。但在暗地里，她们却都情愿丈夫去吃大夹棍，不愿哑口吃黄连，替丈夫担受这样的耻辱。

米医生仔细想想瑞德给他落进了这个圈套，觉得怒不可遏，曾经告诉米太太，说他如果不因要牵涉别人，他是情愿拿去绞杀了，也不愿去自供是在贝儿家里的。

"这是对于你的一个侮辱呀，米太太。"他怒气冲冲地说。

"可是人人都知道你决不会到那里去的，因为——因为——"

"可是北佬不会知道呀。而且我们为要保全自己的脑袋，正是要他们相信才好呀。他们如果相信了，他们就要笑了，这是叫我无论如何忍受不了的。而且这对于你也是一个侮辱，因为——亲爱的，我对于你是一向都忠实的呢。"

"这我知道的，"米太太说时微微笑了笑，并且塞一只瘦手到米医生手里去，"可是与其要你头上一根头发丝受到危险，我就情愿你真的到贝儿家里去了。"

"哦，米太太，你这太不像话了！"米医生万想不到米太太会这样的现实主义，不由得吓得嚷起来。

"怎么不像话？我心里是明白得很的。我已经没有了达西，没有了斐尔，就只剩你一个了，我只要能不失去你，你就永远住在贝儿家里我也情愿的。"

"你简直昏了神了！简直不知在说什么了！"

"你这老糊涂。"米太太一面很温柔地说着，一面将头靠到米医生的怀里去。

米医生气得一时说不出话来，默默地将米太太的面颊摸了一会，又突然说道："你想那个姓白的家伙，要我去受他的恩惠吗？我倒不如拿去绞杀了还好受些呢！不，哪怕我的性命是他给我的，我也决不能拿礼貌去对待他。你想他那么地骄傲，那么地无耻，竟会去做那种投机的事情，叫我哪里忍受得了呢？他又不曾打过仗，要我去感激他的恩惠吗？"

"可是媚兰说，亚特兰大失掉之后他也去入过伍的。"

"那是瞎说。媚兰是不管什么流氓的话也会相信的。可是我总不懂，这桩事情为什么要他牵进里面来呢——为什么要他这么起劲呢？我真不好意思说出口，可是人家都在说他跟甘太太的闲话了。的确的，我也看见这一年来他们常常一块儿赶车出去。他一定是为着她才这么起劲的。"

"如果是为着思嘉，他就不会这么干法了。他一定是巴不得甘扶澜拿去绞杀的。我看他是为媚兰——"

"米太太，你可不能疑心他们两个会有什么事情的呢！"

"哦，你不要蠢吧！自从希礼做俘虏交换回来以后，媚兰一直都是极喜欢他的。至于那姓白的家伙，我倒又要替他说句话，他在媚兰面前是从来不那么嬉皮笑脸的。他见了媚兰老是那么和颜悦色，规规矩矩，简直像换了个人一样。你看他对媚兰的态度，就可知道他未尝不可以做个规矩人。至于他为什么要来管这桩事情，我的意见是——"她停了一停，"我这意见你大概是不以为然的。"

"我对于这桩事情，全盘都不以为然！"

"嗯，照我想起来，他这回的事情一部分是为着媚兰，但是大部分是要跟我们大家开个大大的玩笑。我们都是恨他的，而且都摆到脸上来恨他，因而他趁这个机会来替我们造成一个窘局，叫我们自己选择一条路，要么我们假供是在那个婊子家里，以致加给自己一种大大的羞辱；要么我们据实供出来，让北佬拿去绞杀。我们若是走前一条路，那么我们就不得不感激他和他的那个——那个相好，但是他又知道我们情愿绞杀也不愿感激他的，因此我们陷入窘境了。他就是要窘我们一下，好让他痛快痛快。"

米医生叹气道:"可是他带我们到那边楼上去的时候,他是一本正经,并不像开玩笑的呢!"

"哦,米先生,"米太太略略迟疑一下道,"那边是怎么一个样子的?"

"你说什么,米太太?"

"我问她家里。她家里是怎么一个样子的?有花玻璃的烛台吗?有红丝绒的帘子吗?有很多一人多高的金框镜子吗?还有那些女孩子——她们是不是都不穿衣服的?"

"哦,我的天!"米医生不由得暴吼如雷起来了,因为他万想不到一个贞洁女人对于一个淫荡女人的好奇心会有这么大的!"你怎么好问这种不识羞耻的话呢?你简直昏了头了。我去替你配一服安神药来吧。"

"我不要安神药。我只要知道,哦,亲爱的,我要知道一个婊子人家的情形,现在是唯一的机会,你干吗这么小气,不肯对我讲呢?"

"我并没有注意到。实在不瞒你说,当时我跑进那里,羞也觉得羞死了,哪里还有心思去注意我的环境呢?"米医生一本正经地说,因为他看见自己的太太今天晚上突然流露出真性情来,心里觉得非常懊恼了,"现在要请你原谅,我打算睡一会儿觉了。"

"好吧,那么你去睡吧。"米太太语气之间显然流露出大大的失望。直到米医生弯下身去脱靴子,她才又有些高兴起来,"我猜朵丽总已向梅老公公问得详详细细了,过一天我去向她问去。"

"哦,我的天!你当是梅太太那样规矩的女人会谈这种事情的吗?"

"你睡你的觉吧。"米太太说。

第二天,天下着雪,直到傍晚才停,接着刮起冷风来。这时媚兰门前停着一辆神秘的马车,车帘子拉得密密的,同时进来了一个陌生的黑人,说那车里有人请媚兰出去说句话,媚兰就披上一件大衣,跟着那黑人出去了。走到车旁,车门就刷地开开来,一看里面模模糊糊地坐着一个女人。

媚兰探头进去看了看,一面问道:"里面是谁?请进屋里去坐一会儿好吗?外面冷哪。"

"请你上车来坐一会儿吧,卫太太。"媚兰听那声音有点儿相熟。

"哦,你是华——华小姐——华太太!"媚兰喊道,"我正很想见你呢!快请进屋里坐去。"

"那是不行的，卫太太，"贝儿的声音带着点儿怨恨的意思，"请你上来坐一会儿吧。"

媚兰上了车，马夫就把车门关上了。她在贝儿身边坐下，伸手去摸她的手。

"今天的事情，我真不知道该怎样谢你才好！"

"卫太太，你今天早晨是不应该送那条子给我的。并不是我不宝贝你的条子，可是也许要落到北佬手里去的呢。你说要亲自到我家里去谢我，那是，卫太太，你太糊涂了！怎么想起来的！所以我等天一黑就赶到这儿来，请你赶快打消这个意思。因为我——因为你——这是不合适的呢。"

"怎么，人家救了我丈夫的性命，我亲自跑去谢谢她，这有什么不合适的呢？"

"哦，嗨，卫太太！你懂得我的意思吗？"

媚兰呆了一会儿，想了想她这话里的含义，便觉得有些不好意思起来。她觉得车里坐着这个漂亮华丽的女人，无论是行为、是说话，都并没有一点妓女的习气。她的谈吐虽然平常而俗气，她的心却是好的、热的。

"你今天在法庭上的态度，真是叫人佩服呢，华太太！我们这些男人的性命，的确都是你跟你那些——那些小姐救出来的。"

"你们卫先生才叫人佩服呢。我真不知道他怎么能站得牢的——那么清清楚楚地说着话儿，竟像没有这么一回事似的！昨天晚上我看见他的时候，他还跟一只猪猡似的在淌血呢！你看他没有什么要紧吧？"

"是的，谢谢你。医生说他不过皮肉受了一点伤，只是淌血淌得多一点。今天早晨他——嗯，他是拿白兰地扶起来的，不然的话，他真站不了那么许多时候呢。可是，华太太，他的性命是你救起来的。你当时装起那么发疯的样子，说要他们赔你的镜子，你的话说得真像呢。"

"谢谢你说得好，太太。可是我想——我想白船长也装得很像的。"贝儿说时声音里面露出很得意的样子。

"哦，他真叫人佩服！"媚兰热烈地嚷道，"他的见证是那些北佬不能不相信的。他对于这桩事情处置得真是聪明，我是永远谢他不尽的——也谢你不尽的！你们真是好！"

"谢谢你说得好，卫太太。我觉得做这种事情是顶快乐的。我当时说卫先生常常到我那里去，我——我希望你不会觉得不好意思吧。实在是，你知道的，从来不——"

"是的，我知道。不，我一点都没有觉得不好意思。我是十分感激你的。"

"可是我可以赌咒，别的那些太太是不会感激我的，"贝儿突然带着愤恨的语气说，"我也可以赌咒，她们一定也不感激白船长。她们为了这件事，一定比从前更要恨他，我可以赌咒，只有你一个人是肯感谢我的。我可以赌咒，那些太太要在街上碰到我，是连看也不会看我一眼的。可是我不管，哪怕她们的丈夫统统拿去绞杀了，我也不管的。但是卫先生我可要管。你记得打仗的时候，你替我拿钱捐到医院里去，那件事情是我一辈子都忘记不了的。这个城里没有一个女人像你这样待我好，我对于人家待我的好处是永远不会忘记的。卫先生要是拿去绞杀了，你不是做了寡妇了吗？你的孩子不是做了孤儿了吗？你那孩子真好呢，卫太太！我自己也有一个男孩子，所以我——"

"哦，你有孩子吗？他是住在——嗯——"

"不，他不住在亚特兰大，他是从小就不在这里的。他在外边进学校，他从小就离开我了。我——嗯，昨天白船长要我到法庭去作证的时候，我问他是些什么人，他说有卫先生在里边，我就一点都不迟疑了。我对我的那些女孩子说：'假使你们不说卫先生整个晚上都在我们这里，那我就要你们的命。'"

"哦！"媚兰听见贝儿老实不客气地提到她的那些女孩子，就愈加觉得不好意思起来，"哦，你真是好，你的那些——嗯——她们也真是好！"

"像你这样的好人是应该我们尽力的，"贝儿热烈地说，"要是别人，我就谁都不来管账了。要是这桩事情只有甘太太的丈夫独个人在里面，我也无论如何不来管账了，不管白船长怎么说。"

"为什么呢？"

"嗯，卫太太，像我这种行业的人还有什么事情不明白？那些大户人家的太太奶奶，都当我们是傻子，什么都不懂的。我们实在什么都懂的。要是那些太太奶奶知道我们心里有多么明白的话，大家都要吓了一跳呢。我看甘太太这个人不是好人，她的丈夫跟那韦家的小伙子都是她给杀死的，简直跟她亲手拿枪开杀他们一样呢。这回这桩事情都是她闯出来的祸，她早就不该那么一天到晚地东奔西跑，去勾引那些下流黑人跟白人了！你就瞧我自己的那些女孩子，倒是没有一个——"

"她是我的弟妇，你不该说她的坏话。"媚兰淡淡地打断了她。

贝儿急忙伸手在媚兰臂膀上捏了一把，然后又急忙缩了回去。

"哦，请你不要见怪，卫太太。你待我这么好，你要是不高兴我，我是受不了的。我忘记了你是顶喜欢甘太太的,我刚才的话说错了。那位甘先生,我也替他伤心。他实在是个好人。我常常到他店里买东西的,他待我很客气。可是甘太太她——嗯,她是不像你的,我看她这人心里是冰冷的。……你们几时替甘先生出殡呢?"

"明天早上。你刚才说甘太太的话又错了。甘先生死了之后,她悲伤得什么似的呢!"

"也许的,"贝儿显然现出不相信的神气说,"好吧,我得走了。要是我时候待久了,我怕人家要认出这辆车来的,这对于你很不方便。还有,卫太太,你以后要是在街上碰见我,你也不必跟我打招呼,我会谅解的。"

"我能跟你说话正是光荣呢,我是一辈子都感激你的,好吧,我们有机会再见吧。"

"不,"贝儿说,"那是不大合适的。晚安。"

第四十七章

思嘉独坐在卧室里,嬷嬷端上一托盘晚饭来。她一边慢慢吃着,一边听着外面正在呼啸的夜风。屋子里寂静得可怕,比几点钟之前扶澜停在客厅里的时候还要寂静些。因为几点钟之前,她还听见楼下有人踮着脚尖儿走路的声音,轻轻说话的声音,邻舍人家进来轻轻吊唁的声音,直至扶澜的妹妹不时啜泣起来的声音——她是刚刚从琼斯博罗赶来送殡的。现在,虽然她的房门是开着的,这一切声音都听不见了,整个房子都处在寂静里了。

自从扶澜的遗体抬回家里来以后,卫德和爱拉就都送到媚兰那里去,因而愈加觉得清静了。厨房里本有彼得、嬷嬷和阿妈三个人在那里不住斗嘴,声音一阵阵飘上楼来,现在他们也已停了战。就连白蝶姑妈在楼下藏书室里,也因尊重思嘉的悲伤,不将那把摇椅摇得吱嘎吱嘎地响了。

大家都不敢闯进思嘉房里去,因为大家知道她心里悲伤,总是愿意独个人在房里清静一下的,谁知思嘉最不愿意的就是清静。她当时心里如果只有悲伤,那是她还可以忍受的,因为从前她也曾经有过这样的悲伤。但是她除开伤悼扶澜的死之外,还加上了恐惧、痛悔以及一种突然醒觉过来的良心的刺激。她生平对于自己做过的事情,是向来不晓得懊悔的,现在她忽然懊悔起来了,懊悔之中还带着一种迷信的恐惧,以致不住地向她跟扶澜同睡过的那张床上溜过眼睛去。

扶澜是她杀死的。打死扶澜的那一枪,只不是她亲手扳的枪机而已。扶澜曾经屡次求她不要独个人出门去跑,她老是不听。现在他就因她的执拗而死了。为了这桩事,上帝一定要来处罚她。但是除了这一种恐惧之外,她良心上还横梗着一件更加沉重更加可怕的事情。这件事情她以前从来没有想起过,直至扶澜躺在棺材里,她将他看了最后一眼才突然想起来的。她觉得他那沉静的面孔呈着一种无能为力的悲惨神情,像是在那里控告她,他实在受了冤屈。他实际上爱的是苏纶,她硬把他抢过来跟自己结婚,这件事情更逃不了上帝的惩罚。她将不得不去伏在审判座前,将自己怎样欺骗扶澜的情由对上帝一一供出。

现在她觉得拿任何理由来替自己辩护都没有用了——她不能说为了目的就可以不择手段，不能说因有许多人靠她为生，她就可以不顾扶澜或苏伦的权利和幸福。事实已经十分明显地摆在面前，再不由她这么强辩了。她和扶澜的结婚是极冷酷的，一向对待扶澜也极冷酷的。特别是过去六个月里面，她本来可以使扶澜非常快乐，事实上却使他非常不快乐。平日她那样地骂他，那样地逼他，那样地发脾气，那样地说刻毒话，那样离间他的朋友，那样羞辱他的面子——这一切，上帝都是要惩罚她的。

而且她的使他不快乐，她自己是明明知道的，他却一直都忍受在肚子里。她给他的唯一真正的快乐，就是献给他一个爱拉，然而这个爱拉也并不是她存心要献给他，她若是避免得了，她就不会养出爱拉来。

想到这里，她不由得颤抖起来、悔恨起来，恨不得扶澜立刻回转一口气，让她从此可以好好地待他，以弥补从前的过失。哦，上帝为什么要这样严厉地惩罚人呢？哦，为什么时间过得这么慢，屋子里这么清静的呢？哦，为什么大家让她这么孤零零住在这里呢？

她很盼望媚兰过来陪陪她，因为她每次有所恐惧，媚兰总能够使它平息。但是媚兰在自己家里看护希礼。于是她竟想去请白蝶来替她做伴，但是一转念之间，就把这意思打消了。她想白蝶来了不但无济于事，恐怕还要更糟，因为白蝶是诚心悲悼扶澜的。扶澜比思嘉大一倍，可以算是白蝶的同辈，所以他们两个比较意气相投。又因白蝶家里没有男人，有扶澜在这里替她壮胆，正合着她的需要。扶澜又常常拿些小东西来送给她，晚上陪着她谈谈闲天，读读报纸，白蝶也替他缝补缝补，正跟自己一家人一样。所以扶澜死了，白蝶哭得眼睛都红肿，口里不住地诅咒那些天杀的三K党。现在思嘉如果把她请了去，她自然又要有一番伤心，那不是反而把事情弄糟吗？

哦，要能有什么人来安慰安慰她，壮壮她的胆才好呢！要能得到希礼——但是她立刻就把这想头收了回去。她是险些儿把希礼也跟扶澜一样害杀了。而且希礼如果知道她当初怎样哄骗扶澜，后来又怎样待他不好，他也就无论如何不能再爱她了。希礼原是很老实的，待人很好的，看事情也看得很明白的。如果希礼知道这事的真相，他一定会谅解她。但是谅解虽然谅解，爱是决不能爱她的了。所以她决不能让希礼知道真相，因为她还是要他继续爱的。希礼给予她的爱，就是她的一切气力的秘密来源，如果这点来源把她夺去了，叫她怎样活得下去呢？但是她现在如果能够将头倚在希礼的肩膀上，一面哭着，一面把她那个负疚的心胸对他尽情倾吐一下，那是多么大的一种舒服呢！

死一般的寂静继续压迫着她，使她再也熬忍不下去。于是她小心翼翼地站了起来，将房门关上一半，轻轻拉开五斗橱的最下一个抽屉，在她那些换洗衣服底下去掏摸起来。立刻，她就摸出了一瓶私下藏在那里的白兰地，将它拿到灯边一照，见已差不多空了半瓶了。怎么，刚刚昨天晚上开的瓶，她难道已经喝了这许多了？且不要去管它，她就开了瓶，拿一只开水杯倒了大半杯，一口气灌了下去。等会儿她得拿点清水来冲在里边，好使嬷嬷看不出。刚才出殡的时候，那些抬棺材的要想喝一口，嬷嬷还来找过一回的。后来嬷嬷回到厨房里，跟阿妈、彼得彼此猜疑起来，就一直闹了半天。

那白兰地烧得她非常舒服。凡是碰到心里烦闷的时候，天底下是没有什么东西比这再好的了！可是，为什么向来只许女人喝红酒呢？刚才出殡的时候，梅太太跟米太太好像都已闻出她口里的酒气，就立刻皱起眉毛来，真是两个老妖怪！

她又倒出半杯来，也一口气喝下了。她想今天喝醉了也不要紧，因为她马上就要上床去睡觉，等会儿嬷嬷上来替她脱衣服，她是可以预先拿香水漱过口的。她很愿意喝得跟父亲从前上法院看审时那样的酩酊大醉。她希望喝醉之后，就可以忘记扶澜那张像是在控告她的死面孔了。

但是她心里仍在猜疑，不晓得这个城里是否是人人都当扶澜是她害杀的。刚才出殡的时候，确实人家都对她非常冷漠，只有少数几个人像是对她表示同情的，那就是跟她有过交易的北佬军官的太太们。好吧，不管别人怎么说她吧！她现在只愁难对付上帝，别人说的话儿有什么了不得呢？

想到这里，她又不由得吞了一口，直等那一股热流从喉咙里直灌下去，便有些簌簌发抖起来。现在她觉得身上很暖热了，但是仍旧不能把扶澜的那张死脸从心上排遣开去。记得他们男人常说喝酒可以忘忧，可见也是鬼话了！除非她喝到了没有知觉，扶澜那张死脸总仍旧要对她瞪视着，仿佛还在那里哀求她不要独个人出门一样。

忽然前门上的门锤笃笃响了几下，使得那寂静的屋子整个发出回音来，随即听见白蝶姑妈蹒跚着走过穿堂，门就呀的一声开了。接着是一阵寒暄声和不可分辨的说话声。大概是邻舍人家来谈论白天出殡的事情或是拿鱼胶凉粉的吧。白蝶姑妈一定觉得很高兴，因为有人来向她慰问，她就又有机会可把心里的悲伤发泄发泄了。

思嘉在楼上仔细听着，辨出来客是一个男人，再仔细一听，她就大大地高兴起来。原来来者是瑞德！自从瑞德来报那个凶信之后，思嘉一直都没有见他，现在见他来了，知道他是能够帮她排忧解闷的，今天晚上可以不愁过不去的了。

"我想她是肯见我的。"瑞德的声音飘进她耳朵里来。

"可是她现在已经躺下了，白船长。她什么客都不愿见。可怜的孩子，她真伤心透了呢。她——"

"我想她一定会见我。请你告诉她，我明天就要走，也许要过些时才回来。事情是很重要的。"

"可是——"白蝶有些发躁起来说。

思嘉跑出楼上穿堂来，觉得两腿有点儿不稳，心里很是惊异，便靠着楼梯上的栏杆看到底下来。

"我马上就下来，瑞德。"她喊道。

她瞥见白蝶姑妈的胖脸儿往上仰着，眼睛像猫头鹰似的充满着惊异。思嘉一边回到房里去掠头发，一边心里想，我丈夫刚刚出殡，当天就做出这种不正当的行为来，满城的人都要讲我吧。但是她心里虽然这么想，手里却仍旧急急忙忙打扮着，将一件黑色丧服的扣子一直扣到面颊上，拿白蝶姑妈给她的一支丧服别针在领口上别了起来。然后对镜子照了一照，看见自己的面孔颇有愁容，而且苍白得很，便想道，我这副样子总不算太好看了吧。想着，她不觉伸手到梳妆盒里去取胭脂，但是立刻就缩回来了。我如果搽得红喷喷的下楼去，白蝶姑妈不知要恼到什么样子呢。然后她拿起了香水瓶，倒了满满一口，漱了一会儿，这才吐到痰盂里去。

她急忙跑下楼来，他们两个仍旧还站在那里，因为白蝶姑妈已被思嘉这种行为气昏了，竟忘记请瑞德坐了。瑞德身上穿着一身黑，里面的衬衫是上过浆的，看他那神气俨然是个给老朋友来吊丧的模样，竟至做作到近于滑稽。但是白蝶一点不觉得。他一见思嘉，先对她道过惊扰，然后又说他白天事情忙，不能亲自来执绋，实在抱歉得很。

"怎么，他到底来做什么的？"思嘉心里怀疑道，"他这一套全是鬼话呢。"

"我这时候还来打扰你，实在太不应该，可是我有点正事急于要跟你商量，不能再等了。这是我跟甘先生刚刚在计划中的——"

"我不知道你跟甘先生有过什么生意上的交涉呀。"白蝶姑妈说。她听见扶澜竟有瞒住她干的事情，心里觉得非常不痛快。

"甘先生的兴趣本来是很广泛的，"瑞德恭恭敬敬地说，"我们进客厅里去谈好吗？"

"不！"思嘉说着，将那紧紧关着的客厅门瞥了一眼，她仿佛觉得扶澜的棺材仍旧停在客厅里。她是打算再不走进那里去的了。白蝶向来不大懂得别人的暗示，这回却忽然识相起来，虽然态度之间不见得怎样自在。

"你们到我藏书室里去谈吧。我是得——得上楼去补衣裳去了。我的天，这个礼拜我是什么都搁起了呢！我可以说——"

她走上楼梯的时候，又回过头来瞪了他们一眼，但是思嘉跟瑞德都没有注意。白蝶一上楼，瑞德就站过一旁，让思嘉先进藏书室去。

"你跟扶澜有什么事业计划呀？"思嘉突如其来地问道。

瑞德靠近她一些，对她低声说道："什么也没有。我不过要把白蝶小姐打发开去罢了。"然后再靠近一些，"这是不好的，思嘉。"

"什么不好？"

"这香水。"

"我简直不懂你的意思。"

"你不要装傻，你是喝得很可以的了。"

"嗯，我喝多了又怎么样？这你管得着吗？"

"请你说话客气点。我劝你，思嘉，以后不要独个人喝闷酒吧。若要人不知，除非己莫为。这种事情要是别人听见了，名声是不大好的。而且，这样独个人喝闷酒也根本不是一件好事情。你是到底怎么一回事，亲爱的？"

说着，他将她领到一张花梨木的沙发旁边，她就默默地坐了下去。

"我可以关起门来吗？"

思嘉知道嬷嬷看见她关起门来跟客人谈话，一定要一连几天地将她训个不歇，但若听见她在谈论喝酒的事情，那就尤其要糟糕，何况新近刚刚丢失那个白兰地的酒瓶。因而她点了点头，瑞德就将那两扇抽门拉了起来。拉好门他又回进来，在思嘉身边坐下，拿一双乌溜溜的眼睛机警地搜索她的面孔。这时思嘉觉得他那一股活泼的生气向自己逼射过来，于是那一脸的悲愁霎时褪去，而觉得满室生春起来了。

"到底怎么一回事，亲爱的？"

瑞德要是说起亲亲热热的腻话来，那是天底下没有一个人说得过他的，哪怕他只是说着玩儿，至于现在他是一点不像玩儿了。思嘉抬起一双痛楚的眼睛，朝他脸上看了看，不知怎么的，只觉他那一副毫无表情的面皮很能够使人安慰。她也想不出所以然来，因为她明知道他是一个居心叵测的坏蛋。也许正像他常常说的，因为他们两个极相似的缘故吧，有时她竟觉得所有自己认识的人里面，只有瑞德一个是不跟她有什么隔膜的。

"你能够告诉我吗？"他非常温柔地拿住她的手，"我看不是单为扶澜死的缘故吧。你要钱用吗？"

"钱？哦，不！哦，瑞德，我很害怕呢。"

"你不要傻吧，思嘉，你是一辈子没有害怕过的。"

"可是，瑞德，我害怕！"

这一句话儿并不是她说出来的，乃是像泡泡儿似的从她口里泛出来的。她觉得自己的心事可以对瑞德讲的，什么事都可以对他讲的。因为他自己也是个坏人，他不会来审判她的好坏。现在全世界的人都不肯说谎，碰到他这么一个肯说谎的人多么有趣呢！全世界的人都宁可饿死也不肯做坏事情，碰到他这么一个肯做坏事情的人多么有趣呢！

"我怕的是我要死，要到地狱里去。"

假使他听见她说要死便大笑起来，那是完全对的。但是他并没有笑。

"我看你很健康——而且也许地狱这一种东西到底是没有的。"

"哦，可是有的呢，瑞德！你也知道是有的！"

"我也知道是有的，可是我相信地狱就在我们这个地球上，并不要等到我们死后。我们死后是什么东西都没有了，思嘉，你现在就是快进地狱去了呀。"

"哦，瑞德，这种话是罪孽的！"

"可是听起来非常适意。现在请你告诉我，你为什么要到地狱里去呢？"

他又开起玩笑来了，她从他那眼睛的光芒上是可以看出来的，但是她也不介意。她觉得他的手非常暖热而强壮，捏在手里是很适意的。

"瑞德，我是不应该跟扶澜结婚的，这件事我做错了。他是苏纶的情人，他爱她，并不爱我。可是我哄骗他，说苏纶要跟东义结婚了。哦，我怎么好做这种事的呢？"

"哦，原来是这么一回事！我也一直觉得奇怪呢。"

"以后么，我还使他非常苦恼。他不愿意做的事，我都逼着他去做。例如人家还不出他的店账，我偏逼着他向人家要去。后来我办木厂、造酒馆、雇犯人，也是样样使他伤心的，他是羞得连头都不敢抬了。而且，瑞德，他还是我杀死的呢。是的，的确是我杀死的！我并不知道他在党里，我万想不到他会有那么大的胆量，可是我早应该知道的。现在我是要杀了他了。"

"用尽所有大海里的水能洗净手上的血吗？"

"什么？"

"不相干。往下说吧。"

"往下说？都说完了。这还不够吗？我跟他结婚，我使他不快乐，现在我杀死他了。哦，我的天！我自己也不懂得怎么做出这种事来的！我骗了他，我才嫁给他。当初我这么做的时候，我自己以为很对的，现在我觉得大错特错了。瑞德，这许多事情都不像是我做的呢。我对于他太卑鄙了，但我实在是不卑鄙的。我所受的教养都并不要我卑鄙。因为母亲——"她停住了，咽了一口口水。今天一整天，她一直都避免着不去想母亲，但是现在她再也避免不了了，再也不能把母亲的影子抹杀掉了。

"我常常猜想你母亲，不晓得她到底怎么一个样子的。我看你倒像你的父亲。"

"母亲是——哦，瑞德，幸亏她早死几年，没有看见我这种行为呢。她当然不曾把我教得这样的卑鄙。她对人都是极和气的、极好的。她要知道我做这样的事儿，那是宁可让我饿死的。我本来愿意处处地方都学她，现在却是一点儿也不像她。我虽然不曾这么想过——因为我要想的事情太多了——可是我的确是愿意像她的。我不愿意像我的爸爸。我原是顶爱爸爸的，但是他太——太没有思想了。瑞德，我有时候也想竭力要学好，要待别人好些，待扶澜好些，但是这么一想的时候，我那种可怕的梦魇就立刻会回来，以致我又不得不到外边去乱碰乱撞，去向别人身上刮钱，不管那钱是我应得不应得的。"

说到这里，她的眼泪禁不住淌下来，同时她将他的手拼命捏着，以致指甲掐进他肉里去。

"什么梦魇？"他的声音是平静的。

"哦，我忘记了，我还没有对你说过呢。是这样的——我每次决心要做好人的时候，每次对我自己说金钱不是一切的时候，当天夜里我就要做起噩梦来，梦见自己又回到陶乐去，过着从前母亲刚刚死去北佬刚刚来过以后的那种生活。瑞德，这是你想象不出来的。我一想到那时的生活，身上就发起冷来了。我仿佛看见什么东西都烧干净了，一直是那么静悄悄的，什么东西都没有得吃。哦，瑞德，我在那种梦里是会重新觉得饥饿的呢。"

"往下说吧。"

"我自己觉得饥饿还不够，同时我的爸爸、我的妹子，以及那几个黑人，也都饿得快要死了，一直在我耳朵里喊着：'我们饿煞了！'我听见这样的呼喊，就会非常心虚、非常害怕，因而我心里一直说着：'我如果能够逃出这个境界，从此就永远不要再饥饿。'于是我的梦境就会变成一阵灰色的迷雾，我在那雾里不住地跑着跑着，跑得非常吃力，连心都要炸开似的，仿佛有什么东西在我后面追，使我气都不能转，但是我心里老是想着，我如果跑到那里，我就可以安全了。究竟那里是什么地方呢？我自己也不晓得。等到我醒转来了，我就吓得浑身都冰凉，只怕重新又要饥饿了。在这样的时候，我总觉得要我不怕重新再饥饿，就非得世界上要有这许多金钱。扶澜却偏要在这种时候来跟我噜哩噜苏，噜苏得我再也忍耐不住，我就发起脾气来了。我想扶澜是不能了解的，我也不能使他了解的。所以我打算等我多弄一些钱起来，可以不怕饥饿的时候，再同他言归于好。谁知现在他死了，我是再也来不及的了。哦，当初我这么做的时候，我是觉得完全对的，现在才晓得大错特错。假使我可以从头再做起，我就会两样做法了。"

"得了，"瑞德一边说着，一边突然将自己的手拔了回去，从口袋里掏出一条干净手帕来，"擦擦脸吧，你也用不着伤心到这个地步的。"

思嘉接过了手帕，擦了擦泪流满颊的脸儿，心里稍稍觉得轻松些，仿佛她已经把自己一部分的担子卸到他那宽阔的肩膀上去了。看他的神气，是非常强干而平静的，连他那种嘴角一瘪一瘪的态度也使人觉得安慰，因为这就证明她心里的苦恼和惶惑都是无所谓的了。

"觉得好些了吗？那么我们来把这桩事情谈个彻底吧。你刚才说，假使你可以从头做起，你就会两样做法的。可是你真的会两样做法吗？现在你再想想看，你真的会吗？"

"这个么——"

"不的，你还是要照这样做法的。因为你除此之外再有别的做法吗？"

"是没有了。"

"那么你还在这里懊悔什么呢？"

"我实在太卑鄙了，他现在是死了。"

"假使他现在没有死，你也还是要卑鄙的。照我看起来，你实际上并不是懊悔跟扶澜结婚，也不是懊悔平日间待他不好，也不是懊悔送了他的命，你之所以伤心，是因怕要到地狱里去的缘故。我这话对吗？"

"这个么——这倒叫我搅不清楚了。"

"你的伦理观念本来是难搅清楚的。你就好比一个贼,给人当场拿住了,并不懊悔自己偷的不该,却是十分懊悔马上要去坐监牢。"

"一个贼——"

"哦,请你不要这么照字面呆解吧!换句话说,假使你心里没有这种傻观念,以为你要到地狱里去受苦,那么扶澜去了你正是巴不得呢。"

"哦,瑞德!"

"哦,你听我说吧!你现在是在这里招供,你也许会将真话供做假话的。比如说,你那一件比性命还要看得值钱的宝贝,要为了三百块钱送给别人了,当时你的——嗯——你的良心曾经使你难受吗?"

这时思嘉头里的白兰地正在发作。她觉得眩晕,又有些儿焦躁。她想跟瑞德说谎有什么用处呢?他是一直都像能够看清她的心思的。

"当时我确实不曾想到上帝,也不曾想到地狱。即使我曾经想到过一下,那也——嗯——那也不过想他会谅解我罢了。"

"可是你跟扶澜结婚那件事,你就不相信上帝会谅解你了吗?"

"哦,瑞德,你向来是不相信有上帝的,为什么要把上帝说得这个样儿呢?"

"但是你很相信有一个会震怒的上帝,这在现在这个问题是很重要的。我要问你的是:你所相信的那个上帝为什么不能谅解呢?而且,现在陶乐仍旧归你所有,并没有给提包党人占去,你心里觉得懊恼吗?你现在不饥饿了,身上也不破烂了,你心里觉得懊恼吗?"

"哦,不的!"

"嗯,那么你除了跟扶澜结婚以外,还有什么别的办法吗?"

"没有。"

"扶澜也是不一定要跟你结婚的,是不是?男人都是自由的身体。他也不一定要让你去骂着、逼着,去做他不愿意做的事情,是不是?"

"嗯——"

"思嘉,你为什么要懊恼呢?你如果可以从头再做起来,你也还是不得不说谎,他也还是不得不和你结婚。你还是不得不到外边去冒险,他还是不得不去替你报仇。假如他当初娶了你的苏纶妹妹,她是不会送他的命的,但是她大概也要使他不快乐,比他跟你结婚还要加一倍地不快乐。这是注定了的,决不会变出别的花样来。"

"可是我可以待他好些的。"

"你当然可以——如果你是换了一个人的话。不过你天生是来骂人的，只要有人会让你骂。这也是一定的气数——强者骂人，弱者挨人骂。怪只怪扶澜自己不好，为什么不拿皮鞭子来抽你呢？……思嘉，你也活了这么多岁，忽然萌芽起良心来，我真替你吃惊呢。照理说起来，像你这样的机会主义者，是不应该有良心的。"

"什么是机——你说是机什么的？"

"就是一个专门利用机会的人。"

"这是错的吗？"

"人们向来都看不起这种人——尤其是被那种有机会而不肯利用的人要看不起。"

"哦，瑞德，你又要讲笑话了！我还当你以后会对我好些的呢！"

"我现在就已对你很好了。思嘉，这是你自己醉了的缘故呢。"

"你敢——"

"是的，我敢。不过你现在是一碰就要哭的，所以我不得不换过一个题目，讲一个会使你觉得有趣的消息给你听。事实上，我今天晚上就是为报告这个消息而来的。我要等报告了这个消息再出门。"

"你要到哪里去？"

"到英国，而且一去也许要有几个月。现在请你忘记你的良心吧，思嘉。我不愿意再跟你讨论你那良心问题了。你要不要听我这个消息呢？"

"可是——"她刚开口，又停住了。这时她里边有白兰地在那里祛愁，外边有瑞德这种虽然有刺而却使人安慰的话在这里鼓兴，扶澜那个暗淡的鬼影就渐渐泯灭而去了。也许瑞德的话是对的，也许上帝真的会谅解。于是她恢复起气力来，将刚才那种观念从心里排斥开去，而下了一个决心："一切都等明天再想吧。"

"你有什么消息呢？"她使起一股劲来说，说完就在瑞德手帕上擤了擤鼻子，抬手将那有些散乱的头发掠了一掠。

"我的消息是这样的，"他低了头，对她咧着嘴答道，"我仍旧是想要你，比想要任何女人都厉害，现在扶澜已经死了，我想你对于这个消息可以比较觉得关心了。"

思嘉突然将自己的手从他手里拨回去，一下子从沙发上跳了起来。

"我——你真是世界上顶顶没教养的人，怎么这种时候也会跑来讲这样的丑话——我还当你已经变了的。扶澜还没有冷哪！你如果还要像个人的话——你替我立刻请出——"

"你静一点儿，不然白蝶小姐立刻就下楼来了，"他说着，并不站起来，只伸出臂膀去抓住她两个拳头，"我怕你是误会我的意思了。"

"误会你的意思？我是从来不会误会的。"她拼命抽着两只手，"你放开，立刻替我请出去。我从来没有见过这样不识趣的人。我——"

"不要响！"他说，"我是要你跟我结婚呢。我跪下了你肯相信吗？"

思嘉气急败坏地叫了一声"哦"，砰地一下往沙发上坐了下去。

她拿眼睛瞪着他，嘴张得大大的，疑心是自己肚里的白兰地在那里发作，又恍惚记起他说的"哦，亲爱的，我是一个不结婚的男人"的那句话来。她于是断定道：一定是她自己醉了，或者是他在发疯。但是他并不像发疯的样子，他说这话的时候，态度仍旧非常地平静，简直同讲"今天天气好"一样，而且语气之间也并不觉得特别加重。

"我是一直存心要你的。思嘉，一直从我在十二根橡树看见你摔瓶子、赌咒儿，显出你不是一个上等女人的那天起。我一直都存心要用某种方式来取得你。但是后来你跟扶澜都弄起一点钱来，我知道你再不会被迫着跑到我这里来商量押款，我这才看出了非跟你结婚不可了。"

"白瑞德，你这是不是也算一个玩笑？"

"我是披肝沥胆地跟你说话，你倒疑心起来了！不是的，思嘉，这是我的一个出于至诚的宣言。我也知道，这种时候来跟你说这样的话，原是有些儿不大识趣，不过我有一点可以借口，就在我本来是缺乏教养的。我明天就要走了，要过许久才回来，我怕等我回来的时候，你又嫁给一个有点钱儿的人了。因而我想道，为什么不就看在我的钱分上嫁给我呢？真的，思嘉，我是不能一辈子在你那许多候补丈夫的夹缝儿里等着你的呀！"

他这话说得很认真，已是一点儿不容疑义的。思嘉听见他有这样的意思，立刻觉得嘴巴发了燥，只管咽着气，瞪着她的眼睛看，想从里面看出一点线索来。她看出他眼睛里充满着笑，但是另外有一点东西藏在它们的深底，她从来没有看见过的，那是一种不可分析的光辉。当时他随随便便毫不矜持地坐在那里，但是她觉得他在侦察她，跟猫儿侦察耗子洞一样的机警。他那平静的神情底下潜伏着一种紧张的威力，使她不免有点儿吃惊，不由得往后退缩。

她看出来了，他确实是要求她和他结婚，确实做出这桩难以置信的事儿来了。从前她曾经有过计划，假使他真的去向她求婚，她就要大大捉弄他一番。从前她曾经想过，假使他真的向她说起这句话，她就要立刻收服他，使他认识她的力量，将他玩弄个痛快。现在，他果然说起这句话来，她却全然忘记从前那个计划了，因为他已经不像从前那样受她的控制。事实上，现在这个局势是他完全居于主动地位的，因而她觉得非常局促，竟像一个女孩子初次见人向她去求婚一样，只会红着脸儿，说不出话来。

"我——我是再也不会结婚的了。"

"哦，你会的，你是天生来跟人结婚的。那么为什么不就跟我结婚呢？"

"可是，瑞德，我——我并不爱你。"

"那也算不得一种障碍。我记得你以前两次的冒险也不见得有什么爱的。"

"哦，你怎么可以这么想呢？你知道我是很喜欢扶澜的！"

他不响。

"我的确是喜欢他的！我的确是喜欢他的！"

"嗯，这个我们不要讨论吧。等我走了之后，你愿意把我这个提议考虑一下吗？"

"瑞德，我做事情不愿意拖延。我情愿现在就告诉你。我马上就要回陶乐去了，白蝶姑妈这里英弟会来做伴的。我要回到陶乐去久住，我——我是不再结婚的了。"

"瞎说。为什么要这样呢？"

"哦——我也不知为什么。我只不高兴结婚就是了。"

"可是，我的可怜孩子，你是始终没有真正结过婚的呢，你怎么能够知道真正结婚的快乐？你那两次结婚都是倒霉事儿——一次是为着斗气，一次是为着金钱。你也曾想起过为快乐而结婚吗？"

"快乐！呸，你不要说傻话吧！结婚是没有什么快乐的。"

"没有吗？为什么没有？"

这时思嘉已经稍稍平静了一点，说话也恢复她的故态了。

"结婚只是男人方面的快乐，我可也不懂为什么，我大概是永远不会懂得的。女人结婚能够得到什么呢？不过图的一口饭吃，背了许多工作身上来，该跟着男人做傻子，还有么——一年养一个小孩子。"

瑞德大笑起来，笑声从那寂静里引起反响，思嘉便听见厨房门开开来了。

"不要响！嬷嬷的耳朵是跟野猫一样尖的，这种时候还听见这样大笑，那是太不像话了。我刚才说的不是真话吗？快乐！真是胡说八道！"

"我刚才说你倒霉，你自己的话替我证明了。你一次嫁了个小孩子，一次嫁了个老头儿。而且，从前你的母亲又一定吩咐过你，那件事儿是你必须忍受的，因为它也有报酬，就是做母亲的种种快乐。嗯，这是全然错误的。你为什么不跟一个漂亮青年结婚呢——特别是像我这样声名狼藉专会应付女人的人结婚呢？"

"你是又粗俗又会自吹，我看我们这番谈话已经足够了。已经谈得十分粗俗了。"

"但是同时也十分有趣，是不是？我可以赌咒，你从来不曾跟一个男人讨论过婚姻关系，连跟察理、扶澜也不曾谈过的。"

她对瑞德皱了皱眉毛。她觉得他对于女人的事情知道得太多了，不晓得他这种知识是从哪里得来的，实在不上流得很。

"你不要皱眉毛。你自己定一个日子吧，思嘉。我要顾全你的名誉，并不逼你马上就结婚。我们可以等过一个相当的时期。不过，到底要等过多少日子才算相当时期呢？"

"我还没有答应你呀。在这个时候，这种事情是连谈也不应该谈的。"

"我已经跟你说过我要谈它的缘故了。我明天就要走，我的热情再也抑制不住了。不过我向你求婚的方式也许太急了一点。"

说着，他突然从沙发上溜了下来，一跪跪在她脚下，一只手揿住自己的胸口，嘴里像倒水似的念了起来。

"我因受了热情的驱迫，使你吃了惊吓了，请你饶恕我，我的亲爱的思嘉——哦，我的亲爱的甘太太。你总已经注意到，近日以来，我心里对于你的友谊早已变成了一种更加深切的感情，也就是更加美丽、更加纯洁、更加神圣了。你容我叫出这种感情的名字来吗？哦！这就是爱，是爱使我这么大胆起来的！"

"你替我起来吧，"她恳求道，"你这副样子简直像个傻子，要是嬷嬷进来看见了呢？"

"她看见我这样彬彬有礼，会吓得不相信呢，"瑞德一面轻轻地起来，一面说，"来吧，思嘉，你不是小孩子了，你不要学那种女学生，尽管要我把那套傻头傻脑的废话说个不歇。你就答应我一声，等我回来就跟我结婚吧，不然的话，我可以对天赌咒，我是宁可不去了。我要在你这里待下去，每天晚上拿一把月琴到你窗下来弹奏，并且直着喉咙来对你唱歌，直唱到你回心转意为止，那么你为要保全自己的名誉，就不得不跟我结婚了。"

"瑞德，你心里清楚些吧。我是跟谁都不结婚了。"

"是吗？你还没有对我讲明你的真正理由呢。你又不是女孩子，不见得会怕羞了。那么到底为什么理由？"

突然，她想到了希礼，仿佛看见他就站在自己面前，闪亮着一头头发，模糊着一双眼睛，充满着一种庄严的神气，跟瑞德完全两样。希礼就是她不愿再跟别人结婚的真正理由，虽然她对于瑞德也并不反对，而且有时还真喜欢他。但她是属于希礼的，以前就已一直属于他，以后也永远要属于他的。她从来不曾属于察理或扶澜，也永远不会真正地属于瑞德。她身上的每一个部分，直至于她所做、所努力、所期望的差不多每一件事情，都是属于他的，都是因为爱他才做的。希礼之外只有个陶乐，她同时也属于陶乐。她从前给予察理和扶澜的那些笑脸和亲吻，其实都是给予希礼的，虽然希礼从来不曾要求过这些东西，而且以后也永远不会要求的。她也明知希礼永远不会要她，但在她的心的深处，却隐藏着一种欲愿，要为希礼而维持着她自己。

她一想到了希礼，不由得面色都变了，变出一种十分柔媚的表情来了，这是瑞德从来没有见过的。他看了看她那微微翘起的绿眼睛，见它睁得大大的，有些儿模糊，又看了看她嘴唇上的娇媚的曲线，不觉连呼吸都暂时停顿了。然后他将嘴唇皮拼命一歪，现出一种迫不及待的态度。

"郝思嘉，你简直是个傻子！"

她还在那里出神，他已经一把将她紧紧地搂住，跟他那天晚上在荒郊野地里一样捧住她亲吻起来。于是她又感觉到了那样的瘫软，那样的无力，那样泛起了一股热流。随即，在她想象中的希礼的面孔就变模糊了，消失了。他将她的头推开一点，跟她亲起吻来，先是轻轻的，然后越来越起劲，以至她巴不得能够搭牢在他身上，一直不离开，仿佛他是一个动摇世界里面唯一坚实的事物。他的嘴唇猛力向她进攻着，将一阵狂暴的颤抖送进了她的神经，使她经历到一种从来不曾经验过的奇妙的感觉。然后，她感觉到一种眩晕，仿佛自己的身子在那里不住地打回转，而不觉已经向他吻了回去了。

"得啦——哦，我要晕过去了！"她一面低声嚷着，一面尝试将脸朝开去。他却将她的头一把拉回自己胸口上来。在这当儿，她模糊地瞥见了他的面孔。她看见他的眼睛睁得大大的，射出一种奇异的光芒，又觉得他的臂膀抖得非常厉害，抖得她有些害怕起来。

"我正是要你晕过去,我愿意叫你这样晕过去。你本来是应该早已有这种经验的。可是你所认识的那些傻子,没有一个能够像这样子跟你亲嘴,是不是?你的那个宝贝的察理,或是扶澜,或是你的那个愚蠢的希礼——"

"哦——"

"是的,我确是说希礼愚蠢的。他们都是上等人,他们对于女人懂得了什么?他们对于你懂得了什么?只有我是懂得你的。"

他的嘴唇又在她的嘴唇上了,她一点也不挣扎,随便他去亲去。因为她虚弱到连朝开头去的气力也没有了,连朝开头去的意思也没有了,她的心不住地在里面怦怦地捶着,她已完全被他的威力慑服了,虚弱得丝毫不能抵抗了。她预备要怎么样呢?如果他再不停止,她真的要晕过去了。哦,如果他马上停止——如果他永远不停止——

"你答应一声吧!"他的嘴正对着她的嘴,他的眼睛跟她的眼睛只隔着一丝缝儿,使她觉得它大到可以充满整个的世界。"你答应一声吧,你这鬼,或者么——"

她等不及思索,嘴里已经低声叫出一个"是"来了,仿佛他既然要她这个字,她就不由自主地叫出口来似的。但是她刚把这字吐出口,精神上就突然觉得平静下去,头就立刻不晕了,连酒也醒了一些过来了。她已在无意答应跟他结婚的时候,亲口答应了他了。她自己也不明白怎么就会答应他,但是她并不懊悔。她只觉得这个"是"字是答应得极自然的,仿佛有一种神力在那里主持,帮她将这问题立刻解决掉。

他听见她已经说出这个字来,便急忙抽了一口气,然后弯下头,仿佛又要去亲她似的。谁知她刚刚闭上眼睛,仰起头来等着他去亲,他又将头缩了回去了。于是她微微感觉到一点失望。她觉得这样的亲吻是很奇怪的,但又感到其中含着一点使人兴奋的东西。

他很安静地坐在那里,坐了好一会儿,只把她的头紧紧捧在自己肩膀上,他那两条臂膀的颤抖,仿佛已经被他竭力制伏住了。然后他稍稍离开了一点,低着头对她看着。她睁开了眼睛,见他脸上那种使人惊吓的红光已经没有了。但是不知怎么的,她不敢接触他的眼睛,于是感觉到一阵昏乱,又将头低下去了。

然后瑞德又开起口来,他的声音很平静。

"你说的话是算数的吧?你不会再收回去的吧?"

"不会的。"

"你不当我是拿我的热情来——怎么说法呢？——来煽惑你答应的吧？"

她并不回答，因为她不知怎样说法才好，她也不敢接触他的眼睛。他伸一只手到她下巴颏儿底下，将她的面孔托了起来。

"我从前曾经对你说过，你不论什么事情我都忍受得了，就只有说谎我忍受不了。现在我也要你讲实话，你是为什么肯答应我的呢？"

她仍旧说不出话来，可是态度之间已不大那么局促，于是依然低着头，口角上边勉强展出一点儿微笑来了。

"你看着我。你是为我的钱吗？"

"怎么，瑞德，这是什么话呀！"

"你抬起头来，用不着拿甜言蜜语来对付我，我不是察理，也不是扶澜，也不是那种傻孩子，不会被你那双飞龙活跳的眼皮子夹了进去的。到底是不是为我的钱？"

"嗯——也有一部分是的。"

"一部分？"

他并没有懊恼的样子，只是急忙抽了一口气，将眼睛里那种迫切的神情竭力抹掉了，这种神情是她有些不大敢看的。

"嗯，"她没奈何地嗫嚅着说道，"钱是有用的，你当然知道，瑞德，而且天晓得，扶澜又没有很多的钱留下来。可是么——瑞德，你是很好过日子的，是不是？又因我见过的男人当中，只有你是能够容忍女人说实话的。你并不把我当傻子，希望我对你说谎，有这样的人做丈夫，当然是很好的事儿。还有么——嗯，我也喜欢你。"

"喜欢我？"

"嗯，"她有些焦躁起来说，"我如果说是发狂一般地爱你，那我就是说谎了，而且你也明知道我说谎的。"

"不过有些时候，我也觉得你的实话说得太过火一点，宝贝儿。即使你明明是说谎，明明是有口无心的，难道就不应该说一声'我爱你，瑞德'吗？"

这话思嘉觉得不懂了，使她越发糊涂了。他是什么用意呢？她只觉得他的神气很奇怪，很像是急切，很像是伤心，但又像是讥讽。他将他的手抽了回去，深深插进自己裤袋里，她低头一看，原来在里面捏起两个拳头来了。

"即使我牺牲了一个丈夫，我也要说实话的。"她在心里悻悻地想着，她的血又马上沸腾起来了。

"不过瑞德，这到底是一句谎话呀，我们又何必来这一套把戏呢？我是喜欢你的，刚才已经说过了。你也知道我为什么喜欢你。你从前对我说过，你并不爱我，可是我们有很多共同的地方。我们一样是流氓，那是你自己说的——"

"哦，天！"他将头朝了开去，自言自语起来道，"我落进我自己的陷阱里了！"

"你说什么？"

"没有什么，"说着，他对她看了看，笑了笑，但不是愉快的笑，"你指定一个日子吧，亲爱的！"他又笑了笑，弯下头去在她手上亲了亲。她看见他刚才那种神气没有了，又好说话起来了，这才放下了心，也对他微笑一下。

他拿住她的手玩了一会儿，然后咧开嘴对她看着。

"你在小说里读到过没有，常有一种感情冷漠的妻子终于会爱起自己的丈夫来的？"

"你知道我是不读小说的，"她说，随即又学着他那种讥讽的语气道，"而且你从前对我说过，夫妻相爱的婚姻是顶顶恶劣的呢。"

"我从前说过的话太多了，真是他妈的！"他骤然反驳了一句，就从沙发上站了起来。

"你不要诅咒吧。"

"你得听听惯这种诅咒，并且自己也学起来诅咒诅咒。你得习惯习惯我的坏脾气。你如果是要——是要喜欢我，并且想拿你的尊爪碰到我的钱上来，这就要算是一部分的代价。"

"嗯，你不要因我不肯说谎，不肯让你觉得自己了不起，便这么动起火来。你也是不爱我的，是不是？那么为什么我就应该爱你呢？"

"是的，我并不爱你，跟你不爱我一样的，而且我即使爱你，我也决不会对你明说。上帝帮助那个真正爱你的男人吧。你已经碎了他的心了，你这残酷的小猫儿，你太不顾人家了，太自信了，竟连你的爪子也不肯收一收的。"

他将她从沙发上一把拉起，又跟她亲起吻来，可是这一回的亲法不同了，他似乎再也不管她觉得难为情不难为情，并且好像故意要使她觉得难为情，故意要侮辱她一下了。他的嘴唇一直移下了她的咽喉，最后印在她胸口的小纺马甲上，印得非常有力，非常长久，以至他热烘烘的口气烫着她的皮肤。她觉得非常不好意思，急忙将手伸上去，拼命地将他推开。

"不许你这样！你怎么敢这样放肆的！"

"你的心跳得像个野兔一样了,"他带着嘲笑的语气说,"如果你只不过是喜欢我,那我又要痴心了,那是不应该跳得这么快的。你不要生气吧,你的这种处女的娇羞是硬装起来的。现在请你自己说,你要我从英国给你带点什么东西回来?戒指吗?你要哪一种?"

这时她心里虽然愤怒,瑞德最后几句话却引起她的兴趣来了,同时又巴不得他在这里跟她多闹一会儿。

"哦——要钻石的——而且瑞德,你要买只顶大顶大的来啊。"

"那你就好在你那些穷朋友面前献宝了,是不是?好吧,我一定买只顶大顶大的来给你,等你那些穷朋友们看见了,也好私底下自相安慰,说把这么大一块石头带在手上,真是俗不可耐呢!"

说着,他突然向门口那边迈着大步走去,思嘉觉得莫名其妙,就跟在他后边走。

"怎么一回事?你要到哪里去?"

"回到寓所里去收拾行李。"

"哦,可是——"

"可是什么?"

"没有什么。我希望你一路平安。"

"谢谢你。"

他开了门,走到穿堂里。思嘉在他后边紧紧地跟着,心中忽然若有所失,不想一幕好戏就此收场了。他套上了大衣,拿起了手套和帽子。

"我会写信给你的。你若是变了心,你也得通知我。"

"你不——"

"嗯?"他好像是急于要走的样子。

"你不跟我亲个嘴告别吗?"她轻轻地说,防恐家里人听见。

"今天晚上亲了这么许多嘴,你还觉得不够吗?"他一面反问,一面咧开嘴来看着她,"嗨,你是一个规规矩矩有过家教的青年女子啊——好吧,刚才我不是说快乐的吗?"

"哦,你这个人简直没有办法!"她愤怒得大嚷道,也不管嬷嬷要听见了,"你就永远不回来,我也不可惜你的。"

说着,她就转过身子,一脚跨上了楼梯,希望他那热烘烘的手来挽留她一把。谁知他已将门开开来,放了一阵冷风进来了。

"可是我会回来的。"他说了就走出门去了,把她独个人留在第一步楼梯上。

瑞德从英国带回来的那只戒指,果然大得不得了,竟使思嘉真有些不好意思戴它。思嘉未尝不爱这种贵重的珠宝,但是听见人人都说那戒指俗气,心里就觉得很不舒服。原来那个戒指中心嵌着一颗四克拉的钻石,周围还镶着许多翡翠,戴起来把整个指节都遮没了,仿佛连她的手也给它坠下一样。她因而疑心瑞德故意跟她恶作剧,所以特别定镶得这么触目的。

瑞德没有回到亚特兰大之先,思嘉不曾将这事情告诉一个人,连她自己家里人也没有说过一句,所以当她把这事情突然宣布出来的时候,立刻就纷纷扬扬引起人家的恶毒议论来了。原来从三K党的事件发生以后,瑞德和思嘉都已成了全城里面最最不满众口的人物,例外的只有北佬和提包党人。思嘉自从不肯给韩察理守节,大家早已不赞成她了。后来见她办木厂,见她带着那么一个大肚子招摇过市,以及其他种种不守妇道的行为,大家的鄙薄心理就一天天增加起来。直到她惹起扶澜和韦唐的惨死,并且几乎危及其他许多男人的性命,她就大动公愤了。

至于瑞德,自从战争期间做投机事业的时候起,大家早已怀恨在心。后来他又偏跟共和党人去亲近,大家对他的观感因而越发恶劣。直至最近救了那十几个男人的性命,不但挽回不转大家的感情,反而惹起那些太太莫大的愤恨。

那些太太所以愤恨他,并不是因为她们巴不得自己的男人早些死,而是不愿她们男人的性命得救于瑞德这种人之手,更不愿用这种可耻的把戏救他们出来。这几个月来,她们受到了北佬的耻笑和侮辱,心里觉得非常痛苦,以为瑞德如果真有心要帮助三K党人,他就应该采取一种比较体面的办法来处置这个事件。又说他把华贝儿牵进这个案子里来,就是存心要把本城的优秀市民羞辱一番。为此,他虽然救了那么许多人的命,却是并不值得她们感谢,也不应该饶恕他以前的罪过。

原来这班太太都带着极浓厚的道学气,心肠本来极软的,见了别人的恩情立刻会感激,见了别人的苦恼立刻会同情,但是她们那一套不成文的道德法典,假使被人破坏了一丝一毫,她们对于那人就要铁面无情地永远不肯饶恕了。她们那套法典很简单:对于联盟州要尽忠,对于老战士要尊敬,对于旧礼教要竭力保存,对于贫穷要觉得自傲,对于朋友要慷慨解囊,对于北佬则必须永远结下冤仇。所以像思嘉和瑞德那样的人,在她们眼中看起来,是把她们那套法典逐条都破坏的了。

至于那些曾蒙瑞德救命的男人，对于瑞德未尝不感激，也曾竭力劝自己的女眷们不要骂他，只无奈效果极小。在瑞德和思嘉没有宣布要结婚之前，大家对于他们的感情就已非常恶劣了，但是外表上仍旧勉强维持着礼貌。现在呢，连那一点冷淡的礼貌也已无法维持了。他们那个订婚的消息来得跟一个炸弹一般，如此地突然，如此地暴烈，刹那之间把整个城市都震荡起来，连那些最最心平气和的太太也忍不住表示她们的愤慨了。扶澜死了还不到一年，她就又嫁人了，而且丈夫还是死在她手里的呢！而且嫁的偏偏又是那个姓白的家伙，他本来是有相好的，又是跟北佬和提包党人狼狈为奸的！他们两个如果各管各，那也还可以勉强容忍，现在他们竟是不知羞耻地结合起来了，这还叫人容忍得了吗？他们双方都恶俗不堪！这个城市还能容他们住下去吗？

又加他们宣布订婚消息的时候，正是亚特兰大人对于一般提包党人和小畜生们最最愤恨的时候。因为那些日子，亚特兰大人抵抗北佬统治的最后一重堡垒正在崩溃，谢尔门将军向南方的进攻已经达到最高的成果，而本州人所受的羞辱也就到了完成阶段了。

"改造"期间已经过去了三年，大家都已认识这三年实在是恐怖期间。这时以前，大家都以为情形已经恶劣到极点，总不能再有比这恶劣的，谁知"改造"期间的最最恶劣阶段现在刚刚开始呢。

这三年以来，联邦政府一直都要把他们自己的理想和统治加到佐治亚州来，而因有军队在后面督促，也已经是很成功的。但是这时以前，这个新的政权全靠军力在那里维持。本州虽然受着北佬的统治，却是完全强迫的，并没有得到本州人自己允准的。本州的领袖们继续为着州权而奋斗，继续要照本州人自己的理想来治理本州。凡是华盛顿方面加给本州的压力，本州人继续在这里抵抗，始终不肯承认华盛顿方面的独裁便是本州的法律。

从政治上讲，佐治亚州的政府可说始终不曾屈服过，但是它的战斗都是徒然的，都是失败的，因为在这种局势之下，这种战斗自然没有胜利的可能。但是胜利虽然不可能，至少总把那不可避免的一步延缓下去了。在南方其他州里，早已有不识字的黑人高居要职，并且有由黑人和提包党人选任的议员了。在佐治亚州，则因本州人坚决的抗拒，总还没有糟到这一步田地。这三年来的大部分时间，本州的最高政权都仍旧拿在白种人和民主党人手里。现在北军到处密布着，本州官吏除了抗议和拒绝之外，不能够有多大作为。他们的权力只是名义的，但是他们至少还能使本州的政权继续拿在本州人手里。现在呢，连这一重堡垒也已塌了。

四年之前，钟斯通和他的部队被北方的军队一步一步从道尔屯打回亚特兰大来，近来佐治亚州的民主党人也就像这样。自从一八六五年起，他们就被北方势力一点一点打退回来了。同时联邦政府对于本州事件以及本州人的生命所可施行的权力，自然就逐步地扩大。压力一重重地加上来，军部方面的命令也一天多似一天，以致一般文官的力量愈来愈被削弱。到末了，佐治亚州就完全在军队管辖之下，于是，不问本州的法律允许不允许，黑人非有选举权不可了。

在思嘉和瑞德宣布订婚以前的一个礼拜，本州州长的选举正在举行。南方的民主党推举戈登将军为候选人，因为他是佐治亚州最受敬爱的公民之一。共和党则推举蒲乐客，以与戈登将军相对抗。本来州长选举是只消一天就完事的，这回却一连选举了三天。整列车整列车的黑人从这城赶运到那城，蜂拥到每个角落里去参加选举。结果呢，当然是蒲乐客胜利了。

当初佐治亚州被谢尔门占领了去，全州的人已经个个都十分愤恨，这回本州的政权又被提包党人、北佬乃至黑人抓到了手里，人心的愤恨更加十倍于当初。霎时之间，亚特兰大乃至整个佐治亚州都怒气冲天了。

而白瑞德却是那人人痛恨的蒲乐客的一个朋友呢！

思嘉对于凡不是在她自己鼻子底下发生的事情，向来都不去管账，所以这回的选举她连知道都不大知道。瑞德也没有去参加选举，而他现在跟北佬的关系也跟平常并没有什么不同。然而他是一个提包党人，并且是蒲乐客的一个朋友，这事实是埋没不了的。而且经过了他们的结婚，思嘉也要变做提包党了。亚特兰大人对于在敌人营幕里的人，是不管谁都不能容忍、不肯原谅的，所以当他们的订婚消息传到大家耳朵里的时候，大家都只记得他们的坏处，忘记他们的好处了。

思嘉也已知道全城的人都对她起了反感，却还不晓得反感到什么程度，谁知梅太太因受她那班同教堂的朋友的催逼，竟亲自跑来劝告她了。

"我是因为你的母亲已经不在了，白蝶又是一个老姑娘，没有资格来——嗯，来跟你谈这种问题的，所以我觉得不能不特地跑来警告你一下，思嘉。像白船长这样的人，是无论什么好人家的女人都不应该嫁给他的。他是一个——"

"他还救过梅老公公跟你家侄儿的命呢。"

梅太太听见这句话，正触着她的痛处，便气得连肚子都胀起来了。原来不到一点钟之前，她刚刚跟老公公吵过一回嘴。老公公说她对于白瑞德如果一点不觉得感激，那他一定不把她这块老骨头放在心上了。虽然白瑞德是个提包党人，是个流氓，也是不能不感激他的。

"思嘉，你不要弄错了，他跟我们玩那卑鄙龌龊的把戏，不过是要把我们在北佬面前羞辱一番呢，"梅太太继续说道，"你自己也总知道，他是一个流氓呀。他向来就是个流氓。像他这种人，规矩人家简直是不能接待的。"

"是吗？那就奇怪了，梅太太。从前打仗的时候，他是常常在你家客厅里的。他还送过美白一套白缎子结婚礼服，是不是？或者是我记错了吧？"

"打仗的时候是不同的，好人家的人要跟许多人来往，就是不十分那个的人也要来往，这都是为主义起见呀，那就很正当的了。他又不曾打过仗，还要笑别人打仗，这样的人你当然是不好嫁他的，是不是？"

"他是进过军队的。他在军队里待过八个月。我们的最后一仗他是在里边打的，钟斯通将军投降的时候，他就是他的部下。"

"我倒没有听说过，"梅太太说着，面上现出不相信的神气来，"可是他总没有受伤呀。"她又胜利似的补上了一句。

"没有受伤的人也不止他一个。"

"凡是算得了人的总都受伤了，我可不知道谁是没有受伤的。"

这话戳伤思嘉了。

"照我看起来，你所认识的那些人都是傻子，自己不懂得躲避枪弹炮弹罢了。现在这种废话不必谈，我只告诉你一句话语，请你带给你那班爱管闲事的朋友。我是要跟白船长结婚了，哪怕他替北佬那边打过仗，我也是不管的了。"

梅太太听见这句话，只得站起来走了，思嘉见她走出门口时，气得连帽子都簌簌发抖，便知她从今以后就要变成一个公然反对自己的敌人，不再是一个仅仅不赞成自己的朋友了。但是她不管，无论梅太太怎么说、怎么做，她一点儿都不会觉得伤心。不管是谁的话她都可以不管，只有嬷嬷一个人例外。

原来白蝶姑妈听见这消息，立刻就晕过去了，思嘉已经硬着头皮熬忍过来了。希礼听见这消息，突然像是老了几十岁年纪，直到去跟思嘉道贺的时候，他还低着头，不敢看她。她看见这番情景，也硬着头皮熬忍着，并不曾起过动摇。宝玲姨妈和幽籁姨妈听见这消息，都吓得什么似的，立刻从查尔斯顿写信来阻止思嘉，说这件事情不但要毁坏她自己的社会地位，并且把她们的名誉也要连累坏。思嘉看见这种信，也是全然无动于衷。至于媚兰对她那番至诚至恳的忠告，她竟付之一笑。媚兰说："当然，白船长是个极好的人，大多数人都看不出来。

他又救过希礼的性命，真是好心极了、聪明极了，而且他到底是替联盟州打过仗的。不过，思嘉，你不要这么匆匆忙忙就决定了，好吗？"

不，她是谁的说话都可不理的，就只除一个嬷嬷。唯有嬷嬷的话最容易使她发怒，也最容易使她伤心。

"俺看你以前做的这许多事情，要是爱兰姑娘知道了，是要伤心死的。俺也一直觉得很难受。谁知道你越来越不像话了，竟做出这种事儿来了。你怎么想得出来，要去嫁给那种贱骨头去呢？是的，俺说他是贱骨头！你不要说他是好人家出身，那也还是一样的，贱骨头总是贱骨头！是的，思嘉姑娘！俺看见你把察理少爷从蜜儿姑娘那里抢过来，其实你是一点儿不喜欢他的。俺又看见你把甘先生从你自己妹妹那里抢过来。你这是何苦呢？你做这么许多不该做的事，俺都没有说过一句话——你开木厂，抢人家的生意，独个人到外头去瞎跑，闯出大祸来，送了甘先生的命，又不让那些犯人吃饱饭——俺都闷声不响。现在，俺想爱兰姑娘在天上，早就把俺咒骂煞了！她一定在说：'嬷嬷！嬷嬷！你怎么不好好照管俺的孩子呀！'是的，俺是一直忍到现在了，这桩事情可再忍不下去了，思嘉姑娘。你万万不能嫁给那个贱骨头，只要俺还有一口气，俺就万万不能让你嫁。"

"我爱嫁谁就嫁谁，"思嘉冷然地说，"我想你是忘记自己的地位了吧，嬷嬷。"

"是的，不错，俺现在再也不能放松了！俺要不跟你说这些话，还有谁来跟你说这些话呢？"

"我已经把这事情统统想过了，嬷嬷，我觉得你最好是回陶乐去。我来给你一点钱，并且——"

嬷嬷立刻摆出一副十分庄严的面孔来。

"俺是自由的，思嘉姑娘。俺不爱去的地方，你哪里也送俺不去。你要俺回陶乐去，除非你跟俺一块儿去。俺是不会丢开爱兰姑娘的孩子走的，你也没有法儿送俺走。俺也不会丢开爱兰姑娘的外孙子，让那贱骨头做他的继爹。俺就在这里，俺要在这里待下去了！"

"我不要你住在我家里冲撞白船长。我要跟他结婚了，那是再没有话可说的了。"

"可说的话还多得很，"嬷嬷口里反驳着，顿时老眼里面冒出战斗的光芒来，"俺对得起爱兰姑娘的亲骨血，本来不忍心说坏话的，可是俺现在忍不住要说了。你不过是一头骡子，硬配上了一副马笼头。骡子的蹄儿是擦不亮的，骡子的皮是磨不光的，哪怕你把它浑身都装起铜来，将它吊在一辆顶漂亮的马车上。骡子到底是骡子，它是瞒不了人的。你也就像这样。哪怕你浑身穿着绸衣服，有几个木厂，有很多的钱，装得像一匹好马似的，你到底还是一头骡子。你是瞒不了人的。再讲那个姓白的，他是好人家出身，装得像跑马场上的好马似的，可到底也不过是一头骡子，跟你一个样儿的。"

嬷嬷一面说着，一面拿她的锋利的眼睛盯住思嘉。思嘉已经气得浑身发抖，一句话也说不出来了。

"如果你真的要嫁给他，俺也只好随你去，因为你是长着一个水牛脑袋的，活像你那个爸爸，俺也没有法儿阻拦你。可是你要记住一句话，思嘉，俺是不会离开你的。俺要待在你这里，睁着眼睛看看你们。"说完她就不等思嘉的回答，愤愤然地掉头而去了。

后来在新奥尔良度蜜月，思嘉把嬷嬷的这番话告诉了瑞德。瑞德听见嬷嬷把思嘉比做配着马笼头的骡子，便哈哈大笑起来，使得思嘉又觉惊异又好气。

"我从来没有听见过表现得这么简洁的真理，"他说，"嬷嬷老虽老，人倒是乖觉得很，而且她怀着那样毫不虚假的敬意和善意，都是我很想要的。可是我既然是一头骡子，她这两件东西我都想不到的了。那天我们结婚之后，我心里高兴，送给她一个十元的金币，她竟不肯收我的。世界上的人大多一看见钱就会软化，像她这样的人真是少见。当时她朝我脸上看看，谢谢我，说她不是一个自由的黑人，她用不了我的钱。"

"可是她为什么要这么倔强呢？又为什么人人都要这么咬牙切齿地恨我呢？我跟谁结婚，要结婚几次，那是我自己的事情，别人用不着管的。我就向来不管别人的闲事，为什么他们偏要来管我的闲事呢？"

"嗨，宝贝儿，你要知道，世界上的人对什么都可以饶恕，就只对于这种不管闲事的人偏不能饶恕。可是你又为什么要像一只受了惊吓的猫儿，这么叽叽呱呱地叫呢？你从前也常常说，你是不管人家怎样说你的。现在你为什么不实践这句话呢？你自己知道，你从前做了那些全不相干的小事情，人家尚且要那么纷纷扬扬地批评你；现在你做了这样的大事，又怎么能避免人家批评呢？你当然明白，你嫁给我这样一个流氓，人家无论如何是要谈论的。假如我这流氓出身很卑微，又加穷得没开交，大家还不至于这样的愤慨。偏偏我这流氓又这么有钱、这么发达——当然，这事就无可饶恕的了。"

"我愿意你不要一直这么说玩话。"

"我并不是说玩话。世界上有一条通例，凡是好人见到坏人蓬蓬勃勃地兴旺，心里总觉得不舒服的。你不要恼，思嘉，你从前不是跟我说过，你所以要那么许多钱的主要理由，就是要叫每个人都到地狱里去吗？现在就是你的机会了。"

"可是我第一个就要叫你到地狱里去。"她说着笑了起来。

"你仍旧还要叫我到地狱里去吗？"

"嗯，不像从前那么要得紧了。"

"好吧，随便你怎么样吧，只要你觉得快乐。"

"我也并不觉得特别的快乐。"思嘉说着，便低下头去随随便便地跟他亲了一个嘴。他立刻把她的脸看了一会，希望从她眼睛里找出点什么，但是找不到，于是他吃吃地笑了一声。

"你忘掉亚特兰大吧，你忘记掉那些老猫吧，我是带你到新奥尔良来寻快乐的，我愿意你觉得快乐。"

第四十八章

她是的确觉得快乐了,自从打仗以前的那个春天以来,她从来没有像现在这么快乐过。新奥尔良是个新鲜地方,而且非常繁华,因而她就像是一个无期徒刑的囚犯获了赦,在这里尽情享乐起来了。当时新奥尔良城里被一班提包党人盘踞着,正在那里拼命地剥削。有许多诚实市民被他们赶了出去,都落得无家可归,并且有一个黑人在那里做副州长,实际上是民不聊生的。但是瑞德陪她去看的那一部分新奥尔良,却是她生平从来没有见过的繁华地方。她所遇到的那些人,仿佛都有用不完的钱,都在那里随意地挥霍。瑞德介绍给她的十来个女朋友,都穿着得非常漂亮,伸出手来白白嫩嫩的,不露一点劳苦工作的形迹,并且一直都是笑嘻嘻,从来不谈日子难过一类的蠢话。至于她所遇到的男朋友,哦,那是多么使人兴奋啊!他们跟亚特兰大本地的男人完全不同,他们一直都抢着要跟她跳舞,一直都极口地恭维她,仿佛她是一个众人角逐的美人儿。

那些男人的神气,都跟瑞德一样的粗犷而好动。他们的眼睛一直都很机警,像似平素惯经险巇似的。他们似乎都没有过去也没有将来,有时思嘉随便问起他们从前做什么事情、在什么地方,他们总是含含糊糊地不肯对她明说。这在思嘉看起来,就觉得非常奇怪,因为她在亚特兰大的时候,凡是碰到一个新来的人,总要先把自己的家世和履历对人滔滔不绝叙述一番的。

这些人虽然粗犷,却都沉默寡言,说起话来老是要那么字斟句酌。有时瑞德独个人跟他们谈天,思嘉在隔壁房间里听着,就会听见他们发出轰然的笑声,说着许多不懂的话语,提起许多陌生的名字,什么古巴、纳索、封锁线、游击队等等,都是思嘉觉得莫名其妙的。

可是他们的态度都彬彬有礼,他们的衣服都漂亮入时,而且他们显然都对思嘉很客气,于是思嘉觉得他们毫无间然了。他们都是瑞德的朋友,都有高大的房子,都有漂亮的马车,又常常请她跟瑞德出去坐马车、吃大餐,并给他们特地举行跳舞会,于是思嘉很是欢喜他们了。瑞德看见她欢喜他们,便也觉得很高兴。

"我知道你是会欢喜的。"瑞德说着,就哈哈大笑起来。

"为什么会不欢喜呢?"她向来看见他大笑,就要起疑心来。

"他们都是第二流的人,都是坏蛋,都是流氓。他们又都是冒险家,都是所谓提包党里的贵族。他们都是做粮食投机发财的,跟你自己亲爱的丈夫一样,或者是跟从前的政府有过不清不楚的来往,又或者是由于其他种种不清不楚的方法,现在都已无可查究了。"

"我不信,你是哄着我玩儿的。他们都是再好没有的人……"

"这个城里所有再好不过的人都在挨饿了,"瑞德说,"都已住在茅棚子里了,至于那些茅棚肯不肯招待我进去,我都还说不准呢。你知道,思嘉,从前打仗的时候,我就在这里进行我的种种万恶的计划,谁知我的这些朋友记性好得很,到现在还没有忘记我呢!思嘉,你是一直使我觉得高兴的。你一直喜欢那种不应该喜欢的人和不应该喜欢的事。"

"可是他们都是你的朋友呢!"

"哦,可是我是喜欢流氓的。我青年时代就在一只沙船上做赌徒,我是了解他们那种人的。可是我对于他们的本相,却一点儿也不盲目。至于你——"他又笑了起来——"你是没有辨别人的本能的,不能分别下贱人和伟大人的。有时候,我想你生平接近过的伟大女人只有两个:一个是你的母亲,一个是媚兰小姐。可是她们对于你,似乎都没有留着怎样深刻的印象。"

"媚兰!怎么,她是极平常的,她穿的衣服向来都没个样儿,又从来没有自己的主见!"

"你不要妒忌人家吧,太太。上等女人不是靠美的,伟大女人也不靠衣服!"

"哦,真的吗?那你等着吧,白瑞德,我就来做给你看。现在我是——我们是有了钱了,我就要做一个最最伟大的女人给你看看了!"

"好吧,我觉得很有兴趣,我会等着看你的。"他说。

除了这些朋友之外,更使思嘉觉得兴奋的,就是瑞德做给她的那些衣服。因为那些衣服的颜色、材料和裁剪,都是瑞德亲自监督挑选的。弹簧圈子现在已经不时行了,现在时行的样式是把衣襟从前边披到后边,托在腰后的软垫上,而在软垫上装饰着花圈和花边之类。但在思嘉,她倒是欢喜战前那种弹簧圈子的,因为照现在这种样式,把个肚皮的轮廓统统显出来,实在怪难为情的。还有那种小得好玩的帽子,哪里是什么帽子呢,不过是小薄饼那么的一片东西,歪歪地覆在一只眼睛上，上边点缀着一些花草、羽毛、带子，颤巍巍地会一路蹦跳着！还有那许多精致的里衣，做得多么好玩啊，又多么多的套数啊！还有许多睡衣、浴衣，都刺绣得非常精巧！还有许多缎子的浅帮鞋，后跟足有三英寸高，帮上钉着亮晶晶的大扁扣！丝袜是论打买的！多么富丽啊，多么繁华啊！

她又买了一些回家时送人的礼物。给卫德的是一只毛茸茸的小狗，这是他已经想了好久的了；给小玻的是一只小猫；给爱拉的是一只珊瑚小镯子；给白蝶姑妈的是一个镶宝石的沉重的项圈；给媚兰和希礼的是一部《莎士比亚全集》；给彼得伯伯的是一全套驾马的行头，内中包括一顶马夫戴的缎帽子，上边装着个刷儿；给蝶姐和阿妈的是论匹的衣料。此外还有在陶乐的那些人，也个个都有丰盛的礼物。

"可是你买点什么给嬷嬷呢？"瑞德将那一大堆礼物看了看，问思嘉说。

"什么都没有。她这人可恨得很，她叫我们骡子，我为什么要买礼物给她呢？"

"你听见人家说老实话，为什么要这么恨呢，我的宝贝儿？你必须买点东西给嬷嬷。你如果不买给她，她要伤心的，她这种人的心高贵得很，不应该让它伤的。"

"我什么都不买，她不配。"

"那么我来买一件东西给她。我记得我自己的嬷嬷常常说的，她将来上天的时候，只要一件丝纱布的小马甲，质料要硬的，硬到可以自己竖得起，又要粗的，让上帝看见了会当是天使的翅膀。我就去买些红的丝纱布来给嬷嬷，让她去做一件漂亮的小马甲。"

"她不会要你的。你要她穿你的衣服，她宁可死了。"

"这我也知道。但是我买总得买给她，要不要随她。"

新奥尔良的店铺是顶丰富的、顶热闹的，而跟瑞德一道出去买东西，又是一桩使人兴奋的事。不过尤其使人兴奋的，还是跟他一道出去吃馆子，因为他非常内行，该点什么菜，菜该怎么做，他没有一样不知道。新奥尔良的各种葡萄酒、香槟酒，以及其他种种的饮料，都是思嘉从来没有尝过的，所以使她非常地高兴。新奥尔良本来就以菜著名，而思嘉又都是未吃过的，所以她一边吃一边回想从前在陶乐咬玉米团的那种日子，便觉得滋味无穷，愈吃愈起劲。

"你吃每一道菜都像以后再没有了似的，"瑞德说，"可是请你不要刮盆子，思嘉，这声音不好听呢。你放心，我包你厨房里还多得很，你只消吩咐堂倌一声。你如果尽管这么老饕似的吃下去，你就要胖得跟古巴女人一样，那我就要跟你离婚了。"

可是她只对他吐了吐舌头，便又加点了一客点心。

花钱能够花得这样随意，不用一角一分地计算着，以备积蓄起来纳税或买骡子，这是多么快乐啊！平时来往的朋友都是阔绰的、有钱的，都不像亚特兰大的那班穷光蛋那么酸溜溜，这又是多么的快乐啊！身上穿着簇新的绸缎，腰上抽得紧紧儿，颈梗和臂膀都露在外面，直至胸口也有一些露出来，而又明明知道那些男人都在垂涎你，这又是多么的快乐啊！而且你爱吃就吃，爱喝就喝，并没有人来监督你，说你不成大家闺秀的体统，这又是多么快乐啊！

至于跟瑞德手挽手儿出去走，也是使人非常兴奋的，因为瑞德长得很漂亮，使她到处都觉得自豪。不知怎么的，从前她仿佛从来没有想到过他的相貌。因为在亚特兰大的时候，人家只有工夫谈论他的坏处，没有工夫谈论他的相貌了。但是到了新奥尔良以后，她就看出所有的女人都要对瑞德目逆而送。瑞德弯下身去跟她们亲手的时候，也要使她们簌簌地颤抖起来。由此思嘉才知自己的丈夫颇能够吸引女人，因想那些女人或许都在羡慕自己的幸福，于是更觉得自豪了。

不错，正如瑞德当初预言的，结婚是有很多快乐的。不但快乐，并且学会了许多事情。这使思嘉觉得很奇怪。因为她总以为生活不能再有什么可以教她了，谁知现在她的兴趣竟像一个小孩子一样，几乎每天都有一个新鲜的发现。

第一，她发现了跟瑞德结婚和跟察理或扶澜结婚是全然两样的一件事。察理和扶澜都很尊重她，都怕她要发脾气，他们都不得不向她求讨恩惠，如果碰到她高兴的时候，她也会给他们的。现在瑞德就不怕她了，而且她常常想，甚至也不很尊敬她的。他要怎么做就怎么做，若是她觉得不高兴，他就只对她笑笑。她并不爱他，但是跟他这种人共同生活，确实是很有趣的。最最有趣的一点，就在他虽是大发脾气的时候，也一直像能控制得住，一直像能驾驭自己的感情。

"我想这是由于他并不真正爱我的缘故吧，"她想到了这一层，便觉得这种事态正合孤意，"假如他要跟我大发脾气，那是我受不了的。"但是她仍旧觉得要有这样的可能，所以她的好奇心是永远都很新鲜的。

此外，她又发现了他的其他种种脾气，都是她从前不曾知道的。她知道他的声音一时会跟猫皮一般柔滑，过了一时又马上会刚硬起来，会破口咒骂。有时他讲起一些英雄和恋爱的故事来，分明是十分热忱的，但是马上就会变成一个非常冷酷的骂世派，把一切事情都看得一钱不值。有时他会非常热烈诚挚地爱她，但是一眨眼之后，就又要将她冷嘲热讽起来，以致惹起了她的脾气，仿佛他觉得她发脾气很好玩似的。她又发现他的恭维一直都有两面锋，就是他的最最恳挚的说话也是不免令人怀疑的。总之，在新奥尔良的两个礼拜里面，她已悉知了他的一切脾气，就只没有知道他究竟是怎样一个人。

有几天早晨起来，他会叫女佣人走开去，亲自去把早餐端进房，亲自一样样喂给她吃，仿佛她是一个小孩子。或是当她梳头的时候，他把她手里的头发梳子接过去，站在背后给她耐心耐气地梳着。但是有时早晨起来，他见她还没有醒，便要不管三七二十一地摇她醒来，并且掀开了她的被头，在她的光脚丫子底下挠痒痒。有时她把自己经营事业的经验谈得津津有味，他会仔仔细细地听着，并且称赞她能干聪明，有时他却听得不耐烦，甚至于要骂她刮皮、骂她强盗。他要带她去看戏，或到其他不很正当的娱乐场所去，却又故意跟她恶作剧，在她耳边讥讽她，说这种地方是她不应该去的。他鼓励她有话不要放在肚子里，态度要倜傥，面皮要厚些。她听惯他说那种俏皮话、刻毒话，觉得很可以刺伤别人，也竭力地学起来说。但是她并没有他那种幽默的意识，也没有他那种讥笑自己的本领。

他一直要逗她游戏，而她是已经差不多完全忘记怎样游戏的了。因为这些年以来，她的生活都非常严肃而惨苦。至于他，他是知道怎样游戏的，并且一直要将她带着去游戏。但是他的游戏永远不像一个小孩子。他是一个成年的男人，他的一举一动都显出是一个成年的男人，都使她不会忘记他是一个成年的男人。有些男人是童心未改的，所以他们玩起把戏来，要使女人在旁边暗笑，要使女人觉得自己比他们高明得多。至于瑞德，思嘉也很想比他高出一等，以便她可以把他当做一个小孩子，然而瑞德始终不是一个小孩子。

她每次想到这一层，心里总不免有点懊恼。假如能够把他当做一个小孩子看待，那是多么有趣的事啊！以前她认识的那些男人，她都可以不放在眼里，都可以拿"多么小孩子脾气啊"一句话语将他们轻轻搁在一边。例如她自己的父亲，汤家那两位专爱恶作剧的双胞胎兄弟，察理，扶澜，直至战争期间向她追求过的那些人，几乎没有一个不如此。例外的只有希礼，如今又加上一个瑞德了。是的，只有希礼和瑞德这两个男子是她始终不能了解的，始终不能驾驭的，因为他们都是成年人，身上没有丝毫小孩子的成分。

是的，她是不能了解瑞德的，而她也不肯费心去了解他。但是她看见瑞德做的事情常有不能了解的地方，心里也不免烦闷。有时瑞德趁她不留意的时候，要在旁边偷偷地看她。往往，她突然旋过头来，正见他对自己贼头贼脑地侦察，于是她就要恼了。

"你为什么要这样贼头贼脑地看我呀？"有一次她忍不住问道，"竟像猫儿伺候老鼠呢！"

但是他已突然变过了一副面容，只对她笑而不答。于是她就马上忘记了，再也不肯费心去猜这种谜儿了。她想他这种人反正是弄不明白的，何况除了要惦记希礼之外，日子又过得非常快活，又何必去枉费这种心思呢？

瑞德让她一直忙碌着，使她没有工夫去惦记希礼。白天，她简直是想不到希礼的，但是晚上跳舞跳疲倦了，香槟喝晕了头之后，她就要想起希礼来了。往往，她瞌睡沉沉地躺在瑞德怀里，月光像水一般漾进床上来，她就要发生一种遐想，以为现在这个将她搂得这么紧紧的，这个拨开她脸上的头发而将她的头挽去贴到他颈梗上去的，不是瑞德而是希礼，那么生活该够多么完美啊！

有一次，她心里这么想着，不觉长长叹了一口气，转过身去将面孔朝着窗口，于是一会儿之后，她就觉得自己脖子底下那一条臂膀跟铁一样地硬了起来，随即听见瑞德恨恨地说道："你这毫无诚信的小灵魂，但愿上帝永远将你打在地狱里！"

说完，他立刻爬起床，穿好了衣服，悻悻地走出房去，任凭她在那里抗议质问，他连头都不回一回。直至第二天早晨，他才喝得醉醺醺地回来吃早饭，不但并不对思嘉道歉，还放一张极其难看的面孔给她看。

思嘉也不问他什么，只是淡淡然地不理他，等吃完早饭，她就在他面前换好了衣服，独自出去买东西去了。买好东西回来，他也已不在家里，直等吃晚饭的时候才回来。

吃晚饭时大家都不响，思嘉只得拼命熬忍着。因为这是她在新奥尔良吃的最后一顿晚饭了，而且那天菜里有一道龙虾，她本预备痛痛快快受用一番的。现在瑞德放着这么一张面孔给她看，叫她还哪里吃得出滋味来呢？但是她仍旧挑了一只顶大的吃了，又喝了不少的香槟。大约气愤之下吃东西难以消化，那天夜里她就又做起从前那种噩梦来了。她梦见自己回到陶乐，只看见一片荒凉。母亲刚刚死，她觉得孤零零无一依靠了。又仿佛有一种可怕的东西在她后边追赶，她在那里跑，跑在一阵浓雾里，跑得心都快炸了，一面跑一面哭喊，拼命找着那个不可知的安全地方。

直至哭醒来，一身的冷汗，瑞德正扑在她身上看她。然后他一声不响，将她像个小孩子似的抱在怀中，搂得紧紧儿的。她触着他那坚硬的肌肉，听他口里含含糊糊地不知说些什么，心里只觉得一阵舒适，眼泪就收回去了。

"哦，瑞德，我冷，我饿，我疲乏，可是我找它不着。我在雾里跑了半天，我仍旧找它不着。"

"你找什么呀，心肝儿？"

"我也不知道，我能知道就好了。"

"你是做的以前常做的那个梦吗？"

"哦，是的！"

他轻轻将她放在床上，在黑暗里摸索着，点起一根蜡烛来。在那烛光里，他睁着一双血红的眼睛，皱着一脸坚硬的纹路，他的面孔竟像是一块石头，一点表情也看不出。他的衬衫已经解开了扣子，一直裸露到腰部，显出一个棕褐色的胸膛来，上面有密密的黑毛。思嘉仍旧还怕得簌簌发抖，及看见他那胸膛，觉得它非常强壮而坚硬，便对他低声说道："你抱着我吧，瑞德。"

"达灵！"他一边说一边将她一把抱起来，在一张大椅子上坐下，紧紧地搂她在怀里，像摇小孩子似的摇着。

"哦，瑞德，饥饿真可怕啊！"

"可不是吗？刚刚吃完了一客七道的大餐，里面又有那么大一只龙虾，马上就去做起饥饿的梦来，自然是可怕的啰。"他微笑道，但是眼睛里很温和。

"哦，瑞德，我一直在那里跑啊跑啊，又拼命地找啊找啊，可是到底不晓得是找什么。那件东西一直都藏在浓雾里边，我知道我若是找到了它，我就永远可以安全了，永远不再挨饥受冻了。"

"你找的是一个人呢，还是一件东西呢？"

"我不知道，我从来没有想到过。瑞德，你想我将来会平安到达那个地方吗？"

"不，"他一面捋着她的蓬乱的头发，一面说，"我想不会的，做梦没有这种做法。可是我想，你在你的日常生活里如果是安全惯了，暖和惯了，好东西吃惯了，你就再不会做那种梦了。而且，思嘉，你的安全我是可以担保的。"

"你真好。"

"思嘉，我教你一个法儿。你每天早晨醒过来的时候都要对你自己说：'只要有瑞德在这里,只要合众国的政府能够维持下去,我是再也不会饥饿的,也没有东西会碰到我的。'"

"合众国的政府?"她一边问,一边惊异得一下子坐起来,脸上的泪痕还没有干去。

"从前联盟政府的那笔钱现在从良了。我把它的大部分拿去买了公债了。"

"你见了鬼了吧!"思嘉在他的膝头上坐直起来嚷着,便把刚才那一肚子恐怖完全忘记了,"你是对我说,把你的钱拿去借给北佬了吗?"

"利息很不错。"

"哪怕是百分之百的利息我也不管!你必须把那些公债立刻拿去卖掉。怎么让北佬来用你的钱呢?"

"那么我该拿去做什么用呢?"他看见她的眼睛已经不像刚才那么吓得大大的,便微笑着问她。

"怎么——怎么,到五尖头去买地皮呀。我可以打赌,有你那几个钱,整个五尖头都可以买回来了。"

"谢谢你,可是我不要买五尖头。现在提包党的政府实际已经控制佐治亚州,谁也说不定会发生什么事儿的。现在那些老鹰从四面八方扑到佐治亚州来,我是逃不了他们的势力圈子的。我得跟他们敷衍,因为你总该明白,我也是一个提包党人,不能不如此的,只是我并不信任他们。而且我也不愿意拿我的钱放在地产上去。我宁可买公债,公债是可以藏起来的。地产就不容易藏起来。"

"你以为是——"思嘉想起自己的木厂和店铺,不觉脸都变白了。

"那是我不知道的。可是你不要吓得这个样儿,思嘉,我们的新任州长就是我的一个好朋友。我不过因为时势太不稳定,不愿意拿我的钱去给地产缚杀罢了。"

他把思嘉移到那个膝头上,将身子往后一仰,伸手取到了一支雪茄,点着吸起来。思嘉赤着一双脚,坐在他膝头上荡着,看着他那褐色胸膛上的肌肉的伸缩,一切恐怖都已忘记了。

"现在我们谈起了地产,思嘉,"他说,"我倒预备造一所房子起来。你可以逼迫扶澜住到白蝶姑妈家里去,我是你逼迫不了的。我受不了她那一天三顿的吹牛,而且我要是住到他们那个神圣的韩府里去,我相信彼得伯伯先要杀掉我。白蝶小姐可以叫卫英弟小姐去陪伴,也就可以不怕魔鬼来扰她。我们回到亚特兰大以后,先可以到民族旅馆的新婚间里住起来,等我们的房子造好了再搬进去。

我从亚特兰大动身的时候,已经看好了一块大地皮,就在桃树街上,跟雷家的房子靠近。你知道那个地方吗?"

"哦,瑞德,那块地皮是极好的!我也早就想要一所房子了。要一所大大儿的。"

"那么我们到底有一件事情是一致的了。我想造一所白泥灰的,栏杆什么的都用熟铁,像这里这些西班牙式的房子,你觉得怎样?"

"哦,不,瑞德。这里这些新造的房子都太旧式了,我不要。我前几天在一本什么杂志上看见过一幅图形——是什么杂志呢?——哦,不错,是哈——《哈泼氏杂志》——那是最最新式的一种房子,照瑞士别墅的格式造的。可爱极了。上边有一个很高的人字披屋顶,顶上围着尖桩栅栏儿,两头有两只尖塔,都用顶漂亮的木瓦盖的。塔上的窗子都嵌着红蓝的玻璃。样式时髦得很的。"

"走廊栏杆上面的花样是锯齿形的吧?"

"是的。"

"走廊的檐头又有流苏一样的东西挂下来的吧?"

"是的,不错,你一定在哪里看见过这种房子的。"

"看见过,不过不是在瑞士。瑞士人很聪明,对于建筑的美特别敏感。你真的要这样一所房子吗?"

"哦,是的。"

"你的趣味跟我的不同,我还当你跟我过了这些日子,趣味会改变的。为什么不要西班牙式呢,或是那种六根白柱的殖民地式呢?"

"我已经告诉你了,凡是邋遢的东西跟旧式的东西我都不喜欢。将来我们里边墙壁上统统都用红的糊壁纸裱糊起来,所有的门都用红的天鹅绒来绷着,全套器具都用胡桃木,地毯要极厚极华丽的——哦,瑞德,人人看见我们的房子都要嫉妒得脸上发青呢!"

"你是非要人人嫉妒你不可吗?好吧,只要你高兴这样。大家的脸当然会发青的。不过,思嘉,现在人人都穷到这步田地,单你一个人把家里铺排得这么奢侈,难道你也不觉得有点没趣吗?"

"我要这样嘛,"她执拗地说,"从前他们那么对待我,我非要气他们一下不可。我们将来大开宴会,把全城的人都去请来,好让他们懊悔懊悔当初不该说我们那许多丑话。"

"可是谁肯来呢?"

"怎么，当然大家都会来的。"

"我倒有些不信。他们这种人是宁死也不肯屈服的呢。"

"哦，瑞德，你是糊涂了！只要你有钱，大家都会喜欢你的。"

"南边人可不这样。若要投机家的钱跑进那些上等人家的客厅里去，那是比牵骆驼过针眼还要难。至于小畜生们——你跟我就都是呀，宝贝儿——那些上等人家的人要能不对我们吐唾沫，就算我们万分侥幸了。可是你如果愿意尝试一下看，我也会替你做后盾的，而且我对于你的奋斗当然也觉得非常高兴。不过现在讲到钱，我有一点要对你讲个明白。你要是用在家用上头，用在你所有的装饰品上头，随便要多少钱你都可以问我拿。你如果喜欢珠宝，你也可以买，可是必须经过我选择，因为你的趣味是不见得高明的。还有你要买给卫德的，买给爱拉的，也什么都可以。如果彭慧儿种起棉花来，我也可以尽量地收买，尽量地资助他。你想这样算得公平没有呢？"

"当然，当然。你是很慷慨的。"

"可是你要听仔细。至于你那爿店铺和你那两个木厂，那是一个钱轮不到的。"

"哦！"思嘉立即放下脸来说。因为自从开始度蜜月以来，她一直都在心里打算，要问瑞德借一千块钱，再去买五十英尺地来扩充她那木料场。

"怎样，你一直都说自己开通得很，我做一点生意你不会管账的，谁知你也跟别人一样，怕人家要说我当家呢。"

"你替我们姓白的人家当家，那你放心，人家绝对不会相信的，"瑞德慢吞吞地说，"至于那班傻子说的话，我向来不去理它。而且我本来是没教养的，家里有个精明强干的当家婆，我正要以此自豪呢。我也要你继续维持那爿店铺和那两个木厂，它们是你两个孩子的产业，将来卫德大起来，一定觉得不便靠继父养活，他就可以接管去了。可是我决不拿出一个钱来津贴他们的事业。"

"为什么呢？"

"因为我不愿意拿出钱来帮助卫希礼的生活。"

"你又要提起这桩事来吗？"

"不。可是你要问我的理由，我就把理由说出来了。还有一件事，你休想向我报虚账，说是买衣服要多少多少，家用要多少多少，以便从中揩些油，去给希礼多买几头骡子，或是再买一个木厂。你的一切费用我要查账的，什么东西该用多少钱，我没有一样不知道。哦，你不要当我是侮辱你，你非这么做不可。我不会放松你的，无论什么事情，只要是跟陶乐或希礼有关系的，我决不会放松你。陶乐方面我还可以通融，至于希礼，我非画出一条防线来不可。我的宝贝儿，你如今在我驾驭之下，我的缰绳是会放得很松的，可是你不要忘记，我对于你，是有笼头和马刺拿在手里的呢。"

第四十九章

媚兰的客厅里正在举行妇女缝纫会。这会早在战争时代就有了，是为救济联盟军殉难士兵的遗寡遗孤而组织的。当时那个小组的会员围着圈儿坐在那里，膝头上都放着一个针线篮。独有艾太太一个人站起来，走到门口，竖着耳朵向穿堂方向听了听。听见媚兰的脚步向厨房方面去了，随后便是一阵盆碟声和银器声，知道又有点心可以吃，这才回到她的座位上，跟那些会友轻轻谈起话来。

"在我个人说，我是永远不去看思嘉的。"她说这话时，脸上的神色比平常格外冷漠。

那些会员听见这句话，就都放下手里的针线，很热心地将她们的摇椅摇了拢来。本来大家早就要想谈起思嘉和瑞德的事来了，只因媚兰在面前，有些不便开口。原来他们俩昨天刚刚从新奥尔良回到亚特兰大来，现住在民族旅馆的新婚房间里。

"艾恕对我说，白船长救过他的命，我必须去看他一趟，"艾太太继续说，"可怜的芬妮帮着他说话，说她也要去看他。我就对她说：'芬妮，要不是为了思嘉，韦唐到现在还活在这里。你现在要去看他，怎么对得起韦唐呢？'哪晓得芬妮也糊涂得很，她对我说：'母亲，我不是去看思嘉，我是去看白船长的。他曾尽力要救韦唐的命，救不起来也不能怪他。'"

"现在这班年轻人真是荒唐极了！"梅太太说，"还要去看他呢，真是的！"她记起了自己那天去劝思嘉不要嫁瑞德，思嘉对待她那么无礼，便气得连胸口都胀了起来。"我们的美白也是这么荒唐的，说要跟瑞纳同去看他去，说瑞纳的命也是白船长救下来的。我就说了，要不是思嘉自己跑出去闯祸，瑞纳是再也不会碰到危险的。还有我们那个老糊涂公公，说他也要去，竟把白船长说做一个恩人似的呢。不瞒你们说，我们那位公公自从到那个婊子那里去了一趟，什么事情都变下作了。还要去看他呢，真是的！我是一定不会去的啰。思嘉要嫁这样一个人，不是自己作孽吗？他从前打仗的时候，大做投机生意，刮我们穷人的钱，已经作够孽的了，现在他又跟提包党、小畜生狼狈为奸，又是那个蒲州长的朋友。还要去看他呢，真是的！"

彭太太叹了一口气，放着一张和气的面孔说："他们也不过为礼貌起见，只以一次为限的。朵丽，我觉得不能责怪他们。据说那天晚上参加那件事的人，大家都要看他去，我以为也应该的。不过那个思嘉，我总不相信她是她母亲养的。我跟她母亲罗爱兰从前在萨凡纳同过学。她做女孩子的时候，再可爱也没有了，而且跟我极要好。当时她要跟她的堂兄弟罗斐理结婚，她的父亲本来不该反对的。那个孩子实在也没有什么错处——男孩子家在外边找找女孩子，也算不了什么呀！可惜这事不成功，爱兰就跟那姓郝的老头儿逃走了，现在养出这么一个女儿来，不过我看爱兰的分上，实在也该去看她一趟的。"

"简直是胡说八道！"梅太太嗤之以鼻说，"彭吉弟，我来问你，你想一个女人死了丈夫不到一年就会嫁人，这样的女人你也要去看她吗？这样的女人——"

"而且甘先生还是她自己害杀的呢，"英弟插口道，她的声音冰冷而尖酸，她每次想到思嘉，就要记起汤司徒的事而愤愤然，"而且甘先生未死以前，我早就疑心她跟那姓白的家伙有了暧昧了。"

大家听见她这句话，都不觉吃了一惊，正在这当儿，媚兰已经站在门口了。原来大家谈得太高兴，没有注意媚兰轻轻地走来，现在突然看见她站在那里，知道刚才谈的话语已经被她听到，便都难为情得面面相觑，仿佛一群小学生正在私底下说话，突然被先生撞见一般。同时，大家看见媚兰的脸色突然变了，便更加惊慌失措。只见媚兰一张脸涨得绯红，眼睛里冒着怒火，这一副盛怒的形态，是大家从来没有看见过的。

"你怎么敢说这种话的，英弟？"她用一种颤抖的低声问道，"你为什么要妒忌得这个样儿？你觉得羞不羞呢？"

英弟的面色变得雪白，可是她的头仍旧昂然竖着。

"难道我是妒忌吗？"她心里想。她记起了汤司徒，又记起了蜜儿跟察理的事，难道她妒忌思嘉是没有理由的吗？现在她又疑心思嘉要使希礼落进自己的圈套，那么她的怀恨思嘉，也是不为过甚的。于是英弟心里有两种思想在那里交战：其一是要保全希礼的名誉，那就得把自己这种怀疑闷在肚里；其二是要解脱希礼，那就得对媚兰和大家公然说出她的怀疑来，因为一经她揭穿之后，思嘉从此就不得不放松希礼了。但是她仔细一想，觉得揭穿的时期还没有成熟。因为她到底还抓不住确实的把柄，只有心里怀疑而已。

"我做事情是不反悔的。"她斩钉截铁地说。

"那么幸亏你不住在我家里了。"媚兰说这话的声音非常冷酷。

英弟一下子从摇椅上跳起来，一张黄脸孔涨得血红。

"媚兰，你——你是我的嫂子——你不见得为着一句话儿跟我吵架吧？"

"思嘉也是我的弟妇，"媚兰瞪在英弟脸上说，"她对于我，是比同胞姊妹还要亲的。你会忘恩负义，我可不会。当初这里围城的时候，她本来可以回家去的，连白蝶姑妈也管自逃到梅肯去了，可是她在这里陪伴我。我养孩子的时候，北佬快要进城了，她还亲自在这里替我接生。后来她回陶乐去，本来可以把我送进这里医院去，听凭我让北佬去怎样摆布，可是她不，路上那么可怕，她还把我跟小玻带着一道走，并不怕累着自己。她又看护我，养活我，不顾自己疲倦，不顾自己饥饿。我在陶乐病得不能起床，她拿家里顶好的一副垫子给我睡。直到我能走路的时候，全家的人就只我一个还有鞋子穿。她待我的这种种好处，我是忘记不了的。后来希礼回来了，带着一身的病，那么心灰意懒的，袋里一个子儿都没有，她可像自己的亲姊妹似的将他收留下来了。我们本来要到北方去，可又实在舍不得佐治亚州，思嘉就又来替我们设法，请他去管理木厂。至于白船长，他救了希礼的命，完全是一片好心。要不然的话，希礼对他有过什么好处呢？所以我非常感激，感激思嘉，也感激白船长。你呢，英弟！你怎么能够忘记思嘉待我跟希礼的种种好处呢？别人救了你哥哥的命，你却把自己哥哥的命看得这么轻，反而要讲那个人的丑话呢？你是连跪在思嘉和白船长面前还谢不尽他们的好处呢！"

"喂，媚兰，"梅太太又开口了，因为现在她的气已经平了些，"我看你对英弟说话不应该这个样儿。"

"哦，刚才你讲思嘉的话儿我也听见了，"媚兰立刻朝转来对那老太婆嚷道，那时媚兰的神气活像一个决斗家，刚刚打倒了一个对手，又拔出了刀向着另一个对手奔去似的，"还有艾太太，你的我也领教了。你们自己小心眼对她抱什么意见，那我不管，因为那是你们自己的事儿。可是你们在我家里说她的坏话，并且让我亲耳听见，那我就不能不管了。可是我觉得奇怪，我以为这种话儿不但说不出口来，就连想也不该想着的。难道你们家里的男人都是那么轻贱的吗？你们都愿他们死，不愿他们活的吗？别人拼着性命救了你们的那些男人，难道你们一点儿不知道感激的吗？假如这案子的真相一旦破露出来，北佬也要把他当做一个三K党人看待的呢！也可能会把他绞杀的呢！可是梅太太么，你是有你自己的公公、女婿跟两个侄儿在里边的。你么有你的兄弟,彭太太。你么有你的儿子跟女婿,艾太太。你们都是忘恩负义的!我很希望你们大家都道歉一下。"

艾太太忽地站了起来,将手里的活儿一团团进篮子里,一张嘴闭得紧紧的。

"哪里知道你也是这么没有教养的,媚兰——不,我是不会道歉的。英弟的话很对。思嘉简直是骚货,简直不要脸。她在打仗时候干的那些事,我是永远不能忘记的。后来她有了几个钱,就摆起那种臭架子来了,我也永远不会忘记——"

"我知道你不能忘记什么,"媚兰气得两手紧紧地捏起了拳头,打断她道,"你不能忘记你们艾恕的事,艾恕自家儿没能耐,办不好她的木厂,被她开除出来了!"

"哦,媚兰!"许多声音一起响出来。

艾太太将头一翘,就向门口迈着步走去。直至一手抓住门把儿,她又站住了回过头来。

"媚兰,"她说,她的声音已经软了一些了,"亲爱的,这桩事情使我连心都碎了。我是你母亲至好的朋友,你出世的时候还是我帮着米医生接你下来的,我一向都非常爱你,跟自己亲生的一样。假如这些事情都也算得点什么,我现在听见你说这样的话,自然要很难受的。可是像郝思嘉那样的女人,你将来自然会受到她的报应,跟我们现在一样。"

媚兰听见艾太太刚开口的那几句话,眼泪就已要迸出,但是等艾太太说完的时候,她的面孔倒反硬朗起来。

"我现在把我的意思对你们说个明白,"她说,"要是谁不愿意去看思嘉的,她就用不着再来看我。"

这时起来了一阵嗡嗡的声音,大家都从座位上忽地站起,满屋里乱成一团。艾太太将她的针线篮子搁在地板上,重新回进屋里来,连一头的假发也搅乱了。

"这我不能接受的!"她嚷道,"这我不能接受的!你是弄昏了头了。媚兰,你还是要做我的朋友,我也还是要做你的朋友。我们两个决不能有这样的事。"

说着,她就哭起来了,而且不知怎么一来,媚兰已经躺在她怀里,也哭起来了。可是她一面呜咽一面在宣言,说她的话说一句就算一句。同时还有几位太太也都掉下眼泪来,梅太太竟拿着条手帕放声大哭,一面将艾太太和媚兰两个一齐搂抱着。白蝶姑妈一直都在那里呆呆地做着旁观人,现在忽然往地板上一倒,毫无虚假地昏厥过去了,于是满屋里乱作一团,哭的哭,叫的叫,找通关散的找通关散，找白兰地的找白兰地。其中唯有一张面孔是平静的，唯有一双眼睛是干燥的，那就是卫英弟，而她趁这混乱的当口，独自悄悄地溜了。

几点钟之后，梅老公公在时代女儿旅馆的酒吧间里遇到亨利伯伯，便将这桩事告诉了他，说是从媳妇儿那里听来的。梅老公公将这事儿讲得津津有味，因为他听见自己的媳妇竟有人敢收服她，便觉得痛快之至了。至少梅老公公他自己，是决没有这种胆量的。

"嗯，那么那些傻娘儿们到底预备怎么样办呢？"亨利伯伯觉得有些懊恼地问道。

"这个我也不清楚，"老公公说，"不过看起样子来，似乎你家媚兰占了上风了。我可以打赌，她们一定会去看他们，至少一次总要去的。人家对于你那侄女儿是很看得起的呢，亨利。"

"媚兰是傻子，倒是她们想得对。思嘉简直是骚货，我真不晓得察理怎么会要她的，"亨利伯伯阴郁地说，"不过媚兰也有道理。白船长救过的那些人的家眷，照理是该去看看他们呀，我倒也不大反对。老白那天晚上救我们的命，他确实像一个好人。就是思嘉真倒我的门风呢。她太聪明了，这是害了她了。好吧，我是得去一趟的，不管他是小畜生不是小畜生，而且思嘉到底也是我的侄媳妇，我打算今天下午就去。"

"我跟你一块儿去，亨利。等我再喝一点儿。"

"不，咱们去问白船长讨喜酒喝吧。我会开口的，他是一直有好酒的呢。"

瑞德曾说亚特兰大的那些老顽固决不肯屈服，这话果然一点都不错。他们虽然也肯来看他，他却认为一点儿无关紧要，而且他们所以肯来的原因，他也早已知道了。最先来的是那天晚上参加那个不幸事件的人家，但是来了一次之后，便马上疏远下去了。他们也不请他两夫妻到他们家里去。

瑞德告诉思嘉，这些人要不是害怕媚兰用那决绝的手段，就决然不会来了。瑞德怎么会知道的呢？思嘉并不去追究，只不过一笑了之。她还不相信艾太太梅太太那样的人，是媚兰的势力支配得了的。至于他们一来之后从此不再来，她也并不觉得懊恼。事实上，她们的来与不来，她是难得会注意到的，因为她们家里一天到晚都有客人，只不过是另外一种人罢了。这一种人，亚特兰大的土著都叫他们"外路人"。

现在民族旅馆里住着很多这种"外路人"，也都跟瑞德夫妇一样，在那里等新房子落成的。他们都很奢华、很阔绰，跟瑞德在新奥尔良的那些朋友一样，身上穿得很讲究，花钱花得很爽快，论起家世却都是模模糊糊的。他们都是共和党，都说是带着本州政府的使命到亚特兰大来的。究竟什么使命呢，思嘉并不知道，也不想去查问它。

她若肯去问瑞德，瑞德是会详详细细告诉她的。他们的使命就是老鹰对于将死的禽兽的使命。他们远远闻到了死的气息，便都被吸引到这里来，以期一饱他们的肚腹。因为佐治亚州本地公民所维持的那个政府已经死了，佐治亚州是无能为力了，所以外边的冒险家蜂拥而来了。

瑞德那班小畜生朋友和提包党朋友的家眷都成群结队地来看他们，此外就是那帮外路人，思嘉从前曾经卖木料给他们，因而相熟的。瑞德告诉她，她既然跟这班人有过交易，就应该招待他们，而一经招待了他们之后，她就觉得跟他们做朋友非常有趣了。他们爱穿漂亮的衣服，从来不谈从前的战争，也不谈艰难的日子，谈的只是时髦玩意儿、丑新闻，直至于赌经。思嘉以前从没有斗过纸牌，现在也学起来斗了，而且一学就学得很精。

只要她在旅馆里的时候，总有一大群斗纸牌的人会来陪她赌。但是近来她忙着造房子的事情，并不常在旅馆里，因而有没有客人来看她们，她全然不在意。她急于要把房子造起来，以便自己可以就任亚特兰大第一大厦的主妇。

这几天日子又长又暖，她就一天到晚在那屋基上亲自监工，一直跟那些泥水木匠唠叨着。直至四周的墙壁迅速地竖了起来，她自己看着着实得意，心想她这所房子造成之后，不但要使全城的建筑都黯然失色，并且比附近那所预备给蒲州长买去做官署的大厦也要强些呢。

州长的那所大厦，栏杆上和檐头上都装着锯齿形的花纹，思嘉这里的全部装饰却都用涡卷式，相形之下就觉那所大厦非常寒碜了。州长的大厦也有一个跳舞厅，但是思嘉这里把整个三楼开为一个跳舞场，比较起来就觉那边只有一张弹子台那么大了。总之，思嘉这所新房子什么都比别处多，圆顶、望楼、尖塔、走廊、避雷针，直至于各种颜色玻璃的窗子，都比别处要多了几倍。

房子四周统统有回廊绕着，四边有四张大扶梯通到上面去。院子大得跟牧场一般，遍地碧绿，随处散放着铁栏杆的长椅子，又有一个铁柱的凉亭，据说是纯粹哥特式的，还有铁铸的大鹿和大狗各一只。在卫德和爱拉看起来，这么莽洋洋的一所大房子，只有这两个铁铸的动物是他们最心爱的。

里边，一切的装修和设备都如了思嘉的意。红色的地毯铺得没有一点缝儿，红色天鹅绒的门帘挂得密密的，所有的器具都是黑胡桃木的，椅子漆得跟镜子一般，雕着极细的花纹，垫着极滑溜的马鬃垫子，坐时一个不小心，就要滑到地板上去。墙壁上面到处装着金框的大镜，又到处竖着高大的穿衣镜，瑞德曾于无意中说是跟姓华的家里一样多的。镜子中间夹着各种的钢雕，都拿笨重的框子装着，是思嘉特地从纽约去定来的。壁上全部裱着颜色浓艳的花纸，天花板极高，房子里一直阴沉沉的，因为所有的窗口都挂着梅子色绵绸的窗帘，以至一点阳光都不能进来。

总而言之，这所房子是谁看见了都要惊讶的。现在思嘉踩着软软的地毯，躺着鸭绒的床垫，回想起当初陶乐那种冰冷的地板和草荐的硬床来，就不由得心满意足了。她对瑞德说她从来没有见过这样美丽的房子，瑞德却说这也是一场梦魇。但是思嘉觉得很快乐，就是梦魇她也欢迎了。

"即使一个全不晓得我们来历的人看见了这所房子，也马上会得猜出它是拿不义之财造起来的。"他说，"你知道，思嘉，从前有一句格言，说是'货悖而入者，亦悖而出'，现在这所房子就是这句格言的一个证据了。这样的房子是只有投机发财的人才会造的呢。"

可是思嘉这时候踌躇满志，正在心中计划将来怎样招待客人，怎样大开宴会，对于瑞德这样泼冷水的话一句也听不进去，只在他耳朵上轻轻拧了一把，说："你简直是胡说八道！你想到哪里去了！"

思嘉现在已经晓得瑞德有一种脾气，喜欢故意挑拨她，把她激怒起来当好玩。她如果认认真真去听他的话，她就非跟他斗嘴不可，但是她不愿意跟他斗，因为每次斗的结果总是她输的。所以她也学乖了，对于他说的话老是一个不听，若有时不得不听，她也只把它当做一句玩话。

在他们度蜜月的期间，以及在民族旅馆里的大部分时间，他们两个人都过得和和气气，不曾有过怎样的冲突。但是他们搬进新房子以后，就马上吵起嘴来了。这种吵嘴都是一会儿就完结的。因为跟瑞德吵嘴决不可能拖长时间的，他见她光起火来，总很冷静地等着，直等到有隙可乘，然后猛不及防地一把抓住她的弱点。换句话说，每次吵嘴都是思嘉独个人吵，瑞德并不吵的。瑞德只是对于她的行为、她的治家和她的交际发表一种毫无疑义的意见。有时他的这种意见性质十分严重，以致思嘉再也不能装做不听见，再也不能当它笑话儿。

例如有一次，她决定要把"甘氏百货店"的那块招牌换去了，换上一个比较堂皇的名字，要瑞德替她想一个，必须把 Emporium 一个字用进去。瑞德说用 Caveat Emporium 好，因为这两个招牌字和她店里卖的货色刚好相配。她听见这两个字的字音倒也响亮，就决定采用它，并且已经交给漆店里去定做了。及后碰到卫希礼，把这两个字的本义译出给她听，这才把她气得大吼大跳起来，瑞德却只大笑了一阵。①

又有一次是为了嬷嬷的事吵起来的。嬷嬷认定了瑞德是一匹配着马鞍的骡子，但面子上还算客气，却很冷淡，一直都叫他"白船长"，从来没有叫过他"瑞德先生"。瑞德送她那件红丝纱小马甲，她连谢都不谢一声，也始终没有穿过。她一直要爱拉和卫德远避瑞德，哪怕卫德自己很崇拜他的瑞德伯伯，而瑞德也显然很喜欢他的。但是瑞德并没有开除嬷嬷，也没有对她摆面孔，反倒很尊敬她，比对思嘉新近结识的那些太太还要尊敬，甚至比对思嘉自己还要客气些。他要带卫德出去骑马，一直都要先得到嬷嬷的允许，要买玩具给爱拉，也要先跟嬷嬷商量过。而嬷嬷仍旧对他非常放肆。

思嘉以为瑞德是一家之主，应该对嬷嬷威严一点，但是瑞德只笑笑，说真正的家主倒是嬷嬷。

又有一次瑞德告诉思嘉，说他很替她来日担忧，因为等到将来佐治亚州的共和党失了势，民主党重新回来当权，她就要没有办法了。

"等到民主党人举出自己的州长，选出自己的议员，"他说，"那么你近来结识的那些俗不可耐的共和党朋友，就都要滚蛋，各自回去干老行当了。那时你既然没有共和党的朋友，也没有民主党的朋友，就要孤零零剩你一个。不过呢，明天的事情不去想它吧。"

思嘉听了这番话，不禁大笑起来，而且也笑得不无理由，因为当时，共和党的蒲州长正在得势，立法院里已有二十七个黑种的议员，而民主党里是有论千人丧失选举权了的。

"民主党人再也不会回来的。他们现在专门在这里激怒北佬，回来的日子不是要愈离愈远吗？他们并没有别的本领，只会说大话，做三K党，干黑夜的工作。"

"会回来的呢。我是懂得南边人的，懂得佐治亚州人的，他们都是非常倔强的硬汉。他们为要恢复势力，即使非跟北佬重新开战不可，他们也情愿重新开战的。即使不得不跟北佬一样拿钱去收买黑人的票，他们也肯收买的。即使须学北

---

① Emporium 意为"商场"。Caveat Emporium 则为"顾客各自当心"之意。

佬的坏样，把论万的死人都列入选民册里去，他们也会把公墓里每个尸体都叫起来参加选举的。而且自从我们的好朋友蒲州长接任以来，事情弄得这么一团糟，佐治亚州人已非把他轰走不可了。"

"瑞德，你用不着跟我说这套废话！"思嘉嚷道，"听你的口气，仿佛我是不高兴民主党回来的了！我怎么会这样存心呢？我也很高兴他们回来的。你当是我愿意这些士兵一直守着我们吗？当是我巴不得这样吗？我也是佐治亚州人呢！我也巴不得民主党回来的。但是他们不会回来，永远不会回来了。而且即使真回来，怎么就会影响我的那些朋友呢？他们仍旧是很有钱的，是不是？"

"如果他们能储蓄的话，是的。可是照他们现在这种花法，究竟能不能储起五年的钱来，也还是很可疑的。来得快也去得快，他们的钱不会给他们什么益处，正如我的钱不会给你什么益处一样。至少，我的钱还不能使你变成一匹马呢，我的美丽的骡子，你说是不是？"

思嘉听到最后几句话，就气得大吵起来了。这一吵一连吵了四天。到了第四天时，思嘉还是那么怒气冲冲地一声不响，分明是要瑞德向她道歉的意思。瑞德就带卫德到新奥尔良去了，嬷嬷怎样劝也劝他不住，直至思嘉消了气方才回来。然而思嘉因瑞德不肯屈服，始终是遗憾在心。

瑞德回家以后，态度还是那么冷冰冰，思嘉只得自宽自慰，将这事暂时忘怀，等过几天再去想。因为她正预备大请客，要大大作乐一番，凡是令人不愉快的事，她都暂时不愿去费心。

等到大宴会筹备好了，思嘉就普遍发出请帖，无论是朋友、是熟人，是旧的、是新的，一概都在她邀请之列，连梅太太、艾太太都不除外。又如米太太、惠太太她们，都是不欢喜她的，她又知道她们没有相当的衣服可穿，多半不敢来参加这样阔绰的大宴会，但是她也都发请帖去了。

但是到了宴会的晚上，那些老朋友多半不来，来的只有媚兰和希礼，白蝶姑妈和亨利伯伯，米医生和米太太，以及梅老公公。其余的人本来也有多数预备要来的，有的因为媚兰竭力相劝，有的因为瑞德救过他们的性命，但是后来他们听说蒲州长也在被邀请之列，便都纷纷写回信来婉谢了。到了那天晚上，蒲州长果然到，于是那些已经来了的老朋友便都一哄而散。

思嘉看见这种情形，便觉得十分扫兴。她把这次宴会铺排得如此奢华，满望那些老朋友和老仇人都来看一看，也好使她扬眉吐气一下，谁知大家竟是这样不当一回事，不是使她枉费了一番心血吗？到了天亮的时候，客人都走完了，她就气得要哭闹起来，却又怕瑞德要笑。因为瑞德早已眼睛骨碌碌地对着她了，分明是说："如何？我对你说过的嘛！"于是她只得哑子吃黄连，有苦没处诉。

但是到了第二天早晨，她就去找媚兰出气了。

"你侮辱我了，卫媚兰，还叫希礼他们一同来侮辱我呢！你若不拖他们走，他们决不会走得那么早。哦，我看见你的！我正要把蒲州长领来介绍给你们，你就像一只野兔子似的溜了！"

"我真不相信——我决不能相信他当真会来的，"媚兰蹙着眉头回答道，"虽然大家早在那里说——"

"大家？那么大家早就在那里瞎讲我了，是不是？"思嘉怒不可遏道，"你的意思是说，假使你知道州长也在场，你就根本不来了？"

"是的，"媚兰眼睛看在地板下，低声说，"亲爱的，我简直不能来的呢。"

"这就见你的鬼了！那么你确实是跟大家一样侮辱了我了！"

"哦，天晓得！"媚兰真正着急起来道，"我决不是故意要使你伤心。你我是自己一家人，我——"

说着，她抖簌簌地伸一只手去放在思嘉肩膀上，但是思嘉一下把它甩脱了。这时思嘉胸口里怒火如焚，恨不得像她父亲从前那样大吼一阵。但是媚兰一点不畏缩，只正视着思嘉的怒目，挺直了两个肩膀，显出一种凛然不可侵犯的神气来，跟她那一副孩子模样的脸儿和体魄极不相称。

"我想不到你会伤心，亲爱的，我实在抱歉得很，可是我实在不能会见那个蒲州长，或是任何的共和党人、任何的小畜生。不管是在你家里，或是任何人家里，我都不能会见他们的。不，即使我不得不——不得不——"媚兰骨碌着一双眼睛，要想找出一个最最恶劣的条件来说，"即使我得罪他们，我也不怕的。"

"你在批评我的朋友吗？"

"不，亲爱的。但是他们是你的朋友，不是我的朋友。"

"那么你是批评我不该请州长到家里来吗？"

媚兰被她这句话问住了，但是仍旧毫不动摇地接触着思嘉的眼睛。

"亲爱的，你所做的事情当然都有正当的理由，我是爱你的，信任你的，我决不会批评你。可是，哦，思嘉！"说到这里，她的词锋突然变得尖利起来，声音虽然低，却是非常强硬，"难道你会忘记这些人怎样对待我们吗？你会忘记可怜的察理因他们而死，希礼的健康因他们而毁，十二根橡树的房子因他们而烧掉吗？哦，思嘉，你对于你开杀的那个人，是万万不能忘记的！当初谢尔门的部下闯到陶乐来，连我们的小衫裤子都给拿了去，你是万万不能忘记的！他们又要放火烧陶乐，又要把我父亲那柄刀拿走，你是万万不能忘记的！哦，思嘉，你这次宴会上请的这些人，正是那些曾经抢劫我们、磨难我们，并且弄得我们没有饭吃的人呢！他们还要煽动黑人来欺压我们，还要没收我们的财产，还要剥夺我们的选举权。我是无论如何不能忘记的，也无论如何不肯忘记的。我也不肯让我的小玻忘记，我要教会我的子孙永远仇恨这些人——甚至于教会我子孙的子孙，如果上帝容我活得那么久的话！那么，思嘉，你又怎么能够忘记的呢？"

媚兰停下来，转了一口气，思嘉就把眼睛瞪在她脸上，竟被她一番话说得怒气全消了。

"你当我是个傻子吗？"她不耐烦地问道，"当然，我是统统记得的。但是这些事情都已过去了，媚兰。我们现在不得不向最有利的方面走。我的做法就是这样的。他们共和党里面也有比较好的人，蒲州长又是我们的朋友，我们对于这班人如果应付得法，他们是能帮助我们的。"

"共和党里不会有好人，"媚兰干脆地说，"我也不要他们的帮助。我也并不要得利，如果得的是北佬的利。"

"啊呀，我的天，媚兰，你干吗要学得这样呢？"

"哦！"媚兰口里喊着，现出一点心灵受刺激的样子来，"是的，我真也太过分了！思嘉，我决然没有存心要伤害你的感情，也不存心要批评你。因为各人的思想不能相同，当然，人人都有自作主张的权利。我本来是爱你的，你也总知道，你无论做怎样的事，都不能使我改变这爱你的心。你呢，总也仍旧爱我的，是不是？我不曾使你恨我吧，是不是？思嘉，我跟你一同经过这么多的患难，如果我们之间发生了什么芥蒂，那是我无论如何受不了的！我们就此和好吧，你要答应我。"

"胡说八道，媚兰，你自己在这里小题大做呢。"思嘉这话说得还有点勉强，但是媚兰伸出一条臂膀去搂她的腰的时候，她已不再将它甩掉了。

"那么我们言归于好了，"媚兰很高兴地说，但又马上接着道，"我们以后还是跟从前一样，彼此都要常常往来的。假使有共和党人或是小畜生要去看你的话，请你预先通知我一声，我就不上你那里去了。"

"你到我那里去不去，我是全然不放在心上的。"思嘉说着，便戴上了她的帽子，怒气冲冲地走了。她看见了媚兰脸上现出一点难受的神情，她那受了伤的虚荣心也就得到了一部分满足。

第五十章

瑞德对于思嘉的态度,即使在最最亲昵的时候,也始终是极其自然、极其镇静的。但是思嘉始终有一种感觉,仿佛瑞德一直都在旁边偷看她,仿佛她只消突然朝过头去,总可以看见他眼睛里含着那种窥伺的神情。

瑞德有一种特别脾气,决不容人在他面前说谎或装假,这是思嘉早已知道的,但是思嘉仍旧觉得跟他一起过日子是很舒服的。她每次跟他谈起店里、木厂里和酒馆里的事情,他都会耐心耐气地听着,并且教她一些巧妙狠毒的办法。家里每有跳舞和宴会,他都兴高采烈地出来应酬,精力始终不衰。有时只有他们两个人吃饭,吃完了拿上一杯咖啡或是一杯白兰地慢慢啜着,他就会有那么许多粗俗的故事说给思嘉听。她又发现自己无论要什么东西,只要是老实不客气地向他去要,他是没有不肯的,问他的问题也没有不回答的,但是她如果用着弯弯曲曲的法儿,或是去跟他撒娇,或是装腔作势地敲边鼓,那他就什么也不肯给了。他有一种令人难堪的脾气,凡事都要逼得她显出底来,然后在旁边哈哈大笑。

思嘉发现瑞德一直都待她非常冷漠,便常常要疑惑起来,他到底为着什么要跟自己结婚的呢?大凡男人的结婚,不是为着恋爱成家庭,就是为着孩子或金钱,但她知道瑞德对于这四样东西是一无所求的。他当然并不爱她。他又常说她造的一所房子是一种建筑上的怪物,又说他住在家里倒不如住在旅馆里的好。他也从来不曾像察理和扶澜那样流露过要孩子的意思。有一次她在对他献媚的时候,曾经明白问他到底为什么跟她结婚,谁知他眯着一双眼睛回答她道:"我所以要跟你结婚,是要把你藏起来当做一件宝贝玩儿的。"这就把思嘉气得发昏了。

是的,瑞德跟她结婚的理由,是跟一般男人结婚的寻常理由完全不同的。他所以跟她结婚,唯一的理由就是为了要她,而又不是用任何别的方法可以拿到手。这一点意思,他在向她求婚的那天晚上,就已自己承认过了。他一直都是要她的,也跟要华贝儿一样。想到这一层,实在使人觉得很不愉快。事实上,这简直是一种赤裸裸的侮辱呢。但是她只耸了耸肩头,将这思想置之度外,因为她对于一切不愉快的事情，都已学会了耸肩耸过去的本领了。她觉得他们已经做成了一宗交易，而在她这一方面，她是觉得很快乐的。她希望他那方面也觉得快乐，不过他究竟快乐不快乐呢，那是她不大去想它的。

谁知有一天下午，她因翻胃去找米医生，却被米医生看出了一桩事实，这是她耸肩耸不过去的。于是她怒气冲冲地回到房中，对瑞德说她有了孩子了，说时眼里冒出真正的狠毒。

这时瑞德身上披着一件绸子的浴衣，懒洋洋地躺在一阵雪茄的烟雾里，一听见她这句话，便把眼睛盯住她，一声也不响。他的神气也好像有点紧张，却仍静等着她把话说下去，谁知她当时塞着一腔的愤怒和失望，竟是一句话也想不起来了。

"你知道我是再也不要孩子的！"她过了好一会儿才说道，"我是什么孩子都不要的了。真是可恨极了，我每次碰到事情有些顺利的时候，总有一个孩子要来的。哦，你不要坐在那里笑啊！你也不见得是要孩子的。哦，真是天晓得！"

他所等待的话儿当然不会是这几句的，于是他把笑容敛去了，他的眼睛变得毫无表情了。

"嗯，那么你为什么不拿去送给媚兰小姐呢？你不是说她还想要一个孩子吗？"

"哦，我恨不得把你一刀砍杀呢！我对你说过我是不要孩子呀，我不要呀！"

"不要吗？那你有什么办法呢？"

"哦，办法是有的，我已不是从前那个乡下傻瓜了。女人要是自己不要孩子，她是一定不要养的。"

他忽地站了起来，一把搂住她的腰，脸上大惊失色了。

"思嘉，你这傻子，你老实说！你不曾做过什么把戏吧？"

"现在还没有，可是我马上就要做了。你想我这模样儿肯让他再去毁掉吗？我的腰身刚刚细下去一点，我正预备好好享乐一些时候的，我——"

"你这种想头是从哪里得来的？是谁教给你的？"

"巴太太——她——"

"这种把戏是妓院里的奶奶都会得玩的。这个女人从此不许再进我的门，你懂吗？这家人家到底是我的，我是这里的主人。你从今以后连话都不要再跟她说了。"

"我爱怎样就怎样。你放手吧，你为什么要管这种事情呢？"

"我不是管你养孩子不养孩子，可是你要死了我是要管的。"

"死？我？"

"是的，死。那个巴太太不见得对你讲过，女人干这事多危险吧？"

"没有，"思嘉不耐烦地说，"她只说这办法极好，可以弄得一干二净的。"

"我的天，这个女人我非杀了她不可！"瑞德嚷着，气得脸都发紫了，直至低下头，看见思嘉泪流满面，方才平了一点气，但是面孔仍旧沉着的。突然，他将她一把抱在怀中，在一张椅子上坐下了，紧紧地贴身搂着，仿佛怕她要逃走的样子。

"你听我说，我绝不能让你为了孩子去送命。你听见吗？天晓得，我也并不要孩子，跟你一样的，可是孩子来了我还养得活。我不要再听你这种傻话了，你如果敢去尝试一下——思嘉，我亲眼看见一个女孩子就是这样死掉的。嗯，这种死法并不是舒服的呢。我——"

"你怎么了，瑞德！"思嘉听见他的声音竟有些发抖，不由得吃了一惊，倒把刚才一肚子愁恼都惊出去了，"这女孩子在哪里——是谁——"

"在新奥尔良——哦，许多年前的事了。我那时年纪还轻，很容易受感动的。"说着，他突然低下他的头，将他的嘴唇埋进她的头发里，"这个孩子你非保全他不可，思嘉，哪怕往后九个月里我把你吊在我的手腕上也在所不惜。"

她在他的膝头上坐了起来，很诧异地盯着他的面孔。在她的瞪视之下，他的面孔突然变平静了、空白了，仿佛一切表情都被魔术扫除干净了。只见他的两根眉毛往上竖起来，两只口角往下瘪。

"你难道把我的性命看得这么重？"她问着，垂下了眼皮。

他对她像瞄准似的看了一眼，仿佛要看出她这句问话背后到底含着多少献媚的意思。直到看出了她这态度的真意，他就随随便便地给了她一个回答。

"嗯，是的。你总明白，我在你身上投了不少资了，当然不愿意失掉你的。"

思嘉生下一个女孩子，媚兰等事儿完毕，才从她房里走出，已经疲倦得满身大汗，却是乐得眼泪都出来了。瑞德呆呆地站在外面穿堂里，脚下围着一圈雪茄烟头，早已把那条地毯烫出了许多大洞。

"你现在可以进去了，白船长。"她羞答答地说道。

瑞德急忙从她身边掠过走进了房间，媚兰跟着他的后影朝房里一看，见他立刻弯下头去看嬷嬷膝上那个红彤彤的婴儿了。随后米医生就来把房门关上。

媚兰找了一张椅子坐下去，回想刚才那一番毫无遮盖的情景，不觉羞得红起脸儿来。

"哦！"她想道，"这是多么好的事！白船长是担了这许多日子的心事了呢！他已好几个月没有喝酒了！真是好人！有许多男人是不管三七二十一的，妻子养孩子的时候还是要喝得那么烂醉的呢。我想他现在是一定很想喝酒了，我可以去提醒他一句吗？不，那是我太厚脸了。"

她将身子深深陷进那张椅子，因为近来她的脊背一直都在痛，现在竟像腰上折断一样了。她想思嘉真是有福气，养孩子的时候有白船长在房门外伺候着！要是她养小玻的那天也有希礼在身边，她就一定不会痛苦得那么厉害。又想刚才这个女孩子要是她自己养的，那多么好呢！可是，哦，我这个人心肠太坏了，她又立刻转念自悔道。思嘉待我那么好，我竟贪图她的孩子呢！饶恕我吧，主。我并不是真要思嘉的孩子——可是我自己也想一个孩子呢！

她挪一个垫子垫在脊背上，便一心一意渴望起一个女孩子来。但是关于这个问题，米医生始终没有改变过他的意见。有时她说愿意冒着性命去换第二个孩子，希礼是连听都不愿听的。可是再有一个女孩子多么好呢！希礼多么爱女孩子呢！

女孩子！啊呀！她吓得嗐地一下坐了起来。我还没有对白船长说是女孩子呢！当然，他是盼望一个男子的。哦，多么可怕呀！

照媚兰心里想起来，对女人，无论养了男的女的都是喜欢的，可是对于男人，特别是对于像白船长这样一个性情执拗的男人，养出女孩子来便要算是一个打击了。哦，她自己唯一的孩子倒是男的，这是该多么感谢上帝啊！她自己知道，若使她做白船长的妻子，头胎就生出一个女孩子，那是她宁可做产死了也不敢拿她献给丈夫的。

但是她正在着恼，嬷嬷却笑嘻嘻地从房里出来给她宽解了——同时也使她对于白船长为人觉得非常诧异。

"刚才俺在洗那娃子，瑞德先生进来了，"她说，"俺因不是男娃子，就向他道了一声恼。可是，吓，媚兰姑娘，你知道他怎么说？他说：'得啦，嬷嬷！谁要男娃子呀？男娃子不好玩的，只给人许多麻烦。女娃子才好玩，人家拿一打男娃子来换我这女娃子，我还不肯换呢。'他一边说，一边就要把那身上精光的娃子从俺手里抢过去，俺就在他手上拍了一下，对他说：'你放稳重些，瑞德先生！俺会等着瞧的，过一天你再养出一个男娃子来，看你不乐得嚷起来喏。'他咧开嘴，摇摇头说：'嬷嬷，你是个傻子。男娃子是一点儿没有用处的。俺自家儿不就是一个证据吗？'真的呢，媚兰姑娘，他这回儿倒像是一个上等人了。"嬷嬷说。媚兰看见瑞德这回居然能得嬷嬷这般另眼看待，心里也颇有此感动。嬷嬷又说："以前俺对于瑞德先生，也许有点儿冤枉他的。今天俺快活极了，媚兰姑娘，俺给他们罗家一连领了三代娃子了，俺今天快活极了。"

"哦，是的，今天是快活日子。嬷嬷，顶顶快活的日子就是养孩子的日子呢！"

今天只有一个人不觉得快活，这人就是卫德。他一直都给人骂着，现在无聊极了，自个儿躲到饭厅里去了。原来今天一清早，嬷嬷就把他摇醒起来，急急忙忙替他穿好衣服，就跟爱拉一同送到白蝶姑妈家里吃早饭去。人家也不跟他讲什么理由，只说他母亲害病，怕他在家里要闹。于是白蝶姑妈家里也就弄得一团糟，因为她一听见说思嘉害病，当即也病倒在床，要阿妈上去服侍着。早饭是彼得给弄的，弄得不多，害得两个孩子饿肚子。早饭吃过之后，卫德就渐渐觉得害怕起来。要是母亲死了呢？他知道他的小朋友里面也有死掉母亲的。他看见过那些小朋友家里抬出棺材来，听见过那些小朋友在那里呜呜地哭。要是自己的母亲也死了呢？卫德虽然怕母亲，同时却是极爱母亲的，所以一想起了母亲装在黑漆棺材里抬出去，他那小胸口里就不免疼痛起来，痛得连呼吸都不大灵便。

到了中饭时候，彼得正在厨房里忙着，卫德就从前门溜出来，尽他两条小腿的能力急急跑回家里去。他想瑞德伯伯或是媚兰姑姑或是嬷嬷一定会把实话告诉他的。但是瑞德伯伯跟媚兰姑姑不知到哪里去了，嬷嬷跟蝶姐手里拿着毛巾和水盆，不住地在楼梯上跑上跑下，没有注意他在穿堂里。偶尔碰到楼上开门的时候，他可以听见米医生的声音飘到底下来。有一次他听见母亲的哼哼声，他就一面打呃一面哭起来。他知道母亲一定快死了。当时穿堂的窗台上面躺着一只米色的猫儿，他觉得无聊极了，便去逗着它玩耍。可是那只猫儿已经有了几岁年纪，给他这一搅，恼了，便粗起了尾巴，向他发起威来。

末了，嬷嬷走下楼梯来，围裙皱巴巴的，还沾着许多斑点，头巾也扭歪了。她一看见他，便骂了起来。嬷嬷向来是给卫德撑腰的，所以他一看见她皱眉，便不由得要发抖。

"俺从来没有见过你这样坏的孩子，"她说，"俺不是送你到白蝶姑婆家里去了吗？快回到那里去吧！"

"母亲快要——她会死吗？"

"你这孩子再麻烦也没有了！死？我的天，不会的！你们男孩子真是焦人。俺不晓得上帝干吗要造男孩子的。你走开去吧。"

可是卫德并不走开，只往穿堂壁幕里去藏躲着。嬷嬷的话他还有些不相信。至于说男孩子焦人，他就觉得很不服气，因为他一直是竭力学乖的。半点钟之后，媚兰姑姑下楼来了，累得什么似的，可是嘴上却笑嘻嘻的。她一看见卫德躲在壁幕里，哭丧着一张脸，立刻就皱起眉毛来。平常，媚兰姑姑是肯把她的全部时间给他的，她从来不像母亲那样对他说："现在不要来麻烦我，我忙得很。"或者："跑开，卫德，我现在有事情。"

可是今天她跟往常不同了，她对他说："卫德，你真是顽皮极了。你为什么不待在白蝶姑婆家里呢？"

"母亲快死了吗？"

"瞎说，不是的，卫德，不要做傻孩子吧。"然后把声音软下来说，"米医生刚刚送你母亲一个顶好玩的小娃娃呢，是个小妹妹，让你玩儿的。你如果乖，今天晚上你就可以看见她。现在你出去玩儿吧，不要在屋子里闹。"

于是卫德一溜溜到那间清静的饭厅里，觉得他那本来不很稳定的小世界起了动摇了。他想今天天气这么好，那些大人的举动偏都那么地奇奇怪怪，为什么他这满肚子忧愁的七岁小孩子，竟弄得无地可容了呢？他看见日光下面放着一盆秋海棠，便去咬了它一口。一股酸味直冲着他的眼睛，把他的眼泪都酸出了，于是他哭了。母亲大概是死了，没有一个人理他。大家都为着一个新来的娃子在那里奔忙，而且又是个女娃子。卫德对于娃子是没有多大兴趣的，尤其是对于女娃子。他最亲近的一个女娃子就是爱拉，但是一直到现在，爱拉的行为都不能引起他的尊敬或喜爱。

过了许久许久，米医生跟瑞德伯伯下楼来了，站在穿堂里低声说了一会话。后来米医生自己走了。瑞德伯伯就急忙走进饭厅来，拿起一个酒瓶倒出酒来大喝着。喝了一口，方才抬起头来看见卫德。卫德将身子缩做一团，当是瑞德伯伯又要骂他顽皮，或是叫他回到白蝶姑婆那里去了。谁知瑞德伯伯并不骂他，却只笑笑。卫德从来没有看见瑞德伯伯这样微笑过，也从来没有看见他这样快乐，于是壮起胆子来，便向他身边跑去。

"你有了一个小妹妹了，"瑞德一把抓住了他对他说，"天晓得，她是世界上最最美丽的一个小妹妹呢！怎么，你干吗在这里哭呀？"

"母亲——"

"你的母亲刚刚吃完一顿饱饱的中饭，有鸡子、米饭、卤子、咖啡，过一会儿我们还要做冰淇淋给她吃，你如果也要的话，你可以吃两盘。而且还要让你看看你的小妹妹。"

卫德一下宽了心，倒是不得劲儿了，他想说句话儿欢迎欢迎这个新妹妹，可是说不出口来。人人都对这个女孩子发生这么大的兴趣，再没有一个人理睬他了，连媚兰姑姑跟瑞德伯伯也不管他了。

"瑞德伯伯，"他开口道，"人家觉得女孩子比男孩子可爱吗？"

瑞德将玻璃杯放在桌上，对着他的小脸儿瞪了一眼，立刻懂得他的意思了。

"不，我想不会的，"他一本正经地回答他，仿佛他把这事儿看得有几分严重，"女孩子比男孩子麻烦些，人家是要讨厌女孩子的。"

"嬷嬷刚才说男孩子麻烦些呢。"

"嗯，嬷嬷糊涂了。她的话不是当真的。"

"瑞德伯伯，你觉得现在养个小男孩子比养个小女孩子好吗？"卫德抱着满肚子希望问他。

"不，"瑞德不假思索地回答，但是看见卫德的脸立刻沉下来，便继续说道，"可是我现在已经有一个男孩子了，还要男孩子做什么呢？"

"您有吗？"卫德嚷着，不觉嘴巴大大张开来，"他在哪里呢？"

"就在眼跟前，"瑞德一面回答，一面就将他抱起来放在膝上，"我有你这男孩子已经尽够了，儿子。"

卫德知道自己还是有人要，便放下了心，乐得几乎又要哭出来。他勉强熬住了眼泪，将头靠在瑞德胸前。

"你就是我的男孩子，是不是？"

"一个男孩子能不能做两个人的孩子？"卫德问道。这时他心里有两种感情在那里交战：一种是要忠于自己亲生的父亲，虽然那个父亲他从来不曾见过面；还有一种就是要爱眼前这个能够体贴人的继父。

"能的，"瑞德坚决地说，"就像你这样，一面是你母亲的孩子，同时也是媚兰姑姑的孩子。"

卫德将这句话细细咀嚼一回，他有些懂了，于是他展开了笑脸，在瑞德怀里扭股糖儿似的撒起娇来。

"您是懂得孩子的，是不是，瑞德伯伯？"

瑞德脸上仍旧结起平常那种皱纹来，又把嘴唇皮瘪得紧紧。

"是的，"他沉着脸说，"我是懂得孩子的。"

卫德见他这样，便又害怕起来，害怕之中还带着一种突然发生的嫉妒。瑞德伯伯一定不是在想他，一定是想别的小孩子。

"您有别的小男孩子吗？"

瑞德将他放到地板上。

"我要喝酒了。我让你也喝一点，卫德，这是你第一次喝酒，算是庆祝你的新妹妹吧。"

"您没有别的——"卫德还想问下去，但是看见瑞德伸手去拿酒瓶，知道自己马上就可参加大人的典礼，便觉得兴奋起来，竟把这桩心事忘记了。

"哦，我不能喝的，瑞德伯伯！我答应过媚兰姑姑，一定要等大学毕业才喝酒。媚兰姑姑说我如果不喝，她会给我一只表。"

"那么我来给你一根表链条，就是我现在挂的这一根，如果你肯要的话。"瑞德说着又笑起来了，"媚兰姑姑的话很对。可是她说的是烧酒，不是红酒。你必须学起来喝红酒，像个绅士似的，而且你要学，最好是现在这个时候。"

于是他拿一玻璃瓶的清水冲进红酒里，冲得只剩下一点儿微红，这才将杯子递给卫德。正在这当儿，嬷嬷走进饭厅里来了。她已经换上了一套礼拜天穿的簇新衣裳，连围裙和头巾都是笔挺的。当她像鸭子似的摆着屁股走来的时候，衣角里边透出一种窸窸窣窣的声音，可见她的里衣也是簇新的。她面孔上已经没有那种焦急的神情，嘴唇上边挂着微笑。

"要向你讨喜酒喝了，瑞德先生！"她说。

卫德将酒杯停在嘴唇边，呆住了。他知道嬷嬷从来不喜欢他的继父，他向来听见她叫继父白船长的，她对继父的态度也向来都很正经而冷漠。谁知现在，她竟这么嬉皮笑脸地叫起他瑞德先生来了！怎么今天什么事情都反常了呢？

"我看你是该喝点红烧酒的，"瑞德一面说着，一面伸手到酒橱里去拿出一只矮瓶来，"这娃娃美丽哪，是不是，嬷嬷？"

"自然美丽啰！"嬷嬷喝了一口酒，啜着嘴唇皮儿回答说。

"你见过比这再好看的娃子吗？"

"嗯，从前思嘉姑娘虽然不完全像她，可也跟她差不离。"

"再来一杯，嬷嬷。还有！嬷嬷，"他的声音变严肃起来，可是一双眼睛骨碌碌地转着，"我听见你身上有窸窸窣窣的声音，是什么呀？"

"哦，天，瑞德先生，没有什么，不过是俺那件红丝纱的小马甲儿！"嬷嬷一面吃吃笑着一面扭屁股，扭得她那魁梧的躯体整个都震荡起来。

"你的小马甲儿！我不信。你响得像一堆枯干的树叶在那里摩擦呢。你让我看看，你把衣裳撩起来。"

"瑞德先生，你这人真坏！呸，哦，天！"

嬷嬷发出一点儿尖叫，慌忙退到一码路外去，然后郑重地将衣襟撩起来，让那件红丝纱的马甲露出一只角。

"这件衣裳你一直放到现在才穿吗？"瑞德说时像有点牢骚，但是他的眼睛笑得像跳着舞。

"是的，先生，放的时候太久了。"

这以后瑞德说的话儿，卫德一句也不懂。

"那么现在不是装着马鞍的骡子了？"

"思嘉姑娘坏东西，这种话语不该传，瑞德先生！你不会把俺这老黑奴的话记在心上吧？"

"不，我不会记的。我不过随便问问罢了。你再喝，嬷嬷。一瓶都喝下去吧，卫德，你也喝！你给我们庆祝吧。"

"恭喜妹妹。"卫德喊了一声，就把杯里的酒咕嘟一口吞下去。谁知吞得太急些，在喉咙口呛住了，于是又要打呃又要咳，引得那两个大人哈哈大笑，连忙替他拍背脊。

自从这个女孩子出来以后，瑞德的行为是人人都觉得莫名其妙的。本来头胎就是女孩子，还有什么可稀罕的呢？瑞德却像得到一宗宝贝儿，逢人就要自称自赞一番，倒使别人觉得难为情。

新雇来一个奶妈，不知怎么忽然发起雅兴来，拿点肥猪肉喂给娃子吃，以至娃子当即害疝气。瑞德便着急得不得了，连忙把米医生请了来，还另外请了两位名医一同商酌，且若不是大家劝得快，那个奶妈早就吃他一顿鞭子了。这个奶妈开除了以后，就接连不断地换奶妈，最长也不过一个星期，竟没一个能合瑞德的意。这些故事传了出去，大家就都笑破了肚子。

同时，嬷嬷也不大高兴，因为她想自己已经做了两代的嬷嬷，为什么这第三代就不该让她做呢？何况卫德、爱拉也都她在这里领，又何妨再加上一个呢？她可不知道自己年纪老了，近来又害着风湿病，脚步儿也慢下去了，再吃不起辛苦了。但是瑞德不敢把这些理由当面对她说，只得借口说他这样的人家，单用一个奶妈是太寒碜的。这个理由嬷嬷也有些相信，但仍觉得不充分。因为照嬷嬷的办法，不妨去雇两个人来做下手，却让她做着嬷嬷头儿，才算成一个体统。至于她那育儿室里，要是让那些新近解放的黑女人杂七杂八地混了进来，那是她无论如何不肯答应的。瑞德看看强不过嬷嬷，因而只得到陶乐去找百利子来了。他也知道百利子有很多缺点，却到底是在房间里服侍惯的。同时彼得伯伯也荐了一个侄女儿来，名字叫做乐子，本来是白蝶姑妈的表姊妹柏家养的黑奴。

思嘉还没有能够起床的时候，就已看出了瑞德对于这个女孩子实在是溺爱之至。不论哪个客人来，他总要把孩子献宝似的献出去，自己老着脸皮赞美个不歇，倒使思嘉觉得很不好意思。她想一个男人家能爱自己的孩子，原是再好不过的事情，但是像瑞德这样不住口地自吹自捧，就不成一个体统了。他应该像别的男人一样，把自己的孩子看得不当一回事的。

"我看你是痴了呢，"她对瑞德说，"我真不懂你是什么缘故。"

"不懂吗？嗯，你是不会懂的。我所以这么爱她，为的她是第一个完全属于我的人。"

"我也有份儿的。"

"不，你已经有了两个孩子了。她是我独个人的。"

"你不要见鬼吧！"思嘉说，"孩子是我养的，不是吗？而且，亲爱的，连我自己也是你的呢。"

瑞德盯了她一眼，展出一个怪样的微笑来。

"真的吗，亲爱的？"

正在这当儿，媚兰进来打断他们的吵嘴了。近日以来，他们之间像这样的吵嘴是常常有的。当时思嘉忍住一口气，看着媚兰将孩子接过手去。这孩子的名字，本来已经取定厄热尼·维多利亚①的，只因媚兰这一来，无意之中将这名字取消了，犹如当初白蝶的本名萨真无形中被取消一样。

原来媚兰将孩子接过去之后，瑞德就又弯下头去端详了一番，这才说道："我看她的眼睛一定是青豆绿的。"

"真不是呢。"媚兰热烈地反驳他道，她竟忘记了思嘉自己的眼睛也是差不多那种颜色的。

---

① 厄热尼：法国拿破仑三世之王后；维多利亚：英国女王。

"我看一定是蓝色,跟郝先生的眼睛一样,蓝得跟——跟美丽的蓝旗①一般。"

"好极了,那么她就可以叫做白美蓝了。"瑞德一面大笑着,一面将孩子重新抱回去,再把那双小眼睛仔细审察一番。从此美蓝这个名字叫顺口,竟把她那由两个王后拼成的本名完全忘记了。

---

① 蓝旗:南方政府的国旗。

第五十一章

思嘉一到可以出门的时候,第一桩事情就是叫乐子替她束腰,吩咐她束得愈紧愈好。束好了,她拿皮尺围上去量了一量:二十英寸!她就大声咒骂起来。好吧,今天养孩子,明天养孩子,养得腰身这个样儿了?竟跟白蝶姑妈和嬷嬷一样地粗了!

"再抽得紧些,乐子。要是束不到十八英寸半去,那我什么衣服都穿不了了。"

"绳子要抽断了呢,"乐子说,"您的腰身确是比从前粗起来了,一点儿也没有办法了。"

"办法是总还有的,"思嘉一面想着,一面将衣裳缝儿狠狠地扯开,以便放出那多余的料子,"不过这到底不是办法呀!我是发誓不养孩子了。"

当然,美蓝是很美丽的。她能养出这种孩子来,实在大有面子。瑞德又这样溺爱她,然而她是再也不要孩子了。究竟她用什么法子使孩子不再来呢?她自己也不知道,因为她不能用对付扶澜的手段对付瑞德。瑞德是不怕她的。你看瑞德现在对美蓝这样傻里傻气,说不定到了明年,他又要她养个儿子出来了,虽然他曾经说过,她如果养出一个男孩子来,他是宁可拿去溺死的。总之一句话,她是不管男孩女孩都不再给他的了。一个女人养过了三个孩子,还交代不过去吗?

乐子替她缝好了衣缝,拿熨斗熨平了,给她齐齐全全地穿了起来,她就叫预备马车,要到木厂里去看一看。一经上了车,她马上觉得精神抖擞起来,把腰身的事情也忘记了,因为她这一去,就可以见到希礼的面。如果碰得巧,她还可以跟希礼谈几句体己话儿。美蓝还没有养出之前,她已跟希礼好久没有见面。因为她挺着一个大肚子,很不愿意希礼看见她。不过她心里无时无刻不惦记希礼。同时,她因怀孕不能去管厂里的事,倒觉得非常无聊。其实她现在是再用不着去办这些木厂的,她尽可以把木厂拿去卖掉,将钱替卫德和爱拉拿去生息。但是这么一来,她就难得有跟希礼见面的机会了,要见除非在交际场上,那是众目睽睽极不方便的。现在她能在希礼身边工作，正是她的莫大的快乐。

她一进了木厂，便见那些制成的木料如山堆积在那里，又见许多顾客站在那里谈话。又有六队骡子和大车，上面都装好木料，预备出发去送货。她看见这番兴隆气象，心里大为得意，暗暗自忖道："这都是我一手经营起来的呢！"

希礼走出办事室的门口来，脸上现出很快乐的样子，上前几步搀她下了车，仿佛侍奉一个王后似的将她侍奉进了办事室。

但是思嘉把他的账簿拿来一查，又跟高沾泥的账目比较一下，刚才那一肚子的快乐就立刻减少了许多。希礼这边的账目仅仅能够出入相抵，高沾泥那边却是分明大有盈余的。当时她嘴里熬住了不说什么，希礼却已看出她的面色来。

"思嘉，我很抱歉。我也没有别的话可说，只希望你允许我把这些犯人辞去，仍旧雇用自由的黑人。我想如果能那样的话，我的成绩一定可以好些。"

"黑人！怎么，他们的工资要使我们破产呢。犯人是便宜合算的。沾泥那边也一样地用犯人，现在做得这么好——"

希礼看透了她的心思，脸上的快乐完全消失了。

"我不能像高沾泥那样使用犯人，我是不能逼迫别人的。"

"不要见鬼吧！沾泥现在使用得非常好。希礼，你就是心肠太软罢了，你应该逼着他们多做一点工作出来。沾泥告诉我，你待他们太宽了，他们懒得工作的时候，就向你告病假，你就马上会准他们。哦，希礼，这怎么行呢！你要挣钱决然不能这个样儿的。你只消揍他们两顿，他们就什么病都没有了，只要你不打断他们的腿——"

"哦，思嘉！思嘉！得了！得了！你这种话我再也不忍听了。"希礼一面嚷着，眼睛回到她身上来，狠狠地盯了她一眼，果然把她吓得不敢再开口，"你要知道他们也是人，有的因为缺少营养，确实是病了，而且——哦，亲爱的，你本来心肠很好，我真不忍他把你教得这么野蛮——"

"你说谁？"

"这话我不得不说，我又没有权利说。可是我仍旧不得不说。我是说你的——白瑞德。凡是他接触着的东西，没有一样不中他的毒。你现在也中了他的毒了——你虽然脾气躁一点，本来是很好心，很大量，很温和的——现在你因跟他接触，把你毒坏了，使你硬心了，野蛮了。"

"哦！"思嘉喘着气说，这时她心里又惊又喜，惊的是自己的丈夫被别人这般辱骂，喜的是希礼对于她竟会这样关切，又竟会当她本来是好心。而且希礼将她那种爱财的脾气一概归罪于瑞德，那是她觉得应该感谢上帝的。其实瑞德并不能负责，一切罪孽都是她自己的。不过瑞德反正已经声名狼藉了，再给他加上一种罪名又何妨呢！

"假如换了一个人，我是不会替你这么担心的——但是白瑞德！他对于你的影响，我已经看得明明白白了，他已在你自己不知不觉之中，将你领到他自己走的那条残酷的路上去了。哦，是的，这样的话我也知道是不应该说的。他救过我的性命，我也很感激他，可是我总祝愿上帝替你另换一个人，只要不是他就好！是的，我本来是没有权利对你讲这种——"

"哦，希礼，你是有这权利的，除了你还有谁有呢？"

"刚才我已经说过，我实在忍受不了你这优美的本质被他那么蹂躏。我知道你这样的美貌和优雅，是应该配给一个——哦，我一想到他触着了你，我就——"

"他要来跟我亲嘴了呢！"思嘉不胜狂欢地想着，"这当然不是我的过失呀！"想着，她就将身子扭捏着凑上前去。谁知希礼见她凑上前，突然往后退缩，仿佛他忽然发觉了自己的话已经说得太多——已经说出自己本不愿说的话了。

"现在我向你道歉，思嘉。我刚才——刚才疑心你的丈夫不是一个上等人，却忘记了我自己的说话就已证明我也不是一个上等人了呢。谁都没有权利当着一个妻子的面批评一个丈夫。我刚才的话是没有什么可以借口的，只除非是——除非是——"他的声音颤抖起来，他的面孔拘挛起来。思嘉屏住呼吸等待着。

"我是没有什么可以借口的。"

在回家的路上，思嘉坐在马车里，一路上想入非非。他说他刚才的话是没有什么可借口，只除非是——除非是他爱她！原来他一想起了她躺在瑞德臂膀上，竟会怒不可遏，这是她始料不及的。但是她也未尝不能了解。在她这方面，她明知道他跟媚兰的关系不过同兄妹一般，她若不知道这一层，她的生活就会觉得非常痛苦。在他那方面呢，他却因瑞德的拥抱将她粗俗化和野蛮化而觉得痛心疾首！那么好吧，他既然是这么想，她从今以后就再不要这种拥抱了。因为就目前而论，她的心灵虽然始终尽忠于希礼，她的肉体却还对他不尽忠，所以等她不再要瑞德的拥抱以后，就连肉体也对他尽忠了。到那时候，她和希礼虽然名义上各有各的丈夫和妻子，实际上却是彼此互相忠实的，那不就成了一种极其有趣、极其罗曼蒂克的关系吗？想到这里，她觉得快乐极了。而且这也极有利于实际的问题，因为她若不再接受瑞德的拥抱，就也不会再养孩子了。

但是一到家之后，她就想起种种困难问题来，以至方才那一路想象中的快乐大大冲淡。第一，她要去跟瑞德谈判分床各铺的问题，那是很有点为难的。其次，即使这一层做成功了，她又怎样去告诉希礼，说她已经体会到他的心愿，不再跟瑞德同床了呢？如果希礼始终不知道她这番美意，这种牺牲还有什么好处呢？她知道这样的话所以不能去对希礼明说，无非是为怕羞的缘故，于是她就深深恨起怕羞这东西来了。如果她跟希礼说话也和跟瑞德说话一样，一切都可以不顾，那是多么有趣呢！但是不要紧，她总会有法子可以使希礼知道的。

她走上楼梯，开开育儿室的门，看见瑞德坐在美蓝的小床旁边，爱拉在他膝头上，卫德正把口袋里的东西掏出给他看。瑞德这样喜欢小孩子，这样看重小孩子，真是运气极了！有些继父对于前夫的孩子是非常讨厌的呢。

"我要跟你说句话。"她一面说一面走过他们身边先到卧室里去了。她以为事情要办不如马上办，因为现在她那不再养孩子的主张十分坚决，而希礼对她的爱正给她勇气呢。

"瑞德，"她一等他走进房来关上了门，便骤然地对他说，"我已经决计不要再养孩子了。"

他听见她这句话这么突如其来，不由得大吃一惊，但是并不露出来。他懒洋洋地在一张椅上坐下，很舒适地往后仰着。

"宝贝儿，美蓝还没有出来的时候，我就对你说过，你爱不爱养对于我是无关紧要的。"

你看他多么调皮，竟把这中间的要点撇开得这清清脱脱，仿佛孩子的养与不养，他是可以全不负责的！

"我想三个已经尽够了，我不愿意一年养一个。"

"三个确也可算相当数目了。"

"你总明白的——"她觉得下文很难说出口，不觉脸涨得绯红，"你明白我的意思吗？"

"我明白。不过你明白不明白，你如果不让我享受结婚的权利，我是可以跟你离婚的！"

"你真是下作，为什么要去想这种事情呢？"她看见事情的趋势全不像她刚才的计划，便急得喊了起来，"假如你也有点儿侠气的话，你就该——你就该好好儿的，像——嗯，你就看希礼吧。媚兰是不能再有孩子的，所以他——"

"希礼真可算是一个君子呢，"瑞德说着，眼中射出一种怪样的光芒来，"请你有话再往下说吧。"

思嘉被他一句话问得转不过气来，因为她的话已经说完，再没有什么可说了。她这才觉悟自己方才希望和和平平解决这么重大的一个事件，实在是痴心妄想，何况交涉的对方是像瑞德这样一个自私自利的猪猡呢！

"你今天下午到厂里去过了，是不是？"

"这跟这桩事情有什么相干呢？"

"你是喜欢狗的，是不是？思嘉，你情愿狗在狗窠里呢，或是在马槽里[①]？"

思嘉心里正泛起了一阵愤怒和失望，竟不懂得这个譬喻的意义了。

他轻轻地站了起来，走到她身边，将她的下巴颏儿托起来，使她的脸对着自己。

"你真是一个小孩子！你已经跟三个男人同居过了，怎么还不懂得男人的性情呢？你仿佛当你自己是个老太太，再也不能改变生活的。"

他当好玩似的在她面颊上拧了一把，这才竖起了一双眉毛，歪着眼睛对她面孔上冷冷地看了许久。

"思嘉，你要明白。如果你跟你的床对于我仍旧具有魅力的话，那么不管你用硬功也好，用软功也好，你是无论如何挡我不开的。而且我无论什么事都做得出来，我是不怕难为情的，因为我跟你订了一宗买卖的契约，我始终遵守契约，你却要想毁约了。不过，好吧，你睡你的独人床去吧，亲爱的。"

"你的意思是说，"思嘉愤然地嚷道，"你并不管——"

"你已经厌倦我了，是不是？嗯，照理是应该男人比女人先厌倦的。你守你的节操吧，思嘉。这在我是并不会觉得苦楚的。我是一点儿都不要紧的，"他耸了耸肩头，咧了咧嘴，"幸而世界上到处都有床，床上又到处都有女人。"

"你是说你真的要——"

"你实在太天真了！可是，当然的。我到现在还没有走过邪路，倒是一桩奇事呢。我本来是不承认贞操为美德的。"

"我要每天晚上把门锁起来！"

"这又何苦呢？我如果要你的话，不论什么锁都锁我不住的。"

说完他就掉转头，仿佛这题目已经讨论终结，管自走出房去了。思嘉听见他

[①] "狗在马槽里"，谓心术坏的人，对于自己不能享用的东西，也不肯给予别人。见《伊索寓言》。

重新回到育儿室，又听见那些孩子都在欢迎他。她骤然地坐了下去。她的主张已经可行了，还是她自己的主张，也是希礼的主张，但是她一点不觉得快乐。因为她见瑞德对于这桩事情这么不在意，这么冷冰冰，仿佛她是可有可无的，没有了她，别的女人也可以代替，这就使她觉得难受了，使她的虚荣心受了伤了。

然后她又希望能够想出一种妙法来，好使希礼知道她跟瑞德实际已经没有夫妻的关系。但是她知道这种法儿现在是想不出来的。因为现在她的心绪已经乱成了一堆，又有些懊悔当初不该向瑞德提起这句话。她回想自己躺在瑞德臂膀上，亲亲热热地说着话儿，看着瑞德的雪茄烟火在黑暗里一亮一亮，这景况是颇为依恋的。她又回想自己有时从噩梦里惊醒过来，亏得瑞德在旁边给她安慰，这情景也是舍不得从此没有的。

因而她突然感到非常不快乐，不由得扑在椅子靠手上，悲悲切切地哭了起来。

第五十二章

有一天下午,天下雨。卫德在坐起间里东遛遛,西遛遛,觉得无聊得很,有时走到窗口边,将鼻子堵在玻璃片上,呆呆地对着窗外的雨点看一会儿。今年他八岁了,个儿很小,身子苗条而细弱,很静,很怕羞,别人不跟他说话,他是永远不肯开口的。当时他觉得无聊,因为各人都有事儿在那里,就只他一个人无事可做。爱拉是在一只角里玩她的洋娃娃;思嘉坐在账桌边,嘴里咕哝着,算着一大篇的账;瑞德躺在地板上,手里拿着表链条,将他的表荡呀荡的,逗着美蓝伸手来抓。

卫德翻出了几本书,都噼里啪啦地落在地板上,然后长长地叹起气来。思嘉恼了,旋转身子来对他说道:

"天!卫德!到外边去玩儿去呀。"

"我不能去,天下雨呢。"

"下雨吗?我还不知道呢。那么,找点事儿做做吧。你把我闹昏了,尽在这里打转儿!去叫阿宝给你套牛,送你去跟小玻玩儿吧。"

"他不在家,"卫德叹气道,"皮鲁儿生日,他去吃喜酒去了。"

鲁儿是皮瑞纳的儿子,思嘉顶不喜欢他,说他像猴儿不像人的。

"那么不管你去找谁都可以,快去跟阿宝说吧。"

"谁都不在家,"卫德答道,"人家都吃喜酒去了。"

他这话语气之间分明含着"除我之外……"的意思,但是思嘉一心都在她的账簿上,并没有注意到这点。

瑞德从地板上坐了起来,说道:"那么你为什么不也去吃喜酒呢?"

卫德走近了一步,在地板上擦着一只脚,显出很不高兴的样子。

"他们没有请我嘛。"

瑞德将表让美蓝的小手抓着,轻轻地站了起来:

"你算他妈的账呢,思嘉!他家做生日为什么不请卫德?"

"哦，天，瑞德！你不要来找麻烦了。希礼把这篇账统统弄得一塌糊涂了——哦，他家的生日吗？我想人家不请卫德也不是什么稀罕事儿，就是请他我也不让去的。你不要忘记那个皮鲁儿就是梅太太的外孙，梅太太那个神圣的客厅是宁请黑人进去也不请我们进去的。"

瑞德将卫德的脸仔细看了看，看见那孩子有些畏缩。

"这儿来，儿子，"他说着将卫德拖到身边，"你想到那里去吃喜酒吗？"

"不。"卫德很勇敢地说，可是他的眼皮子垂下去了。

"嗨，告诉我，卫德，要是惠约瑟的生日，或是别的什么人的生日，你都去吗？"

"不。我是没有几家人家请我的。"

"卫德，你说谎！"思嘉旋转头来嚷道，"刚刚上个礼拜你还去过三个地方呢——巴家孩子请的客，还有席家的，还有洪家的。"

"好吧，思嘉，你把这许多配着马鞍的骡子都说做一堆儿了，"瑞德说时把声音拖长起来，"你在这些人家觉得高兴吗？你说。"

"不。"

"为什么呢？"

"我——我不知道。嬷嬷——嬷嬷说他们都是下流坏子。"

"我马上来剥你的皮，卫德！"思嘉跳起来嚷道，"他们是你母亲的朋友，你敢说这种话吗？"

"孩子说的是真话，嬷嬷说的也是真话，"瑞德说，"可是，当然，你如果在路上碰到真理，你是决不会认识它的。……你不要担心，儿子。人家请你你要是不愿意去，你是用不着去的。这儿，"他从口袋里掏出一张钞票来，"去叫阿宝套车，送你上街去。你去买糖吃，买得多多的，可以吃到你肚子痛那么多。"

卫德现出笑容来，将钞票塞进袋里，朝母亲瞧了一眼，意思是要母亲也答应他一声。但是她正耸起了眉毛，把眼睛盯住瑞德。瑞德已将美蓝从地板上抱起来，将她的小脸儿贴着自己的面颊在那里疼着。她看不清他面上的表情，但却可以感觉到他眼睛里含着一种近似乎自责的神情。

卫德见他的继父这么慷慨，胆子壮起来，羞答答地走近他身边。

"瑞德伯伯，我可以问您一句话吗？"

"自然可以的，"瑞德说时，神气像有些焦急，又像是心不在焉，把美蓝的头贴得更紧，"你问什么话，卫德？"

"瑞德伯伯，您是不是——您从前打过仗吗？"

瑞德机警地把眼睛移转来注视着他，但是说话仍旧随随便便的。

"你为什么要问呢，儿子？"

"嗯，惠约瑟说您没有打过仗，别人也这样说。"

"哦，"瑞德说，"你对他们怎么说呢？"

卫德现出很不快乐的样子。

"我——我说——我告诉他们，说我不知道。"然后急忙接着说，"可是我不管，我打他们。您到底有没有打过仗呢，瑞德伯伯？"

"打过的，"瑞德突然提高声音说，"我在军队里待过八个月，我从落迦畦一直打到田纳西呢。钟将军投降的时候，我还是他的部下。"

卫德骄傲得扭起屁股来，思嘉却在旁大笑。

"我还以为你这段战争的历史是不好意思对人说的呢，"她说，"你不是叫我不要告诉人吗？"

"嘘，"他喝禁她说，"你觉得满意了吗，卫德？"

"哦，是的！我知道您是打过仗的。我知道您是不害怕的，不像他们说的，可是——可是您为什么不跟那些孩子的父亲在一起打呢？"

"因为那些孩子的父亲都是傻子，只好把他们放在步兵队里。我是西尖学校出来的，所以在炮兵队里。是正式的炮兵队，卫德，并不是自卫队。在炮兵队里不容易的啊，卫德，要脑子清楚才行。"

"哦，我知道，"卫德高兴起来说，"您受过伤吗，瑞德伯伯？"

瑞德迟疑了一下。

"你把你的痢疾讲给他听听吧。"思嘉挖苦道。

瑞德小心翼翼地将美蓝放在地板上，然后从裤带子里拉出他的衬衫和汗衫。

"这儿来，卫德，我让你看我伤在什么地方。"

卫德很兴奋地走上前，向瑞德手指着的地方看去。他的褐色胸口上有一条很长的癞，一直拖到他那肌肉很发达的肚皮上。这是他在旧金山开金矿时跟人打架所受的刀伤，但是卫德不知道，只沉重而快乐地呼吸着。

"我看您跟我的父亲是差不多一样勇敢的，瑞德伯伯。"

"差是差不多，可不能完全一样，"瑞德一面说，一面把他的衬衫塞回裤带里去，"现在你去把这块钱花掉吧，以后要有哪个孩子说我没有打过仗，你就揍他。"

卫德高兴得一跳一跳地走了，口里大喊着阿宝。这里瑞德就把娃子重新抱起来。

"你为什么要这样骗他？"思嘉问道。

"一个孩子总要拿他的父亲——或是继父——自傲的。我不能让他在别的小鬼面前丢脸。那些孩子残酷得很呢。"

"哦，胡说八道！"

"我从来不曾注意卫德对于这事的感想，"瑞德慢慢地说，"我从来不曾想到他心里是难受的。将来美蓝不能让她这样了。"

"不能让她怎么样？"

"你想我会让美蓝觉得自己的父亲可耻吗？等她到了八九岁的时候，我肯让她孤零零地没有人理吗？现在卫德在这里受罪，完全是你我的不好，他自己一点没有过失的，你想我肯让美蓝将来也像他这样受人羞辱吗？"

"哦，小孩子家请客的事情你也看得这么重！"

"有了小孩子家的请客，才有青年男女的社交。要是将来亚特兰大的体面人家都把美蓝摒之于门外，你想我是肯答应的吗？我怕我们南边上等人家将来不肯接待她，所以不敢送她到北方去读书或游历。我怕的是南边所有上等人家因她母亲是个傻子，父亲是个流氓，都不肯要她做媳妇，以致她不得不跟北佬或外国人结婚哪。"

这时卫德已从半路折回来，躲在门背后偷听他们说话，听到这里，他便熬不住钻出头来插嘴了。

"美蓝可以跟小玻结婚的，瑞德伯伯。"

瑞德朝他看了看，一脸的怒气全然消失，分明把卫德的话看得很重。

"你这话很对，卫德。美蓝可以跟卫小玻结婚，可是你想跟谁结婚呢？"

"哦，我跟谁都不结婚，"卫德很自信地说，因为除了媚兰姑姑之外，从来不曾有人像这样地鼓励他，所以他把老实话说出来了，"我要去进哈佛大学，将来做律师，跟父亲一样，同时也要跟父亲一样，做一个勇敢的士兵。"

"我看媚兰对小孩子真太多话呢，"思嘉嚷道，"卫德，你不要去进哈佛，这是北佬的学校，我不要你进北佬的学校。你去进佐治亚大学吧，等你毕业之后，你替我管那爿店。讲到你父亲是个勇敢士兵的话——"

"嘘，"瑞德看见卫德说起他那从未见面的父亲，脸上立刻露出那么得意的神色，生怕思嘉要扫他的兴，急忙把她的话截断了，"好吧，卫德，你大起来一定要学你父亲，做一个勇敢的士兵。你要学他学得像，因为你父亲是个英雄，你决不能让别人说你不是英雄。他是跟你母亲结婚的，是不是？嗯，这就足以证明他是一个英雄了。你要进哈佛，要做律师，我也赞成的。现在赶快去叫阿宝送你上街吧。"

"我谢谢你，你让我来管教孩子吧。"思嘉等卫德一出房门，便嚷起来道。

"你管教得一塌糊涂呢。爱拉跟卫德的一切机会都被你糟蹋完了，现在美蓝可不能再让你这个样儿了，我要美蓝将来做一个小公主，全世界上的人都要她。我要她没有一个地方不能去。嗨，天晓得，你以为她将来长大之后，我肯容她跟这里常常来的那些下流坯子的儿女来往吗？"

"这些人也都很好呀。"

"在你看起来固然很好，在美蓝是不好的。你现在天天来往的这班人，没有一个不是流氓出身，我肯让美蓝跟这种人家做亲吗？"

"哦，瑞德，你把这件事看得这么认真，简直有些好笑了。我们有了这么许多钱——"

"去他妈的钱！我替美蓝要求的东西是什么钱都买不到的。我宁可皮家、艾家那种穷苦人家请她去吃干面包，不情愿她到共和党人的跳舞会上去做红角色。思嘉，你简直是个傻子。你在几年以前就该替自己的儿女在社会上留个地位了。你却连你自己的社会地位也不顾。至于现在你再想改变，那是当然没有希望的。你就一味地想发财，一味地爱骂人，简直一点没有办法了。"

"你是在这里小题大做呢。"思嘉一面冷冷地说道，一面把她的账簿翻得哗哗响，表示在她那方面已宣告辩论终结。

"我们就只卫太太一个人是帮我们的，你却偏要跟她疏远，偏要拼命侮辱她。哦，谢谢你，以后请你再不要批评她的穷，再不要嫌她身上穿得破烂了。你要知道，这亚特兰大地方凡是真有价值的事情，大家都把媚兰当做魂灵、当做中心。有她在这里，实在是我的运气。我要进行的这桩事情，她一定可以帮忙的。"

"你要进行什么事情？"

"什么事情吗？我从此要着手挽回人心了，我要设法获得这里这些上等人家的好感，特别是梅太太、艾太太、惠太太、米太太她们。哪怕要我伏在那些老猫儿面前，我也心甘情愿的。以后她们如果冷淡我，我情愿捏着鼻子忍受着。我要痛悔以往的行为。我要捐钱给她们去做慈善事业。我要参加她们的礼拜堂。我要向人宣传自己从前对于联盟政府的种种努力。而且到了万不得已的时候,我连三K党也会参加的。不过,我的太太,我向前面去填基,请你千万不要跟在后面拆墙脚。假如你仍旧要向人家去盘剥重利,或是做不规矩的买卖,或是凭你有几个臭钱,常常要骄傲,要侮辱人家,那我就怎样也不会成功了。至于那个蒲州长,从此休想再踏进我的大门。你听见吗?还有你的那班狗朋友,也不许你再跟他们来往。你若是冒着我的名,再把他们请到家里来,那你不要怕坍台,他们是要见不到男主人的。他们哪一天进来,我哪一天住到华贝儿家里去。人家问我为什么,我就老实不客气地对他们说:家里来了那班狗男女,我不愿招待他们。"

思嘉觉得这番话刺心得很,但是她只冷笑了一声。

"好吧,好吧,一个赌棍跟投机家打算改邪归正了!可是,瑞德,你如果真的要改邪归正,我劝你不如把华贝儿的那所房子先卖掉。"

这一支箭是她姑且瞎放一下的。究竟华贝儿那所房子是否是瑞德所有,她实在不能绝对地确定。但是瑞德突然大笑起来道:

"多谢你的忠告。"

瑞德这种挽回人心的运动进行得非常之慢,因而并不曾引起人家的疑心,逐渐逐渐地,他跟那些北佬军官、小畜生、共和党人疏远起来了。民主党人有什么运动,他逐渐地加入效劳,投票则公然投民主党方面。从前那种千金一掷的豪赌,他也戒绝了,酒也难得喝醉了,华贝儿那里虽没有绝足不去,却不像从前那么彰明较著地进出了。

有一次,本地的"阵亡将士公墓装饰协会"进行募捐,他捐助了一个很大的数目,他把他的捐款送到艾太太家里去托她转交,又托她严守秘密,万不要张扬出去。艾太太嫌他的钱不干净,本主张不要的,但是协会里需款甚急,竟把它收下去了。

"我倒有些不懂,为什么你也要来捐钱呢?"艾太太这话问得太唐突,但是瑞德仍旧平心静气的,说公墓里的这些英雄,当初都跟他同过行伍,所以他要拿出几个钱来纪念他们。艾太太从前也听见梅太太说过瑞德曾经去入伍的话,但是始终不相信,便瘪起嘴来问他说:

"你入过伍吗?在哪一军,哪一营?"

瑞德一一报明了。

"哦,那是炮兵队呢。我所认识的人都是在骑兵队或是步兵队里的。那么你为什么要加入炮兵队呢？你倒说说你的理由看。"艾太太以为这一问，一定要激得瑞德光起火来的，谁知瑞德仍旧低着头，摸着他的表链。

"我本来要进步兵的，"他说，"但是他们听说我进过西尖——可是我并没有毕过业，因为我年轻时候荒唐的缘故，艾太太——他们就把我编进炮兵队里了，而且是正式的炮兵队，并不是警备队。他们的最后一仗，很需要专门技术的人才。因为他们的损失太大了，原有的炮兵差不多都死光了，你总知道的。我在炮兵队里很寂寞，一个熟人也没有见过。没有一个亚特兰大人在里边。"

"嗯！"艾太太被他一番话说得不知怎样才好了。因为他果真进过军队，那么她岂不是冤枉他了吗？从前她曾骂过他懦怯，现在回想起来觉得不好意思了。"嗯！那么你为什么不早对人家说呢？你好像是以进军队为可耻似的。"

瑞德瞪着眼睛朝她看，脸上一点儿没有表情。

"艾太太，"他很恳切地说，"请你相信我，我能给联盟政府服务，是我这生这世最得意的一桩事。我觉得——我觉得——"

"嗯，那么你为什么要瞒住人呢？"

"我因为自己以前的种种行为，所以觉得不好意思说。"

后来艾太太将这番谈话详详细细地告诉给梅太太听。

"朵丽，他说到不好意思对人开口的时候，眼睛里是含着眼泪的呢！连我自己也快要哭出来了！"

"胡说八道！"梅太太还是不信，"他的眼泪就可以相信的吗？不过这件事情是很容易证明真假的。他如果真在那个炮兵营，我就有地方可以查问，因为当时指挥那一营的贾上校，就是我姑婆的女婿，我可以写信问他的。"

梅太太果然写信去问贾上校，贾上校的回信把瑞德在军队里的功绩讲得天花乱坠，说他是个天生的炮兵人才，并且非常勇敢。这就把梅太太吓呆了。

于是梅太太将这回信拿给艾太太看，说道："嗯，那么我们以前真是冤枉了他了。不过他到底是一个流氓，我是不喜欢他的。"

"可是不知什么道理，我——"艾太太迟疑着说，"我现在觉得他并不那么坏了。一个男人要是曾给联盟政府打过仗，他是决不会坏到哪里去的。倒是思嘉真不是东西。你知道吗，朵丽，他现在是的确懊悔跟她结婚了，只是不好意思对人说出口来罢了。"

"懊悔？呸！他们两个是同一匹布裁出来的料子呢。你是哪里来的这种傻想的？"

"并不是傻想，"艾太太愤然地说，"昨天下着那么大的雨，他带着他的三个孩子，连那顶小的一个也在里边，坐着一辆马车，在桃树街上一程来一程回地跑着。他看见我从那里走过，让我搭了他的车回家。我在车上问他说：'怎么，白船长，你发痴了？这么大的雨，你为什么带了三个孩子在这里淋呢？为什么不把他们赶快送回家去呢？'他自己一句话不说，好像有点不好意思的样子，可是坐在旁边的嬷嬷说了：'咱们家里来了满屋子下流坏子，让孩子待在家里，倒不如出来淋雨的好！'"

"他怎样说呢？"

"他怎么说？他不过骂了嬷嬷一声，就把车子赶过去了。你知道，昨天下午思嘉在家里邀了好几个牌局，那班下流坏子都到了。我想他是不要那些肮脏的嘴儿跟他孩子亲嘴呢。"

"嗯！"梅太太的成见已经有些儿动摇，可是还不敢十分相信。但是到了下一个礼拜，她就被瑞德完全收服。

原来近来这几天，瑞德在银行里设起一张办公桌来了。到底有什么公可办呢？银行里的那班职员谁都不知道。不过他是银行里的大股东，谁都不敢在他面前提抗议。过了一些时，大家就不再说话，因为他在银行里态度极好，而且他也确实懂得投资营业的方法，对行里的业务也未尝没有帮助。至少，他总是一天到晚坐在办公桌旁，仿佛认认真真在那里办公，因为他的本意，不过是要别人知道他也有工作，并不是坐在家里享福的。

那时梅太太因要扩充她的面包店，曾想拿她的店铺作抵押，向银行借两千块钱。但是银行拒绝她，因为她那店铺已经做了两处押款了。于是梅太太十分生气，一路嘟囔着走出银行，门口碰见瑞德，瑞德向她问明了情由，便现出很抱歉的样子，对她说："你请等一等，梅太太。这件事情一定有误会，像你这样的太太，怎么还谈得到抵押呢？只要一句话就行了！你店里的营业做得么发达，银行是要当做好户头的呢。你请在我位子上坐一坐，我替你进去办去。"

过了一会儿，他就从里面出来，脸上笑嘻嘻地说道："是不是，我说是误会嘛。现在已经说妥了，行里替你预备两千块钱在这里，你要用随时可取。至于你那房子——好吧，请你在这里签一个字好吗？"

梅太太虽然借到钱，心里却怒不可遏，因为瑞德这人是她向来讨厌的，这笔借款偏要由他来说成，难道要她对他感激吗？这么一想，她就连谢他时的态度都很勉强了。

但是瑞德并没有注意。直至送她到了门口，他又对她说道："梅太太，我是向来佩服你知识丰富的，现在有一件事要请教你，可以吗？"

她轻轻点了一点头，轻得连帽上插的鹅毛也不曾动。

"你家美白小的时候，要是嘬起大拇指头来，你是怎样办法的？"

"什么？"

"美蓝一直要嘬手指头，我没有法子制止她。"

"这是你得制止的，"梅太太很用劲地说，"这要弄坏她的嘴样儿的呢。"

"我知道！我知道！而且她的嘴是很美丽的，可是我一点儿没有办法。"

"嗯，那么思嘉应该知道呀，她是已经有过两个孩子的。"

瑞德看着自己的鞋子，叹了一声气。

"我曾尝试把肥皂放在她的指甲里边。"瑞德撇开思嘉说。

"肥皂吗？唉！肥皂不好的。美白小的时候，我是拿金鸡纳霜放在她手指头上的，我告诉你吧，白船长，她马上就不再嘬了。"

"金鸡纳霜！我是再也不会想到这上头去的！我真是谢你不尽，梅太太！我为着这桩事情一直担心呢。"

说着，他朝梅太太笑了一笑，笑得很高兴，分明是十分感激她的意思，以至梅太太呆呆地站在那里，不知怎样才好了。但当她告别的时候，也不由得对他笑了一笑。以后她在艾太太面前，并不曾承认自己从前实在冤枉白瑞德，就只说一个男人如果能爱自己的孩子，那总一定有几分好处。又说思嘉对于这么美丽的一个孩子竟没有多大兴趣，真是多么可惜的事情！至于一个男人要把一个小女孩子由他独个人养大，那种情景是很悲惨的！瑞德自己也知道这种情景的悲惨，至于是否有伤思嘉的名誉，那他就不管了。

自从美蓝会走路的时候起，他就常常把她带在身边，或是坐在马车里，或是放在马鞍前。每天他从银行里回来，总要牵着她的小手儿，带她到桃树街上散一回步，并且耐心耐气地回答她的许许多多的问题。一路上碰见的人，看见美蓝长得这么好玩，没有一个不要站住了跟她攀谈几句。碰到这种时候，瑞德总让女儿自己去跟人家谈，并不去插一句嘴，只是笑嘻嘻地站在旁边听着，现出满脸做父亲的得意和满足来。

亚特兰大人记性向来好，而且很多疑，有了成见一时不会改变的，又加他们日子过得很艰难，对于凡跟蒲州长有一点关系的人，都怀着很深的敌意。现在美蓝却把思嘉和瑞德两个人的优点会合在自己身上，因而瑞德就利用她做一个小小的楔子，预备要劈进亚特兰大的冷酷里去了。

美蓝长大得很快，而且越来越像她外公郝嘉乐了。她的腿儿也是那么矮而结实，眼睛是一味的爱尔兰人的蓝色，方方的嘴巴，显出一副凡事都要依她自己的神情。她也像外公那样，会突然发起脾气来，脾气发了就要大叫大哭，但是一经满足了她的欲望，她又马上就会忘记的。而且她的父亲如果在旁边，她的欲望总立刻会得到满足。他一味地将她纵容，无论嬷嬷跟思嘉怎样谏劝也无用。因为她无论什么事情都讨父亲的欢喜，不欢喜的只有一桩事，就是怕黑。

她在两周岁之前，一直都跟卫德、爱拉同睡一间育儿室，一睡就会睡着的。但是满了两周岁以后，也不知什么缘故，每晚一经嬷嬷将灯拿出去，她就要哭起来了。而且一哭就要哭到半夜，喊呀嚷呀，闹得怕煞人，不但要把那两个孩子闹醒，并且要把全家人都吓醒过来。有一次把米医生请来诊断，据说并没有别的缘故，不过是噩梦所致，瑞德却大为不满，还以为米医生诊断错了。然而大家用尽方法去问那孩子自己，所能得到的就只有一个字——"黑"。

思嘉对于孩子的这种脾气，向来是忍耐不了的，因而她只主张打孩子一顿屁股。其实育儿室里如果通宵点着一盏灯，孩子就一点都不会哭，但是思嘉不容许这样，因为通宵点着灯，那两个孩子就会睡不着觉了。瑞德心里虽然焦急，却比思嘉温和得多，仍旧尝试向孩子去究明底细，便说要打屁股也得由他自己亲手打，并且第一个要打思嘉。

这事的最后解决，就是将美蓝搬出育儿室，搬到瑞德独个人睡的房中去。美蓝的小床和他的大床并排铺着，桌上通宵点着一盏灯，只用一个灯罩子将他这一面的灯光遮隔。这个故事传出去之后，全城的人又都拿去当做话柄了。大家以为女儿跟老子同睡一间房，事情总有些儿尴尬，虽然那个女儿现在还不过两岁。至于思嘉方面受人议论的地方则有两点：第一，这事毫无疑义地证明思嘉跟瑞德是分房睡的，这就已经骇人听闻了；第二，大家以为孩子如果害怕独个人睡觉，那也应该跟着母亲，不应该跟着父亲啊。思嘉如果要对人分辩，那她就得也举出两个理由：一是房里点着灯，她自己会睡不着觉；二是瑞德不让孩子跟她睡。但是她觉得这两个理由都不便说出口来，所以就只得闷声不响了。

"你不等孩子大叫起来是决不会醒来的，你醒来了也不过打她一顿。"瑞德干干脆脆地对她说。

思嘉看见瑞德把这事情看得这么重，心里实在不痛快。照她想起来，她一定可以把孩子弄好，重新送回育儿室里去的。因为所有的孩子都怕黑，唯一的办法就是跟他们硬。但是瑞德偏偏不肯这么办，偏要把孩子带到自己房里去，这不明明是他因她将他驱逐出房而怀恨在心，借此作报复，好让别人知道她不是一个好母亲吗？

自从那天晚上她对他声明再不养孩子的时候起，他就不曾踏进她房门一步，甚至她门上的把手儿也不曾碰过一下。而且在美蓝这件事没有发生之前，每天晚饭他总不在家吃的回数多，在家吃的回数少，有时竟是整夜不回家。思嘉虽然各房睡，他回不回家总是听得出来的。在他不回家的那些晚上，她总要清醒百醒地醒到天明，并且常常想起他说的"世界上有的是床"那句话。她想起这句话时，虽然要觉得非常难过，但是一点儿没有办法。她要是去责备他，那就一定要惹出他的一大篇牢骚来，或许把希礼也牵涉进去，所以她只得哑巴吃黄连，一直忍受着。谁知他现在又装得这么傻里傻气，将女儿带到自己房里去通宵点着灯睡觉了！这不是他存心要毁坏她的名誉吗？不是一种极卑鄙的报复手段吗？

然而思嘉冤枉瑞德了。她不知道瑞德实在是一心一意爱女儿，一点儿也不装腔的。直到一个可怕的晚上，她才明白过来，而那天晚上是全家的人永远不会忘记的。

那天白天，瑞德遇到一个从前做封锁线生意的同行，陪他在外边玩了个整日。那天下午他也没有回来带美蓝出去散步。美蓝一直等他，等到吃过了晚饭，但是他还不回来，于是乐子只得不管她的哭叫，将她放上床去睡觉了。

也不知是乐子忘记点灯呢，或是那盏灯自己熄了，总之瑞德晚上回来的时候，美蓝正在那里哭叫得沸反盈天，连在大门口都听见了。原来美蓝睡了一觉醒过来，看见房间里漆黑，便大叫起父亲来，叫了几声叫不应，自然就吓得大哭。思嘉跟佣人们听见声音，就急忙赶了过去，谁知他们怎么也止她不住。当时瑞德本来有几分酒意，听见了哭声，便三步作一步地跳上楼梯，脸孔都吓得雪白。

直到他将她抱在手里，而从她的抽咽声中辨出一个"黑"字来，他便怒不可遏地朝着思嘉和那些黑人。

"是谁把灯吹灭的？是谁把她黑漆漆丢在这里的？百利子，我要剥你的皮，你——"

"哦，天，瑞德先生！不是俺呀！是乐子呀！"

"天知道的，瑞德先生，俺——"

"住嘴！我是吩咐过你的。天知道，我要——你替我滚吧，从此再不要进我的门。思嘉,你给她一点钱,叫她赶快走,不要等我下楼来。现在你们大家都出去,大家都出去!"

一群黑人都被他骂走了,乐子撩起围裙掩着面,一路哭着走出去。可是思嘉还留在那里,刚才孩子在她手里的时候,她怎样也哄她不住,现在瑞德抱过去,竟慢慢地静下去了。这是思嘉觉得有点难受的。又见孩子两条臂膀挽住瑞德的颈梗,断断续续跟他诉说自己怎样害怕,至于思嘉刚才那样地问她,竟是一个字也问不出呢!

"哦,它坐在你胸口上来了,"瑞德轻轻地说,"是很大的一个吗?"

"哦,是的!大得吓煞人,还有爪子呢。"

"哦,还有爪子的。好啦,现在,我一定要坐着等它,等它再来我一枪把它打死。"瑞德的声音是关切的、安慰的,于是美蓝的呜咽渐渐平下去了。她又继续跟他叙述刚才那一个妖怪,那种词句是只有他能够懂的。又见瑞德跟她正正经经在那里讨论,仿佛真有那么一回事似的。于是思嘉懊恼起来了。

"哦,天晓得,瑞德——"

但是他摇摇手,叫她不要响,过了一会,美蓝又睡回去了,瑞德就把她放在床上,替她拉上了被头。

"我要去活活地揍死那个死鬼,"他轻轻地说,"你也不好,为什么不来看看灯亮不亮呢?"

"你不要做傻子吧,瑞德,"她低声说,"这都是你宠坏的。很多孩子都怕黑,可是过些时候自然会不怕。卫德也是这样的,我可没有纵容他。你只消随她去哭一两夜——"

"随她去哭!"思嘉觉得他要来打她了,"那你如果不是一个傻子,便是天底下最最残忍的一个女人。"

"她大起来要变神经过敏而且胆怯的。"

"胆怯?你见鬼了!你看这孩子身上有一点胆怯的地方吗?可是你自己一点没有想象力,当然不能体会那些有想象力的人的苦痛——尤其是孩子。如果你在想象里看见一个有爪有角的东西坐到你胸口上来,你怕不怕呢?当然也是要怕的!你不记得吗,太太,你自己也常常要从梦里醒过来哭的?这还是不久以前的事呢!"

思嘉被他这话堵住口了,因为她回想从前那样的噩梦,直到现在还是心悸的。又记得自己每次从梦里哭醒转来,瑞德也要像疼美蓝这样疼着自己,便觉得不好意思起来，于是她便把话硬岔了开去。

"你总是太纵容她，而且——"

"我还要继续纵容下去。而且正因为我这样纵容她，她才能把这脾气慢慢地改掉。"

"那么，"思嘉酸溜溜地说，"你既然自愿要做奶妈子，你就该晚上早些儿回来，并且不要喝得这样烂醉了。"

"晚上我会早些回来，可是酒我还是要喝。"

果然，从此以后他每天晚上都不等美蓝睡觉的时候就回来了。他总坐在她旁边，拿住她的手，等她睡熟了方才放开。然后，他才踮着脚尖儿走到楼下去，把灯点得亮亮的，门也大大地开着，以便她哭醒来时马上就可以听见。他决不让她再受那种惊吓了。全家的人受过了这次教训，也都一直当心那盏灯，常要踮着脚尖儿走上楼去看它亮不亮。

而且他连酒也难得喝醉了，但并不是由于思嘉的劝告。原来有一天晚上，他喝了很多威士忌回来，酒气特别强烈，他照常把美蓝抱了起来，贴在自己肩膀上，问她说："你要跟你亲爱的爸爸亲个嘴吗？"

美蓝耸起鼻子闻了闻，便挣扎着要下地去。

"不，"她坦白地说，"臭。"

"臭什么？"

"您有臭味儿。希礼伯伯没有臭味儿。"

"嗯，那我该死了，"他懊丧地说着，就将美蓝放在地板上，"我想不到自己家里出了一个戒酒宣传家了！"

从此，他只在晚饭以后喝点葡萄酒，也只以一杯为限。每次喝时，总把杯底剩下来的几滴拿给美蓝喝，因而美蓝对于葡萄酒是不嫌臭的。结果，他的脸盘渐见丰满了。又因美蓝喜欢骑马，他常常将她放在鞍子前面，到太阳底下去骑，以至他那本来黝黑的脸儿越来越黑。总之，他比以前健康了，笑的时候也多了，又跟战争初期做封锁线商人的时候那么年轻活跃了。

于是，虽是那些向来讨厌他的人，见他常常这么带着一个小把戏骑在马上，也都不由得对他露笑脸了。从前那些怕和他接近的女人，都因喜欢美蓝的缘故，要在路中站住跟他说话了。就连那些非常严谨的老太太，见他对于孩子问题能够这样的关切，也都相信他决不会坏到哪里去了。

第五十三章

有一天希礼生日，媚兰预备那天晚上替他举行一个意外招待会①。事情是谁都知道了，就只瞒住希礼自己一个人。连卫德和小玻也知道的，不过他们宣誓过严守秘密。这回的客请得极普遍，凡是亚特兰大的优秀人家没有一个不请到，也没有一个不答应来的。连戈登将军和他的家属也都答应了。施谛文副总统那里也有帖子去，回信说他的身体是不太好，若能来时一定来。

那天早晨，思嘉同着媚兰、英弟、白蝶姑妈三个人，在他们那所小房子里忙个不歇，指挥那些黑人挂窗帘、擦银器、地板打蜡以及烹调各种的点心。思嘉从来没有看见媚兰这样兴奋、这样快乐过。

"你总知道，亲爱的，希礼一直都没有做过生日，自从——自从，你总记得，十二根橡树那次大野宴以后，那天不正是林肯先生招募志愿兵的日子吗？近来他的工作很忙，晚上回家总疲倦得不得了，因而的确忘记今天是他生日了。等会儿吃过晚饭，他看见什么人都来了，不要大大觉得惊异吗？"

"不过草地上的那些灯笼怎么办呢？如果预先挂起来，卫先生回来吃晚饭的时候要看见的。"阿基站在旁边问道。

原来大家在那里筹备这个招待会的时候，阿基一直都在旁边看着。他从来没有看见过城里人的招待会，所以这对于他便觉得很新鲜。他公然在那里批评，说那些女人为了要请几个客，何苦忙得家里像失火似的呢？但是他仍旧一直跟在她们后边看着，老是舍不得走开。那天晚上预备要挂的那些五色纸灯笼，是艾太太跟芬妮特地做了送来的，现在藏在地室里，所以阿基早在地室里看个饱了。

"啊呀！我倒没有想到这一点！"媚兰嚷道，"阿基，亏得你提起来呢。啊呀，啊呀！这怎么好呢？还要吊绳子，还要插蜡烛，而且一等客人快到的时候，就都要点起来的。思嘉，你能不能趁我们吃晚饭的时候叫阿宝来一下？"

---

① 意外招待会：指瞒住本人请客，以使主人骤吃一惊的茶点会。

"卫太太，你是比谁都聪明的，怎么忽然糊涂起来了？"阿基说，"要说那个傻黑鬼阿宝，他真弄不来这种小玩意儿呢！他是马上会把它烧得精光的。那玩意儿多好看，白烧了不是可惜吗？我来替你们挂吧，等你跟卫先生吃饭的时候。"

"哦，阿基，你真好极了！"媚兰把一双孩子气的眼睛朝着他说，那眼光里兼有感激和依靠的意思，"我要没有你，真不知怎么才好呢！你想可不可以现在就去先把蜡烛插起来，等会儿点起来比较快些？"

"那也好。"阿基说着，瘸着腿向地室走去。

"这就叫做请将不如激将，"媚兰等他下去了，便吃吃地笑着说，"我本来就想叫阿基挂这些灯笼的，可是你知道他有一种怪脾气，你要叫他做，他偏不肯做。现在好让他在底下多待一会儿，免得他一直绊着我们。那些黑人见他都害怕，连事情都做不出来了。"

"媚兰，这种老鬼我就不要他待在家里。"思嘉说。原来思嘉恨阿基，也跟阿基恨思嘉一样，两个人见面难得说话。除非是在媚兰家里，他一见到思嘉马上就要跑。而且虽在媚兰家里见到她，他也一直要拿怀疑和轻侮的眼光看她。"他会给你添麻烦的，你记着我的话吧。"

"哦，他是一点儿不要紧的，只要你戴他几个高帽子，并且装得像你非他不可的样子，"媚兰说，"而且他对希礼跟小玻都很忠心，所以我有他在家里就觉得很放心了。"

"你是说他对你忠心呢，媚兰，"英弟说，说时她那冰冷的面孔上展出一点微笑来，"我相信那老鬼除你之外再不爱第二个女人的，自从他的妻子——嗯——我想他心里是巴不得有人来侮辱你的，因为这样，他可有机会把那人杀掉，以显示他对你的忠心。"

"啊呀！你这是什么话呀，英弟！"媚兰红起脸来说，"他是把我当呆子的呢。"

"嗯，这种老鬼的意见你去管它什么呀？"思嘉大不耐烦地说，"我现在得走了。我得回去吃中饭，吃过中饭得到店里去发那几个伙计的工钱，然后再到木厂里去发车夫跟艾恕的工钱。"

"哦，你要到木厂里去吗？"媚兰问道，"今天傍晚希礼要到木厂里去看艾恕的。你能不能设法把他留在那里，一直留到五点钟呢？如果他回来得早，我们做饼之类都没有弄完，事情就要露底了。"

思嘉听了这话，暗暗觉得高兴，刚才一肚子气立刻消失了。

"好吧，我会留住他的。"她说。

她说这话时，英弟盯了她一眼。思嘉想，怎么，我每次提到希礼的时候，她总要那么怪里怪气看我的。

"嗯，你最好把他留到五点以后去，"媚兰说，"到那时候，英弟会拿车来接他的。……思嘉，你今天晚上要早些来，一分钟都不要耽误。"

思嘉赶车回家的时候，心里烦闷地想："嗨，她叫我一分钟不要耽误吗？嗯，那么她为什么不请我帮他们做招待呢？"

如果是媚兰家里寻常的宴会，那么她请不请思嘉做招待，思嘉是不会介意的。但是这回是媚兰家里最大一次招待会，又加是希礼的生日，思嘉就很想站在希礼旁边替他做招待了。不过他们所以不请她做招待的缘故，她也未尝不明白，因为瑞德也已老实不客气地对她说了：

"这回他们请的客，是所有著名的联盟政府派和民主党人都要来的，怎么会要一个小畜生做招待呢？我看你是有些发痴了。这回他们所以肯把你也请在内，还是媚兰真心待你好的缘故呢。"

那天下午，思嘉出门穿的衣服比平时讲究。身上穿的是一件苍绿色丝绸的新褂子，这种丝绸会变颜色，碰到某种光，它就变成莲青色了。头上戴的是一顶淡绿色的新帽子，旁边围着一圈儿苍绿色的羽毛。她只恨瑞德不肯让她前面刷披发，不然她戴起那顶帽子来还要好看得多呢！瑞德竟对她恫吓，说她如果要刷披发，他就要把她的头发一概剃光。近来瑞德脾气凶得很，说不定真会做出这种事来的。

那天下午天气非常好，太阳极大却不热，一阵温暖的微风吹过桃树街，吹得她帽上的羽毛轻轻跳舞。同时她的心也在跳舞，因为她每次要见到希礼的时候总是这样的。等会儿她发过工钱，他们也许马上都要走，那么就剩希礼跟她两个人在那里了，近来这种机会非常难得。然而媚兰要她留住希礼呢！这真是好玩极了！

她先到店里，已是满心的快乐，马上把几个伙计的工钱发了，连那天的生意进出也不问一声。那天是礼拜六，是生意最旺的一天，因为所有的农民都要到城里来买东西的，但是她一点儿不问什么。

到木厂去的路上，她碰到许多提包党的女眷，一路上打着招呼，因而耽误了不少时间。到了木厂门口，她看见艾恕跟那些车夫已经坐在一堆木头上等她了。

"希礼在这里吗？"

"是的，他在办事室里，"艾恕说，"他在那里看账呢。"

"哦，今天何必忙呢？"然后放低了声音："媚兰叫我到这里来留住他，等他们把晚上的招待会预备好了才让他回去。"

艾恕微笑起来，因为今天晚上的招待会他也要去的。他生平最爱热闹，听见有什么宴会，就觉得非常高兴，现在看见思嘉这么有兴致，以为她也是为此。思嘉把工资发给他们之后，就突然撇开他们，独自向办事室里走去，态度之间分明显出不要他们跟去的样子。希礼正站在门口，午后的阳光照得他的头发亮晶晶的。他一看见思嘉，就展出了一个几近咧嘴的微笑。

"怎么，思嘉，你这个时候会跑到这里来的？你为什么不在我家里帮助媚兰预备晚上的招待会呢？"

"怎么，希礼？"她大失所望地嚷道，"大家都当你不知道呢。等会儿的招待会，你如果并不觉得惊异，媚兰是要失望的。"

"哦，我可以装做不知道的，我会装出非常吃惊的样子来。"希礼说时眯着眼睛笑。

"到底是哪个下作坏告诉你的呀？"

"媚兰请的那些客人差不多都告诉我了。第一个就是戈登将军，他说据他的经验，女人要给男人举行意外招待会的晚上，往往就是男人决计要守在家里擦枪的晚上。其次是梅老公公给我下警告，他说有一次梅太太给他举行意外招待会，谁知最最觉得意外的倒是梅太太自己，因为老公公那天由于风湿痛，偷偷喝了一瓶白兰地，竟醉得临时起不了床了。还有么——哦，凡是接到请帖的人都告诉过我了。"

"都是些下作坏！"思嘉嚷道，也不由得笑起来。

她看希礼那时的神情，那么笑嘻嘻的，竟跟从前在十二根橡树的时候一样了。近来他是难得有这样的笑容的，又加那风和日丽、令人舒适的天气，她看见希礼脸上春风满面，说话那么随便，不由得乐不可待，心怦怦地跳得几乎有些痛起来。突然，她觉得自己又是一个十六岁的大姑娘了，兴奋得有些气急败坏了。她很想把自己头上的帽子一把摘下来，将它高高地扔在上空，同时口里高喊着："啊哈！"但是她转念一想，若使希礼看见她这么发痴，一定要惊异得不知怎样，于是她不觉大笑起来，直笑得眼泪都迸出。希礼看见她笑，还以为是因这招待会消息的泄露而起的，也不禁仰天大笑起来。

"进去坐去吧，思嘉。我正在看账呢。"

她走进那间小小办事房，里面也给阳光照得雪亮，便在写字台前面的一张椅子上坐下来。希礼跟了她进去，坐在一张粗桌子的一角上，随随便便荡着他那两条长腿子。

"哦，今天我们不要弄这东西了，希礼！我简直立不起心绪。我要是戴上了一顶新帽子，脑壳子里边好像一个数目字也容不下的。"

"是啊，尤其是这么美的一顶帽子，自然一切数目字都要逃走了，"他说，"思嘉，你是越来越美了呢！"

他从桌子上溜了下来，笑着，拉开了她的双手，以便把她的衣服看得清楚些。"你真是美！我不相信你是会老的。"

她经他这样一接触，就仿佛觉得这事情本来是她所希望的。因为她从媚兰家里出来以后，就一直都希望着能碰一碰他的手，听一听他的情话了。

但是奇怪得很，他的手的接触并不曾使她感觉多大的兴奋。从前有一个时候，她只消知道希礼在旁边，就会簌簌发起抖来的。现在，她却只感觉到一种异样温暖的友情和满足。他的手并不曾传热给她，只能使她的心感到一种快乐的安静，这使她觉得莫名其妙，并且有些儿不安。他仍旧是她的希礼，仍旧是她的达灵，而她之爱他，也仍旧比生命还觉得宝贵的。那么为什么——

但是她把这思想排遣开了。现在她能跟他在一起，他又这么拿住她的手，这么笑嘻嘻地跟她亲密，那也就已足够了。虽不能使她感觉紧张和热烈，也是无妨的。当时他的眼睛看进了她的心里，满脸是笑容，仿佛他们两人之间就只有快乐，一丝儿没有隔膜了。

"哦，我是老了，衰了。"

"哦，那是当然的！不过思嘉，你即使到了六十岁，在我看来也还是一样的。我一直都记着你在我们最后那次野宴会上的模样儿，那时你坐在一根橡树底下，有一大群男孩子围着你呢。连你那时穿的衣服我都记得清清楚楚的，你穿着一件白底绿色碎花的单衫，颈上披着一条白色空纱的围巾，脚上是一双绿色低跟鞋，用黑花边镶绲的，头上一顶极大的凉帽，上边挂着绿色的飘带子。我所以记得这样清楚，因为我当初在牢狱里觉得无聊的时候，就要把这些旧时的经历一一温习起来，仿佛一幅幅的图画在我眼前映过似的。"

说到这里他突然中断，脸上那种起劲的神色也消失了。他轻轻放了她的手，她静静坐在那里等着，等着他的下文。

"自从那一天起，我们两个都已跑过不少的路了，是不是，思嘉？我们跑的路途都是我们自己不打算跑的，所不同的只是你跑得很急很痛快，我跑得很慢很勉强罢了。"

他又重新坐上了那张桌子，对她看着，一点轻微的笑容重新爬回他脸上来了。但这笑容跟刚才使她快乐的那种笑容不同，这种笑容里面含有凄凉之感了。

"是的，你跑得很快，并且把我吊在你车后跑的。思嘉，我有时要发生一种非分之想，假使没有你，我竟不知自己要变成怎么样呢。"

思嘉听到这句话，马上就替他辩护起来。因为她记起瑞德也曾谈到过这一点，所以她觉得自己非赶快替他辩护不可。

"可是我对于你并不曾有过一点帮助，希礼。你假使没有我，你也还是一样的。你不要灰心，将来有一天，你一定会成为一个富人，一定会成为一个伟大的人物。"

"不，思嘉，我身上是根本没有伟大这东西的种子的。我想我假使没有你，早已成了一个无声无息的人了，早已要跟那可怜的高嘉菱一样堕落了。"

"哦，希礼，你决不要说这种话。你为什么说得这么伤心呢？"

"不，我一点都不伤心。我从前是伤心过的，现在不再伤心了。现在我只是——"

他又中断了，她却忽然懂得了他的意思。这是她破题儿第一遭懂得希礼的意思。因为当她自己的心受了热烈的爱冲击的时候，他的心思对于她是关着门的。现在他们之间只存在着一种平静的友好，所以她能够向他的心思里稍稍走进一段路去，稍稍能够了解他。她知道他现在的确不再伤心了。当南方刚刚投降以后，他是伤心过的；当她哀求他到亚特兰大来的时候，他也是伤心过的。现在呢，他不再伤心了，他是听天由命了。

"我不愿意你说这种话，"她愤然地说，"你简直是跟瑞德一般见识了。他一直要说这种没兴头的话，什么'生存竞争'啰、'优胜劣败'啰，把我讨厌得要尖叫起来。"

希礼微笑了一下。

"思嘉，你也曾想到过瑞德跟我是根本相似的吗？"

"哦，不！你是非常上等的，非常正经的。他呢——"她不知怎样说才好，只得不说下去了。

"不过我们实在是相像的。我们是同一种类的人，同一个模型里浇出来的，所以我们的思想也是相同的。我们走的是同一条路，只是各人拐弯的地方不同罢了。我们的思想到现在还是一样,只是各人的反应不同罢了。例如我们都不相信战争,但是我早就去入伍了,他却直等到快完的时候才去。我们又都知道这场战争是全盘错误的,我们又都料定南方要打败,但我情愿去打那必败的仗。他不。有时我也觉得他是对的,然后么——"

"哦,希礼,你为什么老是要把一个问题两面看呢?"她问道,但是她已没有从前那种不耐烦的语气了,"凡是这种两面看事情的人,是永远不会达到什么目标的!"

"这话很对,不过,思嘉,你到底想要达到什么目标呢?我常常在这里猜想。至于我自己,你总知道,我是根本不想达到什么目标的。我只要做我自己。"

问她要想达到什么目标吗?这是一个傻问题。当然,她的目标就是金钱和安全啰。可是——可是——她觉得搅不清楚了。讲到她现在的金钱和安全,也总算已经如愿以偿了。但是照她现在想起来,她总觉得还不能十分满足。现在她虽然不必今天担明天的心事,但也并不觉得怎的快乐。所以,除了金钱和安全之外,我如果再能得到你,那才算是达到我所要达到的目标。她一面这么想着,一面不胜渴慕似的对他看了看。但是她不敢将这点隐情说出口来,唯恐一说出口就要把他们之间现在这种亲密的关系立刻打破,以致他的心的大门又要对她关闭起来。

"你只要做你自己吗?"她略带一点烦恼地笑起来说,"我的最大烦恼也就在不能做我自己呀!至于问我要达到哪里,那是,嗯,我已经达到那里的了。我要的是富有以及安全以及——"

"但是,思嘉,你也曾想起过我是不管富有不富有的吗?"

不,她从来没有想起过世界上有人不要富有的。

"那么你到底要什么呢?"

"现在我不知道了。从前我是知道的,可是我已经一半忘记了。大体说起来,我要的是清静,是没有我所不欢喜的人来烦扰我,以及不受强迫去做我不要做的事情。或者也可以说,我要旧时代重新回来,然而它是永远不会回来的,因而关于旧时代的种种记忆,以及关于那个在我眼前崩溃的世界的记忆,一直盘踞在我脑子里了。"

思嘉听了他的话,只好不吭声了。她并不是不懂得他的意思。他的声音里面带着那种凄凉的调子,已经使她不胜今昔之感了,因为旧时代的一切,她也未尝不记得。但是她自从晕倒在十二根橡树废基上的那一次起,就一直咬牙切齿地对自己说："我决不回顾以往。"因而她对于旧时的一切，无论如何不让自己迷恋的。

"我是比较喜欢现在这种日子的，"她说，但是她的眼睛并不看在他脸上，"现在常常会有使人激动的事情，宴会呀，什么呀。现在什么事情都很有光彩，从前那种日子是很暗淡的。"但是她暗中却又仿佛在想："哦，那种乡下的黄昏却也多么安静啊！多么懒洋洋得有趣啊！那时的生活多么地温热而舒适，多么不必担心明天的事儿啊！那么我又怎么能够否定你的意见呢？"因此，当她说出刚才那句话的时候，她的声音是有些发抖的。

他又从桌子上溜了下来，仿佛不信她似的轻轻地笑着。然后他托住她的下巴颏儿，将她的脸仰了起来。

"哦，思嘉，你是多么会说谎啊！不错，现在凡事都是有光彩的——有某种光彩的。但是毛病也就在这里。旧时代的生活没有光彩，但是它有一种滋味儿，有一种美，有一种迟缓的魔力。"

于是她的心境岔成歧路了，便不觉低下了头。当时他说话的声音，他的手的接触，正将她那已经永远关闭的一重门轻轻开出来。在这重门的背后，呈现着旧时代的美，使她的心膨胀着、渴慕着。但是她又知道那种旧时代的美无论怎样可渴慕，总是停留在旧时代里了。那么谁是能够挑着一担使人悲痛的记忆向前进的呢？

他的手从她下巴颏儿上落下来，然后用两只手将她的一只手轻轻捏着。

"你还记得吗——"他说。于是一个警钟在她心里响起来："不要回顾！不要回顾！"

但是她当时正被一阵快乐的狂潮所冲击，马上就听不见那个警钟了。因为她好容易才了解他，好容易才和他的心相会合！无论自己以后要受怎样的苦痛，这个千载难逢的机会是决不能让它错过的。

"你还记得吗——"他一经开起这么一个头来，他的声音当即发生了一种魔力，使得那间小办事房的四壁倏然消失，过去那几年的时光倏然倒流，而她跟希礼又在那春光洋溢的田塍上并辔而骑了。她从他的声音里听出了马具琳琅的声音，仿佛她跟希礼正到汤家去赴宴。时而五弦琴、月琴之声杂然交作，正是她在十二根橡树跟希礼相抱酣舞的时光。时而谑浪欢笑之声一阵阵送到耳畔，仿佛司徒、伯伦、恺悌、累福那一班无忧无虑的年轻朋友犹在眼前。于是她又看见卫约翰那副和蔼慈祥的气度了，看见自己父亲那张醉醺醺的面孔了，闻到自己母亲那种使人心醉的香气了。而在这一切之上，则笼罩着一种安稳舒适的意识，以及一种确知明天也会跟今天一样快乐的心情。

于是他的声音停止了，他们眼睛对眼睛相视了一个长长的时段，彼此都看出了一个已经失去的青春时代来。

"现在，我知道你所以不能快乐的缘故了，"她黯然地想道，"以前我是不能了解的。以前我也不能了解我自己所以不快乐的缘故。但是——怎么，我们的谈话竟像老年人了呢！"她又大吃一惊地想道："竟像回顾到五十年前去的老年人了呢！然而我们并没有老啊！不过世界变得太快就是了。变得好像已经相隔五十年的了，其实我们并没有老啊！"

但是她将希礼再仔细看了一眼，便见他果然并不年轻了，果然没有以前那么漂亮了。他的头低在那里看着她的手，她看见他那一头本来油光水滴的头发已经变成全灰了，已跟月光照在一片静水上一般了。于是她突然觉得四周一切都失去了美，只剩了一片无限凄凉的景象了。

"我不应该让他惹起我的回顾来的，"她绝望地想道，"我本来已经决心不回顾的了，这办法本来不错。这种回顾是要害人的，它要牵牢你的心，使你除了回顾之外什么事情不能做。希礼的毛病就在这里。他是再也不能向前看的了。他既不能看现在，又害怕看将来，所以只能回顾了。这是我以前从来不能了解的。因而我始终不能了解希礼。哦，希礼，达灵，你是不应该回顾的，这有什么好处呢？我也不应该容你引诱我去谈过去的事。你的一切苦痛、一切悲伤、一切不满，都是因回顾过去的快乐而起的。"

想着，她就站了起来，但是她的手仍旧捏在他手里。她想自己该赶快走了，她不能再待在这里谈过去的事，也不能再待在这里看他那张颓唐凄苦的脸儿。

"我们从那时以来，的确跑了不少的路了，希礼，"她说时觉得喉咙口有点酸，只得极力熬忍住不使颤抖，"那时我们曾经有过种种美满的想头，是不是？"然后一口气接下去说："可是，哦，希礼，没有一件事情是如我们所期望的呢！"

"这是永远不会的，"他说，"人生并没有义务要如我们的期望。我们只能够随遇而安，而且只要能保持现状，不至愈趋愈下，也就应该感谢不尽了。"

思嘉听到这番话，突然感到了一阵辛酸，并因回忆这番长杳的路途，而觉得非常疲倦了。刹那之间，她不觉得眼泪夺眶而出，从面颊上挂下来，便像一个受惊的孩子似的，对希礼呆呆看着。希礼默默无言，只将她轻轻搂在怀里，使她的头贴在自己胸口上，然后低下头去，跟她面对面地贴着。她就不觉浑身酥软起来，也将两条臂膀抱住了他的身体。她觉得他的搂抱非常适意，眼泪马上就干了。这是一种没有热情也并不紧张的友爱和搂抱，但是安慰的力量极大。因为她知道只有希礼一个人是她的知己，只有希礼一个人跟她有共同的回忆、共同的经历。

这时门外有脚步声音，但是她置之不理，还以为是那些赶车的动身回去了。她仍旧搂住希礼，听着他的心的缓慢的搏动。但是突然地，希礼挣脱了她的臂膀，并且发出了一声喊叫，她抬起头来一看，看见希礼脸上惊惶失色，正从她肩膀上向门口那边看过去。她也就回过头来，只见英弟站在那里，白着一张脸，闪烁着一双灰色的眼睛，还有阿基也站在那里，凶狠地睁着他的独只眼向他们看着。而他们后边还有一个艾太太。

到底思嘉怎样跑出那间办事室，她自己再也记不起来了。她只记得英弟和阿基跟希礼说过几句话，后来仿佛听见了希礼一声命令，她便急忙跑出木厂来。那时她又羞又惧，只得赶快回自己家里去。

家里静悄悄的没有人。所有的仆人都到一家人家去送殡去了，两个孩子都在媚兰后院子里头。哦，媚兰——

她一想起了媚兰，便觉得浑身冰冷起来。媚兰一定会知道的，刚才英弟说过要去告诉她。当然，现在英弟拿到把柄了，得意极了，一定要不顾希礼的面子和媚兰的伤心，将这事情到处张扬的。还有艾太太，也包不住她的口，虽然她当时站在英弟和阿基背后，并没有看清真正的情形。总之，等不到吃晚饭的时候，这个消息就要传遍全城了，连所有的黑人都要知道。今天晚上的招待会上，那些娘儿们也都要拿这件事做笑柄，说思嘉今天献丑了，青天白日跟人通奸了。这种消息的传播，思嘉是无法阻止的，也是百口莫辩的。于是她只得暗暗叫屈，因为他们这回的搂抱，实实在在是出于纯洁的友爱，丝毫没有私情在里面的。

可是这种话谁相信呢？她没有一个朋友肯替她帮忙，没有一张嘴肯替她分辩，叫她自己独个人如何洗刷得清呢？这桩事情虽然也妨碍到希礼的面子，但是别人会原谅希礼而不原谅她，总说是她自己投到希礼怀里去的。

但是她尤其害怕媚兰。媚兰当然是要知道的，知道了要怎么样呢？离开希礼吗？自然，她是非如此不能维持面子的。但是希礼跟我怎么办法呢？想着，她不觉淌下眼泪来。哦，希礼一定羞得要死了，一定要恨我害了他。但是突然间，她又受到一种恐惧的袭击，于是眼泪立刻收住了。还有瑞德呢！瑞德知道了怎么办呢？

也许他不会知道的。有句古话说得好："妻子为非，丈夫最后知。"也许没有人肯告诉他的。因为瑞德脾气非常躁，谁要去跟他讲这样的事情，着实该有一点勇气的呢！可是她又记起刚才阿基那一副气色来了，那么冷冰冰，那么恶狠狠。阿基本来是恨她的，何况是这种事情，他一向就觉得痛心疾首。他是不怕瑞德的，他又明明说过要去告诉瑞德。他决不晓得替希礼顾全面子，希礼也决然没有法子阻止他。那么瑞德终于是要知道的。

她回到自己房中，匆匆脱掉衣服，一倒倒在床上。她的心像旋涡似的转着。她巴不得立刻将房门锁起来，躲在房里永远不出去见人。也许瑞德现在还没有晓得，她可以假装头痛，不能去参加那个招待会。到了明天早上，她就会想出替自己辩护的理由来了。

"我现在不去想它，"她无可奈何地将头埋在枕头里说，"我现在不去想它。我等将来受得了的时候再去想。"

天黑的时候，她听见佣人们回家来了。她觉得他们很静，仿佛有点儿异常。但也作兴是她自己的心理作用。嬷嬷走到门口来敲了几下，思嘉不让她进来，只说晚饭不吃了。过了一会儿，她就听见瑞德走上楼梯来。她使起了一股劲儿，准备着跟他见面，但是他走到他自己房里去了。于是她松过一口气来，以为他还没有知道。但她在心里暗暗祝愿，愿他继续遵守那次的约法，不踏进她的房门。因为他现在如果进去，一定要从她面色上看出破绽来的。她听见他在自己房间里走动了半响，但是终于没有勇气招呼他，只会躺在黑暗里簌簌发抖。

过了许久，他到她门口来敲门了，她只得竭力装着镇定的声音，回了他一声："进来。"

"你真的请我进你这静室来吗？"他一面推门进去一面问。房里是黑暗的，她看不出他的脸，也不能从他的声音里听出什么来。他已进来把门关上了。

"你预备好上招待会去了吗？"

"不巧得很，我头痛了。"真是奇怪，她的声音居然很自然！这是该多谢黑暗的！"我看是不能去了。你自己去吧，瑞德，替我向媚兰道歉一声。"

经过一个长久的停顿，他才从黑暗里拖着长音尖刻地说出话来：

"你这骚货多么没有胆量啊！"

那么他已经知道了！她躺在那里发抖，一句话说不出来。只听见他在黑暗里摸索了一会，然后哧地划了根火柴，房间里亮起来了。他走到床边，低头将她看了看。她看见他身上穿着夜礼服。

"起来,"他的声音里并无表情,"我们要上招待会去了,得要赶快了。"

"哦,瑞德,我不能。你看——"

"我看见的。起来。"

"瑞德,阿基他竟敢——"

"是的,他敢。阿基是个很勇敢的人。"

"他说谎的,你应该杀了他呀。"

"我有一种怪脾气,不杀说实话的人。现在没有工夫辩论了,快起来。"

她坐了起来,把身上的睡衣卷得紧紧。她拿眼睛搜索他的脸。脸是黑的,没有表情的。

"我不去,瑞德。我是不能去的,除非把这——这误会弄明白。"

"今天晚上你要不出面,你就这一辈子都不能再出面了。我可以容忍自己因你受羞辱,却不能容忍一个懦怯鬼。今天晚上你非去不可,哪怕那边人人都不理睬你,哪怕媚兰对我们下逐客令,也是非去不可的。"

"瑞德,你让我解释。"

"我不要听。现在没有工夫了,穿起衣服来吧。"

"他们误会的——英弟和艾太太跟阿基。他们本来就恨我。英弟恨得更厉害,她造谣言诬害我,连自己的哥哥也会不顾的。哦,你怎么不容我解释——"

可是我的老天爷!她忽然想起来,假如他说:"好,你解释吧!"那叫我说什么呢?叫我怎样解释呢?

"他们总已把这谣言到处传播了。我今天不能去。"

"你得去!"他说,"哪怕要我拖着你的脖子一路踢到那里去,我也会干的。"

说着,他眼睛里冒着寒光,将她一把拖下床。然后拾起了她的胸托子,一扔扔在她面前。

"扎上吧。我来替你束腰。我不要嬷嬷上来帮助你,也不要你躲在房间里做这样的懦怯鬼。"

"我并不是懦怯鬼,"她生起气来喊着,倒把刚才的恐惧也赶跑了,"我——"

"哦,你那套对付北佬的英雄故事替我省省吧,别的事情你都仍旧是个懦怯鬼。今天的事你即使不为你自己,也得顾顾美蓝的。你叫她日后怎么做人呢?赶快扎起胸托子来吧,赶快。"

她急忙脱去寝衣,只剩一件胸褡子。她知道自己光穿一件胸褡子,一定是很富诱惑力的。她想瑞德只要肯瞧她一眼，脸上就不会那么要吃人似的了。因为他至今没有见她脱得这么赤裸裸过呢。谁知他并不看她，却跑到壁橱里去替她找衣服去了。他在那里摸索了一回，就取出了一件新制的碧玉色水绸的衫子。这衫子的领口开得很低，衣襟分披到背后，团成一个庞大的皱褶，皱褶上面饰着一大朵粉红的绒花。

"穿这一件吧，"他说着，将那衫子往床上一摆，随即走到她身边，"今天晚上不要那种鸽子灰，也不要莲青色，那太老实了。你的旗子必须牢牢钉在桅杆上，不钉你是要把它收下来的。还要多搽些胭脂。衙门拿到的通奸犯决没有面孔白惨惨的。旋转身子去吧。"

他将束腰的绳子拿在手里，使起劲来将她狠命地一抽，抽得她野猫子似的喊叫起来，顿时痛楚与羞愤交集到了一起。

"你觉得疼吗？"他吃吃地笑起来，思嘉吓得不敢转身也不敢开口，"可惜不在你颈梗上抽呢。"

媚兰家里的每个窗口都灯烛辉煌，老远就听得到音乐了。将近门口，便又听出里面沸腾着欢笑。客人已经都到了，连走廊上及草地的长条凳上都塞满人了。

我是不能进去的，决然不能进去的！思嘉坐在马车里不住地想道。我要逃走了，我要逃回陶乐去了。瑞德为什么要逼着我来呢？大家要怎样对付我呢？媚兰要怎样对付我呢？她会是怎样一副神气呢？哦，我是见不得她的面的！我要逃走了！我要逃走了！

瑞德仿佛已经看出了她的心事，便一把抓住了她的臂膀，像一柄铁钳子钳住似的，那块肉也一定变乌青了。

"我从来没有见过一个爱尔兰人像你这样懦怯的。你向来自己夸口的那些胆量到哪里去了？"

"瑞德，哦，请你，让我回家里去解释吧。"

"你解释的时间永远无穷，至于登台演这殉难的一角，却只有今天一晚。下车来吧，达灵，我倒要看看那些狮子怎样来吃你的。下来吧。"

她慢慢走上院子里的那条石径，觉得自己手里抓住的那条臂膀硬得跟青石似的，突然传过一点勇气来。于是她就不觉得害怕了，倒是愿意去跟大家见一面了。因为她们也不过是些乱叫乱抓的野猫儿，不过是在妒忌我，我为什么要怕得这个样儿呢？我倒要去看看她们究竟怎样对付我。至于她们心里的意见，那是我不去管它的。只是媚兰——哦，只有媚兰！

他们踏上了走廊，瑞德就把帽子拿在手里左呀右地一路鞠着躬，跟大家打着招呼。他的声音是冷淡的、柔软的。大家一经看见了思嘉，突然都肃静下去，只有无数的视线集中在她身上，连音乐也停止了。大家预备来吃我了吗？见你妈的鬼！你们要来就来好了！于是她将头一翘，微笑起来，眯起了两个眼角。

然后，只见人堆里让出了一条路来，媚兰急急忙忙赶来迎接她了。她挺着两个窄窄的肩膀，抿着两片薄薄的嘴唇，旁若无人地奔上前来，将思嘉一把搂住。

"你这件衣服多么可爱啊，达灵！"她的声音虽小却非常清晰，"你要做天使了吗？英弟今晚不能来。你帮我做招待好吗？"

第五十四章

思嘉回到了自己房里,便不顾身上的新衣服,一骨碌倒在床上。但是她心潮起伏,再也没法儿安静下去,因为她回想刚才站在希礼和媚兰之间招待客人的情景,实在是十分可怕的。她觉得这样的戏剧如果要她去重演一遍,那是她宁可去抵敌谢尔门的千军万马的。过了一会儿,她就又从床上爬起来,心烦意乱地在地板上踱着步,一面将衣服脱了乱抛一气。

刚才经过那么厉害的紧张,现在起了反应了,以致她浑身都簌簌地抖起来。她将头上的发夹拿下来放在手里,却都从手指缝里漏到地板上,想要拿起刷子将头刷一刷,又不防那刷子柄儿打痛了自己的太阳穴。不知多少次,她踮着脚尖儿跑到房门口,听听楼下有没有声音,却见楼下的穿堂静得像一个黑洞。

刚才从媚兰家里回来,是瑞德拿马车送她独个人回来的,她就像遇赦一般,暗暗地感谢上帝。瑞德直到现在还没有回来,在她是巴不得的。因为她今天晚上太惊吓了、太惭愧了,无论如何不能见他的面了。他大概是在那雌头家里。那么幸亏世界上还有华贝尔这么一个人呢!幸亏还有另外一个地方可以容纳瑞德,好让他那要杀人似的火气平一平呢!按理说起来,一个女人巴不得自己的丈夫住在妓女那里去,那是大不应该的,但是她现在没有法子呀。只要能够免得他今天晚上来烦扰,她是哪怕他死了也在所不惜的了。

但是明天呢?嗯,明天是换了一天了。明天她就会想出种种理由来,去跟瑞德相对抗,或者竟把一切罪名都推到瑞德自己身上去了。明天她的记忆不会使她这么难受了,明天她就不会这么一直想到希礼了。现在希礼是在恨她吗?恨她连累他受到羞辱吗?当然,现在希礼决没有不恨她之理。

于是她又想起了媚兰,想起刚才媚兰挺着肩膀替他们两个竭力维护的情景。但她觉得这是一种莫大的羞辱——维护她的不是别人,偏偏是媚兰!

她想到了这种种情景,不由得一阵阵打起寒噤来。她想今天晚上她若希望躺在床上安然睡得着觉,就非得痛痛快快喝一肚酒下去不可。当即她在睡衣上面加披了一条围巾，趿着一双拖鞋踢踢蹋蹋跑到楼下去。快要跑到楼梯脚，她向饭厅门口一看，看见门是关着的，但是底下透出一线灯光来，便不由得吓了一跳，难道她回来的时候那盏灯就已点在那里，而她没有注意到吗？或是瑞德已经回来了呢？他大概是从厨房门悄悄溜回来的。如果是瑞德回来了，那她就得立刻缩回楼上去，白兰地也喝不成了。因为她现在不敢和瑞德见面，唯有赶快躲进房里去，将门锁起来才得安宁。

她怕脚上的拖鞋踢踢蹋蹋地要被瑞德听见，正要弯身下去脱掉它，想不到饭厅里的门突然开开来，瑞德已经笔挺地站在她面前了。饭厅里的烛光很昏暗，她看不清他的面目，因而越觉朦朦胧胧得可怕，仿佛是个狰狞的鬼影一般。

"请你进来陪陪我，白太太。"他说。他的声音已经有些儿含糊。

他已经醉了，已经在这里发酒疯了。他以前是从来不发酒疯的，无论他喝得怎样醉。她正在迟疑，他就将手一挥，做了一个命令的姿势。

"进来，你这天杀的！"他粗声粗气地说。

他果然醉了，她不禁心里怦怦大跳着，但是她又转念道："我决不能让他看见我不敢见他的面。"于是她将喉咙口的围巾卷了一卷紧，翘了一翘头，故意将鞋跟拖得响些，走下最后几步楼梯来。

他避开在一旁，恭恭敬敬地鞠着躬，一路将她鞠进门口去，那样子仿佛做戏。思嘉难受得不住眨眼睛。她见他身上没有外衣，领子已经解开了，一条领带分开做两边挂着。衬衫也已解开了，露出一片毛茸茸的胸口来。他的头发乱蓬蓬，一双血红的眼睛细细眯着。桌上点着一支蜡烛，一点微微的火光照得房间里阴惨惨的，显得那些食橱、碗碟橱之类都仿佛是蹲在那里的巨兽。烛旁一个银托盘，盘里放着一个刻花玻璃塞子的酒瓶，四周围着许多玻璃杯。

"坐下。"他跟着她进来这么干脆地说道。

这时她感到了一种新的恐怖，比刚才怕见他的面还要厉害。原来瑞德现在的神气、说话、行动，都完全像个陌生人了。现在这个无赖模样的瑞德，是她从来没有见过的。从前虽在他们最最亲昵的顷刻，他也总是那么淡淡然的；虽在他盛怒之中，他也是那么和和气气，满口诙谐，而且酒越喝醉了越是这样。起初的时候，她还觉得这种淡漠态度很难受，曾想把它矫正过来，后来习惯了，倒觉得他这种脾气对于她非常便利了。这几年以来，她一直觉得瑞德仿佛什么事都不放在心上，仿佛始终都拿玩笑的态度对付人生，连对她也是这样。现在呢，他好像把这件事看认真了，看得非常认真了，因而她不由得惴惴不安起来。

"你为什么不喝一点暖暖身子呢？即使我这不识相的在家里也不要紧的，"他说，"要我来替你倒吗？"

"我不要喝，"她硬僵僵地说，"我是听见声音才下来——"

"你哪里听见什么声音？你如果知道我在家里，再也不会下来了。我已经坐在这里好久了，听见你在楼上一程来一程去地跑。你一定是很想喝。喝吧。"

"我不——"

他拿起了那个酒瓶，半进半出地倒了满满的一杯。

"喝，"他把酒杯塞进她手里说，"你浑身都在发抖了，你不要装腔作势吧。我知道你私底下一直在喝的，我也知道你喝得不少。我早就要来劝你，要喝尽管公开喝，用不着瞒人的。你当我不许你喝白兰地吗？"

她接过了酒杯，心里暗暗诅咒着。怎么无论什么事情他都会一眼就看穿的！

"我叫你喝。"

她拿起了酒杯，放在嘴唇边一仰而尽，像她父亲从前喝清威士忌一般。她忘记了这种喝法非常熟练而在行，让瑞德看见了实在不便。果然，他又看得清清楚楚了，便把嘴唇皮瘪了一瘪。

"你坐着，我们来把刚才这个招待会的事情慢慢谈一谈。"

"你醉了，"她冷然说，"我也要去睡觉了。"

"不错，我很醉了，可是我还要喝。你也不能去睡觉——还早。你坐着。"

他拖长着调子说。但是她觉得他骨子里实在非常凶暴，不过被他勉强压住罢了。她正迟迟疑疑地从椅子上站起来，他已经走到她身边，一把抓住了她的臂膀，只是轻轻地一扭，她就哎哟一声急忙坐回去。抬起头一看，只见他脸上黑里泛红，眼睛里冒出一种奇异的光焰。她看出了那双眼睛的深处藏着一点东西，是她所不认识也不了解的，只觉得那点东西比愤怒还要深沉，比痛苦还要强烈，因而将那一对眼睛煽得跟两颗炭火一样了。他睁着那么一对眼睛对她看了许久，以致她再也不敢向他正视，只得将头低下去。于是他又回到对面座位上，再倒出一杯酒来。这时她在心里急急地计划，希望能替自己画出一道防线来，可是纷乱之间，她竟想不出一句话来说。

他一面慢慢喝着，一面仍把眼睛对着她牢牢盯住，盯得她神经一根根紧张起来，禁不住簌簌发抖。他脸上的表情好久都不变，可是后来突然一下大笑出来了。

"今天晚上的事情活像一场有趣的喜剧，是不是？"

她不响，只在底下竭力缩着自己的脚趾，以期制住身上的颤抖。

"这场喜剧里边一个角色都不缺。一个淫妇被人捉了奸，满村的人聚集拢去向她扔石头，淫妇的丈夫是个正人君子，竟还替妻子竭力维护面子，奸夫自己的妻子富于基督教精神，也仗着自己平日洁白无瑕的名誉来替她掩饰。至于那个奸夫——"

"哦，请你——"

"我是不受你请的。今天晚上，是因为这桩事太有趣了。那个奸夫神气像个大呆子，只恨没有一条地缝儿可钻。我要问你，亲爱的，你现在犯了罪了，而替你竭力掩饰的那个女人却正是平日你所深恨的，你心里觉得怎么样呢？你坐下。"

她坐下了。

"照我猜想起来，你未必见得因此就跟她要好些吧。你心里总还在疑惑，她大概没有知道吧，知道了怎么会这样呢？又或者是她为保全她自己的面子吧。于是你就不但不感激她掩护你，反而当她是个大傻瓜了。可是——"

"我不要听了——"

"你要听的。我知道你心里烦恼，所以说来使你宽宽心。媚兰小姐原是个傻子，却不像你想的那种傻法。照现在的情形看起来，分明这桩事情已经有人告诉她，只是她不肯相信。即使她亲眼看见，她也不肯相信的。因为她自己心地光明，所以不能相信她所爱的人会做不光明的事。我还不晓得希礼在她面前说的怎样一个谎，但是我想无论说得怎样笨拙的谎都行的，因为她爱希礼，同时也爱你。我还不很明白她为什么要爱你，但是她爱你是事实。这就是你该背的十字架之一。"

"要不是你醉得这么厉害，样子这么凶狠，我是什么事情都解释得清楚的，"她稍稍恢复了点尊严说，"可是现在——"

"我对于你的解释并不感兴趣。这里面的实情，我比你自己还要清楚些。……嗨，你再站起来试试看——

"还有一点事实我也发现了，我觉得它比今晚上的喜剧还要有趣。我知道你所以不肯再跟我同床，为的是你要跟卫希礼实行其意淫。'意淫'这个名词不很漂亮吗？那本书①里有很多这种漂亮名词的，是不是？"

"什么书？什么书？"这时她心乱如麻，随便向四周瞧了一眼，只觉得那些屋

---

① 这里指《新约·马太福音》。

角落里阴森森的怪怕人的。

"我现在被你抛到房门外来了,这是因为我过于粗俗,配不上你那么的高雅——因为你是不要再养孩子了。可是,我的心肝儿,你也知道我心里觉得多么难受吧?你知道我多么伤心吧?因而我只得跑到外边去另找安慰,让你可以维持你那高雅的生活。你呢,就利用这种时间来仰慕你那吃苦已久的卫先生了,因为那个天杀的家伙也不知犯了什么毛病,他既然不能在精神上忠于自己的妻子,却又不能在肉体上不忠于自己的妻子。他只一味胆怯,一味下不了他的决心。他如果肯下决心,那么你是不反对替他养孩子的,是不是?你们养出孩子来也可以当做我养的,是不是?"

她听到这里,便发了一声叫喊,从椅子上忽地跳起来。他看见她站起来,怕她要逃走,马上扑过去,两手将她揿回椅子里,口里吃吃地冷笑着,笑得她汗毛直竖。

"你看看我的手看,"他擎着两只毛茸茸的棕色大手在她眼面前捏了几捏,"我要拿这两只手将你扯得粉碎,那是一点儿都不为难的。我若能够把卫希礼从你心里挖出来,我就不惜将你扯得粉碎了。可是我不能。所以我不得不另换一个法子。喏,你看,我要把两只手夹住你的脑壳儿,像轧胡桃似的轧着,等把卫希礼轧出你的脑壳儿为止。"

说着,他果然双手夹住了她的两鬓,将她的面孔抬起来对着自己,而轻轻将她摇撼着。她睁着眼睛一看,只见面前那张醉醺醺的脸,竟不像是瑞德的了。她是从来不会缺乏兽性勇气的,每逢危险临头的时刻,她会立刻生出这种勇气来,而使自己的脊骨挺得笔直。

"你这酒糊涂,"她嚷道,"你赶快放手。"

说也奇怪,他经她这么一嚷,果然立刻放开手,然后坐在桌子边上,又倒出一杯酒来。

"我向来都佩服你的勇气,亲爱的。可是从来没有见你像现在这么勇敢,因为你是受了胁迫了。"

她将她的围巾紧紧裹住了身体,心里暗暗叫苦,恨不得插翅飞回自己房里去,立刻将房门紧锁起来。她想自己被他这样围困在这里,决不是一个办法,总得想个法子将他收服才好的。于是她故意装起从容不迫的样子,从椅子上站了起来,将围巾牢牢裹在臀部上,抬手理开脸上的头发。

"我并没有受你的胁迫,"她很锋利地说道,"你是永远不能胁迫我的,瑞德，永远不能威胁我的。你是禽兽，不是人。你一向跟婊子在一起的，就把人人看做坏人了。你不能了解我，也不能了解希礼。你是卑鄙龌龊惯了的，什么事情都不懂。因而你对自己不懂的事情就要妒忌了。明儿见。"

说着，她从从容容地旋转身子，举步要向门口走去了，但是瑞德发出了一阵狂笑，立刻止住了她的步子。她旋转头，瑞德就跳下桌子笑着追过去。她觉得他那种笑声非常可怕，不由得向门边的墙壁不住地缩退，他就伸出一双巨灵之掌，抓住她的双肩，将她一揿揿在墙壁上。

"你不要笑。"

"我是因为替你伤心才笑的。"

"伤心——替我？替你自己伤心伤心吧。"

"可是我的确替你伤心，我的美丽的小傻子，你觉得我这笑声难受是不是？你是对于别人的笑和可怜都觉得难受的，是不是？"

他不笑了，只将身子猛力靠在她身上，靠得她两肩膀都酸痛起来。然后他突然变了面容，又靠近了些，以致那股威士忌的气味熏着她鼻子，使她不得不将头朝开。

"你说我妒忌吗？"他说，"哦，是的，我怎么不妒忌呢？是的，我是妒忌卫希礼。我为什么不妒忌呢？哦，请你不要对我分辩、对我解释了吧！我知道你在肉体上是忠于我的。你所要解释的不就是这点吗？哦，这是我早已知道的了。怎么知道的呢？嗯，我是知道卫希礼跟他那个种性的。我知道他很光明，知道他是一个正人君子。这是你和我都不如他的。我们不是上等人，我们是不光明的，是不是？我们唯其如此，才能够这么蓬蓬勃勃地兴旺。"

"哦，让我走吧。我不要站在这里受你的侮辱。"

"我并不是侮辱你。我是在这里赞美你的肉体的贞洁。不过你是一点儿瞒不了我的。你把男人都当做傻子了，思嘉。你把对方的知识和力量估计得太低了。可是我白瑞德并不是傻子。你当我不知道你平日睡在我怀里的时候都当我是希礼的吗？"

她不觉噗地张开嘴来，恐惧和惊异分明露在她脸上。

"这是很有趣的啊，事实上却是罪孽的。一床本该只睡两个人，你却变出三个人来了！"说着，他将她的肩膀轻轻地摇撼，一面打着呃，嘲讽似的微笑着。

"哦，是的，你因希礼不要你，所以肉体上是忠于我的。可是，天晓得，你把肉体给他，我是不会吝惜的呀！我早就知道区区一点肉体算不了什么，尤其是女人的肉体。可是你把你的心给了他——你把你那亲爱、坚硬、残忍而固执的心给了他——那我就要吝惜了。我可以出贱价买到女人,可是我要你的心,我要你的情,而我却永远得不到,正如你永远得不到希礼的心一样。我所以替你伤心的就是这点。"

这时思嘉虽然塞满恐惧和惶惑,他这锋利的嘲讽仍旧刺着她的心。

"伤心——替我?"

"是的,我所以替你伤心,因为你是真正像个小孩子,一个哭着要摘天上月亮的小孩子。我不懂的是,孩子即使摘到了月亮,拿它做什么用呢?你即使得到了希礼,也拿他做什么用呢?是的,我实在替你伤心,因为我实在不忍看见你双手抛掉了快乐,而伸出去抓取一件永远不能使你快乐的东西。我实在替你伤心,因为你是个大傻子,永远不懂得不是同样的人相配永远不能有快乐。假使我死了,媚兰也死了,你终于得到你的宝贝希礼了,你想你会快乐吗?呸,不会的!你永远不能知道他,永远不能知道他在想什么,永远不能了解他,犹如你永远不能了解音乐、诗歌、书本,直至银圆角子之外的一切。至于我和你,我的心爱的妻,只要你肯给我们半个机会的话,我们是能十分快乐的,因为我们两个很相像。我们两个都是流氓,心里想要什么就什么,丝毫无所顾忌的。我们所以能快乐,因为我爱你,而且知道你深入了骨髓,这是希礼无论怎样也办不到的。而他因为不能知道你,所以就要看轻你。……可是你偏不觉悟,偏要对你所不能了解的一个人这么一辈子痴心妄想下去。我呢,也就只得在一些婊子身上痴心妄想了。现在只要你肯觉悟,我们是可以比任何的配偶都美满些的。"

说完,他突然把她放开,重新回到桌子上去拿起酒瓶来。她却仿佛生根在那里,一双脚移不动了,只觉心里有无数思想像走马灯似的飞游而过,想要拿住它们仔细考察一下,却是一个也抓不住。瑞德说他爱她。这话是当真的吗?或只不过是一句醉话呢?或是故意跟她开玩笑的呢?希礼呢,瑞德说他是月亮,难道真的是个月亮吗?这么乱七八糟地想着,她不觉开动步子,急急奔到那黑暗的穿堂里,仿佛后边有恶鬼追她一样。哦,马上跑回房去才好呢!不提防脚跟一扭,一只拖鞋扭歪了,她拼命地甩着脚,想要把它甩下去,谁知这个当儿,瑞德已经追到身边了。他就将双手伸进了她的围巾,一把将她贴肉地搂住。

"好,你把我赶了出去,让你可以清清静静地追求他!今天晚上可不行,我们床上只容你我两个人!"

说着,他就将她凌空抱起来,开步走上楼梯去。她的头恰好堵在他胸口上,因而听见他的心怦怦地狂跳。她被他夹痛了，不由得尖叫起来。但是他不理，管自向那黑暗的楼梯上一步一步迈上去。她一面尖叫一面挺硬着身子，他就在楼梯顶突然停住脚，将她翻过一个身，在她面颊上、嘴唇上、颈脖子上拼命地吻着，直吻得她没有思想和喘息的余闲。突然间，她感到了一种从来不曾尝到过的奇异的刺激，似乎把快乐、恐惧、疯狂、兴奋统统交混在一起了。现在她是破题儿第一遭遇到一个比她更强壮的人，这人是她不能凌辱不能击破的，却反而要凌辱她击破她的。不知怎么一来，她的臂膀已经搂住他的颈梗了，她的嘴唇已经在他的嘴唇底下颤抖了。于是他们继续地进入黑暗，进入一种柔软、模糊、包容一切的黑暗。

　　第二天早晨醒来，他已经走了，若不是旁边明明放着一个空枕头，她竟要把昨夜的事情当做一场春梦呢。她朦朦胧胧地记起了那番情景，不觉脸上热烘烘的。于是她将被头拉上来围住颈梗，继续躺在阳光中，将一大堆纷乱的记忆重新整理。

　　有两件事情最先得她的注意。她跟瑞德已经同居几年了，跟他一起睡，跟他一起吃，也吵过嘴儿，也养过孩子，但是她始终没有认识他。昨天晚上将她抱上楼去的那个，乃是一个陌生人，她从来不曾梦想到过的。现在她虽然要对那人怀恨，对那人愤怒，却是办不到的。因为经过昨夜一夜的疯狂，那个人已经收服了她，伤害了她，虐待了她，而她倒觉快乐了。

　　哦，她是应该羞愧的，应该不敢回想昨夜黑暗中的种种情景的！她是一个大家闺秀，应该很知道身份，现在经过了这么一个晚上，她就再也不能抬头了。然而另外有一种心情强过了她的羞愧，就是昨夜那种狂欢的回味，那种投降时的状况。这是她生平第一遭感到人生的真谛，第一遭感到真正的情欲。她觉得那种情欲是强烈的、原始的，跟她逃开亚特兰大那天晚上所感到的恐惧一样，同时又是模糊而甜蜜的，犹如她开杀那个北佬时所感到的憎恨一样。

　　瑞德果然爱她了，已经亲口说过爱她了！这还有什么可怀疑的呢？这么一想，她倒觉得有些为难起来，因为等会儿瑞德回家，青天白日跟他见面，不要觉得羞答答吗？

　　但是瑞德并不回来吃中饭，连晚饭也不回来吃，那天夜里她仍旧独个人孤独地躺着，一直竖起耳朵听着大门，到天亮也不曾合眼。可是他到底没有回来。第二天又过去了，也仍旧没有消息。于是她失望了，着急了。她到银行里去看了看，但是他不在那里。她又到自己店里，希望他会去寻她，可是等了半天也不见一个影子。然后又到木厂里去等，瑞德仍旧没有来。

她想去问问朋友们有没有看见瑞德，又觉得不好意思，连自己家里的佣人，她也觉得不便问。直到第三天，她才决心要去报警察，也许他是遇到意外了，也许他从马上摔下来，摔进阳沟里去爬不起来了。也许——哦，多么可怕呀——也许他已经死了。

谁知她吃过了早饭，正在房里戴帽子预备出去，忽然间，一阵急骤的脚步声从楼梯上响上来，她听出是瑞德，这才松了一口气，扔下帽子倒到床上去等着。果然还不曾躺稳，瑞德已经进门了。他刚刚理过发，修过脸，并没有醉容，可是眼睛血红的，脸上有些儿浮肿。他向她摆了一摆手，叫了声："哈罗。"

怎么，一个男人不声不响跑出去两天，回来对妻子"哈罗"一声就能了事吗？而且那天夜里那么发疯了一夜，他怎么能够这样若无其事呢？难道他已经忘记了吗？难道这样的夜晚在他是司空见惯的吗？一时之间她竟说不出一句话来，几天以来预备着要用以欢迎他的种种媚态，也竟忘记得干干净净了。他并不走到她床边去跟她亲吻，只咧着嘴站得远远地看她，手里拿着一根雪茄。

"你——你到哪里去了？"

"你不要假痴假呆！现在怕是整个城里都知道的了，也许只有你一个人没有知道吧。常言说得好：'丈夫为非，妻子最后知。'"

"你这话什么意思？"

"因为前天晚上连警察都到贝儿那里去光顾过呢。"

"贝儿？——那个——那个女人？你是跟她在——"

"当然。别的我有什么地方可去呢？你总没有替我担心吧。"

"怎么，你从我这里出去就——哦！"

"喂，喂，思嘉！你不要假痴假呆了。这个贝儿你是早已知道的。"

"你离开了我马上去找她，而且我们刚刚那么——那么——"

"哦，是的，"他做了一个毫不在意的手势，"我倒忘记了。那天晚上我真对不起，现在我向你道歉。我是醉了，你当然也知道的，而且你当时那么动人，我实在情不自禁了。"

她听了这几句话，仿佛吃了一个晴天的霹雳。原来他还是他，一点儿都没有变。只是她自己痴心，还当他真的爱她。原来他喝醉了才拿她来泄欲的，跟对贝儿家里那些女人并没有什么不同。现在他回来了，又这么公然地来侮辱她、嘲笑她了。她气得要哭出来,又怕要被他耻笑,便竭力熬忍着,见他一双眼睛骨碌碌地仿佛在等她说话。你等我说出丑话来让你笑吗?我偏偏不,于是她突然锁起了双眉。

"我自然疑心你跟那禽兽有些不清楚。"

"只不过疑心而已吗?你为什么不问问我呢?我是会对你讲的。自从你跟希礼串通好了要我们分床那天起,我就跟她同居了。"

"哦,好不要脸!站在自己妻子面前说这样的话,还自以为得意呢!"

"哦,算了,这种官腔劝你不必再打了。只要我天天会钞,你还管我跟谁去睡吗?何况我的事情你是明明知道的。至于说你是我的妻子,这话也不十分对,自从美蓝养出来以后,你就不大像我的妻子了。总之,我在你身上的投资是蚀本了的,思嘉。我在贝儿身上投的要得利得多。"

"投资?你是说你给她——"

"不如说我替她做后台老板吧。贝儿这人很聪明,她的营业一定会发达,所缺少的就只是钱罢了。你要知道一个女人能有几个现钱做基础,就会做出奇迹来的。你就看你自己吧。"

"你拿我来比——"

"嗯,你们都是精明强干的生意人,也都是做成功了的。不过贝儿当然有些不如你,因为她心肠太软,脾气太好——"

"请你走出去好吗?"

他懒洋洋地踱到门口,又回过头来竖起了半边眉毛向她瞟了一眼。她已气得再也没有别的话说了。

"你赶快替我出去,从此再不要进来。我本来跟你有过约,是你不要脸才进来的。从此以后我要锁门了。"

"你不必费心。"

"我一定要锁,免得你灌醉了又要来讨厌。"

"嗨,达灵!我看是不见得讨厌的吧!"

"滚出去!"

"你不要忙,我这就走了。从此永远不来讨厌你,那是最后一次了。我早就想来告诉你,你若是觉得我那不名誉的行为受不了,我是可以许你离婚的。只要把美蓝给我,你要离婚我一定不跟你争。"

"我不做这种败门风的事,我不跟你离婚。"

"哈，假使媚兰小姐死了，你怕要败门风得紧呢！她早晨死了，你晚上就要跟我离婚了。"

"你到底走不走？"

"走的，走的。我就是为要走了才来跟你讲一声的。我要到查尔斯顿跟新奥尔良去了，还有——哦，嗯，还有许多许多地方呢。我今天就要动身。"

"哦！"

"我要把美蓝带了走。你叫那个傻百利子把她的衣服收拾起来吧，百利子我也要带去。"

"我不许你把我的孩子带出门去。"

"她也是我的孩子呀，白太太。我要带她到查尔斯顿去看看祖母，你当然不反对的。"

"看祖母去？不要见你的鬼吧！你这样天天灌得烂醉，我会把孩子让你带去？让你带到婊子家里去吗？"

他把手里的雪茄猛地往地上一掷，那条地毯立即给火烫焦了，咻咻地冒上烟来，冲着他们的鼻子。他也不去管，两步迈到她面前，涨紫了一张面孔。

"假如你是个男人，我非立刻卡死你不可。现在我不许你再开一句口。你当我是不爱美蓝的，我会把她带到那种地方去——她是我自己的女儿呀！你倒要摆起做母亲的架子来了，你这种母亲算了吧！你给孩子到底有什么好处？卫德跟爱拉都给你吓得什么似的，要没有媚兰小姐，他们简直不会懂得怎么叫爱呢！美蓝可是我自己养的，你以为我管教她不比你好吗？你当我会把她留在家里让你去打去骂，弄得她死气沉沉为止吗？你放心，不会的！你现在乖乖儿的，赶快叫百利子去收拾起来，一点钟之内要弄好，否则像那天晚上那么对付你还算便宜的。我非拿鞭子着着实实地揍你一顿不可。"

说完，他也不等她开口，掉过头去大步迈出房去了。她听他走过穿堂，推进孩子们的游玩室，随即听见三个孩子嘻嘻哈哈闹起来，美蓝的声音特别响。

"爹爹，您上哪儿去了？"

"我去找一片兔儿皮来包我们的小美蓝呢。给你顶顶亲爱的爹爹香一个嘴吧，美蓝——爱拉，你也来一个。"

第五十五章

"哦,亲爱的,我不要你的什么解释,我也不会听你的,"媚兰一面将手轻轻扪住思嘉的嘴,一面说,"你如果以为你我之间也该有解释的必要,那就是侮辱你自己,也侮辱希礼,也侮辱我了。我们三个好像是三个战士,已跟世界战斗了这许多年,你若以为人家的几句闲话就可以离间我们,那我真要替你羞死了。你当是我会相信你跟我的希礼——啐,怎么想得起来的!你对于我们父子三个这样宽宏大量,这样帮助我们,免得我们饿死,又救了我的性命,你当是我会忘记吗?你以为我受过你那么的大恩大德,现在还会听信这种可怕的谣言吗?我一句话都不要听你的,郝思嘉。一句话都不要听你的。"

"可是——"思嘉嗫嚅着要想开口,却又收住了。

原来瑞德已在一小时之前带了美蓝和百利子出门去,思嘉因羞愤之上再加上一重寂寞,而在这寂寞之中,又不由得不想起希礼的事来,觉得自己非常对他不起,又想起媚兰那样维护她,尤其使她非常难受。假使媚兰听信阿基和英弟的话,那天招待会上一点不理她,或者只是冷冰冰地跟她打一下招呼,那她倒可以昂起头来,用她自己武库里的各种武器立刻反攻回去的。谁知媚兰竟像是一面盾牌,唯恐她要受别人的耻辱,那么左啊右啊地替她掩护着,这就使她除了去对媚兰招供忏悔之外再也没有别的办法了。是的,她要去把自己跟希礼的关系原原委委都跟媚兰供出来。

现在她受良心驱迫了,受一种天主教的良心驱迫了,因为这种良心虽然已被她压遏好久,却是仍旧会起来的。从前她的母亲对她也不知说过多少遍:"你有罪时要招供,要在伤心自责之中惩罚着自己。"现在到了这危急关头,母亲的这种宗教训练就又回来督促她了。是的,她要去招供,要去把自己和希礼的一言一动、一颦一笑都诉说出来,那么上帝就会减少她心里的苦痛,而使她安心下去了。至于母亲说的那种惩罚,她当然也不会没有。因为将来媚兰听了她的招供,她脸上的神情一定要从友爱和信任立刻变为恐怖和厌恶。那样的面孔一定要非常可怕，一定要使她一辈子忘记不了，这不就是一种再苦不过的惩罚吗？

昨天夜里也曾有一时，她想起了媚兰如果骤然知道了真情，她那傻子的乐园就立刻要崩溃得粉碎，倒也是一件大快事，那么即使牺牲自己的一切也是值得的。但是过了一夜之后，她又觉得这种办法不好了，不愿意这么干了。到底为什么不好呢？她也说不出一个所以然来。总之，她心里有许多混乱的思想在那里自相冲突，使她无论如何寻不出头绪来。她只知道自己曾经想要实行母亲的遗教，以期可以心安理得。她只知道自己曾经想起别人无论怎样说她她都可不管，唯有媚兰对她的意见她是不能不重视的。

她要去对媚兰说实话，原也觉得害怕的，但是她的那点未尝根绝的良心终于遏不住，以为媚兰既然这样竭力维护她，她是再也不能对她戴假面具了。于是那天早晨等瑞德和美蓝动身之后，她就急急赶到媚兰家里来。

谁知她刚刚说了一句"媚兰，那天的事情我必须解释一下"，媚兰就马上声色俱厉地将她阻止了。思嘉看到媚兰那双乌黑的眼睛，看见里面闪着一种爱与怒的光，便知自己对她招供了之后，也决不会得到心境平静的。于是思嘉刚才那样坚强的决心，竟被媚兰几句话连根拔去。因为思嘉到底也懂得一点世故，知道自己若把一个痛楚的心转卸到别人身上去，那就是纯粹的自私自利了。因想媚兰那样地维护自己，自己实在对她负着一笔债，而这笔债是唯有拿沉默来偿还的。如果自己将实情告诉媚兰，使得媚兰知道丈夫无情、朋友无义，这岂不要断送媚兰一生的快乐而成了以怨报德吗？

于是她苦闷地暗忖道："不，我决不能告诉她。哪怕我的良心刺杀我，也决不能告诉她。"随即她又记起瑞德的话来："她对于她所爱的人决不会疑心什么……这就成了你自己的十字架了。"

是的，这要做她自己的十字架了，这要叫她背到死为止，这要使她夜不得安眠，日不得安坐，而凡媚兰以后对她一言一动的示惠，她都不得不在心里暗暗叫道："哦，你不要待我这么好！你不要替我尽力！我是不值得你这样的！"

"哦，你假使不是一个傻子，假使不是这么天真烂漫一味信任人，那我倒还比较受得了，"她觉得无可奈何地想道，"我平生是挑过许多重担的，可是现在这一副重担我真是挑不动了！"

媚兰坐在一张矮椅上，面孔朝着她，将一双脚搁在踏脚凳上，以至高高竖起两个膝踝头，像个小孩子似的。这种坐相很不雅观，她不是十分生气的时候决不会这样。她手里拿着一条花边，只见那根雪亮的长针飞也似的一上一落地刺着，仿佛决斗时挥剑一般。

若是思嘉心里怀着这样的愤怒，她就要顿着双脚，像她父亲健旺时那么大呼大吼起来，并且要叫上帝来作证，骂人家个个是流氓，口口声声喊着非报复不可。媚兰却不然。人家只消看她手里的针那么地飞舞，看她眉头一直锁到了鼻梁，便知她内心在鼎沸了。她的声音一点不热烈，她的措辞倒比平常还妥帖，但是她一句句说得斩钉截铁，跟平常那种不轻易发表意见的态度完全不同。由此思嘉知道他们卫韩两家的人也都跟她郝家人一样盛怒，或且更厉害的呢。

"往常人家那么批评你，我早已听得厌倦极了，亲爱的，"媚兰说，"这一回是最后一回，我马上就要想办法了。我也知道人家所以批评你，都由嫉妒而起的，因为你太聪明了、太成功了。有许多事情连男人都做失败的，你却做得很成功。我说这话你不要见气。我并不是说你不守妇道，不像女性，像许多人说的一样。其实你并不是这样的。人家简直就不了解你，而且他们见到聪明的女人是容忍不了的，但是他们不能因你聪明和成功就该有权利说你跟希礼——哦，真是只有天晓得！"

她这最后一句愤慨话，假使放在一个男人嘴里说出来，一定要觉得亵渎。当时思嘉对她瞠视着，觉得这样愤慨的话是她从来没有说过的，因而十分惊异。

"至于他们三个——阿基、英弟、艾太太——竟敢编出这种丑话到我面前来说，我真不懂他们怎么会有这种胆量的！当然，艾太太是始终不曾来说过什么，她没有这种勇气呢。不过她一向是恨你的，因为她家芬妮不如你。后来你把艾恕革了职，她就更加恨你入骨了。我倒说你革得好，这种不成才的东西到底有什么用呀！"这么一说，媚兰竟对一个自小以来的朋友也一点不顾情分了，"至于阿基，那该怪我的不是。我悔不该将这老流氓收留在家里的，别人也都劝我不要收留他，我总是一个不听。他就是对你那些犯人的事情不痛快，不过他是什么人，他配来批评你吗？他是杀人的凶手，而且杀的是他自己的老婆呢！谁知他恩将仇报，竟到我面前来讲——我真巴不得希礼一枪把他开死呢。现在我可以告诉你，我已经大大教训他一顿，叫他滚蛋了。他已经不在佐治亚州了。

"再讲到英弟，她就简直是个下作鬼！亲爱的，我第一次看见你跟她在一起的时候，就已看出她妒忌你了，因为你比她长得美，你的情人比她多。后来为了汤司徒的事，她尤其恨你入骨。她本来是一心都在司徒身上的，所以她——嗯，这话我是不应该说的，因为她是我自己的小姑子，不过我想她为了这桩事情怕是心都碎了的！要不然的话，她现在这种行为是无法可以解释的。……我已经叫她不要再进我的门,并且告诉她,我若再听见她说这样的废话,那我就要——就要向大家去宣传她惯会造谣生事了!"

媚兰说到这里,一脸的怒气突然变成了一脸的悲哀。因为佐治亚州人都很重家族观念,媚兰尤其要争大门气,所以想起了姑嫂有隙,便不免伤心起来。她迟疑了一会儿,将思嘉和英弟的情分在心里权衡了一下,结果觉得思嘉更亲于英弟,这才毅然又往下说:

"她看见我跟你要好,一直都在妒忌你。现在我已叫她不许进门了,她在什么地方我也决不去看她。希礼也同意我这么做,不过他看见自己的妹子干出这种事来,差不多心都快碎了。"

一经提起了希礼的名字,思嘉的神经就立刻松弛下来,而不禁淌下眼泪来了。她想自己本来一直都替希礼谋快乐、谋安全,而实际是没有一次不害他。她已经断送了他的一生,破坏了他的自尊心,打碎了他内心的宁静,现在呢,又离间了他最最亲爱的妹子。因为他要保全她的名誉和妻子的快乐,就不得不拿英弟来牺牲,将她形容做一个造谣生事、醋心极重、近于疯癫的老处女。其实英弟每一次的怀疑、每一次的告发,都是绝对公正的。只要希礼肯向英弟眼睛里仔细一看,他就会看出她的话句句真实,然而他不能不将她牺牲。

思嘉也知道希礼心地光明,现在却要逼他做这种冤枉人的事,他心里一定痛得像绞一般了。同时他也跟思嘉一样,不得不仰仗媚兰替他在前面作掩护。她也知道这桩事情的责任都该她自己负的,她也觉得希礼现在这样的处置实在不公平。她又记起瑞德讥嘲希礼的话来,仿佛希礼的这种行为的确不很男子气,的确不很光明了。因而她仍旧决心要招供,以洗净希礼的污点,而恢复自己平时对他的观感,谁知媚兰的态度更加坚决。

"不要!不要!"她一面嚷着,一面搁下手中的花边,将思嘉一把搂在怀里,"我刚才这一番话都是不应该对你说的,倒使得你心里愈加烦恼了。从今以后我们再不要提起这桩事情,也不许人家再提起。我们当做不曾有过这回事好了。可是,"她又恨恨然地接着说,"英弟跟艾太太她们两个,我得拿一点颜色给她们看看,免得她们再去造谣生事。你等着瞧吧,你尽管放心好了。"

此后媚兰到处去做反宣传,又带着思嘉挨门逐户去拜访,以示自己对于她毫无间隙。于是过了不多日子,竟有些人相信思嘉真的无罪了,其余的人虽然不完全相信,也对思嘉继续维持相当的礼貌。这都由于大家深深信任媚兰的缘故。

第五十六章

　　瑞德出门已经有三个月了。这三个月中间,思嘉不曾接到过他的一封信。她不知他究竟在哪里,也不知他还有多少日子才回来。实在,他到底回不回来也还没有把握呢。在这期间,她照常进行自己的业务,外表上还是把头抬得高高的,内心却一直都不能安适。近来她身体也不大好,但是因有媚兰在后边督促,仍旧每天都到店里去,两个厂里也胡乱去照看照看。现在店里的营业比从前加了三倍,钱也源源不断滚进来,但是她忽然觉得厌倦了,每天到店总要发脾气,故意跟那班伙计找是非。高沾泥管的那个厂现在做得很发达,木厂里营业也好,出来的货马上就能销,但又不知是什么缘故,他的一言一动没有一次能中她的意。高沾泥是爱尔兰人,脾气跟她自己一样,经过她几次的无理取闹,他便恫吓着要辞职。这使她又不得不向他道歉。

　　希礼管的那个厂,她是绝足不去的。有时希礼要到木厂里来,她就连木厂里也不去了。她知道希礼也一直回避着她,但是媚兰常常要来找她去,去了就不免要跟希礼碰头,希礼总要现出非常局促的样子。她很想找希礼私下谈一谈。她要问他究竟对她恨不恨,究竟当时对媚兰怎样说法,但是希礼始终将她挡拒于一丈路外,而且神色之间仿佛求她不要再开口。她看见希礼一天天苍老下去,而且脸上一直现着懊丧的神情,就觉得心上加重了一重负担,又加希礼厂里每个礼拜都蚀本,心中懊恼却又不敢说出来,只得咬紧牙关熬忍着。

　　希礼对于现在这个僵局仿佛一点儿没有办法,思嘉就觉得他实在不如瑞德了。她知道瑞德无论遇到怎样的难题,总都有办法可以解决,因而使她不得不对他起敬。

　　瑞德临走时候那样侮辱她,她当然不胜愤恨,但是现在事隔几个月,她的愤恨渐渐消失了,便一天天地惦记起瑞德来了。她想起瑞德在家的时候,虽然常要跟她闹别扭,家里总觉得非常有趣、非常热闹。瑞德会讲笑话,讲俏皮话,讲刻毒话,常要惹得她笑个不歇。有时他竟会不顾羞耻,把自己从前的种种恶迹都讲出来，在别人听了都要大为骇异的，思嘉听了却觉得津津有味。总之，瑞德在家的时候她从来不会感到寂寞。

现在瑞德走了，美蓝也走了，她就觉得非常寂寞了。她想不到自己对孩子竟会这么的惦记。她又记起瑞德临走时曾经骂她不会管孩子，现在她就利用空闲时间在卫德跟爱拉身上用起功夫来，谁知那两个孩子对她一点儿没有反应，这才使她不能不相信瑞德的话。因为那两个孩子的婴儿期间，都碰到她自己弄钱弄得最最忙乱的时候，因而没有余暇去获得他们的信任，博取他们的感情，所以现在已经来不及了，再也无法打进他们的小心眼里去了。

爱拉本来就是一个傻孩子。她对于无论什么东西的注意都不能维持很久，正如小雀儿在一根树枝上不能站得很久一样。思嘉跟她讲故事，她老是要打岔儿，老是要拿一些全然不相干的话来问，而且同是一句话儿，问了又要问。卫德呢——总是怯生生的，大概他确是害怕她。她觉得很奇怪，也很伤心。为什么她自己的孩子——而且是唯一的男孩子——要害怕她呢？有时她想引他说话，他就睁着察理那样柔和的褐色眼睛朝她看看，羞得双脚不住地踯躅着，一句话也说不出来。但是他碰到了媚兰，就会滔滔不绝地谈着，并且把自己口袋里的鱼、虫儿、烂绳子之类都翻出来给她看了。

媚兰对于孩子的确有办法，那是谁都看得明明白白的。她自己的小玻就是全亚特兰大再乖不过的一个孩子。思嘉要去对付他，比对付自己的孩子容易得多。因为小玻对于大人丝毫无成见，每次看见思嘉总要爬到她膝头上去跟她亲热，不必等别人拉他。他的相貌很像希礼，又加胖胖儿的，可疼煞人呢！她的卫德能够像他就好了！不过思嘉也有话可以自解，媚兰所以能把孩子弄得这么好，当然是因为她只有这么一个孩子，而且不必像自己这样操心劳苦的缘故。

有一天卫德先在媚兰家里玩，思嘉过一会儿也去了。她一踏进大门，就听见卫德在那里大声呼叫，像在战场上呐喊一般，便不由得大吃一惊。因为卫德在自己家里，向来像小耗子一样不敢开口的。同时她听见小玻也在那里呐喊。直至走进坐起间，这才看见他们手里都拿着木刀，向一张沙发那边进攻，但是一见思嘉走进去，立刻就吓得不响了。这才看见媚兰从那沙发背后站起来，头发乱蓬蓬地大笑着。

"这里是葛的斯堡，"她给思嘉解释道，"我就是北佬，已给他们打败得一塌糊涂了。"然后指着小玻说："他是李将军。"又搂着卫德的肩膀说："他是毕将军。"

不错，媚兰对于孩子是有办法的，思嘉终觉得莫测高深罢了。

"不过，至少美蓝是爱我的，喜欢跟我玩儿的。"她只得聊以自慰地这么忖着。但是她仔细一想，就又不能不承认美蓝最最喜欢的是瑞德而不是她，而且从今以后她也许再也见不到美蓝了。因为照她猜想起来，瑞德也许已经到了波斯或埃及，并且要永远住在那里了。

后来她因为心神不安，去找米医生诊治，以为诊断的结果一定是肝症或是神经衰弱之类，谁知米医生说她又有孕了，使她不由得大大吓了一跳。当即她回想起了那狂欢的一夜，不觉满脸都涨得绯红。她前几次听说有身孕，都觉得非常懊恼，这回却不同了，她竟觉得高兴了。假使是一个男孩子呢？假使是一个活活泼泼的男孩子，不像卫德这样精神委靡的，那么她一定要好好地养起他来。现在她已经有闲空工夫可以专心养孩子了，并且不愁没钱栽培他了，这是多么快乐啊！她很想写一封信到查尔斯顿，由瑞德的母亲转交给瑞德，把这事儿告诉他。哦，他为什么还不回来呢？要是等孩子养出了，他才回来，那就对他怎样也分辩不清了！但是她如果写信给他，他一定当她巴望他回来，那就要被他笑煞了。不，她决不能让他当是自己少不了他的。

正在迟疑间，忽然接到宝玲姨妈从查尔斯顿寄来的一封信，这才知道瑞德确曾到查尔斯顿去看过母亲，并且知道他并未出国，便觉放心了许多。照那信上看起来，瑞德曾把孩子带到宝玲姨妈家里去过，也带到幽籁姨妈家里去过。信中对孩子大加称赞，但对思嘉自己却颇有微词。

"这小东西真美丽极了！"那信上写道，"将来大起来一定是个人人追求的美人儿呢。要是谁想追求她，怕也很难通过她父亲这道难关吧，因为我从来没有见过一个父亲爱儿女爱得像白船长这么厉害的。在我没有遇到白船长以前，总以为你们的婚姻一定非常悲惨，因为查尔斯顿人从来没有说过他一句好话，所以他刚来的时候，我跟幽籁都一时拿不定主意，到底接待不接待他好呢——不过那个孩子究竟是自己的外孙女儿啰，是不是？谁知我们跟他一见面，大家都吃了一惊，才知轻易听别人的谣言实在是不道德的。原来他是一个极好的好人，相貌又长得十分好，又很庄重，很有礼貌。对于你跟孩子又是这么一味溺爱的。

"所以，现在，我就不得不写信来劝劝你了，因为我跟幽籁都曾有所闻，起初还不肯相信，直到见了白船长，才知是确有其事。我们听说甘先生有一爿店留下给你，你亲自在那里管，那是并没有什么了不得的。又听见别的种种不堪入耳的谣言，我们也都不去理它，总以为仗刚刚打完，大家日子难过，你也是万不得已。但是现在我们就不懂了，因为白船长景况很好，而且你的产业他都管得了，何必再要自己出去经营呢？我们为的是谣言，不肯马上就相信，所以不得不向白船长问个明白，谁知这一问，倒把我们问得非常伤心了。

"据白船长告诉我，你每天早上都到店里去，并且不许别人来替你管账。又说你对于那几个木厂兴趣很浓，以至于独个人赶车外出，谁都不要他伴送，只有一个流氓替你赶车儿，据说还是一个杀人的凶手呢。我们看白船长说这话的时候，心里像是非常难受。的确，他也总算宽容你了，你不应该对他这样的。所以我现在写信来劝你，思嘉，这种行为你必须马上戒了才是。你的母亲已经不在了，我是你姨母，应该代你母亲负责任。你要想想看，将来你那几个孩子大起来，知道自己的母亲是做买卖的，叫他们怎么不难为情呢！他们要是知道自己的母亲一天到晚跟那班粗人在一起，受那班粗人的侮辱，不要觉得伤心吗？这种不守妇道的——"

思嘉不等看完，就赌了一个咒，将那封信扔开了。她想两个姨妈住在那样简陋的房子里，若不是她每月寄钱去养活她们，早就已经饿瘪了，现在竟敢向她来说好说歹了！哼，不守妇道！要不是我不守妇道，她们早就做叫花子去了。还有天杀的瑞德，他也竟这么多嘴，把这许多噜哩噜苏的事去对她们说！还说他心里难受呢！他要向那几个老太婆去讨好罢了！要显出他自己是个多么专心的丈夫和父亲罢了！真见鬼啊！他要这样去说我的丑话，到底有什么意思呀？

但是一会儿之后，这一阵愤怒就变成麻木了。因为近日以来，她已经失去了从前那一股傻劲。她现在的唯一希望，只是要希礼恢复从前那一种光彩——不，只是巴望瑞德早些儿回来使她可以笑。

突如其来地，他们回来了。回来的第一个音息，就是行李砰砰落在前面穿堂地板上的声音，随后就听见美蓝高喊着："母亲！"

思嘉急忙从房间里跑到楼梯顶，看见女儿扭着一双矮胖的腿儿正要迈上楼梯来，怀里捧着一只憔悴不堪的条纹小猫。

"祖母给我的。"她抓起小猫的后颈，非常兴奋地嚷道。

思嘉一把将她从地上抱起，亲亲热热吻着她，暗中深幸有这孩子打混场，不必马上和瑞德见面。她从美蓝肩膀上看过去，看见瑞德正在门口开发马车钱，在这当儿，他也转过头来朝楼梯上一看，看见了思嘉，便脱下头上的帽子，伸开了两条臂膀，深深鞠了一个躬。她一接触到他的乌黑眼珠子，不禁心里怦怦跳起来。

"嬷嬷呢?"美蓝一边问着一边扭着身子要下去,思嘉只得将她放下地。

这时思嘉心里有些觉得为难起来了。第一要装起随随便便的态度跟瑞德相见,已经是颇不容易;再加上自己有孕的事儿,又怎么向他开口呢?正想着,瑞德已经一步步迈上楼梯来,她一看他的脸,仍旧是那么淡漠,想这桩事儿一定得等些日子才能跟他开口,不能马上就跟他去说。照理,这种消息应该让丈夫尽先知道,因为做丈夫的听见这种消息总觉得快乐。不过瑞德却又当别论。

她站在楼梯顶,伏在栏杆上,暗忖瑞德也许要来和她亲吻了。但是不,他并不来和她亲吻。他只是说:"你的脸很苍白呢,白太太。难道胭脂都用完了吗?"

并没有说一句他在外如何思念她的话,其实即使嬷嬷在面前,他也何妨来跟她亲一个嘴呢?何况嬷嬷已经领了美蓝向育儿室里去了。他只是站在她旁边,没精打采地将她审视着。

"我看你憔悴得很,难道是因思念我而起的吗?"他问这话的时候,虽然嘴角有点儿微笑,眼睛却不笑。

哦,他仍旧是这种态度!他仍旧是这么可恶!突然间,她觉得自己肚里的血块又是一场冤孽了。因为如今跟他面对面站着的这个人,对她竟是跟仇人一般,她怎么好再把他的种子留在自己身上呢?这么一想,她回答他的话里就不觉含着狠毒了,而这狠毒是谁的眼睛都瞒不过的,于是瑞德嘴边那一点点的微笑也突然消失。

"呸,谁来思念你?你不要像煞有介事吧!我弄得这么苍白,都要怪你的不好。这是因为——因为——"哦,在这许多佣人的面前怎么好说出这种话来呢!可是她看见瑞德这副神气,简直熬不住了,"因为我又有了孩子了!"

他突然抽进一口气,将她浑身上下掠过了一眼。然后跨上前一步,仿佛要去抓她的肩膀,但是她将身子一扭闪开了。他见她眼睛里含着那样的狠毒,立刻把脸沉下来。

"真的吗?"他冷冰冰地说,"嗯,谁有这么幸运做父亲呢?希礼吗?"

当时她正抓住一根刻花的梯顶柱,听了这话,不由得气得将手拼命地捏着狮子的一只耳朵,直捏得她痛起来了方才觉得。她想自己跟他做了这几年夫妻,万想不到他会给她这么厉害的侮辱。当然,他是跟她开玩笑的,但是有些玩笑开得太过分,叫人受不了。她恨不得将手指掐进他眼睛里去,将那怪里怪气的光芒掐出来。

"你这天杀的！"她开始说，她的声音气得发抖了，"你——你，你明明知道孩子是你自己的。你不要孩子，难道我要孩子吗？像你这种畜生，哪个女人家是愿意替你养孩子的？哦，要是孩子不是你的倒好了！"

她看见他的面孔突然改变了，突然因愤怒而痉挛了，此外还有一种神情是她不能分析的。

"那好！"她在暗中称快道，"那好！我到底把他气坏了！"

但是刹那间，他又仍旧恢复了那种淡漠的神色，然后摸了摸半边的胡须。

"得了，不要生气了，"他一面说，一面撇开了她管自跨上了最后一级楼梯，"你再要这么生气，也许会闹小产的。"

霎时，她把养孩子的种种情形一齐想起来——呕逆、等待、大肚子、阵痛，都是他们男人家不能领会的。谁知现在他反拿她来开玩笑了！她要去抓他，非要等那黑脸儿上见血才痛快。于是她像一只猫，一扑扑到瑞德身上去。瑞德将身子一闪，急忙伸出一条臂膀挡开她。谁知那新上蜡的地板非常滑，她经他这一挡，立即失去了平衡，急忙要想抓住梯顶柱，却又失了手。于是她扑倒在楼梯上，把肋骨碰伤了，痛得像刀戳一般，当即头晕眼花，把持不住，骨碌骨碌地一直滚到楼梯脚下去。

这是思嘉生平第一次害病，她自己知道病势不轻。因为她只要略透一口气，那受伤的肋骨就要痛得不得了，同时脸也擦伤了，头也昏昏的，浑身都像有许多恶鬼在那里拿熨铁烫她，拿破锯子锯她。虽也稍稍有间断的时候，却又力乏得不能动弹。她觉得做产虽然也痛苦，总没有这样的厉害。她曾经养过了三胎，总都是两个小时之后就会很贪口地吃，这回她却只能喝凉水，不论什么，吃下去都要呕。

孩子来时那么容易，不想去时竟会这么痛苦！奇怪的是，她一听说这个孩子养不成，心里竟像油浇一般了。更奇怪的是，偏偏这个孩子是她真正要他来的。为什么要他来呢？她自己也曾想过一下，可是她的心太疲倦了，什么事情都想不出来了。她所能想的只有死，她觉得死已经在她房间里，她没有气力抵挡它，没有气力把它打回去，因而她害怕了。她希望一个强壮的人来帮助她，来拿住她的手，将死挡回去，直到她自己的气力恢复起来有抵挡为止。

她竭力咽下了愤怒，希望瑞德进来，但是瑞德不进来，她又不好意思差人请他去。

她对于他的最后记忆，就是当他在楼梯脚的黑暗穿堂里将她抱起来的时候。

当时他的面孔雪白，除了恐惧之外什么表情都没有，只是扯着喉咙喊嬷嬷。然后仿佛记得自己被他抱进房里来，然后黑暗笼罩着了她，什么知觉都没有了。然后只觉得痛，痛，只听见房里满是嗡嗡的声音，以及白蝶姑妈的欷歔啜泣声，米医生的粗暴命令声，楼梯上脚步的奔忙声，穿堂里踮着脚尖儿的走路声。然后仿佛来了个炫目的闪电似的，一种死与恐惧的意识突然袭来了，她当即想尖叫出一个名字来，而那尖叫却成了一种耳语。

但这寂寞的耳语立刻引出了一个回应，那是从床边的黑暗中发出来的，声音很低很温和，仿佛唱抚儿歌似的说道："我在这里呢，亲爱的。我一直都在这里的。"

媚兰握住她的手，将它轻轻揿在她自己的冰凉面颊上，于是她心里的死与恐惧逐渐退却了。她想旋转头来看看媚兰的脸，可是转不动。于是她幻想是媚兰在这里养孩子，仿佛媚兰正躺在床上，北佬快到了。城里已经起了火，她非赶快逃不可，但是媚兰正在养孩子，她是不能逃走的。她必须等在那里，等到孩子养出来，因为媚兰正需要她待在身边。媚兰正在受煎熬，仿佛被煨红的铁钳子在那里钳，被钝刀在那里刮，一阵又一阵地痛。

但是米医生到底来了，虽然车站上的那些伤兵需要他，他终于来了，因为她听见他在那里说："她在呓语呢！白船长哪里去了？"

那天夜里，她一会儿糊涂，一会儿清楚，一会儿是她自己在小产，一会儿又变做媚兰在呼喊了。在这期间，媚兰寸步不曾离开她，一直拿她的凉手给她安抚着，一点不露焦灼的状态，她不像白蝶姑妈那样只会得啜泣，思嘉每次睁开眼，就要问："媚兰呢？"媚兰总在旁边立刻答应她。有时她很想叫出"瑞德——我要瑞德"来，但是立刻就会如梦初醒一般，觉得瑞德不要她，便又把这话收回去了。

有一次她问："媚兰呢？"回答她的却是嬷嬷的"要什么？孩子"。同时就有一块冷手巾揿到她额头上来。于是她一迭声地喊："媚兰！媚兰！"但是媚兰好久好久还不见。原来她正在瑞德房里，坐在瑞德床沿上。瑞德已经喝得烂醉了，像个小孩子似的呜呜地哭着，将头伏在媚兰膝踝头，赖在地板上打滚。

媚兰每次从思嘉房里出来，总见瑞德把房门大大开着，坐在床沿，眼睛望着思嘉的房间。他房间里已经弄得了一塌糊涂，满地都是雪茄烟头，桌上乱摊着一盆一盆不曾吃过的饭菜。床也乱七八糟的，许多日子没有铺了，他却一直坐在床沿上——胡须留得长长的，显然已瘦了许多——一刻不停地抽着烟。他看见媚兰的时候，也从来不问一句。她却总要在他门口站一会，把消息报告给他，或者是："唉，她倒更厉害了呢！"或者是："不，她还没有问起你。她在呓语呢！"又或者："你决不可以绝望，白船长。我来替你做点热咖啡，你得吃一点东西。这样你要弄出病来的。"

媚兰一连几夜没有睡，已经倦到几乎什么都不能感觉，但是她一直替瑞德可怜，可怜到心都作痛了。她想自己明明亲眼看见他这么突然瘦下去，亲眼看见他脸上痛苦不堪，人家怎么可以说他这许多坏话——说他没心肝，不爱思嘉呢？因此她每次走出病房去向他报告症状的时候，辞色之间都格外显得委婉。那时瑞德却像一个罪犯，在那里等待裁判，又像一个小孩子突然跑进一个四面仇敌的境界。

后来思嘉好了些，媚兰欣欣然地跑到瑞德那里去报告，她所见的竟是出乎意料了。床边桌上放着一个威士忌酒瓶，已经空了半瓶了，满屋子都是酒气。他抬起一双乌溜溜的眼睛朝她看了看，虽然紧紧地咬着牙关，下颔上的肌肉仍旧禁不住簌簌发抖。

"她死了吗？"

"哦，不。她已好了许多了。"

他就说："哦，我的上帝！"随即将头一下子埋在双手中。她看见他的阔肩膀抖得非常厉害，仿佛打寒噤一般，原来他哭了。于是媚兰的一肚子可怜立刻变成了恐怖，因为她从来没有看见男人哭过，何况是瑞德这样一个倔强的硬汉，竟会这样抱头大哭，更加把她吓得什么似的了。

起先她还以为他醉了，但是当他抬起头来的时候，她瞥见了他的眼睛，觉得他又不像醉。于是她急忙走到门边，将房门轻轻关上，跑上前去安慰他。因为她虽然从来没有见过男子哭，却曾劝好过许多哭泣的孩童。谁知她刚刚将手放在他肩膀上去，他就突然一把抓住了她的衣襟。然后不知怎么一来，她已在他床沿上坐下来，他也已经跪在地板上，将头伏在她膝踝上了，同时双手拼命地抓住了她，直抓得她差一点喘不过气来。

她在他头上轻轻摸了摸，用非常温和的声音对他说："怎么！怎么！她是好起来了呢。"

他听见她这句话，便把她抓得更紧，口里像念经似的讲出一番话来。这是他的招供，这是他的忏悔，有时说得很模糊，有时说得很清楚。媚兰起先一点都不懂，慢慢地她才知道瑞德是把他自己跟思嘉的一切秘密倾筐倒箧而出了。有些话他说得过分赤裸裸，使得媚兰一阵阵红起脸来，幸亏他的头是伏在那里的。

她又拍拍他的头，跟拍自己的小玻一样，说道："得啦，白船长！这种话你不能对我说的！你是昏了头了。得啦！好啦！"但是他仍旧滔滔不绝地说下去，仍旧牢牢抓住了她的衣服，仿佛她的衣服就是他的生命和希望一样。

他在责备自己的行为，多半是媚兰莫名其妙的，他又模模糊糊提到华贝儿的名字，媚兰更觉得不知所以然。然后他竟将媚兰拼命摇撼起来，大嚷道："我杀了思嘉了！我杀了思嘉了！你是不懂的。这个孩子她本来是不要的，可是我——"

"得啦！得啦！你真是昏了头了。不要孩子！女人会有不要——"

"不！不！你是要孩子的。她可不要！她不要我的孩子——"

"你不能说这样的话！"

"你不懂的。她本来不要孩子，硬是我给了她的。这个孩子——这个孩子都是我的罪孽。我们是久已不同床的——"

"嘘，白船长！你不应该对我说——"

"那天我是喝醉了，糊涂了，而且存心要害她——因为她害了我了。我是要——我也曾——可是她不肯要我。她从来都不肯要我。我一直都在努力——都在拼命努力要求得到她——"

"哦，得了吧！"

"我并不曾想到有这个孩子，直至那天——那天她跌倒的时候才晓得。我出门的时候，她不晓得我的通信地址，所以不曾写信告诉我——可是即使知道，她也不会写信给我的。我告诉你吧，我要是知道这桩事情，我就会立刻赶回来，不管她要不要我都要赶回来。"

"哦，是的，我知道你会回来的！"

"你要知道，近来我是天天都在发狂，天天都喝得烂醉呢！那天她在楼梯上将这件事告诉我的时候，你晓得我怎么样？你晓得我怎样对她说？我大笑着对她说道：'你不要生气，也许会闹小产的。'她呢——"

这时媚兰突然觉得自己膝踝上的那个头非常厉害地痉挛起来，便吓得脸也白了，眼睛也愣了。她低头一看，突然看见他那双毛茸茸的大手，不禁将身子往后退缩。照理，像这样的一双手总应该是非常凶暴、非常残忍的，谁知现在竟是这么无能为力地拖住她的衣服不肯放手呢！

于是媚兰暗忖道：难道当初关于思嘉和希礼的那番谣言，他竟会信以为真，因而对希礼有了妒意吗？不错，那桩事情发生了以后，他立刻就出门去了。——可是不，他不会是为此而去的。他向来就是这么突然地来，突然地去，并不是从这回起的。他也一定不会相信这种谣言，他这人是很聪明的。而且他如果真的妒忌希礼，为什么不把希礼拿枪开杀呢？至少也总要向希礼要求解释啰。

不，决不会是这样的。他一定是喝醉了，一定是神经紧张过度了，所以这些话语都不过是呓语罢了。大约他们男人也像女人一样，神经经不得过分紧张的。他大概是受到了什么刺激，也许是跟思嘉有过了一点小口角，而他把它夸张了。也许他说的话里也有一部分是真实的，但决不能全部都真实。哦，至少最后那一段情节决不会真实！他爱思嘉爱得这么深，决不至于对她说这种触心的话。他一定是醉了，一定是病了。这么一想，她就把瑞德看做一个害病的小孩，觉得非去疼疼他不可了。

"得啦！得啦！"她像疼小孩似的说道，"那你可以不要响了，我都明白了。"

他突然抬起头来，拿一双血红的眼睛瞪着她，同时猛然甩下了她的衣服。

"不，天晓得，你并没有明白！你是不能明白的！你的心肠太好了，因而不能明白的。你虽然不肯相信我，但是我说的话没有一句不真实，我简直是一只狗。你知道我为什么要这样吗？我是发狂了，妒忌得发狂了。我总以为自己可以使她对我有情意，谁知她对我始终都没有一点情意。她并不爱我。她向来都不爱我。她爱的是——"

他那热烈的眼光接触着她，就把话突然收住，大大地张开嘴来，仿佛直到现在方才明白自己是跟谁说话似的。这时媚兰的面孔已经变得雪白，可是眼睛仍旧稳定而柔和，仍旧充满着怜悯和不信。同时她神气之间流露出一种静穆和天真，这对于瑞德就不啻是在他那黝黑脸皮上打了一记耳掴子，顿时将他脑壳子里的酒精清出了许多，把他那一套疯狂的酒话阻在半路里。于是他口里只剩一种喃喃的自语，同时将头低垂了下去，慢慢清醒过来了。

"我真是一个鄙夫，"他喃喃自语着重新伏到媚兰膝踝上去，"可还不致卑鄙得怎样厉害。我刚才对你说的话，你都不肯相信是不是？你是太好了，所以不能相信我。我从来没有见过像你这样真正的好人。你是不信我，是不是？"

"是的，我不相信你，"媚兰一面安慰他，一面重新捋起他的头发来，"她是快要好了。喂，喂，白船长！你不要哭啊！她是快好了！"

第五十七章

一个月以后,瑞德送思嘉上琼斯博罗的火车,思嘉还是很苍白、很消瘦。卫德和爱拉也要跟她一同去。一路上,这两个小家伙默默无声地跟着,局促不安地看着母亲那副憔悴静默的脸孔。他们并不跟随在母亲身边,只是紧紧缠住百利子,因为他们觉得母亲跟继父之间有一种冷冰冰的气氛。

这时思嘉还不曾复原,但要回陶乐去了。近来她心里烦闷极了,无时无刻不在那一团纠缠不清的思想里兜着圈子,觉得亚特兰大这个环境非得赶快脱离不可,否则她要闷煞了。

当初亚特兰大被军队围攻,她曾逃出过一次,这回是第二次逃出了。这时,种种不愉快的思念纷至沓来,她便只好又用她那惯用的防卫法:"我现在不去想它,想了我要受不了的,我等明天到陶乐再想。明天到底又是一天了。"照她现在想起来,她一经回到家乡那种幽静的境界,见到那种碧绿的棉花地,她的种种愁烦就立刻会消散,而紊乱的思想重新会走上轨道的。

瑞德目送着火车开出,直至看不见影子为止。那时他脸上现出十分的悲苦,长叹一声,掉转头,跳上马,骑到藤萝街媚兰家里去了。

那是一个温暖的早晨,媚兰坐在一个葡萄藤荫翳的走廊上,缝补篮里高高地堆着一堆破袜子。她一看见瑞德在门口下了马,心里便觉得麻乱起来,不知怎样才好了。自从思嘉病中他喝醉了那天起,她一直没有跟他单独见过面。在思嘉调养期间,她去探问的时候总不免要见到他,但不过随便谈几句,眼睛始终不敢跟他相接触。好在她每次碰到她,态度都很自然,仿佛不曾有过那回事似的。她又记得希礼从前常常说,男人醉时所说的话所做的事,醒时大多不记得,所以她现在默默祈祷瑞德也已把那天的事情忘记了。他若还记得那天说的那么些疯话,现在跟他见面不是要羞煞人吗?所以当瑞德走上台阶来时,她脸上不觉泛过了一阵红晕。不过她转念一想,以为他总是来请小玻去跟美蓝做伴玩儿的。他总不见得这么不知趣,以至于为了那天的事亲自跑来谢她吧!

她站起来迎接他，见他体魄那么地魁梧，跑路竟会这么地轻快，又照常惊异了一下。

"思嘉动身了吗？"

"是的。她回陶乐一趟一定有好处，"他微笑着说，"我有时候想她像那神话里的巨人安替厄斯①，碰一碰大地母亲就会强壮起来的。思嘉不能跟她心爱的那一带红泥离开得太久，现在她回去看看那些正在生长的棉花，想来比米医生的什么补药都要好些吧。"

"你请坐吧。"媚兰说时双手有些儿发抖。因为她见到了健美的男人，心里总觉得惴惴不安，现在瑞德这样地魁梧而健美，便似放射给她一种力和活气，使她尤其觉得自己的渺小薄弱了。他的面孔又是那么黝黑，他的肌肉又是那么发达，然而那天他曾屈膝在她脚下呢，他曾把他那个头放在她膝踝上呢！现在回想起来，这都似乎是不可能的了。

"哦，天！"她想到这里又不觉红起脸来。

"媚兰小姐，"他轻轻地说道，"我这一来使你觉得不安吗？我是不是应该走开呢？请你坦白说吧。"

"哦！"她想道，"他是记得的！他还知道我觉得不安呢！"

她抬起头来朝他恳求似的看了看。突然，她的羞愧和惶惑都消失了。原来他的眼睛非常安静、非常和气、非常了解，她竟不懂自己为什么要这么慌张了。他的神气很像是疲倦，而且有点儿悲哀，这就使她尤其觉得诧异。她刚才怎么想他会把这不愉快的题目提出来说呢！这不是两方面都愿意忘记的吗？

"这可怜东西，他是在替思嘉发愁呢，"她想，然后装出了一个微笑，说道，"你请坐下来吧，白船长。"

他重重地坐了下去，她就把修补的袜子重新拿起来。

"媚兰小姐，我是来请求你一桩事儿的，"说着，他微笑起来，嘴角往下弯了弯，"我有一桩事儿要欺骗人，请你帮我一下忙，我知道你是要害怕的。"

"欺骗人？"

"是的。的确，我是来跟你谈一桩生意的。"

"哦，天！那么你不如跟卫先生去谈吧，我对于生意事情实在蠢得很。我没

---

① 安替厄斯：希腊神话里的巨人。他的母亲是大地，他打仗时只要脚碰着大地，母亲便会一直替他接力，所以能始终不败。后来赫丘利斯将他悬空擒起来，才将他杀死。

有思嘉那么聪明。"

"我怕思嘉是太聪明了，于她自己没有好处的，"他说，"现在我也就为这桩事来跟你商量。你总知道，她这一回是——是——病得多么厉害啊。过几天她从陶乐回来，对于店里厂里的事情一定还是不放手，一定还要重新再干起来的。我是担心她的身体呢，媚兰小姐。"

"是的，她实在太劳神了，你必须阻止她，好好替她当心着。"

他笑了。

"你总知道她这个人多么执拗吧，我是连辩论都不敢跟她辩论的。她简直就像一个一相情愿的小孩子。她不要我帮她的忙，也不要任何人帮她的忙。我也曾尝试劝她把木厂拿去卖掉，所以现在我跟你商量来了。我知道思嘉厂里的盈余利益，除了卫先生之外谁都不肯卖，所以我希望卫先生去买过来。"

"哦，天！这当然是极好的事儿，可是——"媚兰突然把话收住了，将嘴唇咬得紧紧的。她不便对一个局外人提起钱的事。原来希礼虽然有厂里的薪水可拿，他们却至今没有多大的积蓄。媚兰平日也极节省，可是仍旧余不了多少钱，这是她早已觉得懊恼的。她也不知道他们的钱到底用到哪里去了。希礼每月拿回来的钱，总只能勉强支付家用。一经遇有额外的支出，他们就要觉得窘了。当然，她自己的医药费就是一笔大宗的支出，此外是希礼从纽约订来的书籍和器具，也不在日常开支内的。还有地室里的那些流浪人，也得不少的钱去养活。而且希礼心肠非常软，凡有从前联盟军里的人员来向他借钱，他从来是不会拒绝的。而且——

"媚兰小姐，我愿意借钱给你们。"瑞德说。

"你真太好了，可是我们也许要还不起的。"

"我并不要你们还。你不要生气，媚兰小姐！你且听我把话说清楚。只要思嘉能够不再到厂里去费精劳神，那你们的功劳就已比还我的钱加几倍了。思嘉单有那爿店，已经够她忙碌、够她消遣的……你懂得吗？"

"嗯——懂是懂的——"媚兰迟疑不决地说。

"你不是要替你的孩子买一匹小马吗？你不是又希望他去读大学、进哈佛，并且到欧洲去留学吗？"

"哦，当然的，"媚兰说时不觉兴高采烈起来，因为每次有人提到她小玻的事，她总是这个样儿的，"我哪一样东西不想给他呢？可是——嗯，现在大家手头都不充裕呢。"

"要是卫先生把那木厂买过来,将来一定可以弄起很多钱来的,"瑞德说,"你们小玻天资好得很,总得好好地培养才是。"

"哦,白船长,你是多么狡猾呀!"她笑嘻嘻地说,"你知道我做母亲的溺爱孩子,就来向我运动了!你这诡计还有谁看不出来呢?"

"不见得,不见得,"瑞德说到这里方才露出一点喜色来,"现在别的不用谈,你到底要不要我借钱给你?"

"就是这样,也用不着我来参加这个骗局呀。"

"我们两个人必须串通起来,对思嘉跟卫先生两个人都瞒住做。"

"哦,天!这是我办不了的!"

"假使思嘉知道我在暗地算计她——虽则我是为她好——嗯,你是知道她的脾气的!至于卫先生,我是怕他不肯要我的借款。因此这笔钱的来源是他们两个人都不能知道的。"

"不过我想卫先生如果了解事情的真相,他就一定不会拒绝你。他是喜欢思嘉的。"

"是的,这我也知道,"瑞德很顺溜地说,"不过他还是要拒绝的。你知道他们卫家人的气性多么高傲啊。"

"哦,天!"媚兰悲惨地嚷道,"我愿意——老实说吧,白船长,我是不能欺骗自己丈夫的。"

"为了帮忙思嘉也不能吗?"瑞德现出很苦恼的样子说,"她是非常喜欢你的呢!"

眼泪在媚兰眼眶子里颤抖着。

"你知道,我是无论什么事情都会替她做的。她待我这许多好处,我是永远也报答不了的,你是知道的。"

"是的,"他干脆地说,"我知道她确实帮过你不少的忙。你能不能骗骗卫先生,说这笔款子是一个亲房遗嘱里留给你的呢?"

"啊呀,白船长,我的亲房里面谁都没有一个子儿做遗产的呢!"

"那么,假使我从邮局里汇这笔钱给卫先生,不说明是谁汇的,你肯不肯把它拿去买木厂,不至于用在——用在那些贫穷的联盟派人身上呢?"

"那是我当然肯的。"

"那么事情就此决定了。你是可以守秘密的吧?"

"不过我从来没有对丈夫守过什么秘密!"

"这我知道的,媚兰小姐。"

于是媚兰朝他看了看,心想自己平日对他的看法完全不错,都是人家把他错看了。人家都说他野蛮、傲慢、无礼,乃至于不诚实。她呢,她是自始就承认他是好人的。他对她向来都极其和气、极其细心、极其恭敬,而且多么能够了解她啊!而且他多么爱思嘉啊!他现在能够用这迂回曲折的方法来减轻思嘉的负担,不是爱她是什么呢?

因而她不胜感动地说道:"思嘉真是运气呢,丈夫能待她这么好!"

"你说她运气吗?我怕她听见你说这句话,是不能同意的呢。而且,我也愿意待你好,媚兰小姐,比待思嘉还要好。"

"我?"她莫名其妙地问道,"哦,你是说小玻吧。"

他拿起了他的帽子,站起来,低头对她那张脸上看了看,看见的只是满脸的天真。

"不,不是说小玻。我除要帮助你家小玻之外,还要给你一件东西,你想象得出吗?"

"不,我想象不出。"她又觉得莫名其妙起来,"我觉得世界上没有什么比小玻再可宝贵的,只除了希——只除了卫先生。"

瑞德不说什么,只低下头朝她看看,她的面孔是沉静的。

"你有心要给我什么,当然再好也没有。不过我也该算运气了,白船长,因为一个女人所能要的东西,我已经什么都有了。"

"那就很好,"瑞德突然沉下脸来说,"我但愿你好好保牢它。"

思嘉从陶乐回来的时候,脸上已没有病容,面颊已变得胖胖儿红喷喷了。她那绿色的眼睛又重新活泼起来、光亮起来,而当瑞德带着美蓝到车站上去接她的时候,竟见她开颜大笑了——这是许多礼拜以来没有过的事。这时瑞德帽檐上边插着两支吐绶鸡毛,美蓝穿着一件礼拜天穿的衣服,却已被她撕得不成个样儿,面颊上边画着两个蓝色的叉叉,头发上边插着一根有她身子一半长的孔雀尾毛,分明他们动身到车站来接的时候,正在进行一种印第安人的游戏。又从瑞德那种鬼头鬼脑的神色上,以及嬷嬷那种呢呢喃喃的唠叨上,可知美蓝那时玩得正起劲,连要来接母亲也不肯擦掉脸上的化妆呢。

"你变做一个叫花子了呢!"思嘉一面吻着美蓝说,一面将自己的面颊凑上瑞德的嘴去。这时车站上挤着许多人,不然思嘉不会做出这般亲热的模样。她见美蓝这副邋遢的模样,觉得怪不好意思,却又看见许多人都对他们父女两个咧着嘴,知道他们并不是笑他们肮脏,乃是笑他们父女在一起玩耍。因为瑞德之溺爱女儿,早已在整个亚特兰大出了名的。

在回家的路上,思嘉一路谈着乡间的新闻。近来天气暖热而且干燥,棉花长得飞似的快,可是慧儿说今秋的棉价是要落的。苏纶又快要养孩子了。有一回爱拉咬了苏纶的大女儿一口,苏纶出来替女儿上场,因而又跟从前一样,跟思嘉吵起嘴来。卫德有一次打杀一条水蛇,还是他独个人打的呢。汤家的兰弟和珈妹都在做小学教员,这不是开玩笑吗?他家那些女孩子是连一个"猫"字也拼不上来的呢。汤贝子嫁了人了,嫁的是一个洛夫乔伊人,一个只有一条臂膀的胖子。今年他们妙峰山也种了一大片棉花。汤太太新近饲养了一匹小马,乐极了,跟得了一百万块钱一样。高家旧屋里现在住来了一帮黑人,人数不少,简直把那房子占去了!据说是从税局里买去的,把那地方弄得一塌糊涂,你看见了要哭出来呢。高嘉菱两夫妻现在没有消息,不知到哪里去了。方乐西跟自己的嫂子赛莉结了婚了呢!其实这也是不得已,因为他家老姑娘、小姑娘都已不在,他们孤男寡女同住了这许多年,别人不要讲闲话的吗?苦就苦煞孟提蘼,但也该怪她自己不好。她太没有勇气了,为什么一定要等乐西有了钱才结婚呢?

思嘉谈得很高兴,但还有一些事情她没有谈起,因为谈起了她要觉得伤心。她曾经同着慧儿赶着车,到各处庄子上去跑过一趟,只见当初那些绵延不断的棉花地都重新变做森林了,而且田里到处都长满了苔草和杂树,看起来满目凄凉。大约从前的百亩田中,现在要有九十九亩是荒的,所以当他们一路走去的时候,简直同进入死国一般。

"这块地方若要它恢复原状,怕是五十年也恢复不了的,"慧儿曾经说,"现在陶乐要算全区最好的一片农场了,这该谢谢你和我,思嘉,但也只算得一片两头骡子的农场,并算不得大垦植场了。其次要算方家的,只比陶乐差一等,然后才算到汤家。他们是弄不起很多钱来的,可是他们仍旧维持着,他们有勇气。至于其余的人家,其余的农场——"

思嘉不愿回想那种荒凉的景象,所以也不愿谈起它。何况现在见到亚特兰大这种繁荣气象,回顾起来要备觉凄凉了。

"这里有什么事情吗?"他们坐在自己家的走廊上之后她才问道。刚才一路以来,她的嘴一直都没有停过,仿佛静默下来她要觉得很难受似的。自从她在楼梯上摔跤的那天起,她一直都没有跟瑞德单独说过话,所以现在她也不急于要跟他单独说话了。她不晓得瑞德心里对她究竟怎么样。当她在调养期间，瑞德待她是再好也没有了，但是那种好法并不很亲切，仿佛是客人一般。她想要什么，他件件都能体贴到，孩子闹了他便把他们叫开去，店里厂里的事也都由他亲自去照管。可是他始终不曾向她说过一句"对不起"，也许他心里并不抱歉，也许他仍旧疑心那个孩子不是他自己的。光看他那张毫无表情的黑脸，怎么看得出他的心事来呢？但是看他的倾向，仿佛他要跟她客气了，这是他们结婚以来从来没有过的，又仿佛他愿意把前事一概忘记，从今以后各人管各人，彼此两无干涉。于是她暗暗忖道，好吧，如果他愿意这样，她也未尝不愿跟他各管各。

"这里一切都好吗？"她重复问一遍道，"店里的新盖板换上了吗？骡子交换过吗？哎哟，瑞德，你把帽子上那两根毛去掉吧。看你这副怪样儿，等会儿你上街去也会忘记去掉的呢！"

"不。"美蓝嚷着，便抓起父亲的帽子，拿手拦着它。

"这里一切都很好，"瑞德回答说，"美蓝跟我都过得很快乐，她从你去了之后，怕还没有梳过一回头呢。你不要去闻那些毛，乖孩子，也许臭的呢。是的，屋盖板都装好了，骡子交换得很便宜。新闻是一点都没有，什么都沉闷得很。"他沉吟了一回，又继续道："希礼昨天晚上刚到这里来过。他问我，你有没有意思把你的木厂跟你在里边的一部分利益卖给他。"

那时思嘉坐在摇椅上，手里拿着一柄吐绶鸡毛的扇子，一边扇着一边摇，当听到这一句话，便突然地一齐停住了。

"卖给他？希礼哪里来的钱呀？你知道他们是一分钱也没有的呢。"

瑞德耸耸肩说："哦，你要不说，我还当他是很做人家的呢。真是一家不知一家事！"

思嘉觉得这话很触心，以为瑞德故态复萌了，便有些懊恼起来。

"你跑开，乖孩子，"她对美蓝说，"母亲要跟你爹说话呢。"

"不。"美蓝老实不客气地说，一面就爬到父亲怀里去了。

思嘉向美蓝耸了耸眉毛，美蓝也耸了耸，耸得活像她的外公郝嘉乐，使得思嘉几乎笑出来。

"就让她在这里吧，"瑞德不慌不忙地说，"说到他的钱从哪里来，据我所知，仿佛是一个人送给他的，那人是他从前在罗克艾兰岛的同伴，害天花时希礼替他看护好的。我听见这件事儿，方才相信人性里面还有感恩这件东西的存在。"

"那人是谁？是我们认识的吗？"

"信上并没有签名，只晓得从华盛顿寄来的。希礼自己也想不起是谁来。可是像他那么一个人，当初打仗的时候，也不知救过多少人的命，叫他怎样记得这么许多呢？"

思嘉听说希礼有这笔意外横财，不由得大吃一惊，要不然的话，她又要跟瑞德吵起来了，虽然她在陶乐的时候曾经打定了主意，以后关于希礼的事决不跟瑞德斗嘴。至于现在这个问题，究竟她应处怎样的立场，一时实在也无从确定，非要等她彻底查明一下不可，所以她就决意延宕着暂不答复。

"他要买我的？"

"是的。可是我当然告诉他你不会卖的啰。"

"我的事情让我自己管好吗？"

"嗯，你不是不肯丢开那两个木厂的吗？当时我告诉他，说你最喜欢指挥人家，要是没有人听你指挥，你是要受不了的，所以你假如把那木厂卖给他，那就成了他自己的事业，你再不能够指挥他了。"

"你怎么可以对他讲这样的话？"

"为什么不可以呢？事实是如此嘛，是不是？我相信他对于我的话完全同意了，不过他是一个上流人，不好直白说出来罢了。"

"你瞎说！我是肯卖给他的！"思嘉怒气冲冲地说。

直到现在为止，她从来不曾有过卖掉木厂的意思。她所以想保留它们，理由不一而足，金钱上的理由倒是最小的。前几年里边，她曾有过好几次，都可以卖到很多的钱，但是她都拒绝了。因为这两个木厂是她单枪匹马打成的天下，所以她要留着它们做纪念。但是最大的理由还在这两个木厂就是她跟希礼接近的唯一路径。如果她把木厂卖掉了，她就难得跟希礼见面，并且作兴永远没有跟他单独谈话的机会了。然而这种跟他单独谈话的机会，她是不能没有的。现在希礼对她究竟心里觉得怎么样呢？是不是因为那次事情受到了羞辱，已经对她没有爱了呢？诸如此类的问题，她都再也不能让它装在闷葫芦里了。如果木厂照常经营着，她在厂里常常可以和希礼交谈，不会惹起人家的注意，而且经过了相当时日，她总能够将希礼的心挽回过来的。但是要把木厂卖掉呢——

不，她本来是没有意思要卖的，但是现在瑞德对希礼将她说得这样不堪，希礼不免要觉得失望，因而她立刻下了决心。就让希礼买去吧，而且价钱一定要讨得非常便宜，一定要使希礼不得不感觉她实在宽宏大量。

"我是要卖的！"她盛怒地嚷道，"现在你的意见怎么样？"

瑞德眼中微微流露出一点胜利的光，急忙低下头去替美蓝系鞋带。

"我想你要懊悔的。"他说。

不错，她已经在懊悔这话说得太急了。如果刚才不是说给瑞德听，她是说不定会把它收回去的。她耸起眉毛朝瑞德看了看，见他正像猫儿候老鼠似的在那里窥伺她。他看见她在耸眉毛，便突然地大笑起来，闪出一副白生生的牙齿。她因他这一笑，就有些疑心这是瑞德设下的圈套。

"不要是你在里边玩什么把戏吧？"她骤然地说道。

"我？"他假作惊异的样子耸了耸眉毛，"你总应该知道，我只要避免得了，决不会滥做这种好人的。"

当天晚上，思嘉就把两个木厂和她所有的利益都卖给了希礼。她这生意并没有蚀本，因为她自己最先提出的最低价格，希礼并没有接受，结果是照别人出过的最高价格成交的。她在契据上边签过字，媚兰就把小杯的葡萄酒送给希礼和瑞德，以庆祝成功。这时思嘉只觉心痛如割，仿佛卖掉了一个孩子似的。

原来这两个木厂就是她的宝贝、她的自豪，她那双小手儿单独筹划的成绩。她从一个小厂做起来时，亚特兰大还是一片劫余的灰烬，她却不惮艰劳，日夜计划，日夜奋斗，现在居然从一厂化成两厂，并且办起了两个木场，养起了十多队骡子，满目繁荣气象了。现在一旦将它割让给别人，她这部分惨淡经营的生活从此永远断绝，怎不叫人十分伤感呢？

还有一点使她伤心的，就是她明知道这两个木厂如果没有她在后边把舵，希礼一定要把她这一点惨淡经营起来的东西亏蚀干净。希礼是对任何人都信任的，而且直到现在还分不出货色的好歹来。从此她又不能再去参加意见，因为瑞德已对希礼说过她喜欢指挥别人的话了。

"哦，天杀的瑞德！"她心里暗暗诅咒着。这时她见瑞德的一言一动都有些蹊跷，更加疑心是他在幕后策划的。至于他设的是怎样一个圈套，为什么要设这样的圈套，她一点都不知道。当时瑞德正在跟希礼谈话，她在旁边听着，便又惹起一肚子气来。

"我想你马上要把那些犯人解雇吧。"他说。

解雇犯人吗？为什么要解雇犯人？瑞德明明知道厂里所以能得利，就因那些犯人工资便宜。而且瑞德对于希礼以后的做法怎么好说得这样确定呢？

"是的，我立刻就要遣散他们。"希礼回答他时故意避开思嘉的注视。

"你发了昏了吗?"她嚷道,"你要把几个钱亏得精光呢!而且你打算找什么人来做工呀?"

"我要去找自由黑人。"希礼说。

"自由黑人,简直是胡说八道!你该知道他们的工资多么高吧。而且那些北佬一直要跟在你背后,看你有没有一天给他们三顿鸡吃,晚上有没有拿鸭绒被子替他们盖。假使有谁懒惰些,你熬不住抽他两鞭子,那么北佬就要高声大喊起来,要请你到监牢里去坐坐了。你要明白,只有犯人是——"

媚兰低了头,看着自己叠在膝头的一双手。希礼神色之间露出不愉快,但又很固执。暂时他不开口,然后向瑞德看了一眼,看见瑞德眼中露着一种了解和鼓励的神情,同时思嘉也看出来了。

"我不愿意用犯人,思嘉。"他平静地说。

"好吧,先生!"她有些喘不过气来说,"不过,为什么呢,怕别人要谈论你,跟从前谈论我一样吗?"

希礼抬起头。

"我是不怕人家谈论的,只要我做的事情正当。不过雇用犯人做工这桩事,我始终认为不正当。"

"可是为什么——"

"我不能从强迫劳动里去弄钱,不能从别人的苦恼里去弄钱。"

"可是你从前养过奴隶!"

"从前的奴隶并不苦恼。而且,假使没有这次的战争,我也打算等父亲死后就把他们解放的。至于犯人的劳工,那是完全不同的,思嘉。这种制度的弊病极多,也许你还不知道,我是知道了。我知道高沾泥的工人棚里至少杀死过一个犯人。这些犯人的死活谁都不来管。多一个少一个算得什么呢?据高沾泥自己说,是因那人要逃走才杀他的,但我向别人打听,实在并不是如此。有些人病得很厉害,他也强迫他们工作。你就说我迷信吧,可是我总不相信由别人苦痛中得来的钱可以造成快乐。"

"你不要见鬼吧!你想要做好人呢,希礼!你不曾把神甫那番关于龌龊钱的宣讲生吞下去吧?"

"我用不着生吞他的话。他还没有宣讲这题目以前,我早就有这信念了。"

"那么你一定当我所有的钱都是龌龊的了,"思嘉有些光火起来,嚷道,"因为我是利用犯人的,又是开酒馆的老板,又是——"她忽然中断了。希礼跟媚兰都红起脸来,瑞德把嘴大大地咧着。于是思嘉心里暗暗地咒骂,这个天杀的,他当我要指挥别人呢,连希礼也这么想了。我恨不得把他们两个的头放在一起来轧碎!然后她把一腔怒气咽下肚子去,勉强装出一种超然的态度来,可是装得一点也不像。

"当然,这是跟我毫不相干的。"她说。

"思嘉,你不要以为我在批评你!不是的。这不过是我们对事情的两种不同的看法,你认为好的地方,也许我要认为不好。"

于是思嘉恨不得瑞德和媚兰立刻死掉,以便她跟希礼单独谈一谈,那么她就可以对希礼大声喊道:"可是我也情愿照你那样看法啊!请你明白地说出你的看法来,让我可以了解你,可以学你的样子!"

但是当时媚兰正在面前干着急,瑞德也在面前懒洋洋地咧着嘴笑她,因而她只得勉强装出一种漠然的态度,说出几句冠冕话来:"当然,这是你自己的事业了。希礼,再用不着我来教你怎样经营了。不过有一句话我得说,我实在不懂你这种态度,也不懂你刚才的这番议论。"

她也晓得这种冷冰冰的话语要使希礼不高兴,但是现在瑞德和媚兰都在面前,怎么能对他说真情话呢?哦,能够跟希礼单独谈一谈多么好啊!

"我的话得罪你了,思嘉,但是我并不存心。你一定得相信我,原谅我。我的说话里面也并没有什么哑谜儿,我不过是说,由某一种法儿弄来的钱是不能造成快乐的。"

"可是你这意见错了啊!"她再也熬忍不住,终于这样喊出来,"你就看我吧!你知道我的钱是怎样来的。你知道我没有弄到钱以前是怎样一个景况!你总还记得那年冬天,我们在陶乐,天气冷得很,我们得拿地毯剪了做鞋子,而且什么都吃完了,我们常常谈起小玻跟卫德,不知怎样能使他们受教育。你总记得——"

"我都记得的,"希礼颇觉厌倦地说,"但是我巴不得忘记了。"

"嗯,那么你总不能说我们那种日子是快乐的吧,是不是?你再看看现在!现在你有一个美满的家庭,你有一个很好的来日。我呢,你想谁有比我再美的房子、再好的衣服、再骏的马匹?谁也不能比我吃得再好些,待客再阔绰些,孩子再舒服些了!嗯,你想我这些钱是怎样来的呢?树上长出来的吗?不是的,先生!就是从那些犯人的工作,那个酒馆的租金以及——"

"可是不要忘记你杀死的那个北佬儿,"瑞德轻轻地说,"你实在是由他起家的。"

思嘉扭转身子对着他，睁圆了眼睛正想发作，瑞德却又抢先开口了：

"而且你的钱是使你非常快乐的，是不是，宝贝儿？"

思嘉被他一句话问住了，把嘴张得大大的，骨碌着眼睛看着三个人的脸。媚兰已经窘得快要哭出来，希礼突然白着脸，闭着嘴巴不愿再开口，瑞德仍旧衔着一支雪茄，觉得好玩似的对她看着。她预备要大声喊出："当然啰，我的钱是使我快乐的！"

但是不知怎的，她竟喊不出口来。

第五十八章

思嘉从害病以来，便发觉瑞德的态度有了变化。她却说不定自己究竟欢迎不欢迎这种变化。他变清醒了、安静了，一直都像有心事似的。在家吃晚饭的回数比从前多起来了，对仆人们更和气了，对卫德跟爱拉也更亲热了。他对于以往的事情，无论是愉快的不愉快的，都永远不再提起，并在不言之中希望思嘉也不要提起。在思嘉呢，自然也巴不得这样，所以从表面上看起来，他们的生活是过得十分平顺的。自从思嘉进入调养期间起，他就对她维持一种疏远的客气，现在也仍旧如此，不像从前那么常常对她冷嘲热讽了。思嘉这才觉得他从前那么对她光火，将她激怒，都是由关心她的言行而起的。那么现在他关心不关心了呢？现在他对她非常客气、非常随便，她就又觉得很没趣、很冷清，倒不如从前那样常常跟她吵闹的好了。

从前瑞德的眼睛是一刻不离思嘉的，现在便把那双眼睛一刻不离地移到美蓝身上去，仿佛他的生活急流已经收缩进一条狭窄的河道里去了。有时思嘉思忖，如果他肯把滥用在美蓝身上的注意和温情分一半在她身上，生活就会完全改变一个样子的。有时听见人家说："白船长多么宠爱那个孩子呀！"她觉得很不容易装出一个微笑来。但是假使她不笑，人家就要觉得很奇怪，以为她是跟自己的女儿吃醋了，这个罪名是她无论如何担当不起的。然而思嘉向来都要在周围人的心中占着第一席，现在却是他们父女两个互相占着第一席，因而不由得她不觉懊恼。

近来瑞德常常要到深更半夜才回来，但回来时总是清醒的。她常常听见他从自己房门口走过，一路轻轻吹着口哨。有时深更半夜还带着朋友回来，坐在饭厅里谈天喝酒。这班朋友已经不是他们结婚第一年中的那些酒伴了。现在没有提包党人、小畜生、共和党人到家里来了。思嘉常常踮着脚尖儿走到楼梯口去听，听了往往不胜惊异，因为那些客人的声音里边竟有皮瑞纳、艾恕、西门家的兄弟，乃至彭安第呢。至于梅老公公跟亨利伯伯，是每次都在内的。有一次连米医生也在里边,尤其使她觉得莫名其妙。从前这一班人都以为瑞德连办绞罪都还不够呢!

在思嘉的心目中,这一个集团似乎跟扶澜的死有着拆不开的联系,而近来瑞德常常这么深更半夜才回家,也跟上次三K党人闹事以前的情形非常相似。她又记得瑞德说过,他要去挽回人心,是连三K党也会去参加的。假使现在瑞德也像扶澜——

有一天晚上他回来得特别迟,她就再也熬忍不住了。她一经听见门上钥匙响,便急忙披上了一条围巾,跑过那个点着煤气灯的楼上穿堂,到楼梯口去等着。瑞德低着头,一路沉吟着走上楼梯来,直见思嘉站在楼梯口,便突然现出惊异的神色。

"瑞德,你非告诉我不可,你非告诉我不可!是不是你——你去加入三K党了?你为什么回来这么晚?你是不是属于——"

在那炫目的煤气灯光里,他诧异地对她看了一会,这才展出一个微笑来。

"你的知识真太落后了,"他说,"现在亚特兰大已经没有三K党了,大概连佐治亚州都没有了。你所听见的是你那班小畜生跟提包党朋友讲的三K党人暴行的故事吧。"

"没有三K党了?你是说着安安我的心吧?"

"哦,亲爱的,我几时要想安你的心来的?真的,现在没有三K党了。那样做只能惹起北佬的骚扰,并且多供给蒲州长一些造谣的资料罢了。因为他要维持自己的位置,就不得不使联邦政府和北佬报纸相信我们佐治亚州人天天想叛乱,并且每一个树林里面都有三K党人藏着的。所以他一直都在制造三K党人暴行的谣言,说共和党人如何如何受三K党人的虐待,善良的黑人如何如何遭三K党人的暗杀,借以显出自己统治佐治亚州确非容易。其实他完全在那里无的放矢,这是他自己也明明知道的。你这样替我担忧,我得谢谢你,但是自从我脱离小畜生加入民主党以后,这里的确就没有三K党人活动了。"

关于蒲州长的那番话,思嘉一句也没有听进去,就只本城已经没有三K党一点,她听见了就松了一口气了。她想瑞德大约不致再踏扶澜的覆辙,那么她的店和他的钱都可以保下来了。但是瑞德刚才说的话里,有一点最最使她注意的,是他刚才说"我们"怎么样怎么样,而不是那些"老战士"怎么样怎么样,这不等于说他也是在内的吗?

"瑞德,"她突然说,"那么三K党的解散是跟你有关系的吗?"

他将她瞪了许久，他的眼睛开始跳动起来。

"不错，亲爱的，跟我有关系。这事的主要负责人就是卫希礼同我。"

"希礼——同你？"

"是的，你要知道政治这件东西是会把完全两样的人拼做一床睡的呢。希礼跟我两个本来决不会睡在一床，但是希礼一直都不相信三K党，因为他是对于任何种类的暴动一律反对的。我呢，我也一直觉得三K党的办法只是蛮干，决不会达到我们的目的，我们又都相信，只要我们一直密切注视着、等待着、积极工作着，总比这么穿着夜行衣偷偷摸摸地干有成绩。"

"这么说那班青年真会听你的劝告？像你这样——"

"像我这样一个投机家？一个小畜生？一个跟北佬狼狈为奸的人？可是你忘记了，白太太，我现在是一个颇有地位的民主党人了呢！我现在正在用我最后一滴血，要把我们这一个亲爱的州从那些强暴者手里去夺回来呢！何况我的劝告又是极好的劝告，所以他们就接受了。我在政治方面的劝告也同样地好。现在我们立法院里是民主党占了多数了，是不是？不久之后，亲爱的，我们就要请我们从前那些共和党的好朋友去尝尝铁窗风味了。近来他们贪污得太不像话，并且干得这样彰明较著的！"

"你要叫他们坐监牢吗？怎么，他们是做过你的朋友的呢！那一次铁路公债的事，他们让你搭一个份儿，你不是还捞到几千吗？"

瑞德突然又咧开嘴来，这是从前那种嘲讽的咧法。

"哦，我对他们并没有恶意。可是我现在跑到那一边去了，我只要有能力可以帮助本党去处置他们，当然我是要干的，而且我这做法多么容易提高我的信用啊！我是深知对方内幕的，如果立法院里要向对方攻击，我所供给的资料一定非常宝贵。照目前的情势看起来，他们开始攻击的时期已经离开不远了。就是对于州长也是一样的。如果办得到的话，他们也要请他入狱的，所以你对于你的那班好朋友，最好预先通知他们一声，一有风声就得赶快溜，因为他们若是砸得倒州长，自然也会砸倒他们。"

许多年以来，思嘉一直看见共和党人背后有北佬的军队撑腰，总以为他们在佐治亚州要一辈子当权下去，现在听见瑞德说得这么轻松，自然不能相信的。她想州长四周围防卫得如此周密，立法院一定无奈于他的，至于要请他入狱，当然更办不到。

"你在说什么废话呀！"她说。

"即使他不致入狱，也一定不得连选。下次我们一定要换一个民主党的州长出来了。"

"我看你也要去助一臂之力吧？"她嘲讽地问道。

"哦，宝贝儿，是的。现在我就在这里进行了。有几天我晚上回来很迟，就是为这个缘故。我现在工作得非常努力，比从前在旧金山开矿还要努力，总要帮他们把下次的选举组织起来。还有一桩事，我知道你听见要伤心的，白太太——我捐了很多钱到党里去了。你还记得，好几年之前，你在扶澜店里告诉我，说我藏着联盟政府的钱太不老实吗？现在我终于用联盟政府的金子去买回联盟政府的权力了。"

"你拿钱去塞老鼠洞呢！"

"什么？你把民主党叫做老鼠洞吗？"他拿眼睛嘲讽她，然后又不响了，没有表情了，"本来，这回的选举哪边胜哪边败，跟我有什么关系？我的意思不过是要人家知道我也出过力，也花过钱罢了。将来人家记着我这种好处，是于美蓝有利的！"

"我方才听见你说得这么慷慨激昂，怕你真的变了心肠了，谁知你对于民主党里的事，也照例是这样没有诚意的！"

"一点儿不变心肠，只变了一层表皮。譬如一头豹，你也许可以把它的斑点刮掉，但它到底还是一头豹。"

这时美蓝被他们的谈话声音搅醒了，便拼命地叫了起来："爹爹！"瑞德就掠过思嘉，急忙要赶去。

"瑞德，等一会儿。我还有一句话告诉你。以后你出去参加政治集会，千万不要把美蓝带去。你自己想想看，一个小女孩子好到这种地方去的？太不像样了。人家也要笑你的。以前我还不晓得，直到亨利伯伯说起才晓得。"

瑞德猛地掉转身子来，沉下了他的脸。

"父亲跟朋友谈天，膝踝上放着个小女孩子，这有什么不像样的呢？你当是好笑，其实一点儿也不好笑。人家几年之后都会记着，当我努力排斥共和党的期间，美蓝是坐在我膝踝上的。人家几年之后都会记着——"然后他的脸又变柔和了，眼睛里有一种恶意的光在跳跃，"你知道吗——人家问她顶爱谁，她就说'爹爹跟民主党'；问她顶恨谁，她就说'小畜生'。这一套花样，人家是顶容易记得的。"

思嘉气得把声音提高起来："我看你会对她说，连我也是个小畜生呢！"

"爹爹。"现在那个小声音显得有些愤怒了,瑞德就哈哈笑着,急忙赶到女儿那里去。

那年十月,蒲州长果然辞去职务,并且逃离佐治亚州。因为在他任期中,他侵吞公款,滥用职权,无所不用其极,以致终于不得不坍下台来。又为了众怒难犯,连他自己本党也闹成分裂。这时立法院里已是民主党人占了大多数,形势自然不大利于他。他怕要受到纠缠,看看三十六计,走为上计,便悄然提出辞职,并且预先逃到了北方,然后宣布辞职的消息。

直至辞职消息传到亚特兰大,亚特兰大人便举城如狂,大家欢欣鼓舞地跑到大街上,互相握手庆贺。当天晚上,家家户户都举行大宴,并且有许多地方还大放焰火呢。

差不多渡过难关了!改造期间差不多已经过完了!不用说,代理州长当然还是共和党,但是十二月里就要选举,那结果是人人心里都有把握的。直到选举进行时,共和党人虽然用尽了九牛二虎之力,佐治亚州人终于选出一个民主党人来做州长了。

这么一来,自然又有一番新的欢欣鼓舞,但与前任蒲州长逃走时的性质不同。这回的欢欣是清醒的,是沁人心脾的,并且含有几分感激的意味,因而各处礼拜堂里都举行起庄严隆重的感谢仪式来,感谢上帝保佑佐治亚州,使他们安然通过了重重浩劫,而终于还到佐治亚州人自己手中来了。

但见新人笑,不闻旧人哭!民主党人一经得了势,当日那些耀武扬威的提包党人和小畜生,便都不得不偃旗息鼓,销声匿迹。思嘉和瑞德结婚以来交的那班阔朋友,人人都哭丧着脸,悄悄来跟思嘉诉苦了:

"可是谁想得到事情会变得这么快的呀?我们总以为蒲州长是打不倒的,总以为他要在这里永远待下去的,总以为——"

在思嘉自己呢,虽然瑞德早已对她把这转变的趋势预先警告,却是万想不到这话竟会成事实。她对于蒲州长之去、民主党之来,都觉得跟自己无关痛痒。至于北佬政权一旦被推翻,她当然也认为大快人意。不过她因势利心太重,曾经不惜抛弃自己的老朋友,而投顺到征服者那方面去。如今征服者骤然失了势,她就觉得踽踽凉凉举目无亲了。

一八七一年的圣诞节,是佐治亚州人十多年来最最快乐的一个圣诞节。这时亚特兰大人人喜笑,个个开颜,独有思嘉一个人不胜其萧索。瑞德之在亚特兰大，本为人人所共弃，现在因其大有功勋于民主党，已成本城第一红人了。他每天带着美蓝骑着马，欣欣然地招摇过市，满市之人都要跑过来跟他父女俩亲热一番。至于她，思嘉——

第五十九章

近日以来，人人都说美蓝这孩子变野了，着实该好好管她一管了，但是家里人人都喜爱她，谁忍得起心来管她呢？讲到她的变野，那是她跟她父亲出去旅行的那几个月里开始的。那几个月里边，她晚上一直都不肯早睡，而且跟着父亲到戏院里、酒馆里，乃至赌场上，要睡就睡在父亲怀中。从此她就无论如何不肯跟爱拉同时上床睡觉了。又当她跟父亲出门的时候，她爱穿什么就穿什么，因此回家以后，嬷嬷挑了衣服要她穿，她就没有一次不咕哝。

后来思嘉病了几个月，又回陶乐去一趟，这期间美蓝也都跟着父亲，被她父亲宠得越发不像话。思嘉等她年纪稍大几岁，也曾尝试管教管教她，想矫正她那惯依自性的倔强脾气，结果是毫无成效。因为她要的东西无论怎样荒唐，做的事儿无论怎样荒谬，父亲一直都帮她说话，以致思嘉再也无法可施。他又一直鼓励她说话，把她当一个大人看待，她有意见会一本正经听着她，而且装做听她指导的模样。结果呢，她就常常要干涉大人，常常要跟父亲作对，弄得父亲也无计可施。但是瑞德只不过笑笑，连思嘉要打她几下手心也不答应的。

思嘉看看女儿的意志竟跟她自己一样地强硬，也知道自己管教不了她，只希望瑞德不要再纵容，然而瑞德始终没有意思要管教她。孩子爱干的事没有一桩不对的，哪怕她要天上的月亮，只要他能摘下来，也真会摘给她的。他看看她的鬈头发、她的酒靥儿，直至她的一举一动，觉得没有一样不可爱，没有一样不足以自豪。他又偏偏爱她那种撒野的腔调，爱她那种高傲的气性，爱她那种撒娇的态度。因此，他就觉得孩子并没有一点儿坏处，再也舍不得管教她了。同时，孩子也把他当做上帝，当做她的小世界的中心。这一种地位，他又无论如何舍不得抛弃。

她一天到晚如影随形地跟着他。早上他想多睡一刻儿，她却把他叫醒了。吃饭要坐他身边，时而吃自己的盆子，时而吃他的盆子，一点儿不受拘束。出去骑马没有一次不跟，晚上睡觉一定要父亲替她脱衣服。

思嘉看看瑞德这么厉害一个人，现在竟被一个小女孩子控制住，心里倒也很痛快。谁想得到他这样一个飞扬浮躁的角色，做起父亲来竟会这么认真的呢？可是她有时也难免妒忌，因为她见美蓝还不过四岁，就已能够了解他笼络他，自己跟他做了这几年夫妻，却还是拿他一无办法！

美蓝到了四岁上，嬷嬷就常常要唠叨，说："女孩子家跨腿儿骑在马上，让衣服高高飘起，实在太不像样儿。"瑞德听见有益孩子的话向来都注意，所以嬷嬷这种唠叨竟被采纳了。结果，他就去买了一匹棕白两色的设德兰种小马来，并且定制了一副镶银的侧坐马鞍子。名义上，这匹小马算是替三个孩子共同买的，因而也给卫德配了个鞍子。但是卫德宁可玩狗不骑马，爱拉是什么动物都害怕的，所以这匹小马就成了美蓝一个人的了。美蓝得到这匹马，自然快乐非常，所感美中不足的，就在她从此只能侧骑不能跨骑这一点。但经瑞德跟她说明侧骑比跨骑更难，她也就觉得满意了，并且很快地学起侧骑来了。瑞德见她姿势非常好，手也拿得稳，自又不免有一番得意。

"你看她再大几岁就会打猎了呢，"他夸口说，"打起猎来决没有一个人能够及她的，那我就要带她到弗吉尼亚去了。只有那里才有真正的猎打。我又要带她到肯塔基去，因为骑马好坏只有肯塔基人识得的。"

等到要替她做骑马服的时候，照例又要由她自己挑颜色，她也照例要挑蓝色的。

"可是，达灵！不要挑那种蓝丝绒吧！蓝丝绒是我做宴会服用的。"思嘉笑道，"小女孩子只配穿黑色阔堂细布。"只见那双小黑眉毛耸起来，便又说："我谢谢你，瑞德，请你告诉她一声，这种料子实在不宜的，而且极容易弄脏。"

"哦，就让她做蓝丝绒吧，弄脏了重新替她做一件。"瑞德轻轻松松地说。

于是美蓝做了一件蓝丝绒的骑马服，衣裙一直拖到马肚上。帽子是黑的，上边插着支红羽，因为她听媚兰姑妈说过司徒约瑟帽上插羽的故事，就自己想出这种帽样子来了。从此凡遇晴朗天气，总见他们父女俩在桃树街上并辔而骑，老子故意放宽马步子，以便和那小胖马步调一致。有时他们骑到那些冷街僻巷去，致将沿途的鸡子、狗儿、孩子都吓得四散奔逃。美蓝一经骑上劲，就要拿鞭子抽马，飘扬着一头鬈发，跟老子赛起跑来。于是老子就要勒紧自己的马，仿佛怕被美蓝的马抢了先似的。

后来瑞德看见女儿坐势也稳了，手势也灵了，胆子也大了，他就决计要她学习跳栏了。因此，他在后院子里造起一个矮栏来，并且出了二角五分钱一天的工资，把彼得伯伯的一个小侄儿华喜雇来教练美蓝的马。最先用的栏子不过二英寸高，后来逐渐逐渐地高到一英尺。

其实这一个办法是不讨好的。华喜胆子本来小，那小马脾气又倔，只因贪图工资高，方才来干这差事，跳个一天到晚，也至多跳过栏去十来次。那马呢，哪怕小女主人一天到晚拉它的尾巴，翻它的蹄子，它都还忍受得了，就只怕把它的肥胖身躯搬过栏子去。至于美蓝，她就简直不愿别人来骑她的马，故当华喜驯马的时候，她总觉得不大耐烦地一直蹦跳着。

直至瑞德认定马儿训练已成熟，他就要让美蓝自己上去学试了。美蓝听见这句话，自然兴奋得不知什么似的。她的第一下尝试居然就马到成功，从此除跳栏之外，什么都觉得索然无味了。思嘉看见他们父女两个这么起劲、这么得意，心里只觉得好笑。但想他们也不过是图新鲜，等过几天厌倦了，美蓝自然会找别的东西玩儿，也让隔壁邻舍可以清静些。谁知他们对这游戏始终不厌倦，直至后院子里跑出一条寸草不留的马路来，也还不停息。那条马路从亭子通到栏子，将整个后院子都贯通了。每天一清早，就听见他们在那马路上大声呐喊。据曾到过印第安人境界的梅老公公说，这种呐喊是跟印第安人剥了头皮回来的喊声一样的。

经过了第一个礼拜，美蓝就要求增高栏子了——非要高到一英尺半不可。

"那是要等六岁才行的，"瑞德说，"到那时候你的个儿大些了，我去替你买匹大些的马来。现在这马的腿儿不够长。"

"已经够长了的，媚兰姑姑家的蔷薇丛我都跳过了，那是高得很的呢！"

"不，你得等。"瑞德这回倒硬起来了，可是经不得美蓝时时刻刻的咕哝，他就渐渐地软化了。

"哦，好吧，"有一天早晨，他终于笑嘻嘻地答应了她了，便将栏子拔到一英尺半，"要是摔下来，你可不要哭，也不要怪我。"

"母亲！"美蓝将头朝上思嘉卧房的窗口高声叫着，"母亲！您瞧着我！爹爹说行了！"

思嘉正在梳头，便到窗口笑嘻嘻地往下看，见美蓝身上那件蓝骑马服已穿得那么龌龊。

"我真得替她新做一件衣服了，"她说道，"可是只有天知道，她身上那件又怎么肯换下来呢？"

"母亲，你瞧着！"

"我在瞧了呢，亲爱的。"她笑嘻嘻地说。

瑞德将她抱上马时，思嘉见她背脊笔挺，头昂昂然，不由得闪过了一阵得意。

"你真是美丽啊，宝贝儿！"

"您也美丽的。"美蓝也回赞她一句，然后将脚后跟在马肚子上蹬了一蹬，便向亭子那边奔去了。

"母亲，您瞧我来这一下！"她一面喊一面抽着马。

"瞧我来这一下！"思嘉隐隐约约记起这一声喊，从前也曾听见过。又仿佛觉得这一声喊有些不吉利。是什么时候呢？怎么仓促之间记不起来了呢？她又朝女儿看了一眼，见她稳稳地坐在马背上，正飞一般地向前奔驶而去。然后，仿佛女儿的蓝眼睛从她眼面前闪烁过去，使她不觉打起寒噤来。

"她的眼睛活像爸爸的，"她思忖道，"纯然是爱尔兰人的蓝眼睛，她的一切事情也都跟爸爸一样。"

一经想起了爸爸，刚才搜索不着的那个记忆就像闪电一般浮到眼前了。于是她忽然停止了呼吸，仿佛看见面前就是陶乐附近的牧场，仿佛一阵马蹄嘚嘚声中听见爸爸也跟美蓝方才似的在那里呼喊："瞧我来这一下！"

于是她急忙喊道："不要！不要！哦。美蓝，赶快站住！"

话犹未了，底下已传来了噼里啪啦的一声，继之以瑞德的极喊、蹄子的轧砾。她不自觉地顺着那声音的方向看去，只见地上摊着一团蓝，那马翻身滚了起来，光着鞍子小跑而去了。

美蓝死后的第三天晚上，嬷嬷摆着鸭子步儿慢慢迈上媚兰厨房间里的台阶。这时她从头到脚穿着黑，血红着一双眼睛，红肿着眼睛皮子，哭丧着一张脸儿，可是牢牢抿着一张嘴，显得她肚里藏着非常坚决的主意。

她跟蝶姐轻轻说了几句话，蝶姐很和气地点点头，悄悄放下手里的菜盆，通过食料间，走到饭厅去。不一会儿，媚兰到厨房里来了，手里拿着条餐巾，脸上满脸的着急。

"思嘉小姐不是——"

"思嘉小姐倒是平静下来了，也像往常一样的，"嬷嬷郑重地说，"您在吃饭，俺不该来打扰您的，媚兰小姐。可是俺有句要紧话要跟您说，等不及您吃完饭了。"

"晚饭可以等着的，"媚兰说，"蝶姐，你让他们先吃吧。嬷嬷，你随我来。"

嬷嬷在媚兰后边摆着鸭子步，通过穿堂，看见饭厅门开在那里，希礼坐在桌

横头，下首是小玻，再下首是思嘉的两个孩子，面对面坐着。只听见汤匙丁丁当当地在那里响，又听见卫德和爱拉叽里呱啦说话的声音。他们现在得在媚兰姑妈家里长期住着，简直同做生日一样了。媚兰姑妈向来都待他们好，这一回当然更好。他们的小妹妹死了，对于他们并不发生多大的影响。只记得当时美蓝掉下马，母亲哭了大半天，媚兰姑妈就把他们带过这边来，在后院子里跟小玻玩儿，并且要吃饼干随时都可吃。

当时媚兰将嬷嬷领到那间书籍围绕的坐起间，关了门，让她在一张沙发上坐下。

"我本来预备吃完饭就过去的，"她说，"听说白船长的老太太来了，大概明天早晨总要下葬了吧。"

"下葬吗，就是这个话呀，"嬷嬷说，"媚兰姑娘，咱们大家都弄得没有办法了呢，这才俺跑过来请您帮点忙儿的。嗨，俺可真不懂，做人干吗要这么苦呀！"

"怎么，思嘉小姐身体吃不消了吗？"媚兰很着急地说，"我是两天没有见她了。她一直都关在房里，白船长又一直不在家，而且——"

嬷嬷突然掉下眼泪来。媚兰就在她身边坐下，轻轻拍了拍她的肩膀，过了一会，她才撩起一只衣角来擦着眼睛。

"您一定得来帮帮咱们忙，媚兰姑娘。俺是什么法儿都想尽了，可是一点儿没有用处。"

"思嘉小姐——"

嬷嬷挺起了腰板。

"媚兰姑娘，您是知道思嘉姑娘的。孩子完了她原也极伤心的，可是她熬过来了。俺来说的是瑞德先生啊。"

"我早就想跟他见见了，可是我在你们那里的时候，他不是上街去了，就是锁着房门睡着。思嘉又弄得像鬼一样，怎么都不开口了。你赶快说，嬷嬷，要我帮什么忙。"

嬷嬷拿手背擦擦鼻子。

"俺说思嘉姑娘倒是受得了，因为她已经受了不止一次了，可是瑞德先生——媚兰姑娘，他是从来没有受过的，他是什么也受不了的。俺来看您就为的是他。"

"可是——"

"媚兰姑娘，您今天晚上就得跟俺去一趟。"嬷嬷的声音显得非常急迫，"也许瑞德先生肯听您的话。您的主意他向来都看重的。"

"哦,嬷嬷,到底是什么事呀?你到底什么意思呀?"

嬷嬷挺直了她的肩膀。

"媚兰姑娘,瑞德先生他已经——已经昏了头了。他不让咱们下葬小小姐啊。"

"昏了头了?哦,嬷嬷,不会的!"

"俺不说胡话。逼真逼真的事儿,他不让咱们拿开小小姐。不到一点钟之前,他还亲口跟俺说来的。"

"可是他不能——他不是——"

"俺就是说他昏了头了呀。"

"可是为什么——"

"媚兰姑娘,俺从头来告诉您吧。这种话对旁人是不能讲的,您可是咱们自己家里人,俺只有对您讲。您总知道,他疼这孩子疼得什么似的。他一听见米医生说是头颈跌断了,他马上就发起疯来了。他马上拿了一支枪,跑出去开杀那匹小马,而且天知道,俺怕是连他自己也要开杀的啊。当时思嘉姑娘是晕过去了,邻舍人家跑来围了一屋子,孩子断气了,瑞德先生还是牢牢抱着她,小脸儿上血污狼藉的,也不让俺洗一洗。后来,谢天谢地,思嘉姑娘醒过来了。俺才透了一口气,当是他两口子可以互相解劝一下的。"

说到这里她又挂下眼泪来,但是这回她连擦也不去擦了。

"哪里知道思嘉姑娘醒过来之后,别的一句不说,马上跑到瑞德先生房间里,对他说道:'你杀了我女儿了,你还我的女儿来。'"

"哦,这是她不应该的!"

"可不是吗?她竟这么说了。她竟说孩子是瑞德先生杀死的。那时候,瑞德先生一句话说不出来,那样子真是可怜,俺也要哭出来了。俺就说:'孩子交给嬷嬷吧,俺去给小小姐料理料理去。'瑞德先生就把孩子交给俺,俺拿到她自己房里去替她洗脸,一边听见他们俩还在吵闹,那种说话俺真觉得寒心哪。思嘉姑娘骂他是杀人凶手,存心让小小姐骑马摔死,瑞德先生说她本来就不管孩子,那两个孩子她又几时管过的……"

"哦,嬷嬷!你不要讲下去了。这种话你是不应该对我讲的!"媚兰喊道,因为她听见嬷嬷描写的这番情景,不由得心都萎缩下去了。

"俺也知道是不能讲的,可是俺心里闷得慌,叫俺对谁去讲呢?过了一会儿，瑞德先生又把孩子要回去，放在自己房里的小床上。思嘉姑娘要去买棺材，预备装殓起来停在客厅里，他就凶狠地要打她，说孩子不能装棺材，非要放在他房里不可。随后他又对俺说：'嬷嬷，俺要出去一趟，孩子你替俺看牢，不许谁来动一动。'说完他就出门了，直到太阳下山才回来，回来的时候，俺看见他又喝得烂醉了。可是他并不吵闹，只是闷声不响的，看见思嘉姑娘也不理，看见白蝶姑妈和许多客人也不理，管自跑上楼去了。一上楼，就听见他不住口地喊嬷嬷，俺连忙跑上楼去，看见他站在小床旁边，房间里黑洞洞的。

"他就凶狠地对俺说：'赶快把百叶窗拉开来，屋子里黑呢。'俺连忙拉开百叶窗，屋子里亮了，他就瞪着眼睛朝俺看。哦，媚兰姑娘，俺被他瞪得发起抖来，他那副神气真是怕人呢。他就说：'去拿灯来，多拿些灯来，统统点起来！从此不许再拉窗帘子了。你不知道美蓝小姐是怕黑的吗？'"

媚兰不胜惊异地瞪了嬷嬷一眼，嬷嬷阴郁地点了点头。

"是的，他是这么说。他说'美蓝小姐怕黑的'。"

媚兰禁不住发起抖来。

"俺连忙拿给他一打蜡烛，他就沉下脸来说：'出去！'俺出来了，他就锁起门来，独自陪伴小小姐。后来思嘉姑娘那样地敲呀、嚷呀，他老是一个不开。像这样子已经闹了两天了，他再也不提下葬的话儿。每天早晨锁了门，骑着马儿上街去，要等太阳下山才回来，仍然喝得醉醺醺，钻进房里马上又把房门锁上了，也不吃，也不睡。后来他妈白老太太从查尔斯顿来了，苏纶姑娘跟慧儿先生也从陶乐来了，他竟一个都不理。哦，媚兰姑娘，真是可怕呢！今天情形更不如昨天，大家都在担心呢。"

"直到今天晚上，"嬷嬷停了一停，又拿手背擦了擦鼻子，"今天晚上他从外边回来的时候，思嘉姑娘在穿堂里遇到他，跟了他进屋子去，对他说：'明天早上准定下葬了。'您知道他怎么说？他说：'你试试看，我就要你的命！'"

"哦，他一定是昏了神了！"

"可不是吗？后来他们说话声音很低，俺在外边也听不清了，只听见他说美蓝小姐怕黑的，坟墓里边黑得很。过一会儿听见思嘉姑娘说：'你好，你自己杀了孩子，还要装得这么疯疯癫癫的，要想人家说你是个好父亲。其实人家都在骂你了。你当俺不知道吗？你这几天都在贝儿那婊子家里。你当俺不知道吗？'"

"哦，嬷嬷，那是不会的！"

"可是真的呢，媚兰姑娘！咱们黑人消息顶灵通，大家早已知道了。瑞德先生自己也承认。他说：'是的，俺是在贝儿家里，你打算怎么样？家里已经变成地狱了，俺不到那里去散散心，叫俺到哪里去？而且贝儿心肠好，至少不会说孩子是俺杀死的。'"

"哦！"媚兰喊道，因为她觉得伤心极了。她自己的生活是很快乐的、安稳的，四周围的人没有一个不爱她的，因而她听见嬷嬷的话简直觉得不懂了。她又记起那天瑞德跪在她面前忏悔，的确也曾提起过贝儿，然而他又明明说是爱思嘉的，而思嘉当然也爱他。那么他们夫妻之间怎么会弄成这样的呢？怎么竟会这样你一刀我一枪地不肯相让的呢？

嬷嬷又继续说道：

"过了一会，思嘉姑娘从房间里出来了，面孔白得像张纸，可是牙齿咬得紧紧的，主意很坚决。她看见俺在那里，便对俺说：'明天早上一定要下葬。'说完，她像个鬼似的回到自己房里去了。俺听了她这话，吓得心里怦怦跳，因为她的话是说一句算一句的。可是瑞德先生的话也说一句算一句。他说过思嘉姑娘若是把孩子下葬，他就要杀她的呢。那时候，俺就突然良心发现了，媚兰姑娘，因为小小姐这么怕黑，都是俺造的因头。"

"哦，可是嬷嬷，这是没有关系了——现在已经没有关系了。"

"怎么没有关系呢？毛病都在这里呀。俺当时良心发现了，决心要对瑞德先生讲明这桩事，哪怕他杀了俺也甘心的。俺就连忙跑去敲开他的门，俺说：'瑞德先生，俺来向您自首来了。'他马上旋转身子，发狂似的喊了一声：'滚出去！'可是俺不怕，俺说：'您听俺说下去吧，俺不说心里难受。小小姐怕黑，是俺造的因头。'俺说了这话，马上挂下手等着他一下打来。可是他不打，也不说什么，俺就又说了。俺说：'这事俺是无心的。可是，瑞德先生，小小姐胆子太大了，她常常要半夜三更起来，光脚丫子到处去跑。俺就只得吓唬她，说黑夜里边有鬼有妖怪，从此她就怕黑了。'

"他听了这话——哦，媚兰姑娘，您知道怎样？谁知道他听了这话，脸上就和气起来，跑到俺身边来拍拍俺肩膀，这是从来没有过的事。他一面拍一面对俺说：'小小姐是顶勇敢的，是不是？她除了黑暗是什么都不怕的。'俺听他这么一说，就忍不住哭起来了。他就又拍拍俺说：'得啦，嬷嬷，你别哭啦。谢谢你告诉我这句话。我知道你是爱小小姐的，所以我不怪你吓唬她，什么事儿都要看心地好不好。'俺经他一说，胆子大了，俺就乘机对他说：'可是，瑞德先生，下葬的事儿怎么样哪？'谁知他马上又沉下脸来，眼睛骨碌碌对俺看着，他说：'怎么,别人不懂连你也不懂的吗?你既知道我那孩子怕黑的,怎么还要把她下葬呢?她在坟墓里边不要怕煞吗?'媚兰姑娘,俺听到他这句话,这才知道他昏了头了。现在他一天浸在酒里,也不睡觉,也不吃东西,这怎么行啊?他简直是疯了。当时他就一推把俺推出门,嘴里嚷道:'你替我滚出去吧!'

"俺只得跑下楼来,看看一点儿没有办法。思嘉姑娘说是明天一定要下葬,可是他却说要杀她。这怎么行啊?一班亲戚朋友都着急得不得了了。俺这才想起您来,媚兰姑娘。您总得去帮咱们劝劝他。"

"哦,嬷嬷,可是我不能冒冒昧昧闯上去的呀!"

"您要是不能,还有谁能呢?"

"可是我有什么办法呢,嬷嬷?"

"媚兰姑娘,办法俺也不知道。可是您总不能不管。您可以去跟瑞德先生谈谈,他也许会听您的。他向来就顶看重您。您自己不知道罢了。俺听他不知说过多少回,总说您再好也没有了。"

"可是——"

媚兰迟疑不决地站了起来,想起要去谏劝这么发狂似的一个人,不由得不寒而栗。这叫她怎么办呢?叫她拿什么话去劝瑞德呢?正在犹豫,忽听见小玻的笑声从饭厅里传出来,她便落入一种可怕的假设,假如小玻死了,他这笑声突然停止了,他已冷冰冰、直挺挺地躺在那里了,那时她心里会有怎样一种感觉呢?

"哦!"她不自觉地高声喊出来。她突然懂得了瑞德的情感了。假如她自己的小玻死了,她怎么舍得把他拿去下葬呢?怎么舍得让他孤零零地去跟风雨和黑暗做伴呢?

"哦,真可怜的白船长!"她喊道,"好的,我现在就去,马上就去。"

她急忙地回到饭厅,亲亲昵昵地跟希礼说了几句话,又猛地把小玻搂住了吻了一回,倒把那孩子吓了一跳。

然后连帽也不戴,她急急忙忙地走出大门,那条餐巾仍旧还抓在手里,便飞也似的向前去。把个鸭子步儿的嬷嬷赶得气喘不休。进了白家的前穿堂,一看藏书室里聚着许多人,白蝶姑妈、白老太太、慧儿、苏纶,都在那里说话儿,她进去略略点了一点头,便拔步奔上楼梯,嬷嬷也就气喘喘地跟上去,经过思嘉房门口,她迟疑了一下,要想进去,嬷嬷急忙说道:"不,不要进去。"

她这才放慢了步子,一直走到了瑞德门前。略略迟疑了一下,她便像士兵进入战场,毅然地在门上敲了几下,低声叫道:"让我进去,白船长。我是卫太太，我要看看美蓝。"

门立刻开开，嬷嬷急忙躲进旁边黑影里，看见瑞德的庞然巨体映在那满室辉煌的烛光里。他的双脚有些儿颤抖，又闻到他口里有威士忌的浓烈气味儿。他低下头对媚兰看了看，然后抓住了她的臂膀，将她引进房中，立刻把门关上了。

嬷嬷在门口旁边一张椅子上坐下，一面默默淌眼泪，一面听着房里的动静。但是她一句话也辨不清楚，只听见断断续续的欷歔声。

经过了许久许久，才见房门刷地开开来，露出媚兰一张平静而紧张的脸。

"你去替我拿点咖啡来，快些，再要一些三明治。"

嬷嬷急忙下去拿了一杯咖啡和一碟三明治上来，一心想进去看一看光景，但是媚兰只开出一条门缝儿，匆匆接着托盘进房去，便又砰地将门关上了。嬷嬷侧起耳朵细听着，却只听见瓢匙碰着瓷器的声音，以及媚兰模模糊糊的低语声。然后是一个沉重身躯砰地倒上床去的声音，以及靴子扑通落地的声音。再隔了一会，媚兰才又开出一条门缝，伸出一个头来。嬷嬷想从门缝看进去，但是仍旧看不见什么。只见媚兰的眼睛像是很疲倦，睫毛上搁着几颗泪珠，但是神色平静了。

"你去告诉思嘉小姐，说明天早晨下葬，白船长已很愿意了。"她低声说。

"哦，谢天谢地！"嬷嬷高叫着，"你是怎么——"

"不要这么高声，他快要睡着了。还有，嬷嬷，你去对思嘉小姐说，我今晚不回去了，你去替我拿点咖啡来吧。"

"拿到这间房间里？"

"是的，我答应过白船长，如果他肯睡觉，我会在这里替他守到天亮。你去告诉思嘉小姐，她什么都不要担心了。"

嬷嬷向思嘉房里走去，心里不胜快乐，不由得步子放松了，把地板踩得吱嘎响。但一到思嘉门口，她又站住沉吟了一回。

"瑞德先生答应明天下葬了，这话可以说，可是媚兰姑娘在这里守夜的话万万不能说。思嘉姑娘一定要不高兴的。"

第六十章

美蓝下葬了以后，思嘉的悲痛就渐渐平息下去，但她忽然感到一种不可名状的忧惧，仿佛有一阵阴森森的迷雾从四周笼罩上来，又仿佛自己站在一片流沙上，随时都可以陷没下去一般。

这种忧惧是她从来没有经验过的。她直到现在为止，双脚都牢牢植在常识里，所恐惧的东西都是可以指名的——损害、饥饿、贫穷、失去希礼的爱。她向来没有分析的脑筋，所以她尝试分析现在所感的忧惧，始终都没有结果。她虽失去自己最最亲爱的孩子，可是她可以熬忍，因为诸如此类的重大丧失，她已熬忍过不止一次了。她的身体又很好，钱也早如心愿了，希礼的爱也是照常存在的。就是她跟希礼闹的那桩丑事儿，也已不再使她烦恼了。总之，这一切可以指名的东西，她已无复忧惧的必要。然而她总觉得惴惴不安，总觉得栗栗畏惧，正如她从前在噩梦里陷入了一阵黑雾一般。

她记起了瑞德从前一直可以把她心思的恐惧一笑就笑开，又记起了他那褐色的胸膛和强壮的臂膀常可以给她安慰。于是她又不得不诚心诚意去找瑞德了。这几个月以来，她一直不曾怀着这样的诚心诚意去看过瑞德一眼，谁知现在骤然一看，她就看出瑞德已经全然换了一个人。这个人是不会再笑的了，也不会再安慰她了。

美蓝死后的一段时期，她悲痛极了、愤恨极了，竟至在许多仆人面前，对他说话也没有好声好气。她一心只在追忆女儿，心思全被女儿的音容笑貌所占据，竟忘记了他也无时无刻不在追忆，而且追忆中的悲痛实在比她还要厉害的。那几个礼拜里面，他们碰了头略略招呼，不争吵时就像客人一般客气，仿佛同住在一个旅馆，各占着一个房间，只有吃饭时同桌而坐，此外就彼此漠不相关了。

现在她因感到寂寞和恐惧，很想打破他们间的这重障隔，但是她觉得他始终将她挡拒于数尺之外，始终不愿跟她说一句知心话儿。现在她十分懊悔了，很想倒在他怀里去，哭着对他认罪，说女儿的死实在不能怪他的，说她自己看见女儿骑马骑得好，也未尝不得意的，说她当时所以要骂他杀死女儿，不过是为心里悲痛不过，要借此发泄发泄的。然而这一套话儿，她始终找不到一个机会对他说。他老是拿一双冷冰冰的眼睛看她，使她永远没有一个开口的机会。而认罪这一桩事儿，偏偏是经不得搁的，越搁越要觉得为难，到后来就不可能了。

但是她为什么不敢开口的呢？连她自己也不知其所以然。瑞德是她的丈夫，同床这许多年了，又曾养过了孩子，应该是两心之间毫无隔阂的。现在孩子死了，自然只有这孩子的父亲身上才找得到安慰，因为孩子生前的事情，只有他们能有共同的了解，谈起来时固然难免要伤心，但是伤心之中正可以互相慰藉。然而现在他们两个竟是同客人一般！

近来他难得住在家里。偶尔，他们能同桌吃晚饭，他总已喝得烂醉。他喝酒的脾气也已跟从前不同。从前他越喝越醉，态度越是文静，只不过话儿说得特别刻薄些俏皮些，总要说得她笑起来为此。现在他喝下酒去，就只有垂头丧气地闷声不响。有时他要喝到天蒙蒙亮才回家，听见他将马骑进后院子，去敲仆人间的门，把阿宝叫起来，扶他上台阶，服侍他上床睡觉。

现在他身上也龌里龌龊了，从前他是一直修饰得齐齐整整的。有时连衬衫都好久不换，得要阿宝跟他辩论多次才肯脱下来。近来他喝下酒去，已经在面容上发生影响，他那一脸坚实的肌肉，现在变得浮肿了，同时他身上的肌肉也变松弛了。

他往往整夜都不回家，也不叫人回来说一声。思嘉总当他是在贝儿家里。有一次思嘉在一爿店里遇到贝儿，见她仍旧穿得那么华丽，可是到底有些衰老了。贝儿看见思嘉，一点儿也不怕羞，也不把头低下去，反而将她瞪着看，似乎要观察她的气色，倒把思嘉看得红起脸来。

但是她现在既然不能去向他道歉以前错怪他杀死女儿的话，同时却又没有勇气去责备他，或是愤怒他。因为现在她只感到一种不可思议的麻木，一种无从索解的不快乐。这是她生平从来没有经历过的。她只觉得非常寂寞，只记得自己从来没有这样寂寞过。也许她从前一向很忙，所以没有工夫感到寂寞的吧。她又寂寞又害怕，又除了媚兰之外，没有一个人可以解慰她。因为连她从小当做靠山的那个嬷嬷，也已回陶乐去了，而且从此再不回来了。

嬷嬷之走，并不曾讲出什么理由来。她只把一双疲倦的老眼凄惨地看着思嘉，要她给她回陶乐去的火车费。思嘉淌着眼泪求她不要走，她只回答道："俺仿佛听见爱兰姑娘对俺说：'嬷嬷，你回家来吧。你的工作已经完了。'所以俺要回家了。"

瑞德在旁听见这句话,就把钱给了她,并且拍了拍她的肩膀。

"你是对的,嬷嬷。爱兰姑娘也对的。你在这里的工作已经完了,回家吧。你如果需要什么,你尽管对我说。"但是思嘉仍旧不答应,于是他大声喝道:"你不要响了,你这傻子!你让她走吧!人家为什么还要待在这里呢——现在这里是——"

他说这话时眼睛里仿佛冒火,于是思嘉吓得不敢出声了。

"米医生,你想他真的会——真的会神志不清吗?"后来她实在觉得没有办法,只得赶到米医生那里去请教他。

"这倒不,"米医生说,"可是他这么拼命喝酒,要是长久下去,那是会送命的。我猜他是因为爱那个孩子,希望喝了酒会忘记她的吧。现在我劝你,思嘉,你赶快替他再养一个孩子出来,或许还救得他的命。"

"吓!"思嘉走出米医生的诊所时心里忖道。这件事谈何容易?只要瑞德脸上没有那一副神气,自己心里不这样虚得慌,那么莫说要她再养一个孩子,就是再养十个八个也是甘心情愿的,但是瑞德似乎并不再要孩子了。现在她的房门不但一直没有锁,并且故意半开半掩地惹他碰进去,可是他一步也不走进去,这叫她怎么养法呢?他现在是什么都不在心上的了,除了威士忌酒和那红头发的女人之外,什么都不在心上的了。

连他对人的态度也完全改变了。从前他喜欢讥讽人家,但是讥讽之中仍旧要使人发笑,喜欢刺伤人家,但是刻毒话中总带点幽默。现在呢,他的态度完全变冷酷了。他从前为了美蓝,曾经竭力向那些好太太去买好,现在那些好太太碰到他,都要向他慰问表同情,他却对他们全无礼貌,一个个得罪回去。因为他的礼貌原是为美蓝而有,美蓝死了,他的礼貌也就跟着她死了。

奇怪的是,那些好太太并不责怪他。她们是了解他的,或者自以为了解他的。往往街上见他醉醺醺地骑马而过,前去安慰他几声,倒吃他一顿没趣,她们也并不生气,只在他背后摇头叹息说:"可怜的东西!"因为她们知道他骑马回家,决然得不到思嘉的安慰。

大家都认为思嘉是冷酷的,没有心肝的。大家只见美蓝死后不久,思嘉就若无其事一般,总当她这人的性情与常人各别,殊不晓得她心里的那种苦痛、那种忧虑,是任何人都体会不到的。因此事事弄得了两不凑头。瑞德是得到全城人的同情的,他却既不知道,也不在乎。思嘉现在很想那些老朋友给她同情了,人家偏偏又对她十分不满。

现在除了白蝶姑妈、媚兰、希礼之外,那些老朋友一个都不到她家里来了。来的都是一班新朋友,也有来向她慰问的,也有来跟她谈谈闲天,希望她能宽解的。然而这班新朋友都是陌路人,没有一个不是陌路人!她们不谈她们自己以前的生活,也不知道思嘉以前的生活。她们都不知道思嘉以前经过那样的奋斗,吃过那样的苦楚,乃至如何挣扎到了现在这种舒服生活的历程。因此,她们给予思嘉的同情,无论如何不能够深入。

现在思嘉在寂寞之中,巴不能够跟美白、芬妮、艾太太、惠太太她们去作整日长谈了,甚至那个母夜叉似的梅太太她也不嫌了。或者就是彭太太也好,只要是从前共过患难的老朋友哪个都好。因为只有她们是知道她的,只有她们给她表示的同情是能深入的,是有效力的。

然而不知怎的,这班老朋友都溜开去了,都避开她了。她也知道这是她自己的过失。从前她一直不以为意,现在她寂寞极了,知道这班老朋友实在可贵了。

第六十一章

思嘉正在美立塔,忽然收到了瑞德的一个急电。刚巧十分钟后有一班火车要开亚特兰大,她便急忙赶上了,只带一只手提包,把卫德和爱拉都留在旅馆里交给百利子。

美立塔离开亚特兰大不过二十英里路,但是那火车慢得跟爬行一样,而且每个小站都要停一会。这把思嘉急得几乎要尖叫出来,原来瑞德的来电是:

"卫太太病。速归。"

直至火车终于开进亚特兰大车站,天色已经黄昏了,又值下着一种雾一般的蒙蒙雨,把个城市罩得迷迷糊糊的。街灯已经点着,昏昏暗暗放出点点的黄光。瑞德放了一辆马车在车站接她,她一看见他的脸,就比接到电报时还觉惊吓。她从来不曾看见他脸上这样没有表情。

"她还没有——"她嚷道。

"是的,现在还活的。"瑞德搀她上马车。"到卫太太家里,愈快愈好。"他吩咐马车夫。

"她是怎么回事呀?我一点都不晓得她病呢,上礼拜还是好好的嘛。遇到什么意外吗?哦,瑞德,到底厉害不——"

"她是快死了,"瑞德说,他的声音也跟他的面孔一样地没有表情,"她要见你一面。"

"哦,她怎么就会这样呢?究竟什么毛病呢?"

"小产。"

"什么,小——产——可是,瑞德,她——"思嘉吃惊得说不出话来,她连气都喘不过来了。

"你没有知道她有身孕吗?"

思嘉连摇头的气力都没有。

"哦,是的。我想你也不会知道的,她一定对谁都没有讲过。她要出人意料地让大家高兴高兴，不过我是知道了。"

"你知道！她一定不会对你讲的！"

"又何必等她讲呢？我看出来了。我看她近来这两个月高兴得这个样儿，就知道她一定为此。"

"可是瑞德，医生说她再有一个孩子就要送命的呢！"

"果然送命了呀。"瑞德说。然后又对马车夫："啊呀，真要命，你不会再快一点吗？"

"可是瑞德，她不见得真会死的。你看我——我都没有，我是——"

"她没有你的精力。她是除了一个心之外什么都没有的。"

马车在一所平顶屋门前戛然停住，瑞德将她搀下来。她身上簌簌抖着，突然感到了一阵凄凉，一把抓住了瑞德的肩膀。

"你进去吗？瑞德？"

"不。"他说了一声，就坐回马车里去了。

她急急奔上了台阶，通过前走廊，开了门进去，只见一片黄色的灯光底下，坐着希礼、白蝶姑妈和英弟。思嘉忖道："英弟怎么也来了？媚兰不是不许她再踏进门的吗？"那三个人一看见她，就都站了起来。白蝶拼命咬着嘴唇皮，想要它不抖。英弟瞪了她一眼，脸上只有悲哀并无憎恨了。希礼呆腾腾地像个梦游人，走上前来拍拍她的肩膀，也像梦游人似的说起话来。

"她问起你来呢，"他说，"她问起你来呢。"

"我现在能见她吗？"她旋转身子要向媚兰房中走去，房门是关着的。

"不，现在米医生在里边。你来了好极了，思嘉。"

"我是一接到电报就立刻动身的。"思嘉说着，脱下了帽子和大衣，"希礼，你告诉我，她好些了，是不是？你说啊！不要这么发愣啊！她不见得真的要——"

"她一直都问着你。"希礼说时，一直看着她的眼睛。而从他的眼睛里，她已经看出这问题的答案来了。刹那间，她的心停止了，然后有一种奇怪的恐惧在她胸口里跳着——一种强过焦急和悲哀的恐惧。她一面要压下这种恐惧，一面思忖道，这不会是真的，医生也常常要诊错。我决不能相信是真的，我决不容自己相信是真的。如果我相信的话，我就要尖叫起来了，我必须拿点别的事情来想想。

"我决不相信！"她一面叫着，一面对那三个人都瞪了一眼，仿佛要禁止他们，不许他们来反对自己的话，"媚兰为什么不对我说呢？我如果早知道了，我怎么也不会到美立塔去了！"

希礼的眼睛仿佛清醒过来，现出非常难受的样子。

"她不曾告诉过谁，思嘉，特别不会告诉你。她怕你知道了要骂她。她打算等到三个——等到很稳当了，没有事了，这才骤然地告诉你们，要吓你们一跳，并且证明医生的话多么靠不住。她一向都很快乐。你知道她是想孩子想痴了的，她总想要一个女孩子。一向来也平安无事，可不知怎么一来，就——实在是一点儿理由也没有的——"

这时媚兰的房门轻轻开开来，米医生走进穿堂，随手又把门关上。他低着头，呆呆地站了一刻，对那突然冻结了的四个人看了一看，最后注视到思嘉身上。当他走近思嘉来时，思嘉见他眼睛里含着愁恼，同时又有厌恶和鄙薄的神情，以致思嘉心里不由得泛起一阵内疚。

"你到底是赶到了。"他说。

思嘉还不曾回答，希礼就要向媚兰房中走去。

"你，还没有，"米医生说，"她要跟思嘉说话呢。"

"医生，"英弟碰一碰他的袖子说，她的声音虽然不成调，那种哀恳的神情已比说话都要明白了，"让我进去看她一眼吧。我一早就在这里，一直等到现在了，可是她——让我见她一面吧。我要去对她说——我必须去对她说——那件事情实在是我错了。"

她说这话时，眼睛不看希礼，也不看思嘉，但是米医生把一双冷冰冰的眼睛落在思嘉身上。

"等一会儿瞧吧，英弟姑娘，"他简单地说，"可是你得先答应我，不要因你要认错反把她的气力用完了。她知道你是错的，你去认错一下，反而要使她心焦。"

白蝶也怯生生地开口了："请你，米医生——"

"白蝶小姐，你知道自己是要叫的，要晕的。"

白蝶挺直了她的胖小个儿，跟米医生眼对眼地瞪了一会。她的眼睛是干的，而且每一条曲线里都显示了尊严。

"嗯，好的，你等一会吧。"医生说，声音委婉些儿了，"来吧，思嘉。"

他们踮着脚尖儿走到那关着的门前，然后医生狠狠抓住思嘉的肩膀。

"你听我说，姑娘，"他简单地对她低声说，"你进去不许狂哭，也不许对她忏悔，要不然的话，哼，我就要拧断你这颈梗！你不要对我这么呆看，你是懂得我的意思的。我要媚兰姑娘适适意意地死去，你决不能把你跟希礼的事向她招出，以便宽松你自己的良心。我是直到现在没有伤害过一个女人的，现在你如果不听我的话，我就要和你算账。"

说完，也不等她回答，就开开门，将思嘉推了进去，重新把门关上了。那个用黑胡桃木器具粗粗布置的小房间，是在一种半明半暗的状态中。桌上点着一盏灯，却是用报纸遮着的。房间既小而简陋，像是女学生的宿舍一样。一张床头板很低的小床，一顶钩在一边的朴素的网帐，一条洁净而褪色的百衲地毯——这一切，都跟思嘉自己那间雕金刺绣的卧房完全异样。

媚兰平躺在床上，看上去那么一点儿身躯，真像个小女孩子。两绺黑发披在两边面颊上，眼睛闭着，深深陷进去，成了两个小小紫圈儿。思嘉一看见这模样，当即双脚不能动，在门上靠住了。当时房里虽然暗，她却看出媚兰面色同黄蜡一般，已经没有一丝儿血色，又见她的鼻子已经瘪进去，这才相信米医生的话不错。因为她从前在医院里，不知见过多少这样鼻子瘪进去的人，无论如何不会看不出来的。

媚兰是快死了，但是思嘉的心一时不肯接纳这一事实。媚兰是不能死的，她是没有死的可能的。现在她思嘉正是迫切需要她，上帝决不会让她死的。在这时以前，思嘉从来不曾想起过自己需要媚兰。但是现在，真理涌进来了，涌入她的灵魂的最深处了。她是一向依恃媚兰的，并不亚于依恃她自己，然而她竟始终都没有知道。现在媚兰快死了，她方才知道自己没有媚兰是过不了日子的。现在她踮着脚尖儿向媚兰的安静身体走去时，恐慌擒住了她的心了，她认识了媚兰就是她的刀、她的盾、她的安慰和她的精力了。

"我必定要抓住她！我决不能让她走！"思嘉一面想，一面在床沿上坐下去。她看见媚兰一只手放在被上，就急忙将它捏住，谁知那手是冰冷的，便又吓了一大跳。

"是我啊，媚兰。"她说。

媚兰的眼睛开了一丝缝，一看果然是思嘉，仿佛已觉得满意，便重新合了起来。过了一会，她换过一口气来，才低声说道：

"答应我吗？"

"哦，什么都答应的！"

"小玻——照看他。"

思嘉只能点点头，因为她喉咙口像在绞一般，然后又轻轻捏了捏她的手，以示应允。

"我把他给了你了。"她说时脸上有一点依稀恍惚的微笑，"从前——我也——把他给过你——记得吗？——那时他还没有生下来。"

问她"记得吗"，她怎么会忘记呢？她是记得清清楚楚的——是九月里一天的中午，天气闷煞人地热，北佬快要杀来了，满街都是士兵匆匆撤退的脚步声，那时媚兰怕自己要死，曾把这个快要出来的孩子交托给她，然而她正在深深地怀恨媚兰，巴不得媚兰死去。

"啊呀，是我杀死她了！"思嘉回想当初自己曾有巴不得她死的意思，不由得感到一阵迷信的恐惧，"我是常常诅咒她死的，上帝一定听见我了，一定在惩罚我了。"

"哦，媚兰，你不要说这种话！你会好起来的。"

"不。你要答应我。"

思嘉咽了一口气。

"我自然是答应的。我一定跟自己的孩子一样对待他。"

"大学呢？"媚兰用一种微弱而平板的声音问。

"哦，是的！大学、哈佛、欧洲，还有他所要的一切——还有——还有——小马——音乐——哦，媚兰，你试试看吧！你用一下子气力吧！"

沉默重新落下了，媚兰脸上现出努力的形迹，似乎还有话要说，要鼓起些气力来。

"希礼，"她说，"希礼和你——"她的声音抖了抖，便又寂然了。

一经听见希礼的名字，思嘉的心便突然停止，冷得跟青石一般。那么媚兰早已知道了！思嘉当即将头伏在被上，只觉一阵辛酸塞住她的喉咙口，却又不再往上冲。媚兰早已知道了？这时思嘉已经没有羞愧，也没有其他任何的感情，只有一种无穷无极的痛悔，痛悔自己不该将这善良弱女子委屈了这许多年。媚兰早已知道了！然而始终还是她的忠心耿耿的朋友！啊，假使容她可以从头再做起的话，她对希礼一定连瞧都不瞧他一眼了！

"哦，上帝，"她急忙暗暗祷告道，"请你让她活着吧，我一定要补报她，我一定要待她非常非常好。我一定不再跟希礼说话，这一辈子都不跟他再说一句话，只要你让媚兰好起来！"

"希礼。"媚兰虚弱地说着，伸出一只手去摸摸思嘉伏在被上的头，又拿两个指头夹住思嘉的一绺头发拉了拉，可是无力得跟一个婴孩一般。思嘉懂得她的意思是要她将头抬起，但是她不能抬头，她不敢和媚兰对面。

"希礼。"媚兰又低低叫了一声，思嘉这才不得不硬挺起来了。她觉得最后审判时要和上帝对面，也没有这样难受的。她的灵魂不住地畏缩，然而她不得不抬头了。

谁知她所看见的，仍旧是那双亲爱的眼睛，呈着一种弥留昏睡的状态，也仍旧是那一张温和的嘴，在那里挣扎最后几口的呼吸。媚兰脸上并没有责备，也没有控告，也没有恐惧——就只有一种焦急，焦急自己不能再有说话的气力。

这是出人意料的，竟把思嘉一下惊呆了。然后，她将媚兰的手捏得再紧些，心中泛起一阵对于上帝的热烈的感激，并且至诚至恳地默默祈祷起来：

"啊！上帝，谢谢你。我是不值得你这样帮助的，可是你没有让媚兰知道这桩事，我真谢你不尽了。"

"希礼怎么样，媚兰？"

"你肯——照顾他吗？"

"哦，是的。"

"他很容易——伤风的。"

一个停顿。

"照顾——他的事业——你懂吗？"

"是的，我懂，我会照顾的。"

她又使了一点劲。

"希礼是没有——没有经验的。"

这是媚兰生平第一次批评希礼。

"你得照顾他，思嘉——可是——你不能让他知道。"

"他的身体、他的事业，我都会照顾他，也不会让他知道。我只在旁边给他一些暗示就是了。"

媚兰竭力展出一个小小的微笑，这是一个胜利的微笑。同时，她的眼睛跟思嘉的眼睛接触了一下。在这接触之中，她们就订了一个契约，将这保护卫希礼的责任办了移交了。

于是，媚兰脸上失去那种焦急的神情，仿佛思嘉一经答应之后，她就一切可以放心了。

"你真是聪明——真是勇敢——一直都待我这么好——"

思嘉听见这几句话，喉咙口那一块辛酸就几乎要往上冲发出来，她就急忙将手扪住口。这时她恨不得披肝沥胆地对媚兰一概直供出来，说："我是一个魔鬼！我一直是委屈你的！我从来不曾替你出过什么力！我是一切都为希礼的！"

她骤然从床沿上站了起来，拿自己的大拇指头放在嘴里狠命地咬着，以期可以镇定住自己。于是她记起瑞德那几句话来："她是爱你的，这就要做你的十字架了。"是的，不错，这个十字架现在更重了。她想自己用尽了种种手段，要想夺她的希礼，已经是罪孽深重，而如今媚兰临死的时候，仍旧这样诚心诚意地爱她、信任她，不是使她罪孽更加深重吗？然而现在她决不能把真情说出。这是只有利于自己而不利于媚兰的，她必须让媚兰适适意意、放放心心、没有眼泪、没有悲哀地死去。

刚巧这时房门轻轻开开来，米医生站在门口，沉着面孔向她招招手。思嘉就竭力熬住眼泪，向媚兰床上弯下身子，拿起媚兰的一只手来，放在自己面颊上亲了一会。

"晚安。"她说，她的声音出乎自己意料地镇静。

"你要答应我——"媚兰又低声说，现在声音很是柔和了。

"什么都可以答应，亲爱的。"

"白船长——要好好待他，他是——十分爱你的。"

"瑞德吗？"思嘉有些惶惑地忖了忖，觉得媚兰的话并没有多大意义。

"好的，我也答应了。"她机械地说着，又拿嘴唇亲了亲媚兰的手，这才把它轻轻放回被头上。

思嘉通过房门时，米医生对她低声说道："叫她们立刻进来吧。"

然后她看见英弟和白蝶都踮着脚尖，撩住衣裙，跟着米医生悄悄地走进房去。房门又关上了，屋里就寂然无声。希礼不知在哪里。思嘉将头伏在墙壁上，像个顽皮孩子立壁角似的，拼命擦着她那胀得作痛的咽喉。

她觉得在那关着的门背后，媚兰是要过去了，跟着媚兰一同过去的，就是她自己多年以来在不知不觉中依靠着的那种力。她现在知道自己是非常爱媚兰的，非常需要媚兰的，但是为什么以前不早知道的呢？不过这也怪不得自己，因为媚兰那么一点小个儿，那么像是平淡无奇的，谁想得到她竟是一个力的堡垒呢？

她独个人站在穿堂里，怀着一肚子的悲苦和惶惑，屋子里寂然无声，但有坐起间里的微弱灯光投射出一种阴惨惨的黑影子，她像整个身体浸在寒雨里一般，觉得彻骨的阴冷。因而忽然想起了希礼。希礼到哪里去了？

她像一只怕冷的动物要找火一样，跑到坐起间里去找他，一看他不在那里。但是她非找到他不可。她已经发现了媚兰的力，又发现了自己一向依靠这种力，但是她发现这种力的时候，便是失去这种力的时候，于是她感觉到了一种彻骨的凄凉。然而幸亏还有希礼留在这里。希礼是强壮的，聪明的，能够给人安慰的。希礼的爱具有一种力量可以矫正她的懦弱，具有一种勇敢可以祛除她的恐惧，具有一种舒适可以调剂她的悲哀。

她想他一定在他自己房间里，于是，她踮起脚尖儿走过了穿堂，到他门上去轻轻敲了几下。没有回音，她就推门进去了。希礼站在梳洗台面前，正拿着媚兰修补过的一双手套在那里出神。

她用颤抖的声音叫了一声"希礼"，他就慢慢转过身来看了她一眼。那时他眼睛里没有往常那种昏睡的神情，却是睁得大大的，不戴假面具的。她看出他眼睛里也有恐惧，并不少于她自己的恐惧；也有无奈，更甚于她自己的无奈；也有惶惑，更深刻于她自己的惶惑。于是，她比刚才在穿堂里的时候愈加觉得恐怖了。她向希礼身边走去。

"我害怕，"她说，"哦，希礼，你扶住我。我害怕极了！"

他不动，只是对她瞪着，仍把那双手套抓得牢牢的。她将一只手放在他肩膀上，低声说道："这是什么？"

他拿自己的眼睛很热情地搜索着她的眼睛，仿佛要在她眼睛里寻一件东西，却是寻不着。过了许久，他方才开口说话，他的声音已经完全变样了。

"我也正需要你，"他说，"我正预备跑去找你，跟一个需要安慰的孩子一样。谁知我反而见到一个孩子，比我自己还要惊吓得厉害，倒先跑来找我了！"

"你——你不会的——你是不会惊吓的，"她嚷道，"没有东西曾经使你惊吓的，你是向来非常强壮的——"

"我如果是向来都强壮，那是因为有她在我背后的缘故，"他说，他的声音有些哑了，仍旧低下头去看着那双手套，摸着手套上的指头，"现在呢，我向来所有的气力都跟着她一齐去了。"

他这话里含着一种非常绝望的调子。思嘉听了觉得非常触心，急忙放下他肩膀上的那只手，往后退却了一步。

"怎么——"她慢慢地说，"怎么，希礼，那么你是爱她的了，是不是？"

他使了很大的劲儿才说出话来。

"我所有的一切梦想之中唯有她是活的,有呼吸的,不因遇到现实而幻灭的。"

"梦想!"她忖着,不由得又像从前那么恼怒起来,"他怎么一直都要梦想的!怎么一直不要常识的!"

于是她心里觉得沉重而有点儿惨苦地说道:"那么你一直都是个傻子了,希礼!你为什么不早知道她是比我好一百万倍呢?"

"哦,思嘉,那是你冤枉我了。如果你能体会我听见医生宣布以后的心境的话——"

"你的心境怎么样啊!你以为我——哦,希礼,你几年之前就应该知道自己是爱她不爱我的!你为什么不早知道呢!要是早知道的话,一切事情都会两样了,你不应该一直都拿名誉和牺牲一类的话来敷衍我,使我的痴心一直都不能觉醒!如果你早几年就对我明说,那么我——我暂时之间当然要觉得非常伤心,但是慢慢总会平伏。可是你一直要等到现在,一直要等到她快要死的时候,方才发现这一个事实,这是太晚了,什么都来不及了。哦,希礼,这种事情总应该你们男人先知道的,不应该我们女人先知道的!你应该早就把事实看得清清楚楚,你爱的是她不是我,而你所以要我,不过是像——像瑞德要那姓华的女人那么罢了!"

希礼听见她这几句话,不由得眼睛眨了几眨,但是仍旧看着她,仿佛哀求她不要再开口,哀求她给他一点安慰似的。他脸上的每一根线条都承认她的话十分正确。同时,他的肩膀那么委靡不振地垂着,也显示了他内心的自责已比她任何刻毒的话都还要厉害。他,默默地站在她面前,牢牢地抓住那双手套,仿佛它是一双能了解的手一样。而在这沉默的当儿,她的一腔愤怒消失了,代之而起的便是一种怜悯,而略带几分鄙薄。于是她的良心来打击她了。她刚刚答应过媚兰,以后会照顾希礼的,怎么马上就对他攻击起来了呢!

因而她思忖道:"怎么,我刚刚答应过媚兰,怎么马上就来对他说这种触心话呢?何况这种话是不须对他说的,不论谁都不须对他说的。他自己心里已经明白得很了,已经伤心得很了。他是还没有成人,他还是一个小孩子,跟我自己一样,就唯恐要失掉她。这种情形,媚兰是知道的,媚兰比我知道得更清楚,所以媚兰要把小玻和他同样地托我照顾。现在遇到这样的大变故,他怎么受得了呢?我是受得了的。我是什么都受得了的。因为我不得不忍受。可是他不能——他要没有媚兰,什么都受不了了。"

"哦，请你饶恕我，亲爱的，"她又拍拍他的肩膀，很温和地说，"我知道你一定非常难受。可是你要记得，她是到现在还没有知道呢——她一点都不疑心——这是上帝保佑我们的。"

他听了这话，急忙凑上一步来，盲目地将她搂住。她踮起脚尖，将自己的温暖面颊凑上去贴住他，并且伸上一只手，轻轻抚拊着他的头发。

"不要哭，亲爱的，她是要你勇敢的。过一会儿她大概就要看你了，你必须勇敢些。你决不能让她看出你哭来，这要使她不安的。"

他将她紧紧搂着，以致她呼吸都有些困难。她只听见他的抽泣声。

"我怎么好呢？我没有她是要活不成的！"

"我也跟你一样，"她说这话的时候，就把过去几年里面和媚兰患难相助的一切真景都想起来了。但是她竭力撑持住自己，不让自己跟希礼一同崩溃下去。现在希礼是要靠她支持了，媚兰也要靠她支持了。她知道自己肩上载着极重的重担，决不能让自己崩溃下去。

"不过我们将来总有办法的。"她说。

这时媚兰的房门猛地开开来，只听见米医生很迫切地叫道：

"希礼！快些！"

"我的天！她去了！"思嘉想道，"希礼来不及送终了！可是，也许——"

"赶快呀！"她一面喊着一面将希礼狠命一推，因为他还呆腾腾地站着不动，"赶快呀！"

她开开门，将希礼推出门去，希礼听了她的话，仿佛像过电似的，急忙跑进了穿堂，那双手套仍旧牢牢捏在手里。片刻之后，思嘉听见媚兰的房门重新关上了。

她又喊了一声："我的天！"然后慢慢走到希礼床边，坐下了，将头伏在床头板上。她突然觉得疲倦起来，这是她平生从来没有的疲倦。因为她一经听见媚兰门上砰的那声响，刚才勉强作起的那一股劲儿就立刻松弛下去了。她觉得自己的身体已经没有丝毫的气力，心里也已没有点滴的感情。她已不觉得悲伤，也不觉得痛悔；不觉得恐惧，也不觉得凄凉。她只觉得自己的心麻木而机械地跳着，仿佛放在炉台上的时钟一般。

在这麻木的感觉中，只有一个思想是具体的。希礼并没有爱她，也始终不曾真正爱过她——这个事实她已发现了，但是她并不伤心，照理讲呢，这是应该使她伤心的。因为她这许多年来一直依恃希礼的爱为生命，她的种种努力和种种冒险也都是因希礼的爱而起的。然而她现在发现希礼并不爱她,却丝毫不以为意了。她之所以能丝毫不以为意,因为她实在也并不爱希礼。唯其她也并不爱希礼,所以希礼的言论也无论如何都不使她伤心了。

想到这里,她就在那床上躺下来,并且将头埋在枕头里。她觉得刚才这一个观念是用不着将它排除的,也用不着跟自己辩论说:"可是我实在爱他的呀,我已爱了他这许多年了。爱是不能在瞬息之间就变麻木的。"

然而它是能变的,现在也果然变了。

"原来他这个人实际是不存在的,除非在我自己的想象里,"她对自己解释道,"我所爱的那件东西是我自己创造起来的,世界上并没有那件东西。我自己做起一套美丽的衣服,就对它爱起来了。当初希礼骑着一匹马儿来——那时他还是很漂亮的,跟现在完全两样的——我就把我这套衣服给他穿上了,不管跟他配身不配身。而且我不愿意看他这人到底怎么样。我一直爱着我自己那套漂亮的衣服——我实在并不爱他。"

于是她回想当年,仿佛看见自己穿着那件绿色的春衫,站在陶乐的太阳光里,一看见那人骑着马来了,就立刻发了孩子脾气,再也舍不得他了,其实这是跟她有一次逼牢父亲买那对耳环子的事情同属一种性质的。等到那对耳环子买到手了,她就又觉得它并不稀罕了。因为除了金钱之外,无论什么东西到手之后都要不觉稀罕的。所以假使她当初竟跟希礼结了婚,或者即使还没有到结婚的程度,而希礼也跟别的那些孩子一样曾经痛哭流涕地哀求过她,那么他也早已变得一钱不值了,早已使她这种痴爱烟消云散了。

"我是多么傻啊!"她十分痛心地想道,"所以现在我是自作自受了。可恨的是,我所愿望的东西偏偏都会望到!我曾经愿望媚兰死,因为她死了,我就可以得到希礼了。现在媚兰果然死了,我果然可以得到希礼了,然而我又不要他了。他当然要顾到面子,当然要我跟瑞德离了婚,然后跟他结婚。但是我会跟他结婚吗?哪怕将他放在银托盘上托来给我,我也不要了!然而还是一样的,我是这一辈子都得把他掮在自己肩膀上的了。只要我活在世界上一天,我就得照顾他一天。我不能看他活活地饿死,也不能看他受人的侮辱。他就譬如我多养一个孩子,他这一辈子都要拉住我的衣裙了。我失去了一个爱人,却多添了一个孩子。这是为什么呢?因为我答应过媚兰。假使我刚才不曾答应媚兰,那么哪怕我这一辈子不见他的面也不可惜的。"

第六十二章

思嘉听见外边有喊喳低语的声音,走到门口一看,见几个黑人都在后面穿堂里,蝶姐抱着小玻在怀里睡觉,彼得伯伯呜呜地哭着,阿妈捧着围裙在那里擦眼泪。他们一看见了她,就一齐朝她看着,不言之中仿佛问她怎么办。她看过了穿堂,看进坐起间,见英弟和白蝶姑妈互相拿着手,默默无言地站在那里,英弟已经失去她那倔强脾气了。她们也跟那些黑人一样,哀求似的看着她,似乎都向她请教办法。她走进坐起间里,她们两个就都围上前来了。

"哦,思嘉,现在怎么——"白蝶姑妈抖簌簌地先开口。

"哦,你不要跟我说话吧,再说我要尖叫起来了。"思嘉说。这时她因神经过分紧张,不觉声音都变得非常尖厉。她想起了媚兰一切后事都要靠她一个人筹划,不觉喉咙口又紧起来。"你们两个都不要开口,我一句也不要听你们的。"

她们听见她话里含着命令的语气,只得面面相觑地站着,再也不敢开口。于是思嘉自忖道:"我决不能在她们面前哭。我一哭她们就都要哭起来,黑人们也都要哭起来,那么这里就要闹得天翻地覆了。我必须竭力熬住,我要做的事情多着呢。装殓得我料理,出殡得我布置,屋里又得弄清洁,来吊唁的人又得我招待。这些事情希礼都弄不来。白蝶和英弟也弄不来。都得我独个人来筹划。哦,这是多么重的重担啊!我是一直都得掮着这种重担的,而且都是为别人而掮的。"

她看了看白蝶和英弟的脸,看见她们都现出一种无可奈何的神情,这才又深深地觉得负疚。媚兰刚刚死,她对她的亲人说话就这般尖厉起来,实在是大不应该的。

"哦,对不起,我刚才话说重了!"她勉强向她们道了一个歉,"我是因为——哦,实在对不起得很,姑妈。我得到走廊上去坐一坐了,我非清醒一下不可了。我一会儿就回来,等我回来我们再来商量——"

她在白蝶肩膀上拍了拍,就急忙走出坐起间来。她知道自己若是再在那里待下去,就忍不住要哭出来了。她非独个人出来不可。而且她若再忍住不哭,她的心房就要炸裂了。

她踱进了黑暗的走廊，随手将门带上，就觉得潮湿的夜空气冷阴阴地向她面上扑来。这时雨已经停止，四下里寂然无声，只偶尔听见檐头在那里滴水。整个世界被笼罩在一阵浓雾里。对街的人家都是黑暗的，只有一家人家楼上点着灯，灯光从窗口里透出来，和浓雾相挣扎，散成了一颗颗金色的微点。整个世界都是寂静的。

她将头靠在廊柱上，预备痛痛快快地哭他一场，谁知一颗眼泪也没有。因为这一次的灾难太严重了，非是眼泪洒得开的了，她浑身都在狂抖。因为她一生中的两座堡垒同时坍下来，以致将她的心震得再也把持不住了。她尝试念起她那惯用的符咒："我等明天再想吧，明天我总可以比较受得住了。"谁知这回连这符咒也不灵验了。因为这回她得同时思想两件事，并不像从前那些问题那么单纯了：其一是她何以不早知道自己多么爱媚兰，多么需要媚兰；其二是她何以一直都那么固执，不肯去看一看希礼的真相。她又知道这两件事情等到明天去想也是一样的，等到一百个、一千个明天去想还是一样的。

"现在我决不能再进里面去跟她们说话了，"她思忖道，"今天晚上我决不能见希礼的面，也决不能去安慰他了。有事都等明天一早来办吧，有话都等明天一早来说吧，今天晚上无论如何不行了！我非立刻回家不可了。"

家跟这里的距离不过是五段街坊。她不能等那痛哭流涕的彼得来给她套车，也不能等那沉着面孔的米医生带她回去。她现在不能见他们的面，不能见任何人的面。于是她也不戴帽子，也不穿大衣，就慌忙迈下那黑暗的台阶，冲进那迷蒙的浓雾，拐过一个弯，她就走上桃树街的上坡路了。这时四下里万籁无声，连她自己的脚步也像没有声音的，仿佛在梦里一般。

她一路走时，觉得自己胸口里胀饱了眼泪，可是一颗都不肯涌上眼睛来。同时她经验到一种恍恍惚惚的感情，似乎从前在同一境地中已经不知经历过多少次的。她拼命地追忆，竟想不出究竟何时何地经历过。于是她骂自己道："我何必这么傻？这去追忆它做什么呢？一定是我自己的神经在跟我玩把戏呢。"想着，她就加速了步子。但是这种恍恍惚惚的感情依然存在，并且渐渐扩大起来，把她整个心都弥漫了。这时周围的雾也越来越浓，她又仿佛记得是在哪里见过的。

于是她突然记起来了，同时也害怕起来了。以前她不知经历过多少次梦魇，都在这样的大雾里奔逃，逃过一个无边无际的境界，到处都有这种冷阴阴的浓雾弥漫着，到处都有妖魔鬼怪在那里窥视她。现在她是又在做梦呢，还是她的梦已经实现了？

霎时之间，她已离开了现实，迷失在不知什么地方了。这种梦魇中的感情不住地侵袭她，比往常更加强烈，她的心就开始奔跑起来。她仿佛又已回到陶乐，重新陷落在死与寂静里面了。凡是世界上值得依恋的东西都已经不复存在，生活已被摧毁了，只有恐慌像一阵冷风似的在她心里怒吼了。四周的迷雾激起了她的恐怖，她不自觉地跑起快步来，也像历来遇到梦魇时一样，她盲目地拼命跑着，似乎前面便是安全的地方，却又不知那安全的地方究竟在哪里。

就这样跑了许久，这才看见眼前出现了一列的灯光，虽然昏花而摇曳，却分明是现实的。因为以前她在梦魇的时候，从来没有看见过灯光，有的只是迷蒙的浓雾。于是她的心就似乎有所寄托，便牢牢攀住那灯光不肯放了。因为灯光的意义就是安全，就是有人，就是现实。突然，她松下步来，将拳头捏紧了，竭力要排开心中的恐怖。她将那成列的灯光仔细一看，方才认出是亚特兰大的桃树街，并不是鬼怪所居的梦境。

她在一个停车台上坐下了，牢牢把定自己的神经，仿佛它是一种滑溜的绳索，不抓牢就要从手里溜脱一般。

"我刚才是在跑呢——像一个疯子似的在跑呢！"她忖道，这时她的恐怖已经减了些，因而身子也不大抖了，但是她的心仍旧在里面怦怦捶着，"可是我要往哪里跑呢？"

现在她的喘息已经定些了，因而将手撑住腰，继续坐在那里，眼睛一直看着前面的去路。她看见这条上坡路的尽处就是一座山，山顶那一所房子就是她自己的家。当时那所房子的每个窗口似乎都有灯光，而且那灯光十分明亮，足以驱散那种昏沉的迷雾。这是家！这是现实的！她对那一堆模糊的屋影看了看，不料心里浮起了感激和渴望，当即精神上似乎得到了一种平静。

家！那里正是她要去的所在，那里正是她这么拼命奔跑的目的地。她要到家里去找瑞德！

一经明白了这一层，当即她身上仿佛脱下了一身锁链，同时也消散了梦中常常经历的那种恐怖。原来她自从那天夜里逃回陶乐而骤然发现了一切皆空以来，这种恐怖就一直要来侵扰她的梦境，后来她虽然在物质上得到了满足，做起梦来仍旧要像一个惊惶的孩子，仍要寻找这个已经失去的世界的安宁。

现在呢，她已经认明了梦中寻而未获的那块安全地了，认明了那块一直藏匿在迷雾中的温暖地了。这安全地并不是希礼——哦，决不会是希礼的！希礼仿佛像萤火，决然没有温暖的；仿佛像流沙，决然没有安稳的。这安全地乃是瑞德。因为瑞德有强壮的臂膀可以搂抱她，有广阔的胸膛可以做她疲倦脑袋的枕垫，有嘲讽的笑可以使她对于一切事情都觉有希望。瑞德又有完全明白的理解，因为他也像她自己一样，凡事都从实际上去看，不会被所谓荣誉、牺牲乃至高尚信念等等虚空观念所蒙蔽。瑞德是爱她的！这是她早就应该知道的了。虽然瑞德故意装出那么一直跟她作对的样子，她也早应该知道的了。倒是媚兰早就已经看出来，临死时候还叮嘱她"好好待他"呢。

"哦！"她想道，"不但希礼愚蠢而盲目，我自己也是这样的，不然的话，我为什么会看不出来呢？"

许多年来，她都依靠在瑞德那一堵爱的石壁上，她却始终不放在意中，以为一切都靠她自己的力量，也如始终不知道媚兰的爱是她一直所依靠的一般。刚才对于媚兰的爱她已经有了新发现，现在她又发现瑞德的爱了。当初她在赛珍会上急于要跳舞，被瑞德看出心事来，便让她跳了个痛快。她身上穿着孝服，是瑞德鼓励她毅然决然地脱去的。她要逃出亚特兰大的大劫，是瑞德冲过大火送她出险的。她要本钱做事业，是瑞德借给她的。她常常半夜里从梦魇中哭醒过来，是瑞德在旁边安慰她的——怎么，一个男人如果不爱女人爱入迷，难道肯做这种事情的吗？

这时，树上的露水落到她头上来，她一点儿没有觉得。四周围的雾越来越浓，她也一点儿不去注意。因为她一想起了瑞德，一想起了他那黝黑的脸儿、他那雪白的牙齿、他那机警的眼睛，她就不自觉地浑身发起抖来了。

"我原来是爱他的！"她想道，"我也不知究竟爱他多少时候了，总之我爱他是事实。假如不是为希礼，我该早就已经知道这个事实了。原来我是瞎了眼睛了，对于世界上的一切都看不见了，这是因为希礼挡住我的视线的缘故。"

是的，她是爱他的，她爱他这个流氓。他是不顾一切的，也不讲什么名誉——至少不像希礼讲的那样的名誉。于是她忖道："呸，真他妈的天杀的名誉！希礼讲的名誉是一直叫我上当！他自从第一次看见我，就已叫我上当了。当时他明知道自己家里人要他跟媚兰结婚，那么为什么又要跟我这么假惺惺呢？瑞德从来不叫我上当。媚兰开招待会的那天晚上，他本来应该卡死我，可是他仍旧替我撑腰。那天从亚特兰大逃出来，他把我丢在半路，那是因为他知道我会平安到家的。那天我到监牢里去问他借钱，他要我的身体做担保，那是他跟我开玩笑。其实他怎么会糟蹋我呢？总之，他是一直都爱我的，我实在太对他不起。我常常要冲撞他、触伤他,他为顾自己的面子,一直都忍着不发作。至于美蓝死的时候——哦,那是我真该死了!我怎么可以那样的呢!"

于是她站了起来,对那山顶的房子看了看。半点钟之前,她想自己除了钱之外,是已经一切都失去的了,凡是可以怀恋的一切——母亲、父亲、女儿、嬷嬷、媚兰、希礼——都失去得干干净净。但是她必须要先失去一切,方才能够明白自己爱瑞德——方才明白自己因他强壮、粗率、热情、实际而爱他。

"我要去对他说明一切,"她想道,"他是会了解的。他是一直都能了解的。我要告诉他,我实在是个傻子,我实在非常爱他,往后我要补报他一切。"

突然地,她觉得强壮起来、快乐起来。她不怕那黑暗了,不怕那迷雾了,而且她在心里歌唱着,知道自己从今以后再不会怕了。从今以后无论碰到怎样的大雾来迷她,她都知道有个逃避的地方了。这样想着,她的脚步就轻松起来,急忙向家里走去。她恨不得三步两步就赶到家里,因而撩起了衣裙,轻快地跑起步来。但是这回她并不是因恐惧而跑,是因看见瑞德张着两条臂膀在那里等她了。

第六十三章

前门是大大开着的,她就气喘吁吁地小跑着,进了穿堂,在那五彩大排灯底下休息了一刻。那灯虽然点得十分亮,屋子里是静悄悄的。这并不是一种睡眠中的肃穆,乃是一种带着几分不吉之兆的疲劳以后的宁静。她一眼看了就知道瑞德不在客厅中,也不在藏书室里,当即她的心就沉下去了。要是他出去了呢——要是到华贝儿那里去了,或是到从前那个一连几夜不回来的地方去了呢?这一层是她不曾预计到的。

她正要奔上楼梯去找他,一看饭厅的门关在那里,就想起了这一个夏天,瑞德夜里常常坐在这里关起门来独个人喝酒,直要喝得稀醉稀醉,直到阿宝催他上床去睡觉为止。这都是她的不是,因而她感到一阵羞惭,不由得心头紧缩了一下。当即她下了一个决心,以后一定要改掉这种脾气。总之,从今以后什么都要改过了,什么都要跟从前两样了,可是求求上帝,今天晚上让他不要喝得太醉才好呢。他如果喝得太醉了,他就一定不肯相信她的话,一定要当面笑她,那她是要觉得伤心的。

她把饭厅的门悄悄开了一条缝,向里面张了一张。果然,他是在里边。他坐在桌子旁边,深深地陷入一张椅子里,桌上一个酒瓶还是满满的,旁边一个酒杯没有倒过酒,谢谢上帝,他是清醒的!她就把门拉开来,便想向他奔去。可是他抬起头朝她一看,那眼光里有一点东西使她呆住了,嘴里也说不出话来。

当时他眼睛里充满着疲倦,一点儿没有光芒。他看见她的头发乱蓬蓬披在肩上,胸口一起一伏喘着气,衣裙上溅满污泥,但是他脸上一点不露惊异的神情,也不开口问她什么。他深深地陷在椅子里,衣裳皱得跟搓烂了一般,人显得非常憔悴。近来他日夜以酒消愁,在他身上已经发生显著的影响,使他变成一个萧索颓唐的病夫了。他朝着她看时,那神气非常平静,倒把她看得害怕起来。

"进来坐坐吧,"他说,"她死了吗?"

思嘉点点头,迟迟疑疑地向他身边走去。因为她看见他脸上那副神气,心里就有些没有把握起来了。他并不站起来，只拿脚踢开桌边的一张椅子，她就机械地坐下去了。她不愿意瑞德马上就提起媚兰。因为她心里的悲伤刚刚过去，不愿意马上就再惹起来。她想要谈媚兰的日子以后有的是，何必忙在这一时呢？至于她要对瑞德表白自己的心迹，就似乎唯有此时此刻了。而无奈他脸上的那种神情，使她觉得骤然难启齿，而且媚兰身上还没有冷尽，她也觉得不好意思马上谈起自己的爱来。

"好吧，上帝使她安息了，"他心情沉重地说，"她是我所晓得的唯一完全的好人。"

"哦，瑞德！"她凄然地喊出来，因为她一听见瑞德这句话，就把媚兰平日待她的种种好处一下都想起来了，"当时你为什么不跟我进去呢？可怕极了——我很需要你呢！"

"我是要受不了的，"他简单地说了，就默然了。过了一会，才又勉强低声说道："一个十分伟大的女人。"

他那阴郁的眼神从她身上看过去，仿佛是在看着媚兰咽气一般。原来他正在想象中给媚兰送别，但是他面孔上并没有悲哀，也没有凄楚，只像内心情绪微微震动了一下，这才又重复说道："一个十分伟大的女人！"

思嘉看见他这副神情，仿佛背上泼来了一桶冷水，顿觉浑身都颤抖起来，以致刚才那一腔的热情和希望立刻飞散到九霄云外。她并不能十分了解瑞德当时的感想，但是她体会得出瑞德是因失去一个十分伟大的女人而感到凄凉，就不由得自己也起一种凄凉之感了。

一会儿之后，瑞德的眼光又回到她身上来，他的声音就变了一个样子——变成了轻松而冷漠。

"她现在死了。你是可以称心如意了，是不是？"

"哦，你怎么可以说这种话呢？"她一面嚷着，眼里就禁不住迸出眼泪来，"你是知道我多么爱她的！"

"不，我不能说我知道。如果你终于能知道她的好处，能不把她当做一个穷白人看待，那倒真是出于意料了。"

"你怎么可以这么说呢？当然，我是知道她的好处的。你才不知道呢，你总不能像我这样知道得清楚。你这种人是不能了解她的——不能知道她多么的——"

"真的吗？不见得吧。"

"她是除了她自己之外人人都顾念到的——你知道什么？她临终的时候还提到你呢！"

他朝转身来抓住了她的手腕，眼里闪出一种真正的感情。

"她说什么来的？"

"哦，现在不必去说它，瑞德。"

"告诉我。"

他的声音还是冷漠的，但是他把她的手腕捏得非常痛。她之所以不愿马上说出来，因为她预备要对瑞德十分郑重地表示自己的爱，若把这话先说出，那就要给媚兰抢了功，显不出自己的诚意来了。但是她吃不住手腕上的痛，不由得她不说出来。

"她说——她说——'你对白船长要好些，他是十分爱你的。'"

他对她瞪了一眼，放下了她的手腕。他的眼皮垂下了，脸上只剩一片黑暗的空白。突然，他站了起来，走到窗口，掀开了窗帘，向外面凝神看着，仿佛窗外除了浓雾之外没有什么东西可看一般。

"别的还说什么吗？"他并不朝转头来问。

"她要我照看小玻，我说我一定把他当我自己的孩子看待。"

"还有呢？"

"她又说到——希礼——她要我对希礼也得照顾。"

他默然，然后轻轻地一笑。

"前妻应允过了，事情就方便多了，是不是？"

"你这话什么意思？"

他旋转身子来，她看见他面上丝毫不带玩笑的意思，便不由得大吃一惊。同时，他又并没有显出多大的兴味，仿佛一个人在看一场不很有趣的喜剧，已经看到最后一幕了。

"我想我的意思是十分明白的。媚兰小姐是死了，你是显见得要跟我离婚的，而且你本来就没有多大名誉留下来，不见得对于离婚这事还会有什么顾虑。你又留下没有几多的宗教，教堂方面也可置之不理了。那么，你这已经做了许久的希礼的梦，就要得到媚兰小姐的祝福而成事实了。"

"离婚？"她大声喊道，"哦，不会的！不会的！"说着，她就一下跳起来，跑上去抓住瑞德的臂膀。"哦，你是完全弄错了！错得非常厉害了！我不要离婚——我——"说到这里，她再找不出话来，只得突然地中断。

他托住了她的下巴，将她的脸抬起来向着灯光，对她的眼睛看了许久许久。她也对他看着，把整个的心都提到眼睛里来，嘴唇颤抖着要想说话。但是她仓促之间竟找不出话来，因为她只顾在他脸上找寻他的情绪反应了。她以为他现在一定可以明白她的心迹，脸上立刻就会露出希望和快乐的光来了，谁知她所能够发现的，仍旧是那么一张拒人于千里之外的平板空白的黑脸。随后，他就放下她的手，旋转身，仍旧到他椅子上去坐着，低下头，只把眼睛抬起一点来对她漠然地看着。

她也跟了他过去，双手痉挛着，直立在他面前。

"你错了，"她重新找出话来说，"瑞德，刚才我一经觉悟过来之后，就一路跑步回家跟你来讲了。哦，亲爱的，我——"

"我看你是疲倦了，"他仍旧看着她说，"你不如去睡吧。"

"可是我必须要对你讲讲明白！"

"思嘉，"他呆板地说，"我不要听——什么都不要听。"

"可是你还没有知道我要讲什么呢！"

"哦，宝贝儿，你要讲的话语已经明明白白写在你脸上了。你不知因了什么事，或是什么人，已经忽然觉悟过来，觉悟你的那位卫先生是一种死海里的果子，你连嚼也嚼他不动。同时，你又不知怎么一来，忽然觉得我对于你具有一种新魔力，认为可以要得了，"他微微叹了一口气，"这是用不着说的。"

思嘉见他一语道破自己的心事，不由得吓得倒抽了一口冷气。她的心事被他觑破不是头一回了，但是这回情形有些儿不同。往常她被他道破心事的时候，总要觉得恼恨的，这回虽然也不免先吃一惊，但是仔细一想倒是巴不得如此。因为他既然知道了她的真情，她的工作就容易得多了，这是用不着说的！他因她对他疏忽久了，心里自然难过，骤然之间自然不能相信她的转变的。但这只消以后待他好些就成了，只消多巴结他一点，使他相信她真的爱他就成了。而这工作是多么有趣的啊！

"亲爱的，我现在什么话都要对你讲了呢，"她一面说，一面将手放在他椅子的靠手上，弯下身去对着他，"我一直都是大错特错的，我简直是个大傻子——"

"思嘉，请你不要说了吧。你大可不必对我这么卑躬屈膝，这是我受不了的。请你替我们稍稍留一点尊严，也算我们不枉结婚这一场。现在这最后一幕是大可省的。"

思嘉突然挺起身子来。这最后一幕？怎么叫最后一幕！怎么是最后了？现在还是他们的第一幕呢，还是他们的开头呢。

"可是我仍旧要告诉你的，"她急忙追着说，仿佛怕他要伸手来扪她的嘴一般，"哦，瑞德，我实在是非常爱你，达灵！我一定是已经爱你许多年的了，可是我太笨，自己一直都没有知道。哦，瑞德，你必须要相信我！"

他对她看了许久许久，仿佛要看透她的心一般。她看见他的神气也像有些儿相信，可是不像有多大兴趣。哦，难道他这时候还要这么卑鄙吗？难道他要借此机会报复她，将她磨难一番吗？

"哦，我是相信你的，"他末了说道，"可是卫希礼怎么办呢？"

"希礼！"她一面说着，一面做了个表示不耐烦的手势，"我——我不相信自己这许多年来是关心他的。这不过是——嗯，不过是我从小以来的一种癖性罢了。我如果早知道了他到底是怎样一个人，那我莫说是关心，连睬也不会睬他的。他是这么一个委靡不振的可怜虫。不管他满嘴讲的是诚实、名誉以及——"

"不，"瑞德说，"如果你一定要看清他是怎样一个人，你就不能用偏见。他本来是一个上等人，不幸落入一个陌生的世界里了，可是他还用着那个旧世界里的规则，在新世界里拼命地挣扎。"

"哦，瑞德，我们不要讲他了！他现在还有什么关系呢？你难道不乐意知道——我是说，我现在已经——"

说到这里，他的眼睛刚巧接触着了她，使她突然觉得难为情起来，仿佛女孩子初次碰到了情人似的。她巴不得他马上给她伸出两条臂膀，让她可以一倒倒进他怀中，将头伏在他胸口上，免得这样面对面地说话儿羞答答。但是她将他仔细一看，方才看出他并不是故意将她磨难。他的神气非常之萧索，仿佛她的无论什么话语都不能打动他了。

"乐意吗？"他说，"从前我若听见你说这样的话，就要乐得连忙感谢上帝了。可是现在，你这种话已经是没有关系了。"

"没有关系？你这是什么话呀？当然是有关系的。瑞德，你是关心我的，是不是？你一定是关心的，媚兰说你关心的。"

"嗯，照她所知道的说，她是不错的。可是，思嘉，你也曾想到过没有，就是最最坚固的爱也可以磨没的嘛！"

她一言不发地看着他，她的嘴巴成了一个滚圆的"O"。

"我的爱就已磨没了，"他继续说，"被卫希礼磨没了，被你那种一味固执的脾气磨没了，因为你固执得像一头猛犬，无论什么东西不弄到手决不罢休的。……我的就已磨没了。"

"不过爱是不能磨没的！"

"那么你对希礼的爱怎么会磨没的呢？"

"我是从来没有真正爱过希礼的呀！"

"那么你也真算扮演得像了——一直扮演到今天晚上。不过，思嘉，我并不是责备你。我责备你的时候已经过去了。所以你尽可以无须防卫，也无须解释。如果你肯静静地听我几分钟，不来打断我的话，我就可以把我的意思对你说明。其实呢，我看也已无须解释了。事情已经明明白白放在这里了。"

她重新坐下来，让那刺眼的煤气灯光落在自己雪白惶惑的脸上。她看着他的眼睛，静听着他的说话。他的说话是正正经经的，并没有诙谐，也没有讥讽，也没有哑谜。他用这种态度和她说话，现在是破题儿第一遭。

"你有没有想起过，我对于你的爱是已经达到一个男人所能爱的限度了呢？你有没有想起过，我还没有得到你之先，就已爱你爱了好几年了呢？在战争期间，我曾屡次故意避开你，希望可以把你忘记了，可是我不能忘记你，因而每次去了都仍不得不回来。停战以后，我因要回来找你，竟至甘冒被捕的危险。谁知你竟那么匆匆忙忙地跟甘扶澜结了婚了。从此我对甘扶澜妒忌之极，假如他那一次没有死，我说不定是要把他杀死的。不过我心里虽然爱你，我可不能让你知道，因为，思嘉，我知道你对于爱你的人是非常残酷的。你会利用他的爱，将它当做一条鞭子，擎到他头上去威胁他的。"

思嘉听了他这一番话，觉得其中只有他爱她这点事实是有意义的。同时，她又听出他声音里微微含有一点热情的反响，因而她重新感到快乐和兴奋了。于是她息心静气，坐在那里继续地听着，等着。

"当我跟你结婚的时候，我知道你是不爱我的。因为我知道你仍旧没有忘记希礼。但是当时我痴心得很，总以为我有法子可使你回心转意。因而我不怕你笑，一直都在照护你、巴结你，让你什么事情都能够如愿以偿。直至跟你结了婚，我也一切都纵容你，跟后来纵容美蓝一样，总希望你能够快乐。因为，思嘉，我是知道你一直都在奋斗的，知道你吃过苦的，谁都不能像我知道得清楚，所以我希望你从此安安逸逸过日子，不必再像从前那么拼命。我又一直要你游戏，像个小孩子一般游戏，而你也确实还是一个小孩子，一个勇敢而倔强的小孩子。要不然的话，你决不会这样顽固而无感觉的。"

他的声音是平静的、疲倦的，但是其中具有某一种质地，以致惹起思嘉一个隐隐约约的记忆来。她从前也曾听见过这样一种声音,而且也在同是这样一个紧要关头听见的。但到底是哪里听见的呢?只记得那个声音也像这样没有感情的,没有希望的。

哦,是了,是了,这就是希礼那年冬天在陶乐果园里跟她说话的那种声音。当时她听见希礼的话,虽然似懂非懂,却不由得打起寒噤来,现在她听见瑞德这种说话的声音,也禁不住自己一颗心往下沉落。她明明知道瑞德这话的内容并没有什么可怕,但是他的声音和他的态度却使她立刻惴惴不安起来,而觉得方才那一腔的快乐和兴奋未免过早了。她在朦朦胧胧之中知道事情有些儿不妙——大大地不妙,却又说不出究竟不妙在哪里。因而她只得仍旧尖着耳朵往下听,希望他的下文终可以使她释然。

"至于我跟你两个人,那是真可算得铢两悉称的。因为你这个人残忍、贪婪而冷酷,跟我自己一样,所以除了我之外,谁要知道了你这种性情,就决不能爱你了。当时我就因为你的性情跟我相像而爱你。至于你跟希礼的事情,我虽然明明知道,却总以为你会慢慢把他淡下去。哪里知道,"他耸了耸肩头,"我用尽了百计千方,竟是一样都不能奏效!然而我仍旧非常爱你。而且只要你容我的话,我是会把你爱得非常温柔非常体贴的。但是我不能让你知道,因为你如果知道了,你就要当我懦弱,而利用我的爱来欺侮我了。然而那个希礼仍旧无时无刻不在你心上。这就把我气得发疯了。吃饭时和你对面坐着,你总巴不得我位子上坐的是希礼,叫我坐在那里还有什么意思呢?晚上枕着你睡觉,你总巴不得——嗯,现在我已觉得丝毫没有关系了。可是当初这种情形确实使我非常伤心的,我真不懂为什么。因此我就不得不到贝儿那里去找安慰了。因为贝儿虽是一个不识字的妓女,她却能够诚心诚意地爱我,诚心诚意地体贴我,这就使我的虚荣心得到一些安慰。至于你,亲爱的,你是从来不大能够安慰人的呢。"

"我,瑞德……"思嘉听见贝儿的名字,觉得非常难受,便忍不住要插嘴进来,但是瑞德摆摆手将她截住,她就只得不响了。

"至于那天晚上我把你抱上楼去,第二天早上我就简直不敢见你的面了,因为我怕你并不爱我,那我不要觉得难为情吗?我不要被你笑煞吗?所以我只得不等你醒来就溜出去喝酒去了。等到我回家的时候,我还是觉得羞答答的,那时你只要跑到楼梯上来接我一下,只要给我一点儿的表示,我就会伏到地上去亲你的脚。但是你不来。"

"哦,可是瑞德,那时我实在是要你的,可是你难说话得很呢!我那时候的的确确是要你的！我想——是的，那时我已一定知道自己爱你了。希礼呢——自从那一回以后，我就对于希礼不大高兴了，可是你那时候那么难说话，所以我——"

"哦，好吧，"他说，"我们好像走上岔路了，是不是？可是现在也没有关系了。我不过顺便跟你谈谈，免得你疑心不决。后来你害病，我知道是我的不好，因而一直候在你房门外，希望你叫我一声，可是你始终不叫我，我这才觉得自己痴心，觉得指望完全断绝了。"

他停了一停，将眼睛看过了她，看到另外一件东西上，这种看法是希礼常常有的。但是他看的那件东西她却看不见，因而她只得默默无言地盯牢他面上看。

"但是那时我还有一个美蓝，觉得指望还没有完全断绝。我把美蓝当做你，当你又回复到那个不曾经过战争和贫穷的小女孩子时代了。因为她本来非常像你，像你那样执拗、那样勇敢、那样有兴、那样高傲，而她可以容我疼爱她、纵容她——正如我想疼爱你、纵容你一样。可是她有一点不像你——她是爱我的。我能将你所不要的爱拿去给她，就自认为福气了。……然而她去了，她把一切指望都带了去了。"

思嘉听到这里，突然觉得他可怜起来，以至于完全忘记自己的忧愁和恐惧。从前她每逢可怜人家的时候，可怜里面总要带几分鄙薄的意思，这回她却丝毫不带鄙薄，实是有生以来第一次。因为这也是她生平第一次真正地了解别人。瑞德不肯向人承认自己的爱，是因怕碰别人的钉子，这种狡黠而又傲慢的心理，是她完全能够了解的，因为她自己也是这样。

"哦，达灵，"说着，她将身子凑上前，希望他伸手来将自己一把搂到怀里去，"达灵，我实在对你不起，可是往后一切我都会补报你！现在我们已经彼此谅解了，以后你一定会快乐了，而且——瑞德——你看着我吧，瑞德！孩——孩子我们可以养过的——不要像美蓝，可是——"

"谢谢你，不了，"他说，仿佛像别人请他吃面包他推辞一般，"我不愿把我的心来作第三次冒险了。"

"瑞德，你不要说这种话吧！哦，我怎样才能使你了解呢？我已经对你说过我很对你不起了。"

"嗨，达灵，你简直是一个小孩子。你以为说了一声'对不起'，就可以把这许多年的错误都纠正过来、这许多次的创伤都拔了毒吗？……你拿我的手帕去吧，思嘉。我从来没有看见你碰到危难关头曾经需要过手帕。"

她接过手帕，擤了擤鼻子，坐下了。因为看这样子，他是不见得会把她搂进怀里去的了。她现在已经有些明白，他刚才说的一切关于爱她的话都是没有意义的。他不过是在叙述一些过去已久的陈迹，而他对于这些陈迹仿佛觉得丝毫无可怀恋了，这就使她禁不住心惊肉跳。然后他像很亲爱地将她看了看，眼光之中露出一种沉思的神气。

"你今年到底多大了，亲爱的？你是从来都不肯告诉我的。"

"二十八。"她拿手帕扪着嘴，很含糊地说。

"这也算不得很大的年纪。像你这点年纪就已曾获得了整个世界而失去了自己的灵魂，也就够使人佩服的了，是不是？可是你不要怕。我说你失去灵魂，并不是说你因跟希礼的事情就要落到地狱里去。我不过是一种譬喻的说法罢了。因为自从我认识你的时候起，你一直都要着两件东西。一件是希礼，还有一件就是要有很多很多的钱，以便你可以吩咐整个世界都到地狱里去。现在你的钱是足够了，对于整个世界也已可以扬眉吐气了，希礼也可以到手了，只要你要他的话。然而现在你又觉得不够起来了。"

思嘉听了这话，就觉得害怕起来，但并不怕地狱。她心里在想："其实我的灵魂是瑞德，我现在要失去他了。如果我失去了他，那就一切事情都要没有意味了。无论是朋友，是金钱，是什么，都要没有意味了。我只要能够保留他，哪怕要我再穷下去也是情愿的。就是要我挨饥受冻也是情愿的。哦，他刚才说的话语不会是认真的吧——决不会是认真的吧！"

她于是擦擦眼睛，万分着急地说道：

"哦，瑞德，你既是向来都这样爱我，现在总该还替我留点情分的吧！"

"我向来爱你，现在只剩下两件东西了，这两件东西都是你平时最恨最恨的——一件是怜悯，一件是一种奇怪的好意。"

"怜悯吗？好意吗？哦，我的天！"她绝望地想道。偏偏这两件东西是她顶顶受不了的。因为她平日对于任何人怀着这两种感情的时候，总都要带一点鄙视在里面。现在他也鄙视她了吗？除了这两件以外，别的什么东西她都情愿的。哪怕是战争期间那样冷淡她，哪怕是那天晚上喝醉以后那样玩弄她，哪怕是将她骂，哪怕是将她打，她一切都可忍受，唯有这两件东西她最最不能忍受。然而那时瑞德脸上明明写着一种疏远的好意，此外什么表情都没有了。

"那么——那么你的意思是说我已经把你的爱毁坏了吗？——是说你现在不能再爱我了吗？"

"不错。"

"可是,"她仍旧固执地说,仿佛一个倔强的小孩子,以为只要把自己的欲望陈述出来,就可以达到那欲望似的,"可是我爱你!"

"那就是你的不幸了。"

她急忙抬起头,看看他这话里是否含有玩笑的意思,结果是没有。他说的是一个事实。但是她不愿意相信这事实,也不能够相信这事实。她又朝他看了看,眼睛里面燃着浓烈的固执,嘴角旁边显出万分的倔强,活像她的父亲郝嘉乐。

"你不要做傻子,瑞德!我是会——"

他假装着惊吓的样子,突然举起一只手来,又把眉毛耸成两个新月形,显出他那拿手好戏的嘲讽。

"哦,思嘉,请你不要拿出这副倔强面孔给我看吧!我真把你吓坏了。你是打算拿出平时威胁希礼的那种手段来威胁我吧?那我就得替我藏书室里的花瓶担忧了。可是,思嘉,你要明白,我并不是希礼,我是你威胁不倒的。而且我也马上要走了。"

她来不及咬牙齿,就把嘴唇皮吓得大抖特抖起来了。哦,走是走不得的呢!他走了叫她怎么活得下去呢?她身边的人已经走光了,瑞德不能再走了。但是她怎么留得他住呢?他的心已经冰冷了,他的话也冰冷了,她是无计可施了。

"我是要走了。你从美立塔刚回来的时候,我就要告诉你的。"

"你是永远离开我了吗?"

"请你不要装得像演戏一样,思嘉。这被弃女人的一角,你是不配扮演的。难道你是不要离婚或至少离居的吗?那么,好吧,我是会常常回来陪你谈天的。"

"呸,谈你妈的天!"她凶狠地嚷道,"我要的是你,你带我一起走吧。"

"不。"他说,他的声音显出了决绝。霎时之间,她竟想跟小孩子一般大声哭起来,或竟滚到地上去大叫大闹大顿脚。但是她究竟还留有几分自尊心,还具备几分常识,因而就立刻控制住了。她自忖道:"我要是一哭,他一定只对我笑笑,或只光拿眼睛看着我。我决然不能吵闹,我决然不能哀求。我决然不能使他轻视我。即使他已经不爱我,我也至少应该使他尊重我。"

于是她将头一翘,强作镇静地问他。

"你要到哪里去呢?"

他回答时微微露出一点称许的神色。

"也许到英国——也许到巴黎。又也许回到查尔斯顿去跟我的亲人和解。"

"你是恨查尔斯顿人的。我常常听见你笑他们,并且——"

他耸了耸肩头。

"我现在还是笑他们。可是我的流浪生活已经到了尽头了,思嘉。我今年已经四十五,一个人到这样年龄,对于青年时轻易抛弃的那些东西已经都知道珍惜了——例如家族的观念、名誉、安稳等等。不过我并不是要改悔,我对于自己做过的事情从来不会懊悔的。我觉得过去的日子实在也未尝不好,不过现在渐渐觉得乏味了,我要换换口味了。我所要改换的虽然不过是一些小节,但是我至少要学一学旧时代的那种绅士的风度。我知道这种幽闲风度是有特别滋味的,我现在要尝它一尝了。"

思嘉便又记起那天陶乐果园里的情景来,觉得瑞德现在的神情和当时希礼的神情一模一样。又仿佛瑞德的这番说话就是希礼当时说过的话儿。于是她把希礼那天所说的一些片段不自觉地像鹦哥儿一般念了出来:"这有一种光彩——一种完美,一种像希腊艺术一般的对称。"

瑞德听见了深为诧异,眼中不觉露出光彩来,便问她道:"你这几句话是哪里听来的?我也正是这个意思。"

"这是从前他——希礼说过的。"

他耸了耸肩,眼中的光彩顿时消失。

"哦,仍旧还是希礼!"说了他就默然,过了一会才又继续道,"思嘉,等你到了四十五岁的时候,你也许会懂得我的意思,也许也会讨厌现在这种假冒的斯文、这种恶劣的腔调、这种廉价的情绪了。不过究竟会不会如此,我仍旧还有些怀疑。我恐怕你是到死都要专讲虚荣不求实际的。不过我反正活不到那个时候去,我是不会看见你的。我也没有意思要看见,我觉得毫无兴趣了。现在我要到那些旧城市、旧乡村里去搜寻,因为那些地方一定还残存着一些旧时代的形迹。现在我颇有点伤感性。我觉得亚特兰大这个地方太时髦,有些不合我的胃口了。"

"得了,得了。"她突然地说。其实瑞德的话她一句都没有听进去,她觉得他那种冷冰冰的腔调再也忍受不住了。

他也就停下来,很觉诧异地对她看了看。

"好了,那么你是懂得我的意思了,是不是?"他一面问着,一面就站了起来。

思嘉急了,连忙向他伸出两只手,手掌朝上,做出一种恳切哀求的姿势。

"不,"她喊道,"我不懂,我就只知道你不爱我了,你要走了。可是,哦,达灵，你若走了叫我怎么办呢？"

一时之间，他委决不下对她说个谎好呢，或是对她说实话的好。然后他耸了耸肩头。

"思嘉，你要知道，我这个人向来不耐烦把破布补缀起来当一件新衣服看待的。破的总是破的了，不论你补缀得怎么好法，我一辈子都要看见那些补丁的。假使我年纪轻了几岁——"他叹了一口气，"但是我现在快老了，不会再那么痴了，不愿再是那么自己哄自己，不愿那么一而再再而三地品尝幻灭之苦了。就是现在，我也不愿意对你说谎。你以后的一切行动，我是巴不得自己能够继续关心的，然而我不能。"

他稍稍抽了一口气，然后轻快而温柔地继续道：

"亲爱的，我是一概不来管账了。"

她默默看着他走上楼梯去，只觉自己喉咙口梗着一块辛酸，几乎要把她闷煞。直至他的脚步声从楼上穿堂里渐渐消失而去，她就觉得世上万般皆空了。她现在已经明白，他那冷静脑子所下的判决，已经不是任何的感情和理性所能挽回了，她现在已经明白，他刚才的话虽然轻描淡写，却是说一句算一句的了。她所以知道这样，因为她已经意识出他身上那种坚卓而不可拔的质地来了——这种质地正是她这许多年来求之于希礼身上而不可得的。

总之，她对于他们两个始终都不曾了解，因而她把他们两个统统失掉了。现在她才仿佛有点儿明白，假如她曾经了解希礼，她就始终不会爱他；假如她曾经了解瑞德，她就始终不会失掉他。于是她不免疑惑起来，究竟自己对于世界上的人有没有一个是真正了解的呢？

这时她心里只有一种麻木的感觉，而她根据自己长久的经验，知道这种麻木感觉是马上就要变成剧痛的。譬如我们的皮肉，当医生动刀之时，只觉麻木不觉痛，但是一会儿之后就要剧痛起来。

于是她又运用她那惯用的符咒，对自己狠狠暗咒道："我现在不去想它。我若再想就要发狂了。我等明天再想吧。"

"可是，"她的心摆脱了这个符咒而开始剧痛起来，便在里面大喊道，"我决不能让他走！事情一定还有办法的！"

"我现在不去想它，"她又自解自慰地大声喊道，"我要——怎么，明天我要回陶乐去了呢。"这么一想，她的精神就稍稍提起一点来。

从前有一次，她曾为了恐惧和失败而回陶乐，在陶乐的安稳门墙里将息了几天。结果，果然强壮起来，后来果然打了个胜仗。现在她若回到陶乐去一趟，将来一定也能打胜仗。怎么打法呢？她并不知道，现在她也不愿去想它。她现在所需要的，就是一个可以容她畅快呼吸的空间，使她可以静静地痛定思痛，静静地舔着创伤，静静地筹划反攻的良策。她一想到了陶乐，就像有一只阴凉的手来抚摸她的焦灼的心房。她仿佛看见那几堵白粉的围墙，掩映在那正在转红的秋叶里，在那里招呼她了；仿佛看见那一片幽静的乡野黄昏，像一个黑衣教士一般，在那里迎候她了；仿佛那一簇簇棉花叶上的晶莹露珠在她脚下了，那一丛丛郁郁的苍松在她前面了。

她想象起了这么一幅优美的画图，顿时仿佛吃下一服清凉散，心里就觉宽松了许多。她于是索性把陶乐所有的节目一一怀想起来——那古柏森森的夹道，那茉莉芳馥的花香，那一片碧绿的草地，那白花点缀的围墙……还有嬷嬷也在那里呢！她突然想起要嬷嬷来了，又跟做小女孩子时候一般了——她要嬷嬷那个广阔的胸膛让她做枕头，她要嬷嬷那双树桩一般的手给她捋头发。嬷嬷是她跟旧时代联系的唯一链节了。

她这族类本来不知失败的，哪怕是失败在等着他们也不会眨一下眼睛的。这时，她就怀抱着这种精神将头翘了翘。她知道自己一定能够把瑞德重新拉回来，她只要对于哪一个男人有了心，她是从来不会拿不到手的。

"我等明天回陶乐去再想吧。那时我就能够忍受了。明天，我想一定有法子可以把他拉回来。无论如何，明天总已换了一天了。"

图书在版编目(CIP)数据

飘 /（美）玛格利特·米切尔著；傅东华译. —杭州：浙江文艺出版社，2019.8（2022.6重印）
ISBN 978-7-5339-5733-9

Ⅰ.①飘… Ⅱ.①玛… ②傅… Ⅲ.①长篇小说—美国—现代 Ⅳ.①I712.45

中国版本图书馆CIP数据核字（2019）第118880号

策划统筹　王晓乐
责任编辑　谢园园
装帧设计　吴　瑕　吕翡翠
内文绘图　黄云松
责任印制　吴春娟

飘

[美] 玛格利特·米切尔 著　傅东华 译

出版	浙江文艺出版社
地址	杭州市体育场路347号
邮编	310006
网址	www.zjwycbs.cn
经销	浙江省新华书店集团有限公司
制版	杭州天一图文制作有限公司
印刷	浙江新华数码印务有限公司
开本	710毫米×1000毫米　1/16
字数	980千字
印张	56.5
插页	5
版次	2019年8月第1版
印次	2022年6月第6次印刷
书号	ISBN 978-7-5339-5733-9
定价	298.00元

版权所有　违者必究
（如有印装质量问题，请寄承印单位调换）

《飘》是美国女作家玛格丽特·米切尔在30年代写的一部长篇小说,初版于1936年。1940年,由傅东华先生译成中文传入我国。

1979年,傅译版《飘》在浙江重新出版,引起较大反响。

[美] 玛格丽特·米切尔
(Margaret Mitchell, 1900—1949)

    美国现代著名女作家。1937年她因创作长篇小说《飘》获得普利策奖。1949年，她因车祸去世。她短暂的一生并未留下太多的作品，但只一部《飘》足以奠定她在世界文学史中不可动摇的地位。根据此书拍成的电影《乱世佳人》于1939年首映后引起轰动，并迅速风靡全球。

傅东华
(1893—1971)

  中国著名的翻译家、作家。一生翻译著作三十多种,其中半数以上属外国文学名著,如《飘》《堂吉诃德》等。傅东华的译文,无论是诗,还是散文、小说,都合乎中国人的语言习惯。他所译的《飘》,被认为是二十世纪中国最值得阅读的外国小说之一。

在四人幫極左路線影響下
中國損失整代學生
現正設法加以補救

鄧小平告美友人他認為可出版《飄》

【美聯社北京十三日電】中國副總理鄧小平星期五再次談到有必要取消中共及中國政府官員的終身制。

費城坦普爾大學代表團成員說，鄧小平對他們說，老一輩幹部喪失去創造力和精力。

坦普爾的大學聯絡辦公室負責人喬治‧英格拉姆說，該九人代表團同鄧小平討論的範圍很廣，他們還談到中國高等教育、限制人口增長以及美國小說《飄》。

他說，鄧氏談到「四人幫」的極左政策，整代學生都損失了，中國現在正設法加以補救。

「四人幫」的極左政策，鄧氏說，由於教育，鄧氏說，關於英格拉姆說，可以有自己的觀點。

英格拉姆說，大家認為應該出版，但鄧氏歌頌奴隸主；但鄧氏認為可出版《飄》。

些人不同意在中國出版這本小說，因為它訪美時接受了坦普爾英格拉姆說，去年加以補救。

尘封的记忆：
关于《飘》飘出一栋大楼的风波

汪逸芳

一

这是一个耸人听闻的标题，却是40年前的一个真实的事件：由一部小说引发的地震一般的政治事件，把我这个初入出版业的小编辑裹挟了进去。好多朋友劝我说说这件事，谁知当我认真想写的时候，发现大脑就像电脑硬盘似的被彻底清空了。并且在退休的那年把初版的书及风波消散后为《飘》正名的一册小书全都处理掉了。

幸亏有个孔夫子旧书网，一查，当年一套三册加起来3.15元的书现在最夸张的一个价格是999元，而另一本因《飘》而起的《〈飘〉是怎样一本书》，当年定价0.28元，我买来却花了49元。第二件事是去翻旧"账本"，有一天晚上无意中翻出了上世纪40年代出版的《好莱坞70期》《好莱坞81期》和一本散了架的《大华影讯专刊》（《乱世佳人铜图专刊》），连篇累牍地宣传《乱世佳人》，这一切可是当年傅东华被说服去译《飘》的直接原因。那一晚摊开来再难收回去，灯影下地板上一地的碎纸屑，黄褐色新闻纸沫沫，就像散失的记忆覆水难收。

那么《飘》到底是怎样一本书呢？

"《飘》于 1936 年 6 月 30 日问世，打破了当时的所有出版纪录。前 6 月它的发行量便高达 1000 万册，日销售量最高达到 5 万册。它标价 3 美元，却被炒到了 60 美元，而当时美国一处不错的旅馆，月租金也不过 30 美元。""1937 年荣获了普利策奖和美国出版商协会奖。"先后"被翻译成 29 种文字，总共销售了近 3000 万册"。

《飘》已成为人们争相阅读、谈论人生、感慨世事、掩卷沉思的主题。根据小说拍摄的电影《乱世佳人》于 1939 年 12 月 15 日在亚特兰大举行首映，引起轰动，并迅速风靡全球。演员克拉克·盖博和费雯·丽更是因此而留在了许多影迷的心中。

俗话说，"好记性难敌烂笔头"。烂笔头记下的工作笔记在哪里呢？从业三十载，四年在人民社。找来找去只找到浙江文艺出版社成立以后的笔记本，却怎么也翻不到人民社的，想该不会当作废纸卖了吧。

终于有一天在书橱的顶端角落里找出了一本黑皮子的本子，1979 年 9 月到 1982 年的。翻到了一句很奇怪的文字：你也有头发白的时候的……

二

40 年前浙江省的出版社只有一家，也即浙江人民出版社，所有的人加在一起也只有 70 人左右。1979 年是我进社的第二年。最值得记忆的是十一届三中全会开过了，社会重心明确转移，改革开放，解放思想，百废待兴，我赶上了万物复苏的大好时代，从一个让别人把你的钢笔字变成铅字的业余作者，到努力地把别人的手写体变成铅字的编辑。当年社人事处的老革命季处长总是笑呵呵地开玩笑：小汪，你是我百里挑一来的喔。

我感恩，我努力工作。

"像极度干渴的人需要泉水那样，1978年重印的一批名著，瞬息间就被读者抢光了。""经过十年的禁锢"，整个社会处于阅读的饥渴状态，全国图书市场也还处于休眠期，但出版界比较早地感受到了潜藏在人们心底的一种对文学对知识的渴望。为此我去资料室查过，浙江人民出版社历史上只出过一册薄薄的宋兆霖先生翻译的儿童读物，地方出版社"仓库"里找不到长篇小说。文学类只有演唱本与单册的民间文学读本。其实，这就是解放近三十年的地方出版社"家底"。也就是那一年的夏天，在大家四处找"米"下锅的时候，上海书店的应子良带来了傅东华40年代的译作《飘》和《琥珀》，还有很多解放以前出版的翻译作品。

反复阅读后，选中的是龙门书局出版的《飘》。书分上下册，厚厚的两大本，竖排繁体，陈年的纸张泛着像黄酒一样的颜色。我和另一个编辑董校雪分别读了这个一百万字的作品。我深深地被吸引，直觉就是"好看"，好看到可以废寝忘食，从某种程度上比《红楼梦》更引人入胜。很快领导们也都读了，我相信艺术冲击力是一样的，摆在面前的问题是：面对整个社会的书荒，我们能快速地做些什么。旧书可不可以翻版重印？值不值得重版？改革开放了，有许多事情都可以重新审视。开放，也可以理解为"放开"，那么"度"又在哪里？

应该回忆一下的是，全国1977年才恢复支付基本稿酬，国家出版局《关于书籍稿酬暂行规定》到1980年才问世。当时对引进版权还没有概念，40年代的书，只要能找到译者或译者后人，一般都能解决问题。而译者傅东华是我们金华人，虽然于1971年谢逝，但其后人在上海。如果去找，也许可以沾一点乡里乡亲的"便宜"。至于政治把关那应该是领导的事。

只知道很快进入编辑程序。在我的工作日记上记着："1979年9月22日，开始编《飘》。"

可是，才过了两天，"9月24日，79年第一期《读书》上《根》的文章里谈到了《飘》，文章介绍美国小说《根》，却是毫不留情地批判了《飘》。""《飘》与《根》是对立的。从赤裸裸的奴隶主立场讴歌内战前南方生活，对被打倒的奴隶主寄予无限同情……因而受到反动势力的喝彩。四十年来有人不遗余力地加以哄抬，使之成为'一切时代的畅销小说'。但没有人否认，它是透过奴隶主的眼光来看奴隶制的，因而是地地道道的翻案文学代表作。"当年我的同屋是资料室的资料员，杂志好像是她带来的。大凡经历过"文革"的都对"政治"二字有神经质的敏感。这无异于当头棒喝：立场问题！这既是译者的立场问题，也是我们出版者的立场问题。我立刻将《读书》交给了管我们的袁伦生，"老袁请示了老马（马守良局长），通知暂停编辑工作"，要求我们"提出出版理由：是否有艺术参考价值"。

此事刺痛了我们所有人的神经。最难办的是消息已经传出去了。于是遵循领导旨意硬着头皮再读《飘》，本子上记得满满的。10月3号又开始继续编稿，15日上册发排。本本上记着：

《飘》封面设计20日之前要定稿。印数30万。发稿到出书两个月，元旦前见书。上册已发。

纸质传媒的年代，出版社之间信息的传递相对是比较慢的，而新华书店却是全国一统的，消息通过电话发散，也即浙江出《飘》的消息早已不胫而走，各地预订的数字，每天都在上升。"十几个省的发行部门就蜂拥而至，许多大专院校也纷纷要求供应此书，《飘》的印刷计划从10万册一路飚升至60多万册。上海一家文化单位甚至派人亲赴浙江坐等，不给几万册不走。"（马守良文）

10月23日，戴际安从上海来，讲起《飘》，他很感兴趣，并说：一、印数最好能控制，冷静一点有好处。否则让新华社弄个内部通报上去很讨厌。二、艺术性应该肯定。北京重新在组织力量译。三、人名地名释读的准确性要注意一下。（我的工作笔记）

戴际安，笔名戴骢，当时是上海译文出版社的《外国文艺》杂志编辑，著名的俄罗斯文学的翻译家，虽然从文了，依然保留着军人气概，开朗乐观友善。他的工作决定了他接触的面要比我们广得多，说话直率、中肯，完全是朋友立场上的善意提醒。

他的话，似乎也像一个定心丸，既然北京在组织力量翻译，我们做应该不会有太大的问题（而从发行渠道传来的消息，似乎上海也在组织翻译。从另一角度讲，也即看好此书的不只是我们一家）。当时具有出版外国文学资质的出版社全国只有两家，而戴工作于其中的一家。《飘》，既然大家都准备出，那就是速度为上。

上册在12月如期出版，12月25日中册付印，下册在校对中。

三

该来的终于来了，而且狂风暴雨似的一路狂泻。头炮是 1980 年 1 月 27 日《解放日报》李阳的文章：《〈飘〉热与〈根〉热》：

一个多世纪来，在蓄奴与废奴斗争中美国有三部长篇小说风靡全国，震动全球。而在南北战争结束后 70 年，即 1936 年出版的《飘》，却大翻其案，攻击黑奴和北部废奴主义者，为南方奴隶主辩解。……我是说，我们在向"四化"进军时，切勿做没有见过世面的"阿木林"，只要有人说好，或者可以迎合某些人的兴趣，就让它"随风而来"了。

两天后，1980 年 1 月 29 日《解放日报》又发文章，署名林放的文题：《〈飘〉到哪里去》。文章直言不讳地指责：

一部美国 30 年代风行一时的长篇小说《飘》又重印了。一部三册，据说印了几十万之多。……这部小说把那些实行种族歧视的奴隶主当作英雄来描写，女主人翁则是一个"人妖"式的美人。从思想的角度来说，比起斯托夫人的名著《汤姆叔叔的小屋》来是一个反动、一个倒退。

最后一句"希望我们的出版界，不要'飘'得太远呀"。

在今天，纸媒低沉网络兴盛的年代，大多年轻人不看报，也看淡纸媒，可是在当年，报纸就是党的喉舌，新闻是代表主流发声。《解放日报》则是诞生在延安，"在党的新闻事业中起着深远的影响，是党报史上重要的里程碑"。立足上海,辐射华东乃至全国。它连续发文即表明了一种立场,其后各地的文章随之而来。1980年4月23日《光明日报》发表了用"丰加云"署名的文章:《揭开〈飘〉的纱幕》。只要听听谐音,看看篇名,即便是像我这种生在新社会,长在红旗下的当初的年轻人也不能不惴惴不安了。山雨欲来风满楼,黑云压城城欲摧,似乎随时都可能降下一场政治风暴。1月到4月间,让老马觉得唯一有亮色的是1980年第3期《新闻战线》刊出《西行漫记》作者艾德加·斯诺的前夫人海伦·福斯特·斯诺给记者白夜的一封信,她认为《飘》是一部与托尔斯泰《战争与和平》一样的不朽名著。她甚至说:"我不相信今天有哪位能够独自一人写出这样一部不朽的作品。"而在《光明日报》丰加云的文章出来后,谁都轻松不起来了。

在那个时代,还有一种东西与社会共生,唯恐天下不乱的舆论会通过"小道"传播和"人民来信"的方式分别进入口口相传的民间与上层领导的办公桌。其中传得最盛的民间小道消息:浙江出《飘》,飘出一栋大楼啦!这种不长脚的小道消息,传播最广也最快,直到很多年以后我去北京出差,还有人小心翼翼地问,听说你们当年一部《飘》就盖起了一栋大楼?

《光明日报》刊登该文章的第二天,我们在马局长的办公室里开会。(当年的中央级报纸到我们手上都是隔天。虽然消息会通过电话传来,但原文最早也要在当天的下午或次日早上。)说的是各方关于《飘》的信息,若用老马后来的话说,也即"几乎与此同时,内部通报,大小会议,各种来信,对于《飘》的批评同样接连不断。5月,在北京召开的全国出版局长会议上，批评《飘》成了未列入议程的议程；一位文化名人竟在信中言辞激烈地说："'社会主义'不知随风《飘》到哪里去了。"（马守良文）

从老马办公室出来，心是定的，人是不怕了的，因为大家齐心协力要把这件事办好，办到底。至于结果，谁也没去想。

从我的工作笔记看，自1980年2月起，我的一个重要任务是四处找外国文学专家，争取他们为《飘》写评论。当时我找得最多的是杭大教授丁子春。他那时兼任校图书馆副馆长，查阅国内外资料有比较大的方便。他认为要历史地分析这部作品。一部书在全世界有这么大的发行量，拍成电影后，"纽约放映电影《飘》时，由于许许多多人家顾不到生火烧饭，以致市里自来水水压普遍上升。片子放完水压立即下降"。这样的细节编是编不出来的。这只能说明，小说有被肯定的内在的必然性，起码艺术性不容怀疑，至于作者立场，那是另一个问题。在满城风雨的政治风波里，他和我们一样不害怕，答应为我们写评论，一个月交稿，并利用他的老师平台，到铁路文化宫等地方为《飘》正名。5月底的一个周六，他还被请到出版大院里讲课。最了不起的一点是，他讲到了我们当如何对待文化遗产的问题，是文化禁锢政策造成了我们对艺术作品的某些偏见。但很遗憾的是，他最后成文的时候这一部分内容没有写进去。

1980年的4月，书是全部出齐了，但是政治压力随着日子的消逝仍在发酵。出版局局长马守良用他的政治生命顶着舆论，为了让我们安心，有很多事情并没有告诉我们。

1980年6月15日的早晨，在武林路125号的出版大院廊下，很多人围观一张墨迹未干的"大字报":香港《文汇报》登载了美联社 13 日发自北京的一条电讯稿。标题:在"四人帮"极左路线影响下,中国损失整代学生,现在正设法加以补救。副题:邓小平告美友人他认为可以出版《飘》。邓小平原话:"小说写得不错。中国现在对这本书有争论,有人说这本书的观点是支持南方庄园主的。我们翻译出版了这本书。出版了也没有关系嘛,大家看一看,评论一下。"(见《邓小平思想年谱》第 160 页,中央文献出版社 1998 年版)

所有的人长长地吁了一口气,终于一锤定音!

一场关于《飘》的争论就这样结束了。以这样的方式结束谁能想得到呢?但它留给我们的记忆却是那样深刻,似乎永远无法飘逝。40 年过去了,当年的浙江人民出版社生出了一群"小麻雀"(8 家出版社),《飘》也跟随编辑去了浙江文艺出版社,成为"看家书",年复一年地重印。哪怕今天的《飘》在中国已经有了五个译本,但傅译本依然是在广大读者中最有影响力的一部。最奇妙的是 1986 年"天上"掉下个全国优秀畅销书奖,我连一个表格也没有填,就走上了领奖台。其实得奖并不重要,得多少奖也不重要,重要的是人生是一种历练,历练了,才真正成长。

今天,我也头发白了,马守良局长已长眠于地下,但是历史并没有忘记他。老马走的时候,《浙江日报》上有一段评价:马守良"……主持和主管浙江出版工作近二十年,为我省出版事业的发展繁荣作出了积极贡献。特别是改革开放初期,敢于坚持实践标准,冲破禁锢,出版世界文学名著《飘》,推动了全国出版界的思想解放。"

《飘》的风波早已成为历史,可能这只是中国改革开放 40 年历程中的沧海一粟。但它对我来说是人生中一段难以忘却的记忆。书籍是人类进步的阶梯，是收藏思想的宝库。邓小平关于《飘》举重若轻的讲话，冲破了重重禁锢，带来了80年代各种思潮的涌入，才有了中国出版业真正的繁荣昌盛。

作者系浙江省文史研究馆馆员，原浙江文艺出版社编审

• 浙江人民出版社，1979年12月第1版

统一书号：10103·139（上）
　　　　　10103·146（中）
　　　　　10103·147（下）
定　价：3.15元（3册）

• 浙江文艺出版社，1985 年 10 月新 1 版

统一书号：10317·208 （上）
　　　　　10317·209 （中）
　　　　　10317·210 （下）
定　价：4.90 元（3 册）

1979

1985

1988

2008

• 浙江文艺出版社，1988 年 3 月新 1 版

ISBN 7-5339-0057-X/I·56
定 价：19.00 元

1979

1985

1988

2008

ISBN 7-5339-0058-8/I・57
定 价：[精] 32.00元

・浙江文艺出版社，1988年4月第1版

1979

1985

1988

· 浙江文艺出版社，1988年4月第1版

2008

ISBN 7-5339-0058-8/I·57
定 价：[精] 32.00元

1979

1985

1988

2008

ISBN 978-7-5339-2529-1
定　价： 68.00 元

• 浙江文艺出版社，2008 年 4 月第 1 版

统一书号：10103·186
定　价：0.28元

出 版 说 明

我社重印出版美国小说《飘》以后，在社会上引起较大的反响。有的报刊发表文章，对《飘》一书加以批判，认为是一部政治上反动的书。但也有许多读者对此持相反的意见，认为《飘》是部具有相当认识价值与艺术价值的好书，并给我社寄来了他们撰写的书评。为了贯彻党的"百花齐放、百家争鸣"的方针，帮助读者更好地认识《飘》这部书，现将不同观点的评论文章汇集出版，供读者研究参考。为了让读者对评论《飘》的历史了解得更全面，本书还选入了两篇发表在我社重印出版《飘》以前国内报刊上的有关评论文章，以供参阅。

浙江人民出版社

浙江人民出版社，1980年12月第1版

《飘》热和《根》热

李 阳

继"《基度山伯爵》热"后,美国女作家马格丽泰·密西尔的《飘》又拿在某些站在书店门口的"小爷叔"手上,作为"翻跟斗"的资本了,其实有些人追求的是过时的时髦,在美国,近年来人们已不看《飘》而热衷于《根》了。

一个多世纪来,在蓄奴和废奴斗争中,美国有三部长篇小说风靡全国,震动全球。一八五一年,斯托夫人发表的《汤姆叔叔的小屋》(旧译《黑奴吁天录》)从宗教角度,以感伤的情调,形象地再现了黑人的奴隶主残暴统治下的非人生活。其影响之大以致作者成为"写了一本书,酿成一场大战的小妇人"。而在南北战争结束后七十年,即一九三六年出版的《飘》,却大翻其案,攻击黑奴和北部废奴主义者,为南方的奴隶主辩解。从我们目前到手的上卷,可以看出,主人公郝思嘉之所以变得贪婪、冷酷、残忍,主要是因为她失去了情人卫希礼和丈夫韩察里。而在中、下卷里她虽和白瑞德同居却又分居,未死的希利回来了却并不爱她,以致还是以白瑞德为其最后归宿等情节,又使人们感到郝思嘉

原载 1980 年 1 月 27 日《解放日报》

飘到哪里去？

林放

一部美国三十年代风行一时的长篇小说《飘》又重印了。一部三册，据说印了几十万部之多。我还是在抗日战争的时期看过这书的中译本，对书中的情节只留下一些印象了。在我的印象中，总觉得这部小说把那些实行种族歧视的奴隶主当作英雄来描写，女主人翁则是一个"人妖"式的美人。从思想的角度来说，比起斯托夫人的名著《汤姆叔叔的小屋》来是一个反动、一个倒退。象这样的书，值得不值得让它在我们的读者中，特别是大批青年读者中广泛流传呢？倘说，这书在思想性上虽然不健康，但是在艺术性上还有可取之处，那末，我以为印那么三万五万部，有计划地供应那些文艺工作者参考，那也是可以的。然而现在一印就是几十万部，有没有这样大量供应的必要呢？解放思想，百花齐放，对有些书，即使有些毒素，也可以印一点，让读者接受锻炼，这个意见我是赞成的。但是重印象《飘》这样的小说，也总该有篇比较详细的前言，稍为细致地指出它的精华与糟粕的所在，这或许对读者有所帮助。可惜的是，这次重

原载1980年1月29日《解放日报》

揭开《飘》的纱幕

丰加云

五十年代初，我们还做学生时，曾有过一次运动，批判帝国主义文化侵略的影响。当时有人谈到，过去极喜欢《飘》这本书，喜欢其中的郝思嘉、白瑞德等人物，经过学习分析，才恍然有上当受骗之感。事隔近三十年，这本《飘》又在到处飘荡了。其原因何在，我们究竟该怎样看这本书？

《飘》写的是美国南北战争期间，南方种植园主家庭的遭遇。主角是一个种植园主家里的大小姐郝思嘉。从一八六一年四月开始，当时郝思嘉是十六岁，一直写到她二十八岁。经历了十二年，写了战争期间、战后的美国社会的变迁。其中所写北军进军的路线，著名的亚特兰大大火，都是实有其事的。但描写这些实事并不能真实地正确地反映历史的发展。这部小说恰恰以一些真实的材料，来为反动政治观点服务，效果是颠倒黑白，极大地歪曲了历史真相。

十九世纪四十至六十年代中，美国工业迅速发展，到一八六〇年，已居世界第四位，工业产值与农业产值大致相

原载1980年4月23日《光明日报》

金 钱 的 女 儿

—— 复海伦·福斯特·斯诺的一封信

白 夜

亲爱的海伦·福斯特·斯诺女士：

近来北京盛暑，纽约同北京的气候差不多，也会很热吧！不过你在麦迪逊海边村居，总要凉快一些。我现在在葡萄架下给你写信。绿意深深，凉风阵阵，也还是使人快意的。

你给我写了两封长信，笔势奔放奇恣，辞趣炳炳麟麟，读来犹如进入高山大泽，龙蛇出没，气象万千，使我十分满意。我已经在另一封信中同你讨论过许多关于采访和写作的问题了。这里只想谈谈《飘》。

你在给我的信中说："《飘》淋漓尽致地刻画出女性的心理活动，同时也反映出在十九世纪六十年代结束了整个南部生活方式的美国心理特点。思嘉代表了新的南部，南部佐治亚州亚特兰大出现了资本主义萌芽，私人企业开始涌现，这自然同老庄园主，同建立在奴隶制而不是建立在金钱经济和工资制度上面的生活方式分道扬镳。"我完全同意你的话，思嘉就是一个金钱的女儿。

1980年7月27日

《飘》的认识价值和艺术成就

丁子春

美国小说《飘》从一九三六年问世至今，将近半个世纪过去了。人们对它的认识往往随着社会思潮的动荡而起伏，时褒，时贬，因而使它时而盛极一时，时而销声匿迹。如今，《飘》又在我国重版发行了，但是应当怎样来看待这部作品的问题还未解决。为什么它会成为一部畅销书？它究竟有没有积极的认识价值？该肯定什么，否定什么？艺术上的成就如何？探索这些课题的任务，现实地严峻地摆在每一个外国文学工作者的面前。本着实事求是，积极引导，搞好书评的精神，现就上述一些议题，谈点不成熟的看法。

一、《飘》的前前后后

《飘》的作者马格丽泰·密西尔是美国现代的一名女作家。她于一九〇〇年诞生在美国佐治亚州亚特兰大市的一个律师家庭。十岁时，就求学于亚特兰大的公立学校，后来进入华盛顿神学校，接着又在史密斯大学学习一年，终因丧母而

1980 年 3 月初稿，8 月修改

它是研究美国南北战争时期南方社会变迁的一部不可多得的形象的教材,它是一部卓越的现实主义历史。

张荣富 论《飘》

Gone With The Wind

对于这样一部在作者本国以及国外有较大的影响、至今读者不衰的作品,简单地用"反动"二字加以否定,一笔抹煞,是不妥当的。

肖穆 美国南北战争与《飘》的认识价值

Gone With The Wind

Gone With the Wind

Gone With The Wind

思嘉的精神,也正是美洲新大陆的精神,新兴的资本主义的精神,金钱经济的精神。所以,思嘉是金钱的女儿。

白夜《金钱的女儿》

Gone With the Wind

Gone With the Wind

《飘》的问世至今已风行了近半个世纪。四十几年来,这部小说从未间断过印刷。它赢得了全世界的读者。

来准方 《飘》的艺术特色管见

Gone With The Wind

Gone With the Wind

这部反映战争题材的小说,没有描绘打仗的场面,但读者时时可嗅到战火的硝烟,觉察到战局的起伏,人物的命运与战争的进退息息相关。

Gone With The Wind

为什么没有一部长篇能使洛阳纸贵,而让《飘》以及情节离奇描写凶杀的小说占去那么多纸张呢!

丰加云 揭开《飘》的纱幕

Gone With The Wind

Gone With The Wind

《飘》的基本成分无非是爱情、冒险、传奇等消遣性读物的配方。

朱虹 《飘》、读书趣味及其他

Gone With The Wind

Gone With The Wind

希望我们的出版界，不要"飘"得太远呀！

林放 飘到哪里去？

我们在向『四化』进军时，切勿做没有见过世面的『阿木林』，只要有人说好，或者可以迎合某些人的兴趣，就让它『随风飘来』了。

李阳 《飘》热和《根》热

Gone With The Wind

Gone With The Wind

如果说，这位奴隶主所雇用的「女文豪」在这部小说中窃用了人类的语言，那末，它所表现的，却正是兽类的思想。

于晴 评美国小说《飘》

Gone With The Wind

Gone With The Wind

《飘》对美国历史上这样一次资产阶级性质的革命战争的进步意义,却是否定的。

李惠铨 评美国小说《飘》

Gone With the Wind

Gone With The Wind

世界上唯有土地这东西是天长地久的,这你要记得!唯有土地这东西是值得忙碌的,值得战斗的——值得拼死的。——《飘》

Gone With The Wind

Gone With The Wind

你还有别的可做抵押的没有？我——我还有我自己。——《飘》

Gone With the Wind

喜欢你的良心很富于弹性，喜欢你的自私自利心一点儿不愿掩饰，又喜欢你那种狡猾的实际主义。——《飘》

Gone With the Wind

我之所以喜欢你，是因为自己也具有同是这些品性的缘故。——《飘》

Gone With The Wind

我们都是叛徒,都是自私自利的匪类。我们只要自己得到安全,得到舒服,哪怕世界打翻了也不去管它的。——《飘》

Gone With The Wind

我们人类碰到了乱世，现在不是第一次，也不是最后一次。——《飘》

Gone With The Wind

Gone With The Wind

你能够有那么热烈的爱，那么热烈的恨。你是天真得像火，像风，像野生的东西。——《飘》

Gone With The Wind

Gone With the Wind

你所要的男人必须要他的全部，必须是他的身体、他的感情、他的灵魂、他的思想，一概都在内。——《飘》

Gone With The Wind

无论如何,明天总已换了一天了。——《飘》